天涯路

邹湘贤　著

海南出版社
·海口·

图书在版编目（CIP）数据

天涯路 / 邹湘贤著. -- 海口 : 海南出版社,
2023.7
ISBN 978-7-5730-1223-4

Ⅰ. ①天… Ⅱ. ①邹… Ⅲ. ①长篇小说－中国－当代
Ⅳ. ①I247.5

中国国家版本馆CIP数据核字(2023)第127595号

天 涯 路
TIANYA LU

作　　者：邹湘贤
选题策划：王振德　徐雁晖
责任编辑：徐雁晖　胡守景
封面设计：黎花莉
经　　销：全国新华书店经销
出　　版：海南出版社
地　　址：海南省海口市金盘开发区建设三横路2号
邮　　编：570216
电　　话：(0898)66822026
印　　刷：广西广大印务有限责任公司
开　　本：787 mm×1 092 mm　1/16
字　　数：430千字
印　　张：23
版　　次：2023年7月第1版
印　　次：2023年7月第1次印刷
书　　号：ISBN 978-7-5730-1223-4
定　　价：72.00元

前 言

我在学生时代喜欢读文学名著，特别是鲁迅先生的著作。我很欣赏鲁迅先生的笔法，更敬佩他“横眉冷对千夫指，俯首甘为孺子牛”的精神。我写信向他夫人许广平先生请教，怎样向鲁迅先生学习。她在百忙中回信给我，耐心地教导我怎样学习鲁迅先生做人、做事，还激起我对写作的向往。但我在学生时代忙于学习，工作期间忙于教学和养家糊口，没有时间写作。直到二十世纪末退休了，我才拿起笔来，把我与周围人的经历和所见所闻写成《天涯路》。

我生性愚钝，几乎是边写边征求意见，花了二十四年才写完。我有位亲戚，在抗日战争胜利后不久被派往台湾驻防，四十多年后才回到老家给父母扫墓。我把书中“血浓于水”一章的初稿给他看。后来他写信给我说：“我这曾经亲历斯境的过来人，阅读时竟感同身受，泣然欲涕。”我把写好的“月有阴晴圆缺”一章给一位九十多岁的老教师看。他看后一边哭一边叙说他曾经受到的不公正的待遇。我安慰他说：“您比很多人都长寿，大抵是您的这些经历磨炼了您，是不是要感谢这些苦难啊？”说罢，我们两个不由得相视一笑。老教师还对我说：“你讲得真有意思。”我曾经打电话把书中反贪腐的故事告诉经历过这些事的人，他们听后都哈哈大笑，仿佛又回到了那个激情燃烧的岁月，纷纷跟我说希望能快些读到本书。有几位年长的前辈曾经期待能读到《天涯路》，但他们一个接一个地离世了，这是无可奈何的遗憾。

我还想把书写得好一些，但年老体衰，力不从心了。我只好把这本写得不那么理想的书奉献给读者朋友，供大家消遣，让大家了解在二十世纪中后期中国的工人、农民和知识分子在做什么、想什么、走向哪里。同时也请大家思考：我们从哪里来，应该向何处去。

同时，谨以此书告慰许广平先生的在天之灵，感谢她对我如慈母般的教诲。

目　录

一　生逢乱世

每个人都有自己的梦。梦不相同的人，人生道路和命运也不相同。有的人因梦想成真而幸福，有的人因梦成泡影而烦恼，有的人因梦断魂飞而悲惨，有的人因夜长梦多而痛苦。

本书的主人公在人生道路的起点就遇到了大麻烦：这样的社会能不能让他出生？出生了又怎样活下去？活下来了又会成为一个什么样的人？

一九三八年秋，国民党某部的王团长在军务会议上愤怒地说："国难当头，兵源奇缺。警卫班班长华孝先放走逃兵，理当砍头示众！"

原来，华孝先负责看守逃兵。有个逃兵对华孝先说，他是独子，被抓来当壮丁，逃跑是想回家照料卧病在床的老母。华孝先可怜他，就把他放了。

华家得知要处死华孝先的消息，马上想法救援。

次日，警卫对王团长说：有个孕妇请求团长接见。王团长听到孕妇二字，皱了皱眉头说："请进来。"一个年轻的妇女走进办公室，挺着大肚子，声泪俱下地说：她是华孝先的妻子，已经怀孕八个多月了，假若处死华孝先，她也活不成，胎儿也完了，而且华孝先是独子，他死了老母也活不下去。王团长边听边望着那妇女可怜的样子，最后叹了口气："看在胎儿和他老母的面上，暂不处死，先关押再说。"

华孝先在被押往监狱的途中，经过一座桥时，突然跳进水里，潜水逃跑了。团部也没有再过问此事。

华孝先家在长沙轮渡码头边，逃回家后，他继续做搬运工。

两个多月后的一天，一位二十来岁的女子被吊在华家木板房的一架木梯子上：她像一头被屠宰的猪一样吊在那里，双手捆在梯子上，手腕被勒出血来，痛得喊爹喊娘。她就是华孝先的妻子，名叫牛爱华。牛爱华已经怀孕十个月了，但孩子还没有生下来，于是接生婆建议华孝先的母亲华娭毑把牛爱华吊在梯子上催产。

这时，走进来一位二十多岁的男子，满脸麻子，他就是华娭毑[①]的儿子华孝先。华孝先小时候患过天花，是当时很多患天花的人中命大的。他虽活了下来，但成了麻脸。华孝先见妻子吊在梯子上哭，便对母亲说："妈，俗话说瓜熟蒂落。不到时候，吊起来也不会生的。假若吊出个三长两短就麻烦了。"华娭毑觉得儿子说的有道理，就让华孝先解开绳子，把牛爱华放在床上。接生婆见状也就走了。

华孝先逃回家以后在六号门做工。刚回家时，他帮助一户逃难的人家搬完东西。他坐在床边，给母亲和妻子讲述外面发生的事情：不久前，日本军队攻占了武汉，湖南成了前线，长沙不再像过去那样商贾云集，船来船往，而是兵荒马乱，战车滚滚；行政机关开始撤

①娭毑，意为祖母或对老年妇女的尊称，主要出现在西南官话或湘语中。

离，一车又一车的伤兵运往后方；运东西的车辆往来不绝，带着各种行李的难民往非战区疏散，有的坐车，有的乘船，有的走路；昔日摆得琳琅满目的商店纷纷关门，晚上的霓虹灯不见了，歌舞厅没人了，茶馆酒家关门了，继之而起的是呼儿喊娘，战马长嘶，寒星冷月。

快吃晚饭时，华家又走进一个五六岁的男孩，手里提着一篮煤核。这是牛爱华的弟弟，叫牛克勤，每天拾煤核供灶火。

华娭驰的木板房分内外两间：里间是华孝先夫妇的卧室，外间摊个铺，华娭驰带牛克勤睡在那儿。外间靠窗子的地方有个四尺长两尺宽的柜台，柜台上摆着一个盘子和几个玻璃瓶，盘子里放着几包香烟，瓶子里装着一些糖果。丈夫死后，华娭驰就靠卖点糖果和香烟维持生计。

华家正在吃晚饭时，警报突然响起。天空响起了飞机的声音，紧接着"轰！轰！轰！"几声震天动地的炸弹声把木板房震得嘎嘎作响。桌上的碗被震翻了，饭菜倒了一桌；柜台上的几个玻璃瓶被震到地上打碎了，糖果撒了满地。全家人被吓得面如土色。牛爱华更是哭了起来，说："妈，我们怎么办？"华娭驰慌了神，也不知怎么是好，她望了望屋里，上面没有天花板可藏，下面没有地洞可钻，最后只好让牛爱华躲在床底下。

次日上午，华孝先又出去替人家搬东西。

这一天，他回来得比平常早，家里还没有做晚饭。他说："今天警察队开出城外，街上没有一个岗哨。警察局的门用竹板钉死了。有人打电话想问警察局，日本鬼子是不是进城了，一些高大的建筑物上用石灰写的'焦'字是什么意思，但没有人接电话。警察局长不知去向。大家觉得可能要出事了。"

华孝先又说："今晚我们把要紧的东西拣收一下，怕万一出事。"

晚饭后，华娭驰忙着收拾衣服，把它们装在一个箱子里，把纸币和十多块银圆装在布腰带里。华孝先把锅盆碗筷收拾在两个箩筐里，箩筐上面再放上两床棉被，正好一担。牛爱华把吃的东西准备好。

夜深了，行李拣收好了，正要睡觉时，只见窗外出现了火光。顷刻间，四面都是火光。火借风势，风助火威，火越烧越大。不一会儿，全城一片火海，把天空都映红了，到处浓烟滚滚。小孩的哭叫声，父母的呼喊声，被大火围困者的呼救声，疯狂逃命者的喊叫声，被烧伤踩伤者的呻吟声，房屋的倒塌声，弹药的爆炸声，此起彼伏。

天刚亮，想乘船逃跑的人像潮水般涌向码头：有的背着小孩，有的扶着老人；有的提箱挑担，有的两手空空；有的裹着棉衣，有的打着赤膊；有的穿着拖鞋，有的光着脚板；有的一脸汗水，有的满面灰尘；有的哭哭啼啼，有的喊喊叫叫。不一会儿，码头上人山人海。华孝先说："我们还是逃吧！日本鬼子不杀到家里来，大火也会烧到家里来。"华娭驰问："房子和家具怎么办？"华孝先说："现在顾不得房子和家具了，逃命要紧。"牛爱华愁眉苦脸地说："我肚子这么大，妈一双小脚。我们不被挤死也会被踩死。"华孝先说："我把你和妈先送上船，再回来接克勤和担行李。"婆媳俩沉思了片刻，只好点头同意，然后喊醒了牛克勤。

怎样上船呢？只能一个一个送上轮船。牛爱华要华娭驰先走，华娭驰说："天亮了，人会越来越多。你肚子大，你先走。"

华孝先把钱袋系在腰上，陪着妻子往船上走去。他走在前面开路，免得人群挤向牛爱华。牛爱华双手护住肚子，生怕人家挤过来。两人十多分钟就到了船上。华孝先把妻子安置在舱内的一个角落里，把钱袋交给她，然后又挤回岸上去。这时，岸上的人简直是排山倒海似的向轮船扑来。华孝先凭着他当搬运工的力气，左挤右挤，终于挤上了码头。华婡驰和牛克勤在门口等他。他要牛克勤看好行李，便同母亲向船上走去。华婡驰一步一回头，流着泪离开了这栋住了二十多年的木板房，她觉得这木板房比任何时候都要可爱，不知道以后还能不能再见到它。

正当华孝先和华婡驰走入拥挤的人群时，突然有人大叫："踩死人了！踩死人了！"原来一位老太婆被挤倒在地上，还没有来得及喊"哎哟"就被踩断了气。死者的儿子发疯似的扒开人群，想把他母亲拖出来。然而，他不仅没有拖出他母亲，自己反而脚不沾地地被人潮拥向轮船。华孝先想，像刚才护送妻子那样送母亲上船已不可能了。他蹲下来，把母亲背在背上，在人群中挤过来挤过去，总算挤到了船上。他把母亲安顿在妻子的身边后，顾不了揩身上的汗水，又挤上岸去接牛克勤和担行李。他到了家门口，锁上门，担着行李往前走。牛克勤紧跟在后面。行李像浮在波浪上的树叶一样，一下子被人群抬了起来，一下子又被压了下去。华孝先走几步就回头看一眼牛克勤。走到码头中段时，牛克勤被挤得离华孝先约一丈远。华孝先挤到跳板跟前时，船工开始吊跳板，他像运动员最后冲刺那样，竭尽全力往船上冲。刚上船，跳板就被吊了起来。后面的人还在拼命往船上扑来，很多人掉进了水里，会游泳的人游上了岸，不会游泳的人有的在水里挣扎着喊"救命"，有的连"救命"都没有来得及喊就像秤砣一样沉了下去。这些人好不容易从火海里逃出来，却被水淹死了。

当跳板吊起来时，牛克勤离跳板还有两丈多远，他在岸上拼命喊，拼命哭。华孝先也在船上拼命喊。但双方都听不见对方的喊声，因为喊的人太多了，船上喊岸上的，岸上喊船上的。那块跳板像一把生死剑，使不少父母和儿女，丈夫和妻子，兄弟和姐妹，从此生离死别。华婡驰和牛爱华见牛克勤没有上船，急得直哭。华孝先真想跳下水，上岸去接牛克勤，但母亲和妻子没有人照料。大家商量后还是决定不下船去找。三个人眼泪洗面，昏头昏脑地让轮船载着离开了码头。

轮船开动了，船上的人更加疯狂地向岸上的亲人呼喊，岸上的人也在更加疯狂地向船上的亲人哭叫。这比哭别死去的亲人还悲惨得多。人死了，不必担心他以后的事，而留在码头上的亲人，刚从火里逃出来，今晚吃什么？去哪里住宿？遇到日本飞机轰炸又怎么办？今后，亲人将逃向何方？这怎么不叫人肝肠寸断？一声声的哭喊就像一根根钢针扎进难民们的心窝里。最幸运的人是那些全家都逃上了船的人。虽然房子被烧了，家具被烧了，自己一辈子甚至几代人的积蓄被烧了，但只要能逃离长沙，不管今后去哪里，哪怕是去人迹罕至的深山老林，去荒无人烟的孤岛，或是去寸草不生的沙漠，只要全家人能活着在一起，就是不幸中的大幸。人们只有在这时才深刻体会到合家团聚的幸福，体会到和平的珍贵。

轮船离开了水陆洲，人们看不到码头上的人了，也听不到码头上的哭叫声了，长沙城内的大火却看得清清楚楚。火柱林立，高高低低，时起时伏，突然发出雷鸣般的轰隆声，紧接着就是一团火柱直冲云霄，接着又是一声巨响，又是一团火柱。假若天上有神仙，神仙们也会心惊肉跳。人们说，这是油库着火。

轮船离长沙越来越远，大火慢慢看不见了，难民们还在翘首遥望长沙的方向。这时，只能看到长沙的上空浓烟滚滚。直到浓烟也看不到的时候，大家才开始注意身边的人，才发现一个个蓬头散发，满面灰尘。有的脸上黑一块白一块，有的脸上伤一块肿一块，长沙人以往那种讲究容貌的现象都被大火烧得不留痕迹了。

大家在谈论起火的原因，有人说亲眼看到中国的士兵放火。中国的士兵怎么会干出这种伤天害理的事情来呢？莫不是日本鬼子化装成中国士兵干坏事？或者是流氓乘机捣乱？大家谈来谈去，总是找不到答案。

轮船沿着湘江向南方驶去。一路上绿水青山、蓝天白云，锦绣河山不因战争而减色，但没有一个难民去欣赏它。大家所想的是怎样逃生。

傍晚时分，牛爱华对华媖驰说："我肚子里好像有东西在动，腰身胀痛胀痛的。"华媖驰说："可能是要生了。"她对儿子说："你准备帮忙。"怎么办呢？满船都是人，很多人都是站着的。大家见牛爱华挺着个大肚子，华媖驰老了，又是小脚，就让她们两个坐着。华孝先一直站着。这胎儿偏偏到这人挤人的船上来凑热闹。华孝先没办法，只好恳求大家："同胞们，请大家关照关照。我的堂客要生孩子了，请大家挤一挤，让一让。"说来也怪，刚才大家在码头上，你不怕挤死我，我不怕挤死你，都只想自己挤上船逃命，现在一听华孝先这么说，都自动往旁边挤开，腾出一块地方来。男人们都背过脸去。华孝先真不知怎么感谢大家。华媖驰在角落里铺了一张垫单，让牛爱华靠着箱子坐在垫单上。这时，一位中年妇女挤过来说："我是医生，我来给你们帮忙。"这真是福从天降。华媖驰感激地说："您是个救苦救难的观世音菩萨。"医生说："大家都是同胞，应该互相关照。"她一边说，一边从背着的小药箱里拿出药水、药棉和剪刀之类的东西。她要华孝先扶着牛爱华，又要华媖驰撑着牛爱华的腰。牛爱华一个劲地喊"哎哟"。医生要牛爱华憋住气。不一会儿，只听见"哇"的一声，牛爱华立即停止了喊叫。周围的妇女听了，好像自己生下了孩子一样松了一口气。医生剪了脐带，用旧棉衣包好婴儿交给华孝先说："是个男孩。恭喜你做爸爸了。"华孝先抱着孩子，再三向医生鞠躬致谢。妇女们都微笑地望着牛爱华表示祝贺。男人们的看法则各种各样，有个年轻人叹气说："如今死了的死于非命，出生的生不逢时。"有个学生模样的青年说："日本鬼子和放火的人该千刀万剐。他们使我们流离失所，连孩子出生的地方也没有。"一位白发老人说："只可惜这里没有鞭炮，不然，放一挂来祝贺祝贺。"一位中年人说："你老人家也太开心了。大家都到了这个地步，还祝贺什么？"老人说："世界上很多民族经不起磨难，所以都灭亡了。我们中华民族经历了几千年的磨难，仍然矗立在世界上。这是为什么？这是因为我们民族有一种不屈不挠的精神。今天，我们惨遭日寇的侵略，但我们决不能屈服。我们不但要生存，逃难就是为了生存，我们还要发展，要养育好下一代。这个孩子敢于迎着日本鬼子的轰炸来到这个世界上，所以应该祝贺。今年是虎年，这孩子有虎气。中国人应该有虎气才行。"听了老人的话，一张张愁苦的脸都露出了微笑。华孝先仔细看了看儿子，真是个虎头虎脑的样子：宽额头，国字脸，大眼睛。他亲了一下儿子说:“你妈妈生了个小虎子。”

轮船不停地往前行驶。一轮明月挂在天空。夜格外地宁静,但难民们的心怎么也静不下来,他们各有各的心事。很多人准备逃往云南或四川,华家打算逃往牛爱华的故乡——海南岛。

为什么牛爱华从海南嫁到长沙?原来,四年前的一天,一个女乞丐带着一儿一女来讨吃。华嫔驰见他们可怜,留他们吃了一餐饭。那女乞丐说自己是海南人,丈夫出海捕鱼,遇上台风,葬身海底,一栋茅房被台风刮得无影无踪,她只好带着两个小孩出来讨米,从海南讨到长沙,因到处打仗,她养不活小孩,愿把两个小孩送给人家,给他们一条生路。华嫔驰觉得小孩可怜,就收留了下来。那女乞丐离去后一直没有音信。

华孝先二十二岁时,牛爱华十八岁。华嫔驰想要牛爱华做儿媳妇。为了慎重起见,她特地到黄兴路找到一个算命先生算了八字。算命先生问了姓名和生庚年月后,要华嫔驰抽个签,然后手指捏了几捏,口中念念有词,接着大声叫道,好八字,好八字,真是天生一对。签上写着:

千里姻缘一线牵,患难夫妻苦也甜。

恩恩爱爱世间少,即使藕断丝也连。

“真是天作之合,天作之合!”华嫔驰问“藕断丝也连”是什么意思。算命先生说:“就是你恩我爱的意志,舍不得分离。”华嫔驰见八字合得上,就同华孝先和牛爱华商量。两个年轻人本来就有意思,听华嫔驰这一说,都满口答应。婚礼很简单:华嫔驰带着两个年轻人在神龛前拜了几拜,就算拜了天地和祖宗。两个年轻人又向华嫔驰拜了几拜。就这样办完了结婚典礼。

华嫔驰有一双小脚,脚比拳头大不了多少,走路比踩高跷还吃力。她不识字,凭颜色识钞票。牛爱华读过几年书,可以帮华嫔驰写写算算。

不久,日军进攻武汉,华孝先虽是独子但也被征入伍。

再说华家经历了千辛万苦,来到了琼州海峡,过了海峡就是海南岛。他们觉得海峡会像一道防火墙一样防止战火烧到海南岛来。

虽然当地省城是海南岛最大的城市,但也不过只有几条弯弯曲曲的小街道。街道两边多半是一层的木板房,间或有几栋两层的砖房子。大多数商店都有神龛,神龛上供着菩萨。每家都有水缸,以防缺水。一到晚上家家关门闭户。与其说这是个城市,不如说是个乡镇,根本不能与长沙相比。但是,现在的长沙成了一片废墟,而且天上有日机轰炸,地上有烧杀掳抢。而海南岛,天上没有敌机,地上没有战火。没有战火的地方就是乐土。

次日早饭后,华孝先去街上买盐和发奶的东西。街上行人很少,有些伤兵在走来走去:有的少了一只胳膊,有的断了一条腿,有的用纱布裹着脑袋,有的打着石膏。

华孝先在一个小摊前买东西时,有位一条腿的伤兵拄着两条拐杖来买香烟。小贩说要四元钱一包,伤兵给了他一元钱,小贩不肯卖。那伤兵火冒三丈,第一句话说“他妈的”,第二句话说“老子在前方流血,你在后方享福”,第三句话说“你再啰唆,老子揍死你”。小贩说:“亏本就是不卖。”伤兵拿起拐杖就打。那小贩用手一拦,拐杖掉在地上。伤兵更火了，狠狠地说："你还要逞凶？"接着朝其他伤兵喊道："弟兄们，赶快来，揍死这个王八蛋！"一下子就来了十多个伤兵。眼看大祸临头，那小贩吓得脸色发白。华孝先忙劝道："老总，请息怒。这小贩是乡野村夫，不懂礼貌，得罪了老总，请饶恕他一次。国难当头，大家都是同胞兄弟，不必计较。"接着又对小贩说："老乡，你真是太没有礼貌了，怎么这样对待老总？没有老总们在前方保卫国家，你早就当了亡国奴，或者像我一样，到处逃难，你还能做生意吗？还不赶快向老总赔礼！"那小贩强装笑脸，马上递给每个伤兵一支香烟，说："小人无礼，请多多包涵，请多多包涵。"又马上捡起拐杖双手递给打他的伤兵，并加上一包香烟。那伤兵把手一挥说："老子今天看在这位难民大哥的面上，原谅你小子一次。下次再敢无礼，老子叫你同日本鬼子一起去见阎王。"说完就拄着拐杖一拐一拐地走了，其他伤兵也散了。那小贩对华孝先感激不尽，问华孝先要什么，他一定帮忙。华孝先说妻子生小孩，要买点盐和发奶的东西。小贩说："小弟这里还有一斤多黄花，可以用来发奶。盐越来越难买，其他地方已经涨到一斗米一斤。以前盐多得是，但现在没有货。我这里只有一斤多盐了。我怕家里没盐吃，所以不敢卖。嫂子身体要紧，您拿一半去。"华孝先给他钱，他怎么也不肯收，并且说："今天没有您，我这摊子会全部被打烂，人也会遭殃。"华孝先谢了又谢。

当天下午有几个人从南边走路来。大家向他们打听。他们说中午遇到土匪，离这里有三十多里。华家打算走一段算一段。

次日清早，华家和十多个人结伙同行。走了两个多小时，来到一个山坳上，听到有男人大声唱山歌：

做人要做强盗头，嫁人要嫁强盗哥。
半夜三更钢刀响，哥穿绸缎妹穿罗。

旅客们听了毛骨悚然，是不是前面有土匪？大家提心吊胆继续往前走，来到一个转弯的地方，突然听到"砰"的一声枪响，一个男的哈哈大笑说："好枪法，那老头别想再活了。"接着又听到老太婆和小孩子的哭声。大家朝笑声和哭声传来的方向望去，原来就在下面的一个山头上，几个人坐在树下，手里玩弄着手枪。一个中年男子对一个年轻人说："你这小子初出茅庐，看我的。"只见那中年男子伸出双手，一手拿着一支手枪，两枪齐发，老太婆和小孩都倒下了，停止了哭喊。旁边几个玩枪的竖起大拇指说："大哥真是神枪手，佩服！佩服！"旅客们见了无不心惊肉跳，土匪把过路人当靶子打来取乐，天啦，今天走到魔窟里来了。

旅客们连气都不敢出粗了，连忙掉头往回走，走了十来里，在一个村子里住了下来。

次日，华家又继续赶路，他们生怕碰到土匪抢劫和杀人。

快到中午时分，旅客们来到一个大村庄。华家在路边休息。只见前面围着很多看热闹的人。华孝先走拢去一看，电线杆上挂着一个人头，鼓着眼睛。有人问是怎么回事。一个老头说："今早一伙土匪从这里经过，其他的土匪都走了，这个土匪还在调戏妇女。这个妇女的丈夫见只有一个土匪，拿起柴刀朝土匪的背后劈头一刀，就结果了这个土匪的性命，然后把头割了下来挂在这里示众。"有个小伙子执着土匪的耳朵说："你还干不干坏事了？"

一个中年农民说："他还没有强奸到妇女，心不甘，所以不闭眼。"

华孝先看了后回到原地休息。华媄驰一边按摩她那双小脚一边说："我的脚都走肿了，一坐下来就不想动了"。牛爱华叹了口气说："我走得连耳朵都嗡嗡叫了。我实在没有力气走了，一坐下来就想睡觉。"华孝先听了很难过。妈妈这么大年纪了，本应该好好休息安度晚年，没想到老了还要跋山涉水，日夜兼程，远走他乡。妻子在月子里，几千里奔波，没有休息，缺少营养，还要担惊受怕。日本鬼子真是丧尽天良。我们中国人对日本从来就没有过丝毫侵犯，他们却跑到中国来，害得我们成千上万的中国人妻离子散，家破人亡。善有善报，恶有恶报，侵略别人的人绝不会有好下场。他对坐在箩筐里迷迷糊糊的儿子说："你将来长大了要记住你奶奶和你妈妈为你受的苦难。"牛爱华和华媄驰望着小孩那天真的样子，高兴地笑了。

华家又继续赶路，走了许久之后见到路边有座庙，庙前有个老和尚在井边挑水。华孝先放下担子，向和尚讨水喝。和尚把勺子递给华孝先，让华家的人喝个够。

华孝先喝了水，又看看那座庙。庙前有三块石碑，左边一块刻着百年谶语：

难生难死，好生好死，苦生苦死，不生不死，醉生梦死。

右边一块刻着《梦幻曲》：

人生道路像个圆，终点常常是起点。
劝君梦里莫痴癫，梦醒往往换了天。

中间一块没有刻字，有人在上面写了首诗：

中华儿女闯海南，十去九死鬼门关。
万丈狂澜何所惧，壮志未酬不生还。

华孝先觉得这些碑刻大有禅理，他问和尚："这五指山有神灵吗？"和尚说："五指山每百年有五句谶语显灵。现在是第一句：难生难死。"华孝先请和尚解释《梦幻曲》。和尚念了三首诗：

一、浮生如昼夜，福祸相轮流。
　　今天朝中坐，明日阶下囚。
二、好梦似神仙，有权又有钱。
　　可怜梦未醒，已经近黄泉。
三、噩梦像苦海，无际又无边。
　　一旦梦醒后，苦海化成烟。

华孝先听了，向和尚道谢，又忙着赶路。路上，听见树林里有人在唱山歌：

天上的日月，晴了又阴，阴了又晴。
地上的草木，生了又枯，枯了又生。
历来的朝代，兴了又亡，亡了又兴。
百姓的日子，冻了又饿，饿了又冻。
过去已成梦。试看明日，谁主乾坤？

接着，另一个山头的树林里有人唱：

天上不平起风云，地下不平闹地震。

人间不平干革命，消灭不平才太平。

这时，来了一辆牛车，牛爱华问赶车的有没有牛车去天涯海角。赶车的说他经常去。双方谈好价钱，华家的人上了车。

次日下午，牛车来到一个宽阔的海边地带。海边有几个两三层楼高的大石头，一个石头上刻着“天涯”二字。牛爱华高兴地说：“天涯海角到了。”华娭毑长长地嘘了一口气。

华孝先望着无涯的大海，心想：逃难逃到这个地方，也就逃到了尽头。一种悲怆的感觉油然而生。他若知道天涯海角的过去，他会感慨万端。

从前，天涯海角是流放逆臣和囚犯的地方，凡是流放到这里的人，没有几个能生还。唐朝有个著名的宰相被贬到天涯海角时，他望着茫茫大海，仰天长叹：

一去一万里，千之千不还。

崖州何处在，生度鬼门关。

后来，他的子弟就流落在天涯海角一带。

一些逃难和逃荒的人也逃来天涯海角。面临无边苦海，其中有的人心灰意冷，认为再也无路可走，于是投海自尽；有的人在这里苦苦挣扎，得以幸存下来，并繁衍后代；有的人冒着生命危险，漂洋过海，死里逃生；有的人在走投无路时，背水一战。

华孝先看了看海边，沙滩上长满了全身是刺的仙人掌，周围是一片人迹罕至的荒凉景象。他初来乍到，根本想不到在这南国边陲会汇聚一些不同利益、不同梦想、不同观点的人，他们互相碰撞，文戏武戏一起唱，矛盾的激烈，斗争的残酷，胜败的反复，一点也不亚于其他地方。

华孝先又看了看海面，海面如镜，大海是那么平静。他还不了解大海的变化多端：有时无声无息，宛若哲人在沉思；有时微波泛起，酷似淑女在微笑；有时如诉如泣，好像无数冤魂在呻吟；有时波涛汹涌，犹如千军万马在奔腾。

坐车过天涯海角不远，来到了一条小河边，河对岸是一个三面环山一面临海的村庄。小河通过村庄流入大海。牛爱华高兴地说：“这就是天涯村，快到家了。”

河水有膝盖深，牛车不能过河。牛爱华付了车钱，一家人过河来到山脚下。她家原来那栋茅屋的宅基地长满了柴草和杂树。牛爱华想起逃荒的时候三个人，现在只有她一个人回来，不禁潸然泪下。

这时，一个老头爬行过来，牛爱华忙向前喊道：“符阿叔，您好！”

符阿叔是孤身老头，六十多岁了，小时候患小儿麻痹症，两腿瘫痪，腿比锄头把还细，不能直立，只能像猴子一样爬行。他对牛爱华说：“你妈和弟弟呢？”牛爱华流着泪简单地讲了这些年来的经历，老头陪着她掉眼泪。符阿叔要牛爱华全家暂时到他家里住几天。华家对此感激不尽。

华家一家跟着来到符阿叔家里。那是一间茅屋，里面一张木板床，被单补了又补。华家在地上铺些茅草作床。

当天晚上，很多乡亲都来看望牛爱华一家，大家问长问短。妇女们一提起几年前遇台风死在海上的亲人就流泪不止。华孝先和华嫔驰不懂海南话，听他们讲话就像听外国人讲话一样，牛爱华就为他们当翻译。华家母子听了这些当地人的诉说，觉得穷人尽管住的地方不同，讲的话不同，但命运都是相同的。

次日，华孝先夫妇去清理原来的宅基地。很多乡亲来帮忙。四天就建起了一栋茅屋。

华家搬进新建的茅屋的第二天，华孝先提出给毛毛起个名字。牛爱华说："毛毛出生时，船上那位老人说毛毛生在虎年有虎气，中国人要有虎气才行。这话有意思。"华嫔驰说，昨晚她做了个梦，梦见给毛毛算了个命，算命先生要她抽签，签上说：

山中有虎虎生威，豺狼狐狸逃如飞。

猛虎下山不可挡，如落平阳被犬欺。

"算命先生说：毛毛是下山虎，威力很大，是个有出息的人。但是，遇到时运不好时，会被小人欺侮。"华孝先笑着说："听说有一个杂技团把一只老虎的四肢绑在柱子上，让观众骑在虎背上拍'武松打虎'的照片。那老虎无可奈何地望着观众，好像在说：'我宁愿被真武松打死也不愿被你们这些假武松玩弄。'"华嫔驰和牛爱华听了，笑得乐不可支。华孝先又说："一个人的名字能使这个人想到自己应该怎样做人是最好的，我的名字就使我想到'百善孝为先'这句话。"

大家商量来商量去，最后给小孩取名"国彪"。至于华国彪今后的为人和命运如何，只有今后才知道。

二　狼来了

华孝先母子一来到天涯村就爱上了这个世外桃源一般的地方。这里没有战火。在冬天，长沙冰天雪地，穿上棉衣还冷，不做事就坐在火桶边烤火。而海南，一年到头不下雪，过年的时候，温暖如春，百花盛开，很多人穿着单衣，姑娘们穿着裙子。海南人听说大陆冬天冷得出奇，尤其是东北，鼻涕一流出来就变成了冰条，擤鼻涕有可能把鼻子也擤掉了。他们认为，那简直不是人住的地方。湖南的稻谷多半一年一熟，间或两熟；海南的稻谷可以一年两熟甚至三熟。冬天，在长沙，辣椒、西红柿和黄瓜都不见影子，而在海南，一年四季都有卖。华孝先发现天涯村农民栽的辣椒冬天不死，一年到头结了一次又一次。他讨了两棵苗栽在屋前面，后来结了很多朝天小辣椒。华嫔驰炒了一碗，辣得全家人眼泪直流。

在大陆，没有田土或资本，要满足温饱实在太难了。在海南，温的问题不大，没听说冻死过人，饱的问题倒是同大陆一样难以解决，因为田土和资本也在极少数人手里。

华孝先对牛爱华说："房子周围都是荒地，开垦出来可以种蔬菜和杂粮。"牛爱华说："房子周围的土地都是魏少委的，要耕种就要向他租。"

次日早饭后，华孝先和牛爱华一起去见魏少委。魏少委家门前有一块很大的晒谷坪，两扇朱红油漆大门上的铜环闪闪发亮，门两边有副木雕的对联：

千里江河入大海，

万条财路通魏家。

华孝先夫妇刚走到门口，一只狼狗就在墙头上张着血盆似的大嘴向外狂吠。里面一位老妇人把狗唤住。牛爱华问："宋妈，魏老爷在家吗？"老妇人开了门说："在家。"并向里面喊："老爷，有客人来见。"魏老爷已经站在堂屋门口，戴着黑色小帽，笑容可掬地问："二位有何贵干？"牛爱华说："我们想租点地开点荒，种点蔬菜和杂粮，不知老爷肯不肯。"魏老爷点了点头说："可以，可以。不过，按历来的规矩，新开的荒前三年不收租，三年以后就要收租，五五分成。"牛爱华赔笑说："那当然，我们应该遵守规矩。"租地的事就这样谈妥了。

从此，华嫔驰在家带小孩、煮饭、洗衣和喂猪，华孝先夫妇从早到晚开荒种地，种上了蔬菜和杂粮。住在附近的夏国忠经常来指导。

半年后的一天，华孝先去市区赶集，看见一队队士兵打着太阳旗从街上走过。市民们很好奇，在街边指指点点。华孝先很吃惊：难道日本鬼子打到海南岛来了？他仔细看，这些人的军服与中国军队的不同，他们个子较矮，一个个显出不可一世的样子。他问街上的人，很多人说这是日本军队。他赶快回了家，对母亲和妻子说："日本鬼子打过来了。"华嫔驰和牛爱华听了，吓得目瞪口呆。华嫔驰说："我们几千里逃难，好不容易才来到这里，现在再也没有地方可逃了。”华孝先说:“我们要先找个隐蔽的场所,哪怕日本鬼子进村了也有个地方躲。”牛爱华说:“明天我们去落笔洞山看看,山上有很多洞。”

次日,牛爱华夫妇翻过几座山,来到落笔洞山。两人绕过一棵又一棵树,钻过一个又一个刺窝,爬过一块又一块大石头,来到一个洞口。洞口长着树和柴草,从外面根本看不出这里有洞。洞的左壁有元代刻的“落笔洞”三个摩崖大字。进了洞,只见洞内壁上刻有“落笔洞洞洞笔落”,还有一句是“尖峰岭岭岭峰尖”。牛爱华说:“尖峰岭也是海南一景。这两句正好是副对联,顺念倒念都一样。”华孝先念了一下,果真有趣。两人再往里面走,大洞里面还有一个小洞,很像大厅里面的一个卧室。最吸引人的是石钟乳,一根根石钟乳从洞顶垂下来,像一支支倒悬的毛笔。有一根几丈长的石钟乳,下面断了一截。牛爱华说:“古时候,这里的小孩上学前都会到洞里来祈祷,伸手接石笔下的水。据说用手接到滴下来的水就会写文章,但水滴往往忽左忽右,不容易接住。一个财主子弟接了一阵还是接不到石笔滴下来的水,气得把石笔打断了,所以这个洞叫‘落笔洞’。”

华孝先说:“万一有危险,我们只好来这里躲难。”

过了几天,村里成立了“维持会”,会长是魏少委。“维持会”成立的第二天,魏家院子的门口贴了张“维持会”的布告,布告要求大家服从“维持会”的领导,有什么事可以向“维持会”反映;还贴了一张战地后勤服务队的通告,招聘妇女为日军洗衣煮饭,有工资。村民将信将疑。

次日早饭后,魏少委在晒谷坪召开了村民大会。一个穿蓝旗袍的中年妇女上台讲话,她自称张丽君,中国人,在战地后勤服务队做事。她希望大家不要有顾虑。听她这一说,大家消除了不少疑虑。应聘的有好几个妇女,有一个是夏国忠的老婆黄红霞,他们俩有个小女儿叫夏梅芳。

次日,张丽君把黄红霞等人带到战地后勤服务队。后勤服务队在海边一座高墙大院里,墙上有铁丝网,四周有岗哨。她们到达时,院子里已经集合了一百多个中青年女子,有朝鲜人和菲律宾人,也有中国人,还有少数日本人。接着,一个日本中年妇女给大家训话:“大家来这里是为大东亚圣战服务,为皇军服务。大家要有牺牲精神。”之后有人用几种不同的语言翻译,汉语翻译是张丽君。姐妹们不知道这牺牲精神是什么,洗衣煮饭能算牺牲精神吗?

训话以后就编组,按地区来源编,每个地区编一个大组,每个大组又分成甲组和乙组。天涯村的妇女多半编在甲组。大家发现:甲组的比乙组的要长得漂亮些。点名不叫本名,叫被给予的花名,如爱花之类的。黄红霞叫红叶。管事是女的,朝鲜人,五十来岁,姓崔。她发给每个人一张草席,叫大家按顺序铺在房间的地板上。睡在黄红霞旁边的是一个二十来岁的朝鲜姑娘,叫朴姬。接着,崔管事发给每个人一套白色服装,上面印有编号。大家穿在身上,都很高兴。崔管事要大家洗澡,接受体格检查。然后,她领着大家来到一个大厅里,按编号排好队。那个训话的日本女人走了进来,命令大家就地脱光衣服。姐妹们心里发抖,手足无措,没有一个人脱衣服。日本女人非常气愤,喝令黄红霞出列脱衣。黄红霞吓得脸色发乌,呆若木鸡。日本女人把手一挥,一名彪形大汉走进大厅,饿狼般地冲上去,把黄红霞拉出队列，剥光衣服，按倒在地。黄红霞拼命挣扎，呼天喊地，但无济于事，反而被那大汉打得鼻青脸肿，赤身裸体地躺在地上，连挪动的力气也没有了。大厅里一片哭泣声，日本女人则厉声制止，强行检查，把黄红霞翻来覆去，摸上摸下。检查朴姬的时候，朴姬感到羞辱难忍，望了望黄红霞又哭泣起来。日本女人朝朴姬的脸上左右开弓。朴姬则尽量忍气吞声。

姐妹们感到越来越不对头，她们预感到自己进入了魔窟，不知道后面会发生什么事。

原来日本对中国发动了侵略战争，日本军方担心官兵大量强奸中国妇女会削弱日军的战斗力，于是在各地建立"慰安所"，执行军妓制度。他们把日本、朝鲜、菲律宾几个国家和中国台湾、海南的一些妇女骗到或抓到军队里来当妓女。长相漂亮一点的编在甲组，专供军官淫乐；长相普通的编在乙组，供士官和士兵淫乐。他们去一次慰安所的价格都有规定：军官六元日币，士官四元五角，士兵三元。

晚饭后姐妹们在大厅里按号序坐定。几百名日本军人争先恐后地买门票，买了票以后就涌进大厅，凭票对号。他们如狼似虎地将姐妹们拖进房里按在床上强行施暴。直到这时，她们才知道来这里不是做工，而是当妓女。一个日本大尉走到朴姬面前，拉她去一个房间。她不肯去，并且说："我是来做饭洗衣的。"那日本军官朝她下身就是一脚，朴姬痛得眼泪直流，马上蹲了下去。那日本人使劲把她往房间里拖，只听见她在房间里呼天喊地。过了一会儿，她出来了，精神恍惚，衣服被撕得稀烂，手臂上一条条血印，然后坐在黄红霞旁边默默地流泪，接着用半生不熟的汉语对黄红霞说："我本来想来做工赚点钱寄回去养活老母亲和弟弟，谁知是来当妓女。我真不想活了。"黄红霞不知怎么安慰她，想了一会儿才说："为了母亲和弟弟，你无论如何应该活下去。"

不一会儿，一个满脸胡子的日本中尉走进大厅，向四周望了望，然后走到黄红霞面前，拉着她就往房里走。大家感到奇怪的是：她没有像上午那样反抗，但眼里闪着愤怒的火焰。进了房间不久，那个日本中尉像被杀的猪一样号叫，光着半截屁股走出了房间，双手握着鲜血直流快要断了的生殖器。原来这日本人脱光衣服后，要黄红霞用口去含他的生殖器。黄红霞心里直作呕，想起上午被侮辱的事，晚上又强迫她来接客，她怒火中烧：日本鬼子根本不把中国人当人，这样活着还不如拼了这条命。她把全部的仇恨都集中到牙齿上，使劲把日本鬼子的生殖器咬了一口，然后又用牙齿拼命撕扯。日本鬼子痛得哎哟直叫，慌忙跑出去喊医生。他这一喊叫，整个慰安所都乱了套。接着，一百多个姐妹被命令在院子里集合。三个肌肉发达的日本兵把黄红霞结结实实打了一顿，再脱光衣服绑在院子里的凤凰树上。首先用皮鞭抽，细嫩的皮肤被抽出一条条血印。黄红霞咬紧牙关不哼声。接着，日本兵又用电棒打。打一下，黄红霞"呀"地喊叫一声。打几下后，她晕了过去。等黄红霞醒来后，一个日本兵抡起一把锤子说："看你还咬不咬人！"一锤就敲掉了黄红霞几颗门牙，鲜血从口里流到脖子上，又从脖子流到胸前。姐妹们见了浑身哆嗦。黄红霞突然高声喊道："打倒日本鬼子！"听她这一喊，另一个日本兵马上抽出匕首，把她的舌头割掉，扔在地上。接着，两个日本兵用绳子套住她的脖子，吊在树上。黄红霞很快就断气了，但两只眼睛还在怒视着杀害她的日本鬼子。树上成千上万朵鲜红的凤凰花好像是溅满了受害者的鲜血。

黄红霞死了，但她的丈夫一点也不知道。

再说黄红霞去慰安所以后，夏国忠要做爹又要做妈。他要给小孩做米粑粑，洗衣补衣。尤其是小孩晚上哭闹时，他一筹莫展。人家要他写个纸条贴在路边的树上："天皇皇，地皇皇，我家有个哭夜郎。过路君子念一遍，一夜睡到大天亮。"他贴了几次都不灵。

华家的人见夏国忠忙里忙外，很同情他。有一天，夏国忠背着小孩在帮华孝先栽菜时，华娭驰对儿子儿媳说："小孩没有妈带真可怜。何不让夏胡子把小孩放我们家一起带？"华孝先说："不知道夏胡子愿不愿意。"

休息时，华孝先问夏国忠："你老婆现在情况怎么样？"夏国忠说："不知怎么搞的。她去了以后，既没有回家看小孩，也没有寄钱回来。我问了其他应聘的妇女家属，情况也是一样。你说是不是日本人搞鬼？"华孝先说："这很难搞清楚。我认为日本鬼子不是好人。是好人就不会侵略我们中国了，所以我没有让老婆应聘。"夏国忠说："你见识广，我事先请教你就好了。现在小孩没有妈带，真可怜。我真后悔，不该让她妈去。"夏国忠边说边揩眼泪。华孝先说："假若你放心的话，就把小孩放在我家里给我们带，将来你再带回去。"夏国忠吃惊地望着华家的人说："你们家里有个小孩，我怎么能够连累你们？"华娭驰说："一个是带，两个也是带。"夏国忠说："我怎么可以辛苦您老人家？"牛爱华说："我和我弟弟就是她老人家带大的，是她要我们同你讲的。"夏国忠"咚"的一声跪在地上给华娭驰磕头说："您是我家的恩人。"华孝先赶忙把他扶了起来。夏国忠对华孝先夫妇说："你们夫妇就是我女儿的再生父母。你们的恩情，我夏国忠今生不能报答的话，来生也要报答。"华孝先说："你说到哪里去了。我们虽然不是同一父母所生，但都是一条藤上的苦瓜。我们今后就是兄弟，不要客气。"

从此，华家多了一个小孩，也多了许多事情。

日军给天涯村带来的灾难一件接一件。

一天上午，魏家大院门口又贴了一张维持会的告示：每户要有一个男的到铁矿做工。

原来，日本政府曾经派海军特务部北浦大佐带员勘察，发现海南岛有铁矿。后来派"石原株式会社"技师松田复勘，确认是富矿，含铁量达百分之六十以上，又是露天铁矿，容易开采。在海南岛发现铁矿的消息传遍了日本，日本人如获至宝，欢喜若狂，因为铁是战争不可缺少的物质。日本开设了各种承包公司。

告示贴出的当天下午，几个农民在符阿叔的门口闲谈。有个叫孟凡的说："听说每天都有成百的劳工来铁矿。"青年农民应长寿说："听说铁矿是日本人投资，由中国的一些公司承包。"有个叫卫求生的中年农民说："听说日本军队很凶残，每到一处杀光、烧光、抢光。"中年农民齐迎春说："日军在我的老家县城里见男的就抓去做苦工。工地出入口有兵把守，进去了就像进了牢房一样，迟到就要挨打。有一天，日军强迫二十多个民工去拆民房上可以用来修碉堡的材料。有个民工不忍心去拆。一名日军就对准那个民工的胸口刺了一刀，刺死后把脑袋割下来挂在路边的木棉树上。"

大家听了都毛骨悚然，不知如何是好。

次日早饭后，魏家大院的晒谷坪里站满了人，魏少委点名，三十来个青壮年农民站成一排。然后，一个腰间佩着指挥刀的日本军官讲话，旁边一个男子翻译。军官说："我们是日本天皇的军队，我们来中国是为了建立东亚共荣圈，保护中国不受敌军的侵犯。开采铁矿就是为了制造武器，加强防卫。点名去铁矿的人必须服从日军的命令，谁要违抗，格杀勿论。"然后，二十多个持枪的日本兵押着三十来个农民往前走。这时，齐迎春的母亲跑过来，拉住齐迎春说："你不能去，你老婆还在坐月子，没有人照料。"那个日本军官抓住齐老太的手一甩，把她甩在路边。齐老太爬起来，准备再去拉齐迎春。那军官一脚把齐老太踢翻在路上。齐老太再也爬不起来，只是哭喊着儿子。齐迎春怒火中烧，恨不得与日本军官拼命，但转念一想，日本人有刀有枪，自己敌不过他们，只好忍住。

齐老太被踢断了肋骨，几天后就痛死了。

三十来个农民被日军押往铁矿。天涯村过河往东十来里处有一座五十多丈高的山头，那就是天涯铁矿，由香港合记公司承包，职员大多数是中国人。劳工多数是从上海和香港征集来的，近来也从海南岛各地征集或招聘了一些。

工地办公楼是栋四层的青砖房子，坐落在山脚下。负责人向来做工的民工介绍了几个人：戴眼镜的是总经理成彪，拿皮鞭的是监工成虎，大胖子是后勤总管潘明。然后，潘明带领大家来到离办公楼半里远的工棚区。这些工棚都是用几根木头撑住的茅棚，地上横竖放一些木头，木头上放些树枝，树枝上铺些茅草，这就是床铺。

齐迎春、华孝先等劳工都没有带行李。公司发给每个劳工一个斗笠和一个布袋，布袋里装着一件换洗的汗衫、一条短裤和一条毛巾。牙刷和牙膏对劳工来说简直是奢侈品，不知道这一辈子能不能享受。没有财产的最大好处之一是不怕小偷，再没有出息的小偷也不会来光顾这些劳工。你不要觉得这些劳工的床上用品就是一张草席，很可怜，好些人见到劳工们睡在这样的草席上会羡慕得流眼泪。有的人吃鱼肉过多，肚子发胀睡不着；有的人有钱怕小偷来偷睡不着；有的人夜里想女人想不到手睡不着。而这些劳工，晚上一进工棚，往草席上一躺，头还没有贴到草席就睡着了，不管屋内有人鼾声如雷也好，屋外雷鸣电闪也好，一个个像着了魔似的，睡得像木头一样，一动也不动。三百来号人睡一个茅棚，像蒸笼里摆馒头，一个挨一个。假如翻身动一动手脚，就会压在另一个人身上，好在被压的人一般不会醒来。这种酣睡若能买到的话，那些失眠的人即使倾家荡产也心甘情愿。

清早五点钟，大家正在酣睡，突然哨声大作，这是起床的信号。成虎在各个茅棚边吹了又吹，有时还拿手电照照，看有没有没起床的。劳工们像被叫号受审的犯人一样被哨声催起来，然后急急忙忙在塘里洗了脸，有些来不及的干脆不洗脸就往食堂走去。大家排好队领饭，每人发两个拳头大小拌有红薯的饭团和一块拇指大小的咸鱼。这样开餐的最大优点是不用餐桌和碗筷，还能使劳工重温人类祖先的生活方式。夏国忠三口吃完了一个饭团，孟凡两口就吃完了一个饭团，华孝先吃饭习惯嚼碎再咽下去，这一嚼就嚼出了问题：饭里面有沙子。结果吐不是，不吐也不是。吐了就没有吃的了，肚子饿了怎么办？不吐又咽不下。华孝先拿着饭团对潘总管说："饭里有沙子怎么吃？"潘总管没好气地说："吃得了就吃，吃不了就莫吃。鸡食还要掺沙子帮助消化。”华孝先想，同这种人讲道理是没有用的，他喝了口水把饭吞了下去。

出工要点名。六点到工地开始做工，主要是挖土运土。劳工们用篼箕担着满满的一担土石奔跑。十二点吃午饭，一点出工，天黑收工。

有一天，做工的时候下雨，没有躲雨的地方，就是戴了斗笠也遮不住雨水，大家只好打着赤膊淋雨。矿工们经常打赤膊穿短裤，上身和两条腿晒得黝黑黝黑的，像上了一层漆一样，雨落在身上就像落在油布上一样，立即滚了下去。

晚饭后还在下雨。饭后没有工人去散步，以免消耗体力。大家坐在床沿上闲谈一会儿就睡了。不管外面怎样下雨，大家还是睡得很死。华孝先梦见自己掉进了河里，河水把他往险滩上冲去，滩陡水急，眼看就要撞在一座大石山上，他尖叫一声，醒来了。他一摸身边，果然水从身边流过，他以为自己还在做梦，睁眼一看，这不是梦，大家脱在地上的草鞋都被水冲到茅棚外面去了。外面的雨已经停了，茅棚顶上却还在滴水下来，天上稀稀拉拉地有几颗星子。他忙喊夏国忠等人：“快起来，涨水了！”喊了几声喊不醒，他又去摇他们，摇醒这个，那个又睡着了，摇了几次才摇醒。夏国忠一看，水快要漫到床沿上来了，草鞋也不见了，幸好床上的衣服还没有被冲走。他和华孝先都大声喊：“大家快起来，涨水了！”这一喊，大家都陆陆续续醒来了，他们爬起来，光着脚往茅棚外走。草鞋被冲到茅棚外不远的地方被柴草挡住了，大家把草鞋捡了回来，也弄不清是谁的，只要合适就穿在脚上。

觉是睡不成了，但还没有到天亮的时候。大家坐在床沿上，有的在闲谈，有的在打瞌睡，谁也没有怨气，没有怨日本人，也没有怨当总管的中国人，怨天又没有用，只怪自己的命苦。

涨水没有睡好觉，出工还是要按时。迟到一次就要扣掉当天的三两六钱米，迟到两次连六两红薯干也要扣掉，所以谁也不想迟到。

雨下久了，土就松多了，容易挖，成虎建议挖神仙土。一天上午，房间那么大的土方突然塌了下来，压死了五个劳工。死者挖出来后，工人们流着泪把五位死者一字儿摆在工地上。成虎来了，对大家说：“还摆在这里干什么？还不赶快埋掉。”有个工人说：“等他们的家属来了看一眼再埋。”成虎笑了一声说：“看一眼，讲得好容易。这几个都是香港的第一批劳工。谁去香港找他们的家属？香港早就被日军占领了。他们的家属也许早就逃离香港了。”环顾一下四周，他又说：“这么热的天气不埋掉，明天就臭了，大家怎么做工？”

工人们听了很反感，但也没有说什么。大家流着泪抬着五位兄弟往大坑边走去。成千的人在坑前默默地低着头，然后又默默地走开。

埋葬死者后，三位同死者一起来的香港劳工在工地上找到监工成虎，要求他向公司反映，给死者家属发抚恤金。成虎说：“合同上写得清清楚楚，每天的报酬是三两六钱米和六两红薯干，也就是你们每天吃的粮食，其他一概不管。如果发生事故，后果自负。”有个工人说：“你们也要讲点人道主义。死者家里有老有小怎么办？”成虎说：“我们能管这么多吗？”另一个工人说：“他们前一段做了这么久，难道一点补助也没有？”成虎说：“死了就一了百了。”有个工人吼了起来：“你这是什么话？我们工人死了还比不上一条狗。”成虎说：“你们是不是要造反？”他说完，扬了扬皮鞭走了。接着，他立即向最近派来任开发现场督战队队长的鸠山司令报告，说有三个劳工要造反。鸠山司令马上来到工地，对工人们说："刚才要求给死者家属发抚恤金的是哪几位？"没有人答应。司令又催促说："是谁？快站出来！不要以为我不知道。"三名工人慢吞吞地站了出来。司令说："跟我到公司大楼去。"三名工人跟着去公司大楼，其他的工人急切等着他们回来。直到吃晚饭时三个人还没有回来，天黑了还没有回来，次日吃早饭时还是没有回来。

上午做工的时候，华孝先去大坑边解大便。解完后挖些松土盖上，一挖竟挖到一个人头。他吓了一大跳，仔细一看，是先前同成虎讲理的一个香港工人。他在旁边有新的松土的地方又挖出了两具尸体。他明白了：先前出来讲理的那三个工人全部被杀害了。他用土把尸体盖好。后来，他把这件事悄悄地告诉几个要好的工人。一传十，十传百，消息很快传遍了工地，有的人没有屎拉也去大坑边装作拉屎了解情况。

次日早晨，大家去吃饭时，发现成虎的脑袋挂在食堂前的一棵树上，树上还贴了一张写有字的纸条："汉奸的下场。"

围观的人围了一层又一层。工人们有的叫好，有的笑而不语，有的不笑也不说。不一会儿，脑袋被几个日本兵提走了。接着有人说：昨晚两个门卫被绑在房子里的屋柱上，口里塞着毛巾，香港的几百个劳工都逃跑了。夏国忠悄悄对华孝先说："干掉成虎的可能是香港工人。"华孝先在夏国忠耳边说："昨晚半夜我看见权升钤起床喊齐迎春和卫求生走出茅棚，这件事可能是他们干的，今天他们都不见了。权升钤是香港劳工。"

成彪对鸠山司令说："一定要查出杀害成虎的凶手。不然，凶手会越来越嚣张。"鸠山司令说："不用查了。香港劳工都跑了，凶手早就跑了。"其实，在鸠山司令看来，死了一个成虎不过像死了一条看门狗一样，另外换一条狗看门就行了。他要成彪暂时兼任其弟弟成虎的职务。

由于逃跑了几百个劳工，铁矿不得不减少一个工作面。这样就推迟了出产矿石的日期，这使承包公司和日军都感到头痛。日本的兵工厂太需要铁了。为了加速开发矿山，日军一方面让上千名英国、印度和加拿大的战俘投入劳役，另一方面继续在香港、上海和海南岛强征或骗招劳工。很多难民在兵荒马乱的年代，饥寒交迫，走投无路，只要有碗饭吃，总比饿死要好。到一九四三年十月，天涯铁矿的劳工多达一万八千人，还有几万名劳工修建运矿石的铁路和港口。

一天上午，一个同华孝先一起做工的劳工突然发高烧。华孝先要他去树下休息。那劳工一到树下就躺了下去。不一会儿，成彪来了，骂那劳工偷懒。那劳工没有回嘴，也没有起来。成彪踢了他一脚，他还是没有起来。华孝先上前说："他有病。"成彪说："有什么病？装死！"华孝先用手在那劳工的嘴边探了探，然后对成彪说："他没有气了。"成彪说："没有气就埋掉。你喊几个人把他拖到大坑里去，盖上一层土就完了。"华孝先向夏国忠、孟凡和应长寿招招手，四个人有的拉手，有的拉脚，把那个劳工拉去埋了。但四个人很恐惧，不知道这是什么病。其他工人也非常恐惧。等成彪一走，大家就离开那个地方，到其他地方挖土去了。

那个劳工死了不久，另一个工作面也死了一个，接着两个、三个、四个、五个……一个上午就死了十一个，整个工地上一片恐慌。下午又有十多个死在工地上，管理人员和日军也都恐慌起来了。

大家不知道这是什么病。害病的人一开始冷得发抖，过了一阵又发烧，面红，头痛，呕吐，全身疼痛，发热持续几个小时，然后大汗淋漓，体温下降，非常疲倦。孟凡说：以前海南岛有很多人害过这种病，叫打摆子，传染很快，死了很多人。他以前也害过这种病。他还听医生说，打摆子是蚊子传染的，用黄荆叶可以熏走蚊子。于是，大家下班后，去砍了许多黄荆叶，在茅棚周围烧了很多堆，烧得烟雾冲天。不要说是小小的蚊子，就是牛也要被熏倒。很多人被熏得眼泪直流，都往没有烟的地方跑。

日军怕劳工逃跑，加强了戒备，各个路口和山头都放了哨，架起了机枪。

次日早上，每个茅棚都有十多个人没有起来。死者旁边的人只想另外找地方睡，但没有地方可找，只好把死者的衣物都甩进火里烧掉。死人躺在床上谁去埋？谁都怕去，好像一去就会一起归西天。后来大家协商，由睡在死者两边的人去埋。

过了两天，华孝先和应长寿也开始发冷发热，隔日发作一次。发烧时，孟凡用冷水打湿毛巾盖在他们两个的头上；发冷时，他把自己垫的茅草都盖在他们身上。他以前打摆子时，他父亲用槟榔和青蒿煎水给他喝，他也照此办理，果然有效。华孝先和应长寿的病情慢慢稳定住了。孟凡把这个方子告诉其他的劳工，平常不显眼的槟榔和青蒿一下子成了济世良药。然而，有些人起病不怎么严重，十几天后又发作，后来体温突然升高，额头都烫手，这种病人绝大多数都死了。

每天死的人越来越多，后来一天多到一百来人，从早到晚只看见拉着死人往大坑里甩。有时候吹来一阵臭气，大家一寻找，准能找到一具尸体。原来，有的病人在乱草中屙屎，没有屙完就晕倒在乱草里，旁人也不知道，直到发臭才发现。那股臭气，谁闻了都会头晕，再怎么掩住鼻子也受不了。有的尸体已经腐烂，只能用锄头钩到箢箕里担去埋掉。有些死的时间久了，一钩，手脚都分离了。有的已经烂成了一团稀糊糊，钩都没法钩，那就只好就地挖个坑埋了，再插上树枝做个标记。

这次疾病后，一万八千多名劳工只剩下八千多人。那个大坑快要被死人填满了。后人把那个大坑叫作万人坑。

由于死了很多劳工，日军只好从各地招收劳工来补充。随着时间的推移，天涯铁矿的开发进入了主体工程。表面的土被一层一层地剥掉，下面的铁矿石慢慢显露出来。黑得发亮的铁矿石拿在手里像铁块一样沉重。后来，整个山头都是黑黝黝的铁矿石，真是一座宝山。鸠山司令见了，像公鸡一样发出“咯咯咯咯”的笑声。

一九四四年十月二十四日，日军两艘矿船装着五千一百五十吨铁矿石离港而去。铁矿停工了。至此，一共有三百多万吨铁矿石运往日本。这些铁矿石炼成钢铁，制成炸弹，又运到中国，扔到中国人民的头上；制成枪炮，对准中国人民。

鸠山司令得到了日本政府的特别嘉奖。

三　重见天日

一天晚餐时，华孝先说："听说日本投降了。"华姝驰说："有这样的好事吗?"牛爱华说："我们明天去市区看看，顺便买点东西。"

次日早饭后，华孝先夫妇来到市区，只见满街上贴着标语："向抗日将士致敬！""向友邦战友致敬！"市区大桥的桥头搭起一座彩牌楼，上方是四个两尺见方的大字"和平万岁"。

两人来到一座两层的砖房前面。这里住着日本人。房子前面排着一队日本兵，个个赤手空拳。为首的日本人在讲些什么。一个观看的中国男子上前打了那日本人一耳光。日本人跪了下来。那中国男子想再打几个耳光解恨，但一见日本人跪着，他反而住手了。

中国的"厚黑学"是说有些人干事脸皮厚，心里黑；中国的"忍学"是教人要忍，小不忍则乱大谋。这个日本人不一定学过"厚黑学"和"忍学"，但他的行为充分体现了这些学说的精髓：得势时用"厚黑学"，失势时用"忍学"。

华孝先也想把那个日本兵揍一顿，但一想：伸手不打笑脸人，何况是下跪的人呢?他拉了一下牛爱华说："走吧，去前面看看。"两人来到日军司令部前面，只见路边摆着几张长书桌，上面写着"拍卖小孩"四个字。书桌边站着十来个日本人，那些军人的脸上都显出一种无奈的表情。每个日本人都带着一个小孩，每个小孩的胸前都挂着一张纸牌，上面写着出生年月。一个三十来岁的男子站在旁边翻译。被拍卖的小孩中，一两岁的表现得无所谓，也许还以为是自己的父亲在带他们玩；三四岁的则在流眼泪，他们也许懂得自己被卖了以后再也见不到父母了；五六岁的则有的怒形于色，很显然，他们恨自己的父亲太没有良心。

一个老妇人指着一个五岁左右的女孩问："这个女孩多少钱?"那女孩的父亲伸出四个手指，阴沉着脸说："请您给四块银圆好吗?"老妇人说："四块就四块。四百块也养不大这么个小孩。我身边没有人，带个女孩做伴也好。"那女孩狠狠地瞪了她父亲一眼，头也不回地走了。那日本人左手抹眼泪，右手向女儿挥动，口里喃喃自语："去吧！去吧！你留在中国可能还有一条生路。你母亲被炸死在广岛，家乡已成了一片废墟，我带你回日本也难养活你。去吧！去吧！"

牛爱华总是望着一个脖子左边有颗痣的两岁左右的男孩。华孝先知道她很同情那个男孩，于是说："你要不要这个男孩?"牛爱华说："带着没有吃的。"华孝先说："有一棵草就有一颗露水。这男孩可爱又可怜。"牛爱华指着那男孩问："这男孩多少钱?"男孩的父亲鞠了一躬，伸出两个指头说："两块银圆。"牛爱华对华孝先说："要是我的小孩，两万块我也不卖"。华孝先觉得这个日本人竟是这样忍心，对自己的儿子竟没有一点骨肉之情。他从口袋里摸出两块银圆交给牛爱华，牛爱华把两块银圆交给那个日本人，抱着男孩走了。那男孩以为是带他到好玩的地方去，他回过头来向他父亲笑了笑。那男孩的父亲突然抓住自己的头发号啕大哭，然后用手狠狠捶自己的胸脯，接着把两块银圆摔在地上，撕心裂肺地叫喊："孩子，你长大了不要恨你的父亲，你应该恨这次战争。你母亲今年病死在日本的军队里。我的家乡被美国的原子弹炸得什么也没有了。你父亲现在也无家可归了。"牛爱华对华孝先说："这些日本兵也怪可怜的。"华孝先说："现在看日本仔可怜，别忘了他们当时是怎么屠杀我们中国人的！"

华孝先夫妇抱着男孩边走边聊。两人商量给男孩取了个名字叫"华国平"。

华孝先夫妇来到榆林港附近。港湾水域宽阔，海面如镜，停泊着许多船，多半是军舰。很多日本军人在军舰上。有一位日本军人站在船边大声吼叫："我们打了败仗，没有脸回去见日本同胞。不成功，则成仁。天皇万岁！"他边吼边解开衣扣，然后拔出闪闪发光的匕首，果断地剖开肚皮，鲜血直往外喷，肠子掉到肚外。这日本军人最后支持不住，倒进了海里。旁边的日本军人不断摇头叹息。

过了几分钟，一个日本女人发疯似的尖叫起来。她把钞票抛进了海里，接着又从脖子上取下金项链，从手上取下金戒指，通通抛进了海里。她又从衣袋里拿出一面日军发的奖旗，把它撕得粉碎，边撕边朝那些日本军人吼叫："日本政府欺骗了我，日本军人糟蹋了我。我没有脸回日本见自己的亲人。让这个肮脏的躯壳沉进海里，让干净的灵魂回到祖国。"那些日本军人都不敢正视她。最后，她纵身一跳，跃进了海里。

华孝先夫妇又看了看港口的进出口，有几个中国军人在守卫和登记。有个年轻女人在门口讲了些什么，然后往外走，走到华孝先夫妇跟前时，用不大流利的汉语说："请问，天涯村怎么走？"牛爱华说："离这里不远。你找谁？"女人问："黄红霞的家人住在那个村吗？"华孝先夫妇感到很惊奇：这个人怎么知道黄红霞？华孝先说："黄红霞的家人住在天涯村，但黄红霞不在家。你有什么事？"那女人说："我想把黄红霞的事告诉她家里的人。"牛爱华问："你怎么认识黄红霞？"那女人说，她叫朴姬，同黄红霞一起在慰安所。然后她简单地讲了黄红霞遇害的经过。华孝先夫妇大惊失色，牛爱华说："我带你去找黄红霞的丈夫。"接着，几个人一起向天涯村走去。牛爱华问朴姬今后怎么办。朴姬说：日军只把日本人运回去，其他国家的人他们不管。她家在朝鲜，她曾经托人打听家里的情况，弟弟被征入伍，死在南洋，母亲在家经常为他们姐弟俩哭泣，死于饥寒交迫。她想回家，但没有家了，也没有路费，只好暂时留在中国找点事做维持生活。

几个人一路上边走边谈，不知不觉就到了天涯村。牛爱华向华媄驰介绍朴姬。华媄驰忙搬凳子请朴姬坐。接着，华孝先又谈到买男孩的事。华媄驰抱起华国平说："好乖的娃娃。"

不一会儿，夏国忠来看望夏梅芳。夏梅芳和华国彪上山捡柴还没有回来。牛爱华对朴姬说："这就是黄红霞的老公。"牛爱华又向夏国忠介绍朴姬。朴姬跟夏国忠谈了黄红霞的情况。夏国忠边听边流泪，他紧紧捏住拳头，恨不得把杀害他老婆的日本鬼子都捏死。

过了一会儿，夏梅芳和华国彪捡柴回来了。夏国忠要夏梅芳回家换洗衣服，然后对朴姬谢了又谢，带着夏梅芳走了。他本来想请朴姬去他家吃饭以表示感谢，但又觉得不方便，只好不请了。

夏家父女走后，牛爱华把夏梅芳留在华家带的事告诉朴姬。朴姬叹了口气说："这女孩没有妈真可怜。日本鬼子害得我们好苦。"

牛爱华见朴姬无亲无故，便留她暂时住几天。

一天下午，牛爱华试探着问朴姬："你觉得夏国忠这个人怎么样？"朴姬说："他的命够苦的了。"朴姬觉得牛爱华话中有话，但又不便问明白。牛爱华说："你和他一样命苦。"牛爱华又说："我想，你和夏胡子都应该有个家。"牛爱华还没有讲完，朴姬说："我当过慰安妇，人家瞧得起我吗？""我想，夏胡子的老婆死在慰安所，他对当过慰安妇的人只会同情，绝不会歧视。"朴姬沉默不语。牛爱华说："我让我老公向夏胡子打听一下，你看怎么样？"朴姬说："那就谢谢你啦。"

下午，华孝先来到夏国忠家里，谈到朴姬。夏国忠说："人家还是没有嫁过人的，她愿意做后娘吗？"华孝先说："她看起来对你很同情。爱华说，这个女人很善良。你和她都是苦命的人，苦命的人在一起往往能够互相体贴。"

由于华孝先夫妇搭桥，夏国忠和朴姬结成了夫妻。夏梅芳回到了父亲的身边，但她还是经常来华家玩。

日本鬼子使成千上万的家庭破碎。苦难的命运又把不同国籍的人组成一个家庭。

日本投降了，苦苦熬了十四年的中国人民不必天天担心日机来轰炸了，不必担心日军来杀人放火了，逃难的人可以回家团聚了。

华孝先准备把茅屋修整一下，防止漏雨。这天上午，他打扫房间时突然大叫一声："有蛇！"牛爱华问："蛇在哪里？"华孝先指着靠床里边的角落说："在那里。"牛爱华一看，只见一条两尺多的蛇蜷曲在角落里。由于刚才被惊动，蛇开始爬行。蛇的身上麻麻点点的，呈乌色，甚是可怕。华孝先挥起木棒打去，没有打中。蛇爬得更快了。牛爱华说："让我来。"她拿过木棒，用木棒按住蛇身。蛇马上转过头来，缠住木棒。牛爱华转动木棒，转到蛇的脖子处，然后她伸出右手抓住蛇的脖子。蛇很快缠住她的手臂。华嫔驰和华国彪也跑过来看。华国彪说："妈妈，危险！"华嫔驰双手捂住眼睛不敢看。牛爱华笑着说："不用怕，它跑不了啦。"接着，她用石头把蛇头锤掉，然后剥掉蛇皮，把蛇胆取出来，对华孝先说："你吃不吃蛇胆？"华孝先不敢吃。牛爱华说："这是乌梢蛇，是无毒蛇。这蛇肉没有毒，蛇胆也没有毒。蛇胆吃了可以清肝明目。"她说完便放进口里吃了。华嫔驰说："这蛇真吓人，埋掉算了。"牛爱华说："埋掉可惜了，蛇肉很好吃。"

早餐的一道菜就是蛇肉。华家来海南岛几年了，这还是第一次吃蛇肉。以前也打死过蛇，多半是小蛇，没有什么肉，而有的蛇不能吃。牛爱华把一块蛇肉夹到华国彪碗里。华国彪见妈妈连蛇胆都敢吃，他也敢吃蛇肉。牛爱华对华国平说："哥哥吃，你也吃。"华国平见其他的人吃，他也跟着吃。牛爱华夹了一块蛇肉放进华孝先碗里。华孝先不敢去夹那块蛇肉，好像那蛇肉会变成一条蛇来咬人。华国彪说："爸爸，这蛇肉比鸡肉还细嫩，很好吃。"华孝先觉得在儿子面前要显得勇敢才行，于是，壮了壮胆，以英雄就义的姿态，把那块蛇肉放进了嘴里。牛爱华对华嫔驰说："妈，您也尝尝看。"华嫔驰说："我见了蛇都怕，哪里还敢吃。”华国彪说：“奶奶，不要怕。您不敢吃蛇肉就喝点汤，这汤很鲜。”华嫔驰特别喜欢孙子，她听了孙子的话很高兴。她拿起筷子想点一点汤尝尝味道，但筷子刚伸出去又收了回来，她说：“我怕。”牛爱华见她不敢吃，也不勉强。但华国彪还是要想办法让奶奶尝一尝这汤的鲜味，他帮奶奶盛饭时，盛了一点锅里的蛇肉汤进放饭里面，然后又盛了一点桌上的白菜汤。华嫔驰喝了一口汤说：“哎呀，多鲜的白菜汤。”华国彪笑着说：“我放了些蛇肉汤在饭里面。”华嫔驰努着嘴说：“你这猴子精，作弄起奶奶来了。好，既然破了戒，我就索性把饭碗里的汤都喝了。”

华孝先问牛爱华：“是不是所有的蛇都可以吃？”牛爱华说：“很多有毒的蛇咬人很毒，但肉没有毒，可以吃；有的蛇咬人没有毒，但肉有毒，不能吃。”华孝先若有所思地说：“日本鬼子很像那些有毒的蛇。当他们拿起枪炮对准我们的时候，他们的手段很毒，像毒蛇的牙齿。假如夺掉他们的武器，就像拔掉毒蛇的牙齿一样。”牛爱华说：“日本鬼子还有一点同蛇很相像：看起来很凶，但心里很虚，所以说打草可以惊蛇。”华孝先说：“日本鬼子还有一点同蛇很相像：你不了解蛇的习性，蛇很可怕；当你了解了它的习性，掌握了对付它的方法时，就不可怕了，要捉就捉。”华国彪说：“妈，你告诉我怎么捉蛇好吗？我会捉蛇就不怕日本鬼子了。”他说得大家都笑了。

次日早晨，华孝先对牛爱华说：“明天我们去市区赶集，看看热闹。以前我们不敢去市区赶集，怕日本鬼子抓人，只是到村子里的小店买点东西。现在日本人走了，可以放心了，只可惜没有钱买东西。上次去市区把两块银圆都用了。”牛爱华说：“现在太平了，屋前屋后的香蕉、芭蕉和椰子都可以担到集上去卖，卖点钱买盐和其他东西。”华国彪闹着也要去。牛爱华说：“明天要卖东西，又要买东西。以后有空带你去海边玩。”华国彪高兴地说：“我以前只在门口玩，一听到飞机叫就赶忙躲进屋里面，总是担心日本鬼子来。现在日本鬼子走了，可以到处去玩，真是太好了。”华孝先说：“以后我还带你去铁矿玩。”华国彪听了，觉得这天和地比以前宽阔多了。

次日清早，华孝先担了一担椰子，牛爱华担了一担香蕉和芭蕉，抄小路往市区走去，一个多小时就到了集上。市区只有一条不到一里长的小街，严格说来不是街，不过是一条沙子路。路两旁有几十家店铺，多半是木板房，小半是茅房，只有以前日军驻扎的地方有几栋两层的砖房子。一刮风，沙子在地上滚，灰尘在空中飞。华孝先夫妇把东西放在路边。华孝先左顾右盼。

旁边有个人卖针和火柴。一个乡下人提着一袋米来到那小贩面前，两人用海南话交谈了一会儿后，那小贩给了乡下人一根针和一盒火柴。那乡下人摇了摇头。那小贩又给了一根针，乡下人把一袋二十多斤的米倒进了小贩的箩筐里。华孝先问牛爱华：“二十多斤米就换两根针和一盒火柴？”牛爱华点了点头。

接着，华孝先又看到一位中年男子提了一只公鸡放在路边，尾巴上插了一个草标，然后走开，蹲在附近的一棵树下。过了一会儿，一位妇女看了看鸡，然后放了几张钞票在鸡旁边，用石头压住。等那妇女走后，那男子走过来看了看钞票，没有拿，又去原来的树下蹲着。那妇女走过来，又加了一张钞票，然后走开。那男子又走过来，拿着钞票走了。接着那妇女走过来把鸡提走了。华孝先见了，觉得很奇怪，问牛爱华：“为什么买卖双方不直接谈价钱？”牛爱华说：“‘民族’卖东西很多不直接讨价还价，有点像汉族的读书人那样，觉得做生意不光彩。”“你讲的‘民族’是什么意思？”“海南人讲的‘民族’是指汉族以外的少数民族。”

这时，一个老农民把一个比西瓜还大得多、表面全是麻麻点点凹凸不平的东西放在地上。有个小伙子走过来问：“这个波罗蜜多少钱？”农民举起十个指头。小伙子拿出一张十元的钞票给那农民说：“给你十元。”农民摇了摇头，没有接钞票。小伙子另外拿出十张一元的钞票给农民，农民接过十张钞票走了。华孝先觉得好笑，他问牛爱华：“那农民是不是只要一元的？”牛爱华说：“不一定。有些农民不会计数，以为十张一元的比一张十元的值钱多。”华孝先说：“我们再苦也要让小孩子多读点书，没文化太可怜了。”

接着，一个农民担了担黑米来卖，走在他后面的妇女提了一袋黑芝麻。华孝先只见过白米和红米，从来没见过黑米和黑芝麻，于是看了又看。

华孝先夫妇卖完东西后就去逛市场。首先来到鱼市，只见卖鱼的比卖蔬菜的还多，有许多稀奇古怪的鱼。有一种鱼扁扁的，两只眼睛在一边。华孝先想，这可能是平常听说的比目鱼了。他指着一种鱼对牛爱华说：“这是不是炮弹鱼？”牛爱华问：“你怎么知道？”“样子像炮弹。”然后他指着一种像蛇一样的鱼说，“这是不是海蛇？”“不是。”“是带鱼吗？”“也不是，这叫鳗鱼。”华孝先又指着一种鱼说：“这种墨鱼怎么没有骨头？”牛爱华笑了起来，说：“这不是墨鱼。”“这种鱼也不像鱿鱼，鱿鱼没有这么长的须。”“这叫章鱼。”然后两人来到一个鱼摊前，看到有一种东西外形像猪，肉像牛肉，华孝先问是什么，牛爱华说是海猪。华孝先问：“海里是不是有海虎、海猴和海羊？”牛爱华摇了摇头说：“不知道。我只见过海猪和海马。听说还有海豹、海狗、海牛、海象和海狮，海里真是无奇不有。”

在热天，海南人赶集是在早晨，不到中午集上就没有什么人了。现在是秋天，不那么热，又加上近几年怕日本人，人们不敢上街，现在日本人走了，可以放心放意做买卖，所以今天赶集的人特别多，一直到下午集上还有很多人。华孝先夫妇逛了鱼市逛肉市，逛了肉市逛蔬菜市场，接着又去逛百货店和南杂店，一直逛到日头偏西才买了盐和几尺布回去。

华孝先夫妇刚回到家，华国彪就问：“妈妈，你哪天带我去海边玩？”华娭驰对牛爱华和华孝先说：“你们两个明天就带他去海边玩个饱，我在家里带国平。”华国彪拉着奶奶的手说：“奶奶真好。”

当晚，华家蒸了一锅红薯，准备当作第二天的中餐。

次日天刚亮，华孝先等三人就吃了早饭出发了。每个人都戴着椰子叶斗笠，穿着牛爱华打的草鞋，华孝先提着一篮红薯。到海边的时候，日头还没有出来。海面上雾雾蒙蒙，像罩着一层轻纱，一排又一排的海浪拍打着沙滩。

华国彪见到大海，好奇地问：“妈，海有没有边？”牛爱华说：“海是看不到边的。只听说海的南面到南洋一些国家，海的东面一直延伸到地球的另一边。你将来读书的时候，老师会告诉你的。”华国彪伸了伸舌头说：“老师懂得那么多，真了不起。”

大家来到海滩上，海滩上有许多潮水冲上来的贝壳，五光十色：有的白如玉，有的红如血，有的黑如墨，有的黄如金。贝壳的形状各种各样：有的像蚌壳，有的像宝塔，有的像乌龟，有的像鸽子。华国彪突然喊道："我捡了个怪贝壳！"牛爱华走过去一看，那贝壳有饭碗大，深黄色，张着几个爪子，很像一只大螃蟹。华孝先高兴地说："彪儿，你来看，我捡了一个小花瓶。"华国彪走过去一看，那花瓶真漂亮，花花绿绿，像上了釉。他说："谁把这么漂亮的小花瓶丢在海里？"牛爱华说："这也是贝壳。"华国彪问："大海怎么会画花纹呢？"牛爱华说："这可能是太阳画的。当有太阳的时候，你含一口海水，然后往空中一喷，那水珠就显出一条五颜六色的彩虹。"华国彪还是不明白那贝壳怎么会是五颜六色的。

华孝先突然捡了一只海螺，他对牛爱华说："你会吹吗？"这海螺有人头大，牛爱华在海里洗干净后用足力气吹起来，声音洪亮，一里外都能听见。牛爱华说："以前村里集合就是吹海螺。"华国彪问："妈，还有没有比这更好看的贝壳？"牛爱华说："虎斑贝更好看，形状像老虎的背，花纹同老虎的一模一样，外面像上了一层很好的釉，闪闪发亮，只可惜这一带没有，它产在深海。"

这时，太阳出来了，好像有人在天的另一边把一个又红又大的灯笼托出海面，慢慢地托向天空。水面上一道长长的金光，像太阳神在它的宫殿门口铺上了一条金色的地毯，一直铺到你的脚下，欢迎你到海边来玩。

他们沿海滩走。滩上的沙子越来越少。华孝先向前一看，突然惊叫："你们看，这海里白白的一片是什么？"华国彪跑向前去看。牛爱华连忙叫住："不要去，小心刺了脚。""妈，那是什么？""那是海花，学名叫珊瑚。你们在这里，我去采一朵来。"牛爱华往前走去，用石头小心地敲了一块珊瑚，拿来一看，真是漂亮，雪白雪白的，像是一个盖满了雪花的松冠，每个枝头有无数个小孔，像无数朵小雪花。

华孝先朝远处看，只见一丘丘的田里有一大堆一大堆白色的东西，像一座座小山头。他问牛爱华那是什么。牛爱华说："那是盐。把海水引到盐田里，水晒干了就是盐。"华孝先感慨地说："要是在湖南，只要有一丘盐田就变成财主了。"

这时，来了一伙拉网的渔民。华国彪问："妈，大鱼有多大？""有一两百斤。"华国彪很想看一两百斤的鱼有多大，他说："妈，我们看他们收了网再回去。"牛爱华说："他们要拉到天黑才收网，现在还是太阳偏西，我们应该回去了。"华国彪觉得玩的时间太短了，但大人要回去也只好服从。牛爱华说："来，我们把红薯吃完。"三个人坐在海边，一边吃红薯一边欣赏海景。有钱的人，为了享受阳光、海水和沙滩，不远千里万里，不惜千金万金。而华家三人，不费一分一厘就得到这种享受。他们觉得：若没有外国人的侵略，人们能和和平平过日子，享受大自然的恩赐，该有多好！

四　在苦难中成长

日本投降后，国民党派员接收铁矿，但没有恢复生产。华孝先只好租种魏少委的四亩雷公田。天下雨田里才有水，天不下雨就要遭旱。他对农活不怎么熟悉，好在有夏国忠帮忙，禾的长势还不错，但到抽穗时遇到天旱，颗粒都不怎么饱满。

开镰收获前一天，华孝先请魏少委来家里吃酒席，华家备了山兰酒和鸡鱼肉招待东家。

魏少委酒醉饭饱之后，华孝先说："前段时间旱得太厉害了，收成不会好，请老爷开恩减点租。"魏少委说："这不存在减租的问题，因为我们约定是对半分成。收成不好，你减我也减。"

一共打了十担谷，魏少委派人担去了五担，华国彪见了，心里有说不出的愤怒。晚上，全家吃饭的时候，他问："我们辛辛苦苦打的谷子，魏老爷凭什么要拿走这么多？"大家没想到这孩子提出这样的问题。华孝先说："因为田是魏老爷的。"华国彪说："田里不会自己长出谷子，要我们去种才会长谷子。"牛爱华说："开田要花力气。"华国彪说："这田是魏老爷开的吗？我没有看见他做过工。"华孝先夫妇无话可答。华媄驰说："只怪我们的命苦。"华国彪追问不舍："命是什么？"华媄驰说："命就是命，天生注定的。你再问我也搞不清楚。"华国彪没有再问下去。

老天爷有时故意跟人作对，你越是没有吃的，它越是干旱。从打禾以来，连续三个月没有下雨了，每天早晨，太阳一出来就像一团火，石头晒得简直要冒烟。假若赤着脚走路，只要一踩到石头上就会烫得双脚直跳。屋里虽然是阴的，但空气是热的。狗热得伸舌头，人热得喘粗气。往年的太阳晒得皮肤痛，今年的太阳晒得骨头都痛。树上的叶子一天天枯萎，后来只剩下光秃秃的枝条，就像北方冬天的落叶林一样。地上的草也一天天变黄，只要丢一个烟头就会起火。稻田开着裂缝，像乌龟壳一样。禾苗干得像稻草一样。从未断流的天涯河干得现出了白底子，鱼都干死了。水井也干涸了，人们要去几里外的地方取水。大家都是早晨或傍晚时才出外做工。若是赶集，都是天亮时赶到集上，买了东西就马上回家，太阳出来时，集上只剩下几个收摊的商贩了。

华孝先种了一片玉米，稀稀拉拉长了几棵，长出来没几天就死了。他还想插两块地的红薯，没想到连红薯种也慢慢干死了，只有屋背后的一片空心菜没有死。华家每天把洗脸洗手的水积下来晚上用来洗澡，洗了澡的水拿去浇菜。水一浇到地上就发出吱吱的响声，很快就蒸发了。

华孝先租魏少委的四亩田，累了半年，颗粒无收，只好把田退了。

牛爱华由于又累又饿，终于病倒在床上。华孝先想煮粥给妻子喝，但米缸里已经空了。华国彪坐在灶旁边，等着吃东西，他早上没有吃一点东西，肚子饿得咕咕叫。华国平也饿了，也希望快点煮东西吃，但灶里没有生火，鼎罐里空空的。见小孩等着要吃来西，华孝先不知如何是好。前几天还有一些红薯，每天早上，华姨驰就切几个红薯，放一锅水，连汤带水一人一碗，晚上就在灶里煨几个红薯当晚餐。昨天红薯也吃光了，但华国彪还是按老习惯，到了吃晚饭时就坐在灶边等红薯吃。这时，华姨驰拿了个鸡蛋对华孝先说："今天鸡生了个蛋，你把它煮成荷包蛋给爱华吃。"华孝先喜出望外，他架起锅，放了点水，把蛋放进去，然后点燃火。华国彪规规矩矩坐在灶边，眼巴巴地望着锅里。华国平也眼睁睁地望着锅里。不一会儿，华孝先用筷子把蛋夹到碗里，准备给牛爱华吃。华国彪怯生生地站起来，望着那个鸡蛋说："爸爸，我饿。"华国平也哀求说："爸爸，我也饿。"华孝先一阵心酸，不知如何是好。华姨驰走过来说："孙孙乖，妈妈身体不好，给妈妈吃。明天鸡生了蛋，再给你们两个吃。"华国彪两兄弟只是哭着说饿。这时，坐在床上的牛爱华喊华孝先，华孝先走了过去。牛爱华说："小孩饿得可怜，把蛋给他们两兄弟吃算了。"华孝先端着那个蛋，不知该给谁吃。给小孩吃了，病人吃什么？不给小孩吃，小孩从早就没吃东西，实在饿得可怜。华孝先切开蛋，流着眼泪说："好，给你们吃，妈妈不吃了。"华姨驰听了，掩面哭了起来。华国彪伸手接过碗，望了望碗里的鸡蛋，又望了望流着眼泪的父亲和掩面哭泣的奶奶，突然对父亲说："爸爸，你给妈妈吃。"牛爱华把华国彪叫到床前，流着泪说："好崽，你和弟弟吃。妈妈以后吃。"华国彪伤心地哭着说："妈妈，我不吃，你吃。"他一边哭，一边把碗递给母亲。这时，华国平也不哭着要吃了。华姨驰再三劝牛爱华把蛋吃了，并搂着两个孙子说："孙孙懂事了。"

次日下午，夏国忠提着篮子走进来说："我今天抓了一条两斤多的蛇，煮好拿一碗来给你们吃。"他边说边从篮子里把那碗蛇肉拿出来放在桌子上。华家感激不尽。

从此，华孝先也到处去找蛇洞。当抓到一条蛇的时候，他就像猎人打了一只老虎那样高兴。华姨驰以前不吃蛇肉，现在吃得津津有味。

夏国忠过了十多天没有来。华孝先去看他，走到门口，门没有关，屋里没有人。华孝先喊了一声，夏国忠在厕所里应了一句。所谓厕所，就是在屋旁挖了个坑，用石头围住。华孝先等了一阵，还不见夏国忠出来。他走到厕所边说："你是不是病了？"夏国忠蹲在茅坑边说："这几天实在没有什么吃的，我同村里几个人去挖了一些树皮，昨天和今天都是吃的树皮。谁知道这树皮吃进去觉得有点饱，但就是屙不出来，我怎么用力也屙不出，肚子胀得很难受。"华孝先以前听他母亲说过，他外婆就是荒年吃观音土胀死的。他对夏国忠说："你不要起来，我想法给你把屎掏出来，不然有危险。"华孝先走进厨房，在碗篮子里找了个调羹，在夏国忠的肛门口一点一点掏，掏了好一阵，掏出一大堆。夏国忠感到轻松多了，但由于没有吃食物，所以没有一点力气，站起来眼睛发黑，说话的声音也很小。两人坐在门口的石头上聊天。华孝先说："你千万不要再吃树皮了，我去想办法借点粮食。"夏国忠说："到哪里去借？朴姬从早晨到现在还没有借到一粒米回来。老天爷再这样旱下去，真会饿死人的。"华孝先说："听说有的地方出现了吃排家饭的现象，哪家有吃的就去哪家吃。我们村里只有魏老爷家里粮食多，我去向他借一借试试看。""向魏老爷借？以前凡是向魏老爷借过债的人，都弄得倾家荡产也还不清。""不借怎么办？总不能等着饿死。"夏国忠没有再作声，华孝先走了。

华孝先没有回家，直接往魏少委家走去。魏少委正在看书。华孝先说："老爷真是活到老学到老。"魏少委说："我小时候父亲就多次教育我要向几位祖先学习，要像魏征那样当大官或者像魏源那样著书立说。可惜我不争气，官不及七品，名不见经传，所以只好看看魏伯阳的《周易参同契》，看他的炼丹术能不能炼出长生不老的灵丹妙药来。"华孝先说："老爷富甲一方，远近闻名，又求长生不老，真是把三位祖先的长处都集中了。"魏少委听了很高兴，觉得华孝先到底是大地方的人，有见识。

寒暄几句之后，华孝先言归正传："俗话说，无事不登三宝殿。现在天旱，颗粒无收。"华孝先还没有讲完，魏少委插话说："你是不是还想租田？""不是租田的事，天旱没办法种庄稼。我是想求老爷借点粮食渡过难关。""借粮？这就是件难事了。我去年家里开支大，卖了几十石谷给儿子去美国留学用。现在看来粮食不够，想买点粮，没想到粮价像冲天炮一样直往上冲，三月份两块光洋一石谷子，四月份就要四块，五月份要六块，现在卖到八块光洋一石。我求邻村孙老爷借几石稻谷，他说年利是借一还二，年初借一石，年底还两石，两年利滚利还四石，三年还八石。你看这世道怎么得了！"华孝先听了半信半疑。他想：魏老爷是个精明人，决不会弄到自家缺粮的地步，他讲这些无非是想开个价。年利要百分之百，这利息太重了。家里至少要三石谷子才能度过一季，借一年要还六石，借两年要还十二石，他一辈子也还不清。不借的话，家里就会挨饿。借！借了再说！救命要紧。他对魏少委说："老爷家里有困难，我们更不用说了。""是的，是的，大家都不好过。老天爷害人不浅。""老爷能不能帮帮忙，帮我向孙老爷借三石谷？"魏少委睁大了眼睛说："借三石谷子，你还得起吗？""我想去外地做工还债。"魏少委听了很同情，他一向悲天悯人，助人为乐。他说："你去外地做工，离乡背井，多不方便，我正想请个长工，不知你愿不愿意。"华孝先说："亲不亲，故乡人。老爷要请长工，那真是太好了。""工钱要多少？"华孝先想，他自己说了也没有用，于是说："老爷做事一向公平合理，请老爷决定就是。""我看这么办：我做个中人，代你向孙老爷借三石谷子。你给我做长工，包吃包住，利息我去还，一年之后你只要还三石谷本钱就行。第一年看来不显眼。假若第一年还不起债，第二年的利息就是六石，还是我去还，第三年利息十二石，还是我去还，你不用管，你只管还三石谷本钱。"华孝先觉得魏少委真厉害，做这份工等于只吃饭不要钱，谷子实际是魏少委的，说是代他向孙老爷借，不过是个幌子而已。孙老爷是海角村的大财主，魏少委的妻弟，又是天涯乡的乡队副，管全乡的武装，借他的谁敢不还？救命要紧，华孝先只好答应说："就依老爷说的办。"魏少委说："我明天替你把谷子借来，后天你就来担谷子，再后天你就来做工。""谢谢老爷。"华孝先说完就起身告辞回家了。

过了一天，华孝先去担谷子，魏少委说："孙老爷现在也很困难。我要他看在我这张老脸的面上，无论如何要想想办法，不然人家就会饿死了。救人一命，胜造七级浮屠。他见我左缠右缠，答应暂时借一石，下个月借第二石，再下个月借第三石。"华孝先知道，这是魏少委怕他借了谷子不做工，所以要这个把戏。他说："难为老爷帮忙，暂时借一石也行。"

华孝先把一石谷子担回家，送给夏国忠一半。夏国忠没有拒绝，他知道，拒绝也没有用，何况自己确实连一粒米都没有了。他只是对华孝先说："你给魏老爷做长工，够累的了，家里的生产你就不用管了，有我在，你就放心好了。”

次日，华孝先去给魏少委做工，随手拿了两件换洗的衣服。魏少委把他领到牛棚旁的一间杂屋前说：“你把这房子收拾一下，就睡在这里。今天你就不用下田了，把屋场周围打扫干净，明天才去田里看水。按农村的老规矩：天亮出工，天黑收工。一日两餐，中午喝午茶。宋妈把茶水送到田边。插秧打禾吃三餐。”华孝先想，这比在家里挨饿要好，于是说：“老爷怎么安排就怎么办。”魏少委又说：“你夜里还得去田间走一走，看有没有人偷我田里的水。”华孝先问：“那我什么时候睡觉？”“你吃了晚饭就睡，睡三个小时后宋妈喊你醒来，你去田间看水回来再睡。”

过了元宵，学校贴出了招生广告，年满七岁的小孩可以报名入学。虽然家里都在饿肚子，但华孝先和夏国忠还是带着华国彪和夏梅芳去报了名。

由于华孝先和牛爱华都读过几年书，虽然认字不多，算术也仅仅知道加减乘除。在小孩入学前，他们把自己所知道的教了一些给小孩，首先是教数手指计数，用树枝在地上写“人、手、刀、枪”这些简单的字给小孩认，然后就告诉小孩计算斤两和尺寸的方法，在外面碰到什么字就教什么字，因此，华国彪和夏梅芳一开始就在班上遥遥领先。

二年级的国语是李信儒先生教的。李信儒中等个子，三十多岁，平头，八字胡，戴着近视眼镜，穿着长衫子。他第一次来上课，手里拿着一根三尺长的竹教鞭。有两个男学生望着他那八字胡，觉得像日本鬼子，于是嘻嘻地笑了起来。李信儒先生用右手扶了一下眼镜，仔细望着那两个学生。那两个学生像老鼠见了猫一样，吓得浑身发抖。李信儒先生说：“上课要安静，先生一上讲台，就要做到一鸟入林，百鸟压音。”接着，他走到中间一行第三个学生的课桌前。那学生的头扑在课桌上。先生问：“你是不是病了？”那学生说：“没有。”先生说：“我们中国人对姿势很讲究，提倡坐如钟，站如松，卧如弓。上课坐不好，不仅听不好课，对身体也有害，日长月久就会变成驼背。”学生们听了，都怕变成驼背，一个个坐得笔直。先生继续说：“凡是我教的字，一个也不能写错，写错一个打五下手板。我教过的书，星期一都要在我这里背。背不来的放了学背完才能回家。”学生听了纷纷伸出舌头。先生又说：“写字也不能马虎。用毛笔写字，一横下笔要像蚕头，收笔要像雁尾，一点要像芝麻，一撇要像剑，一捺要像刀。”

自从李信儒上国语课以来，班上每个星期都有几个学生被打手板。打一两板还能忍受，打到四五板，手板都要被打紫或打出血来。

有一天，李信儒先生要学生听写。他在讲台上慢慢念：“朝廷的‘廷’，同心协力的‘协’，牙膏的‘膏’，鼻孔的‘鼻’，打喷嚏的‘嚏’。”他念完后要华国彪写在黑板上。华国彪写完后站在黑板旁。先生开始讲评：“朝廷的‘廷’没有一点。常用汉字里，‘廷、延、建’三个字和它们的派生字‘挺、诞、健’等等都没有一点。‘协’和‘博’是十字旁，不要写成竖心旁。‘膏’字是形声字，上面是声，从高。‘高’有两个‘口’，不要掉了第二个‘口’。‘鼻’字下面的两笔表示两条鼻涕，中间那一横表示鼻孔下面的一条线。鼻孔里的鼻涕看不看得见？”学生说：“看不见。”“看不见就不要把两笔升上去。”先生望了一眼旁边的华国彪说，“这四个字华国彪都写对了。第五个字你们看对不对？”下面的学生有的说对，有的说不对。先生说："他把喷嚏的'嚏'写成了鼻涕的'涕'。华国彪，赶快把手板伸出来。"华国彪还没有把手板伸出来就觉得有点痛。先生高高扬起教鞭，一鞭打下来，"啪"的一声，华国彪觉得肉都打麻了。先生再一次扬起教鞭，华国彪很快把手板伸近先生拿教鞭的手掌，这一下好多了。打了第三板，华国彪还没有喊"哎哟"。先生把眼镜端正了一下，又打了一板，这下发现了奥秘。先生凑近华国彪说："啊，你在我眼皮底下玩把戏，难怪若无其事。站远点！把手伸直！"先生用左手抓住华国彪的手指，右手扬起教鞭，"啪"的一鞭，华国彪的手被打紫了，但他还是强忍住眼泪。

从此后，华国彪再也不敢有半点马虎，凡是信儒先生教的字，他都反复读熟写熟。除了国语，他做算术作业也很认真。从那以后，他再也没有挨过手板。

比打手板更难受的是打屁股。有一次，华国彪差点儿当着全校被打屁股。

星期一全校举行周会。首先全体师生背诵孙中山的《总理遗嘱》，然后是校长训话。在一次周会上，马春秋校长说："我们中国是个文明古国，但有些人不讲文明，开口就骂娘。这是不文明的行为。从今天起，谁骂娘，就当着全校打十板屁股。发现骂娘不报告的，打五板屁股。"听了训话，全校学生如履薄冰，生怕稍不留心把骂娘的话带出了嘴。然而，习惯像一辆飞驰的列车，要使它立刻停下来是很难的，刹车后往往还要前行一段距离。

次日课外活动，好几个男学生在操场玩篮球。华国彪抱着篮球去投篮，马校长的儿子马涛去抢球，被华国彪撞倒在地上。马涛对华国彪骂道："他妈的，你瞎了眼！"华国彪也不示弱地对骂起来："他——"刚说了一个字，华国彪突然想起不准骂娘的事，马上停住了。旁边有个小学生吼起来："不准骂娘！不准骂娘！"在校门口站岗的两个童子军把马涛和华国彪带到校长室。华国彪觉得这一下会大祸临头，当着全校打屁股比在家里打屁股难受多了，但他又心存侥幸，因为他只骂了一个字。他紧张地站着等待处理。马校长问马涛："你骂了娘没有？"马涛低头认错："我骂了。"校长又问华国彪："你骂了没有？""我骂了一个'他'字，后面就没有骂了。"校长又问了两个童子军，童子军说是这样。

放学的时候，全体学生站在学校天井的四周，马校长站在天井中间。他声音洪亮地说："今天打球，马涛骂娘，打十板屁股。华国彪骂了一个'他'字，没有骂下去，免予处分，今后要注意。"停了一下，马校长严厉地说："马涛，站到中间来！"那气氛像刑事宣判会一样严肃。马涛像犯人一样低着头走到天井中间。他父亲命令说："跪下！"马涛跪了下来。他父亲把他的裤子褪下，露出两边小屁股，然后扬起教鞭，用力打下去。一板、两板，马涛没有作声；三板、四板，马涛的身子缩成一团；五板、六板，马涛哭了起来；七板、八板，马涛边哭边往前爬，想以此来减轻痛苦。他父亲跟着往前打。第九板打下去的时候，马涛拼命喊"哎哟"。最后，马校长高高地扬起教鞭，狠狠地打了一板。马涛趴在地上，哭个不停。

小学生见打屁股这样厉害，个个两腿打战。

当天晚上，等马涛睡了以后，马师母流着泪对马春秋说："你下手太狠了，屁股上四道血印，他还只是个十岁的孩子。"马春秋叹气说："养不教，父之过。"

自从马春秋打了儿子的屁股以后，全校学生再没有人敢骂娘。这件事很快传遍了海南岛，有人认为这是教育界的一大奇迹，还有人认为这里面含有齐家治国的大道理。全岛各地都有人不远千里送孩子到天涯学校来读书。中国的孩子们，无论在什么家庭，无论在什么学校，多半在打骂中成长，也在打骂中遭殃。社会上为此争论不休：有的主张棍棒教育，有的提倡说服教育，有的赞成说而不服再惩罚，没有惩罚就没有教育。谁是谁非，各取所需。

大年初二，符阿叔来给华嫔驰拜年。大家谈到小孩读书的事。牛爱华说："过了元宵，小孩就该考高小了，但没有钱读，连两升米的报考费也交不起。"符阿叔说："小孩成绩好，要想法让他们多读点书，书读好了才有出息。听说考上前两名不用交学费，让小孩去考一考试试看。"

过了两天，符阿叔背上放着一个布袋爬了进来，他把华国彪叫到身边说："前天我听你妈说，你连考高小的报名费都交不起。我想来想去也想不出办法，没想到昨天我上山碰到一只果子狸，我抓了去街上卖了五升米，你拿两升去报名，认认真真考一考，争取考上前两名。"符阿叔一边说一边把米倒在脸盆里。牛爱华感动得眼泪直流，她说："您老人家也缺粮。"符阿叔说："我一个人好办，只要他读了书有出息就好。"华国彪说："我将来读书赚了钱再还您。"符阿叔笑着说："我恐怕等不到你还。"华国彪问："您要到哪里去？"符阿叔说："等你长大的时候，我就到很远很远的地方去了，不再回来了。"华国彪说："您不要去，和我们在一起不好吗？"牛爱华听了笑着说："符爷爷不去了，等着你快点长大，一直等到一百岁。"华嫔驰也笑了起来。

考试后，华国彪考了第一名，夏梅芳考了第二名。过了两天，两人高高兴兴去报名上学。报名的女老师要他们交学费。华国彪吃惊地说："听说考上前两名的免交学费。"女老师和气地说："你们搞错了，不是考上的前两名免交学费，而是高小读了一个学期后，成绩是全年级前两名的就免交下学期学费。"华国彪说："我家里连饭都没有得吃，哪里还有钱交学费？这样的话我只好不读了。"女老师喊了一声："马校长，有事告诉您。"马春秋马上走了来。女老师把情况告诉他。马春秋把左手搭在华国彪的肩上，右手搭在夏梅芳的肩上说："成绩这么好，怎么不读书了？书还是要读的。学费嘛，告诉你家的大人，以后慢慢交。五年级上学期你们是全年级前两名的话，就免除五年级下学期的学费。"

两个小孩回家把马校长的话告诉家里的大人。两家的大人都认为马校长是个有学问的人，比一般人有见识，还是按马校长说的办。于是，两家勒紧裤带，让华国彪和夏梅芳继续读下去。

五年级上学期读完了。放假那天，学校出榜，公布免学费名单：

五年级上学期第一名华国彪，免除下学期学杂费和书籍费。

五年级上学期第二名夏梅芳，免除下学期学杂费。

这一消息很快传遍了天涯村，大家都劝说华家和夏家无论如何要让小孩读下去，劝得最多的当然是符阿叔。两个家庭只好想方设法让小孩继续读书。

华国彪和夏梅芳知道家里送自己去读书不容易，因此上课格外用心。借来的三石谷子年前就吃完了。华家经常没有米，华国彪常常早餐就吃碗红薯或木薯，有时空着肚子去上课。终于有一天家里的杂粮也没有了，牛爱华只好煮笋子给他吃。头天晚上吃笋子，次早还是吃笋子。由于没有钱买油，只是放了一点盐。没有油的笋子吃下去，心里阵阵翻腾，只想呕吐，但总比没吃东西好。华国彪吃完了就同夏梅芳去上学。两人走了一阵，夏梅芳回来对牛爱华说："伯妈，阿哥吐了一大堆，坐在路上，您快去。"牛爱华赶忙走去，只见华国彪吐了一大堆嚼烂了的笋子。牛爱华一阵心酸，流着泪问儿子："肚子痛不痛？""不痛，只是心里不好过。"牛爱华说："我背你回去。""不要背，我自己走。"牛爱华扶着儿子回到家里，马上烧开水给儿子喝。华嫔驰见了只是叹气。牛爱华要夏梅芳帮华国彪向老师请假，华国彪说："不要请假，我要去上课。"牛爱华和华嫔驰只好让他同夏梅芳一起去学校上课。她们不理解，这世上的事往往颠三倒四：想读书的人读不起书，读得起书的人不想读书；想种田的人没有田，有田的人不种田；劳动的人吃不饱，吃得饱的人不劳动。这些事要能颠倒过来就好了。

善良的人们总是希望社会变得越来越好，但实际上往往变得越来越乱。

社会越乱，物价越涨。去年年底，一石米卖一百五十万元法币，今年八月就卖到六千五百万元。下半年法币换金圆券，人们说："金圆券，飞满天，飞到下午变冥钱。"这就是说：上午收的金圆券，到下午就像变成了烧给死人的纸钱一样过秤称。

近来风声越来越紧，听说解放军已经占领了北平，正在向南挺进，海南岛上共产党领导的队伍越来越强大。

解放军真是飞毛腿。近几天大陆来的人说：解放军已经到了海安，正在准备强渡琼州海峡，攻占海南岛。

一天上午，一百来个国民党士兵涌进天涯村，抓了十多个青壮年男子，一个个用绳子捆住，连在一起，其中有华孝先和孟凡。华孝先吼道："我是独子，独子不征兵，你们为什么要抓我？"一个背长枪的士兵说："现在是非常时期，少说废话。"孟凡说："我哥哥当兵死在外面，你们为什么还要抓我？"一个挎手枪的兵对他说："你再多嘴，看老子揍你。"

孟凡的妹妹哭哭啼啼走上前去，把一个虎斑贝放进孟凡的衣袋里说："哥哥，我们等着你回来。"华国彪抱住父亲一边哭一边喊"爸爸"。一个士兵拉开华国彪，华国彪把他的手咬了一口，那士兵一巴掌把华国彪打在地上。牛爱华一边哭喊丈夫一边去拉儿子。华孝先对牛爱华喊道："把彪儿带回去，我会回来的。"华嫔驰朝着被押走的儿子一声又一声地哭喊"孝先"。

这时几个士兵朝应长寿的茅屋走去，应长寿见了，立即从后门躲进了树林里。这时，夏国忠的屋门口来了几个士兵。夏国忠没有地方躲，又不能往外跑。他突然从屋里走出来对朴姬说："哎哟，我砍猪草不小心，把几个手指砍断了。你赶快帮我找些墨鱼骨头来封血。"朴姬见夏国忠举着断了几个手指的右手，鲜血直流，她立刻惊叫起来："怎么得了！"几个士兵见夏国忠的右手的几个手指断了，又见屋里没有其他男人，马上就走了。朴姬对夏国忠说："你怎么这么不小心？手指断了，做事就不方便了。"她一边说一边找了墨鱼骨头来封血，又找了块纱布包扎好。夏国忠说："他们来抓壮丁，我没有地方躲，只好把手指砍断。右手没有手指就不能打枪。"朴姬这时才恍然大悟，叹气不止。

一大群村民都在哭喊着被抓走的亲人。被抓走的人走几步又回头看着正在哭泣的亲人。村民们眼睁睁望着亲人被抓走，不知还会不会回来，一个个心如刀割，越哭越伤心。

回到家里，华国彪问奶奶："这些抓人的军队是谁的？"华嫔驰说："这些挨枪打的是蒋介石的军队。”华国彪突然无师自通地迸出一句话：“把蒋介石打倒就好了。”有很多人号称是社会的精英，他们自称一生追求真理，他们追求了一辈子，所悟出的道理有时却不如一个几岁的穷孩子讲的话。人和动物有相似的地方：最贴近地面的动物最容易预感到地震，最深处的鱼最先感觉到即将发生的海啸，最底层的人最容易察觉到即将发生的社会动荡。我们可看到，快发生地震时，蛇类纷纷逃离，而人们还若无其事。

抓壮丁的消息当天就传到了天涯学校，大家都说指挥抓壮丁的是保安团团副孙开艮。李信儒老师说，孙开艮多行不义必自毙。马春秋说，孙开艮丧尽天良，绝子绝孙。他编了首字谜要大家猜：

小子有权有钱，四处仗势欺人；
横竖两条光杆，没有一点良心。

人家一听就知道谜底是什么。“小子”是“孙”字，第三句的谜底是“开”字，末句的谜底是“艮”字。谜语很快就传遍了整个天涯乡，后来传到孙开艮的耳朵里，孙开艮气得七窍冒烟，到处打听是谁编的字谜。问来问去，最后问到是从马春秋那里听来的。孙开艮找校董商量，要求把马春秋和李信儒解聘。校董认为马春秋名声大，解聘会引起风波，不解聘为好。最终李信儒被解聘了。

李信儒被解聘后，没有薪水，生活成了问题。他肩不能挑，手不能提，只好帮人家写信赚几个钱买米。没有人请他写信时就伤脑筋了，怎么办？去偷吗？孔子说：“君子固穷，小人穷斯滥矣。”他认为自己是君子，当然不能去偷，但没有吃的，君子的肚子也怕挨饿。他求借无门，只好把一些家具卖了，后来只剩下祖传的两亩田。若把田卖了，就变得家徒四壁了；若不卖田，就没有吃的。他自言自语：“食，我所欲也。田，亦我所欲也。二者不可得兼，舍田而取食也。”

卖田的钱用完了，真是山穷水尽了。有一天他闲着，坐在门口看族谱。他突然眼睛一亮，有办法了！他把族谱看过来看过去，海角村的几百户人家，都是他的亲戚，不是叔伯兄弟，就是姑姨舅表，或是曾祖父的舅舅的玄孙，或是老祖母的外孙的侄子，再远的，经他一推算，几百年以前，都是一个锅子里吃饭的。他像历史学家排大事年表一样把那些亲戚的生日排好。实在没有米下锅的时候，他就买一包糖，带着几岁的儿子去祝寿。吃了饭，人家还会回送一些礼品。他拿着回送的礼品，下一次去另一家祝寿或贺婚。因此，第一次有一包礼品的钱作启动资金就行了。头几次他很不好意思，但咕咕叫的肚子使他顾不了面子，尤其是看到儿子饿得可怜巴巴的样子，他心都碎了。古人说：“衣食足而知廉耻。”衣食不足也不去做无耻的事，应算是大贤大德了。拜访祝贺，何耻之有？这样一想，他又心安理得地去走亲戚了。但他不去像他一样穷的人家和孙开艮那样横行乡里的人家。

李信儒希望这样的社会快点过去。

再说华孝先被抓壮丁以后，华国彪一下子懂事了很多。他放学回家和节假日尽力帮家里做事，砍柴、挖土、扯猪草，样样都干，打禾的时候就去拾禾穗。

有一天，魏少委请人打禾，他自己打着洋伞站在田坎上监工，好几个小孩在拾禾穗。华国彪和夏梅芳老老实实拾掉在田里的禾穗，一支、两支、三支……不知弯了多少次腰，拾了半天还不够半篓。有些小孩快拾了一篓了,他们的诀窍是趁主人不注意时,剪禾把上的禾穗,打禾的都装作没有看见。华国彪学那些小孩的样,趁魏少委转过背时,用剪刀在禾把上一剪,一下就剪了好几支。由于他从来没有剪过禾把上的,因此心里紧张,动作慢,被转过身的魏少委看见了。魏少委愤怒地对华国彪说:“你干什么?”接着马上把洋伞撂在田坎上,把长衫子缠在腰间,脱下鞋子走进田里,一脚水一脚泥,去抢华国彪的竹篓和剪刀。华国彪在田里跑,魏少委在后面追。几个帮工的都停下来看热闹。华国彪到底年纪小,体力不支,在泥水里越跑越慢,最后被魏少委追上了。魏少委抢他的竹篓和剪刀,华国彪使劲抓住不放。魏少委用力打华国彪的手,终于把东西抢到手了。他正要往田坎上走的时候,华国彪突然从后面把他抱住。魏少委想往前走,怎么也走不动。他的长衫子松了,下摆拖在泥水里。他左手高高举起竹篓和剪刀,右手去掰华国彪的手。谁知华国彪乱抱乱抓,竟抓住了魏少委下身那玩意儿,痛得魏少委无可奈何。他使出全身力气,用竹篓去打华国彪的手。华国彪的手被打出了血,他疼痛难忍,只好松了手。虽然魏少委走上了田坎,但那玩意儿还是痛,他既不敢喊“哎哟”,又不好用手去按摩,更不敢脱掉裤子看个究竟。他指着华国彪骂道:“你年纪这么小就敢乱来,像什么话!”华国彪站在田里,眼鼓鼓地望着魏少委,大有初生牛犊不怕虎并准备决一雌雄的架势。做工的怕魏少委生气,割禾的赶紧割禾,扮禾的连忙扮禾。谁也没想到华国彪趁扮禾的去拿禾把的时候,突然跳进扮桶里。扮禾的只好停下来。魏少委的下身还在痛,他怕华国彪发横,因此不敢下田去拉他,只是对华国彪吼道:“你给我出来!”华国彪对着吼:“就是不出来!”魏少委对扮禾的说:“你们把他拉出来。”有个扮禾的说:“他今天发了横,恐怕不好办,不如把竹篓和剪刀退给他,要他出来。”魏少委把竹篓和剪刀给那个扮禾的,然后对华国彪说:“今天看在大家的面分上,原谅你一次,下次再这样就不客气了。”扮禾的对华国彪说:“魏老爷把篓子和剪刀退给你了,快出来。”谁知华国彪说:“他今天耽误了我的时间,我没有拾到什么禾穗,家里没有吃的,他赔我一篓谷子就算了。”做工的一听都笑了起来。魏少委气得脖子上的筋一鼓一鼓的:“剪了禾把上的禾穗还要我赔一篓谷子,真是无法无天了。”有个老农民对魏少委说:“他今天横了心,什么也不怕了,不如给他一篓谷子,免得耽误打禾。”魏少委听了,转念一想:今天不给他谷子,这么多做工的就不用做事了。魏少委只好痛心地对那个老农民说:“你装点谷子给他。”那老农民装了半篓谷子,对华国彪说:“你快回去。”华国彪说太少了,老农民只好装满一篓。华国彪背着一篓谷子,拿着剪刀,头也不回地走了。魏少委横着眼睛望着越走越远的华国彪。夏梅芳心里有说不出的高兴,她跟在华国彪后面走着,对华国彪说:“今天你斗赢了魏老爷。”但华国彪并不高兴,因为他认为,他父亲种田时,魏少委担去的谷子比这一篓谷不知多到哪里去了。

从此,华国彪成了全村最引人注目的小孩。有人说他将来是个混蛋,有人说他将来是条好汉。

不管穷苦人家怎样苦苦挣扎,倒霉的事总是一件又一件地缠着他们。

华孝先被抓去当壮丁以后,牛爱华心里很急,加上缺乏营养和过度劳累,脸一天天变黄变瘦,做事没有劲,走路没有力,终于又一次病倒在床上。

一天中午，有个叫石阿婆的妇女同华姝驰闲谈。华姝驰谈到牛爱华病得很厉害没钱治。石阿婆走到牛爱华床前，只见牛爱华脸白如纸，骨瘦如柴，气微如丝，眼睛无光。石阿婆把华姝驰拉到门外，大惊失色地说："我的妈，难怪病这么重。她冲犯了王母娘娘，王母娘娘告到阎王那里，阎王大发雷霆。再有本事的人也奈何不了阎王，看来只有赶快准备后事。"华姝驰听了心如刀割，流着眼泪说："现在吃饭都成问题，哪里还有钱买棺材？"石阿婆眨了眨眼睛说："海角村有个大财主叫孙开良，是魏老爷的小舅子，听说近来立了功，从乡队副升为县保安团副团长，真是有钱有势，就是有一点不如人意，没有儿子。他想买个男孩，买了两年都没有买到。你有两个孙子，若卖一个给他，你家里少一张嘴少吃一份粮，又有钱准备后事。小孩也可以从糠箩里跳到米箩里。"华姝驰吃惊地说："卖小孩？我怎么能做这样丧良心的事？""这有什么丧良心？你媳妇病成这个样子，万一有个三长两短，棺材总得有一副。你现在既没有钱买药，更没有钱买棺材，到时候怎么办？像孙老爷这样的人家，真是打着灯笼都难找。我看，我叫孙老爷明天来，你们去谈，谈不成不要紧，买卖不成仁义在。"华姝驰没有说什么，只是心里难过。

次日星期天，石阿婆带着孙开良来了。孙开良身穿便装，戴着太阳帽。华姝驰拿了凳请他们到外面坐，以免讲话被牛爱华听见。孙开良指着华国彪和正在地上玩沙子的华国平对华姝驰说："这是你的两个孙子吗？""是。""你是不是想卖掉一个？"华姝驰小声说："我媳妇病得很厉害。我们没有钱买药，更没有钱准备后事。有人劝我卖掉一个孙子，我不知怎么办。卖掉大的，我实在舍不得，受了那么多苦把他带到这么大。小的我也舍不得，小的太可怜了，把他卖掉我不忍心。"

孙开良做事喜欢干脆，小孩像商品一样，卖不卖，三言两语定下来。他说："你若卖大的，价钱是一副棺材；若卖小的，再加一斗米。你今晚想好，明天让石阿婆回我的信。"说完就同石阿婆一起走了。

华姝驰坐在门外的石头上，一声不响，一会儿看着坐在左边的大孙，越看越可爱，一会儿看着坐在右边的小孙，越看越可怜，看着看着，眼泪直流。过了一会儿，华国彪开口了："奶奶，孙老爷想买弟弟，弟弟不能卖。他年纪小，卖了就不知道回来了。要卖就把我卖掉，我将来知道回来。"华姝驰一手搂住大孙，一手搂住小孙，哭泣着说："我一个也不卖。我讨米也要把你们带大。"接着是一片沉默。华国彪突然说："妈妈病成这个样子，总得要想个办法。我看，把我卖掉，不要棺材，要他给一副棺材的钱买药。"华姝驰望着华国彪发呆，半晌才说："钱再多我也不卖。""没有钱，妈妈怎么看病？妈妈的病治不好，我们对不起妈妈，也对不起爸爸。把我卖了，到时候，我会回来。""卖给人家就是人家的人了，还怎么回来？""我不比弟弟，我会回来的。"华姝驰沉默了一会儿，然后一把眼泪一把鼻涕说："落到这个地步，真是左右为难。不卖，你妈妈眼看没有救；卖了，我心里难受。""奶奶，不要犹豫了，救妈妈要紧。"华姝驰叹了口气说："那就依你说的办。"

次日上午，华姝驰要石阿婆把话传给孙开良。孙开良倒是个爽快的人，下午就同石阿婆来了。孙开良拿出一张写好字的纸对华姝驰说："这是卖身契，你看清楚。"华姝驰说："我不识字。"孙开良说："我念给你听，然后你和石阿婆盖个手印。"

卖契

华家生活困难，无钱给牛爱华治病，愿将华国彪卖给孙开良为子，身价银洋伍圆，
特此为证。

立据人： 华李氏
保　人： 石阿婆
己丑年十一月初五

华娭驰战战兢兢地盖了手印，然后又眼泪纵横地接过孙开良给她的五块银圆，五块银圆相当一副棺材的钱。

华娭驰边哭边给华国彪换了身干净衣服。华国彪临走前抱着弟弟亲了亲，弟弟对着他笑，他心里却在哭。他又走到母亲床前看了看，母亲闭着眼睛，像睡着的样子。他没有喊醒母亲，他生怕母亲知道。

华国彪跟着孙开良离开了家，走了几步他回过头来对华娭驰说："奶奶，要马上请医生给妈妈看病。"华娭驰抹着眼泪说："你放心。"

华娭驰含着泪，目送着孙子被人带走。孙子以后就是人家的了。她原以为日本投降后日子会好起来，没想到跳出油锅进了火坑。

华国彪卖给了人家，牛爱华能不能救活呢？

华国彪卖身的消息很快传遍了整个天涯村。当天下午，很多人陆陆续续来看望牛爱华，有的送米来，少的几升，多的一斗；有的送菜来。符阿叔把他在山里采的保存了十多年的一点沉香木送了来，朴姬把家里生蛋换盐吃的母鸡提了来。华娭驰感动得热泪盈眶。

马春秋也来看望牛爱华。他听到华国彪卖身救母的事，感慨万千，由于写了卖身契，他一下子想不出办法来救学生。他拿了两块银圆给华娭驰，要她马上去请医生，最好请县城里的危回春，危回春是天涯县远近闻名的医生。

华娭驰当天就去请危医生。危医生听了华家的不幸遭遇，马上就同华娭驰来到华家。他首先向华娭驰问了牛爱华的病情，接着又看了看牛爱华的眼睛和舌子，切了一阵脉，然后开了药单给华娭驰说："病很重，早看半个月就好了。现在拿这药单买三剂药试试看。"华娭驰问是什么病。医生说："先是长期缺少营养，后来加上丈夫被抓壮丁，伤心过度，又加上过分劳累。现在从滋补和安神两方面着手。服药这几天，我都要来看看。有一点要特别注意，不能把卖儿子的事告诉她，只说是给孙老爷家里做工去了。"华娭驰留危医生吃饭，并给他一块银圆，被危医生谢绝了。华娭驰流着眼泪说："遇到您这样的好医生，我媳妇一定有救。"

牛爱华果然有救。由于对症下药，她只吃了三剂药就想吃东西了。她问华国彪到哪里去了，华娭驰说他给海角村孙老爷家放牛去了。

再说孙开良把华国彪带到家里，孙太太对孙开良说："俗话说：'鸡婆带鸭崽，外婆带外孙。'外婆带外孙都带不亲，我们能带亲他吗？"孙开良说："我本来想买那个小的，还愿意多给一斗米，但华家不肯卖。"太太说："已经买来了就算了，不过要严加管教。"孙开良

说："你说得有道理。首先要他拼命干活，做累了就老实了。还有个办法，就是不听话就用鞭子抽，我们部队训练马匹就是这样的。"太太说："但不能打伤了，也不能累伤了。"孙开艮说："就是伤了，甚至死了，不过是丢了五块光洋，仅仅吃一次鸦片的钱，另外再买一个就是。"

华国彪到孙家后，同老长工一起睡在楼阁上面，上午担水砍柴，下午放牛。他恳求孙太太买一双草鞋，孙太太说："一双草鞋几天就穿烂了，那还不如用买草鞋的钱请人做事。"华国彪只好赤着脚受罪。

有一天，华国彪担着柴离孙家不到半里路了，他的脚板突然被划出了一道一粒米长的口子，血直往外流。他坐下来，用口水把伤口洗干净，再用手指按住伤口。过了一会儿，血就止住了。这个方法是他从奶奶那里学来的。他五岁的时候，有一天，手被刀子割出了血，他吓得哭了起来，奶奶吐口水洗净了伤口，再用手指压住伤口，口里念"太上老君，急急如律令"，念了十多次后，松开手指，血止住了。后来他如法炮制，果然生效。有一次他没有念"太上老君"也止住了血。他告诉奶奶，奶奶说："一定要念，不念就不灵的。"但他还是没有念，照样灵。

后来，华国彪向老长工学打草鞋，穿上草鞋比打赤脚好多了。

放牛要把牛赶在一起吃草，免得牛走散了。牛碰到土坎，一跳就下去了，华国彪要爬好一阵才下得去，这时牛已经走远了。有时碰上柴丛或者刺窝，牛毫不费力地踏了过去，华国彪要在柴丛或刺窝里钻一阵，衣服被刺划得东一个孔西一个孔还不一定钻得过去。四头牛一天要吃一大片草，今天吃了这里，明天就得赶到另一个地方去吃。他不可能像画上那样骑着牛吹笛子。

牛犁田的时候，没有时间去吃草，华国彪要去割草喂牛，四头牛每天要吃两担草。

割牛草比砍柴要难，柴不割手，茅草要割手。你得用左手握住茅草，右手用刀割。由于没有手套，华国彪的手经常被茅草划出一条条血印。更伤脑筋的是黄茅草中杂生着又粗又硬的巴茅，巴茅像双刃剑，很锋利，一割了手就会鲜血直流。因此，华国彪割牛草，不仅要流汗，还往往要流血。社会上有很多统计人员，但没有人统计过，一个农民一生要流多少汗和血。

月亮出来时，华国彪总是望着月亮出神。他觉得他的家比月亮还遥远，月亮能看得见，他的家却看不见。在家里，晚上可以玩，也可以看书，但在孙家不能。他身边没有书，即使有书也没有精力看，累了一天，吃了饭就想睡觉，即使有精力，孙家也不会让他点灯看书。

华国彪很羡慕孙家的人悠闲自在，他们一天到晚不是坐着聊天就是打麻将。孙家的人则羡慕华国彪能吃能睡，他们望着华国彪把他们不想吃的饭菜一股脑儿倒进了肚子里，孙老太说："这是个牛肚子，一餐吃一大碗饭还少了。我两天都没有吃这么多，真是吓死人。"孙太太说："这小子的肚子是个熔炉，连铁都能熔化掉。"孙太太有时怀疑华国彪是不是暗地里放了什么佐料在饭菜里面，她尝了尝华国彪吃的饭菜，并没有什么特别的味道。孙开艮见华国彪做了事回来，坐在屋檐下很快就睡着了，真是羡慕得不得了。孙开艮晚上躺在床上很久都睡不着，总是想这想那，一件事是自己将来还能不能升官，还要多久才能从县保安团副团长升为正团长，现在的关团长不仅抗日有功，而且反共有名，假若他不升迁或死去，他就是妨碍孙开艮升官的绊脚石；另一件事更使孙开艮头痛，解放军正在准备攻占海南岛，他和家人怎么办？逃跑是一条路，逃去台湾还是逃去南洋？人逃走了，家产怎么办？他想过来想过去，总是想不出个头绪来。他见华国彪什么也不用想，坐下就睡着了，觉得华国彪比他幸福多了。

孙开艮晚上躺在软绵绵的床上睡不着，而华国彪白天躺在硬邦邦的条凳上睡得甜甜的，而且不会跌下来，就像条凳上摆着一根木头一样。更有趣的事，是华国彪做完事回来，有时站在屋檐下靠着墙就睡着了。假若孙家知道华国彪能边走路边睡觉，一定会觉得不可思议。

平常赶集的那天，孙家总是要华国彪跟着老长工去担东西，要买活鱼回来做早饭。到集上来回要两个多小时，因此，离天亮还有一个多小时老长工就把华国彪喊醒了。俗话说："宁肯三岁离娘，不肯五更离床。"华国彪没尝过婴儿时离开娘的滋味，现在天亮前起床委实使他难受。眼睛好像被胶住了一样，怎么也睁不开。他稀里糊涂穿上衣服，又稀里糊涂跟着老长工往外走，走着走着，瞌睡就来了。走坡路时，他特别提高警惕，想打瞌睡时就擦擦眼睛，或摇摇脑袋；走平路时却放松了警惕，边走边做起梦来了，直到一脚踩在坑坑洼洼的地方才醒过来，有时一脚踩在水坑里，溅了一身泥水。有一次，孙太太要他和老长工舂米，一直舂到深夜。次日赶集，老长工喊了他好一阵才喊醒来。上路时，天上还有很多星星。华国彪一边走一边打瞌睡，突然，一脚没走稳，滚到路边的水田里。他爬了起来，全身都是泥。他觉得额头痛，一摸，额头肿了一块。老长工把他引到一个水凼边，要他把衣服脱下来，把身上的泥土洗掉，再把衣服洗干净穿上。接着，老长工给华国彪揉额头，以免瘀血。

华国彪在家里都是躺着睡觉，现在托孙家的福，坐着、站着、走着都能睡觉。

不久后，华国彪又多了一件事，每天要给孙家人倒马桶。孙老太六十多岁，同华国彪的奶奶年纪差不多。华国彪想：他奶奶每天要煮饭，洗衣，喂猪，带国平；而孙老太每天就是吃了玩，玩了吃。孙太太同华国彪的母亲年纪差不多，也只是吃了玩，玩了吃；而华国彪的母亲除了做家务还要砍柴、种地。华国彪觉得这世道太不公平。他觉得有件事很奇怪：孙老太和孙太太屙的屎格外臭。他弄不懂，为什么富人屙的屎比穷人的要臭得多。富人做事不行，但造粪很行，造的粪又多又肥。

华国彪在孙家学到了很多学校里学不到的知识。

五　黎明时分

一天上午，魏少委正在门口眺望，一个穿灰布衣的中年男子走来说："老爷，很久不见了。""你是——齐迎春吗？"魏少委注视着来者说。"老爷的记性真不错。"齐迎春说，"那年从日本人那儿逃出来到大陆打工。近来大陆打仗不安全，我只好回来，免得担惊受怕。""回来好。俗话说：美不美，家乡水，亲不亲，故乡人。""我想找点工做来糊口，您老人家是不是知道谁要人做工？""做工？"魏少委皱着眉头说，"华孝先被抓壮丁以后，我就想请个长工。你是家乡人，又是好庄稼手。你若愿意的话，就在我这里做长工。包吃包住，一升谷一天，我不会亏待你。""那太好了。"

于是，齐迎春就住在华孝先原来住的杂屋里，做华孝先以前做的事。

冬天黑得早，又有点冷。齐迎春天黑就睡了。

一个深夜，齐迎春一觉醒来，见魏少委房里还亮着灯，他不知是什么事，便蹑手蹑脚走到窗下，只听见魏少委夫妇在房里讲话。魏少委说："现在共匪正在准备攻打海南岛。听说政府要员想随中央军逃到台湾去。"魏太太说："我们怎么办？"魏少委说："永贵不愿在美国，回国教书，不会有大问题。永富经商，怕共匪来了要共产，已把家产卖掉去香港了。"魏太太打断他的话说："我们两个怎么办？""问题就在我们两个。逃往外国的话，田地房子都没有了。这些财产，不只是我们这一辈子的积蓄，也是祖宗几代的积蓄。俗话说，落叶归根，而我们老了反而要离乡背井，说不定死在他乡，这实在太惨了。假若不逃跑，家产也保不住，田土和房屋都会没收，还会清算我们的罪恶，说不定还会砍头。我们不如跑到国外去，等国民党有朝一日打回来，土地和房屋还会在这里。""假若国民党不能回来呢？""那叫天意，天要亡我。""我们逃走时，家里这么多金银细软怎么办？""金条和金砖尽量带走，实在带不走的都藏起来。""藏在哪里？""埋在屋里是不行的，共匪来了，说不定会挖地三尺，只有藏在厕所的粪坑边。""万一我们回不来呢？""我要告诉永富，万一他不能回来取，要他告诉后代，有机会再回来取。""告诉永贵不行吗？""不行。共匪肯定会逼着他交代。"

次日早饭后，魏少委要宋妈上街买菜，又要齐迎春把禁止进山砍柴的木牌竖在楠木山的进山口。

宋妈和齐迎春出门后，魏少委夫妇抓紧时间把二十多根金条用布包好，放在一个坛子里，把坛子盖好，然后在粪坑边挖了一个坑，把坛子埋在坑里，上面铺些砖渣和碎石，再用旧粪桶盖住。

事情做完后，魏太太问丈夫："你竖告示牌在楠木山做什么？"魏少委狡黠地笑了笑说："这叫转移视线。明天我去楠木山，东挖几锄，西挖几锄。共产党来了，以为我把金银财宝埋在楠木山。这样他们就不会注意家里藏的东西。"魏太太听了恍然大悟。

齐迎春竖好告示牌往回走时，碰见华娭毑在路边挖红薯。齐迎春走向前去说："华娭驰，您老人家怎么挖得动？”华娭驰说：“哎呀，阿春，你一回来就关心我们家里，送米送菜，我真不知道怎么报答你。爱华的病好了，但我不要她干重活，免得又累倒了。国彪在孙老爷那里，不能回来帮忙，我只好累一点。”齐迎春说：“我来帮您挖。”他把华娭驰的锄头拿过来，一下子就挖了大半箩。华娭驰说：“谢谢你了，不挖了。我一双小脚，只能背这么多。”齐迎春说：“挖满一箩筐，我来背。”华娭驰求之不得。齐迎春一边挖一边说：“听说解放军快到海南岛来了。穷人要翻身了，国彪会回来，说不定华大哥也会回来。”“真的吗？”华娭驰将信将疑。齐迎春说：“外面都说，蒋介石已经逃到台湾去了。”华娭驰说：“但愿解放军快点来，我们的苦已经受够了。”

齐迎春帮华娭驰把红薯背到家里。华娭驰要他喝杯茶再走，齐迎春说魏少委要他做事，放下箩筐就走了。

当齐迎春和宋妈回来时，魏少委早就把金银财宝藏好了。

魏少委封山育林的告示牌竖好的第三天上午，魏家院子的门口贴了一张告示，很多人挤着看。不识字的人问识字的人是什么内容，识字的人说，这是解放军的布告，布告说，共产党领导的中国人民解放军是为劳动人民打天下的，解放军已经把国民党的军队打垮了，蒋介石已经逃到台湾去了，希望大家安居乐业。看了布告的人，有的心花怒放，有的垂头丧气。

在布告旁边还有解放军写的一个通告：明天早饭后，在魏家院子的晒谷坪开全体村民大会。大家看了通告都很惊奇：解放军怎么这么快就到天涯村来了？他们在哪里？整个天涯村立刻变成了一壶翻滚的开水，大家议论纷纷，都想看看解放军是什么样子。他们打垮了中央军，肯定比中央军威风多了。

次日早饭后，太阳出来了，村民们陆陆续续来到了晒谷坪。晒谷坪的前面摆着一张方桌，旁边站着四个解放军战士，都穿着灰色的旧军装，军帽上都有一个红色的五角星，腿上打着绑腿，脚上穿着草鞋，两个背着步枪，一个背着冲锋枪，一个挎着手枪，一个个土里土气，一点也不像中央军那么威风。也许正是由于这种土气，村民们觉得，解放军和我们差不多，只不过多了一支枪和一个帽徽。村民们中眼睛尖的突然尖叫起来：“阿春！”“老卫！”老年人擦了擦眼睛，仔细看了看，没错，那背冲锋枪的是卫求生，挎手枪的是齐迎春。于是有的人哭了起来，一边擦眼睛一边欢呼：“阿春！”“老卫！”两人望着村民们，一边笑，一边流眼泪。

最吃惊的是魏少委夫妇，夫妇两人睁大了眼睛看了又看：这不明明是齐迎春和卫求生吗？没错，是他们两个。这是怎么一回事？怎么一下子都变成了解放军？这不是做梦吗？天啦，孙悟空钻进肚子里来了还不知道。

过了一会儿，齐迎春开始讲话，内容和布告上的差不多，只是后面加了几句，说以后要成立农民协会，还要搞土地改革，没有土地的农民都会分到一份土地。有的笑在眉头喜在心，祖祖辈辈的梦想现在要成真了；有的半信半疑，那些财主会答应把田地和房子分出来 吗？个别地主坏分子又怕又恨，口里不讲心里想：共产党比土匪还坏。

最后，齐迎春宣布魏少委马上去县里参加学习班。魏少委听了，脑袋里嗡嗡作响："完了，一切都完了。"他觉得周围的一切都在摇晃，两眼发黑。魏太太觉得心里一阵阵作痛，突然"哇"的一声哭了起来。

这次大会，就这样在笑声和哭声中结束了。

大会后，华娭驰在洗红薯，牛爱华在切红薯丁，准备晒干拌在饭里吃。华娭驰说："要是彪儿回来就好了。"牛爱华说："我听说彪儿被卖给了孙老爷做儿子，他还能回来吗？"华娭驰知道瞒不过牛爱华，一边流泪一边把卖华国彪的真相告诉了她，然后说："阿春说，彪儿会回来的。他现在是解放军，他讲的话一定可靠。"

大会后，当天下午，华家刚准备吃晚饭，门外有人喊："奶奶！妈妈！"一听就是华国彪的声音。华娭驰和牛爱华同时走出门，只见齐迎春穿着军装，和华国彪一起走了来。华娭驰和牛爱华同时抱着华国彪哭了起来。华国彪也哭。华国平见了哥哥很高兴，本来想笑，一见大家都哭，他也跟着哭。

齐迎春站在门边，让华家的人哭个够。他想，也许眼泪能够洗去痛苦，哭一哭心里会好过一些。几个人哭了一会儿，牛爱华满眼泪痕对齐迎春说："阿春，请屋里坐。"她一边说一边倒茶。齐迎春没有像上次那样马上走，他坐下来，边喝茶边说："以后穷人的日子会慢慢好起来。"华娭驰说："孙老爷那五块银圆用来买药了，以后才能还。"齐迎春笑着说："欠地主的账一笔勾销了。不但不还地主的账，地主的田地和房屋，除自己留一份外，其余的都要分给穷苦农民。"华娭驰张大眼睛说："有这样好的事吗？"齐迎春说："我们死了成千上万的人，就是为了推翻剥削阶级，使劳动人民翻身做主。"牛爱华感慨地说："穷苦人总算苦到头了。"

齐迎春问华国彪："你回来想做什么？"华国彪说："帮家里做事，还想读书。"齐迎春说："读书好。以前穷人家读不起书，以后就好了，以后搞建设要的是人才。你成绩不错，好好读书，长大了建设祖国，使大家的生活好起来。"牛爱华对华国彪说："你要记住齐叔叔的话。"华国彪点点头。齐迎春笑呵呵地说："以后大家都过上好日子，我们的国家不再是少数富人随意欺负大多数穷人。大多数人穷得响叮当。那么，成千上万烈士的血就没有白流。"他说完就告辞了。

华国彪回家的消息一下子传遍了天涯村。大家觉得，解放军确实是帮助穷人的。夏梅芳听到这个消息，马上来到华家。她一见到华国彪就连蹦带跳地走到他跟前说："你总算回来了。马校长和同学们都念着你，希望你回学校读书。"华国彪说："我已经缺了很多课。""不要紧，我告诉你。"夏梅芳信心十足地说。

当天晚上，家里的人问华国彪在孙家做些什么。华国彪说："天亮起来倒马桶，然后担水，上午砍柴，下午放牛。"牛爱华叹气说："他们把你当童工。"

华国彪回家了，他母亲和奶奶心上的一块千斤石头掉了下来，现在她们担心的是牛克勤母子俩和华孝先会不会回来。华娭驰说："孝先只要还活着，就一定会想法回来。"牛爱华说："假若去了台湾，就不知道能不能回来了。"华娭驰说："不知克勤现在怎么样。几年来兵荒马乱，他年纪小，不知道他能不能经得起磨难。"

华国彪回家后，继续读书，星期天砍柴卖。牛爱华也要去砍柴，华国彪要她在家里把身体养好，她说：“你回来了，我什么病都没有了。”

砍柴卖没有捡柴烧那么容易。捡柴烧不管是粗是细，是干是湿，横捆竖捆，松捆紧捆，反正自己烧，只要弄回家就行了；砍柴卖却很讲究，不干的柴没有什么人买，不耐烧的柴不好卖，大小不等的柴卖不起价，捆得不好的柴人家看不上眼。好在华家屋后的山上有的是柴，牛爱华母子俩选了一些干的杂木柴，分大小放成几堆，再砍成长短一样的，然后砍几根生柴捆好。说来也怪，那些常卖柴的人捆得又紧又齐，而牛爱华母子不管怎样用力总是捆不紧。

母子俩担着柴到市区街上，有位解放军战士来买柴。成年男子的柴两升米钱一担，牛爱华母子俩的只相当于一担半柴。那战士给了四升米钱。

牛爱华母子俩拿了钱高高兴兴往回走。

母子俩路过海边的望夫石的时候，牛爱华望着望夫石，不由自主地停了下来。华国彪不知母亲要做什么。牛爱华呆呆地望着三四层楼高的望夫石上刻的一首诗：

终日望夫夫不归，化为孤石苦相思。

望来已是几千载，只似当时初望时。

据说从前有个女的站在海边望丈夫回来，站了很久很久不见丈夫回来，这女的就变成了石头，人们就叫它望夫石，好事者还在石头上刻了这首诗。经常有妇女站在望夫石边，盼望出海捕鱼的丈夫归来，大多数盼回来了，也有永远没有盼回来的。

牛爱华一边望，一边嘴唇微微颤动，低声诵读刻在石头上的诗。然后，她把目光转向大海，好像在问大海：“我丈夫是不是在海上漂流？”接着她望着蓝天，好像在问蓝天：“我丈夫是归了天还是在人间？”她泪流满面，儿子也跟着流泪。

两人回到天涯村时，村里已经升起缕缕炊烟，家家户户都在煮晚饭了。华嫔驰正在等着媳妇和孙子回来。牛爱华一进门就讲起今天卖柴的事，说那些解放军战士像齐迎春一样好。华嫔驰感叹地说：“这世道确实变了。”

这世道才刚刚开始变，天涯村突然发生了大家料想不到的事。

星期一，华国彪背着书包去上学，走出门不远，附近山头上突然响起了“砰砰砰”的枪声。枪声越来越紧，接着是“嗒嗒嗒”的机枪扫射声。村里的人都急急忙忙往自己的家里跑，说是打仗了。华国彪也拼命往回跑，跑到家里过了一阵，牙齿还在敲得咚咚响，浑身发抖。华嫔驰和牛爱华要他躲在房里。大家都被前几年日本鬼子的杀人放火吓怕了，不知今天又发生了什么事。

村子附近的几个山头上黑压压的都是人，慢慢地朝魏家院子逼近。住在院子里的四个解放军战士准备突围。大门已经被火力封锁，子弹像雨点般打在门上和墙上。

进攻的人群离魏家院子还有半里路的时候，喊声大作：“赶快投降！”东端有一百多人端着长枪和冲锋枪向大院发起冲锋，冲在最前面的三个被打倒在地上，后面的人见状立刻停止了冲锋。一个牛高马大的人挥舞着手枪大声吼叫：“他妈的，我不信这些王八蛋能飞出这天罗地网。”话音刚落，一颗子弹打中他的胸部，他马上倒在地上。这时有人喊：“围墙转角处只有一个人!”大家都朝转角处开火,见对方没有还击,几个人冲了上去。“轰”的一声,手榴弹响,双方同归于尽。

一百多人终于冲进了魏家院子,还有两百多人在门外。魏太太和宋妈躲在房里,早已吓得魂不附体。拿枪的人问她们:“共匪在哪里?”她们吓得连话都说不出来,只是摇头。拿枪的人将院子内外都搜查了,只发现两个被打死的解放军战士。

中午时分,进攻的人抢走了农民的几十头猪、牛、羊,担走了几十担稻谷,并在魏家院子门口贴了一张告示:

重赏缉捕共匪

本军现已击毙盘踞在天涯村的共匪,但齐迎春和卫求生在逃。本军重赏缉捕。活捉其一者,赏银洋贰佰圆;斩首其一者,赏银洋壹佰圆;提供可靠线索者,赏银洋伍拾圆。通匪者,格杀勿论。

天涯县救国军(原天涯县保安团)

保安团的人,有的担着东西走了,还留下一些人挨家挨户搜捕齐迎春和卫求生。

齐迎春和卫求生从魏家院子的后墙翻了出去。卫求生跑到符阿叔家里。符阿叔把他藏进薯窖里,在窖门前放一些茅草伪装。齐迎春则沿着溪沟逃进了树林里,然后沿着山路来到县城,向国乐山县长汇报了保安团攻打天涯村的情况。听到两位战士牺牲的消息时,国县长长长地叹了口气说:“这两位战士都是贫苦农民出身,为了中国的解放,从东北打到海南岛,眼看解放了,可以回东北去看望离别了多年的父母,没想到长眠在天涯海角。”国县长接着对齐迎春说:“保安团仗着人多,说不定会袭扰县城。我们只有一个排,万一他们打来了,我带一个班掩护。你是本地人熟悉地形,你带领其余的两个班撤退,请求大部队来援救。”“不行。”齐迎春说,“县里不能没有您。我带一个班掩护,您带领其余两个班撤退。”两人争了一会儿,大家都赞成齐迎春的看法。国县长只好同意齐迎春掩护。

事情果然如国县长所料。当天下午,保安团三百多人开始攻打县城。齐迎春带领一个班迎击。国县长带领两个班往海边撤退,乘船向市区方向驶去。

齐迎春这个班根本无法抵挡保安团几百人的进攻,只好边打边退,最后退到海边的悬崖峭壁时,只剩下齐迎春一个人了。保安团的一个劲地狂喊:“抓活的!抓活的!”相隔只有十来丈时,齐迎春拔出最后一个手榴弹向敌人甩去,跑在最前面的保安团的几个人被炸得血肉横飞。齐迎春站在悬崖上把冲锋枪丢进了海里。孙开良带着几个人冲了上来,并大声喊:“抓活的!”他以为抓到齐迎春可以立大功。没想到齐迎春大声说:“我为中国人民解放事业而死,死而无憾!”他一边说,一边掏出手枪,一枪打中孙开良的脑袋,然后纵身跳进了大海里。保安团的追到悬崖边,望着汹涌澎湃的大海只能叹气。

齐迎春的妻子听到丈夫牺牲的消息时,悲痛不已。她给儿子改名为齐天仇,希望儿子将来记住国恨家仇,她不明白是谁带领人攻打天涯村。

原来,一九四九年底,十万人民解放军直下雷州半岛。国民党五个军、一个空军大队、一个海军舰队和地方保安队约十万人组成防线,防区总司令说人民解放军插翅也难飞渡琼州海峡。国民党军队到处抓壮丁补充兵员,企图守住海南岛。天涯县保安团的团长姓关，副团长是最近提升的孙开艮。由于怕解放军趁过年偷渡到海南岛，因此在年底整个部队进入战备状态，孙开艮过年也没有回家。尽管国民党军队费了九牛二虎之力，还是阻挡不了解放军的进攻。次年的四月三十日，人民解放军攻占了市区。国民党的军队，出海的出海，投降的投降，天涯县保安团来不及出海，也不愿投降，慌慌张张躲进了原始森林，以便伺机再起。魏少委觉得凶多吉少，现在能解救他的只有他的妻弟孙开艮。他花了带在身上的两块银洋收买了县政府的一个勤杂工，要他带信给孙开艮，说天涯村只有四个解放军士兵，县里也只有一个排，希望保安团赶快来营救这些政要豪绅。孙开艮把这个消息告诉关团长。关团长认为这是个好机会，一来可以拯救被软禁的人，二来可以抢船逃跑。于是分兵两路：一路由孙开艮带领攻打天涯村抢些粮食；关团长带领一个加强连去海边抢船。

待保安团找到那些政要豪绅之后船只也准备好了。保安团人员和这些政要豪绅欢聚一堂，正当大家喝得酒酣耳热之际，突然有人报告关团长，解放军的大部队正在向保安团攻来。关团长把酒杯甩在地上说："赶快集合，准备上船。"

不到半小时，大轮船上挤得满满的。岸上还有一些人想往船上挤，但已经挤不下了。跳板已经吊起，几个亡命之徒扑进水里往船边游。

轮船快要开动了。船上的很多士兵眼睁睁望着岸边，望着家乡的方向。很多人家里上有老，下有小，中有妻，这次离别后，这辈子还能相见吗？自己不在家，家里人将怎样生活？

突然，飞驰而来的解放军战船吹起了冲锋号，十多只船把保安团的船包围了。这时，保安团的士兵想的是如何保住自己的性命，只要能活下来，哪怕累死累活，缺衣少吃，总比死去好，跟保安团去台湾，只会凶多吉少，假若解放军开炮，肯定死路一条。有的人准备随时跳海逃命，但又怕保安团的开枪。

魏少委也在想自己的事。抗日胜利时，他见到一些汉奸被国民党枪毙了，他心惊胆战。幸亏上面有人关照，保全了这条命。没想到现在又来了共产党。假若被共产党抓住，肯定在劫难逃，他一辈子的积蓄也完了。原来打算跟保安团的逃往台湾，虽然这是不得已，但也许有朝一日蒋介石反攻大陆成功，他可以回乡东山再起。现在，一切都完了，是死是活，只能听天由命。

关团长问身旁的魏少委："你看怎么办？"魏少委说："现在已经走投无路，大家的家里还有老小，只好投降。"魏少委刚讲完，关团长飞起一脚，把魏少委踢了个四脚朝天，骂道："你这个窝囊废！日本鬼子来了，你怕死，勾结日本人，后来你收买上级保全了你这条狗命，你考虑的只是你的家产和你的狗命，你当面是人，背后是鬼。今天我就叫你去见鬼！"说完就是一枪。一股鲜血从魏少委的喉头喷了出来。关团长接着喊道："一营长！"一营长干脆利落地应了一声"到"。应声刚落，"砰"的一枪，正打在关团长的太阳穴上。关团长身子摇晃了一下，倒进了海里。原来一营长刚才见到魏少委被枪杀，他就握住手枪做好了准备。关团长倒下后，船上一片哗然。一营长大声说，"弟兄们，我们家里都有老有少，蒋介石早已跑到台湾去了，我们没有必要为他卖命。"这时，有几艘解放军的船离他们只有几十丈远了，船上的解放军在大声喊话："缴枪不杀！苦海无边，回头是岸！"一营长命令说："大家把枪放下，举起双手！"船上的士兵都执行他的命令。一营长脱下白衬衫在空中挥动。几艘船上的解放军纷纷上了保安团的船，要保安团的上岸排好队，清点人数。保安团的人又喜又忧，喜的是保全了这条命，忧的是不知解放军会怎样处置他们。

战斗结束时，天已经黑了，过了一会儿，人都走了，船也都开走了。海边又像以往那样平静，听不到枪声和喊杀声，只有海浪拍打海岸的哗哗声。

次日上午，有些大胆的人出门看情况，他们见到那些尸体都不寒而栗。潮水把一具穿长衫的尸体推到沙滩上，有人认出那是魏少委。一只黑狗在咬魏少委的手，咬得格格作响。悬崖脚下有一具穿军装的尸体，身边一摊污血，一些苍蝇在飞，一只黄狗在舔脑浆，有人认出那是孙开良。假若这两人生前知道自己死后的情况，他们会有什么想法呢？

六 劫后余生

华国彪回家后，华家的人希望华孝先也能回来，他们还希望牛克勤和牛田氏也能回来。

一天下午，牛爱华在门口劈柴，准备做晚饭。这时，一个年轻人背着背包向华家走来。华娭毑问牛爱华："那是谁？"牛爱华瞧了瞧说："不知道。"年轻人高声喊道："妈！姐姐！"牛爱华听到喊声，就高高兴兴地喊了起来："克勤！"她走向前去，定睛一看，没错，是克勤，虽然长高了，但那相貌，尤其是那憨直的眼神，一点也没有变。她一把抱住弟弟，姐弟俩哭成一团。华娭毑走过来，捧着牛克勤的脸，一边流泪一边说："这些年我经常梦见你，总算把你梦回来了。"牛克勤问："姐夫呢？"牛爱华叹了口气说："以后再慢慢给你说。"

说话间，华国彪和华国平放学回来了。牛爱华对他们说："这是舅舅，快喊舅舅。"两个小孩望了望牛克勤，喊了声"舅舅"。牛克勤流着泪说："分别十二年了，像做了一场噩梦。"

牛爱华忙着做晚饭。饭后，全家坐在桌边闲谈。牛克勤谈起了他这十二年来的经历。

一九三八年长沙大火，牛克勤没有搭上船。船开了，他恨不得扑进水里，爬到船上去。但水里已经扑下去很多人，没有一个爬上船。有的淹死了，有的湿淋淋地上了岸。船上船下一片喊声和哭声。他望着船上的姐姐和姐夫，拼命喊，拼命哭。他越喊，船离得越远，一直喊到船不见了。他喉咙哑了，再也没有力气喊了。他回到自家的小木板房，他没有钥匙，只好坐在门口。现在只有他一个人了，他感到无限的孤独。虽然码头上人山人海，但没有一个人来理睬他。他一直坐到傍晚时分，觉得饿了，才找了一根铁条，把锁撬开，弄了点饭吃。

次日清早，有一艘轮船靠近码头。很多人向码头涌来。牛克勤拿了两件换洗的衣服和一点吃的东西，用另外一把锁锁了门，然后赶快往船上奔。这回他总算上了船。码头上的人越来越多，像前一天一样拥挤。

他跟着大家上船下船，上车下车，大多数人朝哪儿，他就跟着朝哪儿。有时乘务员查他的票，他说没有钱买票，人家也不再问。

几天后，他来到了一个小城镇，很多店铺的招牌上写着"新化县"三个字。虽然新化县属湖南省，离长沙只有几百里，但新化人讲话，牛克勤只能听懂少数的词语，而牛克勤讲话，新化人基本上能听懂。逃到新化的难民有时要新化人写出讲话的意思，一写就懂了。因为文字是秦始皇统一的，但秦始皇没有统一语言，所以两千多年来还是十里不同音。长沙人听新化人讲话就像听外国人讲话一样。牛克勤不识字就更加麻烦了。而那些读过书的新化人见对方不懂的时候，就按书上的字音讲话，这样一来，对方就懂了。

牛克勤上船带的食物早就吃光了。他在汽车站外面的屋檐下坐了一个上午，没吃没喝。他望着商店里那些诱人的糖果，由于身无分文，只好吞口水。这时，他见一个长头发青年在一个摊子边，趁老板不注意，顺手抓了几个包子，马上用报纸包好，吃了两个，其余的放在车站外面的窗台上，然后走开了。牛克勤眼睁睁地望着那包东西，越望越流口水。这时，不知从哪儿冒出一股勇气，他站了起来，走向窗台，手刚伸出去又缩了回来，并离开了窗台。但饥饿又把他拉回到窗台前。他想，长头发青年偷东西是不对的，我偷他偷来的东西不能算偷。牛克勤虽然没有学过“负负得正”的数学知识，更不懂“否定之否定等于肯定”的哲理，但他确实认为他不能算偷。这样一想，胆量倍增，一伸手就拿了一个包子往嘴里塞，一口就吃掉了一半。包子一进口，就像久旱的禾苗遇到了雨水一样，首先是香喷喷的，咬烂后是甜滋滋的，进到喉咙里，喉咙好像生了锈的螺丝钉加了油一样，润滑滑的，进到肚子里，肚子里舒畅畅的。第一口刚进肚，他又迫不及待地把另外一半塞进嘴里。谁知他正要体会第二口的滋味时，一个耳光把口里的包子打了出来。他抬头一看，眼前站着那个长头发青年。那青年比他高出一个头。他觉得眼前像立着一座望不到顶的高山一样。他不敢再抬头望那青年，更不敢把刚才无师自通领会到的“偷人家偷的东西不能算偷”的想法讲出来，他只是站在那里，准备挨打。长头发说：“你为什么偷我的包子？”牛克勤可怜巴巴地说：“我饿了，从早晨到现在还没有吃东西。”长头发并没有再打他，只是吃了两个包子，把剩下的一个给了牛克勤便扬长而去。

牛克勤吃完包子往街对面走去。一位坐在街沿上的中年男子问他：“小朋友，到哪里去？”那男子拉了一下牛克勤的手说：“来，就在这里坐一坐。”牛克勤坐了下来。那男子又说：“你为什么拿那个人的包子？”“说实话，我没有钱买东西吃。”“你家里还有什么人？”牛克勤把自己家里的情况讲给他听，讲着讲着就哭了起来。那男子说：“不要哭，哭没有用。你愿意跟我走的话，我带你去。”“跟你去哪里？做什么事？”“我是新化县罗洪人。罗洪离这里九十里。我可以带你去做事，靠自己劳动养活自己。”“我不会做什么事。”“不要紧。我教你做。”“好，我跟您去。”那男子买了四个包子给牛克勤，他们就启程了。

那男子走路有点跛。走啊走啊，牛克勤的脚都走痛了，第二天下午才到罗洪。

罗洪是一个四面环山的村庄。山势险峻，山上古木参天。村子像个脚盆，良田数千亩。一条长年不断流的小河从田间流过，在村子的东端头从几十丈高的悬崖上飞泻而下。

两人来到一座祠堂前。祠堂门的上方写着“邹氏宗祠”四个字，门两边的砖墙上也有字，一边是“忠”字，一边是“孝”字。门里面是个天井，过了天井是个大厅，大厅的正前方是神龛，供放着祖宗牌位。男子住在进门右边的小房间里。房间的角落里放着练武用的刀叉棍棒。

吃了晚饭后，两人在门口闲谈。牛克勤问：“门前这个宝塔为什么只有两层？”那男子说：“这不是宝塔，是习字炉。字纸不能乱扔，要放在习字炉里烧掉，不然就是对字不尊重。”“这炉是谁建的？”“是我的祖宗建的。我的老爷爷是国子监生。国子监是清朝的最高学府。他父亲是光禄大夫，是清朝的正一品文官。我爷爷不学文，只习武，中了个武举。我父亲既不学文，也不习武，只喜欢吸鸦片烟，把祖传的几亩田都卖掉吸鸦片烟了。到我这一代就变成穷光蛋了。”

闲谈一阵后，那男子说：“今晚我们早点睡，明天休息，后天上午去望云山看一看。这山是禁山，不准上山砍柴，但可以采药和打猎。”

那男子和牛克勤都走累了，一觉就睡到大天亮。次日上午，男子腰间系了刀盒，刀盒里插着一把磨得锋利的柴刀，背着一个背箩，背箩里放着一把小锄头。他领着牛克勤向望云山走去，走了十多里，来到一间茅屋前。茅屋里住着一个头发花白的老头，老头是守山的。老头见了那男子就说：“达才，进屋歇一歇，喝点水。”老头和达才都是邹氏宗祠的人，所以只喊名，不喊姓。邹达才像进自己屋里一样，拿起勺子就到屋前的泉边接了一勺水，咕咚咕咚喝了个够，喝完又接了一勺给牛克勤。牛克勤接过水喝了下去，水一进肚子，全身的热气马上被清洗得一干二净。牛克勤望了望门前的禁山，只见古树枯藤，遮天蔽日，三四人才能环抱的树满山都是，枯死的树横七竖八倒在山上。邹达才问老头：“树才哥，近来野兽多吗？”邹树才说：“近来野猪越来越猖狂，栽的红薯一片一片都被野猪吃了。前几天有几个人打了一头两百多斤的野猪。”邹达才问：“近来有老虎出没吗？野猪多，老虎也会多起来。”“近来没有看见老虎，但前天下午我在山坳那边看到一堆野猪骨头，不远的地方有老虎拉的屎。我马上把狗唤进屋里，把门闩好。”牛克勤听了有点紧张起来。

邹树才在屋边的地里掰了十多个苞谷蒸来当午餐。吃了苞谷后，邹达才对牛克勤说：“我们去山坳那边看看，那边有药采。”牛克勤听说要去山坳那边，心里有点害怕。不是说山坳那边有老虎出没吗？这真是“明知山有虎，偏向虎山行”。

走了约一里路，突然听到狗叫。邹达才对牛克勤说：“小心，可能有野兽来了。”牛克勤顿时毛骨悚然。不一会儿，只听见一声吼，连山都震动了。邹达才说：“赶快站到我背后，老虎来了。”牛克勤听到那吼声，早已吓得魂飞魄散，又听说老虎来了，连脚都站不稳了，牙齿敲得咚咚直响。接着，狗的叫声没有了，只听见打鼎罐盖的声音。邹达才说：“我们去树才家看看。”牛克勤听说要去树才家看看，心里直怀疑，老虎不是在邹树才家的方向吼叫吗？他说：“假如碰到老虎怎么办？”“不会，老虎已经把狗叼走了。”“你怎么知道？”“假如狗没有被老虎咬死，狗还会叫。树才打鼎罐盖是为了赶走老虎。”

邹树才见到邹达才和牛克勤，说：“你们两个真是命大。你们刚才走了不到一杯茶工夫，老虎就来了。我心想，不好了，马上唤狗回来。老虎见了狗就去咬狗，我赶忙打鼎罐盖吓老虎，老虎根本不怕，叼着狗跑了。”邹达才说：“你今天救了我们的命，不知什么时候才能报答。”邹树才笑着说：“要说救命，不是救你们的命，而是救我自己的命。这只老虎遇到你，不过是第二个寻死鬼。”

牛克勤听了想：一个跛子能打死老虎吗？他再三要求邹达才讲打虎的故事。邹达才轻描淡写地说：“我那天上山想打只野兔来吃，没想到一只老虎朝我走了过来，我背着鸟枪赶快爬上一棵大松树，放了几枪就把它打死了。”接着，他补充了一句说：“赤手空拳打老虎才算角色。”

回到家里，邹达才对牛克勤说：“这几天暂时不进山。从明天起你跟我练武，一来可以锻炼身体，二来可以防坏人，三来可以对付野兽。”从此以后，牛克勤每天天亮就起床练武。第一道功夫是站桩，两腿跨开，往下蹲，边蹲边数。开始几天，从一数到三百，牛克勤直蹲得两腿酸痛，但多站几天就不痛了。然后慢慢增加，一直加到一千。能站一千个桩就开始学打拳，练习几道拳以后就练习摔跤，然后再练习使刀叉棍棒。

有一天，邹达才听说药店里没有蛇药卖。望云山的竹林里有七叶一枝花。俗话说："有了七叶一枝花，敢同毒蛇住一家。"

次日，邹达才带着牛克勤去采药。

两人来到了竹林，满山都是竹子，风一吹，青翠的竹子随风摇摆，竹尖一起一伏，像绿色的海浪。竹林只能透过稀疏的阳光，所以格外阴凉。两人沿着山沟往上走。邹达才突然高兴地说："这里有七叶一枝花。"牛克勤走向前去看，真是好看极了：每株的半腰间环生着七片长长的绿叶，中间高高地撑着一朵红花。一株，两株，三株，四株……一共有几百株，像个花坛一样。牛克勤真舍不得去挖它们，但为了挖它们的块根卖钱买米，不得不狠心挖。大的块根有拇指那么大。挖了几十株以后，两人来到山顶。山顶上长着很高的茅草。分水岭上只有一株杨梅树，杨梅已经红了，很大一颗，但不多。两人上树摘杨梅吃。牛克勤口渴了，越吃越想吃。树上的杨梅吃得只剩下将近一半了，邹达才突然说："不吃了，留一些给后来的人吃。"牛克勤只好从树上爬下来。他问邹达才："这杨梅很好吃，为什么以前过路的不吃这树上的杨梅？"邹达才说："肯定有人吃过，但都不会吃光，总要留一些给后来的人吃。"

两人站在山顶上，望着分水岭的北面。分水岭的北面是几十丈高的悬崖峭壁，悬崖上面有几十丈长的斜坡，全是一人高的茅草。茅草被风吹着，像波浪一样一起一伏。这时，茅草中突然发出呼呼的响声。邹达才朝发出声音的地方一看，一只老虎正在眼鼓鼓地望着他。老虎额上和背上的花纹黑黄相间。邹达才一看就知道这是一只正在寻食的饿老虎。他马上对牛克勤说："赶快爬到杨梅树上去，有老虎。"牛克勤吓得魂不附体，马上爬上树。邹达才却在原地扎着马步，一动也不动。老虎朝着邹达才走过来，尾巴突然往上一挥，像骑士挥舞刀剑一样，接着后脚向下一蹲，前脚向上一举，后脚向前一蹬，身躯向上一跃，这庞然大物腾空而起，向邹达才扑来。邹达才往旁边一闪，老虎扑了个空。接着老虎又反过头来，死死瞪着邹达才，猛然一声吼叫，真是地动山摇。当老虎再次扑来时，邹达才不是像刚才那样闪到一边，只是低了一下头，然后鼓足力气往前冲一步，一把抱住老虎的脖子，头死死顶住老虎的下巴。老虎的下巴被顶得咯咯作响，连呼吸都成了问题。邹达才同时用双脚把老虎的腰部紧紧钳住。老虎的头部和腰部都不能动弹，只能用四肢抓，几下就把邹达才的衣服抓烂了。邹达才的背上、脚上被抓出一道道血印。邹达才死死抱住老虎不放。人和老虎在草地上滚。二十多丈长的斜坡快滚完了，邹达才滚得筋疲力尽，老虎也没有动弹了。邹达才挣扎着爬起来，从腰间刀盒里抽出柴刀，使尽全身力气，朝老虎的头上猛砍。老虎被砍得脑浆四溅。他怕还有老虎来，赶忙往山顶上走去，喊牛克勤回去。牛克勤看着人和老虎打架惊呆了，抱着树干不敢动。他简直不敢想象，一个跛子敢抱着老虎打架。

两人急急忙忙走到邹树才的茅屋里，把刚才的事情讲了一下。邹树才伸了伸舌头说：

“好惊险！你怎么敢抱住老虎打架？”邹达才说：“我这是学来的。我爸爸小时候跟我爷爷一起上山，有一次碰到一只老虎要咬人，我爸爸吓得要命。我爷爷为了保护我爸爸，不顾一切冲向前，用头顶住老虎的下巴，抱住老虎在地上打滚，滚到一条沟边，老虎的四肢跨在沟两边，想咬又咬不着。我爷爷喊我爸爸赶快用柴刀砍老虎的脑袋。那只老虎就这样死在他们手里。”

邹树才问：“你打死的那只老虎怎么办？”邹达才说：“上次你救了我们两个的命，还把狗也丢了。我没有什么报答你。你去把打死的老虎背回来，卖点钱买米，把那张虎皮留给我就行了。”邹树才说：“我答应背回来，但我不能受这样重的礼。”“你救了我们的命，再重的礼也不算什么。”邹达才说完就和牛克勤回家了。

邹树才把老虎担到街上卖。邹达才打虎的消息一下子轰动了罗洪乡。他上次用鸟枪打死老虎在这一带不算大事，因为每年都有用鸟枪打死老虎或野猪的事。赤手空拳与老虎搏斗，还只有邹达才的爷爷在很久以前干过。

几年后，日本军队打到与罗洪相邻的巴油村。乡公所想找个有胆量又有力气的人当探子，探听日军的消息，邹达才成了最佳人选。邹达才的妻子年前回娘家时，被日本鬼子强奸并杀害了，他一直想找个机会报仇。听说去当探子，他马上同意了。乡公所一个月给他一石谷，因此，他和牛克勤吃饭没有问题。

有一天，中国军队日夜不停地往后方撤退。邹达才对牛克勤说：“当探子是提着脑袋吃饭，随时都有死在日本鬼子手里的危险。万一我出了事，你最好往后方逃。”牛克勤说：“你不要当探子了，我们一起逃。”“乡公所需要探子，乡亲们也只有知道日军的消息才好行事。不然，日本鬼子进了村杀人放火还不知道是怎么一回事。我不得不与家乡共存亡。你的家乡在海南岛，不知海南岛被日本军队占领了没有，你只有逃往后方。芷江是国民党的空军基地。我们这里都派了人去修芷江飞机坪，有的就累死在那里。中国军队可能会死守雪峰山。雪峰山是天险，易守难攻。雪峰山那边是安江。你可以先逃到安江，走小路只有两百五十来里，到了安江再看情况。”他停了一会儿又说，“我没有什么送给你，这张虎皮你拿去可以御寒。”

从此，邹达才每次外出，牛克勤都担心他会不会回来。

在平常，邹达才天黑时才回来。他在邻村巴油多次探听到日军的活动情况并告诉乡公所。日军在巴油的战斗中死了不少人。有一次战斗后，邹达才在战场上捡打过的子弹壳，准备拿回去卖钱添补费用。这时，他发现远处有一个日本兵扛着步枪走来，马上躺在地上，把两具尸体盖在身上。那日本兵走了来，翻动尸体，看有没有枪支或金钱。邹达才猛地抓住那日本兵的两只脚，腾地站了起来，把日本兵像提鸡一样提了起来，像抛甩木头一样，把日本兵甩得远远的。那日本兵倒在地上没有动弹了。邹达才把日本兵的枪捡起来的时候，又发现远处来了一个日本兵。他赶紧飞跑，跑进附近的一间茅棚里。茅棚里空空的，他只好躲在门背后。日本兵见门开着，端着枪在门口看了看，然后看门背后。这时邹达才伸手一拳打在日本兵的脑袋上。日本兵死了。邹达才背着两支枪往罗洪走去。乡亲们知道了，都夸他打死了两只“大老虎”。

过了不久，邹达才在装扮行乞时被日军抓住。日军从他的讨米袋里搜查出一份日军的文件，马上把他枪毙了。闻名乡里的打虎英雄终究敌不过比老虎凶狠得多的日本鬼子。

牛克勤希望邹达才死亡的消息是假的，但过了一天又一天，等了十多天还不见邹达才回来。一天晚饭后，谣传日本鬼子要进村了，村民们纷纷逃离罗洪。大家除了带几件衣服和几升米以外，什么东西也没有拿。牛克勤带着邹达才送给他的那张虎皮和几升米，跟着村民们往后方逃跑。

他走了五天，翻过了雪峰山，住在一家伙铺里。刚吃过晚饭，突然有人喊："土匪来了！"

一个穿黑衣服的土匪一进门就吼道："老板娘，快烧火煮饭！"老板娘两腿发抖，赶忙淘米煮饭。另外几个土匪很快把田里的几只鸭子抓了来，挥刀把头砍掉，鸭毛还没有弄干净就放锅子里炒，还没有炒熟，有的土匪就用碗装着吃起来。后面来的土匪没有拿到碗就用瓢装，没瓢的就用筷子在锅子里夹着吃。土匪一个个像饿牢里放出来的，端着碗到前面的屋檐下猛吃，吃完就把碗筷甩在屋檐下走了。这时，屋外响起了土匪一阵阵的吆喝声。一些受伤的土匪躺在担架上，沿路滴着鲜血。一个土匪挥舞着手枪大声喊叫："赶快跑，追兵来了！"一些正在吃东西的土匪狼吞虎咽，边吃边走，吃完了就把碗筷扔在路边。牛克勤见了提心吊胆。值得庆幸的是他没有被土匪抓走，东西没有被抢去。

次日早饭后，大家又结伴赶路。走了十来里，来到一个山坳上。山坳上有一棵大松树，大家准备在松树下休息一下。松树后面突然闪出几条汉子，用步枪对着旅客说："不许动！"旅客们都吓了一大跳，有的还情不自禁地举起双手。另有几条汉子从原始森林的羊肠小道上走下来。他们把旅客的衣袋和行李都搜了个遍，连零钱也不放过。轮到搜查牛克勤时，一个牛高马大的土匪突然走了过来。牛克勤只见这土匪头发又长又乱，额头上有一条花生米那样长的伤疤，脸又黑又瘦，好像从来没有洗过脸一样，布扣短衣满是油污，唯一干净的是别在腰带上的那支手枪，闪闪发亮。没见过世面的牛克勤吓得魂不附体。那土匪突然把手枪拔出来对准牛克勤的胸口说："把衣服解开！"牛克勤把装虎皮的旧布袋甩在地上，老老实实把衣服解开。另一个土匪在牛克勤的衣袋里摸来摸去，只摸到几元钱，又在裤袋里摸来摸去，什么也没有摸到。牛克勤生怕土匪翻他的旧布袋，把那张虎皮拿去。土匪没有摸到几个钱，又见牛克勤穿得又旧又脏，旧布袋的口子露出的也是破旧衣服，也就没有去翻看旧布袋。拿枪的土匪对牛克勤说："走过去！"牛克勤脑袋嗡嗡叫，牙齿敲个不停。他生怕土匪从脑后开枪。幸好没有。他提起旧布袋走到一边。谢天谢地，土匪没有发现那张虎皮。

突然，一个土匪在岔路口打了一声长长的口哨，然后说："有情况，快上山！"十多个土匪一下子消失在古木参天的原始森林里。

牛克勤跟着其他人继续走路，终于到了安江。

安江是个盆地，在群山包围之中，位于沅江河畔。唐朝大诗人王昌龄曾经被贬到这个县当县尉。他假若在今天面对日寇，可能会长叹："但使龙城飞将在，不教胡马度阴山。"今天，日军能不能打过雪峰山，那就要看中国抗日将士的努力了。

牛克勤在安江遇到了很多逃难来的人。湖南第一纺织厂因长沙大火而搬迁，千里迢迢,几经辗转迁到了安江。很多逃难的人陆陆续续来到安江。牛克勤在关圣宫找到了落脚的地方。

没料到日本鬼子想杀过雪峰山,夺取芷江机场,打通入侵大西南的通道。中国军队要在雪峰山死守。安江成了前沿阵地。会战最高指挥官、中国陆军总司令率领中美幕僚设总指挥部于安江。一九四五年六月十二日在关圣宫召开高级军事会议,研究歼敌大计,制定后期作战计划。难民们都搬到了附近的祠堂里。

难民们觉得安江的形势越来越紧张,于是继续逃往其他的地方,远的逃往云南或四川,近的逃往贵州一带。牛克勤不知往哪里逃,只好留在安江听天由命。

不久,安江街上欢天喜地庆祝抗日胜利,市面上也繁荣起来了。但牛克勤既没有本钱做生意,也没有人要他这样的小孩做工。吃饭是个大问题,他只好担水卖来维持生活。

热天担水,汗流浃背,若没有穿草鞋,双脚会被石头烫得直跳。冷天必须卷起裤腿去河里舀水,一双脚杆冻得通红,脚板开裂,鲜血直流,虽不是一步一个血印,也是走一步痛一步。为了生存,牛克勤只好忍着痛,担着一百来斤的一担水,一步一步地爬上高高的码头。牛克勤见到老板的孩子冷天都在家里烤火,心里很羡慕,但他只能是羡慕而已。

牛克勤白天担水卖,晚上在街边听向瞎子说书。有一晚他去戏院门口玩,听说演武松打虎,他想看武松是不是比邹达才更厉害,但他没有钱买票。不一会儿,来了一个穿长衫的。牛克勤对他说:“先生,您带我进去好吗?”长衫说:“我只有一张票。你没有票怎么行?”“我躲在你的长衫子里面。”那人爽快地答应了。刚刚走进门,查票的对长衫子说:“你怎么有四条腿?”牛克勤露了马脚,被挡在门外。从此,他再也不去看戏了。

牛克勤在安江担水卖,过了一年又一年。有一天,安江来了解放军。他听人家说,现在世道变了,以后农村要搞土地改革,穷苦农民有田分。他想:假若回到海南岛分了田该多好,说不定母亲和姐姐已经回到了海南岛。说走就走,他卖掉了虎皮做路费,终于回到了久别的家乡。

七　天翻地覆

华国彪和牛克勤回家以后，家里增添了不少欢乐。几个月后，天涯村进驻了工作组。不久，乡里成立了农会。农会主席是卫求生。

不久后，魏家大院门口贴了一张公告。公告说，现在解放了，劳动人民当家做主了，但有些贫苦农民无房或少房，经农会研究，广泛征求贫下中农的意见，魏家大院重新分配，中堂归两家共有：

农会办公室	第一进	齐迎春家属
宋妈	第二进	符阿叔
牛爱华	第三进	孟萍
卫求生	第四进	魏少委家属

土地改革工作组
天涯乡农民协会

看了公告以后，分到房子的人家格外高兴。各家把分到的房子打扫得干干净净。牛克勤帮符阿叔打扫房子，搬东西。符阿叔说："我住了一辈子茅草房，台风一来，一下子就把屋顶掀掉了。屋里的几件烂衣服也被风吹跑了。我只好光着身子淋雨。做梦也没想到老了还能住上瓦房。"牛克勤说："我逃难那段时间，到处流浪，塘里洗澡庙里歇。假若我妈妈能回来住上瓦房子，她会多么高兴。"符阿叔说："你母亲还活着的话，一定会回来的。你自己今后好好劳动，找个合适的姑娘成个家。"牛克勤说："早点分田就好了。有了田，日子就好过了。"

魏太太则觉得像突然被洗劫的富商一样，长悲短叹。她眼看那些穷光蛋一家又一家欢欢喜喜搬进了魏家大院。她丈夫的祖先精心设计的大院，舒舒服服住了几代人，原以为可以子子孙孙住下去。人到了老年应该好好享福，没想到丈夫死于非命，她自己被挤到院子的角落里。昨天，她还可以在院子里任何一个房间出出进进，拿东拿西；今天，院子都成了人家的财产。这不是公开打劫吗？这不成了强盗世界吗？她又气愤又伤心，恨不得放一把火烧掉这个大院，要大家都住不成，但是她不敢，因为那样会招来杀身之祸。好死不如歹活，然而歹活很难受。周围住的都是自己的仇人，住在一个院子里，每天都要相见。仇人相见，分外眼红。

使魏太太痛苦的事接踵而来。分房不到半年，天涯村实行了土地改革，贫下中农都分到了一份田土。

卫求生分到天涯河旁边的田。他清早来到田边，坐在田坎上，望着那几丘田沉思："我父亲辛苦了一辈子，只想买一块田作为家产维持生活，但他累到死的那一天也没有实现自己的愿望。假若他活到今天，见到家里分了田，他会是怎样的高兴啊！"他想了一阵，站起来，在田里抓了一把泥巴，用手捏了捏，自言自语地说："多好的泥巴，松软软的，黑油油的。以后只要不遭灾，吃饭不会有问题。”然后他围着田坎走过来走过去，看有没有漏水的地方，哪里还要加固。他一直看到太阳当顶才回去。

牛爱华坐在大院门口，眼睛眨也不眨地望着她分到的那丘大田。田在大院门口的池塘边，四四方方，旱涝保收。几年前，她做了一个梦，梦见自己买了一丘田，不知有多高兴。她对丈夫笑道：“我们穷了一辈子，今天总算有一丘田了！”谁知一笑就笑醒了。醒来后，她仍然睡在那座旧茅屋里，除了两床逃难带来的被子、一个补过的锅子、几个瓷碗和几件破旧衣服以外，什么也没有。她叹了口气说：“没有田的人偏偏做有田的梦。这梦也专门作弄穷苦的人。”今天，梦想成真了！假若丈夫在家里，有田有房有劳力，家里该多幸福啊！丈夫还能不能回来呢？想到这里，她又黯然伤神。

贫苦的农民分到田以后，夜以继日地拼命干活：修理田坎，修建池塘，除草积肥。当年的亩产量比土改前多了一百多斤。家家户户还喂了猪。每家用竹子或树枝围了个小菜园，种上了各种蔬菜。每家还分了一块山，烧柴不成问题。但有的人马上砍了树去卖，有的烧荒种杂粮。县里立即出了通告：为了保持水土，禁止烧荒和乱砍树；实在要砍树要经农会批准，否则要追究责任。农民见了通告，觉得这是为了大家好，也就自觉遵守县里的规定。

夏国忠和应长寿都在铁矿工作了，家里都住在铁矿，所以没有分房分田。

分田后，魏太太更加难过。以往，一到收割时间，金灿灿的稻谷往魏家仓里担，而现在，稻谷都担进人家的仓里。那十亩田，魏老爷积攒了两三年，趁田主家死了人要钱用才买到手。早知道现在要土改，当初何必积攒？她出门时，每经过魏家原来的一丘田，心里就要痛一下，牙齿就咬得咯咯响。虽然也给她留了一丘田，靠近池塘边，是自流灌溉的，但那一千多亩田都属人家的了。现在就剩下这屁股大的一丘田，仅仅两亩半。她巴不得来一次齐天洪水，把天涯村的田全部冲毁，把房子也冲掉，把人都冲走，大家同归于尽。

魏太太觉得样样都刺眼，人人都可恨，而那些贫苦农民则相反，觉得事事都如意，个个都开心，尤其是搬进魏家院子的那几户人家，喜事一件接一件。

且说牛克勤和孟萍住在同一进屋，孟萍比牛克勤小两岁，她见牛克勤既勤劳又老实，慢慢对他生了爱心。牛克勤觉得孟萍既能干又温柔，也慢慢爱上了她。邻居之间，一天相见好几次，但两人觉得见面的次数还是少了，一见面就要搭上一两句话。邻居都看到了这种情况，觉得他们两人很相配。有一天，卫求生半认真半开玩笑地对他们说：“我们都实现了孙中山先生说的‘耕者有其田’和‘居者有其屋’，你们还应该多一样：大男有其妻，大女有其夫。”说得两个年轻人都不好意思，但心里很高兴。

一天吃晚饭时，牛爱华问牛克勤：“你觉得孟萍这姑娘怎么样？”牛克勤把自己和孟萍相爱的事告诉了姐姐。牛爱华听了很高兴，问弟弟什么时候成亲。牛克勤说，两人商量好了，放在年底。华嫔驰笑呵呵地说：“我和你姐姐都在为你的终身大事操心，没想到你不用我们操心了。”停了一下她又问：“算了八字没有？”牛克勤说：“妈，现在解放了，不信那一套了。”华嫔驰说：“俗话说：百世修来同船渡，千世修来共枕眠。八字相合才会有缘。”牛爱华说：“我看他们的八字肯定相合。有缘千里来相会，不但相会，月下老人还使他们成了邻居，还要使他们共枕眠。”华娭驰听了，张着没牙齿的嘴笑了起来。

次日，牛爱华同弟弟来到孟萍家，商量结婚办酒席的事。

乡里办酒席同城里不一样。城里人结婚酒席办得越多越赚钱，请柬发得越多越好。被请的人一般不好拒绝，只得准备礼物或红包。若有一百人赴宴，收到的红包有一千元，办酒席顶多开销五百元，至少可以赚一半。你赚了钱，人家还要当面讲许多好听的话：酒席办得很热闹，菜好饭又香。难听的话当然放在背后讲，说你卖高价餐票，吃顿酒席花去了半个月的饭菜钱。乡里办酒席不同，很少发请柬，多半只是讲一声“请来喝喜酒”。愿来就来。来的人有的送一只鸡和几十个蛋，有的送一块肉，有的送几包糖，也有的送红包。吃完酒席后，主人还要回礼，回礼的价值相当于送礼的一半。所以乡里人办酒席总是要亏。主人亏了也高兴。人家来祝贺，就是看得起你。大家吃个开心，图个热闹。吃酒席的只赚不亏，当然更高兴。

牛氏姐弟和孟萍正在商量的时候，卫求生走了进来。大家都让座，并向卫求生请教怎样办这门喜事。卫求生说：“终身大事，应该热热闹闹。”牛爱华等三人听了，心里直打鼓。热闹好是好，就是花钱多。卫求生继续说：“但现在大家都很穷。虽然分了房和田，但农具和衣服样样都要添置。乡亲们送礼会感到困难，不送又过意不去。主人家办酒席更困难。各家的底子谁都清楚。”这番话正说到了其他三个人的心上。卫求生又说：“我看来个新事新办。”牛爱华急切地问：“怎么个新法？”“不搞请客送礼，就搞个结婚典礼，买些糖食和水果招待就行。”牛爱华说：“听说铁矿也有这么办的。我们想学又怕人家说长道短。”卫求生说：“不要怕。我们就是要改变旧习惯，树立新风尚。有钱人认为摆排场才算有面子。我们不要那一套面子，我们要的是里子，要的是自由恋爱、忠诚和睦和白头偕老。你们信得过我的话，我来主持婚礼。”牛爱华和牛克勤异口同声地说：“好！”孟萍手弄衣角，点头微笑。

年底，魏家大院门口贴了一张用红纸写的喜报：

喜报

各位乡亲：

农历十二月二十五日晚上，牛克勤和孟萍举行新式结婚典礼，不请客送礼，欢迎光临。

天涯乡农会

消息一下子传遍了全村。虽然大家都忙着准备过年，但都想看看这新式结婚典礼是怎么回事。

二十五日晚饭后，村里的男女老少陆陆续续来到魏家大院。夏国忠在铁矿值夜班，只是朴姬带着夏梅芳来祝贺。应长寿也值夜班，他老婆焦姨来贺喜。

牛爱华忙里忙外，华娭驰忙着烧开水，华国彪去各家借凳子，新郎新娘迎接客人。新娘穿着崭新的白衬衣和青裙子，新郎穿着新的家织布做的白衣蓝裤。两人的穿着并不引人注目，使人羡慕的是他们的青春活力。孟萍脸上的两朵红云和一对酒窝使村里的小伙子都想多看几眼，牛克勤那结实的身体和憨厚的神态使不少姑娘羡慕不已。乡里人崇尚自然美和健康美，他们对穿金戴银和涂脂抹粉并不感兴趣，他们认为那是显阔和做假。新房里没有什么摆设，床和桌子都是旧的，只有铺盖是新的。院子里也没有张灯结彩，只是在中堂门口贴了副用红纸写的对联：

新事新办，移风易俗。

相亲相爱，白头偕老。

客人来了很多，中堂里坐不下就站在门外。卫求生大声说："现在结婚典礼开始。鸣炮！"长长的鞭炮响了好一阵。小孩都抢着去捡没有响过的炮仗。卫求生继续说："现在是新社会，我们搞新事新办，不搞请客送礼。我们还很穷，搞不起那一套。再说，勤俭持家是我们劳动人民的好传统，我们没有必要去学有钱人摆阔气。"大家一边吃一边闲谈。有的说："这比请客送礼好多了。请的人要欠债，几年都还不清。被请的人要愁着送礼。"有的说："欠债还不算，办酒席会累个饱。"还有的说："今天人家送给你，明天你得还人家的礼。礼品是把锯，送来又送去。你不送人家，人家不高兴；人家不还礼，你又不高兴。这都是自寻烦恼。所以最好是不要请客送礼。"

卫求生的老婆文姨有张快嘴，她说："我和老卫结婚的前一天，我还不知道他是高个子还是矮个子。"卫求生说："我假若是矮个子，在外面受人家欺侮，回家还要受老婆欺侮，我受得了吗？"这老两口说得大家拍手大笑。朴姬说："看来你和老卫是先结婚后恋爱。"文姨说："先结婚后恋爱不如自由恋爱那么有滋有味。现在的年轻人不像我们这一代。我们是一切都听天由命。"停了一下，文姨拉着身边的夏梅芳和华国彪的手说："自由恋爱又不如青梅竹马。"夏梅芳和华国彪都不知道"青梅竹马"是什么意思，但他们都发现大家在望着他们两个笑。两个小孩都觉得不好意思。牛爱华正在给小孩子们发糖果，夏梅芳对牛爱华说："伯妈，我去提茶来。"华国彪带着华国平捡炮仗去了。

接着，卫求生对大家说："现在，我们请新郎新娘谈谈恋爱经过好不好？"大家齐声叫好。文姨本来想说卫求生名堂多，但话到嘴边又不说了，因为她也很想听听。

卫求生对新郎新娘说："你们两个商量谁先讲。"

孟萍望了牛克勤一眼，意思是要他先讲。牛克勤说："自从我们做邻居以来，我发现孟萍做事能干，性情又温和，我就慢慢对她有了好感，讲完了。"

下面有人说："该孟萍讲了。"孟萍说："我觉得他能吃苦耐劳，人老实，又肯帮助人，不抽烟，不喝酒，不赌博。因此我就——"她讲到这里就不好意思地低下了头。有位小伙子说："还没有讲完。"有位年轻姑娘说："这还要说？就爱上了克勤。"前一位小伙子说："又不要你讲，要孟萍讲。"孟萍红着脸说："就爱上了克勤。"大家热烈鼓掌。

符阿叔说："我平常听见克勤的山歌唱得好，现在唱一首听听。"牛克勤唱起海南的民歌：

月怀丹桂春不老，我俩情意比天高。

百年水浸石不烂，千年金菊万年桃。

大家鼓掌后，文姨说："孟萍的山歌唱得更好，也唱一首听听。"孟萍也唱了一首海南民歌：

哥爱妹如藤缠树，妹爱哥如树缠藤。

藤枯树老缠到底，树枯藤老还要缠。

大家齐声叫好。卫求生说："要搞山歌比赛，我们天涯村肯定是前几名。"焦姨说："我以前经常听见老卫唱山歌。今天你这个主婚人也唱一首给我们听一听。"文姨说："他老糊涂了，不会唱了。"谁知这一说，反而激起了卫求生，他对大家说："她说我老糊涂了，但唱山歌我还是不糊涂的。"说完就大声唱起来：

油菜开花两面黄，我前世讨个懒婆娘。

拿起衣来衣无领，拿起裤来裤无裆。

他边唱边用手指指自己的衣领和裤子。大家笑得前俯后仰。文姨笑弯了腰，一边捂住肚子一边说："你哪件衣服没有领？哪条裤子没有裆？"卫求生说："我唱的是前世的那个懒婆娘，你是这世的，还没轮到你。"

男的笑得直拍卫求生的背，女的抱着文姨笑个不停。大家还没有笑够，卫求生说："今晚时间不早了，新郎新娘辛苦了，让他们早点休息，让他们两个人一起去笑一笑。"说完，客人们边笑边起身回家。大家觉得这样办婚事真是别开生面，又节约，又省事，又热闹，又文明。

客人们都走了，牛爱华等人也去睡觉了。新郎新娘坐在洞房里。洞房就是孟萍那间房。孟萍说："新式婚礼真是好。我原来最怕的是闹洞房。我以前看过人家闹洞房，有的男客趁闹洞房调戏新娘，那样闹洞房不但不能使人高兴，反而使人生厌。"牛克勤说："我们结婚既节约又文明，大家都高兴。"

深夜，新郎新娘都已经睡着了，但魏家院子里还有一个人没有睡着，那就是魏太太。她没有参加婚礼，而是一个人躲在房里。她认为这根本不能叫婚礼，既没有媒人，又不办酒席，也没有花轿，这简直是叫花子讨亲。她和魏少委结婚那才风光。做媒的是县太爷的母亲。结婚时，首先是魏家请人吹吹打打，抬着二十多个礼物送到她家里，有米有布，还有全猪全羊。她来魏家时，坐的是四人抬的大花轿，还有媒人坐的轿子，贵宾坐的轿子。前面是旗锣伞铳和乐队，后面是三十多件嫁妆：四铺四盖、八个皮箱，高柜、中柜、高低柜、食品柜和梳妆台，还有脸盆、脚盆和马桶。床上用品一辈子也用不完。队伍绕城区一圈，再绕县城一圈，沿路鼓乐齐鸣，鞭炮声声。到了魏家以后，开酒席两百多桌，晒谷坪都摆满了餐桌。还请了戏班子和杂技班子轮流表演。来宾中有县长、保安团团长、乡长和乡队副。收到的礼物堆满了两个房间，收的红包有两皮箱。今天这些穷光蛋，若不是分了魏家的房子，连睡觉的地方都没有，只能到山上的破庙里去玩穷快活。

想到这里，魏太太心里升起一股怒火。这些穷骨头，分了她的房，分了她的田，还要在她眼前有说有笑地搞什么新式结婚典礼，想在这魏家大院传宗接代。好端端的魏家大院被这些穷骨头搞得天翻地覆。你们翻天吧！但不要高兴得太早了。俗话说：三十年河东，三十年河西。说不定有一天，这天又要翻过来！

没有参加婚礼的还有宋妈。她分了房子不久就被在大学当老师的儿子接走了。她给魏家当老妈子，怎么儿子会是大学教师呢？原来她带着儿子在魏家做工，儿子满若虚同魏少委的小儿子魏永贵年纪相仿，经常在一起玩耍。后来，魏少委要满若虚陪魏永贵去学校读书。魏永贵羡慕满若虚可以不用学习，而满若虚则羡慕魏永贵有书读，于是满若虚经常在教室窗外听老师讲课。到了冬天，老师看满若虚聪明好学加上天气寒冷，就让满若虚进教室听课。满若虚十分珍惜这样的机会，在学习上更加努力了。没过多久，魏永贵的课后作业里有不会做的就也得靠满若虚代劳了。魏少委怕魏永贵考不上学校，索性让满若虚去代考。有人知道了也不敢举报，怕得罪魏少委。就这样，满若虚从小学考中学，再到中学考大学乃至留洋考试都是帮魏永贵代考的。可惜魏永贵不学无术，在美国根本听不懂老师讲什么，读了半年就回国了。满家有人觉得满若虚是个人才，不能就这样可惜了。大家在满家祠堂商量，如果满若虚能再考上美国的大学，那求学的费用就由祠堂公费出了。满若虚果然争气，顺利去美国留学了。毕业后满若虚谢绝了美国大学的高薪聘请，回到祖国任教，这样既可以报效祖国还可以照顾母亲。当了半辈子老妈子的宋妈，分到房子的时候好不高兴，更没想到儿子也回国当了大学老师。自然界会沧海变桑田，这人世间也会时不时天翻地覆啊！

八　枯木逢春

天涯村的贫苦农民分了房，分了田，都高高兴兴。天涯铁矿的工人怎么样呢?这得另外说起。

且说新中国成立后没多久，夏国忠就来到铁矿看情况。矿山满目疮痍，到处长着柴草和树木，工棚早就被人拆去当柴烧了。厂房到处漏水，门窗都被人拆走了。机器都不见了。采矿场被水冲得东一个坑，西一条沟。

夏国忠灰心丧气地往回走，边走边想："铁矿还会不会复工?假若不复工，只好等到土地改革分了田，靠种田吃饭。种田不如在厂矿做工。遇上天灾，田里的收成就成问题，厂矿就不会出现这种情况。听人家说，共产党的厂矿是公家办的，工人自己当家做主，不像在旧社会，工人要受资本家的剥削和压迫。若是那样的话，就太好了，但现在刚刚解放，共产党有没有能力办铁矿呢?"夏国忠想来想去，总是搞不清楚。

一天早饭后，应长寿来到夏国忠家里。两人谈到铁矿的事，应长寿说，有人说共产党准备把铁矿办起来。夏国忠高兴地说："有这么回事吗?我们明天去铁矿看看。"

次日，两人来到铁矿办公楼，那里已经聚集了一些在看通知的人。通知说："凡是老矿工都到办公室签到，并请互相转告。五月一日上午九点在操场开大会。"大家看了通知都兴高采烈。

五月一日那天，操场站满了人。主席台挂着"天涯铁矿复工大会"的横幅，台上有一个中年男子在同一些人打招呼。人们说，那男子就是新来的矿长，叫国乐山。

九点整，主席台边响起了鞭炮声，大会开始。国乐山走到台前，将双手放在嘴边当喇叭，用洪亮的声音说："工人同志们，开会啰。"他一喊，下面几千人立刻鸦雀无声。"天涯铁矿从今天起开始复工。从前，日本鬼子强迫我们工人当奴隶，掠夺我们的铁矿石。日本人走后，国民党不仅没有恢复生产，还把机器都盗卖了。今天我们成了国家的主人，成了铁矿的主人。我们要尽快为国家生产更多更好的铁矿石来炼钢铁。有了钢铁就能制造机器来发展生产，制造枪炮来巩固国防。"工人们都微笑着点头表示赞同。国乐山接着谈到今后的打算："我们要先治厂，后治窝。先把矿山清理好，厂房修补好，机器安装好，工棚搭建好。等生产搞好了，我们再建宿舍，把家属接来。我们还要建幼儿园，建学校，建医院，建养老院，建电影院。一步一步来，大家不要着急。"大家听了都笑哈哈的。国乐山最后说："我们争取半个月内搭好工棚，一个月内把采矿场清理好，两个月内把厂房修补好，三个月内把机器安装好。今后三个月我都在山上，完成任务再下山，有事来山上找我。散会后按原来的车间开会讨论。"

当天下午，各个厂房都贴上了标语："奴隶变主人，矿山换新颜""苦战三个月，改变矿山旧面貌"。

昨天的矿山还是一片荒凉，凄凄惨惨；今天到处是欢声笑语，到处是加油声、打夯声、挖土声、锯木声。整个工地人来人往，忙忙碌碌，没有人游游荡荡，也没有人打牌聊天。个个汗流浃背，人人埋头苦干。大家只有一个想法：争取早出矿石。

由于大家拼命干，十天就搭建好了工棚，一个月就修补好了厂房，两个月就安装好了机器，但采矿场还没有清理好，因为雨水太多，本来已经完成任务了，没想到一场台风，连续几天暴雨，把修好的地方冲得坑坑洼洼。国乐山两个多月没有理发了，头发又长又乱，胡子拉碴。大家劝他下山去理个发，或者请理发师上山来。国乐山笑着说："我下了决心，不清理好采矿场就不理发。现在老天爷故意同我们作对。我不相信斗不过它。"有个工人开玩笑说："完成任务的都快上山来支援。不然，我们国矿长这条大汉就要变成妇女队长了。"

采矿场到破碎车间的路被雨水冲得一塌糊涂。没有压路机，只有一个大石滚，二十来个人用绳子拉，国乐山指挥。他觉得只是喊"哎哟哎哟"太单调了，就有时唱起《黄河船夫曲》，有时唱起《伏尔加河船夫曲》，大家听他一唱，用力齐了，拉起来轻松多了。

唱完歌，国乐山走到夏国忠跟前说："老弟，你的力气怎么这么'大'，把绳子都拉弯了？"夏国忠脸上一阵通红，不知怎么回答。在后面拉的应长寿说："他这几天得了重感冒，很不舒服，昨晚和今早都没有吃什么东西。班长权升钤要他休息，他不肯。"国乐山马上把夏国忠的绳子拉过去，套在自己肩上说："你赶快给我到树下去休息。过一会儿我再同你说。"夏国忠只好服从。

大家休息时，国乐山来到树下，用手摸了摸夏国忠的额头说："你真是不想活了，赶快去医务室拿点药，好好休息。"国乐山见夏国忠有点犹豫的样子，又说："打仗有时要进攻消灭敌人，有时要后退保护自己。假若一个人只会进攻不会后退，这个人就不会打仗。做工也是一样。现在我命令你后退，等病好了再来。"夏国忠笑了笑说："我马上后退，退到家里去行不行？我的家就在天涯村。"国乐山说："随便你退到哪里去，病好了才能来见我。"

夏国忠回到家里，朴姬给他熬了一碗姜葱汤。夏国忠把汤全喝了，喝得额头直冒汗。

不一会儿，夏梅芳从外面回来，见了夏国忠就拉着他的手说："爸爸，我告诉你一个好消息。"夏国忠问："什么好消息？""前几天，我和阿哥在街上看到天涯学校复课的消息。我们到学校里，发现学校前面墙上的'忠孝仁爱礼义廉耻'八个字不见了，换上了'努力学习建设祖国'八个字。破破烂烂的窗子都改成了新的，嵌了玻璃。墙壁粉刷得洁白，课桌都修理好了。老师在搞劳动修操场。我们昨天都报了名。"夏国忠说："学校复课了，你们要好好学习。"

夏梅芳说："爸爸，还有个好消息。"夏国忠笑了起来，说："怎么有这么多好消息？""阿哥打卦赢了钱。"夏国忠吃惊地问："是怎么赢的？"夏梅芳把情况告诉夏国忠。

原来华国彪和夏梅芳每人拿了五千元去报名。报名费每人只要四千五百元。报名后两人走回家，在街上看见三个小孩在打卦赌钱，一次赌一百元，有的赢，有的输。华国彪见了很感兴趣。原来钱可以来得这么容易。他拿出一百元放在地上，赌胜卦。所谓胜卦，就是两片卦落在地上，一翻一覆。结果两片卦都向上翻着，是阳卦，他输了。他想把输掉的钱赢回来。他押阳卦一百元。结果两片卦都覆着，是阴卦，他又输了。他又押阴卦一百元，还是输了。他不敢再赌了。夏梅芳催他回去，他说再看一看。结果他发现打卦的男孩的手势有板眼：把卦轻轻往前甩下去，多半是胜卦；从上往下扔，扔得重多半是阴卦，扔得轻多半是阳卦。华国彪看了一会儿说："我来打卦，你们押钱。"打卦的男孩说："好，你来打。"一个押阳卦，一个押阴卦，一个押胜卦。华国彪想：随便打什么卦他都要赢。结果是阳卦，他赢了一百元。第二次两个押阳卦，一个押阴卦。他把卦轻轻往前一甩，胜卦，又赢了三百元。一算，除捞回本钱还赢了一百元。他不敢再来了。几个小孩要他再打卦，夏梅芳拉着他走了。

夏梅芳讲完后，夏国忠说："小小年纪就搞赌博，那还了得！"说完就往华家走去。

再说，华国彪回到家里，也像夏梅芳一样，向母亲和奶奶说到学校里的变化。母亲和奶奶都很高兴。他接着谈到赢钱的事，以为母亲和奶奶会更加高兴。没想到母亲板着脸说："你知道这是什么行为吗？"华国彪觉得情况不妙，低着头说："这是赌钱。""赌钱好不好？""不好。""赌钱是二流子行为。我们辛辛苦苦养大你，希望你做好人，你却去学坏样。假若你爸爸知道，他会怎么想？"华国彪想起奶奶和母亲终日操劳，自己却不学好，觉得对不起她们，也对不起生死不明的爸爸。他想到这里，不禁眼泪直流，他低声说："我不再干这种事了。"说完，把报名剩的五百元和赢的一百元都交给了牛爱华。牛爱华说：有些人，年纪轻轻就学着吸烟、喝酒、赌博，真是可怜父母一片心。"华国彪边听边流泪。华嫔驰走过来说："知错能改就好。"

这时，夏国忠走了来，牛爱华把华国彪赌钱的事告诉他，越讲越气愤。夏国忠对华国彪说："赌博和偷抢得来的钱都是不义之财，人再穷也不能要不义之财。一个人要有志气，要学好。"华国彪边抹眼泪边点头。然后，夏国忠对牛爱华说："彪儿是个懂事的孩子，他知道错了就不要再批评了。"牛爱华对华国彪说："知道错了就不要再犯。"

再说夏国忠回到家里，每天喝三次姜葱汤，喝了三天病就好了。病好的第二天，他就回矿山了。回矿山的第二天，国乐山就要他同矿党委书记廉孝义去省城买汽车和电动机。

乘汽车去省城要一整天，夏国忠和廉孝义在车上一边看风景一边聊天。夏国忠问："廉书记，您家在哪里？""在玉门关。打老蒋跟部队一起南下，一直打到海南岛。您家在哪里？""我家就在天涯村。新中国成立前在铁矿做工。"

两人谈得很投机，不知不觉到了吃午饭的时候。汽车在一家饭店前停了下来，有的人进去大吃大喝，有的人站在门边看。夏国忠和廉孝义拿出随身带来的熟红薯当午餐，两人吃得津津有味。

太阳快落海的时候，汽车总算到了省城。两人走出车站，只见街两旁到处是标语，街边的电线杆上挂着许多横幅："打倒蒋介石，解放全中国"；"中国人民解放军是工农子弟兵"；"解放军不拿群众一针一线"。过去那些裸体女人的广告和医治性病的医讯都不见了。两人来到车站旁边的一家大客栈问："住一个晚上多少钱？"老板说："一个人两升米。交钱也行，两千元。"夏国忠说："太贵了。"老板说："你们若是公家出差，钱多钱少，公家报销。"廉孝义说："现在公家也很困难，我们应该尽量节省。"

两人来到一家小客店询问，只要一升米一晚，于是决定住下来。老板娘问："要吃饭吗？"夏国忠问："怎么个价钱？"老板娘说："荤菜是肉炒笋子，三千元一餐。小菜是豆腐白菜，一千元一餐。"廉孝义说："小菜就行。"

两人正在吃晚饭时，一个二十来岁的小伙子走进来说："老板娘，今晚在你店里住一晚。""欢迎欢迎。"老板娘说，"小赖，你近来在哪里发财？"小赖坐在门边的凳子上说："发财的事哪里会轮到我。不久前，公安局把我喊去，问我是干什么的。我说家里一无所有，有时做苦工，没有工做也偷过人家的东西。他们没有打我骂我，反而送了点钱给我做伙食费，要我回家去自食其力。我哪里有家？我把公安局送的几个钱用光了，又回到公安局，要求公安局收留我。没想到公安局不答应，他们又送了一点钱给我，要我去找工做。现在我想坐牢也坐不成，到外面去偷又对不起共产党。做工一时难找，你叫我怎么办？"停了一下他又说："我一个伙计是农村里的，他要求公安局收留他，等到家乡土地改革了，分了田再回去。公安局也没有答应。"夏国忠觉得小赖很直率，他问小赖："现在偷东西的还多吗？"小赖说："很多人都像我一样，不好再偷了。"廉孝义问："现在还有吸鸦片和卖淫的吗？"小赖一听对方是讲北方话的，好奇地望了望廉孝义说："吸鸦片和嫖娼的多半是有钱人。解放军一来，那些财主连逃命都来不及，哪里还能吸鸦片、嫖娼？以前在这街上，一到夜里，那些妓女就在街上拉客。一个个涂脂抹粉，穿得又短又薄，手臂和大腿尽量露在外面，连奶子和屁股也要露出半边，见到有钱的男人就追过去，又扯又拉，娇声娇气。解放军一来，她们就像老鼠见到猫一样，不知跑到哪里去了。有人说，可能是跟着那些有钱的人跑到台湾去了。"老板娘说："小赖，你老实说，你玩过妓女没有？"小赖说："老板娘，你不要拿我寻开心。我有钱玩妓女还用得着去当小偷吗？"小赖说完就上厕所去了。夏国忠说："这人很直爽。"老板娘说："他有时没有钱就不来住店，躺在屋檐下过夜。有时饿了就赊一餐饭吃，有了钱总是如数还清。他虽然姓赖，但从来不赖账。"

夏国忠对廉孝义说："我们是不是可以请他搬运东西？这样就不必另外请人。"廉孝义说："行。"

小赖上厕所回来后，夏国忠对他说："小赖，我们有件事想请你帮帮忙，不知你愿不愿意？"小赖眯起眼睛说："帮忙？我能帮什么忙？"夏国忠说："搬东西。""可以，在家靠父母，出门靠朋友。谁不要人帮忙？"

廉孝义说："老板娘，你给小赖准备晚饭，我们付钱。"小赖说："这怎么行？忙还没有帮就要您花钱。我这里还有公安局给的一点钱。"他一边说一边数钱给老板娘。老板娘说："这钱就留着你自己今后用。""不行，不行，我不能白吃人家的。"夏国忠说："老板娘，小赖讲义气，就让他自己出饭钱好了。他帮忙以后，我们再谢他。"

次日，一觉醒来，天已经大亮了。吃了早饭，夏国忠等三人来到上海汽车商行代办处。

刚走到门口就有一位年轻漂亮的小姐走向前来说："欢迎光临，请坐。"接着倒了三杯茶。小赖不知所措地东张西望。店子里什么商品也没有，只是墙上挂着许多大幅的汽车照片，壁上有几个醒目的字"全岛最低价"。小姐问："你们想买什么？"廉孝义说："想买十来辆汽车。"小赖好奇地望了望廉孝义和夏国忠，心想：看不出这两位原来是大老板！

"那好，我告诉老板一声。"小姐一边讲一边摇电话机，然后对着电话说："喂，是金老板吗？现在有几位客人要买汽车。好，就这样。"小姐放下电话筒说："金老板就来。"

不到两分钟，金老板来到大厅。他穿着西装，系着领带，矮个子，六十来岁，笑容可掬地同三位客人握手，然后说："请到客厅里坐。"他把客人引到客厅。一位五十多岁的女佣人马上打开窗帘。客厅里窗明几净，中间一张红漆楠木圆桌，周围八张花梨木椅子。椅子没有漆过，看上去却像漆过的一样。正前方是个三门立柜，中间镶有穿衣镜。

女佣人倒茶后又端来一盘广东汕头甜橙和一盘香蕉。金老板说："我们商行有各式各样的汽车，有货车、客车和轿车，有美国的、英国的和法国的。"夏国忠问："有中国造的吗？"金老板抱歉地说："对不起，没有中国造的。现在中国还不能造汽车。洋油、洋钉、洋皂和洋火都从外国进口。"廉孝义说："我们想买十辆货车运矿石，一要耐用，二要便宜，三要便于修理。您看买哪个国家的比较好？"金老板说："按您说的三个条件，我看买美国的比较好。"夏国忠说："中国自己能制造就好了。买外国的价钱贵，零部件都要依靠外国。外国一旦卡我们的脖子，我们就不好办。"金老板说："您这话很有道理。国家落后，老百姓就穷，购买力就差，生意就不好做。卖外国货有一个问题：一旦中国同这个国家有矛盾，生意更不好做。"

几个人洽谈了一会儿，谈定了生意，买了十辆美国货车。廉孝义填好付款委托书之后，商定一周后派司机来接车。

买了车子后，廉孝义一行来到电机商行买了五十台电动机，然后找了辆货车去装运。三个人不到两个小时就把电动机都装上了车。廉孝义给了小赖五千元。小赖说："你们太客气了，做了一会儿就给我这么多钱。"他沉思了一下又说："只要有工做，我完全可以养活自己。"夏国忠说："你多打听一下，看哪里有工做。新办的工厂往往要招工。"小赖说："听说以后要建一个新的港口，要修建新的街道，还要建医院，海南岛还要修环岛公路，就是不知道什么时候开工，早点开工就好了。"廉孝义说："我告诉你一个消息。我们是天涯铁矿的，铁矿修复以后会扩大生产，可能会招工。你假若能吃苦，就注意打听打听。"小赖高兴地说："能在铁矿当工人那真是祖宗积德。我叫赖国安，请问二位叫什么名字？以后好联系。"廉孝义从笔记本上撕了一张纸，把名字写上交给了赖国安。赖国安高高兴兴地告辞了。

夏国忠和廉孝义回到矿山，继续投入修复矿山的工作。有了汽车和机器，工作进展大大加快了。轰轰隆隆的推土机、铲土机和汽车代替了成千名挖土和担土的工人。几平方公里的山头，表面的浮土被掀掉了，露出了黝黑黝黑的铁矿石。

矿山修复后，开始建职工宿舍。一年后，一排排的宿舍建好了，都是土砖平房，前后两间。

下一步是分房子。有的想上班近一点，有的想离市场近一点，有的想离学校和医院近一点。矿里干部召开了会议专门讨论分房方案。有的主张先照顾领导，有的主张先照顾有功之臣，有的主张先照顾老工人，大家争论得不可开交。国乐山说："假若打天下只是为了自己，坐天下就不会长久。宋朝的范仲淹提出'先天下之忧而忧，后天下之乐而乐'。假若我们先照顾有功之臣和领导，那共产党人还不如封建社会的范仲淹。马克思提出'无产者只有解放全人类才能最后解放自己'。我给大家讲个分粥的故事：几个和尚喝粥。先是选一个和尚专门分粥。大家发现，他总是给自己和要好的人分得多一点。于是有人主张轮流来分。情况还是一样。有人提出派两个人在旁边监督，分粥的人还是给自己舀得多一点，或者给自己舀沉在下面比较稠的粥。后来大家商定，分粥的人拿最后一份。从此，不论谁分粥，都分得很公平。我建议分房要先工人后干部。我最后分。"话音刚落，大多数人都鼓掌同意，心里不同意的也只好跟着鼓掌。

方案定下后，在全矿宣布，征求群众意见再修改。全矿几千人分房，没有一个人有意见。

搬进新房的第二天，朴姬来天涯村看望牛爱华，告诉她分房的事。牛爱华打算过几天去铁矿看看，闲谈中她把石阿婆对她讲的话告诉了朴姬。

原来，几天前石阿婆来到华家，华家的人正在剥蚕豆，石阿婆也帮着剥起来，然后说："现在好了，你们的大孩子回来了。"华嫔驰说："搭帮解放了，不然也是人家的人了。"石阿婆说："要是华大哥回来就好了。"华嫔驰说："我儿子和孟凡几个人都没有回来，又没有消息。有人说，不是死了就是抓到台湾去了。"石阿婆吃惊地说："哎呀，去台湾就麻烦了，不知还能不能回来。"牛爱华说："这只能听天由命。只好天天等，等到他回来那一天为止。"石阿婆说："你这要等到哪年哪月？还不知能不能等到他回来。"牛爱华说："等不到也要等。"石阿婆说："你真是命苦，上有老，下有小，以前还有你弟弟干重活，他成家以后全靠你一双手。"牛爱华说："我只有这个八字，有什么办法？"讲着讲着眼圈就红了。石阿婆放低声音说："市区有个老板叫金鑫，年纪同你差不多，去年死了老婆，他想续弦。他父母很有钱，下面只有一个十来岁的女儿。假若你愿意的话，你们全家的吃穿不成问题。"华嫔驰听了没有作声。牛爱华说："家里再苦我也要等老华回来。""为什么一定要等着华大哥？难道那老板家里的条件还不好？""这世界上还有谁对我、对妈妈、对儿子比老华还好？没有了。吃穿好不如人好。""你等不到怎么办？""等不到就打单身。妈妈在旧社会打单身也把老华和我们姐弟俩带大了，现在解放了，比旧社会总要好一些。"石阿婆见牛爱华这么坚决，只好作罢，坐一会儿就走了。

牛爱华能不能等到华孝先回来，那就是另一回事了，谁也说不准。

朴姬回到铁矿把这件事告诉夏国忠。夏国忠说："我们的日子一天天好起来，但华家还很困难。克勤另外成家了，阿华要照顾一个老的，两个小的。我看是不是上课的日子让国彪到我们家里来吃和住，和阿芳一起去上学，星期天和寒暑假再让他回去帮家里做事？"朴姬满口答应说："我们虽然有困难，但比他们家里好多了。"夏梅芳听了，巴不得华国彪来家里，两个人在一起，又便于学习又好玩。

次日，朴姬来到天涯村同牛爱华商量，牛爱华说："你家里三个人吃饭，就靠夏胡子一个人工作。你家里没有什么像样的东西，都要花钱添置。我们怎么好意思增加你们的负担？"朴姬说："我家里老夏每个月都有工资。你家里四个人吃饭，老的老，少的少，全靠你一个女人家劳动，你不要客气了。"华嫔驰说："再苦也只有几年了，小孩长大了就好了。我们虽然苦，但比新中国成立前好多了。"朴姬说："国彪现在正在读书，只能帮家里做点事。等到他长大了有工作，还要六七年。我和老夏怎能眼看你们缺吃少穿？"

由于朴姬再三坚持，牛爱华和华嫔驰终于同意华国彪到夏家去。

当牛爱华和朴姬带着华国彪去铁矿时，天涯村的人都称赞夏家的人很讲情义。卫求生讲了一句时兴的话："工农本来是一家。"大家都笑了起来。

九 找上门来的老婆

铁矿复工一年后，在城市居民中招了一批新工人。赖国安被招进来安排在采矿场开铲车。

赖国安五岁死了爸，七岁死了妈，从此就在街上讨吃。有一天，有个光头青年对他说："你愿不愿意跟我学手艺？"赖国安问："学什么？""学偷东西。"他不想学，但又不敢说不学。光头又追问道："你学不学？"赖国安点了点头。接着，光头把他带到一间旧木板房里说："你休息一会儿就练功夫。"光头去提了一桶水来说："偷东西第一要手轻。我把这枚铜钱放进水里，你用手很快从水里把铜钱取出来，水不能有波纹，这样偷东西才不会被发觉。"赖国安说："你做一遍给我看。"光头要赖国安先做。赖国安遵照光头讲的进行实践，手刚伸进水里，水就起波纹了。光头说："看我的。"他把袖子一卷，又轻又快地把水桶底下的铜钱取了出来，水面没有一丝波纹。赖国安见了惊叹不已，从心底里佩服光头师傅身手不凡。

光头继续讲课："第一步只练水，练好水以后练更难的——用手插稀泥巴。手插进稀泥巴后缩上来，稀泥巴不能有震动。这一手功夫练好了，偷人家口袋里的东西就很容易了。"光头很讲究精讲多练和循序渐进。

从此，赖国安天天练功，功夫越练越深，接着就学以致用。

一天晚饭后，他来到京剧院门口转悠。一开始入场的人少，不好下手，后来人慢慢多起来。一个四十来岁的男子戴着一块金光闪闪的手表。赖国安眼睛一亮，他知道这是世界有名的劳力士金表。不久前，有位师兄偷了一块这样的表得到光头师傅的奖励。赖国安马上走到入场口，假装在口袋里摸戏票，左摸右摸没有摸着。后面等着进场的人越来越多。最后他失望地说："哎呀，我的戏票丢了。"他从人群里挤了出来，经过那戴劳力士手表的男人身边时，他把那表链一捏，表就到了手里。他回到家里，掏出手表看了又看，他实在不想"交公"，但又怕光头查出来。

小偷们每天晚上都要到光头师傅那里交出当天偷的东西后才能去睡觉。光头则根据多偷多得的原则给予报酬。赖国安依依不舍地把金表交给了光头，光头则给了他一块银洋以资奖励，然后神色紧张地说："你今天闯了大祸。这块手表是县太爷的。天黑时，警察局长到我这里，要我找到偷表的人，让他在三天之内当面把表交给县太爷。难就难在当面交，看你怎么办。"说完他把表退给了赖国安。

赖国安上床很久还睡不着，只听到光头的鼾声。次日清早，他就去县太爷的门口玩沙子，观察县太爷从早到晚做什么。第三天下午，他用手帕包好手表，放在衣袋里，来到县政府的澡堂附近玩。过了一会儿，县太爷来洗澡了。他把皮鞋脱在门口，进了澡堂。赖国安来到门口，见县太爷脱光了衣裤。他用力咳了一声，把痰吐在县太爷的皮鞋里。县太爷马上喊道："你怎么乱吐痰？给我站住！"赖国安立即站住，并蹲了下去，掏出手帕去揩痰。他揩了几下，见县太爷穿好短裤快走到跟前时，说了声"对不起"就溜走了。县太爷拿起皮鞋一看，痰揩干净了，里面还有块手表，一看，正是自己丢失的那一块。他微笑着自言自语："果然三天内当面交还。"接着又摇了摇头说："这小偷真厉害。"

又过了几天，赖国安来到兴隆布店转悠。很多女人在买布。赖国安看了看，不知她们的钱放在哪里。他突然大声叫喊："妈，不要把钱丢了。"虽然他根本不知道他妈现在在哪里。他见那些买布的女人忙用手去摸自己的口袋，有一个妇女还把钱从裤袋里拿出来看了一下。这一切，赖国安都看在眼里。等那妇女用手去摸布料时，赖国安一伸手就把她的钱掏了。他刚走到门口，那妇女叫了一声"哎呀"就号啕大哭起来，接着双手拍地，在地上打滚，边哭边诉苦，说她把猪卖了，给小孩买件衣料再去买药，现在钱被偷了，没有钱给小孩买药怎么办。赖国安在门口听得清清楚楚。他恨自己瞎了眼，怎么不去偷有钱的人？若小孩没有药吃，害了一条人命怎么办？他不能丧良心。他在门外等着。过了一会儿，那妇女边哭喊边走出店门。赖国安尾随在后，他对那妇女说："你是不是丢了钱？"说着就把钱递给她。那妇女喜出望外，正要感谢时，赖国安已经走了。

赖国安横过街道，突然有一位拾破烂的白发老头喊住了他："小朋友，去哪里？"赖国安看那老头，眼睛炯炯有神，好像你一说谎他就能看得出。赖国安不知怎么回答，半天才吞吞吐吐说了一句："我没有家。""你刚才为什么偷人家的钱？""你怎么知道？""我在这里看得清清楚楚。你退给了她，说明你还是个有良心的人。你假若靠自己的劳动养活自己，你会是个好后生。"

老人的话对赖国安震动很大。他想靠做工来养活自己。从此，他有时找些临时工的活做，做一天工的收入能吃好几天，没有工做的时候他又重操旧业，有时被抓住要挨一顿饱打。

新中国成立后，偷东西比以前难多了。有钱的人不知到哪里去了，穷人又没有什么可偷的。警察也比以前的厉害多了，往往你刚准备下手偷就被他们盯住了。他实在不想偷了。

老天保佑，他现在有了稳定的工作，但还没有老婆。没有老婆有没有老婆的好处：赚的钱都是自己用，不受老婆管束；上茶楼酒店不必向老婆请示汇报；同任何女人聊天不会有老婆吃醋；衣服穿好穿差，胡子留长留短，不会有老婆干涉。总之一句话，没有老婆多了自由。但自由不自在。出门一把锁，进屋一把火，把门一关，孤零零的一个人，像土地庙里的菩萨，饭要自己煮，衣要自己洗。

一天上午，赖国安在门口补裤子。一个二十多岁的女人提着一个布袋问他买不买衣服。赖国安买了一件汗衫。女人向他讨了碗水喝，边喝水边问他："为什么不让老婆补裤子？"他不好意思地说："谁会给我们矿工做老婆？"女人说，她有个女亲戚，年纪同她差不多，问赖国安愿不愿认识认识。赖国安简直不敢相信自己的耳朵。难道天上会掉下老婆来么？他对那女人说："你真是个好人。她若愿意的话，请带她来玩玩。"

次日，那卖衣服的女人又来了，换了件干净的白衬衣，只有她一个人。赖国安问："你那女亲戚呢？"女人莞尔一笑说："就是我自己。"赖国安觉得更加奇怪了，哪有自己送上门来的老婆?这是不是在做梦?这不是梦,站在眼前的是一个真真切切的女人,长得标标致致,白白净净。赖国安壮了壮胆子,问她叫什么名字,是哪里人,家里还有什么人。女人说她叫黄爱容,是独女,因为家乡打仗,丈夫当兵被打死了,她逃到海南岛,做点小生意糊口。赖国安很同情这个女人,留她吃饭。那女人吃了饭,给赖国安穿在身上的罩衣罩裤烂了的地方补了几个补丁。赖国安恨不得把她留下不让她走了,但那女人补完衣服就告辞了。从此,那女人隔几天就借口卖衣服来一次。后来两人商量打算结婚。

赖国安把这件事告诉要好的朋友。大家都说他交了桃花运。几个同事凑了一些钱买了两个脸盆和两个开水壶做礼品表示祝贺。

结婚后,赖国安像久旱的禾苗遇到了绵绵细雨。但蜜月过后,新婚的潮水慢慢减退,退潮后的海滩上出现一些垃圾。他发现老婆不能吃苦耐劳,在家洗衣煮饭还说累。有一天,赖国安买了一个立柜,他借了板车把立柜运到门口,要老婆帮着抬进屋里去。老婆说:“这么重的东西我怎么抬得动?”赖国安说:“你一个大人,抬个立柜也抬不动,真没有用。”老婆翘起嘴巴嘟囔着:“抬不动就说没有用。要是以前,你给我提鞋子我都不要你。”赖国安吼道:“你有本事为什么不去找个好人家?”几个邻居都来劝解,并帮着把立柜抬进屋里,一场吵嘴就这样平息下去了。但邻居们在背地里咀嚼着黄爱容那句话。她的口气为什么那么大?她以前到底是干什么的?她好像能识文断字,为什么要嫁到这贫穷的南国边陲来?当时,各地都在大张旗鼓清查逃亡的恶霸地主和国民党军政人员,有人把黄爱容的情况报告给了派出所。三天后,黄爱容被派出所叫去,赖国安不知是怎么一回事。过了几天,公安人员告诉赖国安,他老婆叫白玉容,是个在逃的土匪头目。赖国安吓出一身冷汗,整个晚上没有睡着。次日,他去派出所把他同白玉容结婚和吵架的情况告诉了公安人员,他说他做梦也想不到她是个土匪。公安人员把白玉容为匪的情况告诉了他。

原来白玉容毕业于师范学校。刚毕业经人介绍嫁给了当地保安团团长周荣升。国民党部队撤离大陆时,该团没有来得及撤离。军饷没有了来源,周荣升带领剩下的几百人进了十万大山,靠打家劫舍度日。

有一天,白玉容陪着丈夫去各个山头视察。几个头目反映:现在军心涣散,有的想回家,有的想去抢女人来过过瘾,但现在的良家女子都躲起来了,很难抢到手,即使抢了几个也因分赃不均而内讧,或遭到老百姓的报复。众头目正在一筹莫展的时候,周荣升对那些头目说:“你们这些草包,连这样的小问题都解决不了,枉为男人。”头目们纷纷请教。周荣升笑了笑说:“到时候就知道了。”

头目们走后,白玉容问他有什么妙计。周荣升如此这般讲了一番。白玉容听了目瞪口呆,她原以为丈夫是个有地位的人,没想到他这样没有良心。

次日召集了全体官兵开会。周荣升说:“弟兄们,你们跟着我受苦了,我对不起大家。”下面有土匪说:“大哥和我们一样受苦。”周荣升开门见山地说:“人生就是为了吃饭和女人。现在大家吃不饱,也没有女人。我有个办法,给每个人找个女的,任你怎么去快活。”土匪们听了兴高采烈。周荣升又说:“你们要按我的命令行事。明天在附近这个村庄多抢一些粮食,然后就离开这里,到另一个村子里去。在那里,再也不准抢东西,更不准强奸妇女。谁敢违犯，按军法论处。到那个村子，要帮助农民做事。那时，我自有妙计。开头你们要忍耐一段时间，好事在后头。这叫作吃苦在前，享受在后。吃小亏可以占大便宜。”

土匪们对周荣升是唯命是从的。他们抢了粮食后，来到半坡村。半坡村的农民见土匪来了，躲的躲，藏的藏，连老太婆都躲进了深山老林里，只剩下几个不愿离家又不怕死的老头子留在村子里守房子。

过了几天，几个胆大的农民在天麻麻黑时，偷偷摸摸溜回村里看情况，只见屋前屋后扫得干干净净，门上的锁依然完好，家里的东西没有丢失一点。有的去问留下来的老头，老头们说：“那些人根本不是土匪，他们对老百姓秋毫无犯，夜里睡在祠堂里或庙里。我们活了一辈子还没有见过这样的好军队，我们自己搞错了，把好人当成了坏人。”

过几天，一些胆大的青壮年男子回家了。半个月后，妇女们也回家了。土匪们同老百姓和睦相处，替农民砍柴担水，犁田耙田。他们对农民说，他们不是土匪，而是国民党的军队，因为被解放军打败了，所以逃进村子里躲一躲，等到美国帮助国民党打回来时，他们又要回城里去。他们的团长太太就是白县长的千金。弟兄们在村子里待一天，就有责任保卫乡亲们。老乡们感激不尽，有的还和土匪称兄道弟。

在一个风和日丽的日子，周荣升召集全村青壮年男女在祠堂前的坪里开会。在会上，周荣升讲了一些保卫乡亲的话，然后要妇女们留下来，白玉容有重要讲话。因为这是有关妇女的事，男的不应该听。有些男的好奇，想听一听，但又不好意思去听。

男人们都回了家，等到太阳落山还不见妇女回来。大家觉得有点不对头。有几个男的赶到开会的地方去看，坪里一个人也没有，他们大声喊也没有人答应。原来，等男人们从会场那儿回家后，土匪们就用枪杆子把妇女们押上了山。然后，周荣升把妇女们分配给了土匪。由于妇女不够分配，后入伙的土匪只好两三人分一个女的。姿色好坏都是按资论辈分配，官大的优先。周荣升很讲义气，没有给自己分配女的，所以深受土匪们的尊敬。白玉容问他为什么不给自己分一个漂亮的。周荣升说：“有些新兵两三人共一个女的，我若有两个女的，他们还会听我指挥吗？”白玉容笑着说：“难怪古人说，盗亦有道。”

半坡村的村民见妇女们不见了，马上有几个人连夜走了一百多里去县城找解放军。解放军马上派兵围剿。周荣升被当场击毙，白玉容和许多土匪被俘虏。

白玉容被关进了大牢。她整天心惊胆战，不知哪一天会被拖去枪毙。有一天，看守说有人找她。她吓得全身发抖，肯定是末日到了。但到门卫室一看，她大吃一惊。站在她面前的不是她的师范同学梅君吗？那时，她俩坐在一排，梅君的成绩比她的好得多，她碰到不会做的题目经常问梅君。她想高声喊一声梅君，像学生时代那样拥抱梅君，但她马上意识到自己是个囚犯。她站着没有动，也没有作声，等待对方说些什么。梅君先开口：“玉容，你还认识我吗？我们好几年不见了。听说你在这里，我就来看你。”啊，她还是过去的梅君，还是像过去那样温柔和顺。白玉容有很多话要对老同学讲，但话到嘴边又咽回去了，只有泪水往外流。梅君拿出手帕给她揩了眼泪说：“一个人的命运往往不由自己来决定。当然，有些事情自己要负责任。”白玉容忘记了自己的身份，扑在梅君的肩上哭了起来，边哭边说：“梅君，我以前总以为自己是班上最幸运的人，丈夫职位最高最有钱，没想到今天我的命最苦。”

梅君觉得让她哭一阵会好过一些。过了一会儿，她对白玉容说：“只后悔没什么用，重要的是从头来。我们还只有二十多岁，来日方长。”白玉容揩干眼泪望着梅君说：“你看我今后怎么办？”她觉得，梅君虽然和她是老庚，但比她懂事多了。当时，有一位县长想讨梅君做太太，梅君不肯。她嫁给了一个当教师的同学，她自己也教书。她没有像白玉容那样富贵过，但一直平平安安，没有像白玉容那样受惊坐牢。她对白玉容说：“听说明天在半坡村开会，我们学校的老师也要去参加。你也要去。”“我也去？去做什么？”白玉容以为要押她到半坡村去正法，心里一阵慌乱。梅君说：“去听听农民的声音。你只有了解他们，才会知道今后的路应该怎么走。”白玉容心惊肉跳，那里的农民会不会用石头把她砸成肉酱？但她不能不去。

次日，白玉容被押往半坡村。大会在祠堂前那块坪里召开，押在台上的还有保安团副团长和其他几个土匪头目。大会主持人说，之前，村里八十多个妇女被土匪抢走，绝大多数被解放军解救回来了，但有一个敢于骂土匪的妇女被保安团副团长当场枪杀了，另一个妇女跳崖自尽了。控诉土匪罪行的人一个接一个，会后副团长被枪决。

当晚，白玉容一直没有睡好。她觉得：首先要立功赎罪，揭发土匪的内幕，保住这条命；其次是逃跑，逃到那遥远陌生的地方，重新做人，再没有人知道她当过土匪。但逃跑是很危险的。然而，只要有百分之一的希望摆脱困境，就要想办法，甚至冒着危险去试一试。

有一天，她被两个民兵押往一个村庄接受批斗。路过山边的一个店铺时，她要求去厕所解手。两个民兵远远地站在厕所外面守着，背向厕所，等了好一阵还不见白玉容出来。他们没想到，她已经从厕所里跳窗而出，逃到后面的深山老林里去了。后来，她凭着机智，躲过了一关又一关的检查，渡过了琼州海峡，来到了天涯海角。她以为在这天高皇帝远的边境可以松一口气了，便开始做点卖衣服的小生意。她得知赖国安没有结婚，又为人厚道，于是就来了个自己找上门，与赖国安结了婚。

她想，现在好了，有了家，可以好好过日子。没想到结婚不到半年，同丈夫拌了两句嘴就露了马脚，共产党真厉害，逃到天涯海角也逃不出他们的天罗地网。

再说赖国安听了公安人员的讲述，感觉自己好像做了一场噩梦。他对公安人员说：“我要早知道她是土匪，我宁愿打单身也不愿找个土匪做老婆。”公安人员说：“你的心情我们能够理解，但她已经怀孕，上面有规定：怀孕期间和分娩后一年内男方不得提出离婚。”赖国安叹了口气说：“难道我命中注定要找个土匪做老婆吗？”

白玉容快生小孩时从牢里放了出来，交由群众管制。她生了个男孩，长得白白胖胖，那相貌和眼神同赖国安一模一样。赖国安抱着儿子，有说有笑，完全忘记了儿子的母亲曾经是土匪。

白玉容从牢里放出来后变得老实多了。从前她认为赖国安这些矿工不过是低人一等的打工仔。她在牢里通过学习，知道矿工是工人阶级的老大哥，是国家的领导阶级。从前她认为搞体力劳动是下等人干的粗活。现在她知道，劳动是光荣的，不劳而获是可耻的。从此，她除了煮饭、洗衣、带小孩外，还干些重活，把屋边的荒地辟成菜地，背着小孩上山砍柴。赖国安见了，觉得她比以前顺眼多了，因此没有提出离婚的事。邻居见她能写会算，有时请她算算账，代写假条或书信之类的东西。邻居的小孩有时不会做作业也来问她，她也总是有求必应。铁矿的农场场长听说白玉容读过师范，特地打报告给矿领导，要求安排她到农场当出纳。有的领导担心白玉容匪性复发，但国乐山说："不要怕，俗话说：浪子回头金不换。万一她匪性复发，再把她关起来就是了。旧社会使许多好人变成了坏人，新社会可以使坏人变成好人。"

白玉容当了出纳，赖国安不再感到自己是个倒霉鬼，脸上恢复了过去当劳模的笑容，走路也敢抬起头来了。白玉容此前很少出门，走路低着头，尽量走路边，碰到熟人就避开。现在碰到熟人，人家往往还先向她打招呼，不是喊她赖师母就是叫她白会计。

白玉容没有学过财会，不会记账。会计要她每天把收到的钱和支出的钱一笔一笔分别记在本子上就行了。

年底盘存那天，白玉容对赖国安说："不知怎么的，我的现金收入比会计账上多了四万元。我要会计一笔账一笔账地查，还是多了四万元。"赖国安说："这是五十多斤米的钱，相当于一个工人十多天的收入，你把钱交给会计没有？""还没有，我先把自己的账复查后再说。我反复核算，硬是多了四万元。我要会计把账复核一次，会计复核后说他的账没有错。""你是不是把公家的钱和私人的钱混在一起了？一混就乱了。""没有混。我从来不挪用公家一分钱，因为公共财产神圣不可侵犯。我准备把钱交给会计做账。"

会计做了账后对白玉容说："你很诚实。"白玉容说："我过去犯的罪够多了。""过去的事不用提了。人是社会的产物，再白的衣服掉进黑染缸也会变黑。"

一天中午，白玉容去市区的银行存钱，回铁矿的路上经过一个山坳时，突然一个穿卫生衣的男子拿着手枪对准她说："把钱留下！"她知道这是土匪"关羊"，以前她见多了，她的前夫周荣升经常干这种事。她对土匪说："我今天没有带钱。"土匪不信，便搜她的口袋，果然没有钱。他又看了看眼前这个女人，她比其他的女人白净多了，长得也有几分姿色，于是起了歹心。他说："跟我走。"土匪用枪对着她，押着她往树林里走。白玉容想：假若跟着他往树林里走，他肯定会奸污她。走到树林边，她已经有了主意。她问："你想干什么？"土匪说："站住，把裤子脱下来！"白玉容说："你要答应我一件事。""什么事？""你把卫生衣脱下来垫在地上，免得我把衣服弄脏了不好回去。"土匪马上答应说："行。"他把手枪放在地上就开始脱卫生衣。当卫生衣蒙住头时，白玉容马上拾起手枪朝土匪的胸口开了两枪。土匪立即倒在地上。她想再开一枪，却没有子弹了。她赶忙把手枪放进衣袋里，急急忙忙往市区跑去。她生怕还有土匪，边跑边看，幸好没有再遇到土匪。她到市区派出所报了案，把手枪交给了公安人员。派出所所长惊异地望着这个女人，专心地听她讲述，听完后马上带领三个公安人员跟着白玉容来到出事地点。派出所所长仔细看了看土匪的相貌，这正是前几天在市区抢银行的逃犯。派出所所长向白玉容说了声"谢谢"就和其余的公安人员一起把土匪背走了。

派出所所长向铁矿公安处表扬了白玉容。不久，公安部门取消了对白玉容的管制。

十 灵与肉的搏斗

铁矿复工后，整个矿山充满了欢声笑语。不料一天上午，一辆刑车从铁矿缓缓驶向天涯海角。刑车上绑着一个人，背上插着一块长长的木牌，上面写着“枪决贪污犯廉孝义”。廉孝义脸色惨白，一边站着一个士兵。车后跟着很多人看热闹。

刑车开到海边，两个士兵把廉孝义押下车。枪响了，廉孝义脸朝地倒在沙滩上。围观的人议论纷纷。一些知情人在谈论廉孝义犯罪的经过。

原来，廉孝义去省城认识了金老板。一天晚饭后，廉孝义在自家门口乘凉。金老板走了来，亲切地说：“廉书记，您好！”廉孝义忙起身倒茶。金老板问：“阿姨来了没有？”“她在老家，上有老，下有小，暂时还不能来。”“您一个人在这里，既要工作，又要照料自己的生活，真不容易。有些人对共产党说三道四，从您身上我看到了共产党的伟大、光荣、正确。”“您过奖了。我不过是一个普通的党员，离党的要求还差得很远。”“哪里，哪里。这铁矿不是一般的铁矿，它生产优质矿石。制造飞机大炮和汽车机器，哪一样不需要这里的矿石炼出的优质钢材？您重任在肩，要多多保重身体。”他起身告辞说：“您日理万机，时间宝贵，失陪啦。有时间再来看望您。”“不敢当，不敢当。”廉孝义看了一下门口，马上说：“您把提袋忘啦。”金老板说：“您看我这记性！”他从提袋里拿出一个精致的玻璃盒，里面是一块瑞士手表。他把手表递给廉孝义说：“您很忙，没有手表不方便。”廉孝义忙摇手说：“您自己用。”“您听我说，我原来有一块瑞士表，最近我弟弟又从香港买了一块瑞士表给我，多了也没有用，不用又浪费了。您就拿着用吧。”实际上不是这样。上次买汽车时，廉孝义和夏国忠多次看墙上的挂钟，金老板发现他们没有手表，特地去钟表店买了一块瑞士表。

廉孝义横竖不肯接受，金老板说：“那就这样，您暂时用着，以后您买了手表再退给我行不行？”他知道廉孝义几年不吃不穿也买不起一块瑞士表。廉孝义说：“不行，不行，这是违反‘三大纪律八项注意’的。”金老板叹了口气说：“以前我只在书里读到清官，现在我总算亲眼见到了。”说完就告辞了。

过了不久，廉孝义和夏国忠又去省城金老板的店里买汽车配件，买好后准备去饭店里吃晚饭。金老板说：“我已经打电话要饭店准备好饭菜，我们一起去吃。”廉孝义说：“贵了我们吃不起，我们自己去。”金老板说：“不贵不贵，小菜饭，全市最低价。现在都讲究勤俭节约。”

走进饭店，廉孝义问饭店多少钱一餐。金老板说：“你们两位是客人，今天我请客。”廉孝义说：“不行，不行。”金老板向饭店老板使了个眼色说：“好，好，恭敬不如从命。各自掏钱。”饭店老板说：“一千元一餐，一升米也可以。”

第一道菜是豆腐，廉孝义觉得真的比其他饭店要便宜。他问：“这饭店的利润怎么样？”老板说：“金老板是老主顾。我们薄利多销，只图多一些回头客。”

接着，金老板要了一壶山兰酒，要饭店老板拿三个杯子来，给每个人倒一杯。夏国忠说自己不会喝酒。廉孝义对金老板说："您自己喝吧！"金老板说："不用客气，我掏钱。今天与二位共餐，是我金某人的福气，平时想请都请不到。夏同志不会喝我就不勉强。廉书记是北方人，我同一些北方人打交道，没有一个不会喝酒，而是感情深，一口闷。我的酒量小，每次只喝两小杯。这壶酒不喝完可惜了，廉书记一定要帮我的忙。"廉孝义很久没有喝酒了，闻到山兰酒的香气，喉咙里直痒痒。一味拒绝也不好，何况仅仅是一杯酒。既然已经倒在杯子里了，那就喝吧。一口下肚，五脏六腑顿时畅快无比。

金老板对饭店老板说："今天喝酒，你给我来个糖醋鱼，我另外付钱。"廉孝义说："够了，够了，不要太奢侈了。"金老板说："两位都是劳苦功高的人，为我们老百姓流血流汗，我们怎么感谢都不算过分。吃鱼算什么？海南岛的鱼就像大陆的白菜萝卜一样平常，只要下海，闭着眼睛都可以抓几条。你们千万不要客气。"

廉孝义不好多说。金老板每次只端着酒杯尝一尝，而给廉孝义敬了一杯又一杯，很快就把那壶酒喝了个底朝天。金老板还要来一壶。廉孝义觉得有点飘飘然了，他说："够了，我不能再喝了。"金老板也不勉强，于是说："好，好，不喝了，不喝了。我们吃饭。"由于是新米饭，吃起来格外香。

吃了饭后，上了水果又上茶。金老板一起付了钱，廉孝义和夏国忠横竖不依，一定要自己付钱，金老板只好让他们象征性地各付了一千元。

饭后三人来到金老板的商店里。这是商住两用房，上下两层。下层是门面和仓库，上层是住房。除了卧室，还有厨房、厕所和洗澡间。金老板说："你们今晚不用去找旅社了，我这里还空着几间房，你们就住在这里。"廉孝义说："我们怎么能麻烦您？"金老板说："这算什么？我又不花一分钱，空着还不是空着。虽然你们住旅社可以报销，但不住旅社不是可以为公家节约吗？"廉孝义笑着说："您真算得上是位开明人士了。"金老板说："说句心里话，我也想争取当个红色资本家。"

廉孝义终于同意住下。金老板安排他们一个人睡一间房。房里的地板是水磨石的，赤着脚踩在上面格外凉快。每个房中有张红漆发亮的圆柱床，挂着洁白的夏布蚊帐，铺着洁白的床单，有洁白的毛巾被和洁白的枕巾。靠墙有个带穿衣镜的三门立柜。窗前有一张书桌，桌上放着一盏台灯。窗口可以瞭望海景。晚上，海风徐徐吹来，使人格外舒畅。这比铁矿的房子好多了，同农村的房子比起来，真是一个天上，一个地下。廉孝义和夏国忠还是生平第一次住这样高级的房间。

黄昏的时候，打开电灯，房内灯光很柔和，使人有一种梦幻的感觉。金老板和一个女人走进廉孝义的房间。金老板说："这是我贱内。有什么事，可以叫她去安排。"说完就走了出去。

廉孝义看了这女人一眼，近三十岁的样子，穿着白衬衣，皮肤白嫩，五官清秀，身材苗条。廉孝义不解，六十来岁又矮又瘦的金老板竟有这样一位年轻漂亮的老婆。

那女人微笑着问："请问同志贵姓？""姓廉。你叫什么名字？""我叫钱玉莲，小名叫莲妹。""是不是玉门关的'玉'字？""是。""啊，我的家就在玉门关。唐朝一位诗人说：'春风不度玉门关。’不过，玉门关在宋朝就倒塌了，再也挡不住春风了。”谈话一下子就变得轻松了。“廉同志，您洗澡的话，这里有自来水。洗澡间在走廊的东端头，里面有澡巾和洋皂。”“谢谢。”

莲妹从立柜里拿出一件洁白的衬衣和一条新的蓝短裤说：“这里有换洗的衣服，不要客气，我家有的是。”“不用啦，我带了换洗的衣服来。”

廉孝义洗完澡以后见莲妹还坐在桌边。见廉孝义来了，莲妹问：“您要什么，只管告诉我。”“谢谢，我不缺什么。”廉孝义一边说一边情不自禁地望着莲妹。这房间有了她好像显得格外充实。他想多望几眼，但又怕不礼貌。他望窗外的海面，海水正在涨潮，海浪一排接着一排地拍打着海滩，也拍打在廉孝义的心上。

莲妹问：“您家里还有什么人住在玉门关？”“还有母亲、老伴和儿子。”廉孝义又情不自禁地望了莲妹一眼，莲妹也微笑着望了廉孝义一眼。他想，假若他妻子能像莲妹这样年轻漂亮，并坐在这个房间里，那该多好啊！莲妹又问：“您想家吗？”“怎么不想？”廉孝义叹了一声，并问：“你是哪里人？”“我是天涯海角人。哥哥、姐姐都住在天涯海角。”“你的生活一定很幸福。”“唉，这怎么说呢？”莲妹面带愁容，然后起身说，“我还有点事。晚安。”

廉孝义目送莲妹走出房间。他觉得她走路的姿势像舞蹈一样优美动人。她走后，这房间好像空了许多。

次日清早，廉孝义和夏国忠告别金老板回铁矿。金老板和莲妹送到门口。廉孝义从莲妹的眼神里看出一种依依不舍的感情。

一个月后，廉孝义一个人到省城开会。会后他又到金老板店里买一些汽车配件。一回生，二回熟，金老板又留他住宿。这一次他没有推辞，他很想看看莲妹。

他还是住原来那个房间。晚饭后，莲妹又来照料他。这次见面，两人都像久别重逢的故人一样，谈笑自如。谈着谈着，莲妹又叹起气来。廉孝义说：“你看起来心事重重。”莲妹眼睛有点红，接着她说，她父亲办工厂破产后，得病死了，她哥哥把她嫁给金老板当姨太太。经济权掌握在大老婆手里。金老板有个儿子叫金鑫，年纪比她还大，帮着搞采购。金鑫的老婆死了，有个女儿，十来岁了。听说共产党只允许一夫一妻制，她不知将来怎么办。讲到这里，她抽泣起来。廉孝义觉得她可怜，越可怜就越可爱，他不由自主地拿出手帕来给她揩眼泪。他劝她不要难过，以后再慢慢想办法。莲妹觉得廉孝义是个很重感情的人。谈了一会儿，她发现金老板从门口晃过，就马上告辞了。

次日，廉孝义本来没有事了，可以赶回铁矿上班，但莲妹好像磁铁一样吸引着他。他对金老板说，他还要办些事，明天再走。他在街上逛了一天，晚饭后又回到金老板店里。

一轮圆月升上了天空。嘈杂的街道已经静下来了。人们陆续进入了梦乡。金老板一家好像都睡了。廉孝义却没有睡意。他坐在桌边，想起昨晚和莲妹谈话的情景。他听到海浪的声音，也感到自己的心在跳动。他没有关门，也没有关窗，呆呆地望着月亮。

突然，莲妹像仙女般悄悄地飘进了房里。她穿着一件半透明的睡衣，高耸的乳房依稀可见。廉孝义见了那对乳房就魂不守舍，好像一个饥饿的人见到了洁白的糖包子，恨不得把它放进嘴里，拼命吸吮里面的糖水。莲妹问：“您怎么还没有睡？”廉孝义说：“睡不着。”

“我见您房里这时候还亮着灯，开着门，肯定是有心事，所以就来看看您。”“你这时候来，金老板不会有意见？”“他老了，总是和大老婆睡一间房。我一个人睡一间房。”莲妹坐在桌边，从手上取下金戒指说：“您衣服都旧了，拿去换些钱买套新衣服。”廉孝义不肯要，莲妹把金戒指放进他的口袋里，廉孝义用手去挡，手一伸，正好碰到莲妹的乳房。他的手像触了电一样缩了回来。莲妹握住他的手，贴在自己的胸前。廉孝义鬼使神差地用双手搂住了她，他感觉到她的呼吸，她的体温，她的心跳。接着，两个人紧紧地拥抱，热烈地接吻，双双跳进了情海，疯狂地上下沉浮，紧接着被海浪冲到了沙滩上。然后，莲妹悄悄地走出了房间。这时，廉孝义感到一种从来未有的满足，但也感到一种从来未有的后悔。他想起在老家农村里的妻子。她要干农活，又要做家务，还要扶持老母，照料儿子。她盼了一年又一年，好不容易盼到了解放，她盼着夫妻早日团聚。他也经常想念妻子，但刚才做的事却背叛了妻子。他觉得自己一下子从人变成了畜生，由着动物本能的驱使，忘记了做人的道德。他狠狠扇了自己一个耳光。

次日，廉孝义回到铁矿，打开提袋一看，里面有一个鼓鼓的大信封，拆开一看，有一沓崭新的钞票，都是大票子，还有一页信，信上写着：“老朋友，您一定要接受我的一点心意。您的困难就是我的困难。昨晚我起床解手时，发现您和莲妹躺在床上。我在门外再三忍着，没有打扰你们。我想，既然成了朋友，就要互相包涵，有福共享，有难同当。”

廉孝义看后，仰头瘫在床上。他想，事情是瞒不住金老板了，钱也无法退了。

其实，金老板再三考虑过，姓廉的单用金钱是很难吸引他的，但自古以来，英雄难过美人关。金老板要莲妹去照料他，廉孝义的老婆是农村的，怎么能与莲妹相比？何况夫妻长期分居。金老板看得出，廉孝义一见了莲妹就心猿意马。金老板知道莲妹看不上他姓金的，她一见到身材魁梧的廉孝义就动了心。再说，共产党只允许一夫一妻制，他金老板总有一天要同莲妹离婚，不如将计就计，最后利用她一次，把以前用在她身上的钱加倍地赚回来。昨夜他见到廉孝义的房里亮着灯，他悄悄走到窗边，听见廉孝义和莲妹讲话，又从窗子边看到两个人在床上。他恨不得一刀斩了廉孝义，但转念一想：现在是共产党的天下，得罪了共产党的官员不会有好结果，何况可以利用这个机会，赚一笔大钱。所以他反而用信封装了一大沓钞票偷偷放进廉孝义的提袋里，使廉孝义在道德方面和经济方面都无路可退，永远成为听他使唤的一条狗。

从此，金老板的汽车一批又一批地开进铁矿，价钱比市场上高出百分之二十，而且还偷税漏税。其他汽车商莫想插手。

铁矿的人去省城出差是家常便饭，廉孝义总是主动争取去，每次都少不了去莲妹那里温存一番。

有一个晚上，莲妹躺在廉孝义的怀里，愁容满面地说：“我以后同金老板离了婚怎么办？”廉孝义也不知道怎么办。他讲了一句连自己也不相信的话：“车到山前必有路。”莲妹突然起身搂住廉孝义的脖子说：“假若您愿意同老婆离婚，我就嫁给您。我觉得只有您对我是真心的。”廉孝义半天答不上话来。莲妹摇着他的身子娇声娇气地说：“您答应我好不好？您答应我，我一辈子伺候您。”廉孝义默然不语。莲妹说：“自从见了您我就离不开您。

我不是逼您离婚。我觉得失去了您,活在这个世界上就没有什么意思了。”“假若我老婆不愿离婚呢?”“不愿离婚我就一直等着您,只要您对我好。”“等我想一想。”

一想就是一个多月。廉孝义把妻子和莲妹比过来比过去,好像把两个砝码放在天平上比来比去一样。人的感情往往和砝码不相同。两个人对同一个异性的感情放在天平上可能平衡,但一个人对两个异性的感情放在天平上,不管怎么放都不会平衡,而且有一端会越来越轻,另一端会越来越重。廉孝义就遇到了这样的情况,莲妹这个砝码越来越重。他终于下决心离婚。

过年前,他请了探亲假。刚一进村,乡亲们就围上来问长问短。快到家门口时,人们就大声喊:“廉大嫂,你看谁来了?”廉大嫂笑容满面地走向前来帮着提东西,说:“总算回来了。”并对儿子说:“爸爸回来了,快喊爸爸。”儿子怯生生地喊了声“爸爸”。白发苍苍的廉大妈拄着拐杖走来,一个劲地喊:“孝义!孝义!”廉孝义赶忙向前扶着母亲。廉孝义参军后,廉大妈在家里盼望儿子归来,不知哭过多少回。廉大嫂劝婆婆不要伤心,孝义会回来的。她劝了以后自己又躲到一边去哭。婆媳俩相依为命,好不容易把小孩拉扯到十多岁,好不容易盼到全国解放。廉孝义参军后还是第一次回家。廉大妈希望儿子再也不要外出了,但这不可能。她捧着儿子的脸说:“妈老了,看见你一次算一次了。这两年不知怎么搞的,眼睛总是雾雾蒙蒙的。这样下去,你下次回来,妈即使还活着,也看不清你的相貌了。”说着就伤心地流下泪来。廉孝义听了心里也很难过,他安慰母亲:“妈,您会看得见的。”廉大嫂说:“妈,现在太平了,孝义会经常回来看您的。”廉大妈说:“妈知道。人家说,只有娘肚子里有崽,崽肚子里没有娘。我的孝义不是那种人,我自己的儿子我最了解。但是他担子重,不容易脱身。”廉孝义听了母亲的话,恨不得跪下来给母亲拜几拜。

廉孝义打量着妻子:太多的磨难使她未老先衰,四十来岁的人就满脸皱纹了。由于终年在外劳动,皮肤黄里带黑,头上还添了几根白发,只是身上的衣服还是像过去一样干干净净,补丁也补得整整齐齐。廉大妈对儿子说:“孝义,像这样的媳妇真是打着灯笼也难找。没有她,我这几根骨头早就可以打鼓了。你儿子也很乖,成绩好,放了学就帮家里做事。”

家里平常总是点竹篾照明,今晚破例,天黑了就点燃桐油灯。全家人一直谈到深夜。廉孝义本来打算回家商量离婚的事,但他感到自己根本无法说出口。假若冒险说出来,家里会弄得比日本鬼子进村还要悲惨,乡亲们也会把他骂个半死。

吹灯就寝时,妻子格外温柔,但廉孝义的灵魂却飞向了海南岛,飞到了莲妹身边。妻子同莲妹比起来,简直一个是泥塑的,一个是玉雕的。他尽量把身边的妻子想象为莲妹,但怎么也转不过弯来。幸好房里一片漆黑,妻子看不见他那毫无表情的脸孔,不然,她一定会伤心地哭起来。

次日清早,妻子起床搞饭菜,饭后忙着煮猪食,喂了猪又忙着干菜园里的活。她还是像过去一样勤劳节俭,任劳任怨。他一见妻子忙忙碌碌,心里很感动,但一想起莲妹,心里就变成了十五个吊桶打水,七上八下。

廉孝义在家待了三天。临走的前夕,妻子忙着把新做的布鞋上好边,她没有讲多少话，只是把自己的感情一针一针地缝进布鞋里。

临别时，全家人站在门口。母亲说："有空就回来，妈等着你。"妻子说："家里的事你放心。铁矿建好了我们也去看看。"儿子说："你下次回来，带我去看看大海。"廉孝义说："我有空一定回来。"离婚的事一个字也没有提。

廉孝义穿着妻子做的新布鞋离开了家。到达省城时他没有马上回铁矿，而是去看了看莲妹。莲妹见到他时，说他穿的布鞋太土气，她给他买了双新皮鞋。此后，他再也没有穿那双新布鞋，而是一直穿着那双新皮鞋走上了不归之路。

当天晚上，他和莲妹像干柴遇到了烈火，越烧越旺。燃烧过后，莲妹问："离婚的事说了没有？"廉孝义不好交代，只是说："还没有谈好。""您老婆肯不肯？""她当然不会肯。""那怎么办？"莲妹呆呆地望着他，然后说，"我看这样，您不好当面谈就写封信回去。乡里人不会有什么高的要求，给一些钱就解决问题了。""我哪里来的钱？""我这里有。说实话，只要能和您结婚，我什么都愿意拿出来。我这里有两千万元私房钱，她这一辈子吃穿用都不用愁了。乡里人也就只有'嫁汉嫁汉，穿衣吃饭'的想法。""你以后不用钱？""我没有钱再向金老板要。""金老板愿意离婚吗？""不愿离也得离。听说共产党只准一夫一妻。""让我再想想。""不用再想了。我已经铁了心跟着您，一天没见到您我就难过，没有您我真的会活不下去。再说，我有身了。"

廉孝义感到，愿不愿与老婆离婚已经由不得他了，正如金老板愿不愿与莲妹离婚已经由不得金老板一样。他若不答应与老婆离婚，莲妹可能会出事或讲出去，那就会闹到不可收拾的地步，会弄得他廉孝义身败名裂。

过了两天，要求离婚的信终于发出去了。只要廉大嫂同意，两千万元钱马上寄到。

这封信到达了廉孝义的家里，就像丢了一个炸弹一样。廉大妈气得当场晕死过去，经过抢救才回过气来。廉大嫂只是伤心痛哭，儿子也跟着哭。乡亲们七嘴八舌："啧啧啧，两千万元，一辈子也用不完。丢了人得了钱，有失有得。""共产党刚刚坐江山就出了陈世美，怎么得了！""告到铁矿去，告到中央去！要上面派包公来铡掉这个陈世美！"

不知是天顺人意还是人顺天意，正在这时，全国开展了反贪污、反浪费、反官僚主义的"三反"运动，同时又开展了反对资产阶级行贿、偷税漏税、盗骗国家财产、偷工减料、盗窃国家经济情报的"五反"运动。廉孝义在动员大会上说："我们一定要响应党中央和毛主席的号召，积极行动起来。有人认为，铁矿没有什么可以反的。一个处级单位没有一辆小轿车，出差不是走路就是坐公共汽车，没有一个用公款吃喝。这种看法是不对的。有人出差多领补贴，这不是贪污吗？水龙头关不好，这不是浪费吗？有些干部架子大，爱打官腔，这不是官僚主义吗？"廉孝义越动员，大家越觉得没有什么可以反的。矿里领导从来没有到职工家里吃过一餐饭，也从来没有收红包的现象。每个领导的家产，大家心里都有数。有套鞋、开水壶和闹钟就算不错了。只有个别领导家里有自行车，或者有缝纫机，或者有手表，没有一家同时有这三件的。没有什么人有存款，所得的收入能维持温饱就算好的。大家不知道应该反谁。至于多领补贴只是极个别人，浪费水电也很少见。这些现象个别批评就行了，用不着大搞运动。

基层的水不冷不热，上层则使劲烧火。毛泽东的指示传达下来："应把反贪污、反浪费、反官僚主义的斗争看作如同镇压反革命的斗争一样重要，一样的发动广大群众包括民主党派及社会各界人士去进行，一样的大张旗鼓去进行，一样的首长负责，亲自动手，号召坦白和检举，轻者批评教育，重者撤职、惩办，判处徒刑（劳动改造），直至枪毙一批最严重的贪污犯"。国乐山在大会上希望大家大胆揭发问题，也希望大家揭发他的问题。大会后，廉孝义悄悄对夏国忠说："虽然金老板请吃请住是小事，我还是向党委会做了检讨。你没有责任。"夏国忠正在考虑把这件事向领导交代，没想到廉书记对自己要求这么严格，而且主动承担责任。夏国忠还不知道廉孝义找他谈话的目的。

说也凑巧，三反办公室收到了廉孝义家乡的农会的一封信，说廉孝义愿意出两千万元离婚。三反办的人大为震惊。又过了几天，中央转来同一内容的信，要求铁矿认真查处。三反办连夜开会，向省里反映。省里决定要廉孝义停职反省。

经过一个多月的内查外调，廉孝义终于原形毕露。他先后收受金老板的贿赂八千多万元。他不敢存银行，都锁在箱子里。金老板卖给铁矿的汽车和其他物品比市场价总计多出三十多亿元，偷税漏税十来亿元。

不久，省法院派人来铁矿征求大家对廉孝义的看法。意见各种各样。有的认为：他受贿不少，但不是贪污公款，是人家送的，他挥霍了一千多万元，但剩下的都交了出来，应该从轻处理。有的认为：廉孝义虽然受贿很多，但过去功劳很大，身经百战，功勋章可以把胸前挂满，何况上有老，下有小，中有妻。不看僧面看佛面，最好不要处死。有的认为：廉孝义，道德败坏，受贿巨大，使国家损失惨重，不杀不足以平民愤，也不足以警示后人，不杀，以后的腐败会越来越猖狂，会有越来越多的干部被腐蚀，人民对共产党就会由相信到不满，我们成千上万先烈的血就会白流。

过了十多天，判决书下来了：对廉孝义判处死刑，立即执行。

执刑的前夕，国乐山到监狱里看望廉孝义。廉孝义低头不语。国乐山说："老廉，我们是最后一次谈心了。"廉孝义听了，眉头皱了一下。国乐山继续说："我们在一起十多年。我们同日本打了几年，日本投降时，我们那个团只剩下十个人了。后来又同蒋介石打，一直打到海南岛，我们那个师牺牲了一半。我们总算从枪林弹雨中活过来了。没想到你今天却被糖衣炮弹击中，我将失去一位并肩战斗了十多年的战友。"讲到这里，国乐山有点哽咽了，但他还是把话讲完："我没有及时发现和提醒你，我有责任。"廉孝义没有作声，但眼睛有点湿润。国乐山又继续说："矿里开了会，并请示上级，作了三条决定：

一、你儿子由国家抚养成人；

二、你妻子愿意的话，可以来铁矿做工；

三、你母亲的养老费用由铁矿负担。

还有，假若你母亲愿意来铁矿的话，我会把她老人家当作我自己的母亲一样看待。"

廉孝义听到这里，放声大哭。哭了一会儿后，他哽咽地说："我廉孝义不廉不孝不义，对不起死去的战友，对不起母亲、老伴和儿子。

晚上，家家户户都在谈论廉孝义，夏家也不例外。夏国忠说："可怜他母亲，老年失子。”朴姬说：“廉大嫂也可怜，今后一家老小都要靠她。”夏梅芳说：“爸爸平常说：‘晴天跌好汉，雨天跌瘟猪。’以前我不懂，怎么好汉反而在晴天跌跤子？老师说廉孝义‘不踬于山，而踬于垤’，没有被山绊倒，而是被小土堆绊倒。老师一讲，我就懂了。老师还要我们写一篇关于廉孝义的作文。”夏国忠问：“老师出什么题目？”华国彪说：“出了很多题目，‘贪污犯的一面镜子’；‘从英雄到狗熊’；‘一失足成千古恨’；‘诛廉孝义者，廉孝义也’。”夏国忠说：“这些题目出得好。有这样的老师教，将来就可以少出廉孝义这样的人。”

金老板因行贿和偷税被逮捕，放出来不久后就病死了。莲妹嫁给了金老板的儿子金鑫做后老婆。

十一 老教师遇到新问题

廉孝义被处决,就像江河里的一片垃圾被抛到岸边,河水仍然滚滚向前。

一九五一年盛夏过后,天涯学校在市区各街道和附近各厂矿都贴了开学通知和招生通告。从今年起,改春季招生为秋季招生,开始招初中生,招四个班。华国彪和夏梅芳读六年一期,可提前半年考初中。

两人考完后,夏国忠问他们考得怎么样。华国彪说:“语文比算术难一些。”夏梅芳说:“算术比语文难一些。”夏国忠问难在哪里。华国彪说:“作文题目叫‘枯木逢春’。我写的是春天到了,风和日丽,万物发芽,百花齐放,一片欣欣向荣的景象。阿妹写得比我好。她写以前土匪抢劫,学校关了门,现在解放了,学校又复课了。”“她写得比你好,你要向她学习。”“但是她算术没有我考得好。有一道最难的应用题占十分,她错了,我对了。”“你要在算术方面多帮助她。”夏梅芳说:“政治常识我们都没有考好。有道题目出得很古怪。”夏国忠问怪在哪里。华国彪说:“那道题是‘谁是最可爱的人’。我答的是‘妈妈’,阿妹答的是‘爸爸’。”华国彪还没说完,夏国忠笑着说:“你们答得都对。”华国彪说:“老师说我们都错了,他说中国人民志愿军是最可爱的人。我们都没有见过志愿军,难道他们比爸爸妈妈还可爱?老师说,有个作家写了篇文章叫《谁是最可爱的人》,写的是志愿军抗美援朝,保家卫国的故事。这个作家弄得我们很多人都丢了分。”

一周后,学校出了榜,华国彪和夏梅芳都考上了。

华国彪和夏梅芳分在一个班,报名那天就领到了新书,次日开始上课。第一节是开学典礼,大家都集合在操场。校长仍然是马春秋,他走上操场前面的台阶大声说:“老师们,同学们,大家好!从今天起,我们学校划归天涯铁矿,但矿外的学生也可以在天涯学校读书。今天的学校同新中国成立前的学校比,有三点不同:第一点,以前没有钱的人很难上学,俗话说,‘有钱人靠读书,无钱人靠养猪’,所以文盲很多。现在的学校是人民的学校,没有钱的人也要读书。我们要争取每个到了入学年龄的小孩都能入学,还要争取扫除成年人中间的文盲。第二点,以前读书是为了做官,现在读书是为了建设祖国。第三点,以前的一些教育方法现在再也不能用了。我以前有时体罚学生,罚站、打手板、打屁股。现在不准体罚学生,要搞说服教育。我希望大家为了建设我们的祖国努力工作,勤奋学习。”最后,校长说:“以后学校用钟声代替铃声。这个钟是用日本鬼子丢在我们学校外面没有响的炸弹的壳做的,目的是使警钟长鸣。大家听到钟声就要想到努力学习,为国争光。我们应该以天下为己任。”

开学典礼后是班会。同学们来到各自的教室里。黑板重新漆了一次,黑得发亮。黑板上方贴着毛泽东主席的肖像。肖像两旁贴着“努力学习,建设祖国”八个用红纸剪成的大字。

班主任是个二十多岁的男老师,叫向克己,兼教这个班的语文。他首先点名。当叫到解安的名字时，没有人答应。他把名字写在黑板上。有个男学生站起来说："我不叫谢安。家乡人都叫我改安，小学老师叫我姐安。"向克己说："解读'改'是方言，解放的'解'读'姐'的音，姓解的'解'读'谢'的音。讲方言其他地方的人听不懂。我们要学会讲国语。"

很多班由班主任指定了班干部。向克己对学生说："我们要选表现好的同学当班干部。相处一段时间才知道谁表现好。有的班有七七八八的班干部，还有各组组长和各科科代表，占了全班人数一半多。我们只要三个就行了：班长、学习委员和生活文体委员。每天一个值日生负责收发作业本、检查打扫教室的情况和上课喊起立。每天一个组扫教室，轮流来。"

一周后选班干部。每张票写三个人的名字。票多的六个人作为候选人，再从这六个人中选三个。结果，票最多的是李敬德，当班长。其次是华国彪，当学习委员。最后是马婵娟，当生活文体委员。

班干部就这样选定了。许多国家选举各级国民代表是不是比这些孩子选举班干部更民主，那就很难说了。

贫困学生可以申请助学金。申请人先介绍家里的经济情况，然后大家来评。最后评定结果出来，只有黎琼男得甲等助学金。他父母加入共产党所领导的队伍，后来两人都牺牲了，在铁矿做工的伯伯把他养大。黎琼男除免学杂费和书籍费外，生活费按国家规定的执行。华国彪得了乙等助学金，免除学杂费和书籍费。还有六人得丙等助学金，免除学杂费。同学们都觉得评得很公平。

下面再看看一些老师的情况。李信儒是天涯学校的老教师，新中国成立后当上了教导主任。他决心努力工作，为祖国多培养人才。

李信儒原来有两个儿子，老大叫李爱国，老二叫李爱民。不久前又添了一个儿子。为了表示对共产党的热爱，老三取名李爱党。学校老师说他多子多福；马春秋笑他太小气，只娶媳妇不嫁女。李信儒笑着说："这是天意。"

李信儒跟马春秋一样，自幼饱读经书，写得一手好字。乡里多来请他写招牌和对联。人家请他写信，他总是乐意帮忙。他写的字像印出来的一样，工工整整，一丝不苟。他对学生的要求很严格。上课时，假若你做小动作被他发现了，他不会马上批评你，但你下了课就有好果子吃。

有一次上课，有个叫徐林的男生迟到。他坐到座位上，把书包打开时，一只麻雀从书包里飞了出来，偏偏朝着讲台飞去，把李信儒吓了一跳。徐林心惊胆战地等待批评。李信儒说："放午学你到办公室来找我，我等着你。"

徐林坐在那里忐忑不安，不知会受到什么惩罚，根本没有心听课。

李信儒开始讲课。他在黑板上写了个"冤"字说："'冤'字上面的宝盖没有一点，下面的'兔'字有一点，兔子喜欢蹦蹦跳跳，你硬要把它罩住。兔子有什么罪？你们说冤枉不冤枉？"

"冤——枉！"学生们把声音拖得长长的，好像在为兔子喊冤。

李信儒得意于自己的创造，于是又发挥他的想象能力。他对学生说："再看这个'妃'字。妃子是指自己的女人，不是指已经结婚的女人，所以右边写己不写已。你们懂不懂？"

“不——懂!”学生们拖长声音,长过刚才为兔子喊冤。

李信儒有点不高兴了,他说:“以后,这些字写错了,要重写一百遍。”学生们直伸舌头。

午餐钟响了,大家都去吃午饭了,李信儒端端正正坐在办公室等徐林。不一会儿,徐林来了。李信儒问他上课怎么迟到了。徐林说,他在路上见到一只麻雀在墙洞里,抓麻雀去了。李信儒说:“你为了抓麻雀影响上课,应该受到处罚。你去操场打着赤脚跑五十圈。”徐林不敢讨价还价,只好向操场走去。

烈日当空,地面晒得很热。徐林打着赤脚在操场跑了一圈又一圈,双脚烫得直跳,但他还是忍着。李信儒站在跑道旁边认真数圈数。他没有戴草帽,站了一会儿就汗流满面了。很多学生站在跑道周围的树荫下看热闹。有的在哈哈大笑,有的在喊:“加油!”徐林跑了五圈,全身都湿透了。他把衣服脱掉,打着赤膊继续跑。跑了十圈以后,速度就明显慢了,跑了十五圈以后,脸色开始变白了。有的学生对李信儒说:“他没有吃午饭,没有力气跑了。”李信儒说:“抓麻雀有力气,跑步就没有力气了?”

这时,马春秋走了来,见到那么多学生围着看热闹,又见那学生跑得脸色惨白。他对李信儒说:“下午有事,你赶快去吃午饭。”李信儒对徐林说:“今天跑到这里,还差三十五圈,以后再跑。”

走到没有旁人的地方,马春秋对李信儒说:“昨天报上批评一位老师让学生罚站。罚站都不准,你还罚跑!这样热的天气,学生出了问题怎么交代?你不要只看四书五经,也要看看报纸,跟上时代。”李信儒说:“没有惩罚就没有教育。”

学生要学语、数、外,还要学政、史、地等课程。

历史是马春秋教。他当校长,还要上课。他毕业于历史系,教历史对他来说是轻车熟路。

他上第一节课时,提着一个竹篮子走上讲台。他从篮子里拿出两样东西问学生:“这些是什么?”学生齐声回答:“石头。”他说:“这不是一般的石头。这是我们海南人的祖先的生产工具。这是石斧,这是石刀,都是我从海南西部的皇帝洞捡到的。它们说明在远古的石器时代,我们的祖先就来海南开发了。”

然后,他从篮子里拿出一幅清朝前期疆域图挂在黑板上说:“我们中国是一个文明古国,但到了近代慢慢落伍了。请大家看地图。在清朝前期,我国的疆域西跨葱岭,西北到巴尔喀什湖北岸,北面接近贝加尔湖,东北至黑龙江以北的外兴安岭和库页岛,东临太平洋,东南到达台湾和钓鱼岛,南面包括南海诸岛。”接着他又挂上另一幅地图说:“请大家看第二幅地图。现在的领土比那时少了四分之一。十九世纪,俄国占领了我国黑龙江以北,外兴安岭以南、乌苏里江以东、巴尔喀什湖以南及以东地区,总计一百四十四万多平方公里,相当于四十个海南岛或七个湖南省那么大。还有,台湾被日本占领了几十年,直到前几年打败日本才收回。明朝时葡萄牙占领了澳门,清朝时英国占领了香港,至今都还没有收回。一九二四年外蒙古宣布成立蒙古人民共和国,一九四五年八月十四日国民党同苏联签订了《中苏友好同盟条约》。因此,现在的领土比清朝前期少了近三百万平方公里,这是近百年来的噩梦。”同学们听了都很气愤,他们恨外国侵略者,恨以前无能的清政府和国民党政府，他们希望自己快点长大，为国雪耻。

马春秋接着说："大家有什么问题请举手。"黎琼男举手提问："老师，我们失去的这些领土，什么时候才能收回？"马春秋说："新中国成立了，中国人民站起来了。有些失去的领土会收回，有的恐怕难收回了。"同学们听了都叹息不止。

接着，马春秋又从篮子里拿出一瓶煤油，打开盖子问学生："这是什么？"学生说："洋油。"马春秋又拿出几个钉子问："这是什么？""洋钉。"马春秋又拿出一盒火柴问："这是什么？""洋火。"然后马春秋问："为什么都有一个'洋'字？"李敬德说："因为这些都是洋人造的。"马春秋说："对。这些小玩意都要靠进口，更不用说汽车轮船和飞机大炮了。我们的工业不发达，国家能强大吗？"学生齐声回答："不能！""国家不强大能够抵抗外国的侵略吗？""不能！""没有文化科学知识，能把国家建设强大吗？""不能！""所以我们只有爱国热情还不行。我们不能用大刀长矛去战胜拥有飞机大炮的外国侵略者。我们也不能老是过着住茅屋、穿草鞋、半年糠菜半年粮的日子。我们要想使侵略者的猪嘴巴不敢伸进我们的菜园，我们自己就要能制造飞机大炮；我们要想过好日子，就要多产粮食，多生产工业用品，就需要大批有文化懂科学的人才。我们学习历史就是为了借鉴过去，抓住现在，建设未来。我希望大家以祖国的名义，卧薪尝胆，刻苦学习。"

同学们越听越想听，谁知道一下子就下课了。

俗话说："兴趣是最好的老师。"华国彪对语、数、外、史、地都很感兴趣，就是对音乐不感兴趣。

转眼到了期考。华国彪前几科考得很顺利，最后考音乐。他平时很少唱歌，考唱歌时，他唱着唱着就走了调。同学们笑了起来，他没有再唱下去。老师要他重唱，他只好再唱一次，越唱越走调，简直像哭一样。

期考完了，同学们最关心的是通知书。放假那天，夏梅芳见通知书上写着："品学兼优，评为三好学生。"她要华国彪把通知书给她看，华国彪不肯。她翘起嘴巴说："你成绩好，不要骄傲。"华国彪没有吭声。原来，华国彪的语文、数学和英语都是五分[①]，其他几门也是四分，但音乐是二分。根据学校规定，各科及格且平均分为三分，品行优良，身体好，才能评为三好学生。

华国彪觉得不好向家里交代，他把音乐改为三分，但改得不自然，只好把分数整体又填粗一点。

回到铁矿，夏梅芳把通知书给夏国忠看。夏国忠看了说："好孩子。"然后问华国彪："你的通知书呢？"华国彪无可奈何地把通知书从书包里拿出来交给夏国忠。夏国忠皱着眉头问："你的音乐多少分？""二分。"华国彪见夏国忠很怀疑，知道瞒不过去，只好讲了实话。"为什么通知书上是三分？""我改的。""为什么要改？""怕你们说我不努力学习。"夏梅芳这时候才恍然大悟。夏国忠对华国彪说："你当班干部也干这种事？不及格，以后努力就行了，为什么要改分数呢？这是不诚实的行为。"华国彪的脸变得通红，不敢抬头。他低声说："我以后不犯了。"

---

①当时学校采用五分制计分法。

夏国忠把华国彪带到天涯村，要他把通知书给牛爱华看，还要说明改分的事。牛爱华听了很气愤。她拿起竹枝，准备打华国彪，但见华国彪咬住嘴唇，嘴唇都咬出血来了，她吃了一惊，忙掏出手帕为儿子揩掉嘴上的血。华嫔驰说："以后不犯就行了。"夏国忠说："我刚才批评了他，他认了错。改了就好。"说完就走了。

从此以后，华国彪每天把家里的事做完就抓紧时间复习功课，之后他都被评为三好学生。

放假那天，向克己对学生说，假期要帮助家里做事，要复习功课，还可以看课外书籍。一本好书是一位好老师，看课外书籍对学习语文很有帮助。最后他说："有谁会捉蛇？下个学期要教《蛇》这一课。我不会捉蛇。"华国彪说："我会捉。我妈妈告诉我的。"向克己喜出望外，他拿出几个玻璃瓶给华国彪说："请按照瓶子上写的蛇的名称，各捉一条放在里面。要特别小心。"

开学那天，华国彪把蛇都交给了向克己。

星期一下午，李信儒在办公室和马春秋谈到怎样教《蛇》这一课。他说，说明文最不好教，枯燥无味。接着，他讲了个笑话：去年，他教《鸡》那一课。他原以为很容易教。他自以为对鸡很熟悉。他老婆养了鸡，公鸡、母鸡都有。每天都见到鸡，有时还吃鸡肉。没想到上课时有个学生提问："俗话说的'谁信你鸡屙尿'是什么意思？鸡屙不屙尿？"李信儒不知道怎么回答。他怕丢面子，不敢说不知道。他说："下节课再讲这个问题。"课后他问生物老师，才知道鸡是鸟类，鸟类的屎尿是不分的，粪便随时排出，便于飞翔。马春秋听了，哈哈大笑。李信儒说："下周教《蛇》这一课，我正在发愁。平常我老婆煮了蛇肉，我只管吃，从来搞不清蛇的类别。看来只好纸上谈兵了。"马春秋说："向克己也要教这一课，看他怎么教。"

向克己教《蛇》这一课时，马春秋和李信儒都来听课。向克己提着一个篮子走上讲台。篮子上面盖着一块布，大家都不知道里面是什么东西。

"今天讲《蛇》这一课，请大家先看挂图。这都是蛇的图。"向克己用图钉把挂图钉在黑板上。学生们议论纷纷。向克己说："我们学了这一课以后，要能认出真的蛇，并知道哪些是有毒蛇，哪些是无毒蛇，蛇有哪些用途。"

过了一会儿，向克己拿出几个玻璃瓶放在讲台上，每个瓶里都装着一条活蛇。整个教室的学生"哗"的一声尖叫。坐在前排的吓得想往后退，坐在后排的都站起来想看个清楚。向克己说："不要怕。它们都装在瓶子里，不会咬人的。每个组拿一瓶下去，然后各个组互相交换看，看它们是什么蛇。"

同学们拿着瓶子，像拿着一个拉掉了拉火线即将爆炸的手榴弹一样，生怕那蛇溜出来咬人。胆小的看一眼马上递给下一个同学；胆大的把瓶子摇了几下，看蛇怎么动。马春秋和李信儒拿着瓶子看了又看。学生问他们是什么蛇。李信儒说："这可能是银环蛇，这可能是竹叶青，但又有点不像。这可能——唉，很难说是什么蛇。"马春秋对李信儒笑了笑说："纸上谈兵容易，真刀真枪就难。"

大家看了瓶子里的蛇以后，向克己说："现在请华国彪给大家介绍蛇的特征。"同学们都好奇地望着华国彪。在天涯学校，学生讲课还是第一次。

华国彪走上讲台，拿起瓶子一一介绍："眼睛又大又圆的是眼镜蛇，头呈三角形、皮带黄黑色的是竹叶青，花纹黑白相间的是银环蛇，一圈黄一圈黑的是金环蛇，尾巴扁的是海蛇或水蛇。上述几种蛇都有毒。蟒蛇这里没有，蟒蛇和一部分蛇没有毒。"

华国彪讲解时，大家对照挂图，望着瓶子里的蛇，很快就能辨别了。

向克己说："蛇的经济价值很高。蛇吃老鼠，有利于农业生产。有些地方的人爱吃蛇，但我们不应该捉蛇吃，养的蛇当然例外。蛇毒可以入药，蛇皮可以制工艺品，因此不少人捉蛇养蛇。现在请华国彪给我们表演捉蛇。"

教室里又是"哗"的一声大叫。外面的人不知发生了什么事。校党支部书记安荣到窗子那儿看了一下，见向克己在教室里，没有作声就走了。

华国彪说："有篇古文叫《捕蛇者说》，把捕蛇讲得很可怕。捕蛇确实很危险，但只要小心，掌握方法，并不像那篇文章讲的那样可怕。捉蛇的方法很多，现在我给大家表演其中的一种。请大家把课桌搬到靠墙的地方，把教室中间空出来。我把蛇放出来再捉。大家不必害怕，如果怕的话就站到课桌上去。"

有半数以上的学生站在课桌上观看，因为被蛇咬了不是好玩的。

华国彪把银环蛇从瓶子里放出来。蛇在地上一扭一扭。站在地板上的学生直往后退。华国彪左手拿一根棍子按住蛇的脖子，右手捏住蛇的七寸。蛇马上缠住他的手腕。好些学生都替华国彪担心，华国彪把蛇的嘴挨近他自己的脸。有的学生叫起来："危险！"华国彪笑着说："不用怕，我把它的牙齿拔掉了。"接着，华国彪把蛇放在地板上说："谁来抓抓试试看？"贾世界向前走了一步想去抓，但马上又退回来说："万一牙齿没有拔干净就麻烦了。"黎琼男说："让我来。"他把蛇抓住交给华国彪。接着好几个同学在喊："我来！我来！"有五六个同学一抓就会。

马春秋和李信儒两人也感到手痒痒的。若是学生，他们早就去显显身手了。

下课钟响了，同学们让老师们先走出教室。李信儒对马春秋说："这真是应了那句俗话：'先生眉毛短，后生胡子长。'我们不抓紧学习就要落后了。"马春秋说："确实教得不错。枯燥无味的说明文教得那样生动活泼。学生上讲台是个新方法。"

晚上，李信儒在家里备课。他想怎样才能使学生对《蛇》这一课感兴趣，想来想去还是想不出比向克己更好的办法。他打算把向克己的蛇借来上课用。

这时，马春秋也在家里备课。墙上的挂钟敲了十一下。他对女儿马婵娟说："你平常九点就做完了作业，今天怎么还没有做完？"马婵娟说："我们明天有作文课，口头作文。我正在作准备。""口头作文？新鲜事。""是的。口头作文可以训练学生的口才，老师还可以帮助学生纠正语音。""不改作文怎么提高学生的写作能力？""向老师改作文不像很多老师那样花很多时间批改。其实那样作用不大，学生看一下分数和评语，改正错别字就不管了。向老师要同桌的两个同学互相改，不对的随时更正，两个人都提高了。向老师只面批两三个学生的作文，然后在班上讲评。""这确实是个好办法，既省时间，效果又好。我明天去听向老师的作文课，看他怎么上。若有好经验就在全校推广。"说完，父女俩准备睡觉了。

次日，向克己上作文课，马春秋坐在后排听。向克己说：“今天我们搞口头作文。我们在生活和工作中经常需要口头表达。语文课要重视文字又要重视语言。这是第一次，所以我要大家事先准备。以后不事先通知，要临场发挥，这样可以培养敏捷的思维能力。”向克己看了一下窗外又说：“现在是冬天，海南岛正是温暖如春、百花齐放的时候。今天的作文题目是‘我最喜爱的花’。每人顶多讲三分钟。”

解安第一个发言：“我最喜欢凤凰花。每年端午前后，满树都是花，像千万只火红的凤凰在空中飞舞。假若有诗人来海南看见凤凰花，一定会写出动人的诗词来。”

李敬德说：“凤凰花确实好看，但有时候会生毛虫，成千上万条毛虫抽着丝，吊在空中，落在地上，非常可怕。炮仗花就不生虫。我家门口有株炮仗花，从地上长到屋檐上，又从屋檐上吊下来，像很大的瀑布，把屋的正面都遮住了。我家就像《西游记》里的水帘洞一样，热天也很凉快。到了春节前后，炮仗花开了，像无数挂点燃的爆竹一样，从地上燃到屋檐上，要开半个多月，好看极了。若从正面望去，屋前面像挂了一块绯红的大幕布。我见过的花，没有哪种比得上我家门前那株炮仗花。”

有的同学小声说：“这么好看，有机会去饱饱眼福。”

贾世界接着说：“越好看的花往往谢得越快。令箭荷花美得像仙女一样，但只开一天就谢了。山茶花开得久，正如陆游所说：‘雪裹开花到春晚，世间耐久孰如君？’但山茶花开得久了就不鲜艳了。月季花一年开几次，经常换新，苏轼说得好：‘花开花落无间断，春来春去不相关。’所以我最喜欢月季花。”

马婵娟说，她最喜欢菊花。“菊花很好看，有白的、黄的、紫的。有的一株开几百朵。最可贵的是它在逆境中保持节操。苏轼说得好：‘荷尽已无擎雨盖，菊残犹有傲霜枝。’郑思肖说寒菊‘宁可枝头抱香死，何曾吹落北风中’。菊花使陶渊明忘却尘世，‘采菊东篱下，悠然见南山’。菊花使黄巢受到鼓舞，‘待到秋来九月八，我花开后百花杀。冲天香阵透长安，满城尽带黄金甲’。菊花的颜色好看，还只是一种外相，更可贵的是它的内涵。”

马春秋听了很高兴，觉得女儿懂事了。

黎琼男接着说：“我最喜欢兰花。它身处深山，从不张扬。张羽说它‘能白更兼黄，无人亦自芳。寸心原不大，容得许多香’。”他说：“五指山的兰花品种多。我们村里有个农民去城里卖菜，顺便带了几株兰花去卖。最后还剩下一株时，有个旅游的外国人问那兰花要多少钱。他说：‘反正是卖剩的，你喜欢的话，给一百元好了。’外国人说：‘一百元？你真会开玩笑。’农民说：‘一百元嫌贵了，那你给多少钱？’外国人说：‘五百元。’农民想，一斤菜还卖不到五百元，这外国人可能是拿他寻开心。他说：‘你不要开我的玩笑。’外国人说：‘你不卖？好，一千元。’那农民哈哈大笑。外国人见他不想卖，于是下决心说：‘五千元卖不卖？’说着，把一沓票子递给农民。农民睁大了眼睛说：‘真的出五千元？’外国人说：‘谁同你开玩笑！’农民觉得神了，说不定这兰花真的是什么稀世珍宝。他突然说：‘我不卖了。’外国人唉声叹气地走了。次日，农民把兰花拿去植物研究所鉴定，得知这是在世界其他地区已经绝种的兰花，只有五指山才有。这样的兰花在外国一万元一株也买不到。”

同学们听了都大吃一惊，难怪有很多人去五指山采兰花。黎琼男最后说：“有一首诗说得好：‘幽兰在山谷，本自无人识。只为馨香重，求者遍山隅。’”

向克己和马春秋都听得入了迷，都没有觉察到黎琼男的发言早就超过了三分钟。

有个男生接着说："假若一种花既有观赏价值，又有实用价值，那就更好。我最喜欢木棉花。它在春节前后开花，成千上万朵红花开在树上，十里之外看去也鲜红似火。它昂然矗立，像守卫在边疆的哨兵。每朵花像把小号。海南人叫它英雄花。花朵晒干可以当茶，热天喝下去格外清凉。"

有个女生说："我最喜欢荷花，一是它出淤泥而不染，濯清涟而不妖；二是中通外直，不蔓不枝；三是香远益清，亭亭净植；四是可远观而不可亵玩。这都是周敦颐在他的《爱莲说》里所写的。还有一点，荷花全身可贡献给社会：莲可入药，藕可吃。我真希望自己能变成一朵荷花。"

不知是谁小声地说："你本来就像朵荷花。"

夏梅芳说："有的花艳而不香，有的花香而不艳。又艳又香的花很少，色香用俱全的花更少。越是好的花越需要自卫。玫瑰花就有这些特点：论色，不亚于牡丹；论香，远胜过兰花；论用，玫瑰香精比黄金还贵。它满身是刺，使摘花的人望而生畏。所以我最喜欢玫瑰花。我写了一首《玫瑰赞》。"她念道：

花艳似牡丹，香精价无匹。
满身都是刺，可爱不可欺。

华国彪说："俗话说：'花无百日红。'我却喜欢一种永不凋谢的花。"他刚开了个头就有人反问："世上哪有那样的花？"华国彪稍停片刻又往下说："那就是海花，学名珊瑚。海花的形状比花还好看，有玛瑙形、鹿角形、牛角形、松枝形、蜂窝形、乌龟形、扁形，千奇百怪。颜色鲜艳，红的如血，白的似雪，一百年也不会褪色。它在海里面可以护鱼保岸，摆在桌上，能使满屋生辉。海南岛的海花，质量特别好。我写了首《赞海花》。"他念道：

海花非花胜似花，大海巨浪育奇葩。
花开百年永不败，不敢下海莫想她。

大家越听越想听，还有半数的学生没有发言，但晚餐钟已经响过了。向克己总结说："花儿不会久红，青春不会常驻，人们不会永生。只有造福于人类，才能成为永不凋谢的花朵。"

次日，马春秋把听口头作文的情况告诉李信儒。他深有感触地说："我平常小看了学生。没想到这些初二的学生看了这么多著名的诗。昨天我听了学生的口头作文，就像参加诗歌朗诵会一样，简直是一种美的享受。"李信儒说："你昨天怎么不告诉我一声？""你有课，我怎么叫你去？""调一下课不就行了？可惜错过了一次好机会。"

李信儒讲完就上课去了。学校党支部书记安荣走进办公室，对马春秋说："你这两天听了向克己老师的课吗？""听了。不学习就会落后。""我在教室外面也听了。怎么学生讲的都是这个花那个花的？没有一点政治思想内容，纯粹是小资产阶级的情调。向老师和他的爱人阳育贤老师都喜欢栽花，屋前屋后摆满了花盆。这次口头作文也反映了这种风花雪月的感情。这会对学生造成不好的影响。他上课时要学生在教室里捉蛇，这是资产阶级实用主义的教学方法。假若教《牛》这篇文章，是不是要赶一头牛到教室里去？"

马春秋听了向克己的课像喝了酒，浑身发热，听了安书记的谈话，像冬天掉进了冰窟窿里。他不知怎么回答安书记,沉默了一会儿,他才想出一句话:“你觉得向老师这个人怎么样?”安书记慢吞吞地说:“向老师回到祖国,大学毕业后志愿留在祖国支援边疆,这是好的。但由于他在美国那么多年,受影响很深。他班上选干部搞极端民主化,这不符合党的民主集中制的原则。他还说中国的教育重视基础知识,美国的教育重视创造性,这是崇洋媚外的思想。”马春秋没想到向克己在安荣眼里大有问题。到底谁是谁非?

初中三年很快就过去了。

不料这时又传出解安因为家里田地被集体重新分配后不满,进而上街张贴反动传单的事。不久前,路边的一些电线杆上贴着一张传单。传单是这样写的:

注意消灭臭虫

近来臭虫日益增多。它们躲在床板裂缝中,趁你睡着的时候爬出来,吸你的血,传播疾病。大家一定要特别提高警惕,采用一切可以采用的方法把臭虫消灭干净。

一、用桐油拌石灰,把床板的裂缝堵死。

二、用开水烫床板。

三、用农药毒死臭虫。

四、在床脚撒放石灰,使臭虫不敢接近。

公安人员看到这张传单后,发现传单没有落款。经查问发现,卫生局等单位没有贴过这样的传单。公安人员认为,消灭臭虫没有必要用“一定要特别提高警惕”这样的词语。经反复侦察和核对笔迹,最后查出是解安写的。

同学们回到教室里坐好后,向克己语气沉痛地对大家说:“解安出了问题,我有责任。他有思想问题,我没有觉察出来。直到公安人员抓了他,我才大吃一惊。这说明我的政治觉悟低。”向克己停了一下接着说:“今天,你们初中毕业了。今后,有的会升学,有的会当工人或农民。不管你们将来做什么,我只希望你们都成为对社会有益的人。”

向克己讲完后,同学们报以热烈的掌声,感谢老师三年来对自己的辛勤栽培。

十二　更上一层楼

初中毕业后,向克己那个班有六个考上高中,都编在高一一班。班主任是向克己的妻子阳育贤。

一班的各科成绩较好,英语成绩差一些。李信儒要阳育贤多给学生讲学习方法,尤其是英语学习方法。

周六开班会的时候,阳育贤对大家说:“要搞好学习,方法很重要。”她问大家:“你们每天上下楼梯,请问楼梯有多少级?”没有一个学生能回答。大家觉得很奇怪,问这样的问题是什么意思?阳育贤说:“我们从来没有留意过楼梯有多少级,即使天天走来走去,也不知道有多少级。学习也是一样,你不专心的话,花再多时间也没有什么收获。所以说,学习贵在专心。”然后她要学生从一加到一百。很多同学刚开始动笔,马婵娟就算出来了。阳育贤问她计算的方法。马婵娟说:“一加九十九等于一百。一共五十个一百,还有五十,总共五千零五十。”接着,阳育贤要五个学生站成一行,华国彪站在最前面。然后,阳育贤拿出五顶帽子,三红两黄,给他们各戴一顶,前面的不能看后面的。她问第三个戴什么帽子,第三个不知道。又问第二个,第二个也不知道。最后问第一个,华国彪说自己戴的是红的。很多人都感到莫名其妙。阳育贤要华国彪谈谈是怎么知道的。华国彪说:“五顶帽子是三红两黄。假若前两个戴的是黄的,第三个就会知道自己戴的是红的。现在第三个不知道,说明前面两个戴的都是红的或一红一黄。假若第一个戴黄的,第二个就知道自己戴的是红的。现在第二个不知道,说明第一个戴的是红的。”大家赞叹不已。阳育贤说:“这是逻辑思维的方法。学习要讲究方法。”

圣诞节那天,全班约好下午一点在汽车站集合,再排队去南天宾馆参加联欢会。

当阳育贤到达车站时,已经有一些学生在那里等着了。这时,只见一群人围着售票厅的窗口看热闹。一个外国男子把一些钞票扔进窗口,售票员又把钞票扔出来,外国人又扔进去。同学们第一次见到外国人,感到很稀奇。只见那外国人的头发黄黄的,像黄鼠狼的毛一样;眼睛蓝蓝的,像猫眼一样;鼻子勾勾的,像老鹰嘴一样;皮肤白白的,像刮了毛的猪皮一样。大家指指点点,比看猴把戏还有趣。一位戴红袖章的车站人员见围观的人越来越多,他大声说:“走开点!走开点!这有什么好看的?”阳育贤对戴红袖章的人说:“让我去问问那外国人是怎么回事。”“你去问?谁也不懂他讲些什么。他在这里待了好久了,很多人想买票都买不成。”

阳育贤走到那个外国人面前用英语说:“我能帮你忙吗?”那外国人一听到英语,用惊奇的眼光望着阳育贤,用英语说:“我不要人民币。”阳育贤用英语问:“什么原因?”外国人说:“我买票用的是外汇券,她应该找给我外汇券。”阳育贤把他的话翻译给售票员听。售票员“啊”了一声说:“哎呀,原来是这么回事。他用手比画了半天,我不懂他的话,他也不懂我的话。我以为少找了钱给他。我再三数了钱,一分也没有少。他就是不要。”售票员一边说，一边把外汇券找给外国人。那外国人拿了钱对阳育贤又是笑又是说："谢谢！谢谢！"阳育贤说："不用谢。"

戴红袖章的问阳育贤："问题就解决啦？"阳育贤说："解决了。""您不来，卖票都成问题了。"

旁边一个中年男子说："这外国人住在我们宾馆。他们有六个人，打算明天去省城。我陪他来买票。我不懂英语，他们不懂汉语。"阳育贤问："他们怎么同中国人打交道？""他们每个人有一本小册子。第一行印一句英文，第二行印一句中文，第三行用英语音标给中文注音。例如，他用英语问你，听起来是'独眼龙应该你死'，你不懂的话，他就读注音："立冬阴雨吗？"你还不懂，他就指着那行中文给你看，原来是问：'你懂英语吗？'你打手势或用英语回答了他的问题，他就对你说'三克油'。这一句我听过很多次，知道是'谢谢您'的意思。"宾馆的人一边讲一边笑，阳育贤和学生们一边听一边笑。宾馆的人说："谢谢您今天帮了大忙。"阳育贤说："不客气，我们现在准备去参加南天宾馆的联欢会。"宾馆的人高兴地说："这么说，您是天涯学校的？经理对我们说过这件事。我们宾馆这几天有两伙外宾。一伙是欧洲的，讲英语，他们没有带翻译；另一伙是援华的苏联专家，他们带了一个翻译。这两伙人都是来度假的。"他说完，和那个外国人一起向阳育贤挥了挥手，说了声"再见"就走了。

阳育贤带着学生来到南天宾馆。宾馆经理亲自到门口迎接。演出在歌舞厅举行。台上挂着"欢度圣诞节"的大横幅。二点整表演开始。首先是宾馆乐队的一个男子用一根棍子在几根木棒上敲打，演奏了几首民歌。外国人越听越感兴趣。演员只是敲打几根普普通通的木棒竟能演奏出这样动听的乐曲。这些外国人都是见多识广的人，他们见过用大小不同的钟和长短不同的石块演奏出悦耳的曲子，但从来没见过用木棍演奏乐曲。有个外国人特别好奇，他要求上台去试试看。经乐队指挥同意后，他拿着木棍在几根木棒上敲来敲去，只有"梆梆梆"的声音，根本不成曲调。外国人越发感到奇怪了。

宾馆的乐队表演了几个节目以后，天涯学校的学生跳竹竿舞。幕布拉开，只见舞台上每边五个人，他们双手各执竹竿的一端。十根竹竿并排，每两根合拢后又散开，散开后又合拢。夏梅芳从第一根竹竿跳起。竹竿并拢时，她的脚轻巧地提起来；竹竿散开时，脚就踩在地上。假若稍不留神，或拍节不合，脚提慢一点，两根竹竿合拢时就会夹住脚。脚踩快了，竹竿还没有散开，脚就会踩在竹竿上，人也会跌跤子。她像跳绳一样轻松，像穿梭一样快捷。她从第一根竹竿跳到第十根竹竿，又从第十根跳回到第一根。接着，竹竿的摆动变换了花样。竹竿一高一低。脚要从低的竹竿上跨过，头要从高的竹竿下闪过。假若不会跳，不是碰着头就是绊住脚。夏梅芳像一只蝴蝶在忽高忽低的竹竿中飘过。她跳了一个来回后，马婵娟加了进来。两个人像两只蝴蝶在花丛中飞舞，使人眼花缭乱。外国人大开眼界。

接着，全班合唱《黄河颂》，马婵娟打拍子。

唱完《黄河颂》时，台下热烈鼓掌。马婵娟面向观众，用英语说："第二首歌：《老人河》。"李敬德装扮成头发斑白的黑人老头走到台中央，用英语唱起了悲壮的《老人河》。老人拉着纤，沿着美国的密西西比河，从早晨拉到太阳落山。他流血流汗，还要受白人工头的折磨。黑人的痛苦无穷无尽，正像老人河不停地流过。欧洲客人听着听着也跟着唱了起来。李敬德独唱后就是合唱，台上台下合成了一片。唱完的时候，一位外宾把头上的礼帽抛向空中，用英语大声欢呼："好得很！好得很！"

接着，阳育贤走到台前用俄语说："下一首歌是《伏尔加河船夫曲》。"歌词由阳育贤独唱，拉纤的号子由学生合唱。这时，台下出现了一大奇观：苏联客人用俄语唱，欧洲客人用英语唱，中国客人用汉语唱。因为，不管在世界哪一个地方，只要稍会唱歌的人都会唱《伏尔加河船夫曲》，所以台上台下变成了大合唱。大家好像成了一群纤夫，喊着号子，沿着又深又阔的伏尔加河，拉着苦难深重的俄罗斯，穿过荆棘丛生、坎坷不平的道路，向着太阳的方向走去。

唱完的时候，一位苏联专家走上舞台，举起双手，边鼓掌边用俄语对阳育贤说："我们在天涯海角能听到我们祖国的语言和歌声，我代表今晚出席晚会的全体苏联专家向你们致谢。"阳育贤用俄语说："我们应该感谢你们。你们不远万里来帮助我们搞建设。但愿中苏友谊万古长青！"接着，阳育贤分别用中、英、俄三种语言对客人们说："欢迎大家今后再来天涯海角。黄河、密西西比河和伏尔加河的水流到海里就不分彼此了，就是一家了！"客人们一边欢呼，一边热烈地鼓掌。联欢会就这样在欢笑中结束了。

经理在送别师生时说："以后与外国人交朋友，要靠你们这些懂外语的人才了。"大家都热烈鼓掌。同学们没想到，一门外语像一个宝库的钥匙。今后一定要学好外语。

圣诞节后两天，报上有篇文章说：学校应该使学生在德、智、体三方面得到全面发展。

天涯学校接到上级指示，要加强对学生的劳动教育。一个学生不热爱劳动，不尊重劳动人民，不珍惜劳动成果，一旦有出头之日，就很可能骑在劳动人民头上作威作福，任意挥霍劳动者的血汗。

天涯学校领导同天涯村领导商量，在天涯村的云雾寨办农场。天涯村的领导欣然同意，并派牛克勤协助。

学校开会讨论办农场的事，决定由阳育贤那个班打头阵，教那个班语文的向克己协助，时间一个月，做两件事：垦荒和播种，下学期开学就动工。

阳育贤虽然接受了任务，但心里没有底：一是自己不懂农活，二是她这个班的学生都只有十五六岁，能不能吃得消？三是劳动一个月会不会影响学习？这符合办学的要求吗？

出发那天上午，大家在密林里走了约半个小时，来到云雾寨脚下。学生不看则已，一看则大吃一惊。这云雾寨像个硕大无朋的铁桶，有五六十层楼那么高，四周悬崖峭壁，即使是猿猴也无法攀缘，只有一条凿成的三四尺宽的石径盘山而上。大家小心翼翼地走到山顶上。山顶是个大平台，有几百亩。平台上有座峰，峰顶有个石亭。牛克勤带同学们来到石亭内，见壁上有首诗：

悬崖孤峰接天河，官兵拿我莫奈何。
谁知瘟疫从天降，成千性命见阎罗。

华国彪问牛克勤："这山顶上是不是有人住过？"牛克勤说："据说在清朝，这一带住着黎族人。他们不满清朝的统治，起来造反，被官兵打败了。他们逃到云雾寨，在寨中修建茅屋，开荒种地。官兵围攻了几个月没有攻下，后来就退去了。黎族人在这个寨子里定居下来。后来发生了瘟疫，死了不少人。剩下的人逃到其他地方去了。这里只剩下一些屋场坪。”

大家回到平台休息了一会儿，吃了自己带的午餐后就动手清理屋场坪，有的割茅草，有的平地。大半个下午就清理了两个屋场坪。接着，大家把木头架在地上，木头上铺树枝，树枝上铺茅草，床铺就这样架好了。然后，大家又砍柴做帐杆，把帐子挂起来。牛克勤垒灶。

同学们吃了晚饭就在坪里休息。牛克勤没有休息。他把学生掉在地上的饭粒捡进盆子里。华国彪想去捡，又觉得不体面。后来，阳育贤和向克己都去捡，华国彪和几个学生也帮着捡，捡了满满一大盆。马婵娟问牛克勤：“阿叔，您捡这些饭粒做什么？”牛克勤说：“你记得‘谁知盘中餐，粒粒皆辛苦’这两句诗吗？”“记得。”“粮食来得不容易。除了垦田，还要犁田、耙田、施肥、插秧、看水、除草、打禾，样样都不轻松。这白白的饭粒掉了多可惜，可以晒干拿回去喂猪。”李敬德问华国彪：“你今天掉了饭粒没有？”“没有。”华国彪说，“我小时候拾禾穗，知道粮食来得不容易。你呢？”“我以前经常掉饭粒。前年，我和我爸爸同何德高老师一起去汽车站搬运课本。我们买了几个馒头作中餐。何德高吃馒头剥皮，我学他的样。我爸爸横了我一眼，我就不敢了。周围的人对何德高议论纷纷。何德高照样剥馒头皮。有个担大粪的农民走了过去，问何德高为什么吃馒头要剥皮。何德高说：‘关你什么事？’那农民怒气冲冲地打了他一个耳光说：‘我们辛辛苦苦种的粮食，你拿来浪费。我打掉你的大少爷作风！’何德高只好自认倒霉，不敢再作声。从那以后，我吃饭的时候就特别小心，不掉饭粒。万一掉了饭粒，我就想起那农民愤怒的样子，赶快把饭粒捡起来放进潲水桶里，人家可以拿去喂猪。”

次日动手盖房。花了两天盖起了两间茅房。接着开荒。阳育贤请牛克勤给大家上课。牛克勤说：“先讲烧灰。有收无收在于水，多收少收在于肥。烧火土灰不能烧明火。烧明火灰很少，肥性也不好，只有一点钾肥。我们要把草根连土盖在茅草上面烧闷火。这样，烧的灰多，烟里面的磷等元素被土吸收，肥性就好得多。”接着，牛克勤拿了一把锄头边做边讲：“下面讲挖土。挖土的时候，锄头不要握得太紧。不然，手就容易起血泡。有的人挖土，前面挖得哭，后面晒得谷。这是因为他们站的姿势不对，两脚横着站，前面挖松了，后面又被脚踩紧了。两脚要直着站。”

牛克勤讲完后，李敬德对华国彪说：“你舅舅的知识怎么这样丰富？连中学的化学知识他都知道。他是不是读过中学？”华国彪笑着说：“他从来没有上过学。”李敬德惊奇地说：“难道是生而知之？那真不简单。”华国彪说：“这几年天涯村办夜校，没上过学的中青年都要上夜校，老年人自愿。我舅舅、舅母都上夜校。村里还要我和夏梅芳去教课，帮村里扫除文盲。我舅舅学了两年就能读书看报了。他到处借书看，尤其喜欢看农业科技书籍。”李敬德说：“你舅舅学得真快，而且学了就用。”

次日，大家来到山峰脚下开荒。才刚开始割茅草，华国彪突然扛着锄头，边跑边喊：“快跑！有条很大的蟒蛇！”大家都扛着锄头跟着跑。牛克勤问：“有多大？”华国彪说：“比我们的腿还粗，有三四根扁担长，真可怕。”牛克勤问：“在哪里？”华国彪指着一丛茅草说："在那里面。茅草都压倒了。"牛克勤提着砍刀走去一看，确实是条蟒蛇，黑褐色，向前移动时，茅草沙沙作响，向两边分开。同学们站在远处，看牛克勤怎样制服它。他们以为牛克勤会用砍刀把蛇砍死。谁知牛克勤把砍刀放在地上，向蟒蛇走去，边走边把身上的黑布衣脱下来。蟒蛇张着大口，舌的尖端有分叉。华国彪急得直喊："舅舅，快跑开！"牛克勤并没有跑开。他把黑布衣向蟒蛇的头罩去，蟒蛇马上缩成一团。牛克勤又在蟒蛇身上拍了拍，蟒蛇就不动了。牛克勤用砍刀把蛇头砍了下来，然后要学生用箢箕抬到厨房里去做菜。他把蛇皮剥了下来。同学们吃惊地望着牛克勤，他们面前的这个农民真是神通广大。向克己悄悄地问阳育贤："他是不是有什么法术？这真像耍魔术。"华国彪问牛克勤："舅舅，您是不是用了蒙汗药？"牛克勤笑了笑说："我那黑衣服上面有汗。蟒蛇一闻到汗酸味就会缩成一团。"有几个男同学听了，也想显显身手。

一天上午，李敬德在挖一个土堆，地里是空的。贾世界说："可能挖到金银财宝了。"李敬德又挖了几锄，挖出一个头盖骨，他吓得往后退了几步。黎琼男也挖了几锄，除了几根骨头外，什么也没有。华国彪说："你们说这里埋的是什么人？"黎琼男说："肯定是穷人。"李敬德说："不管是穷人还是富人，是奴隶还是皇帝，死了以后，都一律平等了。"

大家劳动了二十来天，开垦了十来亩地。为了赶季节，必须抓紧时间整地、施底肥和播种。牛克勤和向克己带领男同学整地和烧木炭；阳育贤带领女同学施底肥；黎琼男、李敬德和华国彪等几个力气大的男同学担柴去学校，再担米担菜上山。担得最多的是黎琼男，他每次担柴都是一百三十来斤，有一次担一百四十斤。卖柴给学校得来的钱都用来做班费。柴价每斤新币七分。新币一元抵旧币一万元。

城里人担担子，花样百出。马婵娟担担子的姿势很特别：双手伸开，左手抓住扁担的左端，右手抓住扁担的右端，低着头，像空中飞的老鹰一样。夏梅芳对她说："你这种姿势太费劲了。你只要一只手扶住扁担就行了。"马婵娟说："我怕扁担掉了。""不会。你看我不扶扁担也不会掉。"马婵娟很羡慕夏梅芳担担子又轻快又稳当。她也学着只用一只手扶扁担，这样果然轻松多了，头也不用勾着了。

阳育贤担担子时，扁担像高射炮一样，指向天空。她双手握住扁担的前端，好像在瞄准靶子。前面的箢箕贴着胸口，把洁白的衬衣弄得又黑又脏；后面的箢箕打着后腿。夏梅芳对她说："阳老师，您放下担子，把扁担移到前面一点就平衡了。一只手扶住扁担就不用这么费力了。"阳育贤照办后，果然好多了，但一换肩，扁担又翘了起来。夏梅芳说："换肩的时候把扁担前移一点就不会翘了。"夏梅芳边讲边换肩给阳育贤看。阳育贤照她的办法换肩，果然有效。阳育贤笑着说："学物理时也学过力的平衡，但一到实践中就不知道做。"

休息的时候，大家都坐在树荫下聊天。向克己说："你们看，我们劳动后，个个都红光满面，像擦了胭脂一样。"同学们都相视而笑。

由于抓得紧，只花了一周就整好了地，施好了底肥。最后就是下种了，他们准备种玉米和花生。阳育贤把玉米和花生籽放在厨房门口。次日早晨去看，发现花生籽少了些。她想：若是老鼠吃了，周围不见有花生皮。很可能是学生偷吃了。几颗花生是小事，但不能让学生有这种行为。怎么办呢？首先要弄清楚吃花生的人，然后再教育他们。她把办法告诉向克己和牛克勤。两人都说她的办法好。

早饭后，阳育贤召集全班学生开会，她说：“我们这次来劳动，不只是开荒种地，更重要的是培养以劳动为荣的思想感情。通过这二十多天的劳动，我们体会到劳动成果来之不易。不是自己的劳动成果，不管是别人的还是公家的，我们能不能无偿地占为己有？”同学们齐声回答：“不能！”有几个学生心里有点紧张。阳育贤扫视了一下学生又继续说：“昨天我把花生籽放在厨房门口，今早发现少了一些。吃几颗花生是小事，我不会批评，更不会记账。今后不做这样的事就行了。但这些花生籽是拌了农药的，防止老鼠吃。有谁吃了赶快告诉我，我这里有一种药可以解毒。你告诉我，我一定保密。”这个办法真灵。有三个学生告诉了阳育贤。阳育贤给他们每个人一颗普普通通的椰子糖。学生吃了糖都放了心，阳育贤也放心了。

贾世界也拿了一捧花生，他想告诉阳老师，但转念一想，他拿花生的时候天黑了，没有人看见，又是一个人背着人吃的。花生壳用纸包着扔进了厕所里，不会有人知道。他担心花生里面的农药。不过，花生去了壳以后毒性要小一些。他想等一等看，若没有不良反应就不告诉老师。虽然老师说不记账，但是，她对你总有一个不好的印象。

睡觉的时候，黎琼男对华国彪说：“昨天晚餐我觉得没有吃饱。我见厨房门口放着花生，想抓一把吃，但我怕被人家看见。”华国彪说：“你很诚实，敢于揭自己的短。昨天晚上我也看见花生，但我没有去拿，因为我碰到这样的事就想起我母亲对我讲过的一句话。”“什么话？”“我读小学时，有一次我发现我的课桌底下有半截铅笔。我捡起来放进书包里。回到家里做作业时，我母亲看见了那半截铅笔，问是哪里来的。我说在我课桌下面捡的。她严肃地说：‘床底下有被子捡吗？是谁的就退给谁。若找不到掉铅笔的人就把它交给老师。’她还在我的国语课本的第一页写上：‘永远不要拿别人的东西。’我每次一上国语课就看到那句话。”“你母亲对你要求严格，这对你一辈子都有好处。”

过了一夜，贾世界没有觉得自己哪里不舒服。他庆幸自己没有告诉老师。他想起小时候他母亲经常给他讲的一句话：“做人不要老实巴交，老实人会吃亏。”现在看来一点不错。

一个月的劳动就要结束了，后天就要返校。阳育贤对大家说：“明天上午收拾工具，下午休息，晚上开个诗歌朗诵会，内容是有关劳动的。可以朗诵人家的，并谈谈你的看法，也可以朗诵你自己写的。”大家都齐声叫好。

次日晚饭后，大家都坐在茅棚前的坪里，用树叶垫在地上坐着。一轮圆月挂在树梢，树影斑驳，周围一片寂静，偶尔有夜鸟的叫声。八点整，阳育贤宣布朗诵会开始。

首先是向克己朗诵白居易的《卖炭翁》。朗诵完后，他说：“我当学生学过这首诗，当教师又教过这首诗，但都没有这一次体会深刻。烧炭要砍柴、烧窑和搬运，真不容易。像这样的反映劳动人民生活的好诗太少了。”

然后，李敬德朗诵了唐朝李绅的《悯农》。他说：“以前，农民过的正是‘四海无闲田，农夫犹饿死’的日子。但愿这种社会一去不复返。”

马婵娟朗诵了北宋张俞的《蚕妇》。她说：“过去是‘遍身罗绮者，不是养蚕人’。但愿不再出现富者不劳、劳者不富的社会。”

接着，华国彪说：“我念一首自己写的，题目叫《古坟的呼声》。”大家听了题目感到有点新奇。

我们在农场参加劳动，突然挖出了一座古坟。
坟外见不到任何墓碑，坟内也没有陪葬物品。
死者很可能是个农民，生前一辈子垦田造林。
今人还耕种这些田土，有谁能知道他的辛勤？
死者也可能是个工人，生前建造过民房宫廷。
今人还住着这些房屋，有谁记载过他的生平？
大厦是他的最佳传记，良田是他的永久碑文。
但是过去的历史经典，都说劳力者低人一等。
墓穴好像在大声呼喊：世间最光荣就是劳动。
颠倒的历史重回正道，劳动者创造世间一切。

听完华国彪朗诵，大家热烈鼓掌，没想到挖出的那座古坟也能写成诗。

最后，牛克勤说："我不会朗诵诗。我谈一点体会。有的人认为升官发财光彩，我认为靠劳动养活自己才光彩。有的人是剥削他人养活自己，这种人很可耻。剥削阶级认为劳动是下贱的，认为工人农民是下等人。没有工人建房，剥削阶级只能光着身子喝西北风；没有农民种田，吃屎都没有人屙。"

牛克勤的话获得一阵又一阵的掌声。阳育贤对向克己说："我原来怕劳动影响学习。其实，劳动能把书本知识同实践结合起来。"向克己说："我们每年要支农。农民插的秧一行行笔直笔直，端端正正；我们插的秧总是弯弯曲曲的，不是烟斗禾就是息打伞。教四五年书可以成为骨干教师，干四五年农活不一定能成为好把式。知识分子只有向工人、农民学习才能更上一层楼。"

十三　人生能有儿回搏

华国彪从农场劳动回来，再过两周就要满十八岁了。他花了两个星期天写《回首十八年》，首先写奶奶和父母讲给他听的有关他出生时的一些事情，接着写他有记忆以来所经历的事。最后他写道："很多人在十八岁时已经崭露头角，甚至干出一番事业来了。邹容十八岁写出了影响一代革命人士的《革命军》，李世民十八岁随父带兵攻克首都长安。而我，十八岁了，什么事情也没有干出来，真是惭愧。我一定要干出一番事业来，这样才对得起生我养我的父母，才对得起培养我的祖国和人民，才不会枉此一生。"写完后，他长长地嘘了口气，熄灯就寝了。

华国彪生日那天，牛爱华特地杀了一只鸡。吃晚饭时，华婗驰夹了一个鸡腿放过华国彪碗里说："今天你长尾巴，吃个鸡腿。"牛爱华夹了一个鸡腿给华国平说："你搭帮你哥哥过生日，也吃个鸡腿。"华国平说："等我过生日的时候，他也可以搭帮我吃个鸡腿。"华国彪把鸡腿夹到他母亲碗里说："妈妈应该多吃一点。"牛爱华说："今天又不是我的生日，是你长尾巴，你吃。"华国彪说："过生日应该让妈妈吃好一点，因为这是妈妈受难的日子。"华婗驰说："彪儿讲得有道理。那年你妈生你的时候，真是受尽了折磨。爱华，儿子孝顺你是应该的。你就把鸡腿吃了吧。"华国平把鸡腿夹到华婗驰的碗里说："奶奶年纪最大，也应该吃个鸡腿。"华婗驰笑呵呵地说："我有了这两个孙子，过去再苦也值得。还是小孙孙吃。"她把鸡腿夹给华国平说："我们湖南人吃鸡时有些说法。小孩吃鸡腿，吃了鸡腿会走路；中年人吃爪子，吃了爪子会抓钱；老年人和客人吃鸡首，表示尊敬。"说着，她给自己夹了个鸡首。华国平说："那老人和客人上当了。鸡首没有肉。我要是做客，就喜欢吃鸡腿。"他这么一说，大家都笑了起来。

华国彪说："很多风俗习惯应该改一改。一个人生日那天，应该祝贺这个人的母亲，因为母亲生小孩受了苦。社会上都纪念某某名人诞生多少周年。这些名人刚生下来时同其他人一样，都只会哭，有什么值得纪念的？一个人对社会做出了贡献，纪念他的逝世，才是有道理的。中国历来主张生不立传，盖棺论定，但是搞生日纪念却恰恰相反。"牛爱华微笑着说："彪儿到底是高中生，想问题比以前深刻了。"华国平说："按照哥哥的说法，生日那天要祝贺妈妈，做妈妈的就有口福了。有几个小孩，一年就祝贺几次。做爸爸的就没有什么油水了。我们小孩子过生日也没有什么指望了。"华婗驰笑着说："你放心，再亏也不会亏了小孩。"

华国彪过了生日不久，学校里就开始选举人民代表。满十八岁的公民都有选举权和被选举权。

开选举会那天，学校里到处贴着用红纸写的标语："一切权力归人民""人民代表为人民""当家做主是人民的神圣权利"。

开会的时候，安荣给大家做报告。他说：宪法规定，全国人民代表大会是国家的最高权力机构，这说明我们国家一切权力归人民。而资本主义国家议会的议员都是有钱的人，富人才有钱竞选，所以资本主义国家的民主是有钱人的民主。我们社会主义国家才是真正的劳动人民当家做主。

讲的人非常激动，听的人也激动非常。华国彪想：十八岁是一个多么重要的年纪！它标志着你可以选举自己的代表去管理国家事务，也可以被选为代表去管理国家事务。而几千年来的中国都是“劳心者治人，劳力者治于人”，甚至是家天下，搞世袭制。

接着开始发选票。华国彪高兴地接过选票和被选人简历。选票上写着：同意的在被选人的名字上画个圈。你认为还有更合适的人可以把他的名字写在空格里。候选人有三个：一个领导，一个老师，一个工人。华国彪不理解：为什么要搞等额选举而不搞差额选举？为什么候选人的名单由上面提出来？这不等于指定名单要大家画圈吗？这样搞选举，还不如班上选干部。他越想越觉得不对劲。

投票开始了。华国彪认为：原来说选举是让人民当家做主，现在上面已经做主了，用不着多此一举了。他没有在选票上画圈就把它投进了选票箱。

夏梅芳还没有满十八岁，所以这次没有参加选举的权利。在放学回家的路上，华国彪把参加选举的情况告诉她。她说：“你怎么放弃了自己神圣的权利？”华国彪说：“资本主义国家的民主是有钱人的民主，这是事实。但我们学校这次选举只要选民在指定的名单上画圈，还不如选班干部。”

夏梅芳满十八岁那天，夏国忠不在家。他到省里参加安全员培训去了，为时半个月。朴姬弄了好菜给夏梅芳吃。那天碰巧学校包了一场电影，片名叫《保尔·柯察金》。很多同学都看过《钢铁是怎样炼成的》，都熟悉小说的主人公保尔·柯察金。

下午，全校排队去电影院。在路上，华国彪对夏梅芳说：“学校祝贺你生日，专门包了场电影。”夏梅芳笑着说：“我没有这么大的面子。我倒要问你，你还记得保尔在战友的墓前讲的那段话吗？”华国彪说：“我一辈子都记得。他讲得太好了。”接着，他就背诵起那段话：“人最宝贵的是生命。它给予我们只有一次。人的生命应该这样度过：当他回首往事时，不因虚度年华而悔恨，也不因碌碌无为而羞愧。这样，他临死的时候就能够说：‘我已把我的整个生命和全部精力都献给了最壮丽的事业——为人类的解放而斗争。’”

电影一开始，大家都全神贯注地看。看了一会儿，夏梅芳的头扑在椅子上。坐在旁边的马婵娟问她：“你哪儿不舒服？”夏梅芳捂着肚子说：“肚子痛。”“痛得厉害吗？”“很痛，而且越来越痛。”马婵娟见夏梅芳脸上直冒汗珠，她用手帕给夏梅芳揩了汗说：“我陪你去医院看看。”夏梅芳应了声“好”，便站了起来。马婵娟扶着她往外走。坐在后面的华国彪见了，也跟着走了出去。三个人走不到半里路，夏梅芳蹲在地上，用手捂住肚子喊“哎哟”，看样子实在走不动了。“来，我背你。”马婵娟蹲了下去，把夏梅芳背在背上。还没走半里路，马婵娟实在背不动了，只好放下来喘口气。华国彪说：“我来背。”马婵娟跟在后面。若在平常，一个男的背一个女的，街上的人会议论纷纷。现在由于有两个女的，也就没有什么人注意。

华国彪越背越热。背了一里多路，他把夏梅芳放下来喘口气。马婵娟要求换着背一会。华国彪说背得动。他把汗衫脱下，要马婵娟拿着，自己打着赤膊，背着夏梅芳继续往前走。马婵娟的脑袋里突然冒出一个奇怪的念头：假若今天肚子痛的不是夏梅芳，而是她马婵娟，华国彪会不会背她？想到这里，她马上打断了自己的思路，觉得这个念头真有点莫名其妙。

约半个小时后，三人来到了医院。一个女医生问了夏梅芳一些情况后，用听筒在胸前听了听，又用手在痛处摸了摸，然后说："是盲肠炎。"马婵娟问："怎么办？""首先是住院。可能要开刀。"三个学生听说要开刀，都吃了一惊。"盲肠炎手术不是大手术，不要怕。"医生说，"住院要先交钱。"华国彪说："交钱？交多少？""先交五十元。总共要一百三左右。"马婵娟睁大了眼睛说："五十元？哪里有钱交？她家里只有她父亲工作，二十多元一个月，三个人吃饭。哪里有那么多钱治病？她父亲前几天又出差了。"医生说："钱的问题，我向医院领导反映后再把情况告诉你们。不管怎么样，先要救人。你们两个是不是她的亲戚？""我们都是同班同学。"医生说："要病人家长来。如果开刀，需要家长签字"。

华国彪回到铁矿，把情况告诉朴姬。朴姬伤心地说："她今天满十八岁，怎么偏偏住了院？"她马上跟华国彪来到医院，见了夏梅芳后眼泪直流。医生说，不要紧，可以不开刀的话尽量不开刀。如果不开刀，过几天就会好。医药费有困难可以请学校想办法。朴姬问夏梅芳想吃什么，她去买。医生说不要吃东西。朴姬安慰了夏梅芳一会儿，就同华国彪一起回去了。

次日，华国彪把夏梅芳的情况告诉阳育贤。放了学，阳育贤在华国彪的陪同下来到医院看望夏梅芳。夏梅芳躺在床上。阳育贤问她："肚子还痛不痛？"她说："打了针以后不怎么痛了。"阳育贤问护士："什么时候开刀？"护士说："观察一段时间再说。最好不开刀。""要多久才能出院？""若不开刀，一个星期可以出院。"这时，昨晚那个女医生走了进来，对华国彪说："你们来办公室一下。"大家来到办公室。医生说："我向危回春院长谈了夏梅芳的情况。危院长要你们向学校领导反映，要学校想办法解决她的医疗费问题。"

走出医院后，阳育贤对华国彪说："你先向安书记反映，看他怎么说。"

次日课间操后，华国彪找到安荣。安荣正在给他的巴儿狗喂肉骨头。听了华国彪的反映，他把两手一摊说："现在学校经费困难，连买纸张都要节约，哪里还有钱给学生交医药费？"华国彪说："您能不能去医院打个转，同医院领导商量一下，想个办法解决？""没有钱，去也没有用。学生的医疗费应该自己负担。"安荣讲完就开始耐心地在狗腿的伤疤上涂红药水，边涂边说："好乖乖，我再给你涂点药水就好了。"

华国彪把情况告诉阳育贤。阳育贤去找安荣，结果还是那句话："没有钱。"

放学后，阳育贤和华国彪来到医院，把情况告诉医生。医生对旁边的一位上了年纪的男子说："危院长，您看怎么办？"危院长说："学校有困难是事实，但那位安书记不但不来看一下学生，连来医院商量医药费问题也不肯，架子太大了。既然这样，只好记了账再说。"

夏梅芳没有开刀，一周后就出院了。家里的人很高兴，阳育贤也松了口气。

夏梅芳耽误了一周的课，华国彪给她补习数、理、化，马婵娟给她补习语、政、史、地。补习安排在课外活动时间。那时候教室里要扫地，只好在教员休息室里补习。马婵娟给夏梅芳补课，没有人说什么。华国彪给夏梅芳补课，班上的同学和老师没有说什么，但外班的同学见了就指指点点，叽叽喳喳："你看，一个女的和一个男的在一起看书，不怕丑。""这两个人亲亲热热，是在看书还是在谈恋爱，谁知道？"华国彪和夏梅芳见一些外班同学用好奇的眼光望着他们两个，夏梅芳有点不好意思，而华国彪总是一副无所谓的样子。

转眼快到端午。语文教研组准备办个端午专刊。他们在告示栏贴了个有奖征文启事，希望同学们踊跃投稿。

华国彪写了篇文章，题目叫《人道主义还是狗道主义》。内容是夏梅芳住院的事。几个语文老师看了，都说写得好，可以评头奖。但语文教研组组长说："文章把医生的人道主义与安书记的狗道主义作对比，这样的文章能刊出去吗？"向克己说："只要情况真实，思想没问题就行。你能做，人家就不能写吗？"教研组组长说："这文章对准安荣，他是党支部书记。"向克己说："党支部书记更应该关心学生。在外国，总统有问题也可以在报上批评。"教研组组长笑了笑说："这是在中国，情况不同。我的意见是：要么把有关安书记的部分删掉，要么另写一篇。"

课外活动时，教研组组长找到华国彪说："你那篇文章写得不错，但有两个问题：一是狗道主义问题。不能因为用肉骨头喂狗就叫狗道主义。"没等他讲完，华国彪就插嘴说："他把狗看得比人更重要。""你听我讲完再谈你的看法。二是没有考虑到这篇文章刊出去会产生什么后果。我认为，把有关安书记的那部分删去还是一篇好文章。""删去就没有对比了，就不痛不痒了。""那么，你另外写一篇，我相信你会比人家写得好。""语文老师上课说：我们应该学习屈原的'长太息以掩涕兮，哀民生之多艰'的精神。这篇文章我是含着眼泪和怀着愤怒写出来的。我另外写不出这样的文章。"教研组组长见说服不了华国彪，只好作罢。

华国彪回到教室里，把这件事告诉夏梅芳。夏梅芳说："不要因为我这件事得罪了领导。得罪了领导，将来对你自己不利，尤其是升大学。"华国彪没有作声。他在日记里写道："我写了文章刺了安书记一下，表达了对患病的同学的同情，对医生的人道主义的敬佩和对冷酷无情的官僚主义的厌恶。即使开除我的学籍我也不后悔，因为我是为了正义。我已经十八岁了，我不能对社会上的问题熟视无睹，对民间的疾苦漠不关心。保尔·柯察金在我这样的年纪时多么了不起。假若他遇到这样的事，他能容忍吗？"

离过年差十天，马婵娟满十八岁。

晚饭后，马家在家里闲谈。这时候，月亮从海边升起。马师母对马婵娟说："生你的前一个晚上，我梦见月亮从天上下来，进了我的房里。你爸爸说：'假若生个女儿，就取名婵娟。'"马春秋问马婵娟："你说'婵娟'是什么意思？"马婵娟说："一是美好的意思，二是指月亮。"马春秋又问："你学了一些诗词。你觉得写月亮写得最好的是哪一首？"马婵娟说："我觉得张若虚的《春江花月夜》写得最好。开头，'春江潮水连海平，海上明月共潮生。滟滟随波千万里，何处春江无月明'。这完全可以同张九龄的《望月怀远》中的'海上生明月，天涯共此时'比美。中间，'江畔何人初见月？江月何年初照人？人生代代无穷已，江月年年只相似。'很富有哲理，与李白的《把酒问月》中的'今人不见古时月，今月曾经照古人。古人今人若流水，共看明月皆如此’有异曲同工之妙。难怪有人说《春江花月夜》这首诗‘孤篇压倒全唐’。”马春秋说：“张若虚这首诗确实写得好，但我更喜欢苏东坡的那首《水调歌头》，尤其是最后几句：‘人有悲欢离合，月有阴晴圆缺，此事古难全。但愿人长久，千里共婵娟。’有人说，此词一出，‘余词尽废’。”

闲谈一阵后，父女俩各自去看书。

马婵娟准备把苏东坡的《水调歌头》抄在叫“婵娟集”的笔记本里。她打开笔记本，发现里面一张纸条上面写着：

我走月亮走，我停月亮停。
但愿君是月，伴我万里行。

她看了后，心跳有点快，脸有点发热。这是谁写的呢？她常把笔记本放在课桌上。是不是华国彪写了这首诗放在她的笔记本里？但这字不像华国彪写的，而且华国彪从来没有谈恋爱的迹象。她想把这张纸条交给班主任，但又不好意思。她现在只想搞好学习，争取将来考上大学，她不希望人家来打扰她。她要想个办法告诉这个写纸条的人，以后不要再写纸条给她了，她不想在这方面花费精力。怎样才能使这个人明白又不伤害他的自尊心呢？但她连这个人的名字都不知道，怎样告诉他呢？她想来想去，终于想出了一个办法。她用左手在这张纸条的背面写了一首诗，以免人家看出她的笔迹：

花落水中春意浓，落花有意水无心。
流水并非无情物，只因日夜奔前程。

她写完后，看了一下钟，已经十一点了，应该睡觉了。

她刚睡下，窗外有个人影，她喊了一声：“谁？”“是我。”这是华国彪的声音。她爬起来走到窗前说：“你怎么这个时候来？有什么急事？我开门，你进来。”“我不进来。我只是有句话对你讲。那首月亮的诗是我写的。看了你写的那一首，我真后悔。你只当我没有写。”马婵娟一下子真不知说什么好。她沉默了一会儿才说：“写了也不要紧。不要记在心上。你也只当我没有写。”“我回去了。晚安。”华国彪走了。她跑出门去喊他，他却不见了。她父亲在隔壁听见说话声，喊她去问：“刚才是谁找你？”“华国彪。”“这么晚来找你做什么？”马婵娟不好意思地说：“有点事。”她觉得不应该对父亲说谎，于是把事情和盘托出。她父亲语重心长地说：“一个人到了十八岁，对异性的同学有好感，这是很自然的事。但一个人要善于控制自己的感情。假若学生时代谈恋爱，那就要花费很多时间，耗费很多精力，就会影响学习。一个人在学生时代没有学好本领，将来就可能碌碌无为。人生能有几回搏？将来思想成熟了，再谈恋爱也不迟。”马婵娟低着头说：“我知道了。”她回到房里，蒙着被子哭了起来。一哭就哭醒了。她闭紧嘴巴，免得隔壁房里的父母听见。她想：那首诗到底是不是华国彪写的？华国彪的字刚劲有力，而那首诗的字的笔力很弱，结构不稳。不过，华国彪也能写得使人看不出他的笔迹。若真的是华国彪写的，那就不要揭穿这件事，以后两人心照不宣，也不谈恋爱就行了。

次日，学校安排第三节课举行休学典礼，第四节课班级开总结会和发通知书。休学典礼前，同学们都在教室里聊天。马婵娟把那张纸条拿出来问夏梅芳：“你看这两首写月亮的诗怎么样？”夏梅芳说：“这两首写得都不错。这真是多情却被无情恼。”华国彪说：“什么诗？我来看看。”马婵娟给他看，看他的反应是不是像昨夜梦里那样。华国彪看了后说：“第一个是自作多情，第二个胸怀大志。你从哪里抄来的？”马婵娟说：“其他班的同学在看，不知是谁写的。”有的同学好奇地望着他们三个人，不知他们讲些什么。

典礼后，马婵娟故意最后进教室，一看课桌上，那纸条不见了。笔记本仍然摆在课桌上。她觉得自己的目的已经达到了，至于谁写的，不必去管它。

转眼就要进行高中毕业考试了，各科都要考。紧接着是高考。高三在进行紧张的复习。各科有各科的难点。历史的史料多，难记，尤其难分析。

有一次上课，黎琼男问：“中国历经几千年，没有一个王朝不被推翻，这是为什么？”马春秋问谁能回答。李敬德站起来说：“中国历代王朝在政治上都是搞皇帝独裁，人民没有说话的权利；在经济上都是搞私有制。有权力有财产的人压迫和剥削没有权力没有财产的人，贫富两极分化。这样必然引起被压迫被剥削的人们的反抗，推翻旧的政权，进行权力和财产的再分配。夺得政权的人们又照样搞独裁搞私有制，压迫和剥削另一些人，另一些人又起来反抗，这样周而复始。”大家都羡慕地望着李敬德。马春秋说他分析得很好。

华国彪马上提问：“社会主义国家废除了私有制，能不能长治久安？”这是一个很敏感的问题，老师从来没有讲过，报刊上也没有这方面的文章。同学们以为马老师可能会采取回避的办法。没想到马老师马上回答：“社会主义国家消灭了私有制，实行了公有制，消灭了剥削，实行了按劳分配，但还是有些人通过搞特权和贪污等腐败行为掠夺别人的劳动成果，还有些小生产者不断变成资本家。若处理不当，这两种人就会慢慢形成新的剥削阶级。这些人一旦掌握了政权，这个社会又会变成人压迫人、人剥削人的社会。”华国彪又问：“怎样才能防止这种现象？”马春秋说：“一九四九年，黄炎培先生对毛主席说，历代王朝其兴也勃焉，其亡也忽焉，没有哪个王朝能跳出这个周期律，问共产党有没有办法跳出这个周期律。毛主席说，有，那就是民主，只有让人民监督政府，政府才不敢松懈，只有人民起来负责，才不会人亡政息。”

一提起民主，华国彪就想起参加选举人民代表的事。他还想问怎样才能实行民主，让人民监督政府，但他想到这与课文关系不大，就没有再问了。

课后，黎琼男对华国彪说：“历史是讲过去的，你问的是未来。前知五百年不容易，后知五百年不可能。”华国彪说：“人的智力分四等：一等的能预见未来，二等的能洞察现在，三等的能知道过去，四等的只会迷信。你说我们算哪一等？”李敬德说：“人的智力若按预见、察今、知古和迷信分成了天才、人才、庸才和蠢材，历史考满分也只算庸才。这太使人伤心了。”大家都笑了。华国彪说：“知道过去才能洞察现在，洞察现在才能预见未来。”

同学们不仅上课认真，晚上也抓紧时间复习功课。马婵娟见父亲总是备课到深夜，她觉得父亲太辛苦了，总是催父亲早点睡。马春秋回答说：“我没有备好第二天要讲的课是睡不着的。我上课讲一分钟的废话，全班学生总共就要浪费一个课时。若漏掉一个问题没有讲，毕业考试或高考又恰巧出了那道题就不好办了。”

伤脑筋的是晚上经常停电。马婵娟说：“不知要哪年哪月才能正常供水供电。”马春秋说:“中国经过了几十年的战乱,现在百废待兴。海南岛的蜡烛和水缸恐怕二十年之内还不能丢。”马婵娟说,天啦,还要二十年,那时候她都快到马春秋现在这样大的年纪了。难怪大陆来的同学编了一首顺口溜:

海南岛有七大怪,汽车要比火车快。
户户都有大水缸,家家都把菩萨拜。
烟筒大过吹火筒,卖鱼多过卖蔬菜。
天亮赶集上午散,老人爬树比猴快。

“您说这顺口溜好不好?”马春秋听了哈哈大笑,说:“你们班上将来会出各种各样的人才。”

由于师生共同努力,全班同学都顺利通过了毕业考试。但高考比毕业考试难多了。全国只招二十来万人,很多县连年“剃光头”。天涯学校初次送高中毕业生参加高考,能考上多少,谁也没有把握。

学校把招生广告贴在公告栏内,上面写着全国各个大学在广东省招生的名额。每个学生可以填十个志愿。高中毕业班的学生争先恐后地看那些招生广告。有的大学说该校是工程师的摇篮,有的说他们的大学出了多少大科学家,有的说他们的大学是某某大文豪的母校。同学们看了,心情无比激动。

夏梅芳问华国彪报什么学校。华国彪说:“我小时候,我爸爸就对我说:这铁矿是宝山。我只想把这里的宝藏挖出来,生产更多的铁来制造机器和枪炮,发展生产,改善大家的生活,巩固国防,使外国人不敢欺侮我们。我国最著名的采矿系在江南大学。我想报考江南大学采矿系。你想报考什么学校?”夏梅芳说:“铁矿和天涯村有很多人像你的奶奶和我家朴阿妈那样,连自己的名字都不会写。一个文盲国家是不可能富强起来的。没有文化的人,生活也难好起来。我想将来当老师,培养人才。我想考中文系。你报考江南大学,我想同你在一个学校,在外面有个伴。但读普通大学要自己交伙食费,读师范学院就不用交。”华国彪说:“不管读什么大学都不用交学费。交不起伙食费可以申请助学金。”“那我就报考江南大学中文系。”

夏梅芳问马婵娟考什么专业。马婵娟把夏梅芳拉到走廊上没有人的地方小声地说:“我原来打算考俄语系,现在很需要俄语人才。很多学俄语的不是搞翻译就是去苏联搞外交。但我爸爸跟我讲现在中苏关系搞得火热,几年后大学毕业的时候是什么样子就很难预料了。我问他会有什么变化。他说苏联共产党召开的第二十次代表大会,批判斯大林的个人迷信。中国发表了文章,虽然指出了斯大林搞个人迷信的错误,但主要是肯定了斯大林的功绩,批评了全盘否定斯大林的做法。这说明中苏关系已经出现了裂痕。谁也不知道这裂痕会扩大到什么程度。处理得好会和睦相处,处理得不好会从唇枪舌剑到刀枪相对,那时就不是现在说的‘苏联是我们的老大哥’,而是‘苏联是我们的老大难’。若发生后一种情况,花几年时间学俄语等于白学了。我听了大惊失色,觉得还是考中文系稳当些。”夏梅芳说:“俗话说男怕入错行,女怕嫁错郎。现在职业女性也怕入错行。报志愿关系到一辈子从事什么职业,必须三思而行,甚至还要考虑国内和国际局势的变化,真不容易。”

交志愿表三天后,阳育贤对大家说:“后天开始高考。这两天的首要任务是好好休息。晚上一定要按时就寝。脑袋清醒就好像线路畅通一样，考试就能应付自如。”黎琼男说：“我的英语还有几课没有复习完。”阳育贤说：“没有复习完也不要紧。考试不会就考到那几课。过分紧张反而会把已经复习的忘记。你们进高中时，马婵娟介绍了一条好经验，叫作‘大考大玩、小考小玩、不考不玩’。现在是该大玩的时候。大家到操场上去照毕业相。”

大家来到操场站好队。照相师要大家望着照相机，不要眨眼睛。然后，他喊完一二三就照。照了以后，有几个学生遗憾地说：“我刚才眨了眼睛，肯定是个瞎子相。”阳育贤对照相师说：“再照一张，选好的底片洗。”华国彪说：“用另外的办法照可能好一些。”照相师问：“用什么办法？”华国彪说：“大家都先闭上眼睛。”他还没有讲完，同学们都哈哈大笑。有的说：“大家都照瞎子相。”还有的说：“华国彪连照相机都没有摸过，他是讲傻话。”阳育贤说：“大家不要笑，让华国彪讲完。”华国彪说：“然后喊一二三，喊到三的时候，大家把眼睛睁开。”照相师说：“这确实是个好办法。”后来这两张底片洗出来的照片果然大不相同。第一张有三个人眨了眼睛，照成了瞎子相；第二张，每个人的眼睛都炯炯有神，平常是小眼睛的也张得大大的。

照相后，大家回到教室里。阳育贤告诉学生考试要带的东西。她又说：“考试时，不要打开试卷就做题，要先花一两分钟浏览一下整个试卷，知道有几道大题。做题要先易后难。考试纪律公布在公告栏里。我相信我们班不会有舞弊的人。每考完一门就休息一会儿，不要同任何人谈考试内容。”

次日，阳育贤带领学生坐车来到省城考场。

考前十分钟，考生陆陆续续向考场走去。夏梅芳问华国彪：“要带的东西带好了没有？”华国彪说：“准考证和钢笔都带了。我还带了两支钢笔以防万一。”夏梅芳说：“有一样东西你可能没有带。”“什么东西？”“手帕。这几天很热。手一出汗，就会弄湿试卷。”“哎呀，真的，我怎么没有想到？”“你平常也不带手帕，有鼻涕就用手背揩一下，今天就不行了。”“实在出汗了，只好用衣袖揩了。”“给你。”夏梅芳一边抿着嘴笑，一边把手帕递给华国彪。华国彪接过手帕说：“谢天谢地。用手帕揩汗比用衣袖好多了。”

同学们一走进考场就吃了一惊。教室里铺了一层打碎了的冰。原来招生办公室的人怕考生中暑，特地运来了冰块铺在教室里。

大家走进考场后，按编号就座。每个考场有两个监考人员，学生都不认识。据说，前年有一位监考老师给他参加高考的侄子提供了答案，被巡视人员看见了，这位老师被开除，他侄子该场考试的试卷作废。从去年起，凡是有亲戚参加高考的人一律不能监考和阅卷。但是，去年又有一位校长，怕学校高考再次“剃光头”，他指使本校一位监考老师给本校的几位学生提供答案，结果被发现，那位校长被关进了牢里，那位老师被开除留用，那几位学生该场考试的试卷作废。今年各县交叉监考，各校学生混合编号。学生在试卷上做暗号，或者名字没有写在密封线内，试卷作废。

华国彪坐好后，只见讲台上坐着一位大胡子的老师，表情严肃，像个法官。教室后头站着一位中年男子，三角眼，像个侦探。还有一位巡视人员在走廊上来回巡察。两个老师就像两只猫注视着一群老鼠。老鼠见了猫还可以马上跑，考生进了考场是不能跑的，要开考三十分钟以后才能出考场。

第一场考语文。同学们打开试卷一看，作文题目是“我的母亲”。这样的文章连小学生也会写。有的学生马上动笔写起来。

华国彪在写作文前花了一两分钟写了个简单的提纲。他先写他母亲在新中国成立前夕病得要死，后来是怎样治好的，再写母亲现在的情况。结尾写道：祖国多灾多难的时候，他母亲也多灾多难；祖国一天天好起来，他母亲也一天天好起来。但愿祖国繁荣富强，母亲健康长寿。

讲台上的那位大胡子见华国彪边写边流眼泪。他悄悄地走到华国彪背后，看到卖身救母一段叹了口气，然后回到讲台上，又端端正正地坐在那里。过了一会儿，他又看见一个女学生边写边泪流满面。原来是夏梅芳写到她母亲被日本鬼子杀害的情景时，实在忍不住自己的眼泪。那位大胡子又走下讲台，在夏梅芳身后看了看文章，鼻子酸酸的，摇了摇头又回到讲台上。

考完语文后，考生在考场外议论纷纷。阳育贤要班上的同学好好休息，吃了午饭好好睡一觉。大家都在寝室里睡。到时候她会喊他们醒来。

下午两点整，预备钟响了。阳育贤一直在寝室里照看学生。学生们都醒来了，一个个睡得迷迷糊糊。大家用冷水洗脸后，头脑清醒多了。只是天气比上午更热。华国彪走进考场，只见外校的几个女学生在议论什么。一个矮矮胖胖的女学生哭丧着脸说：“我怎么这么糊涂，作文走了题。我没有主要写我母亲，而是写我怎样爱母亲。这次高考我没有希望了。”旁边的几个女同学在安慰她。

开考钟响了以后，同学们开始答卷。考场里安安静静，只听见钢笔在纸上写字的沙沙声。突然“砰”的一声，大家吓了一跳。华国彪抬头一看。只见刚才那个矮矮胖胖的女学生晕倒在地上。那个监考的中年人喊来了医生，用担架把那个女学生抬出了教室。教室里又安静得像没有发生过任何事情一样。大胡子一直坐在讲台上，一动也不动，两只眼睛像探照灯一样扫来扫去。

考试结束后，学生们站了起来，拿好文具，离开教室。阳育贤仍然站在警戒线外等待着学生。她对学生说：“我们班还算幸运，没有中暑的。”学生们围绕着阳育贤说说笑笑，好像小鸡躲在母鸡的翅膀下叽叽叫一样。

次日上午考数学。天气照样热。华国彪毫不费力地一道题接一道题往下做。只剩最后一道题了，看完题目后，他傻了眼。他像蚂蚁啃西瓜一样，不知从哪里下手。这道题占了总分一百分里的二十分。他一紧张，天气也好像格外热起来，额头上冒出了汗珠。他习惯性地用手揩了揩额头，但他马上意识到，手上的汗会弄湿试卷。他想起夏梅芳给他的手帕。他用手帕揩了揩额头和手心手背，心里不那么紧张了。他看了看手帕，好像夏梅芳在向他微笑着说：“你会想办法，想个办法把这道题解出来。”他突然冒出一股自信：“我华国彪的数学成绩在全年级是第一名。我感到难，其他的人也不会感到容易。这好像赛跑的最后一圈，谁能坚持谁就是胜利者。我就要在人家难以坚持的时候坚持下去。”然后，他集中精力，像钻子钻孔一样拼命往前钻。突然，他眼睛一亮，像在黑洞中摸索终于见到洞口的光线一样。一道难题就这样拿下来了。很多学生想来想去不会做,索性不做了,光着脚板在冰上擦来擦去,脚板凉凉的,比做题舒服多了。

考完后,次日一回到学校就开班会。阳育贤说:“一个学生,学习不好是‘次品’,思想品德不好是‘危险品’。我们班都是合格品。”大家使劲鼓掌。她又说:“人有四种境界:一种人公而忘私,舍己为人,这种人极少,是圣人;第二种人先公后私,先人后己,这种人不多,是贤人;第三种人公私兼顾,利人利己,这种人占绝大多数,是常人;第四种人损公肥私,损人利己,这种人不多,是小人。不损公不损人是做人的底线。我希望你们中间多出贤人,不要出小人。”同学们热烈鼓掌,表示要牢记老师的教导。

阳育贤回到家里,对向克己说:“这个班没有毕业时,我总希望他们快点毕业。现在他们毕业了,好像孩子长大了要离开父母远走高飞,我又舍不得他们。”向克己说:“一个地方,只要你在那里流过汗,流过血,你一定会留恋那个地方,离开以后会怀念那个地方。一个人,只要你为他操过心,吃过苦,你一定会喜爱这个人,离开后你还会在梦里寻他。你现在要好好休息。”

夫妻俩还没有来得及休息,料想不到的事情发生了。

十四　月有阴晴圆缺

高考刚结束，阳育贤夫妇还没有来得及休息，学校党支部就号召老师大鸣大放，帮助 党整风。各个办公室内贴了一些大字报。老师们三五成群地在一起，议论国家大事和学校里的问题。向克己在会上指名道姓批评安荣，说他官僚主义严重，不关心学生疾苦。

马春秋没有发言，也没有写大字报，他在捉摸事态的发展。

安荣在全体教师会议上说："有的人还是不敢鸣放，不敢写大字报，不敢向党提意见。我希望大家消除顾虑。我们党这次是诚心诚意开门整风。向老师说我有官僚主义，不关心学生疾苦，这意见提得好。我今后要努力改。大家今后要大胆鸣放。党的政策是言者无罪，闻者足戒。我们要相信党，要做到知无不言，言无不尽。"

这次会议后，大字报果然多了起来，各个教研室都贴满了。会上发言一个接一个，大家畅所欲言，茶余饭后也议论纷纷。虽然秋天已经开始，有一股肃杀之气，但大家觉得心情舒畅，像生活在春天一样。

马春秋还是没有发言，还是没有写大字报。他认为：看不准情况的时候，不说话为上策。

没过多久，报上开始发表文章，说有些反党反社会主义的右派分子利用党整风，向党发起猖狂进攻，有的甚至罢工和游行示威。对这些现象，我们绝不能熟视无睹。于是，一场全国规模的反右斗争开始了。

一夜之间，天涯学校到处都是大幅标语："坚决击退右派分子的猖狂进攻！""把右派分子的反动谬论批倒批臭！"大字报从办公室贴到走廊上。老师们像晴天里听到一声炸雷一样，根本来不及掩耳。有几个教师一下子成了反击的对象，一个接一个地被揪了出来。

不久后，报上级批准，三个教师被定为右派分子。上级同时给校党支部指出：天涯学校的右派人数还没有达到规定的指标。学校党支部连夜开会，必须抓紧时间再揪出一个右派分子才能完成任务。党支部讨论来讨论去，认为只有向克己合适。

次日上午又召开全体教师会议。被划定的三个右派分子都像犯人一样，低着头走进会场。其他大多数老师也都诚惶诚恐。很多人担心，下一次会不会轮到自己被揪出来。

第一个发言的是去年从师范学校毕业分配来的男教员，叫王仕福。他想争取火线入党。他说："向克己说安书记搞官僚主义，不关心学生。向克己不是真心实意帮助党整风，而是鸡蛋里面挑骨头，否定安书记的正确领导。安书记代表党领导学校，攻击安书记就是攻击党的领导。"

向克己听了，有如五雷轰顶，眼前一片漆黑。他用力扶住椅子才没有倒下。从前几天的情况来看，凡是定为右派之前都要先揭发一通。他想：假若他划为右派，不仅他要倒霉，他妻子也要倒霉，他儿子将来更倒霉，在美国的父母知道了会怎么想？假若他大学毕业后不留在祖国工作，也就不会有这样倒霉的事。这些人不以我为友，反以我为仇。假若像马春秋那样不作声，也许不会遭殃，难怪说：“是非只因多开口。”

接着，新生辅导员何德高发言，说向克己崇洋媚外，宣扬美国的科学怎样发达。向克己听了，心里冷了半截。他以前对何德高讲话很随便，没想到这个人在关键时刻捅他一刀，真是人心叵测。

这时的阳育贤已经面如土色，头脑昏昏沉沉。

第三个发言的是马春秋。他说：“我想讲几句。”大家都睁大眼睛望着他，向克己更是感到惊奇。他一直认为马老师为人正直，做事稳重，没想到在这个非常时刻，他竟然跳出来，真是爱叫的狗不咬人，咬人的狗不爱叫。

马春秋说：“向克己老师说安书记有官僚主义，不关心学生疾苦。前几天安书记自己也承认了，并说向老师的意见提得好。为什么一下子就成了攻击党的领导了呢？我认为，只有按照党的政策办事才能代表党的领导，党员的错误领导并不能代表党的领导，所以，王仕福老师对向克己老师的指责是不成理由的。再讲何德高揭发向克己老师，说向老师宣扬美国的科学发达是崇洋媚外。现在我们国家使用的汽车、火车和飞机都是外国发明的，难道我们是崇洋媚外吗？美国科学发达，这是事实。不能说向老师不爱中国。马列主义是我们的指导思想，它也是外国的。你不能说这也是崇洋媚外，不要乱扣政治帽子。”

马春秋的发言使到会的人大惊失色。大家都避之不及，他却自己跳出来。向克己激动不已。他好像是被人扼住了喉咙无法呼吸时，突然来了人把对方的手打掉能够呼吸了一样。安荣见势不妙，马上宣布休会。会后他马上向具体负责全矿反右斗争的矿党委副书记权升钤汇报了马春秋的情况。校党支部开会到深夜。

次日，安荣在会上宣布马春秋是右派分子，理由是马春秋在课堂上发表反苏言论，多次说俄国侵占了中国一百四十多万平方公里的土地，有四十个海南岛那么大，这是含沙射影攻击苏联，攻击社会主义的大家庭。马春秋昂着头，侧着眼睛望着安荣。向克己惴惴不安，虽然他没有被宣布为右派，但以后会不会来一次补火，再宣布他为右派呢？他像在悬崖之间走钢丝，生怕一不小心就跌下深谷。

在公开场所，老师们再也不像前段时间那样畅所欲言了。每个人的嘴巴都像上了锁一样，不，简直像焊起来了一样，连学校里死了人也不愿去过问，不然，如果死的人生前有什么问题，人家会说你与死的人生前有勾搭。老师之间更不要说谈什么国家大事了。很多从来不为人知的事不都是知心朋友揭发出来的吗？两只蚂蚁相遇也要头碰头，交换信息，而天涯学校的老师相遇都装作彼此不认识，真是“风声雨声读书声声声未闻，家事国事天下事事事不问”。

虽然教师之间很少讲话，但脑袋并没有停止思维。很多人对马春秋很同情，但又无法理解。你马春秋一贯仗义执言，但何必在这个时候拿鸡蛋去碰石头？何况向克己又不是你的救命恩人。你不为自己着想，也要为老婆着想，更要为女儿着想。女儿今年考大学，这是她一辈子的大事。常言道：“学历史使人聪明。”你马春秋学历史教历史，却越学越教越糊涂。你马春秋做事一贯稳重，从整风开始到自己跳出来之前，没有发过言，没有写过大字报。为什么在运动快要过去的时候突然这样冒里冒失呢？真是聪明一世，糊涂一时。假若他反右积极，很可能升官。

马婵娟每天都去看大字报，当她看到《右派分子马春秋的反苏言论》时，她差点晕了过去。大字报的字写得清清楚楚，她看起来却模模糊糊。她看了一次又一次，内容基本上是她父亲在课堂上讲的，都是历史教科书上有的，她父亲只是补充说：列宁曾经说要废除沙皇时代与各国签订的不平等条约。新政权成立后不久，列宁就死了。列宁死后就没有人提这件事了。侵占中国的领土没有还给中国，这是事实。她不明白，这怎么就成了右派言论？她旁边还有一些人在看大字报。他们有时偷偷地观看马婵娟的反应。马婵娟看完后，低着头回了家。一进门，见父亲坐在餐桌前不作声，她放声大哭起来。

“什么事？”马师母从里面的房里走出来问。马婵娟边哭边说：“爸爸被打成右派分子了。”马师母半信半疑地说：“右派分子？”你父亲认认真真教书，没有干过任何坏事，一定是有人搞鬼。”马春秋沉默了一阵才开口：“你们不要太难过，我给你们讲清楚，你们就知道了。”马婵娟停止了哭泣，听父亲往下说。“政治这个东西太复杂。在这次整风运动中很多人被打成了右派，这样下去，以后谁还敢讲话？”马春秋咳了一下继续说，“对发表了错误言论的人，可以辩论，也可以批评，但没有必要大抓右派，大肆树敌。不能因为饭里有一粒沙子就把一锅饭都倒掉。更荒唐的是，有的单位抓右派还定指标。我们学校抓了三个还差一个，准备把向克己揪出来。我想，向老师放弃美国的优裕生活，大学毕业后留在祖国工作，若把他打成右派，在国内影响不好，在国外影响更坏。这样一来，以后还有谁愿意回国工作？何况他只有三十来岁，工作刚刚开始。我打成右派，自己肯定要倒霉，今后有没有工作还是个问题，还要连累你们母女俩，尤其是婵娟，今年考大学。但我又想，中国自古以来，不知有多少志士仁人，为了国家赴汤蹈火，牺牲自己也在所不惜。历来许多历史学家都敢洒热血写春秋，我马春秋就只会当怕死鬼吗？”马师母说：“过去你揭露国民党的腐败，国民党追捕你。新中国成立了，你高兴。现在你引火烧身，今后怎么办？”马春秋说：“关键的时候总得有人站出来，不然，国家就没有希望。”

华国彪和夏梅芳来学校看大字报。夏梅芳说：“本来是要老师帮助党整风，现在怎么整起老师来了？”华国彪说：“假若马老师讲错了，那列宁也讲错了，那沙俄侵略中国倒是正确的了。”

这时候，马婵娟走过来打招呼。夏梅芳见马婵娟眼睛红红的，她猜着了几分，但不知怎样安慰马弹娟。她小声地把她和华国彪刚才讲的话告诉马婵娟。马婵娟感到一股暖流流遍全身，不知说什么好。过了一会儿走到没人的地方，她才悄悄说：“你们千万不要对其他的人讲这些话。”华国彪说：“以后大家都当哑巴好了。”说完就告别马婵娟，同夏梅芳回家了。

晚上，马春秋对女儿说：“可能会有人来抄家。我们家里没有什么可抄的，日用品他们不会拿。假若以后不要我教书了，教案抄去我也无所谓。但有一包东西很重要，虽然抄去了没有什么把柄给他们抓，但那是我花了好几年时间收集到的资料。我准备写一本《海南英烈传》，一方面告慰先烈们的在天之灵，其中有的生前是我的好友；另一方面激励子孙后代。你想办法把它寄托在一位可靠的同学家里，等我平反昭雪的那一天，我再来写这本书。”说完，他从书柜里拿出一个布包。马婵娟打开一看，第一页是目录，都是为革命牺牲的烈士。她谈到和夏梅芳在看大字报时讲的一些话，然后问：“这些资料放夏梅芳家里怎么样？”马春秋说：“要她不要同任何人讲这件事。”

次日早饭后，马婵娟用一个小布袋把资料装好，放进书包里，然后来到夏梅芳家里。夏梅芳正在门口看书。马婵娟见只有夏梅芳一个人在家，小声对她说：“我父亲有本书稿的资料，是写海南岛抗日战争和解放战争的烈士的。他怕丢失，要我托人寄放。你能不能帮忙？”夏梅芳说：“把它藏在我家里。”马婵娟把东西从书包里拿出来递给夏梅芳。夏梅芳马上拿进屋里，锁在箱子里。临走时，马婵娟说：“那就拜托你了，不要让任何人知道。”夏梅芳说：“不会的，你放心。”

经过大批判，反右斗争胜利结束。马春秋拒不认错，被免除校长职务，改当图书管理员，降薪两级。其他三个右派分子也都不上课了。

再说华国彪，高考后一直等通知书。一天上午，邮递员送来一封信，他心里很紧张，不知考上了没有。一看信封上写着“高考录取通知书”，悬在心上的石头立刻掉了下来。牛爱华问：“谁来的信？”华国彪说：“高考录取通知书。”“考上了没有？”“考上了。”华国彪把通知书给母亲和奶奶看。华嫔驰问：“这大学在什么地方？”“在长沙。”华嫔驰高兴得嘴都合不拢了，话也多了：“十九年前，日本鬼子逼得我们离开长沙，你不能在长沙出生。他们没想到，被赶走的是他们。今天，你不仅要回长沙，还要在长沙读大学。”牛爱华说：“以前我们累死累活，连肚子都填不饱。我那时也很想读书。我父母省吃俭用，好不容易才送我读了初小，哪有彪儿今天这样的幸福。”她停了一下又对华国彪说：“你去长沙读书，想办法去找你外婆，看你外婆是不是还活着。她的相貌同我的差不多，额上有颗痣，一见就认识。”华嫔驰说：“你到长沙看我们那木板房还在不在。房子在长沙轮渡码头边，门前有一株大苦楝树。”华国彪说：“我去阿芳家打个转，看她收到通知书没有。”牛爱华说：“赶快去。她考上了你就马上回来，没考上就好好安慰她。”

华国彪刚走到夏家门口，夏梅芳就笑嘻嘻地说：“阿哥，我考上了，江南大学中文系。你呢？”“江南大学采矿系。”夏梅芳高兴得跳起来，忘记了旁边还有人，也不怕人笑话，拉住华国彪的手进了屋，一边走一边说：“我们又能在一个学校里读书，真是太好了。”

夏国忠乐呵呵地说：“你们两个又在一个学校，有个伴也好。阿芳真是个苦命的孩子，这是她自己争气。要是她母亲在，不知有多高兴。”朴姬说：“我原来担心阿芳考上大学家里送不起。阿芳说现在和以前不同了，读大学不要钱。困难的学生还可以申请助学金。”夏国忠说：“现在穷苦人家的孩子只要努力，也能读大学了。过去只有魏老爷家里的人才读得起大学，成绩差也可以去留洋。”

夏梅芳问华国彪：“班上还有哪些同学考上了？”华国彪说：“不知道。我们去学校问问。”“好，现在就去。”

两人先来到马婵娟家里。一进门，只见马婵娟两眼肿得像桃子。夏梅芳感到情况不妙，但还是问：“你收到通知书没有？”“没有考上。”马婵娟一边揩眼泪一边说，“你们两个都考上了，恭喜你们。”华国彪说：“你考得不错，为什么没有考上？是不是试卷的分数搞错了?”马婵娟说:“教导主任李信儒老师特地打电话问招生办,是不是阅卷发生了差错。省招生办回答说:对试卷进行了复查,没有差错。是由于不合条件才没有录取。”夏梅芳问:“什么条件?”华国彪想说“肯定是政治条件”,但话到嘴边又收了回去,只是长长地叹了口气。

这时,马春秋从房里走出来说:“唉,是我害了她。”他一边说一边给两个学生倒茶。夏梅芳说:“政策不是‘出身不由己,道路可选择’吗?”华国彪说:“讲是这么讲,做起来是另外一回事。”夏梅芳问马婵娟:“你打算怎么办?”“我打算明年再考。”华国彪说:“你一定要挺住。阴雨天过后一定会有晴天。”马春秋说:“谢谢你们关心。”

华国彪和夏梅芳安慰了马婵娟一会儿后,来到阳育贤家里。阳育贤见了他们高兴地说:“恭喜你们如愿以偿。”两个学生齐声说:“谢谢老师。”

阳育贤把班上高考的情况简单谈了谈:“全班四十六人,考上本科的三人:李敬德,经济管理系,加上你们两个。黎琼男差一分,没考上。考上专科的六人。贾世界考上政教专科学校。还有三十六人没有考上。”夏梅芳说:“马婵娟没有考上太可惜了。”阳育贤说:“马婵娟品行好,学习好,身体也好,却没有考上。我和向克己一个晚上都没有入睡。我们鼓励她明年再考,她读大学的哥哥马涛也鼓励她再考。这次华国彪也危险。有人要在鉴定中写上‘在反右斗争中立场不坚定’。我对李信儒老师说:‘中学生没有参加反右斗争,不能无中生有。’李老师便把它顶了回去,后来才没有写成。”

华国彪和夏梅芳听了都倒抽了一口气。

夏梅芳和华国彪考上了大学是件大喜事,也是件大愁事。愁的是钱。

次日下午,夏国忠去矿工会借钱。工会主席说:“现在矿里的资金非常紧张,国家的拨款相当有限。你知道,出差的人,一百里之内,也就是说,一天能走到的,都要走路,不能报销车费。一个车间只能安装一部电话,全矿几千名职工仅有一辆吉普车,只用于急事。购买一百元以上的东西要总会计师批。”他一边摇头一边摊开两手,表示无钱可借。

夏国忠又去向朋友、同事借,借了十多家,都没有借到钱。大家都只有这么点工资,勉强够家里买米买菜,柴都是星期天自己上山砍的。新中国成立前都是一无所有,新中国成立后百废待举。工资改革后加了一点钱,但大家都还是一个钱掰作两个钱用,今年省点钱买床被子,明年省点钱买件家具。全矿职工没有几个人在银行里有存款。

夏国忠跑了一圈,两手空空地回到家里,唉声叹气地坐在家门口的石头上。夏梅芳见父亲这个样子,心里很难过,悔不该报考普通大学。若报考师范农林等院校就不用交伙食费,但事到如今,改志愿也不可能了。

俗话说得好:“天无绝人之路。”夏家正在吃晚饭时,国乐山走上门来。夏国忠以为矿里出了什么事。还没等他开口,国乐山说:“听工会主席说,你正在为女儿上大学的费用发愁,是不是?”夏国忠一边点头一边搬凳子给国乐山坐。国乐山摆了摆手说:“不坐了,我还有事。你女儿是我们矿里职工子弟中第一个考上大学的,按理应该奖励奖励,以便鼓励其他的职工子弟努力学习。但现在矿里实在困难。我这里还有二十元,送给你女儿做路费。”夏国忠说:“这怎么行?您老母亲年老多病,要钱用。您这钱我怎么忍心收?”“她那病也不是一天两天能治好的，而你女儿就要去上学，不能推迟。我母亲说：‘人老了没有用了，不能拖累崽女。’我对她说：‘我们家在山冲里，阎王不熟悉路，他找不到您。’她一听就乐了。”国乐山把大家逗得哈哈大笑。大家正在笑的时候，国乐山把钱往夏国忠的衣袋里一塞就快步流星地走了。夏家的人激动地站在那里，连谢谢也忘记说了，只是呆呆地望着国乐山远去的背影。

次日黄昏时候，又来了一个人。夏梅芳眼睛尖，一眼就看出来了。她迎上去说：“马老师，天黑了，您走路不方便。”她以为马春秋是来取书稿的。马春秋走进屋里，夏家的人都围拢来了。马春秋小声地说：“我原来节省几个钱给阿娟上大学用。今年她没有考上。夏梅芳和华国彪都急着要钱用。现在借钱也不容易。我这里有四十元，给你们两个人做路费。”夏梅芳想说一些感谢的话，但不知怎么说起，只是说：“马婵娟以后考上大学还要用的。”“到以后再说。你们看得起我，不把我当外人，就收下这点钱。”夏国忠说：“您教我们的小孩已经费尽了心血，现在还要您破费，叫我们将来怎么报答？”“要报答我就不来了。只要学生学业有成，将来报效人民和祖国，做老师的就心满意足了。”说完就往外走。夏梅芳有很多话想说，但都哽在喉咙里，眼睛湿润润的，最后只是哽咽地说：“老师走好！”

月亮渐渐从海边升起，它用柔和的光抚慰着发愁的夏家，也抚慰着更发愁的华家。华家的人坐在门口，望着月亮，一筹莫展；月亮望着华家，也一筹莫展。最后，华家只好唉声叹气地上床睡觉。上床也睡不着。华国彪后悔报考江南大学，他心乱如麻。

不知是因为疲倦还是因为月光的温柔，除了牛爱华，华家其他人都慢慢睡着了。过了一会儿，牛爱华听到窗外有沙沙的响声，像风声又像脚步声。她想起床去门外看看，但一想，平常没有贼，锅盆放在门外从来没有人偷。有的人家天热敞着门睡觉也没有出事，何况家里没有什么值钱的东西。万一有坏人，她一个女人家也无可奈何。她光着眼睛躺在床上，一方面因外面的响声而担心，另一方面为儿子的费用发愁，但愁也没有用。她愁来愁去，最后愁眉苦脸地睡着了。

天麻麻亮，牛爱华就起床了。一开门，她大吃一惊：门槛里面有一大堆钞票。她连忙把华国彪喊醒。两人又惊又喜，把钞票清点好。多半是角票，一元的有五张，一共二十六元四角。华国彪说：“真是天上掉钱下来。到底是怎么回事？为什么多半是角票？”牛爱华望着那把钞票，半天想不出个所以然来。

午饭后，夏国忠来了。牛爱华把昨夜天上掉钱进屋里的事告诉他。夏国忠问：“村里的人是不是知道国彪考上了大学？”牛爱华说：“都知道。有人说，现在考上大学相当于古时候考上举人。天涯村的穷人里出了个大学生，这是天涯村破天荒的事。”牛爱华讲起来眉飞色舞，接着又唉声叹气地说：“听说路费要三十来元，还要伙食费。大家都为我家发愁。他们都同我家差不多，一年到头辛辛苦苦勉强得个温饱，没有什么积蓄，所以我也无处去借。”夏国忠抓了抓脑袋说：“我想这些钱可能是这样来的：村里大家都很困难，都没有钱借给你，但又想帮助你，送一角两角钱又不好意思。”牛爱华插嘴说：“正是这样。”夏国忠接下去说：“于是，可能有人出了个主意，乘夜里你们睡了，把钱放进门槛里，有几角送几角，积少成多。”牛爱华恍然大悟地说：“难怪半夜里屋外面有沙沙沙的声音，像是有人走路。”华国彪说：“肯定是夜里来送钱。”牛爱华说：“连名字都不知道，将来怎么报答呢？”华国彪很激动。假若他知道是谁送的，他一定要记下来，一辈子也不会忘记，将来一定要报答，但现在不知道是谁送的。

接着，夏国忠讲了马春秋送四十元给夏梅芳和华国彪做路费的事，还讲了国乐山送钱的事。他说：“人家送的钱加起来，两个人的路费就差不多了。”牛爱华叹了口气说：“马老师真是个好人啊！好人为什么偏偏遭磨难？做学生的将来怎样才能报答？”夏国忠说：“马老师说，只要学生学业有成，将来报效人民和祖国，做老师的就心满意足了。”夏国忠说完就回家了。华国彪在反复地咀嚼着马老师讲的“报效人民和祖国”那句话。

牛爱华对华国彪说：“冬天长沙很冷。我和你爸爸来海南岛一直没有穿过棉衣，你和阿芳拿去穿。逃难时带了两床棉被来，你拿一床，阿芳拿一床。你那床摇篮被旧了，你可以用来热天盖，冬天做垫被。”华国彪高兴地说：“这样就可以少花很多钱。”华娭驰说：“我给你做个针线包，以后你自己学会缝补。”华国彪说：“奶奶想得真周到。”

八月底的一个早上，夏国忠送华国彪和夏梅芳上船去广州。夏国忠担着两口衣箱，华国彪担着铺盖，夏梅芳提着个袋子，袋子里装着路上吃的东西：一包熟红薯，一包熟芋头，一包熟鸡蛋和四个剥了壳的椰子。因为怕船上和火车上东西贵，买不起，所以尽量自己带。夏国忠说：“古时候有两个和尚都想来南海。富和尚准备了很多年，还是来不成；穷和尚不怕艰苦，说走就走，反而到了南海。有了穷和尚的精神，路途再远再艰苦也不怕。”夏梅芳说：“我们语文课本里有这个故事。”夏国忠说：“学了要会用。这一次就好好学习穷和尚。”

两个年轻人上了船。夏国忠站在岸上说：“路上要小心。到了学校就来信。”夏梅芳说：“您放心好了。”华国彪说：“请夏叔叔放心。”

跳板吊起来了。夏国忠站在岸边，一动也不动地望着船上。夏梅芳靠着船栏杆望着父亲。她想起父亲一年又一年地操劳，不禁流下泪来。

第三天中午，华国彪和夏梅芳到达了长沙岳麓山，只见一座高大的牌坊上面写着四个鲜红的大字“江南大学”。上面有个拱，拱上有四个浮雕字“钟灵毓秀”。两旁有副对联：

集天下贤士

育国家栋梁

迎新站的人把华国彪带进采矿系男生宿舍，把夏梅芳带进中文系女生宿舍。

所有的寝室都摆着四张双层木床。华国彪的床靠窗子，是下铺。上铺是个瘦子，叫张明。他父母是本校的职工。他对华国彪说：“马上要吃晚饭了。你有没有碗筷？我这里有。”华国彪说：“谢谢你。我有。就餐怎么安排？”张明说：“今天随便吃。从明天起编席，八个一席，开集体餐。每月伙食费九元。”

次日上午，大家在寝室里闲谈。睡在华国彪对面的大个头彭诚说：“听说采矿系多半是和尚班。”张明笑着说：“我们班也是和尚班。”睡在彭诚上铺的小胖子方堃说：“和尚班还好些，不受拘束。”

这时走进来一位胖胖的中年男子。他问张明：“你们班来齐了吗？”张明说：“来齐了。”那男子对大家说：“大家辛苦啦。路上都安全吗？”大家说都很安全。那男子挥了挥手走了。

华国彪问张明：“他是不是我们的班主任？”张明说：“大学没有班主任。学生自己管理自己。他是我们的专业老师，叫满若虚。他留学美国，新中国成立后，他就回国工作。人家对他说：‘外国的工资是中国的几十倍，你为什么不留在外国工作？’他说：‘人不嫌母丑，狗不嫌家贫。假若我因祖国穷就嫌她，那我连狗都不如。’”华国彪想：他可能是宋妈的儿子满若虚。

十五　地下世界

开学第一周进行专业思想教育，然后开始上专业课。同学们都怀着好奇心上第一节课。当满若虚走上讲台时，大家热烈鼓掌。满若虚问：“采矿系首先学什么？”学生齐声回答：“学采矿。”满若虚说：“不对。首先要学安全知识。矿工下到几百米深的矿井里，生死只隔一层纸。你们说矿工的生命重要还是矿石重要？我们只能让矿工用汗水换取矿石，绝不能让他们用生命去换矿石。只有见利忘义的资本家才不把矿工的生命当一回事。安全课要上半个学期。首先在课堂学习书本知识，然后去矿山实习，向工人学习。”满教授把一些特大矿难的图挂在墙上，惨不忍睹。

学了安全课以后考试。考试人人及格。考试后去煤矿实习。同学们都兴高采烈。大家都不知道矿井是什么样子。据说，矿井像个地下城，大巷小巷纵横交错，很深很深；曾经有工人挖煤，挖呀挖呀，后来听到地球另一边的鸡叫，他们怕把地球挖通了，掉到地球另一边的天空里，才没有继续挖下去。

满教授带领大家来到矿山。一到矿山，同学们就想马上下井去看看。矿长对大家说，先上三天安全课再下井，三天上不好再加时间。同学们都按捺不住。方堃说：“我们已经学了几个星期的矿井安全知识，何必还要学三天？”张明风趣地说：“‘安全课’三个字，一天学一个字。”

午饭后，大家在会议室里坐好。一位五十多岁的老工人走上讲台说：“我姓陈，新中国成立前就挖煤。那时，矿工被人叫作‘窑花子’，和‘叫花子’是一类的人。资本家只顾赚钱，不顾工人的死活。我每次想起一九四七年发生的那次事故就心惊胆战。”接着他讲起那次可怕的事故。

有一天，他和七个工人在矿井端头的一条小巷里挖煤，突然山崩地裂一般，大面积塌顶，把出口堵死了。大家没办法，只好坐在巷子里等人来救。他们用力喊，外面没有反应。大家只好等着，或者等救，或者等死。

发生事故的当天，井上的工人要求老板想办法救人。老板说：“塌顶那么宽，哪有那么多钱花？即使救了上来，也不一定是活的。”第二天工人派代表找老板谈判，没有谈成。第三天部分工人罢工，老板还是不理，并威胁要解雇罢工的人。第四天全矿工人罢工。老板怕影响出煤，只好答应抢救。工人们挖了两天才把巷子挖通。大家把八个人抬上井口，已经死了五个，还有三个有气。有一个抬上来的第二天断了气。另外两个清醒后能够吃点东西。有一个吃多了，第二天死了。陈师傅以前听人说过，饿的人不能猛吃。他开始只吃一点点，慢慢增加。他一个人活了下来。

根据矿史记载，新中国成立前十多年，死在这个矿井里的有五十人。

同学们听了，无不同情工人们的遭遇。

陈师傅继续说：“同学们，今天和新中国成立前不同了。矿工是工人阶级的老大哥。搞好安全生产是对我们自己负责。你们将来毕业后都要负责矿山某个部门的工作。你们这些人，每个人一生中只要出一次事故，不知会有多少工人死在矿井里，不知会有多少矿工家庭遭殃。所以我希望大家一定要上好安全课。”

接着，陈师傅简单讲了一下矿井里容易发生的几种事故：

一种是瓦斯爆炸。一爆炸就会引起火灾。

另一种是老窿水。井下有些挖过煤的坑道后来不用了，水就积在那里。若不小心挖通了，水就淹没煤巷，工人就很难逃生。

还有一种是塌顶。煤巷子里头顶上的支架不牢，土石塌下来，可能打伤打死人，甚至堵塞巷道，让里面的工人出不来。

接着，陈师傅分门别类讲了下井、推车、电矿灯和安全灯、井下空气和通风、老窿水和断层水、井下机电安全，共六个专题。这些知识满教授在课堂上也讲过，但陈师傅把每一项都编成口诀写在黑板上。这些大学生原以为陈师傅没有什么文化，只能讲讲自己经历过的事，没想到他编的口诀既通俗又押韵。例如：

井下空气与通风

沼气危害最严重，时时刻刻要留心。
它的特性要牢记，看不见和嗅不着。
重量要比空气轻，高藏山上和棚顶。
含量达到四五分，遇火爆炸不留情。
一氧化碳毒气强，人中毒气会死亡。
井下还有硫化氢，臭蛋气味最难闻。
能燃烧来能爆炸，刺激眼睛和神经。
含量超过规定时，致人死命不留情。
此外还有碳酸气，多了能使人闭气。
检查使用安全灯，灯焰变化要看清。
含量二分灯发暗，含量四分灯会熄。
若要瓦斯事故少，通风设备最重要。

陈师傅还要求学生背诵六个专题的口诀，明天检查。有同学说：“这师傅真是认真。”

华国彪不仅认认真真抄下这些口诀，还把墙报上贴的井下巷道和废井示意图都记录下来。他认为这是课本上很难学到的东西。张明说：“天这么冷，你抄这些东西干什么？考试又不考这些东西。”华国彪说：“现在记下来，将来参加工作有用。”

次日，陈师傅要几个同学背诵口诀。背了还不放心，他还发纸给同学们默写这些口诀。然后，陈师傅说：“明天下井参观通风巷。通风巷是矿井最重要的安全设施。”同学们听了，高兴得叫起来。他们很想看看井下是什么样子，这乱石冈下到底有多少宝藏。

次日中午，汽笛叫了。工人们从洞口一个接一个地出来。他们的额头上、眼睛边、鼻梁上、两边脸颊和耳朵里都是黑黑的煤粉。他们多半打着赤膊，穿一条短裤，头上戴着矿帽，腰间系着个电池盒，看上去真是威风凛凛。同学们都用羡慕的眼光望着这些矿工。

上井的工人们走完了，陈师傅对大家说：“凡是带有火柴的，请把火柴交给井口的安全员保管。”安全员把每个人的口袋都搜了个遍。陈师傅带头往井下走。第二个是满教授，接着是华国彪那个寝室的同学。大家一步一步往下走。走到井下五十米左右，洞口的光不见了。下面黑咕隆咚的，只有凭着矿井内的电灯才能看见梯子。张明问："陈师傅，快到底了么？"陈师傅笑着说："这只是开头，还有一百多米。"同学们都很吃惊，矿井有这么深！方堃小声地对前面的华国彪说："我有点怕起来了。"华国彪说："有陈师傅在，怕什么？"

大家也不知道走了多远，终于听见陈师傅说："现在我们到了大巷子，到底了。"大家都像远征的人到达了目的地一样高兴。张明说："再走下去就会走到美国那一边了。"大家都笑了起来。

休息一会儿后，陈师傅说："我们去通风巷。"队伍又继续出发了，走过了一条一里多长的大巷。大巷两边有许多小巷，好像大街两边有许多小街一样。接着来到一条小巷，巷子两边都是闪闪发光的煤层。大家边走边看，边看边赞叹。陈师傅说："方圆几十里都是很厚的煤层。"张明叫道："天啦！真是地下奇观！假若这些煤在地面该多好！"彭诚说："我叔叔在阜新煤矿工作。那是个露天煤矿，铲车铲两铲就是一汽车。"大家正在谈得高兴的时候，陈师傅说："过通风巷了，请大家注意。"

这时，煤越来越少了，岩石越来越多。巷子也越来越窄，越来越矮。大家只好弓着腰走。这样走了大约半里路。有的说："腰痛起来了，要伸一伸腰才行。"但队伍没有停，只好弓着腰一个跟着一个往前走。

陈师傅突然对大家说："这里要爬行，人躺在地上，两手向前伸直，两脚向后蹬才能通过。"大家听了都紧张起来，一个接一个把话往后传。陈师傅快要爬过去了，他后面的满教授怎么也爬不过去。陈师傅问："怎么了？""肚子大了，过不去。"满教授无可奈何地躺在地上，进又进不得，退又退不得，抬头碰着顶，低头啃着地，活像一只大老鼠钻进小竹筒里。到底是陈师傅有经验，他说："你把身子侧过来，两手抓住我的脚，我在前面拖，后面那个同学推你的脚。"满教授只好照着办。果然，肚子过去了，加上前拖后推，他终于通过了。

方堃学着陈师傅的办法，侧着身子，双手伸向前抓住华国彪的两脚，让彭诚在后面推，也通过了。

过了洞以后，大家松了一口气。前面又要弓着腰走。弓着腰虽然有点痛，但比刚才爬着过洞子好多了。巷子越来越高。走了一段，能伸直腰了，大家感到格外舒畅。陈师傅要大家休息一会儿。张明问陈师傅："这巷子和洞子是怎样挖出来的？"陈师傅说："是我们工人用锄头、十字镐、锤子、凿子干出来的，是用血和汗水换来的。"张明听了，惊叹地摇着头表示难以想象。满教授说："下了矿井才知道矿工不简单。"

休息几分钟后，陈师傅说："前面是二十多丈高、垂直的风洞，要爬着铁梯上去。希望大家特别注意安全。"听了陈师傅的话，有些同学毛骨悚然。二十多丈，要爬多久才到？爬到中间，上不沾天，下不着地，那时怎么办？方堃问陈师傅："另外有平路出去吗？"陈师傅笑着说："没有，除非往回走。不要怕。通风工经常爬来爬去。爬到顶点的时候，你会感到格外高兴。"

陈师傅说完就往前走，走了两三丈远就沿着铁梯往上爬。前面几个同学抬头望了望上面，怎么也望不到顶，只见头顶上一路电灯，顶上面的电灯简直小得像星星一样。洞子像个吊井，靠壁有铁梯。满教授跟在陈师傅后面吃力地往上爬。他爬完了几段铁梯后，站在一张桌子大小的平台上喘气。华国彪很快就跟上来了。华国彪站在平台上看了看下面。不看则已，一看真吓人。下面高深莫测，只见一路电灯。同学们一个接一个往上爬。好在中间有两个小平台，不然更加可怕。

最后一个小平台上面没有铁梯，只有一根铁杆。陈师傅说："爬完这根铁杆就到平巷子了。"他双手抓住铁杆，两脚蹬在洞壁上，很快就爬上去了。满若虚双手抱住铁杆，两脚缠住铁杆，像爬杆一样，爬呀爬，好不容易爬到了铁杆中间，他紧紧抱住铁杆喘了口气。华国彪说："满老师，您踩住我的肩膀往上爬。"满若虚踩着华国彪的肩膀又拼命往上爬，快要筋疲力尽时，陈师傅的手抓住了他的手。满若虚好像在波涛汹涌的大海里漂浮的人抓到了一块木板一样，他紧紧抓住陈师傅的手。陈师傅一个劲地把他往上拉。满若虚终于爬上了平巷子。接着华国彪也爬上来了。方堃在下面说："我爬杆不行。我中学时爬杆总是不及格。"在他下面的彭诚说："你抱紧铁杆，一步一步往上爬，到上面陈师傅就会拉你上去的。"方堃试了试，爬了几下就不行了，又滑到小平台上。陈师傅从上面丢了一截棕绳子下来，要方堃捆在腰间。陈师傅在上面用力拉。方堃觉得这样容易多了。他很快爬了上去。

到了平巷里，大家高兴得叫了起来。

满若虚问陈师傅："挖风洞时，这么多岩石是怎样运出洞的？"陈师傅的脸马上像抽筋似的，他痛苦地说："这洞子的岩石是我们用背篓一篓一篓背出去的。我父亲在矿里做工，总是养不活一家人。我十五岁也只好来矿里做工。我二十岁那年，也就是这些大学生这么大年纪的时候，我和我父亲都在这里背岩石。有一天，我走在上面，我父亲走在下面。他年老体衰，头一晕，连背篓一起跌到洞底。十多年的老矿工就这样惨死在矿里。老板连棺材都不肯出。"大家听了都很气愤。

大家出了矿井，洗了澡。很多同学都感到很疲倦。平常在学校里，吃了晚饭总要散散步，然后再看书。今天，大家吃了晚饭就想睡觉，只有华国彪和彭诚在矿区散步。华国彪说："古时候这个地方可能是茂密的原始森林。不知什么时候这个地方沉了下去，桑田变成了沧海，后来沧海又变成了桑田，埋在地下的植物变成了煤。"彭诚说："几年前，矿工还是窑花子，现在成了工人阶级老大哥。你说，会不会有朝一日，老大哥又会变成窑花子，像沧海变成桑田，桑田又变成沧海一样？"华国彪说："但愿不会这样。"

次日是星期天，同学们都照例休息，但煤矿不停工。华国彪等几个同学在矿区散步走。井口周围，一堆堆的煤像一个个小山头。工人们把煤担上汽车，汽车把煤运走。方堃说："工人真有力气，担这么大一担都无所谓。"彭诚说："这一担起码有一百五十斤。我只能担一百来斤。"张明说："担一百斤我都有点吃力。"华国彪对装煤的工人说："你们的扁担都是杂木的，担两百斤也不会断。"有个工人说："担三百斤也不会断。"华国彪说："真的？我来试试看。"那工人说："你不要开玩笑，大学生能担三百斤？我们工人还差不多。"华国彪说："你装三百斤，我来担。不过，扁担担断了我没有赔的。"那工人说："担断了不用赔。"另一个工人说："你能担三百斤走十步，这根扁担就奖给你。"华国彪说："讲话算数？"那工人说："我们工人讲话都是算数的。""好，你们把煤装好过秤，我来担担看。"工人们都好奇地望着华国彪，将信将疑。有个装煤的老工人说：“不要开玩笑，闪了腰不好办。我这辈子还没有听说过大学生能担三百斤。”华国彪对那老工人说：“你老人家只管装煤过秤。我先起肩试一试，能起肩就能担得动。我想看看这样的扁担到底结实不结实。”工人们装好了煤，过了秤。华国彪用手移动煤筐，确实很重。他挽好绳子和扁担，试着起肩，比平常担一百多斤柴重多了，两只脚像被胶在地面上一样。他憋足了劲头，开始向前走动。一步、两步、三步……终于走完了十步！方堃等同学见了直伸舌头。华国彪放下担子，工人们热烈鼓掌，并欢呼：“好样的！”那老工人拿着扁担对华国彪说：“看来你是个爱劳动的人。我们工人欢迎爱劳动的大学生。我代表工人把这根扁担奖给你。”华国彪接过扁担，恭恭敬敬向老工人鞠了一躬。大家热烈鼓掌。授奖仪式到此结束。

华国彪像参加运动会得了奖品一样高兴。他拿着扁担，同几个同学说说笑笑地回到工棚里。

同学们下井参观以后，更了解祖国物产的丰富，更觉得矿工的伟大，更感到自己将来责任重大。

上了安全课和参观矿井以后，陈师傅和邓师傅带领华国彪他们那个班去挖煤。

矿井是三班轮流转。华国彪他们那个班是半夜十二点上班。大家冒着刺骨的寒风向井口走去。陈师傅要大家把脱掉的衣服放在衣帽间，戴好矿帽矿灯，系好电池盒。他和邓师傅只穿一条短裤。同学们问他们为什么不多穿一点，天气这么冷会感冒的。陈师傅说：到了井下的小巷子里就不冷了。有些同学也壮起胆子，脱得只剩条短裤，但牙齿马上就敲得直响。华国彪由于经常洗冷水澡，脱衣服前又活动了一下关节，所以不觉得冷。方堃脱了衣服又赶快穿起来。

来到井口，照例是安全检查。大家跟着陈师傅下井，来到挖煤的小巷子。小巷子大约四尺高，即使矮个子也要弓着腰走。陈师傅首先要同学们蹲在旁边，看他和邓师傅是怎样干的。陈师傅一下子就挖了一堆煤，然后用篼箕把煤装在小煤船里。一船煤有两百来斤。年轻的邓师傅把绳子套在肩上，弓着腰，拖着煤船飞也似的往大巷子跑去，把煤倒在大巷边。其他的工人再把煤装到推车上。推车工沿着铁轨把车推到井口底下，用钢丝缆绳套好。井上工把煤车往上绞。

示范后进行分工。邓师傅带领大部分人装车和推车，陈师傅带领华国彪他们那个寝室的人挖煤。陈师傅挖，华国彪和张明拖煤船，其他的同学搬杂柴和木料准备打撑子撑顶。

华国彪和张明一个拖一只煤船。陈师傅只装了半船。华国彪要求多装一点。陈师傅说：“做事要慢慢来。拖多了，拖几船就拖不动了。”华国彪把绳子套好，弓着腰。他想像邓师傅那样飞快往前拖，但那煤船好像故意开他的玩笑，不愿往前跑。华国彪只好一步一步往前走。头几船还没有什么，拖到十多船以后，腰像针刺一样地痛。张明悄悄对华国彪说：“我的腰快要断了，肩膀也被绳子勒得火辣辣的。人家说拉纤辛苦，干这事不能伸腰，比拉纤还辛苦。”华国彪说：“我的肩膀还不怎么痛，就是不能伸腰太难受。”但他还是咬紧牙关，拖了一船又一船。拖到二十多船时，他双脚有点打滑了，脸上汗珠黄豆大一颗。他还是紧闭嘴巴，一步一步往前拖。他看了看张明，张明走几步就停下来揩汗。

由于拖得慢拖得少，已经积了一大堆煤了。陈师傅说：“我来拖，你们装煤。”华国彪和张明怕他拖不动，只装了大半船煤。陈师傅要求把煤装得满满的。他拖着煤船走得很快，像梭子一样在巷子里穿过来穿过去，一直到把一大堆煤拖完了为止，然后用木料和杂柴打好撑子撑好顶。

吃早饭的时候到了，井上已经把饭送到井下，每人一碗。虽然只有豆腐和白菜，比学校里的伙食要差，但张明说："这饭菜比学校里的好吃多了。"华国彪说："难怪有人说，饥饿是最好的调味品。"

次日还是在原地方挖煤。陈师傅说："今天邓师傅带你们挖。昨天拖煤的同搬杂柴的互相调换。我到隔壁一条小巷子去了。"他走了几步又回来说："要特别注意安全，要防止塌顶、老窿水和瓦斯爆炸。"

同学们都小心翼翼，生怕出什么事。邓师傅越挖越起劲。他说："今天的煤格外好挖。我们争取多挖几车，超额完成任务。"华国彪发现安全灯的火焰有点发暗。他想起通风口诀说的瓦斯"含量二分灯发暗"，说明已经有危险。他对邓师傅说："邓师傅，你看，安全灯的火焰不对头。"邓师傅说："不要紧。我跟陈师傅挖了两年煤，从来没有出过什么问题。"

华国彪说完又去搬打撑子的木料和杂柴。他先去隔壁小巷子找陈师傅。同学们说陈师傅到另外的巷子去了。井下的大巷小巷太多了，走错了就走不出来。华国彪不敢乱走。他请一位老工人带领他去找安全员。安全员知道情况后，马上去找邓师傅，但华国彪没有随去，他搬杂柴去了。等他搬来杂柴时，邓师傅已经停止了挖煤。华国彪装作不知道，问邓师傅："还要搬杂柴吗？"邓师傅说："刚才安全员到这里，说不能再挖，不然会出危险。他的话是圣旨，谁也不敢违反的。你们几个人，一半搬杂柴，一半搬木料。我们给挖了的地方都打好撑子，明天到另外一条巷子去挖。"

次日，同学们跟着邓师傅来到另外一条巷子里。巷子的端头有几个房间那么宽，没有支撑，全都是闪闪发亮的煤。彭诚拿起锄头朝头顶上面的地方挖了两下，大块大块的煤掉了下来。他甩下锄头赶快躲闪，幸好没有被煤块打着。邓师傅马上制止说："今天你们都不要挖。你们不会挖，煤块掉下来很危险。我一个人来挖。"他不到半个小时就挖了很大一堆。同学们抓紧时间搬运，足足装了五车！邓师傅高兴地说："再挖半个小时就完成一天的任务了。"他使劲地挥起锄头。煤块像倒塌的房屋一样往下塌。方堃使劲喊："邓师傅，快躲开！"邓师傅赶快往边上跑。这时，半个房间那么大的煤块掉了下来，摔得粉碎。邓师傅喊了一声"哎哟"便倒了下去，身子都埋在煤里面。彭诚和方堃赶忙上前把煤扒开，把邓师傅扶到巷子边。邓师傅喊了几声"哎哟"后，停止了叫喊，自己坐了起来，把双腿揉了又揉，揉了一阵以后说："今天算我不该倒大霉，掉下来的煤块里没有石头，不然骨头都会被打断。"他说完挣扎着站起来，拿起锄头去装煤。彭诚说："你被打成这个样子，休息一会儿。"邓师傅说："我怎么好意思看着你们干？"他还是只管装煤。这时，华国彪和张明搬来了杂柴和木头。华国彪对邓师傅说："你好好休息。我和张明拖煤船，方堃和彭诚装煤，不会误工的，保证完成任务。"邓师傅只好坐在旁边休息。

快下班的时候，陈师傅来了。他见邓师傅坐在那里，又看了看顶上的煤，说："是不是煤块掉下来打伤了？"邓师傅说："掉下来一块，但没有伤到骨头。"陈师傅把邓师傅的身体看了又看，又揉了一会儿，然后问："还痛不痛？""现在不怎么痛了。""还算好。假若大面积塌下来，几个人的性命都难保。明天去西六巷端头的小巷子挖。”

大家在西六巷端头的小巷子挖了十多天，平安无事。陈师傅轮流到各处照料。

一天下午，锄头挖下去的声音“咚咚”作响，邓师傅说：“这是怎儿回事？”方堃说：“可能挖到金银财宝了。等我来挖。”他挥起锄头使劲往下挖，突然“轰”的一声，一股水桶大的水喷了出来。邓师傅马上说：“不好了，出事了。大家把工具放下，跟我来。”同学们都惊呆了。水一下子淹没了小巷子。邓师傅带着大家走出小巷，来到西六巷。西六巷是平巷子，推煤车的巷子。西六巷已有一尺多深的水。不远处有个人跑步过来，原来是陈师傅。陈师傅说：“是老窿水，要往斜巷子上面跑，把电池盒举在手上，不要打湿了。”

西六巷的水越来越深，很快没过了膝盖。同学们都慌了，不知能不能逃出去。“快！不要怕，快到斜巷子了。”陈师傅一边喊一边往前赶。

水已经齐腰深了，再涨两尺就要到顶板了。学生们越来越慌。“到斜巷子了，快往上走。”陈师傅用矿灯照着斜巷子。同学们慌慌张张从水里走上斜巷子。水还在涨。陈师傅说：“大家假若慢一点就麻烦了。”张明问：“水会不会涨到斜巷子上面来？能不能从这斜巷子逃出去？”陈师傅紧锁眉头说：“水还会涨。”方堃听了，哭了起来。陈师傅说：“不要哭。水再涨也涨不到斜巷子。因为前面有个废坑，水会流到那里去。”听陈师傅这么一讲，大家才放了心。

华国彪问陈师傅：“这几年发生过死人的事故吗？”陈师傅说：“新中国成立以来发生过一次死人的事故。那次是绞车的钢绳断了，煤车从上面飞滚下来，井下一个工人来不及躲开被砸死了。现在矿里特别注意安全，矿领导每个月都要轮流下井劳动一周，了解情况，解决问题。”

张明问陈师傅：“外面的工人会来救我们吗？”陈师傅说：“不用担心，一定会来救的。工人的团结比任何人的都强，只要一个有难，其他工人都会帮忙，不像有些市民，对门火烧山，不与我相关。矿里的领导都是我们工人中的优秀分子，不像以前的老板没良心。”方堃问：“他们什么时候来救我们？”陈师傅说：“井上知道出了事，会马上动手抢救。他们比我们还着急。”

平巷子里的水快涨到顶板时就停止涨了。半个多小时后，水开始退了。一个多小时后，平巷子里的水退完了。同学们高兴地喊：“水退了！”

陈师傅带着大家往井口走去，同学们紧跟在后面。快到绞车边时，迎面来了几个人。矿长一把抱住陈师傅问：“人都安全吗？”陈师傅说：“都安全。”满若虚一边抹眼泪一边笑。

次日，陈师傅在职工代表大会上介绍了事故的情况并做了检讨。矿长也做了检讨，说自己近来注意经济效益多了，注意安全问题少了，以后要时时刻刻把安全放在第一位。安全搞好了，生产才能搞好；安全搞不好，工人的生命就没有保障。我们不能不管工人的死活去追求经济效益。安全搞不好，经济效益暂时上去了，也会马上降下来。我们一定要在搞好安全的前提下提高经济效益。他要求陈师傅带领学生把全矿的安全设施仔细检查一遍。

一个月的矿山实习过去了。华国彪拿着工人奖给他的扁担高高兴兴回到学校里。

一天晚饭后，华国彪和方堃去散步。方堃说："采矿太危险了，我准备下个学期转系，不能转系就退学。"华国彪吃惊地说："你仔细考虑过没有？""这几天我一直在想这件事。""你父母会怎么看？""我父母就生我一个。我想怎么办，他们一般都会同意的。""那么，你以前为什么要报考采矿系？""我以前只看到采矿系毕业的很吃香，到处都抢着要。下了井我才知道：下井的人一只脚踩在阳间，另一只脚踩在阴间。正如很多人都羡慕参军的，打起仗来才知道军人是要拼命的。""你对矿工怎么看？""我在旧社会读小学时，老师对我们说：'你们看当矿工的，又累又危险，还吃不饱穿不暖。你们要努力读书，争取升官发财。'通过这次实习，我很敬佩矿工。他们冒着生命危险，把煤挖出来，供其他人烤火和煮食。但我做不到。""为少数人发财，要我去卖命，我绝不会干这种事。但祖国和人民培养了我，国家建设需要采矿人才，我又选择了这门职业，所以我还是坚持下去，正如打仗很危险，但总得有人参军。""中国这么多人，单单要我们下地狱，让人家上天堂吗？人们没有不参军的自由，但有不搞井下工作的自由。你是个很忠厚的人，所以我把心里话告诉你。我在这个班读了半个学期，对班上的同学和老师还是有感情的。我只是不愿意干与阎王打隔壁的事。""你还是要三思而行。""我已经再三考虑过了。这次老窿水事故是我造成的，幸好没有死人。""这怎么能够怪你？""没有人责怪我，但我有责任，对不起大家。"

回校后没几天，满若虚布置了一个作业，元旦前完成。他要学生根据在煤矿实习的经验，写一篇论文。

华国彪左想右想，然后他根据在煤矿实习时记的笔记和收集的资料，从地质结构、巷道走向和废坑位置进行综合分析，用新的方法处理采剥的土石可以大大节约采剥工时。

他花四个晚上写好了文章，又花三个晚上修改了两次，一直到他自己感到完全满意为止。

元旦次日，大家自带凳子，分班坐在教学楼前面的操场上。这是系里一年一度的颁奖大会，一个年级一个奖。

系主任走上发奖台说："我们都知道，无农不稳，无工不富。没有采矿业，工业就没有原料。一日无粮千军散。兵马未到，粮草先行。所以采矿人员是工业的先行官。我们可以骄傲地说：江南大学采矿系是中国采矿工程师的摇篮。全国各大矿的总工程师多半是我们系的毕业生。我们要争取在不太长的时间内使我国的主要矿产赶上甚至超过世界上最发达的国家，这是我们义不容辞的义务。因此，我们要勤奋学习，努力工作，勇于创新。今天，我们要奖励五位在专业方面非常优秀的学生。"接着开始发奖，从高年级发起。每个获奖者得一个笔记本。最后剩一个笔记本和一个闹钟。系主任说："一年级一班的华国彪的文章《用采剥的土石填充废坑可以加速掘进》写得好，而且被煤矿采用，煤矿奖给他一个闹钟。"全场立刻掌声雷动。大家用羡慕的眼光望着华国彪，坐得远的站起来望。华国彪不好意思地低着头，走向领奖台，双手接过奖品，向发奖的系主任敬了个礼，又向台下敬了个礼，然后又低着头回到座位上。

回到寝室，华国彪把闹钟放在桌上对大家说："这个闹钟全寝室用。"大家都向他祝贺。

两天后，方堃向学校提出转系的要求。学校没有同意。方堃退学了。

十六　钟灵毓秀

元旦后不久就期考，期考后就放寒假。绝大多数学生都回家了，只有一些远处的贫困学生留在学校里。华国彪和夏梅芳都没有钱作路费，只好留在学校。华国彪那个寝室只剩下他一个人。

放假的第二天早饭后，夏梅芳来找华国彪。她说："湖南的冬天比海南的冷多了，一出门就寒风刺骨，就是晴天，早晨打霜也很冷。这时在海南，我们还穿裙子，外面百花齐放，鸟语花香。"华国彪说："我现在每天洗冷水澡。""什么？你真的每天洗冷水澡？不要命了。""洗冷水澡对身体有好处，洗惯了也不冷。""天冷了我才知道湖南人为什么吃辣椒。海南人不吃辣椒。我以前也不吃。但在湖南，冷天吃点辣椒，微微出点汗，身上要暖和一些。四川、湖南和江西的同学都喜欢吃辣椒。四川人不怕辣，湖南人辣不怕，江西人怕不辣。这三个省历来参加革命的人特别多，而且一个个都容易激动，恐怕与吃辣椒有关。"夏梅芳讲到这里不禁笑了起来。

两人谈得最多的是中文系和采矿系的老师。夏梅芳说："大学老师的水平确实高：有的学富五车，有的才高八斗，有的著作等身。中小学教材都是全国统一编的，还有教学参考资料，老师只要认真钻研教材和教参就能过得去。大学就不行了。教材要老师自己编，学生又喜欢提问，有时甚至同老师辩论起来，没有水平就很难站稳讲台。"华国彪说："大学是一个教授一座山头。"夏梅芳问："采矿系的老师怎么样？"华国彪说："教我们采矿的满若虚教授只写了《采矿学》一本书，但他的实践能力很强。系里的人把他讲得神乎其神。据说，有一次他带学生去实习，口渴了喝泉水，他喝了以后说：'这一带有铜矿。'大家都半信半疑。当地人认为他是有学问的人，不会乱讲话，就把他的话传开了。后来县里请人勘察，果然发现了一个大铜矿。"

夏梅芳觉得满教授真有本事。接着她提出一个怪问题："你们的老师有没有出笑话的？"华国彪还没有讲就笑了起来，说："有位刚从外国回来的物理老师，在讲波长时，打开收音机，正好收到'美国之音'。同学们都很吃惊，他却像没事一样。下了课，他来到教员休息室。学校政工科的问他为什么收听'美国之音'。他说：'电磁波在空中飞舞，谁叫它钻进我的收音机里面来？'""学校政工科找他的麻烦没有？""没有。只是要他今后注意，因为'美国之音'是敌台，国家不准收听。""这位老师怎么说？""他没有说什么，只是莫名其妙地望着那位政工人员。""你们怕不怕这位老师？""又怕又不怕。有一次讲能量守恒，他说制造永动机是不可能的。有位学生说：'为什么地球和月亮能不停地转动？我们可以根据其原理制造永动机。'老师回答说：'只有上帝才知道用什么方法推动地球和月亮永远不停地转动。你去问问上帝，看他怎么办。'大家听了都笑起来，不敢再问下去。"

夏梅芳说，教现代汉语的女老师一开始讲课就诉苦，说标点符号学外国的学乱了套，小小符号难倒了不少大作家。她在黑板上写了“《四书五经》”，问学生对不对。很多学生说对。老师又问：“我爱中国和海南岛”这个句子对不对。学生都说不对。老师说：四书五经中的《礼记》包含四书中的《大学》和《中庸》，所以四书和五经不能写成《四书五经》。学生们哑然失笑。老师又写了几个词语，问学生哪种标点对：“五·四运动”、“五·四”运动、“五四运动”、“五四”运动、五·四运动、五四运动。学生的回答各种各样。然后，她把《标点符号错误分析》的讲义发给学生。讲义中的例句都是从报刊和名著中收集来的。老师说：现在，有的标点符号变来变去，词典上有些标点的使用与规定的用法不一致。句号、分号、逗号和顿号的用法比较混乱。老师认为，标点符号必须改革，要符合汉语特点。

夏梅芳又说，听美学老师常梦周讲课更使人耳目一新。常老师说，美有内在美和外在美，内在美是主要的；有自然美和装饰美，自然美价值更高。有些人不懂这个道理，往往搞颠倒了。以人体和穿着为例。外国女人喜欢烫发。有的把头发烫得像个麻雀窝；有的上次是波浪式，这次是宝塔式；有的上次是前面一片云，这次是后面一把火。烫发影响发质。从颜色的搭配来看，黑头发和黄皮肤或黄头发和白皮肤是较好搭配，而有些黄种人羡慕白种人的金发，也把自己的头发染黄，结果黄头发配黄皮肤，像黄鼠狼一样。再讲脸部，生成的眉毛长成的相。眉毛少，稍微描一描也可以，但有的人把眉毛涂得像块黑炭，人家一看会怀疑这个人得了麻风病，没有了眉毛，所以只好拼命涂黑。有的人想眼睛大一些，在眼睛周围画一个黑圈，像只大熊猫。脸以红光满面为美。多劳动、多运动，脸蛋就会红扑扑的，嘴唇也自然红润，但一些不爱劳动、不爱运动的妇女，脸色苍白，嘴唇干燥，于是她们拼命涂脂抹粉，那脸像从石灰缸里捞出来的，嘴唇像刚喝过血，小孩见了都会做噩梦。口红含有毒物质，这些人喝汤吃东西把口红也吃进了肚里，真是要面子不要里子。再讲乳房，大与小任其自然，而有些妇女，乳房大了就开刀割掉一些，小了就开刀填一些东西进去。肚子也同样受罪。有些人吃得多动得少，肚子大得像孕妇一样，于是有的人开刀割“板油”，怕开刀的就吃减肥药。减肥药是有毒性的，这不是摧残自己的身体吗？再讲腿。有些妇女冷天也穿裙子，把腿露在外面显示美丽，不怕影响腿关节健康。这种以健康换美丽的打扮实在是本末倒置。再讲脚。孙中山闹革命，也革掉了三寸金莲，谁知后来又兴起了高跟鞋。穿高跟鞋走平路也要小心跌跤子，更伤脑筋的是影响骨盆发育和胎儿生长。为了一种有曲线的身材不惜摧残下一代，实在是因小失大。这些女的为了追求外在的甚至虚假的美，从头到脚都同自己过不去。他主张自然美，“清水出芙蓉，天然去雕饰”。“假金方用真金镀，若是真金不镀金。”劳动人民都看重健康美和自然美。有些人洗了脸以后还要喷香水。屁股是最脏的却没有人拉了屎以后洗屁股。反正人家看不见、闻不着。常老师还说，有些人以为时髦就是美。其实赶时髦是一种幼稚的表现。例如穿衣服，有人喜欢穿长衫，认为它保暖又避灰；有人喜欢穿中山装或便装，穿起来方便又暖和；有人喜欢穿西装，笔挺笔挺的有风度。各有所长，各有所好，任其自便。但有人认为西装比其他服装时髦。我的看法不同。西装那么厚，天气热穿着很不舒服，敞着领子冷天不保暖。西装和领带配套，那根领带可以遮胸毛，但系着它脖子不自由，好像准备上绞刑架一样。常老师说，上述情况新中国成立前很多，现在很少见。

常老师迎送客人时总是拱手不握手。他说,我们的祖先是拱手问好。现在很多老华侨还保持这个传统。不知什么时候兴起握手。我在抓粪抓煤,我们要不要握手?我假若患肝炎,你愿不愿同我握手?但拱手问好没问题。客人多的时候,主人握了这个握那个,握痛了手,浪费了时间,没有握的还可能见怪。若是拱手,一拱了之,多么简便!很多人把祖宗的好传统也丢了。

夏梅芳越讲越起劲。华国彪插嘴说:“这些司空见惯的事情我们从来没有认真思考过,里面还大有学问。其他老师是不是知道常老师讲的这些话?”“怎么不知道!常老师是讲他的美学观点,仁者见仁,智者见智,不是针对某人讲的。个别老师头发照样烫,口红照样擦,高跟鞋照样‘底朵底朵’响。至于常老师讲得对不对,那就要你自己去判断了。”夏梅芳停了一下说,“匡国文老师讲文学史更是语出惊人。”华国彪很想听听。夏梅芳接着讲起匡老师上课的事。

有一次上课,有个学生问:“二十世纪兴起的自由诗摆脱了格律的束缚,它能长期流传下去吗?”匡老师问大家:“你们有谁能背诵一首自由诗?”没有人举手。他说:“很多自由诗诗人还在世,连中文系的学生都背不出他们写的自由诗。这些诗以后能流传吗?鲁迅不是诗人,但他写的‘横眉冷对千夫指,俯首甘为孺子牛’会永远流传下去。旧诗的格律确实存在束缚思想的情况,但不押韵没有节奏的诗是很难流传的。”又有一个学生问:“有的人在诗歌、戏剧、小说、散文等方面都有成就,但是,都不能独占鳌头。您对此有什么看法?”匡老师回答说:“我想,挖塘不如挖井。口口塘里都装有水,若是旱久了就没有水了。如果尽毕生精力挖好一口井,这口井的水肯定会源源不断。”

华国彪问:“你们上课提问多不多?”夏梅芳说:“多。”接着她谈起自己提问的事。

夏梅芳看了张爱玲的作品,有两点不解:一是张爱玲受过高等教育,二十四岁时竟与汪精卫卖国政府的高官、比她大十五岁又有妻子的胡兰成热恋并结婚,在三十六岁的鼎盛年华与政治观点水火不相容的马克思主义者、比她大三十岁的赖雅结婚;二是张爱玲的作品中没有品德高尚的人物,尽管那时候全国人民奋起抗日,到处都有忧国忧民之士,遍地都有保家卫国的英雄。

同学们都认为这个问题很难回答。没想到匡教授马上回答说,一个人的言行都是由这个人的世界观决定的。张爱玲说过这样的话:“去掉一切的浮文,剩下的仿佛只有饮食男女这两项。人类的文明努力要想跳出兽性生活的圈子,几千年来的努力竟是枉费精神么?看来如此。”既然人在饮食男女方面同野兽没有什么两样,那么你争我夺和乱搞两性关系这些兽的本性也就是人的本性。描写这些才能反映人的本性。忧国忧民、亲情、爱情、友情这些人类文明都是“浮文”,应该去掉。由于她生活的范围有限,不了解忧国忧民之士和保家卫国的英雄,因此她无法去描写这些品德高尚的人。其中有个人物即使在初恋时坐怀不乱,但到后来还是被男女饮食这根金箍棒一打,现出了兽性的原形,当了嫖客,修不成文明的正果。

有个男同学说:“古人也说:‘食色,性也。’”

匡教授好像早就料到这一点,他说,人也是动物,具有动物的食色本能。古人只讲了人与动物的相同之处，没有讲到人这种高等动物与一般动物的不同之处。例如饮食方面，摆一盘肉，两条狗见了会你争我夺，两个人见了，非所有者一般不会去动它。这种现象就是人类的一种文明。再说男女方面，任何一条雄狗都可以同任何一条雌狗交配，而人则不同：

首先是科学性。禁止乱伦，进而禁止近亲结婚。

其次是自愿性。禁止强奸，反对包办婚姻和买卖婚姻。

最后是专一性。禁止嫖娼卖淫，规定一夫一妻制，反对乱搞两性关系。

这些都是与动物的食色不同的人类文明。腐败分子是不具有这些文明的，所以我们骂这些人是畜生。但腐败分子是人类的一小撮败类，决不能因此而否定整个人类的文明。

匡教授最后说："张爱玲是一个有才华的女子，可惜世界观有问题。"

华国彪说："匡老师很有见识。"夏梅芳说："确实有见识，但有时过于自信。""怎么见得？""有一次上课，他说：'现在的一些现代文学史著作把一些作家捧上了天，把另一些作家说得连臭狗屎都不如，往往以大帽子压人，不是以理服人。你们要看参考资料的话，我写的那本《中国现代文学史初稿》可以看看。'匡老师说得对不对，你得自己去独立思考，去分析，去判断。"华国彪说："自己的肩膀上长着人家的脑袋，书读得再多也没有用。小学老师往往是抱着学生走，中学老师往往扶着学生走，大学老师则让学生自己走。"

两人谈了各自的老师上课的情况后谈到寒假要做的事。夏梅芳说："中文系要看的书太多了。一个名作家，老师只讲一周左右，但这个作家的代表作一个月也看不完，所以只好利用假期看。你打算寒假做什么？"华国彪说："我打算做小工，挣几个钱做明年暑假回家的路费。晚上把在煤矿学的东西好好总结一下。""哪里有工做？我同你一起去。白天做工，晚上看书。""听说学校农场要请工，我下午去问问。"

当天下午，华国彪找到场长，说明来意。场长很高兴。农场正要请人运肥，准备明年春耕的肥料，但没有人愿意干这种又脏又累的活。华国彪找上门来，场长求之不得，当场谈好了价钱：从教工宿舍的粪池担一担粪到农场一角钱，从学生宿舍的粪池推一车粪到农场两角钱。华国彪算了一下，一天能挣一元多钱，做二十来天就够回家的路费了。他回去立即告诉夏梅芳。夏梅芳没想到这么顺利。两人打算先担粪，担完了再用粪车运。

不管天气怎么冷，一做事就不冷了。两人担着粪桶往教工宿舍区走去。一对青年男女从旁边走过。女的用手帕捂住鼻子对男的说："我好像在哪里见过这两个担粪的。"男的说："有点面熟，好像是学生。"夏梅芳听了，马上把头低下来，恨不得把头藏到衣领里去。华国彪也感到脸上发烧。两人硬着头皮走，见人来了就把脸偏向一边，有小路尽量走小路。

两人担了两担以后，身上有点发热，担到第四担，感到有点累。他们抄小路往农场走去。走了一段，快到公路上时，他们准备放下担子休息一会儿。刚放下担子，突然有人喊："华国彪，你们搞劳动？"一听声音，是满教授。天啊，骑马没有碰见亲家，骑牛偏偏碰上了。夏梅芳满脸通红，像喝了酒一样。华国彪不好意思地喊了声"满老师好"。满若虚说："你们怎么没有回家？"华国彪说："我们的家在海南岛的天涯海角，太远了。寒假做做工，挣点钱，明年回家做路费。"满教授说："做工好。外国的学生很多靠打工解决自己上学的费用问题。这样有三大好处：一来可以减轻家里的负担，二来可以培养吃苦的精神，三来可以锻炼身体。有的外国人为了健美，去拉板车，使身体健壮起来。我看你们的身体都不错，水色比那些城里学生好多了。只有身体好才能把学习搞好。像我就不行，看书看久了就支持不住。”华国彪说：“您读了那么多书，还要看书？”“俗话说：杀不尽的猪，看不完的书。我不看书怎么教你们？我是个不称职的教师，讲得好，做得差。”满若虚挥了挥手说：“好，你们忙，但不要太累了。我去书店看看。”

听了满教授这么一说，两个人再也不感到难为情了。夏梅芳问华国彪：“这就是你讲的那位留学美国的专业老师？”“是的。”“他真是越有学问越谦虚。宋妈有这样的儿子不简单。”

担了六担就到了吃午饭的时候了。两人洗了手，把饭端到华国彪的寝室里，觉得有点臭。两人又洗了一次手，一闻，还是有点臭。华国彪说：“有的事真怪。自己屙的屎不觉得怎么臭，人家的屎格外臭。”两人把手洗了又闻，闻了又洗，恨不得把手刮去一层皮。夏梅芳说：“可能是衣服上溅有粪水，所以不管怎么洗手还是有点臭。”最后只好算了，硬着喉咙把饭吃下去。

连续担了七天，两人都感到相当累了。第八天上午下了点雨，黄泥路的路面变得很滑，每走一步都要小心，担一担比没有下雨担两担还吃力。下午没有下雨，但路还是滑。两人担着粪往农场走去。夏梅芳走在前面。刚到公路时，她右脚突然一滑，身子一歪。她连忙扶住前面的粪桶，后面的粪桶却往一边斜。华国彪大声喊：“快！快扶住后面的粪桶！”结果还是倒了半桶粪。手上满是粪水，幸好没有倒在衣服上。粪倒在路上，粪水慢慢地流往路边的斜坡，有几块硬粪像泥巴一样停在路上，影响别人走路。夏梅芳想把粪块捧进粪桶里，但伸出手又马上缩了回来。华国彪马上放下担子，蹲了下去，用手去捧那几堆粪。夏梅芳也捧了起来。捧完后，两人在路边的水坑里洗了手，又担着粪小心地往农场走去。

担了十天以后，教工宿舍区的粪担得差不多了，他们便开始用粪车运学生宿舍区的粪。一车粪有三百来斤。华国彪在前面拉，夏梅芳在后面推。粪车装满会溢出来，没装满又会溅粪水出来。装粪的大扁桶上面满是粪渣。夏梅芳怕粪水溅到身上和脸上，她用一根木棒推粪桶，下坡时就拉住粪桶后面的绳子。最伤脑筋的是接近粪池的地方坡度比较大，要用很大的力拉住才能避免粪车滚到粪池里去。

两个人上午拖了六车，下午拖了三车，都感到有点疲倦了，打算再拖一车就收工。当最后一车快拖到粪池的斜坡上时，夏梅芳丢掉木棒，改用绳子拉。由于天气冷，手脚不灵活，绳子还没有拉直，车子就越来越快地往下滚。华国彪双脚用力往前抵住，身子往后仰，但还是不行。他大声喊：“用力拉住！用力拉住！”夏梅芳拼命拉住绳子，车子还是越滚越快，越滚越快。只听见“噔”的一声，华国彪连人带车掉进了粪池里。夏梅芳吓呆了，站在粪池边不知如何是好。只见华国彪伸出头来，吐了吐嘴里的粪水。夏梅芳顾不得脏不脏，忙去拉华国彪的手。华国彪说：“先把粪车拉上去再说。”夏梅芳抓住车把用力往上拖，华国彪在粪池里托住车身使劲往上举。两人总算把粪车弄了上来。接着，夏梅芳把手伸向华国彪说：“你抓住我的手，我拉你上来。”华国彪伸出满是大粪的手，右手抓住夏梅芳的手，左手攀住粪池边上的石头，爬了上来。他头发满是粪，耳朵里、鼻孔里也有粪，衣服全是粪。两人顾不得臭不臭，一起到旁边洗粪桶的水坑里去洗。华国彪把衣服脱掉，只剩下一条短裤。夏梅芳帮他洗了头发，又擦洗肩上和背上的粪便。她心疼地说："你肩膀都担红了。"一边说一边轻轻地抚摸着。华国彪说："你去捡收粪车。"夏梅芳知道他要脱掉短裤来洗。她马上转过身去拉车。她突然想起，华国彪洗了衣裤没有什么穿的。她立即把自己的罩衣罩裤脱了下来，转身交给华国彪。华国彪正在穿洗过的衣服。她着急地说："穿湿衣服会感冒的。快穿上我的。"华国彪怕穿脏了她的衣服，他说："我不会感冒的。"夏梅芳不管三七二十一，把华国彪的衣服脱了下来，把她的罩衣披在华国彪的身上，然后把罩裤放在华国彪的手上说："赶快换上，害了病不得了。我拉车走了。"她讲话的语气简直像下命令一样不容违抗。华国彪虽然天天在澡堂里洗冷水澡，但冬天在外面风大，刚才又掉进粪池里，接着又用冷水洗了一阵，还是觉得有点冷。他把夏梅芳的衣裤穿在身上，虽然小了，像耍猴一样，但到底暖和多了。他拿着湿衣服就去追夏梅芳。夏梅芳见他追上来了，便说："我来拉车。你赶快回去换衣服，湿衣服等我来洗。"华国彪一溜烟往宿舍里跑去。夏梅芳望着他的背影，感到很内疚。自己没有把绳子拉紧，使他掉进了粪池里。而他，没有一句怨言，虎头虎脑地拿着湿衣服就跑了。上次担粪时她弄倒了粪，她还在犹豫不决时，他马上就去捧粪，好像是他自己倒了粪一样。她没有哥哥，但又有谁的哥哥对待妹妹能像华国彪对待她那样？只要他在身边，不管遇到什么困难，他都会挺身而出来帮助。

华国彪跑到宿舍，把衣服洗了又洗，还是很臭。夏梅芳赶了来，两个人一起洗了又刷，刷了又洗，总算洗得没有什么臭味了。伤脑筋的是棉衣不知怎么才能弄干。华国彪想了想说："我有个办法：到外面捡些干柴，在澡堂里烧堆火就烤干了。"他跑了出去，一会儿就拾了一小捆干柴。进宿舍门时，门卫赵师傅问他拿干柴做什么。他把情况告诉赵师傅。赵师傅同情地说："你不用那样。你烧火不一定能烤干，反而把房子熏黑了。你把衣服都拿来。我这里有炭火，一个晚上就烤干了。你明早来拿。"华国彪求之不得，马上把湿衣服都拿来交给赵师傅。

次日早晨，赵师傅把烤干的衣服交给华国彪。华国彪谢了又谢。早饭后，他又同夏梅芳一起拉粪去了。

两人共干了二十天，总共得了五十四元。两人回家的路费差不多了。劳动后，各人在自己的寝室里看书。由于没有火烤，只好坐在被窝里看。

离过年还有两天，华国彪收到一封信，是弟弟寄来的，里面还有一元钱。信上说："你去长沙以后，奶奶和妈妈都很想念你。我放了假，除了复习功课外就是帮家里做事。妈妈说长沙冬天很冷，要你注意加衣服。前几天，奶奶把二十多个鸡蛋卖了，得了一元钱，现在随信寄来给你过年用。"华国彪读完信，呆呆地望着那一元钱。他恨不得变成一只鸟，马上飞到奶奶身边，看看年迈的奶奶，哪怕看一眼也好。但是他不能。他只好仰天长叹，但愿奶奶和妈妈身体健康，家里过一个快乐年。

华国彪收好信后，反复抚摸着那一元钱，然后小心地放进衣袋里。接着，他又想起邮局规定不能在信里寄钱，他觉得自己应该补交邮费，但转念又想：反正邮局不知道，不补交也不会来找麻烦。他反过来又想：一个人要诚实，在人家不知道的情况下仍然诚实，这才符合古人提倡的"慎独"。他想来想去，决定补交邮费。他走进邮局，说明了原因，并把信和钱给邮政人员看，补交了邮费。邮政人员说："你很诚实。"华国彪好像心上的石头掉下来了一样，轻松地走出了邮局。

华国彪走过公告栏时，停下来看有什么告示没有。一看，只见上面有江南大学的春节快讯，有电影、球赛和灯谜晚会。这时，一个女的走过来问他："你是采矿系的华国彪吗？"华国彪转眼一看，好不奇怪。他见过这位少女，但不认识。她年纪和他差不多，穿件貂皮大衣，系一条驼绒围巾，脖子上的金项链闪闪发光，眼仁深黑似井，万种风情尽在其中。他好奇地望了望这位少女说："是的，我叫华国彪。"少女大胆地望着华国彪，把华国彪望得不好意思。她一脸微笑地说："看你那羞羞答答的样子，比女孩子还胆小。"她笑了起来，笑声像银铃一样，脸上显出两个酒窝，使那本来就漂亮的脸蛋更增添了不少魅力。"你奶奶给你寄了一元钱，你去邮局里补交了邮费，是不是？""你怎么知道？""刚才我去邮局取钱，邮局那个人告诉我的。他说他从来没有碰到过像你这样诚实的人。我长到这么大，也从来没见到过你这样的老实人，更没听说过有你这样贫苦的学生。"华国彪说："一个人不可能什么人都见过。"少女诚恳地说："你这么困难，需要帮助吗？"华国彪说："谢谢你的关心。我能自己想办法。"说完就往寝室走去。少女追上几步说："让我们认识认识，可以吗？"华国彪看着她那天真而大胆的样子，不禁笑了起来，说："现在我们不是认识了吗？""还没有。""怎样才算认识？"华国彪摸不着头脑。少女说："真是十个男儿九粗心。我认识你，知道你的名字，知道你在什么系。但是你还不知道我。""啊，请问尊姓大名？""我叫钟灵，'钟灵毓秀'的'钟灵'，艺术系，新生。再见！"少女挥了挥玉手，回眸一笑，走了。

华国彪望着那被风吹起下摆的貂皮大衣，那少女好像驾云飘去的仙子。他若有所思地站在那里，似梦非梦地望着那远去的少女。他口里喃喃地念着："钟灵毓秀。"他想：校门拱上的"钟灵毓秀"是说凝聚了天地间的灵气，孕育着优秀人物，说明学校地灵人杰。他又想：萍水相逢，不必去多想。

过年会餐，大鱼大肉，大家美美地吃了一餐。党委书记和校长都来到食堂看望大家。同学们都倍感温暖。尤其是远离家乡的贫困学生，更受感动。

春节那天，华国彪照例早起，准备去操场跑步。刚睁开眼睛，只见房里比平常亮多了，白色的墙壁像有太阳照着一样反光。他往窗外一看，白茫茫一片。他高兴地叫了起来："啊，下雪了！下雪了！"雪还在纷纷扬扬下个不停。他生平第一次看到下雪。以前只听见奶奶、妈妈和爸爸讲过，下雪的时候，到处都是银白色，白得像海边的盐田一样，但盐田只是一块一块的，而下雪，无论是地上、屋顶上、树上、山上，没有一个地方不是一片白。现在他身临其境。他看了看地上，地上像铺了一床硕大无朋的银色地毯，看了看屋顶上，屋顶上像蒙上了一张白色的大帐篷，看了看树上，树都变成了一朵朵大珊瑚。屋外成了一个粉妆玉砌的世界。屋外没有声音，也没有行人。他呆呆地望着窗外。他今天不想去跑步了。他不愿让自己的鞋弄脏了这美丽纯洁的雪景。

然而，路上还是出现了行人，雪上留下了一行行的脚印。这些行人也很快成了披着白色披肩的白毛女或白毛男。华国彪不知呆呆地看了多久，直到早餐钟声把他惊醒过来。他不得不去食堂吃早饭。然而，他走到宿舍门口就停了下来，实在不忍心弄脏这洁白的世界。另外两个同学却毫不犹豫地走了出去，雪地上马上留下黑色的鞋印。华国彪叹息了一声，踏着前面的鞋印往食堂走去。

雪停后，夏梅芳来了。华国彪见她的脸冻得红红的，映着雪光，好像比平常要白嫩些。华国彪问她冷不冷。她说："穿上你妈妈给我的这件棉衣，一点也不冷。"接着她又说："我们宿舍前面有些女同学在堆雪人，很好玩。你去不去？""去！"华国彪不知道堆雪人是什么玩意儿。

两人来到女生宿舍前面时，那里已经有几个女同学把路上的雪堆成了几个小堆，干得最欢的是钟灵。她一见来人，就喊了起来："夏梅芳，啊，还有华国彪，我们来堆雪菩萨。"夏梅芳答应了一声"好"后，问华国彪："钟灵怎么认识你？""前两天我去邮局，她碰见我。"夏梅芳见钟灵在旁边，不便多问。她问钟灵："今天冷，你怎么不穿上貂皮大衣？"钟灵说："在新加坡，谁有钱谁就光彩。大家都喜欢显示自己有钱。我来中国，发现中国不同。中国人觉得在穷苦人面前摆阔气是不道德的，正如在痛苦的人面前欢笑是不道德的一样。前两天我在邮局里取钱，偶然知道华国彪的奶奶在信里寄了一元钱给他过年用，我一个晚上都没有睡好。接着我发现留校的女同学多半是由于没有路费回家才不得不留校。我实在不好意思穿那件貂皮大衣了，金项链也收在箱子里。"夏梅芳说："其实你穿上也没有什么关系，各人的条件不同。你为什么不回新加坡过年？""我父母要我回家过年。我对他们说：我从来没见过中国是怎么过年的，春节演什么节目，元宵怎样闹花灯，寒假留在中国正是学习的好机会。我从来没见过雪。我父母都是华人，他们说中国大陆冬天下雪很好玩。我想留下来还可以看雪景。果然天从人愿，下了这么大一场雪。"夏梅芳说："女同学中，没有见过雪的就只有你和我两个。华国彪也没有见过雪。""你怎么认识华国彪？""我们是一个村子里的。"钟灵说："我们三个人一起来堆雪菩萨。"夏梅芳和华国彪都齐声叫好。

三个人把雪堆了一大堆。钟灵问："堆个什么菩萨？"夏梅芳说："堆个观音。"华国彪说："堆个罗汉有趣些。"钟灵拍手笑道："对，堆罗汉好。"三个人很快就堆成了一个真人大小的罗汉，肚子大大的，满脸堆笑。华国彪还弄来了黑炭做眼睛。其他玩雪的女同学都来看，都说堆得好。

华国彪说："我们来给罗汉做副对联好不好？""好！"钟灵拍手赞成。夏梅芳说："钟灵做。"钟灵说："你是中文系的，该你做。"华国彪说："我看还是抽签。抽到长签的做。"两个女学生都同意。华国彪把一根草弄成三截，让她们抽签。夏梅芳的最长，该她做对联。夏梅芳不加思索地念了出来：

大肚能容，容天下难容之物；
开口便笑，笑世上可笑的人。

钟灵竖起大拇指说："不愧是中文系的，水平就是高。"华国彪用手在脸上刮羞羞，对夏梅芳说："你害不害羞？"夏梅芳笑着说："我承认这不是我做的。有关罗汉的对联没有比这副更好的了，所以我念了人家做的现成的。"钟灵笑道："你真会舞弊。不行，你得自己做一副。""我实在达不到这个水平，你就饶了我这一次。"钟灵说："这不能成为理由。"夏梅芳说："李白登武昌黄鹤楼，想题诗。当看到崔颢题的《黄鹤楼》时，他感叹地说：'眼前有景道不得，崔颢题诗在上头。’便无作而去。”“中文系的名堂特别多，自己躲懒还要拿李白来作挡箭牌。华国彪，你说该不该罚？”华国彪说：“罗汉是佛家人。佛家人以慈悲为怀，得饶人处且饶人。饶了她这一次吧。”华国彪双手合十念道：“阿弥陀佛。”他这一念，钟灵和夏梅芳都笑弯了腰。

笑声还没停，午餐钟声响了。三个人只好准备去吃饭。

转眼到了端午节，夏梅芳和钟灵邀华国彪去看龙船。

端午节那天，钟灵打着洋伞，夏梅芳戴着草帽，华国彪什么也没戴。夏梅芳把草帽递给华国彪说：“你戴草帽，我和钟灵共伞。”华国彪说不怕晒，要夏梅芳戴草帽。夏梅芳把草帽戴在华国彪的头上，自己挽着钟灵的手。钟灵问夏梅芳：“华国彪在中学是不是也是这个样子，见了女同学连话都讲不出来？”夏梅芳说：“你问他自己。”钟灵说：“如果我是男同学，女同学把草帽给我戴，我会求之不得。”夏梅芳的脸红了一下，但她马上说：“如果我是男同学，我一定不戴草帽，干脆和女同学一起共伞。”钟灵听了，不甘示弱地说：“假若我戴草帽的话，我就戴着自己的草帽，人家晒太阳也好，撑伞也好，与我无关。”夏梅芳不服输地说：“如果我打伞，我就干脆和没有戴东西的人共伞。”华国彪听了，没想到女同学之间讲话那样大胆，而且总是拿起牛轭打两头，他两边都被取笑。他说：“你们都拿我来开心。女同学单独同男同学讲话都胆小如鼠，女同学同女同学讲话却胆大如虎。”两个女同学相视而笑。

三个人不知不觉就来到了河边。河岸上早已人山人海。各色各样的服装，各色各样的伞，女人们好像是来参加服装表演一样。龙舟赛很快就开始了。锣鼓响个不停，两只船在江心并排划行。每只船都是长长的，很窄，船首像龙头，船尾高高翘起。每船二十三个人：船头一人面朝后站立，中间一人擂鼓，船尾一人掌舵，每边十人划桨。一船的人都是一色的服装，一队红，一队绿。船两边划起一层层白浪。

看完龙船后，华国彪回到寝室里。同寝室的同学问他同谁去看龙船了。华国彪说：“同外系的两个同学。”“男的还是女的？”“女的。”全寝室都轰动了。张明说：“我看到艺术系那位公主总是对你微笑。”华国彪说：“穷学生敢爱富家小姐吗？”张明说：“爱情爱情，重在一个‘情’字。从前有个皇帝招驸马，总是找不到公主喜欢的人。公主要应招的人对对子。上联要含‘模模糊糊’，下联要含‘清清楚楚’。一个有钱的少爷抢着先对：‘算起账来，模模糊糊；数起钱来，清清楚楚。’公主隔帘听了，觉得铜臭味太浓。有个农民接着对：‘犁起田来，模模糊糊；插起秧来，清清楚楚。’公主觉得农民对的比前一个好多了。有个秀才接着对：‘磨起墨来，模模糊糊；写起字来，清清楚楚。’公主觉得秀才对的与农民对的差不多，都与爱情无关。有个流浪汉，一无钱，二无田，三无文化。他也跑去对。他感叹地说：‘我看公主，模模糊糊；公主看我，清清楚楚。’公主想，就是这个流浪汉把她放在心上。结果选中了这个流浪汉。华国彪，我劝你不要灰心。”华国彪说：“现在学习都忙不过来，哪里还有时间去谈恋爱？”彭诚说：“华国彪是想学牛顿，宁愿打单身也要有所成就。”张明说：“我不信。”华国彪说：“你们可以看我大学会不会谈恋爱。”寝室长说：

天涯何处无芳草，何必要在大学找？
十个才女九个丑，有才无貌添烦恼。

彭诚笑道："才貌双全的女大学生并不少，应该说有貌无德添烦恼。"

晚饭后，张明在日记本里写了些什么就到外面散步去了。彭诚和华国彪等人在寝室里聊天。彭诚看到张明的桌子上摆着一本打开的日记本，上面写着几个大字："戒烟！戒烟！一定戒烟！"他感到很有趣，又仔细看下面的小字："张明呀张明，你这个没有出息的家伙，好样没学，养成吸烟的坏习惯。为此，今天的张明向明天的张明发誓：从今以后，再也不吸烟。如果明天再吸烟，后天的张明就可以骂明天的张明是个孬种，是龟孙子，是王八蛋。他背叛了今天的张明。"彭诚看了哈哈大笑。大家问他笑什么。他指着张明的日记说："奇文共欣赏。"大家看了都拍手大笑。华国彪说："我来试试看，看他是不是真的戒烟了。"他如此这般地讲了一番，大家都说是个好办法。说完，他去隔壁寝室吸烟的同学那里弄了两支烟来。张明散步回来，其他同学都走了出去。华国彪没有出去，他拿出一支烟吸了起来。由于他平常不吸烟，呛得直咳嗽。他说："张明，你吸烟很过瘾，怎么我吸就呛？"张明说："你没吸过当然呛。你怎么也学吸烟？"华国彪说："人家送给我两支烟，我吸着玩。太呛人了。还有一支，你吸算了。"张明说："我戒烟了。"但他的眼睛总是望着那支烟。张明问其他的同学到哪里去了。华国彪说："可能到阅览室去了。"这时，华国彪又吸了一口烟。张明说："我都戒烟了，你还学它干什么。"华国彪说："仔细体味，味道还不错。你把这支吸了算了。"张明说："我已经戒了两天了，不能开戒。"他边讲边吞口水。华国彪说："你今天吸最后一支，明天再开始戒也不迟。现在就只有我们两个人，人家也不知道。"华国彪吐出一口烟气。张明闻了，再也忍不住了，说："好，明天再开始戒。"说完，接过华国彪递给他的那支烟，猛猛地一吸说："哎呀，好过瘾！"这时，躲在窗外的同学都涌进门来说："张明开戒啦！"张明问："你们怎么知道？"彭诚拿起张明放在桌上的日记本念了起来。张明听了，哭笑不得。他把嘴里的烟丢在地上，踩了个稀巴烂，说："好，一戒到底。以后你们再看见我吸烟，就骂我是孬种，是龟孙子，是王八蛋。"大家齐声说："张明是好样的！"

华国彪说："世界上很多事情不容易理解，吸烟就是一例。你说吸烟的人吝啬，吸烟的钱比伙食钱还多他无所谓；你说他慷慨，一支烟掉在地上他会把它捡起来。你说他愚昧无知，他能干出很多聪明人干不出的事情来；你说他聪明，他却吸有致癌物质的香烟。你说他没有毅力，他可以百折不回地去干好一些非常困难的事；你说他有毅力，他年年戒烟年年吸。你说他不爱惜身体，稍有伤风感冒他就去打针吃药；你说他爱惜身体，明知吸烟有害健康他还是要吸。你说送烟给他抽实际上是害他；他说烟酒不分家，烟是和气草。人们说妖怪使人神魂颠倒，我说香烟比妖怪更迷惑人。它使大人物变成小人物，伟人变成自残的人，聪明的人变成愚蠢的人，坚强的人变成懦弱的人。"彭诚说："这只能用瘾来解释。一旦成瘾就难改。我有个亲戚，两三岁的时候，他父亲就把烟放他嘴里逗他玩。他长大了一直吸烟，戒了很多次都戒不掉，后来得了肺癌。临死时总是不闭眼。家里的人不理解，以为还有亲人没有来，一查，亲人都来了。大家又想，他一定有什么心事放不下，所以不闭眼。死者的老朋友说：'我知道是什么原因。'他把叼着的半截香烟放进病人的嘴里，病人的鼻孔里冒出一股烟来，眼睛立即闭上了，从此永远戒了烟。"

张明说："华国彪学习得奖，我也要干一件许多大人物、伟人和聪明人都很难做到的事——戒烟！"大家齐声叫好。

十七　一本活的书

一个星期天，华国彪来到轮渡码头，向一位老工人打听奶奶的木板房的情况。老工人说，木板房早在长沙大火时就被烧掉了，长沙百分之九十的房屋被烧了。据统计，烧毁了五万六千多栋房屋，一千一百多条街巷子中烧得片瓦不留的有六百多条。五十来万人有三十多万人流离失所，两万多人被烧死，街上到处是尸体。据说，当时仓库里储有两百多万石米，有一百九十多万石化为灰烬。华国彪问是谁放的火。老工人说：据说蒋介石召开会议，要用焦土政策。一九三八年十一月十二日，长沙警备司令部派出三百多人深夜纵火。蒋介石抗日无能，炸毁花园口黄河大提，淹死八九十万百姓，接着又火烧长沙。

华国彪问起他外婆的情况，老工人不知道。华国彪想，他毕业后参加工作有了工资，一定要陪奶奶来长沙看看。

期考完毕的当天晚上，华国彪和夏梅芳上了火车，次日到达广州，再转轮船去海南。

华国彪走进家门，只见奶奶躺在床上，头上包着纱布，纱布上血迹斑斑。华国彪吓了一跳，忙喊了一声"奶奶"。华嫔驰应了一声，想起身，但没有力气。华国彪坐在床前问："奶奶，您怎么啦？"华嫔驰花了很大的力气才讲了一句话："跌了一跤。"不一会儿，牛爱华回来了。她对华国彪说："现在大队里修水库，大家都很忙。我在公共食堂煮饭。你奶奶种菜，喂猪。前天上午，你弟弟割了几担薯藤回来，猪吃不完，你奶奶就架上木梯子，把薯藤晾在屋檐上。她是小脚，没有踩稳，从梯子上跌下来，当时流了很多血。"

华国彪想起他小时候，奶奶上山捡柴，走起路来一拐一拐的。他当时生怕奶奶跌倒，只想快点长大能够砍柴，不要奶奶上山捡柴就好了。现在他长大了，反而远离奶奶了，不能为奶奶代劳，心里感到很难过。

牛爱华说："自从你去长沙读书以来，奶奶没有一天不念着你，有时候在家里哭，晚上做梦还在喊你：彪儿，快回来。"

华国彪听了，望着躺在床上的奶奶，又想起奶奶把卖鸡蛋的一元钱寄给他过年用。他真想哭一场，但又怕奶奶难过，他没有哭出声来，只是用手帕揩眼泪。他拉住奶奶的手。奶奶只是望着他。说来奇怪，奶奶那无精打采的眼睛慢慢有了光彩。又过了一会儿，奶奶很轻地说："你吃了饭没有？"这是中国人最爱问的一句话，也许是中国人历来饿怕了，所以最关心吃饭问题。华国彪回答说："我吃了。"其实，他只是昨晚在船上吃了三个馒头。牛爱华说："你陪陪奶奶。她看见你，会好得快一些。"

过了一会儿，华国平担着柴回来了，一见了华国彪就喊"哥哥"。华国彪说："以后不要让奶奶到外面去做事了。你去打猪草、砍柴和种菜。"华国平说："奶奶跌跤以后，这些事都是我做。"

华国彪本来想对奶奶说说小木板房的事，见奶奶现在这个样子，也不便说了。他只是在门外的椰子树下跟母亲谈到寻找外婆的事。牛爱华边听边流泪。

接着，牛爱华对华国彪说："天涯村这段时间修水库，大家都很忙。我和你舅舅家的红薯可以挖了，但没有时间挖。"华国彪说："难怪我进村就看到一些标语：'修好水库，造福子孙''大雨小干，小雨大干，无风无雨拼命干'。"

中午，修水库的人回来吃午饭了。牛克勤夫妇见华国彪回来了，都很高兴。牛克勤说："你妈要忙着在公共食堂煮饭。你把红薯挖回来，不挖回来烂在地里太可惜了。"华国彪说："队里应该让农民收了红薯以后再去修水库。"牛克勤说："下半年要忙着打禾插秧。清明后不久开始刮台风，就不好修水库了，所以要抢时间。"华国彪问："修水库多少钱一天？""没有钱。一个全劳动力出五十个义务工，半劳力出二十五个。""没有钱，农民有没有意见？""羊毛出在羊身上。政府只发号召，没有钱给我们。开始有人发牢骚，后来大家一讨论，不把水库修好，遇上旱灾或水灾，就会逃荒要饭，甚至妻离子散，家破人亡，子子孙孙祸患无穷。古时候修长城，老百姓确实很惨，但是，假若不修长城，外族入侵，会有更多的老百姓比孟姜女更惨。"华国彪觉得舅舅讲得有道理。他把寻找外婆的事告诉牛克勤。牛克勤听了长悲短叹。他沉痛地说："若是现在，我妈就不会逃荒要饭，日本鬼子也不敢欺侮我们。"

吃了午饭，华国彪兄弟和牛得田准备好去挖红薯。三个人担着箩筐，拿着锄头，向楠木山走去。华国彪说："先挖得田家里的，再挖我家里的。"

红薯特别长，土都胀裂开了。一蔸有两三斤。有一个足足有五六斤，有足球那么大。牛得田抱起来说："比我的肚子还大。"挖了四十来蔸就有一担。华国彪担红薯。华国平担薯藤。牛得田年纪小，扛着锄头。回到家的时候，太阳已经落山了。

牛克勤见了红薯，高兴地说："今年的红薯一亩可以挖三四千斤。"华国彪问："今年稻子一亩收多少斤？"牛克勤说："往年不遭灾能收四百来斤。今年风调雨顺，多的收到五百多斤。水库修好了还会增产。"华国彪说："同其他地方比起来，产量太低了。"牛克勤问："他们产多少？""今年有的地方亩产一万斤。"牛克勤皱了皱眉头，嘴里嘟囔着："一万斤？一万斤是多少担？一百斤一担，一千斤十担，一万斤一百担。"然后他提高嗓音说："彪儿，你听谁说的？""报纸上说的。""你是不是看花了眼？""绝对不会。老师在班上念了以后，我们不相信，又看了报纸。""写文章的人是听说的还是亲眼看见的？""记者和当地的县长带着工作队亲自在场验收的，这还有假吗？""我不信。一万斤稻谷铺在一亩田里，你说要铺多厚一层？那稻子就是从禾蔸上开始结谷子也结不了那么多。"华国彪觉得舅舅思想保守不容易接受新事物。但舅舅有两句话很令人深思：一万斤稻谷铺在一亩田里有多厚一层？稻子从禾蔸上开始结谷子也结不了那么多。

这时，孟萍端来了饭菜说："不要争了，吃饭了。"华国彪说："我回去吃。"孟萍说："回去吃和在这里吃是一回事。今年我们成立了人民公社，办起了公共食堂。大家都在食堂里打饭吃，吃饭不要钱。"华国彪说："吃饭不要钱，那真是太好了。几千年来，人们都为了吃饭发愁，现在不用愁了。"牛克勤说："现在都放开肚皮吃，粮食再多也经不住这样吃。还有，有些人做事就不那么卖力了。反正'干不干，三餐饭，公共食堂是个铁饭碗'。这样能行吗？"华国彪有点疑惑。他说："难道上面不知道这种情况？""上面？上面当官的多半听下面当官的汇报，有几个听老百姓的意见？下面当官的有几个敢说半个不字？被戴上右倾机会主义的帽子那就麻烦了。”华国彪问：“卫主席也变了？”牛克勤放低声音说：“卫主席现在是生产队队长。其他生产队都是上报亩产一千多斤。我们天涯村报了五百斤。县里说我们隐瞒产量，要我们核实产量，还要我们把稻草再打一次，看还能打多少谷子。卫主席被逼得没有办法，报了个亩产六百斤。县里说还是太低了，公社也说我们队拖后腿。后来只好报了七百斤才过了关。”“上面想要报多少就报多少不就完事了？”“报得多，上缴的粮就多。当官的好升官，老百姓就遭殃。幸好卫主席还不是那种人。”孟萍对牛克勤说：“你当会计，管渔场，不多吃多占，少管闲事。若有人到上面去汇报，拿你来批判一顿就麻烦了，还要连累卫主席。”牛克勤说：“有不同意见可以辩论，动不动就批判，还准不准人家讲话？记得农会搞土改那段时间，贫下中农有什么讲什么，工作组恭恭敬敬听贫下中农的意见。现在不同了，有些当官的听到不同意见就想压服。”“算了算了，不要说了，吃饭是第一件大事。”孟萍把饭菜都摆好了。

听了牛克勤的一席话，华国彪觉得社会和课堂大不一样。在课堂上只能听到一个声音，你的任务就是听和记。走向社会就能听到各种不同的声音，你自己不只是听，还得想一想。课堂上老师告诉你答案，在社会上要自己找答案。他觉得，社会这本书比课堂上那本书难得多，但丰富得多，有趣得多。

随后每天都是挖红薯。夏梅芳也每天来帮着挖。挖了十多天，两家的红薯都挖完了。华国彪问弟弟：“符爷爷种了红薯没有？”华国平说：“种了，还没有收回来。这段时间他身体不好，多半睡在床上。”

次日早饭后，华国彪和夏梅芳来到符阿叔家。符阿叔从床上坐起来，高兴地说：“请坐。”华国彪说：“我们来帮您老人家挖红薯。”符阿叔很感动地说：“你们读了书还瞧得起我们这些人，真是难得。”华国彪说：“您老人家有什么困难，只管对我说。我能做到的就去做。”符阿叔说：“我还能说什么？以前我担心老了无依无靠。现在我这样的五保户，政府都会照顾。今年成立了公共食堂，你妈妈在公共食堂当炊事员，把饭菜都送到我家里来，自己的女儿也不见得有这么好。听说以后还要成立敬老院。古人讲老有所养，讲了几千年，只有今天才真正实现了。大家都唱‘社会主义好’，社会主义确实好。现在对缺乏劳动力、生活没有依靠的老弱病残和孤寡实行‘五保’：保吃、保穿、保烧、保葬和保教。”华国彪听了很高兴。华国彪等人三天就把符阿叔的红薯挖完了。

有一天晚上，华嫔驰向华国彪问起长沙现在的情况。华国彪说：“现在长沙很热闹。”华嫔驰说：“我不知多少次梦见回长沙。有时梦见去黄兴路买东西，有时梦见日本飞机丢炸弹。我要是能回长沙看看就好了，哪怕看一眼。”华国彪对母亲说：“我明天陪奶奶坐汽车试试看。假若奶奶能坐车，我大学毕业有了工作，就陪奶奶回长沙看看。”牛爱华说：“若不晕车就好了。”

次日上午，华国彪陪奶奶坐车。不到两里路，华嫔驰呕吐不止。华国彪只好背着奶奶回家。华嫔驰说：“我老了，不行了，坐上去就头晕，又呕吐，受不了。我是再也见不到长沙了。以后我死了，你们把我埋在去湖南的路边，头朝长沙的方向。”华国彪听了很伤感。

次日，夏梅芳在给华嫔驰梳头发时，马婵娟来了。华国彪忙迎上去说：“我们这些天忙着挖红薯，打算明天去看你。夏梅芳说她昨夜梦见你考上了大学。”“我考上了湘江医学院。”马婵娟把录取通知书给大家看。夏梅芳高兴地说：“我的梦实现了。你总算熬到了今天。”马婵娟听了，眼泪都出来了。她说：“自从我父亲被打成右派以后，我觉得比以前矮了一大截，讲话不敢高声，更不敢笑。我总是对自己说：我一定要考上大学。我接到录取通知书时，抱着我爸爸哭了一场。”

夏梅芳问：“去年你报考中文系，你的语文成绩不错，为什么今年报考医学院？”马婵娟说：“我父亲被打成右派以后，由于悲伤过度，我母亲经常哭泣，眼睛哭瞎了，加上到了更年期，患了血崩症。她看过很多医生都没有治好。假若我能治好母亲这类病人，也算我这一生没有白过，也能报答我母亲的养育之恩。”她接着又说：“开学时，我们一起去长沙。”

回校后，华国彪看了一本书，书上说毛泽东是个奇人。他同敌人斗了几十年，全家牺牲了六个人，但敌人就是抓不到他。他身经百战，出生入死，身上却没有枪伤。华国彪想知道，一个山沟里长大的农民子弟是怎样成为革命领袖的。

元旦节休息两天，他可以去韶山参观。元旦前夕，他乘火车到湘潭。到了湘潭后，他若坐汽车去韶山，钱不够。于是，他次日天刚亮就走路去韶山。路上看见有人烧石灰，他问一个中年人，这里办了什么厂。中年人说办了石灰厂、炼钢厂、砖瓦厂、硅矿、铁矿、煤矿，等等。华国彪问：“厂矿工资怎么样？”中年人说：“工资太少了，一个月只有八块钱，比城里工人的工资少多了。”“今年农业的产量怎么样？”中年人说：“干部虚报成绩，稻谷亩产四百来斤，却报八九百斤。多报就要多缴粮，饭也吃不饱，仅仅吊着这条命。你看，这样冷的天还要犁田。农民喂猪要上缴完成任务，我们快半年没有吃肉了。”华国彪听了，感到很惊奇。

华国彪参观毛泽东故居后，还想去看看毛泽东父母的坟。据说，国民党特务想挖他父母的坟，找来找去没有找到。华国彪来到离故居不远的山坡上，问一个砍柴的男孩。男孩说：“您站着的土坎下面就是坟。”华国彪看了看土坎下面，不见有坟。男孩说：“您走下去就看见了。”华国彪走下去，只见茅草丛中有一个不显眼的小土堆，根本不像坟。再仔细一看，土坎边立着一块新的不到一个人高的墓碑。华国彪摇了摇头说：“难怪国民党特务找不到。”他问那男孩：“为什么不把这坟修一下？”男孩说：“毛主席不让修。”华国彪想：若是旁人，早就借此光宗耀祖了。

次日，华国彪吃早餐花了两角，只剩七角钱了，不够车费。他只好走小路回长沙。同路的有一个老农民。他问老农公社的情况。老农说，男人多半在公社的厂矿做工，田里功夫多半是妇女做。华国彪问：“公社怎样处理农民的财产？”老农说：“我家有一套农具，还有耕牛，都是新中国成立后慢慢添置起来的，现在都归了公社。房屋有一半借去办工厂了。”“猪归公社了没有？”“那当然。”“你们的生活怎么样？”“我们那里有幸福院，无依无靠的老人就住在那里，有吃有穿，能做就做点事，不能做就吃现成饭。还有托儿所、幼儿园，吃饭和教育专门有人管，父母可以放心。”“每月的工资多少？”“三元多。”“这点钱怎么够用？”“吃饭不用管，得的工资交菜钱，每人每月六角，剩的钱就用来买布。”老农感叹地说“公社成立了真好，大家不用愁吃了，安心生产。不然，人多劳少的就太困难了。我今年上半年害了一场大病，向农业社借了七八十元才把病治好。假若搞单干，哪里去借这么多钱?借农业社的也是不得已。没有这么多钱还账,我总是愁今年怎么过去。想不到成立了人民公社,欠的钱不用还了。很多穷苦的人这一下翻了个大身。现在害了病,公社给治病,不要钱。”“现在饭够吃吗?”“够了。现在农闲,全劳力吃十八两[①],也就是一斤二两,不是全劳力也有十四两、十二两、八两、四两的。平均一个人六百斤谷。插秧打禾就尽往你肚子装。”“有肉吃吗?”“肉呀,那实在太少了,过阳历年都没有吃肉。我们还是打禾时吃过肉,今年过年每人半斤肉。我们公社只有三头猪可以吃,其余的要上缴完成任务。”华国彪听了很难受。农民喂猪很难吃到肉,要上缴完成任务,而大学生一周吃一次肉。

走到道林时,老农说快到家了。他要华国彪到他家住一晚再走。华国彪说要赶回学校上课,因此再三谢绝了。

华国彪沿着小路往前走。由于昨夜下了雨,路上的烂泥巴扯住球鞋,球鞋被扯裂了,他只好找了几根稻草搓成绳子捆住鞋子。太阳逐渐西沉,他拼命往前赶路。太阳落山了,山里的鸟唧唧地叫着。一群雁从溪里飞起,排成“一”字飞走了。他恨不能像雁那样飞行。不管他怎样赶快走,太阳还是把他抛给了黑夜。鞋子在泥里乱踩。他有时跌在路上,两手尽是泥,爬起来又走。歧路又多,他有时不得不站着看一看方向。好容易碰到一个打手电的过路人,华国彪问去长沙怎么走,那人告诉他沿着电线杆走。天上没有月亮,地上没有电灯,只能借着星光在黑夜里摸索。有时竟不知道是在路上走还是在田里走。摸来摸去,总算摸到了公路上。他好像朝圣的人看到了圣殿一样高兴,快步流星地往前走。前面有了电灯,他像瞎子突然见到了光明一样,身子像飞起一般,一下子就到了学校。

他还是早晨吃了饭,走了一百三十多里,早就饿得喉咙里伸出手来了。他去食堂,工友说没有饭了,要他去馆子里吃。他带去的三元钱还剩七角。他舍不得用。他问还有没有菜。工友说还有粉丝和芋头。工友给他各盛了一碗。他狼吞虎咽吃完了,吃完就回去睡觉,一睡就睡到打早餐钟才醒来。他急急忙忙起床吃了早饭就去上课。

晚饭后,同寝室的同学问华国彪参观韶山的情况。寝室长听了直伸舌头说:“天气这么冷,走这么远的路,还要挨饿。我们班不会有第二个人会这样自讨苦吃。”张明说:“全校也只有华国彪才有这种浪漫行为。”

就在这时,夏梅芳来了。华国彪同她走出宿舍。他谈到参观韶山的情况。夏梅芳吃惊地说:“你真是不要命了。你讲讲毛主席故居的情况给我听听。”华国彪说:“就是几间瓦房,里面放着农具,同普通农民的家没有什么两样。”“你讲具体些,越仔细越好。我们学文的习惯用形象思维。”“好,我具体讲。中堂门上方挂着‘毛泽东同志故居’的匾。中堂里有一个神龛,上面摆着两个菩萨和两块神主牌。左边进去是厨房。厨房里有一个三个灶门的大灶。灶前有一把斧头,一把柴刀。厨房后面有一个猪食灶,一个猪食盆,两个潲水桶。天井周围有猪栏、谷仓和碓房。讲解员说,毛主席八岁就常常砍柴放牛。谷仓里有一个斗,碓房里有三个舂米的臼,一个磨谷的砻,还有一架风车。扮谷桶里有两担箩筐。碓房外面有一把割草的刀、两个牛轭、两张犁、两张耙、一辆独轮车、一副磨,还有斗笠、簑衣、团箕。”讲到这里,华国彪对夏梅芳笑了笑说,“你看这样算不算具体和仔细?还要不要讲下去?”

①旧制1斤为16两,每两为31.25克。

夏梅芳笑着望了华国彪一眼说:“暂时讲到这里。你怎么记得这么清楚?有没有记错?”“你不信的话,把我的话记下来,将来去韶山参观时再核对一次。”“你是不是记了笔记?”“我哪里有时间记笔记?就那么几间房,那么几样东西,看一次就记住了。”接着他说:毛主席这个农民子弟能干出这样大的事业,真不简单。还有一点,我们每周一次牙祭,每天有小炒,饭尽往肚子装,而农民辛辛苦苦种田喂猪,却不能吃饱,过年每人只有半斤肉,这合理吗?”夏梅芳说:“你千万不要把这些话对人家说。你是学习委员,讲话更要注意。”华国彪笑了笑说:“我只对一个人说。”“谁?”“夏梅芳。”两人相视而笑。华国彪又说:“要解决这些问题,要先从了解情况入手。各级领导要到群众中去生活一段时间,要让群众敢于讲话,不要一听到不同意见就说是右倾机会主义。”

十八 勒紧裤腰带

华国彪担心的事终于发生了。过了元宵就开学，开学的第二天，大学生们坐在宿舍前的操场听广播。校党委书记做报告。他说：国家遭受自然灾害，粮食减产，大学生的粮食定量从每月三十六斤减至二十六斤。同学们听报告后分寝室讨论。大家认为：国家有困难，每个人都有责任为国分忧。

次日，大家进食堂，情况大大变了样。以前是几个大桶装饭，任你吃；现在是用铝盒子蒸，一桌一盒。寝室长就是席长。他用饭铲把饭划成八格。开始几天，大家都比较自觉，不会多装。不到一个星期，肚子有点不对劲，装饭的时候总想多装一点，铲饭的时候，铲到下面就偏了，挖了旁边一格的墙脚。后来的人就有意见，于是全席讨论，最后决定：人来齐了才开始装饭。后装的人眼鼓鼓地望着先装的人，看他铲偏了没有。食堂里经常发生因铲饭而争吵的事。后来就改用钵子蒸，三两一钵，从此就没有争吵了。

还有一件伤脑筋的事是菜里面的油水越来越少。以前每周一次牙祭，鸡鱼肉根本吃不完。现在不仅牙祭没有了，小炒也不见了。张明端着一碗菜到太阳光里照了又照说："我照来照去还是照不到一颗油星子。"南瓜等没有油还没有什么问题，空心菜没有油就又硬又涩，同学们称之为无缝钢管，越吃越心慌。很多人吃了饭还没有一个小时就饿了。张明可以到家里捞点油水。有的同学当家里寄钱来时，就间或去面馆里吃碗面。很多同学的家里比较困难，没有寄钱来，也就没有钱买东西吃。物价总是往上飞涨。不要粮票的饭从三角一碗涨到三元一碗，鸡蛋从三分一个涨到三角一个。很多同学得了水肿病。

俗话说："三十岁以前睡不醒，三十岁以后睡不着。"在减粮食以前，大学生们一上床就睡着了，而现在，经常有人睡不着。有天半夜里，张明说："彭诚，你怎么还在翻来覆去的？我都被你弄醒了。"彭诚说："不知怎么搞的，肚子饿了总是睡不着。"他这一说，其他没有睡着的都七嘴八舌讲了起来。华国彪说："我睡不着就数数，数到三千还是睡不着。"

一天上午下课回寝室，彭诚在路上拾到一条猪尾巴。他像外国人中了彩一样欢天喜地走进寝室，把猪尾巴给大家看，并郑重其事地宣布："今天晚上我可以好好地享受一顿美餐。"大家羡慕地望着那条猪尾巴，其程度远远超过羡慕华国彪得奖。以后走路要睁着眼看地上，说不定也可以拾到猪尾巴之类的东西。

彭诚把猪尾巴洗干净，切好，送到厨房里，对大师傅说："今晚我拿自己的碗蒸饭，里面蒸点菜。你给我把米放在里面就行了。"放好后，他高高兴兴回到寝室里，等待那幸福时刻的到来。

下午，彭诚下了课就坐在寝室里看书。他看书总是走神，因为心里总是惦记着那条猪尾巴，只希望快点打吃饭钟。很久没有吃肉了，今晚可以美美地吃一顿。

他看了看华国彪的那个闹钟，离打晚餐钟还有十分钟。他拿着筷子到食堂门口等着。好容易等到食堂开门，他第一个走了进去，找到了自己的碗，把饭端到寝室里。他像个淘宝的人，将筷子插进饭里，把底下翻开。怎么？猪尾巴不见了？他又翻了一下，还是没有。他再翻了几下，还是不见猪尾巴的影子。他彻底失望了，气愤地端起饭碗，又重重地往桌上一放。同学们想问他猪尾巴蒸熟了没有，只见他突然大声吼叫："这像什么世道！连碗里的东西也偷走了。以后我也要去偷！去抢！"其实，他什么也没有干。他饭也不吃，一头倒在床上。床被震得吱吱作响。

华国彪劝他："你还是把饭吃了，不要影响身体。这个偷吃的人太不像话了。有志气的人连嗟来之食都不吃。去偷人家的东西，哪里还有什么人格？"张明说："很可能是大师傅偷了，只有他知道。"寝室长同情地对彭诚说："你不要跟自己过不去，快把饭吃了，饭冷了吃下去不好。"

彭诚躺了一会儿，气消了一点，肚子也饿了。他起床吃了饭，然后端着碗说："我恨不得这个碗是个炸弹，炸掉那些王八蛋。"

为了使彭诚消气，免得事情憋在心里影响身体，晚饭后，华国彪邀他去散步。两人沿着校办农场的路信步走着。华国彪改变了以前抬头挺胸的习惯，他仔细地望着地上，看是不是能发现地上有什么猪尾巴之类的东西。突然，他看见一只大田鼠钻进路边的一个洞里。他对彭诚说："你用脚封住洞口，我去找根棍子来。"不一会儿，华国彪找来一根三四尺长的木棍，将木棍往洞里捅。一只大田鼠往洞外跑。华国彪一脚踩去，没有踩中，田鼠跑了。华国彪说："新中国成立前，我家没有饭吃，只好抓田鼠吃，田鼠肉的味道很不错。"彭诚说："我们能抓住老鼠就好了。"

从此晚饭后，两人总是去原来的地方散步。有一次，一只大田鼠钻进路旁边的洞里。华国彪又将木棍往洞里捅。一只大田鼠跑了出来。彭诚迅速用脚去踩，踩住田鼠的头。田鼠口里流血，死了。华国彪说："我们现在煮来吃。你把田鼠拿到河边去剥皮洗干净，我拿东西来煮。"华国彪到寝室里拿了两个瓷碗，两双筷子，一把小刀，一个小钢盆，还买了两分钱的盐，然后捡来一些干树枝，用三个石头摆成三角形做灶。不一会儿就煮熟了，每人分一半，两人吃得津津有味。彭诚说："这味道同鸡肉差不多。以后吃了晚饭我们都来这里散步，看能不能再抓住田鼠。"

以后虽然也碰见过老鼠，但再也没有抓到过。

学校为了使大家吃饱，吸收外面的经验，搞双蒸饭。所谓双蒸饭，就是饭蒸熟后再蒸一次。之前一份饭只能蒸大半钵，双蒸后就有满满一钵。同学们吃了以后，确实比原来饱多了，但过了一会儿，撒了尿以后，还是照样饿。

早春天气冷，越冷越饿，越饿越冷。同学们本来想去跑跑跳跳，暖暖身子，但是肚子饿，没有力气锻炼，只好下了课躲在被窝里看书，看不了一会儿就头晕。

华国彪还是坚持每天早晨跑步。一天早晨，地面上结了一层白霜。他跑了一圈多，看见夏梅芳也在跑，他跑过去问："你为什么这段时间没有跑步了？"夏梅芳说到工厂劳动去了，并说，钟灵早晨要练舞，也没有时间跑步。夏梅芳注视着华国彪的脸说："你瘦了，你现在还在洗冷水澡吗？""还是坚持洗。""现在不比以前，伙食差多了，你锻炼了意志，但影响了身体。我们系里很多男同学得了水肿病，你得了没有？""得了。""我看看。"夏梅芳在华国彪的脚背上按了一下，按出一个很深的窝。她心疼地说："你不要蛮干。"华国彪说："以后我不洗冷水澡了。”夏梅芳沉思了一会儿说：“我有件事同你商量。”“什么事？”“你一定要答应我。”“你只管说。只要我做得到的一定去做。”“我每餐的饭都有多的，你帮我吃掉一些好不好？”“这怎么行？大家都觉得饭少了，你怎么还会有多的？”“你得了水肿病，我没有，说明我比你好，你再饿下去，病倒了就不得了。”夏梅芳望了望华国彪又说：“我中餐和晚餐时把饭端到你们食堂外面的走廊的拐角处等你。”“这样不好。”“这有什么不好？你要面子还是要身体？你看你瘦了这么多，水肿这么严重。我不怕人家笑话。今天中餐我就把饭端到拐角处等你。你不来我就端到你们桌边或你们寝室里去。”夏梅芳说完就往宿舍走去。华国彪望着夏梅芳的背影叹气不止。

吃午饭的时候，夏梅芳果然端着饭来到华国彪他们那个食堂外面的走廊的拐角处，分了三分之一的饭给华国彪，然后微笑着走了。

从此以后，华国彪觉得不那么饿了，晚上也睡得着了。他感到更难得的是夏梅芳的情义。

华国彪每天中餐和晚餐端着饭走出食堂，不久同桌的同学就知道了是怎么一回事。张明因此大发感慨：“假若我有这样一位女朋友，一辈子同她一起讨米也心甜。”

一个星期天的中午，华国彪走过传达室，看到有自己的挂号信。一看那秀丽的字迹就知道是马婵娟寄来的。拆开一看，里面还有十斤粮票。信上写道：“华国彪同学：夏梅芳说，你得了水肿病，人也瘦了，还坚持洗冷水澡。现在伙食差，你不要再洗冷水澡了，以免感冒引起肺炎。现在寄来十斤粮票，你用来买点东西吃。千万记住身体第一。悠悠万事，唯此为大。”

华国彪拿着这十斤粮票，好像冷得发抖的手突然捧住一个温暖的手炉一样。然后，他想给夏梅芳五斤粮票买面食吃，只说是家里寄来的粮票。虽说一个人不应该说假话，然而，只要不损人就行。病人得了绝症，医生也会对病人说假话：“你的病不要紧，过一段时间就会好的。”医生若把真相告诉病人，可能会惹大祸。这样一想，他就心安理得了。次日晨跑时，他把五斤粮票给夏梅芳，要她饿了买点东西吃。夏梅芳横竖不肯要。华国彪说：“你不要粮票，我也不要你的饭。”夏梅芳拗不过华国彪，只好收了。

大学生们在半饥半饱中挨过了一个学期，放暑假时，绝大部分同学回去了，想回家吃几餐饱饭。像华国彪和夏梅芳这样没有路费回家的学生只好留在学校里。

过了暑假，学生们返回学校。大家说，沿路看到的是一片荒凉的景象，禾苗都枯萎了，田里裂得像乌龟壳，点一根火柴可以烧一大片。彭诚说，他们那里每天都有农民去野外采马齿苋吃，上山挖葛根和蕨根充饥，连棕树籽也有人吃。他回到家里，家里人见他面黄肌瘦，又患水肿，家里没有什么吃的，只好把看家的狗杀来吃了。村子里以前家家户户都喂了狗，现在狗都被吃掉了。

华国彪接到弟弟的信，说全家都在公共食堂吃饭，一天只吃一餐饭，一餐杂粮。农民吃少了没有力气做事。家里冷冷清清，没有米潲水，猪也喂不成。过年以来没有吃过肉。

夏梅芳收到朴姬的信，说铁矿也办公共食堂，家里不煮饭了。大家买票去食堂拿饭。有一天朴姬提着篮子去买饭，买了饭以后去买菜，转过背饭就被人偷走了，只剩下空篮子。她回家哭了一场。

一天吃午饭时，夏梅芳对华国彪说，钟灵送了两包饼干，每包五斤，他们俩一人一包。华国彪说："我们怎么能收人家的东西？"夏梅芳说："她硬要我收下，说我不收就是看不起她。她回新加坡，她父母听说中国出现经济困难，就托运了五十斤饼干过来，以后如果需要再托运来。她说，五十斤饼干她根本吃不完，放久了变质就可惜了。我收也不是，不收也不是，最后还是收了，但不知怎么还礼。"华国彪说："我们有什么可以还礼的呢？她又不缺什么。"

晚饭后，夏梅芳提来一盒饼干，用纸盒装的。随后，华国彪在外面散步，拿出饼干来吃，吃得津津有味，越吃越想吃。几块饼干一下子就吃完了。吃完以后，他还以舌根为圆心，舌子为半径，沿着嘴唇画了一个圆，把沾在嘴唇上的饼干粉末舔得干干净净。

当天晚上，华国彪睡得很香。

次日晚饭后，华国彪邀彭诚去散步。走到没旁人的地方，他从口袋里拿出一小包一斤的饼干给彭诚。彭诚不肯要。华国彪说："这是同学送给我的。我们都离家很远。你是农村里的，我也是农村里的。农村里现在都很困难。你不要客气。"彭诚谢了又谢。

以前，大学生们喜欢高谈阔论，谈学习，谈文学作品，谈国家大事，谈爱情，谈人生观。现在，这些谈得很少了，多半谈肚子饿。世界上，人人都有难受的事。没有为社会做出贡献会使志士仁人难受，没有发财会使商人难受，没有地位会使官员难受。但所有这些，都没有肚子饿难受。它无时无刻不在折磨你，使你头昏眼花、四肢无力、五脏翻腾、六神无主、万念俱灰。

大学生越来越没有精力学习，没有心思学习，只希望快点放假，回家吃几餐饱饭。家里挨饿的也想回去看看家里的人到底饿到了什么程度。

老师们也知道学生的情况，所以取消了段考，期考的题目也很容易。

放寒假的日子终于到了，很多大学生好像即将从地狱进入天堂那样高兴。农村的学生则不那么高兴，他们知道，农村的生活比学校要苦得多。

上午考完，下午人就走光了。华国彪、夏梅芳和马婵娟早就约好乘傍晚去广州的火车。

上火车前，三个人在火车站旁边的小饭店买饭吃。马婵娟买了饭放在桌上，去拿筷子时，一个蓬头垢面的乞丐马上把她的饭端走了。马婵娟问他："你怎么拿我的饭？"那乞丐用冷得发抖的手端住碗，筷子也不用，嘴伸进碗里，狼吞虎咽。马婵娟又气又同情那个乞丐，只好另买了一碗饭。三个人吃了饭就马上进站上车。

在车上，一个中年男子的后面跟着两个老头、两个老太婆和四个小孩。中年人说，他是生产队队长，队里和农民家里都没有粮食了，野菜采光了，葛根也挖光了，他只好带着队里的老弱病残出来讨米，希望大家行行好。他讲着讲着就眼泪纵横。他还拿出公社允许他们出来讨米的证明给大家看。旅客中有给钱的，很少人给食物。

次日下午，华国彪回到家里，见华嫔驰躺在门边的躺椅上。他喊了声"奶奶"。华嫔驰微微睁开眼睛又闭上了。牛爱华从厨房走出来说："奶奶病得很厉害。"华国彪见奶奶脸上和手上没有什么肉，只是一层黄皮肤包着一把骨头，他眼泪直流。

牛爱华把煮好的黄豆粉稀饭端来，用调羹喂给华嫔驰。华嫔驰吃了一口就不吃了。牛爱华把稀饭盖好，对华国彪说："昨天铁矿给每个职工发了两斤黄豆。你夏叔叔拿了一斤来。我磨成粉煮稀饭给你奶奶吃。"华国彪问："家里的粮食怎么样？""办公共食堂那段时间，吃饭不要钱，大家放开肚子吃，不到一年就把粮食吃空了。后来就解散了公共食堂，大人每月发二十斤稻谷，小孩十斤。一个月的粮食只够吃半个月，只好每天早餐吃饭，晚餐吃杂粮。半年多没有见过肉了。农民喂的猪都要上缴完成任务，自己不能杀来吃。国平饿得一天比一天瘦。奶奶总是把饭省下来给国平吃。我劝她不要这样，你舅舅也劝，但再怎么劝也没有用。她还惦记着你，怕你在学校里吃不饱。""奶奶病了多久了？""有两三个月了。先是一天天瘦下去，没有力气，十多天前就躺在床上爬不起来了。我请赤脚医生看了两次，医生说是营养不良引起的。我和你舅舅天天提心吊胆。""奶奶讲些什么没有？""她没有力气讲话，只是经常望着窗外，有时问你爸爸回来没有。前天她要我把躺椅放在门边。她躺在椅子上，望着海边，有时自言自语：'孝儿啊，快回来，妈不行了。'假若你爸爸在家也会好一些。我们一家真是命苦。"牛爱华边说边流眼泪。

华国彪听了也想哭，但见母亲面黄肌瘦、伤心流泪的样子，他忍住没有哭。接着他又问村里是不是饿死了人。牛爱华说："饿死的倒没有，但是大家身体弱，得病的不少。""华国彪听了直皱眉头。他问："符爷爷怎么样？""他今年春天得了重感冒，后来引起肺炎，不到半个月就死了。他若不病死，减粮食以后也很危险。"

这时，华国平捡柴回来了。牛爱华把一盘蒸熟的糠粑粑放在桌上，要两个儿子吃。华国彪吃了一个，又粗又涩。他想，学校虽然苦，但每餐还有三两米饭，比家里好多了。

华家正在吃糠粑粑的时候，夏国忠带来了一个男子。他对牛爱华说："婶子，这是铁矿医院的院长危回春医生。十多年前你病得要死了，就是危医生治好的。今天我特地请他来给华媖驰看病。"

危医生经过一番检查后问牛爱华："华媖驰平时有哪些症状？"牛爱华说："有时说头痛，有时说心窝痛，有时会晕过去。"危医生说："这是老人家年纪大了，我先开药吧。"

夏国忠对华国彪说："我给你钱。你把药买来煎好喂给你奶奶喝。"说完就陪危医生往铁矿走去。在路上，夏国忠问危医生："你看华媖驰还有没有救？"危医生说："很难。老人年纪大抵抗力差，各种并发症也比较严重。"

三天后，天刚亮，华国彪来到夏国忠家敲门。夏国忠起床开门。华国彪哭泣着说："我奶奶天亮前去世了。"夏国忠把夏梅芳喊起来说："你马上同国彪去天涯村，我去矿里请假就来。"说完就走了。

在路上，华国彪一边哭一边对夏梅芳说："这几夜我和我妈还有舅舅轮流守着我奶奶。昨天半夜，奶奶呼吸越来越弱，我心里越来越紧。后来，她的嘴唇动了一下，我不知她要说什么。我在她耳边大声说：'奶奶，您要说什么？'只见她眼睛突然微微睁开，望着窗外，发出很微弱的声音：'孝儿啊，快回来。'然后就闭上了眼睛，再没有声音了。我怎么喊她，她也不应，我边喊边哭。我妈妈和弟弟都被我的哭声惊醒了。我舅舅和舅妈也闻声起来了。天刚麻麻亮，我就赶来铁矿。阿妹，我从此再也听不到奶奶的声音了。"夏梅芳不知怎么安慰他，只是说："人总是要死的，不要太难过。"她想起华媖驰把她当自家的人一样看待，她自己也哭了。她泪汪汪地望着华国彪说:“阿哥,别哭了。”华国彪说:“为什么这么多苦难集中在我家里?火烧长沙我家逃难到天涯海角;国平被日本父亲卖掉;我爸爸被国民党抓去当壮丁他还在人世吗?且不说我妈妈新中国成立前害病差点丢了性命,为了弄钱给我妈妈治病,我提出把自己卖掉;更不要说我爷爷因参加工人暴动被砍头示众;我外婆外出逃荒送掉儿女后不知去向。阿妹,你说,为什么这么多苦难都集中在我家里?”华国彪越说越激动,越说眼泪越多。夏梅芳想起被日本鬼子杀害的母亲也很伤心地哭了。但她觉得华家更不幸,她忍住泪水,掏出手帕,给华国彪揩眼泪,边揩边说:“阿哥,不要哭了。你越哭,我心里越乱。”

华国彪好容易才忍住不哭了。两人默默地走着,走到魏家大院门口就听见牛爱华、牛克勤和华国平在号啕大哭。华国彪和夏梅芳不禁又哭了起来。

不一会儿,夏国忠来了,卫求生等人也来了。大家商量,想按照华娭姆的遗愿安排墓地。但去湖南的路边没有坟山,只好安葬在楠木山,头朝长沙的方向。

下葬后,生产队拿出粮食和钱,做了一桌简易的饭菜招待料理丧事的人。吃饭时,卫求生叹了口气说:“我这个生产队队长没有当好,村里饿死了两个人,我有责任啊。”牛克勤说:“农具都充公,吃饭不要钱,都是上面的指示。浮夸风也是上面刮起来的。你报五百斤,上面一逼再逼,报到七百斤才过关。你既没有贪污,也没有多吃多占。你自己家里的人也都饿得患水肿病。饿死人怎么能怪你?要怪只能怪上面瞎指挥,怪老天瞎了眼,怪苏联撤走专家又逼债。”卫求生说:“上面搞主观命令,搞瞎指挥,我也照办,我怎么没有责任?以后要吸取教训。上面的指示,先看对不对,看不准就让大家讨论,对的就执行,不对的就不执行。”夏国忠说:“按道理应该是这样,但上面要你下级服从上级,先执行再说,那就伤脑筋了。”卫求生坚定地说:“明明不对的硬要逼着执行,我就不干,大不了不当这个生产队队长。我再也不能不顾老百姓的死活去执行上面的错误指示了。”牛克勤说:“毛主席在《党内通信》中说:‘收获多少,就讲多少,不可以讲不合实际情况的假话。’可惜不少干部不好好执行毛主席的指示。”大家坐在桌边议论不休。卫求生只是唉声叹气。

回校的前一天上午,华国彪单独来到奶奶的坟地,跪在坟前。他想:奶奶为了他千辛万苦逃难来海南,再也不能回老家了。他想到这里,眼泪夺眶而出。然后,他到符爷爷的坟前,望着那小小的坟堆,想起符爷爷生前对华家的关心和帮助,想起符爷爷讲过的那句话:“我要到很远很远的地方去,不会再回来了。”想到这里,华国彪情不自禁地喊了声“符爷爷”就跪倒在坟前,潸然泪下。四周一片寂静,好像在向那位在地上爬了一辈子的老农民默哀。

寒假结束后,大学生们又回到学校。大家见面谈得最多的是过苦日子。彭诚说:“我们那个村五百来人就死了五个人,都是上了年纪或者身体不好的。”华国彪说:“一平二调的‘共产风’比原子弹还厉害。”张明说:“你不要讲得太可怕了。这次过年,我们都没有过好。蒋介石以为时机到了,准备反攻大陆。长沙城里都搞疏散。我们家的老老少少都搬到乡下的亲戚家里去了。”寝室长大声惊呼:“怎么?又要打仗了?刚刚过了十来年和平日子,勉强得了个温饱,没想到又出问题了。”

十九　花好月不圆

后来，各地解散了吃饭不要钱的公共食堂，农民还分得了一小块自留地种作物，经济情况慢慢好转，生活有所改善。大学生的身体比以前好多了。

年轻人生来爱活动。大学生们只要不挨饿，就会爱唱爱跳爱锻炼。

元旦天气晴和。次日，系里召开了颁奖大会。华国彪又得了奖，成了学校里第一个两次获奖的人。晚上，学校里举行文娱晚会，有合唱、独唱、拉小提琴、拉二胡、吹箫、吹笛子等。每个节目都很精彩，都获得阵阵的掌声。

然后，报幕员说："我们听过很多乐器的演奏，有圆润宽宏的小提琴声，有和谐悠扬的箫声，有清脆嘹亮的笛声，但没有听过用一片树叶吹奏的歌声。下面请中文系的海南姑娘夏梅芳同学演奏海南的木叶歌，歌名叫《深山鸟鸣》。"

夏梅芳扮作一个黎族姑娘，头披绣花巾，上穿无领无扣的贯式衫，下系绣有贝壳、珊瑚和珍珠的紫色筒裙，绚丽多彩，艳而不俗。华国彪眯着眼睛看了又看，这是夏梅芳吗？怎么打扮得这么漂亮？那健美的身段，中等身材，不胖不瘦，一点没错，是夏梅芳。张明问华国彪："这是不是你那位同乡加同学？"华国彪说："好像是。""怎么好像是？肯定是。你在装傻。"

夏梅芳拿着一片树叶在空中展示了一下。那些戴眼镜的学生把眼镜扶正，想看个清楚。没有戴眼镜的近视眼就问旁边的人，是不是真的树叶，是不是耍魔术。大家都想看看，一片树叶能吹出什么名堂来。

夏梅芳举起双手，用拇指和食指夹住树叶的两端。说来奇怪，一片树叶吹出的声音像笛子声一样清脆。那声音一会儿慢悠悠的，像林间的春风，一会儿急促促的，似布谷鸟催春，突然，叽叽喳喳，如百鸟归林，接着寂然无声，猛然间又出现几声怪叫，一听就知道是猫头鹰在深夜的叫声。

夏梅芳演奏完后，台下热烈鼓掌。有人使劲喊："再来一个！再来一个！"喊的人越来越多，夏梅芳只好又吹奏一首《十五的月亮》。歌声悠扬婉转，一弯明月挂在天空，人约黄昏后的那种感情在每个大学生的心头荡漾。当吹奏第二遍时，很多同学都一起唱起了《十五的月亮》。

接着，报幕员说，艺术系的钟灵同学跳《蝴蝶舞》。

幕布拉开，一位少女站在台中央，头戴金光四射的花边帽，身穿银光闪闪的绣花衣，系着缀有流苏的花边裙，玉雕般的脸庞，冰雪般的脖子，柳条般的腰身，美目四盼，光彩照人。台下一片"啧啧啧"的赞叹声。女同学见了也羡慕得不得了，恨不得自己也有那般模样。男同学更是兴奋不已，好像见到天上下凡的仙女一样。只见钟灵挥动长袖，像蝴蝶翩翩起舞。接着，裙子翻飞，越舞越快，像蝴蝶在花丛中穿来穿去。这时，台下响起了暴风雨般的掌声。然后，蝴蝶慢慢减速，只是翅膀在上下扇动，好像停在花上采集花粉。大家正沉醉在这优美的舞姿中的时候，蝴蝶突然起飞，缓缓地飞到后台去了。台下长时间使劲鼓掌，要求再来一个。报幕员说："钟灵今天不舒服，请大家原谅。"掌声停止了，但赞叹声还是不绝于耳。

晚会结束了，大学生们提着凳子，踏着月光，哼着歌，走向宿舍。熄灯后，各人做各人的梦。

次日晨跑时，华国彪问夏梅芳："你那漂亮的筒裙是在哪里买的？我从来没有见你穿过。"夏梅芳笑着说："我哪里有钱买，我只是用纸做花边贴在裙子上。""你真聪明。""只准你聪明得奖，不准我想出好办法吗？""你和钟灵的表演使很多同学都入了迷，夜里做梦也有人在唱《十五的月亮》。"夏梅芳只是抿着嘴笑。

又过了几天，晨跑时，夏梅芳告诉华国彪一件事：元旦文娱晚会的次日，她收到一封信，是同班的一个男同学写的。华国彪听了很好奇。据他所知，夏梅芳从来没有同男同学谈过恋爱。那男同学为什么写信给她？华国彪问："他写了些什么？""他说，他当天晚上做了一个梦，梦见和我一起登台演唱《十五的月亮》。他希望那不是梦，也不是在舞台上，而是在生活中。""你回了信没有？""我气得马上把信撕了。""你不喜欢那男同学，这是你的自由；那男同学写信给你，这是他的自由。""我知道你的意思是：天下的男子任我爱，世上的女子任你求。那个男同学长得很帅，穿着很讲究，头发梳得溜光，皮鞋擦得贼亮，经常上馆子，去舞厅。""钟灵穿得那么好，也上馆子，爱跳舞，那你怎么看？""他能同钟灵比吗？钟灵学习努力，成绩好。那个男同学只会吃喝玩乐，连专业课都不及格。钟灵跳舞是她的专业，而那个男同学跳舞是去找女人寻欢作乐。钟灵穿得好是有条件，而那个男同学家里并不富裕。他东借西借，借了钱总是不还。有一次来了一个老农民，戴着斗笠，系着布腰带，穿着草鞋，从一百多里以外的地方来看儿子。他问我，他儿子住在哪个宿舍。我告诉他。次日，我问那个男同学：'那个农民找到你没有？'他说找到了，并说是他父亲托那个农民给他带钱来。我问那农民走了没有。他说马上就回去了。这个同学进城读了几本书，一年土，二年洋，三年不认爹和娘。他还会爱其他的人吗？这就是他的德行。""假若这个男同学各方面都不错，你会怎么想？""哪怕这个男同学比得上你，我也不会同他恋爱。"夏梅芳发现自己说走了嘴，但还是尽力镇静下来，继续说"我好不容易上了大学。现在只有好好学习，将来才不会辜负老师和乡亲对我的期望。"华国彪说："我也是这样想的。"夏梅芳说："钟灵可能对你有好感。""反正我在学生时代不谈恋爱，要集中精力学习。男女同学交朋友当然可以。"夏梅芳说："有位名人说：男女之间只有爱情，没有友情。"华国彪想了想说："那是过去。现在男女都在一起读书，都参加社会活动，情况不同了。"夏梅芳突然像小时候那样，好奇地问华国彪："阿哥，你说两个人会不会同时爱一个人？一个人会不会同时爱两个人？"华国彪也像小时候开导夏梅芳那样："两个人可能同时爱一个人，但一个人不可能同时爱两个人。正如两个人可能同时喜欢一件衣服，但一件衣服不可能同时给两个人穿。林黛玉和薛宝钗都爱上贾宝玉，但贾宝玉只爱上林黛玉。""假若没有林黛玉，贾宝玉会不会爱上薛宝钗？""很难。因为他们两个的思想不同，道不同不相为谋，所以贾宝玉和薛宝钗即使被捆绑成夫妻后，贾宝玉还是出家了。”

过了一会儿，夏梅芳又说：“我觉得时间是个变速体。幼儿时期，时间在爬行；中小学时期，时间在步行；大学时期，时间在飞行。过了这个学期，我们就要毕业了。你那篇获奖的文章可以作为毕业论文。你怎么写得那么好？”“小时候，我总觉得铁矿的废水把河水弄脏了，鱼虾也绝迹了，真讨厌。学了采矿学才发现这些废水是个宝，可以利用起来，于是我就写了《用磁选法回收溢流中的铁矿粉》。我原来只想到写毕业论文能过关就行了，没想到能获奖。你的毕业论文写好了没有？”“写好了。我写的是《红楼梦》《西厢记》及《莺莺传》的比较。”“你怎么个比法？”“《莺莺传》只写了‘始乱之，终弃之’；《西厢记》则反对封建包办婚姻，愿天下有情人终成眷属，以中举达到大团圆；而《红楼梦》不但反对封建婚姻制度，还写了贾宝玉和林黛玉的爱情的思想基础，尤其写了封建社会的衰落。《红楼梦》有些章节故事性不强，对生活起居的描写有时比较啰唆。”“你的欣赏水平比从前高多了。”“若还是以前那个水平，中文系这几年不是白读了？你比我强多了，两次获奖。听说，毕业班获奖与毕业分配有很大的关系。”

两人边跑边谈，跑了一阵就各自回寝室了。

夏梅芳说得很对，毕业班获奖的意义远远超过肄业班。每年毕业班获奖的人都留在学校当助教。大家认为，华国彪很可能留校。

段考后不久开始毕业鉴定，先是自我鉴定，然后是组织鉴定。组织鉴定名义上是班委会的鉴定，实际上代表学校的意见。这个鉴定要进入档案，像影子一样跟你一辈子。无论你到哪个单位，领导对你的第一个印象就是根据你的鉴定形成的。

鉴定时，主持人班长韦尚忠念了鉴定的顺序，最后三个是张明、彭诚和华国彪。华国彪一听就知道好戏在后头。

前面几个同学很顺利地通过了鉴定，然后轮到张明。张明念完自我鉴定后，同学们给他提了几条优点和缺点。他只想听听韦尚忠的意见，因为韦尚忠是班里的领导。韦尚忠肯定了张明的几条优点：热爱共产党，热爱社会主义，学习努力，劳动肯干，坚持体育锻炼，遵守纪律。缺点是：有时对错误思想的识别能力不强。张明说：“我希望班长把我的缺点讲具体点。”

平常同学之间都是直呼其名，现在大家听张明称“班长”，觉得突然生分了许多。韦尚忠说：“张明同学有时对形势的看法比较悲观。”张明说：“进校的时候，我对形势的看法是乐观的。后来过苦日子饿肚子，我能乐观得起来吗？”韦尚忠说：“我们在困难的时候要看到光明，要相信党能领导人民克服困难。”

接着是彭诚鉴定。彭诚的优点比张明多了一条：艰苦朴素。缺点差不了多少：对困难时期的形势的看法有片面性。彭诚要求韦尚忠讲详细点。韦尚忠说：“过苦日子时，报纸上并没有报道饿死了多少人，你就算出饿死了几百万人。还有，为了一条猪尾巴大吼大叫，今后要注意。”彭诚说：“我确实不应该为了一条猪尾巴大发脾气。我也承认过苦日子时我确实有悲观情绪。我计算饿死了多少人，那是算着玩，又不去登报宣传。假若报纸像人口普查那样公布了饿死人的数字，我就不会去计算了。”韦尚忠说：“报纸怎么会公布饿死人的数字？这不是给社会主义抹黑吗？”彭诚说：“社会主义是要大家生活过得好。饿死人才是给社会主义抹黑。不符合社会主义的要求就应该改正。正如一个病人，把病讲出来，是为了治好病，你不能说这是给病人抹黑。”韦尚忠没想到彭诚平时老实巴交，不多讲话，在关键时刻却能说会道。他只好说：“好啦，我们不要争啦。党报怎么说，我们就怎么说；党报没有说，我们就不应该说。”彭诚说：“锣不打不响，理不讲不明。你要把你讲的写进我的鉴定里去，我在自我鉴定里保留我的意见。”“这完全由你自己决定。”韦尚忠说“下面还有华国彪同学。”

华国彪听到韦尚忠对彭诚提的意见后，在自我鉴定里加了几句话：我曾经说过，“一平二调”的“共产风”比原子弹还厉害。

华国彪念完自我鉴定后，韦尚忠说：“华国彪同学学习抓得很紧，成绩特别好，是学校里第一个连续两次得奖的。吃苦耐劳很突出，对学习委员的工作很负责任。但是，有时看问题片面，情绪偏激。例如，‘共产风’确实不好，党中央也三令五申要克服，各级领导也在下力气改正错误。今年的形势大有好转。而华国彪同学把‘共产风’比成帝国主义的原子弹，这样的比喻是不恰当的。上级怎么说我们就怎么做。我们应该绝对服从上级领导，不应该对上级领导说三道四。”大家觉得韦尚忠的话分量很重，华国彪的问题严重。华国彪说：“我想谈谈自己的看法。原子弹不只是帝国主义国家有，社会主义国家也有。我们用自己制造的‘共产风’这颗原子弹炸死的人比美国扔在日本的两个真原子弹炸死的还多得多。”韦尚忠说：“你看书看得多，我讲不过你。你有不同意见，可以保留。以后历史证明，谁对了就服从谁。”华国彪说：“这样说来，不管自我鉴定还是组织鉴定，都好像骑驴看唱本——走着瞧。”他这一说，大家都笑了起来。韦尚忠也笑了，他原以为，搞鉴定可能会大吵大闹，甚至拍桌打椅散场，没想到在幽默中结束了。

学生进行毕业鉴定的同时，系领导和老师在开会，商量哪些学生留校。一班有两个被提名：华国彪和韦尚忠。系党总支书记说：“韦尚忠同学担任班长工作任劳任怨，立场坚定，服从领导，党性强。”系主任问满若虚：“韦尚忠的学习情况怎样？”满若虚说：“韦尚忠学习努力，但基础差，采矿学勉强及格。”党总支书记说：“韦尚忠工作多，占用了很多学习时间。”满若虚说：“华国彪也担任学习委员，他的专业成绩是少有的，尤其是他了解矿山，理论联系实践，不是单纯从书本到书本。”系总支书记问系干事：“听说华国彪曾经在寝室里说，‘共产风’比原子弹还厉害，这是真的吗？”系干事说：“是真的。这个人很直爽，有什么说什么。”系党总支书记又问：“他是共青团员吗？”系干事说：“他写过入团申请书。团组织讨论时，有人认为他品行好，学习好，身体好，多次被评为三好学生，应该吸收他入团。但有人认为他有自由主义，条件还不够成熟，要多考验考验，所以还没有入团。”系党总支书记说：“华国彪确实有很多优点，学习成绩很突出，品行也好。但品行好不等于政治思想好。我们提倡政治挂帅。”系主任说：“学校决定我们系留十个学生，平均每个班一个。这次提名比较集中，一共提了十一个。分歧较大的是华国彪和韦尚忠。我的意见是把这十一个人都报上去，由学校领导或省里去决定。”系党总支书记说：“这也是个办法。”

世上没有不透风的墙。学生很快就知道了上报省里的名单。十一个都报上去了。寝室长对华国彪说：“你肯定会留校。将来我们来母校碰到你，你不要装作没看见。”华国彪说：

"你不要开玩笑。你想,会有我的份吗?"张明一本正经地说:"说句公道话,你应该是最有希望留校的。"彭诚说:"现实生活不是一加一等于二那么简单。我赞成华国彪的看法。没有希望就没有失望。"

绝大多数同学关心的是毕业分配方案。大家一边收拾行李一边等待分配工作,只要一宣布方案就马上动身。

七月初旬的一个下午,华国彪收到钟灵的信,约他到操场樟树下约会。华国彪到达时,钟灵已经在那里等着了。华国彪问:"你的行李准备好了吗?"钟灵说:"准备好了。""要我帮你担行李吗?""不用。我的铺盖和一些衣服都送给了有困难的同学。书已经托运回去了,只剩下路上用的东西,我提得动。""你什么时候走?""我不用分配工作,随时都可以走。不过,我有一句话想对你说。""你说吧。今天不说,以后就很难有机会了。"钟灵迟疑了一会儿,想说又停住了。华国彪说:"你有什么话,尽管说。""我离不开你。"钟灵哭了,泪珠映着月光。"你不要哭,慢慢说吧。"华国彪的心也乱了,不知用什么话来安慰她。"自从那次从邮局出来见到你以后,我就经常想念你,但又不好意思找你。同学这几年,我觉得,你是我最理想的人。我们一起到新加坡去,我给你办护照。我父亲在澳大利亚有个矿业公司,你可以在那里发挥你的专长。你在学生时代不愿谈恋爱,我把心里的话憋了几年。现在毕业了,所以我今天找你谈,你同意吗?"钟灵揩了眼泪望着华国彪。华国彪激动地说:"大学这几年,我只想读书,根本没有想到你这样想念我。我永远不会忘记你的好意。"华国彪沉重地叹了口气说:"但是,祖国和人民培养了我,在我身上寄托了很大的希望,我不能一走了之。再说,我的母亲和弟弟都在中国,他们离不开我,我也离不开他们。还有,我的老师特地从外国回来建设祖国,而我却离开祖国,我不能对不起老师。"钟灵突然扑在华国彪的肩上,不停地抽泣。华国彪一下子乱了方寸,不知道怎样安慰她,只是不停地说:"钟灵,不要哭。钟灵,不要哭。……"钟灵哭了一阵,用双手拢了拢秀发,一双泪眼望着华国彪说:"你真的这么狠心?""这不只是我和你的事,我希望你能理解我。"钟灵蹲了下去,双手捂住脸,越哭越伤心。华国彪也蹲了下去,用右手搭在她的肩上,想说,又不知说什么好。两人在一起默默无言,也不知过了多久。那半边明月慢慢爬上中天,整个岳麓山显得格外宁静。钟灵揩了揩眼泪说:"我不能勉强你。可是,我要什么时候才能忘记你?""我永远都不会忘记你。""我将来有机会来中国的话,我去看你,你不会讨厌我吧?""你怎么说这样的话!是我对不起你。你不嫌弃的话,欢迎来我家里玩。我家住在天涯铁矿附近的天涯村。你要我送你上飞机吗?""不用送。你送我,我会忍不住哭,人家不知是怎么回事。"钟灵从衣袋里拿出一张照片说,"这是我的毕业照,送给你做纪念。"华国彪拿着照片,只见背面写着:"但愿从今后,永远莫相忘。"钟灵看了看表,然后向华国彪挥了挥手说:"再见!"

华国彪呆呆地站在那里,望着离去的钟灵。只见她一头秀发微微飘起,华国彪千丝万缕的心绪好像系在那秀发上。钟灵边走边回过头来向他挥手。他的心碎了,他想大哭一场,但又怕钟灵听见。一直到钟灵消失在夜幕中,他才想起应该送一张照片给钟灵做纪念。他往寝室跑去,走进寝室时,已经打熄灯钟了。

次日,华国彪一醒来就拿着自己的照片急急忙忙往艺术系的女生宿舍跑去。一打听,与钟灵同寝室的女同学说钟灵本来打算过几天再动身，不知什么原因，今天清早就赶去上飞机了。华国彪心里一沉，高一脚低一脚地回到寝室里。他呆呆地坐在桌前，呆呆地望着天空。这时，有一架飞机从天空飞过。他想：这是不是钟灵乘坐的飞机？也许她正在飞机上望着这里流泪。同寝室的同学见他那个呆样子，以为他是在考虑能不能留校的问题，所以没有人打扰他。

这时，系干事来找他，他跟着系干事走出寝室。系干事对他说："你确实是个很好的同学，所以你被提名留校，但名单报到省里只批了十个，你没有通过。你原来对我说，你想毕业后回天涯铁矿。昨天下午，我打电话跟天涯铁矿联系，他们很欢迎你。"华国彪说："谢谢领导关心。"系干事问他有什么困难没有。他说，家在天涯铁矿附近，没有什么困难。

当天晚上，华国彪躺在床上，很久不能入睡。他一会儿想着钟灵，一会儿想到回家。

次日上午，毕业班同学在宿舍前的操场集合，分班宣布分配方案。华国彪已经知道了自己的去向，对开会不感兴趣了。开会前，满若虚对华国彪说，会后去他家里一趟。

散会后，华国彪来到满若虚家里。他是第一次来。只见房间四周都是书架，架上摆满了书。满若虚请他坐，对他说："你分配到天涯铁矿，工作上会不会有困难？"华国彪说："现在还不知道。我想，肯定会有困难，到那时候还得向老师请教。""你有什么困难，打电话或写信给我，我一定想法帮助你。"他边说边从书架上取下一本《矿业辞典》，"我们家乡落后，资料少，碰到问题不知到哪里去找资料。我这本书，你拿去用。"这是一本很重要的工具书，书店里很少有卖。即使有，华国彪也买不起。他说："老师，您自己留着用。""我有类似的参考书，而且这书学校图书馆有一本。你拿去用，不要客气。""老师您——"华国彪没讲完就哽咽了。"到下面好好干，干出成绩来。""我一定记住老师的话。""不留你了。你去准备行李。路上注意安全。""多谢老师。"华国彪恭恭敬敬向满教授鞠了躬，然后回到寝室。他打开书，只见扉页上写着：

华国彪留念：

卧薪尝胆，为中华振兴矿业

江南大学满若虚赠

一九六二年七月十二日

华国彪小心地把书放进箱子里，心里久久不能平静。

同学们忙着收拾行李。华国彪的那床垫絮已经变成了灰黑色，外面的纱线断了不少。张明说："你那垫絮旧得不能再旧了，不必带回去了。"华国彪说："这是我的摇篮被，它同我一起共患难二十多年，我怎么舍得丢掉它？"张明感慨地摇了摇头。同学们边收拾行李边聊天。寝室长说："华国彪没有留校，真是太可惜了。"彭诚说："专业勉强及格的也留校，留校也就没有意思了。"

大家把行李收拾好以后，既不看书，也不下象棋，都坐在书桌边。这书桌和凳子陪伴了自己五年，陪自己度过了人生的黄金时代。以后再也不能在这里学习了，再也不能在这里下象棋了，再也不能在这里聊天了。过去的一切将成为深切的怀念。桌上没有茶，也没有糖果，但几年的同学之情比茶还香，比糖还甜。

张明说："我们这一别，要到什么时候才能相见？华国彪在天涯海角，彭诚在山海关外，我什么时候才能见到你们啊！”华国彪听了很难过。彭诚说：“华国彪，你在海南，我在东北，我们这一辈子还能相见吗？”讲到这里，他竟潸然泪下，这是他五年来第一次流泪。华国彪鼻子一酸，眼圈也红了。

谁能想到这些男大学生们，血气方刚，豪情满怀，平时指点古今中外，气吞万里如虎，经常以和尚自居，在一起吵吵闹闹，在离别时，竟如此重情。

不愿离也得离，舍不得也得舍。宣布分配方案的第二天上午，毕业生分省县集合，学校组织集体上车。去海南的只有华国彪和夏梅芳。华国彪发现夏梅芳眼圈通红。他说：“你一定哭了。”夏梅芳说：“我们寝室的同学都舍不得离别。昨晚大家都哭了。大家谈心谈到深更半夜，有的谈了一个通宵！”夏梅芳停了一下又继续说：“钟灵昨天就走了。前天上午她送了一张照片给我。我们这一辈子也难见到她了。”华国彪叹了口气说：“别时容易见时难。”

二十　从零开始

星期六中午，华国彪回到家里。家里的人都很高兴。牛爱华说："路上辛苦了，好好休息几天。"华国彪说："今天下午去报到，看矿里怎么安排。明天星期天，要夏叔叔带我去矿山看看。"

星期天吃了早饭，夏国忠带着华国彪往矿山走去。离宿舍不到三里路就是猴子山，山上是一片原始森林。四五个人挽手合抱的树比比皆是。死了的树横七竖八地倒在地上。碗口那么粗的藤从这棵树缠到那棵树。大大小小的猴子攀着藤，从这棵树爬到那棵树。海南岛的山中没有老虎，猴子称王。有些胆大的猴子还到职工宿舍去捡东西吃。一些职工晒在外面的衣服有时不见了，开始还以为是有人偷走了，后来才发现是猴子拿走了。职工们假日上山捡干柴。进山口有一块木牌，上面写着"禁山"两个字，下面还有一些小字："禁止砍生柴，禁止打猎，禁止生火。"华国彪问夏国忠："假若有人违禁怎么办？"夏国忠说："有个工人不信那一套，为了省时间，他在路边砍了一株木棉树的树枝担回去。管山的老工人看见了，他一不骂，二不打，三不罚款，只要那个工人写几十份检讨，每个车间每栋宿舍贴一份。那工人足足写了五个晚上，天黑了就去贴。""他不写怎么办？""不写就在全矿职工会上做检讨。""不检讨怎么办？""不检讨就停发工资，检讨了再补发。""这办法好厉害！""没有办法，这几千人的单位管得了吗？山砍光了，水土流失，采矿场和宿舍区都要遭殃。"

猴子山西面是一片坟场。坟场和猴子山之间有一条车路，灵车可以沿路而上，又可以防火。坟场没有树木，只有一些茅草。山谷边有一座大坟，周围砌砖。坟头长着青草。墓碑有两个人高，上面刻着"死难矿工公墓"，下边刻着小字：

一九三九年日军入侵海南岛，为实现"以战养战"，对天涯铁矿进行掠夺式开采，三万多名劳工死于开矿、修路和建港口。特立碑纪念。望子孙后代，勿忘国耻。

天涯铁矿管理委员会

一九五一年立

夏国忠说："日本人开矿时，和我在一组做工的有十个工人，到日本投降时，只剩下应长寿、孟凡、你爸和我。孟凡和你爸现在还不知死活。"

离公墓不远是采矿场。采矿场入口有安全门。山上竖着两台钻机，几个工人往钻孔装炸药。工人们见了夏国忠都亲切地向他打招呼。华国彪看了看钻的孔，有大水缸那么大，好几米深。每天中午和下午下班后就引爆，整个采场都是"轰！轰！轰！"的爆炸声。一年三百六十五天不停工，日夜轮班。华国彪还看到一个工作面上有一台铲机。铲机像个撮箕，它弯下脖子，往前一铲，把炸松的矿石铲了起来，倒进汽车。铲几铲就有满满的一车。这一车装满开走后，另一车又接着装。运矿石的汽车络绎不绝。

汽车把矿石运到破碎车间。华国彪走去一看，一车矿石一下子就倒进了一个直径约三米、深约五米的圆柱形的大槽里。槽里的破碎机在不停地转动，把矿石捣碎。捣碎的矿石通过传送带运到选矿车间，通过水选筛分就产生了矿石成品。成品由传送带运到火车上。火车把矿石运到港口，再由轮船运到大陆沿海，供给全国很多钢铁厂炼钢铁。

华国彪只听见这里汽车嘟嘟嘟，那里机器隆隆隆，这里砰砰砰，那里当当当，好像各种乐器在合奏。夏国忠说："到了夜晚，山上一排又一排的路灯，有几里路长，像街灯一样。山下的各个车间里灯火辉煌。再远看，万家灯火，好看极了。有些工人晚上专门上山看夜景。铁矿是海南岛的不夜城。"

来到选矿车间时，华国彪出神地望着洗矿后排出的污水。他对夏国忠说："这些污水应该想办法处理好。"夏国忠说："是应该处理好才行。这些污水日夜不停地流进河里。"华国彪说："我小时候，铁矿没有恢复生产时，我们在河里捉鱼抓螃蟹，经常有人在河里钓鱼。现在河水都变红了，鱼虾都死光了。"夏国忠说："不仅鱼虾死光了，两岸的草也死了。岸边积了一层厚厚的铁锈。农民编了一首顺口溜：

开矿以前，河水煮饭炒菜。
开矿初期，只能洗衣灌溉。
到了现在，只能洗马桶盖。

"假若涨水，两岸田里的禾也遭殃。农民的意见越来越多。矿里每年都补偿农民几十万元，农民还是不满意。""这污水可以利用。""怎么利用？""这污水里含有很多铁粉，可以回收。在回收中，水可以再利用，污水经过处理，可以大大减少污染，一举多得。"夏国忠大声说："哎呀，那真是太好了！"

"夏师傅，什么太好了？"夏国忠一看，是国乐山来了，忙说："啊，是国矿长。我今天带华国彪来矿山看看。"夏国忠把华国彪刚才讲的话说了一遍。国乐山说："江南大学打电话联系，说华国彪分配到我们矿里。矿里正需要他这样的人才。我看小华是个肯动脑筋的人。他一看排出的污水就能看出问题来。我们正在为污水问题伤脑筋。"夏国忠问："想出什么办法没有？"国乐山说："现在占原矿百分之十的溢流被作为污水排弃了，若能回收的话，每年可回收含铁百分之六十的精矿粉几十万吨。"夏国忠吃惊地说："哎呀，这个数字不得了，值几百万元啊。"国乐山说："假若减少了废弃尾矿的长途外运，每年又可节省几十万元。澄清处理后的废水可以循环使用，还可以减少污染，这又可以节省很多钱。这几笔加起来，比我们一半的工资少不了多少。"夏国忠说："能想办法解决这个问题就好了。"国乐山望着华国彪说："你在大学学了很多东西，你看怎么解决？"华国彪说："天涯铁矿的矿石主要是赤铁矿和少量磁铁矿，它们都是磁性矿物，可以用磁选法回收溢流中的矿粉。"国乐山对夏国忠说："小华不错。他讲的同我们的想法不谋而合。"他又对华国彪说："你把你的办法写出来给我看看。"夏国忠说："国矿长过奖了，他才刚刚入门。""采矿，一靠理论，二靠实践。你读书不多，但你对矿山的了解比我多得多。假若你不告诉我这矿山还有铜矿，我还得请勘测队勘过来测过去。你们老工人是矿山的宝贝。"国乐山向夏国忠挥了挥手说，"你带小华好好看一看。我去车间打个转。"夏国忠说："星期天你也不休息？""我不会跳舞，也不想打牌，坐在家里不如到各个车间走一走。"说完就走了。

华国彪问夏国忠："铁矿每年上缴多少利润给国家？""利润多半要上缴。""那工人不亏了？""国家投资几千万元。现在我们出铁了，有收入了，我们也要支援国家建设。过去给日本人做工，等于做牛做马。现在给国家做工，有吃有穿有住，看病不要钱，老了还有退休金，小孩从幼儿园到大学都不要什么钱，等于从生到死国家都包下来了。我们还有什么说的？再说，像国矿长这样从枪林弹雨中闯过来的老红军，职位只比市长低一级，比县长还高一级，但现在他的工资也只有九十多元，只相当于我这个工人的两倍。""当官的另外有没有外水？""他有什么？过苦日子每个职工发两斤黄豆，他也只要两斤。他同样几个月没有肉吃。有一天我家杀了一只大公鸡，我见他身体差，请他来吃一餐，他问我：'你见我在哪个家里吃过饭？'弄得我很不好意思。他同被枪毙的廉孝义完全不同。他对矿里的干部说：贪污一分钱也算贪污，一分一分积多了就是贪污犯。办公楼太旧了，有人建议修栋新的，他不肯。他说，要节省钱来建矿山、宿舍、学校和医院。

两人来到铁矿的办公大楼。这是一栋四层的砖房子。大门两边的墙上各有四个大字："身在矿山""胸怀天下"。大门右侧有一尊铁铸的真人大小的毛泽东像，挥起右手指向东方。大门左侧是一块两米高的铁铸的天涯铁矿复工纪念碑。

次日星期一，华国彪穿着新衬衣上班，走到办公楼门口，正好碰见国乐山。国乐山把他领进采矿队办公室。接着，国乐山对里面的人说："我给你们带来一位新手，叫华国彪。"然后又对华国彪说："这是采矿队队长应长寿师傅，这是团委书记贾世界同志，这是金艳会计。"贾世界笑着说："我们早就认识了。"国乐山说："那更好。"应长寿问国乐山："您这次要来了几个大学生？"国乐山说："快莫讲了。这次要人才，比要饭还可怜。大学生真是抢手货。这次分配到海南岛的大学生有十四个，省城要了八个，我们好容易要了三个。省城想把夏梅芳和李敬德也要去，我向区党委左讲好话右讲好话，他们才答应分配给我们。"应长寿说："讨人才比讨饭合算。"国乐山说："没有人才不行啊。我一个人有三头六臂也搬不动几块铁矿石。应师傅，您把采场情况向小华介绍介绍。我有点事要去选矿厂。"说完就往外走。华国彪忙喊住他说："国矿长，我把那文章交给您。"国乐山说："怎么这么快？"华国彪说："这是我的毕业论文，只要稍微修改一遍就行了。"应长寿问："什么好文章？"国乐山说："关于回收铁矿粉的文章。按照小华的办法，每年可以从废弃的污水中回收几十万吨精矿粉。"应长寿听了，目瞪口呆地望着华国彪，过了好一会儿才说出两句话："到底还是要多读书。我们天天见到废弃的污水，只觉得可惜，就是想不出办法来。"国乐山对华国彪说："你这篇文章我拿去同几位领导商量。"说完就走了。贾世界站在旁边没有作声，他工作两年了还没有得到过国乐山这样的赏识。

再说夏梅芳上班却没有华国彪那么顺利，她第一次上课就被弄得下不了台。

她到天涯学校报到那一天，教导主任李信儒就给她安排了三年的任务：第一年教初一的一个班的语文兼当班主任，熟悉初中三年的教材；第二年教高一，熟悉高中三年的教材；第三年教高三。夏梅芳感到担子不轻。第一年问题不大，初中三年教材不多，也不难。初中学生年纪小，容易管教，何况她这个班有的学生她熟悉：赖承平是赖国安的儿子，牛得田是牛克勤的儿子，权广禄是权升钤的儿子。因此她满怀信心走上讲台。

上第一节课时，她把课文里几个容易错的字写在黑板上，然后指着“会计”两个字说：“这两个字怎么读？权广禄，你来读读看。”后排一个高个子学生站起来，信心十足地说：“这有什么不会的，读‘绘计’。”夏梅芳说：“‘会’在‘会计’中读‘快’的音，在其他地方读‘绘’的音，以后不要读错了。”权广禄说：“我们到十字街头去问过路的人，看是读‘绘’还是读‘快’。连这样的字都不会读还当老师。”夏梅芳觉得这学生无知又无礼，她回答说：“我没有那样的勇气去十字街头问。”牛得田说：“连‘会计’的‘会’都不会读，还要到十字街头去出洋相，真是脸皮比城墙还厚。”赖承平说：“老师不要怕，到十字街头让大家都知道，我们班上出了个高才生。”教室里哄堂大笑。权广禄马上走出了教室。夏梅芳喊道：“权广禄，你到哪里去？”权广禄说：“他们都笑我，我不听课了，回家。”夏梅芳到教室门口说：“你应该回到教室里听课。”权广禄横了她一眼说：“你算老几？”说完就走了。夏梅芳感到很为难。她想去追赶权广禄，但又怕教室里没有人管乱了套。好容易挨到了下课，她回到宿舍里哭了一场。

下午，权广禄还是没有来上课。他是回家了还是到其他地方去了？不管怎样，学生不在学校，老师有责任。夏梅芳决定放学后马上去家访。

夏梅芳放了学就往权家走去。她边走边想：对权书记讲些什么呢？假若讲今天发生的事，权广禄会对她更加反感。学生都不喜欢老师向家长告状。对了，只当作没有那么一回事。假若权广禄已经把事情告诉家长了呢？到时看情况办。

权升钤的住房同其他职工的住房一样，是平房，套间，自己在后面搭一个棚子作厨房。夏梅芳问门口一个妇女：“阿姨，请问权书记在家吗？”那妇女说：“在家。请屋里坐。”她又朝屋里喊：“老权，有人找你。”这妇女是权升钤的妻子钱玉荃，是钱玉莲的妹妹。

一个中年男子走到门口。夏梅芳说：“权书记，您好。我是权广禄的班主任。”“啊，老师，您好。”权升钤朝房里喊，“广禄，给老师倒茶。”权广禄倒了茶，站在旁边，一声不响。钱玉荃说：“广禄在学校里一定不听老师的话。”夏梅芳说：“我刚教这个班，对情况不熟悉。学生都住在附近，我有空就到学生家里走走，熟悉熟悉情况。”钱玉荃说：“老师真是不怕辛苦，把工作做到家了。我家就广禄一个孩子，我和老权都要上班，很少管教，要请老师多费点心。今天他说不舒服，请假回来了。我要他去医院看医生。”夏梅芳想把今天上课的情况告诉家长，但一想，还是不讲为好。权升钤对儿子说：“在家里听父母的，在学校听老师的，在单位听领导的。广禄，你听见没有？”权广禄应了一声：“听见了。”夏梅芳对权广禄说：“上课遇到不懂的地方，只管大胆提出来，弄懂了就进步了。你说对不对？”权广禄点了点头。他生怕夏梅芳把今天上课的事情讲出来。一讲出来，他就得尝尝他父亲的拳头的滋味。

夏梅芳觉得没有多讲的必要了，就起身告辞。权升钤对儿子说：“对老师说‘再见’。”权广禄像应声虫一样说了声“老师，再见”。夏梅芳说了声“再见”就离开了权家。

再说华国彪写的关于回收溢流中的铁矿粉的文章被矿里采用。溢流磁选厂建成投产后，半年就从废弃的溢流中回收精矿粉十来万吨。两年可以收回成本。

华国彪打响了第一炮，他开始走第二步。

雨季矿石产量要下降三分之一。一是坑道积水影响开采；二是道路被冲垮，影响运输；三是泥石流威胁道路安全和影响剥离工程；四是雷电烧坏电缆；五是下雨影响穿孔爆破，矿孔积水，垮孔、废孔率高。雷雨天爆破不安全。雨季生产是铁矿的老大难问题。虽然采取了一些措施，在采场周围都开了防洪沟，有的地方还修了挡水墙，道路铺了碎道砟，采取一些办法防止烧电缆，采用导爆索起爆，但还是不能根本解决问题。一下雨，尤其是刮台风，不是这里出问题就是那里出问题。

老天爷好像专门给采矿队出难题。一天晚饭后，广播里说："今年第六号台风于明早九点在天涯海角登陆，风力十二级，浪高六至七米。"采矿队的人听了都非常紧张。

次早八点钟，华国彪按时到班。他对应长寿说："应师傅，我到矿山看一看。"应长寿说："今天有台风，不能去，山上不生产。你看，云越来越黑了。"华国彪说："我只是看一看，不要紧。"他穿上雨衣，往山上走去。

天上乌云翻滚，空中雷声隆隆，一道道闪电划破长空。

华国彪来到安全门，夏国忠在值班。夏国忠问他去哪里。他说去山上看看。夏国忠说："马上就有台风来，风大、雨大，又打雷，很危险。我特地早点来这里把关，不准工人上山，怕不安全。"华国彪说："我只是走走，不要紧。""台风来了，你走也走不动。最怕的是打雷，没有哪一年不发生雷击树的事。""雷击多半发生在猴子山。采场这边地势低一些，雷击现象比较少。应师傅说这几年产量很难上去，主要是雨季影响生产，刮台风就要停产。我只有了解情况才能想出办法。刮台风是最好了解情况的时候。"夏国忠说不过华国彪。他想同华国彪一起去，但又怕安全门没有人守会发生问题，只好让华国彪一个人上山。

华国彪走到半山腰，一道闪电划破乌云，接着一声炸雷，地动山摇。"哗"的一声，猴子山顶上的一棵大树，从上到下被劈成两半。华国彪有点胆寒起来。他扑在地上。只听见夏国忠在山下喊："国彪，快下来！不要去了！"华国彪应了一声："我没有事。"风呼呼地响，像魔鬼一样在空中呼啸，好像要把地面上的东西都卷走似的。灰尘在空中飞舞。矮的树被狂风摇过来摆过去，树上的叶子摇落了很多；高的树被狂风揪住树尖往下按，但树不肯低头，按下去又抬起头来，刚抬起头又被风压弯了，而且比上次弯得更厉害，高树还是不肯屈服。突然，"嘎"的一声，一棵高树被拦腰折断。华国彪的雨衣被风吹起，他根本无法往前走。他把雨衣捆在腰间，用手撑在地上往山上爬。他怕雷，不敢往山顶上去，只绕着山腰爬。这时，黄豆大一颗的雨点铺天盖地打下来，打得他脸上生痛。水把地面的泥石往下冲，越冲越多，山坡被雨水冲成了一条条小沟。泥水哗哗往下流，爆破孔都灌满了水。华国彪来到排土场，情况更加可怕。雨水夹着大堆大堆泥沙往下奔跑，很快就把山下一大片农田淹没了。山下的几栋房子里喊声大作。二十多个人跑出房子，扶老携幼往外逃。老的小的哭哭啼啼。几个男子汉把老小转移到离泥石流较远的地方后又跑进屋里去救东西，有的抱着被子，有的提着箱子，从房子里跑出来。泥石流很快把房子冲垮了。那些农民站在远处，吹着风，淋着雨，又哭又喊。华国彪以前根本没有想到，铁矿的排土场会给农民带来这样大的灾难。

华国彪看了一会儿又继续往前爬，他爬到矿山的背面。矿山背面没有剥离，也没有排土，而是一片森林。华国彪站着看了一会儿，突然“哗”的一声，一株五六层楼高的大树被风刮倒，倒下时又压断了几株小树。他不敢往森林里去。他看了看地形，整个矿山背后是一个大山谷，有几里路长，约一里路宽。他沿着林边的山路往山谷口走去。山谷口很窄，大约五十米，像个瓶颈。山谷口外是一个山窝。他眼睛突然一亮，若在这里建个水库，把采矿场的水分层导入水库里，既可防洪，又可洗矿、饮用、灌溉和养鱼。修一条车路到山谷口，用排出的土来筑堤。堤外的山窝可作排土场，排土场就不会占田了，也不会发生泥石流损坏农民的房子。他越想越出神，竟然忘记了风和雨，大声地自言自语：“有办法了！有办法了！”

他正在高兴的时候，一阵大风把他掀倒在地，一连往山下滚了十多米，整个人滚成了泥菩萨。他爬起来，从原路走下山来。快到安全门时，夏国忠大声说：“你怎么滚成了这个样子？赶快把衣服脱掉，到池子边洗干净。”华国彪说：“跌了一跤。”“我叫你不要去，你不信。没有被雷击算万幸了。”“我今天收获很大。”“收获一身泥巴。”夏国忠一边给华国彪洗头一边说，然后拿了自己的一身干衣服给华国彪换上。

华国彪换了衣服后把刚才见到的情况和修水库的想法告诉夏国忠。夏国忠听了说：“修水库确实是个好办法。雨季下雨就成灾，旱季却没有水洗矿。国矿长为这个问题真是伤透了脑筋，全矿职工也不知想了多少办法，但就是不能根本解决问题。假若修水库，防洪和缺水的问题都解决了。你去告诉应师傅和国矿长，看他们的意见怎样。”

当天晚上，风小了很多，雨也小了。夏梅芳来到华家，说：“天涯学校的厕所被风吹倒了，幸好今天不上课，没有发生事故。听说天涯县一中的厨房被吹掉了一边，压死了一个炊事员。”牛爱华把华国彪今天上山的情况告诉夏梅芳。夏梅芳说：“阿哥，你真是不要命了。这太危险了。今天上午，猴子山那棵大树被雷劈的时候，我就担心你是不是在山上。我打电话到采矿队办公室，他们说你上山了。我中午到这里，你还没有回来。大家都急得团团转。”华国彪说：“危险是危险，但只有刮台风的时候去山上看看，才能了解台风对矿山的影响，才会知道如何防洪。”夏梅芳说：“以后再也不要做冒险的事了，不要把家里的人急坏了。”华国平对华国彪说：“你中午没有回来吃饭，妈妈急得直哭。”华国彪对牛爱华说：“妈，我今天没有出事，您可以放心了。”牛爱华说：“你今晚若不回来，我也活不到明天早晨。”说完就眼泪纵横。夏梅芳对牛爱华说：“伯妈，阿哥回来了，别哭了。我回学校去了。”说完，走出门，并把门关好。

夏梅芳刚走出门不远，“轰”的一声雷响，她吓了一跳，退回到屋檐下，想推门进去，但一转念，又不想进去了。这时，只听见牛爱华说：“阿芳听说你上山了，急得像热锅上的蚂蚁。中午冒着雨来，见你没回来，眼圈都红了。刚才又冒雨来，真是比亲姐妹还关心你。”她停了一下又说：“阿芳真是个好妹子。假若阿芳是我的女儿，我还真舍不得把她嫁出去。”华国平开玩笑地说：“您舍不得，就要阿芳姐做儿媳妇好了。”华国彪对弟弟说：“你怎么讲这样的话？阿芳听见了会生气的。”牛爱华说：“她不会生气的，我带过她还不知道？假若你夏叔叔在这里，我还真会向他提起这件事。这样好的妹子到哪里去找？”华国彪说：“您不怕人家说您是带童养媳？”牛爱华说：“是不是童养媳，主要看是不是包办婚姻。假若是自愿的就不叫童养媳。彪儿，你说，你愿不愿意？”华国彪说：“我和阿芳都只管读书和工作，从来没有谈过这样的事。”牛爱华说：“你爸爸只有你这样大的年纪就成家了。过去很多人十八岁就成家了，不到四十岁就做爷爷奶奶了。”华国彪说：“妈，那是旧社会，老皇历怎么能拿来现在用？现在都提倡先立业后成家。”华国平笑着说：“妈妈只想早点升级做奶奶。”夏梅芳听了，心里感到热乎乎的。她还想听听华国彪怎么说，但又怕有人出来，只好赶紧走了。

次日上班，华国彪把之前看到的情况和修水库的想法告诉应长寿。应长寿拍着大腿说：“哎呀，我怎么没有想到修水库！年年搞防洪，年年搞救灾，还是防不胜防，救不胜救。排土场的泥石流毁坏农田和农舍的事发生好几次了，不过都没有这一次严重。以前总是想不出什么好办法从根本解决问题。修好水库不仅可以增产，还能大大减少事故。”应长寿站起来说：“我们一起去找国矿长，把你的想法告诉他。”

华国彪跟着应长寿来到矿长办公室。办公室的门关着。只听见国乐山在大声批评夏国忠：“你是个安全员，你不是不知道刮台风不准上山。你管住别人，但是你没有管住华国彪。我知道，华国彪是你的老朋友华孝先的儿子，你把华国彪看作自己的儿子。你管不住华国彪，以后你能管住几千名职工吗？我宁肯完不成任务挨批评，也不能忽视职工的安全。人命关天，你懂吗？”夏国忠说：“我懂，是我不对，不该让华国彪上山。”“你知道错了，今后怎么办？”“我写检讨，今后不再发生类似的事情。”“行，你今天下午把检讨交来，我看了以后再贴到安全门上。”应长寿拉了一下华国彪说：“批评完了，我们快走。”走到采矿队办公室后，应长寿对华国彪说：“等夏师傅把检讨贴出来后，国矿长的气消了，我再找他谈修水库的事。”

次日，夏国忠的检讨贴在安全门上，而且贴得很牢。工人们看了以后说：“劳动模范违了规也要写检讨。以后要注意一点。”有的老工人开夏国忠的玩笑说：“你管得住千军万马，就是管不住朋友的小孩。”有的说：“听说孔子也说女人和小孩难管教。孔子是圣人也感到为难，莫怪夏师傅这个平常人了。”夏国忠听了不好意思地笑了笑。

当天下午，应长寿把华国彪在刮台风时上山看到的情况和建议修水库的事告诉国乐山。国乐山惊喜地说：“对，只有修水库才能解决问题，华国彪抓住了问题的根本。”应长寿故意说：“可是夏师傅因华国彪上山倒了霉，写检讨。”国乐山笑着说：“夏师傅写检讨也有好处，让大家重视安全问题。华国彪这个孩子，你和夏师傅要好好引导。他这个人引导得好，会大有作为。若引导有失误，他会不买你的账。”两人相视而笑。应长寿问：“水库什么时候修？”国乐山说：“你要华国彪写个方案，我把它交给矿领导集体讨论通过后，再请地质队来勘察，然后再动工，越快越好。这几天，你要多费点心，把采矿场的险情处理好，首先把路修好，把电线架好。我这几天要忙着搞救灾。高压线被台风刮倒了，排土场的泥石流淹没了几栋农舍，还淹死了一个老太婆。全县死了十多个人。中央和省里都来电话，要各级领导带头，发动群众，做好救灾工作，要做到‘五个要’：死了的要安葬好，有病的要抓紧治疗，没吃没穿没住的要安排好吃穿住，要做好防疫工作，要尽快恢复生产。矿里号召全矿职工有力出力，有钱出钱，有物出物，支援灾民，搞好生产。”

晚上，华国彪对牛爱华说：“矿里号召大家救济灾民，我们怎么办？”牛爱华说：“清理一下，看是不是有多余的衣服，送给人家也好，但我们家里除了几件当家的衣服外就没有什么好衣服了，总是大的穿了小的穿，小的穿烂了就只能做抹布了。”华国彪说：“灾民太可怜了。我没有什么捐的，把这个月的工资捐献算了。”牛爱华说：“你把工资捐了也行，灾民没有救济就只有逃荒讨米。新中国成立前我病得要死的时候，乡亲们都来救济我们。你上大学有困难，大家都来帮助你。我们现在有吃有穿有住，不要忘记受灾的乡亲。”

领工资的时候，会计金艳对华国彪说：“读书多还是好。本科生每月五十多元；专科生每月四十多元；中专生只有三十多元；没有文凭的工人更少，只有二十多元。”华国彪说：“这次救灾我没有什么捐的，就这个月的工资全部捐了。”应长寿说：“你不吃饭了？你家里还有娘和弟弟。”华国彪说：“前几天我见到农民家里被淹的样子太惨了。我家里比他们好多了。”

据统计，全矿共捐献现金五万多元，被子一百多床，衣服一千多件。很多工人把家里翻了个遍，好容易才找到几件像样的衣服拿去捐献。

刮台风后两个星期，矿山的道路都修好了，电线也架好了。几个车间的水退了以后，污泥有一尺多深。机器里面到处是污泥。工人们日夜奋战，把墙上的污泥洗刷干净，把机器擦干净。除了公费安葬那个死去的农民老太婆外，还按规定给她的家属发了抚恤金。对淹没的农田进行了恢复，还为房子被排土场的泥土淹没了的农民建了一排新的砖房子，每户一套。因此农民也感到满意。

采矿场恢复生产的第二天，华国彪下班后去天涯学校看望夏梅芳。他来到夏梅芳宿舍的门口时只见门上一把锁。他问住在隔壁的阳育贤，阳育贤说：“夏梅芳去买肥皂洗衣服，一会儿就回来。你进我屋里坐坐，我有件事对你说。”华国彪不知是什么事。阳育贤倒了茶给华国彪，然后说：“你毕业两年来，干得不错，老师们都很高兴。夏梅芳现在教高一，也得心应手，下个学期教高三。马婵娟去年分配到铁矿医院，现在已经是妇产科的骨干。她父亲摘掉了右派分子的帽子，写的《海南英烈传》出版了。我觉得你们都到了成家的年纪了。你现在有女朋友没有？”华国彪说：“毕业后忙于工作，还没有想过这件事。”阳育贤说：“有一天，我问夏梅芳找到男朋友没有。她回答得很有意思。她说，爱情同友情一样，是一种缘分，是在生活中从相识到相知，慢慢产生的，不是找来的。我问：‘你和华国彪从小就像两兄妹一样，你们现在是什么感情？’她的脸马上变得通红。我对她说：‘如果你相信我，就把实话告诉我。我尽力帮助你。’她说：‘我从小就把华国彪当作哥哥，他也把我当自己的妹妹，从来没有其他的想法。大学毕业后，不知怎么地，我觉得越来越离不开他。假若几天没有见到他，我就觉得像月亮缺了一半，剪刀少了一边一样。’我想问你，你有什么想法？”华国彪说：“老师真像我们的父母一样关心我们。我和夏梅芳从小就像兄妹一样，但我们从来没有谈过恋爱。参加工作以来，我有一种感觉。”阳育贤迫不及待地插话说：“什么感觉？”华国彪说：“同夏梅芳一样的感觉。”阳育贤笑了起来，她说：“真正的爱情确实不是找来的。两个人在一起，生活中互相关心，学习上互相促进，工作中互相帮助，于是不知不觉就产生了爱情，用不着讲些爱来爱去的话。”

这时，隔壁的门响了。阳育贤说：“夏梅芳回来了。”华国彪谢别了阳育贤，朝夏梅芳宿舍门口走去。

夏梅芳的房间挂着绿窗纱。华国彪推开门进去。夏梅芳正在脱罩衣。见到华国彪进来，她说：“你怎么不敲门就进来了？”华国彪觉得自己太鲁莽，但又想，这不是人家房里。他说：“进人家房里当然要注意。”夏梅芳说：“在长沙读书时，体育系一个男同学来寝室找一个女同学。他没有敲门就冲了进来，有个女同学正在换里衣，吓得尖叫，赶忙用被子蒙起来。其他的女同学把那个男同学轰了出去。你以后进人家房里要先敲门，其他人不像你们那个和尚班，可以随随便便。”华国彪叹了口气说：“还是当小孩好。”夏梅芳扑哧一笑说：“我们最好都不要长大。”华国彪说：“我们小时候在一起，天真无邪，那多好！”夏梅芳说：“长大了就不同了。你看，你的罩裤的扣子都没有扣好。”夏梅芳说完抿着嘴笑。华国彪一看，真的没有扣。他连忙站起来，转过背，把扣子扣好。夏梅芳说：“你以后要注意，尤其是办公室有女同志的时候，不然就会出洋相。”“我还没有出过洋相。”“你出了洋相也不知道。女的很注意衣着。她们见了也不好意思对你讲，只装作没看见，但有的人在背后又说三道四。”“还是和尚班好，大家都不拘小节。”“单位上多半有男有女。”“像幼儿园那样也好，男孩和女孩之间都没有什么忌讳，就像我们小时候那样。”

华国彪这些不经意的话触动了夏梅芳的心事。她说：“假若我们像小时候那样天天在一起该多好。”华国彪说：“那也容易，你再搬到我家里去住就是了。”“你又讲傻话了。就是同胞兄妹也不会永远在一起。”“不同胞的可以永远在一起。”夏梅芳吃惊地望着华国彪，觉得他在说傻话，但又不像说傻话。她激动地说：“阿哥，我真的永远不想离开你。”华国彪说：“那我们就永远像小时候一样在一起不分开。”夏梅芳望着华国彪说：“阿哥，你说真的？”华国彪也望着夏梅芳说：“我什么时候对你说过假话？”夏梅芳高兴得眼睛闪着泪花，抱着华国彪的肩膀。两人脸偎着脸。

夏梅芳让华国彪吃了晚饭再回去。华国彪刚走一会儿，马婵娟来了。她说：“明天我去海角村搞防疫，今天来看望你。”夏梅芳说：“你要多关心你自己。这段时间你瘦了很多，一定太累了。”“这次救灾确实很累。俗话说：大灾之后必有大疫。近来病人多，每天都加班四五个小时，上面要求尽力防止疾病传染。有的地方发生了霍乱。昨天，海角村有个卖肉的突然死在市场里，大家以为是霍乱，很多人不要命地往外跑。卖肉的肉也不要了，买菜的连菜带篮子都丢掉了，像逃离大火一样赶快逃跑。全海南岛统一安排医务人员去海角村，铁矿医院去两个。有个医生怕传染，不肯去，当场革职。上面派我去顶替。”夏梅芳问：“你不怕被传染吗？”马婵娟说：“医生都不去，那怎么能防治疾病？医学院的老师教育我们，医生宁可牺牲自己也要把病人救活。”

马婵娟要夏梅芳特别注意防治疾病，然后就告辞了。夏梅芳用崇敬的眼光目送她离去。

次日，华国彪收到钟灵从新加坡拍来的电报。电报说：

华国彪

闻灾可安若国彪遇难请收报人代安并烧电报彪墓前。

华国彪看完了电报，眼泪直流。他揩干眼泪，马上拍了电报给钟灵：“家安勿念祝好。”

二一　喜去悲来

台风过去，学校开始上课。在开学的第一次全校教师会议上，教导主任李信儒说："自我们学校开办以来，全国大多数名牌大学都有我们的学生，但北京大学和清华大学还没有。现在高三有三个班，甲、乙两个班各科成绩都比较平衡，丙班的数理化成绩比较好，但语文成绩差些。若把语文成绩提高了，高考可能超过其他两个班。夏梅芳教丙班的语文兼当班主任，我随堂听课。大家齐心协力，拼死拼活也要争取明年有学生考上北大和清华。"

当夏梅芳走上高三丙班的讲台时，台下各种各样的眼光在注视着她。有的羡慕她，觉得夏老师比高三的学生大不了几岁就教高三，真不简单；有的瞧不起她，认为她大学刚毕业两年，只教过初一和高一，能胜任高三毕业班的教学工作吗？她能在一年内把这个班的语文成绩提高吗？

夏梅芳对学生说："高考要考好，必须在各科全面发展的前提下突出一两门功课，不能偏废。一个跛子是不可能同人家赛跑的。再说，语数外三门是工具课，不管你学什么都会用到。有学生说：'学好数理化，走遍天下都不怕，语文成绩差一点不要紧。'语文学不好，会影响其他功课。你们中间有没有想考财会系或数学系的？"台下有几个学生举手。夏梅芳要其中一个男学生上讲台，写"二"的大写。那男生把"二"写在"弋"的左上角。夏梅芳问对不对，很多学生异口同声地说："对！"夏梅芳给这个字打了一个叉，另外写了一个"贰"字，并说："记账和搞数学，不能连数字也写错。"一个坐在前排的男学生马上站起来，拿着一张钞票说："老师，钞票上印的和同学在黑板上写的完全一个样。"大家都好奇地望着夏梅芳，看她怎么下台。夏梅芳不慌不忙地说："写字以国家公布的规范为准，不以钞票为准。高考写错字是要扣分的。"有的学生查字典，果然如夏老师写的那样。大家又是摇头叹气又是点头微笑。

夏梅芳接着讲了一个故事。中国援助一个国家搞建设。双方谈好，钢筋和水泥由中方负责，其他材料由受援国负责，但合同上写着"钢筋和水泥等材料由中方负责"。开工时，中方准备好了钢筋和水泥，受援国什么材料也没有准备，并责怪中方没有把材料备齐。中方问理由，受援国拿出合同说：合同写着"等材料"，说明其他材料都应该由中方负责准备，否则只要写"钢材和水泥由中方负责"就行了。中方哑巴吃黄连，有苦说不出。夏梅芳说："俗话说，'一字值千金'。中方用错一个'等'字，一字失万金。假若订合同注意'等'字的应用，列举未尽用'等'字，列举已尽则不用，就不会给国家造成这样大的损失了。"学生听了，连连点头。向阳幽默地说："假若书店承诺，谁发现书中有字词句错误，免费送书，那夏老师买书就不用花钱了。"大家都笑了。

夏梅芳又说："高三的学习与其他年级有不同的地方。肄业班像拣珍珠，一颗颗地拣。拣多了，手没法拿了，你就要用线串起来。到高三必须把学过的知识归纳总结、系统化，这样才能纲举目张。复习功课既要全面复习，又要抓重点。例如语文复习，内容很多，有古文、现代文、语法、修辞、逻辑和作文。作文的体裁又分记叙文、议论文、说明文和应用文。只有一年时间，我们应该重点抓好作文，因为高考作文的分值高。我将当面给每个同学批改作文四次，每种体裁批改一次。”

夏梅芳这一讲，大大增强了学生学好语文的信心。

有一次，夏梅芳出了个作文题“谈金钱与幸福”。有个叫尤爱莲的女学生的作文使夏梅芳非常感动。

尤爱莲写的是一个假期她家里发生的一件事。有一天，她母亲去捡破烂，到了吃晚饭的时候还没有回来。尤爱莲怕出什么事，就去街上寻找。只见她母亲站在路边，身边放着两个捡破烂的竹筐，手里提着一个袋子。她问母亲：“您怎么还不回去吃晚饭？”尤母说：“我在等一个人，这个人掉了一袋钱。”尤爱莲拿过袋子一看，袋子是锁着的。从一条小缝里可以看到成扎的钞票，是大票子。她用手摸了摸，有三十扎。尤母说：“掉钱的这个人可能是银行里的或者是大单位的。私人没有这么多钱。这个人也太粗心了，掉了钱还不知道。”尤爱莲说：“假若私人有这么多钱，一辈子也用不完。”尤母说：“那也难说。有钱多用，无钱少用，只有劳动得来的钱才经用。捡了人家的东西应该退给人家。”

母女俩等了好一会儿还不见有人来领，两人只好把钱交给派出所。

次日，派出所所长陪同一位男子来到尤家。那男的说自己是农场的出纳，前一天去银行领钱发工资，装钱的袋子放在自行车后面的架子上。到了农场，袋子不见了。他急得不得了。他赶到银行，银行的人也不知道。后来才想到去派出所报案。他说：这是整个农场工人一个月的工资。他拿出五十元给尤母说：“这点钱作为感谢您老人家的一点小意思。”尤母说：“这是你感谢我还是农场感谢我？”“当然是我感谢您。”“那你不是要拿出一个月的工资来？”“当然。只要工人们的工资在，我拿出这五十元也是应该的。是我不小心。幸好遇到您这样的好人。”“你也要养老养小，我怎能要你的钱？我要钱就不交给派出所了。”出纳和派出所所长笑了起来，只好对尤母谢了又谢。

春节那天，那位出纳和派出所所长，还有居民委员会主任，来给尤母拜年，送了一个镜框。镜框里嵌着省报表扬尤母的文章。

尤爱莲的作文最后说：“我母亲虽然没有得到金钱，但得到了幸福。”

夏梅芳看了作文后，把尤爱莲叫到办公室问：“当时你家里很困难，你自己怎么想？”尤爱莲说：“我开始很高兴。我母亲说，不是自己的东西不能要，我就不去多想了。”夏梅芳说：“你母亲虽然捡破烂，但品德很高尚。她那句话值得我们永远记住。记住那句话可以终身受用无穷。你这篇文章内容很好，很感动人，语句也通顺，错别字很少，但有个大问题：文不对题。”“我平常写作文总是交卷了事，不知道怎样才能写好。”“作文要切题，动笔之前要审题。文章的题目是要你谈金钱和幸福的关系，要写议论文。你写的是拾金不昧，是记叙文。”“我重写好吗？”“行。写好再给我看。”

尤爱莲第二次写得比第一次好多了。

夏梅芳在改作文时发现不少文理不通的现象。评讲作文时，她在黑板上写了个句子，问大家对不对：

“他恢复疲劳后又继续工作。”

有个学生说，这个句子不对，“恢复疲劳”有逻辑错误。另一个学生说，有些词语虽然有逻辑错误，如“救火”“打扫卫生”等等，但约定俗成，大家都能理解，不能算错。“恢复疲劳”是成语，成语不能改。一斤是十六两，假若一斤改成十两，你不能把“半斤对八两”改成“半斤对五两”。第三个学生说，成语也有改的，如“每下愈况”改成“每况愈下”，“莫名其妙”改成“莫明其妙”。第四个学生说，成语一般不能改，改了的，有的意思相同，有的意思不完全相同，如“言简意赅”是说言语简练，意思完备，与“言简意明”有细微区别。有逻辑错误的词语最好用新词来代替，“恢复疲劳”可以用“消除疲劳”来代替。又如，“摸着石头过河”，可以理解为“不能前进就回头”，还可以理解为“边走边看路”。若是第二种意思，不如说“摸索前进”。摸着石头过河就像拿起石头打天一样，达不到目的。

夏梅芳又写了一个句子要大家讨论：

“我们队有四十六个人：二年级以下的四十个，二年级以上的六个。”

尤爱莲说：“句子中的‘以上’‘以下’有点费解。如果‘以上’‘以下’不含二年级，那就是说，队里没有二年级的；如果含二年级，二年级的就会重复计算。准确的说法应该是：我们队有四十六个人：没读过二年级的四十个，读过二年级的六个。”

夏梅芳说：“答得很好。以后用‘以’字要小心。我有几次在广州买火车票。有一次告示牌上写着‘卖长沙以远，包括长沙’，另一次却写着‘卖长沙以远，不包括长沙’。这说明‘以’字含不含前文的范围，还不明确。现在的趋势是含的多。”

夏梅芳还想继续讲下去。向阳举手提问。他走上讲台，在黑板上写了“1960年、一九六0年、一九六零年”，并问夏梅芳：“这三种数字写法哪种对？”夏梅芳说：“这三种写法都有。不同的是：第一种是阿拉伯数字；第二种是混搭，‘一九六’是汉字，‘0’是阿拉伯数字；第三种是汉字。”夏梅芳觉得再问下去就不好回答了。向阳又问：“一个词组可以混用两种文字吗？‘从零开始’可不可以写成‘从0开始’？”

李信儒听了，又是皱眉头又是抓脑袋。他亲眼看着向阳长大，由于入学早，小学和初中又多次跳级，所以读高三还只有十五岁。这样小的孩子竟能提出这样难的问题，这与他父母向克己和阳育贤的教育有关，也与夏梅芳的启发式教学有关。他望着夏梅芳，看她怎么回答。夏梅芳说：“这三种写法在书报上都有。书报上有的不一定都对。有些书把千瓦合写成一个字，这是违背汉字的书写规律的。英文有合写的现象，汉字不能照搬外国的。“孬”是一个字，不属于合写。关于阿拉伯数字的用法，国家还没有规定。我个人认为，除了科技等专业书刊，一般应该用汉字。文学书刊依照传统体例为好。”

向阳又问：“‘0’的读音问题，我还有点搞不清。‘0’应该读‘零’，可不可以读其他的音？‘20岁’读作‘二十岁’还是读作‘二零岁？’‘公元600年’读作‘公元六零零年’，而‘600元’读作‘六百元’。0怎么读？‘六百元’可以直行写，‘600元’怎么直行写？”

夏梅芳被问得有点头昏脑涨了。她尽力保持镇静，以免乱了阵脚。她说：“刚才提的问题可以概括成一句话，就是‘0’的写法、读法和用法。这说明对外国文字的引用要特别慎重，否则就会引起混乱。若写成汉字‘二十岁’‘公元六零零年’和‘六百元’就不会出现这类问题。”她接着又说，“以前叫国语或国文，现在叫语文。我们要使文和语统一，不要分离。”这时，夏梅芳突然想起一个相关的问题，她说：“一个民族最大的社会特点在于语言和文字。丢失了语言和文字，这个民族也就消亡了。反过来说，只要这个民族的语言和文字还存在，这个民族就还存在。我们要爱自己的民族，就必须爱自己民族的语言和文字。”

下了课，夏梅芳来到办公室。李信儒说：“你今天这堂课上得很好。”夏梅芳说：“我今天被问得差点下不了台。”李信儒说：“假若我上这堂课，我不知道怎样回答这些问题。我学了不少东西，从四书五经到唐诗宋词，很多背得滚瓜烂熟，但就是没有把‘零’字学好。看来，我得从零开始才行。”

夏梅芳说：“还有一个更难的问题学生没有提出来，数码的空位写‘零’比较费事，于是有人想把〇引入汉字，如‘一〇二号’。〇和0都不是方块字，汉字没有这样的笔画，读音也成问题。我看不如把‘令’当成‘零’的小写，用于数码的空位。现在字典的正文里没有0和〇，今后有没有很难说。近来报刊上汉字中夹写外文字的情况多起来了，长此以往，汉字就会变成四不像的文字。”接着，夏梅芳谈到学生写的一篇文章《等量减等量，其差不等》：

我们战败了敌人=我们战胜了敌人。

败=胜？

李信儒听了，高兴地说：“只要好好引导，丙班的成绩可能比甲、乙两班的都好。他们现在对语文感兴趣了。兴趣是最好的老师。”

转眼到了三年二期。高考一天一天逼近。高考前两天，夏梅芳对学生说：“从明天起要放松自己。一定要按时就寝，不要开夜车。我们学校是个考点。明天，外校的考生会来我们学校。不管人家搞什么活动，你们都不要参加。”夏梅芳停了一会儿又说：“还有一点要讲一下。高考试题有时有迷惑性，因此审题要冷静。”接着她举了个例子：“水池里浮着一只装有石头的船，如果把石头投入水中，池中水面的高度是升高、降低还是不变？”学生七嘴八舌，有的说升高，有的说不变。向阳说：“石头在船上排出水的重量，即浮力，与石头的重量相等。而石头的体积小于同重量的水的体积。石头投入水中后，排出的水少于在船上排出的水，所以池中的水的高度会降低。”夏梅芳笑着说：“这个题目是有人在一次科学会议上向三位著名的物理学家提出的，其中一位还获得过诺贝尔奖。三个人都没有认真思考，结果都答错了。向阳比这三位科学家考虑要仔细，所以答对了。”大家朝着向阳热烈鼓掌。向阳说：“这是初中学的浮力问题。”

夏梅芳还没有讲完，这时，教务员在教室门口向她招手，然后轻声说：“你有电话。”夏梅芳对学生说：“我接电话就来。”她来到办公室，电话里传来沉痛的声音：“我是尤爱莲的爸爸。她母亲患脑出血，下午跌了一跤，不幸去世了。请告诉尤爱莲，要她赶快回来。”夏梅芳心里一沉。尤爱莲的家离学校有一百来里远，来回要走整整两天。夏梅芳对尤爱莲父亲说：“尤师傅，明天开始高考。这对尤爱莲来说，是一生中关键的时刻。她的成绩不错。现在要她回家，肯定会影响她的情绪。让她高考完了再回家，您看怎么样？”电话里说：“老师比家长想得更周到，就照老师说的办。”

夏梅芳见教务员年轻，怕他说出去。她对教务员说：“请千万不要对其他人说。”教务员说：“你放心，我不会说的。”

夏梅芳回到教室里，学生都在看书。夏梅芳心里很沉重。她想把一个女学生叫出教室，要她随时随地陪着尤爱莲，不让尤爱莲同其他人接触，使尤爱莲能安安心心参加高考。但夏梅芳转念一想，这样反而会引起麻烦，因此她只好装作没有事的样子。

当天晚饭后，高三的学生在校园里散步。校门口竖着一块大黑板，很多人在围着看。黑板上写着：

好消息

今晚语文大王在操坪里通宵达旦辅导作文，欢迎大家去听。

滨海中学

原来，滨海中学连续几年高考“剃光头”，去年有一个考上了本科，其中有语文老师一份功劳。他猜中了作文题，因此名声大振，获得了“语文大王”的光荣称号。还没有开讲，操场就已经聚集了很多学生。其中有不少天涯学校的。

夏梅芳心里很矛盾。若让学生听，会影响睡眠；若不让学生听，万一这位老师猜中了题目，学生肯定会埋怨她。

天已经黑了，操场灯火辉煌。离晚自习还有十分钟，语文大王开始讲课了。他拉大嗓子说：“高考对学生来说是一生的关键时刻，尤其是对农村的同学来说，高考是拿工资和拿工分的分水岭，是吃国家粮和吃农村粮的分水岭，是穿皮鞋和穿草鞋的分水岭，所以必须破釜沉舟，背水一战。成功与否，在此一举。老朽下决心同大家并肩战斗，通宵辅导，讲解一百道作文题。”听了语文大王慷慨激昂的讲话，很多学生很激动，再累也要坚持听。

接着开始猜题。第一道题是“我最敬佩的人”。语文大王简单地讲了一下写人要注意哪几点。他一连猜了十多个写人的题目。这时，晚自习钟响了。天涯学校的学生陆陆续续回教室里去了。夏梅芳在教室里清点了人数，都到齐了。她说：“大家刚才听了语文大王的作文辅导，有什么想法？”向阳说：“他讲的这些，平常您都讲过了。把题目念一下，猜与不猜差不多，白费力气。若猜三五个题目，讲深讲透，又猜中了，那就有用。泛泛而谈，没有什么作用。”尤爱莲说：“作文要靠平时的基本功和临场发挥，听一个通宵还不如好好睡一觉。”夏梅芳说：“大家讲得很对。平时不烧香，临时抱佛脚是没有用的。”

大家闲谈一阵后，夏梅芳要学生准备好考试要用的文具，然后要学生早点就寝。

次日，第一场考语文。夏梅芳比自己参加考试还着急，不知道题目难不难，作文题是什么，学生考得怎么样。她站在警戒线外面，等了又等，时间一秒一秒地过去，好容易等到钟响了。学生陆陆续续走出考场。高三丙班的学生见了夏梅芳都笑嘻嘻的。夏梅芳见到学生脸上的笑容，心里才平静一些。尤爱莲笑着对夏梅芳说：“作文题是‘谈革命与学习’，写作方法同我们写过的‘谈金钱与幸福’差不多。”夏梅芳听了很高兴，但一想到尤爱莲去世的母亲及其生前拾金不昧的故事，心里又很难过。她尽量不表露出来，只是要尤爱莲好好休息，准备下一场考试。

高考完毕的当天晚上，同学们一边聊天一边收拾行李准备次日回家。夏梅芳准备次日送尤爱莲回去，到了家里再好好安慰她，并要她父亲做好女儿考上或考不上的两种准备。如果尤爱莲考得好，录取的可能性就大。

夏梅芳没想到的是：次早李信儒对她说："你去省里参加高考阅卷。"夏梅芳问："往年是向克己老师去阅卷，他还去不去？"李信儒说："他的小孩向阳今年参加高考。为了避嫌，他不能参加阅卷。"夏梅芳只好要一个女生陪尤爱莲回家。

两天后，夏梅芳来到省招生办报到。阅卷工作在一个大招待所里进行。当天晚上就开了一个会，省招生办负责人宣布了几条纪律：阅卷期间不能会客，活动范围不能超出招待所；阅卷人员如有违纪违法行为，轻则记过或革职，重则追究刑事责任。

次日上午，阅卷人员参加考试。试题是各自评阅的高考试题。夏梅芳觉得很容易，不到一个小时就做完了，结果得了九十七分。上九十分的只有五人。还有四个人不及格。

下午讨论记分标准。标准最难掌握的是作文，切合题意、中心突出、内容充实、结构谨严、行文流畅的才属第一等，文不对题的要扣一半以上的分数，观点有问题的作文可以不给分。

次日开始阅卷。夏梅芳负责看作文。好的作文看起来顺心又省事，差的作文看起来烦心又费事。有一篇作文使夏梅芳颇费踌躇。文章写得相当不错，但其中有这样几句："一个人不好好学习，知识少，就干不好革命工作，甚至危害革命工作。如前几年办公共食堂，吃饭不要钱，让大家放开肚皮吃，干好干差同样吃，结果很快就把粮食吃空了，后来只好捆紧肚子挨饿。这是没有好好学习经济学、不懂经济规律的结果。"夏梅芳认为这篇文章写得好。但是，办公共食堂不属于革命工作问题，而是建设问题。虽然现在把参加建设和参加革命等量齐观，把工作和革命混为一谈，但高考阅卷不能含糊。她把这篇作文评为二等卷。另一位老师复阅时，说这篇作文不满现实，只能算四等卷。小组长审查时，认为这篇作文思想反动，矛头指向制定政策的人，应属五等卷，即末等卷。大组长复查时不置可否。他把情况向省招生办负责人反映。这位负责人也不敢做决定，便再向上级反映。这篇作文成了大家休息时议论的热点。

后来，省招生办负责人接到上级来电，说这篇文章写的是事实，其观点针对"共产风"，请适当给予记分。最后大家同意按二等卷记分。

次日，夏梅芳发现几份试卷没有作文。有位老师说："听说滨海中学有几位学生粗心大意，没有发现试卷最后一页的作文题，考了语文后就哭哭啼啼。可能是通宵听作文辅导太疲倦造成的。"

有位老师发现一份试卷写了一首打油诗：

农村苦读十二年，又缺师资又缺钱。
自知大学考不上，只好回家去种田。

老师们觉得很好笑，但又很同情这位学生。

阅卷期间，伙食开得相当好，水果多得吃不完，就是太累了，一天到晚，脑袋像箍着铁箍一样，有时像要炸开一样痛。

连续不停地阅卷十多天，卷子总算看完了。最后拆卷登分。夏梅芳发现，天涯学校的学生大多数考得不错，尤其是她那个班。她心里乐滋滋的。她感到吃惊的是，那篇"不满现实"的作文竟是尤爱莲写的。她出了一身冷汗。

阅卷回校后，夏梅芳天天等待录取通知。她不知自己这个班能考上多少个。

天涯学校的老师都住在校内，在校搭餐。

八月中旬的一天，大家正在食堂吃午饭。李信儒眉开眼笑地来到食堂里，拿了一条凳子放在食堂中间，将两只手合拢当喇叭，扯起喉咙喊："老师们，请安静。"大家都望着李信儒，听他讲什么。"老师们，告诉你们一个好消息。今年高考，我们学校有十七人考上了本科，其中北大一名，新闻系，尤爱莲；清华一名，环境保护系，向阳。专科生有二十名。高考升学率为海南岛第二名。"李信儒满脸笑容，老师们笑容满脸，夏梅芳热泪盈眶。

夏梅芳准备下午把高考的情况告诉华国彪。谁知夏梅芳吃完午饭进寝室时，华国彪就来商量结婚的事。当他听到夏梅芳班上考得那么好时，他抱着夏梅芳吻了起来。夏梅芳说："不怕丑。"华国彪说："你做出了成绩，这是你最好的嫁妆。"夏梅芳说："你不是说先立业后成家吗?"华国彪做了个鬼脸说："成家要男方先送礼。有的地方是按女的重量送礼，一斤送十斤猪肉。"夏梅芳笑着说："那不是把我卖给你啦?""那我就什么也不送，像我舅舅和舅妈结婚那样。""那样就是好。铺盖也不用买，我那套还是新的。""你看什么时候办喜事好?""元旦最好，学校放假，大家都有空。""哪个地方好?""学校里最好，比较文明。"

两人来到华家，把商量好的事告诉牛爱华。牛爱华说："你们俩在一起，我就放心了。"华国彪对母亲说："不要做什么准备，只要买些糖果和水果就行了。不请客送礼，只告诉亲戚朋友来吃喜糖。"牛爱华笑着说："就像小时候那样，把阿芳带过来就行了。"华国平说："现在不用带了，阿芳姐她自己会来。"大家都笑了。

结婚那天，华家和夏家的人都来到学校里。夏梅芳的房门前的小坪里摆了几张桌子，桌子上放着糖果和水果。华国彪穿着一身新的蓝卡其布做的中山装，夏梅芳穿着洁白的连衣裙。

来得最早的客人是马婵娟。这时，太阳刚刚升起。她见到华国彪和夏梅芳就说："恭喜你们。"接着，她指着手中的提篮说："你们猜，我送什么东西给你们。"华国彪和夏梅芳都说猜不着。马婵娟说："你们还记得初中那次口头作文吗?夏梅芳说最喜欢玫瑰花，说它'可爱不可欺'，华国彪说最喜欢海花，说它'花开百年永不败'。我今天就送这两样东西给你们。"她揭开盖住提篮的纱布，从里面拿出一盆含苞欲放的玫瑰和一个刚劲有力的鹿角珊瑚。夏梅芳感激地说："你怎么想得这么有意思!"马婵娟把两样东西放在新房的桌子上。这两样东西一下子就成了整个新房的焦点。华国彪请马婵娟坐。马婵娟说："今天我值班，病人在等着我。少陪了。"夏梅芳抓了一些喜糖放进提篮里。马婵娟深情地望了华国彪一眼，那眼神既有喜悦也有忧伤。她说了声"祝你们幸福"，然后像一片彩云，慢慢地飘远了。

早饭后，客人们陆陆续续来了，有天涯学校的教工，有天涯铁矿的职工，还有天涯村的农民。大家都围坐在一起。牛爱华忙着给来看热闹的小朋友发喜糖，朴姬忙着烧开水和倒茶，牛克勤忙着敬烟，华国平负责放爆竹。客人们一边吃糖果一边聊天。李信儒说："我想问问新郎新娘：虽然你们两个读小学和读中学时亲如兄妹，但我没有发现你们谈过恋爱。你们读大学时是不是谈过恋爱？”夏梅芳不好意思地说：“我们读大学时只想多学点知识，没有谈过恋爱。直到今年暑假才提起这件事。”李信儒又说：“新中国成立前基本上是包办婚姻。我和我老伴是先结婚后恋爱。现在情况不同了，都是先恋爱后结婚。但你们这一对不是靠谈恋爱谈拢来的，而是靠缘分结合的。缘分可遇不可求。苦难的命运把两个家庭联系起来，也把你们两人联系起来，从相识到相知，从相知到相爱。我见过很多夫妇，靠缘分结合的极少，多半是通过人家的介绍。很多夫妻是勉强凑合的。”阳育贤说：“缘分想起来很玄，经李老师这一说，也并不玄。依我看，婚姻的质量分三等：一等的像化合物，像氢和氧化合成水一样，除非电解，否则是不会分离的，靠爱情结合的多半属于这一种；二等的像混合物，像盐溶于水变成盐水，太阳一晒，水蒸发跑了，只剩下盐在叹气，靠金钱结合的多半属于这一种；三等的像悬浊夜，像泥与水混在一起成泥水，过一会儿，水浮在上面，泥沉在下面，包办婚姻多半属于这一种。”卫求生风趣地说：“新式婚姻有新式婚姻的特点，老式婚姻有老式婚姻的特点。包办婚姻像方钉，钉进去难，拔出来也难；自由婚姻像圆钉，钉进去不难，拔出来也不难；买卖婚姻像螺丝钉，旋进去容易，旋出来也容易。”他把大家都讲笑了。牛爱华说：“阿芳和国彪小时候在一起摆家家，没想到现在真的成了夫妻。”国乐山说：“我记得铁矿复工的时候，华国彪还是个流鼻涕的孩子，经常跟在夏师傅后面，一眨眼就成家了。难怪我们老了。”夏国忠说：“国矿长多大年纪了？”国乐山说：“快满六十岁了。我十八岁当煤矿工人。有一次有个矿工死在井下，老板不管安葬。我带领工人罢工。老板勾结官府，派警察来抓我。我就跑到延安找共产党。我妈妈在家里不知哭了多少回。我退休就回去照料她，再不能让她伤心了。”牛爱华说：“您真是个孝子。您妈妈多大年纪了？”“她生我时二十三岁，现在八十三岁了。”夏国忠说：“您怎么不把她接到铁矿来住？”“她不愿离开老家，一直同我哥哥住在农村里。”牛爱华问：“您老家在哪里？”“在四川。”牛克勤说：“听说四川是个好地方。”“是啊。四川被称为天府之国，但四川也是个爱出乱子的地方。俗话说：‘天下未乱蜀先乱，天下已治蜀后治。’我的家乡有一座山雕成的乐山大佛，从唐朝开元元年创建，费时九十年，仅脚背上就可以坐一百多人，耳朵有两丈长。我父母给我取名乐山，就是希望乐山大佛保佑我。”华国彪说：“您的名字使人想起‘仁者乐山’这句古话。”国乐山笑道：“这是巧合。”应长寿说：“国矿长退休后，谁来当矿长？”国乐山说：“这是上级的事。我干到退休那一天为止。现在水库修好了，铁矿石生产完成任务没有问题了。另一件事我本来想办，但我办不成了，只有靠你们去办了。”华国彪说：“什么事？”“就是开铜矿的事。夏师傅对我说过，靠南边山坡有铜矿。”华国彪说：“前几天，我听海角村的人说，他们在山沟里开荒，发现土是黑的。他们问我是什么原因。我去看了看，原来是煤，质量不错。我们可以建议国家征收那地块开煤矿，再用我们的铁矿石办钢铁厂。”国乐山惊呼道：“天涯海角真是得天独厚。我们应该向上面打报告，请勘测队来，把矿产的位置和藏量搞清楚，然后请求开采。若把煤矿和铜矿都办起来，矿山就更加兴旺了。华国彪，你是内行，你要多费点心。”华国彪说：“我一定尽力而为。”其他的人都眉开眼笑。

客人们聊了一阵就陆陆续续回去了。牛爱华和朴姬把桌椅收拾后也回去了。最后只剩下华国彪和夏梅芳两个人在新房里。两人闲谈一阵就熄灯就寝了。华国彪悄悄对夏梅芳说："我们小时候睡一张床，长大了又睡一张床。"夏梅芳用手指刮了一下华国彪的脸说："不害羞。"接着，两个人吃吃地笑了。

次日早晨，太阳出来一丈多高了，华国彪和夏梅芳才起床。有两个小孩在门外喊道："大家快来看，新郎新娘在亲嘴。"原来有两个小孩从门缝里看了好一阵，发现了这一件新奇的事。夏梅芳和华国彪好一阵不敢出门，等到外面没有人才敢开门。华国彪对夏梅芳说："今天我们去鹿回头和水库玩玩。"夏梅芳巴不得去玩个痛快。

早饭后，两人乘车到鹿回头。据说，从前有个年轻猎手追赶一头鹿到海边的悬崖上。鹿回过头可怜巴巴地望着猎人。猎人见这头鹿太可爱了，竟转身走了。后来这头鹿变成了美丽的少女，成了猎人的妻子。夏梅芳问华国彪："假若你是猎人会怎么样？"华国彪说："那我就变成鹿，在一起饱经风雨也心甘情愿。"夏梅芳紧紧地抱住华国彪，激动得流下了眼泪。

接着，两人来到水库，只见水库像一面大镜子嵌在群山之中。原来山谷中的几座小山头变成了几个小岛。很多人来参观。国乐山对权升钤说："要好好利用水库。一是养鱼，这样全矿职工过年过节吃鱼都没有问题。二是办森林公园。周围是原始森林。水库中的几个小岛可以办成动物园，搞成虎岛。海南岛没有老虎。到其他地方去买两只老虎来，一雌一雄。再搞个游泳池。这水库的水没有污染。只要修几个大池子，经过澄清和过滤就可以饮用。"权升钤说："你想得真美。原来只想到防洪，解决雨季生产问题。现在这个问题解决了，每个月的产量超过第一期工程的一半。"贾世界说："很多事情矿里不必管，可以包给私人去搞，要承包人每年给矿里交钱就行。"权升钤说："国矿长，我看小贾讲的办法不错。"国乐山说："承包是个办法，但也有问题。一是承包人有赚的，事情好办。假若亏了，他赔不起怎么办？结果会包盈不包亏。二是水库产品的价格问题。承包人漫天喊价就会损害职工的利益。三是承包人进行掠夺式经营，损害国家的利益怎么办？我认为，承包可以搞，但要慎重，要兼顾国家、职工和承包人的利益，要让矿内没有工作的家属子女承包，解决就业问题，不准转包从中剥削牟利。旧社会的二老板就是转包工程，二地主就是转包土地，从中剥削。"他见了华国彪小两口，笑着对大家说："建水库，华国彪应该记第一功。"华国彪很高兴。夏梅芳对华国彪说："没想到这个山窝窝有这么大的作用。"华国彪和夏梅芳看了一会儿就回去了。

下午，夏国忠和应长寿也来参观水库。夏国忠见水面上浮着一些木头，对应长寿说："这些木头要打捞上来，不然会影响堤坝安全。"

次日上午，应长寿带领几个临时工，把浮在水面上的木头打捞上来，但有几根木头漂进了堤坝的涵洞里，没办法打捞上来。夏国忠说："涵洞里的木头一定要想法弄上来，不然会影响放水和堤坝安全。"一个临时工说："要潜水才能把木头从涵洞中抽出来。我们都没有那样好的水性，不敢去干。"夏国忠说："我来干。"应长寿说："我比你小十来岁，还是我下去。"夏国忠说："我看还是先比试比试，谁潜水的时间长谁就下去。""行。"应长寿边说边脱衣服。一个临时工喊："一，二，三！"两个人同时潜进了水里。

过了一会儿，应长寿浮出了水面。他看了看水面周围，不见夏国忠。过了好一会儿，夏国忠才露出水面。应长寿笑着说："姜还是老的辣。"两人上了岸，约定明天打捞木头。

次日上班时，夏国忠、应长寿和几个临时工来到堤坝上。夏国忠说："你们几个在上面拉住绳子的这一端。我把绳子的另一端套在木头上。我把木头抽动时，你们就拉绳子，把木头拉上来。"说完就拿住绳子的另一端跳进了水里。过了一会儿，夏国忠浮出水面说："三根木头互相交叉在涵洞里，卡得很紧。只要抽动一根就好办。"应长寿说："您要小心。抽不动就上来。""我知道。"夏国忠说完又潜进了水里。

过了一阵，木头被抽动了。堤坝上的几个人很高兴，连忙拉动绳子，把一根木头拉了上来。接着夏国忠浮出了水面，拿着绳子的一端，又潜进了水里。当第二根木头拉上来时，夏国忠却没有浮出水面。过了一阵，还不见夏国忠露出水面。大家有点急了。有个临时工看了看堤坝外面，突然喊道："夏师傅被水冲到涵洞外面去了。"大家看堤坝外面，只见夏国忠被水冲到岸边的石头上，一动也不动。应长寿大声喊："夏师傅！"没有回应。他又拼命喊，还是没有回应。应长寿和几个临时工急忙奔下堤坝，一看，夏国忠口吐白沫，眼睛紧闭，脸白如纸。应长寿一只脚跪下去，在夏国忠耳边大声呼喊。不管他怎么喊，夏国忠始终没有一点反应。应长寿号啕大哭。几个临时工也潸然泪下。

应长寿只管哭，身后已经来了很多人他也不知道。国乐山问几个临时工事情发生的经过。听完后，他把应长寿扶起来说："越是伤心的时候越要镇静。我去安排丧事，你把采矿场的安全管好。我们把事情做好才对得起夏师傅。"

次日晚上，在殡仪馆举行追悼会。矿里的领导人都来了，还有成千的自发来的工人。天涯村的农民也来了不少。他们都想最后看一眼夏师傅。国乐山致悼词，他说："夏师傅新中国成立前在天涯村务农，后来在日本人办的天涯铁矿做工。前妻被日军杀害。日本投降后，铁矿停产。新中国成立后，夏师傅回到铁矿当工人，十多年来兢兢业业工作，被评为省里的劳动模范。昨天为清除水库涵洞内的木头，不幸以身殉职。我们要学习他忘我劳动、廉洁奉公和英勇献身的精神，把铁矿建设好。"

朴姬和夏梅芳一直伤心痛哭，华国彪也流泪不止。

矿里遵照夏国忠的遗愿，把他安葬在死难矿工公墓旁边，使他陪伴着不幸死去的弟兄们。

下葬封土后，送葬的人有的赶着去上晚班。采矿队的职工走到安全门时，看到夏国忠生前写的检讨还贴在门上：

检讨书

我当了十多年安全员，深知刮台风危险，但我对朋友的儿子要求不严，让他在刮台风时上山，违反了矿山的安全规则，特此检讨。希望大家以我为戒，共同遵守矿山的安全规则，做到每天高高兴兴上班，安安全全回家。

夏国忠

大家看了这份检讨，想起了夏师傅，格外伤心。不一会儿，国乐山也来了。应长寿对他说："把这份检讨撕掉算了，不然，大家一想起夏师傅就难过。"国乐山说："还是不要撕掉，让夏师傅像往常一样，天天提醒我们要注意安全。”他接着又说：“这次事故，我有责任。年老了，考虑不周到。”

大家问国乐山什么时候退休。他说：“还有一段时间。”应长寿说：“退休就轻松了，不用早起，不用每月都担心完不成生产任务，不用每天都担心出事故，想玩就玩，想睡就睡。”

一周后，大家不见国乐山来上班。一打听，他退休了，悄悄地回老家了。大家问矿领导，为什么国矿长就这样无声无息地回去了。矿领导说：“国矿长事先打了招呼，不要开欢送会，更不要送礼。他说，夏师傅出事，他很伤心。假若他国乐山退休开个欢送会，他想起夏师傅会很难过，所以他悄悄地回老家了。”

二二　风云突变

国乐山退休不久后，铁矿发生了意料不到的事。

一天上午，学校办公室门口贴了一张大字报《中国要防止出现苏联那样的特权阶层》，这是语文组的教师齐天仇写的。学校里马上召开了全体师生大会。校党支部书记兼校长安荣说："上级没有说基层要写大字报。我们一定要绝对服从党的领导，不能轻举妄动。"会后，安荣找齐天仇谈话，要他写检讨，保证不再犯这样的错误。齐天仇感到莫名其妙，他说自己是响应党中央的号召，不肯写检讨。党支部马上做出决定：给齐天仇警告处分。

处分决定贴出后，安荣以为可以太平无事了。没想到不到一个小时，又贴出了一张大字报《就是要摸安荣的老虎屁股》，署名过河卒齐天仇。大字报说安荣为了捂住师生的嘴巴，不惜拿他来开刀，但那只是痴心妄想。齐天仇是齐迎春的儿子，他奶奶被日本军官踢伤死去，父亲在与国民党保安团作战时英勇牺牲，是母亲把他带大的。大学中文系毕业后，他在机关当了一年秘书，他觉得跟在当官的屁股后面转没有什么意思，于是要求到他父亲牺牲的地方教书，为建设家乡出力。他在天涯学校教了几个月就发现学校饮用的水被洗矿的水污染，要打井才行。安荣说："我们一向饮用河水，你来了几个月就不能饮用了。"齐天仇把河水拿去化验，化验结果说河水中有破坏造血组织的物质。安荣说他泄密，不该公开化验结果。齐天仇觉得安荣不懂科学，又不讲民主，写了封信给省教育厅，要求拨款打井。教育厅指示县里拨款打了一口井。安荣没有再指责齐天仇，但认为齐天仇失了他的面子。后来，齐天仇又发现安荣喜欢人家吹捧他，于是编了一首顺口溜：

学校工作没有巧，面对领导常带笑。
表面事情多做些，背后汇报不能少。

这首顺口溜很快就在教师中传开了，后来传到安荣的耳朵里。安荣在全体教工会议上狠狠批评了齐天仇一顿，还向教育处反映，要求把齐天仇调走。教育处征求李信儒的意见，李信儒说："齐天仇虽然讲话有失检点，但教学能力强，工作认真负责。年轻人有缺点，应该耐心帮助他改正。"结果没有调成。此后，安荣就像和尚敲木鱼一样，逢会就敲一下"阶级斗争新动向"。齐天仇的脑袋就好像长了癞子一样，开会就被安荣敲得又痒又痛。安荣看了齐天仇大字报的标题心里就有点紧张，看了落款更是脑袋发麻。卒子是有进无退的，过了河敢于冲杀对方的老帅。

齐天仇的大字报贴出来不到一个小时，旁边又贴了一张大字报《齐天仇反对党的领导绝没有好下场》，署名"自来红兵团"。这个兵团是安荣的儿子安自红邀集一些红卫兵组成的，他们认为齐天仇算老几，只要伸出指头骂他"反党"，他就只好束手就擒，于是贴出大字报后站在旁边看动静。看大字报的人越来越多，齐天仇也来看，看了以后鼻子哼了一声说："不识时务。"

不到半个小时又贴出了一张权广禄的大字报《齐天仇反对毛泽东思想罪该万死》，说齐天仇上课时专门把毛主席的话反过来讲。

过了一会儿，另一个红卫兵组织“反修兵团”也贴出了一张大字报《造谣可耻》，说齐天仇有一次上课，确实把“东风压倒西风”说成了“西风压倒东风”，但马上就纠正了，而权广禄则添油加醋，无中生有，败坏了红卫兵的名声。

天涯学校贴大字报的事马上惊动了全铁矿，陆陆续续有人到学校看大字报。矿党委感到问题严重，权升钤要安荣赶快采取措施，防止事态进一步发展。

课外活动时，学校办公室门口贴了个通告：

通告

为了保证“文化大革命”顺利进行，稳定学校的教学秩序，经党支部研究，报请矿党委批准，颁布三条纪律，希望全校师生遵照执行。

一、不准与外单位串联；

二、不准游行示威；

三、不准在校内外贴大字报。

天涯学校党支部

一九六六年六月六日

下班后，华国彪来到天涯学校，只见大门紧闭，门上挂着一块小黑板，写着“谢绝参观”。华国彪不知发生了什么事，只听见里面人声鼎沸，他从门缝里往里一看，墙上有很多大字报。他想，这到底是怎么回事？

正当华国彪往里面窥视时，突然听到马婵娟喊他：“华国彪，你怎么不进去？”华国彪反过头来说：“你看，学校里发生了什么事？”马婵娟望了望门里面，大惊失色地说：“出什么事啦？”华国彪敲了敲传达室的门。守门的师傅开了门，见到他们两个，忙说：“快进来，学校里出事了，不准其他人进来。”

华国彪来到夏梅芳房里，夏梅芳正在看报。华国彪问：“怎么这么多大字报？”夏梅芳说：“今天上午，齐天仇贴出一张大字报，就像一个炸弹丢进了火药桶里一样。”

这时，学生在办公室门口发生了争吵。华国彪和夏梅芳马上走了出去，看发生了什么事。只见很多人围聚在办公室前面的小操场，一个男学生在慷慨激昂地讲话：“群众路线是共产党的根本路线。阶级分析是最主要的分析方法。我们“自来红兵团”是最纯最纯的，我们的父母不是苦大仇深的工人和贫下中农就是扛枪打天下的革命军人，我们没有一个是地富反坏右的子弟，所以我们对共产党最有感情，对毛主席最亲，对社会主义最热爱。现在我们拿阶级分析这面照妖镜来照照那些自来黑的地富反坏右的子女。龙生龙、凤生凤，老鼠生儿打地洞。贫下中农分了他们家里的地，分了他们家里的房，他们会甘心吗？一些坚持反动立场的自来黑，他们对共产党恨得牙齿咯咯响，一有风吹草动就出来兴风作浪，向共产党进攻。要革命的就站到我们这边来，不革命的就滚蛋，反革命的就叫他完蛋！”这个学生的讲话获得一阵又一阵的掌声。

华国彪对夏梅芳说：“这小子很会讲啊。”夏梅芳说：“他叫安自红，安荣的儿子，读高三，成绩不错。”华国彪问：“安荣的老婆还只有三十多岁，怎么会有这么大的儿子？”夏梅芳说：“这是他前妻生的。”华国彪想继续问，突然听见一个学生说：“安自红刚才怕是吃错了药，在这里胡言乱语。”华国彪和夏梅芳都吃了一惊。指责安自红的是华国平。华国平继续说：“安自红在这里鼓吹血统论。那么廉孝义出身好，打过仗，功劳大，为什么没有成龙，反而成了狗熊？有些剥削阶级家庭出身的人为什么成了革命领袖？安自红白读了十来年书，根本不懂唯物主义的真理，以为只要出身好，不用参加革命实践就会自来红。我希望安自红好好学习毛主席的《实践论》，不要在这里信口开河。”华国平话音刚落，周围掌声雷动。牛得田站在人群中看热闹，也跟着使劲鼓掌。

夏梅芳说：“要告诉国平和得田，没有看准的事不要去做，不要被人利用。”她说完就往宿舍走。华国彪还在继续看热闹。

夏梅芳刚进门，马婵娟就来了，夏梅芳拉她坐在身边。马婵娟说：“一下子贴出这么多大字报，我真有点担心。我只想安安静静过日子，一心一意把医生的工作做好。”夏梅芳说：“血崩是很难治的病，你动手术治好不少人，一传十十传百，很多人来找你。”马婵娟说：“忙不要紧，只要顺心就行。但世上的事十有八九不如人意。”夏梅芳想问她有什么事不如意，但又不好问。她把手搭在马婵娟的肩上说：“你有了男朋友没有？”马婵娟叹了口气说：“没有。我们医院有很多夫妻连朋友都谈不上，更谈不上是知己，只是凑合着过日子，完成传宗接代的任务和满足生理上的需求。有的夫妻像蹩脚的双轮车，要多别扭有多别扭，还不如独轮车爽快；有的夫妻像斗兽场上的两头牛，要多凶狠有多凶狠；有的夫妻像用铁镣扣在一起的一对舞伴，要多难受有多难受。没有缘分的夫妻很难有什么幸福。”夏梅芳说：“我相信你这种人的缘分是很多的。”马婵娟叹气说：“人生难得一个知己。”接着她又补充说：“现在我自己的事先放一边。我只担心我父亲能不能过这一关。”

这时，华国彪走进来说：“大字报越贴越多，双方辩论的人也越来越多。我要国平和得田回去吃晚饭，怎么喊也喊不动。”马婵娟说：“学生思想幼稚容易受指使。”华国彪说：“假若这次运动波及工厂和农村，还不知会出现什么情况。”夏梅芳说：“这次‘文化大革命’为什么来得这样突然？”三个人谈来谈去，谁也弄不清楚。

学生再也不安心在教室里上课了，上课时随便出出进进，像赶集一样。教师无法上课，又不敢管，否则，学生给你贴几张大字报，说你阻挠“文化大革命”，够你受用的了。夏梅芳教的高中那个班，弄得她一筹莫展。有一天，她开始上课了，权广禄迟到了。权广禄的座位在后排，但他不从后门进，偏偏从前门大摇大摆地走进来，在讲台边向大家做了一个鬼脸，然后向后排走去。走到中间时，他拍了拍赖承平的肩膀说：“老表，你早！”接着又拍了拍旁边一个女同学的肩膀说：“表嫂，你好！”教室里哄堂大笑。赖承平想起自己母亲有历史问题，不敢惹权广禄。那女同学朝权广禄横了一眼，骂了声：“二流子。”在平常，夏梅芳一定会批评权广禄，但现在她只好干瞪眼，等教室里安静下来又继续上课。以前，她觉得上完了一节课很快，而现在上课就像爬皂角树，满树都是刺。

后来天涯学校的学生不上课了，整天写大字报。教师们感到茫然，但也松了口气，不必戴着“枷锁”在那三尺讲台上跳舞了。

然而，教师们做梦也没有想到的是：刚刚走下讲台，却被押上了“斗鬼台”。

报上突然宣布推迟高考。第二天下午，工作组进驻了学校。工作组组长在会议上对组员说："上级指示：现在牛鬼蛇神已经出笼了，要毫不留情地予以打击。工作组要像消防队一样，守好防火墙，不要让火烧到校外去，再把煽风点火的人控制起来。"散会后，工作组派两个组员把守校门。

工作组进校的第二天，安荣贴出了《请看齐天仇是什么货色》的大字报，说齐天仇的父亲是国民党的兵痞，向红军投降后，伪装积极，混入共产党内。齐天仇放着好好的秘书工作不干，来到这南方边陲的学校教书，这里面不是大有文章吗？他坚持其父的反动立场，怀着对共产党的刻骨仇恨，乘"文化大革命"之机，带头向党进攻，比右派分子还猖狂十倍。齐天仇反对党的领导是一贯的。大字报接着列举了齐天仇哪年哪月哪日在哪次会议上有过哪些反党言论。这些都是安荣平时在会议上记录下来的。安荣的大字报一贴出，周围一下子挤满了观看的人。有人说："安书记写的不会有假。原来以为齐天仇是烈士子弟，真是知人知面不知心。"有人说齐天仇是恶人先告状。不少人在皱眉头。

大家正在议论纷纷的时候，齐天仇在安荣的大字报旁边贴了一份大字报《天涯学校的戈培尔——安荣》，说安荣继承希特勒的宣传部长戈培尔的衣钵，造谣说谎。齐天仇说，他父亲等人暗杀汉奸成虎后加入了共产党领导的队伍。后来组织上派他父亲潜入国民党内部。他齐天仇不想当秘书想教书，光明正大。安荣平时不关心学生疾苦，爱整老师，发展到今天造谣诽谤、血口喷人是有其根源的。他希望安荣撒泡尿好好照照自己的嘴脸。后面这句话是暗示安荣的过去。齐天仇的母亲在世时对他说过，安荣在三十年代就参加了共产党，任天涯县委书记，后来在国民党的报纸上登过悔过书。天涯县的共产党地下组织纷纷瓦解，有的人甚至叛变出卖同志，就这样齐迎春在国民党军队内部待不下去了，只好回到组织。齐天仇手头没有安荣的悔过书，所以不便明说。

工作组没有料到，齐天仇的第二份大字报一出来，这火越烧越旺了。工作组立即召开了会议，做出决定：齐天仇停职反省，有历史问题的人写交代材料，家庭或自己有问题的写认识。于是绝大部分教员忙着"革自己的命"。李信儒慢了一步。他去总务室领纸时，已经没有纸了。他领了几张旧报纸来写。谁知他的认识材料贴出不到一个小时，旁边就贴出了安自红的大字报《李信儒侮辱毛主席，罪该万死！》。原来，每张报纸的头版右上角都有一个小小的毛主席像和一段毛主席语录。李信儒怕出问题，特地翻到背面写。他检讨自己执行了"反革命修正主义教育路线"的错误，"反"字正好写在毛主席像的背面。他眼睛近视没有发现，但是革命小将一眼就看出了李信儒的大字报上的问题，李信儒成了猪八戒照镜子，里外不是人。

工作组进校没几天就初见成效。为了大见成效，工作组召开了全体教工会议。工作组组长说："很多人对'文化大革命'不理解，不知道要革谁的命。这次'文化大革命'就是要横扫一切牛鬼蛇神。我们一定要'狼狼'地打击这三十种牛鬼蛇神，把他们清洗出教师队伍。"他把"狼狼"两字讲得很重。有位老师对旁边的老师说："狼狼来了。"旁边的老师想笑又不敢笑。

这次会议使斗争又上了一个台阶。次日，"自来红兵团"召开批斗会，要求全体教工参加。挨批斗的十五位教师都戴着高帽子，挂着牌子。每两个红卫兵挟持着一个被批斗的老师，飞快地走到台上。一位女红卫兵教老师们唱《牛鬼蛇神歌》。李信儒的声音大，唱走了调，安自红走到他跟前说："你鬼喊鬼叫做什么？"马春秋的声音小，权广禄走过去甩了一个耳光说："唱大声点！"这一巴掌把马春秋打倒在地上，随即抓住马春秋的衣领将他提了起来。这时，台下有几个教师喊了起来："最高指示：'要文斗，不要武斗。'"权广禄听了有点心虚，没有再打人。安自红讲了几句就宣布散会。红卫兵把台上的老师们押到后台，分男女关在两间木板房里。

晚上，两间木板房中间的小房间里坐着三个人："自来红兵团"司令、安自红和权广禄。权广禄把阳育贤喊到小房间里，司令问阳育贤："你为什么为右派分子说话？"阳育贤说："我没有为谁说话，我只说'不许打人'，打人是犯法的。"司令拍着桌子说："你破坏批斗大会就是破坏'文化大革命'！"权广禄和安自红走向前把阳育贤的双手反扣在背后，然后拿了一条棕绳把她捆在屋柱上。权广禄拿出剪刀，剪去了阳育贤的半边头发后，把她关在隔壁的房间里。

第二个受审的是齐天仇。兵团司令问他："你为什么要写大字报攻击安书记？"齐天仇不吭声。司令又问："你知不知道这是反党行为？"齐天仇还是不吭声。权广禄在旁边吼道："他妈的，你是个哑巴？"齐天仇不仅闭上嘴巴，连眼睛也闭上了。权广禄指着齐天仇的鼻子骂道："你以为装聋作哑就能蒙混过关吗？你这个臭老九！"他抓住齐天仇的头发准备往墙上撞。齐天仇突然睁开眼睛瞪着权广禄吼道："你这个臭流氓！"权广禄吓得松了手，往后退了两步。司令对齐天仇说："顽抗是没有好下场的，只有坦白交代才能得到从宽处理。"齐天仇瞪了兵团司令一眼，又闭上了眼睛和嘴巴。司令对权广禄说："把他拖到隔壁去，叫李信儒来。"

李信儒奉行内方外圆的"铜钱哲学"。司令问他："李信儒，你知不知道你的问题在哪里？""我写大字报不小心在毛主席像背面写了个'反'字，我有罪。""还有什么问题？""我执行了修正主义教育路线，搞升学第一，智育第一，分数第一。""还有什么问题？""我用人唯才。""讲具体点，用什么人？""只要业务水平高，工作认真负责，我就要他们当骨干教师。""为什么要重用他们？""为了多一些学生考上大学，为国家多培养人才。""这样说，你还有功劳。你放老实点。""当然，为学校增光，也为自己争名誉。""你好好想一想，新中国成立以来，你干了哪些坏事，一五一十写清楚，认识要深刻。"李信儒谦恭地说："好的，我尽力写。还有什么指示没有？""没有了，出去！"李信儒显出十分听话的样子往外走，连腰也不敢伸直，但心里却在骂："混蛋！"

"反修兵团"的红卫兵都被工作组喊去训话。不听工作组的话的，不仅要开除，还可能被抓起来。十多岁的中学生被这一吓，又见到阳育贤老师只讲了一句"不准打人"就被抓起来，剪半边头发，人不像人鬼不像鬼，有谁不怕？不仅学生怕，很多教师和工人也怕。

但有一个人一点也不怕，那就是厨房里做包子的符师傅。他公开说工作组指使学生打人是地痞恶霸行为，但工作组的装作没有听见。据说毛主席说过"大师傅不好惹"。惹了大师傅等于违背了最高指示，那还了得！有一天早饭后，符师傅对大家说："今天我特地做了几个好包子奖励那些打人凶手和幕后指挥的人。"人家问他是怎么回事。他说，他把痰和鼻涕包在几个包子里，专门卖给那几个打人凶手和幕后指挥者。工作组的知道了，不知怎么办。每次去厨房见到包子，心里就作呕，但又不好向符师傅发作。

过了几天，华国彪动身去北京，向冶金部请示办煤矿和铜矿的事。

华国彪去北京要经过广州。他住宿在铁矿驻省办事处的招待所，房间临近街道。他刚休息一会儿就听到街上喊声震天："热烈欢呼毛主席的大字报公开发表！"华国彪往窗外一看，只见街上游行的队伍一队又一队，多半是学生和教师，几乎每一队的前面都抬着巨幅标语牌。

街道两边的群众都被这一现象惊呆了，大家都目不转睛地望着游行队伍，听着震耳欲聋的口号。报童挥舞着报纸叫喊："号外！号外！毛主席的大字报，号外！号外！"华国彪迅速跑到街上买了一份报纸。游行队伍中还有散发传单的。其中有一份是省教育厅余厅长的揭发材料《清理教师队伍中三十种人的内幕》。原来天涯学校工作组清洗教师队伍是有来头的。

次日上午，华国彪来到余厅长的家，余厅长正准备做午饭。华国彪说明了来意和天涯学校的情况。余厅长说："我去摸底的时候，有的学校要清洗三分之一的教师，我感到很为难。有的工作组执行了，结果很多课没有人上，学校只好半停课。我向省领导反映，省领导说要坚决执行。前几天报上刊登了毛主席的大字报，很多学校问我清理教师队伍的政策是哪里来的。我说是省委副书记主持制定的。""他在家吗？""他最近出差了。""还有谁知道？""副省长也知道。假若是根据上面的精神制定的，教育部长也可能知道。""少陪了，我去找副省长。""吃了午饭再走。""多谢了。""请代我向天涯学校的老师问好。我这教育厅厅长没有当好，对不起下面的老师。"

华国彪告别了余厅长，来到副省长家里。副省长听了华国彪的讲述后说："这是省委副书记主持制定的政策。我也参加了。我当时说：'这是人民内部矛盾，不宜清洗。'但副书记坚持要清洗。""他是不是根据上面的精神来制定政策的？""那我就不清楚了。"

华国彪告别了副省长，沿途北上。火车到达长沙时，停车十多分钟。只听见街上的高音喇叭响个不停："造反有理，革命无罪！""彻底改组湖南省委！""《湖南日报》封得有理！"刚上车的人说，今天街上人山人海，省委正副书记、正副省长都被抓了起来，戴着高帽子，挂着黑牌子，站在汽车上，由红卫兵押着，从蔡锷路游到黄兴路，从河东游到河西，整个长沙城都游遍了。有很多人骂这些红卫兵无法无天，把出生入死打江山的老干部不当人，把国家搞乱了。但也有人说，有的领导干部变了，对群众作威作福了，现在让他们知道群众的厉害。还有人认为坏的领导干部是极少数，决不能任意扩大打击面，对有错误的领导不能搞残酷斗争。

清早，火车到了北京。华国彪下了火车直奔冶金部，他把办煤矿和铜矿的请示报告交给了有关负责人。那位负责人看了后说："现在都忙着搞'文化大革命'，等部里研究后再作答复。"

华国彪接着来到教育部，首先向接待员出示了工作证，并说明来意，然后把余厅长写的材料给接待员看。接待员看了后走进里面一个房间，一会儿出来说："部长这几天身体不舒服，在家里休息。我刚才打了电话给他，他请你去他家里一趟。”说完，他领着华国彪来到大门边，陪他上了一辆小轿车。不一会儿，轿车来到一个院落。华国彪下了车，接待员按了门铃，一个老太婆出来迎接，接待员说：“这是部长夫人。”然后就坐轿车回去了。

老太婆引着华国彪来到一间卧室。部长坐在床上，见华国彪来了，客气地说：“你从海南来，真不容易。”华国彪给他看了余厅长的材料，谈了天涯学校教师被迫害的情况。部长吃惊地说：“我今天第一次听到这件事。这明显混淆了两类不同性质的矛盾。”华国彪问：“教育部有没有下达过清理教师队伍的指示？”部长说：“没有。教育部只是讨论过，各个省都有领导参加。大家谈到教师成分比较复杂，但没有谈到要清洗这些人，这些人表现好的也可以留用。”华国彪说：“我们那里的工作组说和尚、道士、尼姑、资本家、资方代理人、小业主、牙行老板和娼妓等都要清洗。”老太婆插话说：“这是违反政策的。”华国彪说：“工作组还说剥削阶级家庭出身的教师，表现不好的要清洗，表现好的可以去外县工作。”部长说：“这太离谱了。”华国彪说：“工作组还说这次‘文化大革命’中的反党分子也要清洗。反党分子怎么定？”部长摇了摇头说：“谁定得了？现在很多单位都分成两派，你说我是反党分子，我说你是反党分子。谁说了算？这样搞清洗既不符合党的政策，也不符合现实情况。”

谈了一阵后，华国彪说：“我可以把我们的谈话写成上访纪要吗？”部长说：“可以，一定要正确区分两类不同性质的矛盾。”华国彪说了声谢谢就告辞了。

华国彪觉得，社会现象同天气很相似，有时东边日出西边雨；有时烈日当空，人人像生活在蒸笼里；有时倾盆大雨，大地一片汪洋；有时又风和日丽，百花齐放。

二三　各领风骚数十天

晚上，华国彪乘火车，次日上午到长沙。他下车去看望满若虚教授。不巧，满教授到“五七干校”学习去了。

华国彪开始思考一些问题。现在的斗争为什么这样激烈？有人说这是社会主义和资本主义两条道路的斗争。北京在大肆批判特权现象、分田单干和自由市场，说这些会导致私有制和剥削，这些问题让华国彪想来想去总是想不明白。

后来，华国彪回到天涯学校，一进校门就看到墙上两幅大标语，一幅是“自来红兵团”写的：“工作组打击牛鬼蛇神，功不可没！”另一幅是“反修兵团”写的：“工作组转移斗争大方向，罪该万死！”

华国彪急急忙忙往夏梅芳宿舍走去。小两口拥抱在一起，没有欢笑，也没有眼泪。接着，夏梅芳捧着华国彪的脸说：“你瘦了一些。”华国彪说：“现在冶金部根本顾不了开矿的事。”

华国彪谈到走访教育厅余厅长和教育部长的事，并把余厅长的材料和同教育部长谈话的纪要给夏梅芳看。夏梅芳说：“若把这些材料公布出去，就等于剥夺了工作组的‘尚方宝剑’。”“我也是这样想的。学校里贴一份，街上贴一份。”“工作组和矿党委肯定会找你的麻烦。”“肯定的。但是，这么多无辜教师惨遭迫害，我们不能袖手旁观。”

两份材料贴出去以后，天涯学校立即涌现出很多大字报，声言要追查工作组的后台。“反修兵团”的人把这两份材料复印，很快散发到铁矿的各个学校和天涯县城。工作组马上打电话问矿党委这两份材料是不是真的？矿党委马上打电话问省委，省委回答说有这么一回事。权升钤通知工作组立即停止工作。“反修兵团”准备“送瘟神”，把工作组赶出校门，谁知工作组头天晚上就悄悄撤走了。

矿办公楼前出现了很多大字报，有学校师生写的，也有工人写的，纷纷质问权升钤：为什么要派工作组去学校镇压师生？

过了几天，安自红的生母在学校贴了一张大字报《请看当代陈世美的嘴脸》。大字报说：“安荣早年参加革命，新中国成立后转业到学校。次年暑假他没有回家，说是要出差。乡亲们提醒我，说有些人进了城就被花花世界迷住了，他们劝我来学校看看。我来到学校，邻居说他看电影去了。我去电影院找他，守门的人说电影快放完了。我在门口等着。他和一个年经女人手挽手走了出来。我顿时两眼发黑。这时我才明白了他不回家的原因。我没有文化，不如那女的年轻漂亮。当晚，我问那女的是谁，他说是商业局的会计。我们吵了一个晚上。后来，他提出要同我离婚。封建社会里还有糟糠之妻不可弃的说法，我觉得安荣连封建社会的道德都没有。我心想，你忘恩负义，我何必沾你的光？我就答应他离婚，并让他带着儿子。不久，他就同那个会计结了婚。安荣以前不是这样的，我们一直相亲相爱。他为了自身的解放，也为了解放全中国，打过仗流过血还坐过牢。但是，他翻了身进了城当了官以后，就慢慢忘了本，瞧不起我们这些大老粗了。这种人还配得上共产党员的称号吗？旧社会的陈世美历来被人唾骂，难道我们可以让安荣这个当代的陈世美披着共产党员的外衣招摇撞骗吗？”

大字报的署名是苗凤花。她的大字报一出来，安荣走到哪里，哪里就有鄙视的眼光望着他，背地里都说他是共产党的败类。安荣和他的后妻出门也尽量避开人。安自红再也不敢在人们面前讲自来红那一套了，甚至连自己的名字也有点讨厌了，他觉得生母那张大字报真厉害，一使他父亲身败名裂，二使他后母脸上无光，三使他安自红矮人三分。

使安荣更伤脑筋的是齐天仇的大字报《还安荣的本来面目》。近来，齐天仇在图书馆翻阅新中国成立前的旧报纸。前天他见到安荣在报上登的《悔过书》说：“本人曾因年轻无知，误入共产党。幸蒙政府宽大为怀，既往不咎。我今后不再参加共产党的活动，愿在国民政府的领导下做一个忠实的国民。”

安自红看了那张大字报，气得全身发抖，立即写了一张《脱离父子关系》的大字报，把他父亲臭骂了一顿。安荣的后妻气得晕了过去，醒来后吵着要离婚。安荣像蔫了的空心菜一样，怎么也直不起腰来了，任儿子和后妻怎么吵怎么骂，他总是骂不还口。

原来，三十年前，他在国民党的监狱里。不管国民党怎样威胁恐吓和严刑拷打，他总是不招供。后来监狱长拿一份报纸给他看，报上有他的上司的《自首书》。监狱长说，只要他写一份同样的《自首书》就可以放他出去。这时，安荣的信仰一下子崩溃了，他想了一个晚上，觉得上级是这个样子，他何必再去奋斗？脱党算了。他对监狱长说，他不写自首书，只写悔过书。监狱长说：“写悔过书也行。”后来安荣一直隐瞒这段历史，连他的前妻苗凤花也不知道。出狱后他回老家做帮工，后来参加了解放军，又重新加入了共产党。

安荣想起自己的过去，觉得不堪回首。他原以为这事已经过去了三十年，不会有人知道这件事，现在还是被揭露出来了。他想写一份大字报，说《悔过书》是国民党造的谣，他根本不知道，但他反过来一想，连黄道也被揪出来了，黄道主持制定的清理教师队伍的文件已经受到批判，看来黄道也在劫难逃。算了，不必多想了，活到这个样子已经够了，再活下去已经没有意思了。他不愿意再看人家向他投来的鄙视的眼光，更不愿意听家人的唾骂。与其忍辱偷生，不如一死了之。次日天亮时，他悬梁自尽了。

安荣死后，斗争一天天升级。工人中出现了两个对立的组织，一个叫红色政权保卫军，简称“红保军”，他们主张狠狠打击地富反坏右这些阶级敌人，反对把矛头对准领导干部；另一个叫“工人反修联合会”，简称“工联”，这一派主张造走资派的反，反对把矛头指向群众，他们认为地富反坏右只不过是死老虎。

一天上午，工联在大操场召开批斗权升钤的大会，给他戴上高帽子，挂上“走资派”的黑牌子。陪斗的还有几个矿级领导和一些处级干部。看热闹的真是人山人海，整个大操场都挤满了。大家议论纷纷。有的说：“权升钤不比安荣。安荣虽然参加革命早，但中途变节。权升钤在香港被强征来天涯铁矿，参与杀死日本的狗腿子成虎，不愧是一条好汉。把这样的人抓起来批斗，这还像话吗？”大会主持人刚宣布批斗大会开始，权升钤就大声吼道：“你们这些人还要不要党的领导？还讲不讲法律？”工联的发言人说：“你权升钤能代表党的领导吗？党中央制定的文件都指出，这次运动的重点是整党内走资本主义道路的当权派。你却派出工作组镇压群众，保护走资派。反对党的领导的是你自己。前段时间，一些群众响应党的号召，参加‘文化大革命’，只不过写了几张大字报，对领导提了几条意见，你就派出工作组对他们捆绑吊打，往死里整。你要我们讲法律，你讲过法律没有？你过去当工人，同我们是一家人，但你当了官以后，自以为了不起，口口声声说我们思想落后。你拿一百多元一个月，工人每月拿二三十元。你还说工人们自私自利，只有你权升钤大公无私。人家提你的意见，你就动不动训人整人，老虎屁股摸不得。你已经从人民的公仆慢慢变成了骑在人民头上作威作福的老爷。你像有些人那样，有权有钱就变质。过去，我们工人把你举到头上，你却在我们头上拉屎拉尿。今天我们要正告你，我们工人能把你举起，也能把你摔下。”

之后贾世界做了深刻的检讨，说自己执行了修正主义路线。他恳求大家给他改过自新的机会。他下决心脱胎换骨，重新做人。他还表示坚决支持造反派的一切革命行动。

大会开完后是游斗。权升钤走在最前面，陪斗的人跟在后面。从这个车间游到另一个车间，再从街头游到街尾，游完后再放回去，回去后还要写检讨。权升钤认为这是平生最大的耻辱，气得连晚饭都不想吃，还是他老婆左劝右劝才吃了半碗饭。第二天，工联的要他交检讨。他写了四句话：“老子革命几十年，一把锤子一把镰。早知今天挨批斗，不如回家去种田。”

次日，“红保军”也开了一个批斗大会，抓了八十多个地富反坏右分子，站了满满一台。发言人说，这些家伙人还在，心不死，时刻想变天。批斗后也是从这个车间游到另一个车间，从街头游到街尾。每个人胸前挂的黑牌上都写着身份和姓名，如“匪首白玉容”“现行反革命李信儒”“里通外国分子向克己”“反党分子齐天仇”“黑帮分子华国彪”等等。

华国彪问：“为什么给我挂黑帮的牌子？”“红保军”的说：“你散发的材料长阶级敌人的志气，灭革命群众的威风。”“我一个人，不是一帮。”“那么多人称赞你发的材料，说明你有一大帮人。”华国彪恨不得把牌子摔掉，但转念一想，好汉不吃眼前亏，否则会挨一顿饱打。他只好忍着，低着头游街示众。

观看的人，人山人海，有的支持有的骂，大多数是跟着看热闹。

游斗后，华国彪回到家里，在黑牌子背面写上“社会主义好”，并对夏梅芳说：“我不是造反派，也不是保守派，更不是走资派。我自认为是社会主义者。”夏梅芳说：“‘红保军’的怕人家说他们是保守派，所以也宣布要造反，批斗新生的阶级敌人。这样搞下去会有什么结果？”华国彪说：“走资派是一个很模糊的概念，在政治上和经济上都没有明显的定性的界限。没有区别就没有政策。有的人把所有的领导都当成走资派，这样就会打击一大片，使阶级斗争扩大化。其次是依靠谁的问题。过去搞土改依靠贫下中农，搞‘三反五反’依靠工人。而现在，农民和工人内部都分成两派，斗得很厉害。谁也不知道这样会搞出什么结果。”夏梅芳说：“现在主要整走资派，整好了可以再用，与土改不同。”华国彪说：“如果方法不对，好的目的也会出现坏的结果。以前办公共食堂，最初的目的是想让大家吃饱吃好，但不顾客观情况，吃饭不要钱，放开肚皮吃，很快就把粮食吃空了，结果只好挨饿。”

除夕那天，各个路口都有戴着“工人纠察队”袖章的人荷枪巡逻，纠察队的人都是“红保军”。

大年初一上午，哨声一阵比一阵紧。公安处、武装部和纠察队的人冲进一些工人家里，把“工联”大大小小的头目抓了出来，一个个五花大绑，一车车运往看守所。吼叫声和哭喊声代替了新年的祝福声。那些被绑的人高呼口号：“打倒走资派！”“革命不怕死，怕死不革命！”

群众议论纷纷，有的说抓得好，只有把这些害群之马关起来，天下才会太平；有的说这是镇压革命群众，把一些优秀共产党员和劳动模范也关进了牢里。

一天上午，华国彪去上班，刚走到办公楼，被“请”进了一辆吉普车。车子开到公安处停下，一个士兵陪华国彪到办公室，万重义处长已经坐在那里等着。华国彪进了门，万重义也不叫坐下，劈头就问：“你叫华国彪吗？”华国彪好生奇怪，何必明知故问？“是。”华国彪像拍电报一样，不肯多用一个字。“你真的访问过教育厅厅长和教育部部长吗？”“你可以打电话问。”“你散发传单的目的是什么？”“要严格按照党的政策办事，正确处理两类不同性质的矛盾。”万重义沉默了一会儿说：“你以前说过‘共产风’比原子弹还厉害吗？”“说过。你怎么知道？”“你不用管。你恶毒攻击现实，你知道什么叫法律吗？”华国彪觉得万重义是想找他的麻烦，他回答说：“法律是领导对群众的要求。”万重义不知道这是讽刺，他说：“我以后再找你。”

星期六下午，华国彪下了班回家，走到半路一个拐弯的地方，权广禄和另外两个男学生把他拦住，说有事要问他。华国彪问是什么事，他们见后面来了人，说在路上讲不方便，到附近小路边的榕树下去讲。几个人来到榕树下，权广禄问：“教育厅厅长的材料你是从哪里弄来的？”华国彪说：“你问这干什么？”权广禄说：“我问你，你必须回答。还有，你那个《上访纪要》是真还是假？部长和厅长会接见你这个无名小卒吗？”华国彪说：“我写的东西我自己负责，用不着你们来管。”“我们就是要管。你写的这些东西影响太坏了。你今天不讲，老子就要你的狗命！”“你敢！”权广禄向其他两个学生使了个眼色。三个人突然一把抱住华国彪，然后用绳子把他绑在榕树上。华国彪吼道：“你们无法无天！”权广禄掏出手枪在空中晃了晃说：“这就是法。你不说，老子今天就毙了你。”权广禄朝天放了一枪，他又问：“你说不说？”这时，权广禄手中的枪突然被人夺走。原来，下班的时候，华国彪先走了几步，应长寿和赖国安走在后面。走过转弯的地方，前面不见华国彪，只听到吵架的声音，接着又听到枪响。应长寿和赖国安走到小路上来看，只见华国彪被绑在树上，权广禄手里拿着枪。应长寿一个箭步向前把枪夺了，说：“你们狗胆包天！枪是哪里来的？”权广禄毫无畏惧地说：“枪是上面发的，怎么样？”应长寿说：“去，到武装部去！”赖国安帮华国彪把绳子解了。三个学生见势不妙，只好乖乖向武装部走去。

到了武装部，应长寿把刚才的情况向雷部长反映了，把手枪交给雷部长。雷部长说：“你们把他们三个人交给我们好了。革命小将犯错误也要教育。”

走出武装部后，赖国安说：“把人家的命不当数的人也叫革命小将，真怪。”应长寿说：“雷部长一不问枪是哪里来的，二不问他们为什么要拦路绑人，这里面一定有鬼。”

三月一日应该开学了，但学校里没有一点动静。老师们不敢动员学生来校读书，何况有些老师被武装部动员的农民抓回农村去了。家长也不敢让子女来校上课。

铁矿也停产了。工人们有的当了逍遥派；有的参加了“红保军”，拿着枪占领云雾寨；有的参加了“工联”，也弄来枪，以猴子山为据点。过去同心同德建设矿山；现在枪口相对，誓不两立。两派都说自己“誓死捍卫革命路线”。“红保军”的说，他们是保卫红色政权，决不能让阶级敌人翻天，以免工人农民吃两遍苦；“工联”的说，他们是为了防止走资派把国家引向资本主义道路，使工人农民再次受剥削和压迫。

有一天，华国彪在房里望着夏梅芳的大肚子问：“你现在有什么感觉？”夏梅芳说：“有时好像小孩的脚在肚子里蹬一样。”华国彪说：“让我来听一听。”他把耳朵贴在夏梅芳的肚脐上，仔细地听。夏梅芳笑道：“莫出洋相。”华国彪笑嘻嘻地说：“我听见胎儿说，现在搞武斗，他还不想来到这个世界上。”夏梅芳说：“他躲在肚子里还好些，免得吓坏了。”华国彪说：“他不会怕。”“你怎么知道？”“二十九年前，日本飞机轰炸长沙，国民党火烧长沙，我不怕，大着胆子来到这个世界上。有其父必有其子。”“我前几天问马婵娟在医院生孩子好还是在家里好？她说，在医院当然好些，但武斗有危险。她算了预产期，答应来我们家接生。”正在这时，几颗子弹穿过门，把帐杆打成两截。夏梅芳和华国彪都吓了一大跳。华国彪马上把夏梅芳拉到墙边坐在凳子上。

预产期那天上午，华家等着马婵娟来。突然又响起了枪声，牛爱华说：“打枪危险，人家不敢来。”夏梅芳觉得肚子一阵阵发紧，下身见红。枪声停了一会儿，牛爱华说：“我去医院喊马医生。”华国彪说：“我走得快，我去。”华国彪准备出门，只见马婵娟背着医药箱来了。

马婵娟一进屋，牛爱华就忙着给她倒茶，说：“这么危险你也来了，真难为你了。”

马婵娟把东西准备好，夏梅芳开始发作了。马婵娟说：“华国彪去隔壁房里等一等。”华国彪在隔壁房里等了一会儿，只听见夏梅芳喊“哎哟”，接着又听见夏梅芳说：“怎么这么胀痛？宝宝，你快出来啊。”华国彪在外面急得直跳，他贴近门缝看，什么也看不见。他恨不得闯进产房，把小孩从娘肚子里拉出来。只听见马婵娟说：“阿姨，您用力撑住腰；夏梅芳，你再憋足气。快了，脑袋和肩膀都出来了。”突然“哇”的一声小孩哭，华国彪听到这哭声，像接到高考录取通知书一样高兴。夏梅芳停止了喊叫，马婵娟说：“好啦，是个男孩。”门开了，牛爱华抱着小孩笑呵呵地对华国彪说：“你看这小雀雀，真逗人爱。再看这相貌，虎头虎脑的，同你刚生下来一个样。”华国彪从牛爱华手里把小孩抱过来，傻里傻气地望着儿子。儿子像猫一样大小，一身嫩肉，小小的脑袋，小小的嘴巴，短短的手，短短的脚。他情不自禁地吻了一下儿子。牛爱华马上说：“小心你的胡子扎了他的脸。”华国彪把儿子抱到夏梅芳的面前说：“让妈妈看一看。”夏梅芳望着儿子，脸上充满了笑容，把刚才的疼痛忘得一干二净。

马婵娟把东西整理好，然后对华国彪笑了笑说：“恭喜你做爸爸了。”说完就背起医药箱告辞。华家留她吃午饭，她说还有事，然后就走了。

牛爱华高高兴兴地抱着小孩。小孩突然一泡尿撒在她的衣上和手上。牛爱华对小孩说：“你生下来就顽皮，看奶奶打你的小屁股。”大家哈哈大笑。这时，尽管屋外有枪声，屋内还是笑声不断。

夏梅芳说：“你们看，毛毛取个什么名字好？”华国彪说：“毛毛出生的年代提醒我们，一个国家，一个民族，一个人，必须记住《周易》里说的‘安而不忘危，存而不忘亡，治而不忘乱’，这样才能立于不败之地。”夏梅芳说：“那就取名‘思危’好了。但愿我们的后代如《魏征传》里所说的：‘思所以危则安矣，思所以乱则治矣，思所以亡则存矣。’”这时，外面又响起了枪声。

二四　迷梦难醒

一个多月以后，铁矿实行军管，并贴出通告说，武斗不仅影响了铁矿的生产，威胁职工安全，也影响了全国钢铁厂的生产。两派应立即停止武斗，上缴枪支。车间复工，学校复课。

不久后，铁矿成立了革命委员会。铁矿党委书记兼革委会主任是权升钤，人事处长是贾世界。

上级号召知识青年到农村去，接受贫下中农的再教育，并说农村是个广阔的天地，到那里大有作为。赖承平去五指山农村插队落户，华国平和牛得田都回了天涯村。安自红自从他父亲悬梁自尽后，改名苗志宏，去了他生母苗凤花的农村，每天同一根扁担、一个斗笠和一把锄头打交道，戏称自己是107部队的战士。

王仕福当了天涯学校革委会主任，踌躇满志。向克己一想起他在反右和“文革”中攻击他们夫妇俩的大字报就心寒，不如趁早离开这个是非之地。他们打算调往省城，阳育贤还可以照顾在省城的父母亲。

向克己认为，贾世界是自己班上的学生，调动不需要花什么力气。次日，他把请调报告交给贾世界。贾世界说：“您和阳老师都是我的班主任，我理应帮忙，但现在天涯学校缺少教师，我实在爱莫能助。”向克己再三讲好话也不顶用。他想起有位老师多次送礼给教育局局长才得到调动，调动后把礼品发票复印了几份，分送给县里几位主要领导。不久，教育局局长被撤职了。向克己对阳育贤说：“贾世界爱喝酒，我们送两瓶好酒试试看。不过，我们以前教育他和其他学生，做人要光明正大，现在我们却做这种见不得人的事，太不像话了。”阳育贤说：“他现在是我们的领导，情况不同了，我们这样做是不得已。”

次日晚饭后，两口子带了一个月的工资，来到烟酒公司，买了两瓶山兰酒。阳育贤用提袋装好，拉好拉链，像藏私生子一样，生怕人家看见里面是什么东西。他们走到离贾世界家还有二十来米远时，见门前有一盏电灯，他们生怕碰见熟人，不敢接近。向克己说：“我不进去，在墙角边没有灯的地方等你。”阳育贤等没有人的时候，往门口走去。她刚走了两步，只见有个人走出门，贾世界对那人说：“走好！走好！”阳育贤赶快退到房子端头，等那人走了她才走到门边，却不敢敲门。她想，假若把酒送给贾世界，等于说自己过去在讲台上是戴着假面具做人，今后还有脸见学生吗？就是送，他也不会收，怕老师揭发他。阳育贤犹豫了一会儿才敲门。门开了，她走了进去。

向克己在墙边等得心急火燎，等呀等呀，等了好一阵还不见阳育贤出来。他想这两瓶酒可能起作用了。他正在高兴的时候，阳育贤走了出来，那提袋还是鼓鼓的，肯定没有送掉。他像泄了气的皮球，问：“他怎么不肯收？”阳育贤说：“我不好意思把酒拿出来，只是谈了谈请求调动的事。贾世界还是那句爱莫能助。”

两个人垂头丧气地回到家里。向克己说：“现在有知识有技术的人，调进容易调出难。”

阳育贤说:“食堂的符师傅也拿到调令了,去问问看。”

当向克己夫妇来到符师傅家门口时,符师傅正在门口乘凉。向克己问到调动的事,符师傅叹了口气说:“为了调动,我把什么丑都出尽了。”接着他讲起调动的经过。

原来符师傅的老婆在一百多里以外的一个小学当勤杂工,自从生了小孩以后,生活很不方便。他老婆要求调过来,那边不肯放。他要求调往他老婆所在的学校,贾世界说:“天涯学校不能少了你这个炊事员,你应该服从革命需要。”

怎么办呢?有人建议符师傅送红包。他两口子的工资加起来只有五十多元,要养小孩,还要每月给在农村里的父母寄钱,哪来的钱送红包?即使借钱送红包,贾世界不收怎么办?他若说你行贿不是更麻烦吗?

有一天,符师傅下了班去贾世界家里。贾家正在吃晚饭,贾世界的老婆金艳问符师傅吃了饭没有,他说还没有吃,金艳说:“那就在这里吃点饭吧。”符师傅想,只好来个死皮赖脸了。他说了声谢谢,就坐在桌边吃起来。以后,他找贾世界总是在吃晚饭的时候,若请吃饭,他就马上响应号召,立即投入战斗,对桌上的饭菜来个“横扫千军如卷席”;若不请他吃,他就坐在那里,一直等贾世界吃完饭才离开。贾世界饭也吃不好,有好酒也不敢拿出来喝。符师傅这样拜访了三十来次以后,终于如愿以偿。

过了几天,向克己又听说医院的路平医生前两天调走了。他一打听,真是个大笑话。

原来路平的老婆在山区老家,他几次找贾世界请求调回老家,没有效果。他想起有位同学在省人事厅当厅长,何不发挥一下这位同学的领导作用?

有一天上班时,贾世界接到一个电话:“喂,您是天涯铁矿人事处的贾处长吗?”贾世界问:“您是哪位?”“我是省人事厅的老江。”贾世界要办公室的人停止讲话:“首长好!有什么指示?”“你们铁矿医院的路平医生想调到老家山区的乡村卫生院去。那里缺医少药,你们帮个忙好吗?”“好的,好的。毛主席教导我们:‘把医疗卫生工作的重点放到农村去。’支援山区是我们应该做的事。请首长放心,我马上就办。”当天下午,路平又去找贾世界,贾世界一见到路平就笑容可掬地说:“路医生,请坐。我们实在舍不得你,但我想来想去,应该响应毛主席的号召,积极支援山区。今天上午我请示了矿领导,他们同意你调动。”路平到那边上班以后打了个电话跟贾世界说:“我已经在这边上班,谢谢您的关心。”贾世界说:“哪里,哪里,这是我应该做的事。”“我以后碰到江厅长,一定代您向他问好。”“那太好了。多谢了。”“不过,那次电话不是江厅长打的,是我从邮局打给你的。”电话的那头惊叫一声就没有回音了。

向克己回家对阳育贤说起这件事,两人都哈哈大笑。阳育贤说:“我和你都没有亲戚朋友当官,怎么办?”向克己说:“办法总是能想出来的。”

一个学期看来很快就要过去了,向克己决定再去找贾世界谈谈,套套他的口气,见机行事。谁知向克己刚开口,贾世界就说:“向老师,现在搞清查阶级队伍,一律不调动。”清查阶级队伍,这不是一般的事,谁敢不遵照执行?向克己突然迸出一句贾世界没有料想到的话:“不可能一律不调动。”贾世界指了指抽屉里面说:“我这里有文件。”“哪一级的文件?”“省人事厅的文件,前天发下来的。”“我可以看看吗?”“这文件只发到科级。”“不管哪一级文件都不会这样说。”“您怎么知道？”“党的政策是原则性和灵活性相结合，规定一律不调动就没有灵活性了。”“向老师，我看您夫妇俩还是安心工作，天涯学校很需要您和阳老师这样的人才。”“路平为什么调走了？”贾世界的脸红了一下说：“那是上级安排的。”向克己笑了一下说：“你把那文件再仔细看一下。”说完就走了。

次日，向克己向医院请了假去省城看病，实际上他去了省会。到省会后，他找到人事厅江厅长谈了自己想调动的事。江厅长说：“现在搞清查阶级队伍，一般不搞调动。”“我可以看一下文件吗？”“可以，我这里有底稿。”向克己抄了几句后对江厅长说：“文件说清查阶级队伍期间一般不搞调动，不是说一律不搞调动。若是一律不搞调动就绝对化了，不符合辩证法了。”江厅长高兴地说：“您说得很对，我起草这个文件时就考虑到这一点。”“我老婆家在省城，父母都老了，没人照料。我们想从铁矿的天涯学校调到省城教书。”江厅长说：“只要有可能，我们尽量考虑你们的要求。”“假若有可能就请打电话给铁矿人事处处长贾世界。”“行，行。”向克己知道，江厅长的承诺只是客套话。

向克己回家的次日上午就去问贾世界：“贾处长，省人事厅江厅长打电话给你没有？”“打什么电话？”“关于我调动的事。”“没有。”贾世界想，向克己是不是会像路平那样作弄他？但转念一想，向克己不是路平那种人。再说，一查问就会真相大白。向克己说：“我说那文件不会说一律不调动，是不是？文件是江厅长起草的，他给我看了文件。不信，你打电话问他。”贾世界抓了抓脑袋，不知向克己同人事厅厅长有什么亲密关系。他沉默了一会儿说：“您再写个请调报告，要王校长签字，我们再研究研究。”向克己马上说：“谢谢领导关心。”

不到半个月，向克己夫妇接到了调令。两口子拿着调令，你望着我笑，我望着你笑。向克己突然把阳育贤抱了起来，转了几个圈，阳育贤乐得笑个不停。

离校的前一天晚上，李信儒、齐天仇、夏梅芳和华国彪都来到向克己家里谈心。向克己说：“我们实在不想离开这里，但又不得不离开。”夏梅芳说：“你们两位老师都要走，这学校好像空了许多。”阳育贤说：“江山代有才人出。”华国彪说：“后一代不见得能胜过前一代。我觉得，现在的铁矿就找不出国矿长那样的领导。”齐天仇说：“‘里通外国’的走了，‘臭老九’走了，‘现行反革命’也要退出历史舞台了，还剩下我这个‘反党分子’和夏梅芳这些‘臭知识分子’守学校。”李信儒说：“有人说，六十岁看破权，七十岁看破色，八十岁看破钱，九十岁看破命。我还不到六十岁，也把权看破了。权能使人变成神，也能使人变成鬼。我不想成神，也不想变鬼，只想做人。”华国彪说：“有些人像被按下水里的皮球，一旦松手，就会浮上水面，甚至蹦出水面，所以调走是上策，惹不起躲得起。”夏梅芳说：“这次‘文化大革命’，暴露了各种各样的矛盾，但没有从根本上解决问题。会不会出现新瓶装旧酒的情况？”大家你一言我一语谈到深夜。

向克己夫妇调走后没几天，铁矿发生了一件大家料想不到的事。

一个星期天上午，铁矿在大操场召开了万人大会。军管会主任庄严宣布：“把国乐山押上台来！”若是群众组织宣布，马上就会有人冲上去保护国乐山，可这是军管会宣布，大家都屏住气听。

军管会接着宣读了专案组的文件，说国乐山最近写了一封信给毛泽东。毛泽东要我们警惕睡在身边的野心家，防止像苏联那样出现修正主义。国乐山说中国出现了类似苏联的情况，有人大肆吹捧毛泽东，说毛泽东的话一句顶一万句，他们实际上另搞一套。毛泽东说要正确处理两类不同性质的矛盾。有的人则搞阶级斗争熄灭论，甚至否认阶级斗争；有的人任意扩大打击面，使阶级斗争扩大化。毛泽东要大家搞文斗，不要搞武斗。有的人则大搞打砸抢，有的人把枪支弹药暗地发给群众搞武斗。

专案组的文件说，海南岛在明朝出了个海瑞骂皇帝；现在出了个国乐山攻击林彪副主席等中央领导，思想反动，气焰嚣张，必须严厉惩处。

会后，国乐山被押进了一辆吉普车。车开走了，前后有十多辆摩托车随行。

很多人不理解，国乐山退休了，可以安度晚年，为什么要干这种事？

国乐山有他自己的想法，他认为退休了不能丧志，对损害党、损害国家、损害人民利益的事不能不闻不问。假若大家只顾自己的利益，那还要共产党员干什么？他以为向上级提出自己的意见是党章赋予党员的权利。他没有想到自己的信并没有送到毛泽东手上，而是送到了军管会，而军管会主任又曾经是林彪的爱将。国乐山还以为自己出身苦，一生没有犯过什么大错误，没有什么辫子给人家抓，没想到因这封信被抓进了牢里。

假若是群众组织抓他批斗游街，他不会当一回事。因为批斗游街后，他回到办公室，照样办公，照样领工资，照样看书看报，照样吃饭睡觉。若要他劳动，他也不怕，他有的是力气。若把他关起来，虽然不自由，但不能定案。而现在是权力机关把他抓起来，这就是件麻烦的事。虽然他退休了，不会影响铁矿的工作，但他的老母亲年老体衰，不能孝顺她，他很难过。

国乐山也想到判刑。若是判刑，他肯定要上诉，说审判他是违反党章国法，压制群众向上级反映情况。上诉还可以拖延时间，拖到迫害他的人完蛋的那一天，他国乐山就没有事了。假若公安人员不顾党章国法，他国乐山就要倒大霉，说不定会判死刑。死在日本人或国民党的枪口下，算得上一条好汉，后人会追认他为烈士。死在自己人的枪口下，实在不值得。

他又想到，搞社会主义是史无前例的事，以前可以借鉴苏联的经验，现在苏联变“修”了，中国怎么办？会不会出现“十四万人齐解甲，更无一个是男儿”的情况？

七月一日，矿党委决定举行一次文艺晚会来庆祝中国共产党诞生五十周年，每个车间、每个科室都要表演节目，文艺人才少的单位可以几个单位合演一个节目。采矿队是最不会表演文艺节目的，只好同矿办合演。表演什么呢？两个单位派几个人商量，有人说，这两个单位没有几个女的，拿不出什么好节目，唱几首歌算了。唱什么歌呢？李敬德说唱《国际歌》，应长寿说唱《社会主义好》，金艳说唱《东方红》，贾世界说唱《四个伟大》，多数人都赞成。没想到华国彪突然打一横炮说：“唱《四个伟大》要考虑考虑。”大家听他这一说，都觉得很奇怪。华国彪是不是没有睡醒，竟讲出这样的怪话来？贾世界问华国彪：“你这话是什么意思？”华国彪说：“毛主席说‘四个伟大’讨嫌，我们不要在党的生日那天唱毛主席讨厌的歌。”大家都目瞪口呆地望着华国彪，他今天是不是中了邪讲起胡话来了？金艳说：

"'四个伟大'是说毛主席是伟大的领袖、伟大的导师、伟大的舵手、伟大的统帅。这有什么不能唱?"华国彪说:"不久前《参考消息》登了毛主席和斯诺的谈话。毛主席说'四个伟大'讨嫌。"金艳说:"我不相信毛主席会讲那样的话。"贾世界说:"《参考消息》只能做参考,怎么能当真呢?若真有那样的事,《人民日报》还不登载吗?"华国彪也不肯服输,他说:"假若这篇文章是在造谣,作者和编辑有几个脑袋?"贾世界说:"反正唱《四个伟大》不会错。"应长寿说:"去问问权书记,上面是不是传达了毛主席和斯诺的谈话。他不知道的话就去问省里。假若真有这回事就不要唱,假若没有这回事就唱。"李敬德说:"我认为这个问题很严重。华国彪不说,我们还蒙在鼓里。"贾世界说:"不要神经过敏。若真有这回事的话,上面早就发文件下来了,权书记也早就传达了。我们要相信党组织。"应长寿提议举手表决,最后多数人赞成唱。

晚会还没有开始,操场里已经挤满了人。若在长江流域,夏天的傍晚多半没有风,比白天还热。而在海南岛,不管白天怎么热,一到太阳落山就凉快了,徐徐的海风吹在身上,格外舒服,挤满了人也不那么燥热。

采矿队和矿办的节目被安排在中间。采矿队唱的不好,唱着唱着走了调,有时不合拍节,但歌声嘹亮,感情充沛,听起来很过瘾。但是唱最后一首歌《四个伟大》时,采矿队的像蚊子一样嗡嗡叫。有的人只动嘴巴没有声音,有的人连嘴巴也没有动,尽管矿办的人使劲唱也不顶用。唱完后,采矿队的一个个笑眯眯地走下台来,矿办的一个个哭丧着脸跟在后面。晚会结束时排名次,这个合唱队得了最后一名。评委会看在矿办的面上,给了个安慰奖。

这次演出使矿办大失面子,权升钤和贾世界连屁眼里都冒火。始作俑者当然是华国彪。

次日,召开了矿党委会议,贾世界提议处分华国彪。权升钤要大家发表意见。李敬德说自己在《参考消息》上找到了毛主席同斯诺的谈话,这个问题要慎重考虑。权升钤想了想,主张把问题搁一搁再说。

转眼过去了两个多月。一天下午上班时,矿党委突然通知召开全体职工大会,全矿停产,任何人不得请假。大家都觉得很奇怪,铁矿复工二十多年来,除了武斗那段时间,从来没有停过产,是不是特务钻到矿区来了,动员大家去抓?

大家来到大操场,只见四周有民兵持枪站岗,主席台上,矿领导一个个正襟危坐,表情严肃。

首先是贾世界宣布大会纪律,开会期间,任何人不得中途离开会场,不准做笔记,不准交头接耳。大家不知道这次大会为什么搞得这样神秘兮兮的。

接着,权升钤走到台前的桌边坐下,宣读中央文件。文件说,林彪谋害毛主席未遂,乘飞机外逃,结果摔死在蒙古境内。大家边听边吃惊地你望着我,我望着你,好像在做梦一样,简直不敢相信自己的耳朵。只有采矿队的人不那么吃惊,反而你给我使眼色,我给你使眼色,有的用手指着华国彪。华国彪在专心听权升钤宣读中央文件。读完文件后,权升钤说:"大家听了文件一定感到不可思议。其实,毛主席早就说了'四个伟大讨嫌',要我们警惕睡在我们身边的野心家和阴谋家,要警惕出现修正主义。我们很多职工对政治不敏感，所以觉察不出来。我们只有提高政治觉悟，才能及时发现那些野心家和阴谋家。”

散会后，大家都议论纷纷，谁也没有想到会发生这样的事，而采矿队的职工则多半谈论那次唱歌。有个工人说：“权书记说毛主席早就说‘四个伟大’讨嫌，是我们对政治不敏感，为什么他在两个多月前还要唱《四个伟大》？”另一个工人说：“听说前几天军管会撤走了，国乐山无罪释放回四川了。”

听了中央文件后，夏梅芳回到家里对华国彪说：“权升钤和贾世界不会因唱歌找你的麻烦了。形势斗争复杂，我看不准，一般只听不说。”华国彪说：“只听不说比孔子的‘述而不作’要保险。不过，‘述而不作’可攻可守，而只听不说，只守不攻。孔子是圣人，你只能算亚圣。”夏梅芳拍了一下华国彪的肩膀说：“你真是张油嘴。”接着她又说：“这次唱歌你‘述而不作’，所以他们不便轻易处理你。”

二五　独木桥

人到中年，不少人有“来生未卜此生休”的感慨。华国彪夫妇不相信有来生，也不甘心“此生休”。华国彪对夏梅芳说：“我们这一辈子干不了什么大事，不能治国平天下，但每个人都可以修身齐家。我希望下一代比我们强。”夏梅芳说：“这很难说。现在的小孩比我们小时候顽皮多了。”华国彪说：“怎么见得？”夏梅芳讲了有一天去幼儿园接华思危的时候，幼儿园阿姨对她谈起的那天下午发生的一件事。

有个小女孩刚从大陆过来，幼儿园的小朋友见她皮肤又白又嫩，都好奇地围着她看。看了一会儿还不满足，还要那女孩把衣服脱光给大家看。小朋友们见了那白嫩的皮肤都拍手喊叫起来：“好白啊！”幼儿园的阿姨听见了，不知发生了什么事，赶来一看，被吓坏了，她马上赶开看热闹的小朋友，连忙给那女孩穿好衣服。

在回家的路上，夏梅芳问儿子：“你看了热闹没有？”华思危说：“真好看。她比我们白多了。”夏梅芳作出生气的样子说：“那是流氓行为。”儿子问：“什么是流氓行为？”“流氓行为就是干坏事。”“我们没有干坏事，没有打她，也没有骂她，都说她好看。”夏梅芳能在课堂上给学生讲解很难的问题，却没有办法给在幼儿园的儿子讲清什么是流氓行为。

华国彪笑道：“这小子培养好，将来可能是个人才，管教不好可能是个王八蛋。”

有一天，华国彪抱着儿子，边走边拍着儿子的肩膀唱：“宝宝好崽。”儿子也拍着父亲的肩膀唱：“爸爸好崽。”华国彪哭笑不得，不知怎样纠正儿子的话，只是说：“蠢宝，怎么爸爸变成了你的宝宝崽了？”

华思危快四岁的时候，有一天他问母亲他是从哪里生出来的。夏梅芳指着自己的肚脐说：“你是从妈妈的肚脐里生出来的。”“肚脐这么小，怎么能生得出我这么大的小孩？”“生你的时候，肚脐就像橡皮圈一样胀大了。”“我会生小孩吗？”“男的不会生。”华思危没有再问下去。

有一次，华思危在屋门口把一只公鸡赶得飞跑。华国彪从屋里出来说：“思危，你赶鸡做什么？”华思危说：“那只大公鸡欺侮母鸡，要母鸡背，我就把它赶跑了。”华国彪说：“公鸡和母鸡在玩游戏，你不要去管它们。”华恩危说：“玩游戏怎么能把母鸡压在下面连动都不能动？”华国彪不知怎么说服儿子，只好笑了笑走了。

还有一次，夏梅芳在煎豆腐，华思危在旁边观看。夏梅芳去洗碗的时候，华思危拿起火钳，学妈妈的样，在锅里炒来炒去，白豆腐炒成了黑豆腐。夏梅芳想打他的耳光，但又下不了手，只是生气地说：“你怎么这样淘气？”华思危翘起小嘴巴说：“你和爸爸这么大了也淘气，晚上还在床铺里打架。”夏梅芳气也不是，笑也不是，只好不再作声，以免儿子又说出什么难听的话来。从此后，华思危晚上不再跟父母睡，而是单独睡。但早晨醒来后，他又去跟父母睡在一起。

平常有空的时候，夏梅芳就教儿子认字。这些字很简单，无非是一二三四五，个十百千万，难一点的也不过是鸡鸭鹅鱼蛋。华思危认得几个字就去父母的书架上找书看。那些书名他不认识，找来找去才找到一本认识的书，叫《十万个为什么》。他翻开书一看，目录中很多字不认识，但他并不灰心，想法找认识的字，结果找到了一句："鸡吃得太好为什么生蛋少？"于是就问夏梅芳："妈，为什么鸡吃得太好生蛋少？"夏梅芳说："傻孩子，鸡吃得好才会多生蛋，像小孩吃得好就长得快一样。"华思危把书给夏梅芳说："你看书上怎么说。"夏梅芳看了后哭笑不得，没想到幼儿园的儿子把她这个大学毕业的教师问得下不了台。

有一天，夏梅芳在读李白的《静夜思》。站在旁边的华思危说："妈妈，我也能背了。"说着就背了起来："床前明月光，疑是地上霜。举头望明月，低头思故乡。"夏梅芳听了很高兴。从此，她经常读中小学课本中的唐诗宋词给儿子听。不到半年，华思危就能背诵中小学课本中所有的唐诗宋词。

入学报名那一天，华思危要读他母亲那个班。夏梅芳说："妈妈教高三。你要读十一年才能读我教的班。在学校里你不能叫妈妈，要叫夏老师。""在学校里你不是我的妈妈了？"夏梅芳笑道："学生都叫夏老师，你也一样。"

华思危的成绩是年级第一。同桌的同学总是问他数学题，问多了他就不耐烦了。有一天，他对那同学说："我出个题，你做对了，以后才可以问我：水变成冰，体积增大十一分之一，冰变成水，体积减小几分之几？""减少十一分之一。""错了。"那同学算来算去算不对，他去问其他同学，也没有一个人会做，他只好去问教数学的女老师。老师觉得很奇怪，那学生从来没有向老师问过题目。老师问他今天怎么这么好学，那学生把事情的经过都讲了出来。次日，老师把华思危出难题给同学做的事告诉夏梅芳，并说："华思危的思维很敏捷，就是生活上一塌糊涂，有时穿着袜子在教室里乱跺，裤子前面的扣子经常不扣。我有一次对他说：'华思危，你那鸡屋门没有关，小心小鸡鸡跑出来。'你猜他怎么回答？'不要紧，里面还有一条短裤。'弄得我哭笑不得，我只好让他站住把裤扣子扣好。"

华国彪下班回来后，夏梅芳把数学老师讲的告诉他。华国彪说："小孩一旦骄傲自满就会影响学习进步，不肯帮助人家就会影响人际关系，至于生活小节就不必管得太严。成大器者不拘小节，拘小节者难成大器。"夏梅芳说："真是有其父必有其子。儿子也像你一样尽出洋相。"

一天晚饭后，华国彪对儿子说："听说你出难题给同学做，现在我出道题给你，看你会不会做。"题目很有趣，叫"李白沽酒"：

李白无事街上走，提壶去买酒。遇店加一倍，见花喝一斤。两遇店和花，喝光壶中酒。试问壶中原有多少酒？

华思危看了题目直抓脑袋，好像蚂蚁爬在西瓜上一样，不知从哪里下手。夏梅芳对华国彪说："是不是太难了？"华思危左算右算都算不出来。华国彪说："你连这道题都不会做，还骄傲，不肯帮助人。我的知识是个圆，你的知识不过是圆上一个点。我都不敢骄傲，你怎么能骄傲呢？"华思危睁大眼睛望着父亲说："你在炫耀自己。"华国彪没想到被儿子将了一军，只好说："我骄傲也要改。"

华思危每个学期都是年级第一名。华国彪两口子都希望儿子将来成为科学家，对儿子的学习抓得越来越紧，原来要儿子扫地、洗碗，后来百事不要他做，只要他读书。华思危起床前，夏梅芳把衣服准备好放在床边，吃饭时把饭菜端到桌上。华思危只管衣来伸手，饭来张口。华国彪很注意小孩的身体锻炼，每天清早带儿子跑步。

华思危读高二时，他妹妹华思贤读小学五年级，成绩也是全年级第一名。

华国平高中毕业后回乡务农。华国彪要他复习功课，准备恢复高考时参加考试。后来他被推荐考大学，考上了机电专业，学制三年，叫工农兵学员，毕业后分配到天涯铁矿工作，不久后与石阿婆的女儿余妹结了婚，生了个儿子叫华思敏。华思敏和华思贤同班。段考后，华思敏不敢把成绩单给父母看，华国平问他成绩他才拿出来。语文和数学都不及格。华国平一只手拿着成绩单发抖，另一只手"啪"的一巴掌打在华思敏的脸上，骂道："他妈的蠢材！"华思敏"哇"的一声哭了起来。余妹见丈夫打得这么狠，双手一拍，朝着丈夫吼起来："你打！你打死了，你华国平绝子绝孙就高兴了。他妈是蠢材，你有本事去另外找一个聪明的，给你生个会读书的儿子。呜呜呜……"华国平知道这下惹了祸，余妹一定会哭个不停，除非他向余妹讲不少好话。他只好走出去躲躲风，但他又不肯示弱，走到门口又回头吼了一声："使劲哭，只要哭出好成绩来，我就佩服你们。"说完，大步地走了，准确地说是溜了。

华国平一走，余妹马上就不哭了。华思敏还在哭。余妹骂道："他走了还哭什么？"华国敏马上停止了哭泣，不然又会挨打。

华国平两口子吵架，华国彪两口子听得清清楚楚，因为华国平就住在华国彪前面一栋楼。

近年来，铁矿建了一栋八层的办公楼和很多新宿舍。华国彪分了两室一厅，夏梅芳将她在学校的那间房退给了学校。

华思敏挨打挨骂时，华思贤问父亲："小孩错了，大人可以打小孩。大人错了，小孩可不可以打大人？"华国彪不知怎么回答，幸好夏梅芳解了围："大人错了由警察管。警察管不了这么多小孩，只好由家长管。"华思贤听了不知对不对。

华国彪要华思贤晚上喊华思敏来一起自习，他在旁边看看书报或英文杂志。华思敏的成绩慢慢有了进步。华国平很高兴，但余妹不是这样。她认为，华国彪夫妇读了那么多书，工资只比她这个读了初小的勤杂工多了三十多元。华国彪夫妇开口抓学习，闭口考大学，但像她这样没考上大学的也可以当工人。

一天晚上，矿里在大操场上放电影。华思贤问华国彪："今晚做作业还是看电影？"华国彪说："看完电影就要睡觉了，明天怎么交作业？作业做完了有时间就去看电影。"华国彪见华思敏没有来学习，他要华思贤去喊他过来。华思贤走到华国平家门口，见余妹带着华思敏往外走，她问华思敏："你怎么不去做作业？"余妹说："在大操场看电影不要钱，去电影院看一场电影要一角钱。少做一次作业有什么要紧？"华思敏很想看电影，巴不得母亲说这句话，他高高兴兴跟着母亲走了。

眼看就要期考了，华国彪想要华思贤利用星期天上午的时间帮助华思敏复习算术应用题。早饭后，华国彪要华思贤去喊华思敏来学习。华思贤说："上次放电影，我去喊思敏来学习，婶婶很不高兴。我不想去喊了。"华国彪说："一个人做好事不要怕被埋怨。听爸爸的话，去喊他来。假若你叔叔在家里，就要你叔叔叫他来。假若你婶婶不在家就更好。"华思贤还是不肯去。

华国彪只好自己去喊华思敏。华国平不在家，余妹正准备带华思敏上街。华国彪对华思敏说："下周期考，今天上午让思贤帮你复习一下算术应用题。"余妹不高兴地说："星期天也要学习？"华国彪说："有些应用题他不会做。"余妹对华国彪说："你回去，今天我要带他去街上玩。"华国彪说："你应该多关心他的学习。"余妹一听就生气了，大声说："思敏是我的儿子还是你的儿子？你书读得多也没有升官发财。不读书也能吃饭。"说完就拉着儿子往街上去了。

华国彪满脸霉气回到家里。刚才吵架，夏梅芳和华思危兄妹都听到了。夏梅芳对华国彪说："你这叫好心没好报，黄泥巴打黑灶。"华思危说："爸爸，您以后少管这样的闲事，免得吵架。"华国彪说："你知道什么？假若你们两兄妹长大了，你妹妹的小孩不好好学习，你管不管？你婶婶不懂道理是她的事，小孩还是要帮助。"

华思敏期考算术没有及格。华国彪要华国平送华思敏来同华思贤一起自习。后来，华思敏考试算术和语文都及格了。从此，余妹也没有说什么了。

劳动节那天，很多商品都折价卖。余妹带着华思敏和华思贤去街上玩。商店的高跟鞋五折出售，原价二十元的只卖十元。余妹买了一双，又买了一双送给华思贤。华思贤高高兴兴拿回家告诉父母。夏梅芳皱着眉说："这种鞋原来卖九元一双。"华国彪二话没说就把鞋跟锯掉了。华思贤说："婶婶知道了会生气的。"夏梅芳说："婶婶问你，你就说穿高跟鞋怕跌跤，所以改成平底鞋。"

端午那天，余妹又带着华思敏和华思贤去街上玩。经过理发店时，她进去烫发，并对华思贤说："头发烫了很好看，你也烫一个，我付钱。"华思贤很好奇，也让理发师烫了发。回到家里，夏梅芳问华思贤："你怎么去烫发？"华国彪见了，气得差点要打人，听华思贤说是余妹要她烫的，他才没有把要打人的手伸出去。他说："来，我给你的头发加加工。"说完，就拿起剪刀，把头发都剪短了，成了平头。华思贤照了照镜子说："我怎么成了男孩了？"夏梅芳想笑又不好笑，她拿了顶帽子给华思贤戴上说："戴上帽子人家就不会说长道短了。"

没想到余妹见了，吃惊地问华思贤说："你怎么把头发都剪了？"华思贤说了实话。余妹生气地说："你爸爸那个死脑筋，一点都不开窍。"

次日，余妹对夏梅芳说："你那个老公封建思想太严重。女孩子烫个头发有什么要紧的？现在女的都时兴烫头发，擦口红，穿高跟鞋。"夏梅芳本来想说："小孩从小要养成艰苦朴素的作风。"但转念一想，讲了不但没有作用，反而会引起余妹的不满，所以话到嘴边又不说了，只是笑了笑。

不久，矿里的商店开始卖黑白电视机，大家都抢着买。电视机的图像虽然没有电影那么大，但能在家里看，想什么时候看就什么时候看，内容又多，有新闻，有戏剧，有科技知识，有天气预报。余妹要华国平买了一台。这一下，乐坏了华思敏，喜癫了余妹。两人一有空就看，甚至边吃饭边看。晚上，电视没有放完，余妹就不睡觉，一直要看到深夜电视主持人说“再见”才罢休。华思危和华思贤有时也去看一会儿。兄妹俩都要求父母买一台电视机。夏梅芳拿不定主意，华国彪说：“现在不能买。你们两兄妹都考上大学后我再去买一台，让你们看个够。”华思危失望地说：“天啦，妹妹要七年多后才能考大学，还要等那么久，这同以前中国人盼望抗日胜利一样久。”华思贤说：“等到买电视机的时候，爸爸妈妈都快老了。”华国彪说：“终身之计莫如树人。树人重于看电视，不看电视不要紧。”

离华思危高考还有三天，华国彪买了一箩西瓜回来说：“吃西瓜清凉解热。头脑清醒，考试就顺利。”华思贤问华国彪：“爸爸，您考大学时，奶奶做了什么好东西给您吃？”华国彪笑着说：“做了饭给我吃。”华思贤说：“有些人成绩很差，可能是肚子里装得太多了，脑子里就装不进知识了。”华国彪说：“饱食终日、无所用心的人也有一大贡献——他们是一台很好的造粪机。”华思贤说：“有的同学上课经常要出去大小便，肯定是吃多了。”夏梅芳说：“也不见得都是这样，有的是想出去玩。懒人屎尿多，没有也要屙。听说贾学丰上课时经常躲在厕所里看武侠小说。”华国彪问：“贾学丰是谁？”夏梅芳说：“贾世界的大儿子，预考没有考好，贾世界天天吹胡子瞪眼睛骂他是个蠢猪。昨天吃晚饭时，金艳又把贾学丰臭骂了一顿。贾学丰对金艳说：‘你为什么也没有考上大学？’贾世界顺手给贾学丰一个耳光。贾学丰哭喊着从四楼跳下来，幸好被电线拦了一下，没有跌死，只跌断了一只脚，现在躺在医院里。”华思贤说：“幸好妈妈没有教贾学丰那个班，不然，这一下不得安宁。”接着她又问：“妈妈，您为什么不教哥哥那个班？”夏梅芳说：“古人说‘易子而教’，这一点你还不懂。因为老师评职称涨工资都与学生的成绩挂钩，所以老师都想把自己教的这一门的成绩搞上去，争取多上课，多布置作业，多些学生升学。现在，一百个高中生只有四个可以升大学。”华思危说：“七十二行，学生这一行最辛苦。工人一天工作八小时，我们一天起码学习十一个小时。不过，越是困难，越能分出高下。例如爬山，猴子山连小孩都能爬上去。假若爬上五指山就厉害了。如果爬上珠穆朗玛峰，全世界都羡慕。拿破仑说得好，不想当元帅的士兵不是好士兵。我们班有些同学填志愿，连中山大学都不敢填，最后一个志愿填个最差的学校保底。这样还不放心，还要填一项‘服从分配’。我不这样。现在全世界的人都谈癌色变，中国医科大学的肿瘤专业是全国乃至全世界有名的，我就不信考不上中国医大学。我的第一志愿是中国医大，第二志愿是中国医大，最后一个志愿还是中国医大。”华国彪说：“中国医大是全国的重点大学，录取的分数线很高，万一考不上怎么办？”华思危毫不犹豫地说：“今年考不上明年再考，明年考不上后年再考。”“好！有志者，事竟成。”华国彪很欣赏儿子的决心。

考试结果出来，华思危的总分超过中国医科大学录取线三十分。

因为儿子参加高考，所以夏梅芳不能去阅卷。近几年来，高考录取有点拿不准，低分的考上了好学校，甚至没有上线的也录取了；有些高分的考生却考上了普通学校，甚至还有高分考生没有被录取。夏梅芳对华国彪说：“思危考得好，但不一定保险，我还是去省里打个转。我班里有三个学生，一个叫舒本信，分数高，但只有一只手；一个叫康宁，女生，虽然高出本科上线分数二十分，但招生办是按百分之一百二十的比例抛档案，她小时丧母，父亲在城里为盲人办的轧花厂轧棉花，好不容易把康宁拉扯到高中毕业；一个叫乐于时，离录取分数线差十分，只好同矿里签订委托培养合同，毕业后回铁矿工作。这三个学生都不一定录取，我去省里看情况办事。”华国彪说：“想什么办法？开后门有失人格。”“我不去开后门，但可以据理力争。”“你有什么办法帮助这些学生？”“我把康宁的父亲、乐于时的父亲和舒本信一起带去，到时候见机行事。”

八月上旬，夏梅芳带着上述三个人来到省会。一打听，高考招生办设在省政府招待所。夏梅芳一行就住在招待所附近的一家旅社。他们到招待所门口看了看，只见门口贴着一张省政府的公告。公告说，高考录取，任何人不得开后门，否则，一经查获，一定给予政纪或党纪处分，严重的要追究刑事责任。非招生人员一律不得进入招待所。

中午休息时，一个四十来岁的妇女来到招待所前面的一棵大榕树下，突然大声地对大家说：“兄弟姐妹大爹大妈，请静下来听我讲几句话。我今天要讲的，是反对两极分化。”大家立刻被她的话吸引住了。她继续说：“我们搞社会主义就是要消灭剥削，按劳分配，不再使少数剥削者富上了天，劳动者穷落了地。但现在有的人为了自己发财，什么卑鄙无耻的事都干得出来。”讲的人振振有词，听的人目瞪口呆。

夏梅芳问站在旁边的一个妇女：“这讲话的是什么人？”那妇女说：“她是郊区的农民。”夏梅芳觉得更奇了，她从来没见过一个农村妇女干这种事。那个讲话的妇女继续说：“今天大家都是从学校里来的，学校也搞两极分化。搞什么重点学校，把大量的钱和水平高的老师集中在少数几所重点学校，很多学校要钱没钱，要老师没老师，要教室没教室，要课桌没课桌。城市是这样，农村更困难。有的学校连买粉笔的钱都没有。结果是好了重点学校的几个学生尖子，百分之九十以上的学生倒了霉。我们的国家不提高大多数人的文化水平，单靠几个学生尖子能建设好吗？各位招生的同志，你们想过没有？”

这时有个年轻的招生人员问那女人：“你知不知道办重点学校是谁提出来的？”女人说：“不管是谁提出来的，只要对国家对人民不利，我们就要反对。”那年轻人严肃地说：“你这是攻击党的领导，我看你是疯了。”女人说：“我问你是不是共产党员？”年轻人说：“是的，怎么样？”女人继续说：“我问你，中国共产党的宗旨和最高理想是什么？”年轻人答不上来。女人说：“你是共产党员却不知道这些，我不是共产党员，但我却知道这些。”她一边说一边从口袋里拿出一本党章给年轻人说：“我背给你听，看我背错了没有。”年轻人看着党章听她背完后把党章还给了女人。女人说：“你的党员证就像招生办的出入证，对你有利你就入，对你不利你就出。”年轻人大怒，立刻说道：“你还骂人，真是嚣张！我们到公安局去！”女人说：“去就去！你还说我是疯子，这算不算骂人。”

这时，一个公安人员走了过来，夏梅芳问他：“那女的是哪里的？”公安人员说：“就是郊区的农民。”“她疯了没有？”“疯什么？她就是这么个人。今年初乡里开人大会议，不知她怎么钻了进去。主持人还没有开始讲话，她跑上讲台先讲了一通，反对两极分化。”“抓了她没有？”“她要种地养猪，两个小孩要读书。”“她家里的人是做什么的？”“世代当农民。父亲是解放军，攻打南京时牺牲了。丈夫去年病了没钱治，死了。”“像她这样的人多不多？”“不多，但支持的人多。刚才站在榕树下面的几个妇女都是一起的。”

过了一会儿，那女人来了。公安人员走向前对那妇女说：“云大嫂，你快回去。小孩放学了，要煮晚饭和喂猪了。”云大嫂说：“我本来准备讲完就回去煮猪食，那年轻人硬要我去公安局。我要是怕坐牢就不来这里讲了。”说完就走了。公安人员朝夏梅芳笑了笑说：“她就是这么个人。”夏梅芳望着云大嫂的背影，心里久久不能平静。

两天过去了，优先录取的大学已经录完了，重点大学开始录取。夏梅芳等了一天，不见有华思危的消息，她越等越急。次日晚饭后，她趁招生人员出招待所散步时，好容易找到中国医科大学一位搞招生的。她把儿子的分数告诉招生人员。对方气愤地说：“比您儿子少二十分的都录取了，但是不见您儿子的档案，真是莫名其妙。我今晚去指名要他们抛档，明天中午您在这里等我。”

次日中午，那位招生人员来到昨天会面的地方，一见面就对夏梅芳说：“您的儿子已经录取了。幸亏您告诉我，不然我们学校可能会少一个人才。”夏梅芳说：“多亏您帮忙。”夏梅芳邀他去茶馆喝杯茶，想打听一下招生的情况。那招生人员说：“谢谢，不用啦。个别招生人员就是管不住自己的嘴巴，所以招了很多差生。若不进行整顿，一些招生的人，不仅肚子会胀破，连荷包也会胀烂。”夏梅芳敬佩地望着那位招生人员，两人会心地笑了笑。

重点大学录取后是普通大学录取。时间过去了两天，本科录取只剩下一天了，舒本信等三人还没有消息。夏梅芳告诉康宁的父亲，要他如此这般去做，孩子才有希望被录取。

次日早饭后，康大伯要求进招待所见招生办主任。门卫不准，并指着门上贴的省政府的公告念给他听。康大伯说有很重要的事，门卫还是不准，并好言劝他说：“我能够理解您的心情，但我不能违反规定。假若大家都要进去，这招生工作就搞不成了。您有事去询问台谈。”康大伯见他说得有理，也就不好为难他，于是来到询问台。接待人员要他耐心等待录取信息，招生办主任很忙，不可能接见外人。康大伯只好按夏梅芳讲的第二个办法去做。他站在门口等了一会儿，大门开了，一辆小轿车从里面驶出来。康大伯突然横卧在门口。车子停了下来，司机下车要他让开，有什么事对门卫讲。康大伯躺在地上，一边哭一边说：“我要见招生办主任。他不来，我压死在这里也不起来。”围观的人越来越多。过了一会儿，一个中年男子从轿车里出来对康大伯说：“老人家，我是招生办主任，您有什么话尽管对我说。”康大伯坐了起来，一把鼻涕一把眼泪地说：“我的女儿这次参加高考，分数比她低二十分的都录取了，我女儿却没有消息。她两岁死娘，我一个瞎子，既当爹又当妈，好容易把她送到高中毕业。她很争气，学习成绩好，但没想到她考得好还不如考得差的人。”讲完后就号啕大哭。围观的人有的说：“应该从高分到低分录取，不然就会乱套。”招生办主任说：“我去查一查。”他向康大伯问了一些情况，写在一个小本子里，然后说：“您等一等，我就答复您。”过了一会儿，招生办主任走过来对康大伯说：“大伯，您的女儿录取了，您可以放心回去了。”康大伯朝招生办主任说：“多谢您了，多谢您了。”然后站了起来，揩干了眼泪，离开了招待所。夏梅芳要他去旅社休息。康大伯说：“夏老师，我也要好好谢谢您啊！”夏梅芳说：“您今天的讲话很感动人。”康大伯说：“不知怎么地，我一想起抚养女儿不容易，眼泪就来了。”

到旅社后，夏梅芳又带着舒本信去询问台。舒本信问工作人员：“请问，我上了重点大学分数线，现在普通大学快要录取完了，我怎么还没有消息？”工作人员见舒本信只有一只手，便朝屋里喊了一声："黄医生，有学生找您。"一个四十多岁穿着白大褂的女人走了出来，问了舒本信的名字后说："你只有一只手，对吗？"舒本信说："我小时候医生给我的右手打针后，我的右手就瘫痪了。后来砍柴，右手被砍伤，感染了。医生说，这只手假若不截肢就会危及生命。我父亲想，反正瘫痪了，不如切掉算了。因此，我就只能用左手吃饭、写字和做事。"黄医生说："你只有一只手生活不能自理，不能录取。"一直站在旁边的夏梅芳说："医生同志，我想插句话。您说这学生生活不能自理。他能吃饭，能写字，能做事，怎么说生活不能自理？高考时，两个小时要做那么多题目，成绩考得那样好，一个双手完好的人也难做到，一个生活不能自理的人能做得到吗？"黄医生说："招生简章上面有规定。"夏梅芳说："招生简章我都清楚，但没有您说的这种情况。我想，您也是做母亲的年纪的人了，假若您的小孩小时候也遇到那样的医生，造成这样的不幸，但他能自强不息，只有一只手也考出这样的好成绩，有人却说他生活不能自理，不愿录取他，他今后一辈子的不幸远远比失去一只手要严重。您这个做母亲的人会有什么想法？"黄医生问："您是不是他的母亲？"夏梅芳说："我不是。我是个旁观者，但我是个做母亲的人，我以做母亲的心情去理解这个学生。"黄医生犹豫了片刻，对舒本信说："你等一等，我们商量一下就告诉你。"黄医生走了进去，过了一会儿，出来对舒本信说："你可以录取，但要受专业限制。"舒本信对黄医生鞠了一躬说："谢谢。"

接着，夏梅芳要乐于时的父亲去找矿里来搞招生的王仕福校长。乐师傅在招待所旁边的邮电局找到了王仕福，问录取情况。王仕福说："矿办公室来电话，你的儿子不委培了。"乐师傅听了，眼睛直冒金花，好一会儿才回过神来。他说："矿里怎么说话不算数？"王仕福说："这是矿里的决定，我也没有办法。"乐师傅踉踉跄跄地回到旅社，把情况告诉夏梅芳。夏梅芳沉默了一会儿，告诉乐师傅怎么去做。乐师傅睁大眼睛望着夏梅芳说："这使得吗？"夏梅芳说："现在只有用法律来捍卫自己的权利。您去找王仕福，我去找大学招生的。"乐师傅到邮电局对王仕福说："请您打个电话给铁矿教育处处长，我儿子乐于时的委培合同是他批准的。他应该知道，合同是受法律保护的。假若他要取消合同，他必须考虑三点：交给委培学校的两万元委培费还没有退；必须赔偿我儿子因取消委培所遭受的一切损失；如果他要撕毁合同，请他做好准备，我在法院里等他，由法院来裁决。如果他按合同办事，就请他今天下午三点回电话，因为本科录取在今天下午五点截止。"王仕福大惊失色地望着乐师傅说："这样的电话我不敢打。教育处处长同县长平级，您这是鸡蛋碰石头，我看还是算了。您就对您儿子说，今年考不上明年再考。"乐师傅说："您不敢讲我来讲，请把电话号码告诉我。"王仕福把电话号码告诉他。乐师傅打通了铁矿教育处的电话，接电话的是教育处办公室主任。主任说："教育处处长正在同一些客人谈话。等一下我就告诉他。"乐师傅和王仕福一直坐在电话机旁边等着。下午三点整，电话铃响了："喂，是王校长吗？我是铁矿教育处办公室主任。处长说，乐于时的委培按合同执行。"王仕福竖起大拇指对乐师傅说："工人老大哥到底是老大哥。人家不敢想不敢做的事您敢想敢做，而且能做成功。"乐师傅握住王仕福的手说："谢谢您。我是被逼得没办法才走这着棋。"

乐师傅告别王仕福后去找夏梅芳，夏梅芳正在招待所门口看一张大字报。大字报上写着：

呼吁书

各位招生的同志：

我向你们紧急求助。我弟弟叫张智勇，我们家在海南岛的五指山。我父母前几年去世了。我家里穷，我没有读完初中就辍学了。我只想让我弟弟多读点书。他很自觉。他要顶着烈日走十多里山路去上学，饿了就在路边的山上摘几个野芭蕉充饥。我三十多岁了，不敢成家，只想把弟弟培养出来再谈自己的事。他总算没有辜负我这个做哥哥的期望。这次高考，他的成绩比本科分数线还高了十五分。在我们那个县，他是新中国成立以来为数不多上本科分数线的学生。学校的老师、父老乡亲和我们兄弟俩都非常高兴。但是，比我弟弟的分数低的已经录取了，他却没有消息。今天下午本科录取即将截止。他想不通，今天还没有吃一口饭，总是唉声叹气。他无意中说了这样一句话："我若不能录取，就在招生办门口的榕树下自尽，用生命来揭开招生工作中的问题。"我听了心急如焚，我求求大家做做好事，救救我的弟弟。

围着看的人越来越多。大家议论纷纷，有个老头说："高考录取连抛档案都出问题，真是太不像话了。"

夏梅芳看完大字报，回过头来看到乐师傅，问他是不是办好了。乐师傅说："谢谢您，您比我们做父母的还操心。教育处处长答应按合同办事。"夏梅芳说："这是最后一招棋。"乐师傅说："我哪里会想到这招棋。""您不要对人家说是我告诉您这样做的。"乐师傅用手抹了一下脖子说："砍我的头我也不会说。"

吃了晚饭，夏梅芳又去招待所门口看情况。门口贴的那张《呼吁书》不见了，另外贴了一张《感谢信》，内容说他怕弟弟出事，心里难受又很着急，所以写了《呼吁书》，说了一些不应该说的话，请招生办的同志原谅。现在他弟弟已经录取，他非常感谢招生办的同志对他弟弟的关心。他弟弟决心努力学好本领建设祖国来报答大家的好意。

接着，夏梅芳在邮电局找到王仕福。王仕福见了夏梅芳，高兴地说："恭喜恭喜。华思危考上中国医科大学。你那个班考得很不错，本科录取的就有七名。"夏梅芳听了，一方面很高兴，另一方面心里很沉重。她觉得现在的高考简直是千军万马过独木桥，高考使教师操心，家长担心，学生揪心。她担心今后会不会像旧社会那样，工农子弟被排斥在校门外？教师还是不是人类灵魂的工程师？会不会又出现"家有隔夜粮，不当孩子王"和"千莫奈何讨米，万莫奈何教书"的现象？

次日，夏梅芳怀着复杂的心情同舒本信、康大伯和乐师傅乘轮船回了天涯铁矿。

二六 血浓于水

每逢星期天,华国平总是要回天涯村看望牛爱华。

有一个星期天上午,华国平和牛爱华坐在门口闲聊。华国平说:“妈,您有什么困难,只管告诉我。我每月工资四十多元,吃饭、穿衣和零用二十元足够了,其余的都给您用。”牛爱华说:“我自己种菜、砍柴,还喂一头猪,生产队每月发四十斤稻谷,柴米油菜不用买,只要买点盐和布,添置几件家具,每月五元钱足够了。你给我的钱我都存在银行里,给你以后用。”“妈,你为我们兄弟累够了,苦够了,现在要吃好一点,不要太省了,不要太累了。”牛爱华笑道:“再好就跟过去的地主生活差不多了。”华国平也笑了起来,说:“只要我们大家努力工作,搞好生产,我们以后的生活会比过去的地主生活还要好得多。不过有一点不同,我们不是像地主那样靠剥削,而是靠劳动。”牛爱华说:“只要子孙后代不再像我们过去那样受苦就好了。”华国平望着牛爱华那苍老的面孔,六十多岁的人就像七十多岁的老太婆,头发斑白,颧骨突出,脸像个松树疙瘩,他想讲什么又没有讲出来。过了一会儿,牛爱华说:“你好像有什么心事。”华国平终于小心翼翼地说:“我有一件事,很久以前就想问您,但又怕您不高兴。”牛爱华觉得奇怪,她说:“有什么你只管说,做娘的有什么不高兴?”“我读中学时就听人家说,我的亲生父亲把我卖掉了,是您把我带大。我怕您伤心,一直不敢问您。”牛爱华眼睛直直地望着华国平。华国平说:“妈,您不用担心,我永远是您的儿子,我永远不会离开您。”牛爱华“哇”的一声哭了,边哭边说:“看来我们家的事有人告诉你了。”她哭了一会儿后,把从日本军人手里买华国平的事讲了出来。华国平叹气说:“这样说来,我生母死得可怜,我生父也是日本侵华战争的受害者。我不知道生父是不是还在人世。”“你想不想去找你的亲生父亲?”“他不来找我,我不会去找他,因为他把我卖掉了,是您把我拉扯大。我是吃中国人种的粮食长大的,是您把我培养成大学生。您两位老人是我的再生父母。”牛爱华胆怯地问:“你将来会不会去日本?”华国平捧着牛爱华苍老的脸说:“妈,我要永远同您在一起。生我的人不如养我的人。”

时间一天天过去,牛爱华的担心慢慢消失了。但中日邦交恢复后,听说有日本人来中国寻找亲人,牛爱华担心华国平的生父来找他。

世上的事就是怪,希望发生的事往往很难发生,不希望发生的事偏偏容易发生。

一天上午,一个干部模样的男子自称是县侨务办公室的,来找牛爱华,问华国平的来历。牛爱华不知发生了什么事,她把从日本人那里买华国平的事一五一十地说了出来。那干部说:“华国平的脖子左边是不是有颗痣?”牛爱华惊奇地问:“正是,您怎么知道?”“有一个日本人来信打听他儿子的下落。他很想念他的儿子。”

从此,牛爱华一连几个晚上没有睡好。星期天华国平回来时,牛爱华把这件事告诉了他。华国平想见见自己的亲生父亲,而牛爱华则生怕那日本人来中国把华国平领回日本去。

牛爱华在忐忑不安中过了几个月。一个星期天上午，华国平回天涯村看望牛爱华。县侨务办的那个干部陪伴着一位头发花白的老人来到华家。那老人留着八字胡，同华国平一个样。牛爱华一看就想起日本投降时那个卖国平的日本军人，她想这肯定是国平的亲生父亲。侨务办的干部懂日语，他把老人说的话翻译给牛爱华听。他说，这位老人自从回国后，心里一直感到很内疚，觉得对不起儿子。现在中日恢复了邦交，他想来看看自己的儿子。为了慎重起见，他想做血型比对。牛爱华很想问："老人是不是要把国平带到日本去？"几次话到嘴边又收了回去。华国平望着老人，老人的脸上忧伤中透出喜悦，社会的战乱和家庭的不幸在这张脸上刻下了深深的痕迹。华国平想：这就是把他卖掉的亲生父亲吗？老人望着华国平，当他看到华国平脖子左边那颗痣的时候，他的眼神凝住了。接着，一颗又一颗泪珠不断从老人的眼角涌出来。眼泪感动了华国平，他想喊一声"爸爸"，但是他忍住没有喊，要等到血型比对结果出来后才能最终确定。大家聊了一会儿后，侨务办的那位干部带着日本老人走了。

过了两天，那位干部和那位日本老人又来到华家。大家互相问好后，那两个人带着华国平到医院去了。

随后，血型比对结果出来了。那日本人看了结果，先笑后哭，一边抹眼泪一边说了些什么。侨务办的那个干部翻译说，日本老人已经退休。自从回国后，他一直想着自己的儿子。他说今天是他二十多年来最幸福的一天。他希望儿子同他一起回日本看看家乡的情况。假若儿子愿意在日本定居，父子俩可以住在一起。牛爱华问华国平的想法。华国平说："我希望去日本看看，但不愿意在日本定居。今后，我可以经常去日本看望父亲，父亲也可以经常来中国住一段时间。"他对父亲说："我已经成了家，有小孩子。中国妈妈对我太好了。我舍不得离开中国妈妈和中国哥哥。"日本老人高兴地对大家说："我支持儿子的选择。我曾经在中国造祸，希望儿子为中国造福。我这次来中国，向儿子道歉，向中国人民道歉。我很感谢华家把我的儿子养大成人，感谢中国人民把我的儿子培养成大学生。我死了也不感到遗憾了。"他一边讲一边拉着华国平的手哭了。

这时，看热闹的人越来越多。卫求生对日本老人说："二十多年前，你们日本军队打中国军队，我们中国军队打日本军队。大家都把对方当作自己的死对头。今天不打仗了，我们都是朋友。"老人听了翻译，破涕为笑。他竖起大拇指，用半生不熟的中国话说："对！对！对！中国人民，非常地顽强！"接着他说，日本军队在海南岛杀害了很多中国人。作为当时的日本军人，他感到很抱歉。他当时写了本日记，他很想把这些公之于世，以便吸取历史的教训，使中日两国人民永远友好下去。大家听了老人的话，都齐声叫好。

老人接着说："儿子，我对不起你，这是我一辈子不能原谅自己的。你有什么困难，我一定尽力帮助你。"华国平说："我现在有工作，有工资，没有什么困难。"老人说："你的中国妈妈有什么困难，只管告诉我，我一定想法帮助。"牛爱华说："我现在有吃有穿，没有什么困难。"牛爱华对华国平说："你就同你父亲一起去日本看看。"华国平高兴地说："妈，我去日本打个转就回来。"

吃饭时，牛爱华谈到一家人逃难从长沙来到天涯海角，路上经历千辛万苦。日本老人听了长悲短叹，说自己当时着了魔，把为日本军国主义卖命当作爱国，把侵略亚洲各国建立东亚共荣圈当作是解救亚洲人民。牛爱华又谈到华孝先被抓壮丁后，她卧病不起，家里无法支撑下去，华国彪宁愿卖掉自己也要留下国平的事。日本老人听到这里，突然放下碗筷，抱住华国彪放声大哭。老人边哭边说："我这个做父亲的是有罪的。我把儿子卖掉，而你把自己卖掉也要留下国平。你比亲生的哥哥还要疼爱他。你和你的父母是我儿子的恩人，也是我的恩人。"

牛爱华又谈到华孝先被抓壮丁，至今没有音信。日本老人说："一定要想法打听消息。我也是打听了好几年。中日建交后，我到处写信才问到儿子的下落。"华国彪说："我已经写信给中央人民广播电台，电台已经广播了我的信。我不知道我父亲是不是还在人世。"侨务办的干部说："你可以让已经与台湾亲友取得联系的台属捎信寻找，也可以向回大陆探亲的台湾同胞打听，还可以通过红十字会查找。除了中央人民广播电台对台湾广播部外，还可以请广播电台广播寻人启事，或者通过报刊登寻人启事。"日本老人对华国彪说："有你在，你的父亲会像我一样，千方百计活下来，千方百计来找你。要知道，没有什么比血亲更亲的了。"

不久，华国平同他的生父去了日本，去了一个多月就回来了。

自从华国平的生父来寻找儿子以后，牛爱华和华国彪总是盼望华孝先也能回来，一直盼了很多年。牛爱华一想起华孝先就忍不住流泪，她问华国彪："有没有人从台湾回来？你爸爸为什么还没有回来？"华国彪也搞不清楚。

盼了一年又一年。有一天，华国彪帮母亲劈柴，牛爱华去河边洗衣服。卫求生带着一个人来到华家门口，对华国彪说："国彪，来客啦。"华国彪转过身来，一见来人身材魁梧，头发和胡子全白了，满脸麻子，他立刻放下斧头，走向前去，抱住老头喊"爸爸"。老人立即抱住华国彪的头哭了起来："彪儿，爸爸想念你们三十八年了！"华国彪搂住老人的肩膀不停地哭，不停地喊"爸爸"，好像一个丢失的小孩又见到父母一样，既高兴又伤心。

父子俩正在抱头痛哭时，卫求生的老婆跑到河边对牛爱华说："阿华，快回去，阿先回来了。"牛爱华连放在水边的衣服也不顾了，连忙赶回家，隔门口老远就喊："彪儿他爸！彪儿他爸！"华孝先还没有看清楚人，一听声音就喊了起来："彪儿他娘！彪儿他娘！"两位白发老人，什么话也没有说，只是抱头痛哭。

卫求生和一些村民在旁边见了，也都流下了眼泪。牛爱华好容易忍住哭泣，对华孝先说："你总算回来了。没想到这辈子我们还能相见。"华孝先说："我在台湾没有一天不想念家里。上个月我接到台湾红十字会交给我的一份寻人启事，说是大陆红十字总会转交给他们的。我看到彪儿的名字，又悲又喜，眼泪把启事的纸都打湿了。回想往事，我一夜没有合眼，次日我就去办手续。三十八年来，我不知多少次梦见家乡，梦见亲人。我一个人在台湾，孤苦伶仃，是我对家乡和亲人的思念使我坚持活了这几十年。今天，总算梦想成真啦。"说到这里，华孝先破涕为笑。其他的人也笑了。

华孝先接着又转喜为悲，他叹了口气说："刚才在路上碰到老卫，他告诉我，母亲已经去世了，我心如刀割。我被抓壮丁时，她哭天喊地，这哭声伴随了我几十年，不知多少次让我从梦中哭醒。没想到母亲那一哭就成永别了，我再也听不到她老人家的声音了。”华孝先一边说一边揩眼泪。牛爱华和华国彪想起华嫔驰临死时呼唤儿子的情景，也哭了起来，但他们怕华孝先伤心，所以没有讲出来。卫求生唉声叹气地说：“阿先，我对不起你母亲，对不起你。”说着说着也哭了起来。

卫求生一哭，牛爱华反而不哭了。她说：“卫主席，这不能怪您。过苦日子时，您自己也饿得患水肿病。”华孝先止住了哭泣，安慰卫求生说：“老卫，你也不用难过。我知道你这个人。你过去为穷人打天下，出生入死，现在还是像过去那样艰苦朴素。我一看就知道。”

这时，孟萍走了进来，一进门就说：“姐夫，您回来啦。”华孝先站起来不好意思地说：“真对不起。你是哪一位？我认不出来了。”牛爱华说：“这是孟萍，她同克勤结婚啦。”华孝先说：“哎呀，是孟萍。你看我这记性。细听你的声音，还是没有变多少，只是相貌变了。我离家时，你还是个小姑娘。也怪不得，几十年了。克勤呢？”孟萍说：“他到街上给村里买种子去了，过一会儿就会回来。我哥哥被抓壮丁后一直没有音信，不知现在情况怎么样。”华孝先叹了口气说：“我有很多话要对你说。你哥哥真是命苦。我们到了台湾后，驻扎在台南郊区。那时生活相当苦，饭都吃不饱。不久，又发生了霍乱。官兵一片恐慌，部队戒严，外面的人不准进兵营，军人不准外出。害了病的都集中在指定的营房里，没害病的人不准同他们来往。部队缺医少药，病人死了大半，你哥哥也死了，死了的人都火化了。在清理你哥哥的遗物时，我发现一个虎斑贝。虎斑贝里面写着：‘海南家乡留念。孟凡。’我一直把它保存着，这次特地带了回来。”说着从衣袋里拿出一个色彩斑斓的虎斑贝，交给孟萍。孟萍拿着虎斑贝，望着她哥哥的名字，眼泪一滴一滴地滴在虎斑贝上。童年时代的往事，哥哥被抓壮丁的惨景，一幕一幕地在眼前晃过。当时，她没有什么给哥哥做纪念，只好把一个虎斑贝塞进哥哥的口袋里。现在，虎斑贝回来了，哥哥却永远不会回来了。

“与你哥哥遭遇相同的人很多。我能活着回来真是幸运的了。”华孝先不断叹气说，“过去当兵的人真是太苦了。过去当兵叫‘吃粮’，也就是为了有饭吃，替人家去卖命。”

说着说着，不觉到了晚餐时分。一个年近半百的女人见了华孝先，像小孩一样欢笑着奔了过来，激动地喊道：“伯伯，伯伯。”华孝先拉着她的手说：“我一听声音就知道是阿芳。看你这么大了，难怪我老了。”牛爱华说：“她现在是你的儿媳妇了。”华孝先说：“哎呀，阿芳，我早就想，你假若是我的女儿该多好，现在真的是我家里的人了。我和你爸爸比亲兄弟还亲，你和彪儿比亲兄妹还好。唉，我听老卫说，你爸爸已去世二十来年了。没想到我回来了，他却走了。”夏梅芳听了，不觉潸然泪下。华孝先安慰她说：“你爸爸为了矿山的安全而死，是个了不起的人，你不要太难过。明天你带我去他坟上看看。”

吃晚饭的时候，全家都围在桌边，边吃边聊。这时，牛克勤走进门就喊“姐夫”。华孝先像回声一样喊道：“克勤！”他马上放下碗筷，拉着牛克勤的手说：“没想到我们相别快五十年了！”牛克勤激动得说不出话来，只知道流眼泪。华孝先说：“别哭了，能重逢就是好事。”

接着华孝先问牛爱华："我记得，我们带养了一个日本小孩，取名华国平。他现在怎么样？"牛爱华说："他大学毕了业，现在在铁矿工作，已经成家了。老婆是石阿婆的女儿余妹，在铁矿做勤杂工，生了个男孩叫华思敏。国平的亲生父亲特地从日本来找他。那日本人讲起卖儿子的事就痛哭流涕。国平出差了，明天会回来。"华孝先说："一定要他回来，不管他是哪个国家的人，我们带大了他，他就是我们的儿子。"大家哈哈大笑起来。牛爱华说："国平把我看得比亲生母亲还亲。他到日本打个转就回来了。他说，我们养他的小，他要养我们的老。"华孝先说："我们中国人人情味很浓。人活在世上，有了这人情味，生活就像山兰酒一样醇；没有这人情味，生活就比海水还要苦。"

吃完饭后，大家继续聊天。华国彪问到近些年来台湾的情况，华孝先说："在台湾找不到像天涯村这样家家富裕的村庄。不知海南岛和大陆这样的村庄多不多。"牛克勤说："一个县也难找到一个这样的村庄。"华孝先好奇地问："为什么天涯村能做到，其他村做不到？"牛爱华说："近来很多地方人心不齐，想分田单干。卫主席带领天涯村的农民坚持搞合作化，搞田园化和机械化的大生产，多余的劳动力办工厂。村里办起了小发电站、打米厂和木材加工厂，村民的收入翻了一番。国彪在铁矿干得不错，前几年被评为工程师。"华孝先望了望华国彪说："只要后代有出息，做父母的再苦也值得。"

牛克勤说："从大陆去台湾的人一定很想念家乡。两岸能早点统一就好了。"华孝先说："台湾有很多同乡会。从大陆去台湾的人，同乡的互相串联，经常往来，一起回忆家乡的情况，谈论几十年前的往事，谈论乡亲父老，谈论家乡的一山一水。大家希望两岸早点统一，越早越好。"牛克勤说："台湾'土改'并不像大陆那样。"华孝先说："台湾搞'土改'时，有的人担心地主造反。国民党有个高官说，不要脸的人有的是，不怕死的人很少有。"华国彪说："历来的农民起义多次提出平均地权，都没有成功，只有共产党搞成功了。"牛克勤说："我们现在的生活比以前好多了。假若多办些工厂，生活还会更好。只可惜现在缺少资金。"华孝先想了想说："我这一辈子省吃俭用只盼望落叶归根。据说具备下列三个条件可以回家定居：一是在台湾孤身一人，二是在家乡有直系亲属赡养，三是生活费用和住房能自理。这些我都具备。我把钱贷给村里办工厂，对村里对自己都有好处。"华国彪说："那太好了。"华孝先对牛爱华说："明天准备几桌菜，把几家亲戚都喊来，大家叙一叙别情。打几斤山兰酒，我几十年没有喝海南的山兰酒了。"

次日，牛爱华打了五斤山兰酒，买了一条四斤多的马鲛鱼，杀了两只鸡，称了三斤肉，把华家、夏家和牛家的大大小小都请了来。大家欢聚一堂。朴姬、夏梅芳、余妹和孟萍帮着煮饭炒菜。

就餐时，华孝先发现华国彪、华国平和夏梅芳都只喝饮料不喝酒。他问："你们几个怎么不喝酒？山兰酒是海南岛最好的酒。我一闻到这酒的香味就吞口水。"华国彪说："我们读书的时候，老师不要我们抽烟喝酒，后来就养成了不抽烟喝酒的习惯。"华孝先感慨地说："没想到大陆的教育这样有成效。可惜我早生了几十年，不然我也可能是个大学生。"大家都笑了起来。华国彪又说："老师还教我们，学生时代要专心学本领，不要谈恋爱。"华孝先皱着眉头问："那你和阿芳是什么时候谈的恋爱？是不是大人包办的？"朴姬笑着说："他们俩是青梅竹马，老天爷给的缘分，用不着谈恋爱。"华孝先风趣地说："那你不要说我们带童养媳。"大家又笑起来。华国平端着装满饮料的杯子站起来说："今天是个大喜的日子，我们大家来为爸爸健康回来干一杯！"大家都站起来碰杯。华国彪站起来说："苏东坡说：'人有悲欢离合，月有阴晴圆缺，此事古难全。但愿人长久，千里共婵娟。'过去四十来年，咫尺天涯，但愿今后天涯咫尺。我们再干一杯，祝爸爸早日回家乡安度晚年。"大家又端起杯子一饮而尽。华孝先感慨地说："我在台湾，每逢过年过节，别人家里团团圆圆，高高兴兴，我一个人却孤孤单单，冷冷清清，端着一杯酒，眼巴巴望着海南岛的方向。我只想有一天能回到家乡，和亲人在一起，不要说喝酒，就是喝杯家乡的水也是甜的。我盼了三十八年，这一天总算盼到了。为我们全家人能团聚在一起，为家乡的兴旺发达，大家再干一杯！"大家又站起来，把杯子喝了个底朝天。

华思敏突然问华孝先："爷爷，我们可以去台湾看看吗？"华孝先把华思敏拉到怀里说："小孙孙真乖。台湾是中国的领土，当然可以去看看。不过现在两岸关系还没有完全搞好，将来我一定带你们去看看台湾。台湾是个好地方。"华思贤说："爷爷，我也要去。"华孝先笑着说："我的孙女，爷爷不会忘记你的，还有你哥哥思危，我那个正在读大学的大孙孙，也一起去。"

大家边吃边谈，快到天黑才散席。

次日早饭后，华孝先备了香和纸钱，在华国彪夫妇和华国平夫妇的陪同下，来到华媄驰的坟前。坟堆很高，上面长满了青草，华国彪兄弟俩每年要铺盖一次草皮。坟前有一块一米多高的墓碑。华孝先见了墓碑，还没有来得及插香和烧纸钱就一骨碌跪了下去，痛哭流涕地说："妈，儿回来看您了。妈，儿对不起您老人家。"其他四个人插了香，烧了纸钱，也跟着跪在坟前流泪。

痛哭一阵之后，华孝先站起来对儿子儿媳说："我母亲年老时，我不能陪伴她，我没有尽到做儿子的责任，我这一辈子也无法弥补。我只希望我死后，你们把我葬在我母亲坟旁，让我永远陪伴着她。"华国彪说："我在长沙读书时，想让奶奶回长沙看看，但经过尝试，奶奶吃不消。她要我们在她死后把她安葬在去湖南的路边，头朝长沙的方向。"华国彪边讲边哭，华孝先更是掩面而泣，其他三个也流泪不止。

接着，华孝先来到夏国忠的坟前，插了香，烧了纸钱，然后恭恭敬敬作了三个揖，边作揖边说："老弟，我回来看你啦，你好好安息。"说完，在坟前伫立良久，眼泪不断往外流。夏梅芳早已哭成泪人一般。

事后，华孝先又走到旁边的公墓前，双手抚摸着墓碑，默默地站在那里。大约站了四五分钟，最后叹了口气说："人生似梦，往事如烟。"说完，同其他四个人回到天涯村。

华孝先在家里待了一个星期就回台湾了。他会不会投资天涯村办工厂，有人说要兑现才知道；他会不会回天涯村定居，也有人说要回来才算数。华家的人是坚信不疑的，尤其是牛爱华。以前生活困难，人家劝她改嫁，她坚决不肯，一定要等着华孝先回来。她终于等到了这一天。现在她更加有信心等着华孝先回来定居。

华孝先离家不到一个星期，矿办主任来到采矿队办公室找华国彪，请他填个政协委员的表格。华国彪感到奇怪：为什么要他填这个表？他说："我只会采矿，其他都不会。"主任说："这不是要你去当领导，是当政协委员，政协委员是素质比较好、有影响的人。矿党委认为你比较合适。"华国彪说："我当政协委员不起作用。您对矿党委说，我不是那块料。"应长寿说："华工，你不要为难主任了。矿党委把任务交给他，他完不成任务怎么交差？"主任说："应师傅说得有道理。政协委员没有多少事，只是有时去县里开开会，参政议政。"华国彪说："好吧，我填这个表，具体事情我不管。"华国彪填完表，主任再三道谢后就走了。

二七　独树一帜

再说天涯村自从修了天涯水库以后，年年旱涝保收，接着又搞了田园化。那些弯弯曲曲的田埂不见了，两千多亩稻田修整以后，多出了一百多亩稻田，整个村庄的稻田像棋盘一样整齐划一，中间是排水沟，沟上面是机耕道。犁田耙田再也不用牛了。以前一个人赶着一头牛，一天只能犁一亩多田。现在有了拖拉机，一天可以犁十多亩。以前一个全劳力耕种五亩田就够累了，现在一个人能够耕种五六十亩。剩余的劳动力怎么办？农民没有城市户口，不能进城打工或做生意，村办的几个作坊安排不了这么多劳动力。

春节那天，华国彪两口子带着儿子和女儿回天涯村给牛爱华和牛克勤拜年。牛爱华和牛克勤都谈到村里的剩余劳动力没有事做。华国彪说："有一个办法可以解决。"牛爱华说："你有什么办法？假若你是矿长，你可以来天涯村招工。可惜你没有这个权力。"牛克勤说："假若你能想出办法来，全村人都会同意给你立碑纪念。"华国彪说："不用外面来招工，也不用出外打工，全村的劳动力都有事做。"夏梅芳说："你不要夸海口。村里这么多劳动力，你能解决得了吗？"华思危说："爸爸从来不吹牛皮。不过今天是不是例外，那就很难说了。"华国彪说："很多事看起来很难，其实做起来很容易。楠木山的云雾寨的岩石是石灰岩，可以烧石灰，也可以制水泥。几百年都用不完。"牛克勤说："过一会儿我去给卫主席拜年，把这想法告诉他。"这时，门口来人说："新年好！"孟萍迎上去笑道："快进来坐。说曹操，曹操就到。刚才阿勤说要去给您拜年，有件事告诉您。"孟萍把刚才大家说的讲了一遍。卫求生笑着说："搞田园化以来，我们都不知道怎样安排剩余劳动力。国彪一下子就想出了好办法。国彪，你给我们当技术顾问好不好？"华国彪说："星期天我回村里和大家一起商量。"

卫求生皱了皱眉头说："办工厂要很大一笔资金。我们村自从修水库和搞田园化以来，虽然能够旱涝保收，不饿肚子了，劳动强度大大减轻了，但由于投入多，大家的收入还很少，没有几户人家有存款，只好请求银行贷款。"

然而，意料不到的事情发生了。一天下午，卫求生从县里开会回来，向队里干部传达了上面发下的搞联产责任制的文件，村干部听了目瞪口呆。怎么现在要分田单干了？卫求生说："这几天县里开会，争论很激烈。有人在会上说，单干是搞小农经济，小农经济不可能使农民富起来，也不能抵御自然灾害，只有集体大生产才是阳关大道。海角村的队长说分田单干也好，免得吃大锅饭。分田单干，多干少干由自己，比捆在一起自由多了。愿意搞集体的就走你的阳关道，愿意搞单干的就过我的独木桥。"牛克勤问卫求生："您谈了我们队里的情况没有？"卫求生说："当然谈了。我说我们队有两千多亩稻田，以前全队男男女女，几百个全劳动力和半劳动力，都扑在这些稻田上。现在我们只要三十多个全劳力就够了，其余的人可以办工厂。假若我们分田单干，农业机械化搞不成，工厂也办不成，没有天灾人祸的年岁，能图个温饱就不错了，要富裕就很难。假若我们办起水泥厂，收入至少可以翻一番。是分还是合，社员们最清楚。”牛克勤说：“搞单干的话，劳力少的家庭会越来越穷，极少数人有可能富起来。”卫求生说：“贫富两极分化历来是社会不安宁的原因。我们不能像驴子拉磨那样，转了一个圈又回到原来的地方。我们要走共同富裕的道路。”

队干部会议最后决议：根据队里的实际情况，不搞分田单干，若愿意搞单干的可以单干。次日，召开全体社员会议，宣读了上面的文件，然后卫求生谈了队干部会议的意见。他要大家发表自己的看法，赞成的反对的都可以讲。绝大多数社员不愿意分田单干。但郑木匠想起过苦日子饿死大儿子的情景，心里就难受，不如自己种自己收踏实。会后，他对卫求生说，他想搞单干。队干部当即商量了一下，答应了他的要求。卫求生对队干部说：“我想，农民和工人都可以搞个体生产，只要不搞剥削就行。”

不久后，人民公社改成乡政府，生产队改成村委会。有一天，天涯乡书记找上门对卫求生说：“县里开会说，现在全国各地农村都在轰轰烈烈搞单干，只有极少数村没有搞，天涯村就是一个。县长希望天涯村紧跟形势，不要拖全县的后腿。”卫求生说：“我们并不反对单干。郑木匠要搞单干，队里马上分了田土给他。其余的人不愿意搞单干，我们不能强迫他们分出去。上面文件也说，宜分则分，宜统则统。”天涯乡书记说：“说句老实话，是集体好还是单干好，我也拿不准。新来的富县长说，假若不同上面保持一致，想在分田单干的汪洋大海中保持一个孤岛，以后就不能评先进。”卫求生笑了一声说：“我过去抗日打老蒋，根本就没想到评什么先进，能活下来就算万幸了。现在我也不想升官发财，评不评先进无所谓。我只想让我们村里人的生活一天天好起来，也算我没有白干这几十年。”天涯乡书记说：“你是个老革命，我知道我这次来，说了也等于白说。不过，我来这一趟也可以交差。”

天涯村的干部开会算了一笔账。水泥厂办起来，收入比稻田的多得多。卫求生说：“我只要还有一口气，就要把水泥厂办起来。先办小的，银行不贷款，我们就搞自力更生。”天涯村的农民勒紧裤带，硬是把水泥厂办了起来。

由于各地搞建设，水泥行销。天涯村水泥厂加班加点，村里所有的剩余劳动力都吸收进来了。

个人的收入在不断增加，村里的积累也在不断增加。有了钱怎么办？卫求生建议修新宿舍，在山脚下修一排，每家一栋，两层六室，农民自己出钱买部分材料，村里出工。原来的地方用来办工厂或种庄稼，魏家大院建筑质量比较好，可以用来做敬老院。村民们听了，笑得连嘴都合不拢。大家说：“再辛苦也无所谓。”

不到一年就建了一百栋新房。崭新的房子在山脚下一字儿排开，真是爱煞人。家家户户都安装了电灯和接通了自来水。房子分配用抽签的办法。卫求生不抽签，他说，村里只要有一户没有住进新房，他就不住新房。村民们没有意见，但有个别人说：“过去的地富和贫下中农分一样的房子是没有阶级路线的搞法。”卫求生知道后，对大家说：“过去的地富只顾自己富，不管贫下中农穷，所以天下不太平。我们主张共同富裕，当然也包括老老实实劳动的地富家里的人。不老老实实劳动的人，挨饿也活该，不管他属于什么阶级。这就叫按劳分配，不劳动者不得食。”

不到两年，全村的人都搬进了新房。卫求生在全体村民会议上说：“我们当农民的，过去羡慕城里人住砖房子，楼上楼下，电灯电话，有自来水。现在我们的住房比铁矿的职工宿舍还好得多。”村民们边笑边鼓掌。卫求生又说：“每一栋的第一层有一个大房间。这个房间可以用来做中堂，吃饭摆酒席，也可以放东西。假如你勤劳又技术好，将来可以用来放汽车；你水平一般，也可以用来放摩托车；你水平不行又不愿提高那就用来放柴草。”大家听了哈哈大笑。

村民们住进了新房子，手里又有钱，都想把家里布置好一点。在五十年代，他们想的是套鞋和开水瓶，六十年代想的是缝纫机和自行车，现在他们想的是洗衣机和电视机。百货公司运来了几十台洗衣机。售货员说，全县其他村买的洗衣机加起来还没有天涯村买的多。

要买的家具买得差不多了，还有钱怎么办？老年人舍不得吃，舍不得穿，仍然粗茶淡饭，缝缝补补。他们把钱存下来，准备养老或者给子孙用。中年人肯花钱一些，舍得吃舍得穿，认为现在舍不得，将来老了有好吃的也吃不下了，有好看的衣服穿着也不合适了。年轻人多半为结婚做准备。个别小伙子有了钱，就好像身上生了虱子一样不自在。几个人一起打扑克，输了的由过去的戴高帽子、画胡子、钻桌子变成了掏票子。

一天晚上，牛克勤来到卫求生家里说：“昨天晚上，我发现几个人打扑克赌钱，其中有我的儿子得田和你的儿子双喜。”卫求生皱了皱眉头，然后用手指敲了敲桌子说：“好！好！有我们两个人的儿子就好办。”牛克勤不知道卫求生这话是什么意思。卫求生沉默了片刻又说：“我建议每人写一百份检讨，到处张贴，再不改就扣发奖金。干部们商量一下，通告全村，今后赌博罚的钱全部奖给举报的人。假若不刹住这股歪风邪气，要不了多久，贪污盗窃、嫖娼卖淫、吸毒斗殴、坑蒙拐骗……什么乱七八糟的东西都会冒出来。到那时，生产也会搞不上去，我们几十年的辛苦就会被毁掉。”牛克勤说：“你讲的有道理。”但卫求生的老婆文姨却有不同的看法。她说：“双喜和得田几个人只是打扑克搞点‘小来来’取乐取乐，一次输赢不过是一支冰棒的钱。公安机关也不管这样的事。回家批评几句就行了，用不着这样大张旗鼓，使他们今后不好做人。”卫求生说：“你这是什么话？一次赌一角钱算是‘小来来’，两角钱算不算‘小来来’？九十九元算‘小来来’，一百元算不算‘小来来’？要赌多少才算赌博？这是修正主义的特色。照你这样说，偷得少可以不算偷，贪得少也可以不算贪，这还有是非界限吗？小时偷针，大时偷金。像这些乱七八糟的东西，无论大小都应该禁止，而且要大张旗鼓地禁。小赌不禁就会出大赌，小偷不禁就会出大偷，小贪不禁就会出大贪。还有，一个人连自己的小孩都管不好，能管好队里的事吗？”

文姨没有理由反驳，只好不再作声。

两天后，全村到处张贴着队委会打击歪风邪气的通告和卫双喜等几个人的检讨。村民们拍手叫好。有些想搞赌博的人把手缩了回去。

天涯村农民的生活一天天好起来，成了全县最富的村，县里再也没有来找卫求生的麻烦了。天涯乡的书记请示县里，建议全乡向天涯村学习。县里不同意，说现在提倡分田单干，天涯村这样的典型不宜提倡。

虽然上面没有组织人来天涯村参观，但天涯村农民的生活越来越好的消息不胫而走。邻村的人自发来天涯村参观。他们也想学习天涯村，但他们那里的人只顾自己富起来，甚至想方设法把集体的财产据为己有。没有像卫求生这样的干部带头，群众也就只能羡慕而已。也有人说，卫求生搞的实际上是吃大锅饭那一套，妨碍了少数人先富起来。

水泥厂建成了，住房修好了，下一步怎么办？大家都想不出什么好主意。牛克勤在干部会上说："我看还可以办橡胶园，橡胶的收入很不错。听说海南热带作物研究所有位老师是种橡胶的专家，我们可以派人去向他请教。"卫求生竖起大拇指说："阿勤这个办法好。我们天涯村有的是土地。我们还可以搞橡胶加工。听说内地橡胶原料卖给香港很便宜，香港加工后卖给内地，不知道赚了多少倍。"有个队干部说："有的地方搞人工养殖珍珠，效益很好。"卫求生说："天涯村一面临海，很适合办珍珠养殖场。不过，不论办橡胶园还是办珍珠养殖场，都要大笔资金。现在没有这么多钱，只能慢慢积累。"

再说郑木匠单家独户住在水尾冲。他分得了水尾冲的十来亩田和一大片山林。山上长满了楠木和花梨木。他以木匠的慧眼，发现了这片山林的价值。他知道楠木有三大优点：坚固、致密和耐腐，是优良的建筑和家具材料。花梨木做家具结实不起虫，不上漆也油光发亮，当药材卖更值钱。分山的第二天他就对全家人说："要想富，快砍树，一下变成万元户。"当时，全县也没有一家万元户，他竟提出要当万元户，幸好没有外人听见，不然，人家会以为他得了神经病，这就好像一个穷光蛋突然宣布："我要自费到全世界去旅游！"郑木匠并没有得神经病，他像计算房屋的尺寸一样，准确地计算了山上树木的价值之后就带领全家，拿着柴刀、斧头和锯子上山，每天从天亮干到天黑，不管刮风下雨还是烈日当空，一天也不休息。两个月后，整片山林被剃了光头，各种树木横七竖八地倒在地上。

砍了树以后就是搬树，小的一个人扛，中等的两个人抬，大的锯成几截再搬。不到一个月的工夫，山脚下就码起了几堆小山一样的木材。从此，天天有人来运木料，钞票像自来水一样流进郑木匠的钱包。银行的存款由几百元升到几千元。木材卖完的时候，存款总额飙升到两万三！但郑木匠不像有些人那样夸耀自己有钱，他很谦虚。人家问他卖木材得了多少钱，他总是说："不到五千。"但里手都说他至少得了两万。不要说邻村的人，就是天涯村也有很多人羡慕。他们说，把楠木山的树砍了，每家至少可以分得两万元。但卫求生说："砍山是吃祖宗卖子孙。"他还说，郑木匠砍树卖，他卫求生有责任。分山时没有交代清楚，砍树必须经过队里批准，砍了以后要补栽，不成材的树不能砍。现在连锄头把大小的树都砍了。而郑木匠的想法是多得不如少得，少得不如现得。将来这山分给别人，他就一无所有了。卫求生要郑木匠赶快补栽树苗，郑木匠说："上面有文件，土地分到了户，栽什么作物，主人有自主权，旁人不得干涉。"卫求生只好干瞪眼。郑木匠早就划算好了，砍了树以后，请人挖山，树叶树枝烧成火土灰，栽上香蕉。到那时，满山遍野都是香蕉，他郑木匠的存款不是两万三，而是三万二！

郑木匠有了钱也想过好日子，他一不赌二不嫖，三不吸烟四不喝酒。女人们都说他是个百里难挑一的好当家。他把每分钱都用在建设家园方面。他带领全家把旧木板房拆了，建起一栋砖房子，一点也不比天涯村的新宿舍差。他也安装了电灯，买了洗衣机。小儿子有了女朋友。他想，等栽上的香蕉上市以后，就把儿媳娶进来，到那时喜上加喜。

正当郑木匠做喜上加喜的美梦的时候，他小儿子却泼冷水，说："刮台风的季节快到了，要做好准备，不然会竹篮打水一场空。”郑木匠笑了笑说：“我已经做好准备了。木材卖完了，钱存进了银行，不怕水来冲。假若台风来晚一点，把香蕉卖了，就万无一失了。”

老天爷真是格外照顾郑木匠，今年的台风来得格外迟。郑木匠的香蕉长得特别好，至少可以收一万多斤。市面上卖一元多一斤，他只卖一元也可以进一万多元。

香蕉熟了的时候，郑木匠想上街买些化肥回来。老婆要他带些钱去买。他说：“不用带。我担一担香蕉去，卖了就有钱。”

郑木匠高高兴兴担着香蕉来到街上。一进街他就傻了眼，沿街半里多路多半是卖香蕉的，一担接一担地摆着，而买香蕉的人却没有几个。若有一个顾客走过，卖香蕉的人就大声喊：“香蕉便宜卖，五角一斤。”这个的叫卖声还没有落地，那个的叫卖声就来了：“香蕉便宜卖，四角一斤。”接着第三个马上喊了起来：“香蕉三角一斤，不甜不要钱。”有的人气愤地把香蕉倒进垃圾堆。郑木匠觉得倒掉太可惜了，但担回去又有什么用呢？放上几天就烂了，何况山上还有一万多斤呢。正当他犹豫不决的时候，牛得田开着拖拉机路过，见了郑木匠便说：“阿叔，香蕉好卖吗？”郑木匠被问得哭笑不得，他说：“两角钱一斤都没人要，今天还没有开张。”牛得田说：“两角一斤，若搭车只够车费钱。”郑木匠说：“莫说两角，一角钱一斤我都卖，总比倒掉好。”“阿叔，一角钱一斤，你讲得太可怜了。这一担我买了，给你十元。我拿回去给大家吃。”“你不要开玩笑。队里的香蕉至少也能收五六十万斤，你们还能没有香蕉吃？”“今年共收了七十多万斤，用汽车运到长沙和武汉按八角一斤的批发价卖，一下子就卖光了。”“你说的是真的？”“阿叔，我什么时候在您面前说过假话？”牛得田说完，从口袋里掏出十元给郑木匠说：“坐我的拖拉机回去。”郑木匠本来想买化肥，钱少了，只好下次再来买。

在路上，郑木匠叹了口气说：“今年香蕉产量高，但外地没有什么人来收购，所以难卖。”牛得田说：“香蕉不比鱼，鱼卖不掉可以晒干，香蕉放几天就烂了。队里有汽车，摘下来就往外地运，容易卖，价钱又好。”郑木匠说：“我只有一万来斤，租汽车划不来。”牛得田本来想说：“单干势单力薄，经不起市场的波动。”但一想，郑木匠听了会不高兴，因此话到嘴边又收了回去。

不一会儿来到天涯村口，两人分手，各自回了家。

郑木匠回到家里后，再也没有担香蕉去街上卖。他想法打听外地有没有人来收购香蕉，打听来打听去，只听说外地的香蕉也大大丰收，没有打听到有人来天涯村买香蕉的消息。郑木匠满山的香蕉全都烂在了山里！原来预计可以有一万多元的收入，结果仅仅得了牛得田的十元钱。

俗话说：“祸不单行。”天气越来越热，越热越闷。气象预报说，两天之后有台风，希望大家做好准备。郑木匠的木材早就卖了，正如他自己说的，钱存进了银行，不怕水来冲。只是田里的稻子还没有收割，台风过后再收割也不迟。

两天后的傍晚，天越来越低，云越来越黑，电越闪越多，雷越响越大，雨越下越猛。相思树和小叶桉被风压得伸不直腰，不肯弯腰的橡树被拦腰折断，只有根多如林的榕树在笑傲台风。狂风在水尾冲呼啸着，倾盆大雨把被砍光的山上的泥土拼命往下冲刷，冲垮了田坎，淹埋了即将收割的稻子。郑木匠眼看半年的辛苦付诸流水，心如刀割。全家人站在门口望着外面，一个个长悲短叹，一直叹气到深夜。过了深夜十二点，只好熄灯睡觉。外面的风还在狂啸，雨还在倾泻。郑家熄灯后不久，屋后的山上突然发出奇怪的声音，既不像野兽叫，野兽的叫声没有这么大，也不像雷鸣，雷声比这要响。郑木匠和老婆赶快起来。突然“哗”的一声，地动山摇，房子摇摇晃晃，乒乒乓乓，叮叮当当。这是窗子掉落和玻璃打碎的声音。郑木匠觉得大事不妙，忙打开通往中堂的门去喊睡在东厢的儿子。谁知打开门一看，天啦，东厢已经不见了，只见洪水挟带着泥沙往下奔流。郑木匠夫妇大声哭了起来。

次日中午，风息了，雨停了。天涯村的农民在河边发现了郑木匠儿子的尸体。卫求生要牛得田带领十多个劳力去帮助郑木匠。他们来到郑家时，只见郑木匠两口子坐在门前的地上哭。大家一看房子，只剩下西厢还没有倒，东厢已成了一片烂泥地，中堂的门窗都冲走了，神龛上的菩萨也不见了。

傍晚，卫求生和几个队干部担了油盐米菜来慰问郑木匠一家。郑木匠夫妇感动得流下了眼泪。两口子望着被冲毁的房屋，又伤心地哭了起来，大家劝了又劝，他们才止住了哭泣。

卫求生带领大家花了三天时间把西厢整修好，把东厢的污泥铲掉，把郑木匠的儿子安葬在离住房约半里远的山边。

牛克勤跟大家讲起不久前四川发生的水灾。近年来四川分山到户后，森林破坏严重，后来发生特大洪水，天府之国变成了汪洋大海，据上说死了很多人，损失惨重。

郑木匠望着卫求生，嘴巴动了动想讲什么又停止了。卫求生说：“你还有什么困难，你只管说，我们一定想办法。”郑木匠说：“我可以再加入集体生产吗？”卫求生征求其他几个队干部的意见，其他几个队干部都表示同意。郑木匠不禁哭了起来，对大家说：“都怪我只想自己快点发财，结果反而害了自己。”卫求生说：“别难过了。以后大家同心协力，有难同当，有福共享。”

在分田单干的问题上，卫求生没有与上级保持一致，接着，在另一个问题上又同上级唱了“反调”。

九月初的一个星期天，魏永贵带着一个六十来岁的男人来天涯村见卫求生。这男人穿西装，系领带，着皮鞋。魏永贵一见到卫求生就说：“卫主席，这是我哥哥，刚从台湾回来。”卫求生握住魏永富的手说：“永富回来了，真不容易。外出三十多年了。”魏永富说：“若不是我弟弟带路，我都认不出地方来了。修了这么多房子，还建了工厂。”卫求生同魏永富从田园化谈到办水泥厂。魏永富说：“听说你们的水泥厂办得很不错。”卫求生说：“我们还打算在海边办一个珍珠养殖场，还想建千亩橡胶园。”魏永富说：“办珍珠养殖场可以赚大钱。俗话说，黄金有价，珍珠无价。假若你们想办的话，我可以投资，还可以帮你们把货销往国外。”卫求生拍着大腿笑道：“那太好了！”

接着两人谈了办场的规模，以及资金怎么到位、产品怎么销售的问题。一直谈到中午，魏氏兄弟准备回去吃午饭，卫求生再三挽留，要他们吃了午饭再走。卫求生的老婆特地杀了一只鸡来招待客人。

魏氏兄弟边吃边说了许多感谢的话，魏永富对卫求生说："我有一件事不知村里能不能帮忙？"卫求生说："只要我们能做到的一定帮忙。""人人都是父母所生，孝敬父母是每个人应做的事。我想把我母亲的坟重修一下。""我同村干部商量一下，应该没问题。"魏永贵说："卫主席是个通情达理的人。天涯村正是因为有卫主席这样的带头人，所以才有今天的兴旺。"魏永富说："在台湾的农村里，有个别更富裕的人家，但找不出天涯村这样均富的村庄。"人世间的变化真是难料。三十多年前，卫家和魏家可以说是不共戴天，没有共同的语言，而现在，卫求生和魏家兄弟同桌共席，谈得这么投机。

次日，卫求生和几个村干部商量后，同意魏家修坟。卫求生又请示乡里和县里，上面都满口同意。

魏永富投资办珍珠养殖场的事一下子在全村传开了，大家都希望早点动工，办好了，大家的收入又可以大大增加。

珍珠养殖场还在设计，魏太太的坟已经动工重修，面积有篮球场那么大，周围用花岗岩砌成。墓碑是大理石做的，高六尺，比普通成人要高一尺。魏永富还找了一件他父亲的衣服放进坟墓里，建成合葬墓。最后一道工序是在墓的两边竖一副坟联。坟联在外地刻好，运来的时候，鼓乐齐鸣，鞭炮响彻云霄。天涯村很多人来观看，铁矿也有人来看热闹。看到这样讲究的坟墓，没有一个人不惊讶。坟联在鼓乐声和鞭炮声中竖了起来：

严父为国捐躯，永垂不朽；
慈母行善积德，千古流芳。

群众看了，议论纷纷。有的人感叹不已，认为魏老爷两口子死得那么倒霉，没想到死后几十年又那么荣耀；有的人默不作声，只是用鼻子哼了一声就走了；有的人意在言外地说："最好把分给农民的土地和房子都退给魏家，把以前魏家大院那副'千里江河入大海，万条财路通魏家'的门联再挂起来。"

魏氏兄弟俩在魏家大院过夜，魏永富希望在老屋里重温旧梦。三十多年前，魏家是方圆几十里最富的人家，父亲魏少委是地方上举足轻重的人物。现在，魏家的田土和房子不再姓魏，但值得欣慰的是，他魏永富又回来了，他要在天涯村投资，要比他父亲更富更有名气。魏永富在做着如意美梦，他弟弟魏永贵却喋喋不休："今天很多人对我们不像前几天那样热情，而是冷眼旁观，问题在那副坟联。"魏永富说："我们孝敬父母，与他们有什么关系？""我还差几年退休，你要我今后怎样上讲台教学生？""你教算术，告诉学生一加二等于三，教语文，告诉学生'一'字写一横，'二'字写两横，不要教错就行了，与我们修坟有什么关系？""你今天没听见有人说'说不定有一天会有人为秦桧树碑立传'？""我看你中毒太深了。""我同你一下讲不清楚。反正这样搞，我今后不好做人。"魏家兄弟本来齐心合力修坟，没想到为坟联的事发生了矛盾。次日，魏永贵外出时，魏永富按照他父亲生前说的，在厕所边挖出一包金砖，放进了密码箱里。

次日，齐天仇找卫求生说："卫主席，我有件事想对您说。"卫求生说："你不说我也知道。这事我有责任，我原来以为魏永富会像他讲的那样，只把他母亲的坟重修一下，没想到他修那么大一座他父母的合葬墓。坟联更不像话。""我请求允许我为我父亲建一座坟。"卫求生叹了口气说:“哎,想起来我们真对不起你的父亲。我过去只想到县里修了一座烈士塔,没想到为你父亲单独修一座坟。现在村里富裕了,给你父亲修坟也是应该的。我同村干部商量后再答复你。”“不用村里花钱,我自己修。”“你自己修?修小了过意不去,修大了你哪里有那么多钱?”“我自己去想办法。”“好,我尊重你的意见,我马上去同村干部商量。”

三天后,齐家就开始动工了。听说给齐迎春建坟,天涯村不少人不请自到,有的挖基脚,有的搬石头,有的把自己家里的花岗岩送到场地。卫求生在天涯村发起捐款,村民们捐了近一万元。夏梅芳在天涯学校发起捐款,全校老师捐了两千多元。齐天仇夫妇接过捐款的时候,热泪盈眶。

再说卫求生把魏家修坟的情况反映到乡里,乡里马上反映到县里。富县长打电话给卫求生说:“卫老,这件事要慎重处理。魏永富是以台商的身份来投资。珍珠养殖场建成后,你们村里的收入可以大大增加,县里的税收也可以大大增加。既然坟墓已经修好,那就算了。那副坟联在那里也不会影响社会治安。”卫求生说:“话不能这么说。那副坟联若不处理,天涯学校的师生就要游行示威,天涯村的农民就要炸掉那座坟。到那时候,我没有办法招架。”“那怎么行!不经过批准的游行示威是违法的,炸坟更是破坏社会治安。你一定要做好工作,防止有人乘机闹事。”卫求生说:“我能做好这工作就不会向上面反映了。最好是县里要公安局派人给魏少委的坟日夜站岗放哨,多派些枪防止游行示威的人闹事。”县长觉得问题严重,怕真的闹起来,上面追查起来不好交差。他对卫求生说:“我马上向上面反映。”

再说齐迎春的坟不到一个星期就建好了。

坟场在魏家坟墓的东边,没有围墙,但墓碑比魏家的高一尺。墓碑两边也有一副坟联:

东方欲晓君殉难,西边日落鬼抬头。

很多人参加了落成典礼,华国彪夫妇也去了,大家看了坟联纷纷叫好。华国彪对夏梅芳说:“现在的天涯村已不是魏少委当权时的天涯村了。”

齐迎春的坟建好后的第二天,富县长打电话给卫求生,转告上级指示:“清除魏家的坟联,保留坟墓。”卫求生又把指示转告给魏永贵,魏永贵尴尬地说:“我哥哥已经回台湾了,我打电话告诉他。”卫求生说:“不管他同意不同意,坟联都要清除。”

当天下午,魏永贵打电话给魏永富。魏永富说:“若要清除坟联,我就不投资了。”天涯村的干部当晚开会商量这件事。卫求生说:“我当农会主席以来,犯了不少错误。我得出一个教训:做事不能随风转,要站稳脚跟。也就是对国家对人民有利的事就干,不利的就不干。这次坟联事件,县里开会要我不要管,以免影响招商引资。我认为,人不能像狗那样,丢根骨头就摇尾巴。魏少委帮日本鬼子杀害中国人,残酷剥削农民。魏永富说他永垂不朽。那么,我们这些曾经反侵略反剥削的人不是要遗臭万年吗?我们若容忍这种现象,对得起千千万万为祖国为人民牺牲的先烈吗?魏永富不投资,我们就来个艰苦奋斗、自力更生,一定把珍珠养殖场办起来。”

次日,魏家坟上的那副坟联被清除了。

二八　天涯村风波

天涯村办起了水泥厂，还想办橡胶园，但没有资金。村委会又打算去银行贷款试试看。

牛克勤找到银行行长请求贷款。行长说："县里以前说过，不同意贷款给天涯村。其实你们可以卖土地得钱。"牛克勤问："现在土地卖多少钱一亩？"行长说："不一定。像天涯村靠海边的可卖到上万元一亩。"牛克勤回村后向卫求生汇报了情况。卫求生皱着眉头没有作声。

次日，召开了村干部会议，大部分村干部主张卖土地。卫求生说："我们的子子孙孙就是靠这点土地谋生，卖了就永远没有了，上面也不会再划一块给我们。没有资金我们可以想办法，银行不贷款我们就靠增产节约。"大家觉得卫求生的话有道理，最后决定不卖土地。

过了几天，富县长召开了全县乡以上干部会议。他说："天涯县为什么一直是贫困县？根本原因是思想没有转变，看不到改革开放的大好形势。现在全国各地的商人，甚至很多外商都看准了天涯县这块宝地。我们县很多村庄面朝大海，背靠原始森林，人少地多，是开发旅游的天然胜地。大家说没有钱，甚至连工资都发不出，年年向上面要救济，这真是拿着金饭碗去讨米。"

富县长说干就干。他带着县开发办主任和国土局局长，坐着小轿车在海边转悠。车子开到天涯村的海边香蕉地时，富县长说："这里很适合搞开发区。明天要乡长和村主任来县里一趟。"

次日，天涯乡乡长和卫求生都来到了县里。富县长说："昨天我去海边转了一圈，回来同几位县领导碰了头，决定把天涯村海边的香蕉地拍卖来搞开发区。你们回去告诉村民。"乡长笑嘻嘻地说："富县长真是英明。我代表天涯乡政府坚决拥护县里的决定。"卫求生听了，半天不作声。富县长问："卫主任，你有什么想法？"卫求生说："事先没有同村民商量，我一个人不能做决定。"富县长耐心地说："老同志，你要相信县里。县里不会亏待天涯村，不会把天涯村的土地白送给人家。"卫求生说："村里的土地属于村民集体所有，与属于全民所有的城市土地不同，不能不征求村民的意见。"富县长有点不耐烦了。

卫求生知道，再多说也没有用。他昏昏沉沉地回到天涯村，召开了全体村民会议，把情况告诉大家。村民们听了，有的赞成有的反对。最后投票表决，四分之三的人反对卖。卫求生把情况反映给乡政府和县政府。富县长打电话给卫求生说："你一定要从大处着眼，克服闭关自守的思想。"

拍卖那天，卫双喜去打听消息回来说，三千元一亩起价，一万元一亩落板。天涯村的人听了，赞成卖的那部分人高兴得合不拢嘴，这些钱拿来办千亩橡胶园绰绰有余了。反对卖的人也有一部分动摇了。莫说种香蕉，就是种稻谷，一年两熟，亩产一千多斤。辛辛苦苦十来年，除掉农药化肥钱，总共还不到二十万元收入。现在一下就是一百万，用这笔钱投资办千亩橡胶园,远远胜过种庄稼。

拍卖一周后还不见有什么动静。牛克勤去县里问,说还要一周。又过了一周,还不见有什么动静。牛克勤又去县里问,县里说已经通知天涯乡政府。牛克勤去乡政府问,乡政府说还在商量,要过一周才能定下来。过了一周,牛克勤又去问乡政府,乡政府要天涯村的财会人员去领钱。牛克勤回村里要卫双喜和牛得田去乡政府问情况。乡政府的会计说有三十万元给天涯村。卫双喜问:“这是什么钱?”会计说:“这是拍卖天涯村一百亩香蕉地的三十万元。”牛得田说:“这钱我们不领,问清楚再说。”

牛得田和卫双喜去问乡长,为什么要卖天涯村的土地。乡长要他们去问县长。牛得田说:“你不要以为我们不知道,一百亩土地卖了一百万元,还有七十万元拿去做什么用了?”乡长圆睁着两眼说:“你好大的口气,好像我不是乡长,你才是乡长一样,真是岂有此理!”卫双喜说:“不合法的事我们有权抵制。”乡长指着卫双喜的鼻子说:“你口口声声讲法律。我问你:什么叫法律?”卫双喜答不上来。乡长用鼻子哼了一声说:“连什么叫法律都不知道也来同我讲法律,真是笑话。”牛得田对卫双喜说:“我们去县里问问。”乡长说:“这还像句话。问清楚了再来。”

牛得田和卫双喜来到了县政府办公室,说要找富县长。办公室主任宦小姐问:“你们是哪里来的?有什么事?”卫双喜说:“我们是天涯村的,来问问县里拍卖天涯村一百亩土地的事。”宦小姐说:“村里有事去找乡政府。”牛得田说:“我们刚才到乡政府,乡长要我们来找县政府。”宦小姐说:“一个村的事也要找县政府,那县里还要不要管全县各个乡和各个局?”卫双喜说:“乡里管不了,县里又不管,叫我们去找谁?”宦小姐不耐烦地说:“乡长管不了,乡长亲自来县里,用不着你们到县里来。”卫双喜听后,大声说:“乡里不管,县里也不管,我们到省里去,我不相信没有管事的人。”宦小姐鄙夷地望了卫双喜一眼说:“你反映到中央去,最后还是要我们来解决。你不要大喊大叫,这里是政府机关。”卫双喜说:“政府机关有什么了不起!人民政府不为人民服务就不是人民的政府。”宦小姐马上拨通了报警电话,很快就来了一个警察和一个联防队员。警察说:“出去!不要在这里捣乱。”卫双喜说:“我们来找县长反映情况,怎么是捣乱?”联防队员用手推卫双喜说:“你出不出去?”卫双喜警告说:“你不要动手!”联防队员用肩撞卫双喜说:“不动手也要你出去。”卫双喜站着不动。联防队员又用肩来撞,卫双喜用肩顶了一下,联防队员跌了个四脚朝天。警察说:“你竟敢在政府机关打人,妨碍执行公务!”联防队员从地上爬起来,朝卫双喜身上拳打脚踢。卫双喜被打得脸色发乌,躺在地上不省人事。

牛得田见势不妙,赶快溜了出去,他一溜出政府大院就搭摩托车回了天涯村,把情况告诉大家。村民们都非常气愤。大家要求去县里抗议。卫求生说:“去县里抗议没有多大作用。我先打电话向省里反映情况再说。”

牛得田马上到铁矿找到华国彪,请他帮忙想想办法。华国彪向应长寿请了假,同牛得田一起到县政府打听情况。门卫说:“卫双喜被送到铁矿医院去了。华国彪同牛得田马上到医院找到马婵娟。马婵娟说:“今天送来一个病人,到医院才苏醒过来,脑出血。”华国彪吃惊地说:“有没有危险?”“幸好及时抢救,晚一步就没有命了。”“这病人叫什么名字?”“是公安局送来的，没有讲名字。但有医生认识这个病人，说是天涯村卫求生的儿子。”牛得田说：“那就对了。我们一定要找打人凶手算账。”然后他简单地讲了一下事情的经过。接着，华国彪同牛得田一起去学校找夏梅芳。夏梅芳听牛得田讲述事情的经过后，非常气愤。她马上打电话给她的学生尤爱莲，希望报社派记者到天涯村采访。

卫求生召开了村干部会议。村干部说，村民们都很气愤，要求去县里游行示威，抗议县里贪赃枉法。卫求生说：“我们去游行示威，县里会说我们没有经过公安部门批准，搞违法活动。最后还是要县里解决问题。”牛得田说：“这样说来，我们只有忍气吞声，卫双喜也被白打了。”卫求生说：“我们要另外想办法才行。”接着，他把办法讲了出来，大家都同意这么办。

次日，天涯村成百个男子汉，戴着斗笠，有的拿着锄头，有的打着横幅，往海边的香蕉地走去。横幅上写着：

农民的土地权受到法律保护！

决不允许侵犯农民的土地权！

大家来到海边的香蕉地，把横幅插在路边，然后把通往香蕉地两端的路挖断，使车子无法进入香蕉地。

下午，来了两辆警车，停在香蕉地端头的路边。几十个警察从车上下来，排好队，站在车子附近。开发办主任走到前头问村民：“你们的村主任是谁？”卫求生走过去说：“是我。有什么事？”开发办主任说：“这块地已经征购了。”卫求生说：“没有经过村委会同意，村委会没有盖章，谁说征购了？”“县里已经作了决议，天涯乡政府也同意了。天涯村属于天涯乡，下级要服从上级，何况县里已经同开发商签订了土地出让协议。协议受到法律保护。你们不能阻挠开发商开工。”“没有经过我们同意，谁也不许在这里开工。何况县里每亩卖一万元，只给农民三千元。有这样的道理吗？农民的土地受到法律的保护。是县里的决定大还是法律大？你让县里领导来同我们讲。”开发办主任说服不了卫求生，他知道这个卫求生不是一般的农民，而是个老红军，惹了他不是好玩的，弄得不好，他这开发办主任只能吃不了兜着走。他拨通了富县长的电话，富县长要他耐心做好思想工作。开发办主任实在无计可施，也不知道怎样收场。

警察也不知道怎么办，一个个站在车子附近，呆若木鸡。他们望着农民把路挖断，没有上级命令，他们不敢去制止农民，更不敢去抢农民的锄头。老天爷真是“照顾”警察，开始下起雨来，过了一会儿警察就回去了。

两天后，有两名记者来天涯县政府找富县长，他们出示了记者证并说明了来意。富县长说：“关于天涯村的事，现在还没有处理好，无可奉告。”男记者说：“我们不会耽误您很多时间，只请问三个问题：一、拍卖土地有没有征得天涯村村民的同意？二、七十万元土地款用作什么了？三、殴打卫双喜的凶手抓起来了没有？”富县长大惊失色地问：“你们这些消息是从哪里来的？”女记者说：“当然是从群众中来的。”富县长说：“我也搞不清楚，搞清楚了再告诉你们。”

三天后，报上文章出来了：《天涯县的“圈地运动”》。文章说，天涯县政府强行拍卖天涯村的一百亩土地，并克扣农民土地款七十万元，还把一位农民打得脑出血，晕过去几个小时。文章还说,“县太爷”封锁消息,打人凶手三癞子曾经因骚扰妇女被拘留,只因为他是“县太爷”的侄子,只在看守所待了十天就被放了,不久后当了治安联防队员。他打伤卫双喜后,大摇大摆地走出了县政府,然后逃之夭夭。

富县长读完文章,火冒三丈,把报纸狠狠地掷在县政府办公室的桌子上,对宦小姐说道:“你马上打电话给这个报社,问是谁写这样的混账文章,引起社会不稳定是要负责任的。”宦小姐说:“我马上就打电话。”富县长又说:“你打电话给天涯村主任卫求生,叫他来县里一趟。”

次日,卫求生来到富县长办公室。富县长连忙请他坐下,倒茶,并说:“老同志是国家的宝贝。”卫求生说:“我已经七老八十了,黄土已经埋到脖子上了,没有用了,我准备交班了。”“您老人家本来应该好好休息,我今天真不好意思请您来。”富县长谦虚地说,“天涯村那场风波您肯定知道了,您看有什么办法解决?”“我这个人是老鼠子钻竹筒,直来直往。”“您老人家只管直说。”“县政府和乡政府做事太不像话,没有征得农民的同意就登报拍卖土地,法律在你们眼里就像废纸一样。一百亩土地卖了一百万元,只给农民三十万元,比地主收租还厉害。这哪里是人民政府干的事?你是农民的话,你有没有意见?农民向你们提意见,到县政府要求你接见,你们就打人。日本鬼子在天涯县杀了那么多人,农民怕了没有?国民党在天涯村抓了那么多壮丁,农民怕了没有?后来滚蛋的是日本鬼子和国民党,天涯村的农民还是在这里生儿育女。要解决问题只有一个办法:退还土地,并负责治疗伤者,赔偿伤者的其他损失。”“谢谢老革命,谢谢老革命。您的意见我们开会讨论再说。”富县长像小学生在老师面前一样恭恭敬敬。

卫求生刚走,县纪检书记走进来告诉富县长:“省纪检来电话,要求天涯县政府认真查处天涯村土地款一事,查处后再向省纪检汇报。”富县长听了,脑袋像炸开了一样。报社和省纪检双管齐下,其严重程度不同一般。搞不好就会当作集体贪污处理,他的乌纱帽肯定保不住,还可能坐牢。他双手抓着脑袋,沉默了一会儿后就去政府办对宦小姐说:“你马上通知正副科处级干部,包括天涯乡乡长,今天下午三点到四楼会议室开紧急会议,任何人不得缺席。”

下午三点,开会的人都到齐了。富县长开门见山地对大家说:“拍卖天涯村土地一事越闹越大了。村民不仅了解内幕,还把情况反映到上面。报社也报道了,连省纪检也知道了,要我们认真查处土地款一事。大家看怎么办?”大家面面相觑,都不知道怎么办。到底是富县长见多识广,他说:“事到如今,我们只好把钱退出来,然后,由我向上面讲清楚,我们留下五十万元,包括天涯乡政府的,一共七十万元,本来打算修公路,因为全县还有一半的乡没有通公路。现在看来,这样搞不符合财政制度,所以准备把钱退给开发商。那个被打伤的人出院后立即释放,免得惹麻烦。”大家听了,脸上的愁云一扫而光。富县长又说:“大家一定要保密,对老婆都不能讲。老婆知道发了钱的,就说是县里从银行贷款发的,现在上面突然要求银行追收贷款。

后来,公安局局长到医院里找到卫双喜,见卫双喜可以出院了,他对卫双喜说:“你现在可以回家了。”没想到卫双喜不愿回去,他要求原来在什么地方抓的,就在什么地方放,并向大家讲清楚过去为什么要抓，现在为什么要放。公安局局长从来没遇到过这样的事，他想向卫双喜讲好话，但有失公安局局长的面子，只好请示富县长。富县长一时也想不出办法，后来还是把卫求生请了来，说："您上次讲的办法，县领导都很重视，同意照您的意见办。请您今天把受伤的人领回去，县里愿意负担医药费，并赔偿两千元的误工费和其他损失。"卫求生说："这次我可以去做工作，以后你们乱扣款乱抓人，出了事就不要找我了，我老了，不管事了。"卫求生起身走到办公室门口时又说："你们还应该把凶手捉拿归案。"富县长满口答应："一定让公安局想办法。"他心里却在想："你把人领回去，得了钱就行了，其他的事用不着你管。"

公安局局长陪着卫求生来到医院。卫求生对卫双喜说："县里愿意把卖出的一百亩香蕉地全部退还给天涯村，并负责医药费和赔偿两千元误工费和其他损失。我还要求把凶手捉拿归案。看在我的面分上，你现在跟我回去。"卫双喜马上同意了。公安局局长恨不得放鞭炮欢送，告别时，左一句"卫老，慢走"，右一句"老革命，走好"。

天涯村风波平息后，华国彪夫妇总算了却一件心事。夏梅芳皱着眉头说："天涯县的领导真是胆大包天。"华国彪说："报上说天涯县搞'圈地运动'，一点不错。英国在资本主义初期就是这样掠夺农民搞资本的原始积累的。现在中国的农民每个人有一小块土地的使用权，只要没有天灾人祸，就可以活下去。假若失去土地，把手里的钱用光后就无依无靠了，就会产生社会问题。"

天涯村风波平息后，官员们都称赞富县长办事有方。拍卖土地使当官的认识到"土地就是金钱"的道理。

天涯村的农民也在总结经验。卫求生在村民大会上说："我们无数的革命先辈牺牲了才从地主那里夺回了土地，现在保卫土地同样会有牺牲。土地是农民的命根子，谁来掠夺就同谁拼命！"

天涯村经过斗争，保住了一百亩香蕉地。今年香蕉大丰收，村里的收入不断增加。全村开会决定，建一座文化娱乐设施。以前，村里没有图书馆，没有电影院，看电影要去县城看。现在村里建好了图书馆和电影院，还建了儿童乐园、老人娱乐室、篮球场和排球场。

后来，村里换届选举，卫双喜当选为村党支部书记，牛得田当选为村主任。

换届的第二天，海角村有人来报信，说云雾寨背面的原始森林被砍光了。

当天下午，牛得田带着几个村民来到云雾寨，只见满山的树桩子，几个人才能合抱的大树横七竖八地倒在山坡上，犹如一次血战后倒下的成片"尸体"。

几辆货车从海角村开到楠木山背面的山脚下搬运木材。牛得田等人走下山去，同搬运木材的人争吵起来。牛得田说："这是天涯村的山林，不准搬运。"指挥搬木头的人说："我们是县林业局的。早在十年前，林业局付给天涯村二万五千元贷款，天涯村以云雾寨四百二十五亩原始森林偿还。"牛得田一听傻了眼。他从来没有听说过这样的事。他说："不管怎么样，没有搞清楚以前，任何人不得搬运木头。"林业局的说："领导说这个事有合同，不履行的话要负法律责任。"牛得田说："不管什么责任，反正现在不准搬木头。"林业局的拨通了报警电话。不到一个小时就来了一辆警车，车上下来五个警察。他们说牛得田妨碍公务，要把他带走。牛得田说：“你们为什么要抓人？这山林是天涯村的，我们有权保护它。”

牛得田被警察押走了，搬运木头的人继续搬运木头。同牛得田来的几个村民愤愤不平地回到天涯村，把情况告诉卫求生和其他村干部。

村民们知道了，莫不义愤填膺，纷纷要求去找林业局讲理。

后来，新老村干部开会，讨论怎样对付这件事。这时，县法院送来一张传票和起诉书。林业局控告牛得田带领几个人违反合同，阻挠林业局搬运木头，要求天涯村赔偿误工费和搬运费一万四千三百五十元，并要求法院依法惩处牛得田。

村干部看了起诉书，个个气得牙齿咯咯响。卫求生说：“十年前，上面拨了二万五千元造林补助款给天涯村，这是不需要还的。大家都签了字。现在怎么变成了贷款合同？就算贷款合同成立，怎么要以四百多亩林木还贷？这些林木的钱远超二万五千元，这明显不公平，违反《中华人民共和国民法通则》。我们不要性急，要做好应诉的准备，到法庭去揭露这些家伙的丑恶嘴脸。”

一周后，县法院对案件进行了审判。贝庭长要林业局韦局长首先念起诉书。韦局长拿出合同书，振振有词地指控牛得田等人的违法行为。

等韦局长念完后，卫求生要求看看合同书。贝庭长手持合同书给卫求生展示了一下。卫求生看了后，笑了笑说：“当年文件上写的是‘造林补助款’，你们为什么把它变成了‘贷款合同’？”韦局长说：“你们那一份只要写清楚每一户领多少钱就行，我们这一份才是正式的。”卫求生说：“合同一式两份。这两份不是一个式样，说明你们的有问题。”卫求生停了一下又说：“你们什么时候又搞了个转让合同？”贝庭长说：“这笔贷款是借世界银行的，所以把木材转让给世界银行。”卫求生说：“我们这个地方并没有世界银行的机构。还有，当时我是队长，合同应该由我签字才有效。为什么你们的贷款合同和转让合同都是郑木匠签的字？为什么没有生产队盖章？”韦局长说：“当时你不在家，所以你没有签字。大家都推举郑木匠签字。这一张有推举人签名。”卫求生看了推举名单后，说：“你们看我这一份领补助款的签名，每个人写的字都不相同。林业局的推举名单的签名字迹相似，何况这些推举人没有一个对我说过这件事。你以为郑木匠死了就死无对证了，所以任意造假。你们伪造贷款合同，接着又冒充世界银行，伪造转让合同，这纯属诈骗行为，我要控告你们。”

韦局长哑口无言，贝庭长只好宣布休庭。

三天后又继续审理此案。最后，法庭宣判：县林业局与天涯村订立了合同，以云雾寨四百二十五亩原始森林抵偿二万五千元的贷款。合同受到法律保护，林业局可以按照合同砍伐和搬运木材，任何人不得阻挠。林业局要求天涯村赔偿误工费和搬运费一万四千三百五十元，并要求惩处牛得田，法庭不予支持。

天涯村农民哪肯甘休。下一步怎么办？天涯村委会决定去上访，由牛得田和卫双喜负责。卫双喜对牛得田说：“明天把被砍伐的场地拍下来。”牛得田说：“还要把砍伐的面积丈量好，数清楚被砍伐的树的株数。”

两人花了三天时间拍照、数树株、写申诉状，第四天到地区法院信访办。信访办的候访室里坐满了人。一个中年男子穿着一件白围裙，围裙上端写了一个大“冤”字，下端写着冤情。他揭发厂长利用职权要求女秘书一起出差，结果将女秘书强奸的事。这女秘书就是这男子的老婆，男子被厂长开除。他还带着一个五六岁的男孩，男孩也穿着白围裙，围裙上面写着“为父母申冤”。

牛得田和卫双喜等了一会儿，突然外面来了一百多个人。有一个人被捆住双手，为首的拿着一面锣，一边敲锣一边领队高呼：“我们要工资！我们要吃饭！我们要回家过年！”一里外都能听见，很多人来围观。一个在门口负责登记的办事员走出去对那些人说：“你们不要喊口号，不要敲锣，有什么事好好说。”敲锣的人说：“我们上次来上访，你们要我们找县政府解决，县政府要我们去找包工头。包工头跑了，我们把他抓来交给你们。”办事员见状子上写着他们是农民工，做了一年工，给县政府建房子，县政府没有钱给包工头。办事员把状子递给窗子内批阅状子的人。窗内的人看了状子后，拨通了该县的电话。电话那边的人回答说，该县财政困难，现在没有办法弄到钱。办事员对敲锣的农民工说：“县里没有钱，也没有办法解决。”那个农民工说：“我们没有钱吃饭，没有路费回家，只好在你们这里待一待了。”办事员为难地说：“我们这里也不能待，不然信访就搞不成了。我打个电话给法院的领导，看他们怎么办。”一百来个农民工站在门外，等待答复。

轮到牛得田和卫双喜了，他们把申诉书递进窗口。负责人看完后批了几个字：“请天涯县法院按法律和相关政策办。”牛得田和卫双喜以为有希望了，高兴地拿着状子回到了天涯村。

回家的第二天，牛得田和卫双喜来到天涯县法院。贝庭长接见了他们。牛得田把地区法院信访办的批文交给贝庭长。贝庭长看了后说：“这有什么用？我们不是按法律和政策办了吗？”贝庭长抽了口烟又说，“我劝你们不要去上访，免得花费路费。上告了，最后还是由我们来处理。”牛得田和卫双喜面面相觑，半晌无言。

走出法庭后，卫双喜对牛得田说：“要想法让地区法院来查这个案子才行。”牛得田说：“怎么样才能让地区法院来查呢？要不要把贝庭长讲的话再反映到信访办，看他们怎么办？”“不行。假若他们又批示要县里按法律和政策办，我们又白跑一趟。我们只有另外想办法。”牛得田说：“我去学校和铁矿找找熟人，看有没有懂法律的。”

两人垂头丧气回到天涯村。村民们见上访没有结果，都唉声叹气。

当天晚上，牛得田来到铁矿，把情况告诉华国彪和夏梅芳。华国彪说：“中央再三说要重视上访，但有些地方官员怕上访揭露问题，甚至把上访的人关起来。老百姓有冤无处申，后果不堪设想。”夏梅芳想了想说：“马涛是学法律的，问问他，看怎么办。”华国彪拨通马涛的电话，简要讲了天涯村案件的情况。马涛说：“这明明是林业局搞诈骗。这可以告到县检察院，由县检察院提起公诉，并要求附带民事赔偿。”华国彪听了，心里直犯疑，他担心检察院不会主持公道，但他没有对牛得田说什么，想等牛得田走了这步棋再说。

牛得田和卫双喜回村后，把诉状写好，次日交给了县检察院。一位办事员说：“我把材料交上去，请你们稍等一会儿。”

牛得田和卫双喜在休息室等了十来分钟，那位办事员走过来对他们说："请跟我来。"他把牛得田和卫双喜领到一个小房间里。房间的墙上贴着八个字："天网恢恢，疏而不漏。"房间里坐着两个人：一个戴大盖帽没有戴眼镜，一个戴眼镜没有戴大盖帽。办事员给每个人倒了一杯茶就出去了。

戴眼镜的从提包里拿出一个本子和一支钢笔，大盖帽对牛得田和卫双喜说："我刚才看了你们的诉状，我想问一些问题。是谁发现林业局搬运木材的？""是我，我叫牛得田。""被抓的是谁？""也是我。""你认识打你抓你的人吗？""不认识。""他们把你关在哪里？""关在看守所。"等戴眼镜的记录完以后，大盖帽又问："这些照片是谁拍的？""是我，我叫卫双喜。""砍伐的树木的株数是谁数的？""是我和牛得田。""为什么被砍的树木是原始森林的树木？"牛得田说："从前，云雾寨是原始森林。三十年前，天涯学校在这里办农场，村里派我父亲带领学生开发了一百多亩地。后来学校不办农场了，村里就在农场栽树，上面共拨了二万五千元的育林补助款。林业局伪造证据，把补助款合同改成了贷款合同，又伪造转让合同，让天涯村以四百多亩原始森林来还贷。""开始砍树的时候你们为什么不知道？""楠木山是禁山，一般人不上山，加上那几天村里换届选举，林业局就趁机从海角村那边上山砍树。""你们是怎么知道的？""天涯村的人有亲戚住在海角村，那些亲戚告诉我们的。""那些被砍伐的木材现在在哪里？""不知道。据说是卖了。""卖了多少钱？""不知道。据估计能卖两百多万元。"

接着大盖帽又问了很多问题，最后他说："你们怎么想到来这里告状？"卫双喜把在县林业法庭败诉后上访地区法院直到华国彪问马涛的事讲了一遍。大盖帽皱了皱眉问："那位马涛是干什么的？"牛得田说："他从前当过海关关长，现在在省检察院工作。"大盖帽笑了笑说："你们可以回去了。以后我们会把处理结果告诉你们。"

十天后，天涯县法院对林业局砍伐天涯村的林木一案进行了审判。林业局韦局长走上法庭时，连站都站不稳。他原以为有坚院长撑腰不用怕，但这次审判院长必须回避，因为审判长的儿子是抓牛得田的警察，韦局长感觉自己怕是凶多吉少。韦局长反复对自己说："镇定，镇定，一定要镇定。"当检察院的人念完起诉书后，韦局长死死抓住合同受到法律保护这一点不放。起诉人说："经过检验，贷款合同和转让合同都是近来伪造的，同时与天涯村的造林补助名单一对照就一目了然。合同上伪造的郑木匠的签字与他生前的签字也不同。推举郑木匠的人的名单也是假的。这些人大多数还健在，都证明没有这样的事。韦局长身为公务员，伪造证据，盗伐天涯村的林木四百多亩，而且执法犯法，必须受到严惩。"

郎律师辩护说，韦局长触犯了法律，但也是不得已。他并没有把卖木材的钱据为己有，而是用于县内相关林业项目的补助和林业局员工的工资发放。希望法院全面考虑这些情况，酌情处理。

最后法院判决，林业局伪造证件，盗伐森林，是犯法行为，韦局长应负主要责任。砍伐出售林木所得的二百二十六万四千元，全部交给天涯村。天涯村负责在砍伐的地方栽上树苗。林业法庭贝庭长执法不公，给予严厉批评。抓人的警察都做了检讨，免予处分。

天涯村的村民都兴高采烈，夸奖牛得田和卫双喜办事有方，为村里挽回了损失。韦局长庆幸自己乌纱帽还在，留得青山在，不怕没柴烧。坚院长也庆幸自己的儿子免予处分，贝庭长高兴的是自己没有被追究责任，郎律师更是高兴，白白得了十万元，能享受好几年。县法院的这一判决使剑拔弩张的局势变成了和谐的局面，更值得庆幸。

天涯村得了两百多万元林木款，村民们非常高兴。至于这笔钱怎么花，是各有各的看法。有的主张分到各家各户；有的主张用来买股票，听说深圳的一些农民把卖土地的钱用来买股票发了大财；有的反对买股票，因为股票风险大。村干部开会讨论，牛得田主张拿这些钱办橡胶园，以后出产的橡胶可以制轮胎、胶鞋等产品，这些产品的价格比原材料的贵几十倍，到时候加工厂的收入不比水泥厂少，大家都同意这么办。

卫双喜建议拿余下的钱搞福利。厂矿职工退休有养老金，天涯村农民也可以搞养老金，学生发学杂费，病人发医疗费，开始少发点，收入多了再慢慢增加。村干部都赞成上述意见，然后村民进行了讨论，大家都同意卫双喜的建议。

一天晚上，牛克勤对儿子说："幸好赢了这场官司，不然，你会蒙冤坐牢。"牛得田说："我差点把自己送进了牢里。"牛克勤很吃惊，问是怎么一回事。牛得田说："韦局长的儿子知道村民要告到检察院，对我说，只要我撤诉，就给我五万元。我想了想说，我再穷也不愿贪污。"牛克勤说："你做得对。你贪了钱就会身败名裂。你作为村主任，正人要先正己。"

二九　海南潮

八十年代末期，海南岛建特区，很需要人才。知识分子像潮水一样涌向海南岛。

有一天，华国彪写好了申报高级工程师的材料，他问夏梅芳写了没有。夏梅芳说：“我写了申报高级教师的材料。”

学校的职称评定不到一周就搞好了。夏梅芳如愿以偿，但华国彪并不顺利。

在铁矿的工程技术人员和医生中，总工程师、总会计师和危回春是上一次评上高级职称的。这一次申报高级职称的有权升钤、贾世界、金艳、李敬德和华国彪等十五人。上班时，应长寿对华国彪说：“我申报高级技工不需要考外语，但你们要考外语。贾世界说，他学的外语都忘了。金艳连字母表都背不全了。权书记连字母都不认识。”华国彪低声说：“有一个取巧的办法，也许可以过关。”应长寿说：“什么办法？抄人家的不像话。”“不是抄人家的。这次考的材料并不多，只有二十篇文章，要求外译中。可以先请人把这些文章译成中文，再把每篇的标题和文章内容的中文意思记住，考试时只要看懂题目，再用中文把那篇文章的内容写出来，及格不会成问题。”应长寿双手一拍说：“这真是个好办法！有的人可能这样办。不过你经常看英文杂志，不怕考。”

外语使很多人感到头痛。贾世界看不懂这些文章，想要华国彪和李敬德把这二十篇文章译成中文，但又不好意思出面讲，只好要金艳去请大学英语老师翻译好，再打印几份，贾世界、权升钤和金艳各一份。他们天天背译文，权升钤连中文的一些字都不认识。

考试结果出来，贾世界四十八分，金艳三十六分，权升钤二十五分，李敬德八十二分，华国彪九十五分。分数只在领导层公布。

这次评高级职称由党委会和评委会共同商量。评委会由总工程师、总会计师和危回春三人组成。商量结果是，多数同意评高级职称的有权升钤、贾世界和李敬德；一致不同意的有十人；有争论的有两人：金艳和华国彪。评委会三个人都认为华国彪一心为矿山辛勤工作，业务能力强，为人正直。权升钤和贾世界则认为金艳服从党的领导，做事不讲价钱，为人谦和。而华国彪在学生时代和工作期间都说了不少“怪话”。最后用不记名投票表决：金艳和华国彪各三票，一票弃权。最后决定：把金艳和华国彪的材料都报上去，由上级裁定。

就在他们准备将评定的名单上报省里时，省里突然来通知：澳大利亚一个铁矿访问团即将访问天涯铁矿，请安排一名懂英语的高级采矿工程师参加洽谈。铁矿党委慌了手脚，马上召集评委会开会，大家认为只有华国彪能胜任这项工作。权升钤和贾世界只好同意华国彪报高级职称，把金艳的名字撤下来，并立即把评审材料上报省里。次日，省职称改革办电话通知：优先通过华国彪的高级工程师的职称评定，其他待后批复。华国彪对应长寿说：“我这是瞎猫碰到死老鼠。”

五天后，澳大利亚访问团来到天涯铁矿。华国彪随矿领导在迎宾馆迎接访问团。轿车里走出三位男子和一位年约半百的女士。那位女士一见到华国彪就高兴地用汉语打招呼:“华国彪,你好!”这一下,中澳双方的人都很莫名其妙。华国彪热情地对那位女士说:“钟灵,一路辛苦啦。”权升钤等人弄不清华国彪为什么会认识这位女士。一位客人说:“原来你们认识,用不着我介绍啦。”钟灵笑着说:“我们是江南大学的老同学。”她来了个反客为主,向大家介绍来宾一行:那位刚说话的客人是省工业厅的;一位外国人是澳大利亚铁矿的董事长,叫史密斯;另一位是澳矿总工程师,叫江汉,是她的丈夫。华国彪向几位男宾问好。他特意看了一眼江汉先生,中等身材,五官端正。江汉先生用汉语对华国彪说:“钟灵很怀念她在江南大学的一些老同学。”华国彪说:“大学毕业后,天各一方,会面一次很不容易。”钟灵问:“夏梅芳身体好吗?”华国彪说:“还好。我叫她今天晚饭后去看望你。”钟灵说:“不敢当。”

宾主在会议室进行座谈。权升钤介绍了天涯铁矿的情况,华国彪翻译给那位外国人听。接着江汉介绍了外方的情况,澳大利亚西部的一些铁矿的蕴藏量超过三百七十亿吨,品位高。哈默斯利铁矿公司下属的汤姆普赖斯铁矿储藏量达九亿吨,是露天铁矿,于一九六二年发现, 一九六六年建成投产,全矿只有一千多人,目前年产量已达到三千万吨。

互通情况后,双方都讲了一些今后怎样互相学习的话。最后史密斯先生说:“贵矿的华先生是采矿专家,又懂英语,这样的人才很难得。”权升钤和贾世界都尴尬地笑了笑。

晚饭后,华国彪和夏梅芳一起来到宾馆看望钟灵。钟灵早已在大门口等着,一见面,就上前抱住夏梅芳,一个劲地说:“老同学,老同学。”然后说:“你们要请我吃糖。”夏梅芳也笑着说:“你也要请我们吃糖。”旁边的服务员见了大惑不解,这位一身珠光宝气的贵妇人和年过半百的夏老师,一见了面就马上变成了天真活泼的学生娃娃,好像时间一下子倒流了三十多年。

三个人在林荫道上边走边聊。钟灵说:“华国彪,你以前不主张学生时代谈恋爱,你和夏梅芳是怎样谈上的?老实交代。”讲完后哈哈笑了起来。华国彪笑道:“我老实交代。我读书时没有同她谈过恋爱,她可以证明。”钟灵说:“我不信。表面上没有谈,暗地里不好讲啊。”夏梅芳说:“我们在学生时代真的没有谈,工作几年后站稳了脚跟,我们才谈这件事。也就是说,先立业,后成家。”钟灵深情地望了华国彪一眼。华国彪被她这一眼望得走了魂,他想起大学毕业时钟灵与他泣别的情景,又想起那次刮台风钟灵拍来的电报,心里激动不已,一时说不上话来。这时,夏梅芳拉着钟灵的手说:“我相信你的婚姻是很幸福的。”钟灵说:“谢谢你的好意。我那先生是华裔。我父亲在澳大利亚开铁矿,江汉任铁矿总工程师。我只想有机会来看望你们,今天这个愿望总算实现了。”夏梅芳从口袋里摸出一张照片给钟灵说:“我没有什么送给你。这是今年照的。男孩是我儿子,女孩是我女儿。”钟灵把照片看了又看说:“他们两兄妹现在在干什么?”华国彪说:“儿子前几年考上中国医科大学,女儿还在读中学。”钟灵说:“中国医科大学不容易考上,真是虎父无犬子。我也带了一张全家福来。这是我的两个女儿,大的在新加坡读大学,小的还在读中学。”钟灵停了一下又说:“假若铁矿附近有煤矿,办钢铁厂更赚钱。”华国彪说:“天涯铁矿附近的海角村有煤矿,我曾经建议国家把它征收过来,拨款开采。我们有铁矿,可以建一个钢铁厂。”钟灵大声说："那太好了！"华国彪说："二十来年前，我们申请过，但那时情况特殊，顾不上开矿。近年来我们又申请了几次还是没什么消息。"夏梅芳问钟灵："你喜爱中国，为什么大学毕业后不留在中国？"钟灵瞟了华国彪一眼，叹了口气说："我没有这个福气。"华国彪听了，心里像被什么击了一下。

这时，矿山上的路灯突然亮了，几排长长的路灯甚是好看。钟灵望了望路灯，又望了一排排高大的厂房说："你们现在的工资怎么样？"夏梅芳说："大学本科毕业工作一年后转正，每月五十元加地区补贴，后来加了几次工资，现在是一百一十八元。加上奖金和物价补贴，一共二百二十六元六角。"钟灵惊呼道："天啦，一个月只有三十来美元？我现在每个月一千美元。我那先生每月两千美元。"华国彪说："虽然工资低，但房租很便宜，医疗全是公费，小孩读书不要多少钱，退休有养老金，职务是终身制。"钟灵说："你们安贫乐道，我很难做到这一点，我不如你们。不过，只要把你们的人数减少，像我们那样一千多人，你们的收入就会大大增加。"夏梅芳摇了摇头说："不可能。中国的人太多了，即使精减人员，我们的工资也不会有多少提高。因为我们的工资是全国统一的，只是地区差不同，赚得多，利润也就上缴得多。"钟灵皱了皱眉头说："多干少干一个样。厂矿多挣，个人却不能多得，这怎么能提高职工的积极性？"华国彪笑了笑说："听你这么一说，我也搞不清什么是社会主义的按劳分配原则了。"钟灵问华国彪："前几年你们矿里的人访问澳大利亚铁矿，你懂专业知识为什么不去？权书记只知道行业的一些基础知识，贾先生连皮毛都不懂，他们出国访问简直是浪费国家的钱。只有那位总工程师是内行。"夏梅芳说："出一次国可以免税买彩电、电冰箱这样一些大件回来，在国内买要多花一年多的工资。"钟灵说："按理说，公有制比私有制更能够集中人力、财力和物力有计划地发展生产。但是，谁来代表公家？没有一心为公的干部，没有严密的制度，没有严厉惩治损公肥私的法制，公有制就不会成功。你们现在这样的情况，要同澳矿竞争，肯定不行。"

这时，后面有人来了，华国彪转移了话题，问钟灵："你现在身体还好吗？"钟灵说："还好，但比大学时代差一些了，记忆力也差了一些。"夏梅芳说："时间不饶人啊。我和华国彪都开始有白头发了。"钟灵说："我也有几根白头发了。这次来时，我把那几根白头发都扯掉了。"夏梅芳哈哈大笑说："你还是像过去一样真诚坦率。"钟灵说："孔子说'君子坦荡荡'。你们两个都是很诚实的人，所以我很愿意同你们交朋友。"

这时，有两个担着竹筐卖香蕉的老太婆从对面走来。钟灵见她们的脸上、脖子上和脚杆上都文满了蓝色的条纹，觉得很奇怪。等那两个老太婆走过去后，她问："她们是什么人？身上文那么多线条干什么？"夏梅芳说："她们是黎族妇女。黎族是当今世界上保存文身习惯最完整的民族，但新中国成立后黎族妇女不再文面文身。文面文身的起源有各种各样的说法。有一种传说是说有个财主要霸占一位漂亮的黎族姑娘，姑娘连夜在脸上身上文上花纹才脱离虎口。另一说法是日军侵略海南，奸淫妇女，黎族妇女纷纷文面文身，以免遭到强奸。"

三天后，三位老同学依依不舍地告别。

告别时，钟灵暗暗递给华国彪一张纸条。回到家里，华国彪独自把纸条拿出来看。纸条上写着一首名为《盼》的诗：

初恋已过数十春，藕断丝连到如今。
不远万里来相会，满脸欢笑心里疼。
刚刚相会又相别，今后何时再相逢？
自古痴情多无望，此生无望盼来生。

华国彪看后，觉得钟灵的这份情意，他此生无法报答，心里久久不能平静。

钟灵走后不到一个月，“五一”劳动节的第二天下午，华国彪一个人在采矿队办公室，一位头发斑白的男子来到门口问：“请问，华国彪同志在这办公吗？”华国彪连忙站起来走向前说：“张明，我一听声音就知道是你。”张明忙握住华国彪的手说：“快三十年不见啦。听说海南办特区，我特地来看一看。”“就你一个人来？”“是的。”“怎么不同你夫人一起来？”“她会到处去讲，领导知道了就会认为我想调走，所以我对她说去外地看朋友。这就叫‘老婆面前不说真，朋友面前不说假’。”“你还是像以前一样，有什么说什么，一点也没改。”“深圳工资高，海南怎么样？”“海南外资企业和私营企业的工资比国有企业高不少，国有企业的工资同外地差不多。海南属十一类地区。我的基本工资是一百一十八元，矿区补贴百分之二十，也就是二十三元六角，加上粮食补贴二元，物价补贴五元，少数民族地区补贴五元，煤菜补贴十五元，生活补贴十七元，洗理费补贴五元，月奖三十六元，总共二百二十六元六角。”张明说：“湖南属六类地区，我的基本工资是一百零五元，再加上各种补贴，只比你少二十多元。若要我离乡背井来海南，我不愿意。非国有企业会多一些工资也不合算，老了去找谁要退休金？”“你讲的有道理。我们都五十来岁了，加之上有老下有小，像一棵大树，不能随便挪动了。”

张明喝了口茶后又继续说：“听说海南以后要封关，对外资和私营企业实行免税减税政策，海南可能进一步搞自由贸易区。有这回事吗？”华国彪说：“讲得很厉害，但不见有行动。对外资企业实行三年免税两年减半的政策，对国有企业反而加税。外资和私营企业都是新办的，年轻人多，没有养老负担。而国有企业不仅养老负担重，还要负担学校、幼儿园、医院和治安等各种组织的费用，企业实在不堪重负。这等于用高压水泵抽国有企业的血，却给外资和私营企业大量输血。国有企业无法同外资和私营企业竞争，长此下去，国有企业只有垮台一条路。”张明说：“你还是像大学时代一样，对事情总有独到的见解。我认为，中国用免税减税来吸引外资实际上是打击民族工业，给私营企业免税减税实际上是打击国有企业。改革同医生开刀一样，只能把有病的部分切除，不能把健康的部分也切除；开放同开门窗一样，不开门窗就会闷死。但开门窗有三点要注意：一、不能朝着厕所开，烟和雨飘进来的时候要关闭；二、晚上睡觉和白天外出要关好门窗以防盗窃；三、热天要做好纱窗，防止苍蝇蚊子飞进来。假若一天二十四小时门窗都是关闭或敞开的，那样的人不是傻瓜就是疯子。”华国彪笑着说：“假若喉咙嘶哑把喉咙切除，心脏有病把心脏切除，头痛把头也切除，那更是做到了一劳永逸。”“这听起来很荒唐，但古今治国的大人物中，有不少人像这种‘妙手回春’的医生。”张明笑道，“满教授十多年前退休了，韦尚忠调到燕城钢铁厂去了。现在报考采矿专业的学生越来越少，都去报考赚钱的专业了。这样下去，我们国家的矿业就要出问题。”华国彪说：“彭诚写信给我说，他们那个煤矿亏损严重，一年多发不出工资。附近的燕北钢铁厂也面临倒闭。他建议煤矿和钢铁厂联合起来，结果，煤矿和钢铁厂都救活了，彭诚被选为厂长。”张明说：“彭诚不简单。我们那里一些不景气的工厂的工人往往外出打工。我有一位朋友失业了，在本地找不到工作，只好去沿海打工，每天工作十个小时以上，又没有节假日，没有养老保险和医疗保险。那些资本家的良心太黑了。最可怜的是那些挖基脚的苦工，一个月的工钱刚刚够吃饭。有的一年做到头，快过年的时候想拿几个钱回家去，谁知道包工头跑了。找老板，老板说工钱已经付给了包工头。公安部门也没法管。”张明停了一下又说：“我在省城看到滨海大道旁边的树下坐着睡着很多民工，他们就在树下过夜。我问他们为什么要睡在树下，他们说租不起房子。”华国彪说：“这几年，一些搞房地产的发了大财。”

两人聊了一阵就下班了。华国彪邀张明到家里。他对夏梅芳说：“这是我大学同寝室的同学。”张明说：“她就是你那位同乡同学。”大家都笑了。

次日上午，华国彪带张明去矿山参观。路两边绿树成荫，到处长着花草。张明说：“这简直是个公园，哪里像矿山。”

两人来到破碎车间的时候，见到几条大钢梁周围有成千只燕子在飞舞。张明好奇地问：“燕子春天飞到北方去了，秋天再飞回南方。怎么这里夏天还有这么多燕子？”华国彪说：“我也搞不清楚。燕子可能有两种：一种是春天飞往北方的，一种是长期在南方的。唐朝诗人卢纶的《和张仆射塞下曲》中有一首说：‘月黑雁飞高，单于夜遁逃。欲将轻骑逐，大雪满弓刀。’华罗庚读了后写了首诗：‘北方大雪时，群雁早南归。月黑天高处，怎得见雁飞？’他指出卢纶的诗有两个漏洞。是不是也有冷天不南飞的雁，像这些燕子春来不飞往北方一样？”张明说：“这要请教动物学家和北方的人了。也可能是北方秋天下雪，黑夜听到雁叫。”

接着华国彪在路边扯了一株花，这花有五个花瓣，每个花瓣山上蹲着一个小狗似的玩意儿。张明说：“这花真有趣，叫什么花？”华国彪说：“王安石曾写了一首诗，其中有两句是‘明月当空叫，五犬卧花心’，苏轼觉得不合事理，便改成‘明月当空照，五犬卧花荫’。后来苏轼在海南岛见到了这种花，才知道当地人把这种花叫狗崽花。明月当空的时候苏轼在当地经常听到鸟叫，一问才知道这种鸟叫明月鸟。苏轼这才恍然大悟，后悔自己见识少，改错了诗句。可见任何事情都是眼见为实的。”

两人边走边聊，不知不觉到了采矿场。采矿场像一级一级的梯田，山上有几个开钻机打炮眼的工人，下面有一辆铲车。铲机把炸松的矿石装上汽车。几十辆汽车来回奔跑，把矿石运到破碎车间。上面也有一辆铲车，把矿石铲进电机车。装满后，长长的电机车像一条龙一样从山上蜿蜒而下，把矿石运往破碎车间。张明见了称赞不已：“你们真是搞现代化生产，这样大的采场不见什么人，一天还能产万多吨矿石。”华国彪说：“我曾经写信给班上的同学，希望他们来这里玩玩。他们都说很忙或者路太远。”“我倒是见过一些同学，但远的同学只怕这一辈子也难见到了。”“现在出门难，人太多，车票难买，路上又不安全，大家都怕出远门。你来这一趟不容易，多住几天再走。”“不行。只剩两天假了，我不能耽误生产。再说，我不按时回去，老伴急出病来就麻烦了。我今晚就要连夜乘车去省城，明早过海去湛江，争取明天下午搭湛江去长沙的火车。”华国彪知道张明是个有什么讲什么的人，不便挽留。两人参观矿山后就回家吃晚饭。饭后华国彪问张明：“你还抽烟吗？要抽的话我去买烟。”张明笑了笑说：“自从那次在学校抽烟被你们抓住以后就真的戒掉了。”华国彪笑道：“你真的做到了很多大人物难做到的事——戒烟。”张明说：“我感觉现在很多人对改革开放和办特区的看法很不一致。谁是谁非，只有靠实践来证明。假若有机会，我倒想去深圳特区亲眼看看。”华国彪说：“如果搞社会主义改革开放就会民富国强，如果改社会主义为资本主义就会引起贫富两极分化。”

张明走后不到半个月，报上连连刊登海南建省的消息。有一天，铁矿召开了职工代表大会，华国彪也参加了。权升钤在会上说：“海南建省是海南人民的大喜事。中央领导同志说，海南要比其他特区还‘特’，给海南进出口权和土地使用权有偿转让的权力。有的地方已经行动了，我们铁矿怎么办？大家来出出主意。”贾世界说：“我们一定要抓住这个大好时机，利用好政策。一是出租土地，我们有一万来亩土地，可以成片出租，也可以有偿转让。二是搞承包，水库可以搞承包，各个车间也可以搞承包，可以承包给集体，也可以承包给个人，工人工资由承包人定。”华国彪说：“南海石油丰富，海南建省对保卫南海有重大意义，也是天涯铁矿发展的一个好机会。铁矿要发展，关键问题是资金和人才。资金问题可以通过银行贷款、矿内集资和吸引矿外投资解决。人才问题可以马上着手解决。”贾世界说：“哪里有那么简单的事？”华国彪只管说他的：“近几个月来大量知识分子下海南，现在是吸引人才的大好时机。据海南省人才交流服务中心负责人说，截至一九八二年，三十多年间分配到海南的农业专业人才有一万六千多人，至今已走掉一万一千多人。从去年八月宣布海南筹备建省到去年年底，外地要求来海南的专业人才，写信的有七万五千多人，亲自来海南的有一万七千多人，已经吸收的只有一千四百人左右。培养一个大学生，从小学到大学的教育费就要几万元，现在不用花一分钱就可以得到所需要的人才。这样的机会稍纵即逝，一定要抓住这个机会。矿内的发展要更上一层楼，首先要有一大批专业人才才行。”总工程师说：“我觉得华工的建议很好。我们这些建国初期参加工作的人，就是延长几年也快要退休了。‘文化大革命’前夕本科毕业的，到20世纪末都到了退休年龄。一个人要工作十来年才能成为科技骨干，所以现在引进人才刻不容缓，否则就会出现人才断档的现象。”李敬德提出：“应该马上安排人去做引进人才的工作。”权升钤见大家对人才问题如此重视，他说：“我建议由总工程师、李敬德和华工负责引进人才的工作，大家都要配合。譬如，引进财会人才，财会处要派人考核；引进教师，教育处负责考核。考核合格的当场拍板，再由人事处安排工作。”大家都鼓掌赞成权书记的意见。华国彪说：“现在来了很多人才，我到市区去打听消息。”

这个海南最南端的城镇，新中国成立前只是一个小集市，稀稀落落几百户人家，新中国成立后建了一些房子，街上多了一些商店，街道加长加宽了，但加长的街道，与其说是街道，不如说是公路。路两边稀稀拉拉几座茅草房或木板房，沿路都是沙子，风一吹飞沙满天。到了海南筹备建省的时候，繁华地带的街道铺上了柏油，但过了繁华地带仍然满地是沙子。这个地方在近代也很荒凉，但近几个月来却人来人往。有的揣着人们羡慕不已的大学文凭，有的带着自己写的著作，来海南寻梦。

中午，华国彪走近离火车站不远的地方，见到街边有一间用塑料盖的棚子，门口写着“大学生面馆”。华国彪好奇地走了进去。一位眉清目秀的姑娘操着北方口音问他：“同志，您想吃什么面？”华国彪说：“来碗肉丝面。”

华国彪看了看棚内，有六张桌子，都坐满了人，都是年轻人。不一会儿，那姑娘把一碗面恭恭敬敬放到华国彪的桌上说：“您的面。”华国彪说：“看来你是大学生。”姑娘说：“我们开面馆的六个人都是大学生，都是来闯海南的，来了十多天还没有找到工作，我们就在这里暂时合伙开个面馆维持生活。”华国彪问：“你们六个是同学吗？”姑娘说：“不。我是河南的，新闻系毕业；另一个女同学是武汉的，中文系毕业；其他四个男同学，一个四川的，一个贵州的，一个云南的，一个湖南的。”

就餐的人边吃边议论。有个男的说：“海南有很多历史名人，海瑞刚正不阿，冒死直谏，冼太夫人极力维护黎汉两族的团结，钟芳廉洁爱民，才华出众的丘濬是海南值得骄傲的名贤，我很欣赏他的《五指山》中的两句：‘五峰如指翠相连，撑起炎荒半壁天。’我发现海南最好的房子不是政府的大楼，而是学校的教学楼。可惜庙好神不灵。我一打听，海南很多中学的学生考上大学的比率都很低，有的县连续几年‘剃光头’。海南要起飞，首先要发展教育。我打算找个教师的工作。”另一个男的说：“我们师院来海南的几个同学都找到了教师工作，但我不想当教师。我想搞文秘工作，但文秘工作很难找。”又有一个男的说：“文秘工作女的很走俏。我在省城人才交流中心看到一个女大学生，长得白白净净、漂漂亮亮，又讲的一口好普通话。她刚一开口说要找文秘工作，马上就有三个招聘人员争着要。她选了一个最好的单位走了。”有个女的，长相一般，但讲起话来像唱歌一样好听。她说：“我原以为海南办大特区，是对外开放的大窗口，一定需要很多外语人才。但我到过十多个单位，问要不要搞翻译的，没想到没有一个单位要。”坐在她旁边的一个女的说：“海南一般不引进党政干部、工人、电大、函大以及成人高校的毕业生。学校里很需要英语教师。”刚才那个女的说：“我读外语系的目的就是当翻译，当老师我就用不着来闯海南了。”有个高个子男青年说：“我是学计算机的，我来海南想找份搞计算机的工作。没想到他们说从来没有见过计算机，他们都是用算盘，问我算盘打得怎么样，弄得我啼笑皆非。这等于要一个搞火箭的去制鞭炮。”一个矮个子男青年说：“我发现海南的商店里都有一个神龛，点着蜡烛，供着赵公元帅或观音菩萨，这很像我父母讲的大陆新中国成立前的情况。”给华国彪端面的那个女大学生说：“我们这六个人，真是倒霉到一起来了。不过也不要紧，在海南找不到工作就回学校去，反正国家包分配工作。”华国彪说：“说不定酒醉后来人。不说别的，你们开面馆的这个地盘，用不了多久就是寸金之地。”姑娘说：“一百平方米一个月只收十元钱。”华国彪说：“你们不如签约，租他几十年。若能买的话就买下。到那时候，你们一辈子都吃不完用不完。”姑娘说：“您讲的很有道理。不过我们都不是想来做生意赚钱的，主要是想来海南发挥专长，开面馆只是权宜之计。”华国彪说：“开面馆也可以学到很多东西。生意经就是一门学问。”姑娘说：“请多多指教。”华国彪说：“写新闻报道，题目很重要，题目好，人家就想看；做生意，门面很要紧，门面吸引人，生意就好。这门上的对联是谁写的？”那位中文系的女生说：“是我写的。”华国彪问：“你知道过去茶酒店的一副著名对联吗？”“不知道。”“有个人卖茶卖酒，生意不好。有个读书人就给他写了副对联：‘做工苦，务农苦，苦中作乐，倒一杯茶来；为名忙，为利忙，忙里偷闲，喝二两酒去。’对联一贴出来，很多人看。平常不来喝茶喝酒的人也进店喝一杯，享受那种情趣。从此店子生意兴隆。你写的对联不切景。”“看来你是个知识分子。”“谈不上，只读过几年书，认得几个字。”“请问要怎样写才切景？”“你想想看，来这里的人多半是大陆的。这里的南面再没有路了。面临茫茫大海，他们会是什么感觉？你把这种感觉写出来就能吸引人。还有，整个市区没有一个商店门口有外语。以后经常会有外国人来这里旅游。假若用英语写上‘欢迎光临我店’，外国人就会来你们店里就餐，你们就可以赚到外币。”两个女大学生拍手称赞。那个中文系的女生说：“请给我们写这句英文。我们去买纸，您就在我们这里吃晚饭，不用付钱。”华国彪说：“我还有事要赶回天涯铁矿。我把英文写在纸条上，你们自己买纸写好，贴在门上。”华国彪写好后说：“其实你们自己不是不会写，你们是为了尊重我，所以要我写。”几个大学生都天真地笑了。

有个正在吃面的听说华国彪是天涯铁矿的，他走过来问：“请问，天涯铁矿需要人才吗？”华国彪说：“我们需要采矿、计算机、机电、环保和英语等专业的人才。我把招聘启事贴在门口，你们自己去看。”

启事刚一贴出，马上就有十多个人拿出“闪闪发光”的大学文凭给华国彪看。一个学生说：“我过黄河跨长江，一路上都没有单位需要环保专业的人。没想到踏破铁鞋无觅处，得来全不费功夫。请问天涯铁矿情况怎样？与澳大利亚铁矿比起来怎么样？”华国彪简单地介绍了一下天涯铁矿的情况。大家问华国彪应聘有哪些手续。华国彪说：“你们去铁矿人事处，他们会接待你们，当场就会告诉你们是不是被录用。”有人吃惊地说：“这么快就能决定？在大陆一般要一个月才能答复。特区办事效率真是高。”

次日，三十多个大学生来到铁矿人事处，面试后录用了十二个人，其中选矿车间一个，叫张智勇。另外，直接从学校分配来三个：舒本信学安全工程，安排在采矿队；康宁学会计学，安排在财务处；乐于时学矿物采掘工程，安排在采矿队。教师录用了两位。

过了几天，华国彪在办公室看到报上的一篇文章，标题是《大学生在海南摆摊》，还登了一幅六个大学生开面馆的照片，并把这六个人的姓名、性别和专业都登了出来。华国彪一看就知道是在市区开面馆的那六个大学生。应长寿说：“这些年轻人真可怜，响当当的大学生来海南卖面，太可惜了。这记者也缺德，怎么把人家的姓名也公布出来？家长见了会多么伤心！”华国彪说：“这几个大学生很聪明，让记者给他们免费做广告。没有经过他们同意，记者不敢照相，更不敢写名字。要不了几天，他们就能找到工作。”应长寿听了恍然大悟说：“现在的大学生真聪明。我们读书时，哪里会想出这样的主意。”

不到一个星期，报上果然又登出一篇文章《天涯寻梦，梦想成真》，说那六个大学生都找到了工作。那个给华国彪端面的姑娘被海南一家大报社录用。刊登照片那件事就是她策划的。

三十 行路难

天涯铁矿吸收了一批人才。没想到江南钢铁厂来电话，说上次运去的铁矿石质量有问题，要求天涯铁矿马上派人去检查。矿领导商量，让质检员去，但质检员说他岳父快要去世了，要准备料理丧事；找张三，张三说老婆要生孩子了，家里没有人照料；找李四，李四说最近几天头痛得厉害，睡不着觉，吃不下饭，看来不住院不行了。其实，根本原因是快过春节了，很多在外面的人要回家过年，车票很难买，路上又不安全。最后，矿领导要华国彪去。华国彪不好意思推托，只好答应去。

由于车票难买，矿领导要省城办事处想法给华国彪预订好去大陆的飞机票。临行前夕，夏梅芳帮华国彪准备行李，把棉衣放在提袋里。这棉衣在海南岛从来不穿，专门用来去大陆出差。华国彪把工作证带在身上，夏梅芳说："有身份证就行了，不必带工作证。"华国彪说："身份证上没有写职务，工作证写了，带上也许有用。"他又拿了一条铁链子锁行李箱袋。临走时，他把大部分钱放在能装钱的皮腰带里，外面再系一条铁腰带，以防小偷用刀子划破皮腰带。零用钱放在内衣的口袋里。

华国彪到江南钢铁厂查明了铁矿石的质量问题，并打电话报告给矿领导，然后准备回家过年。

华国彪去的时候很顺利，原以为回来更顺利，因为在沿海打工的民工回内地过年的多，去沿海的少。没想到事出意料，回来不仅买不到飞机票，连火车票也很难买。因为自从办特区以来，很多当官的和有钱的去广州和海南一带过冬，很多想去沿海找工做的人怕春节后人多难买票，所以年前就动身。华国彪等来等去，等到离过年只有两天了还没有买到票。江南钢铁厂留他过了年再走，他只好答应了。他想，春节那天可能出远门的人少，车票好买，因此，大年初一他就动身了。他来到火车站一看，只见车站前的大坪里，黑压压挤满了人。虽然寒风刺骨，人们还是在那里耐心排队等待。华国彪看了看一些木板上写的字，东南西北方向的分开排队。四条长龙在大坪里弯来弯去，坪里排不下就延伸到街上，每一队至少有一千来人，过一段时间就放几个人进售票厅去。排队的人中，有的提着一个尼龙袋，里面装着衣服；有的背着一床旧棉被。这些人大多数是从内地一些比较贫困的农村里出来的，到广州、深圳和海南等地打工。年前五六天来这里等的人还没有买到票。

坪里站队的人不是一个挨着一个，而是后面的抱着前面的，免得别人插队。但插队的人也有办法：他先蹲下去，把脑袋插在前后两个人的大腿之间，然后一伸腰，就像劈柴打尖一样，把前后两个人顶开，自己插了进去。女的很少排队，多半让同行的男子排队。华国彪对前面的男子说："农民出外打工比在农村还辛苦。"那男子说："我们在农村种田，农药化肥越来越贵，谷子又便宜。一年到头得的钱还不如在城里做一个月的工得的钱多。在城里拾破烂也比在农村种田强。""在城里找不到工做怎么办？""那就只好回农村。也有的人，找到工做就打工，找不到工就打流，没有吃的就打抢。"华国彪听了只是摇头。

华国彪想，这样排队不知要等到哪一天才能进售票厅。这样冷的天在坪里站几天几夜怎么行？何况铁矿有事要他处理。他对后面那女的说：“我有点事，去去就来。”那女的答应了。华国彪走到售票厅门口，拿出工作证对两位守门的军人说：“解放军同志，我有急事要回海南天涯铁矿，能不能让我先进去买票？”其中一位军人看了看工作证后对另一位说：“你看，他是高级工程师，又是老同志，让他进去怎么样？”另一位点了点头。华国彪终于免除了在寒风刺骨的露天里等几天几夜的苦楚。

华国彪进售票厅一看，厅里面也站满了人。每个窗口都有一个军人维持秩序。但奇怪的是，华国彪站了一个多小时还没有前进一步。不时有几个票贩子对站在后面的人说：“谁要票？只卖两倍的价。”大家嫌太贵，又怕是假票，不敢买。也有去窗口找售票员对证后买了的。华国彪对站在他后面的老人说：“我去前面看一下为什么这么慢，真有点怪。”老人同意了。华国彪到窗口前一看，只见几个票贩子把守窗口。第一个票贩子买了票以后就拿到后面去卖高价；另一个票贩子马上站到第二个票贩子前面买票。第二个票贩子总是站住不动，让其他票贩子在前面轮流买票。后面的人只好干着急，但又不敢指责票贩子，怕出了售票厅遭到他们的报复。华国彪见到这种情况，心里突然起火，一纵身扑在窗台上，对里面喊道：“你们这个窗口为什么不按排队卖票？后面的站了一个多小时还没有前进一步。”窗口里的售票员说：“我们只管卖票，不管维持秩序。”这时，窗口边的一位军人把华国彪拉下窗台说：“到后面去排队！”华国彪说：“为什么我们这个窗口老是那几个插队的买票？”谁知这一说，那军人反而离开了窗口。一个票贩子还给这位离开军人递了一包烟。

那军人走了以后，马上有几个人跳到窗台上，一边骂一边挤，乱成了一团。另一个军人走了过来，把窗台上的人拉了下来。有一个人想在前面插队，那军人抓住那个人的衣领，像老鹰抓小鸡一样，边拉边说：“到后面排队！”那人给军人一包香烟，军人横起眼睛说：“你少来这一套！”华国彪想：“有办法了。”他走到那军人面前说：“同志，请把您的番号告诉我。”军人没好气地说：“你问这干什么？”华国彪说：“这么多维持秩序的，你最负责任。”军人笑了笑说：“这是我应该做的事。”说完，他又去抓那些插队的人了。有几个插队的不愿离开窗口，他把他们甩得远远的。不到半小时，华国彪就买到了车票。他拿着车票走到那个军人面前说：“我代表这些旅客谢谢您。”那军人谦虚地笑了笑说：“没什么可谢的。这是我的责任。”华国彪仔细看了看那军人的臂章，然后笑着对那军人说：“您不愿意说出您的番号，我直接向你们的领导反映情况，这也是我的责任。”说完就匆匆地往外走。那军人呆呆地望着华国彪的背影，不知道华国彪是什么人物。旁边几位旅客也呆呆地望着华国彪的背影，以为他是来采访的记者，或是微服出访的大人物。

华国彪匆匆找到了那位军人的领导，请求他好好地表扬那位军人，因为那位军人使站在坪里的人能正常买到车票。那位领导紧紧握住华国彪的手说：“谢谢您，我们正需要这方面的材料。”

候车室也挤满了人。有些人花几块钱去茶厅里买杯茶就可以先上车，否则就要在候车室等着挤上车。华国彪不想花那冤枉钱买茶，他等了两个多小时。进站的铃响了，开始剪票了，旅客像开了闸的洪水向检票口涌去，服务员根本无法剪票。只听见老的叫，小的哭。华国彪的两只脚像悬了空一样被人潮卷向前去。突然有人喊："踩死人了！踩死人了！"不管怎样喊，汹涌的人潮继续往前狂奔。过了检票口后，华国彪的两只脚才落到地上。他跟着人群小跑通过地道，跑到了站台上。天啦！每个车厢门口都挤满了四五十个人，根本没办法上车。有的人从开着的窗口爬进去。一个男的爬进了厕所，然后把站台上的几个同伙拉了上去。华国彪发现有个窗子开着，他赶快跑了过去，首先把提袋抛进窗口，准备往上跳，谁知车上的人把他的提袋推了出来，关上了窗子。他又瞄准了另一个开着的窗子。他改变了方法，把提袋挎在肩上，突然往上一跳，两手抓住窗沿，然后使出学生时代在单杠上搞引体向上的功夫，先把脑袋伸进了窗口。车上的人大声喊："关窗子！关窗子！"但是已经来不及关了，一关就会卡住脑袋。接着，华国彪把一只脚伸了进去，最后嘘了口气：总算上车了！但车上连站的地方都没有，座位上坐满了人，座位下面躺满了人，过道上站满了人，连厕所里也挤满了人，行李架上也有一些人。华国彪好容易才挤到他的座位边。座位在厕所隔壁，但已有一个彪形大汉坐在那里。华国彪说："请起来，这是我的座位。"那大汉说："这是我占的，我比你先来。"华国彪说："拿你的票来看看。"大汉说："你有什么资格看我的票？你要坐就拿钱来。"华国彪拿出车票说："你看，这是我的座位。"大汉说："现在还有谁按座位坐？"华国彪知道，这是个卖座位的人。这些人多半与车站的人勾结在一起，或者是车站人员的亲戚。他们抢先占座位，然后再把座位卖给没有座位的人，因为每趟车卖的票的总数远远超过座位数，每个座位卖十元或二十元。这种人只怕车站或车上的负责人，根本不把旅客放在眼里。华国彪想了想说："我的座位让你坐不要紧，不过，等一会儿列车长到哪里去找我？因为这是他给我买的票。"这一计果然灵，那大汉站起来说："好，我让你坐。"边说边走了。华国彪总算有了座位，不然，在火车上站十多个小时够受的了。他坐下来环顾了一下，发现厕所门边站着一个白发苍苍的老太婆，看上去比自己母亲的年纪还大。华国彪问她："老人家，您到哪里去？""到广州看我儿子，他住院了。""您有座位吗？"我是买了个茶票进来的。站台上的服务员告诉我是这个车厢。我上车时，已经坐满了人，我的座位已经被人家占了。我去坐，那个人说他是花二十元跟另一个人买的座位，我只好站着。""到广州要站十多个小时，您怎么能站这么久？""没办法，看下面几站有没有人下车。"旁边一个站着的青年说："下面几站您也弄不到座位。人太多了，而且绝大多数是去广州的。华国彪犹豫了一下，想把座位让给老太婆，但自己要站十多个小时，够难受的。他望了望这位老太婆，满脸皱纹，满头白发。他想，假若自己病了，母亲坐车来看他，站在车上受罪，他会怎么想呢？犹豫了一会儿，他说："老太太，我同您换票，您坐我这里。"老太太马上给他作揖说："你真是个大好人啊！"华国彪等她坐好后，拿着提袋，想从过道上挤过去，但根本挤不动。他只好从座位的靠背上踏过去，来到老太婆的那个座位旁。座位上坐着一个小伙子。华国彪说："这是那个老太婆的座位。""这是我买的座位，你另外找地方坐。"华国彪说："谁卖座位？怎么能占老太婆的座位？她现在坐在我的座位上。"小伙子没有作声。华国彪没有地方去。他从提袋里把铁链子拿出来，准备把提袋锁在行李架上。没想到那小伙子突然站起来说："你坐。"华国彪感到很意外，但马上意识到："这小伙子误以为我是便衣，手里拿着铁链子铐人，所以马上让座位。"想到这里，华国彪不去锁行李了，而是把铁链子在手里抛了几下，然后再放进提袋里，再把提袋放到行李架上。他坐着，不同任何人讲话，一脸非常严肃的样子。那小伙子更以为他是个便衣警察，于是走到另一个车厢去了。这时，坐在华国彪对面的年轻人说："那小伙子是占座位卖的人。"

华国彪刚坐下，窗外有个妇女在哭天喊地："让我的小孩下来！让我的小孩下来！"原来她请人帮忙把三四岁的小孩从门口抱上了车，自己却上不了车。火车马上要开了。呼喊声异常悲惨。这时，两个警察赶了来，一个警察踏着另一个警察的肩膀，从人们的肩膀上爬进门去，把小孩抱下了火车。华国彪把头伸出窗口，只见那妇女跪在地上给警察磕头，然后抱着小孩，"宝宝，宝宝"叫个不停。华国彪见了直摇头。

火车开动不久，开始查票，没有票的只好乖乖地补票，没有钱补票的就等着下一站被赶下车。有个男子的票被查出是假的，他说他是用两倍的价钱从票贩子手里买的。查票的说："谁叫你买票贩子的？现在假票多得是，连钞票都有假的。"那旅客说，他实在买不到票才买票贩子的。他怕有假，票贩子要他找检票口的人看，检票人说是真的，他才买下来。查票的人说："那就是票贩子和检票的人串通一起卖假票。你可以去买票的车站举报，但票还是要补。"那旅客有苦难言，只好掏钱补票。两个列车员要车厢的每个乘客都得购买杂志，三元一本的杂志卖五元，不买的话就得离开这个车厢。

华国彪不想买那些无聊的杂志，他起身去上厕所。厕所里挤满了人，根本进不去。人有点怪，只要想到解小便，就真的有小便要解了。他请厕所里的人让一让，但谁也不肯让，也没有地方可让。他只好另想办法。他挤到两个车厢的连接处，只见几个女的围在一起，一个女的蹲在中间解小便。华国彪马上转过背，回到自己的座位上。这时，两个卖杂志的列车员已经走了。华国彪琢磨着怎么解小便，人总不能被尿憋死，也不能屙在裤裆里。他想来想去还是想不出办法来，只好请教旁边一个男的："厕所里进不去。大便可以忍一忍，小便忍不住怎么办？"那男的很快就解答了这个难题："屙到空矿泉水瓶里再抛到窗外。"华国彪听了很惊喜。他在厕所边的垃圾桶里拾了个空矿泉水瓶子，照此办理，顾不得文明不文明了。

过了一会儿，华国彪觉得有点疲倦，想闭着眼睛养养神。他把头扑在茶几上，很快就睡着了。窗外慢慢黑下来了。旅客们陆续进入了梦乡。突然，华国彪感到有什么在胸前摸来摸去。他半睁开眼一看，外衣和棉衣的上面两颗扣子都解开了，一只手伸进他内衣的口袋里。他本来想抓住那只手狠狠地拗一下，让那扒手去医院里休息几天，但转念一想，扒手可能不止一个人，说不定还带了刀。华国彪又没有帮手。他只好抬头望了那扒手一眼。那扒手收回手走了。那扒手二十来岁，另外还有一个扒手，在掏华国彪对面那个年轻人的行李袋。那年轻人睡着了，行李袋放在膝盖上，头扑在茶几上面。扒手用刮胡子的刀片把袋子划开，把里面的东西一件一件地掏出来，放在地板上。那年轻人还在打呼噜。华国彪想警告那个扒手，但又怕扒手多，对付不了。他又不忍心让那个年轻人被偷。他想了想，用力踩了一下那年轻人的脚。那扒手横了华国彪一眼说："我警告你，你少管闲事！"华国彪说："他是我侄子。他父亲在车上当乘警。你担水找错了码头。"那扒手不再作声，走到车厢的另一端去了。那年轻人被踩醒了，两眼迷迷糊糊。一看袋子里的东西落在地板上，大吃一惊。华国彪把刚才发生的事告诉他。他对华国彪谢了又谢，然后把东西捡进行李袋里。接着他站了起来，看见一个扒手在扒他同伴的钱。他突然从座椅背上踏了过去，抓住那扒手打了起来，边打边喊："大家醒来，抓扒手！"这时，那个扒手掏出匕首向那年轻人刺去，没有刺中，匕首刺进座椅里。车厢里顿时喊声大起："把匕首缴了！把匕首缴了！"匕首被缴了。接着又有人喊："把他抛到窗外去，要他去见阎王！"与那年轻人同行的十多个民工都来帮忙。他们抓住那凶手的两手，然后把他的两只脚推向窗外，再把身子推向窗外。凶手的身子悬在空中，脸色惨白。旁边一个青年苦苦哀求，说那凶手家里还有母亲，请大家饶他一命。民工们要那凶手发誓，以后不再行凶。那凶手早已魂飞天外，结结巴巴地发了誓。几个民工把他拖进窗内。他像一摊泥一样倒在地上，也不敢要回自己的匕首。旁边那个青年扶着凶手到另一个车厢去了。险些被刺的那个年轻人回到座位上，拿着那把匕首看了又看，像欣赏战利品一样。华国彪对他说："那凶手真的摔下去死了就麻烦了，人命关天。"那年轻人把匕首放进行李袋说："我们只是吓唬吓唬他。他若真的刺了人，我们就真的把他摔下去。这叫自卫还击。"

天渐亮了。华国彪被折腾了大半夜，眼睛实在睁不开了。他把头扑在茶几上想睡一会儿。睡得正甜的时候，忽然被一阵喊叫声闹醒。一个长络腮胡子的人对旅客们说："在家靠父母，出门靠朋友。我们现在身无分文，请大家赞助一点。"这些年出现了拉赞助的热潮。有些政府部门要老百姓赞助修公园。回报是把献爱心者的大名刻在石碑上，永垂不朽。新闻单位要企业赞助，回报是写一篇报道，说这个企业的产品如何如何好，产品是衣服的话，比父母制的那件皮衣还好，一辈子也穿不烂；是药品的话，连死人也能治活。而今天在火车上拉赞助的就没有那么文明可爱。络腮胡子讲了以后，另外两条汉子，一个留长头发，一个光头，像查车票一样，一个一个地向旅客要钱。华国彪想："小偷去了，大盗又来了。"有个老头给了五元，长头发说："小气鬼。"有个民工说："我没有钱。"光头就伸手到他口袋里去摸。那民工仗着同伴人多，就说："你是不是想抢钱？"光头毫不客气地给了他一个耳光。那民工骂了起来："你抢钱还要打人，你是强盗！"光头拔出亮晃晃的匕首说："你再骂，老子就要你白刀子进，红刀子出。"华国彪对面的那个年轻人也把夺来的匕首拿了出来，站起来说："你敢！"谁知刚亮出匕首，络腮胡子就拔出手枪对准那年轻人，对光头说："把他的匕首缴了。"那年轻人见了手枪，手都发抖。匕首被缴了，其他的人见了都不寒而栗。昨晚还团结一心的十多个民工都不敢作声了。大家只好掏钱，有的十几元，有的几元。华国彪把口袋里的零钱都掏了出来，放在茶几上说："都给你们。"长头发见他"倾囊相助"，没有多讲话，只拣了几张一元的，角票不要。整个车厢里的旅客都"献了爱心"。络腮胡子不收钱，拿着手枪，靠着车厢端头的壁板站着，监视着车厢里的旅客，看有没有敢反抗的。过一会儿，车停了，那三个人从窗口跳了下去。旅客们像做了一场噩梦，你看着我，我看着你。有个旅客说："乘警到哪里去了？列车员也不管。"另一个旅客说："他们也怕死。"被夺去匕首的年轻人突然醒悟，说："络腮胡子的手枪可能是假的。"大家听了，如梦初醒。有的说："也可能是真的。"

谢天谢地，火车总算到了广州站，每个旅客都像劫后余生一样感到很侥幸。下了车就万事大吉了。没想到站台上人山人海，都在等着上车。火车刚停下来又往回开，大家都莫名其妙。列车员说："站台上人太多了，没办法下车。"约半个小时后，火车在花都停了下来。大家一下火车就去挤汽车。华国彪行李少，手脚又快，他从窗口跳下火车，挤上了一辆客车。到广州的汽车票要五十元。有人说平常只要五元。收钱的男子说："愿坐的交钱，不愿坐的下车。"华国彪想："挨这一刀算了，不然更麻烦。"

广州终于到了，华国彪长长地嘘了一口气。他马上去买船票。这几天没有去海南的船，只好乘汽车，但汽车票很难买，因为从广州去海南的人很多。他算运气好，买到了次日去湛江的私车票。公车票二十元，私车票比公车票贵二十元。同车的多半是民工。他们年前来广州，找了十来天没有找到工做，只好去海南试试看。汽车开到一个前不挨村后不着店的地方，一个猴子脸男乘务员对大家说："大家再加二十元。"旅客们意见很大。华国彪说："不是交了钱吗？怎么在半路上又要加钱？"一个疤脸的男乘务员说："私车票的价钱是公车票的三倍。不补钱的下车。"有个民工说没有钱了。猴子脸把那民工往门口拖，要他下车。旁边一个民工突然掏出匕首，对准猴子脸说："你要钱还是要命？你再拖人老子就捅死你再说。"他又对其他的民工说："我们今天看在新年大岁的分上，饶了他们。若再加钱，老子就要他们几个全都死在车上。大家同意不同意？"话音刚落，几十个民工扬着拳头吼道："同意！"有的还加了一句："揍死这些狗杂种！"两个乘务员吓得忙往司机台躲。司机向旅客求情说："有话好说，有话好说。"然后对猴子脸和疤脸说："把刚才收的钱退还算了。"猴子脸和疤脸开始退钱。托民工的福，华国彪少花了二十元。

到了湛江要买去海安的汽车票。旅客们一到了车站，一些私车老板就像狗抢屎一样争着拉客，票价同公车一样。旅客们一见这么客气，都受宠若惊。

华国彪被一个女的拉进了一辆新客车，一上车就收了钱。坐在华国彪旁边抱小孩的妇女对乘务员说："我只有一张二十元的，你找给我十元钱。"乘务员说："现在没有零钱，等一下找给你。"

车子开出湛江二十来里，在一个荒野里停了下来。乘务员要大家改乘一辆旧车。新车有事要回湛江去。大家坐好后，乘务员要大家加十元。有个男旅客说："我们刚才买了票，怎么还要加钱？"乘务员说："刚才你只交了公车票的钱，这是私车，你知道吗？"那乘客说："你早说我就去坐公车了。"乘务员扇了他一耳光说："谁同你啰唆！"大家乖乖交钱，抱小孩的那个妇女说："刚才收了我二十元，还没有找给我钱。"乘务员说："你不是两个人吗？" 妇女说："抱在怀里的小孩也要交钱吗？"乘务员说："小孩不是人吗？你还要交二十元。快点。"妇女说："我没有钱了。"乘务员了给她右脸一耳光，她哭了起来，说乘务员太欺侮人了。另一个牛高马大的乘务员给了她左脸一耳光说："你哭也没用，快拿钱来。"那妇女还是哭着说没有钱了。乘务员见榨不出油水，也就算了。华国彪想出来讲句公道话，但他没有人帮忙，只要开口，乘务员就会马上把他赶下车，他只好不作声。到海安下车时，他记下了车号。

到海安要乘船过海到海南，再乘汽车回家。售票厅人挤人，船票很难买。有加班船，但票价要贵十元，还可买联程票。华国彪买了张去回家的联程票。过海要一个小时左右。船上有录像看,每人收五元。华国彪上次过海时刚坐下就收了五元,录像内容乱七八糟,根本不值得看。这次他学了乖,他坐在电视机同排的座位上,看不到录像。其他的人都收了钱,就是没有收他的钱。有几个旅客马上转到华国彪同排的座位上,说不看录像,要求退钱。收钱的人说他们刚才看了一会儿,不能退钱。

在海南上岸后,华国彪找那辆联运的车,怎么也找不到。他问一个司机:“第四号班车在哪里?”司机说:“就是对面那辆没有挂牌的车。”他去问那辆车的司机:“请问,这是第四号班车吗?”司机回答说:“不是。”他去问坐在车子窗口边的乘客,乘客说是第四号班车。他又去车门口问那司机,司机没好气地说:“我已经告诉了你,不是。”华国彪觉得这里面有鬼。这时,司机大喊:“坐回号班车的快上车。”有旅客问多少钱一张票。司机说:“四十元。”华国彪马上明白了,司机不让买联程票的旅客上车,另外又卖双倍的票价,这样他可多得四十元的收入。华国彪心里起火。这时,有四个民工也在找第四号班车。华国彪觉得有办法了。他要那四个民工跟在他后面。等一个旅客交四十元上车时,他冲上车,四个民工也跟着冲了上去。华国彪对乘务员大声吼道:“把我们的座位让出来,快!”那司机和乘务员见五条汉子一齐冲了上来,慌了手脚。乘务员忙道歉说:“对不起,都坐满了。请你们坐司机台旁边好吗?”华国彪想,要原来坐着的旅客让出座位是很难的。他说:“好,就原谅你。出门的人将就一点不要紧。”那乘务员要看他们五个人的票。五个人都把票交给他。乘务员看了一下把票放进口袋里。华国彪问他要票。他说:“等一下就给你们。”华国彪也不在意。过了一会儿,另一个乘务员下了车,车子开动了。又过了一会儿,华国彪又向乘务员要票。乘务员吃惊地说:“哎呀,刚才下车的乘务员把钱和票都拿走了,等一下我想办法给你们。”有个民工向乘务员要票,乘务员生气地说:“我现在没有,等一下给你。”华国彪等乘务员到车后部去查票时,悄悄地对那民工说:“我们那船票没有剪票,下车的那个乘务员可能马上拿去卖了。你现在不要向他要票,不然他赶你下车,路上又难搭上车,那就麻烦了。”那民工说:“不退票不要紧,只要能到站就行了。”

下午,汽车进了市区,街上有公共汽车了。华国彪不怕被乘务员赶下车了。他对乘务员说:“你把票给我。”乘务员说:“我已经告诉你,那个下车的乘务员拿走了。”“你叫我拿什么报销?”“我有什么办法?”华国彪拿出工作证,在乘务员眼前晃了晃说:“你看这是什么?我打个电话告诉交通局局长,恐怕连你们的站长也有点麻烦。”那乘务员不知道华国彪是个什么大人物,马上谦和地说:“车票我这里有,船票只有二十元一张的普通票。我给你两张票行不行?”“两张普通票比一张加班票多十元,我要你两张做什么?我出差从来没有多报销过一分钱。”“那怎么办?我手边没有那种船票。”华国彪想,再逼他要加班船票也是白费功夫。他给乘务员一个台阶下,要他写个纸条,说明把加班船票丢了,补两张普通票,写明加班船票多少钱,写上车号,签上名。乘务员只好一一照办。

华国彪回到家里,家里的人高兴得不得了。夏梅芳给华国彪又是换洗衣服,又是弄好吃的。晚饭后,华国彪谈起路上的情况,夏梅芳惊叫道:“现在路上怎么这个样子?我们去长沙读书时,来来往往都很安全,只有过苦日子时有人偷东西吃。记得我们一个同学的母亲上班没有空,把一个三岁的小孩托列车员带到几千里外的老家,一路上平安无事。”牛爱华说："现在路上的情况简直同我们逃到海南来时差不多了。"华国彪说："我这次没有在冰天雪地里日夜排队等票，没有整天整夜站在车厢的厕所里，没有被偷被抢，没有被打被杀，可以说是万幸了，但我不要这种万幸。坐车还不如坐牢，坐牢还有个地方坐，坐车却很难找到坐的地方。"夏梅芳说："李白曾经感叹说'蜀道之难'难于上青天。假若要他现在出远门，他肯定不说蜀道难了。"华国彪笑着说："走官道就四通八达。不过，要我走这样的官道，莫弄脏了我的脚板。我宁愿走艰难的蜀道也不走肮脏的官道。"

回家的次日，华国彪写信给湛江市的领导，反映湛江有的客车在途中"卖猪仔"敲诈旅客。一个多月还没有回音，他又给《人民日报》写信。半个月后，湛江交通部门回信给他说，经查证，所反映的情况属实。现将多收的十元钱退回。司机罚款两百元，打人的乘务员罚一千元。他们还要华国彪告诉他们其他旅客的地址，以便退款，并准备对湛江的客运汽车进行整顿。华国彪后悔没有问那个抱小孩的妇女的地址和姓名。夏梅芳说："俗话说，夜路走多了总会碰见鬼。他们不知敲诈了旅客多少次才碰到你这个不信邪的人。"华国彪说："有些人为了赚钱，居然这么没有良心；做工的为了养家糊口，居然这么悲惨。"夏梅芳说："资本的原始积累是相当残酷的，看看反映资本主义初级阶段的历史就知道了。"

三一 娱乐巷

华国彪出差回来时正是春节期间。夏梅芳要他好好休息,好好玩一玩。以前大家多半是逛逛街,看看电影或者游游公园,近来社会上玩的名堂多多了。

天涯县城与铁矿只隔一条天涯河。县城原来靠河边有一条小巷专门卖土特产。去年,那些卖土特产的都被赶到其他地方去了。小巷两边破破烂烂的房子都被拆掉了,建起了一条百多米长的新巷子,一色的两层砖房,下层是门面,上层是套房。全巷有四十多个门面。这些店子不卖吃的和穿的,也不卖用品和医药,而是开赌场。赌博的花样形形色色:有赌红黑的,有打弹子的,还有老虎机和六合彩。巷子的入口处是个大牌坊,上面有三个金色的浮雕大字:娱乐巷。

大年初四上午,华国彪和华国平兄弟两家都来到娱乐巷看热闹。华国平和余妹带着华思敏来到一家赌红黑的店子,只见一个人一次就赢了一百元。在这里,钱是这么容易到手。余妹心动了,她对华国平说:"我们也玩一玩。"余妹花十元买了一个牌说:"听说小孩的手气好,让思敏碰碰运气看。"华国平对儿子说:"敏敏,你来放牌,赢了就买糖给你吃。"华思敏把牌放在红区。赌店小姐按了一下键盘,玻璃珠子滚进了红区。余妹高兴地拍手说:"敏敏押中了!"赌店小姐拿了二十元给华思敏,华思敏把钱交给母亲。华国平说:"敏敏手气真好,再来一次。"余妹又去买一块牌。华思敏把牌放在黑区,又赢了。余妹抱着儿子又是笑又是吻,二十元比她两天的工资还多。华国平问余妹:"还赌不赌?"话音刚落,一个声音在他背后响起:"还赌?你是不是想把儿子培养成赌棍?"华国平见是华国彪,很不好意思,便拉着儿子走出赌店。余妹翘起的嘴巴像个粪勺一样,她不满地说:"我们用自己的钱让小孩玩一玩,也用得着他来教训人?"华国平说:"哥哥是为我们好,他说得对,以后不要再赌了。"华国彪本来还想对弟弟多讲几句,夏梅芳拉了拉他的袖子,就没有再讲了。夏梅芳说:"法律不是禁止赌博吗?怎么没有人管?"华国彪说:"这里面一定有鬼。"

次日晚饭后,华国彪夫妇又去娱乐巷看热闹,只见每个赌店都灯火通明,参赌的人比白天多得多。有个女人拉着一个男人说:"快回去,这个月的工资全都赌光了,连买米的钱都没有了。你还站在这里干什么?"男的说:"看一看。"女的说:"还看什么?是不是想等熟人,借钱再赌?"男的没有作声。女的拉着他的手拼命往外拖,男的只好跟着走了。在旁边一家店门口,一个高个子男人对一个矮个子男人说:"你还有没有钱?借一百元给我,我扳了本就还你。"矮个子说:"又输了怎么办?"高个子旁边的女人说:"小气鬼,生怕没有钱还你。"矮个子指着那个女人对高个子说:"你输了没有钱还,就让你老婆今晚同我睡觉。"那女人对矮个子说:"不要脸的东西,癞蛤蟆也想吃天鹅肉。我们输了,我就把这个金戒指给你。两百元买的,只算一百元。"矮个子从口袋里拿出一百元给高个子,说:"你老婆不惜血本来赌,我很佩服。"在另一个赌店外面,一个年轻女人在用拳头打一个男人,边打边骂:"你上午把这个月的工资输光了,我原谅了你。下午你把存折上的一点钱取来,又输光了。你这样的男人有什么出息?趁我们还没有孩子,明天到法院去离婚。离了婚,随你怎么赌!”

接着,来了一辆小轿车,一个穿西装系领带的中年男子从车里走出来,接着又走出一个彪形大汉,提着沉甸甸的密码箱,一看就知道彪形大汉是西装男子的保镖。赌店老板向前迎接。赌店的一位小姐挽着穿西装的男子走进店里。那位西装男子坐在赌机旁,把一块一千元的牌子押在黑区,结果他赢了,旁边一片惊呼。第二次押五千,又赢了,保镖把钱放进密码箱。老板对西装恭敬地说:“今晚您手气不错。恭喜发财!”第三次押一万,还是他赢了,赌店小姐把一大沓票子送到他手里。其他人都看傻了眼,羡慕地望着那沓票子。第四次押两万,西装输了。旁边的人望着他,看他有什么反应,可他好像没有当回事。第五次押三万,又输了。第六次押五万,还是输了。他见密码箱里只有一沓票子了,便起身离开了赌场,显出一副脸不改色心不跳的样子,同保镖一起钻进了轿车。赌店老板在轿车旁谦恭地说:“欢迎再次光临。”

夏梅芳望了望那位老板,小声地对华国彪说:“一下就赚了十来万,这是谁开的赌店?”华国彪故意问夏梅芳:“假若我去赌你有意见吗?”夏梅芳说:“假若你去赌,不管是输是赢,我都要同你离婚。”华国彪说:“说正经的,国平带思敏赌钱,一定要警惕。我小时候那次赌钱,被我母亲批评后,我就戒掉了。贪污、偷窃、嫖娼、赌博和烟酒,一上了瘾就很难戒掉。”夏梅芳说:“说服国平还不难,就是怕余妹说闲话,更伤脑筋的是社会上的赌场。他今天不去赌,明天后天人家邀他去赌,你管得了这么多吗?关键是要想办法捣毁这些赌场。”华国彪皱了皱眉头,说:“是要想个办法才行,但我们这些老百姓无能为力。”夏梅芳说:“写篇稿子到报社去。”华国彪摇了摇头,说:“没有用。这不是谁都敢开赌场,一定有后台,而且后台很有权势。”

次日晚饭后,华国彪来到县政协主席家里,反映了娱乐巷赌博的事。政协主席叹了口气说:“我曾向富县长反映过,娱乐巷搞得乌烟瘴气,要想法治一治。你若去省城出差,把情况向省里反映,看他们怎么办。”华国彪听了大吃一惊,没想到问题这么复杂。

过了几天,华国彪利用到省城出差的机会,向公安厅厅长反映了天涯县县城娱乐巷搞赌博的情况。厅长吃惊地说:“这样搞怎么行?我派一名侦察员明天同你一起去,先了解情况再做决定。”

华国彪满以为有办法禁赌了。次日,他和侦察员来到娱乐巷,只见所有的店面都关了门,巷里见不到什么人。华国彪傻了眼,他问侦察员:“这到底是怎么回事?”侦察员说:“肯定是走漏了消息。”华国彪说:“我只向公安厅长谈过这件事。怎么会走漏消息呢?”侦察员笑了笑说:“公安厅里,有没有认识你的人?你向厅长反映情况时,有没有人听见?”华国彪说:“公安厅里面也这么复杂吗?”侦察员只是笑了笑,然后告别回去了。华国彪摇头不止。

过了两天,娱乐巷又照样热火朝天。夏梅芳对华国彪说:“听说那个赌店昨晚出事了,还死了一个人。”晚饭后,华国彪又去看热闹。他向一家老板打听情况。老板说,昨晚八点左右,天麻麻黑,国土局局长搭保镖的摩托车来店里。刚到门口,一声枪响,保镖当场毙命。再一声枪响,国土局局长倒在了地上。整个巷子一片惊慌,喊的喊,叫的叫,跑的跑。后来十多个警察赶了来,又叫来了救护车,把国土局长送到医院里,幸好没有死,只是脑袋不清醒，讲胡话，总是说："谁英雄谁好汉，赌场里比比看！"

一天晚上，华国彪和夏梅芳坐在家里聊天，突然听到一声巨响。夏梅芳说："出什么事了?晚上又不炸矿。"华国彪说："不要出去。可能是赌场出了事。"

果然是赌场出了事。次日中午，华国彪来到娱乐巷，只见国土局局长的赌店门前的电杆上的水泥被炸掉了，里面的钢筋被炸得弯弯曲曲，窗子的玻璃全被震掉了，墙体从屋顶到地面被炸开一条香肠大的裂缝。看热闹的人在谈论昨晚发生的事。原来昨晚天黑时，一辆摩托车停在赌店门前的水泥电杆旁边。过了一会儿，一位青年和一位小姐走到摩托车旁。那青年是国土局长的儿子，在公安局工作。接着又来了一位大汉，是保镖。三个人在商量什么，突然轰的一声，摩托车飞上了天，三个人被炸得血肉横飞。大家猜测，是有人用遥控器引爆偷偷放在摩托车下面的炸弹，或是把定时炸弹偷偷放在摩托车里面。

事后，国土局局长悬赏一百万元缉拿凶手，公安部门还调查了铁矿管炸药的人，一直没有调查出什么。有人猜想，可能是国土局局长与其他赌店老板有矛盾，所以遭暗杀。大家都说，再这样下去，整个县城和铁矿都不会安宁。

华国彪再一次到省城出差时，他又去找公安厅厅长。一回生，二回熟，公安厅厅长对他很热情。华国彪要求在一间房里单独谈，公安厅厅长马上带他到顶楼一间小房里。当华国彪谈到两次炸死了四个人的情况时，厅长大吃一惊，他说："怎么这样大的事我都不知道?这里面一定有鬼。"华国彪说："这鬼还不小。上次我和侦察员到达娱乐巷时，所有的赌店都关了门。"厅长说："这一次我派另外两个侦察员同你去，不说干什么。到了娱乐巷你再让他们把赌场的情况暗地录像。"厅长马上打电话。不一会儿来了两个侦察员，同华国彪一起立即赶往天涯县县城。

天刚黑，三人来到娱乐巷，只见每个赌店都挤满了人，一个个赌得如醉如狂。两位侦察员秘密录像后，便向华国彪告辞了。

过了几天，所有的赌店都关了门。省报还表扬了天涯县富县长和公安局局长亲自带头禁赌，有布置，有检查，措施得力，雷厉风行。县城市民和铁矿职工看了那篇文章，都拍手称快，唯独华国彪哭笑不得。

然而，不到一个星期，娱乐巷的赌店又照样生意兴隆。外地的大款来这里参赌，一个晚上输赢十多万元是平常事。夏梅芳对华国彪说："真是野火烧不尽，春风吹又生。"华国彪说："在禁赌方面，我想尽到一个政协委员的责任，现在我实在是没法子了。"

一天晚饭后，华国彪又去娱乐巷散步，只见所有的店门紧闭。华国彪感到很奇怪，便问路边的人是怎么一回事。原来昨晚上又发生了一件大家料想不到的事。

昨天下午，各赌店的生意很红火。一个军人同钱宏发争吵，军人说他弟弟带了三百元去学校做伙食费，结果在钱宏发的赌店输光了。家里没有钱了，他要钱老板退他弟弟的钱。钱老板说："我们不知道你弟弟是学生，又没有强迫你弟弟赌钱。这是周瑜打黄盖，一个愿打，一个愿挨。"军人说："你们开赌场丧尽天良。"保镖为了在老板面前积极表现，给了那军人一个耳光说："你知道这是谁的店子！"那军人也不示弱，一扫腿，把保镖扫了个四脚朝天。保镖爬了起来，突然抽出匕首，朝那军人猛刺。军人使出夺刀的功夫，右手抓住保镖的手臂，左手把刀夺了。保镖伸拳就打，军人一伸手来了个锁喉，把保镖推在墙壁上，紧紧撑住保镖的脖子。保镖无法呼吸，脸色由红变乌。钱老板见军人功夫厉害，怕保镖丢了性命，马上向军人说情："有话好说，有话好说。"军人松了手，于是钱老板准备拿钱退给军人。军人没有理会他，拿着匕首大踏步走了，没有人敢追他。大家望着他的背影议论纷纷。

昨日傍晚，大家赌兴正浓的时候，突然来了一大队军人，首先封锁了娱乐巷的两个端头，然后安排每个店门口站两个持枪的守卫，不准出进。每个赌店都进去两个军人，命令老板和雇用的人站一边，赌徒站另一边，然后把赌店和赌徒的钱都搜光，再将所有的赌具都砸得稀烂。军人对老板说："这是初次。下次抓住就没有这么客气了。"最后，全队集合，踏着整齐的步伐走了。

那些赌徒垂头丧气地走了出来，三三两两地回家去了。那些赌店老板、保镖和雇用人员好像做了一场噩梦，一个个站在店门口呆若木鸡。其他的赌店老板都怨恨钱老板，但因钱老板是铁矿矿长权升钤的妻兄，不便发作，只好忍着不吭声。

从此，在娱乐巷再也见不到开赌场的了。华国彪再也不担心他弟弟去赌钱了。

然而，不到一个星期，娱乐巷又出现了卖彩票的新鲜事。每个店子都挂着红红绿绿的横幅："二元投入，万元回报。""利在自己，功在社会。""心诚则灵""眨眼成为大富翁"生意最兴隆的是那些随抽随奖的私彩。虽然报纸上说不准搞私彩，但只要去有关部门交足押金，就可以开私人彩票店。

街上摆满了猜中奖号码的地摊。一张小报五元或十元，上面印满了过去每一期的中奖号码和包含十个阿拉伯数字的图画，并有"包你中奖""内部特快"等文字。摊主怕顾客看不懂，还耐心地讲解。各个地摊都有一群人在专心听，比他们曾经在学校里听老师讲课还专心十倍。也许正由于过去没有用心学习，不知道排列与组合的基本知识，现在又急于发大财，所以他们才迷信那些猜奖小报。

有一天上班的时候，钱水春见到一辆货车撞到路边的电杆上，她发现这货车的号码有一个"8"字。"8"就是发，发财的机会到了！她把车号记下来，去娱乐巷买了一张彩票，果然中了一万元的一等奖！她一下子成了全铁矿最羡慕的人。她的丈夫乐于时说："假若当时在娱乐巷所有彩票摊都买了这个号码，这一下就有了几十万，我们这一辈子不工作也用不完。"从此，铁矿很多职工随时打听哪里有碰车的事。过了几天，乐于时骑摩托车上班，由于只想到买彩票，撞上一辆轿车，幸好没有伤人。轿车司机报了案。乐于时见轿车的号码有个"8"字，他要轿车司机照料摩托车，自己忙跑到娱乐巷把所有与轿车号码相同的福利彩票都买了。他想，中了奖就有几十万元，他首先花五十万元建一栋别墅，再花几万元买空调、彩色电视机和录像机，再花十多万买一辆小轿车。如果还有钱，就给他父亲五万元买住房，因为他父亲为供他读书辛辛苦苦一辈子还没有买房。假若钱还用不完怎么办呢？那就存在银行里。只要存二十万元，每年的利息就有两万多元，比工资多得多，用不着工作了，可以打打麻将，看看电视，享享福。天气好时，可以开着小轿车去全国各地游山玩水。可恼的是，他刚回到撞车的地方，交警在等着他，说他违规开车，撞了人家的车，要他写检讨，还要付二千八百元的修理费。他想，写就写，二千八百元也还不到一年的工资。暂时当几天孙子，等到中了奖，你喊我爷爷我还不理睬你。他又想，赔款中有个"8"字，这是个吉利的数字，于是他又按照赔款的数字买了一百元的彩票，但结果两种彩票都没有中。

华国彪不理解为什么乐于时买彩票像中了邪一样。

乐于时认为，只要找到了规律就能中大奖，他买了很多彩票书和地摊上的彩票小报，经过潜心研究，发现中奖号码的规律。有一天上班时，他对华国彪说，他已经发现了中彩的奥秘。他第一次买彩票，没有一个数字与中奖号码的相同，第二次有一个数字相同，第三次有两个数字相同，第四次有三个数字相同，第五次有四个数字相同，只是排列不同。他相信他已经越来越接近中奖。华国彪说："你学过数学中的排列与组合。你想想看，三个数字就有六种排列，十个数字中任意选五个数字会有多少种排列？这纯粹是碰运气的玩意。我不想发财，也不想亏本，所以我从来不去买彩票，免得劳神。"舒本信问乐于时："你每个月花多少钱买彩票？一共中了多少次？"乐于时说：他工资的二分之一用来吃饭，二分之一买彩票，至今还没有中过一次，但他相信，他找到规律之后，一定能中大奖，而不是像他老婆那样靠运气中奖。舒本信又问："你两口子一共花了多少钱买彩票？"乐于时说："我只花了一千多元。我老婆中了一万元以后，不要命地买，一买就是一盒，上千元，中的那一万元全都买光了。"

由于华国彪从来不买彩票，余妹觉得他不买则已，一买必中。华国彪下班回家，她就找上门来哥哥长哥哥短的，恳求他写个猜奖数字。她说，她那车间有个工人从来不买彩票，他老婆要他买一张权当玩。他买了一张，中了三千元。华国彪怎么也不肯写，可他越不肯写，余妹觉得中奖的可能性越大，好像有一笔奖金放在那里，只等着华国彪签个字就可以拿到手。余妹苦苦哀求："只求你写几个数字，又不要你花很多时间，也不要花什么力气。"华国彪被缠不过，便说："我写了，没有中不要怪我。"余妹说："没有中也不过两块钱。中了，我一定给你红包。"华国彪写了五个"8"字。余妹欢天喜地地说："太好了，发发发发发，一定中。"她马上去买了一张随抽随奖的私彩，撕开一看，上面写着："失败是成功之母。祝你下次中奖。"余妹还是不甘心，又买了一张。撕开一看号码，只是头奖尾数不同，是"7"不是"8"，离万元富翁就差那么一点点！她气得差点晕了过去，晚饭也没有吃，夜里尽做噩梦。

有一天晚饭后，华国平同余妹高高兴兴来到华国彪家里，说："哥哥，我今天中了两百元，等于半个月的工资。"夏梅芳说："你今天手气怎么这么好？"余妹说："我昨夜做了个梦，梦见来到一家店门口，门牌号码是"1688"，意思是一路发发。我要他上班前去买了这个号码，果然中了奖。"华国彪说："一个人没有科学头脑是不行的。"华国平说："哥哥还是开口民主，闭口科学。现在是八十年代了。"华国彪说："现在的人还远远不如古人。两千多年前的孔子不语怪力乱神，一千多年前的范缜就写了《神灭论》。"余妹说："我不懂那些高深的学问。我只知道，现在很多人相信"8"就是发。号码中有"8"的汽车要多卖很多钱，结婚要选择逢"8"的日子，电视里播放的一次大型运动会是在一九八八年八月八日八点开幕，百年一遇的五个"8"。这是全国有名的人决定的开幕时间，难道他们也没有科学头脑？"华国彪哈哈大笑说："八八八八八，发发发发发。老天爷正好在开幕的时候下大雨，淋得那些运动员和观众像一群落汤鸡。他们没有发财，反而很多人发了病。事先，气象专家提醒过，八月初旬有大雨，运动会决策人就是不听。我是一九三八年生的，发财没有碰上，而是碰上了日本飞机轰炸长沙。‘九·一八’日本侵略我国东北也是逢‘8’。很多人死的日子也是逢‘8’,是不是想下辈子发财?”大家都笑了。余妹说:“菩萨这东西,信则有,不信则无。你不信‘8’是发,所以没有发财。”

三个人公说公有理,婆说婆有理,夏梅芳在一边看热闹。接着华国平又提出一个问题:“你以前要我不要去赌钱,我觉得你讲的有道理,今后也不会去赌。但买彩票和赌博是不是一回事?”华国彪说:“你这是明知故问。有的国家不准卖彩票,认为这是赌博。后来财政发生了危机,就用彩票来筹集资金。公彩的收入有一部分用于公益事业,这是与赌博不同的地方,私彩则同赌博完全一样。”华国平又说:“娱乐巷被边防队扫了一下以后,现在不敢开赌场了。现在卖彩票比过去开赌场还热闹得多。”这时,夏梅芳忍不住插嘴说:“海角村的农民现在买彩票发了疯。有个农民中了五千元的彩票,很多人田也不想种了,都认为种一辈子田还不如中一次大奖。有的把牛卖了,有的把粮也卖了,去买彩票。有一个农民中了一万元的私彩。可第二天他去领奖时,发现卖彩票的早就逃跑了。他气得病了一场大的,在医院里躺了几天,花了两千多元。我们学校里有位数学老师在黑板上做题目,算出的得数有两个“8”,他马上要学生自己看书,说是有急事。学生以为他是泻肚子上厕所,实际他跑到娱乐巷买彩票去了。”华国平夫妇都笑了起来。华国平觉得哥哥和嫂嫂讲得有道理,但一想起在娱乐巷买彩票时的激动和中了彩的滋味,心里就痒痒的。

彩票的奖金越来越多,头奖从一万元升到一百万。广告上大吹特吹:“一秒钟两元钱打造百万富翁。”但中奖的越来越少,因此,买彩票的也慢慢少了,而揭发卖彩票搞鬼的文章越来越多。

过了两个多月,娱乐巷开了一家股票店,店子里贴着许多宣传资料。深圳天马公司说它的股票一元一股,不到一年就可以卖到几十元一股。开始一般人都不敢买,怕血本无归。铁矿领导动员干部带头买。权升钤和贾世界都买了一千股,不到半年,两千元变成了两万元。这一下,整个铁矿和天涯县县城都轰动了。大家不仅下班议论股票,上班也议论股票。有的人把住房抵押贷款买了股票,买股票的人越来越多,很多人排队一天一夜也还没有买到股票。华国平和余妹轮流排了两天一夜,把多年省吃俭用攒下的一千元买了股票。华国彪知道后对他们说:“你们既不知道天马公司的规模,也不知道它的效益,这不是隔山买羊吗?亏了怎么办?”余妹说:“该发财的就会发财,该亏本的就会亏本,这叫命里注定。”华国彪说:“辛辛苦苦得的几个钱,怎么能拿来碰运气呢?”过了三个月,股票大跌。华国平夫妇买的一千元股票跌到一百元以下,还在继续跌,而且有价无市。那些买股票的人都叫苦连天。

三二　沉渣泛起

娱乐巷白天最热闹的地方是彩票市场,晚上最热闹的地方是录像厅、按摩院和夜总会。娱乐巷大多数店子的门面用来卖彩票,后部分和楼上用来作录像厅、按摩院或夜总会。

一天晚饭后,华国彪和夏梅芳来到娱乐巷遛一遛。那些店门口的招贴五花八门。录像厅放映的录像有《应召女郎》《流氓大亨》《风骚女人》《夜不归家的男人》等等。门联也极尽招揽顾客之能事,一家美容店的门联是:

顾客至上,任君作色。

夏梅芳对华国彪说:"天涯学校有个男老师有一次进一家美容店理发,掀开门帘一看,里面什么理发工具也没有,只坐着两个穿三点式的年轻女子。他以为走错了地方,赶快出来。他对其他老师说:'这叫什么理发店?'其他的老师告诉他,这样的店子只美容,不理发。女的进去,她们给你描眉、摩面;男的进去,美容小姐还可以陪你进里面一个小房间,里面摆张床,如门联所说:'任君作色。'那男老师说:'这不是开妓院吗?'老师们都摇头苦笑。"

华国彪对夏梅芳说:"按摩本来是治病的好方法,怎么变味成了色情勾当?"夏梅芳说:"这叫作挂羊头卖狗肉。"

一家桑拿浴的门联是:

迷蜂恋蝶寻雅趣,游龙戏凤竞风流。

不久,两家外国人办的按摩院在娱乐巷挂牌营业。各家店门口都有穿着三点式的小姐在招揽顾客。那些外国小姐,头发金黄,眼睛碧绿,肌肤如冰,两腿似玉。一些大腹便便的男人进进出出。有的人在发牢骚:"从前的红色娘子军抛头颅洒热血,为的是扫除旧社会的污泥浊水,建立一个光明的新中国。没想到旧社会的这套东西又有了。"有个老太婆说:"我隔壁的阿婆曾经参加红色娘子军,她说要到省里去抗议。"

过了几天,省里搞了一次扫黄。报纸报道,这次扫黄威力大、成就大、影响大,妓女和嫖客闻风丧胆。但三天后,按摩院的生意比以前更红火。

次日,开按摩院的外国人去有关部门讲理。扫黄办公室的一位胖领导说:"按摩本来是治病的好办法。但是你们打着按摩的幌子出卖色相。我们查了几家按摩院,家家都有卖淫的,很多按摩女得了性病。"一位高个子外国人说:"我们按摩院没有卖淫的。我们没有违反你们的法律,你们不该取缔。"胖领导问另一家按摩院的外国人:"你们按摩院有卖淫的吗?"那外国人说:"有一个。""有一个就够取缔了。""我们每个按摩室的玻璃窗子都是透明的。室外还有人巡逻,但还是有一个按摩女外出买东西时卖淫。我们发现后马上解雇了她。你们政府里也有贪官,你们处分了贪官,并没有把政府的门关了。""我们研究后答复你们。"

次日,扫黄委员会又贴出通告,按摩院只准同性按摩,否则取缔。这回所有按摩院都关了门。

一天晚饭后，华国彪和夏梅芳来到娱乐巷遛一遛。夏梅芳说："野蛮人变成文明人花了几千年，文明人变成畜生只要几秒钟。"华国彪说："色情泛滥的罪魁祸首是贪官。"

"听说那些高级宾馆保安防守很严，公安人员也不能进去检查。"夏梅芳说，"要治理色情很不容易。"华国彪说："要治理并不难，看是真治还是假治。新中国成立前，北平的妓女不知有多少。解放军一到，一个晚上就把所有的妓院端掉了。"

当两人走过一家录像厅的时候，只见广告牌上写着："《色魔淫女》，青少年不宜。电影明星首演裸体戏。当见到明星玉体，请不要惊呼。看了以后睡不着觉，本店概不负责。"华国彪说："我们去看场录像怎么样？"夏梅芳斜着眼睛望着华国彪说："怎么，你对这些下流的东西也感兴趣？你去，我不去。"华国彪说："我还没有讲完你就生气了。不了解梅毒能治疗梅毒吗？医生观察梅毒算喜欢梅毒吗？我们在外面只看见一些表面现象，还从来没有看过黄色录像，不知道到底黄到什么程度。只有了解内幕才能教好小孩和学生，预防他们中毒。还有，也了解一下，有没有学生来看。"夏梅芳说："你讲的有道理。不过，要看明天看。我要装扮成男的，不然，碰上学生，他们会说老师也看黄色录像。"

次日天黑了，华国彪戴着墨镜和鸭嘴帽；夏梅芳戴着墨镜和圆顶帽子，还把头发盘在头顶上，穿着华国彪的中山装，看上去像个白面书生。夫妻俩走进录像厅二楼，在后面角落的座位坐下。屏幕上的镜头让他们俩大为吃惊：一男一女光着身子在床上滚来滚去，用各种姿势在性交。接着，镜头转到澡堂里、海里、游泳池里和汽车上。夏梅芳环顾了一下，周围的人都是男的，青年人占多数，十七八岁的也不少，有几个她还认识，是天涯学校的高中生。

还没放映完，夏梅芳就拉着华国彪回去。出了门，夏梅芳说："从头至尾都是描写人的动物的本能。这同看畜牧场的畜生交配差不多。"华国彪说："这些艺人为了几个钱，连人格也不要了。"夏梅芳说："这年轻人看了怎么得了。听说天涯一中，有个男学生在家里看了黄色录像。一天晚上，他趁家里的人都出去了，把邻居一个读初三的女孩骗到家里，把门反锁了。他望着那女孩，想起录像里那些性交的镜头，他动手强奸。女孩不肯，并骂他不要脸，还声言要告诉家长和老师。于是他就用被子把女孩的头蒙住。女孩活活被闷死。从这件事可以看出，学生只要看几场黄色录像，能把家长和老师几年的教育全部抵消还不止。演这些戏、拍这些戏和放这些录像的人都是教唆犯，是杀人不用刀的刽子手。这些人可能是些绝子绝孙的人，不懂得人家生儿育女多么不容易。"华国彪说："不久要开政协会。我把这个问题提出来，看县里怎么办。"夏梅芳说："报上说，上面正在布置一次扫黄活动。"华国彪笑了笑说："那是做表面功夫。""扫黄还没有搞，你怎么知道是做表面功夫？""假若我是扫黄的，我在扫黄前就说：'请大家注意：我要扫黄啦。'等我扫黄的时候，妓院早就关门了，妓女和嫖客早就跑了。你说我这个扫黄的怎么样？不是傻瓜就是给妓院通风报信。靠这种人扫黄能行吗？"

元宵过后几天，县里召开政协会议。华国彪在会上说："一年来，政协做了不少有益的工作，但工作报告中，没有提到反腐败的问题。从古至今，一个政权由兴到衰，由存到亡，往往是腐败引起的。从现在看来，腐败不除，国无宁日，甚至有亡党亡国的危险。我今天只谈一个小问题，就是天涯一中高一的一个男生因看黄色录像杀害了一个女生。一个学生变成了杀人犯，这不能不引起我们的深思。我建议县里采取坚决措施，取缔黄色录像。否则，不是你的老婆或女儿被人强奸和杀害，就是我的老婆或女儿被人强奸和杀害；不是你的兄弟或子侄犯强奸杀人罪，就是我的兄弟或子侄犯强奸杀人罪。”他这一说，其他政协委员纷纷表示赞同，并举了色情暴力害人的许多例子。

过了十来天，华国彪走进办公室时，舒本信拿着一张报纸对他说：“这里有篇文章报道您的事。”华国彪拿来一看，报上横栏标题：“天涯县重视政协委员提案”。文章说：政协委员华国彪在会上发言并写了提案，要求禁止放映黄色录像。县委县政府召集了公安局、教育局和文化局领导联席会议，部署扫黄工作，查获了三十盒黄色录像带，责令两个录像厅停业整顿。华国彪看了文章啼笑皆非，他说：“哪里只有两个录像厅放黄色录像？”

没想到乐于时提出不同的看法：“华工的思想太保守了。放一放黄色录像有什么要紧？外国还可以办红灯区。”舒本信说：“你说说，办红灯区有什么好处？”乐于时一下就数出了办红灯区的三大好处：“可以减少强奸犯罪，你想来，花几个钱去妓院就行了；可以增加就业；可以招商引资。”舒本信说：“现在有的国家以牺牲妇女来增加财政收入，结果艾滋病流行起来，很多人不敢去那样的国家旅游。还有，嫖娼卖淫往往引起家庭破裂，伤害子女感情。”乐于时不以为然地说：“很多事情往往有利也有弊，利多弊少就可行。例如办红灯区，好处有我刚才讲的三条，害处有你讲的两条。这就叫利多弊少。华工，您说对不对？”华国彪说：“古人说，‘己所不欲，勿施于人。’我不愿我的老婆或女儿去当妓女，所以我也不愿当嫖客去奸污人家的老婆或女儿。不知你的想法怎么样。”乐于时说：“话不能这么说。自己不喜欢的事，人家有喜欢的自由。广东人不喜欢吃辣椒而喜欢吃蛇肉，湖南人不喜欢吃蛇肉而喜欢吃辣椒，各有各的自由。办红灯区，一个愿卖淫，一个愿买淫，像自由买卖一样。中国还不够开放，还没有公开允许办红灯区。”华国彪说：“我也认为中国有很多地方不自由，尤其是贪官污吏，只允许他们自己有贪污腐化的自由，不允许老百姓有揭发或惩办贪污腐化的自由。自由有一条最基本的原则：任何人的自由必须以不妨碍别人的自由或公共的利益为前提。湖南人喜欢吃辣椒不妨碍广东人吃蛇肉，反过来也是一样，但嫖娼卖婬妨碍了别人家庭的幸福，就是危害社会。”几个人争论来争论去，一直争论到下班。

华国彪想验证报上说的扫黄效果。一天晚饭后，他又来到娱乐巷看情况。各个录像厅门口的招贴上写的放映节目果然没有色情的了，都换成了《红色娘子军》《英雄儿女》《抗日游击队》等等。有一家放《傻瓜受骗记》，他觉得这个片子有点新奇，想看个究竟。他买了票进去看，果然是放映着一个傻头傻脑的大官下去视察，县官对大官说：“我们县根本没有黄赌毒这些丑恶现象。”其实，这个县官刚刚吸完毒，参加欢迎仪式的人就是刚才在一起赌钱的人，给大官敬茶的就是这个县的名妓。这位大官大大地表扬了这个县，并送了一面“文明县”的锦旗。县官则送给大官一顶写有中英文的花帽子，中文是“富尔”，英文的意思是“傻瓜”。大官见了“富尔”两个字，高兴地说：“你们做得对，富裕文明一起抓。”观众看了片子哄堂大笑。这时进来了两个公安人员，他们见银幕上确实是一个大傻瓜在戴花帽子，站了一会儿就出去了。公安人员刚出门，银幕上马上就换成了色情的内容。华国彪看了，想起报上登的文章，叹了口气，走出了录像厅。

华国彪往家里走去，当他走过“逍遥宫”夜总会的门口时，一位浓妆艳抹的中年女人走到眼前，悄悄地说：“先生，您想休息一会儿吗？有小姐陪。”华国彪问：“怎么个陪法？”“随您的便。有陪唱的，有陪舞的，有陪酒的，还可以陪泳、陪睡。保证安全。”“你陪不陪？”女人故作媚态说：“假若您要我陪，我也可以陪。”“你结了婚吗？”“您看呢？”“我看你像结了婚的。”“结了婚的更加有经验嘛。”“我也是结了婚的。”“那更好。”“但我不能做缺德的事。”那女人一边跟着华国彪走一边说：“哎呀，现在什么时代了。人生一世就是图个快活。”“我有老婆，有儿女。我若干那种事，我就对不起他们。”“您到我那里玩一玩，他们也不知道。”“话不能那么说。一个人做了缺德的事，那个阴影就会在心里留下一辈子。你是有丈夫的人，你做了那种事，你丈夫会怎么想？假若你丈夫在外面做了那种事，你会怎么想？我这个人做事有一条原则：不做损人的事。”“您这个人真怪，左一个不做缺德的事，又一个不做损人的事。现在的道德能值几分钱？”“有人认为一文不值，我却认为是无价之宝。”华国彪望了那女人一眼又说：“我看你这个人长相还可以，穿着也得体。”华国彪还没讲完，那女人微笑地望着他说：“那您喜欢我啦？”华国彪继续说：“就是干的事不体面。你不必再同我讲了。”那女人马上脸带怒色说：“看来你是个知识分子，嘴巴会讲，瞧不起干我们这一行的。知识分子有什么了不起？”华国彪快步走了，留下那女人在后面独自叽叽咕咕。

华国彪回到家里，把刚才看录像的事和碰到妓女拉客的事讲给夏梅芳听。夏梅芳故意说：“你怎么不去？”华国彪也故意说：“去可以，但要你陪我去。”夏梅芳扑哧一笑说：“从来没听说过干那种事要人陪的。假若那女人的丈夫也陪着她干那种事，那才有好戏看。”华国彪说：“现在就是有那种事。我看见报上说，女人去拉客，丈夫在旁等候。等嫖客脱了衣裤上了床，丈夫就进来抓人了，要嫖客去派出所，还说要告诉嫖客所在的工作单位。那嫖客只好倾囊消灾。”夏梅芳说：“现在有些人为了几个钱，什么不要脸的事都做得出来。不过，假若所有的人都像你一样，娱乐巷的老板都只好关门大吉了。”“假若硬要我说出妓女和政客哪个坏一些，我认为政客比妓女坏。”“怎么见得？”“妓女出卖肉体可耻，政客出卖灵魂更可耻。”“权升钤和贾世界这些人听见了会恨死你。”“所以我现在在单位很难得到领导的表扬，只能在家里得到老婆的夸奖。”两人相对而笑。

有一天中午，丽人宾馆的一辆广告车在大街小巷大声播放着：“美貌多情的人妖今晚将在丽人宾馆表演精彩节目。欢迎光临。”车上还贴有人妖的大幅照片。夏梅芳见了，对华国彪说：“你去不去看人妖？”华国彪说：“去。我们一起去，看妖到什么程度。据说，在国外有些人家把男孩从小就女性化，后来就去当人妖。这些男孩长大了没有生育能力。这种赚钱的方法太残忍了。”

天黑的时候，华国彪夫妇来到丽人宾馆。票价高得吓人，二十元一张。既然来了，也只好掏钱去看。宾馆里的矿泉水要卖十元一瓶，是外面的五倍。两人什么也不买。

宾馆的乐队演奏了几首歌曲后，报幕人说：“现在请人妖小姐爱丽给大家表演。”接着，一个浓妆艳抹的人妖扭动着腰身走到舞台前。她上着白色紧身纱衣，下系蓝色长裙。头发修长，腰身不算粗壮，脸蛋也还秀气，乳房丰满。有的观众议论说："这乳房是动手术填了东西还是打了激素，或者在乳罩内塞了棉花？"

"我现在为大家献上一首歌《爱你爱不够》，希望大家喜欢。"尽管人妖尖着嗓子模仿女人的声调，但一听就知道是男声。虽然人妖唱得很投入，但鼓掌的人不多。唱完后，人妖把纱衣和裙子脱掉，只剩下乳罩和三角裤，做了几个煽情的动作，然后问一个青年："您看我的模样风骚吗？我的动作很性感吗？"那青年回答说："风骚，但没有性感。"很多人都笑了。人妖显得有些尴尬。接着，人妖问另一个男观众："您愿意同我跳舞吗？"那男的站起身，同人妖跳起了交际舞。人妖虽然跳得符合音乐的拍节，但腰肢和手脚没有女性的柔美感。有个小伙子对人妖说："你跳个裸体舞看看。"华国彪对夏梅芳说："这个人太不尊重人家的人格了。"没想到人妖说："跳裸体舞可以，但要加钱。每人加十元。"有人开始从前排收钱。夏梅芳对华国彪说："太无聊了，我们回去。"

次日上班，大家都在议论人妖的事。接着，矿里发生了比人妖更使人感到意外的事。

前几天，有位领导在夫人的陪同下来铁矿视察，铁矿尽力招待自不必说。晚饭后，领导夫人在住处接到电话。拿起听筒却听到："先生，您想晚上有小姐陪吗？保证您满意。"夫人大吃一惊。领导知道后说："这说明铁矿有卖淫的，而且很放肆。这里面有铁矿高级干部参与，你不要讲出去，我看铁矿领导怎么办。"他马上把权升钤叫到他的房间，劈头就问："你们铁矿有嫖娼卖淫的吗？"权升钤被问得摸不着头脑。他想一定是领导发现了问题，于是说："我们平常打击黄赌毒，防止职工走邪路，但总是防不胜防。"首长说："我明天去省里办事。你打电话把扫黄的结果告诉我。"权升钤说："我们一定从严从快打击这些丑恶现象。"

次日上午，权升钤召开了铁矿厅处级干部会议，研究怎样完成中央首长布置的任务。扫黄委员会主任黄佑民在会上慷慨激昂地说："目前，赌博吸毒依然猖獗，嫖娼卖淫不断出现。我们必须迅速全面扫除这些丑恶现象，对赌博吸毒要坚决打击，对嫖娼卖淫要严惩不贷。总之，对黄赌毒要毫不留情。"他希望大家洁身自好，搞好精神文明建设。

矿里有传言说有人在电影院嫖娼。电影院承包给了私人，承包人复姓鲜于，名德，是矿纪检书记能顺德的妹夫。有一个晚上，他的一个朋友同一个发廊妹看了电影后来他房里玩。玩到深更半夜，下起了大雨，两人要求在电影院借个房间睡一晚，给五十元。鲜于德觉得这比放电影容易来钱得多。从此他主动邀一些男女来玩，玩到深更半夜就男男女女在电影院睡了。鲜于德做生意习惯日结月算，每天某某给他多少钱，他都要记在本子上。后来那些来玩的男女暗地串联，经常来玩的多达几十个人。因为只有四个房间，所以鲜于德每晚只安排四男四女。

鲜于德也听说要扫黄，但他认为，绝不会扫到电影院来。不过，他还是想了些办法，以防万一。

周围住户发现电影院有问题，要求铁矿党委去查处。一天晚上，派出所派了两个人去查，进电影院一看，只见四个男的一桌，四个女的一桌，在打扑克，结果无功而返。次日晚上，扫黄委员会派了四个人，等到电影院的灯都熄了，突然敲门进去，一看，每个房间里只有一个女的。

上级再三询问扫黄战果，权升钤不知怎么交差。于是他单独叫来了保卫处处长万重义，要他亲自来抓这件事，抓不出成绩来就自动辞职。万重义见矿党委这次决心这么大，自己的责任不轻，如抓不出成绩，后果不堪设想，因此满脸愁容。他晚上睡不着，对老婆谈起自己的心事。老婆对他说："前几天晚上，搜查电影院时，有人发现几个男的从电影院后面的下水道钻了出来。"万重义拍了一下脑袋说："有办法了！"次日晚上，他突然通知十名公安人员集合，包围了电影院。他和四名公安人员封锁了通往墙外的下水道出口；侦察科长带领六名公安人员敲门进电影院搜查。每个房间只有一个女的，四个男的从下水道爬了出来，出来一个被抓一个，一个个污泥满身。万重义马上把鲜于德看守起来，并搜到他那个记账的本子。本子上记着，卖淫的女的有十个，嫖娼的男的有三十二个，都是铁矿的工作人员，两个处级干部，十九个科级干部，十个科员，其中一个竟是扫黄委员会主任黄佑民！还有一个没有写名字，只写了"某某，五十元"。被抓到的四男四女当即被押到公安处。万重义问鲜于德："这个没有写名字的是谁？"鲜于德说："这个人我不能讲。""坦白从宽，抗拒从严。""我愿意坦白，但只能对权书记一个人讲。"万重义想了想说："对权书记讲也行。"

次日上午，权升钤来到公安处，在一个小房间里见到了鲜于德。等其他人都走了，权升钤拿着鲜于德的那个小本子看了看说："凡是来嫖娼的人的名字你都写上了吗？"鲜于德说："只有一个人没有写上，但钱都写上了，嫖一次五十元。""没有写名字的是谁？"鲜于德望了望门口和窗外，欲言又止。权升钤问："你怎么不说？"鲜于德用手沾了点口水在桌子上写了三个字："权广禄。"写完后马上用手揩掉。权升钤大吃一惊，问："是真的吗？"鲜于德说："是假的砍我的头。"权升钤说："你能向党老实交代，这是好的。一个人犯了错误不要紧，改了就好。以后有什么话要向党说，不要犯自由主义到处乱说。"鲜于德说："我知道，所以我要找您说。其他人问我，我绝对不会说。"

同鲜于德谈话后，权升钤把万重义喊了进来，当着鲜于德的面对万重义说："鲜于德能够向党交代，可以从宽处理，不追究责任，但是下不为例。笔记本就留在我这里。"说完就走了。

万重义当天就释放了鲜于德，但他一直蒙在鼓里，不知道没被写名字的是谁。

当天晚饭后，权升钤把家里的人都支使出去，只留下权广禄在家。他对儿子说："你在鲜于德那里嫖娼过吗？"没想到权广禄爽快地回答："嫖过。""你怎么干这种事？""那天晚上，鲜于德邀我去喝酒。男的只有我和鲜于德，女的只有夜来香宾馆的公关小姐。他向公关小姐连连夸赞我是个了不起的英雄。三个人喝到很晚，后来他就安排我和公关小姐睡一个房。""这明明是引你上钩。你怎么去干这种可耻的事？"权广禄觉得父亲少见多怪，他毫不在乎地说："现在这种事多得很，我这根本不算一回事。"权升钤想批评他不是，不批评也不是。他无可奈何地说："人家干人家的，你不要去干。幸好鲜于德没有把你的名字写出来，连万重义都不知道。不然，连我都没有脸见人。"权广禄觉得父亲太保守了，脑筋不开窍，他没有再作声，但他又担心鲜于德透露出去。

钱玉荃散步回来，权广禄走了出去。钱玉荃对权升钤说："电影院嫖娼的事，民愤很大。"权升钤说："这件事必须严肃处理，否则，大家会说党委包庇腐败分子。我们也不好向上级交代。""听说还有一个没有写名字。""我已经问了鲜于德。他说是黄佑民交了钱没有来得及写名字。你也不要随便对人家说这件事。"

不几天，在全矿职工代表大会上，权升钤义正词严地宣布了对三十一个嫖娼人的处分决定：通通降薪两级；有乌纱帽的，通通搞掉乌纱帽。大家都报以热烈的掌声。这是权升钤在铁矿讲话获得掌声最多的一次。那三十一个嫖客从此成了臭狗屎，在公共厕所里遇到人也要遭人白眼。大家不满的是那个没有写名字的到底是谁？鲜于德为什么仍然逍遥法外？

黄佑民的老婆在天涯学校当图书管理员，工作认真负责，女儿读高三，成绩不错，考大学很有希望。听说黄佑民嫖娼，母女俩哭哭啼啼，老婆吵着要离婚，女儿不理父亲，左邻右舍也都用鄙视的眼光望着黄佑民。他觉得没脸见人，宣布处分的那天晚上没有回家。两天后，人们在水库里发现他的尸体。很多人骂他死了还要害人，把水库的水搞脏了。

黄佑民死后，权升钤对万重义说："黄佑民不只嫖一次，有一次鲜于德没有来得及写名字，只写了钱。"

由于电影院出了这件丑事，暂时停业。一天晚上，鲜于德一个人在家里看电视，突然听到有人敲门。他刚打开门，一个蒙面人就卡住他的脖子，越卡越紧，直到断气为止。然后，那蒙面人用尼龙袋把尸体装着放在门外的摩托车上，关了电视，关上门，骑着摩托车走了。

次日晚饭后，鲜于德的老婆去电影院找鲜于德，敲门没有人答应。她打开门一看，里面没有人。过了两天还不见人，她去问公安处，公安处也不知道是怎么一回事。她说："活要见人，死要见尸。"万重义觉得这件事可能与之前的事有关系，但没有证据不好说话。他对鲜于德的老婆说："由于鲜于德不是铁矿职工，认罪态度又好，铁矿没有处分他。"他陪她去见权升钤。权升钤说："现在既不见人，也不见尸，谁也不好说话。等查清楚了再说。"鲜于德的老婆要她哥哥能顺德出面干预这件事。能顺德觉得妹夫丢了他的面子，本来心里很不高兴，又见权升钤是那样的态度，他出面干预反而会让领导对自己有看法，影响自己的官运，因此也就听任权升钤去处理。

电影院嫖娼的事成了铁矿茶余饭后谈话的主要内容。夏梅芳对华国彪说："你认为鲜于德是逃跑了还是死了？"华国彪说："这很难说。像他这种无耻的人一般不会自杀，假若死了，很可能是被那个没有写名字的嫖客暗杀的。"夏梅芳说："黄赌毒真是害死人，现在屡禁不止。

华国彪说："以前，海南岛的红色娘子军把反动的国民党军队打得落花流水，要是这些老革命知道现在出了些事情不知道又会怎么想？"

三三　致富“带头人”

近些年来，有些官员辞职下海，天涯县供销社副主任，贾世界的岳父金鑫，就是弃官经商的领头雁。

由于廉孝义案发，卖汽车的金老板被罚款并关押。他儿子金鑫吸取父亲的教训，带头参加社会主义改造，多次受到县里表扬，后来当了天涯县供销社副主任。

有一天，一位推销员来供销社推销竹块凉席。大陆的零售价是两百元一张，批发价一百四十元。金鑫当然懂行情，竹块席比草席凉快很多，又可以折叠，而且竹块凉席是新产品，海南还没有卖的。金鑫只愿出一百四十元一张。推销员说：“我还要贴路费，划不来。”金鑫出到一百五十元，推销员说：“船到码头止，货到码头死。卖掉算了。”一共四百张。金鑫想，卖两百元一张没问题。他先是打算为供销社买，但转念一想，这一批货能赚这么多钱，何不自己买下来？但要六万元资金，哪来这么多钱？他全部的存款不到一千元。俗话说：“饿死胆小的，胀死胆大的。”他壮着胆子挪用了供销社六万元资金，把货运到家里。下一步必须尽快把席子卖掉还钱，否则，上级知道他挪用这么多公款，轻则开除，重则坐牢。

他要妻子拿了几张竹块席去市区卖，三百元一张，一分钱也不能少。卖了一天，问价的人很多，但一张也没有卖掉。有的顾客说：“三百元一张太贵了，大陆只卖两百多。”次日，金鑫又要妻子去卖，不减价。而街对面一个胖男子也卖同样的席子，只卖两百元一张，买的人很多，一天就卖了两百多张。次日那胖子的席子都卖光了。再后一天，金鑫的妻子没有去卖席子。那胖子还有几张席子也都卖了。原来，那胖子是金鑫的表弟。三天净赚两万元，金鑫工作三十多年了，即使一分钱也不用，把工资全部存起来，也不够这个数字。他想，以前都是给公家赚钱，真是太傻了，难怪有些官员连铁饭碗也不要了，纷纷下海捞金子。当天晚上，他对老婆钱玉莲说：“下海！下海！一定下海！”

金鑫真的写了辞职报告，次日就得到了批准。

不久，那个推销员又给他送来了几批竹块凉席。他把竹块凉席运到海南岛各个县去卖，每次都很快卖掉了。

后来，卖竹块凉席的人多起来，买的人越来越少。再后来，一百五十元一张都卖不出去。

金鑫到底是商场老手，他的生意经有那么几句：“你无我有，你有我新，你新我转。”他决定改做其他生意。

他花了十来万元在天涯县县城的街边建起了一栋三层的梦圆酒家。女婿贾世界是铁矿的领导，他把铁矿各单位请客的生意拉了不少过来，原先几家酒店的生意一下子差多了。但没过多久，其他几家酒店把他的生意拉过去了不少。他一打听，原来那几家酒店给经手人回扣，一万元的酒席经手人可得五百或一千元回扣。送来的钱谁不想要？金鑫也照此办理，同时去酒店的人有如花似月的小姐陪吃陪唱陪舞，钱虽然多花了一些，但图个快活，何况当时的很多招待工作反正是公家报销。金鑫的店子一下子又生意兴隆起来了，其他店子又变得冷冷清清。然而好景不长，金鑫的生意又被其他的酒店拉过去了。他一打听，那几家酒店在三陪的基础上又加了陪泳陪睡。金鑫气得直骂娘，他想去公安局举报，但冷静下来就不敢了，因为有些官员也经常光顾那些酒店。去举报不是自找麻烦吗？金鑫也想要店里的三陪小姐搞陪泳陪睡，但他又怕别人举报他，那实在划不来，他父亲的教训是不能忘记的。他想来想去，总是想不出一个既不犯法又能赚大钱的好办法。

一天上午，金鑫上街买菜，看见一群人围着一个不到一米高的二十多岁的矮子逗笑："矮子，你在幼儿园大班还是小班？"矮子听了只是横了一眼，并没有还嘴。金鑫拍了一下脑袋，自言自语地说："有办法了！有办法了！"

次日，他写了几十张招贴启事，张贴在县城和矿区的街头巷尾，并在报上做了广告：

高薪诚聘残疾人

目前很多工厂不景气，就业日趋困难，残疾人尤甚。敝店本着人道主义精神，为残疾人献爱心，特此高薪招聘如下残疾人：

身高不过一米，年满二十岁的。

只有一只胳膊的。

只有一条腿的。只有一条腿又只有一只胳膊的，优先录用。

只有一只眼睛的，包括瞎了一只眼的。

全身长毛的。

头上长角的。

长尾巴的。

前四种在本县招聘，后三种在全国招聘。

海南天涯县梦圆酒家

经理：金先生

广告一出，全国皆知。不到一个月，应聘的有一百多人。除了后三种以外，前四种人都齐了。一只眼睛的残疾人有三位，金鑫只录用了一位，没有录用的两位再三给金鑫讲好话，甚至愿意免费试用一段时间，希望金鑫发慈悲录用他们。金鑫总是把两手一摊，表示无可奈何。

人才招聘齐了，金鑫把另一张广告贴在街头巷尾：

"丑八怪"餐馆开业

女士们，先生们：

古往今来，再好的餐饮只能开胃，不能开心。再好的戏艺只能饱眼福，不能饱口福。敝店经多方努力，精心策划，将餐饮和戏艺融于一体。当您品尝各种山珍海味之时，能见到独眼龙先生向您微笑致意，千年矮为您倒茶敬酒，独脚将军舞步如飞，独臂小姐歌声似蜜。全城最低价。

不是敝店夸口，如蒙惠顾，定能使您酒足饭饱之时赏心悦目，流连忘返，终生难忘。

营业时间：早上七点到午夜十二点。

“丑八怪”餐馆（原梦圆酒家）

经理：金先生

广告贴出的第二天，本来是门可罗雀的酒店突然门庭若市。又加上金鑫讲信誉，肉丝面两元一碗，果然是全城最低价。他图的是薄利多销。更可贵的是金鑫对残疾人厚道。到其他酒店做工五十元一个月，他给五十五元，也算是对残疾人的特别优待。这一善举，足以使残疾人对金鑫感恩戴德。金鑫也是善有善报，每天能够得纯利润两百多元。而在此之前，一天不过五十来元。有些身上没有带钱的人站在门口看热闹，金鑫也不赶走他们，更没有收门票。他看得出，那些观看的人也很想进店里来吃一顿，逗一逗这些丑八怪。下一次带了钱一定不会错过机会的。

金鑫做人做事能与时俱进，人们对他的称呼也与时俱进。他刚参加供销社工作时，大家叫他“金同志”；后来他当了供销社副主任，大家称他“金主任”；自从他弃官经商以来，大家都喊他“金老板”。从此，他继承了他父亲的光荣称号。

一天下午，富县长带了几个官员坐着小轿车光临丑八怪餐馆。金老板站在门口，又是赔笑又是鞠躬，只差没有跪迎了。残疾人像小孩子过年一样乐不可支。平时老百姓要见一眼县太爷比见日全食还难，今天县太爷大驾光临，给残疾人赏脸，怎么叫人不感动？县太爷把矮子拉到身边，矮子还不够他肚脐高。矮子以为县太爷会讲些关怀残疾人的话，所以洗耳恭听。没想到县太爷说：“穿双高跟鞋戴顶高帽子就不矮了。”这话引得大家笑个不停。矮子觉得这笑声像皮鞭一样抽在他身上。金老板要矮子倒茶，并对独脚男子说：“跳个舞给客人看看。”那残疾人跳起了独脚舞，两手伸开，一只脚蹲下去又跳起来，他一边跳还一边唱民歌。在场的人无不开心。

开席的时候到了，独眼龙专门上菜。县太爷边吃边说，一时请公安局局长吃鸡肉、鱼肉，一时请坐在他旁边的办公室主任宦小姐吃燕窝。宦小姐伸出白嫩的手，每次总是夹一点点菜送进樱桃小口，而公安局局长总是大块大块地吃鸡吃肉。独眼龙则好奇地望着他们吃。等独眼龙去厨房端菜时，宦小姐拉住县太爷的手，娇声娇气地说：“我看了独眼龙那样子就有点怕。”这话被金老板听见了，他对独眼龙说：“你要记住我再三对你讲过的，要微笑服务。今天的客人都是县里的头面人物，要小心伺候。”独眼龙果真照办，每上一道菜就笑着讲一句：“这是海参，哧哧。”“这是对虾，哈哈。”“这是龙虎斗，嘻嘻。”宦小姐情不自禁地望了独眼龙一眼。世上的事就有那么怪，越可怕的东西越想看。动物园里面最可怕的要数老虎了，而看老虎的观众最多。老虎虎视眈眈地望着观众，观众并不害怕，因为老虎关在笼子里。独眼龙不是老虎，但宦小姐见了，觉得那眼睛比老虎眼睛还可怕，像枪口一样瞄准她。宦小姐放下筷子，双手抱住县太爷说：“我怕。”独眼龙像瞄准把子一样望着宦小姐那副模样，笑了起来：“嘻嘻。”县长觉得这正是他表演英雄救美人的机会。他向独眼龙挥了挥手说：“不用上菜了，你去休息。”独眼龙走了，宦小姐才胆怯地拿起筷子来。县长对宦小姐说：“有我们公安局局长保驾，不用怕。”公安局局长正在专心享受各种佳肴美味，听县长夸奖，他如梦初醒，谦虚地说："我只是只猎狗。富县长才是真正的打虎英雄。"

县长一行酒足饭饱，又吃了几瓣橘子，吃完橘子用餐巾纸揩了揩嘴巴，之后，一边用牙签剔牙齿，一边打饱嗝，打完饱嗝后都钻进了小轿车。司机对金老板说："以后一起结账。"接着一溜烟离去了。

金老板像礼宾司的人员完成了接待外国元首的任务一样，长长地嘘了一口气。虽然发生了不愉快的事，但总算没有出乱子；虽然不知道什么时候才能收到钱，但总还有账在。

金老板虽然经常碰到一些不如人意的事，但生意还是很兴隆，一年就赚了八万多元。

凡事有兴就有衰。丑八怪餐馆的顾客来几次看厌了，就来得少了，生意也就萧条起来了。金老板的了不起之处在于他能化腐朽为神奇。一般酒店都招聘漂亮女郎，而金老板使"丑八怪"变成商品，与那些天仙美女一争高下。

金老板的餐馆虽然萧条了，但他的雄心壮志并没有受挫。他花两年多完成了资本的原始积累，如今他要用积累下来的资本进行新的征途。

现在全国厂矿的一大改革就是搞承包。金鑫发现，承包铁矿工程的油水很多。他是个脑瓜灵活的人，这壶不开提那壶。于是他把残疾人辞退了，将商店出租，一心一意去承包铁矿的工程。

铁矿为了搞多种经营，准备在公园旁边建一个八层的大酒店，名叫醉仙楼，第二层有总统套间，用来接待来铁矿视察的领导。总经济师李敬德主张由铁矿建筑队来修建，但权升铃和贾世界都主张要紧跟形势，搞竞标承包，矿建队和私人都可以参加竞标，谁要钱少谁承包，这样花费少，速度快，少劳神。另外两位矿领导，乌致用和能顺德都是看权升铃的脸色行事的。最后决定搞承包。贾世界说："竞标仿照拍卖的办法。"权升铃说："这个办法不好。不如我们暗地里确定上限，竞标的人各写一个价格，少者为胜。这样竞标的人都会写出最低价。"大家都同意权升铃的办法。

李敬德又提出一个问题："现在很多地方搞层层转包，包工头层层捞油水，最后到施工的包工头手里，承包费远远低于发包费，于是只有偷工减料才有赚头。这样搞出来的必然是豆腐渣工程，因此我认为醉仙楼工程不能搞转包。"贾世界说："允许搞承包不允许搞转包是很难的。总包工头把工程分散给小包工头或者全部转包给另一个包工头，这并不违反现行的法律和政策。现在是搞市场经济，应该允许多种所有制和多种分配方式，不应该像过去搞计划经济那样，只允许搞公有制和按劳分配。现在总包工头捞的油水多是自然的，现在就是要让少数人先富起来。"权升铃说："过去认为转包是一种剥削，现在认为这是非按劳分配。小贾的看法是符合政策的。"乌致用和能顺德也都说现行的法律没有禁止搞转包。

钱宏发从妹妹钱玉荃那里知道了铁矿竞标的事。竞标的前一天中午，他来到权升铃家里看望妹妹和妹夫，钱宏发说："你们都是快六十岁的人了，要为自己积蓄点钱养老，退休后想赚钱就很难了。靠退休金那几个钱不禁用。现在有的厂矿垮了，职工没有退休金。"钱玉荃说："老权总是考虑铁矿的事，很少考虑家里和个人的事。"权升铃说："做一天和尚还得撞一天钟，我在位一天就得管一天事。”接着谈到醉仙楼工程承包的事，钱宏发说：“若能把发包权或承包权弄到手，赚几十万没问题，比工作一辈子的收入还多。”钱玉荃说：“这次是集体发包，不是像拍卖那样明里竞争，而是各自写价，暗里竞争。“钱宏发说：“那更好，只要知道上限就有把握中标。”权升钤说：“上限要临时开会确定。”钱宏发抓了抓脑袋，不知如何是好。钱玉荃对权升钤说：“能不能给哥哥想个办法？”权升钤摇了摇头说：“想不出什么办法。”其实，权升钤不希望钱宏发在铁矿承包工程，因为赚了钱是钱宏发的，出了问题他权升钤也有责任。而现在的包工头没有几个不偷工减料，总有一天要出问题。钱宏发开赌场已经有人在说三道四，说权升钤为什么不管。这次承包，钱宏发只好靠自己去碰运气了。

当天晚上，金鑫来到贾世界家里，说他想承包醉仙楼工程。贾世界和金艳都感到意外，一问原因，金鑫说：“现在开酒店的多了，生意越来越难做，加上年纪老了，日夜操劳吃不消。我想承包工程。”贾世界说：“包工头的事也很多。您没有搞过建筑，没有一支有技术有经验的建筑队伍是不可能建造八层的大厦的。有些包工头把一些连平房都没有建过的民工拉来建高楼大厦，结果楼垮人死。”金鑫说：“我也想过这些问题。说实话，承包工程不偷工减料就赚不了多少钱。偷工减料又影响质量，房子垮了压死人是要偿命的。要我去管工程，一来我不会，二来太辛苦。若转包给人家，一旦发生了事故，我没有责任。平常不用具体管事，人也轻松。”贾世界说：“你老人家倒是想得很周到，但这次承包是矿领导临时开会确定上限。”金艳出了个主意，要贾世界在确定上限后假装上厕所，用同音字把上限写在厕所的门背后。贾世界出厕所后，金鑫再去厕所，看了以后就揩掉。这样，竞标时心里就有了底。贾世界听后笑了笑说：“假若权书记提出来，确定上限后任何与会的人都不能单独离开，那怎么办？”金艳原以为自己出了个好主意，听贾世界这么说，她马上冷了半截。金鑫说：“我倒是有个办法，人家很难发现，你们也没有责任。”金艳问是什么办法，金鑫不紧不慢地说出他的办法。贾世界听了，从心底里佩服金鑫老谋深算。

次日，矿里几位领导在办公楼顶层的保密室开会确定竞标上限。权升钤首先宣布一条纪律：“竞标会从开始到结束，任何人不得离开会场。”贾世界听了，微微笑了一下，好像说：“你权书记这一招，早被我料到了。”

接着讨论标的上限。李敬德说：“每层五百平方米，八层共四千平方米。每平方米造价平均五百五十元，总造价至少要二百二十万元。加上缴税和其他开支，总共要二百五十多万元。工程的盈利一般是造价的百分之二十，合计是三百万元左右。”权升钤说：“没有盈利，也就是说，只算二百五十万元，包工头不会干。多于三百万，铁矿要吃亏。我看就以三百万为上限。”大家都同意权升钤的意见。

竞标开始了。早就在会议室等候的一些包工头纷纷在纸上神秘兮兮地写上承包的金额。金鑫看了看其他的包工头，认为他们是在瞎子摸鱼。虽然他们能算出造价，但无法知道上限，而他金鑫却知道得清清楚楚。公布竞标金额时，有的写三百二十万元，金鑫不屑一顾地笑了笑。钱宏发写了三百万元，金鑫佩服钱宏发算得那么准确。矿建队写了二百六十万元，金鑫的额头冒出了冷汗。矿建队只图微利，只图有工做。当看到金鑫的金额是二百五十万元的时候，所有的包工头都不解地望着金鑫，他是不是犯了傻病？连喝开水的钱都成问题，不要说盈利了。他到底是怎么想的？

原来，先天晚上，金鑫告诉贾世界用手势暗示竞标的上限和成本价。贾世界在台上，双手撑住脑袋。右手弯一个指头就是一百万元，左手弯一个指头就是十万元。先暗示上限，再暗示成本价。金鑫想，铁矿建筑队可能出价会多于二百五十万，少于三百万。他金鑫只要二百五十万元，他相信没有人敢这样做。他果然稳操胜券。

金鑫中了标，喜形于色，其他的包工头都垂头丧气。贾世界装作没有那么一回事一样。

十多天后，金鑫把醉仙楼工程以二百三十万转包给另一个包工头，净赚二十万元。金鑫是个讲义气的人，虽然是女婿，他也不要白帮忙。他把一个五万元的存折用红纸包着送给了贾世界。其实贾世界也不在乎这一点钱，因为金鑫只有金艳这一个后代，金鑫死后，他的财产不都是他贾世界的了么？

金鑫从辞职到卖竹块凉席子，到办“丑八怪”餐馆，到承包铁矿的工程，几年时间就成了天涯县第一个百万富翁。当然，他与近几年来出现的许许多多富翁比起来，算不了什么。有个人把马铃薯削皮晒干当天麻卖，很快就发了财。有个妇女从老家招了十多个年轻妹子在城郊公路边开旅社，实际上是开妓院，一年就成了万元户。有个公司的经理找到一个钢铁公司的熟人搞了张几十万吨钢材的批文，后来把这张批文卖给另一个公司，轻而易举地成了富翁。有个当官的发包一个港口的工程，不费吹灰之力就成了百万富翁。报上说，有个妇女同省里一个高官睡觉，得到了一大块土地的批文，一个夜晚就成了千万富姐。还有个女的，用钱和色收买官员，搞非法集资，不到一年就成了亿万富婆。金鑫根本不能与上述富豪相比。金鑫的可贵之处在于他没有开妓院，没有开赌场，没有走私，没有卖假货，一贯遵纪守法。更可贵的是，他富了不忘国家，不忘困难户。他经商几年来，缴了好几万元的税，是天涯县的纳税大户。去年天涯县遭台风袭击，他慷慨捐了上千元，理所当然地成了天涯县的新闻人物，报上有名，广播有声，电视有影。他光荣地当上了天涯县的人大代表。这人大代表虽然不是大家选的，是县里提名的，但他觉得这比选举更光荣。富县长在人大会议上说：“我们天涯县要搞好，每个干部就要像金鑫同志那样，当改革开放的排头兵，做发家致富的带头人。我们现在就是需要这种开拓型的人才。”富县长的这番话是恰如其分的。将来写天涯县志若忘记了写金鑫，那县志是不完整的。富县长还鼓励金鑫加入共产党。金鑫果然写了入党申请书，但没有得到批准。大家认为共产党是工人阶级的先锋队，怎么让资本家入党？富县长说，农民不是工人，也可以入党。县委书记说，农民没有搞剥削，与资本家不同，党章说要消灭剥削，我们不能违背党章办事。富县长私下鼓励金鑫继续努力，总有一天会入党。

再说钱宏发。他开赌场失利，承包醉仙楼工程失败。别人也许认为他是个背时鬼，但他不这么想。他认为商场如战场，胜败是常事。他眼看金鑫发了，心里很不是滋味。他想来想去，终于想出了一个致富的办法。

一九五八年全国大炼钢铁，天涯铁矿也办起了炼铁厂，前几年效益不好就停办了，厂房空在那里。钱宏发想何不把炼铁厂当作破烂买下来，自己办炼铁厂，让权升钤入干股，对半分红？

他把买炼铁厂的想法告诉妹妹和妹夫。权升钤说：“办炼铁厂是个好办法，铁矿的矿石便宜，又不要运费。私人办厂没有党政工团妇那一套，招年轻人做工，没有养老保险、医疗保险和办学等负担，肯定有钱赚。”

之后，钱宏发拜访了几位矿领导，谈购买炼铁厂的事。矿领导召开了会议，权升钤为了避嫌疑，借故没有参加。能顺德觉得这是巴结权升钤的大好机会，建议把炼铁厂作破铜烂铁卖给钱宏发，厂房按危房作价。乌致用建议作价八十八万元，图个吉利。贾世界觉得能顺德和乌致用想借机巴结权书记抢头功，他也不能落后。他说：“不处理掉，机器生了锈，房屋倒了，就更不值钱了。”李敬德说：“二千五百万元固定资产，卖八十八万元，是不是太便宜了？”但只有他一个人反对，并不顶用。

对钱宏发来说，八十八万也不是一笔小数，他的全部家当还不够二十万元。怎么办？他可以要妹妹帮忙去贷款，但贷款是要还的，而且利息高。他家有笔财产，那是新中国成立前夕他埋在自家屋后榕树下面的一盒金砖和一坛银圆。新中国成立初共产党再三追问他家的财产，他总是说：“被日本鬼子抢光了。”他把这些财宝偷挖了出来，拿到广州找私人卖了个好价钱。从广州回来他逢人便说：“在广州买彩票中了头奖。”

钱宏发把炼铁厂的牌子挂靠铁矿，叫“天涯铁矿炼铁厂”，这样就免缴很多税费。他又以优惠价购买铁矿的矿石，再利用铁矿的货轮运矿石去大陆港口的运煤来炼铁，只是象征性地付点运费。

由于海南建省，各市县大兴土木，需要大量钢铁，钱宏发炼铁厂生产的铁供不应求，第一年他就赚了三百多万元。接着，他又买下了海角村的矿山办煤矿。这样，炼铁就不用去大陆买煤了。他把炼铁厂交给儿子去办，他自己专心专意办煤矿。他很快就成了海南岛第一个千万富翁，入干股的权升钤也发了财。钱宏发还有更大的志向，就是有朝一日买下铁矿，成为海南岛的第一个亿万富翁，比金鑫更上一层楼！

三四　新官上任

一滴滴雨水滴到地面上汇成涓涓的细流，一丝丝细流汇成小溪，一道道小溪汇成江河，一条条江河汇成大海。海水无风也涨潮，有风浪滔天。

有一天上午，华国彪在报上看到一条消息，说广州已经放开粮价。他对应长寿说："广州放开粮价，海南岛不久就会废除粮票。"应长寿说："若不出差，一个居民一月只能领一斤粮的粮票，大家的粮票是多年节省积累下来的，废除就可惜了。"华国彪说："粮票废除了就成废纸。现在有人收购粮票，一斤的票一角钱。粮店里的粮食以前都凭粮本或粮票按平价供应，近年来有了变化，不要粮本或粮票可以买到议价粮。议价是平价的四倍多，若把粮票买米，再把米作议价卖，比卖粮票合算些。"应长寿竖起大拇指说："你真会打算盘。我回去要我老婆拿粮票去买米，只留下全国粮票。全国粮票很难弄到手，到外省出差有用。"华国彪笑了笑说："全国粮票更成问题。广州放开粮价，粮票没有用了。广州人手中的全国粮票就会被拿到其他地方去买粮，其他地方就要多卖平价粮，地方财政就要多补贴，因此其他地方就会不收全国粮票。"应长寿恍然大悟，说："我还没有想到这一点。所有的粮票都用掉算了。"

华国彪下班回到家里，把广州放开粮价的消息告诉家里的人。大家把粮票清点了一下，夏梅芳有三百多斤粮的粮票，华国平的有两百多斤。次日都拿去买了米，再把米卖给饭店，得了几百元，大家都很高兴。

华家把粮票用完不到十天，粮店贴出公告：粮票暂时停止使用。一下子整个铁矿和县城的居民议论纷纷，有的说粮店搞鬼，有的说现在不用今后还可能用。

华国彪对家里的人说："粮本上的粮也都拿来买米算了。"华国平说："粮本上的不必担心。他们不敢不卖，也不敢涨价。"华国彪说："一旦放开粮价，粮本就没有用了。"余妹说："我们的粮本暂时放在那里，到时候再买米也不迟。"华国彪只好把自己粮本上的指标全部买了米又卖掉，又得了几十元。

一个星期后，粮店又出了公告：只卖本月的定量粮，以前剩余的粮食指标暂不供应。这时，华国平才后悔没有听哥哥的建议。

一个多月后，华国彪家里的米快吃完了。一天下午，夏梅芳上街跑遍了所有的粮店都没有买到米，回来对华国彪说："这到底出什么事了？几十年来都没有这种事。"华国彪说："明天星期天，我去街上看看，粮店没有米卖就只好到自由市场去买。"

次日早饭后，华国彪来到街上，只见每个粮店都挂着牌：没有米卖。老百姓议论纷纷。有位老头说："粮店是有米不卖。听说要取消粮食定量供应，放开粮价。各个粮店都把粮食囤积起来准备卖议价，这样可以多卖很多钱。"

华国彪经过粮食局门口时，很多人围在门口看县粮食局的公告。公告说："近来一些居民怕粮票作废，抢购粮食。各粮店的粮食已全部卖光，敬请原谅。”

华国彪只好到自由市场去买。市场上有很多米，五角一斤，比平价米贵多了，有的还掺有很细的沙子。买米的人说：“这米怎么吃？只能喂猪。”有个卖米的说：“不掺沙子的米价钱要贵一些。”华国彪见一位老太太的米里面没有沙子，但米箩旁边放着半箩沙子。他问老太太：“您这米怎么卖？”老太太说：“大家卖五角，我也只卖五角。人家的米还掺了沙子，我不做那种没有良心的事。不过，十斤米要搭一斤沙子。”华国彪听了哭笑不得。他说：“我买四十斤米。”老太太给他称了四十斤米，另外又称了四斤沙子。华国彪付了二十二元给她，提着米走了。老太太说：“还有四斤沙子。”华国彪说：“沙子送给您啦。”

华国彪买了米回来，夏梅芳说：“废除粮票你看准了，但没想到粮店没有米卖。早知道这样就不该把米卖了。”华国彪摇了摇头说：“人算不如天算。”

次日上班时，华国彪把前天买米的事讲给大家听。应长寿说：“政策开始变了。”这时，传达室的工友送来了报纸。华国彪打开一看，有篇文章横栏标题为“官倒倒卖粮食，百姓无米可买”。文章说：“华中市是鱼米之乡，最近几天粮店里平价粮脱销，市民意见很大，拿着空米袋到市政府诉苦。经物价局调查，粮食局下属的一些单位以一角钱一斤的价格大量收购居民手中节余的粮食指标，再买米运往广州卖五角一斤。城南粮店就出售了一百万公斤米，非法牟利五十多万元。更有甚者是粮食局搞了一场买空卖空的把戏，把居民粮食指标两千万公斤，以一角七分一斤卖给财政局，财政局又以二角七分一斤再卖给粮食局，把指标卖来卖去。财政局从中分得平价转议价的差价款四百万元，粮食局分得国家财政补贴的加价和提价款三百多万元。粮食局和财政局虚购虚销的都是居民节余的口粮。居民今后还要购买怎么办？省里政策规定，居民口粮指标如有节余只能留作机动粮，不准平价转议价牟取差价款。但这件事至今没有处理。”

华国彪看完文章后把报纸给应长寿看。应长寿看了说：“我们这里的粮食局也在耍同样的把戏，真是祸国殃民。若不处理总有一天要出乱子。”

大家正在谈论倒卖粮食的时候，供销处归处长来对华国彪说：“明天，你、我、权书记和钱处长一起去省城买采矿设备。”

次日，四个人坐着一辆吉普车来到省城，一进市区，只见街道两旁停着很多各式各样的外国汽车。他们来到天涯铁矿驻省城办事处，华国彪问一位服务员：“为什么街上这么多外国车？”服务员说：“这些车是最近的走私车，比国产的便宜得多。很多单位都买了。倒卖到大陆去，一辆可以赚几万到几十万元。”华国彪说：“这样一来，国家的税收就会大量流失，国产汽车也会受到冲击。”服务员说：“现在谁还管国家不国家，能捞到钱就是好的。你不见北京人民大会堂开会，那些人民代表坐的很多是洋车？”

晚饭后，权升钤等四人坐在客厅里聊天。归处长说：“铁矿这辆吉普车也该换了。人家见了，把我们这个厅级单位的领导当成了乡巴佬。你们看那皇冠牌轿车多神气！”权升钤说：“现在没有钱。”归处长说：“走私车很便宜，少买一台推土机就行了。”权升钤问华国彪要买哪些东西。华国彪说：“两台电动车牙轮钻，一台电铲，一台前装机，一台刮土机，一台平地机，两台推土机。”权升钤说：“能不能少买几样？”华国彪说：“万一要少买就少买一台推土机,不能再少了,再少就要影响今年生产任务的完成。”钱玉荃说:“买一台推土机就行了。”归处长又想出了一个主意:“我们买一些小轿车,放在装矿石的船上,运到大陆去卖,一次就可以赚很多钱。”华国彪说:“这是违法的。”权升钤说:“首先要保证完成铁矿石的生产任务。只有完成了任务才有钱发工资。”他要华国彪开好购货单给钱玉荃。

次日上午,权升钤一行来到矿山设备公司买了矿山设备,要公司用车把货运到铁矿。华国彪随车回了铁矿。钱玉荃、权升钤和归处长一起去买了一辆丰田牌轿车。

次日上班时,买来的新轿车停在办公楼前面,很多人围着看,有的说,买得又好又便宜,铁矿这样的大单位也应该有一辆像样的轿车。省城一些处级单位甚至科级单位都有进口的小轿车,铁矿那辆老掉了牙的吉普车,显得大寒酸了。另外一些人说,丢掉了艰苦朴素的传统就很危险。

上班的时候,采矿办的人从矿里买回的那辆轿车谈到洋货问题。舒本信说:“现在很多当官的喜欢坐洋车,很多大老板喜欢买洋货。”乐于时说:“洋货比中国货好。”舒本信说:“有的洋货比中国货好,有的不见得。例如,中国的餐饮世界闻名,为什么还要花那么多钱引进外国的餐饮?”乐于时说:“这就叫竞争,优胜劣汰。市场经济就提倡竞争。你竞争不过人家只怪你自己。”应长寿说:“竞争有必要,但有些产品外国已相当先进,我国还刚刚起步,若不想法保护民族工业,中国就无法同外国竞争,只能成为外国商品的市场。”华国彪说:“中国必须吸收外国的先进技术和管理经验,但有很多情况不是这样。有消息说,曾在北京召开大型的运动会,组委会原来决定采用天府可乐来作为这次运动会的指定饮料。重庆市的中国天府可乐公司决定赞助一千一百万元人民币。后来美国可口可乐公司派人到组委会活动,终于以三百二十万美元抢走了生意,把天府可乐挤出了运动会。组委会向天府可乐公司解释,运动会太需要外汇了。据说,美国的百事可乐公司将接踵而来。可怕的是外资企业享有‘三年全免,两年减半’的优惠税收政策,国内很多著名的饮料厂纷纷倒闭。我们的国家卫生部等部委发出通知,严禁销售美国的可口可乐和百事可乐,因为这两种饮料都含有咖啡因,违反了我国对于食品添加剂的规定,但组委会的负责人根本不理睬那些规定。”

听华国彪这么一说,有的人唉声叹气,有的人面带怒容。乐于时说:“这不能怪外国人,只能怪中国人喜欢喝外国饮料。”舒本信说:“据说印度的甘地当年反抗英国殖民统治,他号召印度人不买英国货。”

大家说来说去,又说到矿里买轿车的事。乐于时问华国彪:“华工,假若你当了矿长,你喜欢坐外国的高级轿车还是喜欢坐吉普车?”大家都望着华国彪,看他怎么回答。华国彪说:“这是个老问题。土改时有人问农民:‘假若你当了地主,你会不会剥削农民?’首先,农民要成为地主是很难的,正如工人要成为资本家是很难的一样,所以这种变化只能适用于极个别的情况。其次,农民成了地主以后,经济地位变了,他就不再是农民了。朱元璋当皇帝以前,他代表农民阶级,当了皇帝就代表地主阶级了。这叫作存在决定意识。再说厂矿,假若工人连工资都领不到,当领导的只顾自己享乐,我不愿当这样的领导,免得挨工人骂。”

舒本信说:“走私是犯法的。上面查下来就是麻烦事。”乐于时说:“现在全海南岛都在搞走私车，谁还管这件事？”乐于时喝了口茶又接着说：“现在的大官倒都在把平价物资作议价卖，都在搞投机倒把。这些人里面有很多是高干或高干子弟。像这样的事在北京都没有人管，谁还来管天高皇帝远的海南岛的事？”张智勇说：“万一有人来管怎么办？有些事不怕一万，只怕万一。”乐于时说：“万一有人来管，也会是法不责众，不了了之。华工，你说对不对？”华国彪说：“事情可能会那样。即使有人出来管，也只是做做样子，争取下不为例就是好的。但是，走私对民族工业的打击很大，偷税漏税也会使官僚腐败，奸商横行，会使党和政府丧失民心。铁矿现在有首顺口溜就反映了群众的不满。”他念道：

工人拼命干，赚了几十万。
买个乌龟壳，坐个王八蛋。
不怕价钱贵，只要车好看。
领导图享受，百姓莫吃饭。

端午节前两天，权升钤带着贾世界和乌致用坐着新买来的洋车去省城，准备买些礼品送给省里各个部门的领导。

夜深了，大家都睡了，但华国彪没有睡意。他想起买米难的事，想起走私洋车的事，他觉得若不吸取教训，腐败会加剧，社会矛盾会一天天激化。现在大学毕业生包分配工作，否则，社会矛盾会更加激化，后果不堪设想。

有位领导来铁矿视察，见权升钤能说会道，尤其是治理有方，风潮期间矿里没有闹事，认为权升钤是个难得的人才。不久后，上面来调令，调权升钤到省里当副省长，管工业这一块。

调令下到铁矿的第二天上午，铁矿副矿长兼人事处长贾世界、纪检书记能顺德和工会主席乌致用一起商量送什么给权升钤作纪念。乌致用说：“我看以全矿的名义送一个微波炉，经费从工会福利费里面支出。”贾世界说：“你说得有道理，但不要发动私人送礼，否则影响不好。”乌致用说：“我不送。”能顺德说：“我送张照片作纪念。”贾世界说：“我送盆兰花，意思意思。”

晚饭后，乌致用坐小轿车来到权升钤家送礼，没想到权家门口早就排了长队，排队的人有处级干部，也有科级干部。有的提着水果，有的提着糖果，还有的提着一大包营养品。乌致用下了车，有人客气地向他打招呼说：“乌主席，您也来送别权书记啦。”乌致用说：“矿领导商量，送一台微波炉给权书记作纪念。”大家让乌致用先进去。乌致用抱着微波炉走了进去，一见到权升钤就说：“权书记，您为矿里操劳了几十年。您要走，大家都舍不得。全矿送一台微波炉给您作纪念。”权升钤忙起身说：“哎呀，你们这么客气，我怎么敢当。”乌致用说：“您走了，铁矿就缺了主心骨。”权书记谦逊地说：“哪里，哪里。工作是大家做的。铁矿工会被评为省里的先进单位，你的功劳就不小。”乌致用听了很高兴，他从衣袋里拿出一包香烟放在桌上说：“我本人没有什么送给您。这包中华牌香烟我一直没有抽，您拿去抽。”权升钤笑着说：“听说只有中央首长才抽这种烟，我怎么好意思抽？”乌致用开玩笑地说：“您再升一级不就是这个级别了吗？”“不可能，不可能。”权升钤一边说一边拆烟，“来，我们一起抽。有福同享。”谁知一拆开，里面卷的都是大钞票，整整一千元！权升钤严肃地说：“乌主席，这是什么意思？”乌致用说：“这不是公家的钱，你放心。这是我们的私人交情。”“这是你勒紧裤带省下来的，我受得起吗？”“权书记，你一辈子清贫。你看，你家里有几件像样的东西？到了省里就不像在铁矿，你也得买几件好一点的家具。我这点钱您就拿去买几件家具，也算我的一点心意。”权升钤还想讲什么，钱玉荃说：“乌主席真是太关心我们了。这么重的礼叫我们怎么敢收？只好今后慢慢还礼了。”她这一说，权升钤再没有说什么了。乌致用告辞出来，心里想：“说还礼，恐怕是说着好听。不过，只要他今天收了，以后就会有回报。这是投资。”

乌致用一走出门就碰见能顺德。他向能顺德笑了笑说：“我刚才把微波炉运来了。”能顺德说：“你辛苦了。我把照片送给权书记。”

能顺德不像其他人那样排队。他想：你排队，人家就知道你是来送礼的。他大摇大摆走到门口，好像矿里有急事要找权升钤一样。他敲了敲门，说：“权书记在家吗？我有事找他。”门很快就开了。他走进去说：“权书记，昨晚我一夜都没有睡好。我真是又喜又忧，喜的是您调省里，以后矿里去省里更好办事了；忧的是今后铁矿少了掌舵的人。”权升钤说：“成绩都是你们干出来的。铁矿被省里评为廉政单位，第一功应该记在你这个纪检书记身上。”“要不是中央领导会识千里马，您还不知要在铁矿大材小用多少年。我没有什么送给您，送张照片给您作纪念。”说完就把装照片的信封放在桌上。权升钤说：“好，见了你的照片就像见到你一样。”“您很忙。失陪了。”能顺德说完就往外走。权升钤笑呵呵地说：“多谢了，多谢了。”钱玉荃在心里嘀咕：“谁稀罕你的照片。”

能顺德刚出门，钱玉荃就把信封拆开，里面是一张万元的存单，存单上写的是权升钤的名字。钱玉荃喜得用双手把存单捧在胸前，反复说：“一万元！一万元！”权升钤说：“快收起来。不要忘了，他是纪检书记。”钱玉荃心里一沉，马上把存单收进了箱子里。

天黑了，门外还站着送礼的人。由于这些人都是科处级干部，都很讲文明礼貌，不像市场上买东西的人那样争先恐后。

最后一个是贾世界，他提着一盆兰花，一进门就说：“权书记，我实在舍不得您走，但工作需要，不能留您。今后矿里的工作还要请您多多指教。”权升钤说：“今后多联系。其实我也舍不得铁矿，舍不得你们这些老同事。”“老首长是最重感情的，又最讲党性原则。我想来想去，不知送点什么好。后来想到老首长喜欢兰花，我就送盆五指山的兰花给您。您有像五指山一样崇高的威望，我希望您像五指山一样高寿。”权升钤乐呵呵地说：“你真是满肚子才学，讲起话来都格外不同。”贾世界说：“已经很晚了，失陪了。您好好休息。”权升钤把贾世界送到门口。

次日早饭后，金鑫一手提包，一手提着一袋苹果走了来，见了权升钤左一声“老书记”，右一声“老领导”，比亲人还亲，有说有笑。他见到阳台上那盆兰花时，高兴得不得了，说有个熟人正想要这种兰花。这种兰花只有五指山的深山老林的悬崖峭壁上才有，金鑫多次托人买都没有买到。权升钤说：“您需要就拿去做个人情。”金鑫说：“我那朋友给二十万元托我买。我不知哪里有这种兰花卖。”权升钤夫妇以为金鑫是吃饱饭无聊来寻开心的，但从金鑫的表情来看不像开玩笑。权升钤说：“不要谈价钱，您拿去送朋友就是。”金鑫马上从提包里拿二十万元放在桌上说：“我就不客气了，把兰花给朋友送去。”说完就提着兰花告辞了。权升钤两口子望着桌上那堆钱，眼睛睁得像个圆，接着又笑得抿成一条线。过了一会儿，权升钤皱着眉头想，金鑫是真的帮朋友买兰花还是同贾世界一起在做戏？

次日下午上班的时候，权升钤坐着小轿车来到铁矿办公楼。贾世界等人向他热情问好，像久别重逢一样，并问他有什么指示。权升钤说："我昨晚很晚才睡，有一件事放心不下。"大家问他是什么事。他说："我总是想，我在铁矿这么久，矿里还是有一些职工生活有困难。我没有很好地帮助他们。现在我要走了，想起这件事，心里就难过。"贾世界说："您老人家放心好了。今后我们想法尽力帮助这些困难职工。"乌致用说："权书记真不愧是我们的好领导，临走时还惦记着困难职工。"能顺德说："像权书记这样高风亮节的领导真是难得。"权升钤说："你们知道，不少同事给我送了礼，我不接受又辜负了大家一片好意，接受了又心里不安。我想来想去，这些礼品就托工会分送给敬老院和困难职工。礼品都在车里。"乌致用没想到权升钤会来这一手。上午，权升钤回送了一支派克钢笔，那钢笔是人家送给他的。真是投金报铁，但乌致用嘴里还是说："权书记关心职工比关心自己还要紧。"能顺德心里想，他送的那一万元大大的亏了。权升钤上午回送了一块上海牌手表。这手表肯定是人家送给他的，但能顺德还是装着很敬佩的样子说："权书记真是毫不利己，专门利人。"贾世界在想："二十万元的兰花钱会不会成肉包子打狗，有去无回？"但他还是说："权书记关心职工胜过父母关心儿女。"

权升钤刚上调两天，报纸、电视和广播都在赞扬他如何廉洁，如何关心困难职工，铁矿的职工都很感动，尤其是那些困难职工。有些人过去对权升钤有这样那样的意见，现在看来是自己对权书记了解不够，错怪了权书记。送给敬老院和困难职工的一轿车礼品，如不是权书记谁愿意送？有些当官的宁愿把吃不完的礼品扔到垃圾桶里也不愿意送给困难的人。

看了媒体的报道，有些人却有不同的看法。不少干部送给权升钤茅台酒、人参和燕窝，而权升钤送给职工的都是糖果和水果。

权升钤调省里两个星期后，上级派了三个人到铁矿。次日召开全矿职工大会，宣布委任名单：

矿党委书记兼矿长：贾世界

矿党委副书记兼纪检书记：能顺德

副矿长兼工会主席：乌致用

升了级的只有贾世界。能顺德虽然没有升级，但多了党委副书记这个官衔。有朝一日，党委书记和矿长分别由两个人担任的话，党委书记这顶乌纱帽就可能轮到他戴了。他觉得送那一万元也许值得，何况权升钤还回送了一块上海牌手表。乌致用也没有升级，但多了副矿长这顶乌纱帽。假若贾世界高升了或者只担任党委书记，矿长这把交椅就轮到他乌致用坐了，何况权升钤还回送了一支派克钢笔。

上级宣布名单后，贾世界代表新的领导班子讲话。他说，新的领导班子打算先做三件事：一是搞好生产；二是提高工资；三是搞好养老保险和医疗保险。他的讲话获得了一阵掌声，不过台上干部的掌声比台下群众的掌声要热烈得多。

绝大多数工人对这次任命并不满意，觉得贾世界还不如权升钤。

厅干部名单宣布后，急坏了科处级干部。即使刮台风涨洪水也没有使他们这样着急过，因为下一步就是由贾世界任命中下层干部。处级干部在担心能不能保住自己的乌纱帽，科级干部在想自己能不能升级。财务处的办事员，钱宏发的女儿钱水春也在想这个问题。她这个技校毕业生有没有希望提到科员呢？她知道，自己的能力不如人家，财务处的同事中比她能力强的人多的是。就说女同事，财会学院毕业的康宁就比她强多了。怎么办呢？送红包么？她一个月的工资那么一点，送一年的工资人家还不一定看得上眼。她想到权升钤是自己的姑父，这是一着很重要的棋，但姑父调走前是不是给贾世界打了招呼呢？若没有打招呼，人一走茶就凉。她又想起贾世界曾经在一次宴会上称赞她会喝酒，他说现在很多交易就是在桌面上谈成的，找一个高级工程师并不太难，找一个会喝酒会搞公关的女同志不容易。何况她比财务处其他的女职员要漂亮，一点也不亚于她姑姑钱玉莲年轻时。想到这里，她勇气倍增，心想一定要抓住机会。

到了星期天，她清早起来，刻意打扮了一番。本来她不打扮也能引人注目，柳眉杏眼，皮肤白嫩，水蛇腰，走起路来像春风里摆动的杨柳。她觉得还不够，于是特意穿了件半透明的低领衬衣，穿一条开边绿裙。总之，尽量做到吸引男人的眼光。她在穿衣镜前照了又照，直到满意为止。她丈夫乐于时见了，问她要去哪里。她说上街有点事。

吃了早饭，她往贾世界的宿舍走去。半路上碰到金艳，她主动向前打招呼："金主任，这么早到哪里去？"金艳说："我去医院，怕去迟了人多。""哪里不舒服？""最近一段时间月经不正常。女人到了更年期麻烦就多了。""您太累了，要注意休息。""快莫讲了。老贾当了矿长以后，家里事都不管了。今天我本来要他陪我去医院，他说有事要去办公室。我也不好勉强。"

钱水春讲了几句安慰的话就独自往办公楼走去。整栋楼房冷冷清清。她来到三楼的矿长办公室。只见门开着，贾世界坐在沙发上看文件。钱水春走进门，笑眯眯地说："贾矿长，您真忙，星期天也不休息。""我在考虑下一步的人事安排。"贾世界说，"请坐。"他往沙发的一端挪了挪身子，钱水春坐在他身边。贾世界闻到钱水春身上的香水气，又见到她那洁白的大腿，心有点动了。他觉得钱水春好像春天盛开的鲜花，而金艳不过是秋天枯萎的黄叶。

钱水春说："真不好意思，我打扰您了。""哪里话。你来得正好，我正想征求你的意见。"钱水春受宠若惊。她转了一下身子，面对贾世界说："您对我真是太好了。"贾世界望着那迷人的乳沟，通过那半透明的衬衣，隐隐约约看到那丰满的乳房。他有点魂不守舍了，但他还是一本正经地谈公事："有人提议把金艳从妇联调到财务处当处长，你觉得怎么样？"其实根本没有人这样提议过。钱水春说："矿里的女干部中，没有比金主任的能力更强的了。"她心里想的是："我怎么办呢？"贾世界又问："财务科长要调走，你看谁来当科长比较合适？"钱水春微笑着说："那就要看您的意见了。"她觉得科长这把交椅还与她无缘，随便谁来当都无所谓。她能升为科员就万幸了。

这时，贾世界站起身，把门关好并闩上，然后坐在原来的地方，说："我想让你来当财务科长。”“我？”钱水春吃惊地望着贾世界，然后笑着说：“贾矿长真会开玩笑。”这时她的脸上出现两个小小的酒窝。贾世界用手指点了点钱水春的酒窝说：“这两个酒窝就是资格证。”钱水春不但没有反感，反而用两只手攀住贾世界的肩膀激动地说：“是真的？”

贾世界被钱水春这一攀，全身都软了。他顺手捧着钱水春的脸说：“我什么时候骗过你？”钱水春不但没有拒绝，反而很激动，她顺势把头偎在贾世界的胸前。贾世界像久旱的禾苗遇到了雨水似的，尽情地吻着钱水春的酒窝，好像酒窝里盛着很多美酒让他喝个够。然后，贾世界紧紧地抱住她，轻轻地抚摸她，接着把她按倒在沙发上。

财务处长和财务科长这两个职务就这样确定了。

有些女职员也想讨好贾世界，但没有钱水春那样的姿色和献身精神；有些男职员想送礼给贾世界，但怕送少了不行，更怕贾世界像权升钤那样把礼品交给工会，那就白送了。

世上无难事，只怕有心人。人只要想往上爬，总是能找到梯子。接替危回春的巴副院长独具慧眼。他发现贾世界有一个特殊的习惯，身体有一点毛病就去医院检查。身上痒，得确认是不是皮肤癌，但铁矿医院缺少先进的医疗设备，去省城检查又不方便。于是巴副院长建议买一台计算机层析成像仪。他说：“为了搞好铁矿职工的医疗服务，矿里再困难也要买，要买就要去美国买好的。”贾世界欣然同意。矿领导讨论决定由贾世界带队，巴副院长及一名财会人员陪同，前往美国购买计算机层拆成像仪。有人提议让金艳陪同，说是国际上都时兴夫人外交，他们要向国际靠拢。贾世界皱了皱眉头说：“一家去两个，影响不好。”他提议让钱水春去，因此大家都说贾矿长大公无私。

贾世界一行在美国的两个多月里做了四件事，第一件是游览了华盛顿的白宫、纽约的联合国大厦、黄石公园、科罗拉多大峡谷和尼亚加拉瀑布，拓宽了眼界，增长了见识。第二件是每个人为自己买了彩电、冰箱和空调等几大件，由于免除关税，所以比国内买要少花很多钱。第三件是花了一百多万元买回了一台计算机层析成像仪。这台仪器刚买回来就不能用，只好打电话去美国，要对方派人来修理。买的时候，巴副院长也不知道这是一台早就过时的经过修理的旧仪器。贾世界觉得这设备没买好，不能给他检查病痛，但有失也有得，因为外商暗地答应为他的儿子贾学丰留学美国作担保并供给学费。第四件，他们在美国住宾馆是一个人一间房，进了房，就在门口挂一块“请勿打搅”的英文牌子，这样连服务员也不会进来。

这就是贾世界上任的第一把火。

贾世界回国后的第三天召开了全矿职工大会，宣布委任的中下层干部名单。台上坐得满满的，后面还站了黑压压的一大片。每宣布一个，台上就有一个人微笑着走到台前亮相，并向台下鞠躬。升了官的，那心情比婚礼中的新郎新娘还激动。巴副院长升为院长，高兴得像中了头奖一样。万重义原职未动，也很感动，走向前毕恭毕敬行了一个军礼。

尽管台上的人彬彬有礼，台下的人却不讲礼貌。很多人边听边发牢骚，说国乐山当矿长时，厅级领导只有矿长、副矿长和党委书记三个人，每个车间只有一个车间主任，整个铁矿的厅级和科处级干部只有四十多个。现在厅级干部九个，处级干部一百多个，科级干部四百多个。

处级干部名单宣布完的时候，贾世界看了看台下，人走了一半多。他想，等到宣布完科级名单的时候，台下可能没有人了。他见情况不对头，于是马上说："科级干部就不宣布了。每个单位分别回去宣布。"

这就是贾世界上任的第二把火。

贾世界升任后的第二天召开了厅处级干部会议。他说："我们今后要向外国学习，进一步搞好改革开放。首先改革分配制度，破除平均主义，端掉大锅饭。我们要向国际靠拢，拉大差距。我们开始不搞大了，工人每月四百元，车间主任两千元。厅级领导实行年薪制，最多二十万元。"大家听了都眉开眼笑，恨不得马上实行。只有李敬德有不同看法，他说："假若工人有意见，甚至罢工怎么办？"贾世界说："有的是办法。以后要砸烂铁饭碗，实行承包制和聘任制。第一把手有发包权和招聘权。你不服从不卖力就解聘。"

这是贾世界上任的第三把火。

会后，华国彪从李敬德那里借来一份铁矿干部任命名单，晚上同夏梅芳一起看。华国彪越看眉头越皱，这名单枯燥无味，但还是耐着性子看下去。矿党委下面有六个处级单位：办公室、组织部、宣传部、机关党委、党校和统战办。矿长下面有三十三个处级单位：矿办公室、外事办、档案馆、人事处、经济计划处、财务处、劳动工资处、总调度室、总工程室、生产技术处、机械动力处、规划设计处、安全环保处、工程管理处、技术监督处、汽车运输管理处、地质测量处、离退休职工管理处、供销处、行政福利处、爱国卫生委员会、矿容办公室、监察室、审计室、保卫处、武装部、司法办、侨务办、卫生处、职工医院、培训处、教育处和职工大学。而生产单位只有七个副处级单位：采矿队、选矿车间、矿山建设队、动力车间、机修车间、汽车修理车间和设备检修车间。还有两个辅助生产单位：集体企业和农场。科级单位更多。

华国彪看了说："这么多干部明显不合理。压在工人头上，像在火山口上盖盖子，后果不堪设想。"

夏梅芳说："学校原来只有书记兼校长、教导主任和总务主任三个领导。现在有十七个科级领导。这样下去，铁矿离垮台不远了。"

三五　聚会

新官上任不久就到了天涯学校六十周年校庆。大家认为学校经费困难，校庆可能搞不成了。但王仕福校长认为只要思想开放就能搞成功，大家问他有什么高招，他说："校友们来了，学校写一张'献爱心'启事就行了。"老师们哭笑不得，但又想不出别的好办法。

学校向校友们发了六千多封邀请信，近至全国各省市，远至欧洲、非洲等地，同时派三十多位老师分别去各个省，把信亲自送到知名校友手上。假若这些校友不能来参加校庆，送信的老师就说："回个信也行，欢迎向母校献爱心。"这些知名校友便成了坛子里的乌龟，一个也跑不掉。不去参加校庆还说得过去，不赠款就不好意思了。当然，送信的老师觉得自己是上门要钱，也不好意思。不过，想到能借机游山玩水，也觉得值得。

来参加校庆的有一千多人，人人都向母校献了爱心，最少的一百元。贾世界献的最多，五百元。

校友们最想见的是自己最要好的同学和最尊敬的老师。大家都在学校大会堂会面。

夏梅芳刚走进大会堂，就有一个四十多岁的女人来到她面前，高兴地说："夏老师，您好！"夏梅芳握住那女人的手说："哎呀，尤爱莲，你比以前白净多了，不是以前那个面黄肌瘦的女孩了。"尤爱莲说："我读高三那年还只有十九岁，现在我女儿都有二十岁了。"夏梅芳说："一眨眼就过去了二十多年。你现在各方面还好吗？""我大学毕业后分配在出版社当编辑，后来调到报社工作。工作还算顺利，但有时不顺心。""为什么现在宣扬色情、暴力和迷信的书泛滥成灾？""真是一言难尽。有关部门也打击过，但只是像刮了一阵风。"现在出了不少悠闲小品。""悠闲小品可以写，但没有英雄史诗，这一代人就会患'精神营养缺乏症'。现在世无大作，使小品成名。""近来出版了不少反映腐败的作品。""这种作品，有的写清官反贪官或贪官良心发现改恶从善，类似古代的公案小说。有群众冒着生命危险反腐败，但很难看到反映这方面的佳作。现在很少有反映劳动人民生活的现实主义作品。"

这时候，一个高高大大的男子汉走过来问好。"我一看就认出来了，你是向阳。"尤爱莲说，"向阳长得这么高高大大了。"向阳说："你长大了，我也应该长大。"尤爱莲说："你还是学生时代那天真的样子。"向阳说："我早就升级做爸爸了，还天真？"他说得大家都笑了。夏梅芳说："向阳，你学的是环保专业。当时大家都不理解你为什么要学这个专业。有人认为搞环保同扫马路、掏大粪没有什么两样，是又脏又累又没有出息的工作。现在看来，环保太重要了。有时环境污染带来的灾难可以同战争相比。环保工作很不容易搞。你工作还顺利吗？"向阳摇了摇头又笑了笑，然后谈起他的一些经历。

向阳大学毕业时，想在研究机关工作，但他的父母说，搞环保就是要到基层去，了解大家喝什么样的水，呼吸什么样的空气，能不能充分享受阳光，食物有没有污染，等等。他们劝他到基层工作。但到基层碰到污染问题，他这个清华大学的也往往束手无策。

节假日别人休息，他经常到基层去了解情况。他听说离天涯海角五十公里的溪口村的禾苗长得又黄又矮，农民说是附近炼锰厂的污水造成的。他来到这个村庄，两个农民带他到山背的一个山窝里，只见方圆几百米的山窝里堆满了黑乎乎像煤浆的东西。一个农民说："这是炼锰厂的废渣。一下雨，乌黑的水就流到田里和溪里。"这时，一辆载满矿渣的汽车爬上山顶，倒掉矿渣又开了回去。十多分钟后又来一辆。另一个农民说："五年前一个私营老板开办了这个厂以来，我们村里的粮食一年比一年减产，溪里的鱼也死光了，井里的水有一股臭气。以前我们村里没有哪个患过癌症。前年有三个患癌症，去年又有五个。"向阳问农民："你们向上面反映了没有？"一个农民说："我们向乡政府反映，乡政府说他们管不着，要我们向县里反映。我们同厂里交涉，厂长说我们有理就去县里讲。我们写信给县里，县里一直没有答复。我们把运矿渣的路挖了，厂里出动十多个保安同我们打了起来。村里去了百多人把厂子围了起来，不准车子运废渣。县公安局马上来了几十个人，说我们破坏生产，扰乱社会治安，抓了五个农民。次日，我们几百人去县里请愿。县里怕事情闹大了不好收场，答应释放五个农民。农民要求解决污染问题，县里说要取样化验后再做决定。化验后，结果显示没有超标。"向阳便取了样水，回单位化验，污染物超标五十倍！他把情况告诉环保局局长，局长说："你化验的结果是对的。上次县里要我们化验，结果也是超标五十倍。但是县长说县财政收入的一半是靠炼锰厂。炼锰厂关闭了，县里发工资都要成问题。因此他要化验员改动数据。"向阳心里想，县里财政有困难是事实，但不能用毁掉农田和农民的生命为代价来捞钱发工资。他想向县里反映，但转念一想，农民不是反映了么？有什么用？他想了另外一个办法——把情况向报社反映。他写了封匿名信给报社。记者到村里采访，非常气愤，说一定要登报揭露，以引起社会关注。后来却成了聋子放炮，没响声了。向阳想来想去，这到底是什么缘故？炼锰厂老板是不是收买了县里的领导？县里是不是给报社施加了压力？他向几位炼锰厂的工人打听，又通过熟人向厂里的会计打听。原来，老板让县长入干股，县长不用投一分钱，每年可分到十来万元的红利。向阳马上写信向省纪检反映。不到两个月，那位县长调离了，炼锰厂也停产了。

尤爱莲听了，对向阳说："原来那封匿名信是你写的！"接着，她谈到报社受到县里威胁不敢报道的情况。

报社收到匿名信后，要尤爱莲下去了解情况。她来到溪口村调查，情况属实，于是她把文章写好交给总编。后来总编找尤爱莲谈话，主张文章见报前，先把炼锰厂的情况向县里反映，希望县里督促炼锰厂处理好污染问题。反映到县里后，县里回电话说，环保部门已经化验过，污染物没有超标，并希望报社的人不要道听途说。报社说，环保部门的化验有问题，准备发表有关报道。县里回电话说，谁要发表一些不实的报道，影响生产，引起群体事件，影响社会稳定，谁就要负全部责任。

一天上午，社长、总编和尤爱莲一起商量怎样处理这件事。尤爱莲说："县里为了地方财政的利益，甚至为了个人私利，不顾环境污染，不顾农民死活，应该在文章中一起揭露。”总编说：“没有上级指示，我们只有这么大的能力。”社长同意总编的看法。最终决定不发表文章。

尤爱莲讲完情况后又说：“我很佩服向阳的勇气。我不能像向阳那样同腐败做斗争。”夏梅芳说：“向阳读书时胆子小。生活把他的胆识慢慢磨炼出来了。”

不知不觉到了会餐的时候。就餐基本上按原来的班次分席，以便大家边吃边叙旧。

再说夏梅芳和华国彪来到阳育贤那一席时，阳育贤说：“你们俩来一个一个地认，这些人是谁。”华国彪指着一位头发斑白的男子说：“这是马涛。读小学时，我同他抢篮球，害得他挨打。”大家都笑了起来。夏梅芳说：“高中毕业时，教室的黑板报登了马婵娟的一首诗，我现在还能背诵。”说完她就声情并茂地背诵起来，这首诗是这样写的：

如果过了几十年，我们能够再相会。
也许我们互不认识，也许我们非常健忘。
但我们的同窗之情，永远会记在心上。

如果过了几十年，我们能够再相会。
也许我们白发苍苍，也许我们行动迟缓。
但我们的报国之心，永远都不会变样。

夏梅芳背完后，大家热烈鼓掌。李敬德指着一位满脸皱纹的老农民问夏梅芳：“你看他是谁？”夏梅芳笑了笑说：“真不好意思，我认不出来了。”马婵娟说：“他就是讲‘卖兰花’的故事的那位同学。”夏梅芳高兴地笑起来，说：“啊，我记起来了，黎琼男。你真不简单。报纸上说你在五指山培育出许多名贵的兰花。”黎琼男说：“你们看这张图片。”大家一看，只见在一个大山谷里，兰圃内的兰花有的像毽子，有的像宝塔，有的像打开的扇子。马婵娟边看边赞叹说：“真是太美了。”黎琼男说：“我这次带了每个品种各两株给母校作纪念，还给原初高中的同班同学每人带来两株。”大家高兴得像幼儿园的小朋友一样叫好。黎琼男说：“我高考差一分，没有考上大学，不得不在家务农。但我又不愿当个一般的农民。我发现我们那里有许多野生兰花，于是我打算想法培育出富有本地特色的兰花。我在学校学过植物学，又买了一些栽培花卉的书来学习，终于培育出许多新品种兰花。后来一个大学聘我当实习老师，教花卉栽培。”阳育贤说：“学历不在高，有知识有能力就有出息。很多农学院毕业的还没有做出你这样的贡献。”黎琼男说：“现在很多人不讲贡献，只顾捞钱。因为上山采几天兰花比种一年稻谷收入多得多。近几年来，有些人上五指山乱采滥挖，很多名贵的野生兰花被糟蹋。”阳育贤问：“当地政府管不管？”黎琼男说：“现在很多事没有人干，很多人没有事干，兰花就没有人管。有些当官就是不围着工作转。我们那个县的《劳动人事志》记载，一九四九年全县干部一百二十四人，一九八八年，一千三百八十九人。一些当官的拼命把子女亲戚送进机关，政府人数大大超编。”

李敬德说：“马涛，听见了没有？手里有权，不要乱用。”华国彪弦外有音地说：“古人说，山不在高，有仙则名；水不在深，有龙则灵。马涛把守的地方是难得的风水宝地。”马涛说：“我是想发财，而且随时都有发财的机会。有一次，一位香港老板想把一批汽车走私去内地。他请求我放关，成功之后给我一百万元。一百万不算少，两三辈子都吃不完用不完，但我这脑袋不能像韭菜那样割了又长。阳老师教的很多东西我都忘了，但有一句话我经常记在心上，‘做人的底线是不要损公肥私，不要损人利己。’低于这条底线就不是人了。一些人没有守住这条底线，结果变成鬼了。昨天是吸血鬼，今天就成了刀下鬼了。我死死地守住这条底线，就像守卫边防线一样，所以现在还是人。”阳育贤笑着说：“守住这条底线就能做一个堂堂正正的人，就会远离灾祸。”

不一会儿，服务员拿来了酒，端来了菜。阳育贤这一席没有人喝酒，都只喝饮料。这时，坐在另一席的贾世界端着酒杯走过来说：“阳老师好！同学们好！让我们来干一杯，祝大家身体健康！”大家端着饮料站起来，一饮而尽。

黎琼男好奇地望着贾世界，只见他头顶谢光了，周围几根稀疏的头发往上梳着，维护着空虚的中央地带。脑袋肥肥的，下巴鼓鼓的，脖子像充了气的橡皮圈，肚子挺挺的。贾世界回席之后，黎琼男问旁边的李敬德：“这是谁？”李敬德说：“这是贾世界，他现在是天涯铁矿党委书记兼矿长。”黎琼男说：“若在街上碰见，我实在认不出来了。读书时，他满头浓发，不胖不瘦，”华国彪对黎琼男说：“我记得你读书时，不是穿草鞋就是打赤脚，现在是不是还穿草鞋？”黎琼男笑着说：“还经常穿。今天是来做客，才穿双皮鞋。”大家看着黎琼男那憨态可掬的样子，都笑了起来。

阳育贤说：“我没有什么东西送给你们作纪念。你们毕业时，穷得连洗张照片的钱都没有。我和向克己老师一直保存着你们初、高中毕业照相的底片。不久前向老师到美国探亲去了。我给你们每个人各洗了一张。”大家听了高兴得喊叫起来。一个个望着照片，看到自己的像是那样天真，那样纯朴，那样年轻，心里特别激动。大家看了自己的像又看其他同学的照片，有的穿汗衫，有的穿补丁衣服，有的穿草鞋，有的打赤脚。大家越看越想看。正是这些艰苦朴素的人今天成了建设祖国的中坚力量。当大家注视到马春秋的像时，都长长地叹了一口气。

李敬德问黎琼男：“有人说分田单干比集体化好多了，农民还可以去城里打工赚钱。你觉得怎样？”黎琼男说，分田单干，不像搞集体那样，农民在自己的小块土地上精耕细作，加班加点，所以单干初期，产量提高了。但是，社办工厂都垮了。俗话说，无工不富。农民都守住那一小块土地，稻谷的产量又容易到顶。幸好改种杂交水稻，亩产多了几百斤。但每人只有一亩多田，加上大搞城市建设，青壮年农民都到城里打工去了，剩下老人在农村种田，劳力少，只好双季改单季。若要请工犁田、耙田、插秧、打禾，收到的谷子钱同请工的钱差不多，所以很多农民不种田，索性买米吃。合作化时修的水库没有人管了，有的水库漏水或垮了，即使有水，沿路都有人把水沟挖断，远处的田莫想得到水，天旱就没有收成。再加上稻谷价钱低，谷贱伤农，一年收的谷子除了自家吃的以外，卖不了几个钱。所以农民不想种田了，导致很多田都荒了，分田单干几年后，稻谷更是连年减产。不仅田荒了，山也被砍光了。分山到户后，连锄头把大小的树都被砍来卖钱了。开发商把农村里的大树挖出来砍掉树顶、枝叶和主根，栽在城里。这些砍脑壳树栽活了也只是像鸡毛掸子，既不遮阴，也不保水，一刮大风就会倒。由于搞城市建设，很多良田上建了房，有人说：

坡地抛了荒，平地建了房。

这样搞下去，哪里去种粮？

黎琼男还说，他们村里有一首顺口溜，叫《谁来种田》：

年轻人进城打工，不想种田。

中年人嫌谷价低，不愿种田。

老年人体弱多病，不能种田。

人活着总要吃饭，谁来种田？

马婵娟说："我们在城里，根本不知道这些情况。难怪有农业专家提出三农问题。"黎琼男说："城里的水泥街道干干净净，有清洁工打扫，还有车子洒水，不像乡里的泥泞小路。满城都是高楼大厦，只是很多新房空着，很多人却没有房住。晚上，城里灯火辉煌，如同白昼，不像乡里一到晚上一片黑咕隆咚。"黎琼男讲到这里，感慨地说"假若我父母在天有灵，他们知道这些，不知会有什么想法。"

马涛说："一旦发生像以前过苦日子时那样的天灾，农村的情形不堪设想。现在把人力财力集中起来搞城市建设，一旦发生战争，城市比农村更惨。毛主席曾经要我们备战备荒，现在不提了。"

华国彪说苏联解体的第二天，他做了个怪梦，大家问怪到什么程度。华国彪说，那天中午，他准备睡午觉，突然接到通知，矿里有一个技术难题，要他去莫斯科请教五十年代在江南大学任教的一位苏联专家。于是华国彪乘飞机到莫斯科找到了那位专家。空余的时候，那位专家带华国彪到一片宽阔的地带。他望了望周围，感叹地说："时间过得好快啊！一转眼五十多年过去了。在这里的事好像是昨天发生的一样。"五十多年前，德国法西斯打到这里，这位专家成了俘虏。审问他的德国军官要他投降，他愤怒地说："宁死不投降！"德国军官笑道："苏联快完蛋了，你不要为苏联卖命了。"苏联专家说："谁笑在最后，谁笑得最好。你现在笑得太早了。"德国军官命令部下说："把他关起来！"他被关进集中营。不久他想法逃了出来，回到苏军队伍。后来苏联军队进攻柏林时，抓了很多俘虏。他去审问他们，其中有个俘虏就是曾经审问过他的那位德国军官。苏联专家笑道："您还认识我吗？"德国军官无可奈何地说："我们曾经相遇过。"苏联解体后，德国一个商业代表团访问莫斯科，那位专家被派往接待。带团的竟然是那位德国军官。德国军官一眼就认出了他，向前高兴地笑道："您还认识我吗？"专家无可奈何地说："我们曾经相遇过。"

专家讲完故事后仰天长叹："没想到他笑在最后。苏联人出生入死，竟成梦幻。"然后突然问华国彪："您还记得那句话用俄语怎么说吗？——苏联的今天是中国的明天。"华国彪说："那时，中国人民希望中国像苏联那样强大，生活得像苏联人民那样幸福。"专家感慨地说："今天，苏联已经分崩离析了。我希望明天的中国不要像今天的苏联。"华国彪激动地说："谢谢您的好意。我们两国的人民永远是好朋友。"

突然一声巨响，华国彪从梦中惊醒，原来是附近一个赌场被炸了。华国彪看了看窗外，爆炸的烟雾滚滚上升，外面人声鼎沸。他望了望莫斯科方向的天空，感到无限的惆怅。

“再奇怪的梦也没有这个梦奇怪。”马婵娟说:“华国彪是那种心忧天下的人。”夏梅芳笑着说:“我们只操心铁矿能不能发工资,铁矿会不会破产,会不会发生天灾。他这个人,操心中国的事还不够,还要操心外国的事。下一届联合国秘书长最好选我们的华国彪先生去当。”华国彪连忙摇手说:“不敢当,不敢当。鄙人胸无大志,修身齐家的事都做不好,哪里还谈得上治国平天下?”马婵娟幽默地说:“古人说得好,生于忧患,死于安乐。关心天下大事是中国知识分子的好传统。华国彪手无权柄,心忧天下。有些人就是担心这种人胡思乱想、胡说八道、胡作非为。”李敬德说:“一个国家像一棵树。我们每个人都是树的一部分,工人、农民和知识分子是树根。假若少数人越来越富,他们想方设法把公有财产变为私有财产,而工人和知识分子越来越穷,农民越来越苦,树根的生存就成了问题。贪官污吏把树心蛀空,国内外敌对势力趁机刮起一次又一次的狂风。苏联这棵大树就这样被吹倒了。”

马涛说:“在二十世纪前半期,世界上出现了一个又一个社会主义国家。但到了二十世纪末,一个又一个社会主义国家内部发生了演变。

“在执政前和执政初期,这些国家的干群之间是鱼水关系,但官员不是选举产生,而是沿用历代的委任制。这些国家也建立了人民代表制,但它逐渐变成了官员代表制,但很多代表是指定的。这些国家也建立了监察之类的机构,但主要是监督群众,而不是监督官员。这些国家建立了无产阶级专政,但没有建立完善的社会主义民主制度让群众监督官员。没有监督的权力必然产生腐败。有些官员掌了权就为自己谋私利,他们继承了历代统治阶段的特权制,在就业、工资、住房、医疗、购物、教育、参军等方面搞特权,形成了特权阶层。干群关系就这样从原来的鱼水关系变成了油水关系。”讲到这里,马涛望了一眼四周,然后降低声音说:“这些国家实行了公有制和按劳分配,消灭了剥削阶级,但没有完善防止复辟剥削的制度。有些官员搞所谓‘改制’,官商勾结,贱买国有资产,甚至入股分红,把公有制改为私有制,把按劳分配改为按资本和权力分配,掠夺农民的土地。他们有钱有车有豪宅,而劳苦大众就业难买房难看病难上学难。贪官和奸商就这样变成了新生的资产阶级。干群关系就这样从油水关系变成了水火关系。这些国家就这样走上了亡党亡国的道路。”

华国彪说:“我只会做梦,马涛会解梦。”黎琼男说:“但愿苏联的悲剧不要在中国重演。”

大家都想多待一会儿谈谈心,但世上没有不散的筵席。最后,大家拿着阳育贤送的照片,提着黎琼男送的兰花,依依惜别。

校庆不久后是元旦,齐天仇等人先约好这一天在华国彪家里聚集聊天。早饭后,大家陆续到了。

这时,电视里演一个男的抱着一个女的在床上接吻。夏梅芳说:“现在一年到头难看到几个好的电视剧。”华国平说:“有些学生看了色情电视剧以后,也学着接吻、拥抱,甚至乱搞两性关系。我都不敢让小孩看电视剧了。”华国彪说:“新中国成立前文艺界有流氓才子,现在又沉渣泛起。”舒本信说:“这种人不用去体验生活,只要关起门来写他们两口子在床上那一套就可以卖钱。”张智勇说:“不是流氓的才子也有难处。你写贪官污吏他说你丑化领导干部,你写老板剥削工人他说你不合时宜。”

为了避免电视影响聊天，夏梅芳索性把电视机关掉。

齐天仇说："现在的文章按老方法写就不好卖，甚至不能出版。要用新式写作法才行。"夏梅芳说："齐老师有什么高见，请赐教。"齐天仇笑了笑说："这不是我的高见，我只是总结很多文章的写法。譬如，曹雪芹如果在今天把书名叫《红楼梦》，不会有多少人买，假如叫《二女争夫》，一定很畅销。文章开头也要讲究，你假若写"我感到很幸福的时刻是我的老母亲吻我的时候"，没有几个人想看下去；假若写成"我感到很幸福的时刻是一个女的吻我的时候"，这样就一定能吸引人，然后你再说：'这个女的就是我的老母亲。'这种方法叫着色法。"大家听了都笑起来。齐天仇又继续说："第二种方法叫反揭露为赞扬。你说某省贪官越来越多了，去年抓了一千个，今年抓了两千个，这个省的贪污犯在成倍地增加。这种抹黑的文章能发表吗？即使发表了，省长找编辑的麻烦，编辑怎么办？就是不找麻烦，你叫省长的脸往哪里搁？假若换一个写法就好了，省领导亲自挂帅，加大反腐败的力度，反腐败的成效成倍增长，去年抓了一千个贪污犯，今年抓了两千个。省长看了一定会眉开眼笑，文章不仅能发表，说不定还会评为优秀作品，发点什么奖品给作者和编辑。又如，去年物价上涨了百分之二十，今年又在原来的基础上上涨了百分之十，这样写会使领导很难堪。若改成'去年物价上涨了百分之二十，今年物价的涨幅比去年下降了百分之十'，这样，领导高兴，群众也高兴。"

齐天仇讲到这里停了下来，端着杯开水慢慢喝。大家举起拇指说："妙！妙！"都要他继续讲下去。齐天仇又接着讲："第三种方法叫难懂法。时下风气，越是容易看懂的文章越是被认为没有水平。难懂的文章，人家只要看了题目就肃然起敬。例如，'王大爹的配偶把氯化钠与货币进行交换'。读者一看，就像五尺和尚见了丈八菩萨，会脱帽瞻仰。假若你把这句话说得很通俗，'王大妈卖盐'，读者会不屑一顾。又如，你写文章，题目叫'浅谈世贸组织'，读者会认为你水平低，所以只能浅谈。若题目叫'浅谈 WTO'，读者会认为你通晓外语，浅谈是作者谦虚，越有学问的人越谦虚。"

齐天仇一本正经地讲，听的人笑弯了腰。华国彪插嘴说："金鑫以前卖皮鞋，商标上写中国造，没有几个人买。后来他把中国造改成英文。买的人以为是进口货，几天就卖完了。"

齐天仇又继续说："第四种叫悦耳法。'失业'两字，你看多难听！改叫'待业'，你说多悦耳！又如，不叫资本家，叫民营企业家；不叫剥削，叫非按劳分配；不叫'买路钱'，叫'过路费'；不叫'经济危机，'叫'经济滑坡'；不叫'风骚'，叫'性感'；不叫'姘头'，叫'情妇'。你们看，要多难听有多难听的话，都变得要多好听有多好听。"张智勇笑着说："请问，'妓女'有没有好听的叫法？"齐天仇说："很多报纸已经改叫'性服务工作者'。"华国彪说，资产阶级忌讲"剥削"和"阶级"。欧美的一些著名词典，exploit 只解释为"开发""利用"，不解释为"剥削"；class 只解释为"等级""班级"等，不解释为"阶级"。

夏梅芳笑着说："齐老师把刚才讲的写成文章，肯定有很多人争着看。"齐天仇说："以前我羡慕古人'立功、立德、立言'，现在我主张不留文字在人间，免得有人找我的麻烦。白字黑字，铁证如山。我只口头讲一讲，讲完就被风吹跑了。"舒本信说："但有的人不同。现在有些人不读书不看报，不了解百姓生活，都想写书出风头，有的人请人代写。有个出版社出了一本小说，轰动一时，有人说这本书是当代文学的顶峰，有人说这本书是黄色小说。还有个电影明星，也想舞文弄墨。她写不出什么名堂，只好写自己的隐私和色相。文章格调低下，文理不通，这样的书只能用来造纸。花时间看这样的书，不如听几首民谣或顺口溜。”

华国彪说：“被扫进历史垃圾堆的一些幽灵，现在又借尸还魂了。”

华国平说：“现在很多当官的只顾自己发财。”

张智勇说：“现在不同的人对改革开放有不同的看法。我们认为，必须改变按票供应这些过时的规章制度，要革掉不平等的特权现象。但有的人把改革变成改向，损害国家和人民的利益。

“还有人说，现在人分六等。有权的拿金饭碗，有钱的拿银饭碗，事业单位的拿铁饭碗，工人拿瓷饭碗，农民拿泥饭碗，失业无业的和没有劳动力的拿破饭碗。有人则说，现在就是要反对平均主义，端掉大锅饭。有的人认为城市化好，农民可以进城打工赚钱，比困在农村里好多了。另外的人认为这是扩大城乡差别，牺牲农民的长远利益。恩格斯在《论住宅问题》中早就谈了这个问题。”

齐天仇说：“现在生产比以前发展了，生活比以前好了，不像以前那样穿得差，有时还吃不饱。新中国成立初，外国人料想新中国养不活占世界四分之一的人口，那时连钉子和火柴也要进口。新中国成立后的前三十年，我们国家从一穷二白到自己能制造汽车、飞机、导弹和卫星，国家实行了以粮为纲的政策，全国各地成千上万的农业科技人员，经过多年努力，培育了杂交水稻。稻谷从新中国成立初期亩产三四百斤到现在的一千多斤。有人吃四个包子没有饱，吃了五个包子饱了，就只说第五个包子好。以前一对夫妇生几个小孩，现在只准生一个，生活当然好多了。但这是权宜之计。长期只生一个，会对将来的劳动力和养老带来很多问题。近二十多年，工业发展了，但是造成了环境污染，形成了房地产泡沫经济。”牛得田说：“现在有人说，新中国成立后的前三十年闭关自守，不如现在实行改革开放。”齐天仇说：“新中国成立初期，我国学习苏联的先进经验，建了很多工厂，后来打破帝国主义的封锁，进入了联合国，同很多国家建立了友好关系。那时我国对内破除封建迷信，批判旧思想，实行土地改革，进行社会主义建设。现在我们学习外国的先进经验，改革过时的制度，以经济建设为中心，有利于发展生产。但有些人热衷于私有制和剥削致富，改公有制为私有制。”

牛得田说：“为什么贪官越抓越多，像割韭菜一样，越割越长？”华国平说：“过去是杀鸡儆猴，现在是杀鸡喂猴。”张智勇说：“现在贪官的贪污风险太小。还有人主张废除死刑，贪官更敢贪了。”华国彪说：“关键在于铲除贪官的土壤。剥削和特权就是这种土壤。鸡场发生鸡瘟，若只是把瘟鸡关起来，不久后还会发生鸡瘟。必须把瘟鸡掩埋，没有发瘟的鸡打防疫针，鸡场严格消毒，饲料严格检查，经过一系列严格管理，这样才能防止鸡瘟。”

夏梅芳说：“现在有人把一些词语改一下，句子意思就相反了。我们也来改一改。”

牛得田说:“让少数人富起来。”

齐天仇说:“首先要弄清楚,是让谁富起来。假若让不劳动者富起来,那么多数人就会穷下去。”

华国彪说:“官员和富翁并不见得都是坏人。没有官员管理会出现无政府状态。我们应该怎样看待仇官仇富的现象?”张智勇说:“人们仇官是仇贪官和官场腐败,并不仇清官;他们仇富,是仇奸商和剥削致富,并不仇劳动致富。”

齐天仇说:“以前有学生造谣,说我专门把毛主席的话反过来讲。现在很多官员就是同毛主席讲的对着干。”

华国彪说:“有些话要改一改才符合现实。若贪腐不除,中华民族如何复兴。”

大家还想接着聊,但已到中午十二点,聚会只好到此结束。

三六 大彻大悟

由于搞年薪制，工资差距越来越大，工人们越来越不满，做工越来越不认真，矿石质量越来越差，销量越来越低，因此矿里的收入也就越来越少。贾世界当矿长不到半年矿里就不能按时发工资了。

离过年不到半个月了，天涯学校还没有发工资，王仕福不知如何是好。铁矿教育处召集了全矿各学校的领导开会，处长要求全矿教师克服困难。王仕福听了，肺都要气炸了。处长还没有讲完，王仕福就站起来说："不发工资，老师怎么过年？今后学校怎么办？"王仕福还没有讲完，其他的校长也站起来要发言。教育处处长有点恐惧。假若让大家发言，这次会议就不可收拾。他打断王仕福的话继续说："请大家听我讲完。老师没有工资领，这确实是个问题。我马上向矿领导反映，无论如何要想办法给大家发一个月工资过年，今天开会的意图就在这里。散会。"

与会的人感到莫名其妙，无可奈何地散了会，散会后还在议论纷纷。教育处长坐着小轿车一溜烟跑了，他只希望退休前万事大吉。

教育处处长把王仕福的发言向矿领导做了汇报。矿领导认为王仕福太狂妄了，不处分也要调离学校。教育处处长想，再不发工资，几个学校都会瘫痪，他这个教育处处长也不好交差。若是处分王仕福，弄得不好他跑到省里告一状，当教育处处长的也难堪。他对贾世界说："王仕福平时办事认真，服从领导，有一定的威信。由于没有发工资，所以他才讲了些气话。老师们的怨气也很大，又近年关，众怒难犯。俗话说：'一日无粮千军散。'他这个校长也难当。最好的办法是发一个月工资过年，也不要激怒王仕福，以免他串通其他老师铤而走险去上访。"

几位矿领导冷静一想，同意了教育处处长的意见，并也给全矿工人发一个月工资，以免闹事。

这一年的年关把全矿的职工都关在了家里。王仕福和其他老师一样，一个月的工资买了油盐柴米就所剩无几了。幸好他老婆师师的单位也发了一个月工资过年。小孩的压岁钱只好免了。

大年初一，王仕福家没有放鞭炮，但妻子的话比鞭炮还响："为了工资，你把矿领导都得罪了。虽然这一次没有处分你，但下一次稍不顺眼，就调你到农场的深山老林里去。"

王仕福想，若不要他当校长就麻烦了。当教师比当校长辛苦多了，当教师要备课、上课、改作业。若调他去车间劳动，他更加吃不消，比当教师还要难堪。想到这里，他的头自然低了下来。他没有作声，妻子又开口了："你想过没有，你这样一辈子值不值？"

过了元宵就要上课，有很多老师要求停薪留职去外打工，实际上也无薪可停。王仕福坐在家里唉声叹气，束手无策。到底是师师在县里工作见识多，她对丈夫说："你们不会收议价学生吗?政府机关做生意,你们不会卖文具吗?”王仕福听了,生气地说:“政府机关做生意,廉政何在?学校卖文凭,成何体统?老师做生意,师德何在?”师师轻蔑地笑了一声说:“县里很多官员都在私人办的厂矿或商店入干股,不交股金只分红。你又何必老实巴交,智商又不比他们低。人家官德都不要了,你这师德值几个钱?”

王仕福听了,半晌不语,呆呆地坐在椅子上,待了一会儿站了起来,把桌子一捶,吼道:“真是被逼为娼啊!”

开学的前两天,王仕福召开了全校教职工会议,首先讨论怎样解决工资问题。大家你一言我一语议论开了。最后王仕福总结说:“我们也只好捞几个钱来活命。从这个学期起,我们要按市场经济办学。市场经济就是买和卖的经济,认钱不认人。把学生食堂办成餐馆,学生都要在校就餐。还开一个综合商店,规定学生都在学校的商店里买文具、糖果和冰棒之类的东西。这些是热爱学校的表现,热爱学校算操行成绩。”王仕福越讲越有劲,“学生住宿不再免费。宿舍改成学生公寓,被褥、蚊帐、牙膏、毛巾、肥皂等用品,通通由学校统一购买,利润按市场经济算。开水也要收钱,五角钱一瓶,洗个澡一元钱。全校学生统一制校服,利润也按市场经济算。这样,每个学生一个学期平均至少赚他两百元。节假日安排给学生补课,补课费等于学费的二分之一。给补课老师发补课费。现在有钱的人请家教,老师可以搞家教,收入全部归自己。”

老师们听了,绝大多数在内心里反对这样做,但碰到没有工资发这个实际问题,只好不作声了。只有齐天仇对坐在旁边的夏梅芳轻声地说:“这样一来,学校不成了抽血站了吗?”夏梅芳苦笑了一下,没有作声。

最后,王仕福问大家:“有反对这样做的请举手。”没有一个人举手。王仕福说:“没有人反对就照办。”

王仕福这一招果然灵。工资能按月发了,原来打算停薪留职的老师也安心上课了,有个别老师高兴得只想喊“王校长万岁”。

天涯学校的改革不仅轰动了整个铁矿,也轰动了整个天涯县。大家纷纷来参观学习。王仕福一下子成了风云人物,记者采访,电视亮相,广播表扬。矿领导认为王仕福是个有开拓精神的管理干部,有市场经济头脑的人才。师师的脸上也有了笑容。

过了不久,师师又埋怨起来了。她比较了一下,与王仕福同时毕业的几个同学,他们在机关工作或下海经商,近几年来,哪个不是腰缠万贯?人家不仅买了彩电、冰箱和摩托车,有的还买了住房,那存折上的数字更是可观。而王仕福的代步工具还是十多年前买的那辆旧单车。她一想起人家发了财,自己家里受穷,就没好气地对丈夫说:“人家都从按劳分配进到按需分配了,我们却要从温饱退到饥寒交迫了。你有时还读什么《清平乐》,我看你要乐到什么时候。”王仕福反唇相讥:“你要我怎么去发财?去偷去抢?”妻子胸有成竹地说:“不偷不抢就不能发财吗?你见哪个当官的靠偷靠抢发财的?”“当官的贪污。”王仕福眯起一只眼睛得意地望着妻子,好像说:“我比你懂法律。”师师像老师给学生上课一样对丈夫说:“有的没有贪污也发了财。当官的人,父母死了,自己过生日,儿女结婚,即使不声张,自然有人送礼来,每逢过年过节,我们都忙着给上面的头头送礼品和红包。”

王仕福听了，确实大开眼界。他虽然知道铁矿的科级单位给处长和矿领导送礼送红包，但他认为那是腐败现象。现在看来，自己确实是少见多怪。水至清则无鱼，难怪自己受穷。他问妻子:“学校是个清水衙门，有谁来送?”师师说:“天涯学校是个‘大庙’，不仅老百姓要来求神拜福，连当官的也要来。”

当官的果然来了，而且来的是贾世界的夫人，现任铁矿财务处长金艳。金艳正当王仕福一家吃晚饭时来到他家里。一进门就亲热地对师师打招呼:“哎哟，小妹，这段时间你越活越年轻了。”接着又开玩笑地对王仕福说:“王校长，您要多关心她，不要把她累坏了。”王仕福两口子又是请坐又是倒茶。本来金艳应该喊师师做“师母”，但由于金艳比师师大一岁，从小就认识，喊“小妹”喊惯了，所以喊“小妹”还显得亲热些。

金艳边喝茶边说:“不要小看我们王校长。姜还是老的辣。他治校有方，现在是名声在外了。假若把今年高考这一炮打响，那就更是锦上添花啰。”接着，金艳漫不经心地对王仕福说:“听说教育处处长马上就要退休了，看谁来接替。”师师音在弦外地说:“这就要看矿里领导的意图了。”“矿里领导当然要选择可靠的接班人。”金艳马上言归正传，“王校长，听说今年高考，天涯学校有两个保送名额，是真的吗?有什么条件?”王仕福说:“是有两个名额。上面要求毕业考试各门功课都是优秀。”王仕福还没有讲完，师师就对王仕福说:“你看金处长的儿子贾学正怎么样?能不能想想办法?听说再过几年大学的毕业生就不包分配工作了，所以家长越来越急。”王仕福埋怨妻子乱出主意。贾学正因打架闹事全校有名，从来没有语数外三门基础课及格的记录，这样的学生怎么能保送进大学?这不是开玩笑吗?他正在为难的时候，没想到金艳给他解了难。她说:“比我儿子好的多的是。”师师说:“平常不是说政治挂帅吗?有几个学生的政治条件比得上贾学正?又说身体第一，贾学正长得高高大大，结结实实，比谁的身体都好。”金艳谦虚地说:“你不要夸奖他了。我总是批评他，要他向成绩好的同学学习。他说:‘妈，我一定要赶上成绩好的。’最近他总是学习到深更半夜，我再三催他才睡觉。”师师说:“年轻人一旦努力，很快就能后来居上。”但王仕福却听说，贾学正近来到处借黄色小说看，还经常到书摊上去买黄色小说，听了金艳和师师的话，他一直没有开口。

金艳看了一下屋子里，然后像大姐关怀小妹一样对师师说:“当老师也够清苦的了。你看你家里，什么东西都没有，连洗衣机也没有，也够你操劳的了，但你还总是惦记着人家。矿里哪个不说王校长是个穷校长?过去当官的穷，人家说你廉洁，但现在穷，人家就瞧不起了。”师师一想起家里一贫如洗，眼圈就红了。她想讲几句埋怨王仕福的话，没等她开口，金艳就拿出一包东西送给师师说:“这是大姐的心意，你拿来添补添补，不要太苦了自己。我还有事，少陪了。”金艳边挥手边走出门，上了出租车走了。

王仕福两口子不知道包里是什么东西，打开一看，是整整一千元的钞票，相当王仕福几个月的工资。师师把钞票抱在胸前又惊又喜，但王仕福迟疑地说:“这恐怕不行啊。”师师说:“怎么不行?是贾矿长夫人送的怕什么?她肯定同贾矿长商量好才送来。你把事办好了，说不定还可以升教育处处长呢。”“贾学正成绩太差了，要保送一定要改分数。若有人揭发怎么办?”“怕什么?毕业考又不是高考，高考还有代考的呢。实际上，这明明是上面留个后门给你们开，你还领会不了上面的精神。谁还会那么认真?天塌下来还有贾矿长顶着呢。就算有人反映到教育处或矿纪检会，这些部门都看贾矿长的脸色行事。人家拍马屁还来不及呢。何况你不必亲自动手，只要指使一个老师去改动分数就行了。万一有人不服闹起来，甚至闹到省里去，上面要求处分这个老师。你做做样子，给他个警告处分，暗地里给这个老师一些好处不就行了吗？”“若揭发出来是丢脸的事。”“你常说，衣食足而知廉耻。在这连工资都发不出，大家首先是顾肚皮而不是顾脸皮。”王仕福觉得妻子讲的话真是滴水不漏，对他启发很大。

暑假过了一个多月，大学录取通知书陆续发下来了。贾学正被录取了。

没几天，一纸委任状送到王仕福手中，他荣升为铁矿教育处处长！由于眼前还没有适当的人接任校长职务，所以王仕福还得兼任天涯学校校长。师师对丈夫说：“你看，我没有预料错吧。”

王仕福当了处长以后，底气更足了，离中考还有一周他就召开了一次全体教师会议。在会上，他又提出了新的改革方案。他说：“下个学期我们要上一个新台阶。近几年，大学都招计划外的自费生和委培生，一个学生交几万元。我们也招计划外的议价生，有多少招多少。计划内的一个学生只能收两百多元，议价生一个收一千元。我们只要招五个班的议价生，就是矿里不发工资，我们也不会饿肚子。”有老师说：“教室少了，老师少了，怎么办？”“这很简单。原来一个班四十六个，现在加到七八十个，教室里坐不下就坐走廊上。”又有一位老师问：“其他的学校也招议价生怎么办？”王仕福好像早就料到了一样，他说：“其他学校的领导和老师并不是傻瓜，他们肯定也会招议价生，但我们有办法胜过他们。首先就是提前十天报名，先下手为强，后下手遭殃。还有一个更好的办法……”讲到这里，王仕福故意停了一下，他看了看大家的表情。大家都在望着他，看他有什么好办法。他说：“现在农村实行分田单干，工厂实行承包制，我们也把‘包大爷’请到学校里来。每个教工招三个学生，招一个奖两百元，少招一个罚六百元，一个都招不到就下岗。”这一下，整个会场像煮着一锅粥，叽叽咕咕响个不停。王仕福又继续说：“这样一来，招生多的老师不是发财了吗？是的，有的人可能一下子就成万元户。让少数人先富起来完全符合政策。他们收入多，学校收入更多，大家的收入也多，这叫先富带动后富。”王仕福讲得眉飞色舞，他停了一下，等着大家鼓掌。没想到只有几位校级领导进行礼貌式的鼓掌，像停了雨的屋檐水一样，稀稀拉拉响了几下。教师们都在想，招不到学生要罚款甚至下岗怎么办？

王仕福见没有几个人鼓掌，讲话的热情顿时锐减，像烧红了的铁块放进了冷水里一样。不过，他还是打起精神把话讲完：“明天下午开全体教工大会，讨论招生问题，希望大家多提意见。”

开会前，齐天仇、夏梅芳等五位老师写了一份建议，内容是：一、学校应抓好教学来吸引学生，使学生来有所学，学了能用，而不是来混文凭；二、学校应想法减轻学生的经济负担，而不是为了捞学生的钱；三、学校领导应该带头招生，应该同老师一样有招生指标，招生一律只奖不罚。

王仕福看了那份建议后，立刻火冒三丈。下午两点，全校教工都在会议室坐好，几位校领导坐在前排。王仕福满脸通红，酒醉醺醺。他走上讲台，睁大眼睛扫射台下，从前到后，从左到右扫去，扫到第五排，马上盯住了齐天仇，好像探照灯照见了目标一样，接着开始发射炮弹：“我们大家在学校党支部的领导下，想方设法做好招生工作，但是，教师中有一小撮反动分子，他们唯恐学校不乱，想把学校搞垮。他们打着提建议的幌子，反对党的领导，与学校党支部唱对台戏，同当年的右派如出一辙。”齐天仇马上站起来说：“我们提建议，也是为了做好招生工作。你不要乱扣帽子。”

“砰！”王仕福一拳捶在讲台上，大声吼道：“什么屁话！你们有权利提建议，我有权力管你们。”他想再捶一拳，但手一扬，鲜血从手上一滴一滴地滴下来。原来讲台上有块玻璃板。王仕福的手正好捶在玻璃板上，划破了手。副校长马上起身，扶着王仕福走出会议室，到医务室去了。其他几位领导也鱼贯而出，会议不宣而散。

晚上，王仕福的酒早就醒了。师师对他说：“我听说老师们在背后议论你，一说你霸道，二说你太自私。齐天仇说，你要这样独断专横，侮辱老师，他就罢课。他一个人罢课是小事，只怕其他的老师也跟着来。”王仕福一听，心里慌了，真的这么闹起来，他王仕福的乌纱帽就会飞了。他问老婆：“怎么办？”师师说：“首先是规定领导同教工一样，招三个学生，消除教工的不满。然后再看情况行事。”王仕福说：“我的手这个样子，怎么去招生？”师师见丈夫受伤的手，想了想说：“你不能去，只好我去。我请几天病假，去招些学生来，这样才能堵住齐天仇这些人的嘴巴。”

师师回了老家。这里有个初中，是她的母校。她想利用关系，多招一些学生，招十个就可以捞两千元。她找到老校长，请他帮忙。老校长见了自己过去的学生很高兴，但一提到招生就皱起眉头说：“现在招生的人像买紧俏商品一样，来了一批又一批，你是第五批了。他们不管成绩好坏，初中毕业没毕业，只要报名，一律录取。这比收破烂的还不如。收破烂的只要酒瓶子，不要农药瓶子。我们送一个学生他们就给我们一百元的好处费。”师师以为老校长是提醒她要给好处费。她说：“老校长能不能动员一些学生报考天涯学校？一个学生我们同样给一百元好处费。”老校长说：“你是我的学生，我就对你讲实话。天涯学校现在办学的指导思想不对头，不是为了多出人才，而是为了多挣钱；不是把教育当作公益事业，而是搞什么教育产业化。以前很多学生争着报考天涯学校，现在很少有学生报考了。天涯学校现在用钱来买学生，假若我要了你的钱，我不是卖学生吗？我还有脸上讲台吗？”

师师听老校长这么一说，脸上火辣辣的。她不好意思再谈下去，只好告辞了。

师师走了几个学校，一个学生也没有招到。怎么办呢？想来想去，还有一步棋可走，那就是去车站拉学生。

平常各学校是九月一日开学。天涯学校提前十天开学，但报到的新生还是没有达到预定计划。师师打听到天涯县一中是八月二十六日报名，天涯县职业中学是八月二十七日报名。她二十六日吃了早饭就去火车站，等了好一阵火车才到。

出站的人络绎不绝。有几个学生模样的人，背着书包，担着行李，朝一中的迎新车走去。迎接新生的人像迎接贵宾一样拥向前去，有人给拿书包，有人帮提行李，把新生迎上了车。师师走向一个单个走的女生说：“你是来读书的吗？”“是。”“什么学校？”“考上天涯县一中。”“你愿不愿意读天涯学校？天涯学校是全省有名的。”“我是天涯一中录取的。”“不要紧。我对学校的领导说一声就行。”“真的？”“我是校长的爱人，还骗你不成？”那女学生跟着师师上了公交车。两人来到学校，师师帮她安排了住宿。这一下总算旗开得胜，两百元奖金就这样轻而易举地到了手。

次日，师师吃了早饭又来到火车站。广场上，有的打着红旗子，有的打着横幅："热烈欢迎县职中新生！"

火车进了站。接着，很多人从出口处往外挤。师师看到一个男孩担着行李出了站，她忙向前问："你是新生吗？""是的。""你考上哪个学校？""县职中。""你愿意读天涯学校吗？""听说天涯学校每期要一千元。职中只收八百元。"师师想，少招一个要罚六百元。不如来个不亏不赚。她对那男孩说："你只要交八百元，另外两百元我给你出。"那男孩犹豫了片刻说："那也行。"师师领着那个男孩往公交车走去。刚走到车门口，一个女人跑过来问那个男孩："你是考上哪个学校？"那男孩望了望师师，师师说："我们已经录取了他。"那女人要那男孩把录取通知书给她看。看了后，那女人气不从一处来，指着师师的鼻子骂道："你真是不要脸，把我们的学生骗走。"师师说："他自己愿意去天涯学校。"那女人气得满脸通红，向前抓住师师的衣领说："我们到教育局去讲理。哪里有这样不要脸的搞法！"师师站着不愿去，那女人便用力拉她。师师的白绸子衬衣被拉破了。师师又气又恼，不顾一切地抓住那女人的头发乱扯。那女人抱住师师扭打起来，两个人倒在地上滚来滚去，滚得像灰堆里的两只母鸡一样。四周很快围满了看热闹的人，有的说"不要打了"，有的哈哈大笑喊"加油"，有的说："谁赢了就去参加相扑比赛。"

职中迎接新生的人赶了来，给自己人助威。这时来了一个警察，把两个女人拉开。两个女人站在那里，改成了动口不动手，互相指着对方叫骂。县职中的人都指着师师，骂她不要脸。有认得师师的，骂她吃里爬外，拿天涯县的工资，帮铁矿的学校招生。警察把两个人带到派出所，问清了原因后说："你们还像个老师和干部吗？学生和家长见了会怎么说？"说得两个人都不好意思。然后，警察给了师师一件旧衬衫，叫两人各自回去了。

师师回到家里哭了一场，但也还是差两个学生。怎么办？俗话说急能生智。她先是带着在家务农的侄子到学校报了名，暂时交一半学费。接着她拿着交费单领了两百元奖金，然后做了一顿好饭菜，让侄子美美地吃了一顿后就送回去，然后再办个休学证，虽然亏了三百元，总比罚六百元要好些。

师师好不容易招了两个学生。还差一个怎么办？她愁眉苦脸，绞尽脑汁也想不出办法，王仕福也无计可施。幸好总务主任招了四个学生，师师花两百元从他那里买了个指标，总算完成了任务。

师师招生，原以为可以赚一笔大钱，到头来反而亏了三百元，还因打架被撕烂一件衬衣，当众出洋相。

其他的人也都圆满地完成了任务，也就是说，高一招了三百多新生，但上课的不到一百五十人，因为很多人都是像师师找到的亲戚那样报了名就回去的。

开学不久就是中秋节。近些年，逢年过节给领导送礼的风气越来越浓。有人说，我们中国是礼仪之邦，古代就有《礼记》这本书。现在大家重视送礼，这是发扬了中华民族的优良传统，有人却说，送礼之风败坏了廉洁奉公的优良传统。真是仁者见仁，智者见智。

王仕福升处长之前，铁矿里没有什么人给他送礼。学校很多教师虽然读过《礼记》，但学了也不会用。现在王仕福当了教育处的处长，铁矿每个科处级单位都不约而同地给这位处长送礼送红包，也有私人来送。送礼的还生怕送迟了，给王仕福留下不好的印象。中秋刚吃了晚饭就有人提着月饼往王仕福家里走来。金艳提着一大盒“七星拱月”的月饼先进了门，其他的人只好站在门外等。

金艳进了门又是小妹长小妹短喊个不停，并给王仕福戴了一顶又一顶花帽子，既是模范丈夫，又是模范校长，将来肯定是模范处长，说得王仕福夫妇要多高兴有多高兴。金艳是个见机行事的人，她见门外有很多送礼的人在等着，因此讲几句好听的话就告辞了。王仕福把金艳送到门边，然后把站在门外送礼的人逐个地迎了进来。有人只送了两盒月饼，客人走出门以后，师师翘起嘴巴对王仕福说：“真是个穷鬼相。”有的送了月饼又送红包。师师打开红包，若只有几十元，她就讥笑一声说：“真是小气鬼，一百元都舍不得凑齐。”若上了一百元，她的嘴就抿笑着成了一个“一”字。

给王仕福送礼的人连续不断，这个去了，那个又来了，一直到深夜十二点。月饼堆了半边房。王仕福望着这么多月饼有点发愁了，以前他听说那些当官的家里把吃不完的月饼和蛋糕之类的东西扔到垃圾桶里，他骂他们是吸血鬼，暴殄天物，现在他该怎样处理这些月饼呢？送给人家嘛，人家在背后可能会议论你，真是做好不讨好，而扔掉又可惜了。这时，师师把红包里的钱数了数，一共有一万多元。两口子喜的是钱，愁的是月饼，根本没有心思去赏月了。最后还是师师想了个办法，街上有礼品店，把月饼卖给礼品店，这样既可以增加收入，又可以避免浪费，还可以避免挨骂。

王仕福望着那些月饼，想起曾经在校长会议上为老师们的工资讲了几句公道话，差点丢掉了乌纱帽。后来弄虚作假保送贾学正上了大学，他才升了教育处处长，所以才有这么多人给他送月饼送红包。他望着玉盘一样的月亮，若有所思地说：“唉，现在是做鬼容易做人难。”

中秋节的第二天，王仕福还沉浸在升官带来的幸福之中，法院的一纸传票送到他的手中。法院将于九月三十日上午九时在天涯学校大会堂公开审理齐天仇等五人控告王仕福辱骂教师一案。这对王仕福来说无异于晴天霹雳。

那天不上课，与次日的国庆节合并放假。全体教工都来旁听。

开庭时间到了，民事法庭法官要齐天仇念起诉书。念完后，法官要王仕福念答辩状。答辩状说：“天涯学校有极少数人不与党同心同德，而是同党的领导对着干。反对党的领导是反动的。”齐天仇说：“你违背党的教育方针，一切向钱看，用钱买学生，等学生进校后就想方设法抽学生的血。你这样能代表党的领导吗？你不是当校长，而是当抽血站的站长。”全场一阵哄笑。王仕福知道自己理亏，于是说：“我当时喝醉了酒，没有讲清楚。”夏梅芳说：“俗话说，酒醉吐真言。你在五十年代说老师反党反社会主义，在六十年代说老师是臭老九，现在说老师是一小撮反动分子，王校长变成了校长王。”全场又一阵哄笑。“肃静！”法官说，“我看，双方都是为了把学校办好，有不同意见可以好好商量。王校长当时喝醉了，所以讲了错话。他已经认了错。以后要注意。”

威风了几天的王仕福没想到自己成了众矢之的。

王仕福回到家里，躺在沙发上自言自语：“我原来认为做鬼容易做人难。现在看来做鬼也难。”

三七　讨债

改革一样接一样，接着是住房改革。华孝先几经周折，办好了手续回天涯村，回家不几天就碰上铁矿进行住房改革。华国彪的房子要二万三千多元，除去他和夏梅芳的工龄优惠外只要五千多元。华国平的住房要一万六千多元，他老婆是临时工，没有优惠，他还要交一万一千多元，他只能交个零头。按房改方案规定，自己住的房子不买，可以让别人买，华国平只能搬到天涯村同父母一起住，但他又不愿打搅父母。他想起自己穷，心里有气，于是他把家具都搬到屋边的路上，汽车无法通过。不一会儿，整个矿区的交通都瘫痪了，矿领导只好让他搬回原住房，但房租比以前贵了几倍。华孝先给了华国平一万元买房，其余的钱投资天涯村办珍珠养殖场。

卖房子使铁矿财务处大大地松了一口气。凑巧的是，住房改革刚完成，上级通知厂矿进行工资套改。即将每个人的工资分解为技能工资、岗位工资、工龄工资和奖金四个部分，再加上地区津贴。以前的粮油补贴、物价补贴、煤电补贴和洗理费、报刊费、防暑费，七七八八的也都计入工资，这样比原来的工资多了四分之一左右。大家都迫切希望快点领到套改工资。

一天下午，矿里召开全矿职工大会，大家以为是宣布发套改工资，因此都满怀希望来到大操场开会。贾世界主持会议，他要总经济师李敬德给大家做报告。李敬德走到台前说：“我讲的都是账目，都是一些枯燥无味的数字。我把铁矿的家底告诉大家，大家都来想办法怎样把这个家当好。”接着他列了一连串的数字，“去年产铁矿石四百五十万吨，销售三百六十万吨，实现利润总额五千万元，上缴利税占百分之五十五，共二千七百五十万元，剩下的二千二百五十万元要负担一万二千多人的工资，还有教育、环保、技改和基本建设。日子还勉强过得去，但从今年起发生了变化。以前我们只管上缴利税，养老金由国家统一发放。现在企业要自己筹集养老金，规定养老金占工资的百分之二十八，其中个人开始负担百分之二，再慢慢增加到百分之八，其余部分由企业负担，上缴给社保局。不缴的话，社保局就不发养老金。”李敬德讲到这里，下面马上有人提问：“我们以前上缴的利税有一部分是用作养老的，现在是一笔勾销了还是给予补偿？”李敬德说：“没有说补偿，但可以算缴费年数。现在铁矿没有钱交养老金，这次工资套改只能是空调。”

一万多职工像一窝不安定的蜜蜂一样，发牢骚的发牢骚，讲怪话的讲怪话。

“大家安静下来，听李总讲完。”贾世界在广播里大声喊，喊了好一阵会场才安静下来。李敬德继续说：“另一个问题是加税的事。前年每吨矿石税费六元一角五分，去年增加到二十五元九分，所以今年有几个月发不出工资。”这时，下面有人吼起来了：“引进的外资企业，三年免税，两年减半。我们铁矿的税费翻两番多，我们还能活吗？现在嘴上讲要搞活国有企业，实际上是把国有企业搞死。外资和私有企业都是年轻职工，没有养老负担，也没有教育等配套单位的负担。”

“我讲完了大家再议论。”李敬德说,“我们遇到的第三个问题是三角债。我们欠铁路和港口八千多万元,各个钢铁厂欠我们一亿二千多万元。去年国家成立了清理三角债领导小组,改债为贷。我们收回了六千多万元,还债五千万元,但后来又越欠越多。税费、养老等负担和三角债压得我们喘不过气来。再不想办法解决,不仅不能正常发工资,连生产也不能正常进行了。”李敬德的话像千斤石头压在每个职工的心上。

会后,各车间分班组讨论,由大家来出主意。华国彪提了三点建议:一、要求减税;二、上书中央,要求对养老金进行补偿;三、组织人员讨债。乐于时说:“假若上面不肯减税怎么办?”华国彪说:“不减税的话,就会生产越多亏损越多,那就不如停产。一旦停产,财税厅就没有税收,而铁矿的税费占海南税额的比重相当大,他们不能不考虑。”乐于时说:“华工这着棋真厉害。这叫置之于死地而后生。”

下午,矿里召集处级干部和有高级职称的员工开会,李敬德说:“还有个问题今天上午不敢在全体职工大会上讲,讲了怕工人去省里游行示威。前天我们收到省财政税务厅的文件,指定我矿今年以‘利润总额照章纳税,基数利润核定比例包干上缴,超收全留’的形式,以六千万元为利润基数,比以前多了一千万元。下达的指标实在难以完成。因此,我们要求省里重新核实我矿利润基数,上缴利税比例最高不要超过国家规定的百分之五十五,即所得税百分之十五,税后利润分流上缴百分之四十。矿里即将派人去省里要求减税,假若省里硬是不肯减,那就只好按华国彪讲的办法,不减税就停产。”大家听了,都沉浸在一片悲愤的气氛中。

次日,贾世界和李敬德来到省财税厅,把要求减税的报告交给了罗厅长。罗厅长看了报告后,和颜悦色地说:“天涯铁矿是海南的纳税大户,支援国家,使一穷二白的海南岛建起了一个又一个工厂,一座又一座学校,一条又一条街道,还支援全国的钢铁厂生产出一批又一批优质钢。我们也知道你们的负担重,但是,海南省的开支相当大,党政工团妇这一大块就大得吓人,还要办工厂,办学校,办医院,办交通。这些钱从哪里来?向农民要吗?农业税少得可怜,我们只好向厂矿要,向商店要。”李敬德叹了口气说:“我们应该多为国家做贡献,但税费太重。矿产税去年一下子就翻了两番多。矿石的成本直线上升,而矿石都是计划指标,价格由国家控制,不能涨价,亏损了又没有补贴。今年的利税又增加了这么多,我们拿什么去发工资?”罗厅长说:“你们万一发不出工资,我再考虑贷一点款。”贾世界说:“贷款是要还的。利息又高,贷一个亿,年利就是一千多万元。铁矿怎么负担得起?俗话说,亏本的生意没人做。越生产越亏损,还不如停产。”听到“停产”二字,罗厅长为之一惊。铁矿停了产,省政府各机关的工资就得低很多。他忙摇手说:“停产是不行的,千万不能停产。这不仅关系到全省的财税收入,还关系到全国各钢铁厂的生产。”李敬德说:“那我们怎么办?我们下个月就没有工资发了。工人们不能饿着肚子上班。”罗厅长说:“铁矿有困难,这是实际问题。我们开会研究一下,到时候打电话告诉你们。”

贾世界和李敬德回到铁矿,等财税厅的回答。等了三天,财税厅回答说,按老办法利税上缴百分之五十五,以五千万元为利润基数,但矿产税不减。

利税没有增加,总算松了口气,但还是没有钱发工资。怎么办?只好按华国彪讲的另一个办法：去讨债，收债的千分之一奖给讨债人。

全矿组织了二十个讨债组，每个组三人，分赴全国各地。采矿队由华国彪带队，另外两人是舒本信和乐于时。华国彪有几个同学在北方的几个钢铁厂，他自愿去北方。

讨债组准备出发的前两个晚上，铁矿突然出了事。多个经营部的仓库里刚买进来的三百台彩色电视机被抢走了，价值一百多万元。据值班的两个人说，那天天黑时，有人敲门，他们开了门。谁知一下子拥进来五六个彪形大汉，把他们两个捆了起来，嘴里塞上毛巾，用布蒙住眼睛，锁在一间小房里。接着大门的锁被敲掉，大门打开，进来好几辆汽车。约莫一个多小时车子开走了，周围一片寂静。两人等到第二天有人来上班才被解救出来。一查仓库，三百台彩电被洗劫一空。矿里马上向县公安局报案，县公安局和铁矿保卫处马上组织人侦察。据反映，昨天晚上有好几辆汽车向铁矿驶来。半夜时分，又有好几辆汽车从铁矿向北驶去。铁矿保卫处准备打电话问各个港口。这时，矿办公室接到来自大陆南安港的电报："天涯铁矿办公室，贵矿运载矿石的轮船在我港卸货，再用火车运至大陆各钢铁厂。贵矿共欠我港装卸费和码头租金一百三十万元。我港多次催债，但贵方总是说没有钱。我们诉至法院，贵矿又不执行法院判决。三角债已弄得我港发不出工资，工作难以进展。我们被逼得走投无路，于昨天夜里运走了贵矿多个经营部仓库的彩电三百台，价值一百二十万元。货物清单马上奉寄，并请派人来清点。贵矿还欠我港十万元，今后必须先交现金才能在我港转运矿石。我们是在法律无法执行的情况下才采取以恶抗恶的办法。敬请原谅。南安港。"

这件事马上传遍了全矿。从矿长到工人，无不目瞪口呆，目瞪口呆后是无可奈何，无可奈何后是一片愤怒。有的说："我们欠人家的，人家抢我们；人家欠我们的，我们也去抢人家。"铁矿讨债组是带着什么样的一种情绪去讨债就可想而知了。最令人头痛的是亏损单位，叫花子不怕虱子多。

华国彪一行乘轮船到湛江，再乘火车北上。

火车上有卖书刊的。有个中年男人端着一叠杂志叫卖："天下奇闻：通过性变手术，男人变女人，女人变男人；女老板聘个保镖作情人；省长买别墅养二奶。"这样的故事大家听到的见到的太多了，所以买的人不多。接着又来了一个老头叫卖报纸："一个农民彩票中了奖，一下子成了百万富翁；转卖土地一夜成了千万富豪；退休老工人生活无着，跳楼自杀；失业下岗工人游行示威，要工作要饭吃。"很多人争着买。华国彪想买一张报纸看看，但老头还没有走到他跟前就卖光了。过了一会儿，一个中年妇女提着一篮书叫卖："快来买，《中国问题大曝光》《贪官知多少》。"她的书一下子卖了一半多。华国彪发现其中一本书叫《共和国经济忧思录》，马上买了一本。他翻开书一下子就被吸引住了，鞍钢四十万职工，年产钢材八百多万吨，居钢铁行业第一。四十年来它已向国家贡献了一亿多吨钢材，上缴了四百来亿元利税，占辽宁省财政收入的三分之一。一九九〇年向国家上缴了二十多亿元利税，自身留利却是一个零。投入欠账，更新乏力，大多数老掉牙的设备还要带病超负荷运转。华国彪指着上述那段文章给乐于时和舒本信看。乐于时看了说："幸好鞍钢没有欠我们的钱。不然，我们实在不忍心去讨账。"舒本信说："听说荆城钢铁厂相当富裕，为什么欠我们三百万元老是不还?”华国彪说:“荆城钢铁厂前厂长贪污受贿一百四十万元,为三个姘头买了三处住房和高档家具,不久前被判了死刑。这次讨债可能会遇到困难,我们要做好思想准备。”

华国彪等三人来到了荆城钢铁厂,找到了新上任的苟厂长。华国彪等人还没有开口,苟厂长就说:“你们有什么事请先同厂办公室米主任谈一谈,我有个会议要参加。对不起,失陪了。”

胖胖的米主任一副笑眯眯的样子。他说:“你们有什么事?”华国彪说:“也没有什么了不起的事。贵厂购买我们天涯铁矿的矿石,还有三百万元货款没有付,我们打了几次电话都不起作用。工人们都等着发工资,所以我们只好亲自来一趟。麻烦你们帮我们解决这个问题。”米主任笑眯眯地说:“这样大一笔钱,我也没有办法答复你们,要苟厂长才能做主。”华国彪换个话题说:“你们新建的这栋楼气魄很大。”米主任说:“这栋办公楼总造价三千万元,前期付款一千万。”

大家等了好一阵。米主任打电话问苟厂长,苟厂长答复说:“今天下午有个宴会要参加,要他们明天来。”

华国彪等人只好第二天上班时去找苟厂长。米主任还是笑眯眯地说:“真对不起,苟厂长今天要陪市长参观。请明天来。”

华国彪等人只好又等了一天。第三天上班时,苟厂长总算坐在办公室里了。华国彪说明了来意。苟厂长面带难色说:“这是前任厂长遗留下来的问题。我刚上任就忙着给他揩屁股。您知道,现在厂长上任就要立下军令状,规定要达到什么样的效益。假若我只是忙着给前任还账,还有什么效益可言?”舒本信说:“那您说,这账应该由谁来还?是不是应该由被枪毙的前任厂长来还?”苟厂长见这年轻人口气很硬,心里很不受用,认为这小子乳臭未干,还根本不懂现在社会的行情。现在不是过去,不是欠债的杨白劳向地主黄世仁求情,缓期还债,而是黄世仁向杨白劳说好话送红包,请求还债。苟厂长说:“一些工程队买了我们的钢材,一直没有给钱。等我们把钱收回来,一定会还给你们。”乐于时问:“你们要到什么时候才能收到钱?”苟厂长摇了摇头说:“那就说不准。现在的三角债,连国家都头痛。”华国彪说:“你们并不是没有偿还能力。”苟厂长觉得奇怪,他问:“您刚才来,怎么知道我们有没有偿还能力?”华国彪说:“这栋新办公楼的造价至少也得三千万。”苟厂长觉得华国彪不是好应付的人,他一来就发现了问题,但苟厂长终究是应付过很多大场面的人,他说:“新办公楼也是盖好以后有钱再付。”华国彪笑了一下说:“前期付款没有一千万就不要想开工。”苟厂长越发觉得奇怪,这个人一来就摸准了底细,真是善者不来,来者不善。他只好说:“一千万算什么。我们厂十多万人,还不够半个月工资。”华国彪说:“我们卖出的矿石收不到钱,现在连半个月工资也发不出。今后你们想要矿石也没有人开采了。”苟厂长觉得华国彪说话绵里藏针,意思是说,你不还钱,以后就别想再要矿石,没有天涯铁矿的优质矿石,你就炼不出优质钢。苟厂长口气软了下来:“下次你们运矿石来,我们一定想办法把钱凑齐。”乐于时说:“我们没有收到钱就没有脸面回去见工人们。”苟厂长说:“你们待在这里也没有用啊。”华国彪觉得再说也没有用,于是说:“明天上班的时候,我们在厂门口等您。”

荀厂长听了，不知华国彪的葫芦里装的是什么药，生怕会发生不祥的事。他盖新办公楼就是为了避前任厂长的邪气，这三个人若在厂门口弄出什么事，那邪气就更大了。

次日上班时，荀厂长伙同办公室几个人小心翼翼地来到厂门口，只见厂门口已经有了很多人。华国彪等三人站成一排，每人身上斜披着写有字的长条白布。乐于时的白布上写“信誉第一”，舒本信的是“欠债要还”，华国彪的是“工人挨饿我绝食”。

荀厂长担心华国彪等人会同他拼命，所以他站在后面看。看来这三个人是横下一条心了。他想到报警，但报警可能会使事态扩大，假若记者来采访，那就不好收场。若不理他们，他们会利用机会扩大宣传，结果弄得钢铁厂更加臭名远扬。假若他们告到法院更糟糕，不如还他们的钱，赶快收场，缩小影响。他走向前对华国彪说：“你们把白布收起来，跟我去办公室，我马上开付款委托书。”华国彪说：“我一个人跟您去。您开了委托书，我们马上就回去。”

荀厂长知道华国彪怕上当，所以把两个人留在门外。他带华国彪到财务处开了付款委托书。华国彪拿了委托书，同舒本信和乐于时坐火车去燕城钢铁厂。

华国彪想，燕城钢铁厂的厂长是韦尚忠，看在老同学的面上，韦尚忠肯定会还一些钱给天涯铁矿，也许全部还清。

华国彪一行来到燕城钢铁厂，说是找韦尚忠厂长。门卫说：“他这几天都没有来上班，你们到他家里去找。”门卫指着半里路远的一栋大楼说：“那就是韦家别墅。”

华国彪等三人来到韦家别墅，只见大门紧锁，门前站了上千人。有人在高喊：“姓韦的，你为什么这个月又不发工资给我们？你还管不管我们工人的死活？”一个起码有两百斤的胖男人站在二楼的阳台上对下面说：“银行不贷款，哪里来的钱发工资？”华国彪简直认不出这是韦尚忠，但那声音还是没有变。

下面另一个人高声说：“你为什么有钱建私人别墅？你为什么有钱买私人轿车？你的工资还不够你抽烟，你的钱哪里来的？你还是共产党员吗？你下来，我们一起到法院去评理！”旁边有个人说：“去法院有屁用。他老婆的哥哥是法院院长。”

不知有谁在喊：“拿手榴弹来，炸死这个王八蛋。”原来这个厂以前是兵工厂，造了很多手榴弹。后来军转民，改建成了钢铁厂，而以前造的手榴弹还保存在仓库里。

是不是真的有人去拿手榴弹，华国彪等人也搞不清楚。不一会儿来了一辆警车，别墅的铁门随即自动打开，警车进去后又立即自动关上，接着警车又开了出来。有人说：“这王八蛋刚才肯定报警了，他肯定躲在警车里面。”马上有几个人拦住了警车。有个人从警车前面的玻璃往里面看，随即叫了一声：“王八蛋在里面！”警车马上用催泪瓦斯驱散了人群，一溜烟开走了。

华国彪等人见到这一幕，知道讨债没有什么用，只好去燕北钢铁厂。燕北钢铁厂的厂长是彭诚。彭诚以为官清廉和治厂有方而闻名，以前经常有人来取经。华国彪想，只要说一声，欠款会拱手送上。

他们来到燕北钢铁厂，问门卫彭诚厂长是不是在办公室。门卫睁大了眼睛说：“彭厂长?彭厂长去年年底就去世了。”华国彪等人大吃一惊，问是怎么回事。门卫叹气说：“前几年煤矿亏损。彭厂长把煤矿和钢铁厂两个亏损单位联合起来，带领两万多职工艰苦奋斗，很快就扭亏为盈，每年为国家创利税一亿三千多万元。以前我们是先治厂后治窝，很多职工是三代人住在一个套间里。后来搞住房改革，厂里哪里有那么多住房?只好花钱建房，可政府只出政策不出钱，全要厂矿出钱。两三万元建的房，按政策除掉各种优惠，只能收到几千元，而厂里花了七千多万元建房。接着又搞养老保险和医疗保险改革，绝大部分钱由单位出，厂里每年要缴两千多万元，否则，职工看病不能报销，退休职工领不到退休金。加之铁矿石涨价，而钢材百分之九十是指令性计划的，赚不到什么钱，税收却增加了不少。因此，厂里很难保证有钱发工资。彭厂长向全体职工交了底：厂里只能靠贷款发工资了。他要大家节约用钱，以防没有工资发的那一天。

“没有工资发的那一天终于来到了。银行多次警告，再不还欠款就停止贷款。厂矿哪里有钱还贷?银行终于停止了贷款。

“再加之近年来建房热冷了下来，钢材不好卖了，卖出去的也难收到钱。你找包工头要钱，包工头说建房单位没有给钱，房产老板说房子卖不出去没有钱，他也没有办法。有的包工头逃得无影无踪，讨债队讨来的钱还不够旅差费。彭厂长急得像热锅上的蚂蚁，一个月就瘦了十多斤。他每次走进办公室，都有一群职工找他要钱买米或看病。他回到家里，也有一群职工跟他来借米。他向职工讲好话，一定想办法去弄钱，只差没有下跪了。职工们见他可怜的样子，只好发几句牢骚就走了。

“倒霉的事一件接一件。煤矿工人没有工资不肯下井。没有煤，火电厂就不能发电。钢铁厂的职工们和周围的居民在严寒的冬天就像在冰窟窿里一样，真是饥寒交迫，过一天都难受。彭厂长请求政府出面调停。因为很多工厂停产，没有税收，政府没有钱，出面调停也不起作用。在以前，越到年底越热闹，职工们买这买那，而去年越到年底越难受。在除夕那天，彭厂长来到四楼的办公室。我以为他是去打电话给政府部门请求援助。我走出传达室，只见这位东北汉子，突然揪住自己的头发，号啕大哭，接着大喊一声：‘工人弟兄们，我对不起你们！’他突然抽出一把刀子割向喉咙。我忙大声喊：‘彭厂长！’只见他从楼上跌了下来，鲜血喷了一地。彭厂长就这样永远离开了我们。从此，煤矿和钢铁厂都停产了。”门卫讲完后不停地揩眼泪。

华国彪听了，眼圈也红了。乐于时摇了摇头说：“没想到他们比我们更惨。”舒本信说：“说不定他们的今天就是我们的明天。”乐于时问华国彪：“还找不找其他的领导?”华国彪说：“没有必要找了。”华国彪问门卫：“彭厂长安葬在哪里?”门卫说：“卖煤的老板方堃出钱把他火化了。”

当晚，华国彪的心情总是不能平静。他想起大学时代过苦日子，彭诚拾了条猪尾巴又被人偷了，以及后来两人抓老鼠吃的往事，他整夜没有睡好。

次日，华国彪等人带着荆城钢铁厂开具的三百万元的付款委托书赶回天涯铁矿。

这次铁矿讨回了一千五百多万元债款。有的是暗地里向欠债单位的领导送红包才讨到钱，有的甚至用暴力威胁。但机修车间熊主任用暴力威胁不但没有讨到钱，自己反而被拘留了一个星期。

原来，熊主任一行去四个单位都没有收到钱，最后来到平原钢铁厂。平原钢铁厂的厂长说："我们这个月还没有钱发工资，厂里实在没有钱还账。你们要钢材的话可以运一些去。"熊主任说："我们要钢材有什么用？您无论如何给我们弄些钱来，我们回去才好交差。""我们有钱就不必向您讲好话了。""您不还钱，我们就坐在这里等。""您等也没有用。要钱实在没有，要命倒是有一条。"熊主任一听就火了，竟然拔出防身的匕首说："欠债还钱，天经地义。你还不还钱？"那厂长吓得拼命往门外飞跑，边跑边喊："救命！救命！"马上来了三个保安人员，夺了熊主任的匕首，把他抓进了派出所。

收债最多的是财务处。金艳带领钱水春和康宁，收了六百万元。大家要她们介绍经验，她们横竖不肯讲，但她们的嘴巴往往像气球，迟早会漏气，要她们长期保密是很难的。果然没过多久，大家都知道了她们讨债的秘诀。

出发前，大家认为这三个女菩萨不过出去游山玩水而已。她们来到华中钢铁厂，找到钭厂长。钭厂长一见到金艳就热情地打招呼："小金，我们又见面了，真是有缘。"金艳翘起嘴巴说："老得一塌糊涂了，还叫小金。"钭厂长说："不老不老，风韵不减当年。"金艳嗲声嗲气说："钭厂长，我们都发不出工资了，您做做好事救救我们。"钭厂长说："我们钱也很紧。厂里正在同外商谈判，准备购买他们的一套生产线。"他谈话时，不时瞟一眼钱水春。金艳装着没看见，她竖起大拇指说："钭厂长不简单，把生意做到外国去了。你们搞得好，我们也沾点光。""我同厂里干部商量一下再回你们的信。""钭厂长真是个大好人。我们住在天鹅湖宾馆。我和康宁住在四楼一号房间，钱水春住在隔壁二号房间。我们等着您回信。""好，我明天下午来找你们。"

次日下午，钭厂长来到天鹅湖宾馆四楼找人。服务员说："一号房间的两位客人不在，只有二号房间的客人在。"钭厂长敲门进了二号房间，只见钱水春穿一件汗衫，像一朵出水的芙蓉。钱水春边倒茶边说："她们两个刚才有人找，都出去了，要我等您。金处长说，请您帮帮忙，把欠的六百万全部还清。"钭厂长说："那你们怎么谢我？"他一边说一边望着钱水春那白嫩的皮肤和迷人的乳沟。"您说怎么谢？您还没还钱呢。""还钱，还钱，一定还钱。"钭厂长马上从口袋里拿出一张写着六百万元并盖好了章的付款委托书给钱水春看。钱水春伸手去接委托书时，钭厂长的嘴巴已经挨近了钱水春的脸，拿委托书的手抱住钱水春，另一只手伸进了她的衬衫内，钱水春吓得尖叫一声。这时，金艳和康宁走了进来，问是怎么一回事。钱水春满脸通红，钭厂长装作若无其事的样子说："我把委托书给她看，她见这么多欠款全部还清，吓了一大跳。好，少陪了。"钭厂长说完，把委托书交给金艳就走了。金艳问钱水春："你刚才叫什么？"钱水春说："他想要流氓。"金艳安慰她说："只要没有上当，受点委屈算了。把债讨回来就完成了一件大事，我们每个人也可以得两千元的奖金，等于几个月的工资。"

原来金艳早就知道钭厂长是个色鬼。几年前她来找钭厂长有事，钭厂长单独同她在办公室面谈，还没谈上几句他就讲起下流话来了，接着就动手动脚。金艳赶快开了门才使那场闹剧收了场。她觉得要钭厂长还债，千句好话不如美人一个吻，但她自己已经年老色衰了，所以要钱水春去引诱钭厂长上钩。她邀康宁假装外出，实际上在外面等待时机。

贾世界想方设法为铁矿捞钱发工资，也想方设法为自己捞钱。他觉得现在铁矿越来越不景气，以后想捞钱也没法捞了。

一天下午，贾世界一个人在办公室办公，钱水春提着个大提袋走了进来。贾世界把门闩上，他每次见到钱水春，心里就有一种莫名的躁动。钱水春娇滴滴地说："贾矿长，我有件事求您。"贾世界满脸堆笑说："什么事，你只管说。"钱水春说："我父亲想在炼铁厂旁边建一个加工厂，打算向铁矿买三十亩土地。"贾世界故作难色地说："哎呀，这件事要党委开会同意才行。""您想想办法嘛。事办成了，我一定谢您。"贾世界每次听到钱水春说"我一定谢您"这句话就像全身着了火一样。他说："你怎么谢？"钱水春马上从提袋里拿出三十万元的大钞放在桌上说："这是我父亲给您的。"贾世界笑眯眯地望着钱，又笑眯眯地望着钱水春说："我是问，你怎么谢我。"钱水春瞟了贾世界一眼说："您要怎么谢？"贾世界搂着钱水春说："我两个再来玩一玩。"钱水春扭扭身子说："你真坏。"贾世界把钱水春搂在沙发上。

完事后，贾世界对钱水春说："这三十万元你帮我存在银行里，不要让你父亲和金艳知道。"钱水春把钱放进提袋里，笑了笑走了。贾世界的想法是，万一这三十万元的事泄露了，他贾世界可以不认账，因为他没有拿钱。

三八 “刁民”难治

铁矿讨债得来的钱不到三个月就用光了，过去欠的工资还没有补发。贾世界问李敬德：“下个月工资从哪里来？”李敬德说：“我曾向银行借，银行行长说现在贷款比以前卡得紧了，一要抵押，二要还了旧的再贷新的。我看只好向私人借了。”“私人哪里有那么多钱借？私人放债的年利一般是百分之二十，是银行的两倍多。”“向钱宏发借试试看。他办炼铁厂赚了不少钱。”贾世界觉得这也是个办法。

近几年来，天涯铁矿越办越困难，而钱宏发的炼铁厂越办越红火。铁矿越困难，钱宏发越高兴。他是个雄心勃勃的人，买下炼铁厂成功了，说不定将来他能够买下铁矿。现在铁矿向他借钱，他满口答应。鱼开始上钩了！铁矿从钱宏发那里借了五百万元，只有一个多月就用完了。贾世界问李敬德：“下一步怎么办？”李敬德说：“现在只好欠下税费发了工资再说。再欠工资，工人就不会上班了。”贾世界也想不出其他的办法，只好同意这么办。这是铁矿有史以来第一次欠缴税费。

快到年底，财税厅接连来电话催缴税款。金艳回答说：“实在没有钱。”财税厅要铁矿负责人去厅里打个转。次日，贾世界和李敬德来到厅里，向罗厅长陈述了铁矿的困难。罗厅长想了想说：“你们若缴了税费就发不出工资，若不缴税费省里发工资就会受影响。更谈不上建设了。这真是两头为难的事。”李敬德说：“物价涨了那么多，成本增加了，税费也增加了，生产矿石根本没有什么利润，这几千万元的税费从哪里来？”罗厅长一听傻了眼。这不是想赖账吗？但实事求是地说，这又是真话。罗厅长赔着笑脸说：“我们要以国家利益为重。你们实在有困难，我给你们想个办法。现在有个新办法，就是用贷款缴税费。我们同银行讲一下，贷点款把税费缴了。”李敬德心里想，贷款要铁矿还，还要付利息。到头来好了银行和财税厅，亏了铁矿。但不缴税费说你抗税，铁矿的脖子卡在财税厅手里。他长长地叹了口气，说：“贾矿长，您看怎么样？”贾世界说：“只好按罗厅长说的办。”

贾世界和李敬德回到铁矿办好了贷款手续。两千万元的贷款刚划到铁矿的账上就马上转到财税厅的账上去了，铁矿每年又要多付几百万元的利息。

贷款缴了税费，工资还是没有着落。

矿里又通知召开全矿职工大会。以前国乐山召开全矿职工大会，都是报告好消息，或者是产量增加了多少，或者是福利增加了多少。权升钤上台后，职工大会多半是批斗会。贾世界上台后没有开批斗会了，大会宣布的多半是税费增加了，工资发不出了。因此，职工们觉得现在开大会不会有好事。

吃午饭时，夏梅芳对华国彪说：“听说昨天晚上矿领导开会决定减工资。今天下午开会可能是讲这件事。”华国彪说：“你听谁说的？”“他们说是金艳传出来的。”“减多少？”“减一半。”华国彪沉默了一会儿，说：“有很多工人，一家只有一个人工作，每月四百来元，减一半就只有两百来元了，叫人家怎么活？我看要减的不是工资，而是开支。国乐山当矿长时，全矿只有一辆吉普车，公家有急事才能用。出差时，近的走路，远的坐公交车。一个车间只有一台电话，有公事才能用。现在连正副处长都各有一辆小轿车。每辆的油费、养路费、维修费，一年要五六万元，加上折旧费和司机的工资，一辆车一年就要十多万。每个科处级干部都配有手机。还有公费住宅电话，有的电话费比工资还多。还有吃喝玩乐和送礼。每个车间的招待费用是二十多万元。每逢过年过节，科级单位给处级干部送礼送红包，处级单位给矿级领导送，少则几百上千元，多则几千上万元，都是公款报销。这些都是公开的，暗地里用公款行贿的还不知多少。今天开会他们若提出减工资，我就提出减开支。”夏梅芳说：“矿里的腐败现象真是太不像话，但你一提出来就会得罪领导。”“不得罪他们就会有一天大家都活不成。”“你本来是个平头，但你一管闲事，你就成了辫子多的维吾尔族姑娘，他们会想法抓你的辫子。你能不能像讨三角债那样写几条建议给矿领导？”“讨三角债是对外，他们可以接受。小轿车和吃喝玩乐等问题，牵涉到领导的切身利益，我提过几次建议，他们根本不理睬。现在只有当众提出来，让大家都认识到这些问题的严重性，让大家都来监督，使腐败分子无处藏身。”

下午，全矿职工像病危人员的家属等待噩耗一样在操场等待矿领导发布坏消息。华国彪站在前面听。

“全体职工，”贾世界开始讲话了，“近来房地产热大大降温，钢材大量积压，所以铁矿石的销售量大大减少。有的钢铁厂要了铁矿石，但近期没有钱付。由于我们旧债没有还清，银行不愿再贷款给我们。向私人借也借不到钱了。因此，我们只好从下个月起，减少百分之五十的工资。我减少最多，每年减十万元。”贾世界以为自己带头减工资，一定会得到大家的拥护。讲到这里，他停了一下，等着台下鼓掌。没想到话音刚落，连一些领导干部都还没有来得及鼓掌，华国彪就在台下大声说：“我建议不是减工资，而是减开支。一是砍掉公费小轿车，二是砍掉公费的手机和住宅电话，三是砍掉公款吃喝玩乐。”华国彪还没讲完，全场掌声雷动，接着是一阵喊叫声：“这意见提得好！提得好！”

贾世界气得满脸通红。他原以为减工资只要通知一下就行了，开大会表明他贾矿长尊重群众。他做梦也没有想到会杀出华国彪这匹黑马，而且还有这么多人跟着他起哄。他很想把华国彪臭骂一顿，但他转念一想，如果他这时骂人，台下成千上万的职工会把他轰下台。可他又不能默不作声，他必须消除华国彪讲话的影响，维护他贾矿长的尊严。等台下稍微安静下来时，他说：“砍掉小轿车，难道要我们又回到双脚走路的原始社会去？手机等先进通信工具也不用，怎么能提高工作效率？必要的招待费也要砍掉，我们怎么能搞好与外单位的关系？”他以为这一下华国彪无话可说，其他人也不会再附和他。谁知他刚讲完，华国彪又大声说：“你说小轿车不能砍，请问，是当官的屁股重要还是职工的肚子重要？上班的时间不抓紧时间处理公务，下班回到家里打电话真是处理公务吗？不搞吃喝玩乐就不能搞好与外单位的关系吗？国乐山当矿长时，谁就餐谁掏钱，为什么与外单位的关系处理得那么好?”华国彪讲完,全场一片喊叫声:“砍掉小轿车!”“砍掉公费的手机和住宅电话!”“砍掉公款吃喝玩乐!”贾世界知道自己已经控制不了局面,再下去就可能有人上台抢话筒。他只好赶快宣布:“散会!”

人群往操场外面走,边走边发牢骚。

大会后,华国彪刚走进家门,夏梅芳就对他说:“小心贾世界报复你。”华国彪说:“他肯定要报复,我看他怎么报复。说不定他明天就会找我的麻烦。”

次日,麻烦果然来了。华国彪刚走进采矿队办公室,矿办主任就来对他说:“贾矿长要您到会议室去一下。”

华国彪来到会议室时,会议室已经坐满了所有的矿级领导,还有保卫处处长万重义。贾世界指着门边一个空座位对华国彪说:“你坐那里。”华国彪刚坐下,贾世界就说:“今天要你来,是要你讲一讲,你为什么要反对矿领导的决议?我们首先看你的态度再做处理。”华国彪说:“这个决议不合理,所以我要反对。”“你为什么不写建议给党委,要在公开场合反对?你安的是什么心?”“关于小轿车和公费的手机和住宅电话,我写过几次建议,会上也提过,你们都不理睬,我还有写的必要吗?”贾世界脖子上的筋鼓鼓的,他突然像被弹簧从椅子上弹起来一样,冲到华国彪的座位前吼道:“你这是公开煽动群众反对党的领导,居心不良!”这时,万重义抬起头,挺起胸,准备待命的样子。华国彪对贾世界说:“你坐在座位上讲不行吗?我并不是听不见。你有理让你讲个够,不必跳起来指手画脚,这又不是打架。”“你还要还嘴?”“你讲话我没有插嘴,我讲话你也不要插嘴,要讲文明礼貌。”“你还强词夺理!”“你要我来讲,我一讲你又要骂人。我让你骂个够再讲。”“好,你讲!你讲!”华国彪列举了公费小轿车、公费的手机和住宅电话以及公费吃喝玩乐这几样,每年要一千多万元,相当于全矿职工工资的三分之一。此外,官员的年薪制的工资高得吓人。假若砍掉这几样就不用减工资了。工人们已经忍无可忍,要人家没有意见是办不到的。这是人民的铁矿,人民的铁矿人民有权管。他最后说:“我的话讲完了,你还有什么要讲的?”贾世界瞪着眼睛说:“我要你检查错误!”华国彪说:“这件事我没有错,没有什么可检查的。我还有事要上山,少陪了。”他说完就走出了会议室。会议室一片寂静,个个面面相觑。

华国彪走出会议室,只见舒本信、张智勇和应建国站在门边的走廊上。华国彪问:“你们来有什么事?”张智勇说:“我们听说贾世界要找你的麻烦,我们就跟了来。”应建国说:“假若他们要打人抓人,我和张智勇就冲进会议室救你,舒本信去喊工人来帮忙。”华国彪很感动,他笑了笑,说:“料想贾世界还不敢那么做。”

这时,矿领导在会议室继续开会。贾世界说:“华国彪今天猖狂到了极点。”贾世界越说越气,“我建议立即要华国彪停职反省,要不要开除请大家讨论。”能顺德也气愤地说:“不把华国彪的邪气压下去,这铁矿就没法领导了。”乌致用没有那么气愤,但态度也很坚决:“华国彪根本不把矿里领导放在眼里,太不像话了。”李敬德的看法却不同,他说:“华国彪的讲话不是代表他个人,这么多人为他鼓掌就可以看出来。假若让他停职反省,整个采矿队可能都会反对,甚至全矿的工人都会起来反对。那时候矿领导就被动了。为什么这么多人支持他？一是工人的工资低，物价又上涨，假若工资减一半，很多工人家庭就没法生活下去。在讨论时我也提过这个问题。二是他主张砍掉的那几样都是工人不满的。以前工资照发，都忍住不作声，现在要减工资，大家就忍不住了，华国彪不讲，另外会有人出来讲。”贾世界说：“华国彪的嚣张气焰不压下去，以后矿领导讲话就再也不会有人听了。大家看怎么处理。”李敬德说：“要处罚华国彪必须交职代会讨论。我敢说，绝大多数的职工代表会站在华国彪一边。”贾世界说：“不处罚华国彪就会助长歪风邪气。现在很多工人又懒又没有本事，只想多捞钱。若是不减工资，哪来那么多钱发工资？实在没办法可想了。”李敬德说：“还有个办法是集资。”他这一说，大家的注意力都转到集资的问题上来了，把华国彪的事丢到一边。贾世界说：“集资发工资实际上是自己出钱给自己发工资。大家肯集资吗？什么时候有钱还？”李敬德说：“假若利息等于银行的两倍，有钱的人很可能愿意集资。除了集资再无法可想了，集了资再说。年利百分之二十，虽然利息重，但肥水还是流在自己的田里。动员干部带头。厅级一万，处级五千，科级两千，科员一千，工人自愿，多的不限。”贾世界说：“不愿集资的下岗。”能顺德说：“一年后没有钱还就麻烦了。”乌致用没有想那么多，他说：“到那座山再唱那支歌，糊过了眼前再说。”李敬德说：“我看自愿集资比强迫好，不集资的也不下岗，因为有的职工家里实在没有余钱。”最后大家都同意李敬德的看法。

集资的办法果然见效。由于利息多，很多人把银行的存款都取出来参与集资，有的人把资产抵押贷款拿去集资，有的拿几万元参与矿里的集资。矿里一下子就集资两千多万元。

两千多万元集资款给铁矿打了一针强心剂，但由于建筑业继续萧条，钢铁销售不景气。铁矿怕卖出的矿石收不到钱，坚持先付款后发货，因此矿石的销量锐减。而矿里的轿车、公费的手机和住宅电话以及公款吃喝玩乐一样都不减。外面欠的钱收不回，银行的存款余额只够一个月的工资了。怎么办？

贾世界又召集矿领导班子开会，要大家出主意。到会的人你看着我，我看着你，谁也拿不出办法。贾世界说：“上面提出减员增效，现在只好这么办。”李敬德说：“减员增效比减工资更难执行。减我不减你，矛盾会更加激化。”贾世界说：“为了避免矛盾对准矿领导，来个各自为政。把每个月的工资按比例分到各个车间。你这个车间不减员，人平两百元；减员一半，人平四百元。”李敬德说：“减员是很棘手的事。万一要减员，不能一家人都减。为了慎重起见，先交下面讨论再做决定。”

次日，各个车间讨论矿里减员增效的方案。采矿队讨论时，乐于时最先发言：“减员增效好，优胜劣汰。有竞争才有出路。”舒本信问乐于时：“你自己愿不愿意失业或下岗？”乐于时说：“话怎么能这么说？这不是哪一个人的问题，而是铁矿怎样办下去的问题。现在只有一件衣服，假若给两个人穿，哪一个都穿不成，还不如给一个人穿。”华国彪说：“要把铁矿办好，必须大家一条心。办公室的人都下到各个班组去听听工人的意见。应队长，你看怎么办？”应长寿不慢不紧地说：“我这个队长当到头了，过几天就退休了，看新的队长怎么办。”大家听了都感到意外。困难的时候又加上换队长，真是屋漏又遭连夜雨。

应长寿退休的事一下子传遍了采矿队。次日上班时，一份有千多人签名请求华国彪当队长的报告送到了贾世界的手中。贾世界想知道谁为首签名，但一看签名都是圆形，看不出先后。这说明策划人很精明。他想问是谁策划的，但又怕问了会引起签名人的反感。贾世界左右为难，他实在不想让华国彪当队长，但又众愿难违。他本来想要乐于时当队长，幸好没有宣布。他反过来想，不如顺水推舟，让华国彪当队长，看他怎样渡过这个难关。

次日，矿办主任把委任书交给华国彪。华国彪却说：“我不是当队长的料，还是另外找人。”舒本信说：“现在不是你愿不愿当的问题，而是一千多人签名要您当，您怎样才能满足大家的愿望的问题。”华国彪吃了一惊，摇了摇头，说：“你们也不看看我是不是那块料，在减工资减员的关口，拿我这头驴子来当马骑。”应长寿说：“你当队长，我就安安心心退休了。”华国彪犹豫了一会儿说：“您辛苦了一辈子，临到退休还不能放心。采矿场这辆车今后我们齐心合力来拉。今天我们都下到各个班组去听听工人们对减员增效的意见。”矿办主任笑着说：“我可以交差了。”

华国彪来到爆破组和大家一起讨论。有个工人说：“过去提‘增产节约’和‘发展生产，保障供应’。生产发展了，效益也会好起来，用不着减员了。现在不提‘发展生产’，只要提高效益，不怕减员。增效是为了谁？”另一个工人说：“被减员的人就会倒霉。爆破组不比其他部门。假若下岗的人想不通，抱一包炸药炸掉一个车间，大家都要下岗。”大家听了又吃惊又觉得好笑，但是笑不出来。现在这种事多得很。大家讨论来讨论去都想不出个好办法。华国彪说：“我有个办法不知道大家同不同意。不搞下岗，而搞轮岗。一些人上班，另一些人休息，轮流来，干部和工人都一样。这叫有饭大家吃。轮休的人可以另外去捞点收入。假若矿石销路好起来，轮休的时间就短一些，甚至不轮休。”大家都齐声叫好。有个工人说：“华工管全队的事，不能轮休。”华国彪说：“没有我矿石照样开采。当然，全队的事我还是要管，尤其是炸药仓库。万一有人偷炸药炸车间，我们大家都没有饭吃了。”有个工人说：“不减员不会发生那样的事，除非他发疯了，但我们要特别提高警惕，防止外面的人来偷炸药。”另一个工人说：“只要我们爆破组的人一条心，谁也莫想来打主意。”

采矿队决定采用轮岗制，而其他车间都采用减员的办法，因为车间主任不愿轮休影响自己的收入。

机修车间宣布减员的当天就发生了一件料想不到的事。原来，熊主任宣布下岗的人员中有应长寿的儿子应建国。熊主任回到办公室刚坐下，应建国就走进来问：“你为什么要我下岗？你儿子为什么不下岗？”熊主任说：“这是车间班组长商量决定的。”“你说得好听，商量决定的。你先写好了下岗的名单在班组长会上念，谁敢反对？谁反对谁就会遭殃。我姓应的哪天上班不认真？你儿子做事吊儿郎当，我批评了他，你怀恨在心。你要砸我的饭碗就干脆一点，不如捅我一刀。今天下午，有胆的到这里来，我把刀子给你，让你砍。”下午上班时，熊主任提心吊胆走到办公室门口，只见办公桌上果然放着一把寒光闪闪的电工刀，应建国坐在窗口。熊主任吓得直往后退。这时，应建国站起来说：“敢拿起刀来砍我的是英雄，不敢砍的是狗熊。”熊主任吓得魂飞天外，忙往楼下飞跑，一脚没踩稳，跌了一跤，滚下了楼梯，幸好没有跌伤，他爬起来就往外跑。应建国追了来，一把抓住他的衣领说：“你为什么不砍我？”熊主任以为应建国要杀他，他吓得跪下来求饶。这时，来上班的人把应建国拉开。接着，保卫处的赶了来，把应建国带到保卫处，问他为什么要持刀行凶。应建国说："不是我要对他行凶，而是我要他对我行凶。"保卫处处长调查了周围的人。大家都说刀子一直放在办公桌上。保卫处只好把应建国放掉。熊主任坚决要求把应建国调走，不然，他的生命就没有保障。其他的车间主任都不敢要应建国，只有华国彪同意接收。

有一天，有位中央首长来铁矿视察。在此前三天，贾世界通知各个车间要做好三件事：一是要把车间打扫得一尘不染，把机器擦得干干净净，然后用塑料布盖好，大家停工休息，中央首长视察时再开工；二是中央首长来视察时，不要围观，更不准接近；三是当中央首长找人了解情况时，只许讲好，不许讲坏。

中央首长到采矿场视察时，贾世界一直陪同。应建国在挖树坑栽树。中央首长同几位矿领导合影时，他站在树坑边看热闹。中央首长向他招手，他走了过去。中央首长要他一起合影，他高高兴兴参加了合影。次日，中央首长走后，贾世界要矿办主任把应建国叫到办公室，狠狠地质问应建国："你昨天为什么要违反矿里的安全规则去参加合影？"应建国说："是中央首长招手要我去合影，又不是我要去。假若我不去，那不是不服从中央首长的指示吗？""谁要你站在旁边看热闹？""矿里是说不要围观。我在挖树坑，站在树坑边看，又不是追着看，也不是围着看。"贾世界拍着桌子说："你给我去写检讨！""不写！""不写就扣你这个月的奖金。"应建国还是不写。后来真的扣了当月的奖金。应建国一肚子气没有地方出，也没有地方可以讲理，虽然很多人同情他，但不顶用。他气不过，打了个电话给贾世界，说："贾世界，你不要一手遮天！"次日，工会主席乌致用给应建国一张通知单，上面写着："应建国打电话辱骂贾世界矿长，扣除下个月的奖金。"应建国更加气不过，总想找个什么地方出气，想来想去，总算想出了一个办法。赶集那天，他去街上买了一只狗，他给狗取了个名字叫"世界"。他每次喂狗时就喊一声"世界"，狗一听就摇尾巴。应建国对狗说："世界，打个滚。"他一边说，一边抓住狗打滚，打滚后就扔一根骨头给狗吃。训练几次后，只要应建国喊一声"世界"，那狗就在地上打滚，打完滚后就望着应建国要骨头吃。应建国还用同样的办法让狗下跪。

训练好以后，应建国上班时，把狗带到矿山上。休息时，他就对狗喊道：

"世界，摇尾巴！"狗就摇尾巴。

"世界，打个滚！"狗立即在地上打滚。

"世界，跪下！"狗马上跪下。

工人们乐得捧腹大笑。从此，工人们都喜欢逗那只狗。有些人还特地把吃剩的骨头留下来去逗狗。

不久后，逗狗的事传到了贾世界的耳朵里。他听了，比挖了他的祖坟还恼怒。不久前，应建国用刀子威胁熊主任，矿里没有把应建国治住，他越来越放肆了。这一次一定要给他点颜色看。

几天后，矿办公楼门口的公告栏贴了一张法院的公告：公开审理应建国侮辱贾世界一案。时间：下周星期日。地点：铁矿电影院。

开庭那天，电影院座无虚席。

首先,贾世界的诉讼代理人状告应建国侮辱人格,要求法院严肃处理。

应建国辩护说:“我这条狗不是叫‘贾世界’,而叫‘四戒’,戒嘴馋、戒懒惰、戒咬人、戒贪色。它贪吃、贪睡、乱咬人或乱与母狗交配,我就要打它。”他这一说,听众哄堂大笑。法官大声喊道:“肃静!肃静!”

不管应建国怎样辩解,法院还是判决他败诉,依法罚款两百元,相当他半个月的工资。应建国憋了一肚子气。舒本信对他说:“花两百元让大家知道贾世界同狗一样,值!”

应建国没想到的是,财务处也给了他一张罚款单,根据铁矿奖罚条例,司法机关罚多少,铁矿也同样罚多少。应建国气得脸红脖子粗,打算不交,但又怕贾世界再告到法院去,可能罚得更多。

应建国把罚款的事讲给采矿队办公室的人听。乐于时没有吭声,华国彪说:“真是欺人太甚。矿里罚款你不要交。”应建国说:“我不交,贾世界又告到法院里去怎么办?”华国彪说:“你看过《行政处罚法》没有?”应建国摇头说:“没有。我一天做完工,吃了晚饭看看电视就睡了,哪里像你们那样喜欢看书。”舒本信说:“国家也规定一事不能二罚。你不要交罚款。”

过了几天,贾世界要矿办主任对应建国说,若不认罚,说明态度不好,还可以加重处罚。舒本信对那主任说:“你告诉贾世界,国家有规定,对当事人的同一违法行为,不得给予两次以上罚款的行政处罚。矿里的条例是违法的。”矿办主任如实向贾世界汇了报。

过了几天,一位律师来到采矿队办公室对应建国说:“贾矿长说,得按铁矿的奖罚条例办事。”舒本信说:“不要说是铁矿的条例,就是国家的法律,先制定的与后制定的有矛盾的话,应以后制定的为准。贾矿长难道连这一点也不懂吗?这说明他是想以权压法。”华国彪说:“若按这样的条例办事,我们都不要搞生产,犯法的人越多越好。罚得越多,我们的收入也越多。”大家都笑了起来。律师见情况并不是他所想象的那样简单,只好要应建国去请求领导莫罚款。

贾世界本来想治一治应建国来压压邪气,没想到事与愿违。铁矿的职工越来越难治了,以前听话的工人都变成‘刁民’了。

应建国没有被治住,苗志宏又闹事了。

原来苗志宏高中毕业那年去生母苗凤花的农村安家落户。后来生母去世了,他一个人在农村里。知识青年回城时,他回到了铁矿,在一个亲戚家里搭住。有背景的人很快找到了工作,他好容易才在供销处找到一个临时工作。一个月的工资,除了吃和穿,所剩无几。铁矿是一个男多女少的单位,很多有固定工作的人都很难找到老婆,何况苗志宏是个临时工,因此他四十多岁了还是个单身汉。这次减员,他的生活来源被切断了,经常忍饥挨饿,而归处长家里却经常把人家送的糖果、饼干和罐头扔到垃圾桶里,因为送的太多了,总是吃不完。苗志宏趁天黑没有人的时候把那些东西捡到家里吃。他边吃边骂,骂这个社会太不公平,骂当官的太腐败。有一天,天刚黑时,归少爷从垃圾桶边走过,看见苗志宏在捡扔掉的食物,鄙夷地说了声:“叫花子不讲卫生。”苗志宏听了心如刀割,心想这小子长大了像他父亲一样不是个好东西,我落到这个地步还不是你父亲害的?归少爷骂的那句话像一颗仇恨的种子，在苗志宏的心里生了根，发了芽。苗志宏每次去捡食物时，就想起那句话，那棵仇恨的苗子就长高一点。他在家里偷偷地把匕首磨快。一天晚饭后，他去捡食物，又碰到归少爷骂他是叫花子。他见周围没有人，冷不防抓住小孩的脖子连捅几刀。小孩当场毙命。公安人员抓到苗志宏后，问他为什么要杀人。他说："归处长为什么这样富？我为什么这样穷？我已经穷到只够活命，他还要解雇我，我怎么活？"公安人员说："小孩是无辜的，你为什么要杀死小孩？"苗志宏说："归处长要断我的生路，我就要断他的后代。这小孩骂我是叫花子，长大了也不是好东西。""你不知道杀人要偿命吗？""这样活着不仅要挨饿，还要受侮辱。我死了，一切都解脱了，也出了这口气。"

次日，矿领导召开了紧急会议，讨论怎样对付恐怖事件。大家都恨苗志宏，主张杀一儆百，免得第二个苗志宏找上门来。李敬德说："要从根本上解决问题才行。采矿场是最不安全的地方，但由于采矿队实行轮岗制，一切都正常。"他建议全矿用轮岗制代替减员，大家都同意。

减员的办法取消了，苗志宏被关进牢里，铁矿是不是就太平无事了？这要看事态的发展才知道。

苗志宏行凶引起贾世界左思右想。动物园的人能把老虎驯服得像猫一样，但不能把狼驯服得像狗一样。用升官发财可以把王仕福这种人驯服成工具，用枪杆子可以制服苗志宏这种行凶的人，但很难对付华国彪和应建国这样的'刁民'。舒本信原来老实巴交，也慢慢变成'刁民'了。

舒本信以前安分守己，与他爱看书有关，后来同贾世界作对，也与他爱看书有关。

舒本信来到采矿队以后，采矿队就多了很多趣闻。他总是戴着近视眼镜。有的人戴上眼镜就觉得多了不少学问，舒本信戴上眼镜却感到不方便，不戴又好像在云里雾里一样。

舒本信眼睛近视是由于太喜欢看书。上班下班时，不管是坐车还是走路，他总是拿着一本书看。有一次他走路看书，额头突然被什么碰了一下，碰得生痛。他摸了摸额头，以为碰撞了人家，连连说："对不起，对不起。"但仔细一看，是碰在路边的一根电杆上。旁边的人见了都哈哈大笑。

舒本信不仅爱看书，而且笃信书里的内容。有一天中午，矿里发票看电影。采矿队办公室的几个人一起去电影院，路上见到一个卖蛇的，蛇装在笼子里。蛇的肉味道很好，舒本信早就想买条来吃。他讲好价钱，过了秤又不买了。乐于时问他为什么不买，他说："这里到电影院有一里多路，电影院到家里有两里路。这蛇有四斤重，书上说'好手难提四两。'怎么提得动！"乐于时提了提，说："这有什么提不动？我一只手不歇气可以提到电影院。"舒本信说："你不要吹牛皮。书上讲的还会错？你提到电影院，看完电影后我请你吃面。""讲话算数？""当然算数。不过，提不到怎么办？""提不到我请你吃面。"舒本信付了蛇钱，乐于时提着装蛇的笼子飞跑，采矿队的几个人都跟在后面跑。路上的人不知道是怎么一回事，也跟在后面追着看热闹，一路上嘻嘻哈哈。跑到电影院时，舒本信说："好样的。看完电影后去吃面。"乐于时说："我不吃面。不过，你自己提回去。"舒本信提着蛇进电影院时，收票的人惊呼："你怎么把蛇提进去？"舒本信说："看完电影我就提回去。""不行。

蛇跑出来怎么得了!”“我把蛇放在门口,看完电影我再来拿。”“我要收票,哪有工夫给你看管蛇?跑了怎么办?”“关在笼子里跑不了。”华国彪把刚才“好手难提四两”的事告诉收票员。收票员笑着说:“今天碰到书呆子,真是没办法。”“书呆子”的外号就这样叫开了。

舒本信只有左手,写字比很多人用右手写还快,但他讲话不行,讲快了或者激动的时候就有点口吃。乐于时有一次同他开玩笑说:“书呆子,你跟我念三个字的排列,一口气念完。你念对了,今天办公室扫地和打开水我全包了。念错了,你包。”舒本信不服气,马上答应了。为了慎重起见,两人要华国彪作证。乐于时一口气就念完了“书本信,书信本,本信书,本书信,信书本,信本书”。舒本信一听是拿他的名字作弄他,他又笑又气,本想不念,但又打了赌,只好念下去,念到“信书本”就结结巴巴乱了套,引得大家捧腹大笑。有趣的是,舒本信后来一生的祸福往往与“信书本”有关。

有一天,他走路看书,被撞倒在路上,四脚朝天。不巧的是地上有一摊水,把他衣服裤子弄得全是泥水。幸好他动作快,左手把书高高举起。这时,一位少女下了自行车,忙把他扶起来说:“对不起,对不起。”这位少女有一次骑车碰了一位青年,把他的裤子弄脏了一点点,那青年说他的裤子是外国货,要她赔了五十元才放了她。她紧张地望着舒本信,不知会有什么麻烦。舒本信见书没有弄脏,高兴地说:“没有什么,没有什么。”少女笑着说:“舒本信,真对不起。”熟悉的都叫他“书呆子”,这少女叫他的名字,他反而感到奇怪。他把眼镜端了端,兴奋地说:“啊,康宁,是你。”康宁见他的衣服弄得这么脏,又只有一只手,洗衣服不方便,于是说:“今天晚饭后我来给你洗衣服。”舒本信说:“我自己会洗。”说完就走了。

晚饭后,康宁真的上门来,把舒本信的衣服洗了才回去。

康宁和舒本信在中学同学不同班,没有什么交往,只知道舒本信肯学习,成绩好。两人大学毕业后都被分配在铁矿工作,但很少来往。通过这次打交道,康宁觉得舒本信为人善良,慢慢对他产生了好感。后来,两人成了夫妻。

舒本信看的书比康宁多,讲道理总是舒本信有理。结婚时,床摆成了东西方向。有一天,舒本信看了一篇文章,说床铺摆成南北方向与地球磁力线方向相同,有益于健康。舒本信同康宁商量,把床换成了南北方向,但这一换,房子就显得窄了很多,康宁找不出理由来反对他,只好照他的办,因为他看了书,有理。过了一段时间,舒本信又读了一篇文章,说床铺摆成东西方向与日月升落的方向一致,有益于健康。舒本信又同康宁商量,把床换成东西方向。康宁笑着说:“我们最好把床安放在一个转盘上,从天黑转到天亮,东西南北,四面来风。”舒本信吻了一下康宁,说:“你真聪明。”

舒本信在书上读过“饭后百步走,活到九十九”的谚语。晚饭后,他常常同妻子去散步。后来他看了一篇短文,叫《饭后不要走,活到九十九》,他就不去散步了。康宁说:“饭后血液集中在胃里消化食物,饭后休息半小时再去散步。”舒本信抱着妻子说:“你这个办法真是两全其美,奖你一个吻。”从此,舒本信经常看些医学书。

结婚一年多后,康宁生了个小孩。坐月子时是热天,康宁喜欢蹲在门口乘凉。舒本信说:“医书上说:坐月子要坐,不要蹲,不然会生病。”康宁不信,不久得了子宫脱垂,看了很多医生,吃了很多药,花了很多钱,还是没有治好。后来矿里的效益差了,报销药费成了问题,康宁不得不把药停了。病没有好是件伤脑筋的事,舒本信到处找医学书看。他找到一本湖南编的《中草药新医疗法展览资料选编》里面有个药方,羊开口(木通果)半斤或根一斤,升麻三钱,益母草二两,棕树根半斤。药炖母鸡一只,分数次吃完,服药时卧床休息一星期。

康宁看着丈夫开的药方,半信半疑的去药店买了药。药很便宜,不到几斤肉钱,又买了一只母鸡炖药,只吃了一剂药病就好了。康宁抱着丈夫吻了个够,说:“你可以坐堂行医了。”舒本信说:“我去当妇科医生,人家会找我看病吗?就算有人找我看这种病,你放心吗?”康宁用手指戳了一下丈夫的脸,说:“我完全放心。如果你这种人也去玩弄妇女,世界上就没有好男人了。”

有一次吃晚饭时,康宁和舒本信谈到过年过节下级向上级送礼的事。舒本信放下饭碗,从书架上找到一本小册子,一字一句地念给康宁听:“《中共中央纪律检查委员会关于共产党员在经济方面违法违纪处分的若干规定》中说,‘党和国家工作人员、集体经济组织人员或者其他从事公务的人员中的共产党员,接受有关单位或者个人以各种名义送的礼品,根据国家规定应该交公而不交公,价款不满一千元的,给予警告或严重警告处分。’根据这一条,上级收受下级的礼品、红包都应该受到处分。”康宁说:“党委书记、纪检书记、保卫处处长都收了礼品和红包,谁来处分?你真是个书呆子。”“照你说来,这书就没有用啦。”“只有你这样的书呆子才相信书本。”舒本信呆呆地望着康宁说:“这样说来,我们的血汗钱白白地流进了腐败分子的腰包里。”康宁说:“权书记调省里时,很多人送礼,有人写信告到省里,省里把信转到铁矿纪检,纪检马上向贾矿长做了汇报。经再三查对笔迹,是选矿厂的一个职工写的,后来就扣了那个职工的年终奖。”舒本信气愤地说:“这真是暗无天日。那个职工是谁?”“张智勇。这话千万不要对别人说。贾世界说他写匿名信违法,每个车间,每个办公室,都有贾世界的耳目。哪个人当什么官都由贾世界说了算。敢于公开指责腐败的,铁矿只有华国彪一个人;像张智勇那样敢于举报贪官的是极少数;大多数是敢怒不敢言,也有少数人视而不见,少惹麻烦;还有极个别的宁愿当走狗,以便向主人讨几根骨头吃。”舒本信叹了口气说:“腐败像一张大网,到头来不是鱼死就是网破。”

通过舒本信的事,贾世界深刻认识到以后学习文件,不要讨论问题。越讨论,问题越多。孔夫子说得好:“民可使由之,不可使知之。”当官的弄懂了孔夫子这句话就知道了治理的诀窍。

假若华国彪、应建国和舒本信这些人都像木头一样,横放竖放,乱踢乱摔,都没有怨言,更不会反抗,那多么省心省力!这些人就不如木头,一旦不如意就说三道四,甚至唱对台戏。这就是刁!所以说“刁民”难治。

三九　火山爆发

五一国际劳动节前一天上午下班的时候，华国彪一个人走在最后。矿办主任走进办公室，神秘兮兮地对他说："明天下午六点，矿里在醉仙楼会餐，庆祝劳动节，晚上还有舞会，请您参加。"华国彪问："采矿队还有谁参加？""只有您一个。""参加的有哪些人？""您去了就知道。"华国彪觉得这里面有问题。采矿队一千多职工，论工龄有比他长的，论贡献有比他大的。为什么单请他一个？莫不是按职位和职称来请，只请厅处级和高级职称的人？为什么要背着广大职工偷偷摸摸搞会餐呢？何况还是在矿里经济困难的时候。这样的酒席不能吃。他对矿办主任说："我今天肚子不舒服，早晨没有吃东西，我就不去了。谢谢您的好意。""不去也不勉强，但不要对其他人说。""不会有人问我，我也不管这些事。"

收假上班时，应建国来采矿队办公室，把一张买机器配件的账单给华国彪，然后说："华工，您昨天为什么不去会餐？"华国彪说："你怎么知道？"应建国说："人家都美美地吃了一餐，吃完了还有漂亮的女职工陪着跳舞，跳了舞每个人还得到了一支几百元的派克钢笔。采矿队没有一个去。你夫人也没有去。"华国彪问："你怎么知道得这么清楚？"应建国说："若要人不知，除非己莫为。那些人偷偷摸摸吸工人的血，以为工人不知道？连蚊子叮我一口我也知道。"应建国望着乐于时又说："你的夫人去了没有？"乐于时不好意思地说："矿里要一些女职工去当招待员。"应建国笑了一声，说："当什么招待员！既不要她们端盘子，也不要她们洗碗，只要她们陪吃、陪喝、陪舞，同三陪小姐差不多。"舒本信说："发工资没有钱，当官的搞吃喝玩乐有钱。"应建国说："华工，您是高级工程师，最近贾矿长又看得起您，要您当采矿队队长，请您会餐您不去，小心敬酒不喝喝罚酒。"华国彪笑了笑说："我什么酒都不喝。"舒本信说："以后您想喝酒也可能不会请您去喝了。"

下午，华国彪拿着应建国交的那张账单去账务处报账，偶然见到桌上有两张金艳签名报账的发票，一张是买派克钢笔送礼，一共三万五千元；另一张是白纸发票，金艳出差的伙食费，一万一千元。华国彪大吃一惊，这两笔钱等于一百多工人一个月的工资。出差有伙食补贴，为什么还要领伙食费？为什么不要餐馆开发票而用白纸发票？这里面肯定有鬼。

晚饭后，华国彪来到舒本信家里，舒本信和他妻子康宁刚吃完饭。见到华国彪，舒本信说："华工，您今天是不是走错了？"华国彪说："无事不登三宝殿。"见附近没有别人，他把今天下午见到两张发票的事告诉舒本信夫妇。康宁说："这样的事太多了。"华国彪吃惊地说："财务处的漏洞够大了。"舒本信说："发票必须具有真实性和合法性。白纸发票既不真实又不合法，你为什么不坚持原则？"康宁说："这是会计管的事。我是出纳，我只管现金收支。"舒本信说："会计为什么不坚持原则？"康宁说："会计是财务科长钱水春兼任。钱水春听财务处长金艳的，金艳听贾矿长的。"华国彪沉思了一会儿说："劳动节会餐，吃了玩了还送派克钢笔，职工的血汗钱就这样被当官的挥霍了。"康宁说："这还不算。以前送给权升钤的是劳力士金表，一块万多元。""什么？劳力士金表？"华国彪以为听错了，反复问，“是真的吗？”康宁说：“绝对可靠。”华国彪压低声音说：“你能不能弄到报销凭据？我要揭发他们。”康宁为难地说：“凭据都要做账。”舒本信对妻子说：“你想法影印一份。”康宁说：“但你们要绝对保密。”华国彪说：“当然，只能是我们三个人知道。”康宁说：“以后你们在办公室不要谈这些事。乐于时知道了会讲给钱水春听，钱水春知道了会讲给金艳听。”舒本信说：“今后注意就是。”

次日下午下班时，舒本信给华国彪使了个眼色。华国彪会意，等着舒本信一起走。舒本信见其他人都走了，把一张派克钢笔的发票和金艳报销的白纸发票的影印件交给华国彪。华国彪说：“是不是还有数额大的单据，多弄几张更好。”舒本信说：“那当然。”

次日晚上，有人敲华国彪家的门。华国彪开门一看，是舒本信。舒本信把几张凭据的影印件交给华国彪。有一张是劳力士金表的发票，一万一千二百元，金艳签字：“同意报销，送矿主要领导。”还有一张白纸条写着：“十万元送省里领导。”有五张白纸发票是矿领导报销吃喝玩乐的，每张都是上万元。还有两张发票，一张是一万多元的索尼彩电，一张是两万多元的一条红宝石项链，都是送领导，都没有写收礼人的名字。华国彪看了连头发都竖起来了，他用拳头在桌上一捶，吼道：“这些吸血鬼！”舒本信说：“您看怎么办？”“一定要揭发！听说他们干的坏事还不止这些。应建国同建房的工人聊天，工人们说，他们的包工头为了承包工程花了不少钱，方方面面都要打点，主要是送给矿领导。到底送了多少就弄不清楚。”

华国彪送走舒本信后，马上向省纪检写举报信，写完后给夏梅芳看。夏梅芳说：“你署真实姓名有危险，不如写匿名信。”“写匿名信可能不会引起重视，邮局丢了也无法查。我不怕被他们抓辫子。”“他们白道不行来黑道。现在官匪一家的事并不少。”“我当然要特别小心。”

次日上班前，华国彪急急忙忙去邮局用挂号发了举报信，接着又急急忙忙去上班。他走到办公楼时，只见很多人在挤着看墙上一份匿名的打印材料：

群情书

几个月前，贾世界在大会上宣布全矿职工每月减工资百分之五十，华国彪马上提出保工资，减开支。全场掌声雷动，支持华国彪。

贾世界等人根本不听群众的意见，轿车照样开，公费手机和住宅电话照样打，公款吃喝玩乐照样干，背地照样行贿收礼。

矿里很多职工没事干，矿领导却把矿建工程承包给他的岳父金鑫，到底从中捞了多少？

铁矿的闲杂人员已经够多了，但当官的还是不断把自己的子女亲戚拉进来。保卫处的副处长有两个，又把权升钤的儿子权广禄升为副处长。财务处有一半人没事干，贾世界还把钱玉荃的侄女钱水春拉进来，并升为科长，两人一见面就眉来眼去。

贾世界违背财会制度，让老婆当财会处长，集人权、财权于一家，把天涯铁矿变成了贾家店。

天涯铁矿是国家的，是人民的，不是贾世界一个人的。铁矿工人曾经同日本鬼子斗，在国民党留下的烂摊子上恢复了生产，为国家做出了巨大的贡献。今天，我们铁矿工人有决心清除腐败分子，使天涯铁矿重振雄风。子规夜半犹啼血，不信东风唤不回！

华国彪看完《群情书》后，刚走进办公室，背后响起了吼叫声："让大家看看有什么要紧？"几个人拍了照就去撕《群情书》，谁知撕不掉，有一个人提来一桶水，用刷子蘸水把《群情书》擦掉了。

围观的人群中有人大声说："擦干净，贾世界给你升官。"有的说："你这样兢兢业业的人应该加工资。"那个人脸都气红了，擦完后阴着脸走了。有人说："干这样的事比狗还下贱。"

上午，矿领导和保卫处处长、侦察科科长在办公楼四楼小会议室开会商量对策。贾世界说："《群情书》是华国彪还是其他人写的？"侦察科科长说："刚上班时，我观察了华国彪看《群情书》的神态，他不像与这件事有关。他一会儿皱眉头，一会儿对旁边的人说：'这人真大胆。'他还用笔抄了几句。"万重义说："《群情书》是在昨夜或天亮前贴的。各个车间的门上都贴了，可能不是一个人贴的。"贾世界问："《群情书》是在哪里打印的？"侦察科科长说："我已经问了县城内所有的复印店，他们都说没有人印过这样的资料。很可能是在外地印的。"

这时矿办主任送来一封匿名信，揭发供销处勾结奸商多报账。例如，买了五百多套沙发，市场上卖一千六百元一套，报销价二千二百元。

次日上班，矿领导轮流守在财务处。贾世界来财务处时，只有钱水春一个人在里面。钱水春说："矿领导下基层蹲点了。"贾世界说："老是高高在上就会脱离群众，犯官僚主义错误。"钱水春满怀委屈地说："你一来又会有风言风语。那《群情书》一贴出来，我都没有脸见人了。"贾世界说："我们不用怕，怕的是他们，所以连名字都不敢写出来。不过，我们要特别小心。"接着贾世界问："是谁把一些会计凭据透露出去的？"钱水春说："我可以发誓，谁透露这些凭据就不会好死。"贾世界说："你何必这样发誓？我对你是相信的。你要注意其他的人。"钱水春听了这话，好像妃子受到皇上恩宠一样，感激不尽。她说："请贾矿长放心。"贾世界像狼望着猎物一样望着钱水春，高兴地说："你不仅越来越漂亮，而且越来越聪明了。"钱水春瞟了贾世界一眼说："搭帮贾矿长的栽培。"贾世界听了心痒痒的。他还想说几句逗弄的话，谁知金艳来到了门口。金艳在门口听到丈夫和钱水春的讲话，又见两人眉来眼去，心里生出无名火。她本来想说："走廊端头没有人过身，倒是个调情的好地方。"这时康宁来了，金艳改口说："来财务处的人多，钱水春和康宁，你们要注意保密，思想不要开小差，不要在办公室聊天。"贾世界给钱水春使了个眼色就走了。

下班后，贾世界回到家里，只见金艳阴着脸，好像贾世界前世欠了她的账不肯还。贾世界问："今晚吃什么菜？"金艳没好气地说："你喜欢吃什么菜就到人家那里去吃什么菜。"贾世界来气了，说："你这是什么话？""什么话，你自己最清楚。以前听到一些风言风语，我都当作耳边风。昨天我看了《群情书》才明白，全矿都知道了你和那婊子勾勾搭搭。今天你和那婊子还在办公室调情，说明《群情书》写的是事实。谁知道你们背后干了些什么鬼名堂。""你不要血口喷人！""贾世界，你嫌我老了，认为那婊子年轻漂亮。我告诉你，你不要打错了算盘。你做初一，我做十五。你弄得我起了火，我揭你的老底，看你去外面拈花惹草。”

金艳说完就哭哭啼啼。贾世界又怕又恨，怕的是金艳若真的揭他的老底，他下半辈子就只能去牢里“享福”了；恨的是金艳醋意大发。以后怎么当领导？他越想越气，但又不敢发火，不然，金艳发起横来，闹得外面都知道，那就难堪了。他只好气鼓气胀地走了出去。

《群情书》和匿名信还没有来得及查清楚，铁矿又发生了另一件更大的事。

上班的时候，大家都在办公楼门前看一份招领启事，上面写着：“本人拾到一个存折，存款有几十万元，请主人在招领启事上写上姓名和地址，存折将恭送上门。”

看启事的人越来越多。大家边看边议论。有的说：“是谁有那么多钱？我们干了三十多年，不吃不穿也不到五万元。”有的说：“除了贪官和富商，一般人没有那么多钱。”有个年轻人说：“拾到这个存折的人是个傻瓜，不知道把存折的钱取来用。”另一个年轻人说：“你才是傻瓜。存折假若有密码，你不知道密码，银行一报案，你不是自投罗网吗？他把存折交给主人，可以要一笔报酬。”

贾世界也在看启事。他想这存折是谁的？谁有这么多钱？拾者为什么不直接送给失主而要写招领启事？为什么不落名字而要失者写姓名？

下午，贾世界把万重义叫到办公室，问他怎么处理招领启事。万重义说：“启事是打印的，不容易找到写启事的人。”“这就看你的能力了。”“我尽力快点查清楚。”

次日，万重义去县城各个打印店查问，有个打印店的工人说：“这是采矿队的应建国来印的，我认识他。”万重义喜出望外，没想到这样快就查清楚了。

下午上班时，万重义找到应建国说：“我想问你一件事。你看过办公楼门口那张招领启事吗？”应建国说：“那是我贴的。”万重义高兴地说：“你这个人很爽快。拾金不昧，应该表扬。你能不能把存折给我看一看？”应建国马上跑到家里把存折拿来给万重义看。万重义问：“你怎么不在招贴上写上你的名字？”“假若我写上我的名字，有人来冒领我怎么办？”“你为什么要失主写上自己的名字？”“存折上没有名字。他不在招贴上写上名字，我送给谁？”“你是怎么得了这个存折的？”“我父亲在垃圾桶里发现的。”

原来，应长寿倒垃圾时拾到一个罐头盒。回到家里，他把罐头盒打开，里面有个存折。存折上没有写名字，他以为是个作废的存折。但一看数字是三十万元。他吓了一大跳。他叫儿子来看。应建国看了也很吃惊。这存折肯定是矿内人的，谁有这么多钱？应长寿对儿子说：“你把存折交给矿党委。”应建国说：“为什么要交给矿党委？”“我们再穷也不拿人家的钱。”“我不是要这笔钱。”应建国说，“党委书记是贾世界，他是什么东西？”“你说怎么办？”“最好是曝光，写个招领启事，让矿里的人都知道，矿里有这么个大富翁。”“这是个好办法。”于是应建国就写了这个招领启事。

万重义对应建国说：“人家把存折冒领去了怎么办？”应建国说：“要他找您一起来领。”万重义连连称赞：“好办法，好办法。”万重义抄下存折的号码，然后去银行联系查找存折的失主。银行很快就查出来了，存折是贾世界的。万重义想：“贾世界哪来这么多钱？他丢了存折怎么自己还不知道？”

按组织原则，万重义不得不向贾世界汇报，贾世界立刻紧张起来，但表面上还是很镇静，他说："这是我岳父的钱。他要我帮他买股票。"万重义听说是金鑫的钱，疑云即散，打电话要应建国立即把存折拿来，当他的面交给贾世界。

等万重义走后，贾世界马上打电话到财务处找钱水春。康宁接电话说："今天上午很多人来找钱水春报账，都不见她。"贾世界又马上打电话给乐于时，乐于时说："昨天晚上钱水春没有回家，不知去哪里了。"贾世界想她可能是逃跑了，他要万重义赶快寻找。

原来钱水春见了那个招领启事，下班回家马上找东西，发现那个放存折的罐头盒不见了。她问乐于时，乐于时说是先天搞卫生时扔到垃圾桶去了。她马上去垃圾桶找，垃圾桶翻了个遍也没有找到。她感到大祸临头，因为这是贾世界的存款，这笔钱是她父亲为了买土地送给贾世界的，于是她决定逃往外国。

万重义找遍了铁矿都没有找到钱水春，只好请求县公安局帮忙寻找。

两天后，县公安局在一艘去国外旅游的轮船上把正准备逃往国外的钱水春抓获。贾世界知道后马上打电话给天涯县富县长："喂，富县长，您好！听说县公安局已经把铁矿的钱水春抓回来了。"富县长回答说："有这么回事。""我想同您商量一下，把钱水春交给我们铁矿处理。对她的问题，我们比较了解。"对方迟疑了一会儿说："您等一下，我同县公安局商量一下。""真对不起，给你们添麻烦了。""您说到哪里去了。铁矿对我们的支援够多的了。"

当天下午，贾世界要万重义开着小轿车去县里把钱水春押回铁矿。车子在回来的途中，突然撞在路边的一株大榕树上，车子立时起火。万重义打开车门爬了出来，衣服被烧烂，头发被烧掉了一些。钱水春被烧死在车子里面。

铁矿保卫处几个人很快赶到现场。侦察员拍了照，花容月貌的钱水春被烧得皮开肉绽。侦察员撬开她的嘴巴，看了看嘴里和喉咙里，然后他皱了皱眉，没有作声。

接着，万重义被送进医院，钱水春被送往坟场掩埋。

贾世界从这件事得出教训：钱放身边有危险，不如寄给大儿子存在美国银行里保险。他觉得自己也有危险，以后要做好随时可以移居国外的准备，一旦出事就可以逃之夭夭。

一天晚饭后，应建国来到华家告诉华国彪关于存折的事。华国彪说："存折和钱水春的死，两者之间很可能有联系。贾世界说那钱是金鑫的，那是洗钱的手腕。钱水春可能是贾世界害死的。我们必须向上面反映。"应建国说："您写信给省里，要省里来调查。"华国彪点了点头。

华国彪写好信后，把信给夏梅芳看。夏梅芳说："千万不要让贾世界知道，否则就要吃大亏。"华国彪皱了皱眉头说："我上次向省里举报，省里至今没有回信，很可能把我的信转到铁矿，要铁矿查处。而铁矿各部门，包括纪检、监察等部门都受党委领导。贾世界是矿长兼党委书记，这些部门都要向他反映情况，这样就麻烦了。""你可以匿名举报。""匿名举报很可能不受重视。贾世界查到了举报人还会倒打一耙，因为写匿名信一向被认为是非法的。我还是署名举报。当然我要特别小心，要省里不要把我的名字透露给铁矿。不然，拳头还没有伸出去就被对方打倒了。"

举报信用挂号寄出去了，一个月还没有什么动静。

一天，华国彪到省城出差。他去省纪检收发室，问收到了他的两封举报信没有。收发员查了又查，没有查到。华国彪觉得莫名其妙，他想现在邮局送信的很多是临时工，有的不负责任。

次日，华国彪去邮局找到邮政局长说："我有两封给省纪检的挂号信，一个月了还没有收到。这不是一般的信，如果丢了，有关的人可能要负刑事责任。不信，我把省纪检收发室的电话号码告诉你，你问一下。"邮政局长一下子显得很紧张，忙说："我们马上去查，三天后可以告诉您。"

三天后，华国彪打电话问省纪检收发室，回答说："两封举报信都收到了。"

又过了十多天，华国彪没有收到省纪检的回信，铁矿也没有人找他，他觉得很奇怪。又过了十多天，他去省城出差时，又去省纪检问情况。接待他的一位中年男子说："关于钱水春的举报信已经转给了铁矿纪检。"华国彪说："我在举报信里讲得很清楚，不要把我的姓名透露给铁矿。举报信转给铁矿，不仅不能解决问题，连保密也不可能。"接待员为难地说："铁矿是厅级单位，钱水春是科级干部，她的问题应该由铁矿处理。"华国彪说："案情牵涉到矿长贾世界，钱水春是贾世界的情妇。有一封信是举报贾世界的老婆。"接待员说："矿级干部是冶金部委任的。有关贾世界的问题，请向冶金部反映。"华国彪苦笑一声说："你们把举报信转给铁矿，这就等于秦香莲告状，交陈世美处理。"接待员无可奈何地说："我们只能按制度办事。"

华国彪担心的是贾世界会报复他，康宁也会受到牵连。华国彪想来想去，不知下一步怎么办。

有一天上午，华国彪去上班，他刚走到办公楼大门口，铁矿纪检书记能顺德找他谈话。能顺德从办公桌的抽屉里拿出一张过塑的照片问华国彪："这对联是你写的吗？"华国彪一看，横批是"贪官嘴脸"，对联是：

大事、小事、民事、国事、天下事，百事不管；

帽子、票子、房子、车子、臭婊子，五子登科。

华国彪笑了笑，说："是我昨天在办公室的黑板上写着玩。谁这么认真，还过了塑。"能顺德问："你写这对联的意图是什么？"华国彪说："对联写得很清楚，用不着再解释。"能顺德把对联装进信封里又说："还有一件事要告诉你，你写给省纪检的信转到了我们这里。我要问你一件事，信上写的账目你是怎么知道的？会计的账目是保密的。""招待费是属于公开的范围。这些不公开，只能为腐败分子保密。"华国彪又想，他们可能会怀疑财会人员，于是他说，"我有一次报账，看见几张发票在桌子上。""你是老同志，为铁矿建设出了不少力。现在有人想搞垮铁矿，情况很复杂。我希望你提高警惕，不要上当。""搞垮铁矿的是贪官污吏。""我们要依靠党的领导，现在有的人写匿名信，这是违法的，绝对不能允许。""人家怎么搞，我管不了。我写给上级的信，都署了名，这算不算违法？""我是讲人家，不是讲你。"华国彪站起身说："没有其他的事我就上山做事去了。"能顺德也起身说："好，我们就谈到这里。贾矿长还要找你有事，他在办公室等你。"

华国彪走进贾世界的办公室。贾世界板起脸孔说："你去告状，举报信转到了我手里。"

贾世界以为这一下可以把华国彪吓住。华国彪说："转到你手里也好。你仔细看一下，有没有诬告，我可以承担诬告反坐的责任。""你一贯同领导作对，绝没有好下场。""你可以代表党的领导吗？党章和宪法哪一条说可以用公款吃喝玩乐和送礼？违反党章和宪法的人才不会有好下场。"贾世界站起来把桌子一拍，指着华国彪吼道："你给我滚出去！"华国彪平静地说："有理不必骂人，我不同你骂。你就是要打人，我可以让一步，决不先动手。我只是看，看你横行到几时。"这时，能顺德走了进来，说："华工，有话以后再说。你不是上山有事么？"他一边说，一边把华国彪拉出了门。

接着，贾世界召开矿级领导会议。他举着一封信说："这是华国彪的举报信。我们对他算是仁至义尽了。矿领导决定减工资，他在大会上公开反对。我们不但没有处分他，反而让他当了采矿队队长，劳动节请他赴宴，他却狗坐轿子不识抬举。他在黑板上写对联，讽刺领导干部，还去这里告状、那里告状。结果怎么样？上面是相信矿党委还是相信他华国彪？他的举报信已经转到了我们手里。孙悟空一个跟斗十万八千里，也翻不出如来佛的手掌。他华国彪这条泥鳅也想兴风作浪，真是白日做梦。我们一定要加强党的领导，决不允许有任何反对党的领导的言行。他敬酒不吃就叫他吃罚酒。我建议撤销华国彪的采矿队队长的职务，由乐于时担任队长，至于要不要开除，看他以后的表现再说。"李敬德说："采矿队千多人联名要华国彪当队长。撤销他的队长职务，乐于时管得住吗？"贾世界说："有权就能管得住。"最后举手表决，除李敬德外，都赞成贾世界的意见。

华国彪被免职的当天下午，应建国走进办公室问华国彪："采矿场绿化要一万株小叶桉苗子。您看是育种还是买苗？"华国彪说："以后你要问乐队长了。"应建国好奇地望了一眼乐于时说："怎么？换了队长了？乐队长，你看怎么办？"乐于时问华国彪："华工，您看怎么办？"华国彪苦笑着说："矿长不要我管事了，我就不好多嘴了。"乐于时对应建国说："我也不知道怎么办。等我请示贾矿长以后再告诉你。"应建国说："这点芝麻大的事也要请示他，他怎么忙得过来？"舒本信说："做官有一条经验，宁可犯政治错误，不可犯组织错误，这样才能成为不倒翁。乐队长，你说对不对？"乐于时说："正经事不要开玩笑。"应建国说："你看一做官，脸就变。"大家都哈哈大笑。乐于时发脾气不是，不发脾气也不是。

华国彪回到家里，把当天的事告诉夏梅芳。夏梅芳说："贾世界气急败坏，还可能搞其他的报复行动。我们要做好准备。"华国彪说："我们要防明的，还要防暗的。现在看来，写举报信难有什么结果。下一步要换一种办法。""你还想干下去？""不干则已，要干就要干到底。俗话说'百折不挠'，我受了一次挫折就不干了，那还像话。""你打算下一步怎么办？""向县检察院举报。我亲自去找检察院谈。"

过了几天，华国彪借故去医院看病，到天涯县检察院找到了检察长。检察长见华国彪是政协委员，所以比较重视，马上喊了侦察科科长和书记员来。他们看了举报信后，侦察科科长对举报信的每一条进行了详细的询问。谈话结束时，检察长握着华国彪的手说："我们一定马上调查。"并派小车把华国彪送到家里。

过了三天，华国彪还不见县检察院对举报的事有什么动静。他趁办公室没人的时候打电话给检察长。检察长回答说："贾矿长已经同富县长商量好，铁矿的案件由铁矿自己处理。有什么问题请找铁矿领导。”华国彪只好摇头叹气。

再说华国彪被撤掉了采矿队队长的职务后，原来遵规守纪的采矿队职工，一下子变得桀骜不驯了，矿石产量急剧下降。乐于时束手无策。选矿车间也发生了类似的情况，矿石质量不合规格，经常发生要退货的事。矿里只好派人去钢铁厂讲好话，降低价格，不要退货。

更伤脑筋的是越来越多的钢铁厂有了矿石进口权。澳大利亚铁矿的矿石质量好，而天涯铁矿的矿石质量越来越差，所以钢铁厂纷纷去买澳大利亚的矿石。钢铁厂的采购员乐得去外国走一趟，自己还可以得到很多实惠。

矿石少而差，卖不到钱。没有钱发工资怎么办？搞集资再也行不通了。上次集资的偿还期快到了，大家都等着还钱，钱还不知道在哪里。贾世界要李敬德去找银行行长贷款。行长说：“铁矿过去的贷款都是长期的，年利百分之十以上，利滚利滚了很多年，铁矿已经欠银行一亿五千多万元，超过了铁矿的固定资产，铁矿只有破产一条路。”

贾世界召开了矿级领导会议，讨论破产的问题。他没有要李敬德参加会议，因为在重大问题上李敬德总是同他唱反调，但他没有用对待华国彪的办法对待李敬德。他把李敬德晾在一边。由于李敬德没有参加讨论，会议很快就通过了贾世界拟定的申请破产的决议，并马上报告权升钤。

三天后，矿里通知开全矿职工大会，离退休的也要参加。大家听说开大会就像听到哀乐一样，一定又有什么倒霉的事。

贾世界为了使大家一字不漏地听清楚，他拖长声音，大声说：“职工同志们，我们接到银行通知，铁矿已经资不抵债。现在只有申请破产。”

“申请破产”四个字像晴天霹雳一样，职工们听了既惊慌又愤怒。台下有人问：“破产以后，我们到哪里去工作？”贾世界说：“破产以后，铁矿卖给私人。私人老板请谁去做工，谁就去做工。”另一个人问：“卖多少钱？”“还没有定下来。”有人问：“卖给谁？”“谁有钱就卖给谁。”一个老工人问：“以后我们还有没有退休金？”“这要看上面怎么决定。”

听了贾世界的话，工人们像着了火的汽油罐一样爆炸开了。一个中年工人突然冲上台，从贾世界手里夺过话筒，对台下大声说：“工人兄弟们，我们辛辛苦苦建设铁矿，到头来铁矿的账上没有一分钱了，我们也失去了工作。我们从此两手空空，成了名副其实的无产阶级。贾世界，我问你，你为什么有钱在广州买了一栋一百多万元的别墅？你以为人家不知道？你儿子为什么有钱去美国读书？你岳父为什么那么有钱？铁矿搞死了，你家里搞活了。你不给我们讲清楚，我们决不会饶了你！”

台下一阵又一阵的吼声：“贾世界，你说！你说！”吼声像涨潮的海浪，一浪接一浪。贾世界的脸渐渐变白。

这时，乌致用走到台前大声说：“工人老大哥们，请大家安静下来。权升钤副省长很关心铁矿职工。他要我同大家商量铁矿的事。”他一说，会场很快安静下来了，他继续说：“我也当过工人，是工人的儿子。我知道大家现在有困难，但是，我们不能安于现状，只有深化改革才有出路。现在铁矿资不抵债，无法维持生产，不如先让铁矿破产，然后把它卖掉，把卖来的钱解决职工的一部分问题，总比现在要好。”他还没讲完，一个老工人在下面大声吼道："我们不管你是谁的儿子，不管你是工人的儿子还是资本家的儿子，是农民的儿子还是地主的儿子，也不管你以前是干什么的，我们只看你现在站在谁的一边。你开口破产，闭口卖铁矿。卖了铁矿我们一万多职工到哪里去工作？找谁要饭吃？你一开口，我们就看见你的心，狗一翘尾巴就知道它要拉屎。你明明是资本家的走狗，哪里是我们工人的儿子！"

那工人刚讲完，一个彪形大汉拿着一把铁锤走到台上，对贾世界一伙说："你们这些贪官污吏，吸干了我们的血汗，还要把我们的骨头都吞下，把厂矿都卖掉。我警告你们，你们敢这样干，我们就同你们拼个你死我活！"他话音还没落，已经把锤子高高举起，狠狠地打在桌子上。贾世界吓得往后退了几步。

接着，一个背有点驼的老太婆走到台上，边哭边说，铁矿卖给私人，她老了问谁去要吃？许多老工人听了泣不成声。这时，华国彪走上台。他一上台，大家都安静下来了。他大声说："工人弟兄们，我们的长辈和我们自己，劳累了一辈子，好容易积累了将近两亿元的固定资产。贾世界打算把铁矿破产后再便宜卖给私人，这等于把我们几十年用血汗积累下来的财富送人情。尤其是矿山，按以往的产量还可以开采三十多年，也就是说，还可以养活一代人。矿山是我们一万多职工的命根子。卖了矿山，不仅卖掉了我们这一代，连同下一代也卖掉了。有些人只想卖掉铁矿，毁掉账目，这样就可以毁掉他们的罪证。我们决不允许出卖铁矿。我们要下定决心，与矿山共存亡！"台下响起了一阵阵的喊声："下定决心，与矿山共存亡！"华国彪继续说："天涯铁矿从全省最大的企业和纳税大户落到今天资不抵债的地步，原因多种多样，贪污腐败是重要的原因。我建议对铁矿的财务进行审计，把铁矿的蛀虫统统挖出来！"下面掌声雷动。

接着，舒本信走上台对大家说："工人师傅们，刚才听了一些师傅讲话，很多人都哭了，因为铁矿破产后，官商发了财，我们工人就无依无靠了。但是，哭没有用。贪官污吏绝不会因为我们哭就不贪污了，那些只管自己富起来不顾别人死活的人绝不因为我们穷就会发慈悲。我们只有振作起来，团结起来，掌握自己的命运，决不让人家任意宰割我们。我们要用战斗的歌声来代替哭声。我们来唱首《咱们工人有力量》。"舒本信唱了第一句，并用那唯一的手打拍子。歌声响彻云霄。在这歌声面前，贾世界等人一脸茫然。贾世界等歌唱完，马上宣布散会。

次日，几千职工，排成两行，浩浩荡荡向天涯桥走去。旁人不知道他们要去哪儿，只见他们打着横幅：

"我们要工作，我们要生存！"

"铁矿是我们的命根子，誓与铁矿共存亡！"

"打倒贪官，清除腐败！"

队伍的前头刚到桥中间，对面来了二十多辆满载警察的汽车。汽车在桥的另一端停了下来，堵住了道路。警察从车上下来，排好队往桥上面走过来，走到与工人队伍相距十米左右停了下来。桥两端的公路上来往的汽车都停了下来，越停越多。这时，一辆白色的警车开到工人队伍面前，用高音喇叭喊话："工人同志们，你们好！你们有什么困难，可以写信或派代表向上级反映，不要采取非法行动。没有经过政府部门批准的游行示威是非法的。工人阶级是领导阶级，要模范遵守法律，保持社会稳定。只有社会稳定才能搞好改革开放。但是，有一小撮坏人，他们唯恐天下不乱，想浑水摸鱼。我们希望大家提高警惕，不要上当。我们要——”高音喇叭还没有叫完，突然有十多个工人一齐喊“一二三！”把警车抬了起来。警车里面的几个人立刻惊慌喊叫：“你们干什么？你们干什么？”他们以为工人们会把警车抬起来，连车带人抛进河里，所以吓得不知所措。没想到工人们把警车掉过头放下。有个工人说：“你们这些话回去讲给你们自己听。”高声喇叭再也不叫了，司机赶紧启动汽车，往回去的路上溜了。工人们拍手欢送。

大家在桥上待了一个上午。有些小贩把包子、馒头、饼干送给工人，工人们给钱，他们不肯收。有个小贩说：“贪污腐败不除，大家都活不成。我们也有义务支持工人老大哥。”但是没有人送东西给警察吃，警察饿着肚子望着工人们吃东西，口水直往肚子里吞。

直到天黑，工人们才回去。警察也回去了。

次日上班时，华国彪和舒本信被“请”进了保卫处。万重义厉声说：“你们煽动工人游行示威，这是犯法的。知不知道？”华国彪说：“我们不是游行示威，而是去省里请愿，请求保护国有资产。”“你们堵塞交通，扰乱社会秩序。”舒本信说：“堵塞交通的是警察。他们不阻拦我们，我们会很顺利的搭火车去省会。”“你们两个不老实。我警告你们：你们只有低头认罪才能争取宽大处理，若是态度顽固，就要加重处罚。你们回去好好想一想。”

贾世界以为事态就这样平息下去了。他没想到当天下午乐于时来办公室对他说：“采矿队队长的事我干不了，您还是另外选人干。”贾世界大吃一惊，想了想才说：“这是领导对你的信任，你应该坚持干下去，以后不会让你吃亏的。”乐于时说：“以前我同大家有说有笑，不分彼此，我当了队长以后，就同大家生分了。再当下去，大家会把我当作仇人。这说明我不是当官的料。”说完就径自走了。

采矿场不开采矿石，破碎车间和选矿车间都没有事做，整个矿石生产流程像停了摆的钟。

四十 书生下海记

厂矿面临破产，工人倒霉，厂矿的教师也倒霉。

有钱人赌一次输几万元无所谓，吃一次花几千元不在乎。但有的穷教师就是没有钱买米，没有钱看病。

有一天，李信儒拿着一叠药费单往桌上一摊，叹了口气对妻子说："两年的药费没有报销了。总务主任总是说铁矿没有钱拨下来，不知要到什么时候才能报销。不报销，以后哪里有钱买药？"

李信儒同很多老教师一样，老婆是农村妇女，在家里做家务。李师母望着药费单，半天不知说什么好。家里虽然困难，药还得吃。她沏了一杯热茶给丈夫，说："你把药费单拿到矿教育处去问问，看他们怎么说。"李信儒苦笑了一声，说："早就有人去了，并威胁说要告到矿党委甚至省里去。你猜教育处处长怎么说？他说只要告准了，上面拨了医药费下来，他不但给报销医药费，还请去馆子吃一餐。"李师母叹气不止，接着又埋怨丈夫说："我说你也太不注意自己的身体了。退休前，在学校里累了一天，晚上还要备课到深更半夜，把身子累出病来了，到头来连医药费也不能报销。"李信儒摆了摆手，说："话不能这么说，当时我只想把好关，多有几个学生考上大学，为国家多培养一些人才。学生考上大学就有了工作，不用在社会上流浪。人家的小孩就像我们自己的小孩一样。再说，教得好我自己脸上也有光彩。"

妻子讲不过丈夫，但药钱从哪里来？上个月的退休金都用来买了油盐柴米。她过了好一阵又说："老李，我想了个办法。"她说了个开头又停了。李信儒问她想了个什么办法，她停了一会儿才讲出来："现在买药要紧。家里还有四十多个鸡蛋，你拿去卖了来买药。"这些鸡蛋本来是给李信儒补身子的，现在只好拿去卖钱买药。

李信儒教学，无论学生问什么难题，他一下子就回答了。现在他妻子出的这个题目却使他相当为难。他把那高度的近视眼镜扶正了一下，望着妻子：她怎么会想出这个办法来？一个老师去卖鸡蛋？碰到学生怎么好意思？他又反过来想：若不去卖，哪来的钱买药？要老婆去卖么？她要洗衣、煮饭、喂鸡、喂猪、做煤球，而这些事他又做不好。他坐在书桌边沉思了半晌，最后叹了口气，站起来说："好，我去卖。"

他用篮子提了鸡蛋，生怕学校的人看见，于是在鸡蛋上面盖了毛巾，像小偷偷了东西一样，尽量避开人群。他刚出门，齐天仇朝他走来，并喊了声"李老师"。他一听就像一个正在偷东西的人听到喊"抓贼"一样，吓了一大跳。当听到齐天仇说："上街买菜去？"他点了点头，说："是，去买点菜。"

到了市场上，李信儒左顾右盼，不敢把鸡蛋摆出来卖。后来见周围没有熟人，他才鼓起勇气，把篮子摆在街边上，把毛巾揭开。然后，像一个点燃爆竹引线的小孩，赶忙往后退，站在离篮子十来米的墙边。过了一阵还不见有人来买。又过了一阵，一位妇女在篮子边停下来,指着鸡蛋问价钱,李信儒才畏畏缩缩走向前去。今天不知是他聪明的头脑失灵了还是那能言善辩的舌子出了毛病,半天才吞吞吐吐讲出个价钱:“三角钱一个。”那妇女拿了个鸡蛋在耳边摇了摇,又对着太阳照了照,确信这鸡蛋没问题,于是说:“二角五一个卖不卖?”李信儒暗暗算了一下,二角五一个,四十个十元钱,还买不到一剂药,于是他摇了摇头。那妇女走了。旁边一个卖菜的妇女对他说:“看来你不像个做生意的。今天的鸡蛋多,不好卖,卖二角五一个就不错了。”李信儒后悔莫及。他有满肚子的知识,什么“见机行事”呀,什么“审时度势”呀,什么“随机应变”呀,什么“随行入市”呀,这些成语他会解释得头头是道,但一到市场上,他全都不会运用。

过了一会儿,又有一个女的蹲在篮子边看鸡蛋。他这次比刚才大胆多了,只想把鸡蛋快点卖掉回家去。他三步并做两步走到篮子边说:“二角五一个。”那妇女给了十元钱,拿走了鸡蛋。

李信儒下海第一次摆摊就这样结束了。

那十元钱还不够买一剂药。今后去哪里找钱买药呢?好在再过五天就会发退休金了。

漫长的五天总算过去了。李信儒一向是不愿打头阵去领钱的,人家见了会说你这个人这么想钱,但今天吃了早饭,他的两只脚鬼使神差地直往总务室走去。莫道君行早,更有早行人。总务室门口早就站了一长队人。大家等了一个小时又一个小时,会计和出纳终于回来了。大家顿时有说有笑,一个月最幸福的时刻终于来到了!不料出纳老远就喊了起来:“对不起,这个月银行里没有钱,没有领到工资。”这一下,满怀希望的教工像突然掉进了冰窟窿里。大家一下子议论开了,有的说:“银行把钱拿到深圳搞房地产和买股票去了。去年过年银行里每个人分了一万元。”有的说:“说不定是铁矿财务处没有钱拨到银行里去。”有位教师说:“报上登了篇文章,说大陆有的地方几个月没有发工资了。”

大家发一阵牢骚就空着手回家了。李信儒无计可施,妻子对他说:“你送我的那金戒指还值几个钱。把它卖了,做点小生意,赚点钱买米买药。”

李信儒想起那金戒指,那是他父亲结婚时送给他母亲的。他父亲是小学教师,辛辛苦苦一辈子,把他培养到大学毕业。后来,两位老人都去世了。这颗金戒指留给了他。新中国成立前夕,孙开艮勾结校董解雇了他,他困难到只好按照族谱的线索去走亲戚弄餐饭吃,实际上是讨乞。在那样困难的情况下,他也舍不得卖掉那颗金戒指。他每当看到那颗金戒指就好像看到了他那慈祥的母亲和正直的父亲,他能把它卖掉吗?卖掉了对得起父母吗?

妻子心里也难过,但为了宽慰丈夫,她又开口了:“事到如今,大家都没有工资,也不好意思去借。人要活下去,讨米也得讨。现在只有把金戒指卖掉渡过难关。”

李信儒长长地叹了口气,突然好像想通了似的,对妻子说:“现在也没有其他办法了。你去卖吧,活命要紧。”妻子知道他不忍心去卖,只好自己去。她去街上一会儿就回来了,她把金戒指卖给金器铺,卖了一百元。她像理财家一样把钱分成三份,二十元买药,三十元买米,还有五十元用来做点小生意。

做什么生意?李信儒想起不久前卖鸡蛋的事就心有余悸,好像被人挂着牌子游了一趟街似的。妻子说:“现在很多人在搞第二职业,天涯一中的杨老师在学校门口开面馆,小学的张老师在学校里卖冰棒。”

李信儒听妻子一说，把丢面子的顾虑搁到了一边，首先考虑卖什么。卖面和冰棒都不行，他有肺病，万一传染给人家，那是缺德的事。卖蔬菜要选要洗，还要经常喷水，又累又啰唆。卖纸钱和香么？那等于鼓励人家信迷信。卖香烟有害人的健康，赚钱不能害人。李信儒想来想去，决定卖西瓜。

星期天赶集，李信儒吃了早饭就上街，问了问西瓜的行情。一担一担地卖，两角一斤，卖零的三角一斤。一天卖百多斤的话，赚的钱就够买米买菜了。但他担心的是若卖得不好，或不是红心而是白心，那就要亏本。砍头的事有人干，亏本的生意没人做。他问了十来个货主，每个货主都拍着胸脯说："我的西瓜不甜不红不要钱。"李信儒还是不敢相信，因为有一次有个卖西瓜的也是这么说，他买了一个，结果切开一看，像个冬瓜，一点甜味也没有。他不想买。卖瓜人的脸刚才还笑得像西瓜一样圆，一下子就拉得像冬瓜一样长，手里举着刀，恶声恶气地说："你四只眼睛还没有看清楚？这瓜切开了怎么办？"从此李信儒再也不相信卖瓜的说瓜甜了。

李信儒正在犹豫的时候，一个卖瓜的人拿出身份证给他看，并说："我就住在河对岸，你买我的瓜，哪个瓜不甜不红，你退给我。"他说完，要李信儒随便拿一个瓜，切开一看，果然是通红的。他切了一块给李信儒尝，确实很甜。李信儒说："我要这一担。以后只要有这样的瓜，你送到我家里就行，我家在天涯学校。这担瓜要请你担到我家里去。"

卖瓜的担着瓜随着李信儒来到学校里。有的老师见了，问李信儒怎么舍得买这么多瓜。李信儒抿着嘴，既像笑又像哭，好容易才说出三个字："买来卖。"李信儒的孙子高兴了，他抱住李信儒的腰说："爷爷，我们选个大的来吃。"李师母忙阻止说："这是拿来卖的，自已吃不就亏了？"孙子听奶奶这一说，也就不作声了。李信儒说："选个小的吃。"李师母切了一个最小的，又红又甜，三个人吃得津津有味。

老师们见西瓜好，很多人都来买。李信儒想：怎么好意思收老师们的钱呢？老师们一边选瓜一边讲些同情的话。李信儒总算消除了顾虑，但接钱的时候，还是不自在，手也不灵活，不像他写字那样自如。

不一会儿，西瓜全都卖完了，夫妻俩把钱一张一张清好。李信儒说："今天至少可以赚十元。"但最后数钱，还亏了三十多元，夫妻俩都惊呆了。桌子下，口袋里都找遍了，不见另外有钱，李信儒急出了一身冷汗。三十多元相当一担西瓜的钱。莫不是买西瓜的人顺便摸去了几张钞票？这根本不可能。买西瓜的人都是学校里的熟人，不会做那样的事。李师母说："是不是找错了钱给人家？"孙子听了，插了一句："我看见爷爷拿了一张伍拾圆的给那个卖西瓜的。"李信儒一听，如梦初醒。卖金戒指的钱是两张伍拾圆的，现在只剩一张了。肯定是把一张伍拾圆的当作伍圆的给那个卖西瓜的了。他对妻子说："他给我看过他的身份证，我知道他的姓名和地址。我马上去找他。"妻子说："那农民会退回多收的钱吗？"李信儒说："我去向他讲好话。"

李信儒找到那农民的家。那农民正在门口晒谷子。还没等李信儒开口，那农民就问："你是不是还要西瓜？"李信儒说："你的西瓜确实不错，你以后给我送去就行。""行。现在稻谷不值钱，两斤稻谷抵不上一斤西瓜的钱。一亩稻子两季只能收二千四百来斤，一亩西瓜可以收四五千斤。我明年把稻田全部改种西瓜，希望你来买。”“不过，我有件事请求你。”李信儒把话题转到数错钱的事情上。农民说：“我俩不是当面点清了吗？”“你说得对，不过，我……我……我把我的情况告诉你。”在讲台上口若悬河的李信儒这时有点结结巴巴了，“我是个老师，我退休了。我家里就靠我一个人这点退休金，可是我们矿里现在没有钱发退休金。我又有病，我两年的药费都没有报销，我买米买药都没有钱，我只好卖西瓜赚几个钱。我眼睛高度近视，我孙子说我把一张伍拾圆的给了你。我可能把它当作伍圆的给你了，我求你发发慈悲，做做好事。我——”李信儒还没有说完就哽咽了。

那农民本来不想理睬他，听他这么一说，倒有点同情他了。又想到今后还要卖西瓜给他，于是说：“我去看看，是不是搞错了。”他走进房里，拿着一把钱数了数，说：“是的，你把一张伍拾圆的当作伍圆的给了我。我退你四十五元。”

李信儒拿着那四十五元，又是道谢，又是鞠躬，然后高高兴兴地回家了。妻子自然也高兴。

过了三天，那农民又送来一担大西瓜。李信儒又敬烟又敬茶，俨然像两个老朋友。西瓜过了秤以后，李师母对丈夫说：“这担西瓜这么重，你怎么担到街上去卖？”那农民说：“我要上街买东西，顺便给你担去。”李信儒求之不得，马上戴了草帽，拿了秤杆，跟在那农民后面。

这天是阴天，卖西瓜的又特别多。李信儒卖了一个多小时还只卖了一个。这时，有个五十来岁的男人也担了担西瓜摆在他旁边。突然那人亲切地叫了声“李老师”。李信儒看了看那个人，总是认不出来。那人说：“我叫徐林。三十多年前你教过我的语文。”“啊，徐林，实在认不出来了。有一次上课你抓麻雀迟到了，我罚你在操场跑圈子。马校长批评我搞惩罚教育。后来我才觉得自己太不应该了。”徐林说：“老师是为了我们学生学习好。现在的老师就没有那么认真管事了。”“你不是在钟表厂工作吗？”“是的，我中学毕业后一直在钟表厂工作。但近几年外国手表越来越多，又便宜。中国的手表越来越难卖，工厂亏损越来越严重。从今年开始，只要少部分人上班，大部分人下岗失业了。下岗期间没有工资，只好做点小生意。”

师生俩谈得正投机的时候，徐林突然拉了一下李信儒的手，小声地说：“赶快走，收税的来了。”李信儒望了望周围说：“我怎么没有看见戴大盖帽的？”“是个女的，没有戴帽。”徐林一边说，一边挽箩绳，拿起扁担担起西瓜就走。李信儒不知所措，那担西瓜移都移不动。突然，徐林又来到他身边，要李信儒用草帽盖住一箩西瓜，并说：“收税的要是掀开草帽问这西瓜是谁的，你说是人家买来吃的。另外一箩西瓜和秤杆，我给您藏到墙的拐角处，等收税的走了再拿出来卖。我到其他地方卖去了。”李信儒真没想到在危急的时候遇到学生帮忙。他没想到，做点小生意也要缴税，几年前没有这样的事。

不一会儿，那女的在周围几个摊子收了税就走了，没有注意李信儒盖住的那箩西瓜。李信儒总算躲过了一关。

李信儒卖了一个上午只卖了两个西瓜。到了下午，天气放晴，西瓜好卖多了。不到一个小时，李信儒卖得只剩下两个西瓜了。卖完了可以赚十多元，全家一天的菜米钱足够了。他打算还卖掉一个就回去了，剩下一个留给自家吃。接着又卖掉了一个，他高兴得眉开眼笑，准备得胜回朝。这时，一个戴大盖帽的男子走到他面前问："你是农民还是居民？"李信儒预感到会发生倒霉的事，吞吞吐吐地说："居民。"大盖帽又问："有营业执照吗？""没有。""没有要罚一百元。"听说要罚一百元，李信儒的耳朵嗡嗡直叫。他只好央求大盖帽："我是第一次上街卖西瓜，以前从来没有做过生意，不知道要营业执照。""你以前做什么？""在天涯学校教书，已经退休了。近来没有退休金发，所以才——"他的舌子一点也不听指挥，直往里面缩，眼泪却只想往外面滚。大盖帽说："看你是初次，又没有发退休金，这次就不罚款了。居民没有营业执照是不准做生意的，不比农民卖自己生产的东西。办个执照要交五百元，每月还要缴税。你明白吗？""明白了，明白了，今后再不做生意了。"

李信儒下海第二次摆摊就这样收场了。

生意做不成怎么办呢？晚上，李信儒坐在窗前，望着月亮长悲短叹。他见报上说，有的大款准备花费上亿元去月球旅游。李信儒原来打算退休后去参观北京的故宫和西安的兵马俑，看看桂林和张家界的山水，瞻仰我们祖先创造的奇迹和欣赏祖国的锦绣河山，那是何等的幸福啊！但现在看来，这些地方就像月亮一样遥远了。现在考虑的不是旅游，而是吃饭和看病的问题。他不能向儿女要钱。爱国已经早逝，建国和卫国现在既没有去建国，也没有去卫国，而是下岗待在家里，有时找点临时工做。向老师们借吗？大家都没有领到工资。他想来想去，总算想出了一个办法：他不是有很多书嘛，就把书卖掉一些。

他又想卖自己的旧书要不要办营业执照？要不要缴税？把书全卖了也不够办营业执照。次日，他特地到工商局和税务局问了个明白，既不要办营业执照，也不要缴税。

他把收藏了几十年的一些书放进两个提篮里。

次日，他提了两提篮书，来到十字路口的行人道边，把书放在塑料布上，整整齐齐摆好，等待人家来买。不远处也有一个书画摊，卖的都是武打和言情小说及裸体画册。

街上人来人往，却没有几个买书的。有时有人看一下就走到旁边的书画摊买书去了。过了好一会儿才有个青年来到李信儒的书摊前，一看书的封面没有美女照，二看书名不带黄，三看内容没有性刺激，看一下就走了，走到旁边那个书画摊，一下子就买了好几本。当那青年走过时，李信儒问他买了什么好书。那青年把书给李信儒看，一本叫《怎样学会算命和看相》，还有一本叫《无敌剑侠和有情女郎》。李信儒把书退给那个青年，心里很不是滋味。他想现在的很多年轻人喜欢看这样的书，这会是怎样的一代人呢？这样的人能担当起强国富民的神圣使命吗？若让这样的人当了权，他们会把中国引向何方？为什么这样的书摊没有人管？为什么出这些书的出版社没有人管？为什么写这些书的没有人管？报纸上、广播里和电视中不是经常讲精神文明建设吗？文化部门的管理人员干什么去了？

李信儒想了很多。他想得越多，旁边那书画摊的书卖得越多，而他的书还没有卖掉一本。

过了好一阵，来了个年轻人，开口就问："有武侠小说吗？"李信儒说："只有一本《三侠五义》。""多少钱？""书店里卖十五元，你给五元好了。"那年轻人二话没说就买了。他又问："有黄色小说吗？"李信儒说："没有。那些东西是流氓作家写的，看了没有什么用。我这里有很多好书。"年轻人说："现在谁还看那些正经八百的书？电影院只有放裸体片才有人看。""那样会越看越坏事。""你思想不开放，太保守了。"

次日，他又去摆摊，摆了半天还没有开张，而旁边那个书画摊的生意一直不错。他走过去同那个书画摊的老板聊天，说："看来你很会做生意。"那老板说："看来你从来没有做过生意。""是的，我只是把自己的一些旧书拿来卖。""看来你过去喜欢看书买书，但往往越有知识越讲道德的人越不会做生意。""请问做生意有什么诀窍？""做生意并不难，只要做到脸皮厚心里黑就行。好卖的书，能卖好价钱的书，就是好书，正如在电影院老板的眼里，票房价值高的影片就是好影片。"李信儒听了，心里凉了半截。他苦笑了一声说："真是斯文扫地啊。"

李信儒卖了一天，一本也没有卖掉。他出神地望着那些书的作者的名字，从屈原、司马迁、李白、杜甫，一直到鲁迅；从荷马、莎士比亚、托尔斯泰，一直到高尔基。他好像在对他们说："你们何必呕心沥血去写书？写出来没人买，我真替你们难过。"

李信儒连续三天只卖了一本。到了第四天上午，有个中年人来到书摊前，指着《毛泽东选集》说："现在还有谁看毛泽东写的书？"李信儒问："何以见得？"中年人说："他执政不知杀了多少人。我们村里就杀了四个，一个是国民党县长，说是反革命；一个是中统人员，说是特务；一个是财主，说是恶霸地主；一个是打游击的剿共司令，说是土匪头。"他说完就走了。

次日上午，有个白发老人指着《毛泽东选集》袖珍合订本说："这本书很好，我下次领了退休金就来买，给我孙子看。我有四卷本，但携带没有袖珍本方便。"这时，之前来的那个中年人又来了，指着《毛泽东选集》说："土地改革不知杀了多少地主，后来镇压反革命不知又杀了多少人。"老人睁大眼睛瞪着中年人说："你再说一遍！"中年人胆怯地说："再说一遍怎么样？"老人捏紧拳头说："再说一遍我就要揍你！"中年人赶忙走了。李信儒对老人说："他没有说您，您怎么这样生气？"老人说："毛主席领导穷人打天下，镇压了一些恶霸地主和反革命。不镇压，穷人能翻身吗？这个王八蛋对恶霸地主杀害贫苦农民没有意见，对反动派杀害革命人士没有意见，而对镇压恶霸地主和反革命有意见。什么藤结什么瓜，他家里肯定有人被镇压，所以对毛主席怀恨在心。"李信儒说："千万不要动手。""我连日本和老蒋的军队都敢打，难道不敢打这个王八蛋吗？""他报警就麻烦了。警察不仅会找您的麻烦，还会找我的麻烦，说我摆书摊影响社会安定。"老人笑着说："警察找你的麻烦，我帮你的忙。"李信儒苦笑一声说："没有人买我的书，您帮忙也没有用。"两人相视而笑，接着又感叹不已。

这时，那位书画摊的老板走过来看热闹，问李信儒生意怎么样。李信儒说："我卖书像阎王开饭店，鬼都不上门。"那老板说："胜败是兵家常事，升降是官家常事，盈亏是商家常事。"

李信儒出师不利，卖鸡蛋、卖西瓜、卖书，三战三败。他下决心不再去做生意。

四一 乔迁新居

李信儒下海被“呛”了个够。齐天仇为房子丢了性命。

齐天仇刚还清为父亲建坟欠的债,儿子的事情又来了。“文革”时齐天仇挨批斗,老婆急病了,后来生了个儿子叫齐冬生,不会讲话。齐冬生当清洁工,好不容易找了个哑巴女朋友。女朋友要求结婚前买好房子。

齐天仇这一代人结婚很简单。公家免费提供住房,只要把男女双方的铺盖搬在一起就行了。他儿子一代就不同了,公家没有住房提供,要自己买房。

近年的房价像春笋一样,天天猛涨。前年一千元一平方米,去年两千,今年飙升到三千,省城还要翻一番。

近来全国的物价在同时间赛跑。各地政府把教育产业化和房地产作为支柱产业来发展。齐家父子去街上看了看房源,最小的一套有七十平方米,要二十万元,而且只是毛坯,要自己装修。齐天仇两口子和儿子的工资加起来不到两千元,就是不吃不穿也要十来年才买得起。

全家人因缺钱而发愁。齐天仇的老婆说:“听说银行可以贷款,去问问看。”齐天仇说:“我已经问过了。一是要有抵押,我们不能把住的这套福利房作抵押;二是首付款不得少于三分之一,要七万元。贷款分二十年还清,加上利息,每月要还一千多元。我们怎么还得起?”

齐天仇的儿子还是不肯甘休,他想法去借。不管怎样,找钱比找老婆要容易。他去亲戚朋友那里东借西借,有两户人家各答应借给他五千元,齐天仇能够借到两万元,还不够首付款的一半。齐家只好唉声叹气。齐天仇的老婆对齐天仇说:“我当时就是看上你人品好,根本没有想到房子的问题,可是现在的小伙子没有房子就难找到老婆。”齐天仇说:“当时我们有单位的房子住,现在没有了。以后的穷小子就只好打单身了。何况冬生是哑巴,有谁管他?”

不管怎样,儿子大了总得结婚才行。齐天仇到处打听,看有没有比较便宜的房子卖。他每次上街都要仔细看街边墙上贴的售房启事,以前他从来不看这些玩意儿。有一天,他见到一则启事,说在海边有一套两室一厅的二手房急售,五十平方米。当天晚饭后,他同儿子去看了看,单独一栋平房,是砖砌的,木屋顶盖瓦,在轧花厂的一栋职工宿舍旁边。他们问主人要多少钱,主人说要十三万。经过讨价还价,主人说最少要十二万。齐家父子决定买下来。

没有钱怎么办?房主答应可暂交四万元的首付款。齐家借来了三万元,还差一万元怎么办?齐天仇想来想去想到那几箱书。他以前在旧书店买了不少古书和字画,收藏了几十年。“文化大革命”红卫兵破四旧时,他用被单把书包好藏在衣柜里,没有被发现。他实在舍不得卖，但为了买房，他只好割爱了。他花了一天时间一本一本清理。其中有明朝木刻版的《本草纲目》和《黄帝内经》，有清朝石印版的《石头记》《三国演义》《水浒传》和《聊斋志异》，还有历代的一些字帖和名画。他原以为会像有的人卖书那样，阎王开饭店，鬼都不上门。没想到这些古书一摆到地摊上，一些有钱的人都争着买。有的书几十元一本，有的字帖几百元一张，有的画上千元一幅，一共卖了九千多元。齐天仇的老婆见卖了这么多钱很高兴，齐天仇则像卖了儿子一样难过。

房子终于买下来了，齐天仇花了一些钱简单地装修了一下。

从此，齐天仇两口子和儿子每月要拿出一半多的工资还银行的贷款。八万元贷款，十年内还清，加上利息，每月要还近千元。齐天仇对老婆说："我们一家人要为这房子当十年的房奴。等到还清贷款的时候，我们也老了。假若还不清，银行将要房屋来抵债。"

从买房子以后，齐天仇夫妇没有买过一件新衣服，没有买过一件新家具，肉类都很少买，多半买豆腐和蔬菜吃。

齐家的人捆紧肚子过了半年，儿子准备元旦结婚，没想到意外的事情发生了。

一天上午，居委会领导通知海边的五十多户人家星期天上午九点到居委会开会。

开会的人都按时到了。县开发办主任对大家说："县里为了发展经济，提高大家的生活水平，决定开发沿海一带，首先修建滨海大道。海边五十来户人家要拆迁。对拆迁的房屋要补偿，砖混结构的一平方米补偿一千五百元，砖木结构的一千元，木板房五百元。"主任还没讲完，就有人吼了起来："现在的砖混结构卖三千多元一平方米，你们只补偿一千五，太不像话了。"主任说："你们的是旧房子，遇到台风一吹就会倒，怎么能同新房子比？"有个中年男子说："你的旧木板房五百元一平方米卖不卖？"主任说："这不是我规定的，是县里规定的。"有个老头说："那就要县里的人来对我们讲。"主任说："你们有意见可以向县里反映，但修滨海大道是公益事业，不搬迁的话，可以派警察来强制执行。"他的话像捅烂了马蜂窝一样，下面有人吼叫："你们喊警察来，要抓要关随你们的便。"主任还想讲话，但谁也不听他的，一个接一个地走了。

过了几天，居委会领导又喊大家开会。这一次是移民局长给大家讲话，他说："上一次开发办主任只讲了一种补偿方式，那是现金补偿。还有一种是产权调换，以房换房。新房都是砖混结构的，四十平方米一套，同你们房子的面积差不多。假若你们的房子是砖混结构的，旧房子可以换新房子，一平方米换一平方米；砖木结构的补交两千元一平方米，木房子补交二千五一平方米。假若面积不足四十平方米，不足的交三千元一平方米；假若你们的房子多于四十平方米，那就补现金给你们，砖混结构补一千五一平方米，砖木的补一千元，木房子补五百。"下面有人说："以房换房比较合理，但你们补给老百姓的比老百姓补给你们的少得多。"移民局长说："旧房子当然比不上新房子。搬迁户还有另外一些补偿：水缸、炉灶、厕所、电话、电视和搬迁费等。我这里有补偿项目表，每人一张。"大家看了补偿项目表以后，没有像上一次那样吵吵闹闹。移民局长接着说："希望大家签好合同，办好手续就可以搬到新房子里去住。"

次日，这几十户人家的墙上都写了一个"拆"字。

几天后，几户墙体开裂的砖混房的主人和二十多户东倒西歪的木板房的主人签订了合同，搬进了新房子。

还有二十多户没有搬迁，他们的房子比已经搬迁的房子好多了。他们说："鱼不能同虾子一个价。"开发办再三做工作他们也不肯搬迁，后来移民局写了个通告：凡是十天内搬迁的优惠两千元，过期不优惠，超过二十天则实行强制拆迁。

接着，又有二十来户搬进了新房子。

最后还有四户没有搬迁，其中一户是齐天仇的儿子，另外三户住在一栋木板平房里。有个户主姓傅，只有一条腿，老婆也是跛子，两人以捡破烂为生。另一户姓子车，大家叫他子车师傅，他是盲人，卖唱的。还有一户主人姓丁，没有双腿，是乞丐。这三个户主从前是轧花厂的职工，住着轧花厂的房子。轧花厂破产后，他们还是住着，但他们没有房产权。新房子要交十二万元，这是个天文数字，他们哪里有钱交？过了几天，移民局请示县政府后做出决定，这三户暂时住进新房，以后补交房款。大家都说这三户行好运，谁知这三户还是不肯搬。傅师傅说："以前在轧花厂做工的都是残疾人，虽然都很穷，但是都互相尊重，谁也不觉得比人矮一截。工厂破产后，我只好捡破烂为生。那新建的移民楼，人家都装修得漂漂亮亮，打扫得干干净净。我若搬去住，破烂放哪里堆？人家不讨厌我吗？一个人活着为什么要让人讨厌呢？"子车师傅则说："我搬到新房子去，人家背地里会说：来了个在街头卖唱的，来这里拉拉唱唱，搞得乌烟瘴气。以前我摸着轧棉花，工厂破产后，连守门都没有人要我干，我没有路可走，只好靠卖唱来生活。人家瞧不起我，所以我宁愿住在原来的地方。何况我一辈子也还不清房钱。"

姓丁的更牛。他虽然讨米，却有几分傲气。他从来不去挨家挨户讨，也不伸手向人家要钱，而是要人家把钱放到他眼前。他没有腿不能行走，于是在废品店买了一辆四个轮子的小拖车，还买了几盒粉笔。他坐在拖车上，两只手拿着木棍推动拖车，像划船一样。

有的人见他可怜，有的人说他写得好，送一元两元给他。警察说他妨碍交通，影响市容，把他赶走。你在东街赶走他，他又到西街去写；你在这个城里赶走他，他又到那个城里去写。有一次他被抓进看守所，却对警察谢了又谢，感谢警察给了他一个吃饭的地方。这样的人实在难管，关了几天就放了，放出来后他照样在街上写。这次要他搬迁，他怎么也不愿搬。他对开发办主任说："你愿不愿同一个叫花子作邻居？"开发办主任不知怎么回答。他不知怎样对付这几个钉子户，请示移民局长，局长说："我自有办法。"

过了几天，居委会领导要三户人家到居委会开会。等他们去了以后，两台挖土机雄赳赳气昂昂开到木板房前。然后，由请来的民工把三户人家的东西分别搬到三辆汽车上，分别运到各自分配的新房子里。接着挖土机伸出铁爪，几下子就把屋顶掀掉了，再挖几下，木板墙全部掀倒了。等到三户人家开会回来时，只剩下一片瓦砾。

三户人家马上一起去找开发办讲理。开发办主任说："这是移民局干的，请去找移民局。"三个户主又去找移民局。移民局长说："这次强行拆迁是县政府批准的，有意见可以去找县政府。"他说完拿出县政府的文件给他们看。三个户主看了后走出移民局，商量了一会儿，认为找县政府没有用。历来民不与官斗，只好住进新房再说。至于交房钱，要钱没有，要命有一条。

三个钉子户拔掉了，还剩下齐家这个最牛的钉子户。齐天仇对儿子说：“你住铁矿的房子，我和你妈住海边，等我来对付他们。”

一天上午，开发办主任来到齐家，对齐天仇说：“齐老师，您去住新房子还不好吗？”齐天仇说：“你们那新房子比得上我这旧房子吗？我这旧房子还是五十年代末期建的，三十多年了，没有任何问题。你们那新房子，人家搬进去没几天就发现有裂缝。我敢住吗？再说材料，你们那新房子是水泥砖砌的，我这房子是青砖砌的。水泥砖无论防热防寒防潮都不如青砖。就楼层来说，住你们那楼房，伸脚抖了爸，缩脚抖了妈。晚上脱鞋子下层听得见，咳一声上层听得见。很多人家因为晾衣服或浇花经常吵架，哪里有我这独家独户自由？就环境来说，住在市内，灰尘飞扬。白天汽车嘟嘟叫，晚上夜总会鬼喊鬼叫，让人看不进书，睡不好觉。我住在海边，干干净净，安安静静。我这房子盖瓦比盖水泥板好多了。你们说我这只能算砖木结构，要交八万元差价款。我买房的借款不知要到哪年哪月才能还清，哪里还有钱交差价款？”开发办主任说：“修滨海大道是公益事业，个人利益要服从国家和集体利益。您是老师，应该起模范带头作用。”齐天仇说：“假若滨海大道一定要通过我这房子，我应该搬迁。可是我的房子离滨海大道的线路还有五十米远。我的房子不拆，你们可以少花钱，我也少费事。”“滨海大道两边要栽树栽草，你的房子在绿化带以内。”“已搬迁的几十户人家，大多半离滨海大道的线路有一百多米，你们为什么要拆掉？实际上，你们是打着修滨海大道的牌子，尽量多拆房子，以便卖土地给开发商。你们虽然也补偿了户主，但你们卖土地的钱不知要多几十倍。你们这么搞，我可以理解。农业税收很少，工厂都垮了，没有什么税收，机关的开支又多。你们只好靠卖土地增加收入，县里的财政收入多半是靠房地产。我希望你们辛苦一点，扎扎实实抓好工农业生产，造福于民，不要靠拆房卖地，搞得老百姓不得安生。”开发办主任说服不了齐天仇，只好灰溜溜地走了。但开发商金鑫不肯甘休，海边这一大片地是他中标开发，包括修滨海大道和建高尔夫球场。高尔夫球场是县里的开发项目，靠海边水好、沙好、空气好，又安静，冬天暖和，夏天有海风调节，是天然的旅游胜地。其他县的高尔夫球场的收益相当可观，一张球场会员证几十万元，打一场球几千元，一年利润几百万元，比建农场和办工厂好多了，既省力又赚钱。

由于政府想出各种办法，几十户都搬迁了，只剩下齐家这一户了。假若拖下去就会影响施工。拖一个月，金老板就要多给银行几万元的贷款利息，长期拖下去就会拖垮。

金老板忍了又忍，他再也忍不下去了。他派挖土机把齐天仇的住房周围挖平，只留门前课桌宽的一条路。齐天仇的房像竖在土堆上的庙，离地面有两层楼高。齐天仇还是不肯搬。他不但不搬，还在屋顶上插了一面国旗。

一天上午，金老板带领五个民工叫开了齐家的门。齐天仇问有什么事，金老板说：“我们来请您搬家。我们要按时完工。”齐天仇说：“你们完工与我有什么相关？连合同都没有签订，你们能来搬家吗？”“我们有县政府签署的拆迁证。”“你有拆迁证有什么用？不按法律办事，老百姓就可以不理睬。”“政府有权处理。”“权大还是法大？我们决不允许以权压法。”

“我不同你啰唆，你有意见去找政府。”金老板说完就要五个民工搬东西。当两个民工把一个衣柜抬到门口时，齐天仇两口子挡在门口。金老板把齐天仇推开，齐天仇把金老板拉开。两人推推拉拉，齐天仇被推到坎边，站立不稳，他使劲拉住金老板的手。两人一起跌到六米多高的坎下，都躺在地上喊哎哟。齐天仇的老婆和几个民工赶忙走下去，把两人抬到车上，送往铁矿医院。医生诊断，齐天仇跌断了左腿，金老板跌断了右手。

齐天仇的老婆马上打电话告诉儿子齐冬生。齐冬生立即赶到医院。医生说没有生命危险。齐家母子俩马上去县里反映情况。富县长马上带领公安局局长来到医院，他对公安局局长说：“你要做好治安工作，一要防止天涯学校的师生闹事，二是不准记者来采访。”富县长首先到金老板病房里。金老板说：“表弟，齐天仇根本不把县政府放在眼里，太不像话。”富县长把其他的人叫出去后对金老板说：“你去搬齐天仇的家怎么事先不告诉我？你知道齐天仇是谁？他是齐迎春的儿子。他假若请记者来采访，或者写材料给省里，那麻烦就多了。你不能对他来硬的。”富县长接着同巴院长来到齐天仇的病房里，亲切地握住齐天仇的手说：“齐老师，真对不起。我有责任。”然后对巴院长说：“你们要竭尽全力把病人治好，费用由县里开支。”齐家的人都感谢富县长的关怀。

半个月后齐天仇出院了，出院后的第三个晚上在家里看电视，突然心里不舒服。眼睛发黑，倒在沙发上，没有再醒来。齐师母忙去请医生。医生看了后说：“没有办法救了。”

齐师母怀疑这里面有什么问题，于是她去找巴院长。巴院长来齐家检查后开出证明：“齐天仇因心肌梗死引起死亡。”齐师母不解，她丈夫从来没有心血管方面的疾病，怎么会患心肌梗死呢？齐师母去找主治医生，可主治医生在齐天仇出院的第二天就被调走了。华国彪夫妇打算过问此事，但无从入手。

齐天仇安葬后的第二天，开发办主任对齐家母子说：“有人说这房是凶宅，你们不如搬到新房里去住。我们请示县里，八万元的差价款作为贷款，以后再还。”齐家母子不想搬。他们一想起齐天仇的死，心里就有气，何况也没有钱还债。金老板心急如焚，他一方面担心拖延工程的进度，另一方面怕再出事故。他天天去找开发办主任。后来，开发办主任对齐家母子说：“县里考虑到你家里有困难，差价款优惠一半，只要四万元，但千万不要对其他人说。”齐家母子想还是搬了算了，先把媳妇娶进来，再慢慢想办法还账。

齐家搬走的第二天，金老板的挖土机不到半个小时就把齐家的房子拆掉了。

次日，报纸报道：高尔夫球场的兴建标志着天涯县的开发上了一个新台阶，拆迁户都得到了妥善的安置，家家户户都高高兴兴乔迁新居。但也有人爱说闲话，齐天仇的祖母被日本鬼子踢死，父亲与国民党保安团作战牺牲，他自己翻了身，但到头来死得不明不白，他倒霉的原因是名字取得不好。

四二 死因与“公伤”

贾世界当了铁矿的一把手，这是他几十年来梦寐以求的事。但没有想到铁矿濒临破产，更没有想到儿子出了事。事故的发生，还得从夏梅芳的一个学生说起。

新学年开始，夏梅芳担任了高中一年级一个班的班主任。开学不几天，她发现一个叫蒋玲的女学生上课总是走神。

星期天，夏梅芳去家访。她找到蒋玲的家，敲了敲门，没有人开门。她问：“家里有人吗？”里面有微弱的声音：“请推门，没有闩。”夏梅芳推开门进去，只见床上躺着一个面黄肌瘦的老头。夏梅芳说：“师傅，请问蒋玲住在这里吗？我是她的班主任。”老头说：“啊，老师好。我正想找老师谈谈。我这个女儿小时候就死了娘，我一直带着她。她人不蠢，就是不爱学习，近年来经常同一些男的上馆子，深更半夜才回来。我问——”讲到这里，老头用骨瘦如柴的手按住胸部喊“哎哟”，喊了一会儿又继续说：“我问他们是什么人，她说是熟人，就是不讲名字。有一次我发现她书包里有一副扑克牌，全都是下流图片，我惊呆了。她回来时我问她扑克是哪里来的，她说是路上捡的。我当场把扑克烧了。今天她吃了早饭就出去了，不知要玩到什么时候才会回来。我病休两年多了，她总是让我担心。”“您患什么病？”“我患的是肝癌，铁矿现在每年都有死于肝癌的。现在矿领导不像国矿长那样抓好污染治理，我们喝的水受到污染，当官的都花钱买矿泉水饮用。我死了不要紧，我不放心的是我的女儿，但我又无能为力。全靠老师好好管教，使她成为一个好人。”老头讲完，脸朝天躺着出气。

听了蒋师傅的话，望着他那病态，夏梅芳心里很不是滋味。她不知道怎样安慰蒋师傅。她说：“我既然当了蒋玲的班主任，我就应该尽心尽力把她教好。”蒋师傅说：“只要她成个好人，我死了就放心了。”夏梅芳怀着沉重的心情告辞了。

有一次上语文课，蒋玲在打瞌睡。夏梅芳把她叫醒来。过了一会儿，她又睡着了。夏梅芳要她站着，不一会儿，她竟站着打起瞌睡来。

放学时，夏梅芳要她留下来，问她因何打瞌睡。蒋玲说：“昨晚没有睡好。”“是什么原因没有睡好？”蒋玲迟疑了一会儿说：“看书看到很晚。”“看什么书？”蒋玲又迟疑了一会儿说：“看《西游记》。”

夏梅芳一看这模样，就知道她在撒谎，于是说：“你不要讲假话。你老实说，你昨晚做什么去了？同哪些人一起玩？他们叫什么名字？”蒋玲见瞒不过老师，只好说：“一个是贾学正，一个是赖承平，一个是王八。”“哪有叫王八的？他是干什么的？”“他本来叫王人，他写人字的时候，一撇和一捺总是分了家，所以写成了‘八’字，因此大家就叫他‘王八’。他几年前初中毕业没有考上高中，一直待在家里，有时帮他父亲做点生意。”“你们昨晚在一起做什么？”“看录像。”“看什么录像？”“《风骚女人》和《流氓少爷》。”“在哪里看？”“在赖承平的录像厅里。”“看了录像后做什么?”蒋玲的嘴巴动了动却不作声了。

原来,“文化大革命”期间,赖承平去五指山农村插队落户。后来,有的人被招了工或被推荐上大学进了城,赖承平还是在农村里。过了几年,上山下乡的知识青年普遍回了城,他也回了铁矿。爹妈当官的人找到了工作,他总是找不到门路。同龄人陆陆续续成了家,他还是个单身汉。有人对他说:“再不找对象就像秧田里的高脚秧了。”赖承平自嘲地说:“哪棵树上没有几条干了的树枝?”他父母把多年省吃俭用积蓄下来的几个钱拿了出来,又借了一些钱,开了个录像厅,让儿子能自食其力,想法赚点钱成个家。开始生意还不错,后来录像厅多了,生意就差了。有些年轻人一来就问有没有裸体片子看,听说没有就到其他录像厅看裸体片去了。赖承平只好暗地里买一些黄色的录像带来放。

暑假期间,贾学正经常邀一些男男女女来赖承平的录像厅看录像,其中就有王人和蒋玲。

夏梅芳几次问蒋玲看了录像后做了些什么,蒋玲总是不开口。有一次,夏梅芳说:“你要知道,你父亲好不容易把你养大。现在他病成这个样子,他放心不下的是你。他只是希望你将来有出息。你现在这样下去,对得起你父亲吗?”蒋玲还是不作声,但眼圈有点红。“假若你不好意思讲,你就写一写,你应相信我,我是治病救人,绝不会整你。”蒋玲还是没有吭声。夏梅芳望着蒋玲,心里感到焦急,又觉得她很可怜。于是说:“你好好想一想,想通了再写。你到我家里吃了晚饭再回去。我陪你回去,免得你父亲着急。”

两人吃了晚饭一起去蒋玲家。蒋玲开了门,喊了声“爸爸”,却没有回应。她走到床前,只见父亲张着眼睛望着门口,但眼睛没有光泽。她又喊了声“爸爸”,还是没有回应。夏梅芳见情况不对头,她对蒋玲说:“你不要外出,我去喊医生来。”

医生检查后说:“已经死了几个钟头了,人都凉了。”蒋玲听了“哇”的一声哭了起来,夏梅芳也不禁流泪。

夏梅芳马上打电话告诉铁矿工会。工会派人办理了丧事。丧事办完后,夏梅芳要蒋玲继续上课,并利用课余时间和节假日给蒋玲补课。一个星期天上午,夏梅芳在教室里给蒋玲补语文课,蒋玲突然呕吐起来。夏梅芳问她吃了什么不干净的东西没有,她说没有,还说已经呕吐了几次。夏梅芳马上带她去医院检查。医生问了几句就叫蒋玲去妇产科检查。检查结果说怀孕了,夏梅芳大吃一惊,蒋玲双手捂住脸哭了起来。夏梅芳只好说服她去引产。夏梅芳替她交了钱,带她去手术室。有个女的正在引产,她们只好坐在门口等,听见手术室里一个女的问:“你结了婚没有?”另一个女的回答说:“没有。”“没有又怎能乱搞两性关系?”接着病人像被阉的猪一样尖叫。蒋玲听了全身打战,又听见女医生说:“怕痛就不要乱来”。夏梅芳问门口那个叫号的:“马医生什么时候上班?”“下午。”夏梅芳对蒋玲说:“下午再来。”

下午,马婵娟很顺利给蒋玲做完了手术,并对蒋玲说:“今后要爱惜自己的身体,更要爱惜自己的名誉。”蒋玲不好意思地点了点头。

次日放学时,蒋玲把写得满满的三页信纸交给夏梅芳。夏梅芳回到家里,一口气看完了。

原来暑假期间贾学正几次邀请蒋玲、王人等一起看录像。有一个晚上在赖承平的录像厅看录像。录像放完后，大家都回去了，贾学正邀王人和蒋玲留下来打扑克。扑克牌上都是裸体照片，几个人边打扑克边指着扑克牌上的图像讲下流话。贾学正说：他们学校的学生，有的在校外租房，男女同居。赖承平问："难道学校不管？"贾学正笑了笑说："现在是开放的年代，张扬人的个性，我们要向外国学习。"

几个人打扑克打到深更半夜。贾学正说："今夜我们三个不回去了，就在录像厅睡。"赖承平说："外面来了人的话不好办。"贾学正说："就是有人知道了也不怕，我爸爸现在同省公安厅厅长是平级，铁矿保卫处归我爸爸管。我叔叔是县里看守所所长。谁来管闲事，只会自找麻烦。"赖承平不敢不答应，否则，他的录像厅就会开不成。

当晚，贾学正和王人像录像里面那样轮奸了蒋玲。

夏梅芳看完蒋玲写的材料后，非常气愤。

夏梅芳告诉王仕福，蒋玲被轮奸了。王仕福说："那还了得！一定要报告相关部门严惩那些流氓！"但当他看了蒋玲写的材料后，见贾世界的儿子是首犯，他犯疑了。他问夏梅芳："情况是不是属实？"夏梅芳说："是蒋玲自己写的。""你把材料交铁矿保卫处，看他们怎么办。"

夏梅芳找到万重义，说有人轮奸了她班上的一个女学生。万重义说："前几天上级通知，要求严厉打击刑事犯罪分子，我们正要抓典型。"但一看材料，他皱了皱眉，说他们犯罪的地点是赖承平的录像厅，这个录像厅属天涯县管。请把材料交县公安局。

夏梅芳把材料交给了县公安局。公安局局长看了材料，对夏梅芳说："赖承平的录像厅虽然属县里管，但作案的人都是铁矿职工子弟。这案子应该归铁矿管。"

夏梅芳很气愤。晚上，她把情况告诉华国彪。华国彪说："他们都怕得罪贾世界。只有越级告状。最好联名上告，但要注意保密。"夏梅芳说："只有这条路了，不惩办这些流氓，就不可能挽救蒋玲。"

星期六下午照例开班会。放午学时，夏梅芳对蒋玲说："你父亲去世后，家里还没有整理。今天下午没有课，你在家里把东西清理一下，把被子衣服洗一洗。"蒋玲很感谢老师的关心，整个下午在家里忙个不停。

蒋玲在家里做家务的时候，班上的同学在教室里开班会。夏梅芳把贾学正等人轮奸蒋玲的事情简单地讲了一下，然后说："蒋玲是个学生，又是个孤儿，我们应该像兄弟姐妹一样关心她，她现在遭到摧残，我们应该拿起法律的武器来保护她。我已经写好起诉书，上告省里。愿意签名的请在起诉书上签名；不愿签名的不勉强，但一定要保密，除了我们在座的人以外，绝对不能告诉其他任何人。如果走漏风声，这些流氓知道我们告了他们，他们就会报复我们。我们中间任何一个人遭到报复，泄密的人就要负法律责任。"有个男生大声说："谁掉了脑袋就要泄密的人偿命。"

夏梅芳念完起诉书后，学生开始签名。每个学生都毫不犹豫地签了名。

签名的事连校长也不知道。

过了几天，夏梅芳正在上课，突然有五个男子扛着气枪在教室周围转了一圈，然后走出校门。夏梅芳想："他们这是干什么？"下了课，她问蒋玲："你认识这些人吗？"蒋玲说："认识两个，走在前面的是贾学正，第二个是王八。""他们来干什么？""贾学正和王八这几个晚上都来我家喊我，我不肯开门，他们今天就来了。”“贾学正不是上大学了吗？怎么还在家里？”“他说他在学校里也是玩，还不如在家里好玩。他打了电话给学校请了病假。”“你今天放了学把铺盖带到学校里来，在女生宿舍睡。”

几天后的一个上午，夏梅芳正在办公室备课，县里两个公安人员找她，她不知是什么事。一个公安人员说：“公安厅来指示，贾学正等人轮奸蒋玲的案件要从快从严处理，一个星期内上报情况，请您帮忙写一份证明材料给我们。”夏梅芳听了很高兴，事情总算有了眉目。她满口答应说：“明天就交。”

三天后，贾学正、王人和赖承平被抓了起来。这一消息马上在铁矿传开了，大家都拍手称快。

中秋那天，贾学正在看守所摆了一桌酒席，宴请看守所的几位领导。由于贾学正的叔叔是看守所的所长，所以大家都放心吃喝，个个喝得酩酊大醉。

贾学正在看守所待了十天就放出来了，王人和赖承平还关在看守所。夏梅芳很纳闷：难道严打只打从犯，不打首犯？这里面一定有鬼。

放学后，夏梅芳把蒋玲喊到办公室问：“这几天有人找过你吗？”蒋玲迟疑了一会儿说：“找过。”“是谁？”“贾学正的妈妈。”“她怎么说？”“她要我写个材料，说贾学正害怕性病，只是调戏我，并没有同我发生性关系。她愿意给我一千元。我从来没有见过那么多钱，我写个材料就有那么多钱，真是太容易了。我当天就写了给她。”夏梅芳吃惊地说：“你后一次写的否定了前一次写的，说明你总有一次提供了伪证。提供伪证是犯法的，你想过没有？”蒋玲“哇”的一声哭了起来，说：“夏老师，我不知道这是犯法。你看怎么办？”“现在只有一个办法，把贾学正的母亲对你讲的话和给你的钱，如实写上。一式三份，一份给省里，一份给县里，你自己保留一份。

一周后，贾学正又被关进了看守所。

国庆前一天，县里在铁矿大操场开了万人大会，宣判一批罪犯，来个杀一儆百。每叫一个名字就有一个罪犯被推到台前。台前站了一排，有二十多个。每个罪犯的胸前都挂着一块木牌。王人挂的木牌上写着“强奸犯王人”，他被判五年有期徒刑。最后，台上的法官厉声宣布：“把流氓集团首犯赖承平押上台来！”赖承平被两个公安人员押到台前跪下。他脸色苍白，当宣判“判处死刑，立即执行”时，他东倒西歪。

宣判大会结束时，台下在窃窃私语：“怎么不见贾学正被判刑？”

接着，二十多个罪犯被押上囚车。唯一的死刑犯赖承平被押在最前面那辆刑车上，他被五花大绑，站在车上，背上插着一块长长的木牌，上面写着“流氓集团首犯赖承平”，“赖承平”三个字用红笔打了一个大叉，两个持枪的士兵站在他的左右。当刑车经过他的录像厅时，在楼上等着的哥们在大声喊叫：“赖哥，你走好！”赖承平像个木头一样，没有任何反应。王人则望着录像厅楼上的人大声喊道：“死里逃生！死里逃生！”

警车、囚车和刑车在街上缓缓行驶，沿街很多人观看。当刑车经过赖家门口时，赖国安和白玉容站在门口。呆若木鸡的赖承平突然朝父母跪了下来，眼泪双流，但口里被塞了东西，不能讲话。

行刑后，赖承平没有闭眼。很多人围着赖承平的尸体议论纷纷，是不是有什么冤情？

贾学正奸污蒋玲后若无其事。后来被抓，他有点紧张。抓了又放，他很高兴。后来放了又抓，他相当害怕。他听说这次严打，很多流氓集团的首犯都被枪毙了。人死了一切都完了，想到这里，他的腿都软了。后来他做梦都没有想到会免于刑事处分。他长长地松了一口气，但精神上总是恍恍惚惚，说不定哪一天又会被抓起来，拖出去枪毙。

贾学正在外面碰到熟人时，有的对他说："赖承平给你当了替死鬼，你要经常给他烧点纸钱，免得他在阴间再受罪。"贾学正知道这是挖苦他，他听了很不受用。最使他难受的是那些铁哥们不再理他了，因为他们不知道哪一天会成为第二个赖承平。有时，贾学正去邀请那些铁哥们玩乐，但他们一见了他就像见了麻风病人一样，很快避开了。他又听说赖承平死了没有闭眼。据说，冤死的人才会死不瞑目，这种人死了以后还要报仇，报了仇以后才会闭上眼睛。

一天晚上，贾学正已经上床睡觉，突然间有人推门进来。贾学正睁开眼一看，见是赖承平，他忙起床喊道："有鬼！有鬼！"赖承平说："我不是鬼，我是赖承平，我没有死。""你不是被枪毙了吗？""被枪毙的不是我，是另外一个，他是我的拜把兄弟。他愿意替我去死，要我留下来干完我要干的事。"贾学正见不是鬼，就放心了，便问道："你要干什么事？"赖承平说："本来我这次不该判死刑，但你父亲收买了铁矿医院的巴院长，开了证明，说你患有精神分裂症，结果我成了首犯，判了我的死刑。我认为哥们要讲义气，所以我没有上诉。但后来我了解到，你不讲义气，你对法官说，是我赖承平奸污蒋玲，是我开录像厅引诱你犯罪。我放黄色录像赚钱，我确实有罪，但我并没有奸污蒋玲，我不是首犯，你才是首犯。你不讲真话，不讲义气，还要污蔑我，我实在想不通。""那你要怎么办？""我要向你讨还血债，要你吃我一刀。"赖承平边说边拔出一把寒光闪闪的匕首，朝贾学正刺来。贾学正大声呼喊："救命！救命啦！"这时贾世界跑进房来，只见儿子躺在床上脸色苍白，口喘粗气，忙问："什么事？"贾学正见了贾世界，连忙起床跑出门，边跑边喊："赖承平，我给你钱，你不要杀我。"贾世界跟在后面喊："我不是赖承平，我是你爸爸。"贾学正还是边跑边一个劲地喊："你是赖承平，你是想来报仇。"路边的人见了，不知是怎么一回事儿。

金艳呆呆地站在门边。她好不容易让贾学正保送上了大学，原以为贾学正比贾学丰有出息，没想到贾学正偏偏不争气。他刚进大学时还想把学习搞好，但后来跟一些有权有钱的人的子弟玩在一起，摆家谱，讲阔气，在校外租房住，晚上搞赌博，看黄色录像，和女同学同居，都没人管。金艳想，贾学正这一次犯事，多亏巴院长开了个精神分裂症的证明才免于刑事处分，没想到儿子真的出毛病了。她越想越伤心，直到贾世界在过路人的帮助下把儿子拖了回来，她才像从梦中惊醒一般，好言好语劝慰儿子。

经过一段时间的治疗，贾学正的病情有所改善，他又被送到学校里去读书，不久就拿到了毕业证。贾世界把他安排在铁矿开发办工作。后来贾学正看上了同办公室的女职员小刘，但小刘却看不上他。他去请教权广禄，权广禄要他把生米煮成熟饭。不久后，小刘怀孕了，不得已同意了这门婚事。

元旦那天上午，贾学正接新娘，街上很多人看热闹。贾学正拖着一辆板车，打着赤膊，穿条三角裤，带着个纸做的高帽子。板车上坐着一位浓妆艳抹的少女，打着一把红绸布伞。板车后面跟着四十多辆小轿车，轿车里坐着铁矿的厅处级干部、天涯县的领导和开发商。

板车来到十字街口时，贾学正同单位的年轻人要板车停下来，要贾学正抱着新娘亲嘴，贾学正抱着新娘疯狂地接吻。正在这时，一个年轻人把贾学正的三角裤扯了下来，贾学正赤条条地站在板车旁，引起大家疯喊狂笑。观看的人越来越多，围了一层又一层，其热闹程度不亚于观看赖承平被绑赴刑场。

新娘接来后在醉仙楼开宴席。酒店门口放着一个百元钞贴成的双喜字，一共三千二百元，是姓赵的开发商送的。酒席分三类，送一千元以上的，在三楼吃鱼翅席，喝茅台酒；不满一千元、五百元以上的在二楼吃海鲜席，喝山兰酒；不满五百元的，在一楼吃鱼肉席，喝白酒。婚宴共开八十四席，是醉仙楼酒家开办以来开席最多的一次。鞭炮放了一个多小时，地上的炮仗纸有一尺多厚，门外站满了看热闹的人，大大增添了元旦佳节的喜庆气氛。

最吸引人的是闹洞房。洞房的墙是用百元大钞裱装的，据说用了一百万元。权广禄主持闹洞房。他先要新郎背新娘过长凳，这叫“猪八戒讨亲”，接着要新郎新娘在肚子上各系一片钹，两人面对面抱着互相碰撞，使钹发出声音来。碰一次就引起大家一阵狂笑，狂笑后就是一阵狂喊：“再碰一次，用力！”贾学正和权广禄的那些哥们还动手把新郎和新娘抱紧一点。

闹洞房闹到半夜才散。新娘发现贴在墙上的百元大钞被撕走了许多，有的被撕烂了。贾学正顾不了那么多，他只想快点上床。

贾学正上了床就抱着小刘吻了又吻。小刘说：“你专门讲痞话。”贾学正说：“现在讲真话，上面不喜欢听；讲假话，下面不喜欢听；讲痞话，大家都喜欢听。”这时，床下突然一声巨响，床震得嘎嘎作响，床板震得往上拱。贾学正和小刘吓得连衣服都来不及穿就往外跑，以为是房子塌了。权广禄等人赶了来拍手大笑。原来闹洞房时，权广禄趁人不注意，把准备好的炮仗接在一根很长的引线上，引线缠在一根点燃的香上面，把炮仗和香都放在床下，再用铁桶盖住。香快燃到引线处，权广禄宣布闹洞房结束，新郎新娘上床不久，引线着火点燃了炮仗。

新郎新娘惊魂未定，很久没有入睡，生怕还会有什么爆炸。

次日，开发商赵老板请新郎新娘去醉仙楼赴宴。贾学正由于先夜受了惊，没有睡好，加上脑袋的病并没有康复，喝了几杯就醉得昏昏沉沉，赵老板还是一个劲地敬酒，贾学正稀里糊涂地端着酒杯喝，一半喝进口里，一半流在衣服上。赵老板高高兴兴地给贾学正添了一杯又一杯，边敬边说：“人逢喜事千杯少。今天要来个一醉方休。”贾学正一直喝到上厕所才罢休。他东倒西歪地往厕所走去，其他的人还在继续喝酒，过了很久还不见贾学正回来。大家去厕所一看，贾学正倒在粪坑边，再也没有醒来。

贾家又忙开了。按习惯，丧事是由工会料理。乌致用亲自出面安排，但贾世界两口子不让下葬。金艳对乌致用说：“我儿子是同开发商打交道，是因公牺牲。”乌致用犯难了，因为因公牺牲，要公伤对待。他去问贾世界，贾世界说：“你看着办吧。”他问其他矿领导，能顺德认为这是巴结贾世界的好机会，于是说："就按公伤对待。"李敬德说："按公伤对待，大家会怎么看？"乌致用想来想去，不按公伤对待会得罪贾世界夫妇，其他的人要说由他们说去。次日，在殡仪馆开追悼会，挂着"贾学正同志追悼会"的横幅，乌致用致悼词。他想表情哀伤一点，但怎么也哀伤不起来，他越装着哀伤越差点笑出声来。他总算念完了悼词，完成了当工会主席的巅峰之作。

小刘很后悔嫁给这个有权有势家庭的大少爷，因为在这样的家庭里绝不会有好日子过。

赖国安夫妇自从儿子被处决后，万念俱灰，吃饭无味，睡觉不香，走路无力，做事走神。白玉容常常独自哭泣，不到半年就与世长辞了。赖家就只剩下赖国安孤苦伶仃地活在这个世界上。

四三　路在何方

铁矿停产了，应长寿领不到退休金，应建国没有工作，全家人坐在家里发愁。应建国对父亲说："我们正业搞不成就搞副业。"应长寿不解地问："怎么个搞法？""我们可以喂猪。现在猪肉卖到六元一斤。我问了人家，如果喂饲料，一头猪崽喂半年就能长到一百二十来斤。一年喂两批，每批喂十头，每月就有一千来元的收入，我们一家人的生活就不成问题了。"应长寿叹了口气说："这也是个办法。我可以在屋前屋后种些叶子菜，好的人吃，差的喂猪。我还可以去市场上捡些菜叶喂猪。"应建国说："您有时流鼻血，少做点，我多做点。"焦大妈说："我除了做家务外还可以担些潲水回来喂猪。"

喂猪的事就这样决定了。次日，父子俩用旧木板和塑料布在屋后面的空地上搭起了一个可以关十多头猪的猪栏。猪栏建好后，应长寿拿着存折准备去银行取钱买猪崽。应建国说："爸，您不要去，让我去。前天银行里发生了抢钱的事，一位退休工人取了五百元，钱刚拿到手，就被站在后面的一个年轻人抢走了。那退休工人边喊边追。年轻人跑出门就搭上早在等他的摩托车跑掉了。"

应建国来到银行填了取款单。一个染黄头发的青年站在他身后。拿钱的时候，应建国侧着身子，以防抢钱。他把钱放进里衣口袋里，然后朝市场卖猪崽的地方走去。走过丁字路口时，他发现路面上有个钱包。他拾起来喊："是谁丢了钱包？"前面有个光头青年反过身来望了应建国一眼，摸了摸口袋说："哎呀，我的钱包丢了，那是我的钱包。"应建国说："怎么见得是你的？""我叫贝从戎。钱包里有我的身份证。"应建国打开钱包一看，果然有张叫贝从戎的身份证。他把钱包交给光头。光头打开钱包说："我还有钱在里面，怎么不见了？"应建国说："我刚才捡到，不见有钱。"光头说："你应该把钱退给我。"两人争吵起来。

这时来了一个警察，对他们说："你们怎么在大街上争吵，影响交通。有事到旁边的小巷子里讲。"

三个人来到街旁边的一条僻静的小巷子。警察问是怎么回事，光头把刚才的事讲了一遍。警察问："多少钱？"光头说："八百五十元。"警察说："你是不是把钱放在身上？""你来搜。"光头把口袋翻给警察看。警察把光头所有的口袋都摸了，没有摸到钱。接着又摸应建国的口袋。应建国还没有来得及防备，警察已经从应建国的口袋里拿了钱出来，一点数，正好是八百五十元。警察说："拾了钱应该退给人家。"他一边说一边把钱交给光头。光头拿着钱就快步走了。接着警察也快步走了，应建国站在那里发愣。突然一个黄头发青年从斜巷子里闪过。这时，应建国才猛然想起在银行取钱的事。肯定是这个黄头发青年把他取的钱数告诉光头，于是设这个圈套来骗钱。那个警察也是假的，三个人是一伙。应建国马上追上去，那三个人早已不见踪影。应建国想起那身份证的姓名和地址，自言自语地说："跑了和尚跑不了庙。"他跑到派出所报案。派出所的人马上在电脑上查找，查了一会儿没有查到贝从戎这个名字，然后对应建国说：“电脑上查不到这个人。那身份证是假的。”应建国大失所望。

接着，派出所的人拿出一大沓照片给应建国看。那些都是铁矿和天涯县城的偷抢拐骗的人的照片，有两三百张，但没有一张像刚才那三个人。派出所的说：“可能是外地流窜来这里作案的。我们抓到人就告诉你。”

应建国无可奈何地回了家，把发生的事情告诉家里的人。全家人唉声叹气。

钱被骗了，猪还得喂。应家只好把存折上仅有的几百元全部取出来买猪崽。应家父子一起去取钱，一起去买猪崽。一共买了十头，还剩下一百多元。

应家父子担着猪崽回家，在路上碰到华国彪上街买菜。华国彪说：“买这么多猪崽！”“没办法。第一职业干不成，只好干第二职业。”应建国说，接着他又讲了买添加剂的事。华国彪皱了皱眉头，说：“这添加剂是不是真的？现在伪劣产品太多了。霉米打蜡当优质米卖，假钞票满天飞，劣质电线引起火灾，工业酒精兑水当茅台酒毒死人。”应长寿说：“这添加剂不会是假的，是保密产品。一个女的再三同他讲好话他才肯卖。”华国彪说：“那个女的和那个人是不是一伙的？”应建国有点犯疑了。他说：“那怎么才知道是真是假？”华国彪说：“去畜牧局化验一下就知道。”畜牧局不远，应建国要父亲看着猪崽，他同华国彪一起去畜牧局。化验结果显示，这是普通的添加剂，不过换了包装，市面上卖三元一包。应建国气得脸红脖子粗。他把化验结果告诉应长寿。应长寿气得只是叹气。

华国彪说：“现在要特别小心受骗上当。”接着又讲夏梅芳收学费的事情。这学期开学时，夏梅芳收学费，她把学生交的大钞票的号码都登记起来。有一位老师说她过于谨慎，学生不会骗老师。放学交账时，那老师收的学费有一张百元是假的，他只好自己赔。第二天，学校要银行的人来验钞。有位老师说：“这张百元的钞票有问题。”银行的人看了看钞票的水印，又摸了摸钞票，接着又把钞票放验钞机上检验，然后说：“没问题。”那老师说：“只有一边有水印。”银行的人把钞票翻过边检验，验钞机发出声音说：“这张钞票是假的。”这张钞票退给了学生。那学生说：“我是刚才同我爸爸一起从银行里取来的。”银行的人说：“暂时放一边，等查清楚再说。”

接着，应长寿谈到他前年被一个江湖医生骗得很惨。他患过敏性鼻炎，一天到晚鼻涕流个不停，多年医治无效。前年年初，他去省城探亲，碰到一个地摊，挂着“专治过敏性鼻炎”的横幅和“药到病除”的锦旗，还有一块木板上写着“当场见效，无效赔两千元”。应长寿问要吃多少剂药，卖药的说：“只要一剂药就行。”应长寿问要多少钱，回答说要两千元。应长寿说，他没有带这么多钱。卖药的说：“钱多钱少是小事，治好病是大事。看在老年人的面上，只收成本价，一千五百元。”应长寿说身上只带了一千元。卖药的说：“这药是从青藏高原和天山山顶采的药草配制成的，每一剂的成本价要一千五百元。”应长寿叹息着说：“那只好下次再来买。”卖药的人痛苦地说：“现在工厂效益不好，很多工人领不到工资，没有钱买药，我行医是为了济世救民。您把药拿去，治病要紧，少了的钱您下次带来就行。我看得出您是个讲信用的人。”应长寿感激不尽。卖药的把药拣好后，又从中拿了三分之一放在杯子里，倒满了开水，用调羹和匀，让应长寿服下。不到一杯茶工夫，应长寿的鼻涕就止住了。应长寿说："您真是个神医。"他把仅有的一千元给了那位神医，神医微笑地说："我得的锦旗家里都没有地方挂了。"神医把剩下的药分两份包好，说："今晚服一份就可以断根，明早再服一次，等于保险箱外面再加一个保险柜。若是不灵，明天来这里找我，我退你这一千元，另外还赔你两千，决不失信。"应长寿上车回家，一觉睡到铁矿。晚上他服下剩余的一半，一觉睡到大天亮。他觉得这药真是太好了，比铁矿医院的要好得多。他把留下的药拿去给医生看，希望医院进一些这样的好药。医生看了说："这是捣碎了的扑尔敏，一分钱一片，这是十片的分量，一般是一次吃一片，吃多了有副作用，吃多了昏昏欲睡，不久后照样流鼻涕。"应长寿很气愤，三角钱的药花了一千元。

应长寿说："这社会怎么成了这个样子？为什么没有人管？"华国彪说："过去是靠发动群众来管，坏人成了过街老鼠，人人喊打，现在只靠管理人员来管。现在公安人员比过去多多了，但是连小偷也管不了，何况很多管理人员不是贪就是懒，有的还同骗子勾结在一起，官匪一家。"应家父子除了叹息，还是叹息。

应家父子把猪崽买回家，精心喂养，五个多月就有一百三十来斤一头。全家人都很高兴。快到过年的时候应家请了一个屠户来杀猪，第一天杀了两头，首先给每户积潲水的人家送上两斤肉以示感谢，然后切成大块小块去卖。

应建国和他父亲担着肉到市场上，只见一大群人围着看热闹。原来有个农民提着四只鸡来卖，刚放到街边，一个工商局的要他缴管理费，农民说还没开张，哪有钱交？工商局的提了一只鸡走了。农民敢怒不敢言，接着来了个税务员要他缴税。农民说没有钱交，税务员也提了一只鸡准备走，农民抱住税务员不让走。两人打了起来，在地上滚来滚去，鸡飞走了。另外几个税务员一齐拥上去，把那个农民按在地上，然后像提鸡一样把农民从地上提起来，把他扭到汽车上，要送到公安局去。有两个税务员把剩下的两只鸡也提上了车，周围有人大声吼叫："不许乱抓人！不许抢东西！"那农民在车上高声骂税务人员。有个税务员不仅没有生气，反而笑了笑说："你有本事去找县长。"原来前几天县里召开税务、公安等部门的干部会议，富县长在会上说："现在县里的工厂都垮了，收不到税费，没有钱发工资。快过年了，你们要想办法弄钱来发工资。"

接着，税务局的、防疫站的、工商局的、城管队的，都来要应长寿缴税费。应长寿说："以前只有税务局的收一次税，卖鸡鸭小菜都不收税费，现在怎么跑出这么多人来收钱？"税务员说："全县的行政和事业人员比以前多了几倍，都靠税收发工资。"

收税的走了一会儿，又来了一个收税的，应建国把缴税的收据拿出来说："我刚才缴了税。"收税的说："他怎么来这里收税？这一段是我承包的。"应建国不想出这个冤枉钱。他把刚才收税的人喊了来，要他们讲清楚，到底该谁收税。两个税务人员争吵起来，互相指着对方的鼻子，骂对方不要脸。有位旁观者说："两个人打一架，谁赢了就归谁收税。"应长寿说："不要打，和为贵。我看一个分一半。"收了钱的那个税务员觉得真的打起来不合算，宁愿分一半给另一个税务员。这场纠纷就这样解决了，应建国父子很快卖完了肉。父子俩高高兴兴地回了家。

应家把十头猪都杀完卖了后，算了算账，一共得了七千三百多元。除了本钱和付给屠夫的工钱外，总共赚了五千来元。应建国把钱放进箱子里锁好，准备明天存银行。

晚饭后，应建国对父亲说："爸，您和妈在家，我去卖猪崽的老板家看有没有良种的猪崽卖。"应长寿说："你要早点回来。"

应建国走后，应长寿见天黑了，怕不谨慎，他把门闩好，和老伴在房里，等儿子回来。

应长寿夫妇在家里坐了一会儿，突然有人敲门。应长寿问："谁？"外面回答说："我们是派出所的，查户口。请开门。"应长寿刚把门打开，三个蒙面的人冲了进来，首先用毛巾把应长寿和焦大妈的嘴巴塞住，然后用绳子把两人的手脚绑住，问卖猪肉的钱放在哪里。两人只是摇头。有一个搜查应长寿夫妇身上没有搜到钱；另一个搜书桌的抽屉，也没有搜到钱；第三个从身上拿出一把钳子，把箱子的锁钳烂，把应建国放的几沓钱拿了出来，装进黑布袋里。应长寿夫妇见了，心如刀割，眼泪直流，想喊喊不出，手脚不能动弹。那三个人拿着钱很快溜出了房门。

应建国回家时，进门一看，见父母都被捆住，箱子被撬开，一切都明白了。他赶快把父母口里的毛巾扯出来，把绳子解开。应长寿夫妇放声大哭。应建国忙去看箱子，箱子里的钱不见了。他顿时捂着脸哭了起来。

邻居闻到哭声，都赶了来。大家一方面安慰应家的人，一方面倾吐自家的不幸。一位男邻居说他老婆失业后看到街边的电线杆上贴有广州一个工厂招工的广告，她交了三百元介绍费，把六岁的小孩留在家里，说赚了钱好送小孩上学，结果去了以后杳无音信。丈夫去广州寻找，根本没有这样一个工厂，人是死是活也无从知道。一位老太婆说一年前，她带着三岁的孙子在门口玩，快中午了，她进厨房淘米煮饭，不到十分钟，她出门喊孙子，孙子不见了。隔壁一个小孩说他看见一个骑摩托车的把糖果给她孙子吃，然后把她孙子带走了。她到派出所报案，派出所马上派人去车站和码头寻找，都没有找到。她每次对人家讲起这件事就眼泪双流。

应建国去派出所报了案，但毫无结果。可怜应长寿一气就病了，鼻血流得更多了。

四四　玉碎山冈

中国民间传统节日里就属春节最热闹。

只差几天就过年了。以前每到年底，大家都忙着买年货。肉要买瘦的，鸡要买谷子喂的，饲料喂的虽然便宜一些，但味道差多了。听说有的饲料里面掺了激素，人吃了这种鸡对身体有害。鱼当然买深海的最好，如马鲛鱼，肉紧、味鲜、刺少。此外，每人买套新衣服也是必要的。现在，铁矿没钱发工资，年关难过。

应家本来打算杀了猪卖了钱可以热热闹闹过个年，谁知卖肉的钱被抢了，家里冷冷清清。

除夕前两天，华国彪提着一袋东西走了来，应家的人请他喝茶。应长寿拉着华国彪坐在门口，长悲短叹地说："小华，你岳父八字好，死得早，死得好。"华国彪听了大吃一惊，应师傅今天怎么讲这样的话？应长寿继续说："我前天夜里梦见你岳父，他问我水库的涵洞疏通了没有，我说疏通了。他放心地笑了笑，他又问：'我家里的人都好吗？'我说：'都好。你的外孙已经读完了博士，快要参加工作了。你的外孙女工学院毕业后在一个纱厂工作。'他笑得更欢了。他又问铁矿的情况，我说铁矿石的产量比他在世时翻了一番，只是近几年一年不如一年，现在已经停产了，没有工资发，很多人家里没有钱买米。他听了只是叹气。小华，我不相信有什么阴间世界。假如真的有，我倒是愿意去那里，同那些去世的老师傅在一起，免得在阳间受罪。幸好你岳父没有活到现在。现在没有养老金，病了没有钱治，真的不如死了好。"华国彪这时才知道应长寿刚才讲他岳父死得早死得好的含义。

华国彪想不出办法来安慰他。应长寿擤了一下鼻涕，鼻涕里有血。他说："你看这鼻血。医生想法瞒住我。我看了些医学书后对医生说：'我活了七十多岁了，死了也不算短命。人迟早要死。你不用瞒我。'他才讲了真话，说我患的是鼻癌。本来鼻癌可以拖一段时间，但现在养老金没有发，连吃饭都成了问题，哪里来钱看病？"华国彪叹了口气说："铁矿弄到这个地步，下一步真不知道怎么办。"应长寿说："铁矿的病同我这鼻癌一样，没法治了。以前，国乐山那些领导，首先想到的是我们工人；现在贾世界一伙，首先想到的是他们自己发财。只要他这样的人当权，我们工人不会有好日子过。"

华国彪听了应长寿的话，心里很难受。他想，几十年来，工人们忙来忙去，一步步把铁矿建设得欣欣向荣。工人们不再过着饥寒交迫的日子，生活慢慢达到了温饱水平，虽然不富裕，但也不愁失业，不愁发不出工资，不愁饿肚子，不愁看不起病，不愁小孩读不起书。很多人都想来铁矿工作，因为铁矿的工资比外单位要高百分之二十，而且都是机械化生产，劳动强度不大，又是露天开采，危险性小，再加上福利条件好，每年发一套工作服，两年发一双皮鞋，四年发一件雨衣，还经常发口罩、手套和草帽之类的东西。而现在，工作没有了，工资没有了，福利没有了。一般的工厂，既要愁原料，又要愁销路，而铁矿都不用愁。

原料是老天爷给的，挖出来就是钱。全国各钢铁厂要炼优质钢就得买天涯铁矿的矿石。没想到这样一个得天独厚的企业现在落到了这个地步。华国彪想到这些，心上像压着一块千斤石头。他想说几句话安慰应长寿，但不知说什么好。最后，他把提袋里的东西拿了出来：十斤肉，一条六斤多的马鲛鱼，一只处理好的鸡和五斤鸡蛋。他说这是送给应家过年的。应长寿说："你也没有工资领，我怎么敢当？"华国彪说："您家被骗被抢，我家比您家要好些。"应家的人讲了很多感谢的话。华国彪临走时对应长寿说："您要好好保养身体。"说完后，他像戴着镣铐一样拖着自己离开了应家。

大年初一，到处都是爆竹声声。有的人家的爆竹放了一个来小时，那些穷苦人家多半放一挂不长的爆竹。人们相见，很多人都热情地互相祝福"恭喜发财"。下岗职工相见的时候，想起对方不会发财，自己也发不了财，于是就只是说一声"新年好"。家家户户贴了门联。金鑫和钱宏发好像商量过似的，都贴着"生意兴隆通四海，财源茂盛达八方"。权升钤和贾世界的门口贴的都是"年年行好运，岁岁发大财"。

华国彪原来写的门联是：

渡年关，劳苦群众缺衣少食穷落地；

过春节，高官大款花天酒地富上天。

夏梅芳说这门联太直白了，换成了前人写的：

二三四五，

六七八九。

横批是："百姓过年"。很多人观看，但不知门联的意思是什么。有个年轻人突然拍手叫道："这门联没有一和十，是说百姓过年缺衣少食，写得好！"

应长寿家里没贴门联，好像没有过春节这回事。早饭后，应长寿对老伴说："我去外面走一走。"

应长寿独自一人来到万人坑，望着那块公墓的墓碑叹了口气，又走到夏国忠的坟前，静默了一会儿，然后又来到水库。水库像往常一样，像一片大明镜嵌在群山之中。他望了望堤上的涵洞，想起夏国忠牺牲的惨景，这一切还历历在目。现在水库承包给了私人，私人发了财。接着，他又来到采矿场，上上下下看了看，钻炸药孔的架子静静地竖在那里，没有人理睬。采场生了很多草。来来往往运矿石的汽车不见了。他来到破碎车间，只见那台破碎机在那里睡觉，过去那震耳欲聋的轰隆声成了很遥远的事。选矿车间关着门。那几个过去流水不停的大池子装满了红黄色的铁锈水。谁能想到，前几年，这矿山曾是一座不夜城，山上几里路的路灯一排又一排，照得采矿场如同白昼。从天亮到天黑，从天黑到天亮，车间的机器响个不停。这一切，现在都成了一场梦。矿山又回到了多年前日本鬼子撤离时的情景。应长寿见了这一切，悲从中来，不禁潸然泪下。他想痛哭一场，哭死难的工人兄弟，哭矿山，哭他自己，但他只是流眼泪，没有哭出声。最后，他来到办公楼，办公楼也是空空的。他用钥匙打开采矿队办公室的门。办公室也是空空的，每张办公桌上面都有一层厚厚的灰尘，他用抹布把自己曾经坐过的椅子揩干净，然后坐下来，望了望墙壁和天花板。墙上那"艰苦奋斗，献身矿山"八个字还是五十年代写的，现在没有用了。他退休后，华国彪当了队长，他很放心。后来贾世界撤了华国彪的队长职务，要乐于时当队长。采矿场一天天垮下去，现在一切都完了。

应长寿在办公室独自坐了一会儿，然后起身，把门关上，往楼顶走去。一至八层都没有人，他来到屋顶上，极目远眺，整个矿区尽收眼底。新中国成立前，山上有一些工棚，工人们像牛一样睡在工棚里。新中国成立后，一栋又一栋新宿舍建起来了，医院建起来了，学校建起来了，幼儿园建起来了。现在，除了住房卖给了职工外，据说其他的都要卖给私人经营。今后，工人不再是矿山的主人了，即使找到了工做，也只是受人剥削。

接着应长寿向远处望去，看到了齐迎春的坟墓，他想起齐迎春这些人英勇奋战，用生命换来了新中国，使劳苦大众成了国家的主人。而齐迎春自己，什么也没有享受到。他儿子齐天仇死得不明不白，哑巴孙子也不会有好日子过。他孙子即使有工做，也会同其他工人一样。完了，革命先烈的血白流了！

应长寿又望了望天涯学校。他觉得，现在的学校只管赚钱，不像解放初期那样把学生培养成德智体全面发展的人才。马春秋假若活到现在，见到现在的贪污腐败现象和贫富两极分化，很可能会不顾个人安危仗义执言。现在有谁敢出来讲话？

应长寿又望了望采矿场的安全门。接替夏国忠当安全员的赖国安也老了，他儿子死于非命，老婆忧郁而死，剩下他一个人拾破烂度日。完了，一切都完了，铁矿职工的汗水白流了！

应长寿想到这里，鼻子又有一种不舒服的感觉，一擤鼻涕，又是一把鼻血。他觉得自己也完了。他觉得自己活够了，不愿意再受罪了，不愿意再拖累老伴和儿子了。他最后朝自己的宿舍望了望，然后头朝下，往楼下纵身一跳。

不一会儿，楼下围了很多人。有人喊来了救护车。医生检查应长寿的心脏、脉搏和口鼻，然后说："已经不行了。"

很快，应家的人来了。焦大妈哭得死去活来。应建国一边哭一边料理丧事。

以往，职工的丧事都由工会料理，现在，矿里没有人管这些事了。

采矿队的职工闻讯都赶了来。华国彪要人去医院借担架，先把遗体抬到殡仪馆再说。舒本信很快写了两条横幅，每两人打一幅，一条横幅是：

珠沉海底，玉碎山冈。

另一条横幅是：

青春献铁矿，老来无人养。
想靠儿女养，儿女也下岗。

华国彪想起安葬没有钱。他赶紧去办公室找了个纸盒子，用毛笔在盒子上写了"捐赠盒"三个字，下面写了"请向苦难的应长寿师傅表示您的一点心意"。写好后，他端着纸盒走在最前面。

路边的人见了这情景，很多人不禁流下泪来，都纷纷把衣袋里的一点钱，几元甚至几角，恭恭敬敬地放进捐赠盒里，然后跟着队伍送行。

送葬的人越来越多，焦大妈一路上哭天哭地，这哭声揪着每个送葬人的心，尤其是老工人。他们想起自己也许是第二个或者第三个应长寿，没有几个老工人不流泪哭泣。他们在哭应长寿的不幸,也在哭自己的苦命。

赖国安提着塑料袋迎面走来,塑料袋里放着从垃圾桶里捡来的一些废纸。他见到送葬的人,立刻惊住了。他把卖破烂的几个钱,一股脑儿从口袋里掏出来,放进了捐赠盒,然后扶着担架随行,一路上哭喊着"应师傅"。

到达殡仪馆后,华国彪对应家的人说:"趁大家在这里,先开个简短的追悼会,再处理后事。"焦大妈哭着说:"多亏你们操心,一切都拜托您做主了。"应建国说:"就麻烦您主持追悼会。"华国彪说:"行。我讲了以后,你讲几句话。"

华国彪走到台阶上,大声说:"职工兄弟们!今天大家自动来给应师傅送行,把自己买米买菜的钱都捐了。这说明我们职工是团结的,说明应师傅是我们的好师傅。应师傅一家的命运也就是我们绝大多数职工家庭的命运。应师傅曾经在日本人办的铁矿做工。三万多劳工被折磨死去,应师傅好容易才活到解放那一天,从此才过上人的生活,并且当上了采矿队队长。他当了几十年队长,任劳任怨,廉洁奉公,所以采矿场办得欣欣向荣、蒸蒸日上。矿石产量上去了,我们全矿职工的生活也一天天好起来。按理说应师傅为国家为铁矿辛苦了一辈子,退休后本来应该幸福地度过晚年,没想到今天落到这个地步。他患了鼻癌没有钱治,儿子又下岗,应师傅的不幸是我们全矿工人的不幸。俗话说'蚂蟥两头吸血',而矿里的贪官污吏多头吸血,一是搞所谓向国际接轨,搞年薪制,领导一年二十多万元,而工人一年只有五六千元;二是公款吃喝玩乐,一顿饭的花费比一个工人一年的工资还多得多,一辆小轿车的开支相当于二十多个工人的工资,公费的手机费和电话费不比吃喝费少;三是矿外办私厂,无偿占用公家的设备,贱价购买公家的原材料;四是借过生日、婚丧和过年过节收礼收红包;五是搞建筑工程拿回扣;六是贪污挪用公款;七是卖官。他们甚至想让私人买下铁矿。我们没有什么可以安慰应师傅的在天之灵,但我们可以向应师傅保证:我们将万众一心,与贪官污吏斗争到底!誓与铁矿共存亡!"大家一阵又一阵呼喊:"与贪官污吏斗争到底!""誓与铁矿共存亡!"

接着是应建国讲话,他说:"各位父老乡亲,各位工人兄弟姐妹,我首先要感谢大家对我父亲的关心,对我们全家的关怀。我希望我父亲这样的悲剧不再重演。要不再重演,就只有办好铁矿,铁矿是我们一万多工人和四五万家属的命根子。我们一定要齐心合力,打倒贪官污吏,不让铁矿落到私人手里。我一定同大家一起团结奋斗,来报答各位父老和兄弟姐妹,报答我的父亲和过去死去的三万多劳工。"

开完追悼会后,很多人陆陆续续回去了,采矿队的一些人留了下来。华国彪从捐赠盒里拿出五百元要人去街上买棺木,又拿出一百元要人去买鞭炮和蜡烛之类的东西,又拿出三百元给挖坑和抬棺木的人订购饭菜,还剩下一千二百多元,全部交给焦大妈,并说:"您收下大家的心意,用来渡过难关。"焦大妈热泪盈眶。

开完追悼会,华国彪心里很不平静。他觉得权升钤、贾世界、钱宏发和金鑫比魏少委狡猾多了也厉害多了。他小时候,他父亲租种魏少委的田,打了十担谷被担去五担,他是小孩也看得清清楚楚,非常愤怒。而利用地租搞剥削同利用资本搞剥削和利用权力搞贪污比起来,真是小巫见大巫。从前,共产党领导劳苦大众推翻了剥削阶级,劳动人民当家做主了。今后怎么办呢?前人说世界上从来没有救世主,全靠自己救自己。

四五　矿井悲歌

办理应长寿丧事剩下的一千来元捐赠款很快就会用完。应建国必须想办法找到工做才能维持家里的生活。

华国彪曾经建议国家开发海角村煤矿没有成功，后来钱宏发在那里办起了煤矿，扩大生产需要招聘二十名矿工。应建国想去应聘，但他不了解井下的情况。他去向华国彪请教。华国彪说："钱老板的煤矿安全设备差，容易出问题。"应建国说："小心就是。其他地方找不到工做。"华国彪说："你要去的话，我这里有井下工作的小册子，每一条你都要背熟，再照着去做。有什么情况当天就告诉我。"华国彪把一本《井下工作注意事项》的小册子递给应建国，并告诉他一些应急的方法。

应建国看了看那小册子，觉得井下比露天矿复杂多了，危险多了。井下这么深，巷道横七竖八，像城市的大街小巷一样，迷了路就没法出来。若是塌顶，就会被活活埋在地下。遇上老窿水或瓦斯爆炸，死了连尸体都很难找到。但为了活命，危险的事也要干，这叫卖命。

次日，应建国找到钱宏发，说明了来意。钱宏发热情地说："欢迎欢迎。"接着拿出一份印好的合同要应建国签字。合同上写着："本人愿在海角煤矿工作，包住宿和中餐，每月叁佰元。服装自备，医药费自理，发生伤亡事故，自己负责，与煤矿无关。交押金伍佰元，离开煤矿时退回。"应建国看了合同，好一阵说不出话来。工资只有铁矿的大半，还没有劳保和奖金，也没有医疗和养老保险。如果不干，又无事可做。给其他的私营老板做工，待遇也差不多。他只好签了字。

签字后，应建国问："住宿怎么安排?"钱宏发说："都睡在大工棚里，每人一张草席。"应建国想起他父亲说的给日本人开矿过的不堪忍受的生活，他说："我家离这里近，能不能在家里睡?"钱宏发想了一下：应建国在家里睡，工棚里就可以多睡一个人。他满脸堆笑说："你这是特殊情况，可以照顾，但早晨七点要到班，迟到就要照章罚款。"应建国满口答应。

次日，应建国见亮就起床，在街边买了两个包子和两个馒头，边骑单车边吃。他提前五分钟到达煤矿。有个工人迟到了一分钟，罚款五元，等于白给老板做了半天。若是超过十分钟就要罚款十元。

午饭送到井下吃，每人一个盒饭，几片酸萝卜做菜。饭吃完了，肚子还是空的。

午餐一个小时，饭还在喉咙里就开始做工，下午七点收工。应建国想，国家规定每天工作八小时，这法律怎么管不着私营企业老板?

矿工早晚餐在饭馆里吃。饭馆是钱宏发的，只此一家，最便宜的盒饭两元一份，同街上的价钱一个样。大多数矿工吃一份填不饱肚子，要吃两份才够，应建国回家吃，可以节省一些。

晚上，应建国向华国彪谈起白天做工的情况。华国彪问："你们是不是发了矿灯?"应建国说："发了。""有没有安全灯?""没有。""下井要不要检查?""有人检查。任何人不准带火柴和打火机下井。”华国彪沉默了一会儿，到里面房里提了盏灯出来说：“我这盏安全灯送给你。你每次下井提着它，遇到安全口诀里讲的情况时，例如安全灯变暗，闻到臭蛋气味，空气刺眼睛等等，你就赶快上井并告诉钱宏发。”应建国说：“我领了工资再去买安全灯。”华国彪说：“不行。井下一天也不能没有安全灯。铁矿才有安全灯，天涯县城没有安全灯卖。”应建国只好不再多说了。

应建国每次下井都提着华国彪给他的安全灯。一天上午，他发现安全灯发暗，他马上停止挖煤，同几个矿工赶快上了井，把情况告诉钱宏发。钱宏发听了有点紧张，但直到中午还没有发生事故。他对应建国说：“你不要神经过敏，这样会影响出煤。停工一天就要少一万多元的收入。以后随便上井，每次罚款一百元。”

当天晚上，应建国把白天的情况告诉华国彪。华国彪说：“你只要遇到安全口诀中任何一种情况就赶快上井。罚款就罚款，命比钱重要。你可以把那些口诀暗暗告诉其他矿工，但要他们不要说是你告诉他们的。”

应建国按照华国彪讲的去做。许多矿工把口诀背得烂熟，但有几个矿工说：“生死由命，是祸躲不掉。”

过了十多天，应建国在井下闻到臭蛋气味，他告诉其他矿工。还有二十多个矿工也闻到臭味，他们跑上井来。但那天并没有发生事故，结果每人被罚款一百元。

应建国把罚款的事告诉华国彪。华国彪说：“不管怎么罚，你还是按口诀讲的办。”应建国想，华国彪是高级采矿工程师，按他的话去做要稳当些。

又过了一个多月，应建国和几个矿工在井下回采区挖煤，挖了两个多小时后，有个矿工从隔壁巷子跑来对应建国说：“应师傅，你去隔壁巷子闻闻，有股臭蛋味。”应建国提着安全灯走去，确实闻到一股臭蛋味，安全灯也发暗，眼睛刺激得很厉害，像碰到辣椒粉一样。应建国说：“赶快走，很可能出事。”有个矿工说：“假若又罚一百元就倒霉了。”应建国说：“罚就罚，保命要紧。”他一边说，一边快步往井口跑，沿路有三十来个矿工跟在后面跑，有几个犹豫的一会儿也跟着跑起来。还有几个没有跑，另外有十多个矿工在其他的工作面，根本不知道。

应建国等人跑到离井底绞车边五十来米的地方时，眼看就可以往井上跑了，突然“轰隆”一声，矿山都震动了。应建国等人不约而同地惊呼：“不好了！”接着只听见像山崩一样的哗啦哗啦的声音。通往绞车的巷道被震塌了，出路被堵死，井下的路灯也熄了。应建国心里很紧张，一时手足无措。他尽力使自己冷静下来，凭着矿灯他看到大家惊慌害怕的眼光。他要大家用饮水把毛巾或衣袖之类的东西蘸湿捂住鼻子和嘴巴。接着他带领大家去旁边一条小巷，他说：“前面有条巷子，不通风，毒气不容易进去，我们只好在那里等人来救。”刚走了十来米远，有个矿工全身乏力，接着蹲了下去。不一会儿那矿工不知怎么，低垂着脑袋，走不动了。应建国说：“不要蹲下，一氧化碳在低处，有毒。你若死在井下，你母亲、老婆和孩子怎么办？跟我走！”不由分说，他抓住那矿工的衣领往前拖。另外两个矿工一个抓一只手，一起拖往那巷子里。

大家来到那巷子里，等待救援，也不知等了多久，还没有人来救。大家想念家里的人，不知家里人会急成什么样子。假若没有人来救，自己会死在井下，井上的亲人也没法过日子。想着想着，有的伤心地哭了起来。应建国对大家说："华工对我说过，遇到这种情况，不要行动，不要哭，免得浪费精力和氧气。他会想法来救我们的。"大家听了，心里升起了一股希望，停止了哭泣，静静地等待着。

再说井上的情况。大家听到爆炸声以后，就去找钱宏发。办公室没有找到，问会计，会计说："刚才听到响声，他就出去了。"大家问："他去哪里了？"会计说："不知道。"大家到钱宏发家里找，他老婆说："他没有回来。"

人们都赶到井口看情况。大家清点了一下人数，下井五十八人，还没有上来一个。大家围在井口，议论纷纷，都不知道怎么办，又不敢下井。有人打电话给县政府，要他们派人来。

华国彪听到煤矿出事，他马上搭摩托车赶到井口。只见工人们围着两个满面煤灰的工人问这问那。那两个工人向大家诉说井下发生的事情。他们俩是井下的装煤工，听到爆炸声，他们拼命往井口跑。他们往上跑的时候，听到井下有悲惨的喊叫声。有的喊"哎哟"，有的喊"救命"。

有几个认识华国彪的人对他说："华工，您看怎么办？"华国彪痛苦地皱着眉头，然后问："井上有没有鼓风机？"对方回答："有一台。"华国彪要会计弄来一辆拖拉机，去铁矿借来鼓风机和一盏安全灯。

鼓了一阵风以后，华国彪提着安全灯，同五个矿工头戴矿灯下了井，走到井底，只见巷道被震塌下来的土石堵死。华国彪对其他五个人说："我们赶快上去喊人来挖通巷道。"

华国彪等人回到井上，向大家诉说井下的情况，要赶快挖通巷道。很多人，不管有没有亲人在井下，都争先恐后地拿起扁担、锄头、铁铲或畚箕，跟着华国彪飞也似的往井下奔。有的不小心跌了跤，就连滚带爬往下赶。只听见互相催促的声音："快！快！"

次日清晨，巷道才挖通。又鼓风几个小时后，华国彪才提着安全灯，带着几个人往下寻找，边走边喊。应建国等人听到喊声，连忙答应。华国彪等人走到应建国等人躲避的小巷子时，应建国一伙扑向前来，抱着华国彪等人哭泣不已。华国彪和这些幸存的人急急忙忙往上走，来到了井口。井上的家属见了，像迎接战火中回来的亲人一样，笑了又哭，哭了又笑，抱了又吻，吻了又抱。而那些没有见到亲人上来的家属，围着应建国等人问这问那。应建国等人把井下发生的情况讲了一遍又一遍，不知道其他矿工是不是还活着。听的人越听越急，边听边哭。

华国彪带着十多个工人又下了井，约三个小时后把井下的人都运了上来，没有一个活的。二十一具尸体一字儿排在井口前的坪里，都只穿一条短裤，个个满身煤灰。有的弯着身子，有的歪着脸面，有的伸着两手向前爬的样子，有的脑袋被震塌下来的石头砸烂，有的手脚被压断。围观的人，有的惊呼，有的流泪，有的叹气，有的想看又不敢看，有的抱着亲人的尸体号啕大哭，痛不欲生。有几个家在深山老林的死者的家属还没有来，还根本不知道发生了事故，还以为自己的亲人正在挖煤，他们还在盼着自己的亲人把工资寄回去。

这时，来了一辆小轿车，从车里走出四个男子：一个穿公安制服，一个穿西装系领带，一个穿中山装，一个穿便衣、背着照相机。煤矿的会计向前招呼，背照相机的在给死者拍照的时候，穿西装的对会计说："你们想法安排好后事。家属愿意把尸体运回去的要安排好车辆，其他的就地安葬。今天就处理好，不要等到明天。"会计说："报告富县长，我刚才打电话给银行，想取点钱办后事。银行的人说，钱老板在银行里没有了存款。"富县长对穿中山装的说："闵局长，你们民政局暂时借五万元给煤矿安排后事。煤矿收到欠费后再还。"闵局长苦笑了一声说："也只好这么办。"应建国说："我们做了两个月工还没有发一分钱，老板说半年发一次。他要我们每个人交了五百元押金也还没有退。"一位死者的家属说："我家里有一个七十多岁的婆婆，有两个读书的小孩。现在当家人死了，老的老，小的小，我怎么办？"她说完就哭了起来。其他的死者家属也哭哭啼啼诉苦。富县长说："先安葬好死者再说其他的事。一步一步来。"他问会计："老板家里还有什么人？"会计说："他有老婆在家做家务，不管事，有个儿子办炼铁厂，妹妹是权升钤的老婆。"富县长听了不作声，接着他对穿军装的男子说："严局长，你马上想法找到钱宏发，并把煤矿的井口、库房和账房贴好封条。"

时间过去了四五天，还是没有找到钱宏发，有人猜测他已经逃跑了。现在有些贪官，把家属移居国外，把钱存在国外，单独在国内当裸官，一旦出事，就逃往国外。钱宏发是不是学裸官那一套？

县里只好把煤矿的存煤卖掉，还清民政局的五万元借款，退还工人们的押金，发足拖欠的两个月工资，但死者的家属不满意。他们约好来到县里，要求发抚恤金。富县长通知民政局局长、社保局局长、工业局局长、法院院长和公安局局长开会，商量怎样解决这个问题。民政局局长说："民政局没有这方面民，用之于民。钱老板没有给工人交保险金，社保局拿不出钱。"法院院长说："钱老板没有为工人投保，合同上又写着伤亡与煤矿无关。工人家属若要打官司，法院虽然同情工人，但判案无法可依。"工业局局长说："钱老板开煤矿没有经过批准，这是非法开采。我们发现后给他打了招呼，他当场就把工人遣散回家。没想到我们一走他又照样开采，而且越开越大，他是权升钤的妻兄，一般人不敢惹他。"富县长说："非法开采是个问题，但现在人已经跑了，我们不想办法解决这个问题，死者家属闹到上面去会影响县里的声誉。"公安局严局长说："现在只有一个办法，把钱老板家里搜查一下，看有没有现金。若没有现金就把煤矿的设备拍卖来做抚恤金。"

大家都同意公安局局长的办法，富县长召集死者家属开了一个会，他说："现在县里实在有困难，连公务员的工资发百分之五十都成问题，但你们比我们更困难。我们一定想尽一切办法，哪怕把煤矿的财产全部拍卖也要发一些抚恤金给你们。总之，我们尽力而为。"

死者家属听了，觉得富县长真是关心工人，钱多钱少放一边，有这几句话就够暖人心了。

次日，公安局局长带领一个公安人员搜查了钱宏发的家，没有发现现金，也没有发现金器。他们查问他老婆，他老婆说："我只做家务，不管其他的事。钱宏发每月只给我买米买菜的钱。"高柜里有一个饭盒大小的铝盒子，用锁锁住。年轻的公安人员以为里面有金器。他把锁撬烂，只见里面放着用信纸包着作废的布票和粮票。他笑了笑说："钱老板真古怪，这些没有用的东西还要用锁锁住放在高柜里。"他一边说一边把盒子放回原处。严局长凭着他多年搞公安的经验，认为这盒子里面一定有要紧的东西。他把盒子里的东西仔细看了看，发现有张信纸写有一些人的名字和日期。最后一行写着："富县长一九九八年一月入股，十二月分红十二万元。”严局长看后，大吃一惊，接着又暗暗自喜。他拿着这张信纸，像拿到一件法宝。这上面有富县长的名字，准确地说，有他的罪状。有了这一条，以后他就再不要在我严局长面前要花招了。他马上把那张信纸放进了衣袋里。

县里把煤矿的设备卖了六万六千元。这个数字只有县里来的几位领导和煤矿的会计知道。富县长再三叮嘱，要像过去搞地下工作那样严守秘密，谁泄密谁负责。公安局局长暗自好笑，他心想：“你富县长从煤矿里已经捞了一大笔，现在要人家严守秘密。”县里来的几位领导商量决定，二十一位死者的家属每人发两千元的抚恤金。参加处理这件事的县里的几位领导、摄影师和煤矿会计，每人补贴三千元。剩下的钱就用来办酒席，请华国彪等参加救援的人以及幸存的矿工吃一餐。

由于县里的领导把这件事处理得又快又好，大家都满意。没有人上访，也没有人举报，更没有人游行示威，连爱管闲事的华国彪也没有说什么，上级也不知道，既维护了社会的稳定，又没有影响县里的形象。只有几个爱说三道四喜欢捕风捉影的记者听到一点消息就要来采访，也被县领导拒绝了。

应建国冒着生命危险干了两个月，连押金一千一百元，节省着用可以供全家人几个月的吃用了。尤其值得庆幸的是他从矿井里捡了这条命回来，但这条命要吃要穿。今后怎么办？他自己也搞不清楚。他觉得自己的命运被握在一个看不见的魔鬼手里。

晚饭后，应建国提着安全灯来到华国彪家里。华国彪问他拿安全灯来做什么。应建国说：“这灯是救命灯。没有它，我们几十个矿工都没有命了。我现在不用它了，还给您，您将来也许还可以用它去救其他的人。”夏梅芳问：“钱老板能不能抓到？”应建国说：“钱老板跑了，就像鱼跑进了水里一样。他有钱，妹夫又当大官，是条深海鱼，谁能抓到手？不要说抓不到人，连钱都捞不到。会计说钱老板在银行里没有存款。真是狡猾得很。”夏梅芳说：“怎么会没有钱呢？办煤矿赚的钱哪里去了？他儿子办炼铁厂不是很有钱吗？俗话说‘父债子还’。”华国彪说：“钱宏发的高明之处就在这里。开煤矿利润高，但风险也大。一旦出事，倾家荡产放一边，还可能要坐牢。他一月只赚十万元，几年就是上千万。他怕钱存在银行里很不保险。这些钱他或者用亲戚的名字存在银行里，或者给他儿子办炼铁厂。煤矿出了事，你不能去找炼铁厂的麻烦。何况他上面还有权升钤这把保护伞。”夏梅芳和应建国听了，才恍然大悟。

再说权升钤夫妇接到钱少爷的电话，得知海角煤矿发生事故，都大吃一惊，几次打电话给钱少爷打听情况。钱少爷告诉他们：钱宏发已经安全隐蔽起来，银行里没有存钱，家里也没有被搜去钱，只是煤矿的煤和设备都卖掉用来赔偿了。没有人闹事，权升钤夫妇这才放了心。权升钤打电话给富县长说：“海角煤矿发生矿难，死了这么多人，我很难过。要发展难免有牺牲，问题在于做好安抚工作，保持社会稳定。天涯县的领导在这方面做得很好，值得大家学习。”富县长很谦虚，他回电话说：“由于天涯县的安全工作抓得不够落实，所以发生了这次事故。今后要吸取教训，既促进发展，又保证安全，使更多的民营企业家放心地奔向致富的金光大道。民营企业发展了，就能多招工，工人才有工做有饭吃。”

四六　博士求职

近些年很多厂矿陆续停产或破产，不少厂矿相继被卖给私人，下岗和失业的工人越来越多。工人找工作越来越难。一向吃香的大学毕业生，现在国家不包分配工作，自谋职业很不容易。

今年，华思危读完了博士。他长长地嘘了一口气，回顾自己读书的历程，真是够长的。小学六年，中学六年，大学五年，硕士生三年，博士生三年，一共二十三年！父母和老师不知花了多少心血，国家不知花了多少财力。现在他可以参加工作了，可以自食其力了，可以报效祖国和人民了。

华思危把求职信发给全国一些很有名的肿瘤医院。当前很多单位聘人有这样的现象：水平低的不要，嫌你本事不大，是个包袱。二十世纪末中国的大学毕业生的数量比前几年翻了一番。大家认为豆腐厚了水分多，有的招聘单位公开挂牌："不是研究生免谈。"另一种现象是武大郎开店，比自己高的不要，怕你将来争领导权。华思危很幸运，求职信寄出不到半个月就收到全国有名的康复肿瘤医院的回信，信上说："华思危博士，我院很需要您这样的人才。我们热烈欢迎您来我院工作。"

华思危收到信的第二天就乘火车前往，上车前打了个电话给医院。他刚出火车站就见到一面大横幅："热烈欢迎肿瘤专业博士华思危来康复肿瘤医院工作"。华思危很感动。

使华思危更感动的事还在后面。一位五十来岁的男子把华思危请进了一辆桑塔纳轿车，走在车前的是鼓乐队，横幅在最前面。一路上吹吹打打，轿车在后面缓缓而行。从火车站到医院本来不到一里路，但乐队和轿车沿着市区主要街道绕了一圈，全城都知道康复肿瘤医院来了一位肿瘤专业的医学博士。

在轿车里，那男子对华思危说："我们医院的东门医生是全国闻名的癌症克星。你们两个好好合作，我们医院就会越来越好。"华思危说："我刚出校门，没有什么经验。请多多指教。""不要客气。我知道，全国的医学博士屈指可数。"华思危说："您贵姓？""我姓赵，赵钱孙李的赵。"司机插话："这是我们医院的院长。"华思危微笑着对赵院长说："您太客气了。"赵院长说："哪里，哪里。"

轿车到了医院后，赵院长陪同华思危来到院长办公室，向医院的其他领导介绍了华思危，然后同华思危商量了一年试用期合同的事。

市民们听说康复医院来了位肿瘤专业的医学博士，很多人来找华思危看病。脑壳胀痛的看是不是患了脑瘤，胃痛的看是不是患了胃癌，肝硬化的看是不是转化成了肝癌，大便异常的看是不是患了肠癌，还有诊治鼻癌、咽喉癌、乳腺癌、肛门癌和子宫癌的。华思危好像成了一个能呼风唤雨的人物，一下子把全市患癌症和可能患癌症的人都吸引到康复肿瘤医院来了。以前找东门医生看病的患者，现在也来找华思危了。

一个星期六下班的时候，三个女医务人员和华思危一起走出办公室。一位中年女医生问他："小华，周末你总是一个人去玩，怎么不邀请女朋友去？"华思危说："工作还没有打开局面，哪里有时间谈恋爱？"另一位女医生说："现在你已经打开局面了，而且有了名气，可以谈恋爱了。"华思危笑了笑说："谈恋爱要先谈后恋再爱，不能搞快餐，不能单方谈，更不能单方愿意就可以成交。"三个女医生都笑了起来。有一个说："我给你介绍一个，远在天边，近在眼前。"华思危说："眼前这几位都是有夫之妇，我能干那种缺德的事吗？"他这一说，三个女医生笑得更欢了。一位女医生说："赵院长的女儿，医学院毕业的，在县医院工作，人长得很漂亮，二十六岁。很多追求她的人都吃了闭门羹，她不是嫌人家长得不帅，就是说人家本事不行。看你有没有这个福气。"华思危说："一般来说，相貌出众的人才华不怎么样，老天爷总是摆得很平，很少让人才貌双全。老天爷是不是对赵小姐特别优待？"一位女医生说："你不信，等她明天回家，你亲自去看一看。"华思危说："你们三位都认为她才貌双全我就去看。"华思危问第一个，回答说："像她那样有本科学历的人有的是，但有本科学历又那样漂亮的，我没有见过。"问第二个，回答说："像她那样漂亮的少，那样漂亮又有本科学历的更少。"问第三个，回答说："女的才貌双全难找，像她那样才貌双全又洁身自爱的更难找。"华思危说："耳听为虚，眼见为实。我明天就去看一看。"

次日，华思危吃了早饭就去赵院长家。开门的是一位年轻女子，柳眉杏眼，冰肌玉骨。华思危想，这一定是那位赵小姐了。他问："赵院长在家吗？""我爸爸昨天下午到省城办事去了，有什么事我可以转告他。""我是康复医院的医生。我想问他肿瘤科购买医疗设备的事。""你是不是华医生？""我叫华思危。""我爸爸多次谈到你，说你医术高明。"一向可爱不可亲的赵小姐一下子变得温柔和顺，热情有加。她给华思危又是倒茶又是削苹果。接着，两人谈论医学方面的问题，谈得很投机。双方都相见恨晚，从上午八点不知不觉谈到中午十二点。赵小姐留华思危吃午饭，华思危不好意思，便告辞了。

从此后，华思危几乎每个星期都要找借口去找院长。去了几次后，赵小姐和华思危竟出双入对去电影院或舞厅。周围的人都很羡慕。平常说"郎才女貌"，这两位都是才貌双全，一个县也难找到这样一对。

正当华思危正觉得自己平步青云的时候，这一切被一阵又一阵的"黑旋风"所破坏了。

有一天，一个四十多岁的妇女来找他。原来那妇女的肚子里面好像装了一个篮球，比临产孕妇的肚子还大。华思危给她做了检查，是良性瘤，给她动了手术，她出院后能正常劳动了。她这次来看望华思危，并送两百元表示感谢。华思危坚决不肯收。那妇女说："我不是在开刀前送红包给你。我是在你治好我的病以后感谢你。"华思危说："你拖一板车煤只能得三元钱。你丈夫踩人力车，载一个人跑遍全城只有一元钱。我能要你的钱吗？你留着这些钱买点营养品吃。"那妇女没有再说什么。过了几天，华思危收到一张三百元的汇款单，寄款人叫康复人，没有地址。华思危找到那个拉煤的妇女问，那妇女说不知道。华思危只好把钱交给医院财务室。年终，财务室按惯例公布了全院上交红包的数额，一共三万二千元，其中华思危交了二万九千元。这在全院引起了轩然大波。有的说华思危品德高尚；有的说他是个傻瓜；有的说他作秀，想吃小亏占大便宜。许多医生嘴上不讲心里却想：你华思危因此出了名，我们怎么做人？收的红包不上交，人家会说你缺德；全部上交，心痛先放一边，人家还会说你以前不上交现在上交,是什么意思?交少了人家会说你还留了很多,或者说你没有本事,所以没有什么人送红包。这真是成了猪八戒照镜子,里外都不是人,从此同华思危来往的医生越来越少了。

再说,华思危看的病人最多,但效益最差。很多医生看病,还没有问病情就要病人先去做心电图、做脑电图、做断层扫描,等等。病人花了检查费之后,医生看了检查结果,动不动就要病人住院。而华思危则往往问一问、看一看、听一听、按一按脉搏就能做出诊断,病人用不着花多少钱。有个病人腹股沟区出现肿块,找东门医生看病。东门说是疝气,要住院开刀,先交四千元。病人说他是擦皮鞋的,一年还挣不到这么多钱,只好不治了。有人对这个病人说,华思危医生很同情贫苦的病人,医术又高明。他找到华思危,说明了自己的情况,问能不能想个什么省钱的办法治一治。华思危检查了病人的病区,发现是可复性疝气。他对病人说:"不用开刀。你自己用手按摩,使出现的肿块退回腹腔,再按摩腹股沟周围的肌肉,增加肌肉的收缩力,起立时用手捏住口子,卧床休息三天。以后经常做两腿下蹲的活动。"病人按照华思危讲的去做,过了五天病好了,没有花一分钱,没有流一滴血。

华思危看病,病人满意,医院领导却不满意。赵院长告诉华思危,病人看病,要病人多做检查多开药,开高价药,这样才能提高经济效益。华思危说:"这样会增加病人的负担,医生的责任是救死扶伤。"赵院长说:"从前政府有给医院补贴,现在没有了。现在医院要自负盈亏,医院只好以药养医,否则,医院就发不出工资,救死扶伤也成了一句空话。"华思危说:"医院有医院的难处,但医生要讲医德。"赵院长说:"你有你的道理,但你讲的那一套不适合市场经济的要求。市场经济总是把经济效益放在首位。就说收红包这个问题,说句良心话,我是反对收红包的,我当院长没有收过一分钱的红包。我以前当医生也没有收过红包,但对人是另一回事。现在医院不按公益事业办,你要医生不收红包,只拿几个死工资,他就会不辞而别,到私立诊所去了,或者自己开店,收入高多了。再比比政府官员,且不说那些贪官污吏,就说最廉洁的官员,他们的轿车费、电话费、招待费、坐班费,七七八八加起来,远远超过他们的工资。你能让医生只拿几个死工资吗?医生一般都是大学毕业,文化素质比公务员要高。花的成本多,但是获利少,谁愿意干?但我又不得不每年公布退红包的数字,做做样子应付应付。"华思危说:"我理解您的处境,但我不能让我的手术刀变成屠刀。"赵院长说:"我也理解你的想法,我没有理由说服你,但我不能让医院垮台。"

华思危遇到的旧矛盾还没有解决,新矛盾又来了。有位病人十年前觉得胸部隐隐作痛,她找东门医生看病,东门医生说她患了乳腺癌,给她进行了双乳切割术。她虽然失去了双乳,精神上受到了沉重的打击,手术后的化疗和放疗使她的肌体受到了严重的损害,并且因为治病欠了四万多元的债。成绩优秀的儿子因家庭困难放弃了高考,去沿海城市打工养家,但她保住了性命。十年来,她向很多癌症病人讲述自己的抗癌经历,很多记者写文章介绍她的动人事迹,因此她成了全国闻名的抗癌明星。近来,她听说华思危医术高明,便请求华思危复诊。由于她是东门医生治疗的,华思危要病人先去征求东门医生的意见。东门医生很不高兴,虽然他没有反对华思危复诊,但他要病人去征求赵院长的意见。赵院长建议东门医生复诊,但病人和她的丈夫坚持要华思危复诊,赵院长只好让步。华思危很怀疑这个病例。得了乳腺癌能生存五年就不错了,这病人竟活了十年。这到底是奇迹还是误诊?他把病理切片取出来重新检查，发现不是乳腺癌，而是良性瘤。东门医生说："这不可能是良性瘤。"赵院长召开了正副主任医生会议，先宣布了一条纪律，暂时不能告诉病人，等会诊后再说，也不能对外人说。接着进行了会诊，一位副主任医生同意华思危的诊断，另一位副主任医生同意东门医生的诊断，两位主任医生都不表态，赵院长内心同意华思危的诊断，但却说："现在赞成和反对的各占一半。我看还是维持原来的诊断，这样对医院有利，对病人也没有害处。东门医生的'癌症克星'和病人的'抗癌明星'的声誉也不受影响。不然，对两人的名誉是莫大的损害，医院的经济效益会一落千丈。"华思危说："科学工作者必须坚持真理，医生必须为病人服务。我们把真相告诉病人，可以使她解除精神负担，免除今后不必要的医药费用。我建议去全国著名的中华医科大学复查。"

去不去院外复查，又成了争论的焦点。赵院长怕承担责任，他建议无记名投票。结果是两票反对，四票赞成。赵院长只好同意去中华医科大学复查。

复查结果与华思危的诊断完全一样，医院最终只好把复查结果告诉病人。病人知道了复查结果后，又喜又惊，喜的是自己不患癌症，顿时感到一身轻松；惊的是著名的东门医生竟然诊断错了，自己还给那么多癌症病人讲述自己抗癌的经历，到头来却不是癌症。为了治癌，弄得倾家荡产，还殃及儿子。

很多报纸马上报道了抗癌明星原来患的不是癌症的消息。东门医生忙把那些"癌症克星"的锦旗收了起来。华思危从一个全城知名的医生成了全国闻名的医生，报纸和电视台报道了他医术高明、不收红包、体贴病人、坚持真理的事迹。外省很多病人慕名而来，但他的经济效益仍然如旧。由于医院名声在外，其他的医生不好意思收红包，不便乱开药，经济效益比以前差多了。东门医生更是门可罗雀，"癌症克星"成了笑料。

接着发生的一件事使赵院长倒了霉。

一天上午，一个中年男子把他妻子从板车上扶到看病室。那女人阵发性咳嗽，痰中带血，持续性剧烈胸痛。华思危认为可能是肺癌晚期。他对那男子说："病人应该立即住院。"那男子问是什么病。华思危说："住院进一步检查再告诉您。"那男子走到收费室窗口办手续。开票员要他先交三千元，可那男子只带了一千元，他说："我老婆危险，请先让她住院。我把身份证押在这里，马上去借钱。"开票员说："赵院长来了，你问他。"那个男子向赵院长求情。赵院长说："有些病人欠钱一直没有还，这样下去，医院就要关门。"那男子只好把老婆扶到板车上，然后飞也似的跑出去借钱。这时病人突然大咯血。过了好一阵，丈夫跑来交了钱后去喊妻子，妻子没有反应。他大声喊，妻子还是没有反应。他的脸扭曲了，眼睛通红，全身发抖。那男子回到板车前，左手挽住死了的妻子吻了吻，然后右手举起匕首对准自己的心脏捅了进去，立即血流如注。他倒在板车旁，谁也不敢拢去，大家都躲进了房里。

接着来了几辆警车。法院的人员检查和拍照后，尸体被搬上货车运往坟场。

之后华思危成了康复肿瘤医院的腊肉骨头，闻着很香，吃则无肉。不久，他的一年期试用合同已满，医院不再聘用他。这使他很难堪，他没想到，医德竟成了双刃剑，既伤了别人，也伤了自己。从此赵小姐再也没有理睬他，他失去了工作，也失去了爱情。人可以一辈子没有爱情，但不能一个星期不吃东西。没有工作就没有经济来源，他想回家后再找工作，但别人会怎样看他?再说,自己读了二十三年书,父母够操劳了,结果毕业了还要父母养着,这像话吗?如果不回家,父母又难免挂念。想来想去,他决定还是不回家,找到工作再说。但又不能赖在医院里住着,他只好在旅社里租了个单人房间,除了父母,他没有把住址告诉任何人。有些记者到康复肿瘤医院采访,因不知他的去向而作罢。

华思危向几家著名的医院发了求职信。这些医院都从报刊上知道华思危这个人,都想聘用他,但又怕像康复肿瘤医院那样,弄得效益不好,所以都不敢聘用他。他又向几所医科大学发了信。过了几天,他收到光华医科大学的招聘信。华思危觉得去学校虽然不如去医院理想,但比失业好多了。他接到信的次日便去了光华医科大学面谈。

面谈的人除了校长外,还有校党委书记和人事处长。校长的谈话很随意,他说现在很多人谈癌色变,癌症治疗成了医学界的前沿阵地。华思危说:“流行性感冒和肺结核曾经被认为是不治之症,现在都不难治了。只要大家努力,癌症是可以征服的。”校长听了很高兴。人事处长说:“现在招聘的一个难题是工资问题。本科生一般开价每月五千元以上,硕士生和博士生开价更高。不知你有什么要求。”华思危说:“入乡随俗。”人事处长听了高兴地笑了起来。接着党委书记问了华思危的政治面貌、家庭情况和婚姻状况,华思危都一一如实回答。最后校长说:“我们再商量一下,明天打电话告诉你。”华思危高高兴兴回到旅社,以为聘用不会成问题,大学不像医院那样注重经济效益,可以凭良心做事。

次日,华思危接到该校人事处的电话,说学校决定精简机构暂不招人。华思危很纳闷,难道是昨天下午或今天早上突然决定精简机构?这明明是个借口。

这确实是个借口,其实是党委书记不同意。书记认为华思危来求职没有首先去拜见他这个党委书记而去见校长,这说明不重视政治挂帅;一个博士生没有入党,甚至连入党申请书都没有写过,这样的人政治觉悟肯定不高;三十来岁还没有结婚,不是道德有问题就是很挑剔,这样的人是不好领导的。校长是博士,有些重要事情不尊重他,现在又来个博士,会把这个只有中专文凭的党委书记放在眼里吗?

三个月过去了,华思危还是没有找到工作。他父母总是要他回家再说,但华思危总是说:“找到工作再回家。”

华思危越来越失望,最后他只好在网上向国外求职。结果发生了料想不到的事情,加拿大一家大医院通过电子邮件向他发出聘任书,工资相当于他在康复肿瘤医院的二十倍!华思危次日搭车回家。父母见他回来了都很高兴,但听到他被外国的医院聘任,华国彪一副愁眉苦脸的样子。牛爱华流着眼泪对孙子说:“我们原来只希望你在国内工作,没有想到你不得不去国外谋职。在国外,既不能尽忠,也不能尽孝。”华思危说:“我会像爷爷那样,等到老也要等到回来的那一天。”华孝先拍了拍华思危的肩膀说:“这才像华家的子孙。”华国彪说:“刚解放的时候,很多有才华的人放弃了优裕生活,回到祖国建设新中国。我们中学的向克己老师和大学的满若虚老师都是从外国回来的。现在的留学生大多数没有回国,这真是莫大的悲哀。”夏梅芳叹了口气,对儿子说:“当年白求恩志愿从加拿大来中国帮助我们抗日,现在你却不得已离开祖国去加拿大谋个饭碗。我希望你好好学习白求恩的为人。”

听到华思危要出国,亲戚朋友和邻居都来祝贺,大家没想到华家却是一片唉声叹气。华思贤不久前因纱厂破产了闲在家里，近来不得不去醉仙楼酒家当服务员。她也恨不得去国外谋职，只可惜她没有哥哥那样的本事。

华思危启程的前夕，全家人都坐在客厅里闲谈。华思贤拿了一张全家福的照片给华思危说："哥哥，你想家的时候就看看照片。"华思危说："你在家好好照顾爷爷、奶奶、爸爸和妈妈。"

次日，华国彪夫妇和华思贤都到机场送行，大家都依依不舍。华思危对他们说："你们快回去，天上的乌云越来越黑，怕是要下雨。"华国彪说："不怕，这乌云只是暂时的。"

华思危在国外找到了工作，华思贤在酒店当服务员。华思敏怎么办？

华思敏初中毕业后上了职业学校。他父母认为他成绩不拔尖，读了高中很难考上大学，不如初中毕业后读职业学校，读完职校去做技工。他职校毕业后也没有找到技工做，不得不去外地做了一年苦工。到年终包工头跑了，他连几个可怜的工资也没有拿到。他只好回到家里，在街上拉板车，一天能得十来元，能勉强糊住自己的嘴巴。母亲死后，家里更困难了，更倒霉的是他自己也出了事。有一天，他给人家拆房子的屋梁，不小心木头砸断了他的左臂，疼痛难忍。他去看医生，照了片，发现两截断了的骨头交叉错位。医生怕治不好，要他截肢。他想自己要是失去了一只胳臂，做工就困难了。自个二十多岁了，总不能靠父亲养着，何况父亲现在也拿不到工资；他没有截肢，但手臂痛做不了工，怎么办？华思敏只好破釜沉舟。他把板车牢牢地绑在屋柱上，然后要他父亲把他的左臂的上部绑在板车把手上，要父亲扭动他的左臂下部。华国平扭了两下，华思敏脸上直冒汗珠。华国平再也下不了手。他劝华思敏截肢算了，把家具卖掉也要凑齐手术费。华思敏说："不要怕，您只管扭，万一把皮肉都扭断了也就算了。"华国平还是不敢下手。华思敏要父亲把骨折的左臂上部解开，绑住下部，他自己来扭。他扭一下就眼冒金星，扭了几下，脸上的汗直往下流。华国平见了，眼泪直往外涌。华思敏咬紧牙关，拼命扭动左臂，只听见"咔嚓"一声，断骨接上了。华思敏身子往一边倒，华国平赶忙扶住儿子。

华思贤听说华思敏自己把断臂接好了，又敬佩又惊奇。她找了一些草药给华思敏敷上，又用木板把左臂夹住。不到半个月，夹板取掉了。华思贤每天给华思敏按摩，华思敏的左臂很快就能活动自如了。华思贤说："要注意保养，不要提重东西，不然，再断了就麻烦了。"

华思敏没有工做，哪里来的钱用？他找到居委会，问有没有工做。居委会主任说："有一个公共厕所，以前是上面拨款请人打扫。现在上面没有钱，也就没有人打扫，厕所脏得无法进去解手。假若你愿意的话，可以打扫厕所，可以收费。大便每次五角，小便一角。"华思敏想，其他地方找不到事做，何况手受伤，干不了重活，也就同意打扫厕所。

开始时很多人有意见，说解手也收费，太不像话了，当官的少搞一次公款吃喝就不用收费了。发牢骚归发牢骚，花几个小钱上厕所总比没有地方解手要好。

有人觉得扫厕所是又脏又累又丢脸的事。华思敏觉得这总比没事干挨饿要好，自食其力比不劳而获要好。华国平认为有事做比游手好闲要好，比为非作歹更好。华国彪说："一些当官的门前不扫却在扫天下，还不如一个扫厕所的能为社会做点有益的事。"有人认为还是要多读书，华思危读好了书可以去国外赚大钱。华国彪夫妇却认为，赚大钱为外国人服务，还不如赚小钱为同胞服务，也可以照顾家里。

四七　魂飞醉仙楼

香港回归那天，天涯铁矿没有庆祝活动，但还是设宴招待干部，经费由财务部的小金库开支。

下午四点左右，参加宴会的干部都陆陆续续到齐了。大家都在醉仙楼的大门口，对门口那座真人一样大小的汉白玉的少女裸体雕像称赞不已。

进门时，站在门口的两位年轻漂亮的礼仪小姐向来宾微笑致意。

门外热得像蒸笼，但室内有空调，一进门就凉爽无比。

门厅铺着红地毯。李敬德踏上地毯就想起白居易《红线毯》中的几句诗："宣城太守知不知，一丈毯，千两丝。地不知寒人要暖，少夺人衣作地衣。"他脚踏在地毯上，心里却很不是滋味。而其他干部则若无其事地踩在地毯上，兴高采烈地欣赏门厅顶上那盏价值三十万元的七星拱月大宫灯。贾世界对身边的人说："当时修建时，有人主张搞简单一些，我就主张搞超前的，至少要一百年不落后。我主张搞总统套间，有人坚决反对。我说首长来了你难道要他住普通房间吗？该花钱的地方要舍得花，小家子气的人是办不成大事的。"大家都称赞贾矿长能高瞻远瞩。

宴会在西餐厅举行，金艳不舒服，没有赴宴。一共十二席，十人一席，矿级领导专门一席，贾世界说："今天用圆席，不分上席下席，以示平等。"

菜上来了，酒店经理说："贾矿长吩咐只搞四菜一汤，我们不敢多搞。"能顺德说："上级规定四菜一汤，贾矿长党性强，处处按党的原则办事。"这四菜一汤不是鸡鱼肉蛋豆腐汤，而是山珍海味燕窝汤，山珍有熊掌，海味有海参。贾世界说："我原来要求四菜一汤的目的是节省一点，现在矿里也有困难。但现在是四盆一汤，相当贵了。"经理说："不算贵，一席只有一万元，比广州、深圳那些地方三四万元一席的少多了。"李敬德想："一万元相当于二十多个工人一个月的工资。"

招待矿级领导这一席的宾馆小姐是华思贤，她是从宾馆的几十位小姐中挑选出来的。她给大家轮流筛酒，当然首先从贾世界开始。贾世界一闻就知道是真正的茅台酒。有几位一闻到茅台酒的气味就流口水，只想端起酒杯喝。李敬德对华思贤说："我不会喝酒，请来点饮料。"贾世界站起来对全体赴宴的人说："今天，我们庆祝香港回归，大家来干一杯！今后，我们要像香港一样富裕！"所有的人都站了起来，拿起酒杯，喝了个底朝天，有的喝了后还用舌头舔了舔唇上的残酒。

华思贤再给全席的人斟了酒以后就恭恭敬敬地站在旁边，双手相握放在胸前。她望着这些来宾，个个西装革履，领带系得整整齐齐。她不理解这些人穿得很讲究，为什么有公筷不用？筷子在嘴里含了一会儿，又伸到菜碗里翻来翻去，不怕口水把病毒传给别人？她又想起她读高三时，班上有三位农村的同学在校寄宿，由于家里经济困难，经常吃家里带来的坛子菜。后来这三位同学都考上了大学，但因交不起一年四千多元的学费而失去了深造的机会，只好出来打工。她想，这些人如果不吃这一席就可以帮助两三个贫困学生上大学。

这时，很多席正在猜拳行令，热火朝天。贾世界说："猜拳是老一套，总是'福禄寿喜'，搞腻了。我们这一席来个吟诗作词，喝酒只奖不罚。作一首诗就敬一杯。"乌致用说："从这件小事都可以看出贾矿长大胆改革的精神。只可惜我不懂诗词。"贾世界说："实在不会作诗，念人家现成的也行。"

贾世界说："现在很多生意都是在餐桌上定下来的。目前特别缺少会喝酒的女干部，因为女的会喝酒，对方就乖乖跟着走。当时我提拔钱水春，有些人不理解，后来矿里几笔大生意都有钱水春的功劳。"李敬德听了只是冷冷地笑了笑。

这时，旁边一席喝酒喝得劲火冲天，有的人烂醉如泥。万重义醉倒在地上躺着，他指着墙上的李白像说："你这小子站在那里干什么？你也想喝茅台酒吗？茅台是你这种人喝的吗？你是什么级别也要到这里来，真不知羞耻。"接着他又指着墙上一幅裸体女人醉酒图说："钱水春同志，怎么你又活了？你不能怪我哟。我也是人在江湖，身不由己啊。"他叫了一阵就昏昏沉沉睡着了。这时，权广禄酒兴大发，茅台酒喝了一杯又一杯，突然"哇"的一声吐了一大堆，衣上裤上都是吐出的酒菜，接着，一个劲地喊："再来一杯！再来一杯！一醉方休！"然后，醉眼蒙眬望着墙上的裸体女人图。李敬德对华思贤说："请叫经理来一下。"

经理很快就来了，毕恭毕敬站在李敬德面前说："李总有什么吩咐？"李敬德说："请把万处长安排到房里去休息。"经理马上照办。李敬德见了那些酒鬼的样子就倒胃口，便到休息室休息去了。

大家酒足饭饱之后，分组去包厢活动。矿级领导一个人一个包厢，处级两个人一个包厢，每个包厢有一位酒店小姐招待。能顺德对经理说："刚才那位小姐素质很不错。"经理马上心领神会，安排华思贤去招待能顺德，又安排公关主任刘小姐招待贾世界。贾世界说："这位刘小姐是位才女，出版过叫《隐私》的爱情诗集。"经理知道刘小姐是贾世界的情妇，他说："你们可以多多交流写作经验。"

包厢都在二楼歌舞厅的周围。每个包厢里面有一张长沙发和两张藤椅，靠窗的书桌上放着一台彩电，书桌旁一张茶桌，上面放着茶具和点心。华思贤给能顺德倒了一杯茶。能顺德问："你多大年纪了？""二十五。""像你这样长得漂亮的很少。""先生过奖了。"能顺德指着沙发说："来，就在我旁边坐一坐。我喜欢同女同志聊天。"华思贤坐下说："有的人就瞧不起女同志。""那些人思想不开放。在特区，不要搞那套男女之别，我和你都是朋友。"能顺德一边说一边朝华思贤挪近，华思贤马上往外挪。能顺德伸手去搂她，华思贤往外偏，没有搂住。能顺德猛地扑过去抱她，华思贤顺手给能顺德一个耳光，打得能顺德脸上火辣辣的。能顺德用手捂住脸威胁说："你敢打人？我马上去告诉经理，把你解雇。"华思贤竖起眉毛望着能顺德说："我马上向大家公开，说你要流氓调戏妇女。你以为酒店的服务员都是下贱货，可以随便玩弄，是不是？"她说完就走了。

能顺德果然叫来了经理。经理一个鞠躬又一个鞠躬地说:“对不起,能书记,对不起。我马上找她谈话。她要么向您认错,好好招待您,要么就滚蛋,另外换一个来。”

经理找华思贤说了一阵。华思贤斜起眼睛望着经理说:“我是来这里做工的,不是来这里供流氓玩弄的。”经理说:“你疯啦!你知道能书记是什么官?是副厅级干部,比县长的级别还高。”华思贤越发放肆了:“他要流氓。”经理恨不得马上叫华思贤滚蛋,但又难找到这样的美人儿撑门面。他横起眼睛说:“你暂时到厨房里去打杂,过后再同你说。”华思贤说:“我不愿在这里干下贱的工作,我回去了。”说完她就回家了。

再说公关部主任刘小姐陪贾世界进了走廊尽头的一间包厢。她倒了一盆冷水给贾世界洗了脸。

这时,舞厅里响起了悦耳的舞曲,烛光半明半暗,像淡淡的月光。每个官员拉着一位宾馆小姐,陆陆续续步入舞池。贾世界拉着刘小姐的手,按照舞曲的拍节,跳起了华尔兹舞。贾世界觉得同刘小姐跳舞与同他老婆跳舞就是不一样。他同金艳跳舞像牵着一头牛吃草一样,你要向东她偏向西,轻柔的慢三步变成了工间操,比跳绳还乏味,所以他很少同金艳一起去跳舞。刘小姐则不同,她总是含情脉脉地望着他,使他进入一种初恋的境界,能同这样的美女跳舞真是人生的一大享受。而刘小姐觉得同贾世界跳舞就像驴子被牵着围绕磨转一样。他把她搂得很紧,生怕她跑掉了似的。他的眼光不是与她交流,而是两眼直勾勾地望着她那洁白的胸脯和迷人的乳沟,有时还用手去摸。

跳了华尔兹舞以后,舞曲停止了,大家休息片刻。贾世界由于多喝了几杯酒,又是上了年纪的人了,感到力不从心。虽然他还想同刘小姐继续跳舞,但这时,他像一头吃嫩草的老黄牛,望着鲜嫩的草,心里还想吃,但肚子里装不下了。他独自来到小房间里,喝了一杯茶,然后躺在沙发上,闭目养神。

正当贾世界在小房间里闭目养神的时候,舞厅里响起了迪斯科舞曲。大家使劲地跳,使劲地蹦,音乐也越来越疯狂。这些人白天吃得好,吃得饱,又无处用力,无处用心,精力充沛,像蓄满水的水库,现在正是开闸的好时光。每个人都使出浑身解数,跳得越疯狂越舒畅。

正当大家跳得忘乎所以的时候,突然“哗”的一声,舞厅的中间陷了下去。很多跳舞的人像掉进渔网一样,直往下溜。整个舞厅一阵疯叫,很多人都往外疯跑。有的鞋子被踩掉了也不知道。有两位宾馆小姐的高跟鞋掉了鞋跟,摔倒在门边,其他的人就从她们身上踩过去,被踩得哇哇直叫,其中一个哭了几声就没有声音了。挤出门的人在走廊上奔跑,突然,走廊也倒塌了,男男女女都连同水泥板一起掉了下去,很多人还没有来得及喊哎哟就被水泥板压成了肉饼。

舞厅里原来点着蜡烛。楼塌的时候,电线断了,厅内一片漆黑。经理叫人点了一盏煤气灯,一照舞厅,塌陷的舞厅变成了一座地狱:到处是迸裂的脑浆,鲜红的血水,断裂的手脚。受伤的人中,有的在拼命哭叫,有的连哭叫的力气也没有了,只是在低低地呻吟。

宾馆里没有去跳舞的人见了这种惨景都惊呆了。有的抱着头拼命往外跑,怕宾馆的其余部分也塌下来;有的号啕大哭;只有万重义还在睡大觉。李敬德叫醒了他,把他带到现场,万重义吓得面如土色。李敬德要他马上打电话给公安处,赶快派人来。李敬德又立即打电话要医院赶快派救护车来。

不一会儿,救护车来了,把六十多个伤员运走了。三十五个死者则被摆在现场。死者中有能顺德、巴院长、王仕福、归处长、乌致用和权广禄,宾馆陪舞的女服务员占了半数。

李敬德问经理见到贾世界没有。经理说:“在包厢里招待贾矿长的是刘小姐。现在刘小姐死了,只好问其他人。”李敬德问客房值班员,值班员说:“跳迪斯科舞的时候,贾矿长在小房间里休息。舞厅垮塌的时候,他出去了,不知去了哪里。”李敬德又问门厅的保安和门卫看到贾世界出了门没有。他们都说当时电灯都熄了,人太拥挤,根本看不清楚。

接着,李敬德来到贾世界家里,只见门上一把锁。他忙来到办公楼,楼门上也是一把锁。

李敬德马上通知参加宴会的厅处级干部到矿办公楼开会。不到半个小时,大家都到齐了。大家都怀着死里逃生的心情谈论刚才发生的事。李敬德说:“现在大家要齐心合力做好四件事:一是维护好现场,这件事由公安处负责;二是处理好死者的后事,这件事由工会负责;三是救治好伤员,这件事由医院负责;四是寻找贾矿长,很多事情只有他清楚,这件事情由我负责。”

次日早饭后,李敬德来到公安处找万重义,见到很多人围在办公室前的坪里。他走近去一看,只见万重义吊在办公室里面的门方上,两手下垂,脸色惨白,眼睛紧闭。李敬德问是怎么回事,侦察科科长说:“万处长今天早晨在办公室上吊了。”李敬德吃了一惊:万重义为什么会自杀呢?他又想起先天万重义喝醉了酒讲的话,说对不起钱水春,这说明万重义心里有愧。李敬德把侦察科科长叫到一边,问钱水春的情况。侦察科科长说:“钱水春死的时候喉咙里没有灰,这说明是先被扼死再烧,但我一直不敢把真相讲出来。”李敬德恍然大悟。他要侦察科科长把钱水春死的情况的材料写好,并把万重义死的情况记录好,拍好照,还要保护好公安处和醉仙楼的现场。李敬德想:万重义可能认为醉仙楼垮塌死伤这么多人,贾世界害怕逃跑了,贾世界一旦被抓,钱水春的问题一定会被查出来,假若是万重义受命行凶,他万重义也跑不了,所以才自杀,一了百了。怎样才能找到贾世界呢?李敬德心里没有底。

李敬德又去贾世界家里寻找,金艳说不见贾世界回来。李敬德打电话问醉仙楼的老板,老板说没有见到贾世界。李敬德又打电话问天涯县富县长,富县长也说没有见到贾世界。

正当李敬德寻找贾世界的时候,贾世界已经坐在飞机场的候机室里。他的存折被钱水春丢失又找回后,他就办好了可以随时出国的手续。他庆幸自己有先见之明。

当飞机起飞时,贾世界希望飞得越快越好,好像离洪水越远越安全一样。他觉得自己像一只冲出笼子的鸟,能在空中自由飞翔了。他望着机窗外面,毫无留恋之情,颇像一个逃犯回首望着监狱一样。他想,到了美国,他可以同大儿子住在一起。他早已把钱寄存在大儿子那里了,一辈子也用不完。不过,最好买房子单独住,没有金艳不要紧,有钱还怕找不到年轻漂亮的?他贾世界同有些人的想法不同,有些人废寝忘食,只想成就一番事业;有些人出生入死,只想治国平天下;有些人克勤克俭,只想为子孙造福。这些人都是傻瓜,生前没有好好享受,死后照样变成了泥土,这合算吗?生前的褒奖和死后的赞扬,那都是虚荣;在生的时候尽情地吃喝玩乐,那才是实实在在的幸福。他贾世界当了官以后,没有放过任何享受的机会,好的东西他吃了,漂亮的女人他玩了,名胜古迹他游遍了,所以他无怨无悔。可惜的是醉仙楼的倒塌打断了他的享受,但到了美国他可以继续享受。

接着,贾世界想到自己的房产。在省城的几个门面和在广州的别墅,以后金艳死了,他儿子可以回国继承财产,还可以得到一笔安葬费。他接着想到他的岳父金鑫,金鑫有几百万元的资产。假若金鑫把铁矿买下来,等到金鑫和他的老婆钱玉莲死后,他们又只有金艳这个后代,这笔财产当然归贾家了。那时,铁矿的账可以全部烧掉,他贾世界就没有什么问题了,他可以荣归故里,成为铁矿的老板,那时的贾老板比今日的贾矿长要神气得多!想到这里,贾世界微微地笑了。

笑容还没有收起,贾世界突然想到一件事。出国的表格有一项是"曾用名",不填又怕查出来不好办,如实填上也不要紧,原来他小时候叫贾四戒。小学有个同学开他的玩笑说:"猪八戒有八戒,你只有四戒,只抵得上半个猪八戒。"同学们哈哈大笑。回到家里,他问父母亲为什么给他取名贾四戒。他父亲说:"很多人就是毁在懒、馋、贪、淫,一个人戒除了这四样就不会走邪路。"他觉得"四戒"遭人嘲笑,所以进了初中就改为"世界"。如果按照他父亲希望的做到"四戒",他就不会做到后来的"四有":有玩、有吃、有钱、有情妇。

贾世界想着想着渐渐进入了梦乡,也许要到下飞机才会梦醒。今后,中国政府会不会派人去追捕他呢?那是以后的事,现在还无法知晓。

醉仙楼垮塌惊动了整个海南岛。过了一段时间,报纸报道醉仙楼倒塌的原因有三个:一是建筑材料质量差,用的是劣质水泥,钢材的质量不合格;二是偷工减料,阳台上挑梁的水泥少,又没有和匀,里面都是粉末,所以一震就断;三是技术差,施工队是农村的,包工头以前只当过泥水匠,在农村只给人家砌过平房,建楼房还是第一次,没有专业人员,也没有先进工具。公安人员问包工头:"你没有技术怎么敢承包修建高楼大厦?为什么要偷工减料?"包工头说,他花了二百三十万元从金鑫那里承包醉仙楼,不偷工减料就要亏本,只要建成的时候不倒就行了。结果包工头被关进了牢里,金鑫却没有事。不过,假若贾世界不出国,权升钤可能会因儿子的死找他的麻烦;铁矿出了事,政府可能会清查他的财产,所以出国是上策。

大家认为香港回归是中国的大喜事,贾世界则认为逃离中国是件大好事。

贾世界幸好逃跑了,否则权升钤肯定要找他的麻烦。原来权升钤只想把儿子培养成铁矿的领导,有权就能生钱。他还想儿子又生儿子,能世世代代掌权。他老婆几次请算命先生算命,看她儿媳妇什么时候能生儿子。算命先生的钱包鼓起来了,但她儿媳妇的肚子一直没有动静。这次醉仙楼垮了,权升钤彻底失望了,他带着满腔怒火想向贾世界发泄,没想到贾世界跑到美国去了。多年后,贾世界被引渡回国内受审,并最终伏法。

四八　誓与矿山共存亡

贾世界出国一周后，上级派来的联合工作组进驻了天涯铁矿，进驻的第二天召开了铁矿厅处级干部会议。工作组组长说，对贾世界的问题要进行调查，对矿里的财务要进行审计。假若资不抵债，就安排破产。破产后进行资产重组，对职工的身份进行置换，发给安置费。李敬德问："安置费从哪里来？"工作组组长说："变卖铁矿资产的钱用来安置职工。"李敬德说："铁矿欠银行的债实际上就是最近几年增加的税款和银行贷款的利息。若没有加税，没有贾世界一伙的腐败，没有养老、医疗、教育等领域的负担，也不至于弄到今天这个地步。变卖资产是卖给公家还是卖给私人？"工作组组长说："卖给公家等于左手卖给右手，当然是卖给私人。"李敬德说："假若变卖过程中造成国有资产流失怎么办？"工作组组长说："审计后再召开车间主任会议，先破产，变卖时再定价格。"李敬德又问："工人失业，他们不满，甚至闹事，怎么办？"工作组组长张大眼睛说："是会有困难，但请相信政府。"李敬德只是摇头叹气。

审计了十多天，结果出来了。天涯铁矿资产和负债相抵，尚欠债六千五百万元。

过了几天，复工纪念碑旁贴了一张公告：

破产公告

近年来，天涯铁矿经营不善，经审计，已经资不抵债。请示上级批准，实行破产。破产后，对职工的身份进行置换。对教师和医务等人员进行剥离，分别交给当地公安局、教育局和卫生局安置。离退休人员交社会保险局管理。离退休年龄还差五年的职工实行内退，到退休年龄再办理退休手续。其他人员发给安置费，每年工龄发一个月工资的钱。破产后改为民营企业，职工实行聘任制。希望大家协助工作组搞好改制工作。凡是违法乱纪者，一律严惩不贷，情节严重者追究刑事责任。

驻天涯铁矿工作组

工人们看了破产公告，又看看旁边的复工纪念碑。五十来年前，工人们看了这块纪念碑，感慨万千，后来就慢慢视而不见了。今天看了破产公告的人都去看纪念碑，有的人还大声念道：

复工纪念碑

一九三五年，国民党在这里发现铁矿，但没有开采。一九四一年日本侵入海南岛，为实现"以战养战"，在这里实行掠夺式开采，三百多万吨富铁矿被掠走，三万多名劳工被折磨惨死，抛尸山谷。日本投降后，国民党不但没有组织恢复生产，反而大肆盗卖铁矿设备，遣散工人。国民党溃逃时，矿山变成了一片废墟。新中国成立后，人民政府迅速派员进驻铁矿。一九五一年五月一日复工。原来铁矿的职工都可以回矿工作。中国最大的露天富铁矿从此旧貌换新颜。特此立碑纪念。

一九五一年五月一日

有的人边读边流泪,有的人边读边骂现在的工作组。每个职工家里都在谈论破产的事。晚饭后华国平来到华国彪家里,华国彪说:“工作组要卖掉铁矿,听说卖八百万元。卖破铜烂铁都不止卖这点钱。一万多职工几十年的血汗难道就这样落进私人的腰包里?”华国平说,采矿场有工人说:“不如放几包炸药把厂矿都炸掉算了。”华国彪说:“炸掉并不能给职工带来好处,国家的财产也受损失,只有另外想办法。”这时,赖国安走了来。他已经头发全白了,儿子和老婆死后,他成了孤寡老人。华国彪站起来说:“赖阿叔,您坐这条凳。我们在谈破产的事。”赖国安说:“我退休几年了,开头矿里发退休金,后来在职的没有工资发,我们也没有退休金了,我只好靠拾破烂为生。我们问县里的社保局,他们说铁矿没有交养老金,所以没有退休金发。贾世界这些王八蛋真是该千刀万剐。他们把矿里的钱贪污了挥霍了,把我们的养命钱也花光了,然后死的死了,跑的跑了。听说铁矿要卖给私人,将来我们怎么活?”华国彪想安慰赖国安,但又不知道怎样来安慰。这时,舒本信、应建国和张智勇走了来。应建国气呼呼地说:“工人们看了破产公告都说铁矿是我们的命根子,谁卖就同谁拼命。”舒本信说:“现在全国都在搞私有化,以后工人就会从国家的主人变成雇佣劳动者。”张智勇说:“我们现在应该行动起来,阻止把铁矿卖给私人。”赖国安说:“现在搞私有化,老百姓无可奈何。”华国彪皱着眉头沉思了一会儿,说:“天要下雨,我们不可能要天不下雨,但我们可以穿雨衣、戴斗笠,免得光着脑壳淋雨。”舒本信说:“华工讲的有道理,不知您有什么好办法?”华国彪说:“他们要卖铁矿,我们可以集体把铁矿买下来搞合作制。”大家都说这是个好办法。赖国安说:“锅子里有,碗里才会有。只有保住锅子才能保住饭碗。”

次日,办公楼门口贴了一张倡议书:

天涯铁矿的工人兄弟们:

天涯铁矿曾经遭到日本鬼子的掠夺,遭到国民党的破坏,铁矿的工人没有屈服。新中国成立后,他们在一片废墟上建起了全国闻名的露天铁矿,天涯铁矿成了海南岛的骄傲,成了大家羡慕的单位。近来由于私有化作怪,由于贪官污吏搞鬼,由于苛捐杂税,铁矿一落千丈,濒临破产。有人要把铁矿卖给私人,我们一万多职工半个世纪积累起来的财富将化为私有。今后,我们工人将从厂矿的主人变成雇佣劳动者,任人宰割,我们能答应吗?不能!绝对不能!我们决不能让国有资产流失!决不能让全矿职工积累起来的财富流进私人的腰包!我们决不当资本家的奴隶!工人兄弟们,让我们咬紧牙关,勒紧裤带,筹集资金,把铁矿买下来搞合作制,自己做铁矿的主人,我们自己选举信得过的人当领导,我们要振作士气,重振天涯铁矿的雄风。

铁矿职工

倡议书前面站满了观看的人,大家边看边议论,有的说:“写得好,写出了我们工人的心里话。”也有的说:“好是好,钱从哪里来?现在买米都成了问题,哪里还有钱买铁矿?”还有的说:“选出来的领导又搞腐败怎么办?”

工作组马上开会讨论，一定要找到写倡议的人。

写倡议的人很快就找到了。工作组组长把他叫到矿办公室，问他："倡议是你写的吗？""是。""你叫什么名字？""张智勇。""是你一个人写的还是几个人商量写的？""我一个人。""你一个人能代表铁矿一万多职工吗？""我并没有写全体职工，但我敢说，百分之九十以上的职工同意我的倡议。""你为什么不向我们提意见？你知道现在写大字报是违法的吗？""我只是向全体职工提倡议，没有对准任何人。你不要用大帽子压人。""工作组贯彻国家的法律。""我并没有反对破产。法律并没有规定只允许把厂矿卖给私人，也没有规定不准卖给集体。"

工作组组长又问："你主张买下铁矿，谁来当领导？""工人阶级是领导阶级，我们自己选领导人。""你还要不要党的领导？你把党政工团妇的人往哪里摆？""自从没有工资发以来，就没有什么人交党费，也没有过党组织生活。党政工团妇都瘫痪了，用不着我们去摆了。请问，你们要把厂矿卖给私人，哪个资本家愿意请党委书记来领导他？哪个资本家愿意拿那么多钱养着那么一大群不参加生产的人？我们职工中有的是优秀党员当领导。"

工作组组长听了，反而有点犯难了。他又问："工人愿意拿钱出来买铁矿吗？即使愿意，一下子能拿出这么多钱来吗？"

这一问，反而使张智勇犯难了。他没有考虑过这个问题，只好说："我们一定想办法。"

最后，工作组组长说："我告诉你，反正上级决定改制，要把国有企业改为民营企业。"张智勇说："我也告诉你，反正工人们铁了心，决不允许把铁矿从公有制变成私有制。"

张智勇离开工作组办公室，来到采矿队办公室，讲了与工作组组长谈话的情况，然后皱着眉头说："伤脑筋的是钱的问题。"华国彪微笑着说："钱的问题并不难解决。除离退休和剥离出去的人员，平均每人的安置费算四千元，合起来有四千多万。"张智勇拍了一下脑袋说："哎呀，我怎么没想到这一点！"

这时，舒本信走了进来，对张智勇说："我一看公告，就猜想是你写的。大家都说写得好。"张智勇对舒本信说："工作组组长问工人哪里有钱买铁矿，我无法回答，所以来请教华工，华工说用安置费买下来。"舒本信说："这是个好主意。资金问题就解决了，但谁来当领导是个大问题。华工和李总都已到了退休的年龄。"

大家沉默下来。买下铁矿没有好的领导就不可能办好铁矿，那还不如每个人拿点安置费踏实。华国彪说："只要搞民主选举，不怕没有人。"张智勇说："话虽然这么说，但人才难得。"

舒本信想了想，说："华工，您同李总讲一讲，假若大家选上您和李总当领导，你们就看在铁矿职工的面上，多干几年。三五年后就有人接班了。"华国彪说："任何人接手这个烂摊子都会头痛，但我们又不能看着这个烂摊子再烂下去。我去同李敬德讲一讲，假若大家选上我们，我劝他再干几年。"

舒本信找到工作组组长，要求用安置费购买铁矿，并说工人们不同意把铁矿卖给私人，如果不信，可以搞投票表决。工作组组长说："搞投票表决还要工作组干什么？你不要白费力气。""《共产党宣言》说，共产党的理论可以归结为一句话，就是消灭私有制。你们化公为私，你们还是不是共产党？”工作组组长听了大惊失色，没想到这残疾人一句话就抓住了要害。但工作组组长到底是经过培训的，他说：“现在我们要与时俱进。马克思坐过飞机没有？见过卫星没有？他怎么会知道一百多年后的天涯铁矿会资不抵债？我们只能以马克思主义作为指导思想，不能当作教条。马列主义强调阶级斗争和无产阶级专政，现在我们已经消灭了剥削阶级，我们还同谁去斗？专谁的政？所以我们现在不谈这些了。”舒本信说：“公有制代替私有制，按劳分配代替剥削，是不可阻挡的历史潮流。”

舒本信回到采矿队办公室，讲了刚才谈话的情况。他说：“有些人连什么是社会主义也搞不清楚。结果，贪污和剥削现象日益增多。华工，您看我们应该怎么办？”华国彪说：“我们要吸取教训，要搞社会主义的改革开放，让劳动人民当家做主，搞劳动致富。要搞公有制和按劳分配，而不是搞私有制和按权力或资本分配。这样才能防止产生特权阶层和新生的剥削阶级。”张智勇说：“劳动人民最希望当家做主和劳动致富，剥削阶级和特权阶层最反对这两点。”

次日，越来越多的工人来到矿办公楼前面，要求工作组接见。他们打着两条横幅：

“矿产是国家资源，坚决反对铁矿私有化！”

“工人要当国家的主人，不当雇佣劳动者！”

大家站了两个多小时，工作组关上门不理睬。张智勇到门口高声说：“工作组搞所谓改制，把公有制改为私有制，把工人从国家的主人改为雇佣劳动者。我们只有做最后的斗争，宁愿拼死也不愿做奴隶。”应建国吼道：“我们去把守车间，拼死保卫矿山！”大家离开办公楼，一窝蜂向矿山和各车间涌去。不一会儿，矿山站了三层岗哨：第一层站在选矿车间的路口，第二层站在安全门口，第三层站在采矿场路口。每层都有上千人。站岗的人，有的拿着木棒，有的拿着铁棍。每一层岗哨都挂着一条大横幅：

誓与矿山共存亡！

下午，十来辆警车向铁矿驶来，停在办公楼前面，从车上下来了百多名警察和公务员。

华国彪对他们说：“工人们反对把铁矿卖给私人，是为了保护国家财产，保住自己的工作，保住自己的饭碗。我希望你们不要受蒙蔽，不要与工人作对。”几个警察把华国彪推上警车。工人们站在路中间，拦住警车，并高声喊叫：“不许抓人！”李敬德马上打电话给工作组组长，希望处理好华国彪的问题。否则，工人们会去省里请愿。工作组组长说：“你少管闲事。否则，华国彪的下场摆在那里。”李敬德气不过，趁天黑时，他把国乐山的一封信的复印件贴在办公楼的大门口。

次日，办公楼前面人挤人，争看国乐山的信：

天涯铁矿的职工同志们：

你们好！

我退休后一直惦记着铁矿。由于大家艰苦奋斗，铁矿办得越来越好。但是，近些年来，铁矿越来越不景气，弄到连工资和退休金都发不出，甚至濒临破产，准备卖给私人。铁矿衰落的原因很复杂。有些人正路不走走邪路，他们打着改革的旗号，达到改向的目的。我们要警惕三种毒蛇：金环蛇是贪官，他们不是为劳动人民谋幸福，而是把剥削阶级的椅子搬给自己坐；银环蛇是奸商，他们时时刻刻想恢复剥削阶级的天堂；眼镜蛇是所谓的社会精英，实际上他们是剥削制度的吹鼓手。这些毒蛇想方设法与我们争夺印把子、枪杆子、笔杆子和钱袋子。他们勾结国外反动势力，用升官发财和腐化堕落来腐蚀人们。这些人不是剥削阶级的遗老遗少，就是新生的剥削者。

我们要吸取苏联的教训，既不能像苏联前期那样搞个人专权和阶级斗争扩大化，也不能像苏联后期那样搞私有化和阶级斗争熄灭论。我们要反修防修，防止和平演变，防止剥削现象死灰复燃，改革一切阻碍生产发展的制度和习惯，不断提高人民的生活水平。过去，我们打垮了帝国主义的侵略，现在，我们也能粉碎国外反动势力对我们搞和平演变。过去，我们消灭了剥削阶级，现在，我们也能防止产生新的剥削阶级。

有些人想使中国回到人吃人的旧社会，这只是痴心妄想。

外国反动势力妄想中国变成第二个苏联，这不过是白日做梦。

社会主义的列车决不会因螳臂当车而停止前进。

未来的世界必然是劳动人民的天下！

大家边看边议论说，还会有国乐山那样的人带领大家走社会主义道路。

再说工作组进驻铁矿搞破产和改制。金鑫知道后，马上打电话告诉远在美国的贾世界。贾世界担心钱家和权家合伙买下铁矿，这样一来，金鑫和贾家合伙买铁矿的事就会落空。于是，贾世界马上举报了权升钤收受劳力士金表和二十万元兰花钱及买卖走私汽车的事。

权升钤通过内线知道上级要查他的问题，他也怕铁矿职工闹到省里来。最后，权升钤决定把铁矿破产和改制的事暂时搁起来。他又打电话给李敬德，要他把这件事告诉全矿职工，并谈到华国彪的问题，相关部门已把华国彪交给医院检查，检查结果，华国彪患有偏执型精神病，因此不追究华国彪的刑事责任，但必须在精神病医院治疗。

四九　往事并不如烟

元旦前两天，夏梅芳和华思贤乘车去精神病院看望华国彪。临行前夏梅芳嘱咐牛得田用车送华孝先夫妇去珍珠养殖场同牛克勤聊聊天。

次日风和日丽。牛得田开着小四轮接华孝先夫妇去珍珠养殖场散散心。车子停在门口的水池边，池里有许多水泥块。牛爱华问："这用来干什么？"牛得田说："每年五月上旬，珍珠贝幼虫大量繁殖，它们附在水泥块上。然后我们进行人工采苗。幼苗长大后，取上来殖核，把塑料小球插入珍珠贝体内，再把它们放入池里或海里。珍珠贝会泌出珍珠质，把塑料小球包围起来，一个多月以后，塑料小球就变成珍珠了。"牛爱华问："现在的收入怎样？"牛得田说："珍珠养殖场人均月收入一千元左右，加上水泥厂的收入有两千来元，再加上农产品收入，接近二千五。现在杂交水稻育种的产量高，一斤稻种可以换十斤稻谷。我们准备明年搞杂交水稻育种。杂交水稻的发源地湖南安江农校在荔枝沟有个育种基地。村里准备派人去向他们请教。"华孝先想了想说："他们的育种基地离我们过去准备躲日本的落笔洞山远不远？"牛得田说："就在附近。"华孝先笑了笑说："真是换了人间。"牛得田说："以前我们羡慕铁矿职工的工资高，福利多，住房好，旱涝保收。现在我们的收入比他们多了，每家都有几十万元存款，大家相差不远，不像有的地方，富的富上了天，穷的穷落了地。"

接着，大家来到一个大院子，院子里堆满了闪闪发亮的珍珠，牛克勤早在门口等候。华孝先说："天涯村发展得这样快，不要说海南岛，全国也难找到几个这样的村庄。很多村庄的天时地利并不比天涯村差，但经济发展差多了。"牛克勤说："海角村分田单干后并没有富起来。后来有些农民的土地被强行征收建豪华别墅，他们得了几个钱用光了就变成无依无靠的人。不愿意卖土地的农民同官员和警察吵架打架。为首的农民被抓进了牢里，没有被抓的逃进了原始森林，后来把村主任的脑袋砍下来挂在他的别墅门口。公安部门对行凶的团伙进行围剿。结果公安人员被打死了两个，而这团伙的人不知去向。现在县城里到处贴着通缉令。幸好卫主席带领我们走社会主义道路，反对私有化，所以天涯村才有今天的兴旺。不然，也可能变成第二个海角村。"他又说，"中饭后，我们去渔船上玩，船上有的是地方睡觉。今晚我们好好玩一玩，欣赏天涯海角的夜景，聊聊家里的事情，平常少有机会在一起聊天。"大家都很赞成。

中饭后，牛得田用拖拉机把大家载到海边的渔场。这时，渔船正在收网。牛得田开着拖拉机把鱼运到市场上去了。

牛克勤和姐姐、姐夫坐在渔船的甲板上聊天。华孝先说："长沙大火那年，我们从长沙逃日本来到天涯海角，转眼六十多年了。我初到天涯海角时，望着茫茫苦海，觉得再也无路可走了。克勤逃日本走散了，后来我被抓壮丁去了台湾，彪儿卖给了人家，日本鬼子和国民党害得我家里妻离子散。没想到新中国成立后克勤回来了,家里还分了田,彪儿还上了大学有了工作,我也回家了。但做梦也没想到我娘过苦日子饿死了。近年来,孙子孙女失业了,大孙子去外国就业,彪儿反对把铁矿卖给私人,被关进了精神病院,不知什么时候才会放出来,我家里又被弄得妻离子散。"华孝先讲着讲着就老泪纵横了。牛克勤听了很难过,不知怎样安慰姐夫。他想了一会儿,说:"我们这些人算是大难不死的了。在长沙逃难时,我们逃散了。我以为再也见不到你们了,没想到后来我们又团聚了。"牛爱华说:"几十年真好像做了一场梦。新中国成立前我们过着牛马不如的生活,新中国成立后过了一段温饱平安的日子。没想到现在又是富的富,穷的穷。富人花天酒地,失业失地的人又变得无依无靠。"

大家聊天的时候,太阳慢慢西沉了。这时,海浪越来越大。几百米长的海浪一排接一排地向沙滩上扑来,发出"哗哗哗"的声音。滴水汇成的大海显示出汹涌澎湃的磅礴气势。这时,突然响起琴声和歌声。华孝先问是怎么一回事。牛克勤说:"有个姓子车的瞎子带着孙女经常在天涯海角卖唱,唱得很不错,很多游客喜欢听。"华孝先说:"我们也去听一听。"

大家来到沙滩的亭子边。亭子周围已经站满了很多人。老人拉琴,女孩在唱《天涯曲》:

人心不足蛇吞象,出兵国外称霸王。
你若犯人人犯你,梦断天涯泪汪汪。

手中有权又有枪,梦想地久又天长。
失民心者失天下,天涯逃命太仓皇。

贪官如树民如草,一树遮阳百草黄。
天涯惊梦大树倒,小草才能见太阳。

听的人齐声叫好,纷纷解囊。

接着,女孩拉琴,老人唱歌:

你也忙,我也忙,忙里偷闲,听我唱唱《今昔殇》:
昔日敛财忙,金灿灿黄金万两。
后来一场空,泪汪汪空忙一场。
曾经得势时,恶狠狠横行霸道。
谁知遭报应,孤零零抛尸路旁。
老财靠收租,几辈辈积份家产。
新贵权变钱,呼啦啦亿万家当。
过去居人下,怒冲冲揭竿而起。
现在居人上,雄赳赳独霸一方。

以前流浪汉,乐呵呵得个饭碗。
工厂破产后,悲切切重新流浪。
往日昼夜忙,急忙忙献身厂矿。
老境太凄凉,凄惨惨跳楼身亡。
拼命打江山,喜洋洋穷人翻身。
到了世纪末,眼睁睁富豪称王。
你也忙,我也忙,忙来忙去,莫为他人作嫁衣裳。

这时,有人给钱。有人喊“再唱一个”。接着,老头一边拉琴,一边同女孩合唱《缘分歌》:

屋前有株椰树,高大坚挺。
屋后有株槟榔,玉立亭亭。
左边有棵修竹,秀丽灵空。
右边有株垂柳,多姿多情。
它们生气勃勃,交错成荫。
花木也有连理,全靠缘分。
如果有缘分,同舟共济一条心。
如果没缘分,落花有意水无情。
梦恋几十年,爱不成来怨不成。
几多有情人,抱恨终身意难平。
人世间夫妻,能有几对是情人?
请问过来人,到底什么是缘分?

华孝先听了这些歌,联想起几十年来的往事。在二十世纪初,他的父亲跟着孙中山闹革命,推翻了封建帝制,建立了民国,但劳苦大众仍然受剥削、受压迫、受侵略。魏少委和孙开良这些财主和官僚越来越富,劳苦大众越来越穷。日本军队梦想征服中国,国民党梦想长治久安,到头来都梦断魂飞。贫苦农民梦想得到土地,工人梦想成为厂矿的主人。齐迎春和卫求生等苦命人跟着共产党闹革命,推翻了剥削阶级,建设社会主义。劳苦大众的梦想成真了。天涯村和天涯铁矿都欣欣向荣。铁矿的职工齐心合力,只想把铁矿建设得好上加好。没想到到了二十世纪末,欣欣向荣的天涯铁矿竟一步一步地落到了破产的地步,并准备卖给私人。工人们有的失业在家,有的流落在外,有的给私企老板打工,有的绝望自尽。工人们原来满怀希望,到头来梦成泡影。而权升钤和贾世界这些官僚,梦想称霸一方,大搞特权;金鑫和钱宏发这些老板,梦想富甲天下,拼命捞钱。不过,他们也感到自己像坐在火山口上一样,夜长梦多,不知将来魂归何处,所以把钱存到境外,把家属移居国外,到时候他们自己就逃之夭夭。

大家听完唱歌又回到船上。这时,牛得田开着拖拉机送来了饭菜,接着又开着拖拉机回去了。

大家吃了饭又继续聊天。牛克勤说："大陆有位老师调来天涯铁矿教书，他有空就来我这里玩，听我讲天涯海角的故事。他听了感慨地说：'弯曲的小路是不少人在荒原上踩踏出来的，康庄的大道是很多人用血汗修筑出来的，历史的通途是无数人用生命开拓出来的。天涯海角是这里的人民祖祖辈辈开发出来的。'他想把这些故事写成书。我说这些都是身边的平常事。他说大家就是喜欢听身边发生的故事，听了就好像身临其境。他还说：'几十年来，天涯海角的人民干的许多事，看来很平常，其实是在干反侵略要和平、反独裁要民主、反剥削要按劳分配、反贪腐要廉洁、反迷信要科学的大事，体现了中华民族的美德。'"华孝先说："天涯海角这么多人，有好有坏，怎么写？""我也这么问过他。他说，又难又不难。故事中的这些人就像天涯海角的石头一样，有的像'南天一柱'那大石头，令人景仰；有的不高不矮，可供人依靠；有的矮得只能供人垫屁股坐；有的趴在地上情愿舔人家的臭脚板；有的石头压在另一些石头上面，压在上面的洋洋得意，压在下面的苦不堪言。下面的石头一旦支持不住，上面的石头就会哗啦啦跌下来，跌得粉身碎骨。"华孝先又说："天涯海角的人几十年来经历的事情真是千头万绪，各人的命运又不相同，很不容易写。"牛克勤说："这位老师认为，每个人都有自己的梦，梦想决定人生道路，人生道路决定命运。他就抓住梦和路来写。他准备退休后集中精力写天涯海角的故事，他说，这些故事虽然是民间逸事，却是百姓春秋，他把这些写下来，奉献给读者，让大家去闲聊、去思考：我们从哪里来？应该向何处去？"

几个人又聊了一会儿就睡了。

华孝先睡得正香的时候，牛得田突然来告诉他铁矿发生的事。

原来，二十世纪最后一天，夏梅芳母女俩看望华国彪回家时，只见一群又一群工人打着横幅涌向铁矿办公楼。横幅上写着：

"国有资产是千百万先烈用生命换来的。"

"保卫公有制就是保卫社会主义。"

"坚决反对把铁矿卖给私人！"

夏梅芳母女俩回到家里，马上用白布做了围裙，在上面写上字："还我丈夫自由！""我父亲保卫国有资产有功无罪！"。

母女俩系着围裙来到矿办公楼门口时，只见李敬德一遍又一遍播放国乐山的讲话："工人兄弟们：你们好！

"中国人民在共产党的领导下，赶跑了日本侵略者，推翻了国民党反动派，忘我地建设社会主义。但是，国内外反动派不甘心他们的失败，他们与贪官奸商和黄色精英互相勾结，妄图恢复他们失去的天堂，使劳动人民回到受剥削受压迫的日子。我们坚决不答应。我们要誓死保卫国有资产，保卫铁矿。我们要按照毛主席的指示：下定决心，不怕牺牲，排除万难，去争取胜利！"

接着，一位老太婆走上台阶悲愤地说："齐迎春的母亲被日本鬼子踢伤死去，齐迎春同国民党匪军作战牺牲，我丈夫齐天仇反对强行拆房同资本家搏斗受伤住院，出院后的第三个晚上就不明不白地死去。日本侵略者和国民党反动派及不法资本家是我们的死敌。今天,我宁愿死在这里也不让把铁矿卖给私人,免得以后再受苦。”

她刚讲完,应建国就大声吼道:“我父亲勤勤恳恳建设铁矿,铁矿一天天好起来。他本来可以安度晚年。没想到贪官污吏弄得我们工人活不下去。我父亲得了鼻癌,没有钱医治。他悲观失望,跳楼自尽。今天,我宁愿拼死,也不能让这样的悲剧重演。”

接着,夏梅芳走上台阶。大家见到她围裙上的字就高呼:

“华国彪是个好同志!”

“坚决要求释放华工回铁矿工作!”

夏梅芳开始讲话时,下面马上鸦雀无声。她说:

“我和华国彪都出生在穷苦的家庭里。搭帮解放了,我们都上了大学。我父亲为建设铁矿献出了生命。我们也愿意为社会主义献出一切。但是,现在官商勾结,吞并国有资产,工人生活一落千丈。教师和医生也跟着倒霉。大家说:只有社会主义才能救中国。过去如此,现在如此,将来还是如此。世上没有救世主,全靠自己救自己。”

她刚说完,舒本信就带头唱起《国际歌》。歌声响彻云霄。整个铁矿的矿石好像被炉火烧得通红,要把一切寄生虫都烧光。

躲在办公楼的工作组成员越来越害怕。看来今天工人们打算同他们拼命了。他们怕工人冲进办公楼。太阳西斜,他们从早上到现在还没有吃东西,肚子也造反了。但办公楼被围得水泄不通,人山人海。即使出了门,说不定被打个半死。工作组组长只好打电话给省里,要省里赶快想办法,不然可能会出人命案。省里要权升钤赶快去处理。权升钤马上乘飞机从省城飞回来,立即坐车来到铁矿办公楼,过了一会儿走出办公楼对工人们说:“省里决定不把铁矿卖给私人,并马上办手续,释放华国彪。”他还要人把盖了章的文件贴在办公楼的门上。这时,工人们才让开一条路,让工作组的人去餐馆吃东西。

接着,工人们陆续散去。这时,牛得田突然来到夏梅芳跟前,说:“他打算马上去珍珠养殖场把消息告诉华孝先等人。”

听了牛得田的讲述后,华孝先等人高兴地笑了。牛克勤要牛得田今晚就睡在船上,明早用车载大家去铁矿。大家聊了一会儿就睡了。等他们醒来时,二十世纪已经成了历史。

自古以来,人们梦想大家有吃有穿有住病有所医,少有所学,壮有所用,老有所养。从孔子到孙中山,很多人向往“天下为公”。孔子说:“大道之行也,天下为公。”他也悲叹“今大道既隐,天下为家”。

二十世纪与以往不同的地方在于社会主义登上了历史舞台,实行了公有制,向“天下为公”迈进。但是到了世纪末,社会主义在许多国家消失了。

二十世纪的海轮,载着不同利益不同思想的旅客,乘风破浪,向着二十一世纪飞奔。旅客中的极少数人在回顾梦断魂飞的大厄运,他们想起二十世纪的惊涛骇浪就心惊肉跳,他们希望回到失去的豪宅重温旧梦。有的人想保住现有的既得利益和特权,他们总觉得夜长梦多。

旅客中的劳动者在期待梦想成真的新时代，他们的梦想就是《国际歌》中所唱的："不要说我们一无所有，我们要做天下的主人！""一切归劳动者所有，哪能容得寄生虫！"

中国的劳动者很自信，过去，很多中国人九死一生远走天涯路。现在，天涯海角这荒凉的人生绝境变成了旅游胜地。但是，大海无边云作岸，潮涨潮落水连天，有时刮台风，甚至有海啸。今后，前面的路怎么走？屈原说得好："路曼曼其修远兮，吾将上下而求索。"

天亮时，海面上传来悠扬的歌声：

航海有了指南针，任凭东南西北风。
冬去春来是天意，月落日出不由人。

李 浩

陕西靖边人，现为西北大学文学院教授，西北大学中国文化研究中心主任，兼任中国唐代文学学会会长等。著有《唐诗的文本阐释》《唐代关中士族与文学》《唐代三大地域文学士族研究》《摩石录》等学术类著述，另有《怅望古今》《行水看云》《课比天大》《野生涯》等随笔类作品。

内容简介

本书酌采现代诠释学与中国古典阐释学的理论方法，侧重从文本细读的角度对唐诗艺术美进行现代诠释，分别从境界呈示、宇宙意识、模糊思维、空白艺术、情感体验、自然书写、语言技巧诸端对唐诗文本进行细读。作者以“第一性原理”为圭臬，强调原典优先，故虽移形换步，但念兹在兹的仍是唐诗文本。本书初版于三十多年前，在推广经典阅读、建构经典阐释方面做了积极探索，有助于引导读者步入唐诗艺术美之堂奥。

本书原版曾先后获陕西省哲学社会科学优秀成果奖一等奖(1995年)、第一届全国大学素质教育优秀研究成果奖一等奖(2012年)、陕西省普通高等学校优秀教材奖一等奖(2012年)等荣誉。

本书曾名《唐诗的美学阐释》，新版据实改为《唐诗的文本阐释》。新版同时广泛吸纳了近年来海内外学术界的新成果，对相关内容也做了较多的修改订正。

序　一

董乃斌

我和李浩，虽年龄相差不少，但很有缘。我们曾先后为西北大学中文系教师，又都是复旦大学校友。更难得的是，我们都是唐代文学，特别是唐诗的爱好者、研究者。我们认识多年，在各种学术会议中，相遇也多。李浩勤于著述，除学术文章外，兼及文学创作，尤擅散文，凡有书，也往往赠我。通过文字，我对他的才情、思想和性格加深了了解。这次他要出学术文集，其中《唐诗的文本阐释》一种，尚希有序冠首。他来找我，我虽觉自己并非最合适人选，但出于友谊，还是应承了。

《唐诗的文本阐释》可以算是李浩的少作，原是他在西北大学开课的自编讲义，后来正式出版，几经修改补充，成为今天这样。此书正文七章，从境界呈示、宇宙意识、模糊思维、空白艺术、情感体验、自然书写、语言技巧等方面，对唐诗文本进行阐释。第八章分论，以王维孟浩然李白李贺作品为例，做具体的读解示范，既是前述理论的具体运用，更有多处深入发挥。其后附编若干，收聚其所撰涉及唐诗阐释的短文近二十篇。全书总约三十万字，理论阐释，具体示范，虚实结合，前后照应，可谓相当完美。

浏览全书，感到其优点颇多，有几大特点格外值得重视。

一是细读的态度。对相关文献与作品的细读，是一切研究的基础。细读的具体实施因人而异，方法途径人各不同，而且每个人本身都在不断变化，随着阅历、经验与知识的增长，每一次细读，都有可能读出新的理解、体悟和发现。细读不仅是方法，实为读书的要义和核心，“好读书不求甚解”固然潇洒，对研究者却未必相宜。李浩此书所举唐诗，以经典名篇为主，不但历代解说者多，就是李浩本人，在多年学术生涯的反复细读中，体会和感受恐也多有不同，多有进阶。这一点我在浏览本书时，印象很深。细读实乃无穷探索的过程。李浩自树目标：“涵泳作品，澡雪精神，异代通邮，生成新见”，我觉得是达到了的。

二是理论意识，即明确、自觉的阐释学意识。中国自古有阐释行为，在经史子集领域都有大量阐释成果，亦不能说没有阐释理论，但在西学引入之前，迄无阐释学之名，缺少对阐释行为自身的分析研究和系统探究。归根到底，是思辨习惯和理论建构意识不强，而比较乐于印象式批评所致。西学传入，在这方面给我们启发，中西交融互通，中国各种原有而纷散的学术见解便不难构成系统，而开始在“学”的层面上与西学对话交流。李浩此书所做的工作，其意义正在于此。李浩在本书第二版后记中提到“古代文学界的师友对本书的一些观点和写法，觉得偏颇、空疏，而新文学理论界的师友则又觉得本书写得太拘谨呆板”。这其实是意料中事。阐释唐诗，本有多种路数，既可以谨遵古人诗话文论规范，也可以借用些外来的视角、方法或概念术语。这是学术新变和进步的途径之一，一部学术史，从来就不能没有中外交流的一页。据说中国现行学术乃至日常生活用语，就有不少是从日本语中借来，或以古词与外来语嫁接而成，用得久了，也就成了现代汉语的一部分。李浩的唐诗阐释毕竟是今人向更年轻的今人讲解传授，在充分尊重和利用中国古代文学批评文献的同时，也借用一些外来学术资源，甚至创造些新词新概念，又有何妨?在这方面，李浩已够谨慎，凡有新创，必有根据。照我看来，不妨再大胆一些，也许更利于在探索和尝试中走向成熟。

三是章法的谨严。这是指本书的表述而言。本书绪言阐明了宗旨与基本学术理念，以下各章大抵遵循着理论解说，追溯概念术语的发生、原义和变化，举例分析，鉴赏阐释作品的次序娓娓叙述下来，逻辑结构严密而清晰，文章气度亲切而畅达。其具体叙述，一头指向传统学问，涉及典籍和成说，一头伸向相关哲学、科学新知，从心理分析到生理知识，从词语统计到图像表格，围绕着唐诗阐释次第展开。例证运用则灵活生动，经典诗例尤能多角度、多侧面、多层次地细读细析，知识面开阔与重点的深入挖掘，二者结合得很好。这样的内容，这样的铺演，无论作为专业课，抑或通识课，对于打开学生的视野和思路，启导他们求知的兴趣和渴望，显然都是非常有益有效的。看得出来，在如何表述上，李浩是花费了一番心思而且操作得法、游刃有余的。

从李浩后来的著述看，其研究兴趣似乎有所转移，由唐诗作品阐释，到园林文化，到地域文化和家族文化，再到新出土的唐代碑志文献和民族史，每转移到一处，均能很快拿出新成果，并获得好评。这固然与他的聪颖资质与苦学精神有关，也与其已养成细读习惯，具备深厚的阐释学理论基础，是分不开的。有这样的主观条件，在任何环境，做任何研究，都是会有优异表现的。我为有如此优秀的同行学友而欢欣，而骄傲。

李浩在本书的《后记》里，多次称“老”。初看时，我大为吃惊：怎么连李浩都称起老来了呢?后据书中提及其年龄处推算，发现李浩似已到耳顺之年。按中国人的陈旧观念，大概确也可以称老了。不过，按今天的国际新标准，那就还差得远!比起真正垂垂老的我来，李浩兄可以说还正当年，前途灿烂无量呢!我希望，李浩叹老不过是嘴上说说而已，心态还是年轻的。衷心祝愿他学术之树常青，在走向真正的老年之前做出更出色的成绩!

是为序。

2021.11.25 于沪上

序 二

廖美玉

我认识李浩先生，是在2006年8月的唐代文学会议上，因傅璇琮先生推荐，参加了吴相洲先生主办的第十三届唐代文学国际学术研讨会，从此与研究唐代文学的诸先生结下学术因缘。记忆中，李先生常能提出精彩的学术研究论题，对学术服务的真诚周至，都让我留下深刻的印象。又因李先生于2013年下学期、2019年下学期两度应邀到台湾台中客座讲学，地缘之便而有更多的接触，认识到李先生对教学的诚恳亲切。特别是2013年在逢甲大学讲学的那一学期，着手《课比天大》与《唐诗的文本阐释》两书的增订，见证了李先生对教课的热情与严谨态度。早期曾读过《唐诗的文本阐释》的前身《唐诗的美学阐释》，这段时间正值高等教育追求跨域、前瞻与创新，重读增修版，其可贵之处尤有两点：

其一，教学与研究结合。高教体系的学者，为教学与研究两头忙，每有兼擅为难之叹，由此益发凸显出《唐诗的文本阐释》的独特性。本书最早作为授课教材，约当80年代后期的古今中外交会之际，李先生展现对文学阐释的高度自觉，累积多年的教学心得，结合教学与研究，历时一个暑期，使专书写作有如行云流水，顺理成章。从1991年付梓的教学教材取向，持续增修而成学术著作，历时逾三十载，书末除了此次付梓的陕版后记，保留初版、第二版、增订版与第五版的后记，可见持续留意学术信息与新成果，与时贤的切磋交流，课堂教学的反馈，不断地增补，亦如《绪言》所自言：“一个年轻学者尝试借用新学理、新方法阐释唐诗的个人努力。”同时又可见李先生以教学与研究为享受，展示了乐此不疲、与时俱进的热衷和毅力，正应了《论语》的知之、好之且乐之者。

其二，诗学理论与文本研究并行。本书视野开阔，触类旁通，许多观点精妙处皆展现对唐诗文本的熟稔，故能取精用宏，会聚诸多古今中外概念词语而开展论证。李先生坚持原典优先的原则，着力梳理唐诗从文献到经典的生成过程，一方面爬梳先秦迄唐的术语概念与理论衍变脉络，掌握相对应的时空环境及文化背景；另一方面回归唐诗文本细读，辅以后人评论进行实证论析。主要章节聚焦在能够体现唐诗艺术特征的几个重要审美范畴，分成境界呈示、宇宙意识、模糊思维、空白艺术、情感体验、自然书写、语言技巧凡七章，或旁征博引，或辨伪芟芜，或存菁补遗，或别出心裁，或综整归类，各自成章而又层层转进、互有联结，展现跨越理论与文本的研究成果。又以专章的唐诗阐释分论，以及附编的唐诗阐释举隅，具体演示细读唐诗的津筏，阐释诗之所以为诗的道理。用语明白亲切，想见课堂教学的循循善诱，体现唐诗之美。

经典恒在，现当代多元文化互动引发的研究活力，激发出经典诠释的当代性、开放性、模糊性、可阐释与不可阐释性。阅读本书，依稀可见李先生优游于古典与现代之间，努力吸收新知，时而跨域求索，时而回望故乡、寻归历史，展现对古典诗歌美学的那一份挚情与敬意。尤以娴熟掌握诗学理论与文本研究两种方法学，在研究方法的演示上具备可供后学者取法的贡献。也因着娴熟唐诗原典的现代阐释，进一步展开的主题研究，有园林文化、地域文化、家族文化，又在文本上拓展到新出土的唐代碑志文献，由此涉入民族史的研究。秉持专业与敬业，持续深耕与生发，李先生“终吾身”的追求，展望未来，或将蔚为大片风景，或将更辟蹊径，令人期待。

2022.1.13 于台中

目录

绪　言

唐诗是唐人社会生活和生命体验的艺术化书写，也是波澜壮阔的古典诗歌河流在历史的晋陕峡谷迸溅出的炫目的浪花。经过一千多年的淘洗和筛选，一大批作品已被形塑成了诗歌经典，其他作品也成为重要的历史文献和文化文本。

本书借镜现代诠释学与中国古典阐释学的学理，酌采相关学科的一些研究方法，对唐诗进行文本细读，重点围绕着境界呈示、宇宙意识、模糊思维、空白艺术、情感体验、自然书写、语言技巧诸端，涵泳作品，澡雪精神，异代通邮，生成新见。笔者强调原典优先，故虽移形换步，但念兹在兹的仍然是唐诗文本。

一

解释、阐释、诠释、释义本来是现代汉语的基本词汇，它们对应的古代汉语词汇是解、释、阐、诠、诂、训、注、传等以及合成词训诂、训解、注释、笺释、阐发、探骊、批点、批注、批评等等，出现的语境包括经史子集各类文本的整理研究。古代诗歌研究，除了借用经史研究的方法外，还有自己独特的方法，如诗话、词话、选本、评点、摘句、编年、集评、集释等等，足以证明中国有自己的阐释传统，理解与说明也是汉语文化由来已久的一种文化行为。

当然，作为一门学科的阐释学，是一个西文的概念。阐释学(Hermeneutics 或 Hermeneutik)，又称诠释学、解释学、释意学、解经学，是关于文本解释的理论。广义的阐释学是指意义的理解(understanding)或诠释(interpretation)的理论或哲学。由于时空背景不同，文化环境不同，具体语境不同，意义经常会产生歧义，必须通过理解诠释才能把握全部涵意，阐释学就是探究如何形成理解及如何实践理解的一种科学理论。

有学者根据对“理解”的探索过程中着重点的不同，将阐释学的发展演进划分为三个时期：传统诠释学、近代诠释学和当代诠释学。另外一种划分又称作前诠释学、古典诠释学、当代诠释学等三个阶段，用词虽然不同，但基本内容差不多。

第一个时期的传统诠释学，可以追溯到古希腊时期。在希腊神话中，赫尔墨斯(Hermes)是天神的信使，负责将诸神的意旨转述、解释并传达给世人。但诸神的意旨透过语言、文字的层层转译传达，变得既清晰又隐晦，似是而非，似非而是，莫衷一是。为能准确传达、真正明白诸神的意旨，有必要对于语言、文字的理解进行解释说明，诠释学便由此产生。

帕尔默(Richard E. Palmer)认为，与赫尔墨斯相关的“达到理解”的过程，就隐含在 Hermeneuein 和 Hermeneia 古代用法的所有三个基本意义向度之中：(1)用语词大声地表达(Express)，即“言说”；(2)说明(Explain)，如说明一种境况；(3)翻译，如翻译一种国外语。这三种意义都可以用英语动词“to interpret(诠释)”来表示，在希腊语和英语两者的用法中，诠释可以指称三种相当不同的内容：口头叙述、合理的解释以及对另一种语言的翻译。基本的“赫尔墨斯过程(Hermes process)”通过对某些需要陈述、解释或翻译的东西，在不经意间“产生理解”——即被“诠释”。① 中世纪以降，诠释学广泛应用于神学、文学及法学等方面，用以解释圣经、文献典籍及各种法典等。

第二个时期的近代诠释学，始于弗里德里希·施莱尔马赫(Schleiermacher)。施莱尔马赫是第一位专注于研究“理解过程”的学者。他将理解过程细分为“语法理解”及“心理理解”，强调理解在于回溯作者思想及意识，并将作者的内在精神再现。换言之，诠释学就是重建作者创造的过程。狄尔泰(Dilthey)强调自然科学与精神科学的区分，自然科学的探究强调因果解释，而精神科学则应该强调意义的理解，他认为诠释学是精神科学的普遍方法论。

第三个时期被称为当代诠释学，主要包括哲学诠释学、方法论诠释学及批判诠释学等几个派别。哲学诠释学的代表人物首推伽达默尔(H. Gadamer)，他认为理解是“此有”(Dasein)之存有方式及开显自我的进程，阐释学应奠基于存有论的基础，深化成一种哲学的探究，以便能成为一切科学理论的坚实基础。方法论

① [美]理查德·E. 帕尔默《诠释学》，北京：商务印书馆，2012年。

诠释学代表人物保罗·利科(Paul Ricoeur)强调透过方法论的迂回路径而达到存有论的层次，才是较正确的途径，故提出“方法之迂回”的概念，借以提供经典诠释规则，并据以仲裁不同诠释的冲突。批判诠释学代表人物哈贝马斯(J. Habermas)探讨的重点是社会科学理论与社会实践关系，强调沟通理性，旨在建立理想沟通情境及获得沟通能力，以确证理解之合法性及客观性。①

阐释学是关于理解与解释的理论，而所有的理解与解释都是指向“意义”的。就此而言，“意义”应该是阐释学的核心概念，追寻“意义”的理解是诠释学理论各家各派的共同出发点。由此出发，展开了诠释学研究的三个向度：一是探求作者之原意，如施莱尔马赫和狄尔泰；二是分析文本自身的原义，如贝蒂与利科；三是强调读者所悟(接受)之义，这是伽达默尔所开启的方向。②

中文学术界自二十世纪七八十年代以来，陆续翻译介绍了阐释学的多种著述和人物。根据出版时间，张汝伦《意义的探究：当代西方释义学》③应该是大陆地区较早具体介绍西方阐释学的专题著作。张著以哲学释义学为主线，介绍了阐释学的起源和古典形式，以及它在二十世纪以来的发展和表现，并分章介绍了狄尔泰、贝蒂、赫施、海德格尔、伽达默尔和利科等人的阐释学思想，对阐释学与文学和自然科学的关系也有论述。也有人认为，明确提出创建中国解释学的大陆学者是汤一介，他于 2000 年前

① 以上关于诠释学定义的解释，参见潘德荣《西方诠释学史》(北京：北京大学出版社，2013 年)，以及百度百科、维基百科的“诠释学”“解释学”词条。

② 参见潘德荣《诠释学导论》，桂林：广西师范大学出版社，2015 年，第 11 页。

③ 张汝伦《意义的探究：当代西方释义学》，沈阳：辽宁人民出版社，1986 年。

后在多家重要学术刊物撰文呼吁创建“中国的解释学”，汤先生还通过对先秦经典解释材料的深入研究，归纳出了“历史事件的解释”“整体性的哲学解释”和“社会政治运作型的解释”等中国早期经典解释的三种方式。与汤一介差不多同时强调将解释学与中国传统思想文化资源的研究相结合的，还有海外华裔学者傅伟勋、成中英、黄俊杰等，尽管他们各自的具体理论主张并不完全一样，① 如成中英强调“本体诠释学”，傅伟勋强调“创造的诠释学”等。潘德荣也是较早翻译介绍诠释学的大陆学者，著述颇丰，他认为中文学术界应该淡化作为本体论的诠释学，而应该强调作为方法论的诠释学，以便更好地与中国的阐释传统对话。②

中国阐释学的学科建设和理论建构刚刚起步，已经涌现的几部理论著作引人关注：一部是李清良的《中国阐释学》③，该书从中国文化的基本观念出发，运用“双重还原法”（“本质还原法”和“存在还原法”）梳理中国的阐释学理论，作者认为他初步建立起一个自洽的且独立于西方的中国阐释学的基本理论框架。另一部是周光庆的《中国古典解释学导论》④，该书从中华文化经典的历史存在出发，以西方解释学理论为参照，对中国古典解释学发生、发展的历史过程进行了梳理，提出“语言解释方法论”“历史解释方法论”和“心理解释方法论”，并对中国古典解释学如何完

① 参见景海峰《解释学与中国哲学》，《哲学动态》2001 年第 7 期。

② 参见潘德荣《诠释学导论》（台北：五南图书出版公司，1997 年初版；桂林：广西师范大学出版社，2015 年再版）、《文字诠释传统：中国诠释传统的现代转化》（上海：上海译文出版社，2003 年）的有关论述。

③ 李清良《中国阐释学》，长沙：湖南师范大学出版社，2001 年。

④ 周光庆《中国古典解释学导论》，北京：中华书局，2002 年。

成现代转型也提出了具体建议。另外一部是周裕锴的《中国古代阐释学研究》①，作者认为中国文化中存在着一套有关文本理解的阐释学思路。基于这一认识，他通过收集、分析散见于先秦至清代各种典籍中有关言说和文本的理解和解释的论述，演绎经学、玄学、佛学、禅学、理学、诗学中蕴藏着的丰富的阐释学理论内涵，揭示出中国古代阐释学理论发展的内在逻辑以及迥异于西方阐释学的独特价值。张隆溪《阐释学与跨文化研究》以伽达默尔的著作为基础，讨论阐释学的基本观念，并着重讨论人文研究在我们这个时代的意义和价值，以及跨文化理解的问题。②

在中国文学解释学领域进行尝试性探究的主要成果有金元浦的《文学解释学》③，张隆溪的《道与逻各斯》④，蒋寅的《古典诗学的现代诠释》⑤，邹其昌的《朱熹〈诗经〉诠释学美学研究》⑥等。

由此可见，中文学术界对世界学术新潮还是非常敏感的，两岸一边译介西人的著述，一边开展独立的研究，另外已经着手建构中国的阐释学学科，并从学理、学术史、个案研究诸端推进相关研究，已经有一个很好的开端，相信选题新颖、富有创意的成果将会陆续问世。

---

① 周裕锴《中国古代阐释学研究》，上海：上海人民出版社，2003 年。
② 张隆溪《阐释学与跨文化研究》，北京：三联书店，2014 年。
③ 金元浦《文学解释学》，长春：东北师范大学出版社，1997 年。
④ 张隆溪《道与逻各斯：东西方文学阐释学》，南京：江苏教育出版社，2006 年。
⑤ 蒋寅《古典诗学的现代诠释》，北京：中华书局，2003 年。
⑥ 邹其昌《朱熹〈诗经〉诠释学美学研究》，北京：商务印书馆，2004 年。

二

犹如迟至十九世纪德国地质学家李希霍芬始提出“丝绸之路(Silk Road)”的术语，但是早在数千年前，周穆王西行、张骞凿通西域、粟特商队往来于内亚绿洲和戈壁沙漠，玄奘法师撰写《大唐西域记》，杜环记录《经行记》，遍照金刚著《文镜秘府论》，李珣编《海国本草》，马可·波罗撰写《游记》，东亚内部以及欧亚大陆的人群很早就有交流往来，逐渐形成了多条路网及许多枢纽城市。同理，从汉初的《毛诗诂训传》开始，就有“诂训”之说，随后的《尔雅》被称作“训诂学的鼻祖”，可见在两千多年以前，中国的学术便已附着了与诠释有关的内容。孔颖达谓：“诂者，古也。古今异言，通之使人知也。训者，道也。道物之形貌以告人也。”并给训诂下了定义：

> 诂训传者，注解之别名……然则诂训，通古今之异辞，辨物之形貌，则解释之义，尽归于此。①

也就是说，“诂”是用当时的标准语(雅言)来解释因时代不同或地域不同而产生的“异言”的。“训”是对文献表达的具体含义进行形象的描绘和说明的。所以，有学者认为“训诂”即诠释。广义的

① 孔颖达《毛诗正义》，见阮元《十三经注疏》，北京：中华书局影印本，1980年，第269页。

“训诂”，还包括文字、音韵、词汇、语法、修辞等内容，同版本、校勘、目录等文献整理工作形成交叉，有人又称其为古典学、语文学或国故学、国学，故中国的典籍文化与中国的阐释传统交叉颇多，剪不断，理还乱。

训诂学源远流长、内容复杂、积累丰厚，是我国传统学术的重要组成部分。如果从阐释学的角度来重新梳理这门古老的学问，一定能够使进入现代以来渐趋冷寂的经学、古典学突破瓶颈，在更宏阔的时代背景下充分展开内部世界，这不仅对构建中国阐释学、抉发中国传统学术的现代价值大有裨益，而且对民族文化从“各美其美”走向“美美与共”，以达至文明互鉴，也有重要意义。叶嘉莹先生很喜欢晚唐温庭筠《菩萨蛮·小山重叠金明灭》：

> 小山重叠金明灭，鬓云欲度香腮雪。懒起画蛾眉，弄妆梳洗迟。照花前后镜，花面交相映。新帖绣罗襦，双双金鹧鸪。

她引张惠言说“照花”四句有“《离骚》初服之意”，又引用《华严经·论法界缘起》：“犹如众镜相照，众镜之影，见一镜中，如是影中复现众影，——影中复现众影，即重重现影，成其无尽复无尽也。”①“照花前后镜，花面交相映”，就是一种互鉴。“纷吾既有此内美兮，又重之以修能(态)”，以个人修身而言，在天生禀赋之外，还要注意每天的修容自饰；以个人的进学修业而言，也

① 叶嘉莹《唐宋词十七讲》，北京：北京大学出版社，2007 年。

要博采众长；以国家民族的进步而言，何尝不需要互学互鉴？

清人焦循在总结当时的学界境况时说道：

今学经者众矣，而著书之派有五。一曰通核，二曰据守，三曰校雠，四曰摭拾，五曰丛缀。此五者，各以其所近而为之。通核者，主以全经，贯以百氏，协其文辞，揆以道理，人之所蔽，独得其间，可以别是非、化拘滞，相授以意，各慊其衷。其弊也，自师成见，亡其所宗。故迟钝苦其不及，高明苦其太过焉。据守者，信古最深，谓传注之言，坚确不易，不求于心，固守其说，一字句不敢议，绝浮游之空论，卫古学之遗传。其弊也，跼蹐狭隘，曲为之原，守古人之言，而失古人之心。校雠者，六经传注，各有师授，传写有讹，义蕴乃晦，鸠集众本，互相纠核。其弊也，不求其端，任情删易，往往改者之误，失其本真。宜主一本，列其殊文，俾阅者参考之也。摭拾者，其书已亡，间存他籍，采而聚之。如断圭碎璧，补苴成卷，虽不获全，可以窥半。是学也，功力至繁，取资甚便，不知鉴别，以赝为真，亦其弊矣。丛缀者，博览广稽，随有心获，或考订一字，或辨证一言，略所共知，得未曾有，溥博渊深，不名一物。其弊也，不顾全文，信此屈彼，故集义所生，非由义袭，道听途说，所宜戒也。

五者兼之则相济。学者或具其一而外其余，余患其见之不广也，于是乎辨。①

这五者既是经学研究的话题，也是史学、文学、哲学阐释中无法回避的问题，既是清人所面临的问题，也是现代学人在著述时需要思考的问题。

实际上，早在阐释学的概念、范畴正式引进之前，中文学术界已有持续的研究探讨。钱锺书很早就开始做打通中西的工作，在《管锥编》第一卷《左传正义·隐公元年》中，他将西方解释学重镇狄尔泰的"解释学循环"理论介绍到中国。钱先生在引进西方理论时持一种中西文化平等"对话"的立场，即将西方的"解释学之循环"理论与清代乾嘉"朴学"的解释学理论互照互释，从而发现各自的理论特点及价值。除了《管锥编》外，钱先生还在《旧文四篇》《七缀集》《宋诗选注》以及卷帙浩繁的《钱锺书手稿集》等著作中灵活地将中西解释理论互释，并用于具体的阐释实践中。我自己一直好奇的是，鉴于冷战后东西对峙的大背景，包括阐释学在内的许多欧美新思潮在彼地也刚刚出现，那么《管锥编》《宋诗选注》的作者是通过什么管道及时获取学术新资讯的？除了理念上的"东海西海，心理攸同"外，他的学术信息的"攸同"又是如何实现的呢？这可能需要从事比较文化的学者做专门研究，我不好在这里瞎猜。

如果将古代诗集的整理，诗歌的训释、评点、眉批，诗话的本事索隐、诗义阐发等也看作广义的阐释学的话，那么相关的成

---

①《雕菰楼集》卷八《辨学》，见焦循《雕菰楼文学七种》，南京：凤凰出版社，2018年，第176—177页。

果累积就更丰厚了。相关的研究起步早，类型多，成果也丰硕。其实不必罗列古代，就以当代唐诗研究而言，萧涤非等的《唐诗鉴赏辞典》①，陈贻焮总主编的《增订注释全唐诗》②，刘学锴撰的《唐诗选注评鉴》③、陈伯海主编的《唐诗学书系》④，亦可略见一斑。至于周勋初等主编的《全唐五代诗》⑤，陈尚君独立主编的《唐五代诗全编》⑥，应该是继清人编《全唐诗》之后，最有创获的重大工程。此外，别集的整理、专书的研究、专题的阐释的成果就更多了，这里就不一一罗列，本书的主要参考文献部分，已经罗列了不少，可以参读。

总括中国古代文学阐释特别是唐诗阐释的经验，一是阐释的开放性，往往越是优秀的作品，越容易产生歧义。如诗歌中的《锦瑟》，小说中的《红楼梦》。二是阐释的持续性，一代有一代的文学创作，也有一代的文学阐释，创作常新，阐释常青。一般读者仅关注前者，而忽略甚至排斥后者，这就使得丰富的阐释新见仅仅停留在学者的书斋中，无法走入大众阅读范围内。三是文学的经典性与文学的可阐释性具有正相关关系。西方的说法是“有一千个观众，就有一千个哈姆雷特”，中国的说法是“诗家总爱西昆好，独恨无人作郑笺”。四是古代的科举考试、现代的学校教材以及辅助性的诗歌选本对诗歌经典的形塑起了重要的推动作用。

---

① 萧涤非等《唐诗鉴赏辞典》，上海：上海辞书出版社，1983 年。
② 陈贻焮总主编《增订注释全唐诗》，北京：文化艺术出版社，2001 年。
③ 刘学锴撰《唐诗选注评鉴》，郑州：中州古籍出版社，2019 年修订本。
④ 陈伯海主编《唐诗学书系》，上海：上海古籍出版社，2015 年。
⑤ 周勋初等主编《全唐五代诗》，西安：陕西人民出版社，2014 年。
⑥ 陈尚君主编《唐五代诗全编》，上海：上海古籍出版社，2022 年。

三

本书开始撰写初稿的时间大约是 1988 年至 1989 年。初稿杀青后，开始是给学生作为选修课的校内讲义，1992 年始由陕西人民教育出版社出版。在当时的内地，系统译介阐释学的著述还不多，何况我当时生活工作的城市是西安，而不是得风气之先的京沪地区，获得学术新信息，要比京津沪慢大半拍。所以，我不好说我在撰写初稿时就系统地了解了阐释学的理论和学说，当然也无法削足适履，生硬地将吾国古籍材料塞在这一舶来学科的框架之中。

实话实说，我是通过阅读钱锺书、朱光潜、宗白华、李泽厚、叶维廉、叶嘉莹等华人学者的成果来了解当时学术界的新动态的，特别是通过精读钱锺书、朱光潜、李泽厚、叶维廉、叶嘉莹等人的著述，间接了解了比较文学、接受美学、现象学、符号学、图像学、神话学、民俗学等的知识。也急用现学，找到刚刚刊印出还散发着墨香的海德格尔、胡塞尔、英伽登、沃尔夫冈·伊瑟尔、赫斯等人著述的译介，如饥似渴，生吞活剥，恶补了一把。故如果说撰稿时已经系统掌握了阐释学的理论是假话，但为了撇清关系，说自己当时就自觉地竖起隔离墙，存夷夏之大防，没有受过任何西学的熏染，也是不诚实的。

应该说，我是通过爬梳昔哲今贤的成果朝前推进，站在他们的学术柴垛上仰望星空，接着他们的提问做进一步的思考。中国古典经学和文学的解说汗牛充栋，特别是唐诗的解说，数量是相当大的。其好处是使用便捷，过去在书库找书，有关唐诗总论综说的著述很容易就能找到一大摞，现在在互联网上搜索，其数量更是让人感叹。但是陈陈相因者多，选题新颖、视野开阔、方法别致、论证精深，能入我拙眼者，还是很有限的。

本书在动笔之前，就为自己确定了几个原则：一是尊重原典，强调文本细读。二是注重梳理唐诗从文献到经典的生成过程。三是根据原型和主题适当分类，在同一主题中类比对比，上下求索。四是酌采比较文化的方法，既注重探讨作品之间的渊源流变，又不忘同一题材在不同文体、不同时代、不同文化圈中的相互影响。五是尽量寻找吾国文化中固有的概念、范畴以解说唐诗，确实找不到合适的古代范畴，再寻找可以替换的现代范畴或西学范畴。六是尽量将生涩古奥的事例朝浅显通俗说，努力“细说”，但避免“戏说”。

法国哲学家保罗·里克尔认为：

> 所有诠释学的目的，都是要征服存在于经典所属的过去文化时代与诠释者本身之间的疏远和距离。借由克服这距离，使自己与经典的时代合一，注释者才能够使其意义为自己所有：他使陌生成为熟悉，也就是说，他使它属于自己。这正是他透过理解他者而得到他所追求之自我理解的成长。因此，每一诠释学，无论外显地或隐含地，都是经由理解他者而有的自我理解。①

① [法]保罗·里克尔：《诠释的冲突》，林宏涛译，台北：桂冠图书公司，1995年，第14—15页。

这一点于我心有戚戚焉。在我看来，这种“自我理解”对于流传千年的诗歌经典或无所增损，但对于我个人的精神世界则是一种展开、一种照亮、一种充实，更是一种圆满和实现。

美国汉学家柯文（Paul A. Cohen），也就是提出“在中国发现历史”，以及“中国中心观”的推动者，在其近著《历史三调：作为事件、经历和神话的义和团》一书的结论部分总结说：

> 翻译家的工作是把一个文本忠实而有意义地从一种语言译成另一种语言。与此相似，历史学家是现实与历史之间的调解人。在二者之间进行调节的复杂过程中，我们必须抑制我们的“局外人”倾向，以了解正在研究的历史人物的意识。但是，在有意义地向现在的读者解释这些意识和想法时，我们不能不投降，承认无法抑制这种倾向。简言之，历史学家与翻译学家一样，必须熟悉两种语言，就我们的情况而言，即现在与过去。历史学家需要以敏锐的感觉、尽可能多的诚实求真精神，坚持不懈地在这两个完全不同的领域间来回游走。这种需要正是我们工作的紧张之源。①

柯文为了说明其历史哲学的复杂意涵，拉翻译家为他垫背。其实，以历史时期文学特别是诗歌阐释为主要工作的古代文学研究者，又何尝不是如此。毕竟，在柯文看来，历史有三调，而文学

① ［美］柯文《历史三调：作为事件、经历和神话的义和团》，北京：社科文献出版社，2015年，第328页。

特别是诗歌的复调与歧义又何止三种？故工作的紧张与焦虑也有过之而无不及。

总之，从唐诗学史来看本书，不过是当代唐诗学在一个较长时间停顿，重新打开国门后，一个年轻学者尝试借用新学理、新方法阐释唐诗的个人努力。又一个三十年过去了，站在后浪的视野看前浪，前浪已被拍在沙滩上，只有仔细辨认，才能看到沙滩上浅深叠加的印痕。从我个人的学术史来看，这是我自己的学术出发点，后来的主要研究领域虽然仍在中古隋唐，仍以文本为重点，但关注的问题已有许多变化，经历了许多缤纷热闹，重新审读清样，恍如隔世。

二十世纪西方现代杰出诗人艾略特在他的《四首四重奏》中咏叹道：

过去可能存在和已经存在的
都指向一个始终存在的终点。
足音在记忆中回响
沿着那条我们从未走过的甬道
飘向那重我们从未打开的门
进入玫瑰园。(《焚毁的诺顿》)

我们将不停止探索
而我们一切探索的终点
将是到达我们出发的地方
并且是生平第一遭知道这地方。

当时间的终极犹待我们去发现的时候
穿过那未认识的，忆起的大门
就是过去曾经是我们的起点。(《小吉丁》)①

艾略特的诗素以晦涩难懂著称，尤其是他晚年的作品，但是对于我们阅读接受和诠释唐诗经典来说，他用诗意的表达给我们提示了路径、目标和意义。至少在我个人看来，他是昭示了一种精神体验的神奇经验。请读者诸君以我探索的终点作为自己的起点吧，当然我也会永不停止地探索。

在本次增订修改中，笔者还特别注意书稿学理的融通与逻辑的自洽，同时努力追求文字表达的简要清通。至于是否实现了设想，还需要从海内外同行与读者朋友的批评中来验证。

① 艾略特《情歌 · 荒原 · 四重奏》，汤永宽译本，上海：上海译文出版社，1994 年。

第一章　唐诗的境界呈示

境界是中国古代诗论的一个重要范畴，也是对诗歌作品的一个重要的审美规定，离开境界就无法对诗歌发展史上许多概念的产生、发展、深化、定型做出历史与逻辑的阐释，更无法捕捉住那“遇之匪深，即之愈希，脱有形似，握手已违”(司空图《二十四诗品》)的诗魂。可以这样说，境界是理解古典诗歌甚至整个中国艺术美学的纽结，对此问题的深入探讨，必将会促成我们对唐代诗歌艺术丰富内涵的进一步体会，同时也能使我们纲举目张，直探底蕴，领悟作者微妙深奥的诗心。

境界理论由先秦《易经》与老庄哲学对“象”的阐发而产生。魏晋南北朝时期，佛教盛行，给中国文化艺术注入了新的血液，翻译家与寺僧采用旧瓶装新酒的方式，给“境界”这一固有的语词充入新的内涵，使其由实体概念转化为非实体范畴，由具体变为抽象，由世俗名词变为佛学的术语。

另一方面，齐梁时的刘勰遥承先秦，在《文心雕龙·神思》中提出了“窥意象而运斤”，使“象”转化为“意象”，并取得了意与象、隐与秀、风与骨的多种规定性。到了唐代，意象作为标识艺术本体的范畴，已经被广泛地运用了，殷璠等人还进一步提出“兴象”作为意象组合中的重要方式来加以强调，于是，兴象玲珑、兴象深微、兴象天然等词语便成了人们品评唐诗的一个话头。

但实际上，唐代诗论家与诗人并没有停留在“意象”“兴象”的认识阶段上，而是用经南北朝以来被佛学家反复使用的“境界”或“境”这一概念来揭示诗歌的美学本质。在王昌龄的《诗格》、皎然的《诗式》，甚至戴叔伦、刘禹锡等人的诗文中，都有对境界的探讨，虽不过片言只语，却能启人心智。

境界的基本美学规定是“境生于象外”。换言之，它是由具体实像辐射出的虚像，是由实景跃入的艺术虚空，是从有限超越到了无限，从对具体形象的观赏把玩领悟到了宇宙本体和自然元气。“悠悠乎与颢气俱，而莫得其涯；洋洋乎与造物者游，而不知其所穷……心凝形释，与万化冥合”（柳宗元《始得西山宴游记》）。柳宗元对西山之“特立”的体认，正好借来说明唐诗境界的高妙。

唐人不仅在理论上对境界的构成、特点、类型做了大量开创性的研究，奠定了关于境界学说的基本原理，更重要的是，他们还创作出许多境界浑融、兴象高妙、神韵悠然的杰作，成为后世作家追摹的范本。

本书对唐诗的文本阐释以此为开篇。

一、象外之象

在我们对唐诗呈示境界的方式进行叙述之前，首先，会遇到这样几个不可回避的问题：

什么是境界？什么又是意象？

境界、意境与意象有何联系，又有何区别？

治古代文学、古代文论和艺术史的学人们对此问题已发表了大量的论文、论著，但仍没有形成一个比较周全一致的看法。

如果我们对这几个问题不做正面回答，从本书的框架来说亦无不可，从唐宋禅宗的观念来看，倒正好是对至言妙道的一种体认。但作为学术研究，对横阻在面前的理论难题绕道而行，则是一种滑头的表现。如果说艺术鉴赏是心灵在作品中的冒险，那么，学术研究也应该是理论在雷区中的漫游。

意象这一范畴并不是舶来品，而是古代文化中的固有概念。早在先秦时期，意象的雏形就产生了。《周易·系辞下》："《易》者，象也。"认为这部预测人事吉凶祸福的占筮书，便是以八卦图像的推衍变化来揭示其规律的。《系辞上》还对"意"与"象"的关系进行了论证：

> 子曰："书不尽言，言不尽意。"然则圣人之意，其不可见乎？子曰："圣人立象以尽意，设卦以尽情伪，系辞焉以尽其言。"

认为圣人之意不可以思维致之、不可以言辞说之，但却可以用“象”来显示。三国魏王弼在《周易略例·明象》中缘此而对言、意、象三者的关系进行了辩证的发挥：

夫象者，出意者也。言者，明象者也。尽意莫若象，尽象莫若言。言生于象，故可寻言以观象；象生于意，故可寻象以观意。意以象尽，象以言著。故言者所以明象，得象而忘言；象者所以存意，得意而忘象。犹蹄者所以在兔，得兔而忘蹄；筌者所以在鱼，得鱼而忘筌也。然则，言者，象之蹄也；象者，意之筌也。是故存言者，非得象者也；存象者，非得意者也。象生于意而存象焉，则所存者乃非其象也；言生于象而存言焉，则所存者乃非其言也。然则忘象者乃得意者也，忘言者乃得象者也。得意在忘象，得象在忘言。故立象以尽意，而象可忘也；重画以尽情，而画可忘也。

认为象与言不过是一种载体，主要是为了得意与尽意，这当然与其玄学体系有关。明象是为了观道，一旦悟出了道，那么形、象、言、筌、蹄皆可抛弃。哲学以观念为目的，为了抽象可以舍弃具体，为了本质可以蒸发现象，为了内容可以剥掉形式。

齐梁时代的文论家刘勰第一次在文学的场域使用“意象”这个词，并强调“意象”在创作过程中的重要作用：

使玄解之宰，寻声律而定墨；独照之匠，窥意象而运

斤。此盖驭文之首术，谋篇之大端。(《文心雕龙·神思》)

刘勰把玄学家倒置的意象关系纠正过来，并将其作为驭文之首术、谋篇之大端，形式在这里获得了独立自足的意义。同时，他已触及意象是由主观与客观结合交融这一问题，“神用象通，情变所孕”，在艺术构思活动中，外物形象和诗人的情意结合，诗人借外物形象驰骋想象，外物形象又在诗人的情意中孕育成审美意象。

唐人王昌龄指出：“久用精思，未契意象，力疲智竭，放安神思，心偶照镜，率然而生，曰生思。”(《唐音癸签》卷二引)张怀瓘《文字论》中说：“探彼意象，如此规模。”传为司空图所作的《二十四诗品》亦有“意象欲出，造化已奇”的说法①。至此，意象的理论已基本确立，并在创作中有所体现。除此之外，殷璠在盛唐诗选本《河岳英灵集》中还提出“兴象”这一概念作为对意象理论的一个重要补充和特例。他批评齐梁诗风过多地注意词采，“都无兴象，但贵轻艳”；评陶翰诗“既多兴象，复备风骨”；评孟浩然诗“无论兴象，兼复故实”。这里反复提到的兴象，实际上仍是意象之一种，但它的产生不是人工的有意安排，而是一种自然的触发。外物的触动在先，情意的感发在后。兴象的产生往往是一种瞬间直觉，而不是理性的蓄意设计安排。后来司空图、严羽、

① 钱锺书认为刘勰所用“意象”实即“意”的偶词，《二十四诗品》所说的，同样是如此。现代所用的“意象”一词是由明人提出的，敏泽亦持此观点。参见敏泽《中国古典意象论》，载《文艺研究》1983 年第 4 期；又见敏泽《钱锺书先生谈“意象”》，载《文学遗产》2000 年第 2 期。

胡应麟、纪昀都多用兴象评论唐诗，从此兴象玲珑、兴象深微、兴象天然固定为后世激赏唐诗时的评语。

但意象实际上是对创作过程中心物交融的一般说明，并非最高的美学规定。以此来衡量裁定，还不能看出唐诗与六朝及宋元明清诗的本质区别，也不能品第唐诗中的优秀作品与一般作品的差别。

最能体现唐诗艺术特征的范畴是境界。

境界，在唐代或六朝时期也称为境。先秦两汉的典籍中就已出现。如《诗·周颂·思文》："无此疆尔界；陈常于时夏。"《诗·大雅·江汉》："于疆于理，至于南海。"郑笺："正其境界，修其分理。"《周礼·春官·掌固》："凡国都之竟。"句下注曰："竟，界也。"《战国策·秦策》："楚使者景鲤在秦，从秦王与魏王遇于境。"《说文解字·田部》："界，竟也。"而《说文解字·音部》释"竟"是"乐曲尽为竟"。可见疆、界、境三字可互训，皆指地面空间的边缘线。但"境"的本字为"竟"，据许慎解释为乐曲终结，则其原指时间过程的存在，后来在词义演变过程中指义逐渐宽泛，才由原指时间上的终结，扩展为可指时空中的所有终结之物。境界在唐宋艺术中虽指虚空，但仍为时空合一的无限，似乎可以从语源上找到其美学根据。汉代以来，此词使用更多，如《新序·杂事》："守封疆，谨境界。"班昭《东征赋》："到长垣之境界，察农野之居民。"《后汉书·仲长统传》："当更制其境界，使远者不过二百里。"《列子·周穆王》："西极之南隅有国焉，不知境界之所接，名古莽之国。"但仍指疆土界线，属具体的存在，为实体概念。

孔孟及儒家虽没有对境界做直接的语词解释，但他们谈到人生的“三不朽”，便是指精神追求的境界。“暮春者，春服既成，冠者五六人，童子六七人，浴乎沂，风乎舞雩，咏而归。”“夫子喟然叹曰：‘吾与点也。’”(《论语·先进》)曾皙所谈的是一次春日游赏活动，而孔子引出的则是对一种人生境界的向往。

《庄子·逍遥游》展示的是超越限制、绝对自由的哲理境界。“举世誉之而不加劝，举世非之而不加沮，定乎内外之分，辩乎荣辱之境，斯已矣。”疏曰：“忘劝沮于非誉，混穷通于荣辱，故能返照明乎心智，玄鉴辩于物境，不复内我而外物，荣己而辱人也。”描述自由精神扩张的空间，虽非专说境界范畴，但对境界理论的形成影响很大，是将境界视为精神远游的滥觞。

东汉以后，佛学东渐，释典大量传入中华，译经的僧人遇到梵文中的“Visaya”一词，便借“境”或“境界”来翻译。“境界”从此便由一个实体性的物质名词，转化为一个非实体性的精神概念：

诸天种种境界，悉皆殊妙。(《法苑珠林·六道篇》)
神是灵威，振动境界。(《杂譬喻经》)
斯义弘深，非我境界。(《无量寿经》)
极佛境界，亦未有此。(《洛阳伽蓝记》卷一)

丁福保《佛学大辞典》释“境界”为“自家势力所及之境土。又，我得之果报界域，谓之境界”，“心之所游履攀缘者谓之境，如色为眼识所游履，谓之色境；乃至法为意识所游履，谓之法境”①。故在佛教哲学中，境界或境是指一种精神现象，谓人的各种感受所达到的某种精神上的终极地步。这是对先秦两汉境界观念的极大发展和革命性扬弃。

> 了知境界，如幻如梦。(《华严经·梵行品》)
>
> 一切境界，本自空寂。(《景德传灯录·汾州无业禅师传》)

虽然佛教小乘、大乘有宗、法相唯识宗对境界的看法不尽相同，互有区别，但基本上都是将境界看成是一种精神现象，是由各种感觉器官所感触到的认识。这种观念在唐代三教盛行的宽松开放的思想环境中，与佛教文化的其他内容，都深刻地影响到了唐代的诗人和理论家②。为什么境界作为一个美学范畴到了唐代才产生？为什么唐代的诗极富境界？为什么早期倡导境界理论的诗论家要么本身就是佛教徒，要么曾受到佛教思想的深刻影响？这一切恐怕只能从佛教与唐代文化的交融渗透中去寻找答案，当然，这已远远地超出了本书讨论的范围。

作为一个诗学范畴，诗境一词在唐初唯识宗开山祖玄奘的作

---

①《佛学大辞典》，北京：文物出版社，1994 年，第 1247 页。

② 张文勋《从佛学的“六根”“六境”说看艺术“境界”的审美心理因素》一文对此有详细论述，可参读。见张著《儒道佛美学思想探索》，北京：中国社会科学出版社，1988 年。另佛学家僧肇将把握涅槃之道称为“穷微言之美，极象外之谈”，把研究般若之论称为“斯则穷神尽智，极象外之谈”(《肇论》)，开唐人以“象外”解释境界的先河。

品中已有使用，他的《题半偈舍身山》：“忽闻八字超诗境，不惜丹躯舍此山。偈句篇留方石上，乐音时奏半空间。”(《全唐诗续拾》卷三)虽然侧重点是佛教的快乐，但明确提出作为审美艺术的诗境，与佛境进行比较，这是很值得重视的现象。意境一语则出现在王昌龄的《诗格》中。《诗格》将意境与物境、情境并举，称为三境：

> 诗有三境：一曰物境。欲为山水诗，则张泉石云峰之境极丽极秀者，神之于心，处身于境，视境于心，莹然掌中，然后用思，了然境象，故得形似。二曰情境。娱乐愁怨，皆张于意而处于身，然后驰思，深得其情。三曰意境。亦张之于意而思之于心，则得其真矣。

其中，“物境”是指自然山水的境界，“情境”是指人生的境界。王昌龄所说的“意境”“情境”“物境”，仍都属审美客体，与我们现在讲的意境还有差别。但王昌龄还说：“圆通无有象，圣境不能侵。”(《同王维集青龙寺五韵》)则可知他已发现“境”与“象”并非一物。皎然在《诗式》中也反复谈到“境”或“境象”。《诗议》中曾论及：

> 夫境象非一，虚实难明。

谓“境”与“象”并非同一概念，所指各别，其中“境”“虚”而“象”“实”，但难以进一步说明。这两句话没有引起学者们的足够重视，它实际采用了互文句法，表达了这样几层理论含义：

(一)境与象，即境界与意象是有区别的；

(二)境虚而象实，即意象为有限，而境界则指向无限；

(三)意象与境界的奥妙都神秘难明。

皎然谈诗情缘起时说："诗情缘境发，法性寄筌空。"(《秋日遥和卢使君游何山寺宿敭上人房论涅槃经义》)皎然还讲道："或曰：诗不要苦思，苦思则丧于天真。此甚不然。固当绎虑于险中，采奇于象外，状飞动之趣，写真奥之思。"(《诗议》)"采奇于象外"就是对"境""虚"的进一步表述，他在论述张志和所画洞庭三山时还说："盻睐方知造境难，象忘神遇非笔端。"(《奉应颜尚书真卿观玄真子置酒张乐舞破阵画洞庭三山歌》)用"象外""象忘"来对境进行更具体的表述，筚路蓝缕，开启山林，功不可没。

与皎然同时而略后的刘禹锡进一步明确指出：

> 诗者，其文章之蕴耶？义得而言丧，故微而难能；境生于象外，故精而寡和。(《董氏武陵集记》)

东晋时期，僧肇将把握涅槃之道称为"穷微言之美，极象外之谈"，把研究般若之论称为"斯则穷神尽智，极象外之谈"(《肇论》)，开唐人以"象外"论境界的先河。唐人韩愈《荐士》也说："冥观洞古今，象外逐幽好。"他们所说的"象外"，即老子所说的"大象无形""大音希声"，庄子所说的"象罔"(郭庆藩注曰："象罔者，若有形，若无形，故曰眸而得之。即形求之不得，去形求之亦不得也。"宗白华解释说："'象'是境相，'罔'是虚幻，艺术家创造虚幻的境相以象征宇宙人生的真际。”①)谢赫所说的“若拘以体物，则未见精粹；若取自象外，方厌膏腴，可谓微妙也”(《古画品录》)。象外，是对具体形象(包括意象、兴象)的突破，是对有限的超越，是浩浩乎凭虚御风，飘飘兮遗世独立，心灵升腾起来，消融在一片澄明中，与天地精神相往来，体合宇宙自然的合规律与合目的性。只有在此瞬间，才能观物之“真”与“精神”，才可谓微妙。

与此同时，戴叔伦则用形象的比喻说明境界的特点：

> 诗家之景，如蓝田日暖，良玉生烟，可望而不可置于眉睫之前。(见司空图《与极浦书》)

前引郭庆藩解释“象罔”为“即形求之不得，去形求之亦不得”，与戴叔伦解释诗家之景为“可望而不可置于眉睫之前”何其相似！

诗歌史上一个重要的现象应该引起充分关注：几乎在中唐同一时代，皎然(720—约 803)、戴叔伦(732—约 789)、刘禹锡(772—842)先后从不同角度触及境界的特征和美学本质，这不能不令人深思②。艺术境界实质上就是源于形象而又超于形象的这样一种恍兮惚兮的象外之象、景外之景。它们似乎又都毫不例外地具有一个共同的特点，即从具体步入抽象，从有限趋向无限，

① 宗白华《美学与意境》，北京：人民出版社，1987 年，第 219 页。

② 韩林德《境生象外：华夏审美与艺术特征考察》(北京：三联书店，1995 年)一书所论与笔者看法近似。孟二冬《意境与禅玄：中唐诗歌意境论之诞生》亦持此观点，载《北京大学学报》1996 年第 4 期，可参读。

从人生跃入宇宙，从现实返归历史，从实有遥接虚空。杜甫所说“意惬关飞动，篇终接混茫”(《寄彭州高三十五使君适虢州岑二十七长史参三十韵》)、“精微穿溟涬，飞动摧霹雳”(《夜听许十一诵诗爱而有作》)，都是以诗的语言来形容诗境的。其中的“混茫”“溟涬”都是指艺术虚空，“接”与“穿”则是指从具体中升华而出，在元气自然中盘旋飞跃，行神如空，行气如虹。也就是司空图所说的“返虚入浑”，使作品能从实景中辐射出各种波线，形成一个空灵自然的创构。

王夫之说：“视而不可见之色，听而不可闻之声，抟而不可得之象，霏微蜿蜒，漠而灵，虚而实，天之命也，人之神也。命以心通，神以心栖，故《诗》者象其心而已矣。”(《张子正蒙注》卷一)将虚灵的象外直溯到经典诗歌的源头。朱承爵《存余堂诗话》中说：“作诗之妙，全在意境融彻，出音声之外，乃得真味。”也是这个意思。方士庶《天慵庵随笔》中说：“山川草木，造化自然，此实境也。因心造境，以手运心，此虚境也。虚而为实，是在笔墨有无间——故古人笔墨具此山苍树秀，水活石润，于天地之外别构一种灵奇。”虽是谈画，亦妙合诗心诗境。

统括以上可见，唐诗境界的实质就是源于形象而又超于形象的这样一种恍兮惚兮的象外之象、景外之景。

要使境界产生，就必须能从具体的(意)象，创构出一种灵奇，跨入虚缈的境界，唐人通过以下途径来实现：

第一，在空白中超越。境界既然是实象与虚空的统一体，所以，诗人为了实现从实到虚、从有到无的过渡，故意在作品中设置或留下一些空白，以便实现这种超越。从接受的角度来看，

"文学的本文也是这样，我们只能想见本文中没有的东西；本文写出的部分给我们知识，但只有没有写出的部分才给我们想见事物的机会；的确，没有未定成分，没有本文的空白，我们就不可能发挥想象"①。

如崔颢的《长干曲》其一：

君家何处住，妾住在横塘。停船暂借问，或恐是同乡。

全诗写一水乡女子在江上同过往行人攀谈的细节，寥寥四句，急口遥问，状出女子天真无邪而又情韵无限的心理，恍如画景。但仔细咀嚼，又觉得蕴涵无穷。妙处就在设一小女子急口追问，而全无答词。适当的剪辑省略形成的空白，反而产生了比充实拥挤的画面更神妙的表现效果。王夫之评此诗说："论画者曰'咫尺有万里之势'，一'势'字宜着眼。若不论势，则缩万里于咫尺，直是《广舆记》前一天下图耳。五言绝句以此为落想时第一义，唯盛唐人能得其妙，如'君家何处住'云云，墨气所射，四表无穷，无字处皆其意也。"(《姜斋诗话》卷二)所谓的"势"，就是作品有限的形象向外辐射出的审美光束，亦即作品意境产生的张力。诗就是靠这一"势"字，从无字的空白中荡漾出无限生机。

此外，王维的《终南山》、贾岛的《寻隐者不遇》也都是通过空白创造一种幽深遥远的境界。王维诗中说："徒然万象多，澹尔

① [德]沃尔夫冈·伊瑟尔《阅读过程的现象学研究》，转引自张隆溪《二十世纪西方文论述评》，北京：三联书店，1986年，第198页。

太虚缅。”(《戏赠张五弟諲三首》其一)韦应物诗中曾写道：“万物自生听，太空恒寂寥。”(《咏声》)物之自生听，表现万象的活泼无碍，自由映出，空间被节奏化了，趋向于音乐的境界；时间被永恒化了，此在被放大到了无限，仿佛太虚片云，雪山鸿爪，启示着生命的秘意。宋人苏东坡《送参寥诗》中说：“静故了群动，空故纳万境。”他的《涵虚亭》诗也说：“惟有此亭无一物，坐观万景得天全。”同样表现出以迹似虚无的空白涵括万有，吞吐宇宙。

第二，在简化中超越。诗的最大特点是以有限的、简洁而凝练的语言，表现无穷的蕴涵。以少总多，由小见大，如管窥锥指。用唐人司空图的话说，就是“浅深聚散，万取一收”(《二十四诗品·含蓄》)。而古汉语的语言特点，又为语言的简洁从语法、词汇方面提供了方便法门。语法的消融和淡化，使语言关系变得简单原始，但却使蕴涵变得复杂深奥；词汇的弹性与张力，使一些极平易烂熟的字眼，在特定的聚合结构中放射出强烈的诗意光辉。如李白的《静夜思》：

床前明月光，疑是地上霜。举头望明月，低头思故乡。

语极简易，平直如白话。游子见到床前盈盈月光，产生了一种审美错觉，仿佛那欲流似泻的空明月光，是银霜白露。望明月在此异乡，思故乡在彼天涯。俯仰之间，由景到情，由实到虚，由现实到想象，忽离忽合，忽远忽近。另如白居易《问刘十九》：“绿蚁新醅酒，红泥小火炉。晚来天欲雪，能饮一杯无?”两首诗均能把人人心头的一种情绪用简短的二十字表现出来，刹那传神，妙绝古今。

第三，在模糊中超越。诗人在创作时往往采用模糊思维的方式，以便对所表现事物类属边界和性态的不确定性做深层的把握，于是客体在人类意识的映照下，投射出粼粼波光，呈现出朦胧混沌的境界，实现了从有限到无限的超越。

李白《长相思》一诗通过“微霜凄凄”“孤灯不明”“花隔云端”“卷帷望月”“梦魂”等缥缈模糊的意象，在“青冥之高天”与“渌水之波澜”的广阔时空维度中，展开相思追求，作者所苦恋与企慕的究竟是生活中的真实女性，还是理想中的君王，抑或是一种更高的精神境界——对人的心灵归属的一种渴求？诗的意境与诗人的企恋一样的悠远朦胧，可望而不可即，欲求而难遂。王夫之评道：“题中偏不欲显，象外偏令有余，一以为风度，一以为淋漓。呜呼，观止矣！”（《唐诗评选》卷一）“不显”便是隐约模糊，主要是指“象外”——意境而言。白居易的《花非花》：“花非花，雾非雾，夜半来，天明去。来如春梦几多时，去似朝云无觅处。”亦于朦胧隐约中释放出无穷的审美能量，形成一个若有若无、似虚似实的张力场，使人们欣赏时自由出入，并夹带上个人的每一次体验感受来对意境进行再度创造。

第四，在欣赏中超越。对诗的欣赏，因审美趣味的不同而差异极大，“慷慨者逆声而击节，蕴藉者见密而高蹈，浮慧者观绮而跃心，爱奇者闻诡而惊听”（《文心雕龙·知音》），所谓“作者之用心未必然，而读者之用心何必不然”（谭献《〈复堂词话〉序》），正道出了创作与欣赏的差异性。欣赏者在阅读活动中，会别构出一块天地，这境界既受原文本境界的启发，但又不同于原作，染上了欣赏者自己的主观色彩，有一千个欣赏者，就会有一千种境界。正如亚历山大·蒲伯《论批评》中所说：“见解人人不同，恰如钟表，各人都相信自己的不差分毫。”况周颐曾提出了读词之法：“取前人名句意境绝佳者，将此意境缔构于吾想望中。然后澄思渺虑，以吾身入乎其中而涵咏玩索之。吾性灵与之相浃而俱化，乃真实为吾有而外物不能夺。”(《蕙风词话》卷一）读词如此，读诗又何尝不然。原作在欣赏者的涵濡把玩中被打上了自己的烙印，原作的境界被欣赏者在假想中开拓占领，结庐构宅，栽花艺谷，由短暂的逗留变成乐而忘返，迁徙移居，终老于斯。更有甚者，在原有的境界上插上地标，公开挂上自己的招牌，反客为主，以法人自居。避难的海盗反倒粗暴地奴役了岛上的土著，并建立起自己的王国，这在现实中是不合理的，但在艺术欣赏中却属常见的现象，是艺术规律所默许的。如孟浩然的《宿建德江》：

移舟泊烟渚，日暮客愁新。野旷天低树，江清月近人。

这首绝句纯是一幅画。“移舟”两句，随着缓慢疲惫的桨声，我们仿佛被摇入一个微茫惨淡、凉气氤氲的渚头，小舟系缆泊定，结束了一整天的漂流，然而诗人的一颗愁心却似乎要化入那一片空旷寂寥的暮色中，飘荡不定，无处着落。三、四两句写视觉错觉：说野旷则极目远天，似低于树；说江清则月影映江，仿佛傍船近人。月影与游人互相激射，彼此交流。简短的四句，一方面塑造了一个立体形象，凝固为一个空间景观，自成天地；另一方面却又涵濡着心灵，吞吐着宇宙，与天地精神相往来。叶维廉评析此诗说：

> 孟诗和大部分唐诗中的意象，在一种互文并存的空间关系之下，形成一种气氛，一种环境，一种只唤起某种感受但并不加以说明的境界，任读者移入、出现，作一瞬间的停驻，然后溶入境中，并参与完成这强烈感受的一瞬之美感经验。①

一首简单的小诗，被读诗者分别做了许多开拓，挖掘出丰富复杂的意涵，说明作品真正意义的产生、艺术境界的最后完成，都要在读者的参与欣赏中才能实现。

二、现量情景

唐诗追求的境界是“象外之象”“景外之景”，也就是说在实景之上还有一个虚空，但并非说不要情景，堕入顽空死寂。恰恰相反，在构成境界的“象”与“景”上，唐诗又追求情景俱足，恍如画境，状难写之物如在目前，追求直觉和瞬间感悟，跳过语言与逻辑的栅栏，直摄物之本真状态。

王夫之评论唐诗艺术境界时，曾讲过这样一段耐人寻味的话：

---

① ［美］叶维廉《叶维廉比较文学论文选》，第 57 页。

> "僧推月下门"，只是妄想揣摩，如说他人梦，纵令形容酷似，何尝毫发关心？知然者，以其沉吟"推""敲"二字，就他作想也。若即景会心，则或推或敲，必居其一，因景因情，自然灵妙，何劳拟议哉？"长河落日圆"，初无定景；"隔水问樵夫"，初非想得，则禅家所谓"现量"也。（《姜斋诗话》卷二）

类似的话在同卷中还有："'欲投人处宿，隔水问樵夫'，则山之辽廓荒远可知，与上六句初无异致，且得宾主分明，非独头意识悬相描摩也。'亲朋无一字，老病有孤舟'，自然是登岳阳楼诗。尝试设身作杜陵凭轩远望观，则心目中二语居然出现，此亦情中景也。""身之所历，目之所见，是铁门限。即极写大景，如'阴晴众壑殊'、'乾坤日夜浮'，亦必不逾此限。"在《题芦雁绝句序》中又说："辋川诗中有画，画中有诗，此二者同一风味，故得水乳调和，俱是造未造、化未化之前，因现量而出之，一觅巴鼻，鹞子即过新罗国去矣。"

这几段话包含着一个共同的意思，都是说唐诗境界虽属"象外之象""景外之景"，是一种虚象，但作者创作时，却要尽量具体真切，无论是写景状物，还是抒情写心，都必须从直接审美观照出发，语语如在目前，不隔不黏，绝去思维，让景物在感兴中自相映发，活泼无碍。这是创作的"铁门限"，是禅宗的"现量"，违背此铁律，就沦为"独头意识"的"妄想揣摩"，就是"觅巴鼻"。

那么，究竟什么是"现量"呢？

"现量"本是古代印度因明学中的概念，佛教用以说明"心"与

“境”的关系。量指知识，也指形成知识的过程、获得知识的认识活动形式。印度的量论主要讨论四量，分别是现量、比量、譬喻量、圣言量。谈的最多的是“现量”“比量”。

比量是以事物的共相为对象，必须由记忆、联想、比较、推度等思维活动参加，由已知经验推到未知的事物所获得的间接知识。它是一种名理的并伴随着概念活动的逻辑思维方式。而现量则“指的是纯感觉知识。确切地说，现量是人的智力离开纷离，并且不错乱，循着事物自相所得的知识”①。严格地讲，现量所指并非一般性的感觉认识，其在范围上更小，性质上更纯粹，“此中现量，谓无分别。若有正智(指非错乱智)于色等义，离名(义)种(类)等所有分别，现现别转，故名现量”(《入论》)。王夫之对“现”“比”“非”三量的含义分别做了解释：

> “现量”，“现”者有“现在”义，有“现成”义，有“显现真实”义。“现在”，不缘过去作影；“现成”，一触即觉，不假思量比较；“显现真实”，乃彼之体性本自如此，显现无疑，不参虚妄……“比量”，“比”者以种种事比度种种理：以相似比同，如以牛比兔，同是兽类；或以不相似比异，如以牛有角比兔无角，遂得确信。此量于理无谬，而本等实相原不待比，此纯以意计分别而生。“非量”，情有理无之妄想，执为我所，坚自印持，遂觉有此一量，若可凭可证。(《相宗络索·三

① 石村《因明述要》，北京：中华书局，1981年，第121页。

量》)①

由此可知，“现量”可以从三个层面来理解。第一层是现在义，也就是说现量是由当前的直接感知而获得的印象；第二层是现成义，即瞬间的直觉、刹那间的感悟所呈现的画面；第三层是显现真实义，即这种认识可对事物的“本等实相”进行呈现，超越名理逻辑，直摄语言指义前活泼灵动的自然图景。② 王夫之借用佛教哲学中这一概念来揭示唐诗境界的另一重要美学规定，强调艺术认识过程中的特写性、写生性，以及创作活动中的直觉心理特征，即所谓的“现成一触即觉，不假思量计较”，不必以意计分别而生。③

如果说，“超以象外”的规定说明唐诗境界是侧重从空间上超越具体语言，那么，“现量情景”的规定则又说明唐诗境界还从时间上穿透语言的外壳，直插底层，取出语言指义前那些新鲜、活泼、原始的岩样。如王维的《辛夷坞》：

---

①《船山全书》第13册，长沙：岳麓书社，1996年，第536—537页。

② 萧驰《抒情传统与中国思想：王夫之诗学发微》(上海：上海古籍出版社，2003年)一书对“现量”三层义涵有较细致诠释，可参读。

③ 张节末《比兴、物感与刹那直观：先秦至唐诗思方式的演变》一文指出：从先秦至唐，诗思方式经历了从类比联想渐次向刹那直观演变的过程，比兴为古代诗歌创作的两种基本方法，它们是类比联想思维的产物。魏晋以后，在“声色大开”的背景下，“物感”的经验引导了感知优于抒情的诗学倾向。定的时间意识为以静观动的刹那直观提供了基础。王维的山水诗以空观色，山水在刹那直观之下，成为纯粹现象，境界于是产生。载《社会科学战线》2002年第4期，与笔者的思考有类似处，且更富有历史纵深感，可参读。

木末芙蓉花，山中发红萼。涧户寂无人，纷纷开且落。

展现在幽寂无人时，山中景物的本等实相自由映发，天机毕露，花开花落，不受人事和人的心智活动的干扰，自然灵妙，被诗人瞬间直觉捕捉住，摄取下来。王鏊《震泽长语》评道："摩诘以淳古淡泊之音，写山林闲适之趣，如辋川诸诗，真一片水墨不着色画。"《皇甫岳云溪杂题五首》其二《鸟鸣涧》："人闲桂花落，夜静春山空。月出惊山鸟，时鸣春涧中。"与前篇同一机杼，亦写山中活泼无碍的纷纷万相，超越思维，名言两忘，直摄语言指义前的多层空间关系并发映出的状态，与摹想推断的独头意识不同。①

---

① 弗洛姆为了说明重占有和重生存两种生存方式的区别，曾举铃木大拙讲课时所引用过的两首诗。一首是日本诗人松尾芭蕉所写的俳句体诗，另一首是英国诗人 A. 坦尼森写的。两首诗描述的是同一种体验，即他们散步时对一朵花所做出的反应。坦尼森写道："在墙上的裂缝中有一朵花，我把它连根一起拿下。手中的这朵小花，假如我能懂得你是什么，根须和一切，一切中的一切，那我也就知道了什么是上帝和人。"芭蕉的俳句则说："凝神细细望/篱笆墙下一簇花/悄然正开放！"弗洛姆比较分析说："不同之处是显而易见的。坦尼森对花的态度是想要占有它。他把这朵花连根拔起。他对花的兴趣所导致的后果是他扼杀了这朵花。虽然他的理性还在侈谈什么这朵花可能会帮助他理解上帝和人的本质。在这首诗中，诗人就像是西方的科学家一样，为了寻找真理而不惜分解生命。芭蕉对花所做出的反应则完全不同。他不想去摘取它，甚至连动它一下都没有……坦尼森为了理解人和自然界一定要占有这朵花，他占有了它也毁灭了它。而芭蕉却只想观看这朵花，而且不仅仅是看，他想与其成为一体，让它去生长。"（见弗洛姆《占有还是生存》，北京：三联书店，1988 年，第 20—22 页）铃木大拙引两诗是为了谈禅，弗洛姆则是为说理，但芭蕉所用之俳句体及所表现之审美境界均受唐诗文化的影响。只不过王维诗中所表现的既不同于坦尼森的以人蹂躏践踏、扼杀毁灭物，也不同于芭蕉的以人观物，而是以物观物，物各自然，表现了一种泛我无我的存在体验。芭蕉笔下还有凝神细望之人，而王维诗中则连观察者也隐去，在无人干扰时，物自主演出，天机毕露，灵相缤纷，一片烂漫，呈现出一种更纯粹的审美境界。

要造成诗歌的特写印象，养成现量思维的方式，就必须多观察生活，在现实与自然之中培养诗思、诱发诗兴。古人说“诗思在灞桥风雪驴背上”，也就是这个意思。唐人注重漫游天下，李白的“仗剑去国，辞亲远游”，杜甫的“放荡齐赵间，裘马颇清狂”，孟浩然的“山水寻吴越”“扁舟泛湖海”，都是明证。高适、岑参、王昌龄以亲身所历把诗歌引向遥远的边塞绝漠，金戈铁马、胡语驼铃，全是一派异域风光；王维、孟浩然、储光羲、韦应物、柳宗元则在山林江海上感兴而发，行吟歌唱，把诗引向山水田园；杜甫、元结、白居易则把诗引向广阔社会，哀鸿遍野，民怨沸腾……刘勰曾指出：“若乃山林皋壤，实文思之奥府。”并认为屈原“所以能洞鉴风骚之情者，抑亦江山之助乎！”(《文心雕龙·物色》)白居易总结孟浩然诗风形成的原因时说：“楚山碧岩岩，汉水碧汤汤。秀气结成象，孟氏之文章。”(《游襄阳怀孟浩然》)都说明自然山水的毓秀灵气、社会环境的风云变幻是形成真景实情的一个重要前提。与自然的神秘互相接触映射，才能造成诗人的直觉灵感，将这些敏锐活泼、不可遏止的、躁动着的创作欲望倾诉出来，就是一些具有特写和瞬间印象的现量情景。

当莱辛说诗与画是“绝不争风吃醋的姊妹”这句话时①，是着眼于诗与画的区别，但在中国艺术家族中，这一对姊妹却关系复杂，均表现出“出位之思”(诗或画各自跳出本位而欲成为另一种艺术的企图)②，打一个比方，这一对姊妹都有些这山看见那山

① [德]莱辛《拉奥孔》第8章，此采用钱锺书翻译(见《七缀集》第6页)；朱光潜中译本略有不同，见朱译本第56页。

② [美]叶维廉《中国诗学》，北京：三联书店，1992年，第146页。

高，有姊妹易嫁、交换夫君的意图。诗追求画的特写性、具象性、空间并发性，而画羡慕诗的抒情性、暗示性、时间流动性。这种双向逆反运动在唐诗与宋元画中大量存在，诗境具有“现量”特征，说明唐诗首先不守闺礼，有越轨之举。当然，一些大艺术家往往是有所偏重，但无所偏废。在王维的手中，则将这一对姊妹兼容并蓄，并恰到好处地调停和平息了她们旷日持久的美学争端。

三、妙造自然

唐代诗人和诗论家追求具有“象外之象”的悠远之境，但在对作品的具体“景”与“象”上，又要求特写直观，绝去名理，恍如画境，妙在不隔。这种认识表面上看是矛盾对立的，是一种悖论，但实际上却可相反相成，互相统一。这是因为“空本难图，实景清而空景现；神无可绘，真境逼而神境生。位置相戾，有画处多属赘疣；虚实相生，无画处皆成妙境”①。同时，诗歌意境的创造又必须是自然的，反对雕琢字句。对自然真朴的追求，是那个时代的审美趣味。

在中国美学史上，老庄都推崇朴素自然之美，认为自然无为是最高境界的美。《庄子・天道》中说：“朴素而天下莫能与之争美。”《庄子・刻意》中更明确地指出：“澹然无极而众美从之。”“故圣人法天贵真”（《庄子・渔夫》），并进一步从巧与拙、琢与

① 此段论述见王夫之《古诗评选》卷四，又见［日］笪重光《画筌》，引文据《画筌》。

朴、人工与天然的关系中把握这种自然之美:“大巧若拙”“大朴不雕”“既雕既琢，复归于朴”。这种玄思哲理式的论述，对后世的人格和诗境产生了深远的影响。“(阮)籍嫂尝归宁，籍相见与别。或讥之，籍曰:‘礼岂为我设邪!’邻家少妇有美色，当垆沽酒。籍尝诣饮，醉便卧其侧。籍既不自嫌，其夫察之，亦不疑也。兵家女有才色，未嫁而死。籍不识其父兄，径往哭之，尽哀而还。其外坦荡而内淳至，皆此类也”(《晋书·阮籍传》)。《世说新语·任诞》:“王子猷居山阴，夜大雪，眠觉，开室，命酌酒，四望皎然。因起彷徨，咏左思《招隐诗》。忽忆戴安道。时戴在剡，即便夜乘小船就之。经宿方至，造门不前而返。人问其故，王曰:‘吾本乘兴而行，兴尽而返，何必见戴?’”这种任情率性、放浪形骸而又不失赤子之心的人格风度本身就是一首纯诗，就是一个极悠远的诗境。陶渊明《孟府君传》中说:“又问听妓，丝不如竹，竹不如肉。答曰:渐近自然。”则进一步把玄对自然、任情自然的精神融入诗歌创作中去。所以元好问评他:“一语天然万古新，豪华落尽见真淳。”(《论诗三十首》其四)钟嵘《诗品》主张“直寻”，强调“自然英旨”，提倡“真美”，都是对一种新的审美理想的呼唤。

唐代诗人在反击六朝尚形似、贵人工、浮艳绮靡诗风的同时，提倡自然天真。逮及盛唐，已成为一种美学思潮，李白曾明确表示反对“雕虫丧天真”(《古风五十九首》其三十五)，提倡“清水出芙蓉，天然去雕饰”(《经乱离后天恩流夜郎忆旧游书怀赠江夏韦太守良宰》)。王维在其十五岁时所作的《题友人云母障子》诗中说:“君家云母障，持向野庭开。自有山泉入，非因彩画来。”

认为云母屏风上呈现出来的山水景致，妙在自然，高于画家笔下的彩画。岑参称赞友人的诗：“看君谋智若有神，爱君词句皆清新。澄湖万顷深见底，清冰一片光照人。”(《送张献心充副使归河西杂句》)李颀说过“天骨自然多叹美”(《送刘四赴夏县》)的话，裴迪则提出“自然成高致”(《青龙寺昙壁上人院集》)，杜甫也说“直取性情真”(《赠王二十四侍御契四十韵》)。殷璠在《河岳英灵集》中总结“声律风骨”兼备的盛唐诗形成的原因，“实由主上恶华好朴，去伪存真”，说明当时朝野上下的艺术趣味之所在。他评阎防“语多真素”，评高适“多胸臆语”。芮挺章《国秀集》选诗标准是“取太冲之词”。遍照金刚《文镜秘府论》南卷论文意亦说：“诗有天然物色，以五彩比之而不及。由是言之，假物不如真象，假色不如天然。”中唐以降，这种思潮仍然存在，皎然反复强调“真于性情，尚于作用，不顾词采，而风流自然”(《诗式·文章宗旨》)，“但见性情，不睹文字，盖诗道之极也”(《诗式·重意诗例》)。权德舆评皎然弟子灵澈的诗说：“心冥空无而迹寄文字，故语甚夷易，如不出常境，而诸生思虑，终不可至。”(《送灵澈上人庐山回归沃州序》)

在创作中亦复如此，如孟浩然的《过故人庄》：

> 故人具鸡黍，邀我至田家。绿树村边合，青山郭外斜。
> 开轩面场圃，把酒话桑麻。待到重阳日，还来就菊花。

全诗写访友经过。场圃桑麻，田家之景；杀鸡为黍，田家之味；把酒闲话，田家之情。通篇充满了田园风味、泥土气息。尾联用招呼法写未来事，造成一种期待感。然着一“就”字，则系不邀而至，显得真率洒脱。不说访人，却单提赏花，愈加妙趣横生了。方回《瀛奎律髓》评曰：“此诗句句自然，无刻画之迹。”黄生《唐诗摘抄》亦说：“全首俱以信口道出，笔尖几不着点墨。浅之至而深，淡之至而浓，老之至而媚。火候至此，并烹炼之迹俱化矣。”“信口道出”，谓其本色；“烹炼之迹俱化”，则谓其既雕既琢，复归于朴，绚烂之极归于平淡。

另如李白的《峨眉山月歌》：

峨眉山月半轮秋，影入平羌江水流。夜发清溪向三峡，思君不见下渝州。

此诗是作者出蜀远游前所作。全篇将记行、写景与抒情交融一体，如月在水，如珠走盘，天巧浑成，毫不费力。虽然四句中连续用了五个地名，却不露痕迹，不觉重复。王世贞说：“此是太白佳境，二十八字中有‘峨眉山’‘平羌江’‘清溪’‘三峡’‘渝州’，使后人为之，不胜痕迹矣，益见此老炉锤之妙。”(《艺苑卮言》卷四)谓李诗的自然浑成，实是提炼的结果。由炉锤锻炼而返回自然朴素，随分自佳，如浩气喷薄，天马行空，神韵清绝。另外如《金陵酒肆留别》：“风吹柳花满店香，吴姬压酒劝客尝。金陵子弟来相送，欲行不行各尽觞。请君试问东流水，别意与之谁短长?”仿佛口语，明快自然，而又轻盈活泼，“犹之惠风，荏苒在衣”。沈德潜说：“语不必深，写情已足。”除此之外，另如贺知章的《咏柳》、孟浩然的《春晓》、王之涣的《凉州词》、王维的《相思》、王昌龄的《采莲曲》、崔颢的《黄鹤楼》，都表现出自然真朴的特点。

综上我们还可以看出，唐代诗人对境界的追求与创造，是与对自然的体认息息相关的。要创造出境界浑茫的作品，就必须假江山之助，以自然景物作为材料，通过直觉触发引出意象，于是诗中往往风物天然，同时在风格上又避免雕琢人为，力求真朴自然，抒真性情，写真景物，任其丑朴，而自有风流。在人生的价值指向上，又把自然作为追求理想人格、高扬个体精神的归宿与极境。于是，从社会功利转到自然风景，从有限跃入无限，从诗境的创造导向对人生境界的追求。所以，由风物天然（把自然作为观赏对象和描写题材）到风格自然（把自然作为艺术技巧饱和成熟、创作个性鲜明稳定的结晶），再到返归自然（将自然作为追求理想人格、张扬个性精神的极境），正可涵盖唐人对境界追求的不同历程。①

王士源《孟浩然集序》中说孟浩然"行不为饰，动以求真"，"游不为利，期以放性"。放性即自然，放性同时也是自由，是"物物而不物于物"，把人生意义的追求，通过外在行为指向内在的完善和超越。孟浩然诗中写道："澄明爱水物，临泛何容与。"（《耶溪泛舟》）"欲知清与洁，明月在澄湾。"（《赠萧少府》）这是实景，又是诗人创造的空境，同时也是诗人"心凝形释，与万化冥合"后的神境。

① 本书第八章第一节以孟浩然诗为例，详释风物天然、风格自然、返归自然三境界，可参读。

第二章　唐诗的宇宙意识

时空，在中国古代是用“宇宙”一词来表述的，何谓宇宙？《庄子・庚桑楚》中解释：“有实而无乎处者，宇也；有长而无本剽(通‘标’)者，宙也。”《淮南子・齐俗训》：“往古来今谓之宙，四方上下谓之宇。”换言之，宇即指向东、西、南、北、上、下、左、右方面延伸的空间；宙则指过去、现在、未来的时间。时空统一体的所有内涵，从“宇宙”这个古汉语并列式合成词的构成方式中就体现了出来。唐诗中的时空观念，既导源于这种全整律动的宇宙意识，同时，又是对这种哲理玄思的富有生命情调的永恒呈示。

一、逝者如斯夫

时间是一种尺度，物理定义是标量。借着时间，事件发生的先后可以按过去、现在、未来的序列得以确定，也可以衡量事件持续的期间以及事件之间间隔的长短。时间一直是宗教、哲学、自然科学和精神科学领域的研究主题之一，但学者们迄今仍未形成一个普适的、具有一致性且又不循环的定义。

哲学家对于时间主要有两派不同的观点：一派认为时间是宇宙的基本结构，是一个会依序列方式出现的维度，如牛顿。另一派认为时间不是任何一种已经存在的维度，也不是任何会“流动”的实存物，时间只是一种心智的概念，配合空间和数可以让人类对事件进行排序和比较。换句话说，时间不过是人为了便于思考宇宙，对物质运动划分的一种规则。如莱布尼茨、康德等。①

斯蒂芬·霍金根据广义相对论中的爱因斯坦方程式，指出宇宙的时间有起始点(奇点)，由大爆炸开始，此前的时间是毫无意义的。

中国古代哲学思想谱系分别存在“执有”“体无”“解空”三种观照时间的方式，分别对应着儒家、道家、佛禅三种思想文化传统。②

孔子以直觉感性对时间做了一番富有伤感意味的喟叹：“逝者如斯夫，不舍昼夜！”(《论语·子罕篇》)这条永恒的河，湍流不息，人不可能两次踏入同一水面，它孕育着一切，推动着一切，同时又否定着一切，时间的这种吞噬性与破坏性，对钟情自然、企求天人合一的中国人，永远是强烈的震撼和沉重的打击。

神话传说中的“夸父逐日”与“鲁阳挥戈驻日”等，就表现了人类想战胜时间的强烈愿望，以便使日月永驻，时间停顿。唐人还

---

① 此处关于时间的解释参考了百度百科和维基百科的“时间”词条。

② 詹冬华《中国古代诗学时间研究》，北京：中国社会科学出版社，2014 年。

曾设想用长绳系日，用箭射日，用胶粘月：

恨不得挂长绳于青天，系此西飞之白日。（李白《惜余春赋》）

黄河走东溟，白日落西海。逝川与流光，飘忽不相待。（李白《古风五十九首》其十一）

长绳难系日，自古共悲辛。（李白《拟古十二首》其三）

鲁阳何德，驻景挥戈？（李白《日出入行》）

既无长绳系日月，又无大药驻朱颜。（白居易《浩歌行》）

吾将斩龙足，嚼龙肉，使之朝不得回，夜不得伏。自然老者不死，少者不哭。（李贺《苦昼短》）

羿弯弓属矢，那不中足？令久不得奔，讵教晨光夕昏？（李贺《日出行》）

从来系日乏长绳，水去云回恨不胜。（李商隐《谒山》）

羲和自趁虞泉宿，不放斜阳更向东。（李商隐《乐游原》）

乌飞飞，兔蹶蹶，朝来暮去驱时节。女娲只解补青天，不解煎胶粘日月。（司空图《杂言》）

然而时间并没有因为人类钟爱它而放慢脚步，驻足人间，也没有因为有人厌恶它而加快运行速度，它永远是那样默默地流逝，在我们意识到它的存在时，它早已消失了。黑格尔说：“时间是那种存在的时候不存在、不存在的时候存在的存在，是被直观的变易。”①也是这个意思。面对着无情的时间，人们才觉得在广大而神秘的宇宙自然中，自己是那样的渺小短暂。“寄蜉蝣于天地，渺沧海之一粟。哀吾生之须臾，羡长江之无穷”（苏轼《前赤壁赋》），这也是形成古代诗歌史上吊古忆昔的作品兴旺发达的一个重要原因。

1. 物理时间与心理时间

作为语言艺术的诗歌，除了记录物理时间从过去到未来的单向量的延展外，更重要的是，它还可以对时间进行重新锻造，使其内化为心理时间，再将其在时序、时差、时值、时态等方面的复杂而丰富的变化形式，外化为具体形象，借以表达自己的各种感受，这样就使得作品中的时间形式和时间观念变得极为复杂。

前类情况在唐诗中也有，特别是白居易的那些讽喻诗，包括《新乐府》五十首和《秦中吟》十首，多采用严格的写实手法，在时序发展上，也遵循从前到后的线索。如《村居苦寒》一开始就点明“八年十二月，五日雪纷纷”，然后写“愁坐夜待晨”，时序井然。另如《宿紫阁山北村》《杜陵叟》《卖炭翁》等，大多是单向量、单线条，以时序的自然发展为情节次序。

在唐诗中，相当部分作品遵循严格的物理时间，诗人记录了时序的具体变化，也有一大批作品表现心理时间的丰富复杂，多采用颠倒、错综、跳跃、凝固等手法，使时间表现丰富多彩，神奇怪异，令人惊叹。

① ［德］黑格尔《自然哲学》，北京：商务印书馆，1980 年，第 47 页。

2. 巧设参照物

当孟浩然登上岘山时，所引发的就是这样一种情绪：

人事有代谢，往来成古今。江山留胜迹，我辈复登临。水落鱼梁浅，天寒梦泽深。羊公碑尚在，读罢泪沾襟。(《与诸子登岘山》)

在永恒的河流中，个体的人只不过是匆匆之过客，方生方死，来来往往，还没有来得及仔细欣赏品味存在的含义，已纵入大化中了。但江山胜迹与羊公碑是生命存在的参照系，如没有此参照系，我们可能会怡然自得，为自己的境遇欣欣然。参照系的存在则似乎嘲笑戏弄着个体，引来人们的反思自省，认识到无法超越的命运悲剧，从陈子昂的《登幽州台歌》、崔颢的《黄鹤楼》、杜甫的《咏怀古迹五首》，到韦庄的《台城》，吊古诗的发达与感人肺腑，都与诗人对时间的悲慨凄怆的体验有关。

在唐诗中，以山体为参照，以天体中的月亮为参照，多表现静止、凝定、永恒的意涵；以水体为参照，以天体中的太阳(日)为参照，多表现运动、流逝、变化的意涵。

3. 今昔对比

“四明狂客”贺知章致仕回到镜湖边的老家后，写了这样两首诗：

少小离家老大回，乡音无改鬓毛衰。儿童相见不相识，笑问客从何处来。(《回乡偶书》其一)

离别家乡岁月多，近来人事半销磨。惟有门前镜湖水，春风不改旧时波。(《回乡偶书》其二)

这两首诗都没有写时间的具体过程，只是紧紧捕捉住时序的两极（“少小”与“老大”、“旧时”与“近来”），写出其间的变与不变。“鬓毛衰”“人事半销磨”这是自其变者而观之；“乡音无改”、镜湖水依然，这是自其不变者而观之。写不变，是为了对比反托出变化巨大，是为了突出时间的破坏性，为了显示人生的瞬息短暂。唯第一首中的儿童笑问，又凭空添出小变与大变的附旋律，“客从何处来”，既有贬主为客的伤感，同时又暗含着精神家园失落的迷惘。

此外，宋之问的《渡汉江》、王维的《息夫人》、杜甫的《江南逢李龟年》，虽然内容上各有所别，甚至相差极远，但都是把握住个体存在过程中时间的上下限，通过对时序的这两个端点的强调，在对比中表现昨是而今非的观念，自我面对过去，追恋过去，时序的箭头由现在指向过去。视野也局限在个体存在这一片段中。

4. 古今相形

这类现象与前一类都是在时序顺流的情况下发生的，只是前一类现象的时段被局限在个体存在的片段中，而这一类则被放大延伸到整个历史进程中，视野更恢宏，时段更幽远深长，作者对时序的两极(古与今)的感知与评价也更加复杂了。

一些作品是对过去单向度的缅怀，如前举孟浩然的《与诸子登岘山》，陈子昂的《登幽州台歌》，崔颢的《黄鹤楼》，李白的《谢公亭》、《望鹦鹉洲悲祢衡》、《经下邳圯桥怀张子房》、《秋登宣城谢朓北楼》，杜甫的《蜀相》、《咏怀古迹五首》其二，韩愈的《题楚昭王庙》，温庭筠的《过陈琳墓》，均将视野延伸到整个历史过程中，时序的箭头指向过去的一极，表现出对历史人物的企慕神往及肯定性评价，同时还夹杂着一些身世之感，主要是“怅望千秋一洒泪，萧条异代不同时”(杜甫《咏怀古迹五首》其二)，对历史上的盛世与前贤昔哲的一种单相思。

其中温庭筠的《苏武庙》一首，是这一类的变格，颇有特点：

苏武魂销汉使前，古祠高树两茫然。云边雁断胡天月，陇上羊归塞草烟。回日楼台非甲帐，去时冠剑是丁年。茂陵不见封侯印，空向秋波哭逝川。

此篇写作者在苏武庙前发思古之幽情，凭吊缅怀这位民族英雄。其中三、四两联，通过“去时”“回日”等时间词的提示，又引出苏武对茂陵(指汉武帝)的凭吊，构成一种包孕式的古今对比法，时序线条由一条变两条，一实一虚，一长一短，一远一近，双线并行，同向发展，时间的立体感更强烈，历史的内涵更丰富。末尾“空向”一句既指苏武凭吊茂陵，又指温庭筠吊苏武庙。诗评家把眼睛盯在颈联上，认为“甲帐”与“丁年”巧对，先说“回日”，后述“去时”，沈德潜称之为“逆挽法”，认为可以“化板滞为跳脱”(《唐诗别裁集》卷一五)，不过是目疾患者，见木不见林，虽细察秋毫而未能睹舆薪。此诗的时间表现技巧如下图所示：

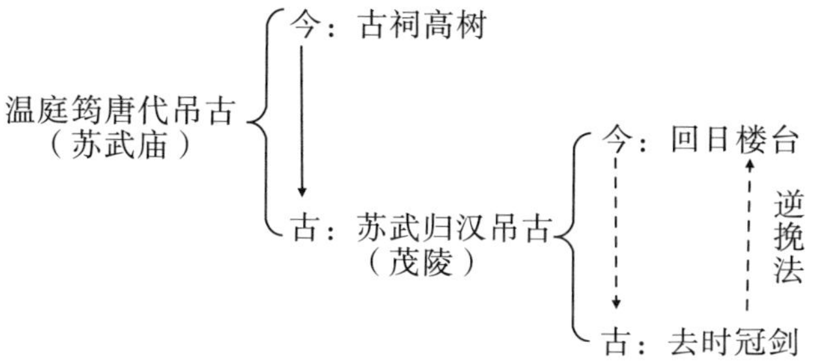

还有一些作品呈环状时序。作者的思维从现在驰向过去，再由过去折回到现在。既能站在时代的制高点上，俯视过去，对过去进行理性的批判和诗意的否定，又能触目感怀，对现实进行反讽和嘲笑。如刘禹锡的《金陵五题》(包括《石头城》《乌衣巷》《台城》《生公讲堂》《江令宅》五首绝句)和《西塞山怀古》是这方面的代表作，许浑的《途经秦始皇墓》，杜牧的《题乌江亭》《江南春绝句》也属这一类。下面以《乌衣巷》为例再做一简略分析：

朱雀桥边野草花，乌衣巷口夕阳斜。旧时王谢堂前燕，飞入寻常百姓家。

全篇用“旧时”与“寻常”来形成历史与现实的两个时限坐标

点，清人何文焕谓此诗"妙处全在'旧'字及'寻常'字"(《历代诗话考索》)，可谓独具慧眼。"王谢堂前"与"寻常百姓家"，历史与现实，这强烈的反差，巨大的变化，却由作者独出机杼，设计出"燕子"这一道具，翩翩飞回，贯穿古今，绾合两端。作者的思绪由今及古，而燕子又将诸种见证从过去带回到现实。两条互逆的时序构成了一个环形结构，而又前实后虚，前主后宾。如图所示：

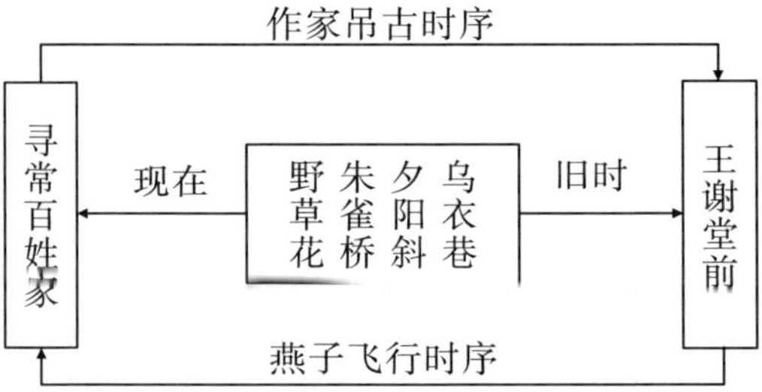

《西塞山怀古》亦属此法，但切题抒感，精通圆熟：

王濬楼船下益州，金陵王气黯然收。千寻铁锁沉江底，一片降幡出石头。人世几回伤往事，山形依旧枕寒流。今逢四海为家日，故垒萧萧芦荻秋。

全诗以旧事起，以今景结，上下古今，于纵横跌宕中，旋绕成环，气势雄浑，感情充实，把嘲弄的锋芒指向历史上曾雄极一时但终于覆灭的统治者，为唐代怀古名篇。白居易比之为"骊龙之珠"(《鉴诫录》卷七)，清代薛雪《一瓢诗话》评此诗曰："似议非议，有论无论，笔著纸上，神来天际，气魄法律，无不精到，洵是此老一生杰作。”

5. 物我反照

作者有时不是站在个人命运的立场上，也不是站在历史的高度，而是站在宇宙巅峰，“观古今于须臾，抚四海于一瞬”(陆机《文赋》)，对过去现在的一切全盘否定，得出世间万物的大小长短皆是相对的这样的结论。如卢照邻的《长安古意》写道：“自言歌舞长千载，自谓骄奢凌五公。节物风光不相待，桑田碧海须臾改。昔时金阶白玉堂，即今惟见青松在。”作者以冷峻的眼光，愤慨的态度，一举扫空古今，谓富贵奢华，青春美貌，无物常驻，一切皆流，后之视今，亦如今之视昔。沈德潜曾评述道：“长安大道，豪贵骄奢，狭邪艳冶，无所不有，自嬖宠而侠客，而金吾，而权臣，皆向娼家游宿，自谓可永保富贵矣。然转瞬沧桑，徒存墟墓。”(《唐诗别裁集》卷五)卢照邻等初唐四杰给宫体诗中所注入的，恐怕也正是这种苍凉的宇宙意识和人生无常的悲剧情调，使原来那种以刺激感官、挑逗情欲为能事的宫体诗，具有了悲壮的哲理内涵。刘希夷的《代悲白头翁》则全篇都弥漫着这样一种诗意的伤感：

> 洛阳城东桃李花，飞来飞去落谁家？洛阳女儿惜颜色，坐见落花长叹息。今年花落颜色改，明年花开复谁在？已见松柏摧为薪，更闻桑田变成海。古人无复洛城东，今人还对落花风……

作者以流美的笔触、明丽的诗境来表现青春少年的一种感伤的哲理启悟：时间对生命的穿透力和破坏性。从红颜子到白头翁，从松柏到柴薪，从桑田到沧海，从歌舞地到昏鸦窠，相反而相成，对立而统一，通过描绘时序来表现对生命的反思，深沉的哲理与浓郁的情思交融其间，近启张若虚的《春江花月夜》及李白《把酒问月》中的“古人今人若流水，共看明月皆如此”，遥开《红楼梦》中的《葬花词》。

李贺的《苦昼短》一篇则不光将历史上的人物否定了：“刘彻茂陵多滞骨，嬴政梓棺费鲍鱼。”而且对生命的短促表现出一种焦虑感：“惟见月寒日暖，来煎人寿。”对求仙致寿、对彼岸世界的永恒也提出了疑问：“神君何在？太一安有？”“何为服黄金，吞白玉？谁是任公子，云中骑碧驴？”《古悠悠行》也感叹生命衰亡，时间失落：“白景归西山，碧华上迢迢。今古何处尽？千岁随风飘。海沙变成石，鱼沫吹秦桥。空光远流浪，铜柱从年消。”《浩歌》一首“南风吹山作平地，帝遣天吴移海水。王母桃花千遍红，彭祖巫咸几回死”，则通过空间意象和神话传说，来表达自己对时间的宇宙性展望，诗人跳脱个人的圈子，超越历史，从天地自然运动的韵律中领会关于时间的相对主义哲理。

6. 时差设置

地球的自转和绕太阳公转所引起的自然界的变化，给人们带来了时间观念，人们还逐渐形成了一整套度量时间的计时系统。以太阳再度升起、昼夜交替的周期为日，以月亮亏盈变化的周期为月，以春夏秋冬、寒来暑往的周期为年。年、月、日、时、分、秒都以精确的数字来表示，这样就形成了统一而严密的计时系统，整个世界都遵守这一系统规则，这一规则同时也内化为人的某种生物节律。

在诗歌作品中，诗人往往幻化出两个或多个时间系统。一个遵循现实的时间，另一个遵循想象中的时间系统。现实中的时间与想象中的时间在计量单位上也并不相同，而且差距极大，往往仙界数日，世上已历千年变化。这种受神话传说和道教宇宙观影响所形成的时差，在唐诗中亦多有表现，特别是在一些游仙梦天的作品中，尤为集中突出。如崔涂《七夕》："自是人间一周岁，何妨天上只黄昏。"张联奎《七夕》："洞里仙人方七日，千年已过几多时。"曹唐《小游仙诗九十八首》其六十八："一百年中是一春，不教日月辄移轮。"①

如果说李白的《梦游天姥吟留别》还仅仅是将仙境与现实相衬，并没有刻意表现两种时间的距离的话，那么李贺的《天上谣》和《梦天》则呈露出天上人间的时间差。下面以《天上谣》为例，略做分析：

---

① 钱锺书对此多个时间系统有精妙解释："盖人间日月与天堂日月则相形见多，而与地狱日月复相形见少，良以人间乐不如天堂而地狱苦又逾人间也。常语称欢乐曰'快活'，已直探心源，'快'，速也；速，为时短促也。人欢乐则觉时光短而逾迈速，即'活'得'快'，如《北齐书·恩倖传》和士开所谓'即是一日快活敌千年'，亦如哲学家所谓'欢乐感，即是无时间感'。乐而时光见短易度，故天堂一夕、半日、一昼夜足抵人世五日、半载乃至百岁、四千年；苦而时光见长难过，故地狱一年只折人世一日。古希腊诗人云：'幸运者一生忽忽，厄运者一夜漫漫'。拉丁诗人进一解云：'人生本短，疾苦使之长耳'。十九世纪名什云：'安得欢娱时刻漫长难过浑如苦戚岁月耶？'"见《管锥编》第2册，北京：中华书局，1979年，第671页。

天河夜转漂回星，银浦流云学水声。玉宫桂树花未落，仙妾采香垂佩缨。秦妃卷帘北窗晓，窗前植桐青凤小。王子吹笙鹅管长，呼龙耕烟种瑶草。粉霞红绶藕丝裙，青洲步拾兰苕春。东指羲和能走马，海尘新生石山下。

诗先写天国乐园的幽雅环境，继写天庭中的景象，分别展示了四个画面：月宫采桂，秦妃眺晓，子晋吹笙，粉霞拾翠。美丽而神奇。这里不是无限的时间的持续流逝，而是一种无时间性，一种超时间、超感知的存在。但如果仅写到此就搁笔，仍属一个时间系统，作者在末两句通过拾翠仙女的偶然观望，发现羲和御日奔驰，时间过得飞快，东海之山周遭的海水又干涸了，变成陆地，扬起了尘土。《梦天》一首与此命意相同，结构也类似，末尾也是通过天界遥望发现："黄尘清水三山下，更变千年如走马。"在这里，天国与人间互为参照系，只有观察到玉宫里的桂花未落、北窗尚晓、青凤娇小如故、兰苕春芳，才能感受到仙界的悠闲自在，时间节奏的舒缓漫长，同人世间另一系统相对照后，千年如走马，海尘生山下，更衬出天国时间之悠久，仿佛是永恒的，凝固不动的。天界之明净和谐，天仙之怡然自乐，天时之凝定不迁，更形出"人生流光之促"（方扶南《李长吉诗集批注》卷一）。《浩歌》一诗更奇妙，出现了两个参照系，形成了两层对比：一、以仙人与凡人相比；二、以凡人中的长寿者同普通人对比。前者见于字面，后者意在言外。既然王母桃花都已红过千遍，人间最长寿的彭祖、巫咸恐怕已不知死过多少回了。树犹如此，人何以堪？寿星都是这样，何况我辈之须臾呢？

李贺以他天才的文思、瑰奇的想象，在一千多年前给我们展示了这样一幅太空遨游奇遇图。如果说当代的航天工程，是人类征服自然的远征的话，那么李贺的游仙诗，则是人类精神上企图挣脱自然秩序、从心所欲自由遨游的一段畅想曲。荒诞奇诡的形式之外，恐怕还隐含着人类的永恒情结：对无法超越时间秩序、主宰自我生命的一种生生不已的深沉忧思。

7. 时值变形

时值是指时间的长短。从物理时间来看，一小时无论在什么地方，在哪一天，对哪一个人来说，都是恒定的六十分钟，它不会因为人们珍惜留恋它而稍稍在人间停顿片刻，也不会因为人们厌恶嫌弃它而加快运行速度，这是客观时值。不过，人们对时值的感知却带有浓厚的主观色彩，同一段时间，不同的人或同一个人处于不同的心境，对它的感知却大相径庭，《诗·王风·采葛》中所说的“一日不见，如三秋兮”，就是主观感受中的时值，因情思而夸张变形后的时间，晋代张华《情诗》说：“居欢惜夜促，在蹙怨宵长。”唐代李益《同崔邠登鹳雀楼》：“事去千年犹恨速，愁来一日即为长。”均属此类。

这种带有感受者特定情绪的时值，表现在唐诗中，主要会出现如下情况。

一类是作者或抒情主人公觉得感知到的时间要比实际上的快或慢。李白《将进酒》中的“君不见高堂明镜悲白发，朝如青丝暮成雪”，以朝暮之间喻人生变化之迅疾。李贺《苦昼短》：“飞光飞光，劝尔一杯酒。吾不识青天高，黄地厚。惟见月寒日暖，来煎人寿。”作者才气豪迈而坎坷困顿，志向远大而举步维艰，故感到日月穿梭，青春虚度。着一“煎”字，愈发表现出作者对时间飞逝的焦灼痛苦的体验。

另一类则是作者在叙述时超越物理时间的规则，把自己感受体验较深的某一片段、某一瞬间延展开来，仔细描绘；而将自己体验较浅，或者与表现主题无大关系的时间段落，压缩剪辑，轻描淡写，一笔带过，或干脆忽略不计。同是一个作者所写的七言绝句，王昌龄的《闺怨》由“忽见”一动作，生出无穷情绪：悔恨昨夜星辰而又虚度今朝春风，功名之望遥而离索之情亟。《长信秋词五首》其三以团扇类比玉颜，又以玉颜对比寒鸦，摇曳之笔，触景生愁，寄情无限。都是将瞬间心理变化拉长放慢，反复描述。而《出塞二首》其一：“秦时明月汉时关，万里长征人未还。但使龙城飞将在，不教胡马度阴山。”则在一句之中历秦经汉，纵观百年。第三句用“但使”说明作者身在当代，而神往古代良将，虽仅四句，但在时间上做了三级跳：秦—汉—现在，缩千年于尺幅之中。

如果说西方人的美感心态是审美认识论，是实在论与存在论，关心的是思维与存在的关系，那么也可以说中国人的美感心态则是一种审美人类学，是价值论与生存论，关注的是有限与无限的关系，是内在生命的超越与永恒。① 因此，有限与无限、内在与外物、瞬逝与永恒、诗情与玄理，这些困扰人类文化几

① 潘知常《众妙之门：中国美感心态的深层结构》，郑州：黄河文艺出版社，1989 年，第 183 页。

千年的严肃命题，便被古代诗人自觉或不自觉地表现在诗歌之中。

绝对地延长个体生命的长度是荒诞虚幻的，而相对地提高对生命密度的把握利用，却是可能的。在短暂而有限的人生中，有立德、立功、立言以求“三不朽”；有放浪形骸、秉烛夜游、纵情享乐，以填补生命的每一个空暇；有皈依宗教，以虔诚的态度来获得彼岸世界的神秘体验。空间感知是对外在世界的征服，时间感知则是内在心灵的超越，但生命时限在实际上的不可能突破，使得诗人只能退而求其次，在心理上追求平衡：“古人今人若流水，共看明月皆如此。唯愿当歌对酒时，月光长照金樽里。”(李白《把酒问月》)这是一种无可奈何的旷达，也是惶惑不安的千古大梦的化解①。如此便似乎消解了芸芸众生的生命疑问，平息了因顾影汲汲而产生的痛苦焦虑，但也给人造成一种误解，以为中国人素来乐天知命，没有悲剧意识。实际上，在生命的深层，在伟大的心灵中，各种麻醉剂的效力都是极其有限的，时时处处都有隐隐的疼痛。这种因时间感知而引起的内伤与怆痛，便形成了民族文化心理结构中的隐形悲剧内涵。

二、拟太虚之体

空间，是物体和事件具有相对位置和方向的无限的三维范

---

① 关于时间忧患的解脱，参见萧驰《中国诗歌美学》，北京：北京大学出版社，1986年，第250—256页。

围。人类可以用直觉了解空间，但难以概念化，因此自古希腊时代开始，空间就成为哲学与物理学上重要的讨论课题。空间存在，是构成运动的基本条件。在物理学中，以三个维度来描述空间的存在。相对论中，将时间及空间二者，合并成单一的时空概念。

按照宇宙大爆炸理论，宇宙从奇点爆炸之后，其状态由初始的“一”分裂开来，便有了不同的存在形式、运动状态等差异，物与物的位置差异度量称之为“空间”。空间由长度、宽度、高度、大小表现出来，通常指四方(方向)上下。①

长久以来，西方文化将空间视作一个脱离具体物质形态的容器，一个空框，一个几何结构。中国人则不然，从很早开始，就把空间不仅仅看作是有限的、有形的限面或刚体，而且看作一个无限的、没有边缘的太虚。“天了无质，仰而瞻之，高远无极，眼瞀精绝，故苍苍然也……日月众星，自然浮生虚空之中，其行其止皆须气焉”(《晋书·天文志上》)。这种空间虚灵而又充实，生气氤氲而又真体内充，其中有象，其中有物，其中有信，虚而不屈，动而愈出，远而无所至极——它是控制论的，又是发生论的；是共时的，又是历时的。

在观物方式上，西方人倾向于以自我为中心，从一点出发，对事物进行照相机镜头式的观察，在透视学上叫作“焦点透视”或“灭点透视”。美国著名艺术心理学家卡洛琳·M. 布鲁墨在其《视觉原理》一书中对这种观物方式解释说：

---

① 此处关于空间的解释参考了百度百科、维基百科的“空间”词条。

从本质上说，灭点透视是一个以数学为基础的系统，用来表现在空间某个特定位置上，在一只眼的视网膜上所出现的大小衰落。这是一个照相机镜头式的观察方法，只是这个系统在照相机出现前四百年就已经确立。灭点透视的原理用铁轨作说明最为通俗。从某个特定的地点看，平行的铁道合并或消失在地平线的某点上。

用灭点透视绘画，画家不是在画他所了解的世界，而是陷身于表现视网膜对某时、某点的映像——在这个场合是真实的，换了一个场合就不再真实了，这种透视法把写实主义局限于仅仅复写视网膜映像。我们所了解、所看到的世界是从爆炸性的经验与感觉中组织起来的，当然其中也包含了——但不只限于——视网膜映像。就是视网膜映像本身也是不断变幻——说实在的，外来刺激真要是一成不变，视网膜也就停止作出反应了。视网膜映像只是时空中某个瞬间的冻结，只表现了人类视觉中某个极端的瞬间。

稀奇的是，在西方艺术中冲破视网膜表示法的过程是痛苦的、充满障碍的一页。艺术家一旦违反了这种人为的视觉方式，就会遭到辱骂，被斥为“原始”“装饰化”“花哨”“实验性的”“赶时髦”，这还算是对背离正统艺术的客气称呼，至于有些措辞如“幼稚”“胡闹”“放肆”“颓废”可就不那么客气了。为什么我们处在一个不断进行的系统中，却要把艺术绳捆索绑呢？为什么只准按一条“正统”的路子来描绘真实呢？①

① ［美］布鲁默《视觉原理》，北京：北京大学出版社，1987 年，第 89—91 页。

幸运的是中国文化没有给艺术套上这样的枷锁，中国的艺术家也不必与自然缔结这样僵死的、对双方的自由均加以绳捆索绑的哲学婚约，中国人与自然的关系是一种彼此需求的、生机活泼的情爱关系。自然女神允许中国人从远近高低内外各个方位观照自己，主体与客体彼此默契，物各自然，均有自由。①

通过以上比较可以看出，西方文化是以观察者为出发点，中国文化则以空间自身为中心；西方文化是由近及远，推己及人，中国文化则是由远及近，反求诸身；西方文化是以小观大，管窥蠡测，中国文化则是以大观小，视天下古今为棋局；西方文化是焦点透视，中国文化则是散点透视；西方文化探求因果关系，中国文化认可同步关系；西方文化注重单向推理，中国文化倾向全方位呈示；套用庄子的话说，西方文化是“藏舟于壑”，而中国文化则是“藏天下于天下”也②。因此，中国文化中的空间不是几何学和复现性的科学空间，而是充满诗情画意的创造性的艺术空间，趋向着音乐境界，渗透了时间的节奏。“空间在这里不是一个透视法的三进向的空间，以作为布置景物的虚空间架，而是它自己也参加进全幅节奏，受全幅音乐支配着的波动。这正是抟虚成实，使虚的空间化为实的生命。于是我们欣赏的心灵，光被四

① 这一看法在本书第六章亦有引申，可参读。

②《庄子·大宗师》：“夫藏舟于壑，藏山于泽，谓之固矣。然而夜半有力者负之而走，昧者不知也。藏小大有宜，犹有所遁。若夫藏天下于天下，而不得所遁。是恒物之大情也。”叶维廉对这一段话发挥道：“‘藏舟于壑’，井底之蛙也，以部分视作全体。‘藏天下于天下’，全面网取也。西画中的透视也者，视灭点也者，乃单线追寻的时间观，‘藏舟于壑’也。中国画中的‘多重透视’，鸟瞰式所构成的多重视灭点和中国诗中的意象并发，‘藏天下于天下’也。”(《叶维廉比较文学论文选》，第88页)

表，格于上下”①。

这种观念表现在唐诗中，就形成了艺术不是反映或复制有限的空间形象，而是游心太玄，俯仰自得，拟太虚之体，打通有限与无限，与天地精神相往来。“阳春召我以烟景，大块假我以文章。会桃花之芳园，序天伦之乐事”(李白《春夜宴从弟桃花园序》)。套用孟郊的诗说就是：“天地入胸臆，吁嗟生风雷。文章得其微，物象由我裁。”(《赠郑夫子鲂》)天地映入作者澄明的胸中，自然物象由作者恣意饮吸吐纳，点化生情。

1. 物理空间与心理空间

在唐诗中，有不少作品表现具体空间景物的清晰、准确、明丽，如王维《山居秋暝》：“明月松间照，清泉石上流。竹喧归浣女，莲动下渔舟。”一动一静，互为衬托，视听兼用，蔚成音像。《辛夷坞》：“木末芙蓉花，山中发红萼。涧户寂无人，纷纷开且落。”写具体的景物，构图别致，而饶有韵味，前人曾评为“真一片水墨不着色画”(王鏊《震泽长语》)。另如韩愈的《早春》诗：“天街小雨润如酥，草色遥看近却无。最是一年春好处，绝胜烟柳满皇都。”“草色”一句妙用视错觉，体物极细微，于远近有无间，直摄早春之魂。末句更进一层，以杨柳堆烟的暮春景色相衬，虚实对照，空处传神。所以前人曾夸赞说“景绝妙，写得亦绝妙”(朱彝尊《批韩诗》)。“写照工甚，正如画家设色，在有意无意之间”(黄叔灿《唐诗笺注》)。但有些作品却颇有争议，如杜牧的《江南春

---

① 宗白华《美学与意境》，北京：人民出版社，1987 年，第 258 页。

绝句》：

千里莺啼绿映红，水村山郭酒旗风。南朝四百八十寺，多少楼台烟雨中。

寥寥二十八字，层层布景、笔笔绘色，确实是一幅绝妙的青绿山水图。明代杨慎在《升庵诗话》卷八中却批评道：

千里莺啼，谁人听得？千里绿映红，谁人见得？若作“十里”，则莺啼绿红之景，村郭、楼台、僧寺、酒旗，皆在其中矣。

对此，清人何文焕《历代诗话考索》曾反驳说：

“千里莺啼绿映红”云云，此杜牧《江南春》诗也。升庵谓“千”应作“十”。盖“千里”已听不着，看不见矣，何所云“莺啼绿映红”耶？余谓即作“十里”，亦未必尽听得着，看得见。题云《江南春》，江南方广千里，千里之中，莺啼而绿映焉；水村山郭，无处无酒旗；四百八十寺，楼台多在烟雨中也。此诗之意既广，不得专指一处，故总而名曰《江南春》。诗家善立题者也。(《历代诗话》附录)

两相对照，杨慎的批评是从实际的物理空间出发，有些拘泥坐实，如若按他的推理，那么李白“黄河之水天上来”的诗句就成了昏话，刘禹锡的《浪淘沙》“九曲黄河万里沙，浪淘风簸自天涯。如今直上银河去，同到牵牛织女家”，恐怕就更无法解释了。而何文焕则认识到这是“诗家善立题者也”，是根据艺术表现的需要，对物理空间进行的变形处理，使它成为四面洞开、八方来风的开放式结构，涵濡吞吐天地精神的心理空间——一种主观虚拟的空间。这种空间泯合了有限与无限、虚空与实境、具体与抽象。这种空间并不是站在一点上观察，而是提神太虚，从宇宙上下，俯仰流观所获得的一种连续画面。李贺的《梦天》也是这方面的一个例子：

老兔寒蟾泣天色，云楼半开壁斜白。玉轮轧露湿团光，鸾佩相逢桂香陌。黄尘清水三山下，更变千年如走马。遥望齐州九点烟，一泓海水杯中泻。

题为《梦天》，就是梦中飞天的意思。现实中的人，在白昼之时，内心的丰富感受受到逻辑概念、伦理道德等理性的压制和禁锢，只有到了夜晚，进入睡眠状态，各种潜意识才蠢蠢欲动，偷偷冲出理性的禁区，自由自在地表现呈露，意有所极，梦亦同趋。所以，作者借梦游天，神驰八表，凭虚御风，飘飘然羽化而登仙，到无际的空间去做这宇宙航行。前四句写月宫游仙，通过奇特的想象对事物做了跳脱式的重新组合，或远或近，或仰或俯。后四句则撇开月宫，折向地面，“遥望”——俯瞰海上蓬莱、方丈、瀛洲三座神山，在两个时间参照系中，观察到人世间的缩微图像。

2. 活动视点

要想打通有限与无限，把几个不同形态的景物并置在一幅画面中，或者表现宇宙全整律动的状态，就必须在观照方式上有所调整。用西方机械论式的固定视点，无法看到宇宙全息景象，甚至无法处理超出视野的景物，中国诗画则采用散点透视的方法，解决了困扰西方艺术多少世纪的难题。宗白华先生对此特点曾做过极富有启示的诗意描述：

> 用心灵的俯仰的眼睛来看空间万象，我们的诗和画中所表现的空间意识，不是像那代表希腊空间感觉的有轮廓的立体雕像，不是像那表现埃及空间感的墓中的直线甬道，也不是那代表近代欧洲精神的伦勃朗的油画中渺茫无际追寻无着的深空，而是"俯仰自得"的节奏化的音乐化了的中国人的宇宙感。

> 全幅画面所表现的空间意识，是大自然的全面节奏与和谐。画家的眼睛不是从固定角度集中于一个透视的焦点，而是流动着飘瞥上下四方，一目千里，把握全境的阴阳开阖、高下起伏的节奏。①

宋代画家郭熙在《林泉高致·山川训》中提出的"三远法"："自山下而仰山巅，谓之高远；自山前而窥山后，谓之深远；自近山而

① 宗白华《美学与意境》，第 248、247 页。

望远山，谓之平远。高远之色清明，深远之色重晦，平远之色有明有晦。高远之势突兀，深远之意重叠，平远之意冲融而缥缥缈缈”，就是对这种多重透视的一个总结。艺术家面对一片山景可以仰山巅、窥山后、望远山，以流动转折的视线，俯仰往还，饮吸吐纳自然元气，俯拍全整律动的空间画面。

下面以王维《终南山》为例，看这种观念在唐诗中的体现：

太乙近天都，连山到海隅。白云回望合，青霭入看无。分野中峰变，阴晴众壑殊。欲投人处宿，隔水问樵夫。

首联两句是仰视所见终南远景，作者由山外向山中行来，在极远处看到绵延不断伸向远方的山脉，所以采取提神太虚、整体呈示的方法，把巍峨壮观的终南全景摄入画面。颔联两句是平视所见终南近景。其中“白云回望合”一句是向后看，“青霭入看无”一句则是向前看。景虽不同，意却一脉，都是说终南山景致缥缈迷茫，恍如仙境一般。颈联两句是在山上俯视到的远景，千岩万壑的千形万态尽收眼底，大有“一览众山小”之感。尾联两句为下山后附近环境的呈示，即自近山而望远山。①

全诗四联八句，每联一个视点、一个角度，因物赋形，随景换步，勾画出了终南山的高峻，东西长，南北宽，在我们的脑海中形成了一个全整律动的立体的山。这就是采用“散点透视”的方法取景，是一种视点活动的全方位观照。在创作时提神太虚，观

① 这一段解释参考叶维廉的论述，见《叶维廉比较文学论文选》，第64、110页。

照全息的大自然，并在时间中徘徊移动，游目周览，用散点多方位谱成一幅超象虚灵的诗情画境。

3. 视错觉

王维另有几句诗：

逶迤南川水，明灭青林端。(《北垞》)
山中一夜雨，树杪百重泉。(《送梓州李使君》)
水国舟中市，山桥树杪行。(《晓行巴峡》)
窗中三楚尽，林上九江平。(《登辨觉寺》)

皆写远处的涧水山泉在画面上似乎是从树杪林端倾泻下来的，作者巧妙地压缩了远近距离，将景物全部置于一平面上来观照，故形成此奇观。①

有了这种态度就可以饮吸虚空于自我，摄取山川大地于门户。唐诗中多以窗、户、帘、檐、庭、阶等作为取景框，但所看到的景物，却又不局限于框，而是移远就近，由近知远，使万物

① 叶梦得《石林诗话》卷中："学者多议子瞻'木杪见龟趺'，以为语病，谓龟趺不当出木杪。殊未之思。此题程筠光墓归真亭也，东南多葬山上，碑亭往往在半山间，未必皆平地，则下视之龟趺出木杪，何足怪哉？"又钱锺书《宋诗选注》评论张耒《和周廉彦》一诗中"新月已生飞鸟外，落露更在夕阳西"两句话："张的写法正像岑参《宿东溪王屋李隐者》：'天坛飞鸟边'，杜甫《船下夔州别王十二判官》：'柔橹轻鸥外'，姚鹄《送友人出塞》：'入河残日雕西尽'，以至文徵明《题子畏所画黄茆小景》：'遥天一线鸥飞剩'等，把一件小事物作为一件大事物的坐标，一反通常以大者为主而小者为宾的说法。"（见该书第95页）钱先生将此技巧的产生追溯到唐代，其解释与笔者用语虽异，但义旨相近。

皆备于我：

山月临窗近，天河入户低。（沈佺期《夜宿七盘岭》）

画栋朝飞南浦云，珠帘暮卷西山雨。（王勃《滕王阁诗》）

枕上见千里，窗中窥万室。（王维《和使君王郎西楼望远思归》）

大壑随阶转，群山入户登。（王维《韦给事山居》）

隔窗云雾生衣上，卷幔山泉入镜中。（王维《敕借岐王九成宫避暑应教》）

樯出江中树，波连海上山。（孟浩然《广陵别薛八》）

舟移城入树，岸阔水浮村。（岑参《与鄠县群官泛渼陂》）

樽前遇风雨，窗里动波涛。（岑参《陕州月城楼送辛判官入奏》）

檐飞宛溪水，窗落敬亭云。（李白《过崔八丈水亭》）

人行明镜中，鸟度屏风里。（李白《清溪行》）

月下飞天镜，云生结海楼。（李白《渡荆门送别》）

路危行木杪，身迥宿云端。（杜甫《移居公安山馆》）

山河扶绣户，日月近雕梁。（杜甫《冬日洛城北谒玄元皇帝庙》）

窗含西岭千秋雪，门泊东吴万里船。（杜甫《绝句四首》其三）

江上晴楼翠霭开，满帘春水满窗山。（李群玉《汉阳太白楼》）

山翠万重当槛出，水华千里抱城来。（许浑《晨起白云楼

寄龙兴江淮上人兼呈窦秀才》)

门枕碧溪冰皓耀，槛齐青嶂雪嵯峨。(许浑《春日郊园戏赠杨嘏评事》)

需要澄清的一个理论是非是，并非唐代诗人借鉴绘画的“散点透视”方法。恰恰相反，是画家受诗歌创作中仰观俯察思维的启迪，才形成此一方法。从魏晋到唐代，山水画才刚步入早期阶段，张彦远在《历代名画记》中总结山水画的发展史时说：“魏晋以降，名迹在人间者，皆见之矣。其画山水，则群峰之势，若钿饰犀栉，或水不容泛，或人大于山。”认为魏晋时的山水画，很古拙，连一些基本的比例关系都处理不好。到了隋朝“尚犹状石则务于雕透，如冰澌斧刃；绘树则刷脉镂叶，多栖梧宛柳”，仍旧只懂得用线勾轮廓，形象简约。虽说“山水之变，始于吴，成于二李”，但山水画的真正全盛期，要到宋元才出现。所以正是南北朝时期的山水诗人，受老庄玄学自然观的启迪，以灵活多变的角度来观照空间物像，到了唐代，诗人将这种方法进一步完善，更纯熟自然地运用，并将此法传递给山水画家。从这个意义上讲，唐诗在中国画透视方法的形成过程中，具有承前启后的重要地位。

4. 以物观物

唐代诗人还采用“以物观物”的视角，一种非我的观察方式，尽量淡化诗人主观的情意表现和知性分析，虚以接物，使物各自然，本样自存，呈露出语言指义前的活泼无碍状态和多重复义效果。

这一特点，在王维诗中表现得尤其突出。王维精通禅理，擅长绘画，所以能用艺术家的态度和灵心悠然地静观默察，在时间的片段和瞬间中表现空间的并存性和广延性。例如《辋川闲居赠裴秀才迪》：

寒山转苍翠，秋水日潺湲。倚仗柴门外，临风听暮蝉。渡头余落日，墟里上孤烟。复值接舆醉，狂歌五柳前。

全诗具有时间的特指（“落日”时分）和空间位置的具体固定，通过“（柴门）外”“（渡）头”“（墟）里”“（五柳）前”等方位名词，勾勒出景物的相互空间位置关系，景物具有空间并发性，既活泼无碍，又彼此依存，是构成整个画面谐调的一部分。

王维还有些诗略去动词，纯以静态的空间景物排列在一起，造成意象并置叠加的画面效果，如《田园乐七首》其五：

山下孤烟远村，天边独树高原。一瓢颜回陋巷，五柳先生对门。

四句无一动词，故没有情节和动作序列，纯粹是空间意象的并发映出；同时没有时态的变化，所以又使意象带有一种永恒的、普遍的性质。这种超语法、超分析的无主句，在一定程度上呈现了语言指义前的多层空间关系和兴象的复义效果。“非右丞工于画道，不能得此语”（《画禅室随笔》）。另如“高鸟长淮水，平芜故郢城”“杏树坛边渔父，桃花源里人家”“云里帝城双凤阙，雨中春树万人家”，都强调超越时间、因果关系的静观体知和了悟。从绘画的观点分析，具体特指，恍如画境；但从句法关系来说，景物之间又是暧昧的，关系不确定。由此可见，王维多捕捉对象的静态形貌，强调意象在空间中的并置映出，表达诗人瞬间的感悟印象。

王维往往还采取“于宾见主”或“暗主宾中”的角度，使读者和诗歌意象之间不再站着作者，“诗人已变成现象本身，并且允许现象中的事物照本相出现，而无智识的污染。诗人并不介入，他之视物如物之视物”①。

以物观物，物各自然，本样自存。有时作者巧妙地藏在景物背后，不动声色，任景物自由兴发映出；有时连作者自己也变成了(诗中)景物之一，而被写入画幅中去了。如《辛夷坞》一诗：“木末芙蓉花，山中发红萼。涧户寂无人，纷纷开且落。”《鸟鸣涧》：“人闲桂花落，夜静春山空。月出惊山鸟，时鸣春涧中。”都是写无我之境，景物天机毕露，自由活动。作者把自我隐藏起来，巧妙地偷拍下了这两幅山水小品。“它更强调的是在一切现象里观照太一实体和抛舍主体自我。主体通过抛舍自我，意识就伸展得更广阔，通过摆脱尘世有限事物，就获得了完全自由，结果就达到了自己消融在一切高尚优美事物之中的福慧境界”②。因此，展现在读者视觉中的似乎是一切外在力量支配下的山水景物具象的自发运动。这是一种“后其身而身先，外其身而身存”(《老

① [美]叶维廉《王维诗选序》，引自《唐代文学研究年鉴》1984年辑，西安：陕西人民出版社，1985年，第382页。

② [德]黑格尔《美学》第2卷，北京：商务印书馆，1979年，第90页。

子》第七章)，一种无我——拟物主义的抒情方式。

叶维廉对这种观照方式有过一段极精彩的议论，现征引如下，作为佐证：

所谓“以物观物”的态度，在我们有了通明的了悟之际，应该包含后面的一些情况：不把“我”放在主位——物不因“我”始得存在，物各自有其内在的生命活动和旋律来肯定它们为“物”之真；“真”不是来自“我”，物在我们命名之前便拥有其“存在”、其“美”、其“真”(我们不一定要知道花的名字才可以说它真它美)。所以主客之分是虚假的；物即客亦主，我即主亦客。彼此能自由换位，主客(意识与世界)互相交参、补衬、映照，同时出现，物我相应，物物相应，贯彻万象；我既可以由这个角度看去，同时也可以由那个角度看回来，亦即是说，可以“此时”由“此地”看，同时也可以“彼时”由“彼地”看，此时此地彼时彼地皆不必用因果律而串连。所谓距离都不是绝对的。我们可以定向走入物象，但我们也可以背向从物象走出来，在这个我们可以自由活动的空间里，距离方向都是似是而非似非而是。①

三、变形与转换

时间和空间是人类文明最为古老的一组概念，可以溯至远

---

①《叶维廉比较文学论文选》，第146页。

古。初民的耕作、放牧等日常劳动都需要测量土地、顺天时，这就产生了最基础的时空概念以及度量方法。汉语词汇的“宇宙”也就是指时空。

近代科学在对时空的认知上基本可以分为两条不同但相交的线索朝前推进：其一，以牛顿和麦克斯韦的重要理论——经典力学和经典电磁学为代表的“时间—空间”概念，经历爱因斯坦的狭义、广义相对论，再到现代宇宙论。其二，从牛顿力学经过量子理论、量子力学以及量子场理论，再到量子引力、超弦或 M 理论。

现代科学对于时空的认识取得了长足的进步，但还有不少基本问题尚待解决，还需要进一步完善和发展。①

值得深思的是，中国文化把时空合一的宇宙形成的元气状态，视为浑沌。《淮南子·诠言》：“洞同天地，浑沌为朴。未造而成物，谓之太一。”《论衡·谈天》：“说《易》者曰：元气未分，浑沌为一。”也就是《老子》中反复强调的先天地而生的“有物混成”。这说明中国人一直保有着时空互渗的原始自然心态，时间与空间、主体与客体存在着一种亲和而暧昧的复杂关系。“我们宇宙既是一阴一阳、一虚一实的生命节奏，所以它根本上是虚灵的时空合一体，是流荡着的生动气韵。”②这种时空交融互渗的宇宙观，对文学艺术的繁荣发达洞开无限方便之门。究其深层原因，就是由于审美心态与宇宙观的不同所致。

---

① 此处关于“时空”的解释参考了维基百科“时空”词条。

② 宗白华《美学与意境》，第 261 页。

1. 以对仗表现时空合一

在唐诗中，我们发现，诗人俯仰流观的并不仅仅是空间形象，同时也还有时间意象，诗人用心灵的眼睛俯仰古今，游心太玄，回环往复，因此，空间中渗透了时间，时间中融合了空间，形成了四维度的空间结构。特别是在律诗中，因平仄对仗的缘故，时间意象与空间意象往往相伴相随，或并置叠加，或分出独立，或换位重组：

乾坤万里眼，时序百年心。（杜甫《春日江树五首》其一）

窗含西岭千秋雪，门泊东吴万里船。（杜甫《绝句四首》其三）

万里悲秋常作客，百年多病独登台。（杜甫《登高》）

一去紫台连朔漠，独留青冢向黄昏。（杜甫《咏怀古迹五首》其三）

三分割据纡筹策，万古云霄一羽毛。（杜甫《咏怀古迹五首》其五）

故国三千里，深宫二十年。（张祜《宫词二首》其一）

秦时明月汉时关，万里长征人未还。（王昌龄《出塞二首》其一）

枕上片时春梦中，行尽江南数千里。（岑参《春梦》）

三春白雪归青冢，万里黄河绕黑山。（柳中庸《征人怨》）

黄尘清水三山下，更变千年如走马。（李贺《梦天》）

永忆江湖归白发，欲回天地入扁舟。（李商隐《安定城楼》）

2. 通篇表现时空合一

以时空合一来表现寥廓的宇宙意识与孤独的人生情感的第一篇代表作，当推陈子昂的《登幽州台歌》：

> 前不见古人，后不见来者。念天地之悠悠，独怆然而涕下。

前两句俯仰古今，谓古人不及见，来者不可见，在古往与今来的映衬下，突出现实的不幸与可悲，流露出生不逢时的孤独感；后两句仰望苍茫的天穹，俯瞰空旷的原野，显示自己在天地间的渺小。前两句通过“前”与“后”，系连成时间的滚滚长河，后两句通过“天地”与“独”的对比，形成了极大极小的强烈反差。前两句侧重从时间上思索，后两句侧重从空间上观照，时空合一，凸现出诗人深沉的孤寂与悲伤，使全诗具有一种强烈的感发力量，被誉为魏晋以来诗坛的“洪钟巨响”。清代黄周星曰：“胸中自有万古，眼底更无一人，古今诗人多矣，从未有道及此者。此二十二字，真可泣鬼。”(《唐诗快》卷二)奥秘恐怕也就在诗人能从时空交融的角度来勃发抑郁不平之气。

西哲海德格尔曾讲过这样一段话：

> 老实说，人是什么？试将地球置于无限黑暗的太空中，相形之下，它只不过是空中的一颗小沙，在它与另一小沙之间存在着一哩以上的空无。而在这颗小沙上住着一群爬行

> 者，惑乱的所谓灵性的动物，在一个偶然的机会里发现了知识。在这万万年的时间之中，人的生命，其时间的延伸又算什么？只不过是秒针的一个小小的移动。在其它无尽的存在物中，我们实在没有理由拈出我们称之为“人类”此一存在物而视作异乎寻常。①

这段话与陈子昂诗有异曲同工之妙。只不过前者为诗人，后者是哲学家；前者从个体的观照中触发出忧伤悲怆的感情，后者则由对整个人类的反思引申出彻底绝望的结论。

张若虚的《春江花月夜》，则以“月”为线索，以春、江、花、夜为陪衬，诗从月生开始，继而写月下的江流，月下的芳甸，月下的花林，月下的沙汀，然后就月下的思妇与游子反复抒写，最后以月落收结。月在一夜之间经过升起、高悬、西斜、落下的过程，时序感极强。但空间景物又丰富多变，忽此忽彼、亦实亦虚、由大到小、由远到近、由景物到情思。末尾一段，本是异地同时的两个场面：“白云一片去悠悠，青枫浦上不胜愁。谁家今夜扁舟子，何处相思明月楼。”“扁舟子”与“明月楼”并提，综括游子与思妇的两地思念之情，“可怜楼上月徘徊”以下八句分述思妇闺怨，最后八句单写游子的乡愁，而以月通贯上下，触处生神，时间艺术获得了高超的空间效果，空间形象振荡出悠扬的节奏感与音乐感。所以，现代著名诗人兼学者闻一多毫无保留地称

① ［德］海德格尔《形而上学导论》，引自《叶维廉比较文学论文选》，第 159 页。

赞说这是“诗中的诗，顶峰上的顶峰”①。

3. 时间的空间化与空间的时间化

时空合一的另一类现象，就是时间的空间化与空间的时间化②。如杜甫《咏怀古迹五首》其二“怅望千秋一洒泪，萧条异代不同时”，表现古今之慨，但作者用视觉动作“望”字，将时间的序列空间化。王勃《滕王阁诗》中“闲云潭影日悠悠”，崔颢《黄鹤楼》中“白云千载空悠悠”，则又把空间形象“闲云”“白云”时间化、过程化，赋予其永恒的性质。李贺《秦王饮酒》中“劫灰飞尽古今平”，将只能在空间中横向移动的飞灰，延伸到时间隧道中做纵向运动③。这一类现象最有代表性的例子当为王维《终南别业》的颈联两句：

行到水穷处，坐看云起时。

这两句是说随意而行，走到哪里算哪里；席地而坐，看到悠闲的白云飘动时。其中第一句行到水源的时间过程被“处”字冲淡而空

---

①《唐诗杂论·宫体诗的自赎》，见《闻一多全集》第3卷，北京：三联书店，1982年，第21页。

② 这一提法及下文关于《黄鹤楼》《终南别业》的解释参见［美］刘若愚《中国诗歌中的时间、空间和自我》，载《古代文艺理论研究》第4辑，上海：上海古籍出版社，1981年，第170—172页。

③ 钱锺书《谈艺录》：“夫劫乃时间中事，平乃空间中事；然劫既有灰，则时间亦如空间之可扫平矣。”（见该书第51页）

间化了，第二句中诗人与白云的空间关系被“时”字时间化了。①

4. 回环时空

唐诗中还有一种把物理时空重叠倒映、切割组合的方法，回环往复，深婉曲折，构成一种突破常规的经验，表达各种复杂的人生体验。如刘皂的《旅次朔方》②：

客舍并州已十霜，归心日夜忆咸阳。无端更渡桑干水，却望并州是故乡。

① 这两句的解释参见［美］刘若愚《中国古诗评析》，南京：河海大学出版社，1989年，第129—131页。

② 此篇又作贾岛诗。查《全唐诗》卷五七四《贾岛集》中，确有此诗，题为《渡桑干》，唯“已”字作“数”，“更”作“又”，“是”字作“似”。令狐楚《元和御览诗集》作刘皂诗，楚于贾岛为前辈，当无大错。李嘉言《长江集新校》卷九亦有详考，断其为刘皂诗。又见佟培基《全唐诗重出误收考》(西安：陕西人民教育出版社，1996年)。唯对诗中所涉及的地理位置及诗人旅次路线前人未有详解，今人沈祖棻、程千帆(见《唐诗鉴赏辞典》第979页)、杨军(见《唐诗大辞典》第841页)、富寿荪(见《千首唐人绝句》下册，第603页)诸说颇多分歧，互相抵牾，今略陈管见，以疏通诗意。朔方，唐时郡名，又称夏州，在今陕西北部与内蒙古南部一带，治所在今陕西靖边白城子。并州，唐时又称太原郡、太原府、北部，辖境为今山西中部一带，治所在今山西太原。桑干，河名，发源于今山西北部，为永定河上游。据日人平冈武夫主编《唐代行政地理》所附《唐地理志府州图》及谭其骧主编《中国历史地图集》第5册之《唐河东道图》(第46—47页)知，从并州赴朔方并不经过咸阳，但也不必渡桑干。从旅行路线来看，诗中出现的并州、朔方、桑干等地名，呈三角状，颇异旅次习惯。或谓此处并州非州治，当为州境内偏北某地。这样，赴朔方就可能要渡桑干。但仍感费解。故笔者怀疑题中的“朔方”为“朔州”之误。朔州，在并州之北，治所在今山西朔县，桑干河从其境内东南部流过。由并州之北赴朔州必渡桑干，这样从地理方位上就能讲通，诗中疑难亦涣然冰释。又，朔州与云、燕、代诸地相连，为唐时边地，作者或许为取功名而赴边塞军幕。

全篇写乡愁。首句说客居时间之久，次句写归心似箭，故以并州为基点远眺咸阳。后两句则述虽又渡桑干河，但并非回归咸阳，而是远赴朔方，反眺并州。由于在并州望咸阳与在朔方望并州这种视角大转换，使得两处都变得模糊陌生，诗人的归乡之思无可附丽，不知何处安置，表现出一种迷惘失落的情绪。全诗以空间上的并州、咸阳与朔方，时间上的过去、现在交织在一起，切割转换，宛转关情。①

另如陈陶的《陇西行四首》其二：

誓扫匈奴不顾身，五千貂锦丧胡尘。可怜无定河边骨，犹是春闺梦里人。

此为反战作品。首二句叙述慷慨悲壮的激战场面，三、四两句将“河边骨”与“春闺梦”联系起来，谓思妇不知征夫早已战死，仍在梦中与变成枯骨的丈夫相会。诗从作者所处空间转到“春闺”，又由思妇的梦化出另一个虚幻的空间。两个现实空间与一个梦幻空间，虚实相形，转换巧妙；现实的悲惨与梦境的浪漫，荣枯迥异，对照强烈，而以乐景衬出，倍增其凄惨。

君问归期未有期，巴山夜雨涨秋池。何当共剪西窗烛，

① 另如王昌龄《送魏二》：“醉别江楼橘柚香，江风引雨入舟凉。忆君遥在潇湘月，愁听清猿梦里长。”日人松浦友久认为该诗由“四元时间构成”（见［日］松浦友久《唐诗语汇意象论》，北京：中华书局，1992年，第166、171页），松浦该文侧重谈时间表达，其实王诗的空间表达也是曲折多重的。

却话巴山夜雨时。

此诗写思念家人(一说思念友人)。首句一问一答，在假定的情境中，由眼前的空间带出远方的家乡。次句写眼前的实景：巴山，点出地点；夜雨，指示时间；涨秋池，进一步说明季节。第三句是想象中的虚景，时间跳跃至未来，在超越了现实时空限制的想象里，作者与他的妻子相偎西窗，剪灯夜话，长叙别情。第四句再次出现的“巴山夜雨”与第二句的“巴山夜雨”遥相呼应，构成了一个语义上的回环，说明诗人在想象中又回到此时此地，那秋雨绵绵的夜里。诗虽仅四句，视角却三次转换：景物上，实景、虚境、虚中虚；人物上，单(分)、双(合)、单(分)；空间上，此地(巴山)、彼地(西窗)、此地(巴山)；时间上，今宵、他日、今宵夜雨时。如下图所示：

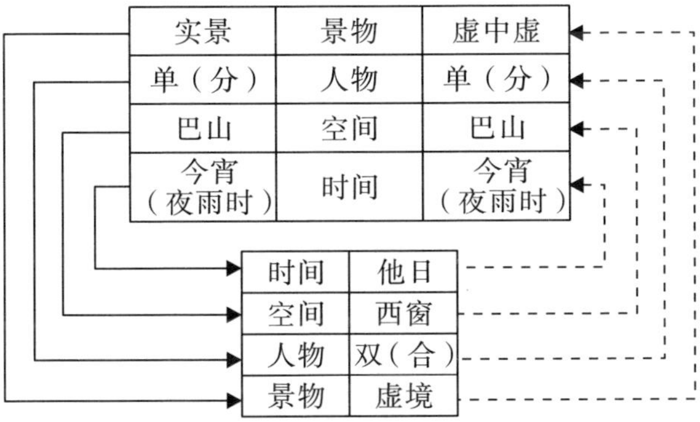

作者的想象从巴山预先飞驰家中，萦绕西窗，又从家中折转

飞回巴山，形成了一个环状运动。这其中既有空间上的往复叠映，又有时间上的回环旋转①，且虚实相生，婉转缠绵，摇曳荡漾出千种风情，故能传唱古今，历久弥新。

---

① 这一看法参考霍松林师的论述，见师著《唐宋诗文鉴赏举隅》，北京：人民文学出版社，1984 年，第 218—220 页。钱锺书称此类技巧为“倩女离魂”法，或谓“自我分离”法，“己思人思己，己见人见己，亦犹甲镜摄乙镜，而乙镜复摄甲镜之摄乙镜，交互以为层累也”，使其形影，重重相涉。参见《管锥编》第 1 册，北京：中华书局，1979 年，第 114—115 页。[德]莫芝宜佳《〈管锥编〉与杜甫新解》一书第 3 章对钱先生这一观点有较充分的阐释发挥(石家庄：河北教育出版社，1997 年)，可参读。亦类似温庭筠《菩萨蛮》中之“照花前后镜，花面交相映”，以镜照镜，彼此摄入。

第三章 唐诗的模糊思维

人们对艺术作品的阐释往往处在一个进退维谷的悖论中：一方面求其清晰精确，以便能直探底蕴，获得明白无误的确切答案；另一方面又求其隐约含蓄，如镜中看花，水中赏月，把玩品味那丰富复杂的情致。前者要求作品的精确性，后者则认同作品的不确定性。在许多作品中，特别是在那些优秀作品中，其不确定的成分、空白的部分、如谜似梦的因素往往更多。在文学史上，有这样一个值得人们思考的现象，愈是伟大的作品，愈不被人理解，愈易于被人诋毁诽谤。这是因为此类作品包含的不确定成分、创新的因素、异质的超前的东西较多，当时的人因距离太近是不能望其项背的。因此，杜甫嘲笑那些诽谤攻击王、杨、卢、骆的人说："尔曹身与名俱灭，不废江河万古流。"（《戏为六绝句》其三）实际上，岂止当时，就是后世也不一定能完全理解，形成一个统一看法，甚至连作者创作时，也未必有清晰准确的名理认识。所以西方人说：有一千个读者，就会有一千个哈姆雷特。

阐释之树是常青的。不仅是由于欣赏者的见仁见智，而且是由于优秀作品本身就是一个富矿源，有取之无尽、用之不竭的财富。这是一个再生能力极强的原始森林，目前尚无法探明其面积、树木种类、植被覆盖。我们所看到的是郁乎苍苍，林涛汹涌，开采与砍伐被永远淹没在这绿的海洋中。

白居易有一首诗，是对这种观念的一个极好表征：

花非花，雾非雾，夜半来，天明去。来如春梦几多时？去似朝云无觅处。

宋人苏东坡从此篇中获得灵感，写出了《水龙吟·次韵章质夫杨花词》："似花还似非花，也无人惜从教坠……晓来雨过，遗踪何在？一池萍碎。春色三分，二分尘土，一分流水。细看来，不是杨花，点点是离人泪。"究竟是花，是雾，还是离人泪？朦胧隐约，扑朔迷离，脱有形似，握手已违。唐代诗歌的艺术境界及精神意涵，多可以此来涵盖。

一、诗无达诂

晚唐诗人李商隐有一首《锦瑟》诗，这样写道：

锦瑟无端五十弦，一弦一柱思华年。庄生晓梦迷蝴蝶，望帝春心托杜鹃。沧海月明珠有泪，蓝田日暖玉生烟。此情可待成追忆，只是当时已惘然。

此篇为义山的代表作。诗人由绮丽而哀怨的锦瑟发端起兴，触引出华年之思，然后依次展现了庄生梦蝶、杜鹃啼春、沧海珠泪、蓝田玉烟等一幅幅色彩绚烂、光怪陆离的画面，有如梦境中若隐若现、刹那即灭的幻景，尾联则写如梦初醒，归结为一片怅惘之情。但全诗具体写的是什么，主题为何，寓意什么，读者似乎领悟了什么，又似乎什么也没获得。所以，从宋元以来揣测纷纷，莫衷一是。真可谓："横看成岭侧成峰，远近高低各不同。"(苏轼《题西林壁》)

一种解释是悼亡说。谓此篇为作者悼念妻子王氏之亡而作。持此说者有朱鹤龄、朱彝尊、孟森、刘盼遂等。以"五十弦"为例，朱彝尊说应为二十五，指王氏"二十五而殁也"，也就是说，二十五是王氏逝世之年。孟森则说："瑟为二十五弦，但古传为五十弦所破，合两二十五为古瑟弦数。义山婚王氏时年二十五，意其妇年正相同。"则把"二十五"指为王氏出嫁之年。刘盼遂却说"五十弦当是十五弦之误倒"，据考证王氏由出嫁到逝世，恰好是十五年(一说为十三年)。

另一种解释是题序说。谓此篇最早曾被置于义山集卷首，当为作者自题其诗文集。持此说者有程湘衡、钱锺书和周振甫等人。程湘衡说："此义山自题其诗以开集首者。"也就是说以此首为总序，概括并回顾自己平生的创作。钱锺书在《谈艺录》中更具体地分析"锦瑟"犹"玉瑟"喻诗，首两句说"景光虽逝，篇什犹留"，三、四句言作诗之法，五、六句言"诗成之风格或境界"，七、八句说"前尘回首，怅触万端"。

另一种解释是寄托说。即谓诗句所指，皆有本事。持此说者为张采田。如说“沧海月明”句指李德裕被贬死于崖州，“蓝田日暖”句指令狐楚相业显赫。

与上相联系的一种解释是自伤身世说。持此说者有何焯、汪师韩、叶葱奇等，均谓此诗是回首平生遭际所作。何焯说：“此篇乃自伤之词，骚人所谓美人迟暮也。庄生句言付之梦寐，望帝句言待之来世。沧海、蓝田，言埋而不得自见；月明、日暖，则清时而独为不遇之人，尤可悲也。”这种看法与“一弦一柱思华年”的句意刚好相合，有人干脆说此篇是一首政治诗，当与其他《无题》属于爱情诗者相区分。

另一种解释是爱情说。谓此篇是追怀意中之人。持此说者为刘攽、纪昀等。刘攽谓锦瑟是令狐楚家丫鬟的名字。纪昀说：“盖始有所欢，中有所恨，故追忆之而作。中四句迷离倘恍，所谓惘然也。”

另一种解释是赋瑟说。如宋代黄朝英曾假托苏轼名义说此诗是咏瑟声的适、怨、清、和。①

以上所列并没有也不可能完全概括对《锦瑟》诗的各种意见，现在或将来，在人们鉴赏研习过程中，还会产生更多的新看法。难怪一千年前元好问就感叹道：“望帝春心托杜鹃，佳人锦瑟怨华年。诗家总爱西昆好，独恨无人作郑笺。”(《论诗三十首》其十

① 以上解释参见刘学锴、余恕诚著《李商隐诗歌集解》第3册，北京：中华书局，1988年，第1420—1438页。又，王蒙近年来先后著《一篇〈锦瑟〉解人难》《再谈〈锦瑟〉》《〈锦瑟〉的野狐禅》《混沌的心灵场——谈李商隐无题诗的结构》，尤其是《混沌的心灵场》一文，以“混沌”释义山无题诗，对《锦瑟》的模糊性有极精辟深入的剖析，欲求对唐诗模糊美有进一步理解者，可参读王著《双飞翼》，北京：三联书店，1996年。

二）王士禛也无可奈何地说：“一篇《锦瑟》解人难。”（《戏仿元遗山论诗绝句》其十一）今人叶嘉莹《题义山诗》中也接着说：“千年沧海遗珠泪，未许人笺锦瑟诗。”（叶嘉莹《迦陵谈诗》）实际上，并不是无人作笺，而是解说太多，言人人殊，歧见纷出，无法形成统一的看法。

对中国诗歌史上的这个“斯芬克斯之谜”究竟如何破译呢？

也许有人会说，诸如《锦瑟》这样的诗就是在李商隐集中也为数有限，在整个唐诗中，并没有什么代表性，不足为奇。

诚然，在数万首唐诗中，像李商隐的《锦瑟》及其《无题》诗那样深情绵邈、包藏细密、韵致婉曲的作品固然不是多数，但具有朦胧、含蓄、多层隐意的作品，却比比皆是；有些诗语法关系松散，句子可以从多层求解，秘响旁通，所以造成了歧义的产生；还有的作品纯是画面映出，无言独化，思维道断，干脆超越了名理概念，进入语言指义前的浑融自足境界①，从前提上否定了“作郑笺”——寻找唯一确切答案的可能性。

李白的《蜀道难》是一篇光耀千古的杰作，但其主旨为何，前人亦众说纷纭，综合起来，大抵有如下七种看法：（1）罪严武（李绰《尚书故实》、范摅《云溪友议》、《新唐书·严武传》等）；（2）讽谏玄宗幸蜀（萧士赟《分类补注李太白诗注》）；（3）讽章仇兼琼

---

① ［美］叶维廉《中国古典诗中的传释活动》认为“中国古典诗里利用未定位、未定关系或关系模糊的词法语法，使读者获致一种自由观感、解读的空间”。见《中国诗学》，北京：三联书店，1992 年，第 18 页。在《语法与表现：中国古典诗与英美现代诗美学的汇通》中也说中国古典诗“能以不决定不细分保持物象之多面暗示性及多元关系，乃系依赖文言之超脱语法及词性的自由”。见《寻求跨中西文化的共同文学规律》，北京：北京大学出版社，1987 年，第 66 页。

(沈括《梦溪笔谈》、洪刍《洪驹父诗话》); (4)言险著戒, 不专指一时人事(胡震亨《李诗通》); (5)即事名篇, 别无寓意(顾炎武《日知录》); (6)送友人入蜀(范宁《李白诗歌的现实性及其创作特征》); (7)借蜀道崎岖写世途坎坷, 抒壮志难酬之愤(郁贤皓《李白丛考》、安旗《李白全集编年注释》等)①。这首诗"言出天地外, 思出鬼神表。读之则神驰八极, 测之则心怀四溟"(皮日休《刘枣强碑文》), 可谓奇之又奇, 但因主题无法确解, 以致时下的一些赏析文章竟然完全撇开思想不谈, 只转述其中的形象画面。

杜甫的诗素来以具体明朗著称, 但也不是都可解释。薛雪在《一瓢诗话》中即说: "解之者数百余家, 总无全璧。"从这个意义上说, "诗无达诂"既是对这种艺术现象的直观敏感的把握, 同时, 也是对此艺术奥境可望而不可即的一种无可奈何的承认。

凡此种种, 都与诗人创作过程以及读者接受过程中的模糊思维有关。②

二、恍兮惚兮

模糊是指人类认识过程中关于对象类属边界和性态的不确定性。模糊性的本质是宇宙普遍联系运动在人们思维活动中的反

① 参见罗联添《李白〈蜀道难〉寓意探讨》, 见罗著《唐代四家诗文论集》, 台北: 学海出版社, 1996 年。

② 第二、三节关于模糊思维的理论参见王明居《模糊美学》(北京: 中国文联出版公司, 1992 年)、《模糊艺术论》(合肥: 安徽教育出版社, 1998 年)。

映。恩格斯说："当我们深思熟虑地考察自然界或人类历史或我们自己的精神活动的时候，首先呈现在我们眼前的，是一幅由种种联系和相互作用无穷无尽地交织起来的画面。"①模糊既不是物质自身的本质属性，也不是人脑固有的产物，而是客体在人类意识的映照下，所投射出的粼粼波光。

换言之，模糊性是事物现象不确定性在整体上的总和。较之于精确的科学概念，这是一种更复杂、更易变的概念。如果说，科学概念的特征是二值逻辑思维，那么模糊概念的特征则是多值逻辑思维，它反映事物的多因性、动态性和系统性。事物的存在都或多或少地带有模糊性的特点。

从生理学角度看，大脑皮层神经细胞的不确定性，是模糊思维产生的生理基础。海森伯格在分析测不准原理的生理机制时曾指出，这是由神经细胞(神经元)上突触传递中含有递质的小泡的不确定性所决定的。生物学家埃克尔斯评价道：含有递质的小泡是那样微小，以至于按照海森伯格的测不准原理来看，由于他们存在的时间只有一毫秒那么短暂，因而具有相当大的不确定性。这就说明，含有递质的小泡是构成不确定性的物质基础。小泡运动的短暂性(一毫秒)是产生不确定性的根本原因。这种小泡数量极多，不断涌现，又不断消逝，忽隐忽现，时出时没，升沉飘浮，极不稳定。这种不确定性，必然使人的大脑思维出现断续状态，产生亦此亦彼的模糊现象。可见，含有递质的突触小泡短暂

①《马克思恩格斯全集》第3卷，北京：人民出版社，1972年，第60页。

内现的不确定性，是模糊思维的生理机制。①

神经电生理学家王伯扬的研究还表明："从电子显微镜下观察到的所谓'突触小泡'，可能是一个单位的乙酰胆碱。"当乙酰胆碱释放之时，就会出现含有乙酰胆碱的突触小泡。这种小泡与受体结合而能分泌出环一磷酸腺苷②。它呈现出流动的不确定状态，因而便造成模糊思维的不确定性。

由此可知：模糊思维过程中的不确定性与神经细胞轴突传递时含有递质的突触小泡运动的不确定性有关。这种不确定状态是模糊思维的生理机制。模糊现象与模糊思维在任何领域中都存在，"在人的感知、辨识、推理、决策以及抽象的过程中，模糊性简直是一种天惠，人的大脑能安之若素地接受、贮存、处理模糊信息，是一种无与伦比的优越性，计算机就没有这样的能力"③，但在艺术创作领域表现得更为集中典型。可以说，艺术是模糊的王国，艺术构成的诸要素、艺术的各种类、艺术发生与接受过程都闪烁着模糊的光泽。清代著名诗论家叶燮曾具体指出：

> 诗之至处，妙在含蓄无垠，思致微渺，其寄托在可言不可言之间，其指归在可解不可解之会，言在此而意在彼，泯端倪而离形象，绝议论而穷思维，引人于冥漠恍惚之境，所以为至也。(《原诗》卷二《内篇》下)

---

① ［美］S. 阿瑞提《创造的秘密》，沈阳：辽宁人民出版社，1987 年，第 500 页。
② 王伯扬《神经电生理学》，北京：高等教育出版社，1982 年，第 119 页。
③ ［美］L. A. 乍得《模糊集合、语言变量及模糊思维》，北京：科学出版社，1982 年，第 1 页。

叶燮虽没有用“模糊”一词，但他描述优秀诗作的特点是“无垠”“微渺”“可言不可言”“可解不可解”“冥漠恍惚”云云，正道出了诗的模糊特点。

模糊现象具体有许多特点，表现在唐诗中主要有以下几个特征。

1. 两极游离性

所谓的两极游离性是指：“事物连续中介过渡使其与它物之间呈现出内在同一性和对立的不充分性，因此，具有亦此亦彼的特征，对立的两极、差异的双方总是相互渗透、相互贯通的。正是此物与彼物之间的系列连续中介链条，使两极对立的绝对性在客观上消失了。所以主体事物类属的划分就不可能存在一条绝对分明和固定不变的界线，‘一切差异都在中间阶段融合，一切对立都经过中间环节而互相转移’。”①

中唐张籍《秋思》写道：

> 洛阳城里见秋风，欲作家书意万重。复恐匆匆说不尽，行人临发又开封。

全诗说在秋风萧瑟之际仍客居洛阳城，想写一纸家书，但思绪万千，难以说清。最后几经犹豫，反复斟酌，总算写好一封信，捎信人临行时，却又恐匆忙之间漏了什么，故把信索要回来

---

① 李晓明《模糊性：人类认识之谜》，载《文艺研究》1991 年第 2 期，第 25 页。

拆封检查。诗的前两句表现思绪万千、言不及义的心理，体现了模糊的多元定理。第四句已“临发”，而“又开封”是两极端，“发”是向前运动，“开封”则是“发”的反方向运动。诗人的情绪在此邻界上矛盾游移，摇曳晃动，形成了颇难确定的弧形摆动。作者摄取这一典型细节，描摹游子变化心理中的骚动不定因素，故能使羁旅乡愁跃然纸上。

朱雀桥边野草花，乌衣巷口夕阳斜。旧时王谢堂前燕，飞入寻常百姓家。（刘禹锡《乌衣巷》）

此篇表现昔盛今衰、沧海桑田的无限感慨，通过古今对比来突现历史的强烈反差：当年行旅繁忙、车水马龙的朱雀桥边滋蔓着杂草野花；衣冠往来、名流云集的乌衣巷在夕阳的残照中格外凄凉；往日王谢家的甲宅府第已坍塌成断壁残垣，变为寻常百姓的栖息之所了……但如果诗仅仅写到此，那么就没有什么特异之处了，亦不具有扑朔迷离的模糊美。作者独出心裁，设计出“飞燕”，使其穿越时间隧道，从四百年前的王谢堂飞到今日的寻常百姓家，联系古今，绾合昔盛今衰这两个极端，遂使诗超越寻常畦径，托兴玄妙，风神无限。清人施补华曾评论道：“若作燕子他去，便呆。盖燕子仍入此堂，王谢零落，已化作寻常百姓矣。如此则感慨无穷，用笔极曲。”（《岘佣说诗》）可谓准的之论。

2. 多元性

任何事物都具有多重属性，一个语词也有一系列意义。在辞典中，它是一组意义的集合；在具体语境中，它又通过横向的结合形成不同意义，同一组合也可能包含许多歧义；在文化背景中，语词又会染上民族、历史、时代的色彩。所以赫思在《阐释的正确性》一书中，强调作品意义的“未定性”，相对于原义，他提出了“衍生义”的概念，即鉴赏者对作品从不同的角度用不同的方法去理解和阐释而生的意义。有限的原义，可能会泛化为无穷的衍生义，“作品不外是意义的导火线”。接受美学的奠基者波兰哲学家罗·英伽顿也认为，艺术作品为人们提出一个多层次的未定点，通过接受者的咀嚼，意味就会层出不穷。

这些论述实际包含着两个方面的内容，即作品内涵本身的多义与暧昧，以及欣赏者所读出的不同意味。就前者而言，上面举张籍《秋思》“欲作家书意万重”句，说明作者写作时已情思绵绵，千丝万缕，剪不断，理还乱。孟郊《古怨别》中的“含情两相向，欲语气先咽。心曲千万端，悲来却难说”，宋代柳永《雨霖铃》中“执手相看泪眼，竟无语凝噎”，苏轼《江城子·乙卯正月二十日夜记梦》中“相顾无言，唯有泪千行”等，均属此类。李白《送友人》一诗写道：

青山横北郭，白水绕东城。此地一为别，孤蓬万里征。浮云游子意，落日故人情。挥手自兹去，萧萧班马鸣。

用“孤蓬”“浮云”喻离别，既形象又蕴意无穷，用“落日”表现“故人情”，因语法关系不确定（两个名词性词组并列，既无动词，又没有关联词），就会产生多种歧义：

(1) 在落日时分故人送别情谊长；

(2) 故人送别之情如夕阳残照，强烈而凄惨，令人留恋；

(3) 情景交融，指送行时睹物生情，情景不分，浑融一片。

最后以“挥手”这一体态语言表达了一种更暧昧含糊的感情，而“班马鸣”这一声音给我们提供的也是一种极复杂的反应。换言之，作者此时情意缠绵，缱绻无限，这都是诗作本身的多义性①。就后者而言，王维《终南山》一诗的最后两句也是如此：

欲投人处宿，隔水问樵夫。

此诗前三联写景，分别从远近前后、俯仰回环各个角度描绘终南山景色，尾联写自己打算借宿一晚，隔着水向砍柴人询问。问什么呢？作者却戛然而止，不作下文了。这样写似乎很突兀，但唯其如此，才会给读者的想象力留下一个可供填补的空白。其妙处全在设一“问”字而不作答，让读者思考回答：

(1) 樵夫是忙于砍他的柴呢，还是回答了作者提的问题？

(2) 樵夫如何回答？是有口没心地随便答，还是殷勤热心地作答？甚至干脆给作者当向导，引他到住宿处？

(3) “隔水”是指一条波浪翻腾的深沟大涧，还是狭窄的潺潺小溪？如果是指深沟大涧，那么诗人的“问”该是扯开嗓子大声呼喊；如果是一条小溪，诗人的问亦当是轻声细语，抱拳施礼，文

① 叶维廉用“母题的交响”“物象罗列并置”解释此诗，对笔者颇有启发。参见叶著《中国诗学》，北京：三联书店，1992 年，第 70—72 页；又见《叶维廉比较文学论文选》，第 65 页。

绉绉地唱个喏？

一句五个字，蕴含着许多问题。于作者而言，他是当事人，经历了过程，自然清楚，但因措辞含蓄，语有省略，造成了模糊语义场，辐射出多层衍义，因此读者可以见仁见智，多方猜测。①

另外如晚唐杜牧《泊秦淮》一诗：

> 烟笼寒水月笼沙，夜泊秦淮近酒家。商女不知亡国恨，隔江犹唱后庭花。

此篇起笔就给我们展现出一幅迷蒙冷寂的画面，烟、水、月、沙被重复出现的两个“笼”字和谐地融合在一起，呈现出浮走流动的朦胧意态。三、四句点题，作者将商女唱《后庭花》这件小事与亡国恨连接起来，又以古今相形，并添上“不知”“隔”“犹”等几个表现不确定内容的语词，虚实远近，蕴意无穷。故前人曾评笺道：“‘不知’二字，感慨最深，寄托甚微。通首音节神韵，无不入妙。”(李锳《诗法易简录》)

3. 互克性

如果说，两极游离与多元辐射还仅仅局限于从作品、作者和接受这三个环节考虑问题的话，那么，互克性原则则扩展到从社会、历史、文化的大背景中理解作品。“当一个系统复杂性增大

---

① 本书附编《唐诗阐释举隅》，有对王维《终南山》全诗的细读，可参看。

时，我们使它精确化的能力减少，在达到一定阈值(即限度)之上时，复杂性和精确性将互相排斥”，这样便形成了互克性。事物结构的复杂性往往伴随着人类对其认识的模糊性。这种复杂性表现在如下三个方面：(1)复杂性意味着其结构的多因素、多层次；(2)复杂性还意味着联系和各种相互作用的多样性；(3)复杂性意味着深度的延长，即对象发展层次、阶段和过程的彼此渗透、衔接，使各种在共时性意义上与复杂性相伴生的模糊性在历时性发展过程中不断积累强化。①

艺术作品鉴赏过程中“借他人酒杯，浇自己块垒”，即是形成互克的一个原因。对古代作品的现代阐释和诠解，其实又何尝不是在受互克因素支配。

比如李商隐的《无题》(相见时难别亦难)一诗，无论对作品的主题如何争议(有悼亡说、恋情说、寄托说等观点)，但颔联两句“春蚕到死丝方尽，蜡炬成灰泪始干”，基本上都认为是对某种感情的企恋，表现出一种绝望的哀愁。因采用了比兴手法，故在流传过程中人们对其含义的取舍，就有偏向，现在多借用这两句诗表达对某种事业的奉献，有鞠躬尽瘁、死而后已的含义。

秦韬玉《贫女》诗：“苦恨年年压金线，为他人作嫁衣裳。”具体地描述贫家女只能替别人缝嫁衣，自己却衣衫不整，生活无着。后衍变引申为替别人忙碌。

最能说明这一点的还是许浑的《咸阳城西楼晚眺》诗：

① 李晓明《模糊性：人类认识之谜》，转引自《文艺研究》1991 年第 2 期，第 26 页。

一上高城万里愁，蒹葭杨柳似汀洲。溪云初起日沉阁，山雨欲来风满楼。鸟下绿芜秦苑夕，蝉鸣黄叶汉宫秋。行人莫问当年事，故国东来渭水流。

“山雨”句原意是具体描述自然景色，但后来却普泛地指社会政治气候发生大变动前夕的征兆。含义由自然转入社会，由具体变为抽象。本文与衍生义的交融渗透、互生互克，进一步强化了作品（或诗句）的模糊性，使它具有了不可言说的多种意味。

唐诗中模糊现象的产生，除前陈述各种原因外，恐怕还与诗的“兴象”即触物起情的自然意象的大量存在有关。兴象具有复义性和多面辐射性的特点。清代陈启源说：“比兴虽皆托喻，但兴隐而比显，兴婉而比直，兴广而比狭。”（《毛诗稽古编》卷二）实际上，早在南北朝时期，刘勰在探讨隐秀时就涉及了诗义的多重性与不确定性问题，他说：“隐也者，文外之重旨者也；秀也者，篇中之独拔者也。隐以复意为工，秀以卓绝为巧，斯乃旧章之懿绩，才情之嘉会也。夫隐之为体，义生文外，秘响旁通，伏采潜发，譬爻象之变互体，川渎之韫珠玉也。故互体变爻，而化成四象；珠玉潜水，而澜表方圆。始正而末奇，内明而外润，使玩之者无穷，味之者不厌矣。”（《文心雕龙·隐秀》）隐秀并提，隐是指形象的丰富性，秀则是指形象的独创性。前者从深度讲，后者从高度讲。隐不易理解，故侧重阐述，谓其指“文外之重旨”“以复意为工”“义生文外”“秘响旁通，伏采潜发”，可使人“玩之者无穷，味之者不厌”云云，都是说兴象的不确定性和复义性，也是造成诗歌朦胧隐约的重要原因。“抚琴动操，欲令众山皆响”，诗中所呈示的每个意象，甚至每个语词，犹如琴键，都可以产生一种语义的交响、复调的回旋，使诗的旨意遥深，从平面走向立体，从空间走向时间。在历史的廊壁上震荡，秘响旁通，余音袅袅，不绝如缕。

三、开凿浑沌

模糊现象是一种极活跃的、极不确定的变量，用司空图的话说："遇之匪深，即之愈希。脱有形似，握手已违。"(《二十四诗品》)前一节对其进行名理的概括、逻辑的分类，本身就是一个悖论，为了理解方便，以下将唐诗中的模糊现象进行简单的归类。

1. 向心型

张九龄《赋得自君之出矣》诗这样写道：

自君之出矣，不复理残机。思君如满月，夜夜减清辉。

这是一首拟乐府之作。"思君如满月"句用一个比喻却表现了几个方面的含义：满月减辉，状其色衰；圆月缺亏，拟其体瘦；盈亏递变，日月催年。故明代钟惺评道："从'满'字生出'减'字，妙想。"(《唐诗归》)此诗所写从充盈到缺亏、从大到小的变化过程，实际上就体现了向心思维的特点。

研究者指出，分布在大脑皮层上的神经元群中，有许多细胞体。当刺激物作用于细胞体时，细胞体便由抑制状态转入兴奋状态，并释放出生物电波。这种电波传播的方向不是由内向外的，而是由外向内的；不是离心传递，而是向心传递；不是拓展型的，而是压缩型的。这种脑电波释放活动具有很强的凝聚性，它对于模糊思维起着制约作用，使模糊思维也具有相应的凝聚性。这种由广漠分散渐变的聚合的运动状态，就属于向心型。①

杜甫的《旅夜书怀》便是这种思维的一个典型：

> 细草微风岸，危樯独夜舟。星垂平野阔，月涌大江流。名岂文章著，官应老病休。飘飘何所似，天地一沙鸥。

此篇写羁愁。结构上是从即景到抒怀再到写景(自况象征)，但在思维上却是从繁星低垂、平野广阔、月随波涌、大江东去的天地大景，汇集聚焦到“一沙鸥”上；从远到近，从大到小，从景物到情思(沙鸥即作者遭际与人格的化身)，最后定格在沙鸥这一小鸟的特写镜头上。

柳宗元的《江雪》一诗在结构上也采用了层进聚焦的方式：“千山鸟飞绝，万径人踪灭。孤舟蓑笠翁，独钓寒江雪。”它把读者的审美注意力由远到近、由大到小地集中到孤舟独钓者的形象上。表面看来，诗的境界越缩越小，实际上渔翁的形象在读者心灵中所占有的位置却越来越大。它不仅占据了画面的中心，而且占据了读者的整个心灵，诗人在诗中主要是为了突出“孤舟”“独钓”的渔翁形象以表现他的遗世独立的意趣和耿介超拔的人格。

---

① 参见王明居《审美中的模糊思维》，载《文艺研究》1991 年第 2 期，第 35 页。

另外如王昌龄《芙蓉楼送辛渐》中所说的“洛阳亲友如相问，一片冰心在玉壶”，李商隐《无题》中所说的“春心莫共花争发，一寸相思一寸灰”，均将丰富复杂的、不可言传的感受汇聚压缩在“玉壶”“一寸灰”之中，也属于向心思维。

2. 辐射型

此类型与前一类型恰好相反。当大脑皮层上的神经元中分布在四周的细胞受到外物的刺激时，便立刻活跃起来，产生放电现象。但这种放电现象却是朝外的，呈现出辐射状态。脑电波由点到面，向外扩散。这种辐射型的脑神经电波活动状态，也影响并制约着模糊思维的方式，使其呈辐射状态。

李白诗歌往往采用这种抒情方式。他在感情的表达上不是掩抑收敛，而是喷薄欲出，一泻千里；不是聚焦集中，而是发散外射。当平常的语言不足以表达其激情时，他就用大胆的夸张，当现实生活中的事物不足以形容、比喻、象征其思想感情时，他就借助非现实的神话和种种奇异惊人的幻想。在他的诗里，外物不过是触媒，是导火索，随时随地都会引爆他的思想感情。叶燮说李白的诗“如弓之括，力至引满，自可无坚不摧”（《原诗》卷四），胡震亨谓其“以宣泄见长”（《李诗通》），均指出他喷射发散式的抒情特点。

如《秋浦歌十七首》其十五：

白发三千丈，缘愁似个长。不知明镜里，何处得秋霜。

作者由照镜见白发而生感慨。依照情理，应是由镜中见白发，引发出无限感慨，形成一次性发散和宣泄。但在结构上，作者却巧妙地采用倒装法，起笔突兀，无端奇想，似大潮奔涌，如火山爆发，骇人耳目，形成第一次喷发；三、四句才补述缘照镜睹白发如霜而生情，又形成了第二次喷发。

3. 平移型

李白《闻王昌龄左迁龙标遥有此寄》诗：

杨花落尽子规啼，闻道龙标过五溪。我寄愁心与明月，随君直到夜郎西。

此篇是怀人之作。首句写景兼点时令，杨花飘零，子规啼血，虽不着一愁字，而悲痛之意自见。后两句以摇曳之笔，忽发奇想，凌厉九霄，神驰夜郎，极写关怀之切，而缠绵悱恻，蕴含深挚。沈祖棻曾评析说："细加分析，则两句之中，又有三层意思，一是说自己心里充满了愁思，无可告诉，无人理解，只有将这种愁心托之于明月；二是说惟有明月分照两地，自己和朋友都能看到她；三是说，因此，也只有依靠她才能将愁心寄与，别无他法。"①沈先生独具慧眼，看出"我寄愁心"两句的模糊特点。这两句诗同时还受到前人的影响，曹植《杂诗》："愿为南流景，驰光见我君。"他的《怨诗》还写道："愿作东北风，吹我入君怀。"均

①《唐诗鉴赏辞典》，上海：上海辞书出版社，1983 年，第 387 页。

有情趣，唯曹诗一作日光，一作东北风，都是直接以日(景)与风作比，而李诗则是以月为运载工具，寄托愁心，飞移运送到夜郎西。又齐澣《长门怨》：“将心寄明月，流影入君怀。”张若虚《春江花月夜》：“此时相望不相闻，愿逐月华流照君。”与李诗意境相似，都表现出不满足于“海上生明月，天涯共此时”“但愿人长久，千里共婵娟”之类的被动等待，异地而同时。诗作者由消极变为积极追求，主动出击，打破时空阻隔，寄心于月，企图直接与友人倾心交流。所以，三、四句除表达了沈先生所概括的三层含义外，还应附加上由典故原型衍生出的意义。愁心中的这几层意思，都被诗人交付给明月，随着月亮的平移运动到达夜郎之西。《梦游天姥吟留别》中“我欲因之梦吴越，一夜飞度镜湖月”，则更加奇诡谲怪，诗人已不满足于寄心托意了，而是干脆让明月直接运载着自己的肉身，在梦境中飞向所神往的地方。李白《金陵酒肆留别》诗的末两句：

请君试问东流水，别意与之谁短长？

“流水”与“别意”，一为具象，一为抽象，本无法比较，作者忽发奇想，化情思为景物，将内隐的无形的“别意”活化为可以视听感触的具体形象，让其与流水竞长争短，双线奔流。一实一虚，复线平移，互相映衬，彼此强化。

4. 曲线型

大脑皮层上的神经细胞，由外物的刺激而兴奋，在兴奋灶出现放电现象，其电波有时是曲线的，或迂回曲折，或波澜起伏。这种现象，也势必要影响和制约模糊思维活动。

最能体现这种波浪起伏、迂回曲折特点的恐怕要推李白《行路难三首》其一：

金樽清酒斗十千，玉盘珍羞直万钱。停杯投箸不能食，拔剑四顾心茫然。欲渡黄河冰塞川，将登太行雪满山。闲来垂钓碧溪上，忽复乘舟梦日边。行路难，行路难，多歧路，今安在？长风破浪会有时，直挂云帆济沧海。

全诗表现诗人处于逆境时的苦闷和不屈不挠的追求与探索精神，艺术上最显著的特点体现在情感起落的剧烈和心理变化的急遽上。诗一开始，铺陈“金樽清酒”“玉盘珍羞”的丰盛筵席，但随即以“停杯投箸”“拔剑四顾”这两个与豪华饮宴场面极不协调的反常举动，显示出内心的苦闷抑郁，悲愤之情难以按捺。五、六两句，分别通过句中自相对比，以“欲渡黄河”“将登太行”象征对某种理想的追求，以“冰塞川”“雪满山”象征世途艰难，再抒英雄失路的困顿失意。七、八两句忽然遐思遄飞，神游千古，以吕尚、伊尹的故实自慰自勉，情绪高涨，色调顿趋明朗昂扬。以下四句，又用节奏短促的感叹与反问，将思绪由上古带到当代，由理想折回现实，由古人反躬自身，心情又顿时由开朗变为阴沉，从亢奋跌向低落，再度陷入苦闷彷徨之中。末二句复又振起，以船帆乘风破浪、横绝沧海的意象，表示了对未来的热忱希望和实现理想的坚定信念。整首诗的感情由茫然苦闷、抑郁愤激，到乐观昂扬，再到苦闷彷徨，最后复为振作自信。大起大落，层层折转，喜怒哀乐，变化剧烈，在格局上也呈现出跌宕起伏、纵横翻卷的曲线运动，有一种腾跃震荡之美。

李白《金乡送韦八之西京》一诗中“狂风吹我心，西挂咸阳树”两句，除了表达自己的心在狂风吹荡下移到咸阳(即西京长安)这样一个意念外，还同时呈示出物体在狂风拂动下，翻卷腾挪，飘浮不定，忽上忽下、忽快忽慢、忽高忽低的曲线运动状态。

杜甫《阁夜》“五更鼓角声悲壮，三峡星河影动摇”两句，写岁暮江边景色，下句描绘玉宇无尘，天上银河格外澄澈，群星参差，映照峡江，但因江流湍急，起伏奔腾，给人在视觉上造成一种互动的错觉，似乎星影也在摇曳不定，起伏运动。五代冯延巳《谒金门》：“风乍起，吹皱一池春水。”也是写曲线美的。其实，吹皱的又何止是一池春水，恐怕还有主人公的一池心田。春风吹拂，春情荡漾，如游丝一般浮动，似涟漪一样泛出梦幻般的波纹。

5. 垂线型

当信息刺激细胞体时，细胞体释放出来的电波呈垂直状态，谓之垂线型。这种脑电波也影响着诗人创作时的思维活动，从而使其艺术思维的角度、方位、形态呈垂直线。例如李白的《望庐山瀑布》绝句：

> 日照香炉生紫烟，遥望瀑布挂前川。飞流直下三千尺，疑是银河落九天。

此诗描述香炉峰景色。首句写香炉峰周围烟云冉冉上升、袅袅浮动。次句着一“挂”字，既暗示出垂直状态，又化动为静，为下文蓄势。三、四句从空中落笔，活画出高空突兀、巨流倾泻的磅礴气势，直摄瀑布之神。中唐徐凝也写了一首《庐山瀑布》绝句，诗云：“虚空落泉千仞直，雷奔入江不暂息。千古长如白练飞，一条界破青山色。”虽然自古以来对徐诗褒贬不一，但有一点是共同的，即李、徐两人都试图通过垂线型的模糊思维来捕捉瀑布的精神。李白还有“野竹分青霭，飞泉挂碧峰”（《访戴天山道士不遇》）的诗句，也是写垂线运动。王维的“大漠孤烟直，长河落日圆”（《使至塞上》），则是通过直线与曲线的配合描绘塞外景色的雄浑开阔。《红楼梦》四十八回通过香菱之口评论道：

> 据我看来，诗的好处，有口里说不出来的意思，想去却是逼真的；有似乎无理的，想去竟是有理有情的……“大漠孤烟直，长河落日圆”，想来烟如何直？日自然是圆的。这“直”字似无理，“圆”字似太俗。合上书一想，倒像是见了这景的。若说再找两个字换这两个，竟再找不出两个字来。

所谓“口里说不出来”“似无理”云云，实际就涉及模糊思维问题，均指诗的不确定性、超分析性。通过这种看似无理的模糊表现，有时更能揭示事物本质丰富、复杂的样态。

6. 散点型

宋之问《灵隐寺》诗中有两句：“桂子月中落，天香云外飘。”

传说灵隐古刹在秋爽月夜时往往有豆粒般的桂子从空中飘落人间，同时香气袭人，弥散在天地之间。人们思维过程中的点，也是这样一些飘忽不定的精灵。它既是凝固成形的，又是变动不居的。在艺术作品中，则通过这些似隐似现、若有若无、飘忽弥散的元素，来呈示某种意境，表现某种情态。王维以“纷纷开且落”(《辛夷坞》)的芙蓉花，“人闲桂花落”(《鸟鸣涧》)、“花落家童未扫”(《田园乐》)等悠然闲落的花瓣，来表现佛心的自在和内心的澄明无扰。杜甫的“糁径杨花铺白毡，点溪荷叶叠青钱”(《绝句漫兴九首》其七)则通过点的疏与密、色的青与白的对比，描绘自然景色。白居易的“可怜九月初三夜，露似真珠月似弓”(《暮江吟》)呈示出露在初月映照下晶莹的透明感和圆滚欲滴的立体感。张祜的“潮落夜江斜月里，两三星火是瓜洲”(《题金陵渡》)，根据若隐若现、若明若暗的两三点星火，来判断方位。卡洛琳·M. 布鲁墨在《视觉原理》一书中把这种点的移动叫“自活性运动”或“点的徘徊”，他通过实验描述说：

> 如果能找到一个全黑的屋子，你站在屋子一头，在另一头放一个亮点，比如烟灰缸里一支点燃的香烟，或者是一只不透光的盒子里放一只灯，再在盒子壁上戳一个小眼。对这个光点盯几分钟，光点会古怪地动荡起来。如果你搞了好几个亮点，这些亮点间彼此的关系保持衡定，那么这整个星座便会舞动起来了……但有一点值得一提，即在出现这一现象的任何场合里，只要视野里有任何可作佐证的参照物时，只要观察者感知了他与某些可见固定点的关系时，这一幻觉也

就化为乌有了。①

诗人李贺则想落天外，从天上俯视人世间：

遥望齐州九点烟，一泓海水杯中泻。(《梦天》)

偌大的九州赤县站在外层空间来看，不过是几点飘忽不定的烟尘，可见想象力之丰富。他的《将进酒》诗中的“桃花乱落如红雨”，描绘青春将暮、红粉零落的愁思，铸词造境，匪夷所思。宋代秦观《满庭芳》词：“斜阳外，寒鸦数点，流水绕孤村。”前句以飘忽稀疏的数点鸦噪映现凄凉，下句以弯弯流水环绕荒村描写孤独，散点与曲线相配合，颇有韵致。

7. 色彩型

色彩是光的组成部分，是能见的一部分电磁波。从视觉生理学角度来看，视网膜的感受元能分辨不同的光频率，人们白天能看到色彩，是由于锥形光感受元在作用，晚上看不见色彩，则是柱形光感受元作用，所以说，色彩感受是出于锥形细胞。卡洛琳·M. 布鲁墨认为：“通常一个正常人可以分辨出一百三十到二百多种不同颜色，同时又不可能存在一二百种不同的感受元，色彩肯定是由几个基本种类的感受元联合组成的信息编码才感受到的。”目前学术界对大脑如何加工色彩刺激还知之甚微，但是，“从种

①《视觉原理》，北京：北京大学出版社，1987年，第111页。

种视觉面貌看，视网膜的作用不过是复杂的内在情况的起点罢了，官能刺激在内部神秘地转换和演变，这才形成了可供理论的知觉”①。

人们在诗歌中对色彩的感知，不是通过对不同频率光的直接感知，而是通过载有色彩信息的语言符号作用于人脑，是由语词这一特殊的高级感觉刺激物，引起人们的某种间接体验。

杜甫《绝句四首》其一写道：

两个黄鹂鸣翠柳，一行白鹭上青天。

作者涂抹出黄、翠、白、青等色彩，通过艺术加工，构成一幅色泽鲜艳、对比强烈的水彩画。王维的“漠漠水田飞白鹭，阴阴夏木啭黄鹂”（《积雨辋川庄作》），亦属此类。刘禹锡的“晴空一鹤排云上，便引诗情到碧霄”（《秋词》），除了以色彩的对比（青碧的天空与雪白的鹤）构成画面，还通过凌空排云的动作，构成直线上升的动态。

王维是水墨画的大师，自许“宿世谬词客，前身应画师”（《偶然作》其六），苏轼评价他诗中有画、画中有诗。明代董其昌等人将他推到南宗山水画宗主的宝座上，虽有拉大旗做虎皮之嫌，但至少我们通过他的诗可以看出，他对色彩的感知是非常敏锐的，他不仅能通过色彩的交融渗透、对比映衬来构图设景，而且能通过冲淡的色彩表现一种寥落朦胧的虚空，反映他的禅学

① 见前揭《视觉原理》，第118、120页。

情趣：

白云回望合，青霭入看无。(《终南山》)
明月松间照，清泉石上流。(《山居秋暝》)
湖上一回首，山青卷白云。(《欹湖》)
江流天地外，山色有无中。(《汉江临眺》)
日落江湖白，潮来天地青。(《送邢桂州》)

在李贺的笔下，则大量出现饱蘸诗人主观情绪的色彩，如细绿、寒绿、团红、冷红、老红、愁红等主观色彩。李贺有时喜欢用一些富有质感和感觉印象强烈的词汇，来刺激读者的官能和情绪。如他经常用“白”这个富有光感的词，但却伴随着哀愁肃杀气氛，空旷寂寥，丧尽生机，充满迷惘失望的情感，如：

蕃甲锁蛇鳞，马嘶青冢白。(《塞下曲》)
芦洲客雁报春来，寥落野篁秋漫白。(《梁台古意》)
秋野明，秋风白，塘水漻漻虫啧啧。(《南山田中行》)
我有迷魂招不得，雄鸡一声天下白。(《致酒行》)

8. 音响型

对声音的知觉是由合适的振动频率、振幅和波形构成的音波，作用于人的耳膜所产生的。听觉形象具有时间上的流动性，音乐就是通过时间上流动的音波来拨动人们感应的心弦。从这一点上看，诗与音乐是一对姊妹艺术，但诗与乐毕竟是两种不同载体的符号系统。音乐是音符声响直接刺激人们的听觉器官，而诗歌则是通过语言文字符号来暗示，引起人们对声响的联想，这是一种间接的、想象的、极不确定的声音感受。换言之，是一种模糊感受，如果说音乐是对声响的模拟与创造，那么诗歌就是对声音的再模拟和再创造，它是摹本的摹本，因而带有很大的虚幻性；它是一种再创造，因而又具有极大的自由度与随意性。琵琶演奏者可以直接通过手指拨弄琴弦来表现情绪，创造意境，而诗歌则无法录制再现这一段乐曲，只能通过侧面描摹和拟喻来调动人们的听觉想象：

大弦嘈嘈如急雨，小弦切切如私语。嘈嘈切切错杂弹，大珠小珠落玉盘。间关莺语花底滑，幽咽泉流冰下难。冰泉冷涩弦凝绝，凝绝不通声暂歇。别有幽愁暗恨生，此时无声胜有声。银瓶乍破水浆迸，铁骑突出刀枪鸣。曲终收拨当心画，四弦一声如裂帛。(白居易《琵琶行》)

用诗歌语言来复现琵琶演奏者的高超技巧和美妙动听的乐曲，这是一个极有难度的挑战。值得我们沉思的是，由于乐谱的失传，乐工的死亡，古曲大多湮灭无闻了，但唐诗却给我们保存了几首音乐作品，或者说，古代音乐演奏最形象化的记录存储在唐诗中，使我们千年之后仿佛仍能听闻其声：

昵昵儿女语，恩怨相尔汝。划然变轩昂，勇士赴敌场。浮

云柳絮无根蒂，天地阔远随飞扬。喧啾百鸟群，忽见孤凤凰。跻攀分寸不可上，失势一落千丈强。(韩愈《听颖师弹琴》)

吴丝蜀桐张高秋，空山凝云颓不流。江娥啼竹素女愁，李凭中国弹箜篌。昆山玉碎凤凰叫，芙蓉泣露香兰笑。十二门前融冷光，二十三弦动紫皇。女娲炼石补天处，石破天惊逗秋雨。梦入神山教神妪，老鱼跳波瘦蛟舞。吴质不眠倚桂树，露脚斜飞湿寒兔。(李贺《李凭箜篌引》)

清人方扶南曾说："白香山江上琵琶，韩退之颖师琴，李长吉李凭箜篌，皆摹写声音至文，韩足以惊天，李足以泣鬼，白足以移人。"(《李长吉诗集批注》卷一)白、李、韩的诗确可鼎足而立，但在唐诗中摹写声音之至文何止这三篇，他如李颀的《琴歌》，以"动""静"二字为主，全从背景着笔；《听董大弹胡笳弄兼寄语房给事》，以两宾托出一主，正写胡笳；李白的《听蜀僧濬弹琴》，亦如行云流水，清新明快，各极一时之妙。

语言文字的模糊性、随意性反倒捕捉住了乐曲的灵魂，虽离方遁圆，却能穷形尽相，把握音乐的深层本质。

9. 耦合型

在唐诗中，除了以各种单纯方式形成作品的模糊特点外，还有一种把各类单质因素融成新质的方式，它不是简单的拼合，而是一种化合，一种产生新质的方式。在诗歌作品中，两个意象的叠加所产生的效果大于它们之和。借用结构主义者列维·斯特劳斯的话说就是："意识品尝一种元素组合时所知觉到的一种特殊味道，而这些元素如果分别品尝却没有味道。"①所以当我们读到杜甫《登高》"风急天高猿啸哀，渚清沙白鸟飞回。无边落木萧萧下，不尽长江滚滚来"几句时，感受到的是一种凄清悲凉的总体感觉，并不是零碎的拼凑，这就是耦合。在情意的电流接通后，所有意象都处于积极跃动而又谐和的状态，产生了某种神秘暧昧不可言说的关系。如王维的《送梓州李使君》：

万壑树参天，千山响杜鹃。山中一夜雨，树杪百重泉。

第一句是垂线，写原始森林中的树林挺拔笔直，高峻突兀，第二句是声响，山谷中回荡着杜鹃鸟凄惨的叫声，其中第一句又是写视觉形象，第二句写听觉感受。第四句更奇妙，作者把远景处的山泉与近景处的树木放置在一个画面中，并且压缩了空间距离，使其平面化，给人造成一种错觉，仿佛泉水悬挂在树梢上一般。如果是一幅画，这样描绘可能是败笔，但作为诗，便凭空增添了无限趣味。故清人王士禛曾击节称赞："兴来神来，天然入妙，不可凑泊。"（《古夫于亭杂录》）。

前面为了分析方便，我们将整体离析分解，但在创作实际中，作者往往将多种类型的模糊技巧糅合使用，故耦合现象在作品中出现得更多：

① 转引自钱宁《诗即隐喻》，《文艺研究》1989年第6期。

夜来风雨声，花落知多少。(孟浩然《春晓》)

雨中山果落，灯下草虫鸣。(王维《秋夜独坐》)

残星几点雁横塞，长笛一声人倚楼。(赵嘏《长安秋望》)

这是散点与音响的配合。另如：

角声满天秋色里，塞上胭脂凝夜紫。(李贺《雁门太守行》)

燕歌未绝塞鸿飞，牧马群嘶边草绿。(李益《塞下曲四首》其一)

黄叶仍风雨，青楼自管弦。(李商隐《风雨》)

这是色彩与声响的配合。另如：

大漠孤烟直，长河落日圆。(王维《使至塞上》)

两竿落日溪桥上，半缕轻烟柳影中。(杜牧《齐安郡中偶题二首》其一)

这是直线与曲线的配合。另如：

两个黄鹂鸣翠柳，一行白鹭上青天。(杜甫《绝句四首》其一)

这是声响、色彩与直线的配合。

10. 通感型

杨慎《升庵诗话》卷七说：

> 雨，未尝有香也，而李贺诗“依微香雨青氛氲”，元微之诗“雨香云淡觉微和”；云，未尝有香：而卢象诗云“云气香流水”。

杨慎对此不理解，但比较慎重，只列举现象，存疑而已。比较而言，还是吴景旭较有识见，他在《历代诗话》卷四十九中说：

> 竹初无香，杜甫有“雨洗涓涓净，风吹细细香”之句；雪初无香，李白有“瑶台雪花数千点，片片吹落春风香”之句；雨初无香，李贺有“依微香雨青氛氲”之句；云初无香，卢象有“云气香流水”之句。妙在不香说香，使本色之外，笔补造化。

能认识到这是由于诗人“笔补造化”造成的，带有诗人强烈的主观色彩，这是正确的。但对这一现象发生的原因仍然没有说透。

这实际属于通感的描绘手法，古代诗歌特别是唐诗中大量存在。钱锺书先生指出通感就是心理学上的“感觉挪移”：

> 在日常经验里，视觉、听觉、触觉、嗅觉、味觉往往可以彼此打通或交通，眼、耳、舌、鼻、身各个官能的领域可

> 以不分界限。颜色似乎会有温度，声音似乎会有形象，冷暖似乎会有重量，气味似乎会有体质。诸如此类，在普通语言里经常出现。①
>
> 五蕴异趣而可同调，分床而亦通梦，此官所接，若与他官共，故“声”能具“形”，十七世纪英国诗人戏喻以数妇共一夫者也。②

在一定的条件下，不同的感觉可以互相联系，彼此合作，结帮搭伴，融通搞活，互惠互利，这样便形成了审美通感。从生理学角度来看，一种感觉之所以会引起另一种感觉（形成通感），主要是由于外界信息进入感官之后，在神经中枢输送时转辙改道的缘故③。而感觉与感觉之间，在生活实践、审美实践中形成的特殊联系，是通感产生的心理原因。

最新的心理学研究认为，通感就是联觉（Synesthesia），这一词源自希腊文，意思是“各种感官都参与的感受”。这是一种感性现象，通过刺激一种感觉或认知途径导致了第二种感觉或认知途径中的非自愿经历。换言之，由于某一感官受到了某种触动，本来只是该感官有感受，但是由于这种触动，却引发了人的另一种感官的感受。西蒙·贝伦-科汉说：“通感可能会告诉我们，如果有些人的大脑神经的布线方式与众不同，那么他们就会出现感知被改变的情况。而且，不同的基因可能会带来不同的感受方式，

---

①《七缀集》，上海：上海古籍出版社，1985年，第56页。

②《管锥编》第3册，北京：中华书局，1979年，第982页。

③ 参见［美］汤普森主编《生理心理学》，北京：科学出版社，1981年，第6页。

由此让人产生了不同的主观感觉。”①

钱锺书引用《庄子·人间世》：“夫徇耳目内通，而外于心知。”②《列子·黄帝篇》：“眼如耳，耳如鼻，鼻如口，无不同也，心凝形释。”又同书《仲尼篇》：“老聃之弟子有亢仓子者，得聃之道，能以耳视而目听。”佛典《成唯识论》卷四：“如诸佛等，于境自在，诸根互用。”佛的“诸根互用”，就相当于庄子所说的“耳目内通”、亢仓子的“耳视目听”，是经过长期静修苦炼而获得的一种超凡的特异功能。

在诗歌作品中，由于通感手法的使用，使本来已非常复杂，含有多种复义和不确定内容的语言更加难以捉摸，令人费解，因此更具有模糊的特点。通感可分为感官直觉的联想和感情态度的联想两种形式。前者是记忆引起的，属于感性范围；后者是象征引起的，属于理性范围。

在唐诗中，最多见的是以耳为目，听声类形，沟通视听感觉。如李贺《恼公》诗中有这样的句子：

歌声春草露，门掩杏花丛。

说歌声如滚动在春草上的露珠一样晶莹透亮，将听觉感受转化

① 本段论述引自维基百科“联觉”词条及［英］乔尔·利维《弗洛伊德口误：关于心理学你需要知道的一切》，中国青年出版社，2014 年。

② 金惠敏则认为庄子的“耳目内通”与钱锺书说文艺学的“通感”不能简单等同。“通感”属于“内通”的初级阶段，“内通”则是对“通感”的扬弃。将庄子的“内通”视作“通感”，是对庄子思想的浅化。参见金惠敏《论“内通”非“通感”——钱锺书道家通感论接读》，《首都师范大学学报》2014 年第 6 期。

为视觉形象呈示出来。李商隐《拟意》中的“珠串咽歌喉”，也是说歌声仿佛具有了珠子的形状，圆满而光润，构成了视觉兼触觉的印象。李颀《听董大弹胡笳弄兼寄语房给事》中写道：“空山百鸟散还合，万里浮云阴且晴。”韩愈《听颖师弹琴》：“浮云柳絮无根蒂，天地阔远随飞扬。”都是将听觉形象转化为视觉形象，心想形状如此，然后表现出来。最为奇特的要数李贺的《李凭箜篌引》：

昆山玉碎凤凰叫，芙蓉泣露香兰笑。

前句是以声拟声，后句是以形写声，刻意渲染乐声的优美动听。芙蓉、香兰虽可视，但并无“笑”与“泣”的特征，作者在这里采用了移情方法，然后以形喻声，故曲折蜿蜒。司空图《寄永嘉崔道融》：“戍鼓和潮暗，船灯照岛幽。”明与暗本来也是属于视觉的感觉，作者却用来描绘鼓声的低沉。杜甫《船下夔州郭宿，雨湿不得上岸，别五十二判官》中的“晨钟云外湿”，让听觉有了干湿度①。贾岛《客思》“促织声尖尖似针”，将听觉与触觉沟通。王维《过青溪水作》中的“色静深松里”，韦应物《游开元精舍》中的“绿阴生昼静”，则倒过来用听觉上的“静”来描写视觉形象。刘长卿《秋日登吴公台上寺远眺》中的“寒磬满空林”则用温度感觉“寒”

---

① 叶燮《原诗・内篇下》：“此诗为雨湿而作，有云然后有雨，钟为雨湿，则钟在云内，不应在云外也。斯语也，吾不知为耳闻耶？为目见耶？为意揣耶？俗儒于此，必曰‘晨钟云外度’，又必曰‘晨钟云外发’，决无下‘湿’字者。不知其于隔云见钟，声中闻湿，妙悟天开，从至理实事中领悟，乃得此境界也。”

来描绘磬声的悠远。刘驾《秋夕》中的“促织灯下吟，灯光冷于水”，李贺《蝴蝶舞》中的“杨花扑帐春云热”，也是用温度感觉描绘视觉形象的。李商隐《重过圣女祠》“一春梦雨常飘瓦”，幻中有真，实中见虚。

李贺《天上谣》：“天河夜转漂回星，银浦流云学水声。”上句从视觉写，下句则将视听打通。作者想象星空，既有天河，自然有水流，故能“漂回星”；水既然流动，自然能发出哗哗的响声，故云“学水声”。另《秦王饮酒》：“羲和敲日玻璃声，劫灰飞尽古今平。”前句将太阳的光亮比作明净的玻璃，又因玻璃可发声响，故可拟类太阳，谓羲和敲击，可使其发出清脆的声音，打通视觉与听觉的区别。后句则将空间形象化为时间感觉，谓劫火中留下的灰烬在时间隧道中飘扬飞去。又《唐儿歌》“一双瞳人剪秋水”，将目光之锐利转化为刀剪之锐利，谓其可以断流剪水。对李贺诗中的这类现象，钱锺书先生曾指出：“古人病长吉好奇无理，不可解会，是盖知有木义，而未识有锯义耳。”锯义者，诗歌的不确指性，形象的多棱面性，语词的伸缩性。“余尝谓长吉文心，如短视人之目力，近则细察秋毫，远则大不能睹舆薪；故忽起忽结，忽转忽断，复出傍生，爽肌戛魄之境，酸心刺骨之字，如明珠错落。”①李贺的许多作品，由于采用了移情、通感、曲喻等多种表现手法，故一部分一部分可以看懂，合起来却觉得茫然。在这里，作者所要表现的不是明晰的思想，而是感觉和情感。我们能感受到意象的跳跃晃动，感到情绪的翻腾起伏，但不能准确地

---

①《谈艺录》，第51、46页。

理解和说明。有时作者故意抽走诗中标志逻辑关系的线索，违反寻常诗的章法，只留下红红绿绿的色彩和璀璨夺目的散珠。有时作者恶作剧般把我们推到一个扑朔迷离的境界，仿佛堕入五里云雾，需要我们慢慢摸索着前行。

第四章　唐诗的空白艺术

在自然界与社会中充满着缤纷的色彩、喧嚣的声响以及具有形质的物体，艺术作品将其模拟或记录出来，于是艺术也成了五彩缤纷、锦绣成章的世界，成了乱哄哄你方唱罢我又登场的天桥杂耍场，唐诗无疑也具有复制各种色彩、音响、景物的功能。

当我们阅读杜甫《丽人行》时，杨国忠及韩国夫人、秦国夫人、虢国夫人等列队出游，照映如百花焕发，“五鼓待漏，靓妆盈巷，蜡烛如昼”（《旧唐书·杨贵妃传》），显赫热闹场面仿佛眼前。读白乐天《琵琶行》，好似耳边一直回响那商女弹奏出的哀艳凄楚、扣人心弦的乐曲。诵《长恨歌》，宛如那“梨花一枝春带雨”“回眸一笑百媚生”的倾城倾国的尤物，含情远眺，呼之欲出。这是就其写景、状物、叙事之真切细腻、毕肖自然的一面而言。

但另一方面，自然不仅包括目之所视、耳之所闻的实景，还包括耳目所无法直接感知的虚境，宇宙的律动有间歇、停顿，事物的位移也有空隙、距离，表现在艺术作品中，就出现一个短暂的空白或虚静①，恰如一段乐曲在嘈嘈切切、急管繁弦之后，往往要有一个“声暂歇”，一个停顿，一个令人回味的休止符。

中国文化还认为，宇宙本身就不是一个具有形质的刚体，也不是一个可具体感知的机械结构，而是时空合一的复合体，是涵泳万物、绸缪往复、流动生成的太虚。因此，艺术不能局限于可感知的声色形相，同时要仰观白云，俯察清流，澄怀观道，游心太玄，从对具体事物的执着中超脱出来，体合天地精神，“悠悠乎与颢气俱，而莫得其涯；洋洋乎与造物者游，而不知其所穷……心凝形释，与万化冥合”(柳宗元《始得西山宴游记》)，由具体到抽象，从有限进入无限，从空间进入时间，瞬息中看到了永恒，刹那间即成终古。在一花一鸟、一丘一壑中发现了无限，于观赏自然中获得了一种审美顿悟。中国古人用太虚、太素、无、浑茫、鸿蒙、青冥、溟涬等虚渺空白的概念语词来象征形而上的宇宙自然，“唯此窅窅摇摇之中，有一切真情在内，可兴，可观，可群，可怨，是以有取于诗。然因此而诗则又往往缘景缘事，缘以往缘未来。经年苦吟，而不能自道。以追光蹑影之笔，写通天尽人之怀，是诗家正法眼藏”(王夫之《古诗评选》卷四)，就中可以给我们许多启发，也为唐诗中的空白表现提供了一个深广而缥缈的文化背景。

---

① 西方现代美学史上，英伽登在《文学的艺术作品》中提出“未定性理论”，伊瑟尔在《本文的召唤结构》中进一步形成“空白理论”，对接受过程的文本理解有重要意义。参见[德]沃尔夫冈·伊瑟尔《阅读活动——审美反应理论》第4篇，北京：中国社会科学出版社，1991年。本章论述受其启发，但因所针对的皆为中国诗学的问题，故并没有完全袭用其理论。

一、大音希声

盛唐诗人常建曾游江苏常熟虞山脚下的破山寺(今兴福寺)，写了一首《题破山寺后禅院》的游览诗：

清晨入古寺，初日照高林。竹径通幽处，禅房花木深。山光悦鸟性，潭影空人心。万籁此俱寂，唯余钟磬音。

此篇在当时曾传颂一时，殷璠收集盛唐作者的诗选为《河岳英灵集》，首列常建诗，并赞赏此篇“山光”两句为警策。宋代欧阳修赏爱“竹径”两句，欲仿效常建诗作数语，竟不能得，以为憾恨。但笔者认为，一“空”字乃此篇关键。唯心境空灵，方可赏玩日照山光、竹径花丛、鸟鸣水流等缤纷万象；唯性空人定，方能于喧嚣纷扰的人世中领悟出悠扬的钟磬声中的禅意；唯澄怀味象，虚以待物，故能写出这样生机盎然而又令人尘心俱消的作品。

常建的诗并非偶然，在唐诗中表现空灵之境的作品比比皆是，就以王维而言，只见他的笔下①：

空山不见人，但闻人语响。(《鹿柴》)

---

① 据张节末统计，《王右丞集》所收古近体诗中共出现“空”字84次，平均每五首有一个。参见张著《禅宗美学》，杭州：浙江人民出版社，1999年，第186页。

人闲桂花落，夜静春山空。(《鸟鸣涧》)

空山新雨后，天气晚来秋。(《山居秋暝》)

荒城自萧索，万里山河空。(《奉寄韦太守陟》)

秋天万里净，日暮澄江空。(《送綦毋校书弃官还江东》)

洒空深巷静，积素广庭闲。(《冬晚对雪忆胡居士家》)

故乡不可见，云外空如一。(《和使君五郎西楼望远思归》)

薄暮空潭曲，安禅制毒龙。(《过香积寺》)

诚如诗论者所指出的，这些作品曾受到佛教思想的影响，具有浓厚的禅趣玄机。但对空白的探讨与认识，早在佛教传入东土之前，已在中国文化中形成了一个传统。

首先，中国文化认为，宇宙的根源就是气韵氤氲的虚空。《老子》第五章中有这样一个比喻：

天地之间，其犹橐籥乎？虚而不屈，动而愈出。

“橐籥”就是风箱。吴澄说：“橐像太虚，包含周遍之体；籥像元气，氤氲流行之用。”①老子认为天与地之间有点像风箱，空虚但不会穷竭，发动起来而生生不息。天地之间虽是一个虚空状态，但并非绝对的虚无顽空，其中弥漫充沛着元气，所以它的作用是不会穷竭的。第十一章又说：“三十辐，共一毂，当其无，

① 引自陈鼓应《老子注译及评介》，北京：中华书局，1984 年，第 81 页。

有车之用。埏埴以为器，当其无，有器之用。凿户牖以为室，当其无，有室之用。故有之以为利，无之以为用。”这个“虚”“无”便包含了无穷的创造因子，就成了产生万物的根源。故第二十五章继续讲道：

> 有物混成，先天地生。寂兮寥兮，独立而不改，周行而不殆，可以为天地母。吾不知其名，强字之曰“道”，强为之名曰“大”。

看来不仅天地是虚空，就连那先天地而生、派生天地万物的根本——道，也是听不到声音、看不到形体的“混成”状态，（严灵峰注曰：“寂兮，静而无声，寥兮，动而无形。”①）“天地万物生于有，有生于无”，这个“无”也就是“寂兮寥兮”的混成之道，它视之不见，听之不闻，因此《老子》第四十一章进一步推论：

> 大音希声，大象无形。

王弼注曰：“听之不闻名曰‘希’。大音，不可得闻之音也。有声则有分，有分则不宫而商矣。分则不能统众，故有声者非大音也。”②说明具体的声与形是抽象大音与大象的显现，但这种纯粹的音乐与完美的形象却是听不见、看不清的，这是由于“道隐

① 同前揭书，164页。

②《王弼集校释》上册，北京：中华书局，1980年，第113页。

无名”的缘故。不过，听不见、看不清并非不存在，恰恰相反，它是“听之不闻其声，视之不见其形，充满天地，苞裹六极”(《庄子·天运》)。

总括起来说，老庄及道家哲学认为天地万物之上还存在着一个本原——道，道的本质是“无”，是虚，而万物的本性则是“有”，是“实”。有生于无，无复归于无。有无相生，虚实变化，便构成了宇宙的大循环。所以，我们所面临的世界，便不再是单一层次的有限现实世界，而是体用二元既对立又统一的双层结构。无限与虚空并非缥缈的彼岸世界或入境手续极烦琐的天国，它就弥散在现实世界的周围。人们可以通过观赏自然，玄对山水，目击道存，在有限中体验到无限，在瞬间看到永恒，“欲知清与洁，明月在澄湾”(孟浩然《赠萧少府》)。特别是当仕途失意、功名无成之际，就更容易以空虚之心涵括万有，沟通自然，泯灭物我界限，心凝形释，与万化冥合，于观赏自然中获得一种审美解悟，由功名仕进追求，转化为道德追求，并进而达到审美追求的境界。

佛教自东汉末年传入东土，在其不断地中国化和儒道合流的过程中，非但没有削弱和淡化这种宇宙观念，反而将此进一步强化并普及到平民百姓家，使原来只属于哲学家精神游戏的玄理，通过佛教徒的宣传，深入到普通人的心里。佛教以虚空为真如佛性，进而将世间万物也一概消解为虚空。但为了使其理论更精致圆通，合理解释现象世界的存在，以龙树为代表的大乘中观学派又提出了“假有”与“真空”相统一的“中道”说，认为大千世界一切事象都起于因缘和合，不能常住不灭，因此所谓的“有”，不过是一个假象幻影，“空”才是世界的真实本性，但“空”亦存在于虚假的万有之中，因空可以生色，由色可以悟空，空有一如，不执一偏，才能对世界有比较全面的理解。《大智度论》卷二十三中说：“观色念念无常，即知为空……空即是无生无灭。无生无灭及生灭，其实是一，说有广略。”《中论》中还有一个概括的说法：“因缘所生法，我说即是空，亦为是假名，亦是中道义。”这段话的基本思想是：世界上的一切事物都是因缘和合而生的。因为是因缘和合而生，所以都无自性，无自性即“空”；但诸法既已缘起，即非空无所有，它都有幻象，假名，因此亦即假；对一切事物的认识，既要看到它空无自性的一面，又要看到它作为一种假象、幻影的存在。世间万物与涅槃本是一致的，二者都是空，也都是“妙有”。

禅宗六祖慧能当初所作的有名的示法偈，亦体现了这样的思想：

菩提本无树，明镜亦非台。佛性常清净，何处有尘埃。

世间诸物都是幻影，佛性也是澄明清净的虚空，存在于自家心中，故不会沾染尘埃垢氛。受佛教禅宗思想影响极深的王维，亦搬弄这类典故入诗，表现他的人生哲学：

空虚花聚散，烦恼树稀稠。（《与胡居士皆病寄此诗兼示学人二首》）

眼界今无染，心空安可迷。（《青龙寺昙壁上人兄院集并

序》）

欲问义心义，遥知空病空。（《夏日过青龙寺谒操禅师》）

白居易《重酬钱员外》则进一步以无而无之，并空而空之："本立空名缘破妄，若能无妄亦无空。"杜荀鹤《题著禅师》："说空空说得，空得到空么？"钱锺书先生解释说："十字纂言提要，可当一偈。第一'空'，名词；第二'空'，副词，漫也，浪也；第三'空'，动词，破也，除也；第四'空'，又名词。若曰：任汝空谈'空'，汝能空'空'否，语虽拈弄，意在提撕也。"①还有些诗是以空无为话头，如诗僧寒山诗："寒山有一宅，宅中无阑隔，六门左右通，堂中见天碧，房房虚索索，东壁打西壁。其中一物无，免被人来借。"后来禅宗多喜用空如贫穷人来作偈语。如《五灯会元》卷九记香严偈："去年贫，未是贫，今年贫，始是贫；去年无立锥之地，今年锥也无。"卷十三僧问："古人得个什么便休去？"龙牙曰："如贼入空室。"后《枯木偈》："无地无锥未是贫，知无尚有守无身，侬家近日贫来甚，不见当初贫底人。"末流所及，在世俗人看去，近乎要贫嘴。

其次，既然宇宙万物的本原为虚空，那么人如果体认这形而上的"无形""希音"的妙道，就必须尽量排除主观欲念的成见，保持内心的虚静。《老子》第十章又指出：

涤除玄鉴，能无疵乎？

---

① 钱锺书《管锥编》第2册，北京：中华书局，1979年，第449页。

“涤除”，就是洗除尘垢，也就是清除杂念，摒除妄见，使头脑变得像镜子一样纯净清明。“鉴”是观照，“玄”是指道。“玄鉴”，就是对道的观照。

《老子》第十六章还说：

致虚极，守静笃。万物并作，吾以观复。

“虚”“静”形容心境原本是空明宁静的状态，只因私欲的活动与外界的扰动，而使得心灵蔽塞不安，所以必须时时做“致虚”“守静”的功夫，以恢复心灵清明，这样才能感受到万物生成运动、往复循环的本原。陈鼓应先生对此发挥道：“致虚即是心智作用的消解，消解到没有一点心机和成见的地步。一个人运用心机会蔽塞明澈的心灵，固执成见会妨碍明晰的认识，所以致虚是要消解心灵的蔽障和厘清混乱的心智活动。”①庄子所说的“心斋”“坐忘”“虚室生白”“唯道集虚”都是对老子致虚守静命题的进一步发挥。

这与禅宗所强调的对世界的超理性认识有些类似。禅宗把人对宇宙的顿悟分成三个境界，第一境是“落叶满空山，何处寻行迹”（韦应物《寄全椒山中道士》），这是描写寻找禅的本体而不得的情况。第二境是“空山无人，水流花开”（苏轼《罗汉赞》），这是描写已经破法执我执，似已悟道而实尚未了悟的阶段。第三境是“万古长空，一朝风月”（《景德传灯录》卷四），这是描写在瞬

① 陈鼓应《老子注译及评介》，北京：中华书局，1984 年，第 129 页。

刻中得到了永恒，刹那间即成终古，超越思虑执着后呈示出的澄明境界。人既然超越了时间、空间、因果，就等于超越了一切有无差别，挣脱了束缚人的心灵的精神锁链，获得了一种自由解放感，用现代著名禅学大师铃木大拙的话说："禅宗的禅必须'悟'，必须是一气推倒旧理性作用的全部堆积并建立新生命基础的全面的心灵凸现，必须是过去从未有过的通过新视角遍观万事万物的新感觉的觉醒。"①《五灯会元》卷六记贤者石霜的一段话："休去，歇去，冷湫湫地去，一念万年去，寒灰枯木去，古庙香炉去，一条白练去。"铃木大拙翻译并解释说："贤者石霜说：'止息一切心灵的妄动，让嘴唇上生霉，成为一条白练，使一念超逾万劫，如同冰冷的无生命的死灰，如同寂静山村小庙中那久无香火的香炉。'只要你信从这些话语，无论在何处修行都行，使身心如土木石块，达到完全没有变动、没有知觉的状态，那么所有生死的征兆消失，界限也毫无踪迹，当没有任何念想在你的意识中干扰的时候，不知不觉地，你会感到在充溢的欢喜中有一道光明照彻，如同暗中得灯、贫中得宝一样，四大五蕴之身已不再有任何重负，变得轻松自在，你的真正的存在就从所有的束缚桎梏中解放出来，身心豁然，愉悦轻松，不知有任何滞碍，同时，你还能得到透视物质真性的洞察力。种种存在在你眼前豁然呈露出原本不可捉摸的种种'空华'，现出真实的本性。这才是你本来面目，同样，这才是你的本地风光，它们只有在这时，才毫无隐匿地现出

① [日]铃木大拙《通向禅学之路》，上海：上海古籍出版社，1989年，第81页。

真形。道路虽只有一条，但它却是何等宽广的坦途！”①

在文学艺术创作方面，魏晋南北朝期间，宗炳从对自然现象的欣赏中总结出“澄怀味象”“澄怀观道”的理论，陆机《文赋》一开头便说道：“伫中区以玄览，颐情志于典坟……课虚无以责有，叩寂寞而求音。”刘勰《文心雕龙·神思篇》中也说：“是以陶钧文思，贵在虚静；疏瀹五藏，澡雪精神。”均指出创作过程中要有虚静澄明的审美心胸，这是对主体的一个极重要的要求。

到了唐代，释皎然认为：“如何万象自心出，而心澹然无所营。”(《诗式》)刘禹锡更具体地说：“能离欲则方寸地虚，虚而万景入。”(《秋日过鸿举法师寺院便送归江陵并引》)传为司空图所作《二十四诗品》形容艺术的心灵当如“空潭泻春，古镜照神”(《洗炼》)，“素处以默，妙机其微”(《冲淡》)；形容艺术的人格如“落花无言，人淡如菊”(《典雅》)，“神出古异，淡不可收”(《清奇》)；艺术的造诣当如“遇之匪深，即之愈希”(《冲淡》)，“遇之自天，泠然希音”(《实境》)；艺术的境界当如“悠悠空尘，忽忽海沤”(《含蓄》)，“诵之思之，其声愈希”(《造诣》)。

如此意义上的无声与无形，又可称为“时空零点”，亦即禅的刹那。这种艺术心胸的根本“在于空诸一切，心无挂碍，和世务暂时绝缘。这时一点觉心，静观万象，万象如在镜中，光明莹洁，而各得其所，呈现着它们各自的充实的、内在的、自由的生命，所谓万物静观皆自得。这自得的、自由的各个生命在静默里吐露光辉”。“空明的觉心，空纳着万境，万境侵入人的生命，染

① [日]铃木大拙《通向禅学之路》，第19页。

上了人的性灵”①。虚怀而物归，心无而入神(进入物象内在的机枢与物为一)，离合而引生，空纳以空成。诗人进入创作构思阶段后，主体心理应是澄明空静的，虚以待物，于是万物奔赴，心灵的窗户四方洞开，八面来风，任元气氤氲，白云舒卷，吞吐往复，不做人为的调停制控，止息一切机巧功利，让那天真的鸥鸟在心灵的海滩上自由飞翔栖落，无拘无束地嘹唳，于是自然界仿佛回到了原初状态，未经人类理性的开采围猎，未经语言逻辑的歪曲割裂，本样自存，无言独化，饮之太和。

二、飞笔留白

台湾易学家陈子斌说：“高明的作者，常常把美的感受，留给观赏者自己去揣摩，在脑海里自由自在的酝酿，才会影射出无限的遐思和品味，所以说，由自我发乎直觉或幻觉，由揣摩而得来的那种想象的‘美’，才是每人所向往的属于自己对‘美’的隽永感。一般能获得社会共鸣的好画，大部分可能是由留白的效果而产生，国画之所以那么重视留白，也就是一种方便的法门，给予观赏者自我发挥影射的机会。常听人说，神来之笔，往往是‘无心恰恰用，有心恰恰无’的道理。留白是‘无’的表现，在哲理中，‘道以无为大，大而无所容’，当然也是一种技法的熟练与理念贯彻相辅相成的效果——即留白。”②其实又何止是国画采用这种

① 宗白华《美学与意境》，第228页。

②《文明的生命力——河洛八卦开创新时代的新智慧》，北京：科学普及出版社，1990年，第117页。

“计白当黑”“以无为有”的技法，在诗歌特别是唐诗里，也多用此法。寥落虚空映入澄明如古潭的心灵中，自然会呈现出一幅似幻似真、若有若无的图景，于是在作品中便出现了空寂、空白的现象。空白在画面上是一种休止符，但在欣赏者的脑海中却形成了审美期待，是美感上韵律性的延伸和振荡。

在唐诗中，空白的表现主要有如下几个方面：

第一类直接以白云、空山、青冥、苍天等自然意象呈示出一幅悠远虚淡的画面（局部）。这一类现象除前面所列举王维诗的例子外，在唐诗中还非常多。下面以李白诗为例，做一分析。根据日本学者中岛敏夫《对李白诗中色彩字使用的若干考察》一文统计①，李白 1000 多首诗中白类汉字的使用有 7 种，使用频率为 599 次，出现的次数分别为：

白（463）	素（90）	皓（19）	皎（14）
练（9）	缟（3）	晳（1）	

就类别而言，仅次于青类（13 种，889 次），但就单个的色彩字而言，则以白字出现的频率最高。下面将李白诗中出现的色彩字按使用频率的高低顺序排列，如表所示：

① 马鞍山市李白研究会编《中日李白研究论文集》，北京：中国展望出版社，1986 年。黄丽蓉《李白诗色彩学》一书专设《李白诗色彩符号》一章，统计李白乐府诗中白色系有 118 次，比例高达 28%，居各类色系之首。并从高尚才性、怀才不遇、流光岁月、征战情事、坚贞情感、崇高形象诸端抉发白类色彩词的意涵，颇多发明，可惜未提及中岛敏夫论文。参见黄丽蓉《李白诗色彩学》，台北：文津出版社，2007 年。

序号	颜色	使用频率	序号	颜色	使用频率
1	白	463	15	翠	38
2	金	333	16	渌	38
3	青	291	17	银	33
4	黄	183	18	皓	19
5	绿	128	19	玄	18
6	紫	128	20	皎	14
7	碧	106	21	赫	13
8	苍	97	22	练	9
9	素	90	23	铜	7
10	丹	87	24	缁	5
11	红	63	25	（下略）	
12	沧	50	26		
13	赤	46	27		
14	朱	41			

李白诗中“白”字出现的方式：（1）单独使用有 27 次。（2）作为熟语出现有 436 次。其中在句首的有 419 次，在句尾的有 17 次，单独使用的 27 次。在主谓结构中处在主语位置的 25 次；在动宾结构中处在宾语位置的 2 次。下面再将李白所用色彩词语及使用频率列表如下：

序号	色彩词	使用频率	序号	色彩词	使用频率
1	白日	50	13	绿水	13
2	青天	47	14	紫烟	13
3	白云	40	15	朱颜	13
4	白玉	26	16	赤城	12
5	青山	21	17	白首	11
6	碧山	19	18	白露	11
7	白发	19	19	红颜	11
8	苍梧	18	20	苍生	11
9	白雪	16	21	碧云	11
10	白璧	15	22	青松	11
11	紫霞	14	23	素手	10
12	白鹭	14	24	（下略）	

就此可以看出，李白最喜欢以白日、白云这一类虚灵的自然意象构成画面。而青天亦是空阔高远的象征，与白日同属天体类。至于白雪、紫霞、紫烟、碧云等也是与天体有关的自然意象。从构成诗歌形象最基本的单位——色彩词与自然意象中，也可以看出李白的审美理想及风行水上、舒卷自如的风格。

值得注意的是，由中岛敏夫先生的统计我们还可以发现，不仅仅是李白，在杜甫诗中各类色彩字使用频率最高的也是白字（493 次），在全部色彩字中占 22.3%，此外，陈子昂（64 次）、王维（90 次）、王昌龄（44 次）、韦应物（65 次）、孟郊（94 次）、李贺(93 次)、李商隐(96 次)、皮日休(94 次)等作品中，白字均居各家别集中色彩字之首。所以，可以说唐代诗人大都喜欢用“白”这个色彩词构成诗歌意象。

色彩是光的组成部分，是能见的一部分电磁波。人们能感受到光的不同频率，就如同能感受到不同的声音频率一样。对不同声频的感受是音调，对不同光线的感受则是色彩。色彩能唤起人们一定的反应，表达不同的感情，甚至有一定的象征意蕴。以上面所列举唐诗中出现最多的“白”字而言，它是一个富有光感的词，由光谱中七种自然光折射而成。所以既是单纯的，又是复合的，既具有充盈一切、无所不包的空间感，又是寂寥虚无、遥远模糊的象征①。它能引起人们情绪上明亮、纯净、素朴、冲淡、寂静、雅致的反应，亦能使人从具体有限之中感受到幽远渺茫的抽象无限的诱惑，人们从空间的深邃中知觉到时间的悠久。时空的转换，往往依靠“白”的帮助，对无限永恒的体悟，也需要“白”的导引。

如崔颢《黄鹤楼》：

昔人已乘黄鹤去，此地空余黄鹤楼。黄鹤一去不复返，白云千载空悠悠。晴川历历汉阳树，芳草萋萋鹦鹉洲。日暮乡关何处是？烟波江上使人愁。

① 葛兆光《禅意的“云”——唐诗中一个语词的分析》，侧重以中、晚唐诗为例，对“白云”语汇与禅宗文化进行了精彩的剖析，载《文学遗产》1990 年第 3 期，可参读。

此篇写登楼感怀。作者以仙人跨鹤这样子虚乌有的传说起笔，又接连用“去”“空余”“一去不复返”等否定存在的语词，直逼出第四句“白云千载空悠悠”。在这里，“千载”是时间概念，而“白云”“空悠悠”则是空间意象，两不相蒙，但作者将“千载”这一时间概念插入，就使得叠字“空悠悠”兼具有时间的悠久与空间的邈远两层意蕴。空悠悠的白云巧妙地从三维度的空间中偷渡到流逝的时间之河上，产生了一种永恒感。而在声律上“空悠悠”属三平调煞尾，高古奇崛，即《红楼梦》中林黛玉教人作诗时所说的：“若是果有了奇句，连平仄虚实不对都使得的。”在唱诵时，连续的平声能将字音最大限度地传播出去，从高到低，从近到远，从实到虚，从清晰到模糊，余音袅袅，不绝如缕。尾联末句写江上实景，虽未用空、白、虚、无之类的字眼，但“烟波江上”四字，却同样给我们呈示出一片暮霭氤氲、烟波浩渺的虚灵流动图景。只不过“白云”句是对前半幅的涵括，兴古今天人之感；“烟波”句则是对后半幅的弥散，抒羁旅行役之苦。“白云千载”是虚中之虚，“烟波江上”是实中之虚。前句谓天人阻隔，怅惘不已，反形出天地的空旷悠久；后句谓客居异乡，归思难收，正推出乡关的渺茫虚无。故首倡神韵空灵理论的严羽认为“唐人七言律诗，当以崔颢《黄鹤楼》为第一”(《沧浪诗话·诗评》)，而清代格调派的沈德潜亦击节称赞：“意得象先，神行语外，纵笔写去，遂擅千古之奇。”(《唐诗别裁集》卷十三)

在佛教中，白云(或青云)往往具有佛性自在的象征意蕴，如《景德传灯录·传第四》：“问：如何是天柱家风？师曰：时有白云来闭户，更无风月四山流。”释皎然《白云歌寄陆中丞使君长源》：

逸民对云效高致，禅子逢云增道意。白云遇物无偏颇，自是人心见同异。

王维诗中也经常用白云来象征佛性的自在以及自己对人生意义的某种领悟：

但去莫复问，白云无尽时。(《送别》)
悠悠远山暮，独向白云归。(《归辋川作》)
湖上一回首，山青卷白云。(《欹湖》)
羡君栖隐处，遥望白云端。(《酬比部杨员外暮宿琴台朝跻书阁率尔见赠之作》)
白云回望合，青霭入看无。(《终南山》)
惟有白云外，疏钟闻夜猿。(《酬虞部苏员外过蓝田别业不见留之作》)
寂寞柴门人不到，空林独与白云期。(《早秋山中作》)

舒卷自如的白云，是对某种神秘体验的直接启示，也是作者随遇而安、自由自在的生活态度的象征。诗艺与诗境，主体与客体，时间与空间，都被“千载空悠悠”的白云缭绕淡化，呈现出镜花水月般难以言说分辨的美景来。

第二类则是通过富有包孕的片刻寂静来表现各种复杂丰富、耐人寻味的体验。如白居易《琵琶行》中描写音乐一段：

> 大弦嘈嘈如急雨，小弦切切如私语。嘈嘈切切错杂弹，大珠小珠落玉盘。间关莺语花底滑，幽咽泉流冰下难。冰泉冷涩弦凝绝，凝绝不通声暂歇。别有幽愁暗恨生，此时无声胜有声。银瓶乍破水浆迸，铁骑突出刀枪鸣。曲终收拨当心画，四弦一声如裂帛。东船西舫悄无言，唯见江心秋月白。

将这一段诗句再进一步简化，便是这样：

嘈嘈切切——→凝绝无声——→四弦裂帛——→主客无言

在两次嘈嘈切切、急弦繁音、震人视听的间歇，却又分别插入两个“无声”“无言”的休止符，构成了两次听觉上的空白，婉转曲折，跌宕有致。乐音由弱到强，由单到复，层层递进，推至最高潮，却又戛然而止，归于寂静。第一次的凝绝无声，还只是弹奏者的乐器，而第二次则是东船西舫——听众与演奏者均陷入了一种冥思的沉寂之中，表现出复杂丰富的高峰体验。钱锺书先生曾对此现象分析道：“寂之于音，或为先声，或为遗响，当声之无，有声之用。是以有绝响或阒响之静，亦有蕴响或酝响之静。静故曰‘希声’，虽‘希声’而蕴响酝响，是谓‘大音’。乐止响息之时太久，则静之与声若长别远暌，疏阔遗忘，不复相关交接。《琵琶行》‘此时’二字最宜着眼，上文亦曰‘声暂歇’，正谓声与声之间隔必暂而非永，方能蓄孕‘大音’也。此境生于闻根直觉，无待他根。”①钱氏论“声暂歇”“希声”与王夫之有相通处，不仅揭开声音空白之奥秘，而且与王船山有关“现量情景”的论述可互相发明。②

三、空故纳万境

唐代诗人并没有满足于仅仅用空、白之类的字眼或虚淡的色彩闪现一两个空白画面，而是通过一系列艺术手段，造成一个空灵悠远的氛围，用以构成诗的境界。这就好比在山巅构筑一处亭阁，虽然空无一物，但却吐纳云气，收揽朝晖夕照，“惟有此亭无一物，坐观万景得天全”（苏轼《涵虚亭》）。山川灵气的动荡吐纳、天地精神的舒卷飞扬都从四方奔来，聚会于一亭。所以这“空中荡漾着‘视之不见、听之不闻、搏之不得’的‘道’，老子名之为‘夷’‘希’‘微’。在这一片虚白上幻现的一花一鸟、一树一石、一山一水，都负荷着无限的深意，无边的深情。”③

贾岛的《寻隐者不遇》，便是正面表现空灵冲淡境界的最明了的例子：

松下问童子，言师采药去。只在此山中，云深不知处。

此篇一作孙革诗，题为《访羊尊师》，著作权究竟该判归谁，

---

①《管锥编》第 2 册，第 449 页。

② 参见本书第一章第二节。

③ 宗白华《美学与意境》，第 222 页。

我们姑且不论。就字面而言，全诗主要表现寻隐者不遇的怅惘之情。作者用简洁的笔触，勾勒出一幅幽静深远、烟霭杳渺的水墨图，呈示出一个悠远的境界。深云缭绕，已让人感到一片迷蒙，再添加上“不知处”三字，对具体确定的场景进行全面的否定，故末两句非但没有向来访者提供什么信息与路径，反而把来访者强烈而直接的欲望拧曲截断，一并推入那深邃莫测的云山雾海之中。旧评多谓此篇妙在以青松、高山、白云衬出未出场的隐者高致。其实又何止隐者，就连童子所答，亦可见其禅机灵动，修养颇深。如果他直接答出师之具体去处，那么，在禅学叫落入“第二义”，在诗学叫直露无余，只有如诗中那样回答，才能显出其禅学根基深厚，俨然一有道高僧，故意以超逻辑的答非所问点化来访者，使他能悟出些什么。钟惺《唐诗归》虽只用“愈近愈奇”四字点评，亦可看出此公天机自然，于“云深不知处”领悟出原作者的心传道体。

除正面表现空寂之境外，还有反其道而行之，以动写静，以音衬寂，以实写虚。《诗·小雅·车攻》：“萧萧马鸣，悠悠旆旌。”《毛传》曰：“言不喧哗也。”即指出其以声音烘托寂静的特点。梁朝王籍《入若耶溪》：“艅艎何泛泛，空水共悠悠。阴霞生远岫，阳景逐回流。蝉噪林逾静，鸟鸣山更幽。此地动归念，长年悲倦游。”其中“蝉噪”两句被时人评为文外独绝，究其实，亦是以声音之鸣噪来反衬山林之幽静空寂。

唐人诗中此类现象极多，且表现方法更加高妙自然，如王维的《鸟鸣涧》：

人闲桂花落，夜静春山空。月出惊山鸟，时鸣春涧中。

作者意在表现幽静，但笔下却桂花纷落，山月出照，惊鸟时鸣，一片盎然生机，呈现出未经人工干涉污染的原始朴茂之美，反形出春山的空寂幽静。因为自然界本来是素朴浑整、无始无终、无动无静的，只是由于人类活动的介入，才打破了这种永恒的寂静，并以各种机巧为圈套，来戕害自然界的生态。现在，人既已“闲”，暂时退出，于是自然界又恢复了它的本初状态，仿佛童话一般，万物纷纷登场，即兴演出。故李锳《诗法易简录》评道：“一种空旷寂静景象，因鸟鸣而愈显者。流露于笔墨之外，一片化机，非复人力可到。”《鹿柴》一篇，亦用此法。前人解释说“人语响是有声也，返景照是有色也。写空山不从无声无色处写，偏从有声有色处写，而愈见其空。”(同前书)李华《春行即兴》：“宜阳城下草萋萋，涧水东流复向西。芳树无人花自落，春山一路鸟空啼。”以草长水流、鸟啼花落，来反托荒凉寂寥，与王维诗有异曲同工之妙。

中唐诗僧皎然在《诗式》中说，所谓“静”，“非如松风不动，林狖未鸣，乃谓意中之静”，松风不动，林狖未鸣，是一种死寂状态，令人联想到地狱中的黑暗恐怖，时时觉得毛骨悚然，不寒而栗，反倒会产生一种骇动之感。自然界的幽静与诗境的空寂，则往往需要用声音与动态来衬托。王维《山居秋暝》的中间两联：“明月松间照，清泉石上流。竹喧归浣女，莲动下渔舟。”以动写静，用有声衬无声，反形出终南山的空旷幽静，表现作者归隐山林的生活情趣。

这类例子在唐诗中极多，另如王勃《春庄》诗“直知人事静，不觉鸟声喧”，崔颢《入若耶溪》诗“岩中响自答，溪里言弥静”，杜甫《题张氏幽居》诗“伐木丁丁山更幽”，许浑《夜归丁卯桥村舍》诗“月凉风静夜，归客泊岩前。桥响犬遥吠，庭空人散眠”，刘长卿《过郑山人所居》诗“寂寂孤莺啼杏园，寥寥一犬吠桃源”，张籍《不食仙姑山房》诗“月出溪路静，鹤鸣云深树”，柳宗元《与崔策登西山》诗“鹤鸣楚山静，露白秋江晓”，温庭筠《开圣寺》诗“竹间泉落山厨静，塔下僧归影殿空”等等，都是以各种声响来表现空寂之境的，即以音衬寂现象。

贾至《铜雀台》诗“日暮铜雀静，西陵鸟雀归”，储光羲《贻刘高士别》诗“山昼猿狖静，溪曛鱼鸟乱”，钱起《山中酬杨补阙见过》诗“幽溪鹿过苔还静，深树云来鸟不知”，李频《古意》诗“玄鸟深巢静，飞花入户香”，裴说《赠衡山令》诗“猿跳高岳静，鱼摆大江宽”，司空图《赠日东鉴禅师》诗“夜深雨绝松堂静，一点飞萤照寂寥”等，则是通过各种活泼腾跃的动态来表现宁静之境，即所谓的以动写静的方法。

钱锺书指出：这种以声衬寂、以动写静的现象，属于心理学上的“同时反衬现象”：“眼耳诸识，莫不有是；诗人体物，早具会心。寂静之幽深者，每以得声音衬托而愈觉其深；虚空之辽广者，每以有事物点缀而愈见其广。”①

还有一类作品是通过作者的艺术剪辑，故意删除裁汰掉一些连续画面，在内容上大跨度跳跃，造成画面的省略与空缺。我们

---

①《管锥编》第 1 册，第 138 页。前两段引诗亦据钱著提示而略有损益。

再以《寻隐者不遇》一诗来做说明。诗人既然是记录寻隐者不遇与童子的一段对话，本该有问有答，但在诗中，却将作者的问话剪辑掉，寓问于答，我们只能从童子的答语中逆推作者的问话：

松下问童子，（尊师干甚去？）
言师采药去，（采药在何处？）
只在此山中，（此山哪一段？）
云深不知处。

空缺处需要我们在阅读欣赏时，根据自己的生活经历和审美体验去填充，每次填充的答案都会因人而异，因时而异。王文濡《唐诗评注读本》评曰："此诗一问一答，四句开合变化，令人莫测。"正点破此篇以答句包赅问句，省略内容，故设空白的手法。

如果说，《寻隐者不遇》还是有问有答，只不过将问话省略造成空白的话，那么，崔颢的《长干曲》其一则恰恰相反，有问而无答：

君家何处住，（　　）
妾住在横塘。（　　）
停船暂借问，（　　）
或恐是同乡。（　　）

此篇描写一水乡女子在江上向过往行人攀谈问话的一个细节。它像一场独幕剧，又像一篇微型小说。寥寥四句，简单明了，但仔细涵泳把玩，却会觉得风神无限。诗一上来就以女主的问话开场："君家何处住?"此虽为一般人路遇攀谈时的俗套，但在礼俗甚多的古代社会，由一女子主动发问，已经够大胆率直了。下来本该写君(男主)的答话，诗到此却空缺，需要欣赏者的想象力去填充；也许男主回答了，也许水乡姑娘爽朗快捷，还未等对方答话就自报家门："妾住在横塘。"从社交的一般习惯来讲，女子特别是青年女子的年龄、居处是不该轻易告诉陌生人的。作者这样设计，一方面表现女主的纯真无邪，另一方面，在潜意识中也未尝不含有向对方介绍自己情况的用意。所以俞陛云说这两句"既问君家，更言妾家，情网遂凭虚而下矣"(《诗境浅说续编》)。姑娘既有问，小伙子当有答，答毕可能还会反戈一击，以攻为守：你问这些干什么？就自然引出后两句姑娘的解释。当然，这只是我们的推测，是根据空白想象填充出来的。也许是另一种情况：姑娘在大胆攀问又主动介绍之后，才觉得自己有些太唐突，怕引起对方的误解，所以赶忙又加以补充解释，说自己只不过是随便问问，打听对方是不是同乡，绝无深意。这样解释表面看来十分得体，既掩饰了姑娘的羞涩，又表现了她的狡黠。但稍有阅历的人便不难看出，这样的补充把起初恐怕连她自己也没有意识到的内心秘密给点破了。

王夫之说："论画者曰咫尺有万里之势，一'势'字宜着眼。若不论势，则缩万里于咫尺，直是《广舆记》前一天下图耳。五言绝句，以此为落想时第一义。唯盛唐人能得其妙，如'君家何处住'云云，墨气所射，四表无穷，无字处皆其意也。"(《姜斋诗话》卷二)这一段议论即是船山先生于此篇无字处所读出的意蕴，给那个“空筐”中填充进去的审美体验。

另如王维《终南山》一诗的尾联两句“欲投人处宿，隔水问樵夫”，写作者游览终南山水，日暮时才下山，打算借宿一晚，隔着水向砍柴人询问，问什么呢，作者却戛然而止，不作下文了。这样写看似很突兀，似与通体不配，但唯其如此，才留出一块极大极自由的艺术空白，读者的想象力才可以在这宽敞空旷中寻幽探胜，流连徘徊，吟赏咀嚼，自得其乐。一“问”字中包蕴了许多问题，一空白处辐射出许多诗意的彩色弧光。①

① 霍松林师认为杜甫《石壕吏》一诗也是采用藏问于答的手法，故“其事何长，其言何简”（陆时雍）。另外，贺知章《回乡偶书》、王维《杂咏》、白居易《问刘十九》、皇甫冉《问李二司直》、李端《逢王泌自东京至》等都采用几句问乃至句句问。参见师著《唐宋诗文欣赏举隅》，北京：人民文学出版社，1984 年，第 96—106 页。

第五章　唐诗的情感体验

勃兰兑斯曾充满激情地说："文学史，就其最深刻的意义来说，是一种心理学，研究人的灵魂，是灵魂的历史。"①这段论述是针对把文学看作社会的、政治的、经济的材料堆积的错误看法，给人以深刻的启示。

如果说，西方文学由于受到希腊文学中史诗传统的影响，以塑造人的性格、挖掘人的深层意识为特点的话，那么中国文学则由于受到风骚传统的影响，以情感表现为擅长。《尚书·尧典》中提出的"诗言志"命题，被后代推为中国文学的开山的纲领②，并不是没有道理的。古代诗歌的各种理论彼此之间或正或反，或分或合，或破或立，或推或挽，但都是缘此出发的一种发散思维；中国诗歌的表现或言志或抒怀，或缘情或明理，也都是由此源头

① [丹]勃兰兑斯《十九世纪文学主流》第1分册引言，北京：人民文学出版社，1980年。[德]卡尔·兰普希特也有类似的看法，他认为"历史学首先是一门社会—心理学"。参见[英]彼得·伯克《历史学与社会理论》，上海：上海人民出版社，第16页。

② 朱自清《诗言志辨》。

推展开来。

《乐记》中指出：“凡音之起，由人心生也，人心之动，物使之然也。”汉代王充也认为：“文由胸中而出，心以文为表。”(《论衡·超奇篇》)指出了文与心的关系，同时说明了精神活动产生的心理根据和物理刺激。屈原还具体说：“惜诵以致愍兮，发愤以抒情。”陆机《文赋》则在新的时代背景下，总结前人的看法，提出“诗缘情”的主张，给“诗言志”的旧命题注入了新的美学内容。表面上看，言志与缘情，词义相近，似无区别，但从本质上说，情广而志狭，情活跃而志凝定，情为人的自然属性，而志为人的社会伦理属性。魏晋南北朝时期人的解放，文的自觉，对传统价值观念的怀疑和否定，对感情与自然美的追求，使“诗缘情”这一新论断带有浓厚的时代色彩。《世说新语·伤逝》曾记载道：

> 王戎丧儿万子，山简往省之，王悲不自胜。简曰：“孩抱中物，何至于此?”王曰：“圣人忘情，最下不及情，情之所钟，正在我辈。”

不仅抒情诗注重主观抒发，日常生活也充满着悲悯的情调，甚至在写景类的作品中，也注意心与物的交融渗透。刘勰《文心雕龙》曾反复指出：“流连万象之际，沉吟视听之区；写气图貌，既随物以宛转；属采附声，亦与心而徘徊。”“目既往还，心亦吐纳。”“情往似赠，兴来如答。”“登山则情满于山，观海则意溢于海。”都是讲创作过程中情缘外物兴起，在艺术意象形成和外化的各个环节中始终伴随着情感活动。

缘情、钟情给诗歌带来了新的曙光，唐代诗歌就是在建安文学重真情抒发、六朝诗歌重形式追求的基础上，辅以高远的思想和抱负，形成了风骨健举、兴寄深植、声律谐美而又自然率真的一代之文学。近人梁启超针对前人评价杜甫的偏颇之处，指出杜甫是千古“情圣”，并以《情圣杜甫》为题撰文，解释说杜甫是“中国文学界写情圣手，没有人比得上他，所以我叫他做情圣”①。其实有唐一代笃情的诗人又何止杜甫一人，钱锺书曾指出：“唐诗、宋诗，亦非仅朝代之别，乃体格性分之殊。天下有两种人，斯分两种诗。唐诗多以丰神情韵擅长，宋诗多以筋骨思理见胜。”②说明与宋诗相比，整个唐诗均注重情韵的抒发。③

本章不打算对唐诗的情感体验和心理描写做全面的论证，只是就唐诗情感表现的一些具体技巧做一些引述。

一、神奇的内宇宙

客观外界是一个广袤无垠、无始无终的时空统一体，人们的游览、远征、探险乃至太空航行都不过是为认识或者征服这个外部世界。与此相对，还有另外一个神秘莫测、同样广袤无垠的宇宙，这就是人的心灵。比较而言，人类忙于扩张、掠夺和占有外

① 《饮冰室文集》第70册，上海：中华书局。1926年，第62页。

② 《谈艺录》，第2页。

③ 有关中国文学，特别是中国古典诗歌的抒情传统，20世纪以来在海外汉学研究领域，有一个持续关注并不断深化的过程，较早的学人有陈世骧、高友工、普实克、宇文所安等。具体观点参见王德威、陈国球编《抒情之现代性：“抒情传统”论述与中国文学研究》，三联书店，2014年。

部世界，所以对外部世界的认识较为丰富，但对其自身，对精神现象的产生，对心灵世界的疆域，却知之甚少，歧见、谬说颇多，系统的、有说服力的理论少得可怜。

人类精神领域的可见部分只是一块小小的陆地，还有极大部分被波浪滔天的海洋所隐藏，被天苍苍、野茫茫的沼泽地所覆盖。这是一片没有灯塔的水域，是一块沉睡了百万年的极地，是一块尚未清楚地标明范围的生命禁区。它的神奇瑰丽，在二十世纪以来已逐渐引起一些学者的注意，开始了小规模的勘查探险。

值得注意的是，在科学文献和数据奇缺的情况下，文学艺术作品为我们认识这一块神奇原始的极地提供了星星点点的渔火，为我们理解人的精神现象的丰富性、深刻性展示了许多具体形象的画面。

比起西方的叙事文学作品诸如小说、戏剧来，中国古代以抒情诗见长，可以毫不夸张地说，无论是其产生的数量，还是所达到的艺术高峰，都远远地超过了西方。但奇怪的是，人们进行心理分析时，多喜欢以叙事作品为重点，而对直接表达情绪、感受、体验、联想的抒情诗却置于一边。

中国古代文学的发展有这样一个奇特的现象：一方面抒情文学发达，言志缘情之说甚早，绝大部分的作品都是感发抒愤之作。另一方面，所言之志、所抒之情必须经过过滤，涂有浓重的社会伦理色彩，要求乐而不淫，哀而不伤，中和无邪。从作品内容知情理意诸要素来看，更多地强调有社会伦理思想和功利精神的意、理、知，而忽略或压制纯粹亢奋激烈、隐秘变化的情感宣泄。但这并不完全符合唐诗的实际。以下，我们通过对唐诗中具体作品的解析，来看民族文化心理的另外一些被人忽略或误解的方面。

首先，唐诗在表现人的精神活动的丰富性方面超过了过去任何时代。

在初盛唐递变时期，先后产生了刘希夷的《代悲白头翁》和张若虚的《春江花月夜》两篇作品，不约而同地抒发出星换斗移、花开花落等物序更替所引发出的联翩思绪。这是青春期的少男少女对现实人生的一种甜蜜而忧伤的过敏反应，也是一直困扰人类心灵的一个永恒难题——如何度过有限，如何超越无限？

> 今年花落颜色改，明年花开复谁在？已见松柏摧为薪，更闻桑田变成海。古人无复洛城东，今人还对落花风。年年岁岁花相似，岁岁年年人不同。(刘希夷《代悲白头翁》)
>
> 江畔何人初见月？江月何年初照人？人生代代无穷已，江月年年只相似。不知江月待何人，但见长江送流水。(张若虚《春江花月夜》)

由生命的迷茫感所激起的感情涟漪，形成大小不等、深浅不一的同心圆，半江瑟瑟，半江残红，展示出曲线的朦胧意态；由现实的焦灼痛苦所生发的心灵花絮，纷纷扬扬，铺天盖地。这少年之春凋零时的潇潇红雨，同时还散发着生命特有的芬芳，洋溢着生动的气韵。难怪闻一多曾毫无保留地击节赞赏道：

> 更夐绝的宇宙意识！一个更深沉更寥廓更宁静的境界！

在神奇的永恒前面，作者只有错愕，没有憧憬，没有悲伤……

他得到的仿佛是一个更神秘的更渊默的微笑，他更迷惘了，然而也满足了……

这里一番神秘而又亲切的、如梦境的晤谈，有的是强烈的宇宙意识，被宇宙意识升华过的纯洁的爱情，又由爱情辐射出来的同情心。这是诗中的诗，顶峰上的顶峰。①

这是一个标志，也是一种象征，“那一气到底而又缠绵往复的旋律之中，有着欣欣向荣的情绪”②，结束了韵文依靠脂粉装饰容颜的旧时代，迎来了诗歌天然本色的新高潮，杜审言诗“云霞出海曙，梅柳渡江春”(《和晋陵陆丞早春游望》)，王湾诗“海日生残夜，江春入旧年”(《次北固山下》)，便是对这样一个变革时代的形象描绘。

盛唐时期的诗人无论是写山水田园还是写绝域边塞，是写纵酒携妓还是写失意悲观，多有一种昂扬的情绪，一种扩张的欲望，这正是对初唐四杰、陈子昂、刘希夷及张若虚等所开创的风气的一种赓续和发扬：

万里不惜死，一朝得成功。画图麒麟阁，入朝明光宫。大笑问文士，一经何足穷。(高适《塞下曲》)

---

①《唐诗杂论·宫体诗的自赎》，《闻一多全集》第3卷，北京：三联书店，1982年，第20页。

② 同前揭书，第17页。

十年守章句，万事空寥落。北上登蓟门，茫茫见沙漠。倚剑对风尘，慨然思卫霍。（高适《淇上酬薛三据兼寄郭少府微》）

万里奉王事，一身无所求。也知塞垣苦，岂为妻子谋。（岑参《初过陇山途中呈宇文判官》）

均表现一介书生在时代精神感召下昂扬奋发的情绪。

葡萄美酒夜光杯，欲饮琵琶马上催。醉卧沙场君莫笑，古来征战几人回。（王翰《凉州词》）

将腥风血雨的征战与沙场写得如此豪情四溢，也是因诗人主观情绪的亢奋激烈。

故园东望路漫漫，双袖龙钟泪不干。马上相逢无纸笔，凭君传语报平安。（岑参《逢入京使》）

写缠绵悱恻之情，而出语淡然，心致婉曲却又不流于哀怨。

唐诗不仅表现出精神活动的丰富性，而且揭示出人类心理内涵的深刻性和微妙性，同写思乡之情，宋之问的《渡汉江》说：

岭外音书断，经冬复历春。近乡情更怯，不敢问来人。

依情理，长年流贬岭外，归思难收。现在即将回家，本应该是“近乡情更切，急欲问来人”，但作者却一反常态，说自己“情更怯”，不敢询问来人。其中三、四句构成了两组心理矛盾，第三句表达情感的矛盾冲突，一方面急切盼望早一点回到久别的故乡，看到久别的亲人，另一方面又担忧家里不知会发生什么变故，家人的命运会不会有什么不测，因此越是近乡越是胆怯不安。第四句表现行为的矛盾冲突，看到从家乡方向来的人，一方面想打听一下家人的情况，另一方面又没有勇气打听，害怕听到不祥的消息，因此愈是熟悉家乡的人就愈不敢攀问，内心惶恐，心情战栗。从情感的状态和行为的状态两个方面表现旅人的异常心理状态①，前内后外，前因后果，互相结合，将久别还乡的复杂情感体验表现了出来。

利用“情怯”这一心理状态来刻画将归的复杂情绪，在古今名著中屡有出现，比如在孙犁富有诗情画意的小说《嘱咐》中描写男主人公水生归乡时有这样一个片段：

> 太阳落到西边远远的树林里去了，远处的村庄迅速地变化着颜色。水生望着树林的疏密，辨别自己的村庄，家近了，就要进家了！家对他不是吸引，却是一阵心烦意乱。他想起许多事，父亲确实的年岁忘记了，是不是还活着？父亲很早就有痰喘的病。还有自己的女人，正在青春，一别八年，分离时她肚子里正有一个小孩子。房子烧了吗？

① 这一看法参考了林兴宅的论述。参见林兴宅《艺术魅力的探寻》，成都：四川人民出版社，1985 年，第 222 页。

> 不是什么悲喜交加的情绪，这是一种沉重的压迫，对战士的心的很大的消耗。他在心里驱逐这种思想情感，他走得很慢，他决定坐在这里，抽袋烟休息休息。
>
> 他坐下来打火抽烟，田野里没有一个人，风有些冷了，他打开大衣披在身上。他从积满泥水和腐草的水洼望过去，微微地可以看见白洋淀的边缘。

虽古今异代，体裁有别，但文心如灵犀，一脉贯通。孙文可为宋诗做注脚。

与宋之问的《渡汉江》相媲美的还有杜甫的《述怀》，其中“自寄一封书，今已十月后。反畏消息来，寸心亦何有”四句，也是以反笔表现苦况，把诗人在特定环境下的变态心理刻画得细致入微，真情实感，有血有泪。非身经丧乱，不知此语之真。

以短小的篇幅、精炼的字句，涵括复杂而深刻的心理内容的还有王昌龄的《闺怨》：

> 闺中少妇不知愁，春日凝妆上翠楼。忽见陌头杨柳色，悔叫夫婿觅封侯。

杨柳色就是春色，那少妇本还沉浸在对燕尔新婚的回味追忆中，天真无邪与对功名的盲目崇拜，使她还不知忧伤痛苦为何物，打扮得花枝招展，登楼眺望，看到春色满城，踏青的士女熙来攘往，才蓦然唤醒了她懵懂沉睡的自然欲望，感到了自己的空虚孤独，辜负了无限春光，花有重开日，人无更少年，而自己锦片也似的韶光，就这样如流水般轻掷易抛了。“一见柳色而生悔心，功名之望遥，离索之情亟也”（唐汝询《唐诗解》卷二六）。一种莫名的空虚，一种强烈的失落，使原来的平衡被打破，价值观产生了严重的倾斜，由对功名富贵的企慕急转为对感情幸福的渴求。外在的否定必然带来内心的觉醒，而觉醒的人性又引出新的惶惑与痛苦。诗人巧妙地捕捉住女主人公刹那间的感情，极富有启发性，引人无限遐思。一“悔”字包孕了无限心事。在“陌头杨柳色”的照映下，“觅封侯”这一庄重严肃的理想，变得那样浅薄滑稽，欲望的小兽蠢蠢拱动，啮啃撕扯着女主人公的心绪。少妇心中埋藏的感情潜流，就这样震破理性的冻土冰层，浩乎其沛然地倾泻出来。

李白抒写壮志受挫后，理想与现实矛盾冲突所迸发出的愤激感情，极富有冲击与对抗力量。形式上以歌行体为主，章法上不主故常，变化无端，随意抒写。如《宣州谢朓楼饯别校书叔云》：

> 弃我去者，昨日之日不可留；乱我心者，今日之日多烦忧。长风万里送秋雁，对此可以酣高楼。蓬莱文章建安骨，中间小谢又清发。俱怀逸兴壮思飞，欲上青天览明月。抽刀断水水更流，举杯销愁愁更愁。人生在世不称意，明朝散发弄扁舟。

此篇另一题作《陪侍御叔华登楼歌》，据詹锳考证，当以后题为是①。开头两句如黄河落天，风雨骤至。中间的接转好似白云舒卷，随风变灭。短短的十二句，感情几次跳跃，由苦闷抑郁转为开朗，又由开朗转为豪逸，最后又由豪逸变为愤激。直起直落，大开大合，若断若续而又一气呵成，没有任何承转过渡的痕迹。诗的发展，完全是以情绪的变化为转移，转折腾挪，自成波澜，变化莫测，令人难以捉摸，别具一种感人力量。这种起落无端、断续无迹的跳跃式结构，最适宜于表现诗人因理想与现实的尖锐矛盾而产生的急遽变化的感情，沈德潜说："太白七古，想落天外。局自变生，大江无风，波浪自涌，白云从空，随风变灭。"(《说诗晬语》卷上)就指出这类诗的抒情方式。本诗震荡人心之外，还表现在它将个人的不幸与对国家命运的担忧结合起来，不但表现了诗人在国难即将临头之时无可排遣的忧心烦乱，而且渲染出安史之乱前夕"山雨欲来风满楼"的时代氛围，所以在表情上更为强烈，更为集中，更为深刻。

二、魏阙与山林

在中国文化中，由出处行藏构成的心理矛盾是士人的一个永恒的情结。儒家讲积极用世、自强不息，但他们并不偏执胶着，而是比较圆通易变，"天下有道则见，无道则隐"(《论语·泰伯》)，"道不行，乘桴浮于海"(《论语·公冶长》)；"穷则独善其

---

① 詹锳主编《李白全集校注汇释集评》第5册，天津：百花文艺出版社，1996年，第2566页。

身，达则兼善天下”(《孟子·尽心上》)。这些思想对中国士人影响极为深远，已成为后代读书人系心立身的行为规范和心理模式。《庄子·让王》记中山公子牟对瞻子说：“身在江海之上，心居乎魏阙之下，奈何?”成玄英疏曰：“公子有嘉遁之情而无高蹈之德，故身在江海上而隐遁，心思魏阙下之荣华。”揭示出公子牟身心不一致的矛盾，从另一个侧面透露出士人的心理秘密。

首先，唐宋以前，文坛很少有职业作家，文人们大都恪守“学而优则仕”的古训，希望在政治舞台上有所作为，大用天下，大济苍生。即便有些人仕途坎坷，隐遁林泉，以著述为业，也多半是出于无可奈何，并非初衷。李白在安州被许圉师家招婿时，曾作《代寿山答孟少府移文书》一文，此文不仅对认识李白的思想，而且对理解唐代乃至整个古代社会的士人都是一把开心钥匙，文中写道：

> 达则兼济天下，穷则独善一身。安能餐君紫霞，荫君青松，乘君鸾鹤，驾君虬龙，一朝飞腾，为方丈蓬莱之人耳?此则未可也。乃相与卷其丹书，匣其瑶瑟，申管晏之谈，谋帝王之术，奋其智能，愿为辅弼。使寰区大定，海县清一，事君之道成，荣亲之义毕，然后与陶朱、留侯，浮五湖，戏沧洲，不足为难矣。

一介文士，却不想以著述为业，“不求小官，以当世之务自负”(刘全白《唐翰林学士李君碣记》)，想一跃成为辅弼大臣，帮助皇上实行开明政治，使社会安定，成千秋英名。他的仗剑去国，辞亲远游，他的平交王侯，历抵卿相，都是为这样一个目的。因此，当奉诏入京时，便欣喜若狂：“仰天大笑出门去，我辈岂是蓬蒿人”(《南陵别儿童入京》)；即便是遇到挫折仍然梦想“闲来垂钓碧溪上，忽复乘舟梦日边”(《行路难》其一)，“长风破浪会有时，直挂云帆济沧海”(同上)。杜甫也有类似的想法，他青少年时也曾“窃比稷与契”(《自京赴奉先县咏怀五百字》)，希望“致君尧舜上，再使风俗淳”(《奉赠韦左丞丈二十二韵》)。

这种思想不仅是李杜同时也是唐代读书人的共同心理。“初唐四杰”中的王勃也曾以“材足以动俗，智足以济时”(《上绛州上官司马书》)自负；杨炯有“丈夫皆有志，会见立功勋”(《出塞》)的雄心；陈子昂更不愿以文人自限，屡次上书论事和从军出征，希望在政治上有所建树，被认为“其立言措意在王霸大略而已”(卢藏用《陈氏别传》)；高适则“喜言王霸大略，务功名，尚节义，逢时多难，以安危为己任”(《旧唐书·高适传》)；岑参以“未能匡吾君，虚作一丈夫”(《行军诗二首》其二)为憾；就连王维也曾表示“忘身辞凤阙，报国取龙庭”(《送赵都督赴代州得青字》)。从现实可行性上，我们完全有理由嘲笑这些迂阔虚诞的狂言，但这却是维系他们精神世界的一个极重要的支撑点。

其次，唐代前期政治比较开明开放，开元之治标志着这个世界性帝国进入的黄金时代，“一百四十年，国容何赫然!”(李白《古风五十九首》其四十六)就当时的经济和社会财富而言，“鱼盐满市井，布帛如云烟”(李白《赠宣城宇文太守并呈崔侍御》)，“稻米流脂粟米白，公私仓廪俱丰实”(杜甫《忆昔》其二)；就当时的精神面貌而言，“东风动百物，草木尽欲言”(李白《长歌行》)。受儒家济世思想的影响，读书人都跃跃欲试，希望建功立业，有所作为。布衣卿相，不仅有理论根据，而且有现实事例。朝廷曾屡次下诏搜罗贤俊，所谓"制举"，就是天子以待非常之人，"自诏四方德行、才能、文学之士，或高蹈幽隐与其不能自达者，下至军谋将略、翘关拔山、绝艺奇伎莫不兼取"(《新唐书·选举志上》)。中央政府要求地方举荐这些人才，往往不拘吏民士庶，布衣亦可受荐。被荐入京者，皇帝或引入内殿，亲加考问，或由中书省集贤殿书院报呈，"凡图书遗逸、贤才隐滞，则承旨以求之。谋虑可施于时，著述可行于世者，考其学术以闻"(《新唐书·百官志二》)。唐代前期，马周、张玄素、李邕、房琯、吕向等人或以声名为天子、宰相所知，或因上书由布衣直接授以京官；姚崇、宋璟、郭元振、张说、张九龄，或以德行，或以勋劳，或以文学，致位贵显。明乎此，对唐代诗文中表现的那种昂扬奋发的远大理想，就不会认为都是迂阔大话了。

唐代前期的政治开明和经济发展，也使士人们普遍产生了一种幻想，认为可以不受阻碍地施展自己的抱负，唾手取功名，立登要路津。殊不知专制统治的种种不合理现象，它的各种矛盾，在所谓的开元盛世也是到处存在的。日人儿岛献吉郎说："顾开元底天下，玄宗之治已极，阳虽有四海欢虞之风，而阴则萌祟极而圮的动机。日中则倾，月盈则亏，历史于此中藏一大转变的气运，天下将现出一大活动的舞台。"①

盛世的两面性，光明与黑暗混成的复合光投射到士人的心

①《中国文学通论》下册，上海：商务印书馆，1936年，第172页。

中，于是普遍产生一种极端矛盾的心态，流露出迷惘和苦闷：

奈何偶昌运，独见遗草泽。（孟浩然《山中逢道士云公》）

明时久不达，弃置与君同。（王维《送綦毋校书弃官还江东》）

读书三十年，腰下无尺组。被服圣人教，一生自穷苦。（王维《偶然作》其五）

谁怜越女颜如玉，贫贱江头自浣纱。（王维《洛阳女儿行》）

大道如青天，我独不得出。（李白《行路难》其二）

秀色空绝世，馨香谁为传。（李白《古风五十九首》其二十六）

明时未得用，白首徒攻文。（岑参《送王大昌龄赴江宁》）

又据《旧唐书·崔颢传》记载："开元、天宝间，文士知名者，汴州崔颢，京兆王昌龄、高适，襄阳孟浩然，皆名位不振。"一方面是开明开放，另一方面却草泽遗贤；一方面是秀色绝世，另一方面却久无见爱，名位不振。这对被宣称的所谓盛世无疑是辛辣的讽刺和嘲弄，但同时也是一个惨痛的现实。诗人们把这种情况归结为"朝端乏亲故""惜无金张援"，后世学人亦多持此论，然究其本质，则是帝制制度本身的痼疾。唐代诗人的心理矛盾、内心痛苦，应该在时代社会中寻找原因。

岑参《题虢州西楼》中说："错料一生事，蹉跎今白头。纵横皆失计，妻子也堪羞。明主虽然弃，丹心亦未休。愁来无去处，只上郡西楼。”古代读书人的执着，对明主的单相思，“位卑未敢忘忧国”，“居庙堂之高，则忧其民；处江湖之远，则忧其君”，通过“明主虽然弃，丹心亦未休”两句十个字的剖白，心理矛盾、感情冲突、无穷痛楚均被揭发出来。

对大多数人来说，现实行不通，就滑向对精神一极的追求。唐代一些诗人甚至认为，现实努力只是手段，精神追求才是目的：

> 愿一佐明主，功成还旧林。（李白《留别王司马嵩》）
> 终于安社稷，功成去五湖。（李白《赠韦秘书子春》）
> 吾亦澹荡人，拂衣可同调。（李白《古风五十九首》其十）
> 济人然后拂衣去，肯作徒尔一男儿！（王维《不遇咏》）
> 永忆江湖归白发，欲回天地入扁舟。（李商隐《安定城楼》）

如果说，在孔孟那里，只是因为“道不行”“不达”，才不得不“浮于海”“独善其身”，那么在唐代一些文人的心目中，即便安社稷，功成名遂，也应该拂衣归五湖，潇洒巢云林。这既是全身保真思想的流露，同时也包含着对物欲的摆脱，对理想人格的仰慕追求，对自由境界的向往。

以孟浩然为例，旧史家多谓其为“高人”，闻一多先生说：“唐代的士子都有登第狂，独浩然超然物外。”[①]陈子展先生也说：

① 郑临川《闻一多论古典文学》，重庆：重庆出版社，1984年，第131页。

“浩然一生风流潇洒，不汲汲于仕进。”①实际上，孟浩然也未能免俗，也曾被仕与隐的情结所困扰。他在《书怀贻京邑故人》一诗中自述身世：

惟先自邹鲁，家世重儒风。诗礼袭遗训，趋庭绍末躬。昼夜常自强，词赋颇亦工。

谓其祖先出于文教昌盛之邹鲁，秉圣贤遗训，子承父教，诵诗学礼。《临洞庭》一诗的最后四句也说：

欲济无舟楫，端居耻圣明。坐观垂钓者，徒有羡鱼情。

表现自己想要出仕干一番事业，但因无人引荐，只好坐以待老。“端居”句表面上是说自己就此闲居有愧于圣明之世，有自责自惭之意。但草泽遗贤，盛世明时仍未见用，这个责任不应归咎于作者个人。朝廷对于“欲济”者不能广开言路，使之成为“端居”的隐沦之士，这应该是“圣明”之“耻”。表面上的自惭自责和对开元盛世的歌功颂德，被诗中潜在的情感逻辑所推翻，于是歌颂和溢美之词就变成了辛辣的讽刺和嘲弄。旧评多谓此诗妙在写景壮阔和干谒不露痕迹，倒是沈德潜眼辣，看得透彻：“读此诗知襄阳非甘隐遁者。”(《唐诗别裁集》)最被人们传唱的还是他的《岁暮归南山》一诗：

---

①《唐宋文学史》，上海：作家书屋，1947 年，第 27 页。

北阙休上书，南山归敝庐。不才明主弃，多病故人疏。白发催年老，青阳逼岁除。永怀愁不寐，松月夜窗虚。

传说唐玄宗听了浩然的朗诵，颇不高兴，遂将其放归南山。这种传闻颇可怀疑，但说此篇是作者“一生失意之诗，千古得意之句”(顾嗣立《寒厅诗话》卷一一)，却毫不夸张。

不能如鸿鹄高飞，又羞与鸡鹜争食，所以就只能如鷦鷯巢于深林。张九龄秉政期间，孟浩然在《送于大凤进士赴举呈张九龄》诗中就流露出这种思想。

所以，如果我们仅仅读李白的“红颜弃轩冕，白首卧松云。醉月频中圣，迷花不事君”(《赠孟浩然》)，就极容易误会上当，只有结合着读孟浩然自己的作品，才能有一全面的认识，对这位风流天下闻的隐士的另一面有所了解。“只应守寂寞，还掩故园扉”(《留别王侍御维》)，何等洒脱雅致！但在“松月夜窗虚”的清凉幽静背后，有一个“永怀愁不寐”的白发老翁，表面上的旷达并不能完全遮掩他心事如波澜。安旗先生对李白性格的剖析对我们理解唐代诗人的心态，亦极富有启发性：

他几乎是一边说着出世的话，一边又在做着用世的打算。有时甚至不惜孤注一掷，玩他的老命，使人感到所谓出世云云，往往是作为暂时的自我缓解，说说而已，甚至是其言愈冷，其心愈热。

李白的出世思想当作如是观，李白的人生如梦，及时行乐的思想和行径，亦当作如是观。这都是他的政治抱负不能

> 实现，政治热情无处寄托，特别是在遭受失败和打击之后，一种无可奈何的发泄。细心的读者不难在他的寻欢作乐、放浪形骸的诗篇背后发现他的充满痛苦和愤懑的心灵。
>
> 尽管出世的话说过千百次，李白终于没有出世。尽管花前月下寻欢作乐，一醉累月，李白终于没有堕落。尽管他的政治热情中有着个人虚荣，甚至有些饥不择食，李白终于没有去同流合污。这说明李白的思想无论多复杂，自有他的主心骨；李白性格再是多侧面，自有他光辉的正面；李白情绪尽管多反复，却是万变不离其宗。①

这是因为他们虽然能耿介超拔，超脱流俗，甚至超越当代，但并不能超越历史文化传统——中国士人永恒的梦，永久的情结。愈是伟大的作者，心灵愈是要在仕与隐、入世与出世、魏阙与山林、兼济与独善的两极之间被撕裂、被熬煎，发出哀怨凄绝的呼喊。

三、抒情方式

诗人们如此丰富的内心感受，如此复杂的情绪变化，是通过什么方法表现出来的呢？就唐诗而言，主要是以如下方式呈露出来的。

---

① 安旗主编《李白全集编年注释》上册，成都：巴蜀书社，1990 年，第 13 页。安旗等《李白全集编年笺注》第一册（北京：中华书局，2015 年，第 8—16 页）文字有改动，本章引文仍据前书。

1. 直抒胸臆

作者在现实生活中有所感受，内心中有所郁结，如骨鲠在喉，不吐不快，于是无所凭借，不加粉饰，直接倾诉出来。如刘皂《长门怨》：

> 宫殿沉沉月欲分，昭阳更漏不堪闻。珊瑚枕上千行泪，不是思君是恨君。

此篇描绘宫女孤卧听漏，泪湿玉枕，明其彻夜未眠；辗转反侧，思绪万千，已不再是哀婉凄怨，而是一种极端决绝的仇视情感——恨，虽仅一字，但直率痛快，锋利无比，从形式上一扫宫怨诸作的陈词滥调，从内容上揭示出被污辱与被损害者深层心理中的毁灭性情感。①

当然，直抒胸臆最有代表性的还要推李白的作品，我们看他的《行路难》：

> 金樽清酒斗十千，玉盘珍羞值万钱。停杯投箸不能食，拔剑四顾心茫然。欲渡黄河冰塞川，将登太行雪满山。闲来垂钓碧溪上，忽复乘舟梦日边。行路难，行路难，多歧路，今安在？长风破浪会有时，直挂云帆济沧海。

---

① 闺怨诗中“恨”与“怨”的感情色彩差异，参见［日］松浦友久《作为诗语的“怨”和“恨”——以闺怨诗为中心》一文，收入氏著《唐诗语汇意象论》，北京：中华书局，1992年，第78—96页。

> 大道如青天，我独不得出！羞逐长安社中儿，赤鸡白雉赌梨栗。弹剑作歌奏苦声，曳裾王门不称情。淮阴市井笑韩信，汉朝公卿忌贾生。君不见昔时燕家重郭隗，拥彗折节无嫌猜；剧辛乐毅感恩分，输肝剖胆效英才。昭王白骨萦蔓草，谁人更扫黄金台！行路难，归去来！

两篇均写英雄失路、有志难逞、报国无门的郁勃不平之气。前一首描述自己内心从心绪茫然、抑郁愤激、希望乐观、苦闷彷徨到振作自信的变化过程，跌宕起伏，变化曲折，截江断流，波澜壮阔。后一首则一起便劈头呼号，如波涛夜起，风雨骤至，然后由愤激而悲凉，一泻直下，横无际涯。虽然诗中也用了不少典故，但毫无板滞堆砌之嫌。作者将古今、物我打成一片，恣意驱使，为倾诉悲情服务。胡震亨说李白“以才情相胜，以宣泄见长”（《李诗通》）。“宣泄”二字，正道出他抒情方式上的突出特点。最能代表他创作个性的七言歌行都不是掩抑收敛，而是喷薄欲出，一泻千里。当平常的语言不足以表现其壮采奇情时，就用大胆的夸张；当现实生活中的事物不足以象征其情感愿望时，就借助非现实的幻想和神话传说，鞭挞海岳，驱走风霆，“囊括大块，浩然与溟涬同科”（《日出入行》），每次政治活动的失败，都在他的感情世界掀起一次钱塘怒潮，“乱石穿空，惊涛拍岸，卷起千堆雪”（苏轼《念奴娇·赤壁怀古》），蔚为壮观，他内心的感情就如“飞流直下三千尺”（《望庐山瀑布》）、“白波九道流雪山”（《庐山谣寄卢侍御虚舟》），无所阻滞，直接喷发出来。

2. 触物起情

宋代学者李仲蒙在解释赋比兴时说："叙物以言情，谓之赋，情物尽者也；索物以托情，谓之比，情附物者也；触物以起情，谓之兴，物动情者也。"(据胡寅《斐然集》卷十八《致李叔易书》所引)指出赋比兴是表达情志与外物关系的三种方式。赋是直接抒写，即物即心；比是借物为喻，心在物先；兴则是因物起情，物在心先。换言之，兴有感发兴起之意，是因某一事物的触发而引起表情冲动的一种方法。① 当代对赋比兴阐释最值得注意的是博物学家刘华杰，他说：

> 从对世界系统与过程的描述角度看，"赋"是一般性的外在描写，"比"是对具有结构类似性事物的内在提炼，"兴"是对无明显共性事物的移情式透视，即由"赋"到"比"到"兴"，对世界和过程的描写越来越复杂，"比"是高级的"赋"，"兴"是高级的"比"。于是赋比兴三者有了认知的含义，表达了人认识世界的三个不同层面或者阶段。"赋"是较客观的刻画，"比"是加入主观因素的对事物共性的提取，而"兴"则是更为复杂的主观建构……从哲学上，有趣的是，还可以倒过来阐发。人对世界的认识及所获得的知识是主观与客观的统一体，是建构的，按科学知识社会学的理解它们是一些"信

---

① 此处对赋比兴的解释，采用叶嘉莹《中国古典诗歌中形象与情意之关系例说》一文中的观点。见叶嘉莹《迦陵论诗丛稿》，北京：中华书局，1984 年。

念”，不可能只是客观世界自身的性质。“兴”的主观成份最多，以“兴”为原点考虑，“比”是较弱的“兴”，“赋”则是更弱的“兴”。从看世界的角度论，赋是一级“看”，比是二级“看”，兴是三级“看”。“赋”最基本，“兴”包含着“比”，“比”包含着“赋”。相对而言，“兴”进入游刃有余的状态，是最难把握和传习的。①

唐诗中表达感情、刻画心理，大多采取触物起情的方式。孟浩然《秋登兰山寄张五》直接说：“愁因薄暮起，兴是清秋发。”《夏日南亭怀辛大》一首则说：

山光忽西落，池月渐东上。散发乘夜凉，开轩卧闲敞。荷风送香气，竹露滴清响。欲取鸣琴弹，恨无知音赏。感此怀故人，中宵劳梦想。

作者主要从时间的角度写景物的运动变化，并调动视觉、触觉、嗅觉、听觉，分别写出日落、月出、夜凉、香气弥漫、露滴清响等感觉，将夏夜宁静清凉的境界写足写满。此时所缺者，唯独能赏琴知音的友人，故后四句直接抒写因景物兴发的心理活动，用“欲”“恨”“感”“梦想”等词来勾画他内心思念友人的纤细而丰富的心理活动，状物写心，极优雅闲适之致。另如杜甫《登高》一首：

---

① 刘华杰《博物学文化与编史》，上海：上海交通大学出版社 2014 年，第 183—187 页。

> 风急天高猿啸哀，渚清沙白鸟飞回。无边落木萧萧下，不尽长江滚滚来。万里悲秋常作客，百年多病独登台。艰难苦恨繁霜鬓，潦倒新停浊酒杯。

此篇前四句写登高所见秋景，后四句抒登高所动情怀，属于典型的触物起兴。首联两句是从微观角度，运用工笔细描，来表现三峡的具体景物；颔联两句则是从宏观角度，运用写意渲染的手法，表现秋季的整体景观。四句写景，时而山，时而水，时而微观，时而宏观，时而工笔，时而写意，如此多层次、多角度的交织组合，就构成了一幅富有立体感的深秋三峡图，渲染了登高的环境气氛。五、六两句，一从空间方面横说，一从时间方面纵说。其中，“悲秋”两字又是由写景过渡到抒情的关键。“秋”字锁合前四句写景，“悲”字开启后四句抒情。这两句包含的心理内容极为丰富，前人甚至说十四字之间含八九层意思：

> 十四个字中便含有八九层可悲的意思：他乡作客，一可悲；经常作客，二可悲；万里作客，三可悲；又当萧瑟的秋天，四可悲；重九佳节，没有任何饮酒或赏菊等乐事，只是去登高，五可悲；亲朋凋谢，孤零零的独自去登，六可悲；身子健旺也还罢了，却又是扶病去登，七可悲；而这病又是多种多样的，八可悲；光阴可爱，而人生不过百年，如今年过半百，一事无成，只落得这般光景，九可悲。真是包含无

限酸辛。真是再概括再经济没有。①

作者将漂泊之叹、思乡之情、多病之怨、家国之感等多种情思纠缠在一起，蕴含在诗中，这次第怎一个“悲”字了得，让一个孤老头子怎承受得起。但凡此种种又都是登高临远所触动引发出来的。

另如李白的《春夜洛城闻笛》：

谁家玉笛暗飞声，散入春风满洛城。此夜曲中闻折柳，何人不起故园情？

谓于春夜客居中听到一阵悠扬的笛声，勾引起对故国家乡的思念。妙处在全由一“玉笛飞声”引动一怀愁绪，“何人”句用反诘语气进一步由己及人，充类至尽。谓人同此心，心同此理，黯然销魂者，唯别离而已矣。况春风骀荡，万家灯火，如怨如慕、如泣如诉的笛声不绝如缕，令人心绪烦乱，归思难收。而晚唐郑谷的《淮上与友人别》：“扬子江头杨柳春，杨花愁杀渡江人。数声风笛离亭晚，君向潇湘我向秦。”除数声风笛外，更益以杨花柳絮，

① 萧涤非、郑庆笃《杜甫》，见《中国历代著名文学家评传》第 2 卷(隋唐五代)，济南：山东教育出版社，1984 年，第 261 页。又宋人罗大经说：“万里，地之远也。悲秋，时之凄惨也。作客，羁旅也。常作客，久旅也。百年，暮齿也。多病，衰疾也。台，高迥处也。独登台，无亲朋也。十四字之间含八意。”(《鹤林玉露》卷十一)钱锺书《管锥编》第 2 册(第 626—629 页)，对诗赋中的悲秋传统有精辟解说，[德]顾彬《中国文人的自然观》(中文版，第 72—74 页)、[德]莫芝宜佳《〈管锥编〉与杜甫新解》(中文版，第 181—185 页)对此诗之“悲秋”亦有深入阐发，可参读。

故谓“愁杀人”，再加上客中送客，南北分携，倍觉销魂。作者的心理活动都是由外物触动感发出来的。

3. 借梦泄隐

梦是一种特殊的精神现象，它是指人类躯体处于休息时大脑所产生的部分兴奋状态，是人在睡眠时对自我心理世界的一种无意识展示和曝光。方以智《药地炮庄》卷三《大宗师》：“梦者，人智所现，醒时所制，如既络之马，卧则逸去。然经络过，即脱亦驯，其神不昧，反来告形。”与弗洛伊德的理论类似。弗洛伊德认为，人在做梦时良知、道德约束等显意识的抑制放松，而被压抑的本能则从潜意识之中冲破桎梏，如洪水猛兽一般肆无忌惮地宣泄出来。他还进一步指出，人类的艺术创造活动，即幻想和想象，实即一种“白日梦”：

> 我们晚上所做的梦也就是幻想，我们可以从解释梦境来加以证实。语言早就以它无比的智慧对梦的实质问题作了定论，它给幻想的虚无缥缈的创造起了个名字，叫“白日梦”。如果我们不顾这一指示，觉得我们所做的梦的意思对我们来说通常是模糊不清的，那是因为有这种情况：在夜晚，我们也产生了一些我们羞于表达的愿望；我们自己要隐瞒这些愿望，于是它们受到了抑制，被推进无意识之中。这种受抑制的愿望和它们的衍生物，只被允许以一种很歪曲的形式表现出来。当科学研究成功地阐明了歪曲的梦境的这种因素时，我们不难认清，夜间的梦正和白日梦——我们都已十分了解

的那种幻想——一样，是愿望的实现。①

弗洛伊德对梦的本质的看法是否正确，尚待讨论，但他发现梦与艺术创造中的共同特点——幻想与想象，则无疑是正确的。在唐诗中，诗人往往喜欢以梦境为框架，表现人类心理活动的微妙变化。②

直接以“梦”名题的，如岑参的《春梦》：

洞房昨夜春风起，遥忆美人湘江水。枕上片时春梦中，行尽江南数千里。

前两句写梦前之思，后两句写梦中之思。由于诗人一直怀念美人，所以晚上因忆成梦，梦中相逢了。在枕上虽只片刻，而在梦中却已走完了到江南的数千里路，到达美人所在的湘江之滨了。“片时”谓时间之短，“数千里”谓路程之辽远，时空相衬，在时间的瞬息与空间的广阔中，显示出浓情蜜意。醒时多年无法完成的愿望，在梦中片刻就实现了。套弗洛伊德的理论说，这是积压郁积的欲望通过梦这种假想的方式得到了宣泄和满足，并通过

---

① [奥]弗洛伊德《创作家与白日梦》，见伍蠡甫主编《现代西方文论选》，上海：上海译文出版社，1983年，第144页。中国古代对梦的看法可参见刘文英《梦的迷信与梦的探索》，北京：中国社会科学出版社，1989年。钱锺书《管锥编》第2册(第488—500页)对有关梦的文献亦有论列，并从梦的构成角度具体划分出“因梦”和“想梦”两类梦。可参读。

② 本书第八章第四节另有“李白作品中的‘梦’”，以李白作品为例讨论唐诗和梦的错综复杂关系，可参读。

艺术的手段得到升华，使之成为一篇脍炙人口的名作。①

陈陶的《陇西行四首》其二虽不是以梦名题，但三、四两句“可怜无定河边骨，犹是春闺梦里人”，则是以梦来描绘思妇的心理活动。征夫奔赴国难，奋不顾身，早已命丧边塞，冷月空照枯骨，但思妇犹在悬想追念，在梦境中与征夫相见。作者异想天开，措辞警辟，将累累“河边骨”置于香艳温存的“春闺梦”中，现实空间与梦幻空间相叠映，现实时间则与梦幻时间相交错，从画面上看，置丑陋恐怖的枯骨于美妙的幻境中，反差强烈，震撼人心，可谓化腐朽为神奇，故能传唱千年，历久不衰。

杜甫的《梦李白二首》系思念友人所作，李白因永王璘事件遭拘被贬，后遇赦放还，杜甫长时未获李白的消息，误以为他仍在贬所，于是忧念成梦，便写成了这两首作品：

> 死别已吞声，生别常恻恻。江南瘴疠地，逐客无消息。故人入我梦，明我长相忆。君今在罗网，何以有羽翼？恐非平生魂，路远不可测。魂来枫林青，魂返关塞黑。落月满屋梁，犹疑照颜色。水深波浪阔，无使蛟龙得。

---

① 贺裳《载酒园诗话》卷一：“诗有同出一意而工拙自分者。如戎昱《寄湖南张郎中》曰：‘寒江近户漫流声，竹影当窗乱月明。归梦不知湖水阔，夜来还到洛阳城。’与武元衡‘春风一夜吹乡梦，又逐春风到洛城’。顾况‘故园此去千余里，春梦犹能夜夜归’同意，而戎语为胜，以‘不知湖水阔’五字，有搔头弄姿之态也。然皆本于岑参‘枕上片时春梦中，行尽江南数千里’。至方干‘昨日草枯今日青，羁人又动故乡情。夜来有梦登归路，不到桐庐已及明’。则又竿头进步，妙于夺胎。”（见《清诗话续编》第1册，第219页）贺裳所论列唐诗皆有梦意象，其中尤推重岑诗。

浮云终日行，游子久不至。三夜频梦君，情亲见君意。告归常局促，苦道来不易：江湖多风波，舟楫恐失坠。出门搔白首，若负平生志。冠盖满京华，斯人独憔悴。孰云网恢恢，将老身反累。千秋万岁名，寂寞身后事！

这两首诗都从梦前写到梦中，又从梦中写到梦后。其中第一首为初梦之作，首四句叙述李白放逐事，是致梦之因，“故人”八句叙梦中相接之情，末四句写梦后心事。第二首从频梦叙起，接着代述梦中心事，末以深致代不平。均属于所谓的“一头两脚体”。陆时雍评曰：“是魂是人，是梦是睹，都觉恍惚无定，亲情苦意无不备极矣。”(《唐诗镜》卷二一)仇兆鳌评论说：“前章说梦处，多涉疑词；此章说梦处，宛如目击。形愈疏而情愈笃，千古交情，唯此为至。然非公至性，不能有此至情。非公至文，亦不能写此至性。”(《杜诗详注》卷七)这种记梦模式对后世影响甚大①，苏东坡《江城子·乙卯正月二十日夜记梦》，辛弃疾《破阵子·为陈同甫赋壮词以寄之》均袭此格，以梦前、梦中、梦后为顺序，虚实相间，逐层递进，以情感逻辑的线索贯穿始终，心迹婉曲，唱叹有神。

李白的《梦游天姥吟留别》，又题作《别东鲁诸公》，题虽有别，但并不影响对其内容的理解。全篇首段夸张天姥山的雄伟，

① 贺贻孙《诗筏》：“诗中说梦，如蔡伯喈‘梦见在我傍，忽觉在他乡’，拟似空幻，恰是梦境。然‘凛凛岁云暮’一篇，皆梦境也。……段段空幻，不独为少陵《梦李白》二诗之祖，且开汤临川《牡丹亭》无限妙想。”(见《清诗话续编》第1册，第148页)则少陵此种写法亦受前人启发。

因而向往入梦。次段叙梦境，“我欲因之梦吴越，一夜飞度镜湖月”，写现实中无法实现的愿望，在梦境中得到了充分的满足，作者首先写梦登天姥，次写梦游天姥，由显而晦，又由晦而显，迷离恍惚，零乱破碎，正是梦中印象。末段又以梦游推见世事虚幻，以高扬个性精神、追求理想人格作结。

唐诗中以梦境表现深层心理最著名的还要推李贺，李商隐曾记了这样一个传闻：

> 长吉将死时，忽昼见一绯衣人，驾赤虬，持一板书若太古篆或霹雳石文者，云：“当召长吉！”长吉了不能读，欻下榻叩头言，阿㜷老且病，贺不愿去。绯衣人笑曰：“帝成白玉楼，立召君为记，天上差乐不苦也！”长吉独泣。边人尽见之。少之，长吉气绝。常所居窗中，㶿㶿有烟气，闻行车嘒管之声。

《宣室志》还记载了他死后托梦给其母郑氏夫人的传说，虽荒诞不经，但若结合他的作品来看，就不难发现，李贺是一个耽于幻想的诗人，他的《梦天》《天上谣》《瑶华乐》《兰香神女庙》《贝宫夫人》都是以白日梦的形式表现其潜意识中的某些欲望，内心本能冲突在扭曲状态下得到显现，意念和希望在梦境幻想中得到满足。前人曾指出他的这类作品的一个共同特点是“泄其隐情，偿其潜意”①，因此经常带有浓厚的悲剧情味和乖戾的病态色调。现

---

① 洪为法语，引自朱自清《李贺年谱》，见《朱自清古典文学论文集》下册，上海：上海古籍出版社，1981 年，第 522 页。

代一些论者简单地认为是理想生活的追求与渴望，实属皮相之见①。

还有一类作品是写因思念之极希望梦中相见，以便在假想中实现虚幻的愿望，孟浩然的《除夜有怀》：“守岁家家应未卧，相思那得梦魂来。”从对面落笔，写因家人为守岁而尚未睡眠，故假借梦来交流感情而不得。李商隐《过招国李家南园》：“惟有梦中相近分，卧来无睡欲如何？”则写因思念而想托梦交神，思念虽至极，却因失眠而失去了梦中相逢的机会。有些作品感叹梦中相见之短促，反又凭空增添醒后相思之剧烈。如元稹《梦昔时》：

> 闲窗结幽梦，此梦谁人知？夜半初得处，天明临去时。山川已久隔，云雨两无期。何事来相感，又成新别离。

别离已够痛苦，本想借梦来逃避现实，麻醉感情，可梦中非但没有达到这一可怜的目的，没有满足这一意愿，反在梦境中又出现新的离别，旧伤未愈，新痛又添，新旧勾连，虚实相衬，更烘托出苦情之沉重压人。钱锺书拈出后代诗词对此法的继承发扬，充类至极，如贺铸《菩萨蛮》：“良宵谁与共，赖有窗间梦，可奈梦回时，一番新别离。”陈见复《悼亡》其二：“何必他生订会期，相逢即在梦来时。乌啼月落人何处，又是一番新别离。”梦中景象既虚幻不真，且又匆匆而别，不能使人的愿望得以充分的满足和实现，所以，诗人的感情就反向发展，形成一种逆反心理。“梦见

① 参见本书第八章第五节“李贺诗中的‘辞’与‘理’”有关论述。

不真而又匆促，故怏怏有虚愿未酬之恨；真相见矣，而匆促板障，未得遂心所欲，则复怏怏起脱空如梦之嗟。”①如王嘉《拾遗记》中记载石崇爱婢回答石崇的话：“生爱死离，不如无爱。”李白《相逢行》中说：“相见不得亲，不如不相见。”李商隐《昨日》中说：“未容言语还分散，少得团圆足怨嗟。”《红楼梦》第三十一回黛玉说：“人有聚就有散，聚时欢喜，到散时岂不清冷？既清冷则生感伤，所以不如倒是不聚的好。”均可作为元稹诗的注脚。至于白居易《读禅经》“言下忘言一时了，梦中说梦两重虚”，邵雍《闲行吟》“梦中说梦重重妄，床上安床叠叠非”，皆是虚虚结合，以梦为喻，表现精致复杂的旨趣。

①《管锥编》第3册，北京：中华书局，1979年，第1047页。

第六章　唐诗的自然书写

东西方艺术的差别同时也表现在对自然的不同态度上。西方艺术受柏拉图精神与物质两分法的影响，人与自然在希腊罗马时代就处于一种不可调和的对立状态。随着基督教义的广泛传播，所有关于无限的概念必须皈依上帝，因此，对自然的赞美、对山水的沉醉几乎被当作一种罪恶。自然山水谈不到灵秀和壮美，而是被当作自然界的“羞耻和病态”，甚至到了十七世纪，一些诗人笔下的风景仍然被描述为：

> 那里自然只受着污辱
> 地土如此的畸形，行旅者
> 应该说这些是自然的羞耻：
> 像疣肿，像瘤，这些山……①

① 转引自《叶维廉比较文学论文选》，第112页。

有人指出："准确无误地证明自然对于人类精神有深刻影响的还是开始于但丁……他可能是自古以来只是为了远眺景色而攀登高峰的第一人。"①在英语文学中，第一个直接描写大自然的作品可能是十八世纪詹姆斯·汤姆森的《四季》诗，该诗曾受到莱辛的非难与抨击。浪漫主义思潮兴起后，西方人对自然的态度发生了变化，由厌恶变为热爱，却又走到另一个极端，自然又成为他们发泄情感的代用品。

与此相反，中国文化对自然的认知虽然也经历了漫长的发展变化过程，但总的来说，受儒家"天人合一"与道家"天道自然"思想的影响，中国人一直与自然保持着一种亲和的关系，不拘行迹，不分主客。自然不光是人们的财用之源，而且是人们的精神食粮。"山林欤，皋壤欤，使我欣欣然而乐欤！"（《庄子·知北游》）特别是当文人们仕途失意后，更能从自然的无私馈赠与神秘启示中，消解瘀痛，超越现实，体合宇宙的合规律性与合目的性。

自然在中国人面前，永远是可望而不可即的"所谓伊人"。这种虚灵而又亲密的关系，使西方现代派诗人艳羡不已。难怪有人说："把自然当作一种语言使用是中国对庞德永久的赋予……中国向庞德打开眼界去面对被帕尔格瑞芙或但丁亵渎的自然，并且以新的方法使用这种语言，更微妙，更明快，而必然也更新鲜。"②但是，正如中国人不可能理解西方人为何不对君王下跪，

---

①《意大利文艺复兴时期的文化》第四篇，见《诗探索》1984 年第 13 期，第 134 页。
② 转引自《诗探索》1984 年第 13 期，第 149 页。

而要对情人下跪一样，庞德也可能永远无法明白中国人为何对自然那样一往情深，中国古代诗歌特别是唐诗为何总离不开自然意象？

一、极视听之娱

人与自然的关系式中均含有变量。一方面，人类通过自己的实践活动，影响、征服和改变着异己的原始蛮荒的自然界，使自然打上人的烙印，成为人化的自然。另一方面，人在改造自然的同时，也在不断地改变着自己对自然的态度。诚如普列汉诺夫所说："(自然界)对我们的影响是随着我们自己对自然界的态度的改变而改变的，而我们自己对自然界的态度是由我们的(即社会的)文化的发展过程所决定的……在社会发展的各个不同的时代，人从自然界获得各种不同的印象，因为他是用各种不同的观点来观察自然界的。"①正是这种人与自然之间关系的不断变化，才使自然由巫术礼仪、宗教祭祀的对象，由伦理道德的比附和象征物，转变为独立的审美对象，而人对自然的态度也有一个从宗教态度到功利态度(实用功利和精神功利)，再到审美态度的转变，先秦典籍中所记载的"望秩于山川""山川之望""望祭"，实即人们在原始宗教观念作用下的自然崇拜仪式，在这时，高山大川还不是愉悦身心的审美对象，而是顶礼膜拜的神物。荀子从人与自

①《没有地址的信》，见《普列汉诺夫美学论文集》第1册，北京：人民出版社，1983年，第333页。

然的物质功利关系出发，认为“天之所覆，地之所载，莫不尽其美，致其用”(《荀子·王制》)，则是从实用的观点看自然，天地万物之所以美，是因为它提供给人们舟楫之利、财用之源，反映了自然从“神化”向“人化”的转变和过渡。同时，人们也感到了自然与人的精神生活的密切联系，自然对人的道德情操的象征和暗示意义，于是产生了“以物比德”的观点，《论语》中所说的“智者乐水，仁者乐山”“岁寒然后知松柏之后凋也”等，都是从伦理道德的观点去看自然现象，把山水看作是人的某种精神品质的表现和象征，第一次揭示了人与自然在广泛的样态上可以互相感应交流的关系，在自然史和美学史上有着极其重要的意义。

自然景物的描写源远流长，在《诗经》中已有许多。或状桃花之鲜，或尽杨柳之貌，或拟雨雪之状，并以少总多，情貌无遗，古简浑成，对后世影响极大；但多为比兴发端之词，即情感的媒介与陪衬物，物色多而景色少，纵使涉笔所及，止乎一草一木、一水一石，比较简略原始。《楚辞》写景比《诗经》有很大进步，瑰怪之观，淡远之境，重沓舒状，曼长流利。如《橘颂》的通篇状物，《湘夫人》中的“袅袅兮秋风，洞庭波兮木叶下”，活脱空灵，情韵悠悠。但总的说来，有如下特点：(1)景为情役，而非独立自在；(2)片段局部，而非通篇整幅；(3)多虚构想象，而非身历目见之真实景物。汉赋描写景物继承《楚辞》的特点，铺陈形势，夸张声貌，天上人间，东西南北，包括宇宙，总揽人物，其气魄与场面前所未有。然因夸以成状，沿饰而得奇，“考之果木，则生非其壤；校之神物，则出非其所?”(左思《三都赋序》)与之相反，则山川城邑咸稽之地图，鸟兽草木犹验之方志，殆同谱录，比似类书。第一首被公认全篇写景的诗是曹操的《步出夏门行·观沧海》。

魏晋以来，随着社会生活的发展，随着人的理性的觉醒，人与自然关系的丰富性、复杂性和层次性得以逐步展开，文学从经史中独立出来，自然山水也由人们赖以谋生的致用之所和取资之源，由个人品德和社会政教的比喻与象征物，一跃而为独立的审美观赏对象。在诗歌中，山水由原来仅作为人事的背景衬托、比兴发端的媒介，变为独立的描写对象。朱光潜说："兴趣由人事而移到自然本身，是诗境的一大解放，不特题材因之丰富，歌咏自然的诗因之产生，即人事诗也因之得到较深广的义蕴。""所以……是诗的发达史中的一件大事。"①钱锺书说："诗文之及山水者，始则陈其形势产品，如《京》、《都》之赋，或喻诸心性德行，如《山》、《川》之颂，未尝玩物审美。继乃山水依傍田园，若茑萝之施松柏，其趣明而未融……终则附庸蔚成大国，殆在东晋乎？"②

玄学和老庄泛神论体系关于"天道自然"理论的重新认识与阐发，冲破了两汉谶纬神学和烦琐经学的桎梏，廓清了长期蒙在山水上的神秘灵怪和政教比附的迷雾，成为促使人们领悟山水自然美的契机，被扭曲的自然形象得以拨正，合理的感性追求被充分肯定。这是思想的解放，同时也是自然的解放。

登临赏玩名山胜水，不仅开阔了人们的视野，而且用自己的

---

① 朱光潜《中西诗在情趣上的比较》，载《中国比较文学》第 1 期，杭州：浙江文艺出版社，1984 年，第 40 页。

② 钱锺书《管锥编》第 3 册，第 1037 页。

感官领略到了山容水态、鸟语花香，获得了与井邑都市旨趣大异的快适和愉悦感，嵇康《与山巨源绝交书》中自述："游山泽，观鱼鸟，心甚乐之。"羊祜镇守襄阳时，"乐山水，每风景，必造岘山，置酒言咏"(《晋书·羊祜传》)。顾恺之从会稽还，人问山川之美，顾云："千岩竞秀，万壑争流，草木蒙笼其上，若云兴霞蔚。"(《世说新语·言语》)此外，如曹操的碣石观海，七贤的竹林放性，石崇的金谷邀游，王羲之的兰亭聚会，陶渊明的采菊东篱，都是一时盛事，千古佳话。左思《招隐诗》其二说："非必丝与竹，山水有清音。"山水胜过丝竹，自然胜过人为，在诗歌史上，这确实是破天荒的新发现，它预示着诗歌的一个新时代的到来。

田庄环境的园林化，是晋宋以来庄园主和贵族文士生活的一大追求，选择山水佳境营建别墅池馆，或在田庄内造园构景，这样就可以使远近胜概，历历在目。谢安"于土山营墅，楼馆林竹甚盛"(《晋书·谢安传》)。戴颙"出居吴下，吴下士人共为筑室，聚石引水，植林开涧，少时繁密，有若自然"(《宋书·戴颙传》)。茹法亮"宅后为鱼池钓台，土山楼馆长廊将一里，竹林花药之美，公家苑囿所不能及"(《南史·茹法亮传》)。西晋的石崇、潘岳，东晋的王羲之、许询，刘宋时的谢灵运也都有著名的别墅园林。就经济实质而言，这些当然都是庄园主侵占山林川泽，实行封闭的自然经济的结果，但从诗歌创作的生活积累角度来说，却对士人熟悉、热爱园中的峰林泉石，进一步观察发现山水自然美，有着重要的作用。因为园林一方面可以实用居处，另一方面又可观照自然。不仅可以观赏园内的微型山川、袖珍林泉，而且可以通过“借景”的造园创作方式，观察礼赞园外大自然。①

关于自然山水对人的作用，在此时也有许多新的探讨，王羲之《兰亭集序》中说：“此地有崇山峻岭，茂林修竹，又有清流激湍，映带左右……天朗气清，惠风和畅……所以游目骋怀，足以极视听之娱，信可乐也。”张华《答何邵诗》：“属耳听莺鸣，流目玩儵鱼。从容养余日，取乐于桑榆。”谢灵运也说：“昏旦变气候，山水含清晖。清晖能娱人，游子憺忘归。”(《石壁精舍还湖中作》)这种娱乐，既不同于获得某种物质享受时的满足，又不同于道德追求时的欣慰，更不同于宗教礼拜时的迷狂情感。这是物的感性形式作用于人们的视听感官所产生的愉悦身心的快感，即美感。晋宋以来，士人雅集，喜欢游山玩水，当然隐含着许多复杂的时代、社会和历史原因，但是，属耳流目的感性追求，能产生生理快适与心理愉悦，也当是原因之一。

基于以上原因，学界一般认为把高山大川作为自然美来观赏完成于晋宋六朝时期，此时“人们对自然的观念趋向成熟”②，山水文学“兴起于魏晋，成熟于南北朝”③。笔者不同意这种看法。魏晋以来，虽然玄学家从思辨的角度讨论言意、形神等问题，宗炳提出了山水“畅神”(《画山水序》)理论，但如果我们结合当时的审美实践，就会发现人们更注意和沉醉的是茂林修竹、清流激

① 园林与文学的关系，参见拙著《唐代园林别业考论》(西安：西北大学出版社，1998年)一书的有关论述。

② 石夷《从“望秩于山川”到“悦山乐水”》，《复旦学报》1985年第1期。

③ 崔承运《试论山水文学的兴起及原因》，《学术月刊》1985年第5期。

湍、莺鸣燕语等物的外在形式，属耳流目、游目骋怀，主要为的是“极视听之娱”，为的是感官娱乐。《列子》一书，今已公认为魏晋时所作，其中《杨朱篇》宣扬的纵欲肆志，追求感官享乐，可视为贵族文士纵酒放诞、属耳流目的理论说明：

> 人之生也奚为哉？奚乐哉？为美厚尔，为声色尔。而美厚复不可常厌足，声色不可常玩闻。乃复为刑赏之所禁劝，名法之所进退；遑遑尔竞一时之虚誉，规死后之余荣；偊偊尔慎耳目之观听，惜身意之是非；徒失当年之至乐，不能自肆于一时。重囚累梏，何以异哉？……恣耳之所欲听，恣目之所欲视，恣鼻之所欲向，恣口之所欲言，恣体之所欲安，恣意之所欲行……为欲尽一生之欢，穷当年之乐。唯患腹溢而不得恣口之饮，力惫而不得肆情于色；不遑忧名声之丑，性命之危也。

张湛在该篇注中也公然声称：

> 故当生之所乐者，厚味、美服、好色、音声而已耳。而复不能肆性情之所安，耳目之所娱，以仁义为关键，用礼教为衿带，自枯槁于当年，求余名于后世者，是不达乎生生之趣也。

这种娱生恣体的享乐之风和纵欲思想，导致了对声色美的热烈追求。服药求仙，希冀生命绝对长度的延长，终究有些虚幻；

“于是尽量地把握住这现存的一刻”①，最大限度地发挥享受，以求得生命相对密度的增加。《抱朴子·崇教》非难汉末晋初的风气“唯在于新声艳色、轻体妙手，评歌讴之清浊，理管弦之长短，相狗马之剿驽，议遨游之处所，比错途之好恶，方雕琢之精粗”。虽有些偏颇，但却切中时弊。新声艳色、饮酒纵欲为的是穷欢尽娱，游览自然山水也是为了玩赏取乐。《晋书·王羲之传》载：“(羲之)又与道士许迈，共修服食，采药石，不远千里，遍游东中诸郡，穷诸名山，泛沧海，叹曰：‘我卒当以乐死！’”山水胜景竟然能使人“卒当乐死”，一方面说明自然对人的感性作用；另一方面，也透露出自然被降低到与药酒食散一般地位，仅供贵族文士作为满足欲求、尽情享受的代用品。再看《晋书·谢安传》的记载：“(谢)安虽放情丘壑，然每游赏，必以妓女从。”这就更明显地说明山水丘壑在当时人们心目中与艳色新声具有同等的作用。换言之，晋宋以来，人们更多地满足于山水景观的形体、色彩、音响等外在形式所引起的娱乐和快适，其实质说穿了“是在声色狗马之外寻求感官上的满足”②，“构成这种渴望的基础是属于生物学的一种对完美的形式的追求”③。主客体在这里并没有真正统一起来，自然山水并没有渗透到人们的心灵深处，并没有与人发生相互感应交流的关系。

这种现象不光在自然山水欣赏上，在文学创作中也存在，刘勰从理论上提出：“写气图貌，既随物以宛转；属采附声，亦与

① 王瑶《中古文学史论》，北京：北京大学出版社，1998 年，第 169 页。
② 游国恩等主编《中国文学史》第 1 册，北京：人民文学出版社，1963 年，第 312 页。
③《高尔基论文学续集》，北京：人民文学出版社，1979 年，第 336 页。

心而徘徊。”(《文心雕龙·物色》)要求写物抒情，互相结合，随物宛转中有情在，与心徘徊中有物在。但在创作实践中，却是：“自近代以来，文贵形似，窥情风景之上，钻貌草木之中。”(同上)极貌写物，穷力追新。山水画创作中，从理论上，自然美观念已萌芽，但山水画仍未从人物画科中独立出来，仅仅是人物活动的背景。宗炳《画山水序》中已提出“竖划三寸，当千仞之高；横墨数尺，体百里之迴”。但在作品中却往往“或水不容泛，或人大于山。率皆附以树石，映带其地。列植之状，则若伸臂布指”(《历代名画记》卷一)。甚至到了隋代展子虔、杨契丹，唐初阎立德、阎立本“尚犹状石则务于雕透，如冰澌斧刃；绘树则刷脉镂叶，多栖梧宛柳，功倍愈拙，不胜其色”(同上)。没有把握住客观对象的内在特征，所花工夫越多，反而愈显得笨拙和呆板，带有严重的匠气，并不能高于自然美本身，达到神化的境界。

二、是中有深趣矣

属耳流目，是感知自然的出发点，而不是终极目标；悦山乐水、极视听之娱是山水美感的基本形式，但不是唯一形式和最高层次。直到盛唐，由于理论思维的发展和艺术实践的丰富，人们对玩物审美有了更深层次的认识，山水自然美观念才最后形成，并对宋元以后的山水诗画创作产生了深远的影响。唐代诗人对自然书写的新认识主要表现在以下方面。

第一，由满足自然景物的外在形式，到探究山水的内在意蕴和意趣。在王孟山水田园诗中，不光铺陈描写大自然的美景，而且更注意探究自然山水的“趣”、自然的奥秘。在孟浩然的诗中，经常用“探讨”一词：

> 探讨意未穷，回舻夕阳晚。（《登鹿门山怀古》）
> 扪萝亦践苔，辍棹恣探讨。（《宿天台桐柏观》）
> 轻舟恣往来，探玩无厌足。（《春初汉中漾舟》）

就是说不光耳目玩赏，还要探讨求索。“不仅要在表面上感觉，而且要在内心攀登解释的高峰”①。那么，究竟要探求解释什么呢？是儒家经典的微言大义，还是空洞的玄理禅机？诗人明确告诉我们，是山水所蕴含的意趣，是自然景物焕发出的生机与灵气：

> 结构意不浅，岩潭趣转深。（《和于判官登万山亭因赠洪府都督韩公》）
> 何如石岩趣，自入户庭间。（《宿立公山房》）
> 日耽田园趣，自谓羲皇人。（《仲夏归南园寄京邑旧游》）

王维《晓行巴峡》中也说：“赖谙山水趣，稍解别离情。”《山中与裴秀才迪书》进一步认为：“当待春中，草木蔓发，春山可望，轻鲦出水，白鸥矫翼，露湿青皋，麦陇朝雊，斯之不远……然是中有深趣矣。”谈到王维的山水画，前人也多以能“因性之自

① ［日］今道友信《关于美》，哈尔滨：黑龙江人民出版社，1983 年，第 165 页。

然，究物之微妙”(《山水纯全集·后序》)，“发景外之趣”(王世贞《艺苑卮言》附录四)。

南朝宋时的宗炳就曾谈到“山水质有而趣灵”，峰岫云林，“万趣融其神思”(《画山水序》)，但从哲学高度立论，且神秘玄虚，谢赫说：“若拘以体物，则未见精粹；若取之象外，方厌膏腴，可谓微妙也。”(《古画品录》)虽非专谈山水，但确是准的之矢。到了唐代，除王孟的论述外，皎然明确主张描写山水景物要写它的“飞动之趣”(《诗评》)，明代高濂论画“以天趣、人趣、物趣取之”(《燕闲清赏笺》)。袁宏道说：“世人所难得者唯趣。趣如山上之色，水中之味，花中之光，女中之态……夫趣得之自然者深，得之学问者浅。当其为童子也，不知有趣，然无往而非趣也。……孟子所谓不失赤子，老子所谓能婴儿，盖指此也。趣之正等正觉最上乘也。山林之人，无拘无缚，得自在度日，故虽不求趣而趣近之。”(《叙陈正甫〈会心集〉》)汤垕《画论》中说：“山水之为物，禀造化之秀，阴阳晦冥，晴雨寒暑，朝昏昼夜，随形改步，有无穷之趣。”可见，趣是自然界勃发出的盎然生机，是山川灵气回荡吐纳、卷舒取舍所呈现的律动，同时也是作者诗心观照澄映自然而流露出的律化情调，在表现自然美时所努力追求的一种更深的艺术境界，在欣赏和表现自然时，如果“拘以体物”，就不能得物之“精粹”深趣，山水景物如泥人土马，有生形而无生气；若能取之象外，“度物象而取其真”(荆浩《笔法记》)，即可华奕照耀，动人无际。这种思想在西方文学中也可以得到印证，华兹华斯《不朽的形象》中说：“我看最卑微的花朵都有思想，深藏在眼泪达不到的地方。”他的素体诗《丁登寺旁》表现“自然界最平凡最卑微之物都有灵魂，而且它们是同整个宇宙的大灵魂合为一体的”①。凡·高说：“我在全部的自然中，例如在树林中，见到表情，甚至见到心灵。”②黑格尔则说：“外在的因素——对于我们之所以有价值，并非由于它所直接呈现的；我们假定它里面还有一种内在的东西，即一种意蕴，一种贯注生气于外在形状的意蕴，那外在形状的用处就在指引到这意蕴。”③

第二，在人与自然的关系上，由物我并峙对立，转变为物我交融、情景合一。晋宋诗人，除陶渊明外，大部分人未能在山水诗中解决物我与情景的关系问题。对于六朝的贵族文士来说，自然只是他们属耳流目的玩赏对象，或者只是他们追求玄远、神超理得的手段。用形象来谈玄论道，把山水作为体道悟玄的媒介，所谓“敷陈形而上者，必以形而下者拟示之”，自然界实际并没能真正构成他们生活和抒发心情的一部分，主客体在这里仍然与观赏、思辨对峙着，于是出现情与景、心与物“截分两橛”(《姜斋诗话》卷二)的弊病。在唐代山水田园诗中，则多采用直寻兴会、缘物起情的方式：

愁因薄暮起，兴是清秋发。(孟浩然《秋登兰山寄张五》)

昨夜吴中雪，子猷佳兴发。(李白《答王十二寒夜独酌有怀》)

① 王佐良《英国语言学论文集》，北京：外国文学出版社，1980年，第79页。

② [德]瓦尔特·赫斯编《欧洲现代画派画论选》，北京：人民美术出版社，1980年，第28页。

③ [德]黑格尔《美学》第1卷，北京：商务印书馆，1979年，第24页。

兴来无远近，欲去惜芳菲。（于良史《春山夜月》）

竹屋临江岸，清宵兴自长。（姚合《夏夜宿江驿》）

心情意绪、兴寄内容往往因山水景物触动感发，从形象中自然而然地流露出来，即景造意，很少通篇说理而无具体形象，或整首形似之言，而无感兴之情，力求主客体的统一、心物的感应。并且，逐渐由相互外在的感兴交会，发展到相互内在融契渗透，体合妙有。“搜求于象，心入于境。神会于物，因心而得”（《唐音癸签》卷二引）。如孟浩然《宿建德江》这首绝句，融情入景，思与境偕。“移舟”两句，随着缓慢疲惫的桨声，我们仿佛被摇入一个微茫惨淡、凉气氤氲的渚头，小舟系缆泊定，结束了一整天的漂流。然而诗人的一颗愁心却似乎要化入那一片空旷寂寥的暮色中，飘荡不定，无处着落。“江清月近人”，月影与人互相激射，彼此交流，在作者那落魄失意、索漠悲凉的心田上，洒进一缕慰藉的光，使人感到一丝的温暖、片刻的惬意。但是，当我们再仔细品味，就会感到，天野空旷，则显得诗人渺小孤独；与明月亲近，自是与人世疏远，在空间的大小远近对比中，潜含着诗人的隐痛和轻愁，表现出客居中的游人被弃置的心境。这样，清江明月非但没有冲淡拂散诗人的愁云，反而和诗人的客愁因依含吐，交融复合，涯际不分，笼罩在整个建德江头。简短的四句，犹如亭台楼阁的四根立柱，一方面塑造了一个立体形象，凝固为一个空间景观，自成一个天地；另一方面却又涵濡着心灵，吞吐着宇宙，与天地精神相往来。这是物的泛我化与人的拟物化的统一，是个人情思与自然景物的媾联沓合。

《夏日南亭怀辛大》一首遇景人咏，开篇两句："山光忽西落，池月渐东上。""忽""渐"二字，不但传达出夕阳西下与素月东升给人的实际印象，而且"夏日"可畏而"忽"落，明月可爱而"渐"起，又表现出一种情绪判断。"荷风送香气，竹露滴清响"一联，则继续从嗅觉和听觉两方面描写这种快适愉悦的心理体验，表现出作者对景物感受灵敏，体贴入微，说明他的心境与自然的契合无间。李白的"相看两不厌，只有敬亭山"(《独坐敬亭山》)，写人与自然的感应交流，传达出独坐之神，与"江清月近人"有异曲同工之妙。杜甫的"一重一掩吾肺腑，山鸟山花吾友于"(《岳麓山道林二寺行》)，亦体现出人与自然的亲密关系。

第三，正因为诗人观于山水而不滞于山水，寓意于物而不留意于物，不是满足沉溺于山容水态的感性形式，而是试图进一步探究山水之中的"灵气与生机"，以直观的方式体合宇宙人生的合规律性与合目的性，因此，就美感层次而言，就不仅仅是晋宋时期的"极视听之娱"了，而是怡神悦志——通过感官，获得一种超感官的享受，"在道德的基础上达到的一种超道德的境界"①。从心理学的角度来看，它是主体的知觉分析与认知加工经过整合而呈现的一种心态。如孟浩然的《春晓》，首句破题，第二、第三句虚实相生，写出啁啾鸟鸣，潇潇风雨，此起彼落，远近应和，构成一个美妙而缥缈的音乐世界。第四句则是诗人对大自然花开花落、变动不居的顿悟，传达出身心独喻之微。全首由听觉引发想

①《李泽厚哲学美学文选》，长沙：湖南人民出版社，1985 年，第 410 页。李泽厚将美感分为"悦耳悦目""悦心悦意""悦志悦神"三个层次，本章即援此观点立论。

象，通篇猜境，诗人将自己的心灵沉浸到大自然的律动里，领略户外缤纷万象活泼跳跃的机趣，在人世烦扰之余，获得无所关心的满足，“如此等语，非妙悟者不能道”(《唐诗合选详解》)。庄子说：“天地有大美而不言，四时有明法而不议，万物有成理而不说。”(《庄子·知北游》)“无听之以耳，而听之以心；无听之以心，而听之以气。”(《庄子·人间世》)“视乎冥冥，听乎无声，冥冥之中，独见晓焉；无声之中，独闻和焉。”(《庄子·天地》)抛开其神秘虚幻的外壳，正是揭示了这种深层的审美境界。诗人可以在感性自身中求得永恒，在这时空中超越时空，身与物化，达到所谓“至乐”“极乐”的境界。恩格斯谈到自然风景欣赏时曾意味深长地说：“当大自然向我们展示出它的全部壮丽，当大自然中睡眠着的思想虽然没有醒来但是好像沉入金黄色的幻梦中的时候，一个人如果在大自然面前什么也感觉不出来，而且仅仅会这样感叹道：‘大自然啊！你是多么美丽呀！’——那么他便没有权利认为自己高于平凡和肤浅的人群。在比较深刻的人们那里，这时候就会产生个人的病痛和苦恼，但那只是为了融化在周围的壮丽之中，获得非常愉快的解脱。”①既悠然意远而又怡然自足，虽超脱但又非出世，唐代山水田园诗中对自然的态度，区别于南朝诗人，这恐怕是原因之一。

---

①《马克思恩格斯论艺术》第4册，北京：人民文学出版社，1966年，第399页。

三、取神于陶谢之间

山水诗的形成和发展丰富并完善了自然美观念，而观念的变革和深化又促进了山水诗的飞跃和成熟。山水诗由晋宋到盛唐，由谢灵运到王孟，就一直处于这种变化中。

第一，从模山范水到神韵自然。关于发轫期的山水诗创作，刘勰《文心雕龙》曾做过精辟的论述：“宋初文咏，体有因革，庄老告退，而山水方滋，俪采百字之偶，争价一句之奇。情必极貌以写物，辞必穷力而追新。”“自近代以来，文贵形似，窥情风景之上，钻貌草木之中。”这两段话是对初期山水诗崇尚“形似”特点的总结。钟嵘在《诗品》中品评当时作者的创作，亦多次使用“形似”一词，如评张协“巧构形似之言”，鲍照“贵尚形似”，“善制形状写物之词”，谢灵运“尚巧似”。沈约《宋书·谢灵运传论》谈到汉至魏的文学变迁时指出：“相如巧为形似之言”，也是从描写外物刻镂精细、比况状词丰赡华美着眼。《颜氏家训·文章》中评价陆逊：“实为精巧，多形似言。”宗炳谈到当时的山水画创作时也说：“身所盘桓，目所绸缪，以形写形，以色貌色……不以制小而累其似。”(《画山水序》)可见，模仿自然，达到“形似”，是当时山水诗画创作的时尚，是作者共同追求的目标，也是诗歌批评的美学标准。这与我们前面讨论的属耳流目、极视听之娱的审美观有着密不可分的关系。形似，“谓貌其形而得似也”(《文镜秘府论》地卷)。诗歌描绘自然由状物而写景，由铺陈形势产品，或喻诸心性德行，进而模范山水的形貌音响，确实是“诗运一转关也”（沈德潜《说诗晬语》卷上）。

谢灵运在前人山水诗创作的基础上，穷力追新，把这一题材发扬光大，体现了尚形似这一时代风尚。他在《山居赋注》中提出描写自然要“观貌相音”的原则，基本解决了体物赋形、再现自然山水的方法问题，他在傍山带江之处，扩建别墅，“尽幽居之美”。他还率众伐木开径，寻山陟岭，“江南倦历览，江北旷周旋”（《登江中孤屿》），恣意遨游，盘桓观赏大自然，他的一生可谓“终始山川”，所以能“研精静虑，贞观厥美”（《山居赋注》），从不同角度，运用不同手法描绘千姿百态的山光水色、朝霞夕霏。

如荒漠的山林：

石浅水潺湲，日落山照耀。荒林纷沃若，哀禽相叫啸。（《七里濑》）

夕阳的晚照：

时竟夕澄霁，云归日西驰。密林含余清，远峰隐半规。（《游南亭》）

川中的奔流：

乱流趋正绝，孤屿媚中川。云日相辉映，空水共澄鲜。（《登江中孤屿》）。

寻幽探胜，搜山剔水，工笔细描，穷形尽相，给我们再现了大自然的外形美。他的诗“写物图貌，蔚似雕画”(《文心雕龙·诠赋》)，“文章之美，江左莫逮”(《宋书·谢灵运传》)，故能够远近钦慕，名动京师。

但是谢诗的不足和缺陷，也是很明显的。他的许多山水诗情景并没有交融一块，而是采取情景分咏的方式，按照“叙事(纪游)—写景—说理(抒情)”这样的章法结构布局，如《登江中孤屿》《石壁精舍还湖中作》等都是前幅纪游叙事，中幅描绘江湖景色，后幅抒感说理，不是将感情渗透到每一句、每一个意象、每一片山水中，而是景物与情理的缀合组装。《南齐书·文学传论》：“今之文章，作者虽众，总而为论，略有三体。一则启心闲绎，托辞华旷，虽存巧绮，终致迂回。宜登公宴，本非准的。而疏慢阐缓，膏肓之病，典正可采，酷不入情。此体之源，出灵运而成也。”潘德舆亦评谢诗“芜累寡情处甚多”(《养一斋诗话》卷二)。有些诗以山水为理窟，借自然形象的刻画去表现或感悟玄理，还带着玄言诗的尾巴，反映出初期山水诗“庄老未退”的余风。钱锺书曾一针见血地指出：“余观谢诗取材于风物天然，而不风格自然；字句矫揉，多见斧凿痕，未灭针线迹，非至巧若不雕琢、能工若不用功者。”①以上批评敏锐地抓住了谢诗，同时也是南朝山水诗的致命弱点，尽管刻画得繁复细腻，但自然景物并未能活起来，“如丛彩为花，绝少生韵”(陆时雍《诗镜总论》)；“只摹仿现象中的自然，丝毫没有注意体现在我们情感和心灵力

①《管锥编》第4册，第1393页。

量中的自然”①。

唐代诗人对谢诗采取“挹彼清音，谢其密藻”（宋育人《三唐诗品》）的态度，师其所长，弃其所短。孟浩然《夏日南亭怀辛大》一首，表现了由于自然景物的触动，强烈地诱发了作者对友人的怀念之情，层递自然，由境及意而达于浑然一体，与谢灵运的《石门岩上宿》一首结构相似，情致同调，可以看出孟诗学谢之处。孟浩然还借用或化用谢灵运、谢朓的一些清秀之句，如《宿终南翠微寺》中的“更忆临海峤”，即出自谢灵运《登临海峤初发疆中作与从弟惠连见羊何共和之》诗题，孟浩然《早寒江上有怀》的后半首说：“乡泪客中尽，孤帆天际看。迷津欲有问，平海夕漫漫。”比较谢朓的名句“天际识归舟，云中辨江树”，不难看出玄晖渐启唐风之处，只是孟诗更加深融完整，超以象外，“纯是思归之神”（《唐宋诗举要》卷四）。孟浩然的“缅寻沧洲趣，近爱赤城好”一句也是由谢朓的“既欢怀禄情，复协沧洲趣”化出，然旨趣大异，谢诗表达了对兼济与独善、出与入矛盾的变相调和，而孟句则表现出作者要远离烦扰人世、一心向往山水的高蹈之情。在盛唐山水田园诗中，大多“物色带情”，如孟浩然《宿业师山房期丁大不至》：“夕阳度西岭，群壑倏已暝。松月生夜凉，风泉满清听。樵人归欲尽，烟鸟栖初定。之子期宿来，孤琴候萝径。”首联二句虽仅写日落西山，天色将晚，貌似客观叙述，但着一“倏”字，流露出作者汲汲顾景、唯恐不及的心绪。次联的松月风泉更衬托出作

① ［德］莱辛《汉堡剧评》，见《西方文论选》上卷，上海：上海译文出版社，1979 年，第 433 页。

者的孤独凄凉，欲与人共此良宵的心情，虽是景语，而盼望之情更自浮动。尾联见怀人殷勤之意，但用“孤琴”“萝径”托出，含蓄自然，又是情中含景之法。全诗直寻兴会，即物达情，景物满眼，而又感情深挚。

第二，从雕琢字句到妙于篇法。南朝诗多在语言文字上争奇斗艳，所谓“俪采百字之偶，争价一句之奇”。谢灵运山水诗中，也有一些名章秀句，例如“野旷沙岸净，天高秋月明”（《初去郡》），“池塘生春草，园柳变鸣禽”（《登池上楼》），“明月照积雪，朔风劲且哀”（《岁暮》），的确“如初发芙蓉，自然可爱”（《南史·颜延之传》）。至如“春晚绿野秀，岩高白云屯”（《入彭蠡湖口》），“白云抱幽石，绿筱媚清涟”（《过始宁墅》）等，则出于精心雕琢，表现了他极貌写物，穷力追新，“钩深索引，惨淡经营”的技巧，但像“俯濯石下潭，仰看条上猿”（《石门新营所住四面高山回溪石濑茂林修竹》）就不免有“字句滞累”（《古诗归》卷十一）了。

谢诗虽然“佳处有字句可见”（《诗镜总论》），但“披沙拣金，寥寥可数”（汪师韩《诗学纂闻》），一些诗多见斧凿痕，未灭针线迹，有句无篇。全诗往往气力不匀，不能一以贯之，显得结构疏慢。有时是清辞丽藻的堆砌，有时则是景物的迭累，密不透风，远近虚实不分，空间层次感不强。谢朓避免了谢灵运的繁复之累，他的山水诗清新隽秀，声韵悠扬，“已有全篇似唐人者”。但“微伤细密”“善自发诗端，而末篇多踬”（《诗品》），神气不完。还有些作品“篇篇一旨，或病不鲜”。唐诗中清新隽秀的写景名句俯拾皆是，如王湾的“海日生残夜，江春入旧年”（《次北固山下》），杜审言的“云霞出海曙，梅柳渡江春”（《和晋陵陆丞早春游望》），孟浩然的“微云淡河汉，疏雨滴梧桐”（《句》），王维的“江流天地外，山色有无中”（《汉江临眺》），李白的“飞流直下三千尺，疑是银河落九天”（《望庐山瀑布》），杜甫的“星垂平野阔，月涌大江流”（《旅夜书怀》）和“无边落木萧萧下，不尽长江滚滚来”（《登高》），但这并不是唐诗的主要特点。唐诗之妙，还不止在字句，而在篇法。通首一气，浑成自然，无迹可求，才是唐诗的特色。如孟浩然的《晚泊浔阳望香炉峰》：

挂席几千里，名山都未逢。泊舟浔阳郭，始见香炉峰。尝读远公传，永怀尘外踪。东林精舍近，日暮空闻钟。

此诗作于开元二十一年诗人自吴越还乡，途经九江时。上来四句，尺幅千里，一气贯下，直注庐山。五、六句为追念假想遐想，七、八句写东林精舍虽近，但高人不见，“空闻”而已，然用倒句法推出钟声，则又余音袅袅，不绝如缕。诗中写“望”而不即，造成审美心理的距离感和期待感，更令人悠然神远，向往不已。通体俱散，而气韵贯注，“所谓篇法之妙不见句法者”（《唐诗别裁集》卷九），“不可以炼字炼句求之”（施补华《岘佣说诗》）。读这样的作品，“我们能够在它的整体上看到神韵缥缈、灵气袭人的东西，可是要想从它的一物一景里找出所以然来，却是无论如何做不到的”①。这是由于诗人在创作时，不光注意单个意象的

① [日]西田几多郎《善的研究》，北京：商务印书馆，1980年，第75页。

选择安排，而且着眼于意象群的集合所呈现的整体效果，“一字一句之奇，皆从全首元气中苞孕而出，全首浑老生动，则句句浑老生动，故虽有奇句，不碍自然”（贺贻孙《诗筏》）。在“一字未构以前，胸中先有浑成之一片，此时无论云山，乃至虫鱼，凡所应用，彼皆早已尽在浑成之中”（金圣叹《与许祈年来兄》）。故有时虽合用几物，却只是一义，闻一多说：“自六朝以来，作诗的多炼散句，整篇匀称的作品很少见，所以大家都重视一气呵成的作品，孟浩然的诗大多是这种风格，如《听郑五习愔弹琴》《过故人庄》等等，都属体格高古，一气呵成这一类。”①就此我们可以看出谢诗与唐诗的差别。

第三，从描写江左风景到歌颂大好河山。从东晋到宋齐梁陈的二百七十年中，迭次易代，如走马灯似的，但都偏安于江南，帝王阀阅，纵情享受，“加以南都佳丽，山水娱人，避世情深，则匡时意少”，“中原板荡，恢复难期”②。这不仅使漫游和山水诗创作境域狭小，局限于江左风光，而且给正直的诗人文士心灵上造成创伤，悒悒然有失落寄身之感。陶渊明所写的景物，大半限于江西庐山周围，栗里上京，柴桑彭泽，他所经常走动的范围，很少超过百里。南朝山水诗所歌咏的对象，不过是半壁河山，东南一隅。谢灵运的山水诗以浙江的会稽、永嘉为主，谢朓现存作品的四分之一是在宣城任上所作。他们足未涉黄河，身未登岱岳，没有机会领略广袤的中原山水，大漠风光，所以胸襟、

① 郑临川《闻一多论古典文学》，第93—94页。

② 刘永济《文心雕龙校释》，北京：中华书局，1962年，第18页。

气象、境界都受到了很大的局限。到了唐代，特别是开元全盛日，社会经济的空前繁荣，为诗人旅游和写作山水诗提供了许多条件；大一统的版图，不仅能使士人们浪迹于漠北岭南、大河上下，更重要的是，使生活和诗都洋溢着一种自豪感。当时的诗人大都有过一段浪漫而惊险的旅游生涯，如孟浩然曾往来京洛，纵游吴越，西抵巴蜀，南下湘桂，可称得上是当时的大旅行家。另如李白的仗剑去国，辞亲远游，杜甫的“放荡齐赵间，裘马颇清狂”（《壮游》），岑参的两赴边塞，鞍马风尘，都有“一副强横乱闯甚至可以带点无赖气的豪迈风度”①，远非六朝贵族文士所能比。他们的人生阅历来源于大千世界，他们的山水诗亦得之于“江山之助”。

如果说，唐代诗人向谢灵运所学的还仅仅是观照自然的方式和描写景物的技巧，那么，他们继承陶渊明的则是生活态度和人格理想，以及对山水田园的全身心热爱，对自然景物的总体印象的把握。

唐代以来，品评陶渊明，或注重其诗文的清淡闲远，或看重其人格理想和生活态度。初唐王绩的创作与行迹都颇有陶渊明的风度。孟浩然是盛唐第一个仰慕和崇拜陶渊明的，他自述自己一生“我爱陶家趣”（《李氏园卧疾》），“最嘉陶徵君”（《仲夏归南园寄京邑旧游》）。说明他与陶渊明情志趣味相投。他诗中提到陶渊明有七处，都是从赞赏陶守志不阿、高尚峻洁的人格，安贫乐道、悠然自得的态度着眼。高适在做封丘尉时，对“拜迎官长心

① 李泽厚《美的历程》，北京：文物出版社，1981 年，第 127 页。

欲碎，鞭挞黎庶令人悲”(《封丘作》)的现实无法忍受，也“转忆陶潜归去来”(同上)，要学陶渊明那样与污浊的现实一刀两断。李白不肯摧眉折腰事权贵的傲岸不屈性格，与陶渊明的“不为五斗米折腰”是一脉相承的。陶渊明“少无适俗韵，性本爱丘山……久在樊笼里，复得返自然”(《归园田居》其一)的思想，对唐代诗人影响极大。

陶渊明的田园诗，最大的特点是体合自然，以疏淡之笔、白描手法写静谧的田园风光，以农家口吻道农事，显得真率洒脱，不故作姿态，故造奇语，没有谢灵运的繁复之累，更没有颜延之的错彩镂金、铺锦列绣。孟浩然《过故人庄》中的“把酒话桑麻”，与陶渊明的《归园田居》其二“相见无杂言，但道桑麻长”相比，不仅是用语的脱胎点化，而且有情调上的一致。此外，陶渊明的清淡风格对张九龄、孟浩然、王维、储光羲、韦应物、柳宗元影响亦极大，几乎决定了这些诗人诗风的基调。胡应麟说：“张子寿(九龄)首创清澹之派”(《诗薮》内编卷二)，但上溯源头，应该说陶渊明是“清淡之宗”。

山水诗和田园诗虽然体近趣邻，但在晋宋时期却是二分水流，两峰并峙，直到王孟手里，才使他们结合起来。用陶家手段写山水，则山水雾断云连，意象高远；采谢家技巧入田园，则田园景物自呈，意象鲜明。韦应物、柳宗元、司空图诗中山水与田园交融恰如，实赖王孟之功。

陶诗注重诗人凝视自然时微妙的主观感受，谢诗则以观照景物、精细描摹见长。盛唐诗人既能像大谢那样模山范水，却活脱轻松，不似大谢那般纤巧匠气；又能像陶彭泽那般道出心中独喻之微，“取神于陶谢之间，而安顿在行墨之外”(《古欢堂集杂著》卷二)。熔陶谢于共冶，合山水田园于一体。孟浩然、储光羲、常建、裴迪各以其风格才性相近而同列，王维则以其天才之资、艺术功力将诗、画、音乐和山水、田园结合得天衣无缝，更臻完美，把盛唐山水田园诗推到顶峰。韦应物、柳宗元继其余绪，而又有所发展，使他们成为唐代山水诗中势力最强、影响最深远的一派。李白的山水诗则如庐山秀出，旭日东升，体格气度迥非常人所能比拟。杜甫的忧世嗟生、民胞物与，在山水景物中也打上强烈的个性烙印。白居易、杜牧、李商隐、温庭筠等，虽然各具姿态，但都喜欢在山水中兴感寄意、抒发议论，理趣盎然。韩愈、孟郊、李贺等，则在山水中亦惯用奇字僻句、险韵拗调，使诗的意境显得峭拔嶙峋，阴森幽深。晚唐诸家之作，高下深浅虽复有别，但大都在秋花晚香、落日残月中寄托了萧瑟冷落的式微之感，与盛唐气象的浑融自然而又豪情洋溢迥然不同。

除了在山水诗、田园诗等领域的新开辟外，唐人因生活的园林化，还拓殖出另外一个表现自然的新领地，就是对园居生活的高度热情，对应着出现了园林诗、园记散文(园林游记)、园林画等艺术新品种，与传统的田园诗、山水诗、山水游记、山水画密切相关，但又有许多差别。自然感知的新进展催生出自然书写的新样态。①

---

① 参见李浩《微型自然、私人天地与唐代文学诠释的空间》，《文学评论》2007 年第 6 期；李浩、王书艳《被遮蔽的幽境：唐代园林诗初探》，《陕西师范大学学报(哲学社会科学版)》2010 年第 1 期。

第七章　唐诗的语言技巧

语言是人类创造物中的奇观。中国古代神话传说仓颉初创书契时，仰观天文，俯察地理，见鸟兽之迹，“指掌而创文字，天为雨粟，鬼为夜哭，龙乃潜藏”（《汉学堂丛书》辑《春秋纬·元命苞》）。语言的产生是一件惊天地动鬼神的创举，但对于语言的认识却存在许多歧见，正如二十世纪初著名语言学家索绪尔所指出的，没有任何领域像语言学领域那样“曾经孕育出这么多的荒谬观念、偏见、迷梦和虚构。从心理学观点看，这些错误都是不能忽视的”①。

在语言研究中，人们发现文学语言与逻辑语言有不同的表现形式和不同的心理机制。而在文学语言之中，诗的语言又是最为奇特古怪、难以捉摸的，就像操这类语言的诗人一样敏感、神经质，好做白日梦，甚至歇斯底里。难怪连印象派画家德加也不得不向诗人马拉美承认：“你的行业是恶魔似的行业。我没有法子

---

①《普通语言学教程》，北京：商务印务馆，1980年，第27页。

说出我要说的话，然而我有很丰富的思想。”马拉美回答说：“我亲爱的德加，人们并不是用思想来写诗的，而是用词语来写的。”①

这倒应了柏拉图的一句话：诗人是魔鬼附身者。著名美学家苏珊·朗格也坦率地承认：

> 当人们称诗为艺术时，很明显是要把诗的语言同普通的会话语言区别开来。通过这种尝试，人们就会愈来愈深入到语义学、心理学和美学组成的网络之中。②

T. E. 休姆则进一步将散文与诗的语言进行比较，找出它们之间的同中之异，他说：

> 如同代数学一样，在散文中，具体事物包含在按一定规律活动的符号和代码之中，没有任何形象化的可能性……人们只能在这个过程的终结把 Xs 和 Ys 还原成物质事物。而诗，无论从哪个方面都可以看作是在努力避免散文的这种特征。它不是迥然不同的语言，而是一种具体可感的语言，它是一种完整地传达感觉的直观语言，它总是企图抓住你，使你不断地看到物质事物，阻止你滑向抽象的过程，它选择新鲜的名称和比喻，倒不是因为这些名称和比喻新鲜而人们又

① ［法］瓦莱利《诗与抽象思维》，见《现代西方文论选》，上海：上海译文出版社，1983 年，第 32 页。

② ［美］苏珊·朗格《艺术问题》，北京：中国社会科学出版社，1983 年，第 135 页。

不喜欢旧的，而是因为旧的词语不能表现物质事物而且会成为抽象的代码。诗中的意象不是藻饰而是直观语言的精华。诗是一个领你散步的漫游者，而散文则是把你送到目的地的火车。①

以上所述各种观点，只是就诗歌的一般特征进行论证。问题是，具体到中国古代诗歌，或者更进一步说，限定到唐诗这一范围内，其语言有什么特色呢？明代人比较唐诗与明诗说：“唐人之诗……其色泽妍，如旦晚脱笔砚者；今人之诗……才离笔砚已似旧诗矣。”（江盈科《雪涛阁集》卷八《敝箧集引》）这种新鲜活力与语言究竟有什么关系？晚近学者王国维倡一代有一代之文学，并举汉赋、唐诗、宋词、元曲为例证。钱锺书则从风格来区别唐音宋调，但这些区分最终也必须落实到语言上来，因为诗是语言的艺术，反过来说，“语言也就不仅是一种文字，而是与精神（灵魂）紧密地联系在一起了”②。

鲁迅《汉文学史纲要》开宗明义，与一般流行的文学史叙述不同，从文字入手谈文章和文学：

意者文字初作，首必象形，触目会心，不待授受，渐而演进，则会意指事之类兴焉。今之文字，形声转多，而察其缔构，什九以形象为本柢，诵习一字，当识形音义三：口诵

① 引自［美］高友工、梅祖麟《唐诗的魅力》，上海：上海古籍出版社，1989年，第33页。

② ［德］康德《判断力批判》，北京：商务印书馆，1964年，第49页。

> 耳闻其音，目察其形，心通其义，三识并用，一字之功乃全。其在文章，则写山曰崚嶒嵯峨，状水曰汪洋澎湃，蔽芾葱茏，恍逢丰木，鳟鲂鳗鲤，如见多鱼。故其所函，遂具三美：意美以感心，一也；音美以感耳，二也；形美以感目，三也。①

从汉字源起的追溯到汉语“三美”的标举，作为章黄学派的传人，对民族语文的体认，与他激进的政治观相比，显然更加理性中和。

对唐诗语言魅力的全面研究是需要相关学科协力合作的长期项目，本章仅仅就唐诗语言技巧和手法做挂一漏万的钩稽和提示，以期引起同道的兴趣。

一、超越语法

唐诗是用中古汉语写成的，这种语言的最大特点是超脱呆板的、分析性的语法，语序间的关系比较松散，没有时态或单复数，甚至可以没有动词谓语。著名语言学家袁晓园曾指出：

> 汉语的特点是什么？第一是没有语法形态，不像印欧语那样每个词都有变化。汉语有人称孤立语、分析语。它的特点是不因为人物、时间、性别、单数、多数而把词变来变

①《汉文学史纲要》第一篇《自文字至文章》。

> 去。另一种有语法变化的以印欧语系为代表，语言学家叫综合语，又叫结构语。它把人物和时间结构起来，很精细，一看字就知道它是第三位还是第二位，过去式还是未来式。中国的词是属于不变化的，什么时候用都是它。①

实际上，汉语的特点特别是古典诗中的语言特质，早已引起了学者们的重视，闻一多曾说："中国的文字尤其中国诗的文字，是一种紧凑非常——紧凑到了最高限度的文字，像'鸡声茅店月，人迹板桥霜'，这种句子连个形容词动词都没有了，不用说那'尸位素餐'的前置词、连续词等等的。这种诗意的美，完全是靠'句法'表现出来的。"②余光中也说："英文文法中不可或缺的主词与动词，在中国古典诗中，往往可以省去。缀系动词在诗和散文中往往是不必要的。"③这些论述均以印欧语为参照系，这里所说的没有语法形态，是指不具有印欧语的那些特点，而超越也具体指挣脱印欧语中那些被人们视为天经地义的语法规则。

当五四时期的青年学者傅斯年说中国象形字乃野蛮的古代的一种发明，有着根深蒂固的野蛮性，我们应该废止时④，美国意象派诗人庞德却如发现新大陆似的惊喜地说："用象形构成的中

① 中国文化书院讲演录编委会《论中国传统文化》，北京：三联书店，1988 年，第 388 页。

② 闻一多《英译李太白诗》，见《闻一多全集》第 3 卷，第 162 页。

③《中西文学之比较》，见余著《望乡的牧神》，台北：纯文学出版社，1986 年，第 214 页。

④《汉语改用拼音文字的初步谈》，见《中国新文学大系·建设理论集》，上海：良友图书印刷公司，1935 年，第 149 页。

文永远是诗的，情不自禁地是诗的，相反的，一大行的英文字却不易成为诗。”①傅斯年与庞德各自站在自己文化的立场上，有“出位之思”，窥见他人的室家之好而欣赏仰慕，各有其独特的文化背景。笔者所要讨论的是，唐诗的语言在继承前代语言成就的基础上，形成了哪些新特点？发生了哪些新变化？

首先，如果说汉语缺乏语法形态，语序间关系松散暧昧，用于论述事理，似乎欠于精确，但若用于诗歌创作，却为诗人冲破许多束缚，打开无穷方便法门。叶维廉对此现象曾有论述，他说：

> 中国诗人能使具体事象的活动存真，能以“不决定、不细分”保持物象之多面暗示性及多元关系，乃系依赖文言之超脱语法及词性的自由，而此自由可以让诗人加强物象的独立性、视觉性及空间的玩味。
>
> 这些特色往往使读者与文字之间保持着一种灵活自由的关系，读者仿佛处于一种“若即若离”的中间地带。这种语法的灵活性促成了一种指义前的状态，那些字仿如实际生活中的事物一样，在未受预定的关系与意义的封闭的情况下，为我们提供了一个可以自由活动，可以从不同角度进出的开阔的空间，让我们获得同一美感瞬间的不同层次，让近乎电影般视觉性强的事物、事件在我们眼前演出，而我们则仿佛在

① 转引自《叶维廉比较文学论文选》，第 28 页。

许多意义的边缘前颤抖欲言。①

唐诗在继承六朝诗歌追求语言形式美的基础上，进一步从两个角度使语言诗化、纯化，一方面是将生活中的语言提炼加工为富有表现力的艺术语言，另一方面是将散文中的语言变形改造为一种新的语言，摆脱了散文与生俱来的逻辑性与连续性。

葛兆光认为，南北朝以后，诗歌语言与散文语言或日常语言分道扬镳了：意象的密集化、凝练化，使得虚字逐渐退出了诗歌；语序与意脉的分离，使得习惯语法破坏殆尽；声律模式的形成，使得诗歌有了一个华美整饬的图案化格式；典故的运用与诗眼的推敲，使得古典诗歌，尤其是近体诗有了精致而含蓄的象征意味。到了唐代，诗歌语言在叙述视角、描述过程、时空关系、语言形式诸方面都具有成熟的特征。②

具体地说，将散文中必不可少的虚字诸如"之""乎""者""也""矣""焉""哉""兮"等，尽量省略掉，使诗的语言变得更加灵活，更加精练，更富有伸缩性③。在唐代近体诗中，不出现虚字助词为正格，出现虚字则成了变体，是某些个人的偏好或偶尔出现的时髦。还有许多作品甚至连动词一并省略掉，纯以静态的空间景物排列在一起，造成意象并置叠加的画面效果。清人黄生称此为"实装句"。初唐卢照邻《长安古意》中"妖童宝马铁连钱，娼妇盘龙金屈膝"，"寂寂寥寥扬子居，年年岁岁一床书"等均无

① 《叶维廉比较文学论文选》，第 42 页。
② 葛兆光《汉字的魔方》，沈阳：辽宁教育出版社，1998 年，第 196 页。
③ 参见林庚《唐诗综论》，北京：人民文学出版社，1987 年，第 80—99 页。

动词。另如王维《田园乐七首》其五：

山下孤烟远村，天边独树高原。一瓢颜回陋巷，五柳先生对门。

四句无一动词，故没有情节和动作序列，纯是空间意象的并发映出。同时，因没有时态的变化，所以又使意象带有一种永恒的普遍的性质①。这种超语法、超分析的无主句，在一定程度上呈现了语言指义前的多层空间关系和兴象的复义效果，“非右丞工于画道，不能得此语”（董其昌《画禅室随笔》）。王维诗中的这类句子极多，另如：

高鸟长淮水，平芜故郢城。（《送方城韦明府》）
乡树扶桑外，主人孤岛中。（《送秘书晁监还日本国》）
落日鸟边下，秋原人外闲。《登裴秀才迪小台》
云里帝城双凤阙，雨中春树万人家。（《奉和圣制从蓬莱向兴庆阁》）

都强调超越时间、因果关系的静观体知和了悟。从绘画的观点来分析，具体特指，恍如画境；但从句法关系来说，纯以名词性词组并列，关系不确定，给读者的想象力留下去填充、去发

① [美]刘若愚《中国诗歌中的时间、空间和自我》，见《古代文艺理论研究》第4辑，上海：上海古籍出版社，1981年，第157页。

挥、去再创造的广大空白。诚如薛雪所说:“作诗不用闲言助字,自然意象具足。”(《一瓢诗话》)这类句式在唐代许多诗人笔下还有,如:

浮云游子意,落日故人情。(李白《送友人》)

渭北春天树,江东日暮云。(杜甫《春日忆李白》)

细草微风岸,危樯独夜舟。(杜甫《旅夜书怀》)

江汉思归客,乾坤一腐儒。(杜甫《江汉》)

极浦三春草,高楼万里心。(贾至《岳阳楼宴王员外贬长沙》)

青山数行泪,沧海一穷鳞。(刘长卿《负谪后登干越亭作》)

骊山风雪夜,长杨羽猎时。(韦应物《逢杨开府》)

雨中黄叶树,灯下白头人。(司空曙《喜外弟卢纶见宿》)

凫雁野塘水,牛羊春草烟。(温庭筠《渚宫晚春寄秦地友人》)

鱼盐桥上市,灯火雨中船。(温庭筠《送淮阴孙令之官》)

叶维廉曾解释李白《送友人》诗中“浮云”两句说:“李白的‘浮云游子意’究竟应该解释为‘浮云是游子意’和‘浮云就像游子意’吗?我们的答案是:既可亦不可。我们都会感到游子漂游的生活(及由此而生的情绪状态)和浮云的相似之处;但语法上没有把这相似性指出,就产生一种不同的美感效果,一经插入‘是’、‘就像’便完全被破坏(国文课本中的解释,市面的语译、英译,都倾向于加插‘是’与‘就像’)。在这句诗中，我们同时看到‘浮云’与‘游子’(及他的情绪状态)，是两个物象的同时呈现，用爱森斯坦的话来说：两个不同镜头的并置(蒙太奇)是整体的创造，而不是一个镜头和另一镜头的总和，它是一种创作行为……其结果在质上和个别镜头独立看是不同的。”①谢榛《四溟诗话》卷一比较说：“韦苏州曰：‘窗里人将老，门前树已秋。’白乐天曰：‘树初黄叶日，人欲白头时。’司空曙曰：‘雨中黄叶树，灯下白头人’。三诗同一机杼，司空为优：善状目前之景，无限凄感，见乎言表。”从语言的角度看，司空曙高于韦应物、白居易，也在于他巧妙地使用了“实装句”。

最为人们称道的还要推温庭筠的《商山早行》：

晨起动征铎，客行悲故乡。鸡声茅店月，人迹板桥霜。槲叶落山路，枳花明驿墙。因思杜陵梦，凫雁满回塘。

全诗写羁旅之苦与思乡之情。“鸡声”两句状旅况见闻。作者选择了十种景物，分别用十个名词来表示，虽然在诗句中，鸡声、茅店、人迹、板桥又组成了定语加中心词的偏正结构，但由于做修饰语的和做中心词的仍然是名词，所以仍可保留语言指义前的具体活动、活泼无碍的境界。故当梅尧臣对欧阳修说，最好的诗应该是“状难写之景如在目前，含不尽之意见于言外”，欧阳修让他举例，他便举了温庭筠的这两句诗(见《六一诗话》)。李东阳《麓

①《叶维廉比较文学论文选》，第65页。

堂诗话》进一步分析说："'鸡声茅店月，人迹板桥霜'。人但知其能道羁愁野况于言意之表，不知二句中不用一二闲字，止提掇出紧关物色字样，而音韵铿锵，意象具足，始为难得。若强排硬叠，不论其字面之清浊，音韵之谐舛，而云我能写景用事，岂可哉！"薛雪所说的"闲言助字"，李东阳所说的"闲字"，都是指名词以外的各种词，所谓的"提掇出紧关物色字样"，就是说主要用名词组合来形成句子，此法在辞格中叫列锦，这样便可以状难写之景，便能意象俱足，说明唐代诗人不仅懂得追求诗歌绘画美的效果，而且认识达到这一效果的途径。元代马致远《天净沙·秋思》："枯藤老树昏鸦，小桥流水人家，古道西风瘦马。夕阳西下，断肠人在天涯。"用九组景物并置叠加构成"鼎足对"，造成纯粹画面映出的效果，也是受唐诗中这类省略"闲言助字""止提掇出紧关物色字样"的影响。

还有一类是以几组主谓词组或动宾词组并列叠加，词组之间缺乏关联词连缀，省却逻辑解说，同样能造成画面效果。如杜甫《登高》首联两句：

风急天高猿啸哀，渚清沙白鸟飞回。

这两句写眼前景物，上句从夔州之山措手，下句从三峡之水落笔，前人多赞此联妙在一起便对，且一句之中自相对偶，字字精当，无一虚设，用字遣词，尽谢斧凿，实际上只看出一半。此联的另一特点是以风急、天高、猿啸（哀）、渚清、沙白、鸟飞（回）等六组主谓式结构排列，不加以逻辑的标示和说明，而任画面自由呈示，故有浑融苍茫之感①。另如《旅夜书怀》中“星垂平野阔，月涌大江流”两句，“星”与“平野”，“月”与“大江”，究竟是什么样的逻辑关系，是因果抑或是并列？没有明确的标示。只能靠读者见仁见智，自由发挥。张继《枫桥夜泊》“月落乌啼霜满天，江枫渔火对愁眠”两句也具有这样的特点。清人方东树通过对唐诗的分析，总结出“文法以断为贵”的主张，并提出了“蹊径绝而风云通”“语不接而意接”的组词成句模式：“古人文法之妙，一言以蔽之，曰：语不接而意接。”(《昭昧詹言》卷一)其中的“断”“语不接”都是指对闲言助字的省略。造成画面叠加、文意辐射的效果。

以上所举各例都是朝着淡化或消解语法的方向发展，这类句子对以汉语为母语的人来说，由于成天泡在这一文化澡堂中，早已麻木迟钝了，反倒不容易发现这种淡化语法的企图，更没有意识到汉语的超分析性与传统息息相关，不可分离。

与此相对的是，受六朝骈体文和古体律化倾向的影响，唐诗中还出现一类破坏正常语序的奇句拗句，这类句子多用倒装、错综、歇后等手法形成。如杜甫《秋兴八首》其八：

香稻啄余鹦鹉粒，碧梧栖老凤凰枝。

前人多以为这是两个倒装句，原来的语序应该是：鹦鹉啄余香稻

① 吴沆《环溪诗话》卷上：“凡人作诗，一句只说得一件事物，多说得两件。杜诗一句能说得三件、四件、五件事物。”

粒，凤凰栖老碧梧枝。也有人认为这是一种歧义句法。但都说明原诗句打破了正常的句法关系，破坏了语言的连续节奏，通过别解与歧义，产生奇化、活化的效果。在唐诗中，这种句法极常见，另如杜甫《阁夜》："野哭千家闻战伐，夷歌数处起渔樵"。当为千家野哭。王维《过香积寺》："泉声咽危石，日色冷青松。"当为危石咽泉声，青松冷日色，"咽"与"冷"两词为使动用法。或危石泉声咽，青松日色冷。王维《出塞作》："居延城外猎天骄，白草连天野火烧"，是指天骄在打猎。均将主谓结构颠倒，以便强调所要侧重的内容。韩愈《春雪》："舞镜鸾窥沼，行天马度桥。"是说鸾鸟在池上看到自己的影子，和马过高桥的感觉仿佛在天上行走。李洞《赠曹郎中崇贤所居》："药杵声中捣残梦，茶铛影里煮孤灯。"是说梦中听捣药杵的声音，灯影里看到茶铛煮茶。李颀《送魏万之京》："朝闻游子唱骊歌，昨夜微霜初渡河。"白居易《长安闲居》："无人不怪长安住，何独朝朝暮暮闲？"两个例句都属于倒戟句法。钱锺书对此类现象曾分析说：

> 韵语既困羁绊而难纵放，苦绳检而乏回旋，命笔时每恨意溢于句，字出乎韵，既非同狱囚之锒铛，亦类旅人收拾行縢，物多箧小，安纳孔艰。无已，"上字而抑下，中词而出外"（《文心雕龙·定势》），譬诸置履加冠，削足适屦。曲尚容衬字，李元玉《人天乐》冠以《制曲枝语》，谓"曲有三易"，以"可用衬字、衬语"为"第一易"；诗词无此方便，必于窘迫中矫揉料理。故歇后、倒装，科以"文字之本"，不通欠顺，而在诗词中熟见习闻，安焉若素。此无他，笔、舌、

韵、散之"语法程度"，各自不同，韵文视散文得以宽限减等尔。①

唐诗中还有一种违反正常语序的句子，就是把颜色字放在句子前头，或将用颜色构成的词组放在句首，给人以鲜明突出的视觉效果，然后再叙述动作。范晞文《对床夜语》卷三曾以杜诗为例，说明这一特点：

老杜多欲以颜色字置第一字，却引实字来。如"红入桃花嫩，青归柳叶新"是也。不如此，则语既弱而气亦馁。他如"青惜峰峦过，黄知橘柚来""碧知湖外草，红见海东云""绿垂风折笋，红绽雨肥梅""红浸珊瑚短，青悬薜荔长""翠深开断壁，红远结飞楼""翠干危栈竹，红腻小湖莲""紫收岷岭芋，白种陆池莲"，皆如前体。若"白摧朽骨龙虎死，黑入太阴雷雨垂"，益壮而险矣。

德国赫尔德曾用"视点"解释艺术的倒置："越把更多的注意力、更多的感觉、更多的情绪凝聚在一个视点上，就越想把这一视点急切地指给他人看——这就是'倒置'的缘起。"②以颜色字置句首，先"色"夺人，强化视觉的形象性和具体性，同时使句子健

① 《管锥编》第1册，第150页。

② 转引自[德]莫芝宜佳《〈管锥编〉与杜甫新解》，石家庄：河北教育出版社，1997年，第226页。

拔有力，具有一种新奇感[1]。

通过以上分析，我们发现，这种破坏正常语序、超越语法的句子，给唐诗带来如下美感效应[2]：

(1)提高了诗歌意象的视觉性、独立性，强化了空间玩味；

(2)增强了语言的伸缩性、灵活性，扩展了诗句内外的天地，使语言产生摆脱束缚的自由解放感；

(3)增加了语气的曲折、顿挫与回旋；

(4)多重意象的并存映发，构成了叠象和视觉和弦；

(5)语意的不限指和语法关系的不确定构成了多重暗示，秘响旁通，旨意遥深；

(6)超分析性和抗译性，使诗永远保持着原初本真状态，无言独化，无法仿效和伪作。

诗是语言的产物，但同时又肩负着提升语言品质的使命，而打破常规语法，则往往是张扬诗性潜能的一块跳水板。

有趣的是，长期被视为正统保守的古代中国文化氛围，对诗人语言上的自由放纵却以极宽容的态度予以默许，加以认同。素以崇尚新奇著称的西方文化环境，对现代派诗人模仿中国诗和日本俳句的做法，却大光其火，猛烈抨击：

> 现代诗把语言中的关系破坏了，而把推论的过程缩减为一些静物般的字。这刚巧是我们所了解的自然秩序的相反。

---

① 萧驰《中国诗歌美学》(北京：北京大学出版社，1986 年，第 201—207 页)亦有详细论述，可参读。

② 以下解释参考叶维廉的论述，见《叶维廉比较文学论文选》，第 80 页。

> 新诗句所造成的断续和不流动，带给我们一个片段地流露的不相连的自然。当语言这些串连的用途被抽象以后，存在在世界的关系便变得含糊，物体在论说活动里突然占了一个崇高的位置。现代诗是物体(物像)的诗。在这种诗里，自然变成一个支离破碎的空间，只有物体，孤寂地，骇人地……字被弃为一种垂直的物体，像一个独立柱石或一根支柱，浮沉在“意义”“反射作用”和“记忆片段”的大合体中，它是一个站立的符号。诗的字在此是一个没有过去、没有环境的行为，只凝滞着和它有关的源头所折射出来的深浓的影子。①

对于这通指责，如果现代派诗人，自象征主义者马拉美以来的庞德、威廉斯、孔明思到抛射诗人奥逊、克尔里等人，对中国古代诗歌特别是唐诗有更深入细致的了解的话，便可以引经据典予以反击，谓他们受到东方文化特别是唐诗的启发。当然，除了语言技巧上的某些类似外，在唐诗与欧美现代派诗歌之间还存在着极为深刻的文化心理差异。

二、词汇张力场

除了句法方面的特点外，唐诗在用词方面也极有特色。

正如前引康德所说，语言词汇往往是诗人精神的直接体现，与诗人的个性和内心世界有关。诗人喜欢或不喜欢用哪些诗体、

① 引自《叶维廉比较文学论文选》，第 147 页。

句式、词汇，都与他的创作个性有联系。在唐诗中，我们发现诗人大都有自己所偏爱的字眼，如盛唐前期诗人孟浩然喜用“清”字，在他的作品中，“清”这个词的复现率特别高，例如：

荷风送香气，竹露滴清响。(《夏日南亭怀辛大》)
松月生夜凉，风泉满清听。(《宿业师山房期丁大不至》)
清晓因兴来，乘流越江岘。(《登鹿门山怀古》)
野旷天低树，江清月近人。(《宿建德江》)

据统计，《孟浩然集》中用“清”字共五十例。可见，诗人特别喜欢用“清”这个词构成意象，从而使诗呈现出清水潺潺、清风徐徐、“清”人心脾的清凉境界。这类清新空灵的词句弥散在作品中，自然极富弹性，形成了附吸其他景物的引力和一同向外发散的张力，不仅使具体一首诗，而且使整个孟浩然的集子都荡漾在一片清幽泓澄的空明流光之中。

王维诗中则多喜用空山、白云、悠悠、渺渺等语词，这些词一方面指向物像，形成了王诗中缥缈的神韵与情趣，另一方面又从现实世界飞出，指向彼岸世界，在青山绿水中，时时折射出禅光佛影，游荡着一个僧侣主义者的幽灵。王维还创作了一系列带有象征意味的超时间封闭式世界，它们往往都是以空山为空间中心，配以明月、清泉、翠竹、莲花……在佛教艺术中，空山象征佛性的自在，明月象征佛性的圆满，翠竹象征法身，莲花则象征处尘世而不染的清净自性。在现实主义的描绘之上又抛射出超现实主义的光影，使人在阅读欣赏过程中，总感到头顶上另有一层天时隐时现。这种真俗二相并存、明暗双线对应的结构方式①，形成了一种力的扩张、情感的交响，增大了诗歌意蕴的容量。

晚唐诗人李贺在用词上善于选取那些富有质感的、具有动态和感觉印象强烈的词汇。光、色、形、味、线交织成浓重的色彩、斑驳绚丽的画面，使他的诗除具有浓厚的色彩外，还有低沉与高昂的音响感，秋气与严霜的寒冷感，甚至有压、摧、满、凝、卷、重的沉重感，最典型的如《雁门太守行》：

> 黑云压城城欲摧，甲光向日金鳞开。角声满天秋色里，塞上燕脂凝夜紫。半卷红旗临易水，霜重鼓寒声不起。报君黄金台上意，提携玉龙为君死。

黑云、甲光、金鳞、燕脂、夜紫、红旗、玉龙，一系列光色组成了斑驳绚丽的战争画卷，又将视觉、听觉、触觉等多种感觉因素汇总沟通，逗发读者多方面的感觉反应。

王思任《昌谷诗解序》说李贺“喜用鬼字、泣字、死字、血字”，实际上并不止于此，他还常用旧、妖、啼、愁、冷、惨、寒、湿、瘦、凝、摧等感觉色彩强烈、伤感意味浓重的字眼，来刺激读者的官能。写绿，有寒绿、颓绿、凝绿、丝绿、静绿；写红，有笑红、冷红、愁红、老红；写雨，有红雨、香雨；写风有酸风；写光有冷光、团光；写泪有红泪；写春有古春。这些词对

① 史双元《王维诗新探》(南京师范大学1985年硕士学位论文稿本)；另参见本书第八章第二节“王维与孟浩然山水田园诗之比较”一篇有关论述。

于烘托气氛、暗示情绪、引起联想，都有着极重要的作用。所以陆游说："贺词如百家锦衲，五色眩耀，光夺眼目，使人不敢熟视。"(范晞文《对床夜语》卷二引)钱锺书则具体批评道：

> 余谓长吉文心，如短视人之目力，近则细察秋毫，远则大不能睹舆薪；故忽起忽结，忽转忽断；复出傍生，爽肌戛魄之境，酸心刺骨之字，如明珠错落。①

李贺诗有时还故意抽掉诗中标志逻辑关系的线索，违背寻常诗的章法，只留下红红绿绿的色彩和璀璨夺目的散珠，要读者自己串连。在这类作品中，诗人所要表现的不是明晰的思想，而是感觉或情感，我们能看到意象的跳跃晃动，感到诗人情绪的翻滚波动，捕捉到旋律的回环起伏，类似音乐的表现，但不能准确地理解说明，如杜牧所说的"求取情状，离绝远去笔墨畦径间"(《李长吉歌诗叙》)。

另据《苕溪渔隐丛话》前集卷二十四引《桐江诗话》说：

> 许浑集中佳句甚多，然多用"水"字，故国初士人云"许浑千首湿"是也。谓如《洛中怀古诗》云："水声东去市朝变，山势北来宫殿高。"若其他诗无水字，则此句当无愧于作者。罗隐诗，篇篇皆有喜怒哀乐心志去就之语，而卒不离乎一身。故"许浑千首湿"，人以"罗隐一生身"为对。又云"杜甫

---

①《谈艺录》，第46页。

一生愁”似优于前矣。

说明每个作者都各有所喜用的字眼，这些字若使用得当，便能生色增辉，形成作者独特的语言风格，但若使用不当，便有重复单调之嫌。

有些词，在诗人笔下并不反复出现，但一旦出现，就如神奇的魔杖一样，可以点石成金，化腐为奇。如王维《使至塞上》：

大漠孤烟直，长河落日圆。

单摘出来，“直”与“圆”极通俗，但若嵌在句中，就仿佛接通的电路，强烈的磁电效应会产生一种张力，使读者内心中亦做出类似直线上升和顺时画圆的内模仿运动。恍如画境，又绝非画笔所能描绘。另如“日落江湖白，潮来天地青”(王维《送邢桂州》)，以“白”与“青”两个色彩词做谓语，随意渲染，但涵盖力极强。王维的《送綦毋潜落第还乡》：“远树带行客，孤城当落晖。”前人曾经评曰：“‘带’字、‘当’字极佳，非得画中三昧者，不能下此二字。”(《青轩诗辑》)

三、远程交易

比喻是诗歌创作中极重要的手段，它通过在事物的显隐、虚实、真幻、远近、古今之间建立联系，搭置桥梁，引起人们的联想，达到认识和体验的目的。正如瑞恰兹所说：“比喻最能够在诗歌中把不相干的，彼此本来不联系的东西结合在一起。由于这种排比与组合，这些东西在读者脑中就建立起关系，因而影响他的态度和意向。如果仔细考虑，比喻的效果很少是产生自其中所包含的逻辑关系的。比喻是一种半明半偷的办法，通过这种办法，更多的不同的因素可以组织到经验的结构中去。”①因此，亚里士多德《诗学》称“比喻是天才的标识”。

作为一种积极修辞手法，比喻在中国古代诗歌中的使用是相当久远的，《诗经》中广泛运用了赋比兴，其中的“比”，就是人们对比喻的感性认识和理论概括。《文心雕龙·比兴》中释比为附，认为“附理者，切类以指事”“附理故比例以生”“夫比之为义，取类不常，或喻于声，或方于貌，或拟于心，或譬于事”，“物虽胡越，合则肝胆”。“胡越”是指物类体貌的差异不同，“肝胆”则是指在审美体验的光照下产生的奇异效果，与瑞恰慈的说法对读，可以看出刘勰对比喻的认识是极为深刻的。

比喻要成立，须有两个条件。第一，表现的对象（本体）和作比的事物（喻体）之间必须在整体上、本质上各不相同。第二，表现的对象和作比的事物在形式上的各种因素（如形体和色彩）或在内容上的各种因素（如性能和用途）又须存在一定的相似点，所谓“心有灵犀一点通”，必须至少有一点能相通。

从修辞学的角度来看，按照比喻客体的逐步升到主位，可以把比喻分为明喻、隐喻、借喻三类。所谓明喻是将被比的事物和

---

① ［美］瑞恰兹《文学批评原理》，引自《欧美诗选》，西宁：青海人民出版社，1990年，第395页。

比喻两部分都明白说出，中间用比喻词“如”“若”“犹”“似”等来表示。如“天边树若荠，江畔洲如月”（孟浩然《秋登兰山寄张五》），“芙蓉如面柳如眉，对此如何不泪垂”（白居易《长恨歌》），“花红易衰似郎意，水流无限似侬愁”（刘禹锡《竹枝词》）。所谓的隐喻则不出现比喻词，以比喻的事物（喻体）单指被表现的对象。明喻是“甲如乙”，隐喻是“甲是乙”，明喻在形式上是相类的关系，隐喻在形式上是相合的关系。借喻则是借喻体来代替本体，被比的事物干脆就不说出来。从明喻、隐喻再到借喻，喻体的地位逐渐上升，由客体升到主位，而比喻的本体则逐渐隐退，直至完全消失。

瑞恰兹在《修辞哲学》中还说：“比喻是不同语境间的交易。”要使比喻有力，就必须使喻体与本体两极之间保持一定的距离，造成人们心理上的空白感和期待感，诱发人们的想象和思索。维姆萨特在解释瑞恰兹“远距”原则时提供了一个有趣的例子：“狗像野兽般嗥叫”，两个语境距离太近，比喻无力量；“人像野兽般嗥叫”，就生动得多；“大海像野兽般咆哮”就更有力量。约翰森曾指责玄学派诗歌“把异质的东西用暴力枷铐在一起”，而新批评派对这种强行的野合却赞不绝口。①

人性中有一种先天的偏见，贵古贱今，贵远贱近。古董收藏家对钟鼎彝器的迷恋、北方人对粤菜的垂涎恐怕都是这种心理在作祟。将甲处的日用百货长途贩运到乙处就可能变成珍奇宝物，身价百倍。有时还不免要干些偷渡走私等不光彩的勾当，才能把

---

① 引自赵毅衡《新批评——一种形式主义的文艺批评》，北京：中国社会科学出版社，1986 年，第 142 页。

远方的货带进口岸，这样就愈发增值了。民间谓恋人偷情常说“野花偏艳目，村酒却醉人”或“家花不如野花香”云云，则不仅包含着距离远近，同时还说明获得或占有时，愈艰难困苦，愈能吊人胃口，愈有刺激性，愈易激发起人的征服欲。诗人的奇喻妙比，往往就是为了投其所好，满足人类心理上的这种癖好。

同样是喻乐声琴音，白居易《琵琶行》中的“大弦嘈嘈如急雨，小弦切切如私语”，形象生动，但本体与喻体之间的距离太近，回味思考的余地太少；而李贺《李凭箜篌引》中的“昆山玉碎凤凰叫，芙蓉泣露香兰笑”，则是长途贩运、远程交易式的比喻，本体与喻体之间距离较远，相似点很不明确，或只有一端相似，推而及他端不相似处，就显得曲折幽深，只有借助联想的桥梁，才能构成听觉意象。

一个比喻，如果被频繁地使用，就会出现老化、钝化、凋萎的现象，不再会在读者心理上产生新鲜、奇异、逗引注意力的效果。仿佛白居易笔下的琵琶女，年少时，“曲罢曾教善才伏，妆成每被秋娘妒。五陵年少争缠头，一曲红绡不知数”。而年龄半老时，则“门前冷落鞍马稀”。人情冷热，岂止女色？李贺等奇崛诗人可谓深知此理，他们有愤于大历以来诗坛上出现的圆滚软熟的诗风，力图用自己矫健的笔锋改变这种积习，因此在造句设喻上独辟蹊径，发人所未发，字字句句欲传世，大有老杜“语不惊人死不休”的气概。如李贺《金铜仙人辞汉歌》：

茂陵刘郎秋风客，夜闻马嘶晓无迹。画栏桂树悬秋香，三十六宫土花碧。魏官牵车指千里，东关酸风射眸子。空将汉月出宫门，忆君清泪如铅水。衰兰送客咸阳道，天若有情天亦老。携盘独出月荒凉，渭城已远波声小。

铜人辞汉，赋物以人情，这已有新意；哀而有伤，潸然泪下，这就更奇特了；但诗人的才能似乎还未能充分表现出来，再补一笔：“忆君清泪如铅水”——将铜人流的泪，比作铅水下注，写出它的沉重感，凝重的色彩感，而且还有更高的统一，因为是铜人，故落泪也只能是金属类的、熔液类的，堪称出奇制胜，这样势夺造化的句子亏他想得出。再如比喻松柏之苍老茂盛，常人只能用龙盘虎踞、曲折蜿蜒之类词，而李贺要写小松，显然有些落套，故避而不纳，却说：“蛇子蛇孙鳞蜿蜿。”比物摹形，既贴切有趣，又使比喻活化、奇化，使形象与意义间产生距离，堪称绝句。

唐诗中的比喻主要可以分为如下几类：

第一，博喻。[①] 又叫连贯比，指用多个比喻说明一个事理，一意数喻。其作用是防止读者囿于一喻而生执着，“这种描写和衬托的方法仿佛是采用了旧小说里讲的‘车轮战法’，连一接二的搞得那件事物应接不暇，本相毕现，降伏在诗人的笔下”[②]。诗中采用这种“博依繁喻”的方法，如同四面围攻，八音交响，叠土为山，积渐而高，给人极深刻的印象。博喻又可细分为两种方式。一类是用多种作比事物的一个方面。洪迈《容斋三笔》卷六说：

---

① 本节中博喻、曲喻、谜喻之名称，参见周振甫《诗词例话》。

② 钱锺书《宋诗选注》，北京：人民文学出版社，1958 年，第 72 页。

> 韩(愈)苏(轼)两公为文章，用譬喻处，重复联贯，至有七八转者。韩公《送石洪序》云："论人高下，事后当成败，若河决下流而东注；若驷马驾轻车就熟路，而王良造父为之先后也；若烛照数计而龟卜也。"《盛山诗序》云："儒者之于患难，苟非其自取之，其拒而不受于怀也，若筑河堤以障屋霤；其容而消之也，若水之于海，冰之于夏日；其玩而忘之以文辞也，若奏金石以破蟋蟀之鸣，虫飞之声。"

这是文的例子。在诗中，韩愈《送无本师归范阳》先用"蛟龙弄角牙"等八句四个比喻来说明诗胆的泼辣，又用"蜂蝉碎锦缬"等四句四个比喻讲诗才的秀拔。宋代苏轼《读孟郊诗》用四个比喻来说明孟郊诗好处不多，《石鼓歌》中则用六个比喻讲"时得一二遗八九"，《百步洪二首》其一诗中连用七个比喻来写轻舟在急流中飞速地冲下去："有如兔走鹰隼落，骏马下注千丈坡。断弦离柱箭脱手，飞电过隙珠翻荷。"贺铸《青玉案》词："试问闲愁都几许，一川烟草，满城风絮，梅子黄时雨。"以三组形象辐射交织来喻愁，浑然如画，极有特点，均受韩诗的启发。还有一类，是用多种比喻来说明同一事物的各个方面。如白居易《长恨歌》写杨贵妃："玉容寂寞泪阑干，梨花一枝春带雨。"以梨花比玉容，以春雨比泪阑干，后一句用两种事物比喻前一句杨贵妃肖像的两方面。前句为本体，后句为喻体，隐去比喻词，多种物象叠映，自然而又新奇。

第二，曲喻，又称连比。这种比喻"往往以一端相似，推而及之于初不相似之他端”①，钱锺书具体摘出李贺诗中的例子分析说：

> 如《天上谣》云：“银浦流云学水声。”云可比水，皆流动故，此外无似处；而一入长吉笔下，则云如水流，亦如水之流而有声矣。《秦王饮酒》云：“羲和敲日玻璃声”。日比瑠璃，皆光明故；而来长吉笔端，则日似玻璃光，亦必具玻璃声矣。同篇云：“劫灰飞尽古今平。”夫劫乃时间中事，平乃空间中事；然劫既有灰，则时间亦如空间之可扫平矣。②

此外，如《梦天》中“玉轮轧露湿团光，鸾佩相逢桂香陌”，由露水会浸湿玉轮进一步痴想，连类而及，露水还可能会浸湿“团光”，洵为奇想。《秦王饮酒》：“洞庭雨脚来吹笙，酒酣喝月使倒行。”以雨脚的形状写吹笙的动作。《咏怀二首》其一：“弹琴看文君，春风吹鬓影。”由春风吹拂鬓发而及影子。《自昌谷到洛后门》：“石涧冻波声，鸡叫清寒晨。”天寒可冰结涧波。另，波必有声，故连波声也被冰封了。刘叉《姚秀才爱予小剑因赠》：“一条古时水，向我手心流。临行泻赠君，勿报细碎仇。”以水代剑，又由水生发出“流”“泻”等动作。另如李商隐的《天涯》：“莺啼如有泪，为湿最高花。”把莺啼叫的啼转为啼哭，再由啼哭引出眼泪，推想可以沾湿最高枝的花。

---

① 钱锺书《谈艺录》，第51页。

② 钱锺书《谈艺录》，第51页。

第三，复喻。与博喻刚好相反，是指同一比喻中包含着两层或多层不同的含义。这是笔者自拟的一个概念，钱先生所说的“喻之二柄”与“喻之多边”实际上都可包括在复喻之中。喻之二柄是指“同此事物，援为比喻，或以褒，或以贬，或示喜，或示恶，词气迥异”①。如“水中映月”之象，可喻说“圣道如水月”，指玄妙；也可喻说“浮世如水月”，指虚妄。一誉一毁，两柄相区以别。韦应物《赠王侍御》：“心同野鹤与尘远，诗似冰壶彻底清。”用冰壶比诗境的清澄，是赞美。但在《杂言送黎六郎》中又说：“冰壶见底未为清，少年如玉有诗名。”贬冰壶是为抬高少年，用玉之晶莹透亮喻少年，冰壶就显得不清澄了，又转变成带贬义的比喻了。“喻之多边”是指“事物一而已，然非止一性一能，遂不限于一功一效。取譬者用心或别，着眼因殊，指同而旨则异；故一事物之象可以孑立应多，守常处变”②。如以月为喻，因月有形圆、体明、阴性等特征，李白诗“小时不识月，呼作白玉盘”，以盘喻形圆，又兼取如玉之明澈意。“床前明月光，疑是地上霜”，则是侧重取皎洁如银之意。陈子昂《感遇诗三十八首》其一：“微月生西海，幽阳始代升”，则以月喻女君武则天，取太阴当空之意。复喻大都不用在一篇作品中，分别见于多处。也有用在一篇作品里的，如韩愈《海水》：

海水非不广，邓林岂无枝，风波一荡薄，鱼鸟不可依。

①《管锥编》第1册，第37页。
②《管锥编》第1册，第39页。

> 海水饶大波，邓林多惊风，岂无鱼与鸟，巨细各不同。海有吞舟鲸，邓有垂天鹏，苟非鳞羽大，荡薄不可能。我鳞不盈寸，我羽不盈尺，一木有余阴，一泉有余泽。我将辞海水，濯鳞清冷池；我将辞邓林，刷羽蒙茏枝。海水非爱广，邓林非爱枝，风波亦常事，鳞羽自不宜。我鳞日已大，我羽日已修，风波无所苦，还作鲸鹏游。

作者先以海水浪大，邓林风急，喻世道巨变，会使鱼鸟失所，这是第一层意思；然后说大风大浪却正是鹏鲸飞翔腾跃的好时机，这是第二层含义；接着又说同样的风波，对鱼鸟不利而对鲸鹏有利，这是由于“巨细各不同”，这是第三层含义；我此时如寸鳞尺羽，故经受不住风浪，待我鳞羽丰满后，就可以凭虚御风，在惊涛骇浪中拼搏了，这是第四层含义。① 一喻而蕴含数层意义，分层排列，虚实相生，辐集投射，秘响旁通，洵可叹为观止。明末遗民张岱《〈陶庵梦忆〉序》讲了两个有趣的故事：“昔有西陵脚夫为人担酒，失足破其瓮。念无以偿，痴坐伫想曰：‘得是梦便好。’一寒士乡试中式，方赴鹿鸣宴，恍然犹意未真，自啮其臂曰：‘莫是梦否？’一梦耳，惟恐其非梦，又惟恐其是梦，其为痴人则一也。”“一梦耳，惟恐其非梦，又惟恐其是梦”，也就是以梦为话头，或正用或反用，不光喻有多义，梦也有多义。说梦可以与说喻互释。

第四，谜喻。谜与比是一对孪生姊妹，有着非常密切的关

① 参见周振甫《诗词例话》，北京：中国青年出版社，1979 年，第 243—244 页。

系，谜在古代又叫廋辞，也称隐语。《文心雕龙·谐隐》解释隐是“遁辞以隐意，谲譬以指事”，解释谜是“回互其辞，使昏迷也。或体目文字，或图象品物，纤巧以弄思，浅察以衍辞，义欲婉而正，辞欲隐而显”。就是以一具体形象的画面来使人们体会到潜藏的底蕴，破译屏幕背后的密码。诗中有一类谜诗，专门是以诗的形式表达谜的内容。如杜甫《初月》：“光细弦初上，影斜轮未安。微升古塞外，已隐暮云端。河汉不改色，关山空自寒。庭前有白露，暗满菊花团。”大量的咏物诗都类此。还有另一类是以谜的形式为比喻，用来烘托气氛表现情绪。古人有时也称为谜比。《文镜秘府论》地卷《十七势》说：“谜比势者，言今词人不悟有作者意，依古势有例。昌龄《送李邕之秦》诗云：‘别怨秦楚深，江中秋云起。’——言别怨与秦楚之深远也。别怨起自楚地，既别之后，恐长不见，或偶然而会，以此不定，如云起上腾于青冥，从风飘荡，不可复归其起处，或偶然而归尔。‘天长梦无隔，月映在寒水。’——虽天长，其梦不隔。夜中梦见，疑由相会。有如别，忽觉，乃各一方，互不相见。如月影在水，至曙，水月亦了不见矣。”李商隐《无题》：“飒飒东风细雨来，芙蓉塘外有轻雷。”用东风细雨喻心境，用隐隐轻雷喻车声。因东风细雨使人联想到“杳冥冥兮羌昼晦，东风飘兮神灵雨”(《楚辞·九歌·山鬼》)，而轻雷又暗用司马相如《长门赋》“雷殷殷而响起兮，声像君之车音”的典故。所以纪昀说：“起二句妙有远神，不可理解而可以意喻。”(《玉溪生诗说》)所谓的“远神”，就是说诗中暗含有“象外之致”，可以意会而难以言传。

四、声律谐美

诗是诗人心灵之壁上发出的隐秘回响，具有某种自然的节奏与旋律，类似音乐的表现。从本质上说，诗与音乐均属时间艺术。音乐是借助声音的传递来表达感情，诗歌也要通过声音来讽读吟诵，而声音的振荡需要在时间中延续传输。中国古代第一部诗歌总集《诗经》，同时也是第一部乐歌总集，在当时是可以合乐演唱的。《墨子·公孟篇》说："弦诗三百，歌诗三百。"吴公子季札曾至鲁观赏鲁国乐工演唱《诗经》的空前盛况（见《左传·襄公二十九年》）。《尚书·舜典》："诗言志，歌永言，声依永，律和声。"《毛诗大序》："诗者，志之所之也，在心为志，发言为诗。情动于中，而形于言，言之不足，故嗟叹之；嗟叹之不足，故咏歌之；咏歌之不足，不知手之舞之足之蹈之也。情发于声，声成文谓之音。"均说明诗与乐密不可分。

但在魏晋以前，对诗歌声律的追求往往是自然的而非自觉的。南北朝以来，由于音韵学的进一步发展，人们比照梵文发现了汉语的声、韵、调亦有规律①，声韵调的往复变化可以产生一种奇妙的音乐效果，四声八病理论的提出，使诗歌自身声律美的追求由可能变为现实，由自然变为自觉。沈约《宋书·谢灵运传

---

① 参见陈寅恪《金明馆丛稿初编·四声三问》（上海：上海古籍出版社，1980年），蒋述卓《佛经传译与中古文学思潮》第4章《四声与佛经的转读》（南昌：江西人民出版社，1990年），跃进《别求新声于异邦——介绍近年永明声病理论研究的重要进展》（《文学遗产》1999年第4期）等。

论》："夫五色相宣，八音协畅，由乎玄黄律吕，各适物宜。欲使宫羽相变，低昂舛节，若前有浮声，则后须切响。一简之内，音韵尽殊；两句之中，轻重悉异，妙达此旨，始可言文。"为来日近体诗的形成草拟了纲领。刘勰《文心雕龙·声律》中也说："异音相从谓之和，同声相应谓之韵。"都指出通过字音声、韵、调的回旋变化，来创造一种特殊的音乐效果。

唐诗在继承北朝文学重气骨特点的同时，吸取了南朝文学中追求诗歌形式美的长处，使近体诗得以最后定型，把谢灵运、谢朓、沈约、刘勰等人模糊的理想付诸实践，形成了一种全新的诗体，为后世树立了尽善尽美的范式。唐人在永明体的基础上做了两方面工作：一是把四声二元化，一是解决了黏式律的问题。从律句律联到律篇，摆脱永明诗人种种病犯说的束缚，创造了一种既有程式约束又留有广阔创造空间的新体诗——律诗。①

如果说，北朝文学是一个天真而略带野性的草原女子的话，那么到了唐代，经过南朝形式美的修饰打扮，这位原本杂有羌胡气的西部姑娘已出挑得楚腰纤细，美目流盼，倾城倾国了。魏徵在《隋书·文学传序》中就曾说过这个意思："江左宫商发越，贵于清绮；河朔词义贞刚，重乎气质。气质则理胜其词，清绮则文过其意，理深者便于时用，文华者宜于咏歌。此其南北词人得失之大较也。若能掇彼清音，简兹累句，各去所短，合其两长，则文质彬彬，尽善尽美矣。"新型的唐诗正是沿着这些政治家兼文化设计师所期望的道路走了过来。"文质半取，风骚两挟。言气骨

① 袁行霈主编《中国文学史》第 2 卷，北京：高等教育出版社，1999 年，第 210 页。

则建安为传，论宫商则太康不逮”（殷璠《河岳英灵集·集论》），广泛地学习前人，而又全面地超越时代，风骨凛然，兴象玲珑，意境幽远，声律谐美，既前无古人，又后无来者。

唐诗在当时是可以曼声长吟的，所以作者在写成后，都要通过吟唱来改定。杜甫《解闷》：“陶冶性灵存底物，新诗改罢自长吟。”姚合《武功县中》：“山宜冲雪上，诗好带风吟。”杜甫的《夜听许十一诵诗爱而有作》，将许十一吟诵诗的声音表现得非常细致，并说明其音节声情之感人：

诵诗浑游衍，四座皆辟易。应手作捶钩，清心听鸣镝。精微穿溟涬，飞动摧霹雳……君意人莫知，人间夜寥阒。

另外，据唐人薛用弱《集异记》所载“旗亭酬唱”的故事以及王维《送元二使安西》被谱入乐府，至“阳关”句被反复歌唱，谓之“阳关三叠”，可知，当时诗与乐的关系是极为密切的，有许多诗在当时都曾被配乐演唱。

唐诗的音乐性特点还不仅表现在它可以入乐配唱，以歌词的形式为乐曲服务，而且在于它自身就蕴含着音乐的质素，有着跳动震荡的节奏和回环往复的旋律，具体体现在如下两个方面。

第一，抑扬。音乐的核心是节奏，叶芝曾说：“节奏的作用是延长沉思的时间，这是睡与醒交融的时间，一边用变化来保持我们的清醒，一边用单调的感觉诱导我们到出神状态，使我们的心智在其中从意志的压力下获得解放，以种种象征的姿态显露出来。”①“节奏的构成是平均距离所标志着的时间的重新回转”②，而事先的逆料则是人们对节奏产生的一种愉快的心理准备。在音乐中，节奏是通过强音和弱音的周期性交替变化而产生。而唐诗的节奏则是依靠平仄格式的变化而形成。

王力先生倾向于承认平仄格式是一种长短律，他曾指出：“汉语的声调和语音的高低、长短都有关系，而古人把四声分为平仄两类，区别平仄的标准似乎是长短，而不是高低。但也可能既是长短的关系，又是高低的关系。”③平仄递换也就是长短交替、平调与升调或促调的交替。平声曼长，所以是扬；仄声短促不平，所以是抑。前后上下平仄相对，抑扬相反，单纯与变化、同与异的关系不断建立，又不断被打破，这样就造成了曲尽其妙的音乐效果。

袁行霈先生认为形成古典诗歌节奏的因素既不是长短格，也不是轻重格，而是由音节之间的组合与押韵两种因素决定的。汉语一个字是一个音节，一般是两个音节组合在一起，形成顿（又叫音组或音步）：四言二顿，每顿两个音节；五言三顿，每顿的音节是二二一或二一二；七言四顿，每顿的音节是二二二一或二二一二。顿不一定是声音停顿的地方，通常吟诵时倒需要拖长。顿的划分既要考虑音节的整齐，又要兼顾意义的完整，音节之间的组合不仅形成了顿，而且还形成了逗。所谓逗也就是一句中最

---

① 转引自谢冕《诗人的创造》，第 228 页。

② ［瑞士］沃尔夫冈·凯塞尔《语言的艺术作品》（中文版），上海：上海译文出版社，1984 年，第 321 页。

③《龙虫并雕斋文集》第 1 册，北京：中华书局，1980 年，第 495 页。

显著的那个顿，古近体诗建立诗句的基本规则，就是一句诗必须有一个逗，这个逗把诗句分成前后两半，其音节分配是，四言二二，五言二三，七言四三，林庚先生指出，这是古典诗歌形式上的一条规律，称为“半逗律”。①

实际上，平仄的分布与顿或者逗的划分基本上是统一的。如果离开平仄递变的特点来另外建立顿与逗的规律，恐怕有些脱离汉语声律的特点。前引沈约的论述说明，正是由于“宫羽相变，低昂互节”“一简之内，音韵尽殊；两句之中，轻重悉异”，才构成了诗歌的音乐节奏美，而其中的宫羽、低昂、浮切、轻重都是指平仄而言。唐诗(尤其是近体诗)的节奏感主要是与平仄递变有关。

第二，回环。是指类似或相同的声音的重复和再现。在诗中主要是靠双声、叠韵、叠音以及韵脚来形成。

双声指的是两个字的声母相同；叠韵指的是两个字的韵母相同；叠音又叫重言，是指两个字的读音完全相同，重叠出现。王国维《人间词话》中说：“双声叠韵之论，盛于六朝，唐人尤多用之。至宋以后，则渐不讲，并不知二者为何物。”实际上，在六朝以前的《诗经》、楚辞和汉魏古诗中，双声、叠韵和叠音就大量存在，如参差、栗烈、蒹葭、踟蹰、饥馑、亲戚、妻妾(以上双声)；窈窕、须臾、崔嵬、薜荔、涕泗、经营、贪婪、刚强(以上叠韵)；关关、夭夭、采采、依依、霏霏、迟迟、菲菲(以上叠

① 参见袁行霈《中国诗歌艺术研究》，北京：北京大学出版社，1987 年，第 118—119 页。

音）。唐代刘驾写过一组五首叠字诗，其中每首第四句都重叠三字，但近乎文字游戏。宋以来讲叠音的亦不少，如李清照《声声慢》开篇连用“寻寻觅觅，冷冷清清，凄凄惨惨戚戚”七组叠字，渲染百无聊赖的举动、冷清的环境与绝望的心情。至于元代乔吉《天净沙》一首：“莺莺燕燕春春，花花柳柳真真，事事风风韵韵，娇娇嫩嫩，停停当当人人。”专意于叠字，走到极端，成了字词的堆砌，宋人所修《广韵》还专列“双声叠韵法”。但如果说，唐诗中双声叠韵与叠字用得多，用得高妙，这倒是事实。

双声、叠韵与叠音可以增强语言的音乐美。李重华《贞一斋诗说》：“叠韵如两玉相叩，取其铿锵；双声如贯珠相联，取其宛转。”王国维《人间词话》：“余谓苟于词之荡漾处多用叠韵，促节处多用双声，则其铿锵可诵，必有过于前人者。”其实不仅是词，诗亦如此。以杜甫的《登高》为例：

> 风急天高猿啸哀，渚清沙白鸟飞回。无边落木萧萧下，不尽长江滚滚来。万里悲秋常作客，百年多病独登台。艰难苦恨繁霜鬓，潦倒新停浊酒杯。

其中“艰难”“潦倒”“新停”属叠韵词，“萧萧”“滚滚”属叠音词，巧妙使用，使诗的声律产生了回环往复的效果。杜甫《咏怀古迹五首》其三：“一去紫台连朔漠，独留青冢向黄昏。”其中的“朔漠”是叠韵，“黄昏”是双声。《咏怀古迹五首》其一：“支离东北风尘际，漂泊西南天地间。”以叠韵词“支离”对双声词“漂泊”。白居易《自河南经乱关内阻饥兄弟离散各在一处因望月有感聊书所怀》：“田园寥落干戈后，骨肉流离道路中。”以“寥落”与“流离”两个双声词相对。温庭筠《过陈琳墓》：“石麟埋没藏春草，铜雀荒凉对暮云。”以双声词“埋没”对叠韵词“荒凉”。晚唐温庭筠、陆龟蒙、皮日休均写有双声诗、叠韵诗、四声诗等，但只是游戏的雅兴，艺术的成就并不高。

韵是指同一个音(一般是元音，或者是元音后面再带辅音)在同一位置上(一般是句尾)的重复，犹如乐曲中反复出现的一个主音。押韵就是把读音相同的字安排在固定位置上，造成一种有节律的重复出现。韵的最大功能是把涣散的声音联系贯串起来，成为一个完整的曲调，它好似贯珠的串子，把零乱与松散的珠子串连到了一块，使诗产生回环往复、起伏跌宕的旋律，摇荡感发人心。①

① 关于唐诗声律，可参见王力《汉语诗律学》(上海：上海教育出版社，1979 年)，王力《诗词格律》(北京：中华书局，1977 年)，启功《诗文声律论稿》(北京：中华书局，1977 年)，徐青《古典诗律史》(西宁：青海人民出版社，1980 年)等，本节并非专论唐诗格律，故从略。

第八章　唐诗阐释分论

一、孟浩然山水田园诗的自然特征

贯穿孟浩然山水田园诗的最大特征是自然。在他的作品中，自然不仅作为观赏对象和描写题材(风物天然)，也是其艺术技巧饱和成熟、创作个性鲜明稳定的结晶(风格自然)，最终又成为追求理想人格、高扬个体精神的归宿与极境(返归自然)。下面分别进行讨论。

(一)

初盛唐之交，诗歌创作在表现上有一个从应制奉和扩大到感兴而发的过程，在题材上也有一个从宫掖台阁移向市井里巷、山林塞漠的过程。孟浩然文不按古，“伫兴而作”(王士源《孟浩然集序》，以下简称“王序”)，继王杨卢骆之后，以大自然的新鲜空气来洗刷宫体诗的软媚和应制诗的谀颂，是“盛唐初期诗坛的清道者”①，在山水田园中傲然翘出一段春枝，最早透露出盛唐气象郁然勃发的消息。

高适、岑参把诗歌引向遥远的边塞绝漠，金戈铁马、胡语驼铃，全是一派异域风光，歌颂原始蛮荒的自然力，表现出人对自然的开发，充满进取者的豪情；同时也表现了唐帝国对四夷的征服，流露出血腥和狰狞。

孟浩然则遥承晋宋时代的陶谢，在山林江海上行吟歌唱。他曾“久废南山田”(《题长安主人壁》)，冒雪行进于“迢递秦京道”(《赴京途中逢雪》)，献赋无成，求仕不达，“驱车还向东”(《京还留别新丰诸友》)，“山水寻吴越”(《自洛之越》)，“扁舟泛湖海”(同上)，“天台访石桥”(《舟中晓望》)，“泊舟浔阳郭”(《晚泊浔阳望庐山》)，然后溯江而上，“返棹归山阿”(《归至郢中作》)，堪称是当时的大旅行家了。他的许多山水之作，确切地说，应叫作纪游诗，是旅游纪闻(但依惯例，本文仍统称为山水诗)。按地域的不同，孟浩然的山水诗可分为描写京洛山水、吴越山水、荆楚山水和巴蜀山水，此外还有几首描写湘桂景物的作品。按写作时间分，京洛山水诗，写在他赴两京求仕时期。孟浩然来游京师的时间及次数说法不一，大体上可肯定在三十到四十岁之间。在这些诗里，表现出作者对北方气候的不适，对求仕无成的郁闷愤然。吴越山水诗，则是他入京求仕失利之后所作。据陈贻焮先生考订，吴越之行大约是在开元十八年夏、秋之季至开

① 郑临川《闻一多论古典文学》，重庆：重庆出版社，1984 年，第 127 页。

元二十一年一月，在越前后共四年①。沿途见闻，开阔了诗人的视野；佳丽山川，使诗人陶醉于自然美之中。“我行适诸越，梦寐怀所欢。久负独往愿，今来恣游盘”（《游云门寺寄越府包户曹徐起居》），山川映发，美不胜收，淡化了诗人心中的愁苦。所以，这一时期的作品不仅数量多，质量也较高，他的山水名作如《扬子津望京口》《济江问同舟人》《与颜钱塘登樟亭望潮作》《早发渔浦潭》等，都是此期所作。至于湘桂诸作，当写于开元二十二三年后②。又据陶翰《送孟大入蜀序》和孟的《入峡寄弟》诗知，他还有巴蜀之行。此行“当在开元二十一年到二十五年之间”③，《途中遇晴》《行出东山望汉川》等诗作于是时。当然，最使诗人登临不倦、观赏不厌的还是他的故乡——襄阳，他赴京之前和远游归故里之后，基本上都在汉水两岸盘桓，“北涧流恒满，浮舟触处通”（《北涧泛舟》），或者“漾舟乘水便，因访故人居”（《西山寻辛谔》），或者“结揽事攀践”（《登鹿门山怀古》），登鹿门，攀岘首，践万山，访古探幽，流连骀荡，高歌酣饮。

且看孟浩然笔下的襄阳：

山水观形胜，襄阳美会稽。最高惟望楚，曾未一攀跻。

① 陈贻焮《孟浩然事迹考辨》，见陈著《唐诗论丛》，长沙：湖南人民出版社，1980年，第40页。

② 孟集中有《湖中旅泊寄阎九司户防》和《洞庭湖寄阎九》两首诗。据《唐才子传》卷二知：“防，阿中人，开元二十二年李琚榜及第。”又《文苑英华》卷七〇一李华《杨骑曹集序》亦载阎防、李琚、李华于开元二十二年及第。则防任司户当在此后。孟与阎交游及湖中旅泊事亦当在二十二年之后。

③《唐诗论丛》，第57页。

石壁疑削成，众山比全低。晴明试登陟，目极无端倪。云梦掌中小，武陵花处迷。暝还归骑下，萝月映深溪。(《登望楚山最高顶》)

岘山江岸曲，郢水郭门前。自古登临处，非今独黯然。亭楼明落日，井邑秀通川。涧竹生幽兴，林风入管弦。(《岘山送萧员外之荆州》)

特别是襄阳山水又与许多神话传说和高人逸士的事迹联系着，更给景物蒙上了一层神奇朦胧的面纱，使山水含有难以言说的意蕴。汉皋山下的解佩渚，流传着一则美丽的传说："(神女)游于江滨，逢郑交甫。交甫不知何人也，目而挑之，女遂解佩与之。交甫行数步，空怀无佩，女亦不见。"(《洛神赋》李善注引《神仙传》，《文选》卷一九)美丽而神奇，余韵悠悠。此外，如汉阴丈人、庞德公、诸葛亮都曾在这里隐居过，王粲井、跃马池、习家池、堕泪碑这些古迹"使风景增添了历史舞台的色彩""具有了时间的立体性，那里的一草一木都会表现出自然的、悠久的生命来"①。自然景物的勃勃野趣与人文景观的盎然古意互相加强，映发生辉，更使山水具有了迷人的魅力。诚可谓"风流满今古，烟岛思微茫"(李颀《送皇甫曾游襄阳山水兼谒韦太守》)。诗人忘情地投入大自然的怀抱，不倦地探讨宇宙人生的奥秘，瞬刻中看到了永恒，刹那间即成终古，在一花一鸟、一丘一壑中发现了无限，于观赏自然中获得一种审美解悟。

---

①［日］今道友信《关于美》，第12页。

当然，孟浩然并非天生的隐士，他的热爱山水也并不是一种天性，更不是如闻一多先生所说是“为着一个浪漫的理想，为着对古人的一个神圣的默契”①。近年来，学人们从当时的社会现实和孟浩然的生平经历入手，指出他的隐居、喜欢山水，是因为仕途失意，颇中要害。但我觉得，也不能忽视自然山水对诗人的诱发和感召。山水可以属耳流目，江畔、旷野、山林中的新鲜空气与花瓣里所含的挥发性芳香油，能使人产生一种极舒适愉快的兴奋感觉，有益于人的身体与情绪健康；同时也可以悦人神志，使人从琐屑的功利追求中解脱，对人生充满健举达观的豪情。特别是当仕途失意、功名无成之际，就更容易以空虚之心灵涵括万有，沟通自然，泯灭物我界限，主客观混为一体，由仕进功名追求，转为道德追求，并进而达到审美追求的境界。

（二）

孟浩然山水田园诗的风格，最基本的特征是自然本色，“自然者，不雕琢，不假借，不著色相，不落言诠也”（沈祥龙《论词随笔》）。孟诗往往字不雕琢，句不锻炼，格不整饬，始读之，给人漫不经心、质朴疏淡的感觉，但细心寻绎把玩，又感到朴中含华，淡中有味。“若公输氏当巧而不巧”（《皮日休文集》卷七《郢州孟亭记》），“讽咏久之，有金石宫商之声”（严羽《沧浪诗话·诗评》）。诗人强调如自然现象本身呈露、运化的方式来表现、结

①《唐诗杂论·孟浩然》，《闻一多全集》第3卷，北京：三联书店，1982年，第32页。

构自然，尽量缩小、缓和自然(物象不费力、不刻意的呈现)与艺术(人为的刻意的努力)二者之间的张力，使意境与风格“近似”活泼无碍的自然。下面从几个方面谈孟诗风格的自然本色及其丰富表现。

1. 平淡率直

何谓平淡？平者取势不杂，淡者遣意不烦；率直则是指“遇景入咏，不拘奇抉异”(《皮日休文集》卷七《郢州孟亭记》)。在叙述上只是淡淡说来，自然情与景合，意与法合。如：“挂席几千里，名山都未逢。泊舟浔阳郭，始见香炉峰。”一口气道出，像对老朋友说旅途见闻，不必虚张声势。《游精思观回王白云在后》：“出谷未亭午，至家已夕曛。回瞻下山路，但见牛羊群。樵子暗相失，草虫寒不闻。衡门犹未掩，伫立待夫君。”写与友人出游，日暮归途情景，虽平铺直叙，但兴会天成，情韵悠悠。《春晓》一首，语淡意也淡，末句设问，看似关切，实是无所关心的满足，说明诗人与自然的默契相合，澄心空映万物，表里俱清澈。在句法上，将六朝诗人推到极端的语言关系恢复到常态，使诗歌语言贴近自然，平直如口语。如：“我来如昨日，庭树忽鸣蝉。”(《题长安主人壁》)“予亦忘机者，田园在汉阴。因君故乡去，遥寄式微吟。”(《都下送辛大之鄂》)都是极似口语的散文化句式，“有似粗而非粗处，有似拙而非拙处”(严羽《沧浪诗话·诗评》)，在格律上，不拘对属，以古变律，杨慎说：“五言律八句不对，太白、浩然集有之，乃是平仄稳贴古诗也。”(《升庵诗话》卷二)如前举《晚泊浔阳望香炉峰》，开端两句说乘舟访山，三、四句承着说访到名山，这四个句子不但文意简单连贯，而且由于三、四句没有对仗，使得韵律也进行得极快，一气贯下，自然吐属，便成佳篇。钟惺评《游精思观回王白云在后》：“一首陶诗却入律中。”（《唐诗归》卷一〇）也是指孟浩然将陶渊明的真率闲适化入律诗，使作品古趣盎然，情真意切。《舟中晚望》亦是此格，通体俱散，中两联不作骈偶，既有音乐美，又洒脱自然。“自是六朝短古，加以声律，便觉神韵超然”（《诗薮》内编卷二），这些当然与近体诗刚刚完成，去古未远，声律尚宽有关，但同时也未尝不是因性分所近，出于内容的需要。

袁宏道说：“凡物酿之得甘，炙之得苦，唯淡也不可造；不可造，是文之真性灵也。浓者不复薄，甘者不复辛，唯淡也无不可造；无不可造，是文之真变态也。”（《袁中郎全集》卷三《叙呙氏家绳集》）如果说率直中见性格，平淡中寓深意是孟诗的“真性灵”，那么，朴中含华，平中求奇，“冲淡中有壮逸之气”，则是孟诗的“真变态”。如《过故人庄》一首，场圃桑麻，田家景色；杀鸡为黍，田家之味；把酒闲话，田家之情。全诗充满了田园风味，泥土气息。黄生评曰：“全首俱以信口道出，笔尖几不着点墨。浅之至而深，淡之至而浓，老之至而媚。火候至此，并烹炼之迹俱化矣。”（《唐诗摘抄》卷一）信口道出，谓坦率直爽，就其“性灵”而言；不着点墨，谓平淡，就其“本色”而言；浅深、浓淡、老媚则就其“变态”而言。平与奇，淡与浓，朴与华，表面上似乎是矛盾的，但实际上却体现了艺术辩证法思想。贺贻孙《诗筏》中说：“古今必传之诗，虽极平常，必有一段精光闪铄，使人不敢以平常目之，及其奇怪，则亦了不异人意耳。乃知‘奇’‘平’二字，分析不得。”分析不得，正道出了其中的奥秘，因为本色与变态互相蕴含，如盐入水，交融于其间。

2. 清幽泓澄

在孟浩然山水田园诗中，我们发现，“清”这个词的复现率特别高：

荷风送香气，竹露滴清响。(《夏日南亭怀辛大》)

试览镜湖物，中流见底清。(《与崔二十一游镜湖寄包贺二公》)

松月生夜凉，风泉满清听。(《宿业师山房期丁大不至》)

清晓因兴来，乘流越江岘。(《登鹿门山怀古》)

野旷天低树，江清月近人。(《宿建德江》)

落日清川里，谁言独羡鱼。(《西山寻辛谔》)

除《临洞庭》一首中“八月湖水平，涵虚混太清”之“太清”属专有名词外，孟浩然集中用“清”共五十例①。当然，这种统计学的数字不一定能完全说明问题，但它至少告诉我们，诗人特别喜欢用“清”这个词构成意象，从而使诗呈现出清水潺潺、清风徐徐，“清”人心脾的清凉境界。难怪李白称赞他“高山安可仰，徒此揖清芬”(《赠孟浩然》)，杜甫说他“清诗句句尽堪传”(《解闷十二首》之六)。据王士源《序》知，浩然来京师，“间游秘省，秋月新霁，诸英华赋诗作会。浩然句曰：‘微云淡河汉，疏雨滴梧桐’。举座嗟其清绝。”说明当时人已肯定了孟诗“清”的特点。白居易过

① 据［日］中国学术考究会《孟浩然诗索引》(东京：汲古书院，1981年)统计。

襄阳，凭吊孟浩然故里，感叹道：“清风无人继，日暮空襄阳。”王士禛也赞赏孟浩然的“五字清词”(王士禛《吊孟浩然诗》)。

孟浩然文字上喜用“清”，并由此形成风格意境“如过雨石泉，清见鱼影”(《小澥草堂杂论诗》)的特色，做到“实景清而空景现，真境逼而神境生，虚实相生，无画处皆成妙境”(王夫之《古诗评选》卷四)。这一方面是作者仔细观察大自然的声响、色彩、线条、形体的结果；另一方面，也是他潜心学习借鉴前人成就的结果。以《文选》为例，就见：“非必丝与竹，山水有清音”(左思《招隐诗》其二)，“崖谷共清，风泉相涣”(王中《头陀寺碑文》)，嵇康的“激清响以赴会”(《琴赋》)，王粲的“流波激清响”(《七哀诗》其二)，陆机的“和风飞清响”(《悲哉行》)，谢朓的“鸣佩多清响”(《直中书省》)……秘响旁通，交相引发，缘此可溯孟诗“清”源。

孟诗不仅“清”，而且“净”，黄庭坚说孟浩然诗“爽气洗尽尘埃昏”(《题浩然画像诗》，《苕溪渔隐丛话》后集卷九引)，刘辰翁评《永嘉上浦馆逢张八子容》曰：“众山孤屿，且不犯时景，句句淘洗欲尽。”(《王孟诗评》卷下)再如《耶溪泛舟》一首：“落景余清辉，轻桡弄溪渚。澄明爱水物，临泛何容与！白首垂钓翁，新妆浣纱女。相看似相识，脉脉不得语。”落日余晖，清溪丽景，老翁与浣女相对，落落大方，语言清新，神似乐府；且思想内容也纯净闲淡，全无脏气。

平淡率直、清幽泓澄是孟浩然山水诗的基本风格，但是，“随着不同对象，写法就应该不大相同。”“一个大作家决不能只有一颗印章，在不同作品中都盖同一的印章，这就暴露出天才的缺乏”①，真正的大诗人应该如杜甫一样，“正而能变，变而能化，化而不失本调，不失本调而兼得众调”（《诗薮》内编卷四）。孟诗比起杜诗的“变态”来，固有差别，但也并非只有一颗印章。如《南阳北阻雪》：“我行滞宛许，日夕望京豫。旷野莽茫茫，乡山在何处？孤烟村际起，归雁天边去。积雪覆平皋，饥鹰捉寒兔。少年弄文墨，属意在章句。十上耻还家，徘徊守归路。”久别将归，内心思切，也是自然的，但旷野积雪，半道阻滞，故难免焦虑，更重要的是此行献赋求仕，失意而归，愧对家乡父老，所以又徘徊不前，耻于还家。全诗因季节、气候和作者怅然失意的情绪，显得苍凉悲怆，曲折凄楚，是所谓的“苦调、悲调”。《送从弟邕下第后寻会稽》一首，亦写举子下第相送之情，“读之所谓酸风苦雨一时来，正使英雄泪成碧”（《唐诗选脉会通》卷三）。他如《彭蠡湖中望庐山》《早发渔浦潭》等诗“精力浑健，俯视一切，正不可徒以清言目之”（《养一斋诗话》），《临洞庭》诗中的“气蒸云梦泽，波撼岳阳城”一联，以如椽巨笔写出洞庭湖衔远山、吞长江、浩浩汤汤、横无际涯的壮观，“气象雄张，旷然如在目前”（《西清诗话》），“雄浑而兼潇洒”（纪昀《瀛奎律髓刊误》卷一），确可谓冲淡中有壮逸之气，闲远中振健举之势。

在孟浩然山水田园诗研究中，困难的还不是描述和分析他的自然风格及其变态，而是如何理解形成这种风格的原因。

诚然，孟诗的平淡闲远是继承了陶诗特点，并且还能从多方面吸收营养。汉魏古诗“气象混沌，难以句摘”的朴实特点，《古

---

①《布封文选》，北京：人民文学出版社，1958 年，第 14 页。

诗十九首》“清和平远，不必奇辟之思，惊险之句”的风格，都可以在孟诗中见出痕迹。如“空床难独守”用《青青河畔草》成句，“轻举翻六翮”化用《明月皎夜光》中的“高举振六翮”，甚至诗题《赋得盈盈楼上女》也是移植古诗而来，“照水空自爱，折花将遗谁?”则是化用《十五从军征》中的“羹饭一时熟，不知贻阿谁”和《涉江采芙蓉》中的“兰泽多芳草……采之欲遗谁”的句式。“世途皆自媚，流欲寡相知”，是从《饮马长城窟行》中的“入门各自媚，谁肯相为言”脱胎而来，“归来一登眺，陵谷尚依然”本于谢朓《宣城郡内登望诗》的“寒城一以眺，平楚正苍然”。“木落雁南度，北风江上寒”则出于鲍照《登黄鹤矶》中“木落江渡寒，雁还风送秋”两句。胡应麟说：“孟五言不甚拘偶者，自是六朝短古，加以声律，便觉神韵超然。”(《诗薮》内编卷二)黄培芳评《耶溪泛舟》一首“神似乐府”(《唐贤三昧集笺注》卷中)，都指出孟诗继承前贤、胎息古诗的特点。

但是，孟浩然作为“五言独造”(《诗薮》内编卷四)，毕竟不是汉魏古诗和陶渊明在唐代的翻版，过分偏重探源用事，往往给人感觉诗的风格主要靠继承和模仿，而“摹仿别人的风格犹如戴上一只假面具，不管它多么精美，用不了多久就会引起人们的厌恶和憎恨，因为它毫无生气”①。“心灵人所自有，而不相贷，无从开方便法门，任陋人支借也”(《姜斋诗话》卷二)。可见，风格的形成，不单是靠继承和模仿，还有其他诸种因素在起作用。

首先，风格是诗人创作个性饱和度的标志。“风格即人”，

① [德]叔本华《论风格》，引自《文学研究》丛刊第1辑。

说明人的气质、体性、经历对风格形成起着制约作用。曹丕《典论·论文》中已涉及风格与个性问题，陆机《文赋》中亦说：“故夫夸目者尚奢，惬心者贵当，言穷者无隘，论达者唯旷。”指出文章风格因人而异，刘勰进一步从才、气、学、习四方面阐明作者性情与作品体貌(风格)的关系，认为“才性异区，文辞繁诡”(《文心雕龙·体性》)。“言之格调，则往往流露本相”①。说明创作个性和个人气质影响着作品的风格。孟浩然之状“颀而长，峭而瘦，衣白袍”(张洎语)，“骨貌淑清，风神散朗”(王士源语)，并且“精明奇素”(陶翰语)，“行不为饰，动以求真”，“游不为利，期以放性”(王士源语)。加之他虽有仕与隐、做伊皋还是当巢由的内心矛盾，一生名位不振，未禄于代，但总的来说，他的经历还是比较简单的，他的心境也是比较恬淡宁静的，所以能对大自然产生浓厚的兴趣，平淡率真的情感渗透到山水景物中，恐怕就是形成他自然风格的主观原因。

其二，时代审美趣味的影响。老庄推崇朴素自然之美，认为自然无为是最高境界的美：“素朴而天下莫能与之争美。”(《庄子·天道》)“澹然无极而众美从之。”(《庄子·刻意》)“故圣人法天贵真。”(《庄子·渔夫》)并进一步从巧与拙、琢与朴、人工与天然的关系中把握这种自然之美：“大巧若拙……大朴不雕。”(《庄子·胠箧》)“既雕既琢，复归于朴。”(《庄子·山木》)这种玄思哲理式的论述，对后世的文学创作和批评产生了深远的影响，逐渐形成了一种美学理想和艺术追求的极境。陶渊明《孟府

① 钱锺书《谈艺录》，第163页。

君传》中说：“又问：听妓，丝不如竹，竹不如肉，答曰：渐近自然。”唐代诗人在反击六朝尚形似、贵人工、浮艳绮靡诗风的同时，以复古为革新，在创作思想上强调风雅兴寄，在艺术风格上则提倡自然天真，逮及盛唐，已成为一种美学思潮。李白明确表示“雕虫丧天真”(《古风五十九首》其三十五)，提倡“清水出芙蓉，天然去雕饰”(《经乱离后……赠江夏韦太守良宰》)。王维在其十五岁时所作的《题友人云母障子》诗中说：“君家云母障，时向野庭开。自有山泉入，非因采画来。”认为云母屏风上呈现出来的山水景致，妙在自然，高于画家笔下的彩画。岑参称赞友人的诗：“爱君谋智若有神，爱君词句皆清新。澄湖万顷深见底，清水一片光照人。”(《送张献心充副使归河西杂句》)李颀说：“天骨自然多叹美”(《送刘四赴夏县》)，裴迪则提出“自然成高致”(《青龙寺昙壁上人院集》)，殷璠在《河岳英灵集》中总结“声律风骨”兼备的盛唐诗形成的原因，“实由主上恶华好朴，去伪存真”，说明当时朝野上下的艺术趣味之所在。他评阎防“语多真素”，评高适“多胸臆语”。芮挺章《国秀集》选诗标准是“取太冲之清词”，日人遍照金刚则说：“假物不如真象，假色不如天然。”(《文镜秘府论》南卷《论文意》)就此我们可以看出盛唐诗歌的美学氛围，孟浩然的创作风格不仅与时代的审美趣味与艺术风尚合拍同步，同时，由于他生活在盛唐前期，还是最早弹奏出山水清音第一组主旋律的琴师。

其三，江山之助。白居易总结孟诗风格形成的原因时说：“楚山碧岩岩，汉水碧汤汤。秀气结成象，孟氏之文章。”(《游襄阳怀孟浩然》)说明荆楚山水的毓秀灵气，对他诗风的浸润渗透。

关于自然山水题材对作家风格的影响，刘勰曾指出：“若乃山林皋壤，实文思之奥府。”并认为屈原“所以能洞鉴风骚之情者，抑亦江山之助乎！”(《文心雕龙·物色》)郭沫若更具体地分析道：“屈原是产在巫峡附近的人，他的气魄的宏伟、端直而又娓婉，他的文辞的雄浑、奇特而又清丽，恐怕也是受了些山水的影响。”①五代水墨山水画家董源，在题材上多取江南景色，因此，在风格上亦表现出“不装巧趣”“平淡天真”(米芾《画史》)的特色；而范宽多写关陕中原风物，所以呈现出“峰峦浑厚，势状雄强，抢笔俱均，人屋皆质”(郭若虚《图画见闻志》卷一)的作风。著名山水画家关山月集唐句“参同大块理”“来濡拙笔端”，说明自然中有成法，“江山教我画”的思想②。风雨松涛，都是诗的韵律；花草精神，水月颜色，都是诗意的范本。“在自然中的活动是养成诗人人格的前提”，“与自然的神秘互相接触映射时造成的直觉灵感……是一切真诗、好诗的(天才的)条件”③。

孟浩然的山水诗，凡咏南方景物(特别是吴会、荆襄风景)，多清丽可人，风格也空灵闲适，但写北国风光(主要是京、洛景物)，则多苍凉雄壮，曲折凄楚，时令节候亦多为秋淫苦雨，寒冬积雪，这当然与他的经历和思想情绪有关。赴京洛是客居异地，已感孤独；而且每次都献赋不达，求仕无成，则更感凄凉悲怆。但是，也可以看出自然景物对他诗风的规定和制约作用。这

① 《历史人物·屈原研究》，见《沫若文集》第12卷，北京：人民文学出版社，1959年，第345页。

② 关山月《法度随我变，江山教我画》，《文艺研究》1985年第5期。

③ 宗白华《美学散步》，第245页。

种规定和制约，在美学上有着深刻的根据，诗歌的不同风格，无非是艺术美的种种不同形态，而艺术美，归根结底，只是现实自然美的反映，客观事物的千姿百态，决定了艺术美和艺术风格的纷纭变化。

其四，体裁的制约。孟浩然山水田园诗风的形成，还与他长于或独专于五言诗这种体裁有关。王士源《序》谓浩然“五言诗天下称其尽美”，胡应麟说他是“五言独造”。现以“四部丛刊”本和“四部备要”本孟集所收诗列表如下，即可以说明五言在他的集中所占的位置：

诗体	数量(单位：首)	占总数的百分率
五言古诗	63	24%
五言排律	37	14.1%
五言律诗	129	49%
五言绝句	19	7.2%
合计	248	94.3%
其他	15	5.7%
共计	263	100%

从简表可知，他的五言诗占总数的94%，在这248首五言诗中，山水田园诗又占大半。他享有盛誉的代表作，也都是五言。说明五言诗与他的创作关系极为密切，因此很有必要探讨一下诗体与他的作品风格的关系。

关于文体对作品风格的影响，曹丕《典论·论文》中已涉及

（分为四科，并指出每种文体的特点），陆机进一步把文体分为十种，《文心雕龙》的文体论部分不仅对各类文体都进行了分析，而且就诗这种体裁因字句多少不同，所显示的不同特色，亦做了区别："若夫四言正体，则雅润为本，五言流调，则清丽居宗。"（《文心雕龙·明诗》）钟嵘《诗品序》："夫四言文约意广，取效风骚，便可多得，每苦文繁意少，故世罕习焉。五言居文词之要，是众作之有滋味者也，故云会于流俗，岂不以指事造形，穷情写物，最为详切者耶！"刘、钟都指出四言诗和五言诗的区别及五言诗的特点：文词以清丽居宗；以指事造形、穷情写物为特征。

再看《唐音癸签》的论述：

> 自五言古、律以至五、七言绝，概以温雅和平为尚。（卷三）
>
> 五言古……神动机流，一旦吮毫，天真自露。……五言绝尚真切，质多胜文。（卷三）

胡应麟亦指出：

> 古诗轨辙殊多，大要不过二格。有以和平、浑厚、悲怆、婉丽为宗旨……有以高闲、旷逸、清远、玄妙为宗者，六朝则陶，唐则王、孟、常、储、韦、柳。（《诗薮》内编卷二）
>
> 五言律体，极盛于唐，要其大端，亦有二格……王、孟、储、韦，清空闲远。（《诗薮》内编卷四）

刘熙载《艺概·诗概》：

> 五言与七言因乎情境……平淡天真，于五言宜……豪荡感激，于七言宜。五言尚安恬，七言尚挥霍。

五言比四言曼长流利，但比七言节奏短促，音节更安闲和平，句法舒缓，居文词之要，所以宜于指事造形，表现幽静的山水和自己恬适的心情。孟浩然之前的山水田园诗名作亦多是五言。虽然真正的大家在实际中并不死守旧轨，但大致上我们还可以看出五言这种体裁对孟诗风格的制约作用。

由此可见，孟诗风格的形成并非某一方面的单独作用，也不是诸因素之和，而是构成风格的各方面因素相互作用所呈现出的成熟稳定的标志。

（三）

要深入理解孟浩然的山水田园诗，不可避免地要涉及他的思想。孟浩然的思想发展轨迹，有一个从“冲天羡鸿鹄”（《田园作》）到“吾慕颍阳真”“最嘉陶徵君”（《仲夏归汉南园寄京邑旧游》）的过程，即由社会政治目标的追求转为道德和人格理想的践行，在这个过程中，儒家政治功利思想逐渐递减，道家意识逐渐递增。

唐代前期，政治较开明，开元之治标志着这个世界性帝国进入黄金时代。就经济和社会财富而言，“鱼盐满市井，布帛如云烟”（李白《赠宣城宇文太守兼呈崔侍御》），“稻米流脂粟米白，公私仓廪俱丰实”（杜甫《忆昔》其二）；就当时的精神面貌而言，

“东风动百物，草木尽欲言”（李白《长歌行》），广大士人多希望积极用世，建功立业，“忘身辞凤阙，报国取龙庭。岂学书生辈，窗间老一经”（王维《送赵都督赴代州得青字》）。唐初期贞观重臣“虞、李、岑、许之俦以文章进，王、魏、来、褚之辈以才术显，咸能起自布衣，蔚为卿相”（卢照邻《南阳公集序》）。武则天阐明其用人原则：“无隔士庶，具以名闻，若举得其人，必当擢以不次”（武则天《求贤制》）。布衣卿相，不仅有理论根据，而且有现实事例。武后至玄宗时的名臣姚崇、宋璟、郭元振、张说、张九龄，或以德行，或以勋劳，或以文学，致位贵显。明乎此，对唐人诗文中所言“拾青紫于俯仰，取公卿于朝夕”（王勃《上绛州上官司马书》），“申管晏之谈，谋帝王之术。奋其智能，愿为辅弼。使寰区大定，海县清一”（李白《代寿山答孟少府移文书》），“许身一何愚，窃比稷与契”（杜甫《自京赴奉先县咏怀五百字》）等，就不会认为是迂阔大话了。他们都不甘心憔悴于圣明之代，要求有所作为。

玄宗即位之时，孟浩然二十三岁，恰值青春之年，沐浴着盛唐阳光成长起来。他在《书怀贻京邑故人》一诗中自叙身世：“惟先自邹鲁，家世重儒风。诗礼袭遗训，趋庭绍末躬。昼夜常自强，词赋颇亦工。”谓其祖先出于文教昌盛之邹鲁，这是孟氏子弟自述的老套模式，并没有史料佐证，不得而知，但言其秉圣贤遗训，子承父教，诵诗学礼，还是可信的。“昼夜常自强”句，用《易·乾·象》“天行健，君子以自强不息”之意，反映出他的系心立身之源，是传统的儒家思想。《南阳北阻雪》中亦说：“少年弄文墨，属意在章句。”希望能像扬雄一样，“一荐《甘泉赋》”——

用自己的词赋才智见赏于皇帝，然后一展宏图，建不世之功，他“冲天羡鸿鹄”，幻想自己能如“鹏激水”“鹤冲天”，抟扶摇，振健羽，奋起六翮而凌清风，飘摇乎高翔。在这一点上，我们发现孟浩然与李白一样，都通过大鹏、鸿鹄这些超凡凌众、无拘无束地翱翔于天地之间的巨鸟的原型性意象，来表达和抒发胸中的远大抱负①。旧史家多谓浩然是“高人”，天生的隐士，闻一多说：“唐代的士子都有登第狂，独浩然超然物外。”②陈子展说：“浩然一生风流潇洒，不汲汲于仕进。”③显然是没有根据的，其实孟浩然也未能免俗，不仅有功名欲，有时甚至是很强烈的，以至于想不择官而仕：“执鞭慕夫子，捧檄怀毛公。”(《书怀贻京邑故人》)“执鞭”，用孔子事，《论语·述而》：“子曰：‘富而可求也，虽执鞭之士，吾亦为之。’”朱熹《集注》：“执鞭，贱者之事，设言富贵若可求，则身为贱役以求之，亦所不辞。”细读《书怀贻京邑故人》《岁暮归南山》《题长安主人壁》《秦中苦雨思归赠袁左丞贺侍郎》等作品，就不难体会他用世心情的迫切和对失意的悲愤。

开元前期的开明开放，使举子们产生一种幻想，认为可以不受阻碍地施展自己的抱负，垂手取功名，立登要路津。但是，君主政治的种种不合理现象，它的各种矛盾，在开元时期也是到处存在的，日人儿岛献吉郎说：“顾开元底天下，玄宗之治已极，阳虽有四海欢虞之风，而阴则已萌祟极而圮的动机。日中则倾，月盈则亏，历史于此中藏一大转变的气运，天下将现出一大活动

① 李白诗用鸟类意象抒情，参见本章第三节“李白诗文中的鸟类意象”一篇。
②《闻一多论古典文学》，第 131 页。
③《唐宋文学史》，上海：作家书屋，1947 年，第 27 页。

的舞台。”①安旗先生进一步论述：“开元之治其盈亏之转折点，不在林甫为相，而在玄宗封禅。”②玄宗于开元十三年东封之后，启其侈心，移其初志，励精图治之心自与日俱减，而其后宠王毛仲、高力士，疏远张九龄，擢用李林甫，乃至最后专任李林甫就不难理解了。

盛世的两面性，光明与黑暗混成的复合光，投射到文士诗人心中，于是普遍产生一种极端矛盾的心理，流露出迷惘和苦闷：

奈何偶昌运，独见遗草泽。（孟浩然《山中逢道士云公》）

明时久不达，弃置与君同。（王维《送綦毋校书弃官还江东》）

秀色空绝世，馨香谁为传。（李白《古风五十九首》其二十六）

明时未得用，白首徒攻文。（岑参《送王大昌龄赴江宁》）

又据《旧唐书·崔颢传》记载：“开元、天宝间，文士知名者，汴州崔颢，京兆王昌龄、高适，襄阳孟浩然，皆名位不振。”一方面是盛世时明，另一方面却草泽遗贤；一方面是秀色绝世，文士知名，另一方面却久无见爱，名位不振——这对所谓盛世无疑是辛辣的讽刺和嘲弄，但同时也是一个惨痛的现实。孟浩然认为自己与友人席大皆“命不偶”“同病亦同忧”（《送席大》），所以“常恐填

①《中国文学通论》下册，上海：商务印书馆，1936年，第172页。
② 安旗师主编《李白全集编年注释》（稿本）。

沟壑，无由振羽仪”(《晚春卧疾寄张八子容》)，“弃置乡园老，翻飞羽翼摧”(《送丁大凤进士赴举呈张九龄》)。诗人把这种情况归结为“惜无金张援”(同前)、“朝端乏亲故”(《田园作》)，学人们亦多持此论，然究其本质，则是制度本身的痼疾。孟浩然等盛唐诗人的心理矛盾、内心痛苦，也只能在时代、社会中寻找原因。

不能如鸿鹄高飞，又羞与鸡鹜争食，所以就只能如鷦鷯巢于深林。开元二十二年五月至二十四年十一月张九龄在位秉政期间，浩然在《送丁大凤进士赴举呈张九龄》诗中就流露出这种思想，开篇“吾观《鷦鷯赋》”一句，未有人重视，按《庄子·逍遥游》有“鷦鷯巢于深林，不过一枝”。晋张华作《鷦鷯赋》，其序说道：“鷦鷯，小鸟也，生于蒿莱之间，长于藩篱之下，翔集寻常之内，而生生之理足矣。色浅体陋，不为人用；形微处卑，物莫之害；繁滋族类，乘居匹游，翩翩然有以自乐也。”做鸿鹄大鹏与做鷦鷯表面上是截然相反，各偏一端，但又都是顺物之性，各得其自然，这不正是孟浩然晚期的思想写照吗？献赋无成，求仕不达，务实济世的政治理想不能实现。于是由秦京道返回鱼梁洲，由功名追求转为道德追求，通过对宇宙人生的哲学反思和对物欲的摆脱，来获得心理平衡，在这个过程中，与儒家思想构成互补关系的道家思想就如一剂舒络散，舒散着诗人内心的淤痛。

今人论及孟浩然，多以为其追求功名仕进是积极的，其理想人格的追求则是消极的，或者是虚假的，是故作姿态，其根据是抓住隐逸这一点。关于隐逸的虚假性和消极性，早为学人们揭露无遗，笔者对此并无异议①。但我觉得，孟浩然在功名无成、壮志未酬的情况下，既没能如杜甫那样以“江流石不转”的不拔精神，不论穷达都不放弃现实追求；又“争食羞鸡鹜”(《田园作》)、“羞逐府僚趋”(《和宋太史北楼新亭》)、“欲徇五斗禄，其如七不堪”(《京还赠张维》)，不能忍受揖拜上官、动受拘束、酬答交际等俗务琐事，与李白的“焉能与群鸡，刺蹙争一餐”(《古风五十九首》其四十)，不摧眉折腰事权贵所表现的精神是一致的，转为道德追求、理想人格的追求，向往特立独行、自由无羁的生活，在隐者的标格下袒露出布衣贫士的本色，这本身就是对时政的无声抵抗。其次，这种追求并不是否定生命、泯灭人性，皈依宗教，不是追求彼岸世界的天国，而是要在田园丘壑中寻找返璞归真的乐土。虽然他也曾写过一些拜佛礼禅的诗，甚至说：“四禅合真如，一切是虚假”(《云门寺西六七里闻符公兰若最幽与薛八同往》)，但这并不是他的思想主线。第三，这种追求是符合儒家思想规范的，《左传·襄公二十四年》：“太上有立德，其次有立功，其次有立言，虽久不废，此之谓不朽。”德行与功业同属不朽，并且德行属“太上”层次，比立功、立言高出一阶，可见精神追求在中国传统价值模式中的地位。孔子说：“道不行，乘桴浮于海。”(《论语·公冶长》)孟子说：“穷则独善其身，达则兼善天下。”(《孟子·尽心上》)这些思想对古代士人影响极其深远，已成为后代士人系心立身的行为规范和心理模式。现实行不通，就滑向对

① 拙著《唐代园林别业考论》(西安：西北大学出版社，1998 年修订版)一书第五章对唐代士人隐逸亦有详细论述，可参读。

精神一极的追求，唐代一些诗人甚至认为，现实努力只是手段，而精神追求才是目的："愿一佐明主，功成还旧林"(李白《留别王司马嵩》)，"终与安社稷，功成去五湖"(李白《赠韦秘书子春》)，"永忆江湖归白发，欲回天地入扁舟"(李商隐《安定城楼》)。有些话并非由衷，但这种思想却不是偶然的，有现实依据和理论根源。如果说，在孔孟那里，只是因为"道不行""不达"，才不得不"浮于海""独善其身"，在唐代一些诗人心目中，即便安社稷、功成名遂，也应该归五湖、入扁舟，这种认识，正如学人们所论，是全身保真思想的流露，但也包含着对物欲的摆脱、对理想人格的羡慕追求、对自由境界的向往，换言之，也就是对自然的回归。

孟浩然本想如飞鸿振羽激水，但"翻飞羽翼摧"，所以只得如鹪鹩巢于深林，这既是一次逃遁，又是一次挣扎；是现实追求的退却，但又是精神领域的扩张。孟浩然的归隐田园，是将儒家的"独善"思想和道家的"自然"理论结合起来，追求自由无羁、潇洒闲适的生活态度。"曾是歌三乐，仍闻咏五篇"(《冬至后过吴张二子檀溪别业》)，"三乐"即孔子所谓"益者三乐"："乐节礼乐，乐道人之善，乐多贤友"(《论语·季氏》)。或如孟子以"父母俱存，兄弟无故""仰不愧于天，俯不怍于人""得天下英才而教育之"为人生乐趣(《孟子·尽心上》)。在人格上表示"吾慕颍阳真""最嘉陶徵君"，希望能如陶渊明一样"清节映西关"(陶渊明《咏贫士七首》其五)、"澄清一洗心"(《和张判官登万山亭因赠洪府都督韩公》)，冀求完成不媚世的独立人格①。孟浩然山水田园诗的思想价值，并不表现为对社会生活的广泛了解，对时政的大胆揭露和鞭辟入里的批判，但在他的诗中，将田园丘壑作为返璞归真的乐土，追求人的自然化。“红颜弃轩冕，白首卧松云”(李白《赠孟浩然》)，对于后世那些苦难而又懦弱的人们，这无疑是一种心理补偿，对于那些为物欲所熬煎的人则是可望而不可即的理想人格。

王士源《序》中说孟浩然“行不为饰，动以求真”；“游不为利，期以放性”。放性即是自然，放性同时也是自由，是“物物而不物于物”，把人生意义的追求，通过外在行为指向内在的完善和超越，“儒道虽异门，云林颇同调”(《题终南翠微寺空上人房》)。山水云林既然可以成为沟通儒释(按：这里“道”指佛教)二教的桥梁，也就可成为诗人淡化仕宦心理、触发精神修养的媒介与契机。

开元十七年秋，孟浩然在仕进无望、将要离京远游前说道：“寄言当路者，去矣北山岑。”(《秦中苦雨思归赠袁左丞贺侍郎》)与陶渊明的“久在樊笼里，复得返自然”(《归园田居五首》其一)相比较，旨趣相同。只不过一是归前的誓言，一是归后的慰语。马克思在《神圣家族》中分析《巴黎的秘密》里的玛丽花，对我们研究自然美和山水诗很有启发：玛丽花热爱太阳和花，“在大自然的怀抱中，资产阶级生活的锁链脱去了，玛丽花可以自由地表露自己固有的天性，因此她流露出如此蓬勃的生趣、如此丰富的感受以及对大自然美的如此合乎人性的欣喜若狂”②。在这种情况

① 参见陈贻焮《孟浩然诗选·后记》。

②《马克思恩格斯全集》第2卷，北京：人民出版社，1957年，第217页。

下，自然山水对人的影响已不仅仅是生理快适和心理愉悦，同时表现为对人情和人性的浸润渗透，对人的精神感召和人格塑造。主体凭借客体获得了解放，心凝形释，“达到自己消融在一切高尚优美事物之中的福慧境地”①。有学者已经指出，陶渊明的园田吟唱的背后是农业文明生态系统中的田园意识的复苏，他的“返自然”是自然诗学意义上的回归②，毕生心仪陶渊明的孟浩然何尝不是如此。

孟浩然的“去北山”“泛湖海”正是脱去名缰利锁，对大自然的回归。“澄明爱水物，临泛何容与”（《耶溪泛舟》），在落日余晖的清溪中，“自由地表露自己固有的天性”。而“余意在山水，闻之谐夙心”（《听郑五愔弹琴》），则表现出美妙的琴音激活了诗人潜藏着的热爱山水的灵心，全身心地消融在自然和艺术美之中。“欲知清与洁，明月在澄湾”（《赠萧少府》）。这是诗格，也是人格；是自然的人化，也是人的自然化。

二、王维与孟浩然山水田园诗之比较

（一）

在中国文学史的长河中，双峰并峙、二水分流者有之；松风和鸣、水月齐晖者亦有之。楚有屈宋，汉有班马，晋宋有陶谢，

---

① ［德］黑格尔《美学》第 2 卷，北京：商务印书馆，1979 年，第 90 页。

② 参见蔡瑜《陶渊明的人境诗学》，台北：联经出版社，2012 年；蔡瑜编《回向自然的诗学》，台北：台大出版中心，2012 年；鲁枢元《陶渊明的幽灵》，上海：上海文艺出版社，2012 年。

唐有沈宋、高岑、李杜、元白、韩柳、温李、皮陆……或以成就相侔，或因风格相近，或为情趣相投，皆如异翮同飞，双声合响，相映生辉，垂范后世。王孟并称，同样有着极其丰富的含义。

王孟并称首先是指他们交谊笃厚，志趣契合。王孟初交的确切时间不可考，一般认为是在开元十六、十七年孟浩然赴京应举时，孟浩然间游秘省，与诸英华赋诗作会，王维、张九龄等“率与浩然为忘形之交”(王士源《孟浩然集序》)。开元十七年冬，孟浩然求仕无成，离京还乡时，作诗《留别王维》说：

> 寂寂竟何待？朝朝空自归。欲寻芳草去，惜与故人违。
> 当路谁相假，知音世所稀！只应守寂寞，还掩故园扉。

表现对友人依依惜别的深情，并把王维视为旷世知音。钟惺评曰：“读此二语(指‘欲寻’二句)，可见浩然朋友之念重于君臣矣。”王维曾浣笔为图，画绢本《襄阳孟公马上吟诗图》，此像虽已失传，但见过摹本的张洎题识曰：“观右丞笔迹，穷极神妙。襄阳之状，颀而长，峭而瘦，衣白袍，靴帽重戴，乘款段马，一童总角，提书笈，负琴而从，风仪落落，凛然如生。”(《韵语阳秋》卷一四)一位风度潇洒、举止儒雅的寒士形象，神态毕现，呼之欲出。开元二十八年，王维为殿中侍御史，知南选至襄阳，过郢州，画孟浩然像于刺史亭(《新唐书》卷二〇三《孟浩然传》)，孟浩然卒后，王维作《哭孟浩然》一诗：

故人不可见，汉水日东流。借问襄阳老，江山空蔡州。

痛失友人，无限悲伤。虽寥寥数句，却写得情谊深挚，千载之下，犹难为怀。宋人葛立方曲解孟诗“当路谁相假，知音世所稀”两句，“谓维见其胜己，不肯荐于天子”（《韵语阳秋》卷一八）。无中生有，妄为臆度，“此等论言，真以小人之心，度君子之腹”（何文焕《历代诗话考索》）。

其次，王孟的政治思想一致，他们都是张九龄开明政治主张的拥护者和支持者，并先后受到张九龄的引荐。王维曾写《上张令公》诗，向张九龄干谒，因擢右拾遗。又作《献始兴公》一首，赞颂张九龄“不卖公器”“为苍生谋”的政治品质，剖白自己“曲私非所求”的衷心，表明政治见解和立场的一致。孟浩然在张九龄贬荆州长史时，被招入幕府，辟为从事。对张九龄的政治遭遇，都寄予深切的同情。王维在《寄荆州张丞相》一诗中说：“举世无相识，终身思旧恩。”孟浩然在荆州时认为自己“客中遇知己”（《陪张丞相登嵩阳楼》），感激张九龄“沉沦拔草莱”（《荆门上张丞相》），赞颂张具有“燮理才”，希望他能重新回朝执政，“丞相阁还开”“星象复中台”（《荆门上张丞相》），如盐梅和羹，辅君济世。这不仅是对友人的安慰和祝愿，而且是对进步力量的期待和呼唤。

当然，王孟并称最主要还是因为他们的创作成就，王维虽然题材多样，但亦以描写自然景物著称于世。盛唐山水田园诗派始于孟成于王，他们都具有领袖群伦的地位。在渊源上，又都“追逼陶谢”，在风格上均有自然冲和、清淡闲远的特色，在体裁上又都是五言名家。因此，人们论及盛唐诗歌时多将王孟相提并论，或者以王代孟。然而，“一棵树的叶子，看上去是大体相同的，但仔细一看，每片叶子都有不同。有共性，也有个性，有相同的方面，也有相异的方面”①。为了使我们对盛唐山水田园诗的研究不仅仅停留在相似的表层上，而能够潜入反映个性特点的深层中，“我们所要求的，是要能看出异中之同和同中之异”②。本文即试图同中辨异，异中求同，比较王孟在山水田园诗表现上的特色。

前人对王孟诗的评价大致有三种观点：扬王抑孟，扬孟抑王，王孟齐名。下面略述之。

(1)扬王抑孟。明人王世贞说：“摩诘才胜孟襄阳，由工入微，不犯痕迹，所以为佳。”(《艺苑卮言》卷四)钟惺在《唐诗归》卷八中说：“王孟并称，毕竟王妙于孟，王能兼孟，孟不能兼王也。”谭元春补充道：“杜妙于李，王妙于孟，刘妙于钱，白妙于元，勿以齐名遂忘责实也。”钟惺甚至认为孟诗“为不读书不深思人便门”(《唐诗归》卷十)，王夫之也说“浩然山人之雄长，时有秀句，而有轻飘短味，不得与高岑王储齿”(《姜斋诗话》卷二)。神韵说倡导者王士禛谈及王孟两家互异说：“譬之释氏，王是佛语，孟是菩萨语。孟诗有寒俭之态，不及王诗天然而工。”(《带经堂诗话》卷二九)以禅喻诗，失之抽象含混，说孟诗有寒俭态，若以具体篇章言，或似之，如就整体而论，则未必然。又：“汪钝

① 毛泽东《同音乐工作者的谈话》，见《毛泽东论文艺》，北京：人民文学出版社，1992年，第90页。

② [德]黑格尔《小逻辑》，北京：商务印书馆，1986年，第253页。

翁(琬)尝问予：‘王孟齐名，何以孟不及王？’予曰：‘正以襄阳未能脱俗耳。”’(同上书卷一)纪昀亦袭此说，认为“王能厚，而孟则未免浅俗，所以不及王也”(朱庭珍《筱园诗话》卷一)。今人郭伯恭把孟浩然看成“王的羽翼”，“只是这一派擂鼓呐喊的小卒，他们(指孟、储、韦、柳)都是出于陶潜或王维”①。若说储光羲、韦应物、柳宗元出于王，从时间上讲，尚有可能，但说孟浩然出于王，则纯属空论。孟年长于王，他的诗格也不是受王维的影响而形成的。陆侃如、冯沅君说：“他与王维有不同的地方吗？……具体的说，他重视格律，妨害了自然的美。”②此说亦不无可商榷之处，由前面的分析可知，孟诗恰恰是极不注重格律的，他以古变律，矫出于各家；对仗多用十字格，加强了诗句的散文化，单行散句，古意盎然，不避俚词口语，质朴率直，才是孟诗的特点③。

(2)扬孟抑王。李东阳《麓堂诗话》中说：“唐诗李杜之外，孟浩然、王摩诘足称大家。王诗丰缛而不华靡，孟却专心古澹，而悠远深厚，自无寒俭枯瘠之病。由此言之，则孟为尤胜。”此论与王士禛刚相反，然亦感未中鹄的。田雯说：“襄阳佳处亦整亦暇，结构别有生趣。辋川、太白殆能兼之。”(《古欢堂集杂著》卷二)说孟诗“亦整亦暇”，良有以也，但说能兼王维、李白，恐言过其实。近人闻一多谈孟诗说：“论纯任自然而不事雕琢这一点，那只有在他以前的陶渊明到此境界了。跟孟诗相比，摩诘文字似

① 郭伯恭《歌咏自然之两大诗豪》，上海：商务印书馆，1936年，第107页。

②《中国诗史》中册，北京：作家出版社，1956年，第431页。

③ 参见本章第一节“孟浩然山水田园诗的自然特征”。

乎较弱，太白、香山显得较滑、较俗，孟诗全无这些缺点。”①王达津也认为，孟浩然的诗“作用影响都比王维要大得多”②。立论虽新，然皆有故作抑扬之嫌，亦不能服人。

以上批评，或属印象点评，流于抽象神秘；或拘于门户，借古人宣传自己的主张；或执于一端，故作抑扬。都不算平心论诗。

(3)王孟齐名。定陶孙器之评诗道：“王右丞如秋水芙蓉，倚风自笑……孟浩然如洞庭始波，木叶微落。”(《升庵诗话》卷八引)从风格品评入手，未做抑扬褒贬。管世铭说：“襄阳名篇较广，遂与摩诘齐名。”(《读雪山房唐诗序例》)田雯说：“王维、孟浩然清淑散朗、窈窕悠闲，取神于陶谢之间，而安顿在行墨之外，资制相侔，神理各足。”(《古欢堂集杂著》卷二)乔亿说：“王孟齐名，李西涯谓王不及孟，竟陵及新城先生谓孟不及王。愚谓以疏古论孟为胜，以澄汰论王为胜，二家未易轩轾。”(《剑溪说诗》卷上)此就风格论两家之别。王世懋说：“诗有必不能废者，虽众体未备，而独擅一家之长。如孟浩然洮洮易尽，止以五言隽永，千载并称王孟。”(《艺圃撷余》)此从体裁言孟与王并称的原因。论王孟齐名，虽较公允，但亦失之简略。

(二)

纪昀说：“王孟诗大段相近，而体格又自微别。”(《瀛奎律髓

① 郑临川《闻一多论古典文学》，第126页。

② 王达津《孟浩然的生平和他的诗》，载《南开大学学报》1984年第2期。

刊误》卷二三)所谓“大段相近”，学人论述颇多，而“体格微别”，区别何在?辨者鲜矣。何况王孟之别，还不止于“体格”，笔者试从以下几方面做些比较。

从思想上说，兼济与独善，做伊皋还是做巢由这组思想矛盾贯穿交织在王孟的一生中，困扰着两颗心灵的平静安宁。但仔细区分，尚有差别。王维少年及第，虽一直抑郁不得志，却未曾真正挂冠归山，所以他诗中所说的“隐”，实质上是仕而不得志、苦闷情绪的变相发泄，是一种企求和心愿，更确切地说，是所谓“身心相离，理事俱如”(《与魏居士书》)、形见神藏的“朝隐”——边仕边隐，名利双收。王维对隐居的要求是“不失大伦”。开元五年(717)，唐玄宗下征隐士诏曰：“礼有大伦，君臣之义，不可废。”(《旧唐书》卷一九二《隐逸列传》)王维在《与魏居士书》中也曾警告隐者不要“欲洁其身，而乱大伦”。在《逍遥谷燕集序》中又以“不废大伦，存乎小隐”概括自己的思想。郭象《庄子注》中就曾说过，“虽在庙堂之上，然其心无异于山林中”，“所谓尘垢之外，非伏山林而已”。王维则认为：“长林丰草，岂与官署门阑有异乎?”“故离身而返屈其身，知名空而返不避其名也。”(《与魏居士书》)所以，“迹崆峒而身拖朱绂，朝承明而暮宿青霭，故可尚也”(《逍遥谷燕集序》)。可见，王维对自然和隐逸的看法，正是继承了郭象、向秀的“庙堂”即“山林”、“名教”即“自然”的合一论，以“市朝为岩穴”，过着吏非吏、隐非隐的生活，“居官无官官之事，处事无事事之心”，这是一种滑头圆通的思想。特别是在他的后半生，正如他所描写的息夫人与饼师妻一样，因为

“反抗无力而被迫受辱，隐忍苟活”①。

孟浩然则不同，他青少年时也曾汲汲于功名进取，常以布衣终身为憾。如《南阳北阻雪》一诗中说自己“少年弄文墨，属意在章句”，希望能像扬雄一样，“一荐《甘泉赋》”——用自己的词赋才智见赏于皇帝，然后一展宏图，建不世之功。他“冲天羡鸿鹄”，幻想自己能如“鹏击水”“鹤冲天”，抟扶摇，振健羽，奋起六翮而凌清风，飘摇乎高翔。通过大鹏、鸿鹄这些超凡凌众、无拘无束地翱翔于天地间的巨鸟的原型性意象，来表达和抒发胸中的远大抱负。他还曾几次往来于长安、洛阳之间，滞留京华，干谒求仕。然功名事业，却只能是他的追求和愿望，归返山林才是完完整整的事实。没有紫绶朱绂，所以就不存在“身心相离”的人格分裂，故他的隐居倒有几分合乎情理，任其自然。他的一生亦如他笔下汉水边的浣纱女，质朴土气，天真烂漫，坦露性情，纯任志气。献赋无成，求仕不达，现实政治理想不能实现，于是由长安返回鱼梁洲，由功名追求转为道德追求，在最狭小最低的层次上寄寓最高的个体人格和情操，通过对宇宙人生的哲学反思和对物欲的超脱，来获取心理平衡，走向精神与心灵的自由和高蹈。

王孟思想上的差别，还可以从他们对陶渊明的不同态度中见出。孟浩然对陶渊明的生活态度和人格极其推崇，他诗中提到陶渊明的有七处，都是从赞赏陶守志不阿、高尚峻洁的人格，安贫乐道、悠然自得的态度着眼：“我爱陶家趣，林园无俗情。”（《李

① 郑临川《闻一多论古典文学》，重庆：重庆出版社，1984年，第136页。

氏园卧疾》）“尝读《高士传》，最嘉陶徵君。”（《仲夏归南园寄京邑旧游》）王维虽也肯定“陶潜任天真”，却专论其耽酒兀傲，不满其“生事不曾问”（《偶然作六首》其四），对陶挂冠归田的行动则大加责难：“近有陶潜，不肯把板屈腰见督邮，解印绶弃官去。后贫。《乞食》诗云‘叩门拙言辞’，是屡乞而多惭也。尝一见督邮，安食公田数顷。一惭之不忍，而终身惭乎。此亦人我攻中，忘大守小。”（《与魏居士书》）故不取其为人。这里，王维不是站在救世拯民的立场上批评陶渊明的辞官退隐，而是站在庸俗市侩的立场上，对陶渊明不肯折腰权贵而抛禄弃官、贫贱饥寒在所不计的傲骨予以冷嘲热讽，恰好暴露了他自己的忍辱苟安、委曲求全的人生哲学。

从创作时间来说，孟浩然生于武后永昌元年（689），而王维生于武后长安元年（701），则孟年长于王十二岁，其创作年代亦早于王维。日人泽田总清说：“他的诗大体似王维，王维学佛，他也受了影响。”①似颠倒长幼，不详王孟先后。近人郭伯恭把孟浩然看成“王的羽翼”，“只是这一派擂鼓呐喊的小卒，他们（指孟、储、韦、柳）都是出于陶潜或王维”②。若说储光羲、韦应物、柳宗元出于王，从时间上讲，尚有可能，但说孟浩然出于王，则纯属空论。坊间习见的文学史教本，在论述盛唐山水田园诗时，首先重点叙述王，然后捎带提一笔孟，从史著编排体例来讲，似欠妥当。以时而论，只能是孟影响王。闻一多引《艺概·

---

①《中国韵文史》上册（中文版），上海：商务印书馆，1937年，第250页。
②《歌咏自然之两大诗豪》，第107页。

诗概》"王维诗一种似李东川，一种似孟浩然"，评述道："似东川的作品当是早年所作，也是兴之所至而写成的，不是本色的，如《陇头吟》《送李颀》之类。似孟浩然的作品则是中晚年所作，尤其是晚年的《辋川集》，它达到了浩然那种生活即诗，淡极无诗的境界。所以说，王孟究竟是谁影响谁，就无须词费了。"①

就山水诗创作而言，王维的作品，除《汉江临眺》《观猎》《使至塞上》《晓行巴峡》《送邢桂州》等篇外，其余大抵是诗人后期半官半隐时所作。他的山水组诗《辋川集》，也是天宝以来隐居蓝田辋川时的作品。孟浩然的山水诗，虽因系年不易，有些很难确定写作年代，但据今知，并非皆后期失意时所作。有些是他青少年时所作，如《万山潭作》《登鹿门山怀古》等；有些是他吴越旅途中的纪游，如《彭蠡湖中望庐山》《早发渔浦潭》《宿建德江》等；另如《途中遇晴》《行出东山望汉川》等篇当系开元二十一年到二十五年由蜀返楚时所作。所以，孟浩然的山水诗作品，分布于他生平的各个时期，而王维则主要集中在后期。

初盛唐之交，诗歌创作在表现上有一个从应制奉和扩大到感兴而发的过程，在题材上也有一个从宫掖台阁移向市井里巷、山林江海的过程。孟浩然文不按古，伫兴而作，继王杨卢骆之后，以大自然的新鲜空气来洗刷宫体诗的软媚和应制诗的谀颂，是"盛唐初期诗坛的清道者"，在山水田园中傲然翘出一段春枝，弹奏出山水清音的第一组旋律，最早透露出盛唐气象郁然勃发的消息，具有开风气之先的伟绩。但他的诗同时也带着初盛唐过渡时

---

① 郑临川《闻一多论古典文学》，第 138 页。

期的一些痕迹，如游记体式的作品结构、单行散句的格式、以古入律的特征等。山水诗至王维则完全成熟了，抒情的含蓄蕴藉，表现力的浑融高妙，对自然美的多角度刻画，都达到了前所未有的高度。

在观照自然的角度上，孟浩然的山水诗许多是在行旅途中写成的，这些作品确切地说应称作纪游诗。作者以旅人的眼光看山水，意境以动态物象为中心而构成，更多地具有飞跃感和流动感，仿佛是在疾行的舟船车马上看景物，造成景物与人“互动”的心理效果。如《宿桐庐江寄广陵旧游》：

> 山暝听猿愁，沧江急夜流。风鸣两岸叶，月照一孤舟。建德非吾土，维扬忆旧游。还将两行泪，遥寄海西头。

诗中的“听猿愁”“江急流”“风鸣”“月照”等都是动态意象，在时间上表现出持续性和节奏性，在空间上表现出因位移造成的变迁性。这样，不仅使诗中景物具有流走飞动之势，而且使得诗人的感情也逐一得到启发指引。月涌江流，泊定的小舟也会给人动荡不安之感；风鸣猿啼，舟中诗人的心自然也被触动不已。沧江急流是向前、向未来，而诗人的感情指向则是在后、在往昔。江愈前流，距维扬愈远，诗人对彼时彼地的“维扬旧游”愈心驰神往，景物与感情是逆向互动。《舟中晚望》和《晚泊浔阳望香炉峰》两首，前四句都写旅途景物，一气贯下，不但文意简单连贯，而且由于三、四句都没有对仗，使得韵律也进行得极快。感情的指向与船的去处是同向的，且互相引发促动，既加快了船速，又强化了诗人的游兴，在对速度的审美中见出对胜迹的向往之情。

王维却多以艺术家的态度和灵心悠然地静观默察，他的诗融会了绘画的技法精神，所以诗中渗透着画法、画意和画风，运用多种手段表现山水景物的线条美、构图美和色彩美。在时间的片段和瞬间表现空间的并存性与广延性。现以孟浩然的《夏日南亭怀辛大》和王维的《辋川闲居赠裴秀才迪》做一比较，就更容易见出他们之间的不同处。先看孟诗："山光忽西落，池月渐东上。散发乘夜凉，开轩卧闲敞。荷风送香气，竹露滴清响。欲取鸣琴弹，恨无知音赏。感此怀故人，中宵劳梦想。"主要是叙述那些持续于时间中的动作，诗中景物存在着时间上的运动变化，从"山光西落""池月东上"的薄暮一直延续到"中宵"夜半；后四句则直接描写因景物兴发的心理活动，用"欲""恨""感""怀"等语词概念来抒情述志。另如"夕阳度西岭，群壑倏已暝"(《宿业师山房期丁大不至》)，也是通过描写白日的急速消逝，表达对友人的急切期待，流露出人生短暂、生命倏忽、有待不至的感叹。还有《送从弟邕下第后归会稽》一诗，语句流动而下，情绪先后有序，表现了好景不长、欢娱难再、世界变动不居的情绪。诗人在这里着重表现的不是事物本身的形状和空间位置，而是视像的运动变化，特别是"忽""渐""倏尔"的运动过程，这些都是绘画所难以表达的。我们可以说，孟诗所追求的是类似音乐的律化情调。再看王诗："寒山转苍翠，秋水日潺湲。倚杖柴门外，临风听暮蝉。渡头余落日，墟里上孤烟。复值接舆醉，狂歌五柳前。"全诗具有时间的特指("落日"时分)和空间位置的具体固定，通过"(柴门)外""(渡)头""(墟)里""(五柳)前"等方位名词，勾勒出景物的相互空间位置关系，景物具有空间并发性，既活泼无碍，又彼此依存，是构成整个画面谐调的一个部分。读这样的诗，应该在一个时间的片刻里从空间上去理解作品，把握诗人用最高的艺术手腕所凝定下来的富有包孕性的瞬间印象。

王维还有些诗略去动词，纯以静态的空间景物排列在一起，造成意象并置叠加的画面效果。如《田园乐七首》其五："山下孤烟远村，天边独树高原。一瓢颜回陋巷，五柳先生对门。"四句无一动词，故没有情节和动作序列，纯是空间意象的并发映出；同时没有时态的变化，所以又使意象带有一种永恒的、普遍的性质。这种超语法、超分析的无主句，在一定程度上呈现了语言指义前的多层空间关系和兴象的复义效果①。"非右丞工于画道，不能得此语"(《画禅室随笔》)。另外，"高鸟长淮水，平芜故郢城"(《送方城韦明府》)，"杏树坛边渔父，桃花源里人家"(《田园乐七首》其三)，"云里帝城双凤阙，雨中春树万人家"(《奉和圣制从蓬莱向兴庆阁》)，都强调超越时间、因果关系的静观体知和了悟。从绘画的观点分析，具体特指，恍如画境；但从句法关系来说，景物之间是暧昧的，关系不确定，留待读者以想象力去填充、去发挥、去再创造。诚如薛雪所说："作诗不用闲言助字，自然意象具足。"(《一瓢诗话》)孟浩然则不光善于用动词，造成动态意象，且多用转折性的连词和助词，造成情感的落差和关锁、诗脉的起伏变化。如《早发渔浦潭》，从"已""始""常""时"

---

① 这一观点得之于叶维廉。参见《语言与真实世界》《中西诗山水美感意识的演变》等文章，收入《叶维廉比较文学论文选》一书。

“况值”等不同的时态，反复抒写江上行舟的所闻所见及其舒畅胸襟，跌宕有致。

可见，孟诗多叙述景物的动态姿势，强调在时间的线性延续中展现诗人情感的律动；王诗则多捕捉对象的静态形貌，强调意象在空间中并置映出，表达诗人瞬间的感悟印象。

从抒情方式来说，孟浩然诗多为明线情感结构，而王维诗多为暗线情感结构，间或采用双线情感结构方式。在孟诗中，作者常常出现，“景中有人”①，有时作者的情绪浸染渗透着景物，自然山水是“人中之景”。如《舟中晚望》《宿桐庐江寄广陵旧游》《东陂遇雨率尔贻谢南池》等，差不多都是将有情的动作，系属到无情的自然物上去的。就是在其著名的《晚泊浔阳望香炉峰》中也有作者出现。再如《扬子津望京口》《济江问同舟人》，前者明显地表现了江边眺望所引起的旅愁，后者则通过“时时引领望天末”这个动作，以及对越中方位的急切询问，隐然一含情凝眺人立于舟头，见出作者渴望游历的心情。许多的情感呈透明状态附着于意象群组中，从诗行的表层我们就能看出诗人情绪脉络的波动起伏状态。在王维诗中，因作者往往采取“于宾见主”或“暗主宾中”的角度，读者和诗歌意象间不再站着作者，“诗人已变成现象本身，并且允许现象中的事物按照本相出现，而无智识的污染。诗人并不介入，他之视物如物之视物”②。以物观物，物各自然，本样自

① 按“景中有人”与“人中之景”及后面谈到的“暗主宾中”“于宾见主”，本为王夫之诗歌批评术语，见《古诗评选》《唐诗评选》及《明诗评选》，今借以说明孟诗与王诗之别。

② 叶维廉《王维诗选序》，转引自《唐代文学研究年鉴》1984 年辑，西安：陕西人民出版社，1985 年，第 382 页。

存。有时作者巧妙地藏在景物背后，不动声色，任景物自由兴发映出；有时连作者自己也变成了(诗中)景物之一，而被写入画幅中去了。如《辛夷坞》一诗："木末芙蓉花，山中发红萼。涧户寂无人，纷纷开且落。"《鸟鸣涧》："人闲桂花落，夜静春山空。月出惊山鸟，时鸣春涧中。"都是写无我之境，景物天机毕露，自由活动。作者把自我隐藏起来，巧妙地偷拍下了这两幅山水小品。因此，展现在读者视觉中的表现上似乎是一些外在力量支配下的山水景物具象的自发运动，实际上是诗人内在情感支配下的意象组合。我们只有透过诗的表层意象，才能探查到诗人深层的情感潜流。当然，这并不是"无我"，而是一种泛我，一种全方位的观照——拟物主义的抒情方式。套用老子的话说，这是一种"后其身而身先，外其身而身存"(《老子》第七章)的方式，保持距离的存在。《齐州送祖三》中"天寒远山静，日暮长河急"两句，"用写景之笔宕开，而情在其中"(《岘佣说诗》)。《使至塞上》一首，用景写意，景显意微。而《山居即事》一首则八句景语，自然含情。这都说明王维山水田园诗"意微"——抒情含蓄潜在的特点。王夫之说："右丞工于用意，尤工于达意，景亦意，事亦意。"(《唐诗评选》卷三)反映了山水诗的技法在王维手里已完全成熟，由直接抒情说理转变为"假象见意""用景写意""景显意微"——通过山水景物间接抒情，保持诗中景物的独立自足。这不仅极大地提高了山水田园诗的艺术表现力，而且为古典抒情诗奠定了地道的中国传统。

在孟浩然的山水田园诗中，主要表现自然界的真实(或艺术加工)的景物，因此，"乡土气味很重"，是所谓的"俗见"；在王维的诗中，情感不仅隐伏在山水之中，作者有时还选择一些既能实指又有象征意味的自然意象，所以，从抒情方式说来，可以称作双线情感结构。史双元认为王维某些山水诗具有俗真二相①，颇有见地。如《鹿柴》《过香积寺》等诗，从世俗的角度去欣赏，只是一幅幅清新隽秀、生机活泼的山水小品，可以给人愉悦身心的审美感受；那些高人逸士、禅客释子又可以从“胜义谛”的角度对此拈花微笑，缘此而感悟生慧，“读之身世两忘，万念皆寂”（《诗薮》内编卷六）。可以说，在王维的某些诗中，佛教是地层深处的潜流，其中像“悠悠”“渺渺”“空山”等语词，一方面指向物象，形成王诗那种缥缈的神韵与情趣；另一方面又从现实的世界飞出，指向彼岸世界。② 在青山绿水中，时时折射出禅光佛影；在澄淡杳远的画面中，往往游荡着一个僧侣主义的幽灵。③ 他创作了一种系列性、带有象征意味的超时间封闭式世界，以空山为空间中心，配以明月、清泉、翠竹、莲花……在佛教艺术中，明月象征圆满的佛性，翠竹象征法身，而莲花则象征处尘世而不染的清净自性，所以“以法眼观之，知其神情寄寓于物”，读之“使人客气尘心都尽”（吴乔《围炉诗话》卷二）。产生这种抒情方式的原因，主要与王维具有浓厚的佛教思想、精通禅理有关，这是人所共知的。但从艺术表现来看，一方面是由于“兴”的复义性和多功能性，陈启源说：“比兴虽皆托喻，但兴隐而比显，兴婉而比直，兴广而比狭。”（《毛诗稽古编》卷二）另一方面，是因诗中景物间

① 史双元《王维诗新探》（南京师范大学 1985 年硕士学位论文稿本）。
② 参见《唐代文学研究年鉴》1984 年辑，第 380、382 页。
③ 陈允吉《王维与华严宗诗僧道光》，《复旦学报》1981 年第 3 期。

关系不确定而得多重空间、多重暗示的同时呈现。从思想上说，真俗二相并存，不无消极意义；但从诗歌抒情结构来说，明暗双线对应，形成一种情感的交响，增大了诗歌意蕴的容量，同时也避免了孟诗抒情的直露，使诗的情感从平面走向立体，秘响旁通，旨意遥深，这或许是王维山水田园诗千百年来雅俗共赏的一个原因吧。

就体裁而言，孟浩然的山水田园诗基本上是五古和五言近体。王士源《孟浩然集序》谓浩然“五言诗天下称其尽美”，胡应麟说他是五言独造。他享有盛誉的代表作，也都是五言。他的七言长篇，却多语平气缓，成功之作不多，王世贞甚至说：“其句不能出五字外，篇不能出四十字外。”（《艺苑卮言》卷四）不是长篇手段。虽有些偏颇，但也道出浩然的短处。而王维不仅长于五言，他的七律也值得一提，就律诗发展来看，初唐开始盛行五律，写作七律的人却不多，在沈宋、杜审言时，还是英华乍启，门户未开。至盛唐前期，人们仍没有高度重视这一体裁。据统计，孟浩然仅四首七律，而王维的作品虽“十不存一”，却仍留下二十首七律，这对于推动七律的发展起了很大作用。施补华说：“摩诘七律，有高华一体，有清远一体，皆可效法。”（施补华《岘佣说诗》）高华一体，多指应制唱和而言；而清远一体，则指《早秋山中作》《辋川别业》等山水田园之作。此外，还有《出塞作》一首，描绘塞外风物，写得兴高采烈，如火如锦，开雄阔一路。王维的六言绝句也很出色，如《田园乐七首》，格调既高，而寄兴复远，宋代唯王安石得其三昧，所以后人以为二王“最为警绝，后难继者”（《玉林诗话》）。孟浩然的七律数量少，专写自然景物的更少，除《登安阳城楼》一首外，其余都平平无奇，至于六绝，没有一首流传下来。

以上，笔者从思想、创作时间、观照自然角度、抒情方式和体裁等方面对王孟山水田园诗做了一些比较，着重于同中辨异，分析两位诗人的特点及产生这些特点的原因。从诗歌发展过程来说，孟浩然是由晋宋山水田园诗过渡到王维山水田园诗的桥梁和重要转折点，他“取神于陶谢之间，而安顿在行墨之外”，熔陶谢于共冶，合山水田园于一体，基本上为盛唐山水田园诗定下了基调；王维则以其天才之资将诗、画、音乐和山水、田园结合得天衣无缝，更臻完美，把盛唐山水田园诗推到了顶峰。从艺术风格和创作个性来说，王孟又各具特色，不可替代。正是由于他们作品的鲜明独特，才构成了盛唐山水田园诗的丰富多彩。

三、李白诗文中的鸟类意象

李白天性天然，喜好鸟类，尤其酷爱自由翱翔、不受拘羁的飞禽，他曾自述与逸人东岩子隐于岷山，“养奇禽千计，呼皆就掌取食，了无惊猜”(《上安州裴长史书》)。“奇禽千计”虽或有所夸张，但至少可以看出他爱鸟的癖好。其《赠黄山胡公求白鹇并序》亦谓：“闻黄山胡公有双白鹇，盖是家鸡所伏，自小驯狎，了无惊猜，以其名呼之，皆就掌取食。然此鸟耿介，尤难畜之，余平生酷好，竟莫能致。而胡公辍赠于我，唯求一诗，闻之欣然，适会宿意，因援笔三叫，文不加点，以赠之。”诗曰：“请以双白璧，买君双白鹇。白鹇白如锦，白雪耻容颜。照影玉潭里，刷毛琪树间。夜栖寒月静，朝步落花闲。我愿得此鸟，玩之坐碧山。胡公能辍赠，笼寄野人还。”赏爱之情，酷好之趣，跃然纸上。两篇均提及“了无惊猜”，说明禽鸟与人彼此会意，各得其乐，没有惊恐猜疑。

李白集中咏禽鸟类的作品很多，以王琦注本的编排为例，开卷第一篇《大鹏赋》即以“蹶厚地，揭太清。亘层霄，突重溟。激三千以崛起，向九万而迅征”的大鹏自况，以“绿赤煌煌”的稀有鸟比道士司马承祯，虽取自《庄子》寓言，而又能“以豪气雄文发之，事与辞称，俊迈飘逸，去骚颇近”（《古赋辨体》，引自《李太白全集》卷一），象征了青年李白慷慨纵横、不可一世的宏大抱负，给人以极深刻的印象。《古风五十九首》其三十三亦云：“北溟有巨鱼，身长数千里。……吾观摩天飞，九万方未已。”当与《大鹏赋》作于同时，亦假庄子鲲化为鹏的寓言比兴托旨，抒干云凌霄的壮志。李白诗中写到大鹏的还有不少，他的绝笔《临终歌》亦写曾奋飞八裔的大鹏，因“中天摧兮力不济”“游扶桑兮挂左袂”，复借巨鸟以寓言，挥斥幽愤，发抒绝望，与《大鹏赋》中的超逸豪迈恰成对照。故论者多谓大鹏是李白精神的象征，亦不无道理。

但实际上，李白诗中所写鸟类极多，并不止于大鹏。《古风五十九首》其四十用凤鸟自比：“凤饥不啄粟，所食唯琅玕。焉能与群鸡，刺蹙争一餐。朝鸣昆丘树，夕饮砥柱湍。归飞海路远，独宿天霜寒。幸遇王子晋，结交青云端。怀恩未得报，感别空长叹。”虽自清华名贵，但寂寞孤寒，“徒怀知遇之感，愧无国士之报”（陈沆《诗比兴笺》卷三）。《古风五十九首》其四十二则以海鸥寄寓放浪江海之志："摇裔双白鸥，鸣飞沧江流。宜与海人狎，岂伊云鹤俦？寄影宿沙月，沿芳戏春洲。吾亦洗心者，忘机从尔游。"皆通篇咏禽鸟。此外还有《古风五十九首》其四《凤飞九千仞》、其五十六《羽族禀万化》，《空城雀》，《双燕离》，《鸣雁行》，《野田黄雀行》，《白鹭鸶》，《山鹧鸪词》，《观放白鹰二首》其一，《临终歌》，《初出金门寻王侍御不遇咏鹦鹉》，《侍从宜春苑奉诏赋龙池柳色初青听新莺百啭歌》，《夷则格上白鸠拂舞辞》，《赠任城卢主簿潜》，《壁画苍鹰赞》，《金乡薛少府厅画鹤赞》等几十首之多。翻检李白诗文，不时可以听到啾啾鸣啭的百鸟，看到翩然腾跃的飞禽，宛如步入一个鸟类王国。

本文试图以上列咏禽鸟诗为考察对象，并扩展到李白全部诗文中的鸟类意象，探讨李白诗文中究竟选用了哪些禽鸟，这些鸟类意象的出现有何特点，对形成李白的诗风有何作用。

（一）

笔者以王琦注《李太白全集》为统计对象，通过翻检，发现李白诗文中出现的禽鸟类动物名称如下：

鹏	凤凰	黄鹄
精卫	鹓鶵	踆乌
斥鷃	鸿	燕
鹦鸡	雁	鸬鹚
鹙鸧	鹤	鸳鸯
鸾	阳乌	鸡

续表

鹔鹴	翡翠	拨谷(布谷)
青鸟	翟	雉
孔雀	鸠	鸒斯
鹭鸶	子规	杜鹃
鸢	凫	鸥
黄鸟	鸽	黄雀
鸱鸮	鹰	鹯
雕	鹗	九乌
鹦鹉	鹅	鹳
鵁鶄	鸦(鵶)	鸭
鹑	鹍鸡	黄鹂
鹖	白鹇	鸷
鹢	鹧鸪	鸜鹆
鹊	鹓	乌
鸧鸹		

这里的统计略去了鸟类名词前的各种修饰词，如鸿类，即舍去轻(鸿)、飞(鸿)、寒(鸿)、塞(鸿)、悲(鸿)，凤类亦舍去高(凤)、孤(凤)、群(凤)、彩(凤)、玄(凤)，将做修饰词用的鸟类名词亦略掉，如凤歌、凤声、凤毛、凤池、凤曲、凤鸣、凤阙、凤笙、凤驾、凤管、凤凰台、凤凰诏。但保留同一鸟类的不同称谓，如杜鹃鸟，又叫子规，雁与鸿亦同类，这样从李白集中

得到鸟类名称约六十种左右。这虽不够李白所说的“奇禽千计”，但也是一个族类繁多、喧啾鸣啭的动物世界。

在这一鸟类王国中，出现频率最高的并非大鹏，而是凤鸟。根据统计，李白诗文中仅以凤字单独构成的句子就有：

凤飞九千仞　凤饥不啄粟
凤孤飞而无邻　长与凤为群
凤来何苦饥　楚人不识凤
结交凤与麟　凤苦道路难
凤无琅玕实　鸾乃凤之族
凤与鸾俱啼　凤去台空江自流
凤鸟鸣西海　凤鸟不至河无图
不随凤凰族　凤凰为谁来
凤凰去已久　凤凰宿谁家

另有孤凤、高凤、彩凤等：

意欲托孤凤　孤凤向西海
鸷鹗啄孤凤　中有孤凤雏
高凤起遐旷　鸣凤托高梧
鸣凤栖青梧　鸣凤始相得
学得昆仑彩凤鸣　仙人驾彩凤
仙人骑彩凤　遥裔双彩凤

凤乃百鸟之王、羽族之尊美者，又具多种品德。《说文解字》卷四上谓：“凤，神鸟也。天老曰：凤之象也，鸿前麐后，蛇颈鱼尾，鹳颡鸳思，龙文龟背，燕颔鸡喙，五色备举，出于东方君子之国，翱翔四海之外，过昆仑，饮砥柱，濯羽弱水，莫宿风穴，见则天下大安宁。”从形象构成来说，属于以鸟为主兼具有鸟兽特点的综合性虚拟动物，是初民用瑰丽的想象力编织成的神性意象，寄寓着善良美好的社会理想。凤鸟至、河图出被视为祥瑞之兆，所以诗文中出现凤鸟多征验应兆着国家安危、天下兴亡的神异之事，灵动着人们对社会政治的神秘体验。又《初学记》卷三十引《论语摘衰圣》曰：“凤有六像九苞，六像者，一曰头像天，二曰目像日，三曰背像月，四曰翼像风，五曰足像地，六曰尾像纬。九苞者，一曰口包命，二曰心合度，三曰耳听达，四曰知诎伸，五曰彩色光，六曰冠矩州，七曰距锐钩，八曰音激荡，九曰腹文户。”李白诗中多以凤喻己，如《古风五十九首》其四（凤飞九千仞）、其四十（凤饥不啄粟）。亦有喻人的，如《献从叔当涂宰阳冰》中“群凤怜客鸟，差池相哀鸣。各拔五色毛，意重太山轻。”《留别贾舍人至二首》其一：“意欲托孤凤，从之摩天游。凤苦道路难，翱翔还昆丘。不肯衔我去，哀鸣惭不留。”

李白诗中的禽鸟可以大体分为两组：一组是实际存在的鸟类（即鸟类的普通意象），如鸡、燕、雁、布谷、鹅、鹤等；另一组则是神话或传说中虚构出来的鸟类（即鸟类的虚拟意象），如大鹏、凤凰、青鸟、精卫、天鸡、稀有鸟，踆乌、阳乌、鹙鹫、朱鸟（雀）、鹓鸾等，这一类意象多带有典故本身所具有的原型性特点，同时又积淀着丰富而复杂的历史文化内涵，使李白诗充满神奇瑰丽的色彩。其中尤以大鹏和凤凰两个意象最为突出。如果说大鹏主要表现李白放旷的情怀，不羁的个性，高蹈的志趣，具有反主流文化、反人性异化、皈依自然的冲击力量，那么也可以说凤凰暗示出李白崇高的使命感和责任心，济苍生，安社稷，使寰区大定，海县清一，圣君贤臣，和衷共济，实现理想的社会图式，具有积极用世而又遵矩合度的向心力，反映出孔孟儒家思想对他的约束与规范。前者象征了李白自由解放的个性精神，后者则寄托了李白呼唤圣贤治世的社会理想。李白诗并庄屈于一心、合儒道而共冶的特点，通过鸟类这两个意象亦可略见一斑。

（二）

李白诗中出现的这些鸟类有一个突出的特点，就是多比兴象征寓意。如《寓言三首》其二："遥裔双彩凤，婉娈三青禽。往还瑶台里，鸣舞玉山岑。以欢秦娥意，复得王母心。区区精卫鸟，衔木空哀吟。"萧士赟云："此篇比兴之诗。……彩凤、青禽以比佞幸之人……精卫衔木石，以比小臣怀区区报国之心，尽忠竭力而不见知者。其意微而显矣。"①《上崔相百忧章》则用"苍鹰搏攫"来比喻酷吏之凶残。《送族弟溧阳尉济充泛舟赴华阴》中用"鸾乃凤之族""凤与鸾俱啼"分别喻己与李济。萧士赟谓《空城雀》一首"假雀以兴孤介之士安于命义，幸得禄仕以自养，苟避谗妒之患足矣，不肯依附权势，逾分贪求也"②。

---

① 引自詹锳主编《李白全集校注汇释集评》第 7 册，天津：百花文艺出版社，1996 年，第 3455 页。

② 引自詹锳主编《李白全集校注汇释集评》第 2 册，第 818 页。

以禽鸟寓比兴寄托之意，在中国文学史上由来已久。据清人陈奂《诗毛诗传疏》统计，《诗经》中出现的鸟名有三十五种（近人胡朴安《诗经学·诗经之博物学》统计为三十九种），闻一多具体指出："三百篇中以鸟起兴者，不可胜计，其基本观点，疑亦导源于图腾。歌谣中称鸟者，在歌者之心理，最初本只自视为鸟，非假鸟以为喻也。假鸟为喻，但为一种修辞术；自视为鸟，则图腾意识之残余。历时愈久，图腾意识愈淡，而修辞意味愈浓，乃以各种鸟类不同的属性分别代表人类的各种属性。"①强调以鸟起兴经历了从"自视为鸟"到"以鸟为喻"的历史变迁。赵沛霖进一步引申闻说，认为诗歌中鸟类兴象的产生与初民的鸟图腾崇拜和怀念祖先有关：

> 在后世看来似乎只是一种形式美而无内容意义的兴，在其起源上并非属于形式和审美范畴，而有其复杂的想象内容和宗教观念的神圣含义，因而首先应当属于内容的范畴。……从发展上看，兴深刻地反映着诗歌艺术与宗教、神话之间的内在继承关系。由于诗歌艺术本质特点的要求，这种关系在诗中主要不是表现在直接形态的具体内容上，而是表现在由这些神话和宗教观念凝聚而成的抽象形式上。②

从艺术发生学的角度看，不无道理，但后世诗歌的禽鸟意象中所

---

① 闻一多《古典新义》，北京：古籍出版社，1956年，第107页。
② 赵沛霖《兴的源起——历史积淀与诗歌艺术》，北京：中国社会科学出版社，1987年，第23页。

积淀的图腾文化非常模糊稀薄，不易察觉和分辨，而所注入的比兴象征内容却是极其丰厚的，所以刘勰《文心雕龙·比兴篇》总结概括说：“观夫兴之托喻，婉而成章，称名也小，取类也大。关雎有别，故后妃方德；尸鸠贞一，故夫人象义。义取其贞，无疑于夷禽；德贵其别，不嫌于鸷鸟。”屈原创造性地发展了《诗经》的比兴手法，将原来零散细碎的物象，编织成宏大的景观，建构为绚丽璀璨的象征体系，《离骚》中令凤凰飞腾，嘱鸩鸟为媒，美鸷鸟之不群，恶雄鸠之佻巧。《涉江》中感叹“鸾鸟凤皇，日以远兮，燕雀乌鹊，巢堂坛兮”，传为其绝命词的《怀沙》亦愤慨“凤皇在笯兮，鸡鹜翔舞”，故王逸评屈赋“善鸟香草以配忠贞，恶禽臭物以比谗佞，灵修美人以媲于君，宓妃佚女以譬贤臣，虬龙鸾凤以托君子，飘风云霓以喻小人”(《离骚经序》)。东晋时的陶渊明，亦多以禽鸟表现其人生哲学，陶集中共出现鸟类十四处。《杂诗》其五中用“猛志逸四海，骞翮思远翥”，象征其少壮时超越四海的远大志向。陶诗中还多咏归鸟、高鸟，表现其希冀隐居、躬耕自资的生活情趣，如《归鸟》中“翼翼归鸟，相林徘徊。岂思天路，欣及旧栖”，《归去来兮辞》中“云无心以出岫，鸟倦飞而知还”，《饮酒》其五中“山气日夕佳，飞鸟相与还”，《始作镇军参军经曲阿作》中“望云惭高鸟，临水愧游鱼”，《归园田居》其一中“羁鸟恋旧林，池鱼思故渊”，既反映出他对世俗社会和名教礼法的厌恶与鄙弃，又表现出他的抱朴含真，大自然的神秘呼唤，使诗人欣然响应，毅然挂冠归田，全身心地扑到自然的怀抱中，抚慰和疗治他受创的心灵。

李白生活于中国传统文化的氛围中，所以诗中禽鸟意象亦不能不深受这种重比兴寄托的文化模式的制约，如大鹏、鹓鸾取自《庄子》，凤鸟来源于诸经屈赋。但作为一位卓异超群的作家，他又能冲破传统，以心而取，凿空而论，不守陈规，独辟蹊径，自出新意，极大地拓展了鸟类兴寄的领域，呈示出苍茫寥廓的新境界。李诗中禽鸟的象征托喻可分为如下几类：

一类是以禽鸟象征崇高的理想与峻洁的人格，如大鹏、凤凰、白鸥、黄鹄等多被作者用来正面象征理想人格。其中最引人注目的是，他多以大鹏作为自由精神的象征。大鹏“簸鸿蒙，扇雷霆。斗转而天动，山摇而海倾。怒无所搏，雄无所争”(《大鹏赋》)，背负青天，超凡凌众，“大鹏一日同风起，扶摇直上九万里。假令风歇时下来，犹能簸却沧溟水”(《上李邕》)，这一形象最能象征李白伟岸不屈的性格，亦能看出李白深受庄子思想的影响。李白除了用大鹏寄托其理想，亦用凤鸟拟喻其襟抱，《古风五十九首》其四：“凤飞九千仞，五章备彩珍。衔书且虚归，空入周与秦。横绝历四海，所居未得邻。”借凤鸟抒其空赴帝京、壮志未酬的忧思。《古风五十九首》其十五则用黄鹤喻己：“方知黄鹄举，千里独徘徊。”《设辟邪伎鼓吹雉子斑曲辞》则用雉鸟自况：“乍向草中耿介死，不求黄金笼下生。天地至广大，何惜遂物情！”《礼记·曲礼下》疏曰：“士雉者，雉取性耿介，唯敌是赴，士始升朝，宜为赴敌，故用雉也。羔雁生执，雉则死持，亦表见危致命……故郑注《宗伯》云：雉取其守介而死，不失其节也。然《白虎通》云：雉取其不可诱之，以食挠之，则威死不可畜也。士行威介，守节死义不当移。”李白用其意，表达自己独立不羁、耿介不屈的个性。也有用善禽喻贤人的，如《夷则格上白鸠拂舞辞》："白鸠之白谁与邻，霜衣雪襟诚可珍，含哺七子能平均。食不噎，性安驯。首农政，鸣阳春。"陈沆笺曰："鸤鸠洁白均平，如姚、宋、曲江贤相，则为苍生之福。"(《诗比兴笺》卷三)

另一类则用禽鸟影射黑暗势力，比拟奸佞之徒、庸碌无能之辈。如群鸡、燕雀、斥鷃、鹰鸷等。《夷则格上白鸠拂舞辞》有"鹰鹯雕鹗，贪而好杀"之句，此四鸟形状相似，曲喙，金睛，剑翮，利爪，为禽中凶残者，常盘旋天空，伺机捕食弱小者。所以作者用来讽刺李林甫、罗希奭等残暴凶恶之徒。《上崔相百忧章》中的"苍鹰搏攫"，《望鹦鹉洲怀祢衡》中"鸷鹗啄孤凤，千春伤我情"，亦用恶禽喻奸佞邪恶之人。《古风五十九首》其三十："扰扰季叶人，鸡鸣趋四关。但识金马门，谁知蓬莱山？"《古风五十九首》其四十："焉能与群鸡，刺蹙争一餐？"均用群鸡喻争名逐利的庸碌之徒。《古风五十九首》其五十四："鷽斯得所居，蒿下盈万族。"鷽斯，王琦引《尔雅》卷十郭璞注："鸦鸟也，小而多群，腹下白，江东亦呼为鹎乌。郑樵注亦谓之鸦乌。盖雀类差小，多群飞，食谷粟，俗呼必乌。"作者连类引象，喻小人得位，呼俦此类至于万族之多。

第三类是用来拟指爱情欢合与朋情友谊。如鸳鸯、鸾、燕等。《拟古十二首》其二："愿逢同心者，飞作紫鸳鸯。"《白头吟》："锦水东北流，波荡双鸳鸯，雄巢汉宫树，雌弄秦草芳。宁同万死碎绮翼，不忍云间两分张。"《白纻辞三首》其二："动君心，冀君赏。愿作天池双鸳鸯，一朝飞去青云上。"均用鸳鸯喻合欢之情。《双燕离》一首则以双燕分离喻流放夜郎时与其妻宗氏夫人离别，写得凄怆感伤。

第四类是比拟全身远祸、安处自全的。如黄雀、鷦鷯等。《野田黄雀行》："游莫逐炎洲翠，栖莫近吴宫燕。吴宫火起焚巢窠，炎洲逐翠遭网罗。萧条两翅蓬蒿下，纵有鹰鹯奈若何！"胡震亨曰："白辞言不逐他鸟同祸，宁处蓬蒿自全，皆借雀寓意也。"（《李诗通》卷四）

第五类是比托羁旅行役，离别解携的。如征鸿、劳燕、哀鸿等。《惜余春赋》："沉吟兮哀歌，踯躅兮伤别。送行子之将远，看征鸿之稍灭。"《剑阁赋》："鸿别燕兮秋声，云愁秦而暝色。"《千里思》："鸿雁向西北，因书报天涯。"《赠崔郎中宗之》："胡雁拂海翼，翱翔鸣素秋。惊云辞沙朔，飘荡迷河洲。"

西方学者提尔亚德主张将诗分成"直陈的与曲现的"两类，所谓直陈指"率直地陈述作者欲传达的思想"，曲现则指"根本不直接陈明作者的主旨，而是将其隐蔽在貌似琐细陈述的微妙关联之中"①。实际上，即中国诗之赋与比兴的区别。赋的铺陈其事、直抒其情便是"直陈"，比的索物以托情与兴的触物以起情都属"曲现"，找出物与情之间隐约而微妙的联系，利用物与情之间的异质同构特点，在两者之间架设桥梁，进行远程交易，将不同的因素组织到经验的结构中，引发阅读者复杂的联想和感受，李白诗语近情遥、兴象玲珑而又寄托深微的特征亦多缘此形成。

（三）

李白诗中的禽鸟除具有比托象征意义外，在意象构成和呈示

---

① 提尔亚德《直陈与曲现的诗歌》，转引自《文学遗产》1992 年第 4 期，第 10 页。

方式上，还具有对比性，即将含有不同象征意义，甚至相反相对意义的鸟类意象放到一起进行描述，以产生映衬对照作用，使善与恶、正与邪、喜悦与厌恶，在强烈的反差情境中更加鲜明突出。如《大鹏赋》中说：“此二禽(指大鹏与稀有鸟)已登于寥廓，而斥鷃之辈，空见笑于藩篱。”在这里，“二禽”与“斥鷃”是对比，它们所活动的环境“寥廓”与“藩篱”也是对比。这已形成李白鸟类诗的一个结构模式，另如《古风五十九首》其四十：“凤饥不啄粟，所食唯琅玕。焉能与群鸡，刺蹙争一餐?”“凤”与“群鸡”对比，“粟”与“琅玕”对比。《古风五十九首》其三十九：“梧桐巢燕雀，枳棘栖鸳鸾。”则是对比中的反跌。王琦注曰：“梧桐之木本凤凰所止，而燕雀得巢其上，喻小人在上位而得志也得志。枳棘之树本燕雀所萃，而鹓鸾反栖其间，喻君子在下位而失所。”《古风五十九首》其四十二将白鸥与云鹤对比，其中白鸥喻闲散之人，云鹤喻在位之人。

李白诗中鸟类意象的对比性还表现在，作者往往用众鸟、群鸡喻群小党人，以孤凤独鸾喻个人，一与多、寡与众、个人与社会形成了一种力量的对比，矛盾的尖锐冲突，暗喻黑暗势力的强大，世风的浇薄颓坏，显示出个人的孤独，命运的悲剧性。《鸣皋歌送岑徵君》：“鸡聚族以争食，凤孤飞而无邻。”《古风五十九首》其五十四：“凤鸟鸣西海，欲集无珍木。鸒斯得所居，蒿下盈万族。”写当时用舍倒置，邪正不分，萧士赟谓此四句“盖谓当时君子亦有用世之意，而在朝无君子以安之，反不如小人之得位，呼俦引类至万族之多也”①。《游敬亭寄崔侍御》：“俯视鸳鹭群，饮啄自鸣跃。夫子虽蹭蹬，瑶台雪中鹤。独立窥浮云，其心在寥廓。”则以鸳鹭群喻在朝得势者，雪鹤独立喻崔侍御。

李白诗文中鸟类意象的托兴，多具固定的原型范式，如大鹏源于《庄子》，表现昂扬向上无所依恃的理想；鶺鴒源于《庄子》，又深受晋张华《鶺鴒赋》的影响。西方研究古代诗歌的帕里洛德理论认为，口传文学的重要特点是大量运用“现成词组”和“现成思路”，即“套语”与“套式”。“现成词组”指的是一个或数个组织在一起的词汇，在同一首或许多篇诗中反复出现，意思基本相同。“现成思路”指的是诗中经常出现的具有象征性的景物会引发人们习惯性的联想和固定的情绪②。李白诗歌中的鸟类意象亦具有“现成思路”的特点，多为固定范式，诗意在大体确定的区域内来回辐射，引发读者习惯性的联想，极易使人形成思维定式，这是传统和原型对创造力的负面影响。但有些鸟类意象又具多义性，即某一意象中包含着两层或多层不同的含义，钱锺书先生所说的“喻之二柄”与“喻之多边”实际上就指意象的多义性，喻之二柄是指“同此事物，援为比喻，或以褒，或以贬，或示喜，或示恶，词气迥异”，喻之多边则是指“事物一而已，然非止一性一能，遂不限于一功一效。取譬者用心或别，着眼因殊，指同而旨则异，

① 瞿蜕园、朱金城《李白集校注》，上海：上海古籍出版社，1980 年，第 166 页。

② 转引自赵沛霖《兴的源起》，北京：中国社会科学出版社，1987 年，第 8 页。按：帕里洛德理论，又称“口头程式理论”（Parrg-Lord Theory，or Oral Frmulaic Theory），详见[美]约翰·迈尔斯·弗里《口头诗学：帕里—洛德理论》，北京：社会科学文献出版社，2000 年。又见朝戈金《关于口头传唱诗歌的研究——口头诗学问题》，载《文艺研究》2002 年第 4 期。

故一事物之象可以孑立应多，守常处变”①。李白诗中多以燕雀喻群小（如《古风五十九首》其三十九“梧桐巢燕雀”），但亦可比喻蓬处自全（如《野田黄雀行》）。鹤多用以喻得道之仙人或志向高远之人（如《游敬亭寄崔侍御》“瑶台雪中鹤”“独立窥浮云”），亦可用来喻指炙手可热的在位之人（如《古风五十九首》其四十二“宜与海人狎，岂伊云鹤俦”）。凤多用来喻理想精神与贤能之臣，但也有用来喻奸邪佞幸之徒（如《寓言三首》其二“遥裔双彩凤”）。

李白所写鸟类，除了注意其象征性之外，还注意刻画其栩栩如生的形象，或工笔细描，或大笔渲染，如《大鹏赋》描绘大鹏：“一鼓一舞，烟朦沙昏。五岳为之震荡，百川为之崩奔”，“喷气则六合生云，洒毛则千里飞雪”，铺张扬厉，气势宏大，虽取义《庄子》，但又自铸伟辞，使读者“固可想象其势，仿佛其形”。《蜀道难》中“但见悲鸟号古木，雄飞雌从绕林间。又闻子规啼夜月，愁空山”，既悲怆凄凉，又切合蜀地风物故实。《清溪行》中“人行明镜中，鸟度屏风里”两句，胡仔评曰：“虽有所袭，然语益工也。”（《苕溪渔隐丛话》后集卷五）此外如：

渌水净素月，月明白鹭飞。（《秋浦歌十七首》其十三）
雪照聚沙雁，花飞出谷莺。（《荆门浮舟望蜀江》）
密叶隐歌鸟，香风留美人。（《紫藤树》）
借问此何时，春风语流莺。（《春风醉起言志》）
漾楫怕鸥惊，垂竿待鱼食。（《姑孰十咏·姑孰溪》）

---

①《管锥编》第1册，第27、29页。

均工整流丽，而又不失自然天真之趣。至如《白鹭鸶》“白鹭下秋水，孤飞如坠霜。心闲且未去，独立沙洲旁”，《春日独酌二首》中“长空去鸟没，落日孤云还”，《独坐敬亭山》中“众鸟高飞尽，孤云独去闲”诸篇，兴象玲珑，寄托高远，而又灭尽针线迹，全无斧凿痕，一片天籁，洵非常人可比，在咏禽绘鸟中，亦显示出卓荦超群的艺术造诣。

四、李白作品中的“梦”

《梦游天姥吟留别》，一本作《别东鲁诸公》，《河岳英灵集》又作《梦游天姥山别东鲁诸公》，题目互异，对其主旨的理解亦众说纷纭，颇多抵牾。但有一点可以肯定，即该诗叙及梦中游历，依次呈示梦中危景，梦中奇景，梦中所遇，因梦生意(吴山民《唐诗选脉会通》)。范德机批云：“‘梦吴越’以下，梦之源也。以次诸节，梦之波澜也。其间显而晦，晦而显，至‘失向来之烟霞’，梦极而与人接矣。”①《唐宋诗醇》卷六谓此篇“因语而梦，因梦而悟，因悟而别，节次相生，丝毫不乱。若中间梦境迷离，不过词意伟怪耳。胡应麟以为‘无首无尾，窈冥昏默’，是真不可以说梦也”。以上诸说虽立足点不同，但都承认此诗写梦。其实，翻检李白作品，会发现提及梦象或描述梦境者，并不止《天姥吟》一篇，惜前人措意较少，尚有未发之覆。笔者不揣浅陋，由此切

---

① 范德机《批选李翰林诗》卷三与王琦注《李太白全集》卷一五所引略有不同，此处引文据《李太白集》。

入，对李白作品中所涉及“梦”的语汇，做一较全面考察。如此移形换步，从一个新的层面、新的视角探索李白作品，对解读《天姥吟》或亦不无裨益。

（一）

梦是人们亲身经历而又感神秘奇特的现象。原始人以为梦是灵魂的散步和出游，是沟通天人关系、获得神秘启示、预见未来的重要途径。人在梦中实现了天人的对话，超越了各种限制，步入自由的境界。梦有时也以或隐或显的方式警告人们可能发生的各种灾难，而当这些灾难应验后，人们更加对梦的启示深信不疑，认为这是通向神秘世界的最快捷的幽径。甲骨文中已保留有殷商时期的占梦活动，《周礼 · 春官》中记载太卜掌“三梦之法”，包括周王如何致梦、如何占梦、占梦的程序等等。后来的统治者对梦与梦占都很重视，民间的梦占活动亦非常盛行，在民俗资料中保存很多。从现代科学的角度看，梦是人体的一种特殊精神现象，是人处于睡眠状态时对自我心理世界的一种无意识展示和曝光。梦与人的年龄、性格、健康状况都有密切联系。梦同时也可以作为管窥人的精神世界的一个窗口，在睡眠的平台上，人类的潜意识却处于一个被激活的兴奋状态。①

欲索解李白作品中梦的意涵，首先应对其集中所涉及梦的作品进行考察。日人花房英树曾编《李白歌诗索引》②，其中列出李

---

① 笔者另撰《唐诗与梦》，收入拙著《怅望古今》（北京：三联书店，2014 年），可参读。

② ［日］花房英树《李白歌诗索引》，东京：同朋舍，1977 年，第 274—275 页。

白诗中梦字出现的频率为五十三次(不包括梦渚、梦泽、云梦等专有名词),但该书并非单字索引,故将托梦、魂梦、归梦、秋梦、宵梦、客梦、远梦、大梦、如梦、别梦、昨梦等另立词条。此外,索引没有将赋与文列入统计对象,故尚不能看出李白集中有关梦之语汇意象的全貌。

笔者参考花房英树的《索引》,并以王琦注《李太白全集》为统计对象,通过翻检,发现有关梦的语汇共出现七十四次。需要说明的是,这一统计数字是由人工检索得出,或有遗漏误差。另外,有些作品重复,如卷五《大堤曲》之"春风复无情,吹我梦魂散。不见眼中人,天长音信断"四句,与卷二十五《寄远十二首》其五后四句相同。还有些作品究竟是否为太白所作,仍有疑问,如卷六《去妇词》,自萧士赟以来,多以为系顾况同名作增添数句窜入李白集中①。笔者的统计照录王琦注本,未掺入个人的判断考订。

通过统计还发现,李白集中以梦为题者仅《天姥吟》一首,通篇记梦者数量亦有限,大多数是在作品中提及梦的语词或意象。有些作品虽未出现梦的语词,但实际上应视为梦诗的一类。如《古风五十九首》其五(太白何苍苍)、其七(客有鹤上仙)、其十九(西上莲花山)、其四十一(朝弄紫泥海),习惯上划归游仙诗,但游仙实即白日梦,与《天姥吟》所记梦中情景为同一谱系,亦可划归为梦诗。《天姥吟》"以奇笔写梦境,吐句皆仙"(《网师园唐诗笺》),与游仙类作品的以假想方式满足愿望,本同末异。金性

① 《李太白全集》上册,北京:中华书局,1977 年,第 368 页。

尧先生亦指出太白诗中的梦境与仙境，原是一线相承的[1]，实具慧眼。或谓李白《古风五十九首》其七（客有鹤上仙）与李贺《梦天》有仙鬼之别（《唐宋诗醇》卷一评语），是自其不同处比较，细察秋毫。如从其相同处来看，则两诗皆写白日梦，唯视角不同。太白是“举首远望之”，而长吉则是从天上看人间。其实太白诗中亦有写自天上俯视人寰者，如《古风五十九首》其十九（西上莲花山）“俯视洛阳川，茫茫走胡兵。流血涂野草，豺狼尽冠缨”云云。唯长吉“深有感于日月逾迈，沧桑改换，而人事之代谢不与焉。他人或以吊古兴怀，遂尔及时行乐，长吉独纯从天运着眼，亦其出世法、远人情之一端也”[2]，而太白则托游仙之词以寄其家国之痛[3]，又是同中之异。

（二）

关于梦的分类，《周礼·春官》有所谓的“六梦”：“一曰正梦，二曰噩梦，三曰思梦，四曰寤梦，五曰喜梦，六曰惧梦。”王符《潜夫论·梦列》又分梦为十类：“凡梦，有直，有象，有精，有想，有人，有感，有时，有反，有病，有性。”《法苑珠林·眠梦篇·三性部》引《善见律》曰：“梦有四种：一、四大不和梦，二、先见梦，三、天人梦，四、想梦。”诸种分类各有其根据，但验之以李白作品，不完全相合，故笔者将李白作品中的梦大致分

① 金性尧《李白的梦境、仙境和诗境》，载《唐代文学论丛》第 5 辑，西安：陕西人民出版社，1984 年，第 1 页。

② 钱锺书《谈艺录》，第 59 页。

③ 安旗等《李白全集编年笺注》第 3 册，北京：中华书局，2015 年，第 1211 页。

为两类：一类是现实之梦，一类是理想之梦。

现实型的梦多涉及别离寄赠和闺怨相思等内容。前者如：

忆昨鸣皋梦里还，手弄素月清潭间。觉时枕席非碧山，侧身西望阻秦关。(《鸣皋歌奉饯从翁清归五崖山居》)

去国客行远，还山秋梦长。(《赠别舍人弟台卿之江南》)

朝忆相如台，夜梦子云宅……故人不可见，幽梦谁与适。(《淮南卧病书怀寄蜀中赵徵君蕤》)

思君楚水南，望君淮山北。梦魂虽飞来，会面不可得。(《闻丹丘子于城北营石门幽居因叙旧以寄之》)

东风吹客梦，西落此中时。(《江上寄巴东故人》)

水色梦沅湘，长沙去何穷。(《将游衡岳过汉阳双松亭留别族弟浮屠谈皓》)

我欲因之梦吴越，一夜飞度镜湖月。(《梦游天姥吟留别》)

尔去安可迟，瑶草恐衰歇。我心亦怀归，屡梦松上月。(《赠别王山人归布山》)

今游方厌楚，昨梦先归越。(《送杨山人归天台》)

还闻天竺寺，梦想怀东越。(《送崔十二游天竺寺》)

闺怨相思类的作品多用代言体，假托女子口吻，抒旷夫怨妇不得遇合之苦，形不接而神驰，希冀于梦中成其好事：

披卫情于淇水，结楚梦于阳云。(《惜余春赋》)

且留琥珀枕，还有梦来时。(《白头吟》)

白马黄金塞，云砂绕梦思。(《塞下曲六首》其四)

春风复无情，吹我梦魂散。不见眼中人，天长音信断。(《大堤曲》)

箫声咽，秦娥梦断秦楼月。(《忆秦娥》)

相思不惜梦，日夜向阳台。(《寄远十一首》其四)

日落知天昏，梦长觉道远。望夫登高山，化石竟不返。(《拟古十二首》其十二)

何无情而雨绝，梦虽往而交疏。(《代寄情楚辞体》)

梁苑空锦衾，阳台梦行雨。(《自代内赠》)

理想型的梦指受儒道佛思想影响，分别产生入世济时之想与出世隐遁之念，故又可以细分为儒家政治型与道家神仙隐逸型。前者如：

闲来垂钓碧溪上，忽复乘舟梦日边。(《行路难三首》其一)

傅说未梦时，终当起岩野。(《酬张卿夜宿南陵见赠》)

昔太公大贤，傅说明德……卒能形诸兆朕，感乎梦想。(《代寿山答孟少府移文书》)

白鸡梦后三百岁，洒酒浇君同所欢。(《东山吟》)

其中“梦日边”用《宋书·符瑞志》上“伊挚将应汤命，梦乘船过日月之旁”之意。据敦煌遗书《周公解梦书》残卷《天事章》第一：“梦见日月照者，富贵。梦见拜日月者，富贵。”《舍宅章》第八：

“梦见乘船水涨，大吉。”敦煌遗书《占梦书》残卷《水篇》第廿四：“梦见水上行船，必安，富贵，得官荣。”《船车游行死腾篇》第三二：“梦见乘船过河，大吉。梦见乘船上升日月位，帝王事……梦见乘船水中，大富贵。”①李白此诗前有“渡黄河”，复有“乘舟梦日”，终则欲“挂云帆济沧海”，始终以乘船行水中为主导意象，与敦煌梦书中的民俗资料参读，不难看出其希冀吉祥、祝祷幸福之潜愿。“太公”“傅说”两句，亦为李白政治思想的一种表露。太公句，王琦注引《楚辞章句》曰：“周文王梦立令狐之津，太公之后。帝曰：昌，赐汝名师。文王再拜。太公梦亦如此。文王出田，见识所梦，载与俱归，以为太师。”晋立《太公吕望表》石刻亦有类似的记载：“文王梦天帝服玄禳以立于令狐之津。帝曰：‘昌，赐汝望。’文王再拜稽首，太公于后亦再拜稽首。文王梦之之夜，太公梦之亦然。”②《庄子・田子方》中又说，文王梦见一位“良人”告诉他：“寓政于臧丈人，庶几民有瘳乎！”“臧丈人”，即在臧地(渭水边)垂钓的渔夫，实指姜尚。“傅说”句，《史记・殷本纪》：“武丁夜梦得圣人，名曰说，以梦所见视群臣百吏，皆非也。于是乃使百工营求之野，得说于傅险中。是时说为胥靡，筑于傅险，见于武丁。武丁曰：‘是也。’得而与之语，果圣人，举以为相，殷国大治。故遂以傅险姓之。号曰傅说。”今人注本多以“形诸兆朕”系于“太公大贤”，以“感乎梦想”系于“傅说明德”，未免割裂原意。于文意而言，“卒能”云云，是互文见意；于字意

① 以上诸条史料分别引自刘文英《中国古代的梦书》，北京：中华书局，1990 年，第 30、33、53、59 页。

② 引自鲁迅《中国小说史略》，北京：人民文学出版社，1973 年，第 11 页。

而言，周时梦占与龟占同为太卜之属，龟象与梦象皆为征兆，因文王之梦正史未采，故后人释此句亦拘泥于“卜”字①，恐未逆太白之志。据此可见，李白的儒家政治型梦皆与宰辅有关，可视为“申管、晏之谈，谋帝王之术。奋其智能，愿为辅弼，使寰区大定，海县清一”的施政纲领的文学版表达。

道家隐逸类的梦则有：

庄周梦胡蝶，胡蝶为庄周。（《古风五十九首》其九）

余尝学道穷冥筌，梦中往往游仙山。何当脱屣谢时去，壶中别有日月天。（《下途归石门旧居》）

茫茫大梦中，惟我独先觉。（《与元丹丘方城寺谈玄作》）

处世若大梦，胡为劳其生。（《春日醉起言志》）

吾爱王子晋，得道伊洛滨……二仙去已远，梦想空殷勤。（《感遇四首》其一）

我纵五湖棹，烟涛恣崩奔。梦钓子陵湍，英风缅犹存。（《书情赠蔡舍人雄》）

梦见五柳枝，已堪挂马鞭。何日到彭泽，长歌陶令前。（《寄韦南陵冰余江上乘兴访之遇寻颜尚书笑有此赠》）

学道三十春，自言羲皇人。轩盖宛若梦，云松长相亲。（《酬王补阙惠翼庄庙宋丞泚赠别》）

---

①《庄子·田子方》中谓文王梦后又说：“‘然则卜之。’诸大夫曰：‘先君之命，王其无它，又何卜焉。’遂迎臧丈人而授之政。”说明是先梦而后卜。

与佛教有关的梦语汇在李白作品中较少，明用者仅见《化城寺大钟铭并序》：“天以震雷鼓群动，佛以鸿钟惊大梦。”

（三）

据表现技巧分类，李白作品中的梦可以分为纪实的梦、比喻的梦与典故的梦。

纪实的梦如：

归心结远梦，落日悬春愁。（《忆襄阳旧游赠马少府巨》）

梦绕边城月，心飞故国楼。（《太原早秋》）

昨宵梦里还，云弄竹溪月。（《送韩准裴政孔巢父还山》）

比喻的梦如：

长绳难系日，自古共悲辛。黄金高北斗，不惜买阳春。石火无留光，还如世中人。即事已如梦，后来我谁身？（《拟古十二首》其三）

昔别若梦中，天涯忽相逢。（《洞庭醉后送绛州吕使君杲流澧州》）

银台金阙如梦中，秦皇汉武空相待。（《登高丘而望远》）

畴昔雄豪如梦里，相逢且欲醉春晖。（《赠郭将军》）

功业若梦里，抚琴发长嗟。（《早秋赠裴十七仲堪》）

长安如梦里，何日是归期？（《送陆判官往琵琶峡》）

而浮生若梦，为欢几何？（《春夜宴从弟桃花园序》）

很显然，这一类梦并非夜思昼想之心理活动的如实记录，而是从修辞学的角度对梦象所负载内容的片面强调。此类句例中，作为喻体的梦皆隐指虚幻、缥缈、遥远、不实之物。

典故的梦。李白诗中有关梦的典故，主要有：

1. 谢灵运梦得佳句

> 梦得池塘生春草，使我长价登楼诗。（《赠从弟南平太守之遥二首》其一）
>
> 昨梦见惠连，朝吟谢公诗。东风引碧草，不觉生华池。（《书情寄从弟邠州长史昭》）
>
> 梦得春草句，将非惠连谁。（《感时留别从兄徐王延年从弟延陵》）
>
> 他日相思一梦君，应得池塘生春草。（《送舍弟》）

据《南史·谢惠连传》：“惠连年十岁能属文，族兄灵运嘉赏之，云：‘每有篇章，对惠连则得佳语。’尝于永嘉西堂思诗，竟日不就，忽梦见惠连，即得‘池塘生春草’，大以为工。尝曰：‘此语有神助，非吾语也。’”太白诗中用此典皆以切兄弟友于关系，亦连带暗示自己有诗才美誉。

2. 楚王阳台云雨之梦

> 披卫情于淇水，结楚梦于阳台。（《惜余春赋》）
>
> 相思不惜梦，日夜向阳台。（《寄远十一首》其四）
>
> 梁苑空锦衾，阳台梦行雨。（《自代内赠》）

使人对此心缅邈，疑入高丘梦彩云。（《观元丹丘坐巫山屏风》）

瑶姬天帝女，精彩化朝云。宛转入梦宵，无心向梦君。（《感兴八首》其一）

典故与比喻实际上都强调语词的象征意义，以梦而言，皆属虚拟的梦，而非纪实的梦。但在李白作品中，笔者发现，比喻的梦所指较单纯，象征的光束集中投射到一个有确定意义的屏幕上。而典故的梦情况较复杂，如李白用阳台云雨梦之故实，或切楚地景物，或抒男女之情，或讽感兴之意，须根据上下文意来诠释，不能一概而论。

李白作品中伊尹梦、文王梦、武丁梦前面已详述，此外还有白鸡梦（《东山吟》）、蝴蝶梦（《古风五十九首》其九）等典故，因用例较少，就不一一列举了。

（四）

李白作为一个主观色彩极强烈的诗人，其精神扩张在梦诗中也得到了充分的表现。精神自由是培植和滋生想象力的土壤，而想象力则是原创艺术的直接诱因，诗人如缺乏想象力，无异于患有精神阳痿。梦境与仙境为诗人驰骋想象提供了广阔的空间，使得貌似怪诞荒谬的奇思异想冠冕堂皇地呈现，牛鬼蛇神仙灵也被诗人驱遣上场。《梁甫吟》《游泰山》《天姥吟》《下途归石门旧居》等最足以说明李白诗仙境与梦境的奇诡谲怪，而这些与他诗境的雄奇壮丽秘响旁通。

李白作品中所写梦对形成其诗歌境界具有如下作用。首先，诗歌创作是通过意象的组合叠加、象与象外的结合，形成境界，传达主旨。对于构成意境的“象”与“景”，诗要求情景俱足，语语如在目前，不隔不黏，绝去思维，具有现量情景的特点①。而梦的工作原理也是通过意象(梦之显相)的加工改造、变形润饰，形成显梦形象。所以严羽评李白《天姥吟》一首谓：“太白写仙人境界皆渺茫寂历，独此一段极真极雄，反不似梦中语。”②严评极精辟，指出梦与梦文学的一个极重要特征。《庄子·大宗师》：“且汝梦为鸟而厉乎天，梦为鱼而没于渊，不识今之言者其觉者乎？其梦者乎？”《列子·周穆王篇》：“郑人有薪于野者，遇骇鹿，御而击之，毙之。恐人见之也，遽而藏诸隍中，覆之以蕉。不胜其喜。俄而遗其所藏之处，遂以为梦焉。顺途而咏其事。傍人有闻者，用其言而取之。既归，告其室人曰：‘向薪者梦得鹿而不知其处；吾今得之，彼直真梦矣。’室人曰：‘若将是梦见薪者之得鹿邪？讵有薪者邪？今真得鹿，是若之梦真邪？’”虽为梦，但要表现出逼真性、具体性。如李白《江上寄巴东故人》：“汉水波浪远，巫山云雨飞。东风吹客梦，西落此中时。”《大堤曲》：“春风复无情，吹我梦魂散。不见眼中人，天长音信断。”均将抽象虚幻的梦实体化，使其具有形质，可以为风吹拂飘动，发生迁移。《宿巫山下》：“昨夜巫山下，猿声梦里长。”《白头吟》：“且留琥珀枕，还有梦来时。”以幻为真，现实中将衾枕留下，等待意中人

---

① 详参见本书第一章第一节、第二节的有关论述。

② 引自詹锳主编《李白全集校注汇释集评》第4册，第2111页。

梦中来时使用。

其次，诗歌不仅记录物理时空，而且可以对现实时空进行锻造，使其变形为心理时空，“故寂然凝虑，思接千载；悄焉动容，视通万里”（刘勰《文心雕龙·神思》），“精骛八极，心游万仞”“观古今于须臾，抚四海于一瞬”（陆机《文赋》）。而梦的时空知觉也具有时空的浓缩性、无隔性、跳跃性的特点①。李白《天姥吟》：“我欲因之梦吴越，一夜飞度镜湖月。”则心神飞驰，凌越虚空，抵达月下之镜湖，现实的阻隔被突破，在瞬间完成了万水千山的遨游。《送韩准裴政孔巢父还山》：“昨宵梦里还，云弄竹溪月。”《送杨山人归天台》：“今游方厌楚，昨梦先归越。”均写梦中突破现实时空，在假想中预先实现愿望。至于《长相思》中“天长路远魂飞苦，梦魂不到关山难”，则是写梦知觉空间浓缩性的反面，反其道而行之，以距离之遥，竟连梦想都无法达到，极写相思之苦。

五、李贺诗中的“辞”与“理”

唐文宗大和五年（831）十月，李贺夭折后的十五年，杜牧写下《李长吉歌诗叙》一文，全面评价李贺的诗歌创作成就。后世论及李贺，大多以此叙为根据，或将其中的一些观点生发展开。但有两处却引起争论，更确切地说，后人对李贺诗歌评价的分歧主

① 参见刘文英《梦的迷信与梦的探索》，北京：中国社会科学出版社，1989 年，第 254—259 页。

要围绕着杜牧叙中的两句话：

> 盖《骚》之苗裔，理虽不及，辞或过之……使贺且未死，少加以理，奴仆命《骚》可也！

后人对李贺作品的争论，打笔墨官司，大都围绕着杜牧“辞”与“理”的界说、内涵上立论。晚近以来的学者将“辞”与“理”更通俗地表述为形式和内容、表现和思想，多在肯定李贺浪漫风格之后，在文章的尾巴附缀一句：内容和形式不统一，内容单薄，而形式华美幽艳。

李贺诗的辞与理的意涵究竟为何？是否统一？是在什么情况下统一，又在什么意义上不统一？以下略做探讨。

（一）

“安史之乱”是唐帝国国运的转折点。盛唐、中唐之别不仅是编年史的分界，而且是时代风尚、美学趣味变化的标志。如果我们站在盛唐的时代之巅上做一次历史性眺望的话，真可谓“分野中峰变，阴晴众壑殊”！

天宝年间承平日久，已埋下战乱的隐患。混战八年之后，社会经济遭到严重的破坏，与开元全盛日相比，令人心寒惊悸。宪宗即位初期，励精图治，知人善任，先后起用杜黄裳、裴度、李绛等精明正直之人为宰相，委派高崇文为东川节度使，李愬为唐邓节度使，陆续平定了四川叛军刘辟和淮西巨寇吴元济，一时声威大震，出现转机迹象，形成了一个短暂的中兴局面。但晚年迷信方士，倚重太监吐突承璀，又以江湖术士柳泌为台州刺史，最后吞服金丹得病，死于宦官陈弘志之手。在他暴崩的前两年，李贺也抑郁去世。

急剧变化的时局，混乱不堪的现实，皇帝的求仙致寿，藩镇疆吏的骄奢放荡，玉工宫娃的泣血哀吟，百姓的起义反抗，在李贺作品中都有记录。如《荣华乐》《雁门太守行》《吕将军歌》《老夫采玉歌》《宫娃歌》《感讽·合浦无明珠》《黄家洞》《贵主征行乐》等等。

由于朝政曾出现过一个短暂的中兴局面，给人们带来过一线希望，投射在李贺诗中也有积极进取的一束亮光："少年心事当拏云"(《致酒行》)，"男儿屈穷心不穷"(《野歌》)，"二十男儿那刺促"(《浩歌》)，"男儿何不带吴钩，收取关山五十州"(《南园》其五)，甚至想到"世上英雄本无主"(《浩歌》)，"一朝沟垄出，看取拂云飞"(《马诗》十五)，昂扬悲壮，颇有燕赵慷慨之士的流风余韵，全诗陡然振起，如乐曲在低音区徘徊很久后，突然击响了几个高音键。

无奈好景不长，当政局由瞬间的光明，很快又回复到黑暗混沌之中，李贺诗也蒙上了一层忧愤怅惘的色调："只今道已塞"(《赠陈商》)，"甘作藏雾豹"(《春归昌谷》)，"何须问牛马，抛掷任枭卢"(《示弟》)，最后发出了"狭行无廓路，壮士徒轻躁"(《春归昌谷》)的浩叹。

阅读李贺诗也像阅读唐代其他优秀诗人的作品一样，绝大部分并不能与史实一一对号入座。在李贺的作品中，更多的是生活的变形、感受的熔铸、情感领域的开拓。展现出的是另一个风云变幻、江浪淘沙的空间——诗人广袤无垠的情感世界、幽深的心灵冥府。清代人如陈沆，特别是姚文燮，不理解这一点，所以在对李贺诗做了创造性的解释后，又不免坐实附会，陷入以“唐春秋”论诗的陷阱中(姚文燮《昌谷诗注自序》)。

如果说，社会经济在贞元、元和时期还曾出现过短暂的中兴迹象，有一定程度恢复的话，而中唐的社会心理、时代氛围却笼罩在一种可怕的阴影中，虽时浓时淡，但一直没有晴朗。对已逝去的盛唐的追念凭吊，对藩镇宦官的恐惧，对建功立业的冷漠，对灰色人生的失望，一种世纪末的情绪弥漫在中晚唐士人心中。于是怀古悲今、伤感家国身世成了这一时期艺术作品的主题。闻一多认为元和、长庆时代已是“一个走上了末路的，荒凉、寂寞、空虚、一切罩在一层铅灰色调中的时代”①，就时代精神的把握而言，大体还是准确的。作为这种社会心理积淀、意绪情思凝聚的诗歌，自然也会随着发生变异。

就美学风格而言：“这里没有李白、张旭那种天马行空式的飞逸飘动，甚至也缺乏杜甫、颜真卿那种忠挚刚健的骨力气势。他们不乏潇洒风流，却总开始染上了一层薄薄的孤冷、伤感和忧郁。”“时代精神已不在马上，而在闺房，不在世间，而在心境。”“不是对人世的征服进取，而是从人世的逃遁退避；不是人物或人格，更不是人的活动、事业，而是人的心情意绪成了艺术和美学的主题。”②只有把李贺放在这样一个政治、经济的环境中，这

① 闻一多《唐诗杂论 · 贾岛》，见《闻一多全集》第 3 卷，北京：三联书店，1982 年，第 39 页。

② 李泽厚《美的历程》，第 150、155 页。

样一个特殊的时代精神和美学趣味的氛围中，才能对他诗歌的特异性、辞与理的错综关系，进行恰如其分的梳理。

（二）

像其他一些具有天赋的才子一样，少年李贺性聪早慧，才高志洁，同时又质羸体弱，落落寡合，社会适应性极差，对家庭特别是母亲有一种特殊的依恋感。独处幽居，尚友古人，使他一直在书本里讨生活，较少涉足现实；昌谷明媚的自然风光又陶冶了他的灵秀之心，培养了他异常丰富的感受能力和遐思冥想。作为唐宗室的后裔，他具有门第高贵的荣誉感，但作为丧失贵族特权的王孙，又使他感到不幸，敏感的自尊与现实的落魄，造成了他内心的第一组矛盾。父亲早逝，家境中衰，作为家庭中的长子，又迫使他过早告别天真的童年，出来支撑门户；对于皇族子弟来说，通过应举求仕，已属下策。但可悲的是，他被褫夺了考试权利，连当时唯一有可能获得官爵、报效国家、奉亲养家的道路也给堵塞了。

仕进是唐人生活的一个重大主题。李贺在仕途的第一步就摔了跤，受了打击，这打击又是一伙奸佞小人，蒙着封建礼教的面纱，用貌似合理的借口，狠狠打了他一闷棍。他凭直觉感到周围空气的浊臭、沉重，像铅块一样向他压来。他经常做梦，有天仙、玉女、何麻姑、苏小小，但更多的是树魅山魈，嗷嗷鬼叫，幽幽磷火，凄凄夜雨，秋风撕着纸钱，古墓中发出使人毛骨悚然的怪声……黑暗的投影、心理上的恐怖与精神上的苦闷，作用于这个体弱多病、涉世未深的青年，于是造成了他的病态心理和分裂性格。他的许多引人争论、使人费解、幽峭孤深的作品，正是这种情绪的表现，这种性格的外化。

为什么李贺的一些作品晦涩难懂、说理不透呢？就年龄和阅历而言，李贺没有，也不可能把一切看穿。他苦闷矛盾，徘徊不前，对生的否定，对死的憧憬，而又终不敢去死；粪土权门，淡泊利禄，而又始终惦记着功名仕进；对龌龊人世的生理性厌恶，对游仙出世的钦慕企求，而又终不忍抛妻别母，忘怀人世。比较而言，李贺既没有李白那样豁达宽阔的胸襟，凡事能娱酒消愁，自求解脱；也没有杜甫那种“江流石不转”的不拔毅力，忍辱负重，不论穷达皆以天下为己任；甚至也没有稍晚于他的杜牧那种“十年一觉扬州梦，赢得青楼薄幸名”的风流自赏。他对身之所历、目之所见、耳之所闻的许多可愕、可怪的事永远不能理解，终生不得解脱。思想的暧昧是作品内容晦涩的主要原因之一。

其次，也正如姚文燮、陈沆等屡屡指出的，为了远祸防谗，情不敢言，又不能无言(姚文燮《昌谷诗注自序》)，只能采取曲折隐晦的方式，借古题写时事，“寓今托古，比物征事，刺切当世之隐，销铄壮士之怀，苟不韬晦，必至焚身”(陈沆《诗比兴笺》卷四)。通过晦涩来戴上韬晦的面具，既是无奈的展示，也是有意的防备。

二十岁本是人生最具诗情画意、最富有诱惑力的时代，白日放歌，青春做伴，消度锦片也似的韶光。而李贺在二十岁时，却骑着疲驴，迎着衰飒的秋风、飘落的红叶，行走在洛阳—长安的驿道上，为仕进、为生活奔波。请看他描绘的这一幅寒酸可怜的自画像：

长安有男儿，二十心已朽。(《赠陈商》)

我当二十不得意，一心愁谢如枯兰。衣如飞鹑马如狗，临歧击剑生铜吼。(《开愁歌》)

二十多岁头发已花白，秋风中、明镜前一根根脱落："病骨伤幽素""秋姿白发生。"(《伤心行》)"归来骨薄面无膏，疫气冲头鬓茎少。"(《仁和里杂叙皇甫湜》)"日夕著书罢，惊霜落素丝。镜中聊自笑，讵是南山期。"(《咏怀》其二)面对着镜中的白发衰颜，他几乎不敢相信那就是自己，苦笑一声，强忍着忧愤，而牵动的情绪却是揪心割肠般的疼痛。《马诗二十三首》比物征事，以马喻人，那些瘦骨敲铜声、快走踏清秋的天驹龙骧、赤兔神骓，不被人识，不为世用，以致"饥卧骨查牙，粗毛刺破花。鬣焦朱色落，发断锯长麻"。这是瘦骨突露、困顿摧折的马的写真，也是潦倒落魄、坎坷失意的人的象征。

按理说，李贺有生之年，正是青春鼎盛时期，他应该写出"天生我材必有用""会当凌绝顶，一览众山小"这类意气风发的华章丽句，然而他的大多数作品却不是青春的颂歌，不是生命的交响乐，也绝少对统治者的膜拜礼赞，而是猿啼鹃泣，树死花残，红衰翠减，老鸮木魅，一股愁苦悲凉之气迎面扑来，一组奇特的意象叠加并列，"丽句清词，遍在词人之口；含冤抱恨，竟为冥路之尘"(徐应秋《谈荟》)。

时代的制约，情绪的压抑，性格的扭曲，心理的变态，变态的外化和表现形成了他的诗风，也形成了他作品"辞"与"理"的特殊关系。

李贺是一个怀疑论者。巨大的世界之谜，人类命运之谜，灵与肉的冲突和矛盾，这些深奥的、使古今多少睿智的哲人都望而生畏的命题，却迫使这个天真的少年去思考。《昆仑使者》中的“元气茫茫收不得，说出天人之际无干涉处”（王夫之《唐诗评选》卷一），《苦昼短》用“天问”笔法，对“月寒日暖，来煎人寿”的严酷而又不可抗拒的现实，对古今求仙致寿的举动，提出了一连串的诘问质疑。外的否定往往与内的追求相联系。对宇宙人生反思的另一方面，就是对自我在宇宙坐标轴上位置的确定，对个人存在的哲学相对论的探求。朱自清《李贺年谱》引洪为法云：“贺惟畏死，不同于众，时复道及死，不能去怀；然又厌苦人世，故复常作天上想。”①一方面，他对外在的帝王神仙是那样蔑视，“当时飞去逐彩云，化作今日京华春”（《荣华乐》），“屈平沉湘不足慕，徐衍入海诚为愚”（《箜篌引》），“黄尘清水三山下，更变千年如走马”（《梦天》）。瞧他多么超然旷达，无是无非，仿佛亲历了几千年天地之间、人神之际的沧桑巨变，把一切都看穿了。另一方面，一言及自身，联想到他的遭遇，就感到恐慌不安。“其于光阴之速，年命之短，世变无涯，人生有尽，每感怆低回，长言永叹”②，不再是静穆冷漠的观照了，而是“心事如波涛，中坐时时惊”。《感讽五首》其三中渲染的鬼雨飘洒，风前人老，漆炬迎人，墓萤纷扰，《公无出门》中的愤激颓丧，厌生惧死，都表现出李贺对于生的百无聊赖与对于死的极度恐惧，充满着宿命的惶

①《朱自清古典文学论文集》下册，上海：上海古籍出版社，1981 年，第 522 页。
② 钱锺书《谈艺录》，第 58 页。

惑和失望的痛苦。

李贺是一个感情远胜于理智的诗人，才华卓荦而阅历短浅，由于他多病早衰，心中愁绪郁结不舒，在生命的旅程中，始终没有冲破比较狭窄的生活圈子，而是把更多的注意力转向个人命运和心灵潜层。他虽然没有像李白那样受道箓，但在内心却是神仙境界天真的梦幻者，是企羡离绝现世的臆想者①。他的《神弦曲》《神弦》《神弦别曲》可以看作是相互关联的迎神礼魂的三部组曲，而《梦天》《天上谣》《瑶华乐》《兰香神女庙》《贝宫夫人》等一系列曾使研究者感到棘手难解的作品，其游仙泄隐的主题也就昭然若揭了。

遇合仙姝，是李贺这类作品的固定情节。他用世俗的眼光来看威严至尊的神像，把她们描绘成莲脸丹唇，袒臂露肤，含情脉脉，经不住青灰冷寂的少女处子。在唐代道释人物画和石窟佛像中，曾有"菩萨宫娃样"的说法，李贺的一些作品也采用了这种手法。弄玉、青琴、瑶姬、湘妃、西王母、萼绿华以及贝宫夫人和兰香神女等，全被诗人搜罗编采入诗，来赴诗人的幽会，人神交欢，情意缠绵。对李贺诗中的这类现象，道学家们深恶痛绝，或避而不谈，似乎怕玷污了自己；现代的一些论者则简单地目为是对理想生活的追求和渴望。笔者觉得，这类作品一方面继承了秦汉以来游仙诗的模式，受张鷟传奇《游仙窟》的影响，用六朝文人描写女性的色泽和笔法；另一方面则是诗人思绪纠结而凝想出神，"泄其隐情，偿其潜愿"，是他内心本能在冲突扭曲状态下的

---

① 陈允吉《〈梦天〉的游仙思想与李贺的精神世界》，载《文学评论》1983年第1期。

显现，是他的欲求和希望在梦境幻想中的满足。李贺曾和一个非婚女子情意浓蜜，《恼公》《七夕》《苏小小墓》等诗可以看出这种关系。但是，李贺于此意想神往的东西，同实际生活存在着一道不可逾越的屏障，所以经常带有浓厚的悲剧情味和乖戾的病态色调。其隐情潜愿托之于梦、言之于诗就形成了游仙泄隐的作品。需要指出的是，这类作品对传统的伦理道德固然是一种大胆的挑衅和冲击，但又是歧途的误入，不健康的流露，当潜意识流动时，作品就显得有些荒诞不经。如《恼公》中大段描写女子的服饰、容颜、神态，近乎轻亵色情。

天纵其才的李贺，呕尽心血，却培育出这一颗颗硕大的“怪果”，对此我们感慨万端，既惊叹诧异，又深惋愤恨。叹其石破天惊，笔夺造化，在唐代名家如林的诗苑中，戛戛独造，自成一家；惋其艺术才华未能正常发展，外忧内伤，泪渍刀痕，使这棵本可与李杜比肩的大树，变成了错节盘根的矮松；愤天道无情，夺其华寿，人世险恶，绝其生途。

综括以上可知，李贺的作品很多不是简单的现实翻版、生活实录，也不是不知所云、题旨肤浅，在时花美女的形象背后，在幽深奇峭的意境之中，在故作通脱旷达的兴致之外，隐匿着一个贵族青年愁苦的内心世界，随着情绪波澜的涨落起伏，显现出一个陌生的大陆，一个感情的芜岛。

如果要说反映的话，我们可以这样说：李贺绝大多数作品是中唐，甚至推而广之是整个封建时代受压抑和窒息、被扭曲为畸形的士人的心灵雕塑，是被扼住喉管发出的泣血歌吟。他是这特殊时代的产儿，时代的病症遗传给了他。他也曾怀疑、仇视甚至抨击过时代，但始终没有迈出最后一步，成为时代的逆子贰臣，而是在现实与理想的矛盾冲突中，在内心兴奋亢进与外境抑制压迫的夹击下，在生与死临界线的徘徊中，心力交瘁，变态失常，抑郁而亡。他是扭曲的，故不合常情、常理、常态；他是扼着喉管唱出来的，故有些沙哑、苦涩甚至凄惨；他是欲望在想象中的满足，故有些潜在、病态甚至猥琐，难以启齿言语。

前现代的诗史有个奇特的现象，一方面抒情文学发达，言志缘情之说甚早，绝大部分的作品都是感发抒愤之作；另一方面，所言之志、所抒之情又都是经过筛选过滤的，涂有浓重的社会伦理色彩，要求乐而不淫，哀而不伤，中和无邪。从作品内容知情理意诸要素来看，更多地强调有社会伦理思想和功利精神的意、理、知，而忽略或者压制纯粹亢奋激烈、隐秘变化的情感宣泄。用这种正统刻板的审美眼光看李贺诗，自然会感到惊愕诧异，不可理解。最流行的唐诗选本，清人孙洙的《唐诗三百首》甚至连李贺一首诗也未选，究其原因，正是这种心理作祟。一些人虽好其辞，也只能通过随意诠解，给李诗披上合理的伪装，故使世人难辨其旨。

（三）

把握住李贺的“意”，那么对其“辞”就容易理解了。需要首先辩证的是，人们对诗歌(或其他文艺体裁)的内容和形式往往理解片面，把两者割裂开来，对立起来。谈到诗歌的形式，以为仅仅就是五七言、平仄格式、词牌曲调、商籁体、抑扬格，这实属皮相之见。每一首诗孕育躁动于诗人的胸中，倾吐成形于诗人奔走的笔端，以它独特的物质显现作用于欣赏者的视听感官，这才是艺术作品形式的真正内涵。在这里，思想的表现、内容和形式应该是血肉的融合，完整的有机体。用列宁的话说就是：“形式是本质的，本质是具有形式的。不论怎样形式都还是以本质为转移的。”①克罗齐也说：“这一事实是永远被承认的：内容因形式而组成，形式由内容来充实；感觉是具有形象的感觉，形象是能被感觉的形象。”②从这个角度看，李贺诗的思想内容与表现形式是统一的。因为正是这种特殊物质手段、组合方式，而且也只能是这种手段和方式，才可以载寓他忧愤的情思，申诉他难言的苦痛。但从更高意义上说，如前面所分析的，这是一个充满世纪末思潮的病态社会，久经受压遭斫，这株天才的苗子未能长成嘉木，结出硕果，而是蜷曲斜生。诗人竭尽平生之心血，浇灌出的却是病枝怪果。这是人为的、扭曲的，而非自然天成、舒卷自如的，有悖于传统的审美理想。那么，李贺诗的艺术形式和表现技巧具体有哪些特征呢？一般特色，诸如浪漫主义，师法屈原、李白而又有所创新，想象奇特，设色瑰丽，离绝凡近等等，人们已谈了许多，这里想换一个角度，做一点新的探索。

1. 超越现实的时空观

诗歌可以不受物理时间、空间的限制，从情感逻辑出发，对生活现象、情思意绪进行重新组合、变形。可以“观古今于须臾，抚四海于一瞬”，“精骛八极，心游万仞”。但是在中国古典诗歌

①《哲学笔记——黑格尔〈逻辑学〉一书摘要》，见《列宁全集》第 55 卷。北京：人民出版社，1990 年，第 120 页。

②［意］克罗齐《美学》，北京：作家出版社，1958 年，第 15 页。

中，像李贺这样出现错综变化的时空，极度飞跃的想象，却是很少的。他的作品时而天上仙境，时而地下阴界；时而远古幻觉，时而当代现实；时而杏花红雨，时而荒沟古水；时而笙管和鸣，时而鬼哭狸嚎。如《天上谣》《苦昼短》《浩歌》等都呈现出宇宙性展望①。

同印欧语系中的诸语种相比，古汉语本身缺少固定的时态变化。李贺利用汉语的这个特点，把不同时代、出于不同典籍或不同场合的人神请到一起，置于眼前，把属于自己臆想的、向往的也糅合进去，使作品中过去、现在、未来三个时段或错综交互，或并置同现。《苦昼短》中的任公子、刘彻、嬴政，《相劝酒》中的羲和、青帝、蓐收(秋神)、尧舜各属不同时期的历史人物、神话英雄，《瑶华乐》中将升昆仑之丘、观日之出入、宾于西王母三件各不相属的事，连缀起来，合而为一。

在空间上，由于古汉语较少使用前置词和关联词，句子的黏合力特别强，更易于造成意象的并列叠加，富有伸缩性和弹性。李贺诗中，如《梦天》，开始是仙境——鸾佩相逢桂香陌，接着是时间推移、空间移换——俯视人寰：千年如走马，齐州九点烟。《秦王饮酒》中“劫灰飞尽古今平”一句，则把只能在空间中横向运动的物体——飞灰，延伸到时间长河中做纵向运动——古今平，更显得突兀奇崛。

长吉诗时空表现的另一特点是，由他的宇宙观所决定，对时

① [美]刘若愚《中国诗中的时间、空间与自我》，见《古代文艺理论研究》第 4 辑，上海：上海古籍出版社，1981 年，第 167 页。

空的看法，也表现出极度的主观随意性。为了表现的需要，他可以把瞬间说成永恒(“长眉凝绿几千年”“城头日，长向城头住，一日作千年，不须流下去”)，也可以把千年等同弹指间(“尧舜至今万万岁，数子将为倾盖间”“更变千年如走马”)；将席地看作无垠，将广袤的中国视为一泓海水九点烟。偌大的宇宙如一块油泥，由诗人变戏法般随意捏塑，时间似乎是诗人手中的一把缩放尺，可以任意放大缩小。①

2. 富于跨度和张力的比喻

瑞恰慈《修辞哲学》中说：“比喻是不同语境间的交易。”要使比喻有力，就必须使比喻的两造之间保持一定的距离，造成人们心理上的空白感和期待感，诱发人们的想象和思索。同样是喻乐声琴音，白居易的“大弦嘈嘈如急雨，小弦切切如私语”，形象生动，但喻体和本体间的距离太近，回味思考的余地太小，而李贺的“昆山玉碎凤凰叫，芙蓉泣露香兰笑”采用“远程交易式”的比喻，本体和喻体之间距离较远，相似点不很明确，就显得曲折幽深，只有借助联想的桥梁，才能构成形象。另如“银浦流云学水声”(《天上谣》)，“羲和敲日玻璃声”(《秦王饮酒》)，“玉轮轧露湿团光”(《梦天》)等，都属于这种“远程交易式”比喻。

但是比喻的两造间如果过分遥远，相似点太隐蔽，脱离开具体语境，抽掉作为联想的中介，就会显得晦涩，令人难以理解。这个弊病，李贺诗中也存在。《答赠》首句“本是张公子，曾名萼绿华”，开口就用典，并且把两个不同时代、各不相干的

① 参见本书第二章的相关内容。

人物放到一块，离开注释是很难明了的。《钓鱼诗》《假龙吟歌》用字、用典都过于纡曲晦涩，意义反欠明澈，减却了不少诗的趣味。

李贺有感于大历以来诗坛上出现的圆滚软熟的诗风，因此在造句设喻上独辟蹊径，他有时故意选用僻典怪字，也是为了使语词在人们心理上造成生疏感，激发注意力，从而使比喻活化、奇化，使形象与意义产生距离，使意象产生纵横跨度的张力。钱锺书先生指出："古人病长吉好奇无理，不可解会，是盖知有木义而未识有锯义耳。"①可谓至论！锯义者，诗歌的不确指性，形象的多棱面性，语词的模糊性。

3. 富有感觉印象的词汇

李贺善于从自己的词汇库选用那些富有质感的感觉印象强烈的词汇，光、色、形、味，线条交织成浓墨重彩、斑驳绚丽的画面。他的诗除具有浓厚的色彩感外，还有低沉与高昂的音响感，秋气与严霜的寒冷感，甚至有压、摧、满、凝、卷的沉重感……把多种感觉因素汇总沟通，使人逗发多方面的感觉反应，对于烘托气氛，暗示情绪，引起联想，有极重要的作用。

关于李贺喜用泣、啼、凝、愁、血、泪、鬼、寒、瘦等感觉色彩强烈、伤感意味沉重的字眼，刺激读者的官能和情绪，前人多已指出。② 这里拈出另一个他所喜用的字眼——"白"，稍做分析。白是一个富有光感的词，由光谱中七种自然光折射而成，所

① 钱锺书《谈艺录》，第51页。
② 参见袁行霈主编《中国文学史》第2册，北京：高等教育出版社，1999年。

以既是单纯的，又是复合的；既具有充盈一切、无所不容的空间感，又是寥落虚无的象征。李贺用“白”常伴随着哀愁肃杀气氛，空旷寂寥，丧尽生机，充满失望的情感。如“蕃甲锁蛇鳞，马嘶青冢白”（《塞下曲》），“芦洲客雁报春来，寥落野湟秋漫白”（《梁台古意》），“秋野明，秋风白，塘水漻漻虫啧啧”（《南山田中行》），“雄鸡一声天下白”（《致酒行》）。

4. 移情的表现方法

移情是一种艺术创作和欣赏的心理现象。维柯说：“诗的最崇高的劳力就是赋予感觉和情欲于本无感觉的事物。”①更明确地说，就是将在我之情外射到无生命的外物表面，使物皆着我之色彩，我歌月徘徊，我舞影零乱；登山则情满于山，观海则意溢于海。天地含情，草木知意；“芙蓉凝红得秋色，兰脸别春啼脉脉”（《梁台古意》），“芙蓉泣露香兰笑”（《李凭箜篌引》），“厌见桃株笑”（《铜驼悲》），均言花啼笑，并且由花草之笑进一步推至灯花、雪花亦能笑，如“缸花夜笑凝幽明”（《十月》），《嘲雪》中的“雪”竟会“乱笑含春语”。

色彩本是不同质地的物质对于光的反射，无所谓主观色彩，但在李贺笔下，大量出现细绿、寒绿、静绿、团红、冷红、老红、愁红等饱蘸诗人主观情绪的色调，这同样是移情的结果。李贺还有些作品，一部分一部分可以看得懂，合起来却觉得茫然。在这里，诗人要表现的不是明晰的思想，而是感觉和情感。你能感到意象的跳跃晃动，旋律的回环起伏。类似音乐的表现，我们

① ［意］维柯《新科学》，北京：人民文学出版社，1986 年，第 98 页。

只能大致感受到某类情绪，但不能准确地理解和说明。有时，作者故意抽走诗中标志逻辑关系的线索，违背寻常诗的章法，只留下红红绿绿的色彩和璀璨夺目的散珠。钱锺书曾一针见血地指出："余尝谓长吉文心，如短视人之目力，近则细察秋毫，远则大不能睹舆薪；故忽起忽结，忽转忽断，复出傍生，爽肌戛魄之境，酸心刺骨之字，如明珠错落。"①

这与"首句标其目，卒章显其志"的元白乐府相去甚远，与一些单纯的抒怀咏理诗也有区别，与他所祖承的屈骚的义贯珠联也不同。强做比较的话，法国的波德莱尔、"五四"时期的李金发倒有些类似李贺，难怪有人说李贺是生得太早的现代诗人。②

在对李贺作品中"辞"与"理"的特异性，以及产生这些特点的原因做了一些探讨之后，我们也不得不遗憾地承认他的诗的缺陷，总括起来，有如下数端：

(1)年龄和阅历的制约，病态和扭曲的心理，远祸防谗的苦衷，造成了他一部分作品思想的暧昧、内容的晦涩。

(2)客观上是时代和社会没有给他提供奋发有为的机会，主观上是他没有走向社会生活海洋的深处，开阔视野，吸收新鲜空气，没有将时代潮汐、社会风云、胸中激情熔于一炉，化为笔底波澜，而是一味地朝心灵的潜层退缩，在感情的荒岛上开掘，虽慷慨，总觉凄惨；亦动情，又嫌复杂；具形象，却难把握。

(3)艺术创新要适度。大历诗风是对盛唐"风骨两挟，情韵兼

① 钱锺书《谈艺录》，第46页。

② 余光中《从象牙塔到白玉楼》，转引自《古代文艺理论研究》第3辑，上海：上海古籍出版社，1981年，第338页。

备”诗风的反动，继韩孟之后，李贺又把诗领向另一个峭壁悬崖，高处不胜寒。

“‘铅华之水洗君骨，与君相对作真质’，欲持斯语，还评其诗。”①洗去堆在李贺诗上的铅华金粉与不实之词，露出真正的韶美之质，也露出斑痣和青春痘，这位被囚禁在白玉楼中的庞眉书客的真容，就显露出来了，他的辞与理、笔补造化的创造也就可以理解了。

① 钱锺书《谈艺录》，第57页。

结　语

一

以上，笔者以文本为重点，对唐诗经典的突出特色，进行了粗线条的叙述，并试图对其意涵进行历史与逻辑的阐释，以便我们更好地进入文本，激活文字，在古人开拓的诗境中上下求索，滋养我们的精神世界。仿佛是一次仙游，“忽魂悸以魄动，恍惊起而长嗟，惟觉时之枕席，失向来之烟霞”（李白《梦游天姥吟留别》）。在艺术美的阆苑仙境中兜了一圈风，千岩竞秀，万壑争流，云兴霞蔚，使人目不暇接，但醒来后我们除了感叹沧桑巨变，白云苍狗，又能如何？又犹如一次邂逅，不期而至，但来去匆匆，“去年今日此门中，人面桃花相映红。人面只今何处去，桃花依旧笑春风”（崔护《题都城南庄》）。今昔相形，物是人非，我们只能怅惘不已。

但譬喻总是蹩脚的，艺术并非只今何处去的人面，而是依旧笑春风的灼灼桃花，是那一抹映在天幕上的绯红，是人类心灵上的永恒霞光，来去匆匆的是天地逆旅中的过客，包括笔者这类饶舌的唐诗解说者及其解说本身。宋代盛传的“千家注杜”并没有淹没杜诗，反倒淹没了注释者本身，杜诗是不废江河万古流，是历久弥新的。袁中道说：“诗莫盛于唐。一出唐人之手，则览之有色，扣之有声，而嗅之若有香。相去千余年之久，常如发硎之刃，新披之萼。”(《珂雪斋文集》卷二《宋元诗序》)明人还说：“唐人之诗……其色泽妍，如旦晚脱笔砚者；今人之诗……才离笔砚已似旧诗矣。”(江盈科《雪涛阁集》卷八《敝箧集引》)“新披之萼”“其色泽妍”，讲得形象深刻，唐诗的最大特色、盛唐气象的最本质因素就是“其色泽妍”，就是历久弥新，就是一种新鲜活力，一种兴发感动的潜能，这是一种不可企及的范型，宋以来的西昆体、江西派、前后七子均未能步入此奥境，我们更无法模仿，只能粗浅地解说。唐诗的魅力就如那色泽鲜妍、依旧笑春风的灼灼桃花，对此我们只能惊愕，怅惘，望洋兴叹。

二

对唐诗的研究，可以采用多种方法：校勘、注释、点评、集说、编年、本事探索，史实考证、作者创作心灵的描述，作品艺术特点的鉴赏以及诗体形成、诗风消长、诗群聚合、诗史发展的宏观把握。当然还可以采用社会—历史综合研究的方法，以诗证史的方法。本书侧重从文本细读对唐诗经典独特魅力做一些现代阐释。

唐诗无疑包含着极其丰富而深刻的内容，可供有才气、有识力的学者作为重大课题进行深入细致的长期研究。笔者在本书中以一种宏大开阔的视角，重新审视民族艺术宝库中这笔弥足珍贵的遗产。虽然笔者也曾设想以唐代出现的诗学范畴为研究对象，分析每个范畴的准确含义，并勾勒出这些范畴生成发展过程中的历史背景和逻辑链条，指出创作与理论的各种复杂的交合对位关系——这种研究自然是极有意义的。但相对于创作的空前繁荣、异常丰富来说，理论还是有些单薄，比之于此前的魏晋六朝和其后的宋元明清，理论都处于低谷。在六朝体大思精、皇皇巨著的《文心雕龙》和评判古今的《诗品》以及宋代的《沧浪诗话》之间，唐代诗论领域还是有点冷落寂寞。除了唐初史学家和政治家的一些文学见解以及陈子昂关于“风骨”“兴寄”的主张，对日后的诗歌发展起到一些指导作用外，我们发现，就整个唐代而言，理论不是超前的预测，而是一种滞后的说明。盛唐创作高潮过去之后，一直到中唐才产生了皎然的《诗式》，对王孟等人的创作经验进行了初步总结。对唐诗的理论总结一直要到宋代严羽的《沧浪诗话》、清代王夫之的《姜斋诗话》、王士禛的《渔洋诗话》、晚近王国维的《人间词话》出现才基本完成，前后延续了一千多年。原因何在呢？可能有许多种说法。

笔者以为除了诗歌创作和理论发展自身的规律外，恐怕与唐人尚意兴、重情致、主体验、崇自然有关。不仅仅是诗歌理论，从哲学史和思想史的角度来看，这一时期出现的理论范畴和命题也是比较少的。罗根泽曾针对韩愈的古文理论讲了一段颇为深刻的话：

> 韩愈所抓住的儒家之道，其义蕴已为周秦两汉的儒家发挥殆尽，至韩愈已无多可言，故虽有“信道笃”的愿念，也只能作实行的儒家，不能作理论的儒家。苏轼《韩愈论》云：“韩愈之于圣人之道，盖亦知好其名矣，而未能乐其实。何者？以其论甚高，其待孔子孟轲甚尊，而拒杨墨佛老甚严，此其用力亦不可谓不至矣。然其论至于理而不精，支离荡佚，往往自叛其说而不知。”实以儒理已为以前的儒家说尽，故韩愈只能据儒理以排斥佛老，不能对儒理有新的发明。故韩愈虽自言重道轻文，而结果还是文章家，不是哲学家。①

说儒家道统的意蕴已发挥殆尽，似有些过分，但说韩愈对儒家之道的强调主要意义在社会政治方面，并不在思辨哲学方面，韩愈的功绩主要表现在道德实践与创作方面，并不表现在理论的原创与总结方面，却是符合事实的。这种理论较之于创作实践相对薄弱和滞后的现象，或许是导致本书无法写成一本唐代诗歌理论范畴逻辑发展史的一个重要原因。

三

庄子说：“筌者所以在鱼，得鱼而忘筌。蹄者所以在兔，得兔而忘蹄。言者所以在意，得意而忘言。”(《庄子·外物》)理论与方法固然有其自身的价值，但理论与方法之所以被我们所采

① 罗根泽《中国文学批评史》第2册，上海：上海古籍出版社，1984年，第143页。

用，是因为它是一种开启自然奥秘的利器，是迫近事物本质的一种工具，是到达彼岸的筏子。我们的主要目的是探求本质，诠释魅力，而采用什么方法倒还是次要的，关键处可以弃舟舍筏，直奔彼岸，抛开言语思维，明心见性，直摄物之魂魄。所谓“鱼相忘于江海，人相忘于道途”，恐怕也包含着不执着于方法、不停留于形式的含义。与禅家的拈花微笑、道体心传出于同一思致。

令笔者感到困惑的是，即便全身心放松，领悟唐诗魅力的奥秘，但所期甚厚，而所获甚浅，只能将这样一些粗糙的文字、肤浅的思想提交出来。当然，这主要恐怕还是由于笔者的功力与修养不到家，底气不足。古人讲“人书俱老”，也许只有到鬓已星星也，才能知天命，体合宇宙的合规律性与合目的性，从心所欲而不逾矩，领悟文道的深邃，恍然文心的奥秘。如此，这将是长久的追求，终吾身而已矣。

但另一方面，中国文化又一直认为“书不尽言，言不尽意”，唐诗文本的兴象与境界中所包含的丰富内容，要比任何诠释与鉴赏所揭示的都要复杂深刻。概念总是一般的东西，而任何一般只是具体的一部分、一方面。任何个别都不能完全进入一般，因此，依靠概念和逻辑语言，不可能充分表现(完全穷尽)特殊的、个别的事物。对艺术的审美分析只能是一种抽象，有所抽象就必须有所舍弃，不能把具体形象的一切方面、一切内蕴毫无遗漏地揭示出来。抽象、提纯、升华的过程，也就是丧失感性和丰富性的过程，耗散诗意光辉的过程，这是一个语言哲学的永恒悖论。笔者在此两难抉择中，也只能陷入一种尴尬窘迫的境地。

写到这里，我蓦然悟出了严沧浪为什么要把唐诗的极致标举为“不着一字，尽得风流”“镜中之象，水中之月，羚羊挂角，无迹可求”，而不做逻辑的概括与分解。

但既然言永远无法穷尽意，象永远包含着比我们所预想到的丰富得多的含义，那么，任何人对艺术的诠解也只能是以管窥天，以锥刺地，得其一点而已，这样就形成了解释的无限性和开放性。

丰神绰约、情韵无限的唐诗女神，恐怕会永远在我们的面前“巧笑倩兮，美目盼兮”，如依旧笑春风的灼灼桃花，我们“溯洄从之，道阻且长；溯游从之，宛在水中央”，先秦民谣“所谓伊人，在水一方”，陕北民歌所谓“这么长的辫子探不上个天”，看来我们永远无法占有美的精灵，我们除了企恋与追求外，也只能如杜甫悲宋玉一样：

怅望千秋一洒泪，萧条异代不同时。(《咏怀古迹五首》其二)

时间的阻隔与境遇的类似，只好洒泪以明心迹，幸好还有可与江河日月并存的“胜迹”——人的精神创造——诗歌经典的存在。年寿有时而尽，荣乐只此一身，而精神创造却不假史家的谀辞，不托飞扬的气势，超越时代，超越历史：

屈平辞赋悬日月，楚王台榭空山丘。(李白《江上吟》)

生前沦落寂寞而死后声名自传于后的岂止屈原，还有李白、杜甫、白居易、韩愈、柳宗元、李商隐、李贺、杜牧……而唐宗宋祖，几多富贵皇帝，俱往矣！“最是人间留不住，朱颜辞镜花辞树。”（王国维《蝶恋花》）但布衣诗人的创造却在后代人的眼前矗立起丰碑，在稚童的心田上播撒下希望的种子：

> 白日依山尽，黄河入海流。欲穷千里目，更上一层楼。（王之涣《登鹳雀楼》）

到了宋人王安石，这一原型就生成了另外一种境界：

> 飞来山上千寻塔，闻说鸡鸣见日升。不畏浮云遮望眼，只缘身在最高层。（王安石《登飞来峰》）

近人王国维则又为这一主题增添了充满现代感的版本：

> 山寺微茫背夕曛，鸟飞不到半山昏，上方孤磬定行云。试上高峰窥皓月，偶开天眼觑红尘，可怜身是眼中人。（王国维《浣溪沙》）

这是古籍，也是童蒙幼学的初阶读物，但更是风华绝代的文学经典，是用“有金石声的中国文字”（陈之藩语）传达出的深邃智慧，它陪伴着一代又一代的华人精神的成长，也为未来的人们领悟宇宙运行、文明进步铺垫了一个阶梯。

附编　唐诗阐释举隅

"破颜花"正诂

李白《宴陶家亭子》：

曲巷幽人宅，高门大士家。
池开照胆镜，林吐破颜花。
绿水藏春日，青轩秘晚霞。
若闻弦管妙，金谷不能夸。

其中第四句，王琦《李太白集辑注》卷二〇注曰："《五灯会元》：世尊在灵山会上，拈花示众，是时众皆默然，唯迦叶尊者破颜微笑。"用禅宗故实灵山法会拈花微笑，譬喻林花盛开，使人怡悦。瞿蜕园、朱金城《李白集校注》卷二〇亦袭此说："破颜，《五灯会元》：'世尊在灵山会上拈花示众，是时众皆默然，唯迦叶尊者破颜微笑。’”安旗主编《李白全集编年注释》：“破颜花，《五灯会元》卷一：世尊在灵山会上拈花示众，是时众皆默然，唯迦叶尊者破颜微笑。”詹锳主编《李白全集校注汇释集评》：“破颜花，《五灯会元》卷一：‘世尊在灵山会上拈花示众，是时众皆默然，唯迦叶尊者破颜微笑。’朱注：‘破颜，笑也。言花开如人之笑也。’安注：‘借言花色之美令人颜悦。’”

综述以上所引诸家注释“林吐破颜花”句，皆援引《五灯会元》以为出典，似无异辞。以笔者孤陋寡闻，很少发现有人对此条注释提出质疑。但笔者以为此注似不妥，提出来与诸高明商兑，并向海内外方家求教。

我的第一条理由是，从训诂学角度来看，《五灯会元》一书晚出，似不能作为李白诗句出处之书证。《五灯会元》为宋人著作，在词义训释中，如故事、传闻一类可以广征后人记录来佐证前人记述，但若作为语词出典之书证，似不妥，此为注释之常识，毋庸赘言。

第二，从《全唐诗》的语汇意象来看，除李白诗所用外，唐人似很少用“破颜花”一词。根据北京大学中文系李铎教授主持之“《全唐诗》电子检索系统”检索《全唐诗》、《全唐诗补编》、唐前诗及《乐府诗集》，完全匹配者只有一项，即李白《宴陶家亭子》诗。但“破颜”一词常见，经检索分别是：

破颜看鹊喜，拭泪听猿啼。（宋之问《发端州初入西江》）
须臾破颜倏敛态，一悲一喜并相宜。（王琚《美女篇》）
同人愿得长携手，久客深思一破颜。（戎昱《九日贾明府

见访》)

落羽羞言命，逢人强破颜。(卢纶《落第后归终南别业》)

五月荔枝初破颜，朝离象郡夕函关。(鲍防《杂感》)

破颜君莫怪，娇小不禁羞。(权德舆《玉台体十二首》其四)

仙杏破颜逢醉客，彩鸳飞去避行舟。(羊士谔《游郭驸马大安山池》)

买药床头一破颜，撇然便有上天意。(卢仝《赠金鹅山人沈师鲁》)

嘉陵江上万重山，何事临江一破颜。(元稹《使东川·百牢关》)

相思莫忘樱桃会，一放狂歌一破颜。(白居易《天寒晚起引酌咏怀寄许州王尚书汝州李常侍》)

水精如意玉连环，下蔡城危莫破颜。(李商隐《赠歌妓二首》其一)

事想同清话，欢期一破颜。(项斯《和李中丞醉中期王徵君月夜同游浐水旧居》)

褒姒冢前烽火起，不知泉下破颜无？(唐彦谦《登兴元城观烽火》)

曾愁香结破颜迟，今见妖红委地时。(韩偓《哭花》)

十年兵火真多事，再到禅扉却破颜。(裴说《岳阳兵火后题僧舍》)

九月十月争破颜，金实离离色殷殷，一夜天晴香满山。(皎然《洞庭山维谅上人院阶前孤生橘树歌》)

无语下窥黄谷子，破颜平揖紫霞君。（吕岩《七言》其五十二）

除李白诗外，共十七例。主要意思是指人之微笑，亦可借指花盛开或果实成熟（如“五月荔枝初破颜”“仙杏破颜逢醉客”“九月十月争破颜”等）。其中涉及佛道内容的各一例。吕岩诗涉及道家神仙思想，裴说诗虽题为写于僧舍，并用“破颜”一句，但与佛典无关。

另外检索“拈花”一词，共得四项，分别是：

逢酒判身病，拈花尽意怜。（元稹《遣春三首》其一）
欲散重拈花细看，争知明日无风雨。（白居易《花前叹》）
酒恶时拈花蕊嗅，别殿遥闻萧鼓奏。（李煜《浣溪沙》其一）
若将此等当禅宗，拈花微笑丧家风。（大义《坐禅铭》）

其中前三例也与释典无关。第四例大义《坐禅铭》，见《全唐诗续拾》卷二三，陈尚君先生原注出自《缁门警训》卷二。按：《全唐诗》无大义诗，据小传知大义为马祖道一之弟子，在信州上饶县鹅湖山创仁寿院（后改称鹅湖寺），时称鹅湖和尚，元和十三年卒。有关大义的记载，见《全唐文》卷七一五韦处厚《兴福寺内道场供奉大德大义禅师碑铭》，及《祖堂集》卷十五、《景德传灯录》卷七等。大义之《坐禅铭》真伪姑且不论，其出现亦在李白《宴陶家亭子》诗之后则无疑。按：大义因为南宗禅江西马祖道一之法嗣，禅宗灯录对其行状事迹亦多所记载，但俱不载《坐禅铭》，且《缁门警训》一书为唐以后人所编，出世颇晚，故是否可以确认为大义所作尚有待考证。且“拈花微笑”之公案，宋元以下，学人颇怀疑其真实性，宋人伪托王安石言见秘府所藏经籍，已为佛学史家证伪(详见下文讨论)，如真有唐人大义之出处，为何要舍远而求近呢？且不在禅门中找内证，却要拉扯儒臣王安石呢？故笔者以为此诗颇可怀疑。

第三，《五灯会元》中关于灵山法会之记载实为宋人虚构，在僧传和灯录系统中出现较晚。根据日本著名佛学史家忽滑谷快天的考证，在《景德传灯录》中“尚未有世尊拈花，迦叶微笑之付法云云，至李遵勖《天圣广灯录》始记多子塔前之付法，《传灯》后九十余年，《建中靖国续灯录》中载录拈花普示，微笑初传。其后诸录皆效之。就中《联灯会要》，最为杜撰，云……”(《中国禅学思想史》)契嵩曾据《传灯录》作《正宗记》，并未记拈花之事，而《五灯会元》在诸灯录之后，在禅史中亦为较晚之典籍，以其常见，故影响反在诸灯录之上。

关于“拈花微笑”的出处，禅宗史家多据《人天眼目》卷五《宗门杂录》：“王荆公问佛慧泉禅师云：‘禅家所谓世尊拈花，出在何典？’泉云：‘藏经亦不载。’公曰：‘余顷在翰苑，偶见《大梵天王问佛决疑经》三卷，因阅之，所载甚详。梵王至灵山，以金色波罗花献佛，舍身为床座，请佛为众生说法。世尊登座，拈花示众，人天百万，悉皆罔措。独有金色头陀，破颜微笑。世尊曰：吾有正法眼藏，涅盘妙心，实相无相，分付摩诃大迦叶。’此经多谈帝王事佛请问，所以秘藏，世无闻者。”(《续藏经》第一辑第十

八套第五册）

日人浅川鼎《善庵随笔》评论说：

> 宋儒所谓道统，以禅家之血脉，世尊拈花迦叶微笑附会曾子之一贯，此世人所知，今姑不论。但拈花事出于《五灯会元》，虽一切经中所未见，而古来相传之说，必非为彼徒之杜撰，然彼徒诸宗皆有依之经，以禅宗言，若无所依之经而胡乱教人，恐为人所疑。乃有出于《大梵天王问佛决疑经》等说，而其经世因无闻者，则谓尝在秘府，王安石见之。（引自《中国禅学思想史》）

故"拈花微笑"之说，实始于王安石，而故事中之王安石又称从众人皆未见过的《大梵天王问佛决疑经》中见之。《大梵天王问佛决疑经》，唐代无闻。假令王安石真见到，亦是宋始出，今传日本之《大梵天王问佛决疑经》与中土本不同，忽滑谷快天认为是彼邦人依《涅槃经》伪造。故忽滑氏的结论是：拈花微笑不过是禅家口诀，参之以为得道之术，未为无益，笔之于史则恐泥。其实就本文所涉及的论题而言，不管是史实、传闻抑或禅宗口诀，不管是《大梵天王问佛决疑经》《坐禅铭》《人天眼目》抑或《五灯会元》，如出于李白之前或同时，则可据以为典故出处，否则恐不能为据。

第四，联系本诗下文及前后句来看，此诗前句"池开照胆镜"，典出《西京杂记》卷三："高祖初入咸阳宫，周行库府，金玉珍宝，不可称言……有方镜，广四尺，高五尺九寸，表里洞明，人直来照之，影则倒见。以手掩心而来，即见肠胃五脏，历历无疑。人有疾病在内者，则掩心而照之，必知病之所在。又女子有邪心，则胆张心动。秦始皇帝常以照宫人，胆张心动则杀之也。”李白另有《白头吟》其二：“妾有秦楼镜，照心胜照井。愿持照新人，双对可怜影。”用此典之本意言镜之澄明，可鉴人心。《宴陶家亭子》此句借镜言池水之清澈，后句谓园中林花盛开，使人喜不自禁，与佛典拈花微笑无涉。

“稻米流脂粟米白”考索

杜甫七古《忆昔二首》作于广德二年(764)在成都严武幕府中时。第二首首六句为：

> 忆昔开元全盛日，小邑犹藏万家室。
> 稻米流脂粟米白，公私仓廪俱丰实。
> 九州道路无豺虎，远行不劳吉日出。

史家论述开元盛世天下大治，皆喜援引以为佐证，各类唐诗选集与杜诗注本亦收录此篇。但在注“稻米流脂粟米白”一句时，多有讹误，影响了对杜诗原意的准确理解，笔者试做考索，探求本义，以求教于海内外方家。

粗检杜集各类注本，宋郭知达所辑《九家集注杜诗》对此句未设注，清仇兆鳌《杜诗详注》、钱谦益《杜工部集笺注》均无释义，杨伦《杜诗镜铨》卷十一串讲此篇前六句说“《旧唐书》：开元末年，频岁丰稔，京师米价斛不盈三百，天下乂安，虽行万里，不持寸刃。”但“稻米流脂粟米白”一句的确切含义是什么，却语焉不详。山东大学中文系古典文学教研室编注《杜甫诗选》中注此句说：“流脂：形容稻米颗粒滋润。”邓魁英、聂石樵选注《杜甫选集》中释此句说：“流脂：形容肥滑雪白。粟米白：粟米本黄色，求其精故亦舂白。”萧涤非《杜甫诗选注》亦注道：“流脂：形容稻米颗粒饱满有光泽。粟：谷子。子实去皮后就是小米。”徐放《杜甫诗今译》译此句道：“庄稼丰收/稻米肥得流油/粟米白得就像雪。”上述几种注释大同小异，甚为流行，几成定说，但我以为大可商榷。

首先，以此句所述两种谷物而论，稻脱粒为米后色白，似无疑义，但何以谓“流脂”，就须慎思。稻刚脱粒者，色洁白，或略泛青，晶莹透亮，但若存放过久，因磨损或虫蚀而生米糠，如脂如粉，动辄飞扬流动，询问家庭主妇或稍有生活阅历者均知此常识。故上述几种解释均误。粟，即今北方所称谷子，唐人所说的粱或黄粱亦属粟之一种，颖果，外壳多泛红紫或橙黄色，脱粒后的籽实为卵圆形，呈黄色，色彩词中的“米黄色”一语，即缘此而来。唐人称粱粟为黄粱亦当缘此。故以上诸说均欠妥。

凡粟，刚上场收打舂者，色金黄，农家亦以颜色来定其精粗优劣，色黄颗粒饱满者为优，因过度舂碾形碎色白者为劣。又，粟之新舂者色金黄，味鲜美，舂好贮放过久，则色转白而味变陈。故又有家庭储存带壳之谷物，待食用时始舂碾脱粒，以求新鲜。此在农家，妇孺皆晓。所以，笔者以为，杜诗此句并非说喜获丰收，新谷上场，稻米粟米如脂如玉，而是说民性以俭朴为尚，农家为防饥馑，储新而食陈，故稻米积久生糠，而粟米累年变白。全句极言连年丰稔，家储户存，国库与私仓皆有储备。

其次，若考诸史实便不难发现，贞观以来，朝廷诏令诸州县设常平仓及义仓，以便在凶年能平抑物价，赈济灾民，同时保护粮农的积极性，以防谷贱伤农。“常使谷价如一，大丰不为之减，大俭不为之加，虽遇灾荒，人无菜色。”(《全唐文》卷五四)又《旧唐书·食货志》载开元十六年敕文：“自今岁普熟，谷价至贱，必恐伤农。加钱收籴，以实仓廪，纵逢水旱，不虑阻饥，公私之间，或亦为便。”而“谷子有防潮、防热、防虫、不易霉烂的优点。自古就有‘五谷尽藏，以粟为主’的贮粮备荒做法，在一般情况下，谷子可保存十几年，甚至几十年，是理想的备战备荒粮食”(曹靖华《小米的回忆》)。天宝六载三月太府少卿张瑄给皇帝的奏议中更明确地说：“臣使司商量，且粜旧籴新，不同别用。”(《旧唐书·食货志》)“粜旧籴新”即“稻米流脂粟米白”所本史实。粜者，卖出已存储的旧粮；籴者，买入新收获的粮食。政府及各州县在收获季节将新粮收购入库，在青黄不接时则将所贮陈粮售出，如此循环，备战备荒。故杜诗此句既指私家所储之陈米，又指官府所贮之旧粮。

从写法上来看，“稻米流脂粟米白，公私仓廪俱丰实”两句一实一虚，上具体而下概括。前句所写稻米、粟米之“流脂”与“白”，即后句中公私仓廪丰实的具体表现和形象描述。虚实结合，极写开元之际粮食连年丰收，官府与农家、国库与私仓俱装满谷物，且所积甚多，以至于稻生糠粉如流脂，粟久存放而色变白。

《史记》记载汉武帝时“民人给家足”的盛况时说：“都鄙廪庾皆满，而府库余货财。京师之钱累巨万，贯朽而不可校。太仓之粟陈陈相因，充溢露积于外，至腐败不可食。众庶街巷有马，阡陌之间成群。”可与杜诗所写开元盛世史实参读。“稻米流脂粟米白，公私仓廪俱丰实”，实即唐代版的“太仓之粟陈陈相因”“都鄙廪庾皆满”。

老杜一生关心民瘼，忧患时政，字字句句不离兴废存亡，于此细微处亦可见其精神。

劝酒新招

王维《送元二使安西》：

渭城朝雨浥轻尘，客舍青青柳色新。
劝君更尽一杯酒，西出阳关无故人。

本篇又名《渭城曲》，是一首流传甚广的送别诗。诗的开头两句，先从眼前景物写起。秦都故地渭城，清早起来刚刚下过一场小雨，沾湿了路面的浮土，洗掉了柳树上的尘埃，使柳枝更加活鲜青翠，就连驿站客舍也似乎染上了一层绿意。题为“送”别，但作者并不忙于言别事，而先状写景物，表面上似乎有些文不对题。但客舍青青，柳色摇曳，景物如此美丽，更令人留恋，不忍离别。作者用外景的明丽来映衬别情的深挚，景与情的外在反差在这里转化为内在沟通。

“劝君”两句直抒胸臆，是作者对友人的劝勉安慰之语。阳关，在今甘肃敦煌西南，玉门关在其东北，是出入西域的交通要道，友人元二出使安西都护府，必须要经过此地。王之涣的《凉州词》中说“春风不度玉门关”，极写西北边地的荒凉。阳关还在玉门的西南，那么其荒僻冷落就不言而喻了。作者要友人珍惜临别的瞬间，体味美酒加友情的复合味道，表面上是在“劝”酒，实际上是想“留”人——试图通过不停地“更尽一杯”，来延长与友人的逗留时间，从情感上遮掩回避友人即将离别这一事实。末句中说西出阳关“无”故人，正表明唯有此时此刻“有”故人，我们当珍惜这一刻，尽情享受这一刻。这两句虽然语言浅显明白，但句子实由沈约的《别范安成》诗中“莫言一杯酒，明日难重持”两句化来，只是因为作者讲得真挚自然，所以从没有人感到是在用事。

唐代写送别的名诗很多，经常为人们所称道的如郑谷的“数声风笛离亭晚，君向潇湘我向秦”（《淮上与友人别》），许浑的“日暮酒醒人已远，满天风雨下西楼”（《谢亭送别》）等，都写得一唱三叹，情真意挚，但似乎过于衰飒凄凉，使人黯然销魂，不忍卒读。祖饯送别本来就是一件极易使人伤感的事，特别是在古代，山重水隔，交通不便，战乱频仍，小别也许就是永诀。如果诗歌再写得凄楚衰飒、阴云密布，就使人仿佛心头压上了一块石头，沉甸甸的，不管是送行人，还是离别者，都很不是滋味。王维作为一位大诗人，深知此理，他把离情别绪强压在心头，装作若无其事的样子，不停地向友人劝酒，借以冲淡和缓和一下离别时阴沉伤感的气氛。所以通篇于劝慰中透出哀愁，又于清丽中见出爽朗。情味俱深，意境两尽。作者的豪爽真挚，拂去了友人心头的阴云，暂时忘却了别愁，于是推杯换盏，觥筹交错，享受这人生最富有诗意的片刻，也给我们在世态炎凉的俗世中留下了一个弥散着高情厚谊的人性镜头。

国难时的体面与排场

中书舍人贾至写了一首《早朝大明宫呈两省僚友》的七律，典雅凝重，深合台阁应制之体。他的朋友杜甫、岑参、王维都曾和过此诗。王维的和诗，颇有些与众不同，它另外选择了一个角度，大处着笔，小处落墨，正面描绘了皇帝临朝过程中庄严肃穆、雍容华贵的宏大场面，气格雄深，句调工丽，经常为人们所称道。

且看王维的原诗：

绛帻鸡人报晓筹，尚衣方进翠云裘。
九天阊阖开宫殿，万国衣冠拜冕旒。
日色才临仙掌动，香烟欲傍衮龙浮。
朝罢须裁五色诏，珮声归到凤池头。

首联两句从表现宫廷生活入手，写早朝前皇帝起居仪式的繁缛隆重以及宫内紧张而严肃的气氛。卫士每隔一会就报一次时间，那嘹亮悠长的声音在曙色的空中传得很远，宫内尚衣官们正忙着准备皇帝早朝用的服饰。绛帻是大红色的包头，为古代宫廷宿卫者的头饰。鸡人，据《周礼·春官》记载，本指祭祀时，夜呼旦以警百官的官吏，后多代指宫内报晓的卫士。尚衣，指宫内掌管皇帝衣服的官吏。翠云裘，是绣着绿色彩云花纹的皮衣。

颔联两句表现早朝场面的盛大宏伟气象。在一片鼓乐声中，宫门大开，各国的朝贡使臣和本朝的文武官员依次列队，鱼贯而入，参见圣明天子，叩谢隆恩，山呼万岁。阊阖，本指南天门，这里用来比喻宫门，“阊阖”前饰以“九天”，一则是为了与下句中的“万国”对仗，再则极言宫门之宽敞高大。宫殿，即大明宫，唐太宗贞观八年(634)置，唐高宗时改称蓬莱宫。内有紫宸、蓬莱、含元三大殿，为皇帝接受群臣朝贺和宴请群臣的地方。冕旒，本是皇帝戴的帽子，这里代指皇帝。万国衣冠，指各国朝贡使者和本朝官员。“衣冠”前饰以“万国”，极言人数之众多，在万国衣冠后再用一“拜”字，形成了国别上的一多、人数上的众寡和位置上的尊卑的强烈对比。这两句诗气势宏大、句调工丽，每每被治唐史者所称引，用以渲染盛唐气象的宏伟强大。诗的极度夸张写意，反而紧紧地把握住了历史心灵的脉搏跳动，这是很值得深思的。

颈联两句进一步渲染早朝仪式的庄严华贵气氛。阳光初临，为皇帝遮光挡风的障扇不停地摆动，香烟紫气在皇帝御前缭绕飘动，进一步突出了最高统治者的尊贵。

“朝罢须裁五色诏，珮声归到凤池头。”尾联点出酬和对象，即题中的贾舍人。凤池，又叫凤凰池，即中书省，是唐代掌管机要、发布政令的中央机构。贾至文采风流，少年得志，刚参加完朝见大典，马上又回到中书省官署为皇帝草拟诏命。通过“珮声归到”的忙碌紧张，把贾至作为皇帝近臣的尊贵身份也生动地表现了出来。

全诗从正面描写了宫内早朝前的准备、早朝中的威仪和早朝后奉旨行事三个阶段，气格雄深、华丽壮大，是唐代宫廷礼仪制度的一个高度凝练而又形象的展示。

作为一首和诗，虽然没有步原韵，但在文意上却与原诗不即不离，既在称颂圣明的大主题下极尽变化，较贾诗创意颇多，又在细节微处尽量关合照应原诗。如贾诗首句中用“银烛”“晓苍苍”点明时辰，王诗中则以“晓筹”“日色才临”表现早晨。贾诗中用“剑珮声随”泛指自己与朝臣同行大礼，王诗则用“珮声归”专写贾至朝后归中书省公干。贾诗中的“身惹御炉香”比喻朝臣沐恩蒙泽，而王诗中的“香烟欲傍”则表现帝王的至尊。贾诗是个中人写亲身体验，所以沐恩欣喜得意之情从字里行间的叙述中流露出来，溢于言表；而王诗则以旁观者的身份记录经过，全景拍摄，所以将歌功颂德之意糅合渗透到描写之中，尽量表现出宫廷朝仪的庄严隆重。明人陆时雍赞此诗“神色冥会，意妙言前”，似有些过誉；顾璘评此诗“气象阔大，音律雄浑，句法典重，用事清新”（均引自《杜诗详注》卷五）是比较恰当的。

联系此诗的写作时间肃宗乾元元年（758），安史之乱已爆发三年多，异族交侵，万方多难，长安虽刚收复，但百废待兴。则这种极度渲染的体面与排场，与其说是记录现实，不如说是在追忆已逝去的辉煌。

“点化”与“精彩数倍”

王维《积雨辋川庄作》：

积雨空林烟火迟，蒸藜炊黍饷东菑。
漠漠水田飞白鹭，阴阴夏木啭黄鹂。
山中习静观朝槿，松下清斋折露葵。
野老与人争席罢，海鸥何事更相疑。

这是一首园林诗，全篇以鲜丽生新的色彩，描绘出夏日久雨后关中平原上美丽繁忙的景象，充满了对大自然的爱恋之情，并流露出作者皈依自然、返璞归真的思想。

首联两句是说因久雨潮湿，气压低而无风，故烟火缓缓上升，农妇们正忙碌着给那些还在田里劳作的人送饭。稍有些农村生活经历的人都知道，庄稼人以柴火为燃料，久雨不晴，柴火也肯定要被淋湿受潮，不易点燃，即使燃着也是烟大火小，弥漫得满屋子全是，飘出去的也是许久不散。饭菜一下子烧不好，农妇怕田里的汉子等得心焦，忙得团团直转，一煮好饭菜就赶快送去。所以，这两句诗表面是勾画风景，实则侧重写农家生活的繁忙紧张。

颔联两句写夏日原野上美丽的风光。水田广布，一眼望不到边际；绿树扶疏成荫，不时飞过几个白鹭，鸣响几声黄鹂。这两句状物生动，写景明丽，经常为人们所称道。从色彩上看，以大片墨绿色的水田和夏木为衬景，上面再点缀着几个“白鹭”和“黄鹂”，色彩对比鲜明，层次清晰，形成一幅极美丽的画面。从音响上听，静谧空旷的田野上，不时传来几声白鹭的嘹唳和黄鹂的鸣啭，像银铃一样在湿润的空气中振动，清脆悦耳，越发显出田野的空旷静寂，在写法上是动中求静。

关于这两句诗，还有一段聚讼纷纭的公案。唐人李肇因见李嘉祐诗集中有“水田飞白鹭，夏木啭黄鹂”的句子，便嘲笑王维“好取人文章嘉句”(《国史补》卷上)。明人胡应麟为王维鸣不平，力辟其说：“摩诘盛唐，嘉祐中唐，安得前人预偷来者？此正嘉祐用摩诘诗。”(《诗薮》内编卷五)反过来说王维是原告，李嘉祐是被告，这两句诗的著作权应判归王维。笔者认为，嘉祐与王维同时而稍后，究竟谁抄袭谁的诗句，现在已很难考证了，也没有必要考证。但从艺术上看，两人诗句还是有高下之分的。宋人叶梦得说：“此两句好处正在添‘漠漠’‘阴阴’四字，此乃摩诘为嘉祐点化，以自见其妙。如李光弼将郭子仪军，一号令下，精彩数倍。”(《石林诗话》卷上)按照艺术发展的规律，因袭之中有创造，以后出者为精，所以还是王维袭用李嘉祐的可能性大，但这却是点铁成金，委实是“精彩数倍”了。

“山中习静观朝槿，松下清斋折露葵。”颈联这两句是说诗人自己独居养性，常对朝槿冥想静思，或者采摘露葵以供斋食。朝槿是一种落叶灌木，其花朝开暮落，故称。古人用它作为人生无常的象征。露葵是一种野生菜蔬，这里代指素朴简单的生活。王维本信佛教，中年以来妻亡无子，政治上又失意，所以在生活上更是居常蔬食，不茹荤血，晚年长斋，不衣文彩，过着一种隐逸野居的生活。

尾联两句连用两个典故，抒发自己的议论和感慨。野老，是作者自谓。争席，争夺地位的意思。据《庄子·寓言》记载，阳子居去见老子的时候，旅店中的人都欢迎他，纷纷拿出凳子给他让座。可是当他从老子那里学道归来时，旅店中的人不再给他让座了，而是与他争席。这说明他与别人都已得了自然之道，互相间没有什么隔膜了。海鸥相疑，用《列子·黄帝》的典故。传说海边有一少年，经常与海鸥在一起玩耍。后来，他父亲知道了这件事，要他把鸥鸟捉回来。第二天，当他再到海边去的时候，海鸥就不再理他了，飞得远远的。这两则寓言，一正一反，表明作者已从世事尘氛中超脱出来，过上了啸傲林泉、与人无争的隐居生活。

王维本少有壮志，才调绝伦，但因天宝年间奸相当道，政治失意，个人生活又连遭不幸，所以不得不在辋川风月中消磨壮怀。但这种隐逸也绝非全然没有意义，它表面上是现实生活的逃遁，实质上是精神领域的负隅顽抗——在现实的政治目标失败之后，又从精神上高扬了主体人格的独立自足。入世的险恶机巧，使得作者转而亲近自然，知己泉石，友于花鸟，叩知音于索寞。这对一个旧时代的文人来说，是他抗争社会情绪的唯一流向，也是他反观现实的思想所能达到的最高境界。

全诗从观察农事起，记录了自然景色的明丽，叙述了隐逸生活的幽静，最后归结于超然得道、与物无争的境界。与传统的农事诗、田园诗和山水诗不同，是典型的辋川园林诗。

谜 问

孟浩然《春晓》：

春眠不觉晓，处处闻啼鸟。
夜来风雨声，花落知多少。

这首小诗写春日景物以及作者酣睡初醒时的瞬间感受。全诗语言虽明白如话，但却情韵悠长，含蕴无尽。

“春眠不觉晓”，首句破题，写出诗人从长夜酣睡状态中初醒时蒙眬惺忪的感觉。古代贵族之家讲究“黎明即起，洒扫庭除；既昏便息，关锁门户”，但我们的诗人却睡到大天亮仍未起床。也许他昨天晚上与友人痛饮狂欢，秉烛夜游；也许他挑灯展卷，读书至快意会心处，于是欣然晚睡。所以直到天大亮了，窗外的鸟声聒耳，才慵懒地醒过来了。可以看出这是一个落拓洒脱、不拘小节的逸士。

第二、三句写清晨的啁啾鸟鸣和夜来恍惚之中的潇潇风雨，“处处闻”是此时此刻听觉感官所感知到的，是实境；“夜来”是想象之辞，是对昨夜的追想和回顾，是虚景。虚实相生，远近相和，构成了一个美妙而又缥缈的音乐世界。

“花落知多少”一句，则是诗人对花开花落变动不居的动悟。世人多按“惜春”索解此句及全篇，殊不知这只是字面意，并非作品主旨。反复诵读，仔细揣摩全诗的语气，可以发现，作者说

“知多少”，并非困惑的疑问，也不是故作伤感的矫揉造作，而是对宇宙自然的一种审美解悟，是一种无所关心的关心，无所满足的满足。若作“惜春”解，则不过是十八岁少男少女为赋诗强说愁的一种“移情作用”，近乎卖萌，未免浅薄。且前面既赞美万紫千红、莺歌燕语的烂漫春色，而此句又写风吹雨打、百花零落，似乎违和。知春之不能久驻，花开花落正是自然运行更替的生命情感节奏，恐怕才是诗人的主旨。

这首诗题为“春晓”，但全篇并没有正面描绘渲染春天的青山绿水红花，而是抓住了酣睡初醒时蒙眬惺忪的感觉，由听觉引发想象，通篇猜境，最后提出谜问。诗人把自己的心灵沉浸到大自然的律动里，领略户外活泼跳跃的机趣，在人世烦忧之余，获得片刻的满足和解脱。寥寥二十字，不仅带出了春雨、春风、春花、春鸟，而且直摄春之魂魄。明人唐汝询说：“如此等语，非妙悟不能道。”(《唐诗解》)正点破此诗的主旨。

花落是自然现象，但“花落知多少”则是一个诗意的发问，古今很多人都在不自觉地回答着这个谜问。如与孟浩然齐名的王维《辛夷坞》：“木末芙蓉花，山中发红萼。涧户寂无人，纷纷开且落。”《皇甫岳云溪杂题五首》其二《鸟鸣涧》：“人闲桂花落，夜静春山空。月出惊山鸟，时鸣春涧中。”孟浩然的无心之问，不光在同代有回复，在一千多年后署名张爱玲的散文《花落的声音》中也能听到回响：

家中养了玫瑰，没过多少天，就在夜深人静的时候，听到了花落的声音。起先是试探性的一声“啪”，像一滴雨打在桌面。紧接着，纷至沓来的“啪啪”声中，无数中弹的蝴蝶纷纷从高空跌落下来。

那一刻的夜真静啊，静得听自己的呼吸犹如倾听涨落的潮汐。整个人都被花落的声音吊在半空，尖着耳朵，听得心里一惊一惊的，像听一个正在酝酿中的阴谋诡计。

早晨，满桌的落花静卧在那里，安然而恬静。让人怎么也无法相信，它曾经历了那样一个惊心动魄的夜晚。

玫瑰花瓣即使落了，仍是活鲜鲜的，依然有一种脂的质感，缎的光泽和温暖。我根本不相信这是花的尸体，总是不让母亲收拾干净。看着它们脱离枝头的拥挤，自由舒展地躺在那里，似乎比簇拥在枝头更有一种遗世独立的美丽。

这个世界，每天似乎都能听到花落的声音。像樱、梨、桃这样轻柔飘逸的花，我从不将它们的谢落看作一种死亡。它们只是在风的轻唤声中，觉悟到自己曾经是有翅膀的天使，它们便试着挣脱枝头，试着飞，轻轻地就飞了出去……

有一种花是令我害怕的。它不问青红皂白，没有任何预兆，在猝不及防间整朵整朵任性地鲁莽地不负责任地骨碌碌地就滚了下来，真让人心惊肉跳。

曾经养过一盆茶花，就是这样触目惊心的死法。我大骇，从此怕茶花。怕它的极端与刚烈，还有那种自杀式的悲壮。不知那么温和淡定的茶树，怎会开出如此惨烈的花。

只有乡间那种小雏菊，开得不事张扬，谢得也含蓄无声。它的凋谢不是风暴，说来就来，它只是依然安静温暖地依偎在花托上，一点点地消瘦，一点点地憔悴，然后不露痕迹地在冬的萧瑟里，和整个季节一起老去。①

几篇作品的共同点很明显，都写到了花落，都有一点不太明显的比况寄兴意味，都是沿着一个意兴的无主题自由变奏。当然，区别也比较突出：王孟是近体诗的五言绝句，署名张爱玲的是现代散文。王孟是写室外，山中或大自然中的花落，署名张爱玲的作品则写室内的花落。孟诗和王维的《辛夷坞》、署名张氏的《花落的声音》，专写花落，但是王维的《鸟鸣涧》则既写了花落，又写了月出。前者具有单纯性，后者具有复杂性，各具胜意。王孟用古典的五言绝句，语言浓缩精简到了极致，大段的空白，藏多露少，未定性太多，需要读者的阅读参与才能完成；署名张爱玲的散文，采用赋法，端直写来，一步步抖出，虽然是记录花落的自然过程，充满画面感，但也让人惨烈害怕，惊心动魄。语言的潜能，被古今几位艺术家从不同的角度挖掘开拓出来，生成了几个相互关联但又绝不相同的艺术空间。

物候的炎凉

孟浩然《访袁拾遗不遇》：

洛阳访才子，江岭作流人。

---

① 本文从网上获得，署名张爱玲，但咨询从事张爱玲研究的学者姜彩燕教授，姜教授又询现代文学史料专家陈子善先生，均说写作《倾城之恋》的张爱玲集子中并未收此文，或为同名作者，或为假托。因为本文颇有特点，故在无法确定作者名字的情况下引用，也希望读者发表看法。

闻说梅花早，何如此地春。

这是一首友情诗，写作者访友未遇的怅惘幽怨之情。

“洛阳访才子，江岭作流人”，是说作者自己去洛阳拜访老朋友袁拾遗，不料他已被远贬流放到了岭南。访人未遇，本来就有几分遗憾，现在又得知友人获罪遭贬，心情就更加难受了。才子，有才华的人，这里指袁拾遗。这句表面上似乎是直述其事，但也隐含着一个故实。西汉著名文学家、政治家贾谊，即洛阳人，他青年时期就以才气不凡而崭露头角，十八岁时以能诵述《诗》《书》和撰写文章扬名于郡中，被称为“洛阳才子”，后因遭谗受陷而被贬。所以晚唐诗人李商隐在《贾生》一诗中曾感叹道：“宣室求贤访逐臣，贾生才调更无伦。”孟浩然这里正是将友人袁拾遗比作洛阳才子贾谊，叹息其怀才不遇，竟至流放受贬。

“闻说”两句是将袁拾遗被流放的岭南与中原洛阳物候的不同做对比，谓岭南虽然梅花开得早，但毕竟是穷僻荒凉的瘴疠之地，哪里比得上洛阳的花团锦绣。洛阳在唐代属东都，其建制格局、百官设置皆仿长安，亦是最繁盛的大都会之一。唐代官员任职一般都重京官，轻外任，洛阳虽比不上在长安任职那样威风气派，易于升迁，但比外放要高得多了。袁拾遗此次还不是一般的外任，而是被流放到岭南瘴疠之地，所以其前途和命运如何也就大略可知了。这一切表现出作者对友人的深切关心和同情，但这种心情没有正面抒写，而是通过两地不同物候的对比表达出来，使人觉得隽永深刻，兴味无穷。

全篇不着一愁苦字，但愁意自天际而来；不写友情深，而作者对友人被流放的惋惜愤懑之情尽在不言之中。

月随人行的审美

王昌龄《送郭司仓》：

映门淮水绿，留骑主人心。
明月随良掾，春潮夜夜深。

这是一首送别诗，全篇写来浑不用力，但却情意真挚，感人至深。

“映门淮水绿”，诗一开头就给我们展现出一幅优美的画面：春天的淮水，碧波荡漾，水光潋滟，映照着屋门。这样的艳阳春景本是郊游欢饮的大好时光，如今却要与友人郭司仓离别，作者的心中当然有些难舍难分。所以下面说“留骑主人心”就显得顺理成章，一点也不突兀。但第二句作者并没有直接说挽留客人，而说要“留骑”，就又有些含蓄。坐骑是客人的代步工具，此次郭司仓远别就要靠这匹宝马负载，留住坐骑，友人自然走不了。

三、四两句分说。“明月随良掾”一句是说友人远行，一路上有明月相伴。良掾，即很好的官吏，这里是对郭司仓的美称。

诗人不说友人只身远行，一路孤独寂寞，而说有“明月相伴”，略带调侃风趣，借以缓解别离所造成的伤感气氛。李白送王昌龄的诗中也有“我寄愁心与明月，随君直到夜郎西”(《闻王昌龄左迁龙标遥有此寄》)的句子，与王昌龄此句用语略似，看来很可能是互相启发的，但意境体格迥然有别。李白诗一气旋折，全以神行，有挥斥八极、凌厉九霄之意，而王昌龄此句自然轻松，浑不用力。末句“春潮夜夜深”是说自己对郭司仓的怀念犹如滚滚的淮河春潮一样，拍堤打岸，长流万里，深不可测。

在写法上，首句说“淮水绿”，末句说“春潮深”，首尾呼应，在不经意中见出用笔之妙，于尺幅之内仍有起合规矩。同时，一、二两句总括别绪，三、四两句分述别情。第三句单表对方，第四句独抒己情，字虽五言，但各司其职，各有侧重。三、四句虽是宾主分述，但又并非隔绝，而是互相关联，秘响旁通。即在“夜夜”这个大的时空系统中，“春江潮水连海平，海上明月共潮生”(张若虚《春江花月夜》)。“明月共潮生”不过是一种自然现象，而与友人虽将天各一方但仍互相思念则是一种人伦之情。春潮尚可随明月而起伏变化，那么作者与友人也会互相感应，异地而同心。时空阻隔所造成的生离死别的缺憾，在一首小诗中却得到了艺术的补偿，得到了充分的交流沟通，并将会像“明月共潮生”一样永恒。

贵少们的生活

储光羲《洛阳道》：

大道直如发，春日佳气多。
五陵贵公子，双双鸣玉珂。

这首小诗写春游场面。前两句是说大道如砥，春日和暖，花红柳绿，莺歌燕语，一派艳阳景象。后两句则是说，贵族公子哥们成群结队，扬鞭策马，并辔联翩，奔驰在大道上，马身上的玉饰发出一串串清脆悦耳的撞击声。

全诗表面上是纯客观的描写，未置一字议论，给我们展现出古代贵族游春踏青的一幅生动画卷。马背上的那些贵少们大摇大摆，欢谑喧笑，旁若无人，非常传神，仿佛呼之欲出。但仔细体味，发现诗中实含讽意。此诗《全唐诗》题作《洛阳道五首献吕四郎中》，这是第三首。“洛阳道”，属乐府《横吹曲辞》。唐人用乐府旧题写作，大都是借旧题写时事，并非直赋题意。联系作者的生活经历可知，储光羲曾躬耕隐居，接触过底层社会，深知百姓生活的艰辛不易，对贵族豪门的飞扬跋扈、不可一世多有讽刺批判。如《田园杂兴八首》(其七)中，作者先写了农夫操持劳作的艰辛，最后笔锋一转，写到贵族公子们的放纵游乐：“白马谁家儿，联翩相驰逐?”就望中所见，将都市狂少的骑猎郊游，同农夫的劳作相对照，与此篇写五陵贵少的并辔联翩略似，均未发一句议论，而作者的爱憎愤慨见于言外。明代唐汝询评点此诗说：“此赋道中所见，盖有‘世胄蹑高位，英俊沉下僚’之意。”(《唐诗解》)“世胄”两句是西晋诗人左思《咏史》中的名句。左思虽然博学能文，但由于出身寒素，所以仕进很不得意。他的作品揭露了门阀制度的不合理，对士族权贵表示出愤慨和蔑视。所作《咏史》诗八首，胸次高旷，睥睨权贵，得讽喻之致。我们虽不必一定要将储光羲的这首小诗拉扯落实到感慨身世遭际上去，但说它语含讽意、情绪愤慨，并不是穿凿附会，强作解人。只不过作者手法高妙，纯以画面绘出，不置一字议论，显得含蓄深婉，意在言外罢了。

入蕃和亲的公主

孙逖《同洛阳李少府观永乐公主入蕃》：

边地莺花少，年来未觉新。
美人天上落，龙塞始应春。

据《资治通鉴》卷二一一记载：唐玄宗开元五年(717)十一月，契丹王李失活入朝。同年十二月，唐玄宗封东平王外孙杨氏为永乐公主，嫁给李失活。这首小诗即写永乐公主和亲的场面，据前引资料推测，此行当在开元六年早春。蕃，旧时对北方边境各族的通称，这里特指契丹族。

“边地莺花少，年来未觉新。”诗一开头就给我们展示出一幅荒寒凄凉的边塞行旅图：春光姗姗来迟，虽然新年已过，但仍然领略不到明媚艳丽的景色，听不到莺歌燕语，看不到山花如烟似燃的场面。虽仅寥寥十字，但简洁而富有表现力，将边地的凄凉冷落绘出，为下面写公主远嫁铺垫了场面和气氛。

“美人天上落，龙塞始应春。”美人，这里指永乐公主。天上落，古时认为汉族公主嫁给少数民族首领，是以上嫁下，称其为“出降”，故说“天上落”，即从天都帝京到来之意。龙塞，即卢龙塞，故址在今河北卢龙县北，这里代指契丹族居地。这两句是说，公主的到来，给边塞带来了和煦温暖的春天。

和亲之制，由来已久，作为前现代社会统治集团的一项外交政策，其得失利弊需要进行具体而详细的历史分析，不可一概而论。它对下嫁的女子个人所带来的痛苦，在古代诗文中多有表现，但从今天的观点来看，和亲无疑促进了民族间的大融合，在一定程度上维系并改善了中原王朝与少数民族部落的睦邻友好关系。和亲公主由封建文明程度较高的中原，下嫁并定居在比较偏僻落后的边疆地区，也促进了少数民族地区的封建化进程。她们往往是传播异域文化的使者，将中原地区较先进的文化艺术、工艺技术和生活方式带到边疆，也把少数民族的奇珍异品、土贡特产带回中原。汉代的昭君出塞及唐代的文成公主入藏，都对巩固中原与少数民族的关系做出了极其重要的贡献。

不过，她们的历史贡献往往是以牺牲个人的青春和幸福为沉重代价的。所以，旧评谓此诗表面上是颂扬，实是悲永乐公主远嫁异域，正好看破诗人在潜意识中情感与理智冲突的矛盾心态。

啸　傲

王维《竹里馆》：

独坐幽篁里，弹琴复长啸。
深林人不知，明月来相照。

王维于天宝初年在蓝田得宋之问辋川别墅，并将其修葺扩充，构筑成为一座美丽的园林山庄，他经常和朋友们游览赋诗，琴樽自乐，尽兴而还，并曾与裴迪选了其中的二十个景观作为题咏的对象，各赋绝句，汇为一集，成园林组诗《辋川集》。本篇是其中的第十七首。

这首诗写作者在月明星稀、万籁俱寂之时，独自坐在竹林深处弹琴长啸，悠闲自得，极清雅之致。乍一看，诗非常简单，既无警策之句，又无动人的景语，但是它表现了一种高雅脱俗、潇洒风流的士大夫情趣，这情趣妙处难与人说，也是一般为物欲所煎熬的名利之徒们不易领会的。倒是明月善解人意，所以殷勤来相照，把一缕慰藉的光，洒在作者索寞悲凉的心田上。长啸——撮口发出一种清越悠长的声音，它与歌唱不尽相同，友人范子烨认为类似于现代蒙古族的呼麦。古代高雅之士，好长啸以抒情。据《世说新语·栖逸》记载，阮籍善啸，韵响嘹亮，能在百步以外听到。苏门山上有一真人，亦能长啸，阮籍前去求教，其人默不作声。籍因对之长啸。过了许久，这个人笑着说："请再作声。"籍复啸，意尽而还，行至半山腰，"闻上啮然有声，如数部鼓吹，林谷传响"。阮籍回头朝山上看，才知就是刚才那人的啸声。阮籍本也是一个有济世之志的人，但遭逢魏晋之际的动乱，深感天下多变，名士少有能全身保安者，所以他酣饮为常，佯狂避患，借以表达对现实的不满。他与苏门山真人的长啸也都带有睥睨权贵、放诞傲世的色彩。

过去的评论家多说王维此诗写作者与自然物我泯灭，悠然相合，澄心空映万物的禅寂之境。殊不知与自然界亲近了，必然是与社会现实疏远了。所以倒是宋顾乐看得深刻，认为此诗"毋乃有傲意”(《唐人万首绝句选》)。所谓“傲意”，就是对社会现实的一种低声抗议，就是在现实追求失败后，从精神领域对不媚世的独立人格的一种张扬。联系王维写作此诗的时代背景：贤相张九龄被贬，正直有为之士横遭打击，李林甫专权，杨玉环兄妹受宠。不难看出，这种“傲意”是含有一种对现实抗争的因素在其中的。只不过比起阮籍来，王维的“傲意”没有通过药、酒和青白眼表现出来，而是消融在自然山水和禅宗的福慧境地之中，不易被人发现罢了。

从结构上看，这首诗也很有特点。首句写静景，次句写动态，三四句承接，见动中之静，正关照首句“独坐”二字。全诗将画面、音响、动态三者有机地结合起来，构成了诗中有画、景中有声、以动显静的美妙缥缈的境界。

赠剑与赠心

孟浩然《送朱大入秦》：

游人五陵去，宝剑值千金。
分手脱相赠，平生一片心。

这是一首送别诗。朱大，据作者的另一首诗《岘山送朱大去非游巴东》知，名去非，行大。友人将要西入关中，漫游长安，临别之际，作者把自己所佩的价值千金的宝剑解下来赠给友人，以壮行色，表现了作者对朋友的深挚情谊，同时还隐含着对入京友人的殷切期望。五陵，是指汉代五个皇帝陵墓的所在地，在今陕西咸阳附近，汉代时这里住了许多贵族世家，属于汉代长安的高档社区，所以唐人诗中多将其作为长安的代称。

孟浩然一生怀才欲试，他曾想献赋上书给皇帝，兴利除弊，解民于倒悬，如宝剑想飞出剑鞘去为世所用。这是他的平生之志。他在三十至四十岁之间曾屡次往来于长安、洛阳干谒求仕，希望能像汉代的扬雄一样，“一荐《甘泉赋》”——用自己的词赋才智见赏于皇帝，然后一展宏图，建不世之功。他“冲天羡鸿鹄”(《田园作》)，幻想自己能如“鹏激水”“鹤冲天”，搏扶桑，振健羽，奋起六翮而凌清风，飘摇乎高翔。但每次都失意无成，沦落飘零，终身是个布衣，所谓“遑遑三十载，书剑两无成”(《自洛之越》)，“弃置乡园老，翻飞羽翼摧”(《送丁大凤进士赴举呈张九龄》)等，就是在这种特定情境下的苦闷心情的宣泄。后来他虽然纵游吴越，栖隐鹿门，放浪于山水之间，脱略世俗功名，但当友人要去长安向他辞行时，又勾引起他的历历往事，壮怀激烈，所以用赠剑为喻，勉励友人朱大能像这柄龙泉宝剑一样，红光紫气，上彻于天，外斩楼兰，内平叛逆，大用于天下，实现自己的未遂之志。

孟浩然的作品大多清旷闲远，平淡率直，有时甚至清澄照底，淡不见诗。但此篇却写得情挚意浓，一片侠骨，神采飞扬，在冲淡闲远之外，别有一种壮逸健举之气弥散其间。

“借问”中情网遂凭虚而下

崔颢《长干曲》：

君家何处住，妾住在横塘。
停船暂借问，或恐是同乡。

这首小诗描写一水乡女子在江上向过往的小伙子攀谈问话的一个细节。它像一场独幕剧，又像一篇微型小说。寥寥四句独白，简单明了，但仔细含茹把玩，却又隽永深长，风神无限。

诗一上来就直接用女主的问话开场：“君家何处住？妾住在横塘。”寥寥十字，从句式上看，不过是一个疑问句和一个陈述句的组合，既没有什么奇思异想，也没有什么僻典故实；从事件上看，不过是人生逆旅中出现频率最多的一个细节：攀谈问话。简单极了，平淡极了。诗人就是在这样一件简单平淡的人生琐事中，发现了诗意的光彩和戏剧化的情节。分析起来，还是饶有趣味的。首先，问话中称对方为“君”，答语中称自己为“妾”，点出问者和所问对象的性别：一个水乡姑娘与一个船家小伙子。诗文中大凡涉及男女，倾慕迷恋、恩怨憎爱之类的浪漫传奇故事就会随之展开。但此诗并没有沿袭这些俗套，只是写一女子款款问话。她问对方家住何处，也是一般人路遇谋面开始攀谈时的常例。作为一个姑娘，她也只能问别人“家住何处”，若改问姓甚名谁，则既不礼貌，也不合乎身份。所以第一句纯是问语，绝无深意，别乱猜想。但话由一女子先问，在礼俗甚多的古代，已经够大胆率直了。第二句诗人写女子不待对方回答就自报家门。从社交的一般习惯来讲，女子特别是青年女子的年龄居处是不该轻易告诉陌生人的，诗人这样写，一方面是想说明水乡姑娘的天真无邪，另一方面，也未尝不含有向对方介绍自家情况的用意。俞陛云说这两句"既问君家，更言妾家，情网遂凭虚而下矣"(《诗境浅说续编》)，正点破女子自我介绍中的暗示。

"停船暂借问，或恐是同乡。"姑娘在大胆攀问又主动介绍之后，才觉得自己有些太唐突，怕引起对方的误解，所以赶忙又加以补充和解释，说自己不过是随便问问，打听对方是不是同乡。这样解释看来十分得体，既掩饰了姑娘的羞涩，又表现了她的敏捷和聪慧。但是稍有阅历的人不难看出，女主的这两句解释和补充，欲盖弥彰，把起初恐怕连她自己也没有意识到的内心秘密给点破了。

末句中的"同乡"一语，表明女主是在他乡异地，孤独寂寞，烦闷无聊，所以对家乡的一切都很敏感，于是闻乡音而相问。这样，"同乡"由问语攀谈的借口，转变为寻找慰藉理解的纽带，最后成为系连两个天涯沦落人的感情红线。

《长干曲》属于南朝乐府"杂曲歌辞"，内容多表现江南水乡船家妇女的生活和思想感情。崔颢所作《长干曲》共四首，这是第一首。诗用民歌体，表现水乡姑娘的纯真娇憨，虽不过四句，但却声态并作，情貌俱现，且含蓄蕴藉，"墨气所射，四表无穷，无字处皆其意也"(王夫之《姜斋诗话》)。

颂圣的模版

杜审言《蓬莱三殿侍宴奉敕咏终南山应制》：

北斗挂城边，南山倚殿前。
云标金阙迥，树杪玉堂悬。
半岭通佳气，中峰绕瑞烟。
小臣持献寿，长此戴尧天。

这是一首应制诗。题目中的“蓬莱”是指唐代的大明宫，唐太宗贞观八年置，唐高宗时改称蓬莱宫。内有紫宸、蓬莱、含元三殿，为皇帝接受群臣朝贺和宴请群臣的地方，故址在今陕西西安市北郊。

“北斗挂城边，南山倚殿前。”诗一开始就气度不凡，写出了皇都长安的巍峨高大，那北斗七星仿佛就挂在城边，高峻的终南山似乎也紧靠着雄伟的宫殿，诗人没有直接写长安城的高大雄伟，而是通过北斗挂城和终南倚殿这两个夸张性意象来衬托皇城的宏伟壮观。“北斗挂城”还有另外一层隐意。据《三辅黄图》卷一记载，汉高祖修长安城，“城南为南斗形，城北为北斗形”。隋唐长安城虽然对秦汉都城的设计做了较大的突破和创新，但是使宫城、皇城和外郭城三重相依，由北向南，同用一道北城垣这一点并没有变。这样就突出了皇帝所居之处，宫城象征北极星周围的紫微垣，皇城则象征着地平线上以北极星为圆心的天象，而外郭城则象征着周天之内。这种以群星环拱北极星的设计思想，是皇权和专制思想在都城建筑学上的形象反映。所以，作者说“北斗挂城边”不仅是一个夸张性的描写，而且也是对长安城形制的一个象征性说明。中间两联接着说，皇宫高耸，穿破云层，整个终南山中都缭绕着祥云瑞烟。

诗人这样铺张扬厉，极力渲染帝城皇宫的宏伟壮丽，气势不凡，并不仅仅是客观的描绘，而是要为下面抒发感情做铺垫：“不睹皇居壮，安知天子尊！”有前面的描写，下面的称颂赞美就会水到渠成。“小臣持献寿，长此戴尧天。”持献寿，指以终南山向皇帝祝寿。用《诗·小雅·天保》中“如南山之寿”句意。尧天，《论语·泰伯》中说：“唯天为大，唯尧则之。”意谓只有天最高大，又只有尧能以大为准则推行教化。后人因以“尧天”称颂帝王功德和太平盛世。这一联连用两个典故，但从文意上看都很贴切，没有生硬拉扯的感觉。正如清人沈德潜所说：“不用雕镂，而后人雕镂者不能到。”(《唐诗别裁集》卷九)

毫无疑问，诗人的这种赞颂，在战乱频仍、祸患不绝、人命危浅的古代社会实际上只是一种善良的愿望。而他所生活的唐代前期，国力强大，声威远被，经济发展，在一定程度上也体现了封建社会的盛世理想。但是，这种颂歌自古迄今几被所有的文人唱过，已成为陈套陋习，近于套话、门面话，积淀为一个迄今仍被沿用的歌颂模板，并没有什么新奇之处。恃才謷傲，自谓“文章合得屈宋作衙官”的杜审言，极尽能事，写出这样虽富丽堂皇而无真挚个性的作品，从今天的观点来看，实是功力和才情的一种极大浪费。

当然，这不能怪罪作者，真正能超越时代的诗人毕竟是少数的。正如我们说此诗以北斗终南衬托皇居之壮观，又以宫殿之巍峨衬托帝王之尊严，杜审言之后，其孙杜甫关心民瘼，忧患苍生，成为百代诗圣。从某种意义上说，审言之于少陵也是一种衬托。

幽处与隐心

祖咏《苏氏别业》：

别业居幽处，到来生隐心。
南山当户牖，沣水映园林。
竹覆经冬雪，庭昏未夕阴。
寥寥人境外，闲坐听春禽。

这是一首园林诗。全篇题写友人苏氏别业园林的寂静、景物的清幽，并说在这样的环境中，人们会身世两忘，万念俱寂，油然而生归隐之心。

“别业居幽处，到来生隐心。”首联两句概说苏氏别业的清幽宁静，如果人们来到此地，不禁会产生想要栖隐终老的念头。魏晋以来，庄园地主和贵族文士都喜欢选择山水佳境营建别墅池馆，或在田庄内造园构景。西晋的石崇、潘岳，东晋的王羲之、许询，刘宋时的谢灵运，唐代的王维、白居易、裴度、李德裕都有著名的别墅园林。这对于贵族文士熟悉、热爱园中的峰林泉石，进一步观察发现山水自然美，有着重要的作用。因为别业一方面可以实用居处，另一方面又可观照自然。不仅可以观赏园内的微型山川、袖珍林泉，而且，还可以通过“借景”的造园方式，观赏别业之外的大自然。特别是在政治失意、功名无成、壮志未酬的情况下，回返自然，偃卧园林，就成了文士们医治精神创痛的最好疗养院。

友人苏氏的别业究竟如何“幽”？首联并没有详写，这样就形成了一个悬念，使人产生欲知下文，明了结局的心理。中间两联就承此文意，具体写了别业的方位、环境以及特殊的景观：透过窗户能看到巍峨起伏的终南山影，沣水环绕着园林，水光和树影掩映成趣。翠竹上覆盖着经冬不化的积雪，园内花木茂盛，遮蔽日光，以致还没有到傍晚，庭院里就已显得重荫浓密了。如果说前两句总说“幽处”还使人感到有些空泛，并不一定能真正引起人们的“归焉”之志的话，那么，这四句通过别业内的一系列景观，分述了园林居处的幽静安恬，真会启人终老之志。经过这样的描写和渲染，首联所说的“生隐心”就有了着落，使人信服，尾联“闲坐听禽”也才收束得自然。

尾联两句总括全诗，但又各有侧重。其中“寥寥人境外”是关合首句所说的“幽处”，闲坐听禽既是“隐心”的具体化，又是对中幅四句的进一步引申，六朝的景物诗，多由模山范水、观貌相音归结到感悟玄理、抒发议论，而此篇结句荡开一笔，纯以景结，不仅使诗的结构突破旧模式，而且也为诗意另开一生面，雅致无限。有这样幽静美丽的别业，不要说会使身临其境的作者产生“隐心”，闲坐听禽，就是我们这些身居闹市的现代人，历千年之后展读诗篇，也会涤烦除器，霍然疏朗，极优雅娴静之致。

唐代诗评家殷璠说："(祖)咏诗剪刻省静，用思尤苦；气虽不高，调颇凌俗。"(《河岳英灵集》)所谓"气"是指气概，"调"指格调。就是说祖咏的诗虽然气概不够宏大，内容有些狭小，但格调轶群，情韵悠扬，有脱俗之处。你看他避开喧闹的人境，闲坐专听鸟语，确实有些"凌俗"。用这样的话评价祖咏诗，是比较贴切的。

终南山的散点透视

王维《终南山》：

太乙近天都，连山到海隅。
白云回望合，青霭入看无。
分野中峰变，阴晴众壑殊。
欲投人处宿，隔水问樵夫。

谈到王维的作品，大家都会想起宋代苏轼在《东坡题跋》中说的一段话："味摩诘之诗，诗中有画；观摩诘之画，画中有诗。"这首《终南山》就体现了他"诗中有画"的特色。在作品中，王维不仅用绘画的方法技巧取景入诗，经营位置，用笔设色，而且作品还体现了水墨画的风格境界，言有尽而意无穷。

"太乙近天都，连山到海隅。"首联两句写仰视所见终南远景。作者从北向南，由山外向山中行来，在极远处看到绵延不断伸向远方的山脉，所以采取提神太虚、整体呈示的方法，把巍峨壮观的终南全景摄入画面。颔联两句是平视所见终南近景。其中“白云回望合”一句是向后看，“青霭入看无”一句则是向前看。景虽不同，意却一脉，都是说终南山景致缥缈迷茫，恍如仙境一般。颈联“分野”两句是在山上俯视到的远景，千岩万壑的千形万态尽收眼底，大有“一览众山小”之感。尾联两句为下山后附近环境的呈示，即自近山而望远山。

全诗四联八句，每联一个视点，一个角度，因物赋形，随景换步，勾画出了终南山的高峻，东西长、南北宽，在我们的脑海中形成了一个全整律动的立体的山。这是用中国画中“散点透视”的方法取景，是一种视点活动的全方位观照①。作者在创作前提神太虚，观照全整律动的大自然，并在时间中徘徊移动，游目周览，用散点多方位渲染成一幅超象虚灵的诗情画境。

诗人游览终南山水，感触自然界，必然要看到绚丽缤纷的山光水色。所以在创作时，就不光注意到透视取景，经营布局，而且要讲究用色着墨。如前所述，首联是远景，距离遥远，诗人又可能是侵晨出发，一切都朦胧恍惚，看不清色彩，故作者只勾勒大体的轮廓，没有一开始就对终南山浓抹重涂。颔联是近景，按理说本该精雕细刻，饱蘸酣墨，着力描绘山中缤纷的色彩了，可作者只涂了两笔：白，写茫茫云海，浮游不定，开合聚散，瞬息即变；青，即山岚，亦即“山中原无雨，空翠湿人衣”的“空翠”，湿漉漉，潮乎乎，如纱似雾，亦有亦无。白云与青霭本是两种对

① 参见叶维廉《中国诗学》。

比色，作者无意追求对比反差的烘托效果，而是采用国画中的晕染方法，让这两种颜色自然地溶到一块，达到空灵缥缈、引人遐想无穷的效果。颈联两句表面上没着色彩，但“阴晴众壑殊”中暗含着色彩的变化。阴晴，分别指山的背光面和向阳面，向阳面明媚鲜艳，背光面幽深暗淡，形成了一个对比。而“众壑”，即千山万壑的向阳面与背光面聚合在一块，浓淡浅深有节奏的变化，整幅画面、整个终南山脉便奏响了一曲气势磅礴的色彩交响乐，令人荡气回肠，拍案叫绝。

此诗前三联写景，分别从远近前后、俯仰回环各个角度描绘，尾联笔锋一转，写自己打算借宿一晚，隔着水向砍柴人询问。问什么呢？作者却戛然而止，不作下文了。这样写看似很突兀，所以有人曾认为这“末二句似与通体不配”(《唐诗别裁集》卷九引)。但唯其如此，才像一幅画，才留出一块艺术的空白，让读者的想象力去填充，去回答。其妙处全在设“问”字而不作答，不像贾岛的《访隐者不遇》：“松下问童子，言师采药去。只在此山中，云深不知处。”贾诗亦有情趣，但设问作答，宛若对白。也不像杜牧的《清明》：“借问酒家何处有，牧童遥指杏花村。”一问一答，有些直截。而王维“问”了之后，诗中没有写樵夫是否回答，如何回答。这样就形成了一个艺术的悬念和“空筐”，给我们留下了许多问题：

一、樵夫是忙于砍他的柴呢，还是回答了作者提的问题？

二、樵夫如何回答？是有口没心地随便答，还是殷勤热心地作答？甚至干脆给作者当向导，引他到住宿处？

三、“隔水”是指一条波浪翻腾的深沟大涧，还是狭窄的潺潺小溪？如果是指深沟大涧，那么诗人的“问”该是扯开嗓子大声呼喊；如果仅是一条小溪，诗人的“问”亦当是轻声细语，抱拳施礼，文绉绉地问……

末尾虽仅五字，却蕴含着这么多的问题，让读者持续地遐想琢磨，不但与通体相配，而且是一种“计白当黑”“以无为有”的高妙写法。这是典型的绘画风格，也是王维自然诗的独特魅力所在。

从空寂设色

孟浩然《题义公禅房》：

义公习禅寂，结宇依空林。
户外一峰秀，阶前众壑深。
夕阳连雨足，空翠落庭阴。
看取莲花净，方知不染心。

佛教在有唐一代极为盛行，唐代文人墨客与僧人的关系，也是十分密切的。孟浩然有许多僧道方外之友，这首诗中的“义公”便是其中之一。据明铜活字本《唐五十家集》知，此篇原题《大禹寺义公禅房》。大禹寺在今浙江绍兴会稽山上，故此诗当是作者在“山水观形胜，扁舟泛湖海”，自洛之越，漫游东南一带时所作。

诗的前两句写义公禅房的位置，中间四句描绘义公禅房周围的环境。安禅守寂，最看重场所的清幽，今结庐于空谷野林，户外一峰挺秀，阶前众壑幽深；既无丝竹乱耳，也无案牍劳形；既无车马喧嚣，也无尘氛污染，恰好得空寂悠远之趣。况值此时连雨初晴，空翠满庭，地面被冲洗得一片干净，纤尘不染。诗人触物起兴，灵机顿醒，顺口即成禅理，所以自然不经意地引出了尾联的议论。“莲花”在佛教中象征清净高洁的自性，这里比喻义公禅心如出水莲花，虽出污泥，而清净不染。

此诗在写法上也很有特点，通篇总从空寂设色。前六句通过写景来赞义公禅房，后两句通过议论来赞义公禅心。中间两联写景生动，把山中夏日的景象鲜明而准确地描画出来，同时也象征着禅寂境界的清凉怡悦。“夕阳”两句写雨后景象极传神，唯其“连雨”，所以才能空翠欲落。在写法上是“形对待而意侧注”（张谦宜《䌹斋诗谈》卷五）。末尾“莲花净”比其“结宇”，“不染心”又照应首句“习禅”意。虽章法谨严，而又如羚羊挂角，不露痕迹，显得自然真率，浑融一体。

同题竞技

孟浩然《临洞庭》：

八月湖水平，涵虚混太清。
气蒸云梦泽，波撼岳阳城。
欲济无舟楫，端居耻圣明。
坐观垂钓者，徒有羡鱼情。

此诗写洞庭湖的壮丽景象，并表达出作者渴望出仕的心情。题一作《望洞庭湖赠张丞相》。张丞相，即张九龄。“丞相”是指其所任的尚书右丞相之职，而并非原来的宰相之职。张九龄于开元二十一年(733)拜中书侍郎、同中书门下平章事，第二年迁中书令。这是他所任的是宰辅之职。开元二十四年(736)十一月迁尚书省右丞相，并罢知政事，这才是孟诗中所提的“丞相”之职。“宰相”与“丞相”两职在隋唐区别甚大，细检唐人诗文和史料可以找到许多例证。后人不察，误以为两者实即一职，所以多将此诗系于开元二十一年到二十四年张九龄任宰辅时期。表面上似乎合于诗意，但却有悖事理。我认为此诗当作于开元二十四年十一月以后，或者开元二十五年张九龄贬荆州长史时期，其时孟浩然正在九龄幕中，唐人有例称前资的习惯，所以仍称九龄为丞相。另外，孟浩然在张九龄执政期间所写的几首诗中明确地说：“故人今在位，歧路莫迟回”(《送丁大凤进士赴举呈张九龄》)，“当途诉知己，投刺匪求蒙”(《书怀贻京邑同好》)。而此首诗中说“无舟楫”，则显系故人已不在其位，没有人再能援引简拔自己了。两种情绪，判然分明。

“八月湖水平，涵虚混太清。”首联两句写秋天的洞庭湖水一片浩瀚，浑茫空阔，水光接天。这两句不过说湖水广远，然起得雄浑称题，虽律诗而含古意，被后人称为“起句之妙”。颔联两句说湖面上水汽蒸腾笼罩着它四周的辽阔地域。湖上起风之后，浪涛奔涌，响声如雷似鼓，把整个岳阳城都震动了。据《岳阳风土记》记载，岳阳城在洞庭湖东北岸，湖面百里，常多西南风，夏秋水涨，涛声喧如万鼓，昼夜不息，震撼着岳阳城。洞庭湖的山水形胜是天下壮观的，古来骚人墨客题咏甚多，但像孟浩然的“气蒸云梦泽，波撼岳阳城”两句，写得如此气象雄张，旷然如在目前者，还确实不多见。

三、四两联表示自己仍想要出仕干一番大事业，但因无人引荐，只好坐以待老。“端居耻圣明”表面上是说自己就此闲居实有愧于圣明之世，有自责自惭之意。但草泽遗贤，盛世明时仍未见用，这个责任不应归咎于作者个人。朝廷对于“欲济”者不能广开才路，使之成为“端居”的隐逸之士，这应该是“圣明”之“耻”。表面上的自惭自责和对开元盛世的歌功颂德，被诗中潜在的情感逻辑所推翻，于是歌颂和溢美之辞就变成辛辣的讽刺和嘲弄。末两句引申《淮南子·说林训》中“临河而羡鱼，不如归家织网”意，说自己空有济世的愿望而无法实现。言外之意是希望得到张丞相的汲引简拔。旧评多以此诗长处在写景壮阔和干谒不露痕迹。我认为，说写景壮阔是事实，但要说干谒不露痕迹则不然。从三、四两联中可以看出孟浩然不仅有用世之情，而且这种心情还是相当迫切的，以致字里行间充满烦恼和牢骚。如果把“端居耻圣明”与“不才明主弃”(《岁暮归南山》)两句对照起来看，就会发现这种牢骚实际包含着对自己的哀伤之感和对“圣明”的怨恨之情，对遭贬的张丞相倾诉这种情绪也含有引为同调的意思。所以，倒是沈德潜看得透彻：“读此诗知襄阳非甘隐遁者。”(《唐诗别裁集》卷九)

元代方回说：“予登岳阳楼，此诗大书左序毬门壁间，右书杜诗，后人自不敢复题也。刘长卿有句云：‘叠浪浮元气，中流没太阳’。世不甚传，他可知也。”(《瀛奎律髓》卷一)“七岁侍行湖外去，岳阳楼上敢题诗”，这是晚唐郑谷在《卷末偶题》中自视甚高的话。可见，自从有了孟浩然和杜甫的题写名胜后，题诗岳阳楼，当时已被看作一件大事情了。

在钟声中找寻禅

王维《过香积寺》：

不知香积寺，数里入云峰。
古木无人径，深山何处钟。
泉声咽危石，日色冷青松。
薄暮空潭曲，安禅制毒龙。

这是一首描写景物的游览诗。香积寺在今西安市长安区南子午谷中，又名开利寺，今犹存。诗人大概是第一次到这里游览，路径不熟，所以诗中多用疑问和猜测的口气，同时也因为是第一次，所以对沿途的景物感到特别新奇，印象也特别深刻。

首联两句说我只听说过香积寺，但不知究竟在哪里，入山数里，走进了云雾缭绕的山峰中。颔联两句说山间古木森森，人迹罕见，我正在迷惑迟疑间，蓦然间不知从哪里传来了悠扬的钟声。“何处钟”承首句“不知香积寺”而来，正因为诗人不知寺院在何处，所以也就不知道钟声来自何方。但这只是当时瞬间感受的实录，事实上，诗人由数里云峰、古木无径的深山之中，最后找到香积寺，还是依靠这古刹钟声的导引召唤。只不过诗人将缘钟觅寺的情节省略掉了，集中而突出地表现山行中刹那间的感受。

诗人此行是去佛寺游览礼拜，旅途中的渺渺云峰、森森古木，同时也象征着心灵上的迷茫恍惚，无所适从，依稀隐约的钟声把诗人从困顿妄想的状态中唤醒，启悟了他的禅心灵性，从灵魂深处去捕捉那神秘的节奏，感受禅定所带来的愉悦。由于诗人写得空灵超脱，如野云孤飞，不着迹象，所以这一层隐义反不易被读者看破。

“泉声咽危石，日色冷青松。”这两句都是倒装句子，意思是说山泉因受到高险石头的阻挡，发出低沉的响声；深山松林，一片葱郁，气候阴凉，就连那照在青松上的阳光也给人寒冷的感觉。“咽”与“冷”极传神，见用字之妙。写泉声着一“咽”字，则幽静之状恍然；绘日色用一“冷”字，则深僻之景若见。这就是前人常说的“诗眼”。这两句还利用古代汉语的特点，省略了介词，词性活用，没有时态变化，使空间意象并发映出，在一定程度上呈现了语言指义前的多层空间关系和兴象的复义效果，暗示出一种超越时间、因果关系静观体知的禅趣。

“薄暮空潭曲，安禅制毒龙。”这两句是说深潭本是毒龙潜居的地方，傍晚我见到潭中已空，想必毒龙已被高僧制服了。安禅，指佛教徒坐禅时心神安定，别无他念，一心向佛。毒龙，指人的邪思妄想。末两句借用佛典，表明闻法悟道后身心晏然，入于禅定，降伏妄想之意。

诗题为“香积寺”，但并没有正面渲染寺院庙宇的宏伟庄严，而是采取侧面烘托、暗示的方法，不言山寺，而山寺自在其中，达到了深山藏古寺，欲隐弥彰的艺术效果。虽着意描写了山中的幽静，但并没有一味地从寂静无声上用力，反而特别地指出隐隐的钟声和呜咽的泉声，这样非但没有扰乱整个环境的幽静，反而更加增添了丛林古寺的僻静之感。从动静的矛盾关系讲，这就是通常所讲的“鸟鸣山更幽”；从哲理上讲，就是愈闹则愈静的道理。

诗在结构上也很有特点。首句用一否定词“不”领起，超乎高妙，第四句从文意上本应与首句相接，谓未见寺而闻钟，感到诧异，但在二、三句分别插入“数里云峰”“古木无径”两个景语，这样不单使人觉得路途幽长曲折，语义也显得婉转迂回了，使一、四两句在起承连接中极尽变化之能事。诗的最后两句，由景入理，归旨佛法，但因“薄暮空潭”仍为眼前环境，神秘的宗教体验过程用触景感物的形式表现出来，过渡浑然无迹，没有截分两橛之感。所以全首仍为整体，浑成一片，虽有奇句，不碍自然。

主要参考文献

本书目的编排次序为：一、基本古籍文献。大体按照时间顺序排列。二、近人著述。按照作者姓氏音序排列。三、外国著述（原著或译著）。

一、基本古籍文献

《论语正义》，刘宝楠撰，高流水点校，北京：中华书局，1986 年
《论语译注》，杨伯峻译注，北京：中华书局，1980 年
《孟子正义》，焦循撰，沈文倬点校，北京：中华书局，1987 年
《孟子译注》，杨伯峻译注，北京：中华书局，1960 年
《老子校释》，朱谦之校释，北京：中华书局，1984 年
《老子注译及评介》，陈鼓应著，北京：中华书局，1984 年
《庄子集释》，郭庆藩著，北京：中华书局，1961 年
《庄子今注今译》，陈鼓应注译，北京：中华书局，2020 年
《王弼集校释》，楼宇烈校释，北京：中华书局，1980 年

《陶渊明集》，逯钦立校注，北京：中华书局，1979年
《陶渊明诗文汇评》，北大中文系编，北京：中华书局，1961年
《谢康乐诗注》，黄节注，北京：人民文学出版社，1963年
《谢宣城集校注》，曹融南校注，上海：上海古籍出版社，1991年
《文心雕龙注》，范文澜注，北京：中华书局，1960年
《文心雕龙札记》，黄侃著，北京：中华书局，1962年
《文心雕龙注释》，周振甫注释，北京：人民文学出版社，1981年
《诗品注》，陈延杰注，北京：人民文学出版社，1961年
《文选》，李善注，上海：上海古籍出版社，1986年
《旧唐书》，刘昫等撰，北京：中华书局，1975年
《新唐书》，欧阳修、宋祁撰，北京：中华书局，1975年
《资治通鉴》，司马光著，北京：中华书局，1956年
《通典》，杜佑撰，王文锦等点校，北京：中华书局，1988年
《唐六典》，李林甫等撰，陈仲夫点校，北京：中华书局，1992年
《唐会要》，王溥撰，北京：中华书局，1955年
《太平广记》，李昉等编，北京：中华书局，1955年
《全唐诗》，彭定求等编，北京：中华书局，1960年
《全唐文》，董诰编，北京：中华书局，1983年影印本
《卢照邻集编年笺注》，任国绪笺注，哈尔滨：黑龙江人民出版社，1989年
《王右丞集笺注》，赵殿成笺注，上海：上海古籍出版社，1984年
《王维集校注》，陈铁民校注，北京：中华书局，1997年
《孟浩然诗集校注》，李景白校注，成都：巴蜀书社，1988年
《孟浩然集校注》，徐鹏校注，北京：人民文学出版社，1989年

《王昌龄诗注》，李云逸注，上海：上海古籍出版社，1984 年
《李太白全集》，王琦注，北京：中华书局，1977 年
《李白全集校注汇释集评》，詹锳主编，天津：百花文艺出版社，1996 年
《李白全集编年笺注》，安旗、薛天纬、阎琦、房日晰笺注，北京：中华书局，2014 年
《杜诗详注》，仇兆鳌注，北京：中华书局，1979 年
《杜甫全集校注》，萧涤非主编，北京：人民文学出版社，2014 年
《高适集校注》，孙钦善注，上海：上海古籍出版社，1984 年
《岑参集校注》，陈铁民、侯忠义校注，上海：上海古籍出版社，1984 年
《韩昌黎诗系年集释》，钱仲联集释，上海：上海古籍出版社，1984 年
《韩昌黎文集校注》，马通伯校注，北京：古典文学出版社，1957 年
《韩昌黎文集注释》，阎琦注释，西安：三秦出版社，2004 年
《柳宗元集》，吴文治等校点，北京：中华书局，1979 年
《元稹集》，冀勤点校，北京：中华书局，1982 年
《元稹集编年笺注》（诗歌卷），杨军笺注，西安：三秦出版社，2002 年
《白居易集笺校》，朱金城笺校，上海：上海古籍出版社，1988 年
《刘禹锡集》，卞孝萱校订，北京：中华书局，1990 年
《樊川诗集注》，冯集梧注，上海：上海古籍出版社，1978 年
《李商隐诗歌集解》，刘学锴、余恕诚著，北京：中华书局，

1988年
《长江集新校》，李嘉言校，上海：上海古籍出版社，1983年
《李贺诗歌集注》，王琦等集注，上海：上海古籍出版社，1978年
《李贺诗集》，叶葱奇疏注，北京：人民文学出版社，1959年
《李益诗注》，范之麟注，上海：上海古籍出版社，1984年
《曹邺诗注》，梁超然、毛水清注，上海：上海古籍出版社，1982年
《唐诗评选》，王夫之著，太平洋书店，1933年
《唐贤三昧集》，王士禛编选，渊古斋石印本
《文镜秘府论校注》，王利器校注，北京：中国社会科学出版社，1983年
《诗人玉屑》，魏庆之著，上海：上海古籍出版社，1978年
《唐音癸签》，胡震亨著，上海：上海古籍出版社，1981年
《诗薮》，胡应麟撰，上海：上海古籍出版社，1979年
《沧浪诗话校释》，郭绍虞校释，北京：人民文学出版社，1983年
《蕙风词话》，王幼安校订，北京：人民文学出版社，1960年
《姜斋诗话笺注》，戴鸿森笺注，北京：人民文学出版社，1981年
《清诗话》，王夫之等撰，上海：上海古籍出版社，1963年
《清诗话续编》，郭绍虞编，上海：上海古籍出版社，1983年
《历代诗话》，何文焕辑，北京：中华书局，1981年
《历代诗话续编》，丁福保辑，北京：中华书局，1983年

二、近人著述

安　旗：《李白纵横谈》，西安：陕西人民出版社，1981 年
《李白年谱》，与薛天纬合撰，济南：齐鲁书社，1982 年
《李太白别传》，西安：西北大学出版社，2005 年
北大哲学系：《中国美学史资料选编》，北京：中华书局，1980 年
蔡　瑜：《唐诗学探索》，台北：里仁书局，1998 年。
《中国抒情诗的世界》，中山学术基金会，1999 年
《陶渊明的人境诗学》，台北：联经出版社，2012 年
《回向自然的诗学》，主编，台北：台大出版中心，2012 年
岑仲勉：《唐人行第录》（外三种），上海：上海古籍出版社，1962 年
陈伯海：《唐诗学引论》，上海：知识出版社，1988 年
陈伯海主编：《唐诗汇评》（上、中、下），杭州：浙江教育出版社，1992 年
陈尚君：《全唐诗补编》，北京：中华书局，1992 年
《唐代文学丛考》，北京：中国社会科学出版社，1997 年
《陈尚君自选集》，桂林：广西师范大学出版社，2000 年
《全唐文补编》，北京：中华书局，2005 年
《旧五代史新辑会证》，上海：复旦大学出版社，2005 年
《汉唐文学与文献论考》，上海：上海古籍出版社，2008 年

《四库提要精读》，与张金耀合撰，上海：复旦大学出版社，2008 年
《敬畏传统》，上海：复旦大学出版社，2011 年
《贞石诠唐》，上海：复旦大学出版社，2016 年
《我见青山》，北京：北京出版社，2017 年
《唐诗求是》，上海：上海古籍出版社，2018 年
《行走大唐》，香港：香港城市大学出版社，2017 年
《星垂平野阔》，北京：商务印书馆，2017 年
《花舞大唐气象新》，北京：商务印书馆，2019 年
《濠上漫与》，北京：中华书局，2019 年
陈贻焮：《唐诗论丛》，长沙：湖南人民出版社，1980 年
陈允吉：《唐音佛教辨思录》，上海：上海古籍出版社，1988 年
《唐诗中的佛教思想》，台北：商鼎文化出版社，1993 年
陈子展：《唐宋文学史》，上海：作家书屋，1947 年
程千帆：《唐代进士行卷与文学》，上海：上海古籍出版社，1980 年
《文论十笺》(《文论要铨》的修订本)，哈尔滨：黑龙江人民出版社，1983 年
《古诗考索》，上海：上海古籍出版社，1984 年
《闲堂文薮》，济南：齐鲁书社，1984 年
《被开拓的诗世界》，与莫砺锋、张宏生合著，上海：上海古籍出版社，1990 年
程章灿：《唐诗入门》，贵阳：贵州人民出版社，1992 年
《世族与六朝文学》，哈尔滨：黑龙江教育出版社，

1998年
《石学论丛》，台北：大安出版社，1999年
戴伟华：《唐代使府与文学研究》，桂林：广西师范大学出版社，1998年
邓小军：《唐代文学的文化精神》，台北：文津出版社，1993年
董乃斌：《李商隐传》，西安：陕西人民出版社，1985年
《李商隐的心灵世界》，上海：上海古籍出版社，1992年
《唐代文学史》(下册)，与吴庚舜合作主编，北京：人民文学出版社，1995年
房日晰：《唐诗比较论》(增订本)，西安：三秦出版社，1998年
傅庚生：《文学鉴赏论丛》，西安：陕西人民出版社，1981年
《中国文学欣赏举隅》，西安：陕西人民出版社，1983年
傅璇琮：《唐代诗人丛考》，北京：中华书局，1980年
《唐五代人物传记资料综合索引》，北京：中华书局，1982年
《唐代科举与文学》，西安：陕西人民出版社，1986年
《〈河岳英灵集〉研究》，北京：中华书局，1992年
《李德裕文集校笺》，石家庄：河北教育出版社，2000年
《李德裕年谱》，济南：齐鲁书社，1984年初版
《唐人选唐诗新编》，西安：陕西人民教育出版社，1996年
《唐五代文学编年史》，沈阳：辽海出版社，1998年
《中国古代文学通论·隋唐五代卷》，与蒋寅合作主编，沈阳：辽宁人民出版社，2004年

高友工、梅祖麟：《唐诗的魅力》，上海：上海古籍出版社，1989年
高友工：《美典：中国文学研究论集》，北京：三联书店，2008年
葛承雍：《唐韵胡音与外来文明》，北京：中华书局，2006年
葛晓音：《汉唐文学的嬗变》，北京：北京大学出版社，1990年
《山水田园诗派研究》，沈阳：辽宁大学出版社，1993年
《诗国高潮与盛唐文化》，北京：北京大学出版社，1998年
葛兆光：《禅宗与中国文化》，上海：上海人民出版社，1986年
《道教与中国文化》，上海：上海人民出版社，1987年
《汉字的魔方：中国古典诗歌语言学札记》，香港：香港中华书局，1989年
《中国禅思想史：从6世纪到9世纪》，北京：北京大学出版社，1995年
《域外中国学十论》，上海：复旦大学出版社，2002年
《思想史研究课堂讲录：视野、角度与方法》，北京：三联书店，2005
《思想史研究课堂讲录续编》，北京：三联书店，2012年
《宅兹中国：重建有关"中国"的历史论述》，北京：中华书局，2011年
《中国思想史》(三卷本)，上海：复旦大学出版社，2013年
《何为"中国"：疆域民族文化与历史》，香港：牛津大学出版社，2014年

龚鹏程：《唐代思潮》，北京：商务印书馆，2007 年
郭绍虞：《宋诗话辑佚》，北京：中华书局，1980 年
主编《中国历代文论选》，上海：上海古籍出版社，1979 年
韩林德：《境生象外：华夏审美与艺术特征考察》，北京：三联书店，1995 年
胡和平：《模糊诗学》，北京：社会科学文献出版社，2005 年
黄永武：《中国诗学》(思想篇、设计篇、鉴赏篇、考据篇)，台北：巨流图书有限公司，2008 年
霍松林：《文艺学概论》，西安：陕西人民出版社，1957 年
《诗的形象及其他》，武汉：长江文艺出版社，1958 年
《唐宋诗文鉴赏举隅》，北京：人民文学出版社，1984 年
霍松林、傅绍良：《盛唐文学的文化透视》，西安：陕西师范大学出版社，2000 年
蒋　寅：《大历诗风》，上海：上海古籍出版社，1992 年
《大历诗人研究》，北京：中华书局，1995 年
《古典诗学的现代诠释》，北京：中华书局，2003 年
柯庆明：《中国文学的美感》，石家庄：河北教育出版社，2001 年
李斌城主编：《唐代文化》(上、中、下)，北京：中国社会科学出版社，2002 年
李　浩：《唐代园林别业考论》(修订本)，西安：西北大学出版社，1998 年
《唐代关中士族与文学》，台北：文津出版社，1999 年
《唐代三大地域文学士族研究》，北京：中华书局，

2002 年
李晓明：《模糊性：人类认识之谜》，北京：人民出版社，1985 年
李泽厚：《美学论集》，上海：上海文艺出版社，1979 年
《批判哲学的批判》，北京：人民出版社，1979 年
《中国近代思想史论》，北京：人民出版社，1979 年
《美的历程》，北京：文物出版社，1981 年
《中国古代思想史论》，北京：人民出版社，1985 年
《李泽厚哲学美学文选》，长沙：湖南人民出版社，1985 年
《走我自己的路》，北京：三联书店，1986 年
《中国现代思想史论》，北京：东方出版社，1987 年
《美学四讲》，北京：三联书店，1989 年
《论语今读》，合肥：安徽文艺出版社，1998 年
《华夏美学》，天津：天津社会科学院出版社，2001 年
李泽厚、刘纲纪：《中国美学史》，北京：中国社会科学出版社，1984 年
廖美玉：《杜甫“沉郁顿挫”说及其他》，台北：宏大出版社，1993 年
《回车：中古诗人的生命印记》，台北：里仁书局，2007 年
刘若愚：《中国文学理论》，南京：江苏教育出版社，2006 年
林　庚：《唐诗综论》，北京：人民文学出版社，1987 年
林兴宅：《艺术魅力的探寻》，成都：四川人民出版社，1985 年
罗联添：《唐代文学论集》，台北：学生书局，1989 年

《唐代四家诗文论集》，台北：学海出版社，1996 年
罗时进：《唐宋文学论札》，西安：陕西人民出版社，1993 年
《晚唐诗歌格局中的许浑创作论》，西安：太白文艺出版社，1998 年
《唐诗演进论》，南京：江苏古籍出版社，2001 年
《地域·家族·文学：清代江南诗文研究》，上海：上海古籍出版社，2010 年
罗宗强：《隋唐五代文学思想史》，上海：上海古籍出版社，1986 年
《唐诗小史》，西安：陕西人民出版社，1987 年
《玄学与魏晋士人心态》，杭州：浙江人民出版社，1991 年
《道家道教古文论谈片》，台北：文津出版社，1994 年
《魏晋南北朝文学思想史》，北京：中华书局，1996 年
莫砺锋：《江西诗派研究》，济南：齐鲁书社，1986 年
《杜甫评传》，南京：南京大学出版社，1993 年
《神女之探寻》，编译，上海：上海古籍出版社，1994 年
《朱熹文学研究》，南京：南京大学出版社，2001 年
《古典诗学的文化观照》，北京：中华书局，2005 年
《杜甫诗歌讲演录》，桂林：广西师范大学出版社，2007 年
《浮生琐忆》，北京：人民文学出版社，2003 年
潘德荣：《诠释学导论》，台北：五图出版公司，1997 年
《文字诠释传统：中国诠释传统的现代转化》，上海：上

海译文出版社，2003 年
《西方诠释学史》，北京：北京大学出版社，2013 年
潘知常：《众妙之门：中国美感心态的深层结构》，郑州：黄河文艺出版社，1989 年
钱锺书：《管锥编》，北京：中华书局，1979 年
《谈艺录》(补订本)，北京：中华书局，1984 年
《七缀集》，上海：上海古籍出版社，1985 年
乔象锺、陈铁民主编：《唐代文学史》(上)，北京：人民文学出版社，1995 年
商　伟：《题写名胜：从黄鹤楼到凤凰台》，北京：三联书店，2020 年
《诗囚与造物：中唐的诗歌观和诗人的自我想象》，北京：三联书店，2020 年
《长诗的时代：韩愈与中唐的诗歌转型》，北京：三联书店，2020 年
尚永亮：《生命在西风中骚动：中国古代文人与自然之秋的双向考察》，西安：陕西人民教育出版社，1989 年
《元和五大诗人与贬谪文学考论》，台北：文津出版社，1993 年
《唐诗观止》(主编)，西安：陕西人民教育出版社，1998 年
《贬谪文化与贬谪文学》，兰州：兰州大学出版社，2004 年
《唐代诗歌的多元观照》，武汉：湖北人民出版社，

2005年
《唐诗艺术讲演录》，桂林：广西师范大学出版社，2008年
《中唐元和诗歌传播接受史的文化学考察》上下卷(合著)，武汉：武汉大学出版社，2010年
《诗映大唐春：唐诗与唐人生活》，北京：北京大学出版社，2017年
施蛰存：《唐诗百话》(修订版)，西安：陕西师范大学出版总社，2014年
石 村：《因明述要》，北京：中华书局，1981年
谭优学：《唐诗人行年考》，成都：四川人民出版社，1981年
王 蒙：《双飞翼》，北京：三联书店，1996年
王明居：《模糊美学》，北京：中国文联出版公司，1998年
王水照：《唐宋文学论集》，济南：齐鲁书社，1984年
《宋代文学通论》，开封：河南大学出版社，1997年
《半肖居笔记》，上海：东方出版中心，1998年
《苏轼研究》，石家庄：河北教育出版社，1999年
《王水照自选集》，上海：上海教育出版社，2000年
王晓磊：《六神磊磊读唐诗》，北京：北京十月文艺出版社，2017年
王 瑶：《中古文学史论》，北京：北京大学出版社，1998年
王仲镛：《唐诗纪事校笺》，成都：巴蜀书社，1989年
温儒敏等编：《寻求跨中西文化的共同文学规律——叶维廉比较文学论文选》，北京：北京大学出版社，1987年

伍蠡甫主编：《西方文论选》，上海：上海译文出版社，1979 年
《山水与美学》，上海：上海文艺出版社，1985 年
吴庚舜：《唐代文学史(下)》，与董乃斌合作主编，北京：人民文学出版社，1995 年
吴　宓：《文学与人生》，北京：清华大学出版社，1993 年
吴言生：《禅学三书》，北京：中华书局，2001 年
萧　驰：《中国诗歌美学》，北京：北京大学出版社，1986 年
《抒情传统与中国思想：王夫之诗学发微》，上海：上海古籍出版社，2003 年
《佛法与诗境》，北京：中华书局，2005 年
萧涤非：《杜甫研究》，济南：山东人民出版社，1956 年
《杜甫诗选注》，萧涤非选注，北京：人民文学出版社，1979 年
《唐诗鉴赏辞典》，领衔撰稿，上海：上海辞书出版社，1983 年
萧丽华：《唐代诗歌与禅学》，台北：东大图书公司，1997 年
熊秉明：《中国书法理论体系》，台北：谷风出版社，1987 年
西　川：《唐诗的读法》，北京：北京出版社，2018 年
颜昆阳：《李商隐诗笺释方法论》，台北：里仁书局，2006 年
叶嘉莹：《迦陵论词丛稿》，上海：上海古籍出版社，1980 年
《中国古典诗歌评论集》，广州：广东人民出版社，1982 年
《迦陵论诗丛稿》，北京：中华书局，1984 年
《杜甫〈秋兴八首〉集说》，上海：上海古籍出版社，

1988 年
《王国维及其文学批评》，石家庄：河北教育出版社，1997 年
《人间词话七讲》，北京：北京大学出版社，2014 年
叶 朗：《中国美学史大纲》，上海：上海人民出版社，1985 年
余恕诚：《唐诗风貌》，合肥：安徽大学出版社，1997 年
余英时：《红楼梦的两个世界》，台北：联经出版事业公司，1978 年
《中国近世宗教伦理与商人精神》，台北：联经出版事业公司，1987 年
《中国思想传统的现代诠释》，台北：联经出版事业公司，1987 年
《士与中国文化》，上海：上海人民出版社，1987 年
《犹记风吹水上鳞：钱穆与现代中国学术》，台北：三民书局，1991 年
《陈寅恪晚年诗文释证》，台北：东大图书公司，1998 年
《朱熹的历史世界：宋代士大夫政治文化的研究》，台北：允晨文化，2003 年
《中国文化史通释》，香港：牛津大学出版社，2010 年
《论天人之际：中国古代思想起源试探》，台北：联经出版事业公司，2014 年
于安澜编：《画论丛刊》，北京：人民美术出版社，1958 年
袁行霈：《魏晋南北朝文学史参考资料》，主编之一，北京：中华

书局，1963 年
《中国诗歌艺术研究》，北京：北京大学出版社，1987 年
《中国文学概论》，香港：香港三联出版社，1988 年
《陶渊明研究》，北京：北京大学出版社，1997 年
《中国文学史》，主编，北京：高等教育出版社，1999 年
《陶渊明集笺注》，北京：中华书局，2003 年
宗白华：《美学散步》，上海：上海人民出版社，1981 年
《美学与意境》，北京：人民出版社，1987 年
章培恒、骆玉明主编：《中国文学史新著》，上海：复旦大学出版社、上海文艺出版总社，2007 年
张节末：《禅宗美学》，北京：北京大学出版社，2006 年
张隆溪：《二十世纪西方文论述评》，北京：三联书店，1986 年
《道与逻各斯：东西方文学阐释学》，南京：江苏教育出版社，2006 年
《同工异曲：跨文化阅读的启示》，南京：江苏教育出版社，2006 年
《阐释学与跨文化研究》，北京：三联书店，2014 年
张文勋：《儒道佛美学思想探索》，北京：中国社会科学出版社，1988 年
郑临川：《闻一多论古典文学》，重庆：重庆出版社，1984 年
郑毓瑜：《六朝情境美学综论》，台北：学生书局，1996 年
《文本风景：自我与空间的相互定义》，台北：麦田出版社，2005 年
《引譬连类：文学研究的关键词》，台北：联经出版公

司，2012 年
《姿与言：诗国革命新论》，台北：麦田出版社，2017 年
周勋初：《高适年谱》，上海：上海古籍出版社，1980 年
《中国文学批评小史》，武汉：长江文艺出版社，1981 年
《唐语林校证》，北京：中华书局，1987 年
《文史探微》，上海：上海古籍出版社，1987 年
《唐诗大辞典》，主编，南京：江苏古籍出版社，1990 年
《当代学术研究思辨》，南京：南京大学出版社，1993 年
《唐人轶事汇编》，主编，上海：上海古籍出版社，1995 年
《诗仙李白之谜》，台北："商务印书馆"，1996 年
《周勋初文集》，南京：江苏古籍出版社，2000 年
《师门问学录》，余历雄记，南京：凤凰出版社，2004 年
《李白评传》，南京：南京大学出版社，2005 年
周振甫：《诗词例话》，北京：中国青年出版社，1979 年

三、海外著述

[日]铃木大拙：《通向禅学之路》，上海：上海古籍出版社，1989 年
[日]今道友信：《东方的美学》，北京：三联书店，1991 年
[日]松浦友久：《唐诗语汇意象论》，北京：中华书局，1992 年
[日]松原朗：《中国离别诗の成立》，东京：研文出版社，2003 年

［日］植木久行：《诗人たちの生と死：唐诗人传丛考》，东京：研文出版社，2005 年
［德］黑格尔：《美学》，北京：商务印书馆，1979 年
［德］W. 顾彬：《中国文人的自然观》，上海：上海人民出版社，1990 年
［德］莫芝宜佳：《〈管锥编〉与杜甫新解》，石家庄：河北教育出版社，2002 年
［德］H.-G. 伽达默尔：《诠释学：真理与方法》，北京：商务印书馆，2011 年
［美］苏珊・朗格：《艺术问题》，北京：中国社会科学出版社，1983 年
［美］卡洛琳・M. 布鲁墨：《视觉原理》，北京：北京大学出版社，1987 年
［美］S. 阿瑞提：《创造的秘密》，沈阳：辽宁人民出版社，1987 年
［美］弗洛姆：《占有还是生存》，北京：三联书店，1988 年
［美］刘若愚：《中国古诗评析》，南京：河海大学出版社，1989 年
［美］宇文所安：《追忆：中国古典文学中的往事再现》，北京：三联书店，2014 年
［美］沃恩克：《伽达默尔：诠释学、传统和理性》，北京：商务印书馆，2009 年
［美］理查德・E. 帕尔默：《诠释学》，北京：商务印书馆，2012 年

[美]叶维廉：《中国诗学》，北京：三联书店，1992年；台北：台大出版社中心，2014年

[法]程抱一：《中国诗画语言研究》，南京：江苏人民出版社，2006年

[瑞士]沃尔夫冈·凯塞尔：《语言的艺术作品》，上海：上海译文出版社，1984年

陕版后记

还是暮春时节，陕西人民出版社关宁编辑短信邀请我为他们社写一本关于唐诗或唐代文学的书，我开始没有放在心上。后来承她与韩琳女史安排面谈，还有宋亚萍、刘景巍两位总编的加持，始明白她们的用意，我为她们的敬业精神所感动，于是就有了这一套文集的策划。

按我原来的设想，这一套文集应该在五六年后再启动，算是给在与师友们的告别演出时留一点念想。“轮囷胆气唯宜酒，寂寞心情好著书”（沈兼士语），那是先前那一辈文人的风气。我现在胆气没有了，酒量也没有了，唯余寂寞心情，但也著不出什么不朽之作了，那就将几部旧作增订修改一过吧。虽是旧作，不完全等同今日的认知，但也是白纸黑字署着自己的名字，想赖也赖不掉，不如干脆争取主动，趁着现在眼未彻底昏花，膀不瘫，手不抖，留一个供学界批评的版本吧。

本册《唐诗的文本阐释》，应该是我比较早的一本书。因为曾作为选修课教材，中间也还印了几次。每次差不多都是搭便车，加盟到师友们所策划的丛书中，故体例甚至书名也要迁就原丛书，虽然省却了不少麻烦，但也让我不特别满意。2014 年赴台中逢甲大学客座，已将供修订的书稿随身带着，做了不少圈改，惜一直未完成。因为这次与陕西社已签了合同，不好再赖账，倒逼着自己把未干完的活赶完。除了字句的改动外，主要是换掉原来的引论，重写了绪言，将很久前为一部辞典所撰词条，补成附编《唐诗阐释举隅》，另外对稍陈旧的背景知识也做了一些更新。

李笠翁《闲情偶寄·词曲部·格局第六》谈到"大收煞"时说：

> 予训儿辈尝云："场中作文，有倒骗主司入彀之法：开卷之初，当以奇句夺目，使之一见而惊，不敢弃去，此一法也；终篇之际，当以媚语摄魂，使之执卷留连，若难遽别，此一法也。"收场一出，即勾魂摄魄之具，使人看过数日，而犹觉声音在耳、情形在目者，全亏此出撒娇，作"临去秋波那一转"也。

时下仍有不少传授文章作法者，以笠翁所说的"场中作文法"为锦囊妙计，哄骗文学青年。我已入衰年，再扮撒娇态会惹人生憎，故除了内容上的修改外，本次修改更多的是将当年的那些奇句媚语尽量删去，以期与一个老年人的口吻贴近。不是非要对三十多年前的物件做旧，既然沟壑纵横的褶皱里已经堆满了岁月的风霜，就没必要再用脂粉来填充了。

本版还蒙董乃斌、廖美玉两位前辈赐序，谨向两位先生表示深切谢忱。本次修订由李娜、胡永杰、邱晓、张薇、刘珊珊等几位年轻朋友和学生帮助校看清样，也向他们表示感谢。

2021 年 8 月 10 日改定

初版后记

这部书稿是利用暑期赶出来的，正式写作的时间并不长，从动笔到脱稿仅花了三个月左右，但它却是我十多年来研习唐诗心得体会的一次性喷发，长期的积压郁结，总感到憋得心慌，不吐不快，当其取于心而注于手时，文思汩汩，浩乎其沛然地奔涌出来。如此纵笔恣肆，就文而言，可能有芜杂不醇之嫌；但就我来说，却有一种宣泄后的快感，释重后的轻松。

数年前，曾负笈赴京华蔚秀园访学，著名唐诗专家陈贻焮教授曾对我说，他为了撰写《杜甫评传》献出了自己的一只眼睛，以陈先生的才华与功力，尚且如此勤苦认真，我辈自然无法比拟。但为了这部书稿，我亦曾冒着关中数十年罕见的酷暑高温，枯坐斗室，每日达十多小时，痴痴呆呆，喜怒无常，茶饭不思，终因身体失调，导致腹泻不止，最后干脆数日不进食。是否可以说，由于迷恋自己心目中的唐诗女神，我也曾被勾魂摄魄，衣带渐宽，形容憔悴。

学术研究是一种理性的论衡，但也应有执着的爱心和苦修的毅力，不仅仅以研究的结果为目的，而同时以研究本身为享受和乐趣，迷花倚石，优游林泉，乐不知返。可惜这种古风与现代社会的习俗相抵牾，没有人敢提倡，也不会有人赞许。就连笔者也不敢整天饮酒使性，任情率真，干自己想干的事，说自己想说的话，写自己喜欢写的文章。只有在夜深人静仰望星空时，才感到空虚和惭愧。对嘈杂都市的厌烦，使我不时回想起故乡的粗犷质朴，简单原始。多年后，回乡省亲，才发现故乡的风习也大变。望故乡渺邈，叹历史的昨天已无法回归，所以只能通过躲在危陋的小楼中沉浸故借以求得一点心理补偿。这既是一种逃遁，也算是一种负隅顽抗吧。

最后要说的是，这部书稿曾作为选修课教材给我执教的西北大学中文系高年级学生讲过好几遍，受到了同学们的欢迎，也听取到许多建议；乡友苏剑学兄曾多次与我煮茶夜话，挑灯畅谈，切磋唐诗，对我启发良多；陕西人民教育出版社的赵常安老师欣然接受了拙稿，为本书的编辑出版做了大量的工作；符均学兄为促成本书的出版奔走联系，热诚帮助；西大校系的许多老师对我开设此课、写作此书亦非常关心。凡此古道热肠，高情雅谊，令我终生难忘。谨为记。

壬申年(1991)秋末于长安居危斋

第二版后记

由我研习唐诗心得体会改写的这本单薄的小册子能很快再版，给我提供了弥补缺憾、修订充实的机会，这是我始料未及的。

此次修订并没有做体例结构上的大调整，也没有改易当时的观点看法，只是增补了一些材料，并以脚注的形式对所征引的观点和成果做了更详细的补充说明，一则依学术规范，不敢掠人之美；再则也是想说明，我所申述的观点，多有来历出处。另外在附录部分增补了几篇相关的论文。五六年前的旧作，重新检读，犹如看影集中裸光屁股或穿开裆裤时的傻样，不免脸红耳热，怪难为情。但若让儿童西装革履或涂脂抹粉，做出诸如沉思状、深情状等等成人社会的化装游戏、面具款式，也会让人反感。所以我只是给一幅旧照片镶嵌了一个新框子，但并没有对照片本身做手脚。这是我对之所以没有大做修改的一点小小的申辩。

小书出版后为我浪得一些虚誉，同时受到古代文学界和新文学理论界两个方面师友的热情批评和严肃指正。其中古代文学界的师友对本书的一些观点和写法，觉得偏颇、空疏，而新文学理论界的师友则又觉得本书写得太拘谨呆板，对来自这两极的微词，我更多地理解为一种更高的期望，但以我之愚钝蠢笨、才疏学浅，很难调停这两方面的意见。

值得一提的是，从本书草拟初稿到付梓出版，许多师友以多种方式对本书提出宝贵的意见，或热情洋溢，或严肃认真，或尖锐激烈，或风趣幽默。《文学遗产》杂志主编陶文鹏老师、国家图书馆原馆长詹福瑞教授曾致函提出许多建议，湖北黄冈教育学院张其俊教授和武昌第一中学校长余策垣先生与我素不相识，在审读本书后，分别义务向其任教和任职的学校师生推荐代购小书。峨眉电影制片厂导演廖小安以其艺术敏感指出本书某些章节的缺憾，陕西文联研究员杨乐生学兄曾多次不期而至，小扣柴扉，在茶香与烟雾弥漫中，彻夜长谈。西安水电局张翼处长和广西民族学院李乃龙教授都曾书面条陈建议，达数千字之多。榆林学院教授郭延龄老师、华南师大教授陈建森学长都在长途电话上谈了修改建议。陈兄敏捷多才，而又古朴热诚，谈到忘情处，新见迭出，二十多分钟话头仍收不住，竟忘了是在通私费长话……向我提意见或建议的师友前后达数十人之多，恕我不一一罗列他们的名讳，以免拉虎皮作大旗之嫌。但我在心中将会永远铭记他们的帮助。我今日才理解以文会友，洵非虚语。

感谢西北大学教务处的同志，没有他们的经费资助，本书的再版恐还不能落到实处。感谢中文系刘建军教授、房日晰教授和李志慧教授，三位老师向教务处推荐本书再版。还要感谢陕西师范大学文学研究所教授吴言生学兄及夫人，两位不辞劳苦，为本书的电脑排版解决了一些难题。本书责任编辑赵常安老师，善良本分，与世无争，但天道不公，一场突然的恶性事故，夺去了他的生命，他在遇难前两天还惦记着本书，向符均兄谈及再版事宜，此时此刻我在泪眼模糊中，仍能仿佛其音容，长歌当哭，我只能说："彼苍者天！歼我良人。如可赎兮，人百其身！"

今年是我的本命年，看到娇儿身渐长高，拙妻鬓影已飘华发，我突然意识到自己也在衰朽，感慨颇多。悔少年心事，书剑两无成。今又堕入轻薄为文，寻章摘句，饾饤成篇。蝇头蜗角，仍如鸡鹜逐食，惭愧！惭愧！何时父母百年，弟妹婚嫁，儿女成家，我也能跳脱出来，虽不敢啸傲江湖，但至少可以做些真心想做的事。——即便现代性的锐剪割断我想象力的古典翅膀，我仍可以混迹渔樵，躬耕陇亩，因为我本是山中汉子，来自那悲凉苍茫的黄土山峁。

丙子年(1996)仲夏于唐长安太平里聚沙斋

增订版后记

本来说诗亦如参禅，不可道，不能言，一落言筌便死。我在本书中即持此观点。可是有人指出：你一方面讲唐诗之美不可言，另一方面又对意境、时空、模糊、空白、语言技巧等诗之奥秘条分缕析，强作解人；一方面强调唐诗之美在于气象混沌，自然天成，另一方面又试图开凿混沌，割裂大道。对此针砭，我不愿辩解。处身于今日技术文明时代，忝列高校教职，由于职业的缘故，深陷此文化困境，迄今没有找到一条解脱之路。本书成稿虽早，但我对其体例、内容及表述方式一直不满意。当时有关这一题目的参考文献尚少，近年来坊间出现的唐代美学思潮、诗歌美学一类的著作渐多，对此问题的研究似有不断升温的趋势，拙稿本不该再凑这一热闹。但正像左拉所谓"陪衬人"，拙著之猥陋，如能烘托出高明诸作之典雅精深，废物利用，也算是一种价值的实现。所以我仍不断留意学术资讯和时贤的新成果，并对旧作进行一些增补。因原稿框架已定，故将学术界的新成果及我的阅读体会以附注的形式标注出来，另外还增补了一些章节。

岁月荏苒，从萌生写作念头，到校改这一次清样，匆匆已过十个寒暑，"木犹如此，人何以堪?"这期间周遭发生了许多变化，我个人的学术兴趣也有一些改变，但唯一没有改变的是我对故国文化的那一份温情与敬意。

本书的内容我曾为西北大学的本科生和研究生讲授多年，又应邀在多所高校开设专题讲座，受到同学们的欢迎，并听取到许多宝贵的意见和建议。许多师友亦曾以书面或口头(有些是长途电话)发表了他们的精辟见解，补拙著不逮处颇多。西北大学将本课题列入面向21世纪教改研究项目(1997年度)，并给予资助，谨向多年来关心和支持我从事此项研究的师友表示感谢。

拙稿能忝列“唐诗研究系列”，由安徽大学出版社推出，缘于安徽师范大学教授余恕诚老师。余老师是我景仰的学术前辈，他在审查拙稿后鼎力举荐，在此谨致谢忱。当然，倘有疏漏错谬，则咎在我。

李　浩

2000年3月22日于沪上

第五版后记

呈现给大家的这一新版，除了在内容方面有较多的订补外，原来还特意配插了许多与内容互相发明的图画资料。前一项工作其实早已做完，本希望在上一版中就体现出来，惜原出版社说修改只限于在原版上挖补，不能做较大的改动，故这些增订内容并没有吸收在前一版中。至于插配图画，除了表示在读图时代与时俱进、照顾读者的阅读习惯外，还基于我对诗画艺术关联性根深蒂固的理解。惜交稿后责编告知，鉴于此套教材的体例，插图要删掉，故一些自以为好的设想和辛勤劳动，在这一版中也没有体现出来。写作也是遗憾的艺术，这些缺憾只能留待将来弥补。另外，现在的书名与原名相较略有变化，也是为了迁就这套教材的统一要求，这些都是应该向读者朋友如实说明的。

从本书开始撰写，到推出这一新版，时间过去了将近二十年，用廿载光阴执着地批阅增删一本讲义，在这样一个文化快餐时代恐为许多智者所不齿。我之所以兀兀穷年，乐此不疲，是因为还有小众的读者和大批的学生不断鼓励支持。文末附缀几篇后记，也是想存下本教材在使用过程中的年轮和印记。

此次忝列本丛书由复旦大学出版社推出，要感谢陈思和、汪涌豪两位主编，特别是孙晶总编屡与津梁，解决了许多实际问题，责编宋文涛博士认真负责，对提高本书质量亦多有贡献。我曾在复旦度过几年愉快的学习和研究生活，中文系的老师们给了我很多教益，学校也曾给了我许多荣誉，故本书由知名的复旦大学出版社出版，也含几分回报和感恩的微意。西北大学艺术学院教师温雅帮我搜集了图画资料，我的学生田苗、邱晓、田思扬等帮我校阅书稿。谨致公开谢意。

2008 年 7 月 6 日